P. C. Wren

Die Abenteuer der Fremdenlegionäre

Sharp Ink 2025

P. C. Wren

Die Abenteuer der Fremdenlegionäre

Beau Geste, Beau Sabreur & Beau Ideal

Sharp Ink, 2025
Kontakt: info@sharpinkbooks.com

ISBN 978-80-283-9782-1

Inhaltsverzeichnis

Inhaltsverzeichnis

BEAU GESTE

Teil I. Die Geschichte von Major Henri De Beaujolais

Kapitel I. Von den seltsamen Ereignissen in Zinderneuf

ERZÄHLT VON MAJOR HENRI DE BEAUJOLAIS VON DEN SPAHIS
AN
GEORGE LAWRENCE, ESQ., C.M.G., VOM NIGERIANISCHEN ZIVILDIENST

" *Tout ce que je raconte, je l'ai vu, et si j'ai pu me tromper en le voyant, bien certainement je ne vous trompe pas en vous le disant.*"

"Der Ort war still und *wachsam.*"

Herr George Lawrence, C.M.G., Bezirksbeamter erster Klasse im Staatsdienst Seiner Majestät, saß an der Tür seines Zeltes und betrachtete die afrikanische Wüstenlandschaft mit äußerst missbilligendem Blick. Weder die Landschaft noch der Blick des Betrachters hatten etwas Schönes an sich.

Die Landschaft bestand aus Sand, Steinen, *Kerengia* -Gras, *Tafasa-Unterholz*, gelben, langstieligen Pflanzen mit langen, dünnen Bohnenhülsen; das Ganze wurde durch Büschel der groben und hässlichen *Tumpafia-P* flanze aufgelockert.

Die Augen waren gelblich gefärbt, dank der Hitze und dem schmutzigen Staub von Bornu, der Malaria, der Ruhr, der schlechten Nahrung, dem giftigen Wasser und dem schnellen, ununterbrochenen Marschieren in der entsetzlichen Hitze.

Lawrence war körperlich schwach und krank, und sein Geist war besorgt und ängstlich, was sich gegenseitig verstärkte.

Erstens gab es das altbekannte, andauernde Problem mit der Shuwa-Patrouille; zweitens wurden die streitlustigen Chibok wieder aufsässig, und ihre jungen Männer schenkten den Worten ihrer Ältesten über Sir Garnet Wolseley und das, was sich vor langer, langer Zeit nach der Schlacht am Chibok-Hügel ereignet hatte, keinerlei Beachtung. Drittens war der Getreidepreis auf sechs Schillinge pro *saa* gestiegen, und eine Hungersnot drohte; viertens stritten der Shehu und die Shuwa-Scheichs erneut; und fünftens trieb ein sehr übler Pocken-Ju-Ju sein Unwesen im Land – eine Geheimgesellschaft, deren „Geheimnis" darin bestand, Seiner Majestät getreuen Untertanen die Wahl zu lassen zwischen einer Pockeninfektion oder der Zahlung eines hohen Schutzgeldes an die Gesellschaft. Und schließlich gab es eine erbitterte Korrespondenz mit den Allweisen (aus dem Sekretariat am „Aiki-Platz" in Zungeru), die – wie stets – es besser wussten als der Mann vor Ort und ihn anwiesen, entweder das Unmögliche oder das Verderbliche zu tun.

Und über allem wehte der *Harmattan*, dieser schreckliche Wind, der den Staub der Sahara hundert Meilen weit aufs Meer trägt, nicht so sehr als Sandsturm, sondern als Nebel oder Dunst aus feinem, mehlartigem Staub, der Augen, Lungen, Hautporen, Nase und Rachen füllte, in die Gewehrläufe, Uhrwerke und Kameras drang, Wasser, Lebensmittel und alles andere verunreinigte und das Leben zu einer Last und einem Fluch machte.

Die Tatsache, dass dreißig Tage ermüdender Reise durch die glühende Wüste, über Ozeane aus losem, vom Wind verwehtem Sand und Prärien aus verbranntem Gras, durch brusttiefes Sumpfland und über unüberbrückte, unbefahrbare Flüsse zwischen ihm und Kano lagen, trug nicht gerade zu seiner Zufriedenheit bei. Denn trotz allem war er zufrieden, da Kano der Endbahnhof und der Beginn der ersten Etappe seiner Heimreise war. Dass nur noch ein Monat zwischen ihm und dem „Auf Wiedersehen Afrika" lag, hielt George Lawrence auf den Beinen.

Von dieser wunderbaren und romantischen roten Stadt Kano, der Schwester von Timbuktu, würde ihn der Zug nach einer dreitägigen staubigen Reise zu dem Müllhaufen namens Lagos an der Bucht von Benin an der grausamen westafrikanischen Küste bringen. Dort würde er an Bord des guten Schiffes *Appam* gehen, seinen Kommandanten, Kapitän Harrison, begrüßen und sich mit jenem herrlichen Seufzer der Erleichterung in einen Liegestuhl sinken lassen, den in seiner Vollkommenheit nur diejenigen kennen, die den Außenposten den Rücken kehren und sich auf den Weg nach Hause machen.

In der Zwischenzeit erwarteten George Lawrence Enttäuschung, Sorgen, Frustration, Angst, Hitze, Sandfliegen, Mücken, Staub, Müdigkeit, Fieber, Ruhr, Malaria-Geschwüre und jene tiefe Depression, die aus unbeschreiblicher Monotonie, unaussprechlicher Erschöpfung und unbeschreiblicher Einsamkeit entsteht.

Und das Schlimmste davon ist die Einsamkeit.

§2.

Aber schließlich erreichte George Lawrence Kano und das Nassarawa-Tor in der Ostmauer, das zum europäischen Viertel führt, wo er ein paar Tage auf den zweimal wöchentlich verkehrenden Zug nach Lagos warten musste. Diese Tage verbrachte er damit, durch die wunderbare Stadt der Haussa zu schlendern, den Marktplatz zu besuchen, die sieben Quadratmeilen großen Straßen mit ihren Lehmhäusern und ihren ameisensicheren *Palmendächern* zu erkunden und das Kommen und Gehen der bunten Menschenmenge an den dreizehn großen Toren in den mächtigen Erdwällen zu beobachten. Höflich erwiderte er den fröhlichen und respektvollen Gruß „*Sanu! Sanu!*" der Haussa, die an diesem Exemplar der großen Bature-Rasse, den wunderbaren weißen Männern, vorbeikamen.

Tatenlos verglich er den Wert der Karawanen mit Salz oder Erdnüssen mit dem der alten Sklavenkarawanen, die der weiße Mann zu haben glaubt, kürzlich abgeschafft zu haben; und verbrachte die Zeit mit Touareg-Kameltreibern, die ihn einluden, ihre gescheckten, gestromten oder weißen Kamele zu mieten oder zu kaufen, und gelegentlich auch ein seltenes und wertvolles Tier der rotbraunen Sorte, das wegen seiner Schnelligkeit und Ausdauer so geschätzt wurde. . . .

Auf dem Bahnsteig des Bahnhofs von Kano (stell dir einen Bahnsteig und einen Bahnhof in Kano vor, einer alten, geheimnisvollen, gigantischen Handelsstadt Zentralafrikas mit ihrer elf Meilen langen Stadtmauer, ihren hunderttausend Einwohnern und ihren zwanzig Weißen; Kano, achthundert Meilen vom Meer entfernt, nahe der Grenze zu Nordnigeria, das an das französische *Militärgebiet* der stillen Sahara grenzt; Kano, von wo aus die Karawanenrouten zum Tschadsee im Nordosten und nach Timbuktu im Nordwesten beginnen) – auf diesem unglaublichen Bahnsteig wurde George Lawrence aus seiner müden Apathie gerissen durch eine angenehme Überraschung in Gestalt seines alten Freundes, Major Henri de Beaujolais von den Spahis, jetzt eine Art Stabsoffizier im französischen Sudan.

Mit de Beaujolais war Lawrence im Ainger's House in Eton gewesen; und die beiden trafen sich gelegentlich wieder – so etwa auf der Nordnigerianischen Eisenbahn; auf den Schiffen der Firma Elder, Dempster; in Lord's; in Longchamp; in Auteuil; und ein- oder zweimal im Hause ihrer beiderseits geschätzten Freundin, Lady Brandon, in Brandon Abbas in Devonshire.

Lawrence hatte großen Respekt und Zuneigung für de Beaujolais, den er als französischen Soldaten vom besten Schlag schätzte: scharf wie Senf, hart wie Stahl, ein begeisterter Sportler und ein Gentleman nach strengsten englischen Maßstäben. Oft machte er ihm das bemerkenswerte englische Kompliment: „Man könnte dich kaum für einen Franzosen halten, Jolly, du könntest fast ein Engländer sein", ein Kompliment, das de Beaujolais mit weniger Besorgnis aufnahm, da seine Mutter eine Cary aus Devonshire gewesen war.

Obwohl der Spahi-Offizier stark bärtig war, in einer, wie Lawrence fand, hoffnungslos schlecht sitzenden Khakiuniform gekleidet und teilweise von einem bösartigen, hohen weißen Helm verdeckt (und so französisch aussah wie sein Freund englisch), warf er sich nicht mit einem Freudenschrei an die Brust seines *cher Georges*, schlang seine Arme um seinen Hals, küsste ihn auf beide Wangen und nannte ihn auch nicht sein kleines Kohlköpfchen. Eher wie sein alter Kumpel, um ehrlich zu sein.

Ein fester Händedruck, „Na, George!“ und „Hallo! Jolly, alter Junge“ genügten, aber das charmante Lächeln von de Beaujolais und das strahlende Grinsen von Lawrence zeigten ihre gegenseitige Freude.

Und als die beiden Männer sich einander gegenüber auf den langen Sofas ihres geräumigen Abteils ausgestreckt hatten und Pläne für ihren Urlaub ausgetauscht hatten – Segeln, Golf und die Moore auf der einen Seite, die Boulevards von Paris, Pferderennen und Monte Carlo auf der anderen –, stellte Lawrence fest, dass er nichts mehr sagen musste, denn sein Freund platzte fast vor Aufregung und sprudelte über vor einer Geschichte, einem unergründlichen, faszinierenden Geheimnis, das er erzählen musste, sonst wäre er gestorben.

Als der Zug aus dem Bahnhof von Kano mit seinem wunderbaren Durcheinander von Arabern, Haussas, Yorubas, Kroos, Egbas, Beri-Beris, Fulanis und verschiedenen Nigerianern, von *Sarkin*, *Scheich*, *Shehu* und *Matlaki* bis hin zu Bauern, Kameltreibern, Landwirten, Hirten, Ladenbesitzern, Angestellten, Soldaten, Zinnminenarbeitern und Nomaden mit ihren Frauen und *Kindern*, begann der Franzose seine Erzählung.

Durch Zaria, Minna Junction und Zungeru, über die Jebba-Brücke über den Niger, durch Ilorin, Oshogbo und das mächtige Ibadan bis zum riesigen Abeokuta, mit kurzen Pausen, in denen Lawrence offen schnarchte, erzählte de Beaujolais seine Geschichte. Aber in Abeokuta erlebte George Lawrence die Überraschung seines Lebens, und die Geschichte wurde für ihn plötzlich von größtem Interesse, und von dort bis nach Lagos war er ganz Ohr.

Und während die *Appam* durch den glitzernden Atlantik dampfte, erzählte der Franzose immer noch seine Geschichte – er zerlegte ihr Geheimnis, analysierte und diskutierte sie, spekulierte darüber und kam am Ende jeder Abschweifung wieder darauf zurück. George Lawrence konnte gar nicht genug davon bekommen – schließlich ging es indirekt um die Frau, die er immer geliebt hatte.

Als die beiden sich in London trennten, nahm Lawrence die Geschichte wieder auf und erzählte sie selbst weiter, bis er sie schließlich seinem Freund zurückbrachte und ihm den Anfang und das Ende erzählte.

§3.

Und die Geschichte, die Major Henri de Beaujolais so faszinierend fand, erzählte er George Lawrence wie folgt:

”Ich sage dir, mein lieber George, das ist das Außergewöhnlichste und Unerklärlichste, was mir je passiert ist. Ich werde an nichts anderes denken, bis ich das Rätsel gelöst habe, und du musst mir helfen. Du mit deinem geschulten Beamtenverstand, deiner Gelassenheit und deiner *britischen Phlegmatik*.

Ja, du sollst mein Sherlock Holmes sein, und ich werde dein staunender kleiner Watson sein. Stell dir mich als den kleinen Watson vor; sprich mich mit „Mein lieber Watson“ an.

Nachdem du meine Geschichte gehört hast – und ich warne dich, du wirst in den nächsten zwei oder drei Wochen kaum etwas anderes hören –, musst du ohne zu zögern eine Entscheidung treffen. Etwas Schnelles und Präzises, mein lieber Freund, *ja*?

„Ganz recht“, antwortete Lawrence. „Aber wie wäre es, wenn du mir zuerst die Fakten schilderst?“

„Es war so, mein lieber Holmes... Wie du weißt, bin ich in meiner derzeitigen Stellung in Tokotu buchstäblich lebendig begraben. Und zwar ein Lebendig-Begraben, wie du, als Mitglied des nigerianischen Zivildienstes, es dir nicht im Entferntesten vorstellen kannst – im alleräußersten Hinterland. (Du mit deinem Polo-Club in Maiduguri! Pah!) Ja, lebendig eingemauert, im südlichsten Außenposten des *Territoire Militaire* der Sahara – ein Ort, gegen den selbst das einsamste und abscheulichste Grenzloch Algeriens wie Sidi-bel-Abbès anmutet, Sidi-bel-Abbès wie Algier, Algier wie das Paris Afrikas, und Paris wie Gottes eigenes Paradies im Himmel.“

Abkommandiert von meinem geliebten Regiment, weit weg von einem Boulevard, einem Café, einem Club, weit weg von allem, was das Leben für einen intelligenten Mann erträglich macht, bin ich hier begraben..."

„Ich habe schon etwas davon gehört", unterbrach Lawrence unsympathisch. „Fahren Sie mit dem dunklen Geheimnis fort."

„Ich sehe die Sonne aufgehen und untergehen; ich sehe den Himmel über mir und die Wüste unter mir; ich sehe meine Handvoll von *Cafard befallener* Männer in meiner Lehmfestung, schwarze Senegalesen und weiße Infanteristen auf Maultieren, die ich ausbilde, arme Teufel; und was sehe ich sonst noch? Was sonst noch von einem Jahresende zum nächsten?..."

„Ich muss gleich weinen", murmelte Lawrence. „Was ist mit dem dunklen Geheimnis?"

„Was ich sehe?", fuhr der Major fort und ignorierte die unangebrachte Bemerkung. „Einen Geier. Einen Schakal. Eine Eidechse. Wenn ich Glück habe und Gott gnädig ist, eine Sklavenkarawane vom Tschadsee. Eine Bande verschleierter Tuaregs, angeführt von einem Targui-Banditenchef, der nach dem Blut der verhassten weißen *Roumi* dürstet – *und* ich segne sie, selbst wenn ich das Feuer eröffne oder den Angriff meiner Mule-Kavallerie anführe, die sich als Spahis versucht..."

„Das dunkle Geheimnis muss ein wahrer Glücksfall gewesen sein, mein lieber Jolly", lächelte Lawrence, als er seine Zigarrenkiste hervorholte und sie seinem eloquenten Freund reichte, der ihm gegenüber auf dem unbequemen Sofa der nigerianischen Eisenbahn lag. „Was *war* es?"

"Ein Glücksfall, in der Tat", antwortete der Franzose. "Von Gott gesandt, um meine Vernunft und mein Leben zu retten. Aber ich bezweifle, dass der Preis dafür nicht etwas zu hoch war, selbst dafür! Der Tod so vieler tapferer Männer . . . Und einer dieser Tode ein feiger, kaltblütiger Mord! Die abscheuliche Ermordung eines tapferen *Unteroffiziers*. . . Und von einem seiner eigenen Männer. In der Stunde des glorreichen Sieges ... *Einer seiner eigenen Männer – da* bin *ich* mir sicher. Aber warum? *Warum? Das* frage *ich* mich Tag und Nacht. Und jetzt frage ich dich, mein Freund ... Das Motiv, fragst du? Aber du wirst alles erfahren – und das Rätsel sofort lösen, mein lieber Holmes, nicht wahr?...

Hast du schon von unserem kleinen Postzustellungsort Zinderneuf (weit, weit nördlich von Zinder, das im Aïr-Land liegt) nördlich von deinem Nigeria gehört? Nein? Nun, jetzt hörst du davon, und dort hat sich diese unfassbare Tragödie ereignet.

Stell dir vor, ich sitze an einem höllisch heißen Morgen in meinem Pyjama über einer *Kaffeegamelle* in meinem Quartier und gähne, während aus der *Kaserne* meiner *Legionäre „ Au jus!*", „ *Au jus!*" zu hören ist, weil jemand die Kaffeekanne von Bett zu Bett trägt und die Schlafenden zu einem weiteren Tag in der Hölle weckt. Und dann, als ich müde eine elende Zigarette unseres widerlichen *Caporal* anzünde, kommt mein Ordonnanzoffizier angerannt und plappert ich weiß nicht was von einem sterbenden arabischen *Goum – diese* Kerle sterben immer vor Erschöpfung, wenn sie ein paar Meilen gelaufen sind – auf einem sterbenden Kamel, der am Tor schreit, er komme aus Zinderneuf und dort sei Belagerung und Massaker, Schlacht, Mord und plötzlicher Tod. Alle sind getötet worden und erwarten, getötet zu werden. Alle sind tot, und die Hornisten blasen den Regimentsruf, zum Sammeln, zum Angriff; sie machen einen Höllenlärm und so weiter. . . .

„ *Und ist es das sterbende Kamel, das all das schreit?*" , frage ich, während ich in meine Gürtel und Stiefel springe, zur Tür eile und meinen großartigen Kameraden „ *Aux armes! Aux armes!*" zurufe und mir wünsche, sie wären meine Spahis. „ *Aber nein, Monsieur le Majeur*", erklärt der Ordonnanzoffizier, „ *es ist der sterbende Goum, der vor Erschöpfung auf dem sterbenden Kamel stirbt.*"

„ *Dann sag ihm, er soll um seines Lebens willen nicht sterben, bevor ich ihn befragt habe*" , antworte ich, während ich meinen Revolver lade. „ *Und sag dem Sergeant-Major, dass eine Vorhut der Fremdenlegion auf Kamelen in neun Minuten, nachdem ich "Aux armes!„ gerufen habe, in afrikanischer Felduniform anmarschiert. Der Rest reitet auf Maultieren.* Du weißt schon, wie das läuft, mein Freund. Du hast deine Haussa-Wachen der Westafrikanischen Grenztruppe sicher auch schon fast genauso schnell und smart aufgeboten. "

„Oh, fast, fast, vielleicht. *Toujours la politesse*", murmelte Lawrence.

"Als wir aus dem Tor meiner Festung ritten, erfuhr ich von dem noch sterbenden *Goum* auf seinem noch sterbenden Kamel, dass ein paar Tage zuvor eine große Gruppe von Tuaregs von der Aussichtsplattform der Festung Zinderneuf gesichtet worden war. Sofort hatte der kluge *Unteroffizier*, der seit dem beklagenswerten Tod von Hauptmann Renouf das Kommando hatte, den *Goum* auf seinem schnellen *Mehari-Kamel* losgeschickt, mit dem strengen Befehl, sich nicht von den Tuaregs gefangen nehmen zu lassen, falls sie die Festung belagern sollten, sondern sich aus dem Staub zu machen und mit aller Geschwindigkeit Hilfe zu holen – da es sich offenbar um einen Fall handelte, in dem die Chancen zu schlecht standen. Wenn die Tuareg nur spielerisch waren und nach ein paar sportlichen Schüssen auf die Festung vorbeizogen, sollte er ihnen wohl folgen, sie ein oder zwei Tage lang aus der Nähe beobachten und herausfinden, was sie wollten.

Nun, der *Goum* ritt los, hielt sich in einiger Entfernung auf einem Sandhügel, sah, wie die Tuaregs bis zur Oase vorrückten, ihre Kamele zwischen den Palmen parkten und ernsthaft daran gingen, den Ort zu umzingeln. Er dachte, es sei Zeit für ihn zu gehen, als sie die Festung umzingelt hatten, sich auf den Sandhügeln aufstellten, kleine Gräben in den Sand schaufelten, auf die Palmen kletterten und heftigen Beschuss eröffneten. Er schätzte sie auf zehntausend Gewehre, und ich befürchtete, dass es mindestens fünfhundert dieser grausamen Teufel sein mussten. Jedenfalls wendete Monsieur Goum und ritt Tag und Nacht um sein Leben, um Hilfe zu holen. . . .

Wie Wir brachten die guten Nachrichten von Aix nach Gent und *Paul Revere's Ritt* und so weiter. Ich taufte den *Goum* sofort Paul Revere, als ich seine Geschichte hörte, und versprach ihm alle möglichen guten Dinge, einschließlich einer ordentlichen Tracht Prügel, wenn ich herausfände, dass er die Geschwindigkeitsbegrenzung auf dem Weg von Aix nach Gent nicht eingehalten hatte. Sein „Roland" sah jedenfalls aus, als wäre sein Kühler überhitzt. Und, *Nom d'un nom d'nom de bon Dieu de sort! Aber* ich habe einen Gewaltmarsch hingelegt, mein Freund – und wenn wir von der 19. Afrikanischen Division *das* tun, sieht man uns selbst auf Maultieren und Kamelen kaum davonreiten.

„Ach, komm schon! Ich bin sicher, dass man euch sehen kann", sagte Lawrence höflich. „Vor allem auf Kamelen und so. . . . Du bist zu bescheiden", fügte er hinzu.

„Ich meine, man kann euch wegen eurer Schnelligkeit kaum sehen, nur Staub und kleine Steine. Nicht mehr als man eine Kugel sehen kann, du Witzbold", wies ihn de Beaujolais zurecht.

„Oh, schon gut, schon gut", murmelte der Engländer.

"Jedenfalls war ich mit der Vorhut auf schnellen *Mehari-Kamelen* unterwegs, gefolgt von einer Maultier-Kavallerie, und eine Kompanie Senegalesen würde zu Fuß fünfzig Kilometer pro Tag zurücklegen, bis sie Zinderneuf erreichten. Ja, und in einer, wie ich mich selbst schmeichle, unschlagbaren Rekordzeit zwischen Tokotu und Zinderneuf kamen wir an – und ich ritt weit vor meinen Männern her und lauschte auf Schüsse oder Hornrufe.

Ich hörte überhaupt nichts, und als ich plötzlich einen Hügelkamm überquerte, sah ich das Fort – dort unter mir in der Wüstenebene, in der Nähe der winzigen Oase.

Es gab keine Kämpfe, keine Spur von Tuaregs, keine Anzeichen einer Schlacht oder Belagerung. Keine verkohlten Ruinen, übersät mit verstümmelten Leichen. Die Trikolore wehte fröhlich vom Fahnenmast, und das Fort sah völlig normal aus – ein quadratischer grauer Block mit hohen, dicken Lehmwänden, einem flachen Zinnendach, flankierenden Türmen und einer hohen Aussichtsplattform. Alles war in Ordnung! Die Ehre der französischen Flagge war gut verteidigt worden. Ich schwenkte meine *Mütze* über meinem Kopf und schrie vor Freude laut auf.

Vielleicht begann ich schon damals meinen Bericht zu verfassen, in dem ich die Bereitschaft, Schnelligkeit und Entschlossenheit meiner kleinen Truppe, die die ruhmreichen Traditionen der 19. Afrikanischen Division aufrechterhalten hatte, bescheiden würdigte und dem befehlshabenden *Unteroffizier* von Zinderneuf gebührendes Lob zollte, ohne Paul Revere und seinen Roland zu vergessen. In der Zwischenzeit sollten sie wissen, dass Hilfe unterwegs war und dass, egal ob die Tuaregs nah oder fern waren, die Gefahr gebannt und die Flagge in Sicherheit war. Ich, Henri de Beaujolais von den Spahis, hatte Hilfe gebracht. Ich schoss ein halbes Dutzend Mal mit meinem Revolver in die Luft. Und dann fiel mir eine kleine, aber bemerkenswerte Tatsache auf. Die hohe Aussichtsplattform oben auf der langen Leiter war leer.

Seltsam! Sehr seltsam! Unglaublich seltsam, gerade in dem Moment, in dem große marodierende Banden von Tuaregs in der Nähe waren – und einer von ihnen gerade erst zurückgeschlagen worden war und jeden Moment wieder angreifen könnte. Ich musste dem *Unteroffizier* zu seiner hervorragenden Wachsamkeit gratulieren, sobald ich ihn umarmt und gelobt hatte! Auch wenn er noch neu im Kommando war, hätte das nicht passieren dürfen. Man hätte meinen können, er hätte seine Stiefel genauso gut vergessen können wie seinen Wachposten auf der Aussichtsplattform.

Eine schöne Bescherung, *bon Dieu*, in Zeiten des Krieges! Da näherte ich mich dem Fort am helllichten Tag, feuerte meinen Revolver ab – und niemand nahm Notiz davon! Ich hätte die gesamte Tuareg-Nation oder die gesamte deutsche Armee sein können. . . .

Nein, da musste etwas nicht stimmen, trotz des friedlichen Aussehens und der Sicherheit der Flagge – und ich zog mein Fernglas heraus, um zu sehen, ob es etwas enthüllte, was dem bloßen Auge entgangen war.

Als ich anhielt und darauf wartete, dass mein Kamel sich beruhigte, damit ich das Fernglas anlegen konnte, fragte ich mich, ob es sich vielleicht um einen Hinterhalt handelte.

Könnten die Araber den Ort eingenommen, die Verteidiger niedergemetzelt, ihre Uniformen angezogen, die Unordnung beseitigt, die Tore geschlossen, die Flagge hängen lassen und nun in vertrauensvoller Unschuld und enger Formation auf die Entsatztruppen warten, die ihnen direkt in die Gewehrläufe laufen? Möglich – aber ganz und gar nicht typisch für die Tuareg! Ihr wisst ja, wie *er* ist, wenn er eine Postzustellung überfällt oder eine Formation durchbricht. Ein schmutziger Kämpfer, wenn es je einen gab! Und als ich meine Brille auf die Mauern richtete, verwarf ich den Gedanken.

Außerdem waren da die guten europäischen Gesichter der Männer in den Schießscharten, gebräunt und bärtig, aber eindeutig keine Araber. . . .

Und doch war das wieder seltsam. An jeder Schießscharte der brust hohen Brüstung rund um das flache Dach standen Soldaten, die in die Wüste starrten, und die meisten von ihnen starrten auch mit ihren gezückten Gewehren in die Ferne; einige starrten mich direkt an. Warum? Es war kein Feind zu sehen. Warum schliefen sie nicht den Schlaf müder Sieger unten auf ihren Pritschen in der *Kaserne*, während doppelte Wachen von der hohen Aussichtsplattform aus Ausschau hielten? Warum war niemand dort oben, und doch stand ein Mann an jeder Schießscharte, die ich von meinem Kamel aus in tausend Metern Entfernung sehen konnte?

Und warum bewegte sich niemand, warum drehte sich niemand um, um einen Unteroffizier zu rufen, dass sich ein französischer Offizier näherte, warum ging niemand zur Tür, die vom Dach hinunterführte, um den Kommandanten der Festung zu informieren?

Jedenfalls hatte die kleine Truppe außerordentliches Glück gehabt oder die Araber hatten außerordentlich schlecht geschossen, dass sie noch zahlreich genug waren, um die Mauern auf diese Weise zu bemannen – „alle anwesend und vollständig", wie man in deiner Armee sagt – und nach zwei oder drei Tagen mehr oder weniger so zu den Waffen zu stehen.

Als ich meine Brille abnahm und meinen Kamel vorwärts drängte, kam ich zu dem Schluss, dass man mich erwartete und dass der verantwortliche Offizier sich einer kleinen natürlichen und entschuldbaren *Fantasie* hingab, indem er sich aufspielte – was ihr „sich aufspielen" nennt, nicht wahr?

Er würde mich alles so vorfinden lassen, wie es die Araber vorgefunden hatten, als sie ihren törichten Angriff unternommen hatten – jeden Mann auf seinem Posten und alles *in Unordnung*. Ja, das musste es sein. . . . Ah, so war es! Während ich zusah, fielen ein paar Schüsse von der Mauer. Sie hatten mich gesehen. . . . Der Kerl hätte mich in seiner Freude fast erschossen!

Und doch – niemand auf der Aussichtsplattform! Wie ich diesem guten Kerl seine kleine Prahlerei verderben würde! Und ich lächelte vor mich hin, als ich unter den Bäumen der Oase hindurchritt, um mich dem Tor der Festung zu nähern.

Es war das letzte Mal, dass ich für eine ganze Weile lächelte.

Zwischen den Palmen waren kleine Lachen aus getrocknetem, schwarzem Blut, wo Männer gefallen oder verwundete Männer hingelegt worden waren, was zeigte, dass, so intakt die Garnison der Festung auch sein mochte, ihre Angreifer den guten Lebel-Gewehren meiner Freunde Tribut gezahlt hatten.

Und dann ritt ich aus dem Schatten der Oase heraus und auf das Tor zu.

Hier hielten etwa ein halbes Dutzend Wachen Ausschau über die Mauer, während sie sich in die Schießscharten der Brüstung lehnten. Der Nächste war ein riesiger Kerl mit einem großen buschigen grauen Schnurrbart, unter dem eine kurze Holzpfeife hervorstand. Seine *Mütze* war verwegen über ein Auge gezogen, während er mich mit dem anderen, halb geschlossenen, lüsternen Auge anstarrte und sein Gewehr direkt auf meinen Kopf richtete.

Ich war froh, dass zumindest er kein Araber war, sondern ein harter alter Legionär, ein typischer „ *vieille moustache*“ und rauer Glücksritter. Aber ich fand seinen Witz schlecht und zu persönlich, als ich in den Lauf seines unerschütterlichen Gewehrs blickte. ...

„ *Herzlichen Glückwunsch, meine Kinder*“, rief ich. „ *Frankreich und ich sind stolz, euch zu salutieren*“, und hob meine *Mütze* in Ehrerbietung vor ihrem Mut und ihrem Sieg.

Keiner von ihnen salutierte. Keiner von ihnen antwortete. Keiner von ihnen rührte sich. Kein Finger, kein Augenlid bewegte sich. Ich war verärgert. Wenn das *„fantaisie“* war, wie man es in der Legion nennt, dann war es zum falschen Zeitpunkt und auf die falsche Art und Weise.

„ *Habt ihr von der Fremdenlegion keine Manieren?*“ , schrie ich. „ *Geh, einer von euch, sofort, und hol deinen Offizier.*“ Kein Finger, kein Augenlid bewegte sich.

Dann wandte ich mich speziell an den alten Graubart. „ *Du*“, sagte ich und zeigte direkt auf sein Gesicht, „ *geh sofort und sag deinem Kommandanten, dass Major de Beaujolais von den Spahis mit einer Verstärkung aus Tokotu angekommen ist – und nimm die Pfeife aus deinem Gesicht und beeil dich, hast du verstanden?*“

Und dann, mein Freund, wurde mir ein wenig unwohl, obwohl mir die unmögliche Wahrheit noch nicht dämmerte. Warum blieb der Kerl wie ein Götzenbild stehen, still, regungslos, fern – wie ein ägyptischer Gott an einer Tempelwand, der mit steinernen, blinden Augen in mein armseliges menschliches Gesicht blickte?

Warum waren sie alle wie Steinstatuen? Warum war die Festung so völlig und schrecklich still? Warum *bewegte sich* nichts dort im grellen Sonnenlicht der Morgendämmerung? Warum diese grabähnliche, leichenhausartige, unmenschliche Stille und Unbeweglichkeit?

Wo waren die üblichen Geräusche und die Unruhe einer besetzten Post? Warum hatte mich kein Wachposten von weitem gesehen und die Nachricht laut verkündet? Warum hatte es kein Klirren und Klappern am Tor gegeben? Warum war das Tor nicht geöffnet worden? Warum keine Stimme, kein Schritt auf dem ganzen Platz? Warum ignorierten mich diese Männer, als wäre ich ein Käfer im Sand? Wo war ihr Offizier?...

War das ein Albtraum, in dem ich dazu verdammt war, für immer stumm und unsichtbar um endlose Mauern zu reiten und zu versuchen, die Aufmerksamkeit derer auf mich zu lenken, die mich niemals bemerken konnten?

Als ich wie in einem Traum um den Platz herumfuhr und immer mehr dieser regungslosen, stillen Gestalten mit ihren starren, blinzelnden Augen sah, erkannte ich deutlich, dass einer von ihnen, dessen *Képi* vom Kopf gefallen war, ein Loch in der Stirn hatte und tot war – obwohl er auf seinem Posten stand, mit Brust und Ellbogen auf der Brüstung gestützt, und aussah, als würde er gleich sein Gewehr abfeuern!

Ich bin ziemlich kurzsichtig, wie du weißt, aber dann dämmerte mir die Wahrheit – sie waren *alle* tot!

„ *Warum schliefen sie nicht den Schlaf müder Sieger?*“ , hatte ich mich wenige Minuten zuvor gefragt. Sie *waren...*

Ja, alle. *Mort sur le champ d'honneur!...*

Mein Freund, ich ritt zurück zu der Stelle, an der Grey-Moustache seine letzte Wache gehalten hatte, und mit entblößtem Kopf entschuldigte ich mich bei ihm, und Tränen traten mir in die Augen. Ja, und ich, Henri de Beaujolais von den Spahis, gebe es ohne Scham zu.

Ich sagte: „ *Vergib mir, mein Freund.*" Was hättest du als Engländer gesagt?

„Wie wär's mit einer Tasse Tee?", fragte Herr George Lawrence und griff unter den Sitz, um seinen Proviantkorb hervorzuholen.

§4.

Nach einer staubigen Mahlzeit, die Major de Beaujolais ungeduldig hinunterschlang, setzte der Gentleman seine Geschichte mit ernster Miene und einigen Gesten fort, während George Lawrence auf der gegenüberliegenden Seite der Kutsche auf dem Rücken lag, die Hände unter dem Kopf verschränkt, und gedankenverloren den Rauch beobachtete, der aus seiner Zigarre aufstieg. Aber er hörte dem Franzosen aufmerksam zu.

"Aber natürlich kam mir bald der Gedanke", fuhr der Herr fort, "dass jemand am Leben sein musste. ... Schüsse waren abgefeuert worden, um mich zu begrüßen. ... Diese Leichen hatten nicht von *selbst* diese unglaublich lebensechten Haltungen eingenommen. Wer auch immer sie aufgerichtet und sie und ihre Gewehre in Position gebracht hatte, musste am Leben sein.

Denn natürlich waren nicht alle von arabischen Kugeln getroffen worden und blieben in den Schießscharten stehen. Neun von zehn Malen, wie du weißt, taumelt ein Mann zurück und fällt, wenn er im Stehen erschossen wird.

Außerdem, was war mit den Verwundeten? In jedem Gefecht gibt es immer einen viel höheren Anteil an Verwundeten als an Getöteten. Ja, es musste Überlebende geben, möglicherweise alle mehr oder weniger verwundet, unten in der *Kaserne.*

Aber sicherlich könnte *einer* von ihnen Wache gehalten haben. Wahrscheinlich sind der Kommandant und alle Unteroffiziere getötet worden.

Selbst dann hätte man doch erwarten können, dass der ranghöchste Mann – selbst wenn die Überlebenden alle *Soldaten zweiter Klasse* waren – diese einfache militärische Vorsichtsmaßnahme getroffen hätte!...

Nun, ich würde das Problem bald lösen, denn meine Truppe näherte sich, mein Trompeter mit ihnen. Ich war froh, dass mein Feldwebel offenbar eine ähnliche Idee gehabt hatte wie ich, denn als er das Fort in Sichtweite hatte, hatte er die Formation geöffnet und war in geschlossener Ordnung vorgerückt – trotz der tapfer wehenden Flagge.

Als meine Männer eintrafen, ließ ich den Trompeter den „Weckruf", den „Alarm" und den Regimentsruf blasen – und erwartete nach jedem Ton, dass sich die Tore öffnen oder zumindest jemand von unten auf das Dach rennen würde.

Kein Laut, keine Bewegung! ... Wieder und wieder; Ruf um Ruf ... Kein Laut, keine Bewegung!

„Vielleicht sind die letzten ein oder zwei schwer verwundet", dachte ich. „Vielleicht kann keiner mehr aus seinem Bett kriechen. Der Typ, der die Leichen aufgerichtet hat, wurde vielleicht erschossen und liegt jetzt da oben oder auf seinem Bett", und ich befahl dem Trompeter, aufzuhören. Ich ließ den *Chef,* wie wir den Feldwebel nennen, rufen und befahl ihm, Kamelstricken, Schärpen, Gurte, Zügel, einfach alles zu einem Seil zu verknoten und einen kräftigen Mann von einem Kamel aus in eine Schießscharte klettern zu lassen, um mich hochzuziehen.

Dieser Sergeant-Major ist einer der mutigsten und kühlsten Männer, die ich je kennengelernt habe, und zu seiner Sammlung von *Orden* gehören das Croix und die Medaille, die ihm auf dem Schlachtfeld für Tapferkeit verliehen wurden.

„Das ist eine Falle, *mon Commandant*", sagte er. „Tapp nicht rein. Lass mich gehen." Tapfere Worte – aber er sah komisch aus, und ich wusste, dass er, obwohl er nichts Lebendiges fürchtete, Angst hatte.

„Die Toten wachen gut, *Chef*", sagte ich, und ich glaube, er zitterte.

„Sie würden uns warnen, *mon Commandant*", sagte er. „Lass mich gehen."

„Wir gehen beide nicht", sagte ich. „Wir werden den Mut haben, an unserem Platz zu bleiben, bei unseren Männern. Es mag eine Falle sein, obwohl ich das bezweifle. Wir schicken einen Mann hinein, und wenn es eine Falle ist, werden wir es wissen – ohne unnötig einen Offizier zu verlieren. Wenn es keine Falle ist, werden die Tore in zwei Minuten geöffnet sein."

„Die Toten beobachten und lauschen", sagte der *Chef*, blickte auf, bekreuzigte sich und wandte den Blick ab.

„Schick mir diesen betrunkenen *mauvais sujet*, Rastignac", sagte ich, und der Oberfeldwebel ritt davon.

„Darf ich gehen, *mon Commandant?*", fragte der Trompeter und salutierte.

„Schweigen", sagte ich. Meine Nerven lagen unter dem stillen, spöttischen Blick der toten Wächter etwas blank. Als der Oberfeldwebel mit einem Seil und dem Schurken Rastignac zurückkam, dessen richtiger Platz im *Joyeux*, den schrecklichen Strafbataillonen für verurteilte Verbrecher, war, befahl ich ihm, von seinem Kamel auf das Dach zu klettern.

„Ich nicht, *mon Officier*", antwortete er prompt. „Lass mich lieber tot in die Hölle kommen als lebendig. Es macht mir nichts aus, mich den Leichen *als* Leiche anzuschließen. Du kannst mich erschießen."

„Das kann ich dir sicher", stimmte ich zu und zog meinen Revolver. „Reite mit deinem Kamel unter den hervorstehenden Wasserspeier", sagte ich. „Stell dich auf seinen Rücken und spring auf den Wasserspeier. Klettere in die Schießscharte, dann steig hinunter und öffne die Tore."

„Ich nicht, *mon Officier*", sagte Rastignac wieder. Ich hob meinen Revolver, und der Oberfeldwebel schnappte sich das Gewehr des Mannes.

„Hast du *Le Cafard?*", fragte ich und meinte damit die Wüstenwahnsinnigkeit, die aus Monotonie, Langeweile, Elend und Entbehrungen entsteht und europäische Soldaten in diesen Außenposten – vor allem Absinthtrinker – befällt und sie zu seltsamen Handlungen treibt, die von Meuterei, Mord und Selbstmord bis hin zum nackten Herumtanzen oder der Wahnvorstellung, sie seien Eidechsen, Kaiser oder Uhrpendel reichen.

„Ich habe eine Abneigung dagegen, eine tote Kompanie zu stören, die zu den Waffen steht und Wache hält", antwortete der Kerl.

„Zum letzten Mal – *geh!*", sagte ich und zielte zwischen seine Augen.

"Gehen Sie selbst, *Monsieur le Majeur*", antwortete Rastignac, und ich drückte ab. ... Habe ich richtig gehandelt, mein Freund?"

„Keine Ahnung", antwortete Lawrence gähnend.

„Es gab ein Klicken, und Rastignac lächelte. Ich hatte meinen Revolver geleert, als ich mich dem Fort näherte, wie ich dir schon gesagt habe."

„Du kannst leben – vor das Kriegsgericht gestellt werden und dich dem *Batt d'Af* anschließen", sagte ich. „Du wirst unter den *Joyeux* gut aufgehoben sein."

'Besser unter denen als unter den Wächtern oben, *mon Officier'*, sagte meine Schönheit, und ich befahl dem Feldwebel, seine Bajonette zu nehmen und ihn zu verhaften.

„Zeig diesem Feigling den Weg", sagte ich zum Trompeter, und im nächsten Moment sprang dieser an den Ausguss, klammerte sich daran fest und kletterte auf die Mauer. Er war *mutig*.

„Wir werden so vorgehen, als ob der Ort vom Feind gehalten würde – bis die Tore geöffnet werden", sagte ich zum Oberfeldwebel, und wir ritten zurück zur Truppe und übergaben Rastignac dem Unteroffizier, der ihn sichtlich in der Rolle des Gefangenen willkommen hieß.

„ *Vous – pour la boîte*", lächelte der Unteroffizier und leckte sich die Lippen. Und dann beobachteten wir und warteten. Ich konnte sehen, dass die Männer äußerst verwirrt und fasziniert waren. Kein Auge wanderte ab. Ich hätte alles dafür gegeben, zu wissen, was jeder einzelne von ihnen über dieses einzigartige Erlebnis dachte. Ein vollkommen stilles Fort, die Mauern voll besetzt, die Fahne wehte – und die Tore waren verschlossen. Kein Zeichen von der regungslosen Garnison, die in die Wüste starrte und ihre Gewehre auf nichts – und auf *uns* – richtete.

Wir schauten zu und warteten. Zwei Minuten vergingen, fünf, sechs, *sieben*. Was konnte das bedeuten? *War* es doch eine Falle?

„ *Der* kommt nicht zurück!", sagte Rastignac laut und lachte unheimlich. Der Unteroffizier schlug ihm auf den Mund, und ich hörte ihn knurren: [1]„Wie wäre es mit ein bisschen *Crapaudine* und einem Schluck Sand, mein Freund? ... Du sprichst wieder!"...

Nach zehn Minuten, einer sehr *schlechten Viertelstunde*, winkte ich den Oberfeldwebel herbei. Ich konnte die Anspannung nicht länger ertragen.

„Ich gehe rein", sagte ich. „Ich kann keinen anderen Mann schicken, obwohl ich das tun sollte. Übernehmen Sie das Kommando. ... Wenn Sie mich innerhalb von zehn Minuten nicht sehen und nichts passiert, stürmen Sie den Ort. Brennen Sie die Tore nieder und lassen Sie einen Teil der Truppe die Mauern erklimmen, während ein anderer Teil stürmt. Halten Sie eine halbe Truppe unter dem Unteroffizier in Reserve."

„Lass mich gehen, *mon Commandant*", flehte der *Chef*, „wenn du keinen anderen Soldaten schicken willst. Oder ruf einen Freiwilligen. Stell dir vor, du..."

"Sei still, *Chef*", antwortete ich, "ich gehe", und ritt zurück zum Fort. Hatte ich recht, George?"

„Keine Ahnung", antwortete George Lawrence.

"Ich erinnere mich, dass ich auf dem Rückweg dachte, wie dumm ich aussehen würde, wenn ich vor den Augen aller – der Lebenden und der Toten – diese keineswegs leichte Kletterpartie nicht schaffen und schmählich zugeben müsste, dass ich nicht in der Lage war, dort hinaufzuklettern, wo der Trompeter hingeklettert war. Es ist traurig, wenn der eigene erbärmliche Körper hinter den Ansprüchen der strebsamen Seele zurückbleibt, wenn die Kraft der Muskeln dem Mut des Herzens nicht gewachsen ist. . . .

Aber alles ging gut, und nach einem unwürdigen Herumbaumeln am Ausguss und wildem Herumtasten mit dem erhobenen Fuß gelang es mir, ein Bein über den Vorsprung zu schwingen, mich hochzuziehen und in eine Schießscharte zu kriechen.

Und da stand ich, verblüfft und sprachlos, *ganz durcheinander*, unfähig, meinen Augen zu trauen.

Dort stand, wie im Leben, die Garnison, mit dem Rücken zu mir, das Gesicht dem Feind zugewandt, den sie vertrieben hatte, die Füße in getrockneten Lachen ihres eigenen Blutes – und sie schauten, schauten ... Und bald vergaß ich, was mich unten erwarten könnte, ich vergaß meinen verschwundenen Trompeter, ich vergaß meine Truppe, die draußen wartete – *denn da war noch etwas anderes.*

Auf dem Rücken liegend, seine blinden Augen starrten in die Sonne – lag der Kommandant, und durch sein Herz steckte *ein Bajonett*, eines unserer langen, dünnen französischen Schwertbajonette mit seinem einmal gebogenen Griff! Nein – er war nicht erschossen worden, er war an keiner anderen Stelle verletzt, und dort lag er mit einem französischen Bajonett im Herzen. Was sagst du dazu, mein Freund?"

„Selbstmord", antwortete Lawrence.

"Das dachte ich auch, bis ich bemerkte, dass er einen geladenen Revolver in der einen Hand hielt, eine Patrone abgefeuert, und einen zerknüllten Brief in der anderen! *Steckt sich* ein Mann eine Bajonette ins Herz und nimmt dann einen Revolver in die eine Hand und ein Blatt Papier in die andere? Ich glaube nicht.

Hast du jemals einen Mann gesehen, der sich eine Bajonette ins Herz gestoßen hat, mein Freund? Glaub mir, er fummelt nicht nach Briefen, noch zieht er einen Revolver und schießt, nachdem er *das* getan hat. *Nein* . Er ringt nach Luft, starrt, taumelt. Er umklammert den Griff und die *Klinge* mit beiden Händen, wankt, streckt sich krampfhaft und bricht zusammen, stürzt zu Boden. . . . Begeht ein Mann Selbstmord mit einem Bajonett, wenn er einen geladenen Revolver hat? . . . Selbstmord? *Puff.*

War es ein Wunder, dass mir die Kinnlade herunterfiel und ich alles andere vergaß, während ich starrte und starrte ... *Voyez donc! Eine* französische Festung in der Sahara, von Arabern belagert. Alle Männer bei der Postzustellung getötet. Die Araber zurückgeschlagen. Die Festung unberührt, kein arabischer Fuß hat sie betreten. Die Tore geschlossen. Darin – die Toten, und einer von ihnen mit einem französischen Bajonett erschlagen, während er einen geladenen Revolver in der Hand hielt! …

Aber *war* die Festung wirklich unberührt und von keinem arabischen Fuß betreten? Wenn ja, was war dann aus meinem Trompeter geworden? Könnten sich die Araber nicht unten versteckt halten und auf eine Gelegenheit warten, die Entsatztruppe zu überraschen? Könnte nicht an jedem Schießschlitz ein arabisches Auge lauern? Könnten die *Kasernen*, Räume, Ämter, Schuppen nicht voll von ihnen sein?

Absurd und unwahrscheinlich – und warum hätten sie den Kommandanten mit einem französischen Bajonett getötet? Hätten sie ihn nicht mit Schwertern und Speeren in Stücke gehackt und alle Leichen an diesem Ort verstümmelt und geköpft? War es typisch für die wilden Tuareg, mit den aufgestellten Leichen eine so clevere Falle zu stellen, damit auch die Verstärkung in ihre Hände fallen könnte? Niemals. *Peaudezébie! Wären* die Araber hier eingedrungen, wäre der Ort eine geplünderte, geschwärzte Ruine gewesen, entweiht, ekelerregend, übersät mit den Überresten von Menschen. Nein, das war nicht das Werk von Arabern.

Diese Wächter, da war ich mir sicher, waren von dem toten Mann, der vor mir lag, dazu gezwungen worden, auch nach ihrem Tod als Verteidiger der Festung weiterzumachen. … Er war offensichtlich ein *Mann*. Ein mutiger, einfallsreicher, unerschrockener Held, sarkastisch, mit einem makabren Humor, wie es die Legionäre immer haben.

Als jeder einzelne Mann an diesem langen, schrecklichen Tag fiel, hatte er ihn aufgerichtet, verwundet oder tot, das Gewehr an seinen Platz gestellt, geschossen und den Arabern vorgegaukelt, dass jede Mauer, jede Schießscharte und jede Schießlücke vollständig besetzt sei. Am Ende muss er von Punkt zu Punkt gelaufen sein und hinter den toten Verteidigern mit deren Gewehren geschossen haben. Hin und wieder muss er den Alarm geblasen haben, den der Hornist nie wieder blasen würde, in der Hoffnung, dass er die Entsatztruppen leiten und beschleunigen und die Araber mit der Angst beeindrucken würde, dass die Rächer nahe sein müssten.

Kein Wunder, dass die Araber dieses Fort nie stürmten, aus dessen Mauern jeweils ein Gewehr ununterbrochen knallte und aus dessen Schießscharten jeweils ein furchtloser Mann hinschaute, den sie nicht töten konnten – oder dessen Platz sofort von einem anderen eingenommen zu werden schien, wenn sie ihn doch töteten. …

All das ging mir in wenigen Sekunden durch den Kopf – und als mir klar wurde, was er getan hatte und wie er in der Stunde des Sieges gestorben war, *ermordet*, schwoll meine Kehle an, obwohl mein Blut kochte – und ich wagte es, mir das stolze Privileg zu nehmen, neben ihm niederzuknien und ihm mein eigenes Croix an die Brust zu heften – obwohl ich kaum sehen konnte, um das zu tun. Ich dachte daran, wie Frankreich von der Nachricht von seiner Heldentat, seiner Findigkeit und seinem letzten glorreichen Kampf widerhallen würde und wie jeder Franzose nach dem Blut seines Mörders schreien würde.

Nur ein armer *Unteroffizier* der Legion. Aber ein Held, den Frankreich ehren sollte. Und ich würde ihn rächen!

Das waren meine Gedanken, mein Freund, als mir die Wahrheit klar wurde – was sind deine?

„Zeit für ein Abendessen“, sagte George Lawrence und sprang auf.

—

§5.

Am nächsten Morgen, als die beiden schmutzig, zerzaust und in ihren Pyjamas auf ihren staubigen Betten lagen und auf die nächste Station, ein Bad und Frühstück warteten, zündete sich de Beaujolais eine Zigarette an, drehte sich auf die Seite und sah seinen Freund mit seinen hellen braunen Augen ernst und besorgt an.

„Also, George, *wer hat ihn umgebracht – und* warum?“

„Oh, du alter Seebär!“, gähnte Lawrence.

„Was?“
„Ich fühle mich wie der Hochzeitsgast.“
„Du siehst auch so aus, mein George“, lächelte der Franzose.
„Mach weiter, Jolly.“
„Wie wurde der Kommandant dieser Festung getötet?“
„Jemand hat ihm mit einem Eisenbahnschiene gedroht.“
„Sei ernst, kleiner George. Ich brauche deine Hilfe. Ich *muss* der Sache auf den Grund gehen. Wo bin ich stehen geblieben?“
„Keine Ahnung. Ich hab geschlafen.“
"Ah! Ich war auf dem Dach und habe dem mutigsten Mann, den ich je getroffen habe, mein Croix an die Brust geheftet. Dein General Gordon in Miniatur! Diese unbekannte und bescheidene Seele hatte die Flagge seines Landes hochgehalten, wie es dieser große Mann in Khartum getan hatte, und wie er war auch er zu spät abgelöst worden. Aber ja, und dort flatterte sie über meinem Kopf und rief mich zurück.
Ich stand auf, zog meinen Revolver, lud ihn und ging zur Tür. Als ich gerade in diese Stille hinabsteigen wollte, kam mir eine kleine Idee. Ich sah jeden der Wächter der Reihe nach an. Nein. Jeder Mann hatte natürlich sein Bajonett. Ich hatte nicht wirklich angenommen, dass einer von ihnen seinen Offizier erstochen hatte und dann zu seiner Post zurückgekehrt war, um dort zu sterben! Er wäre gefallen – oder möglicherweise schlaff aus der Schießscharte gehängt. Ich hob meine Waffe und stieg die Treppe hinunter – ohne zu wissen, was mich in dieser unheimlichen Stille, die meinen Trompeter verschluckt hatte, erwarten würde. Und was glaubst du, was ich dort vorfand, mein Freund?
„Keine Ahnung“, sagte George Lawrence.
" *Nichts. Niemand* und nichts. Nicht einmal der Mann, der die beiden Begrüßungsschüsse abgefeuert hatte! ... Wie ich eigentlich die ganze Zeit schon vermutet hatte, war kein Araber in die Festung eingedrungen. Das sprang sofort ins Auge. Der Ort war so fest verschlossen wie meine Faust – und so leer von arabischen Spuren. Die *Kaserne* war so ordentlich und aufgeräumt, wie die Männer sie verlassen hatten und zu den Waffen standen – *die Pakete* auf den Regalen, das Tischgeschirr in den Hängeschränken, die *Gamellen* und Putztaschen an den Kopfenden der Betten, die Bettzeug gefaltet und glatt. Offensichtlich hatte es eine Zimmerinspektion gegeben, kurz bevor der Wachposten auf der Aussichtsplattform " *Aux armes! Aux armes!"* gerufen hatte. *Les Arabes! '* und alle zur Postzustellung eilten.
Nein, es fehlte nichts, nichts war durcheinander. Der ganze Ort könnte, könnte von einer abziehenden Garnison für die ankommende Garnison hergerichtet worden sein. Kein Araber hatte diese Mauern erklommen oder sich durch das Schlüsselloch des Tores gewunden. Die Vorräte waren unberührt – der Reis, die Kekse, das Brot, der Kaffee, der Wein, nichts fehlte. . ."
„Außer einem Gewehr“, brummte Lawrence.
"Mein Freund, du hast es gesagt! Wo war das Gewehr, das zu der Bajonette gehörte, die dem ermordeten Offizier oben ins Herz gestoßen worden war? Genau diese Frage stellte sich mein verwirrter Verstand, als mir klar wurde, dass niemand das Fort betreten hatte.
Hatte ein Leichnam den *Unteroffizier* mit dem Bajonett erstochen, sich zurückgezogen, um die Postzustellung zu erledigen, und dann das Gewehr in die Ferne geworfen? Kaum.
Hatte ein Araber – ein Experte im Werfen von Messern oder Bajonetten wie im Werfen von Matrak – sich nach einem Massaker in der Wüste an einer unserer kleinen Expeditionskolonnen eines französischen Bajonetts *bemächtigt*? Und war er nah genug an die Festung herangekommen, um es zu werfen? Und hatte es durch Zufall oder durch die Geschicklichkeit des Werfers das Herz des Kommandanten der Garnison durchbohrt?
„Möglich“, sagte Lawrence.
„Das dachte ich auch einen Moment lang“, antwortete de Beaujolais, „aber warum ein Mann, der mit einem Hinterlader bewaffnet ist, die Deckung seines Sandhügels, seines Grabens oder seiner Palme verlassen und mit Bajonetten werfen sollte, weiß ich nicht. Und dann fiel mir ein, dass die Bajonette die Brust des *Unteroffiziers* in einer leicht *nach oben gerichteten* Richtung

von vorne nach hinten durchbohrte. Kann man eine Bajonette so mitten auf ein breites Dach werfen?“

„Wieder verkauft“, murmelte Lawrence.

”Nein, diese Idee musste ich aufgeben. Sie war genauso unhaltbar wie die Theorie von der wiederkehrenden Leiche. Und ich kam, entgegen aller Vernunft, zu dem Schluss, dass der Offizier von einem seiner eigenen Männer, dem einzigen Überlebenden, mit dem Bajonett erstochen worden war, der dann das Gewehr vom Bajonett gelöst und aus dem Fort geflohen war. Aber warum? *Warum? Wenn* das die Erklärung für den Tod des Offiziers war – warum um alles in der Welt hatte der Mörder ihn nicht erschossen *und ruhig auf die Ankunft der Entsatztruppe gewartet*?

Natürlich hätten alle angenommen, dass der tapfere Kommandant wie alle anderen von den Arabern erschossen worden war.

Anstatt in den sicheren Tod durch Durst und Hunger oder Folter durch die Araber zu fliehen, warum hatte der Mörder nicht in Ruhe auf die Ehren, *die Reklame*, die Belohnung und die Beförderung gewartet, die ihm mit Sicherheit zugute gekommen wären? Es liegt auf der Hand, dass jemand, der – aus Blutdurst und Rachegelüste wegen eines tatsächlichen oder eingebildeten Unrechts – seinen Vorgesetzten in einem solchen Moment ermorden konnte, auch derjenige war, der die Schönheit einer reichen und ruhmreichen Belohnung als Folge seiner Rache erkannte. Zweifellos hätte er ihm in den Kopf geschossen, ihn zu den anderen gestellt und die Glückwünsche der Entsatztruppe dafür entgegengenommen, dass er den ganzen Plan, die Araber zu überlisten und zu besiegen, ersonnen und ausgeführt hatte. Nicht wahr, George?

„ *Ich* würde es tun“, antwortete George und kratzte sich am Kopf.

”Ja, das würdest du. Und ich hätte diese Theorie fast zu den anderen beiden wilden Theorien gesandt – zu der des Leichnams, der zur Postzustellung zurückkehrte, und zu der des Arabers, der aus der Ferne mit Schwertbajonetten warf. Fast – bis ich mich an den Revolver in der Hand des Toten und an die leere Patronenhülse in einer seiner Kammern erinnerte. Und dann fragte ich mich: 'Verschwendet ein Mann, der unter enormen Widrigkeiten die Verteidigung eines Blockhauses leitet, Zeit damit, *mit einem Revolver* auf versteckte Feinde in einer Entfernung von zwei- oder dreihundert Metern zu schießen? Tut er das, obwohl er Hunderte von Gewehrpatronen und ein Dutzend Gewehre zur Verfügung hat?' Natürlich nicht.

Dieser Revolverschuss war auf jemanden *im* Fort abgefeuert worden. Er war aus nächster Nähe auf den Mann abgefeuert worden, der ihn ermordet hatte – und der Mörder musste einer seiner eigenen Männer gewesen sein, und dieser Mann musste aus dem Fort geflohen sein. Aber wieder: Warum? Warum? *Warum?*

Warum hat er nicht, wie ich schon sagte, seinen Offizier erschossen? Er hätte nicht einmal leugnen *müssen*, es getan zu haben, denn niemand hätte im Traum daran gedacht, ihn zu beschuldigen.

Und dann kam mir eine Idee. Ich sagte mir plötzlich: „Angenommen, irgendein Schurke hat den Kommandanten erstochen, noch bevor Alarm gegeben wurde oder der Angriff begann – und dann die Verteidigung organisiert und ist mit den anderen bei der Postzustellung gestorben?“

Vielleicht hat er eine Meuterei der Garnison angeführt, das Kommando übernommen und wurde erschossen und von jemand anderem in seiner Schießscharte aufgerichtet. Ja, aber wer hat den letzten Mann aufgerichtet? Er selbst war es sicher nicht, denn jede einzelne Leiche auf dem Dach war *arrangiert* worden, bevor *die Leichenstarre* einsetzte. Der einzige Mann, der nicht „lebensecht“ aussah, war derjenige, der auf dem Rücken lag. Es war merkwürdig, diese liegende Leiche mit geschlossenen Augen und gefalteten Händen, aber ich sah darin keinen Hinweis. Wer auch immer die grausige Arbeit des Leichenbohrens verrichtet hatte, hatte sie übersehen – oder hatte tatsächlich vor, den Toten aufzurichten, als sich die letzte Tragödie, was auch immer es war, ereignete.

Vielleicht wollte der mutige *Unteroffizier* gerade diese Leiche herrichten, als er angegriffen wurde. Oder, wie ich schon sagte, der Offizier war vielleicht schon die ganze Zeit tot, oder zumindest teilweise, und der letzte Überlebende wurde bei seiner letzten Arbeit durch eine Kugel gestoppt, bevor er den Mann in Position bringen konnte.

Aber wenn ja, wo *war* er? War es der Mann, der die beiden Schüsse als Antwort auf meine abgefeuert hatte – und wenn ja, was war aus ihm geworden? *Warum hatte er geschossen, wenn er sich verstecken oder fliehen wollte?*

Mir schwirrte der Kopf. Ich fühlte mich, als würde ich verrückt werden.

Und dann sagte ich mir: „ *Mut, mon brave! Geh* ruhig wieder auf dieses schreckliche Dach und vergewissere dich ganz ruhig und klar über zwei Punkte. Erstens: Gibt es unter diesen aufgebahrten Leichen einen, der nicht ganz offensichtlich arrangiert, aufgerichtet und in Position gebracht wurde? Wenn ja, *dann* ist *das* der Mann, der seinen Offizier getötet hat und anschließend von den Arabern erschossen wurde. Zweitens: Wurde einer dieser Toten aus nächster Nähe mit einem Revolver erschossen? (Das würde ich auf einen Blick erkennen.) Wenn ja, *dann* ist *das* der Mann, der seinen Offizier getötet hat – (der noch lange genug gelebt hat, um seinen Angreifer in eine Schießscharte zu stoßen) . . . .“

„Nachdem er selbst mit einem Bajonett durch das Herz gestochen wurde?“, fragte Lawrence.

„Genau das habe ich mir auch gedacht – und laut gestöhnt, als ich es sagte“, antwortete de Beaujolais.

“Jedenfalls”, fuhr er fort, ”würde ich hinaufgehen und nachsehen, ob jemand mit einem Revolver erschossen worden war und ob jemand *natürlich* an der Schräge einer Schießscharte lag. ... Ich wandte mich um, um die Treppe hinaufzusteigen, und dann, George, und erst dann, erlebte ich den *wirklichen* Schock dieses schrecklichen Tages voller Schocks. Denn *wo war mein Trompeter*?

Ich hatte eine schnelle, aber gründliche Runde gemacht und mir wurde plötzlich klar, dass ich kein Lebewesen gesehen und keinen Laut gehört hatte.

„ *Trompette! Trompette!*“ , rief ich. Ich eilte zur Tür, die zum Innenhof führte, dem kleinen, von hohen Mauern umgebenen Exerzierplatz.

„ *Trompette!*“ , rief ich und schrie wieder und wieder, bis meine Stimme versagte.

Kein Geräusch. Keine Bewegung.

Und dann, in einer Art Panik, alles andere vergessend, stürzte ich zum Tor, hob die großen Riegel herunter, zog die schweren Riegel, drehte den großen Schlüssel und riss sie auf – gerade als die Maultierstaffel eintraf und mein guter Feldwebel ihnen das Signal zum Angriff gab!

Es war nicht so, dass ich mich plötzlich daran erinnert hatte, dass die Zeit, die ich ihm gegeben hatte, abgelaufen sein musste, sondern dass ich nach einer Viertelstunde in diesem Haus des Todes, dieser unheimlichen Stätte tragischer Geheimnisse, wieder einen Menschen sehen und eine menschliche Stimme hören musste. Ich verspürte ein dringendes und unüberwindliches Verlangen nach etwas . . .”

„Frühstück“, sagte George Lawrence, als der Zug langsamer wurde.

§6.

Gebadet, satt und mit der lauten Welt versöhnt, soweit dies der erstickende Staub, die sengende Hitze und die Müdigkeit nach drei Tagen enger Haft in einem stickigen Wagen zuließen, lagen die beiden *Reisegefährten da* und rauchten in kurzer Stille ihre Zigarren. Kurz, weil es nicht in der Macht des impulsiven und redegewandten *Beau Sabreur*, des Spahis, lag, lange zu schweigen über das Thema, das sein aktives und leidenschaftliches Gemüt bewegte.

„ *Georges, mein Alter*“, brach er das Schweigen, „glaubst du an Geister, Gespenster, Teufel?“

„Ich glaube fest an Whisky, den Geist eines Gehalts und einen Teufel von einer mageren Zeit. Ich habe sie selbst gesehen“, war die Antwort.

”Weil das die einzige Lösung war, die mir mein Oberfeldwebel anbieten konnte. . . .

‘Geister! Gespenster! Teufel!’ flüsterte er, als er begriff, dass der *Unteroffizier* offenbar von einer Leiche ermordet worden war und dass der Trompeter spurlos verschwunden war, ohne eine

Spur von sich zu hinterlassen, und dabei sein Gewehr ebenso wie seine Trompete und alles andere mit sich genommen hatte.

Das war nicht sehr hilfreich, so sehr ich auch versucht war, dem zuzustimmen.

„Herr Feldwebel Dufour", sagte ich, „ich werde dir einige Theorien vorlegen, und du wirst die Schwachstellen darin aufspüren. Die Absurditäten und Torheiten darin."

Stellen Sie die Vorposten weit draußen rund um das Lager auf, und lassen Sie die Männer abtreten, damit sie ihre Tiere an der Oase tränken können. Sergent Lebaudy übernimmt das Kommando. Sagen Sie ihm, dass Feuer entfacht und *Soupe* gekocht werden darf, aber dass in einer Stunde alle zum Graberdienst antreten müssen. Er soll umgehend Meldung machen, sobald die Maultierspäher von Leutnant St. Andrés vorrückenden Senegalesen aus Tokotu eintreffen oder wenn sich inzwischen etwas ereignet. Gibt ein Vorposten Alarm, so haben sich alle sofort in das Fort zurückzuziehen – andernfalls darf niemand einen Fuß hineinsetzen. Stellen Sie einen Posten am Tor auf.... Sie und ich werden uns dieser *Affaire* annehmen, während Achmet uns einen Kaffee bereitet" – und ich gab dem guten Kerl eine Tafel Schokolade und einen Schluck Cognac aus meiner Feldflasche. Wir waren beide froh um diesen Cognac.

Während er weg war, blieb ich auf dem Dach. Ich mochte das Sonnenlicht, wenn ich allein war. Ich gebe es offen zu. Ich habe nichts gegen Araber, aber ich mag keine „Geister, Gespenster und Teufel", die Morde und Entführungen begehen. Vielleicht war ich nicht ganz ich selbst. Aber was hättest du getan? Ich hatte Fieber gehabt, war die ganze Nacht geritten, war selbst gefährlich nah *an der Cafard* und die Anwesenheit dieser toten Wächter, mit denen ich gesprochen hatte, die Entdeckung dieses unglaublich ermordeten Mannes, das Verschwinden dieses noch unglaublicheren Trompeters – all das hatte mich ein wenig erschüttert.

Während ich auf die Rückkehr des Sergeant-Majors wartete, starrte ich auf die Leiche des *Unteroffiziers*. Ich starrte und starrte auf das Gesicht des Toten – kein besonders angenehmer Anblick, George – verzerrt vor Wut, Schmerz und Hass – seit einigen Stunden tot, und es wurde heiß auf diesem Dach – und da waren Fliegen ... Fliegen...

Ich starrte ihn an, als wollte ich die Wahrheit aus ihm herausreißen, das Geheimnis dieses Rätsels aus seinen toten Lippen zwingen, diese toten Augen hypnotisieren, damit sie sich meinen zuwandten, und – aber nein, *er* war es, der hypnotisierte und zwang, bis ich mich genötigt sah, wegzuschauen.

Als ich das tat, bemerkte ich den Mann, der in der Nähe lag. Ja, zweifellos hatte ihn jemand sorgfältig und ehrfürchtig hingelegt. Seine Augen waren geschlossen, sein Kopf auf einem Beutel abgestützt und seine Hände auf seiner Brust gefaltet. Warum hatte er eine so andere Behandlung erfahren als die anderen?...

Und dann dieser Mann mit dem bloßen Kopf. Er war es – ein sehr gut aussehender Kerl – der mir meinen ersten Schock versetzt und mir klar gemacht hatte, dass die Männer, die mich beobachteten, alle tot waren.

Seht ihr, alle außer ihm hatten ihre Gesichter im tiefen Schatten ihrer großen Kepis versteckt – *während* er, mit bloßem Kopf und durch die Stirn geschossen, offensichtlich tot war – selbst für mich, der ich kurzsichtig war und von unten gegen das starke Sonnenlicht blickte; selbst für mich, der ich zunächst durch seine lebensechte Haltung getäuscht worden war.

Und als ich auf ihre beiden dort liegenden *Kepis* blickte, fiel mir etwas Seltsames auf.

Eine war von innen herausgerissen worden. Das Futter ragte heraus, und das innere Lederband war nach unten und nach außen gedreht. Es sah aus, als wäre kürzlich etwas gewaltsam aus der Mütze herausgerissen worden – vielleicht etwas, das im Futter versteckt war?...

Nein, es war nicht die Laune einer Querschlägerkugel. Der stehende Mann war knapp über der Nase und unter der Mütze getroffen worden, der liegende Mann war in die Brust getroffen worden.

„Was ist hier los?", dachte ich. „Ein Mann, der durch den Kopf geschossen wird, zieht nicht seine Mütze ab und reißt das Futter heraus. Er zuckt zusammen, dreht sich vielleicht um und fällt leise rückwärts um. Seine Glieder strecken sich einmal und zucken, dann bleibt er für immer regungslos liegen. Seine eng sitzende Mütze kann beim Fallen herunterfallen oder auch nicht – aber das Futter wird nicht herausgerissen und das Lederband nicht umgeschlagen."

Kugeln spielen seltsame Streiche, das weiß ich, aber nicht mit Dingen, die sie nicht berühren. Diese Kugel war, würde ich sagen, aus einer Palme abgefeuert worden, fast auf Höhe des Daches; jedenfalls war sie unterhalb der Mütze in den Kopf eingedrungen. Es gab überhaupt kein Loch *darin*. Welchem dieser beiden Männer gehörte die Mütze? . . .

Wäre an diesem schrecklichen Ort alles normal gewesen, wären alle so liegen geblieben, wie sie gefallen waren, hätte ich diese zerrissene Mütze vielleicht nie bemerkt. So aber – wo alles außergewöhnlich war und der Geist des Betrachters voller Verdacht und tausend Fragen war – war sie höchst interessant und bemerkenswert. Sie wurde bedeutungsvoll. Sie war ein weiteres Phänomen in diesem Brennpunkt der Phänomene!

Und von dieser Mütze und ihrem kürzlich zerrissenen und noch hervorstehenden Futter – ja, ganz offensichtlich erst kürzlich zerrissen, mit seinen Randfäden, die zwar ausgefranst, aber sauber waren – von dieser Mütze schaute ich ganz instinktiv auf das zerknüllte Papier in der linken Hand des toten Offiziers. Ich weiß nicht, warum ich diese beiden Dinge in meinem Kopf miteinander in Verbindung brachte. Vielleicht verbanden sie sich von selbst – und ich war gerade dabei, das Papier aus der starren Faust zu nehmen, als ich dachte: „Nein! Alles muss ordentlich und korrekt gemacht werden. Ich werde nichts anfassen, nichts tun, bis der Oberfeldwebel zurückkommt und ich einen Zeugen habe."

Wenn ich schon *Staatsanwalt, Untersuchungsrichter*, Richter und Geschworener, Leichenbeschauer und vielleicht sogar Rächer sein sollte, dann musste alles ordnungsgemäß ablaufen – und mein Bericht über diese unmögliche Angelegenheit musste auch von Wert sein.

Aber ohne das Papier anzurühren, konnte ich sehen, und ich sah mit Überraschung – obwohl der *bon Dieu* weiß, dass ich in meinem benommenen Geist nicht mehr viel Überraschungsfähigkeit übrig hatte –, dass die Schrift auf Englisch war!

Warum sollte *das* zu meinen Rätseln noch hinzukommen? Ein Papier mit englischer Schrift, geschrieben von einem toten französischen Offizier in einem Blockhaus im Herzen des *Militärgebiets* der Sahara!

„Vielleicht war der Kerl Engländer", schlug Lawrence vor. „Ich habe gehört, dass es einige in der Legion gibt."

„Nein", kam die sofortige Antwort. „Das war er ganz sicher nicht. Ein typischer Franzose aus dem Midi – ein stämmiger, rotgesichtiger Kerl mit blauen Wangen und voller Gewohnheiten. Vielleicht ein Provençal – Tausende wie ihn gibt es in Marseille, Arles, Nîmes, Avignon, Carcassonne, Tarascon. Könnte der gute Tartarin selbst gewesen sein. Vielleicht ein Belgier, *möglicherweise* ein Spanier oder Italiener, aber ganz sicher kein Engländer. Noch weniger war der Mann, der dort stand, ein Italiener oder Sizilianer mit olivfarbenen Wangen."

„Und der liegende Mann ohne Kopfbedeckung?", fragte Lawrence.

"Ah – das ist eine ganz andere Sache! Er könnte sehr wohl Engländer gewesen sein. Wenn man mich nach seiner Nationalität gefragt hätte, hätte ich gesagt: 'Sicherlich ein Nordländer, höchstwahrscheinlich Engländer.' Er hätte gut in das Bild der Offiziersmesse eines eurer Regimenter gepasst. Genau der Typ, den eure öffentlichen Schulen und Universitäten zu Tausenden hervorbringen.

Du denkst genau das, was mir auch durch den Kopf gegangen ist. Englische Schrift auf dem Papier, ein englisch aussehender Legionär, seine Mütze neben dem Mann, der das Papier in der Hand hielt, das Futter aus der Mütze herausgerissen! Ha! Hier gab es einen kleinen Lichtblick, einen möglichen Hinweis. Ich war gerade dabei, die Szene zu rekonstruieren, als ich den Sergeant-Major die Treppe hinaufsteigen hörte.

Hatte dieser Engländer den *Unteroffizier* getötet, während dieser ein Dokument aus dem Futter der Mütze des Mannes riss? Offensichtlich nicht. Die Bajonette der armen Kerle steckten in ihren Scheiden an ihrer Seite, und wenn er *es getan hätte* – wie hätte er sich in diese Position bringen können?

„Könnte, könnte, könnte", sagte Lawrence.

"Nein. Er wurde *reingelegt*, das sag ich dir", war die Antwort, "und er hat sich ganz sicher nicht selbst reingelegt. Außerdem war er unbedeckt. Geht ein Mann mit bloßem Kopf in der Nachmittagssonne der Sahara herum? Aber meiner Meinung nach stellt sich diese Frage gar nicht – angesichts dieser unerklärlichen Bajonette.

Ein Bajonett mehr als es Soldaten und Gewehre gab!

Nein – ich hörte auf, die Szene mit *ihm* als Mörder zu rekonstruieren, und ich hatte keinen Grund, jemand anderen für diese Rolle auszuwählen. Dann hörte ich die laute Stimme von Sergeant Lebaudy unten in der Oase „ *Formez les faisceaux*" und „ *Sac à terre*" brüllen und kehrte zur Realität zurück, als der Sergeant-Major näher kam und salutierte.

„Alles in Ordnung, *mon Commandant*", meldete er und begann, die Leichen zu mustern.

„Sogar die halbgerauchten Zigaretten in ihren Mündern!", flüsterte er. „ *Die Gefallenen, denen es nicht erlaubt war zu fallen – die Toten, denen es verboten war zu sterben.*" Dann: „Aber wo in Gottes Namen ist Jean, der Trompeter?"

„Sag mir das, *Chef*, und ich fülle deine *Mütze* mit Zwanzig-Franc-Stücken und gebe dir das Großkreuz der Ehrenlegion", sagte ich.

Der Oberfeldwebel fluchte, bekreuzigte sich und sagte dann: „Lass uns hier verschwinden, solange wir noch können."

"Bist du ein Oberfeldwebel oder eine junge Dame?", fragte ich – und wie man es in solchen Situationen tut, schimpfte ich ihn ordentlich aus, weil er genau so empfand wie ich; und je mehr ich redete, desto wütender und unvernünftiger wurde ich. Du weißt ja, wie einem in dieser verdammten Wüste der Kopf und die Nerven spielen, George."

„Ich weiß, alter Junge", stimmte Lawrence zu. „Ich war schon fast bereit, einen *Piccin* umzubringen, weil er einen Teller fallen ließ."

"Ja – selbst die Besten von uns werden manchmal wirklich wahnsinnig in dieser höllischen Hitze und diesem unnatürlichen Leben. ... Aber ich riss mich zusammen und schämte mich – denn der gute Kerl nahm es gelassen.

„Haben Sie gründlich gesucht, Eure Exzellenz?", fragte er vorwurfsvoll höflich.

Aber, mein lieber *Chef*, warum sollte man einen lebenden Menschen, einen kräftigen, gesunden Soldaten, in einem kleinen Raum, in den er geschickt worden war, um ein Tor zu öffnen, gründlich durchsuchen? *Mon Dieu! Er* hat Beine! Er hat eine Zunge im Mund! Wenn er hier wäre, *wäre* er *dann nicht* hier?", fragte ich.

„Vielleicht ermordet", war die Antwort.

„Von wem? Von Käfern? Von Eidechsen?", spottete ich.

Er zuckte mit den Schultern und zeigte mit einer dramatischen Geste auf den *Unteroffizier*. Der sei nicht von Käfern oder Eidechsen ermordet worden!

"Ja", sagte ich. "Jetzt werden wir dieses Verbrechen rekonstruieren, indem wir zuerst lesen, was auf diesem Papier steht", und ich öffnete die versteiften Finger und nahm es. Dort lag auch ein schmutziger, zerknitterter, zerrissener Umschlag. Nun , *Georges, mein Alter*, mach dich bereit. Du wirst ein wenig Emotionen zeigen, mein gefrorener Engländer!"

Lawrence lächelte schwach.

" Es war ein höchst außergewöhnliches Dokument", fuhr de Beaujolais fort. "Ich zeige es Ihnen, wenn wir an Bord des Schiffes sind. Es war in etwa so: Auf dem Umschlag stand: *'An den Polizeichef von Scotland Yard und alle zuständigen Abteilungen. '* Und auf dem Papier: *'Geständnis. Wichtig. Dringend. Bitte veröffentlichen.*

Aus Furcht, dass irgendeine unschuldige Person verdächtigt werden könnte, gestehe ich hiermit offen und ohne Vorbehalt, dass ich es war – ich allein –, der den großen Saphir, bekannt als ‚Blaues Wasser', gestohlen hat.

„Was?", rief George Lawrence und sprang auf. „Was? *Was* sagst du da, de Beaujolais?"

„Aha! Mein kleiner George", lächelte der Franzose triumphierend. „Und wo ist jetzt die *britische Gelassenheit*, wenn ich fragen darf? Das hat dich buchstäblich aufhorchen lassen, nicht wahr? Wir gähnen jetzt nicht mehr, mein kleiner George, oder?"

George Lawrence starrte seinen Freund ungläubig und mit offenem Mund an.

„*Aber das ist Lady Brandons Juwel!*... Was um alles in der Welt...“, stammelte Lawrence und setzte sich schwerfällig hin. „Machst du Witze, de Beaujolais? Willst du lustig sein?“

„Ich sage dir, was auf diesem Zettel stand – den ich dir zeigen werde, sobald ich meine Aktentasche habe, mein Freund“, war die Antwort.

„Gütiger Himmel, Mann! *Lady Brandon!* ... Willst du etwa sagen, dass der ‚Blaue Diamant‘ gestohlen wurde – und dass der Dieb in der Fremdenlegion Zuflucht gesucht hat oder irgendwie dorthin geraten ist?“ fragte Lawrence, während er sich auf seiner zusammengerollten Decke zurücklehnte.

„Ich will nichts sagen – außer meine kleine Geschichte erzählen, die langweilige kleine Geschichte, die dich so gelangweilt hat, mein George“, antwortete de Beaujolais mit einem boshaften Grinsen.

George Lawrence schwang seine Füße auf den Boden und stand wieder auf. Noch nie hatte sein Freund diesen zurückhaltenden, schweigsamen und emotionslosen Mann so aufgewühlt gesehen.

„Ich verstehe dich nicht. Ich begreife es einfach nicht“, sagte er. „Lady Brandons Stein! *Unsere* Lady Brandon? Der ‚Blaue Diamant‘, den wir früher manchmal bestaunen durften? Gestohlen!... Und du hast ihn gefunden?“...

„Ich habe nichts gefunden, mein Freund, nur ein zerknülltes und blutbeflecktes Stück Papier in der Hand eines toten Mannes“, war die Antwort.

„Mit Lady Brandons Namen drauf! Das ist absurd, Mann. . . . Mitten in der Sahara! Und *du* hast es gefunden. . . . Mit ihrem Namen drauf! . . . Nun, ich bin absolut verdammt!“, rief Lawrence aus.

„Ja, mein Freund. Und vielleicht beginnst du zu begreifen, wie ‘verdammt’ ich war, als ich dieses blutverschmierte Papier las. Aber wahrscheinlich war ich nicht so überrascht wie du jetzt. Selbst das hätte mich damals nicht sehr überraschen können, glaube ich“, sagte de Beaujolais.

Lawrence setzte sich.

„Mach weiter, alter Junge“, bat er. „Ich entschuldige mich aufrichtig für mein jüngstes Benehmen. Bitte erzähl mir alles, und dann wollen wir die Sache ausfechten.... Lady Brandon!... Der ‚Blaue Diamant‘ gestohlen!“...

„Keine Entschuldigung nötig, mein lieber George“, lächelte sein Freund. „Wenn du manchmal etwas unbeeindruckt und gelangweilt gewirkt hast, hat mir das nur umso mehr Lust auf die *Auflösung* gemacht, wenn du den Namen deines ... unseres ... Freundes in dieser außergewöhnlichen Geschichte hören würdest.“

„Du bist ein schlauer und geduldiger alter Teufel, Jolly“, sagte der verblüffte Lawrence. „Ich ziehe meinen Hut vor dir, Herr. Ein logischer alter Kerl! *Das* bis jetzt zurückzuhalten und die Spinnereien so geschickt, in der richtigen Reihenfolge und bis zum richtigen Zeitpunkt in der Geschichte zu erzählen, und dann...“

„Aha! Die *britische Gelassenheit*, was, George!“, kicherte de Beaujolais. „Erstaunlich, wie ein so unbeständiger und ungestümer Franzose das geschafft hat, nicht wahr? Und es kommt noch mehr, mein Freund. Alles in “logischer Reihenfolge und der richtigen Abfolge„ kommt noch eine kleine Überraschung.“

„Dann erzähl weiter, alter Junge! Mehr über Lady Brandon, oder?“ fragte Lawrence, jetzt ganz belebt und interessiert.

„Indirekt, *mon cher Georges*. Denn dieses Papier wurde unterschrieben – *von wem?*“ , fragte der Franzose, beugte sich vor, tippte seinem Freund auf das Knie und starrte mit zusammengekniffenen Augen eindrucksvoll in die Augen des verwirrten Gentleman.

Und in die darauf folgende Stille ließ er langsam und bedächtig die Worte fallen: „ *Von Michael Geste!*“

Lawrence stützte sich auf seinen Ellbogen und starrte seinen Freund ungläubig an.

„Von *Michael Geste! Ihrem* Neffen! Du willst mir doch nicht erzählen, dass *Michael Geste* ihren Saphir gestohlen hat und zur Fremdenlegion geflohen ist? ‘Beau’ Geste! *Geh* raus...“, sagte er und fiel zurück.

„Ich will dir nichts erzählen, mein Freund, außer dass das Papier mit 'Michael Geste' unterschrieben war."

„War der Mann mit dem bloßen Kopf er? Hör mal, *willst* du mich veräppeln?"

„Ich weiß nicht, wer der Mann war, George. Und ich ziehe dich nicht auf. Ich habe vor Jahren einmal in Brandon Abbas zwei oder drei Jungen und zwei wunderschöne Mädchen gesehen. Dieser Mann könnte einer von ihnen gewesen sein. Das Alter würde ungefähr stimmen. Andererseits hatte dieser Mann vielleicht gar nichts mit dem Papier zu tun. Genauso wenig wie alle anderen Männer auf dem Dach, außer dem *Unteroffizier – und* der war ganz sicher nicht Michael Geste. Er war ein Mann von vierzig oder fünfundvierzig Jahren und, wie ich schon sagte, kein Engländer."

„Michael war etwa zwanzig", sagte Lawrence. „Er war der älteste der Neffen. ... Aber, mein lieber Jolly, die Gestes *stehlen* nicht! Es sind ihre Neffen. ... Ich werde mir etwas Eis auf den Kopf legen."

„Ich hätte in den letzten Wochen auch gerne viel Eis auf den Kopf bekommen, George. Was ist mit dem ermordeten *Unteroffizier* und dem spurlos verschwundenen Trompeter?"

„Ach, zum Teufel mit deinem Trompeter und *deinem Unteroffizier*", war die explosive Antwort. „Michael Geste! ... Lady Brandon ... Verzeih mir, alter Junge, und erzähl weiter..." Und George Lawrence legte sich wieder auf seine Couch und starrte an die Decke der Kutsche.

Lady Brandon! Die einzige Frau auf der Welt.

§7.

Und während der Zug durch die schwüle Küstenlandschaft in Richtung Lagos rumpelte, fuhr Major de Beaujolais, hochzufrieden mit dem Erfolg seines geschickten kleinen *Coups*, mit seiner Geschichte fort.

"Nun, mein George, stell dir mich vor, mit dieser neuen Verwunderung, dieser außergewöhnlichen Begleiterscheinung des unheimlichen und verwirrenden Geheimnisses eines unerklärlichen Mordes und eines unerklärlichen Verschwindens. . . .

Und dann, 'Was steht in der Zeitung, könnte man respektvoll fragen, *mon Commandant'*, fragte der Sergeant-Major.

„Das Geständnis eines Diebes – dass er ein berühmtes Juwel gestohlen hat", antwortete ich.

„Wer war der Dieb?", fragte er.

„Oh, stell mir doch ein paar Fragen, mein guter Dummkopf!", sagte ich. „Frag mich, wo der Trompeter ist, wem diese Bajonette gehören, wer diese toten Männer als Verteidiger aufgestellt hat, wer die beiden Schüsse abgegeben hat und ob ich verrückt bin oder träume", antwortete ich – und riss mich dann zusammen. „Jetzt komm mit mir", sagte ich zu ihm. „Wir werden unten noch einmal suchen, dann *déjeuner*, und eine ruhige, vernünftige, sachliche Diskussion der Tatsachen, bevor wir diese tapferen Kerle begraben, eine *Escouade* unserer Männer als Garnison abstellen und nach Tokotu zurückkehren. Ich werde dir hier das Kommando überlassen, bis wir Befehle und Verstärkung erhalten."

Der Oberfeldwebel sah mich deutlich skeptisch an. „ *Hier – wochenlang*!", sagte er leise.

Wir machten unseren Rundgang unten, und wie zuvor fiel uns nichts Ungewöhnliches auf, und es gab keine Spur von dem Trompeter, weder lebendig noch tot. Wir hatten ihn auf die Brüstung klettern sehen, und offenbar hatte kein lebendes Auge ihn wieder gesehen.

Ich war fassungslos. Ich akzeptierte die Situation.

Nun gut, dies war ein Ort, an dem Kommandanten von nicht existierenden Personen ermordet wurden, Soldaten wie eine Rauchwolke verschwanden und englische Briefe an Freunde in den Händen toter Franzosen gefunden wurden. Sehr gut. So sei es. Wir würden „weitermachen", wie du sagst, und unsere Pflicht tun.

„Denk gut nach – und sei bereit, die Theorien, die ich dir in einer Stunde vortragen werde, zu widerlegen", sagte ich zum Oberfeldwebel, als wir aus dem Tor traten, und ich begab mich zu der Oase, wo mein ausgezeichneter Achmet meine Suppe und meinen Kaffee vorbereitet hatte. . . .

Du willst meine Theorien nicht hören, George, und der Oberfeldwebel brauchte auch nicht auf die Unmöglichkeiten und Absurditäten hinzuweisen. Die sprangen sofort ins Auge.

Es lief alles auf die nackten Tatsachen hinaus, dass ein Soldat der Garnison vermisst werden musste, , dass er sein Gewehr mitgenommen und seine Bajonette im Leichnam *des Unteroffiziers* zurückgelassen haben musste, anstatt ihn zu erschießen und auf Lob und Belohnung zu warten; dass mein Trompeter verschwunden war; dass der tote *Unteroffizier* im Besitz eines Geständnisses gewesen war, echt oder gefälscht, wonach Michael Geste den berühmten Saphir seiner Tante gestohlen hatte.

Da war es – und nichts als Wahnsinn konnte aus Theorien über den Mord *an dem Unteroffizier*, das Verschwinden des Trompeters oder Michael Gestes Geständnis und dessen Herkunft entstehen.

Nein – du willst diese völlig sinnlosen Theorien nicht hören – diese Erklärungen, die nichts erklärten. Aber es könnte dich interessieren, dass ich an diesem Abend zusätzlich zu all meinen anderen kleinen Freuden mit einer Meuterei konfrontiert war.

„Guter Gott!", rief Lawrence und drehte sich zu dem Sprecher um.

"Ja. Um vier Uhr befahl ich dem Oberfeldwebel, die Männer anzutreten, und ich würde die neue Garnison für Zinderneuf aufstellen.

Auf höchst ungewöhnliche Weise zögerte der Oberfeldwebel sozusagen, anstatt sich flott an seine Pflicht zu machen.

„Nun?", sagte ich scharf.

'Es gibt Ärger, *mon Commandant*', stammelte er.

„ *Mon Dieu*, das gibt es!", fuhr ich ihn an, „und *ich* werde dafür sorgen, wenn ich irgendwelchen Unsinn zu hören bekomme. Was meinst du damit?"

„Sergeant Lebaudy sagt, dass Korporal Brille sagt, dass die Männer sagen..."

„Name des Namens des Namens von zehntausend donnernden Blechteufeln!", brüllte ich.... „Du sagst, dass er sagt, dass sie sagen, dass sie sagt", höhnte ich. *„Va t'en, grand babillard!"* donnerte ich ihm entgegen. „Ich stehe in zehn Sekunden draußen vor diesen Toren auf dem Exerzierplatz, und wenn du und deine plappernden Schwätzer dort nicht strammsteht..." – und mein armer Sergeant-Major ergriff die Flucht.

Seine Nachricht machte mich umso wütender, als ich unbewusst etwas Derartiges erwartet hatte.

Was hätte ich auch anderes erwarten können von diesen unwissenden, abergläubischen Trotteln, die gegen menschliche Feinde die Tapfersten der Tapferen waren? Es gab keine wie sie. Jeder Mann ein Held in der Schlacht. Aber was war mit diesem Haus des Todes mit seinen Wächtern? Dieser Ort, an den ihr Kamerad mutig hinaufgestiegen war – und nie wieder herausgekommen war.

Rastignac hatte damit angefangen. Und sie hatten gesehen, wie er lieber den sofortigen Tod in Kauf genommen hatte, als ihn zu betreten – Rastignac, der furchtlose, rücksichtslos Teufel, dessen Tapferkeit allein seine Eskapaden davor bewahrt hatten, ihn vor ein Kriegsgericht und auf die Zephyr zu bringen. Ausgerechnet er hatte Angst vor diesem Ort. Nichts ist so ansteckend wie *diese* Art von Panik.

Nun gut! Eine weitere Tatsache, die es zu akzeptieren galt.

Wenn die Männer nicht in die Festung von Zinderneuf gehen wollten, würden sie nicht in die Festung von Zinderneuf gehen – und damit basta.

Aber wenn der Wille dieser Schurken mit dem Willen von Henri de Beaujolais in Konflikt geriet, standen aufregende Zeiten bevor. Da sie das Unglück suchten, würden sie es sicherlich finden – und als ich wieder meinen Gürtel und meine Stiefel anzog, verspürte ich eine gewisse Hochstimmung.

„Aktion ist immer Aktion, *mon Henri*", sagte ich mir, „und es wird eine Abwechslung sein von diesen dreimal verfluchten Theorien und Versuchen, das Unerklärliche zu erklären und das Unvereinbare in Einklang zu bringen."

Bah! Ich würde meinen kleinen Hunden beibringen, die Zähne zu zeigen, und ich ritt auf einem Maultier zum Fort. Dort befahl ich Dufour und Lebaudy, eine *Escouade* der schlimmsten Männer auszuwählen, allesamt *Mauvais Sujets* dieser Kompanie. Sie sollten entweder das Fort Zinderneuf oder das Grab bewachen, das für die tapferen „Gefallenen, denen man nicht erlaubt hatte zu fallen" ausgehoben worden war.

Als ich herangeritten kam, rief der Oberstleutnant Dufour die Männer zur Aufmerksamkeit, und sie standen wie Standbilder, die ausgewählte *Escouade* auf der rechten Seite, während ich eine eloquente Rede hielt, die Grabrede für diese tapfere Truppe, der wir ein militärisches Begräbnis mit allen letzten Ehren bereiten wollten, die Frankreich den würdigen Verteidigern seiner Ehre und seiner Flagge erweisen konnte.

Tränen traten mir in die Augen und meine Stimme brach, als ich mit folgenden Worten schloss:

"Soldats de la Légion,
De la Légion Étrangère,
N'ayant pas de nation,
La France est votre mère."

Als dann die ausgewählte neue Garnison den Befehl „ *Par files de quatre. En avant. Marche*" bekam, damit sie ins Fort marschieren und ihre neue Aufgabe beginnen konnten, die Toten zur Beerdigung herauszuholen, taten sie etwas ganz anderes.

Sie nahmen sich die Zeit von rechts, bückten sich mit Geschick und Präzision wie ein Mann, legten ihre Gewehre auf den Boden, standen wie ein Mann auf und stellten sich stramm!

Der Mann auf der rechten Seite, ein grauhaariger Veteran aus Madagaskar, Tonkin und Dahomey, trat einen Schritt vor, salutierte und sagte mit ausdruckslosem Gesicht: „Wir ziehen es vor, mit Rastignac zu sterben."

Das war offener Ungehorsam und Meuterei. Damit hatte ich nicht gerechnet.

„Aber Rastignac wird nicht sterben. Er wird leben – hoffentlich noch viele Jahre – im *Joyeux*. Ihr jedoch, die ihr nichts als feige Schafe seid, die er in die Irre geführt hat, werdet ein besseres Schicksal haben. Ihr werdet jetzt sterben oder in die Festung Zinderneuf eintreten und eure Pflicht tun. ... Feldwebel, lasst die Gewehre einsammeln. Der Rest der Kompanie bildet eine Reihe, und auf den Befehl " *Attention pour les feux de salve*„ kniet die vordere Reihe nieder, und auf den Befehl " *Feu*„ tut jeder seine Pflicht."

Aber ich wusste es besser, George. Das war genau das, was sie *nicht* tun *würden*, und ich spürte, dass dies meine letzte Parade war. Diese verfluchte Festung übte immer noch ihren schrecklichen Einfluss aus. Diese Dummköpfe fürchteten, dass sie sie töten würde, wenn sie sie betraten, und ich fürchtete, dass sie sie töten würde, wenn sie es nicht taten. Denn wenn ich sie jetzt falsch behandelte, würden sie mich und die Unteroffiziere erschießen und in die Wüste marschieren, wo sie vor Durst und Hunger sterben würden. Sie würden von den Arabern gejagt und zusammengetrieben werden und täglich an Zahl abnehmen, bis ein plötzlicher Ansturm sie überrannte und den Überlebenden nur noch schreckliche Qualen blieben.

Sie waren vielleicht meuternde Hunde und Dummköpfe – aber die Verantwortung für ihr Leiden und ihren Tod würde nicht weniger auf mir lasten, wenn ich die Situation falsch handhabte. Ich dachte an andere Wüstenmeutereien in der Legion.

Es war ein heikles Dilemma, George. Wenn ich der Kompanie befahl, auf die Truppe zu schießen, würden sie sich weigern und damit selbst zu Meuterern werden. Sie würden dann denken, dass sie genauso gut für ein Schaf wie für ein Lamm gehängt werden könnten, und nachdem sie mich erschossen hätten, würden sie ihre Chance auf Flucht und Freiheit nutzen.

Wenn ich andererseits diese Weigerung der Escouade dulden würde – *was würde* dann aus der militärischen Disziplin *werden*? Die Pflicht gegenüber meinem Land stand über meiner Pflicht gegenüber diesen Männern, und ich durfte nicht zulassen, dass Mitleid für ihr wahrscheinliches Schicksal zwischen mich und meine Pflicht als französischer Offizier trat.

Ich entschied, dass sie, wenn sie sterben *würden*, dann sterben müssten – aber ich würde zumindest mein Bestes tun, um sie zu retten. Ohne von der Pflichthaltung abzuweichen, würde ich ihnen eine Hand reichen.

Wenn die *Escouade* das Fort nicht betreten würde, müssten sie ihr militärisches Verbrechen sühnen. Wenn die Kompanie meinen Befehl nicht ausführen und nicht auf die Meuterer schießen würde, müsste sie *ihr* Verbrechen sühnen.

Wenn ich erschossen würde, würde mir zumindest die unangenehme Aufgabe erspart bleiben, zu berichten, dass meine Männer meuterten, und ich würde in dem Wissen sterben, dass ich meine Pflicht erfüllt hatte.

Ja – ich würde klarstellen, dass Ungehorsam gegenüber meinen Befehlen den Tod bedeuten würde. Schnell und plötzlich für einige, qualvoll und schrecklich für viele, sicher und gewiss für alle. Dann würde ich „weitermachen", wie du sagst. Hatte ich recht, George?

„Ich finde, du hast ganz richtig gehandelt, Jolly", stimmte Lawrence zu.

"Während ich so entschlossen war, alles innerhalb weniger Sekunden, alle Augen auf mich gerichtet und eine schreckliche Spannung in allen Gesichtern", fuhr de Beaujolais fort, "kam der Oberfeldwebel und salutierte. Ich sah ihn kalt an. Mit dem Rücken zu den Männern flüsterte er:

„Sie werden es nicht tun, *mon Commandant*. Um Gottes willen, geben Sie den Befehl nicht. Sie sind verdorben von *Cafard* und Übermüdung. Dieser Rastignac ist ihr Held und Mächtiger *dieser Welt*. Sie werden Sie erschießen und desertieren ... Eine Nacht Ruhe wird Wunder wirken ... Außerdem werden Leutnant St. André und die Senegalesen bis Mitternacht hier sein. Heute Nacht ist Vollmond."

„Und sollen wir hier sitzen und auf die Senegalesen warten, Dufour?", flüsterte ich zurück. „Willst du diese Kerle bitten, uns zu verschonen, bis sie kommen?"

Und ich schaute von ihm zu den Männern und sagte laut:

„Du bist zu gnädig, Feldwebel. So machen wir das bei den Spahis nicht. Aber das sind keine Spahis. In Anbetracht des hervorragenden Marsches, den die Männer hinter sich haben, werde ich jedoch deiner Bitte nachkommen und diesen *von Cafards befallenen* Narren bis zum Mondaufgang Zeit geben. Es macht mir keine Freude, Strafen zu verhängen, und ich hoffe, dass niemand darauf bestehen wird, bestraft zu werden. Wir sind alle müde, und da du dich für deine Männer einsetzt, gewähre ich vier Stunden Urlaub. Bei Mondaufgang lautet unser Motto: " *Arbeiten oder sterben*„. Bis dahin können sich alle ausruhen. Danach werden die Toten begraben und das Fort besetzt. Ich hoffe, dass heute Nacht keine *weiteren* Toten begraben werden müssen."

Und ich ritt zurück zur Oase und hörte dabei die Stimme des Oberfeldwebels, der die Männer ermahnte und mit dem Befehl „ *Rompez*" abschloss .

Ein paar Minuten später kam er zu mir.

„Das werden sie niemals tun, *mon Commandant*", sagte er. „Sie werden diesen Ort im Mondlicht noch mehr fürchten als je zuvor. Morgen früh könnten wir Freiwillige aufrufen, uns zu begleiten. Und dann die Senegalesen ..."

„Das reicht, Dufour", sagte ich. „Sie werden bei Mondaufgang sofort gehorchen oder die Konsequenzen tragen. Ich habe mein militärisches Gewissen bereits strapaziert, um mein privates Gewissen zu befriedigen. Wenn sie sich nach vier Stunden Ruhe und Nachdenken immer noch zur Meuterei entschließen – dann soll es so sein! Ich trage keine Verantwortung. Wenn sie meutern, tun sie es kaltblütig. Wenn sie den Befehlen gehorchen, bevor die Senegalesen eintreffen, ist kein großer Schaden entstanden und die Disziplin ist gewahrt. Das ist das Äußerste, was ich in meinem Wunsch, sie zu retten, tun kann."

„ *Sie* retten , *mon Commandant*! Ich versuche doch, *Sie* zu retten", stammelte der gute Kerl.

Ich klopfte ihm auf die Schulter, als er sich umdrehte, um zu gehen, und bat ihn, mir ein paar der einflussreichsten Männer der *Escouade* und zwei oder drei der besten aus den übrigen – die Mächtigen dieser Welt, falls es welche gab – zu schicken.

Ich würde ihnen die unvermeidlichen und schrecklichen Folgen von Ungehorsam und Meuterei für die Männer selbst vor Augen führen. Ich würde ihnen vom Heldentum, der Disziplin und der Pflichterfüllung der Toten erzählen. Ich würde ihnen klar machen, dass sie im Falle einer Meuterei entweder loyal bleiben und durch die Hand der Meuterer sterben oder als Deserteure durch die Hand der Araber sterben würden. Dann würde ich sie zu ihren Kameraden zurückschicken – und die Entscheidung abwarten. . . .

Während ich auf ihre Ankunft wartete, wünschte ich mir, unsere Armee würde in einem Punkt mehr der euren ähneln – nämlich in der Beziehung zwischen Offizieren und Soldaten. Unsere Kameraden haben zu viel Unteroffiziere und zu wenig Offiziere. Wir sind zu weit von ihnen entfernt. Wir spielen keine Spielchen mit ihnen, lernen sie nicht kennen, interessieren uns nicht für sie als Mitmenschen, so wie es eure Offiziere tun. Zu oft ist es bei uns so, dass die Unteroffiziere gehasst werden und die Offiziere Fremde sind. Besonders in der Legion ist das so. Die Unteroffiziere sind allmächtig und tyrannisch, die Offiziere interessieren sich überhaupt nicht für die Männer als Individuen und kennen nicht einmal ihre Namen.

Und ich gehörte nicht zu ihren Offizieren in der Legion. Ich war ein Spahi-Offizier, der die Organisation der Maultierkavallerie aus der Infanterie beaufsichtigte, oder besser gesagt, gewöhnliche Infanteristen zu berittener Infanterie ausbildete, damit die Legion in Sachen Beweglichkeit mit den Tuaregs mithalten konnte. Wir wollten dort unten berittene Schützen, genau wie ihr im Burenkrieg, sonst würden uns die Araber zur Seite stehen, so wie euch anfangs die Buren.

Ich war während meiner Zeit mit dieser Truppe sicherlich nicht übermäßig hart oder unterdrückerisch gewesen, aber andererseits hatte ich auch keinen *persönlichen* Einfluss auf sie. Ich kannte sie nicht, sie kannten mich nicht, und es sah so aus, als würden wir alle unser Leben verlieren....

Trotzdem redete ich mit den Männern, die Dufour gebracht hatte, und tat mein Bestes, obwohl ich nicht mal ihre Namen kannte. Schließlich entließ ich sie mit den Worten:

"Um eures Lebens willen, beeinflusst eure Freunde mit Weisheit und überzeugt sie davon, dass wir bei Mondaufgang entweder Gehorsam mit Ehre und Sicherheit oder Ungehorsam mit Schande, Elend und Tod haben werden. Denn bei Mondaufgang wird die ausgewählte *Escouade* das Fort betreten und die Toten herausholen, oder die Kompanie wird auf sie schießen. ...*Au 'voir, mes enfants.* '

Natürlich wusste ich, wie gefährlich es war, darauf hinzuweisen, was passieren würde, wenn die Kompanie sich weigerte, auf die *Escouade* zu schießen – *aber* es wäre dumm gewesen, so zu tun, als würde ich diese Möglichkeit nicht in Betracht ziehen. Aber ich machte keine Anspielung auf die Senegalesen und die Nötigung oder Bestrafung von Weißen durch Schwarze.

Es *könnte* sein, dass die Kompanie den Befehlen gehorchen würde, wenn die *Escouade* weiterhin meuterte, und es *könnte* sein, dass alle die Ankunft der Senegalesen vor Augen halten würden.

Jedenfalls war ich auf Messers Schneide, und alles hing davon ab, wie sich eine vierstündige Pause und die Worte der Männer, mit denen ich gesprochen hatte, auf diese Halunken auswirken würden. Es bestand die Möglichkeit, dass St. André und seine Senegalesen rechtzeitig eintreffen würden, um den Lauf der Dinge zu beeinflussen – aber ich konnte mich ganz sicher nicht dazu durchringen, die Entscheidung bis zu seiner Ankunft zu verschieben und mich dann hinter den Schwarzen zu verstecken. Bei Vollmond, dessen schönes, sanftes Licht den Himmel erhellte, würden wir sehen, was wir sehen würden...

Und dann, gerade als die Männer sich zum Gehen wandten, kam mir eine Idee. Was, wenn sich einige von ihnen freiwillig bereit erklärten, mit mir zum Fort zu gehen, sich selbst davon zu überzeugen, dass es nichts zu befürchten gab, und dann ihren Kameraden zu berichten, dass alles in Ordnung war?

Ihre Aussagen und die unvermeidliche Überlegenheit, mit der sie auftreten würden, könnten Rastignacs Einfluss und ihre abergläubischen Ängste gut ausgleichen. Wenn einige dieser

Männer, ausgewählt aufgrund ihres Charakters und ihres Einflusses, mit der Einstellung zurückkehrten: „Na, ihr Feiglinge, *wir* waren da drin, und es ist genau wie jedes andere verfluchte Loch – außer dass jemand eine großartige Idee hatte, um die Araber zu betrügen", würden die anderen wahrscheinlich sagen: „Na, wenn ihr da rein könnt, können wir auch rein. Wer seid *ihr*, dass *ihr* so großspurig auftretet?"

Ja, ich würde es versuchen. Nicht, als würde ich wirklich überzeugen oder bitten wollen und darauf bedacht sein, zu beweisen, dass die *Escouade* nichts zu befürchten hatte, wenn sie zur Garnison dorthin geschickt würde. Nein, lediglich, um ihnen, den überlegenen Soldaten, die Gelegenheit zu bieten, das Fort zu sehen, bevor seine bemerkenswerte Anordnung gestört wurde.

„Wartet einen Moment", sagte ich, als sie salutierten und sich zum Gehen wandten. „Gibt es unter euch einen mutigen Mann – einen Mann, *zum Beispiel* wie den Trompeter, der mutig genug ist, mit mir eine leere Festung zu betreten?"

Sie schauten einen Moment lang verlegen. Jemand murmelte: „Und wo *ist* Jean, der Trompeter?" Und dann hörte ich eine merkwürdige geflüsterte Bemerkung:

„ *Mann, ich würde echt gern mal einen Geist sehen, Kumpel*", und die geflüsterte Antwort:

„ *Klar, Hank, und ich würde gerne den alten Brown wiedersehen.*"

Zwei Männer traten gleichzeitig vor und salutierten.

Sie unterschieden sich körperlich stark voneinander, hatten aber gewisse Ähnlichkeiten im Gesicht, denn der eine war ein Riese und der andere nicht größer als fünf Fuß, während beide glatt rasierte, ledrige Gesichter hatten, die etwas an die kühnen Indianer erinnerten.

Du weißt, was ich meine – schmale Gesichter, große Nasen, Münder wie gerade Schnitte und große Kinnladen. An ihren grauen Augen erkannte man, dass sie aus dem Norden stammten, und an ihren Worten, dass sie Amerikaner waren.

„Möchtet ihr das Fort sehen und wie es bis zuletzt von Helden bemannt war – siegreich im Tod?", fragte ich.

„ *Oui, mon Commandant*", antworteten sie gemeinsam.

„Ist kein *Franzose* unter euch?", fragte ich die anderen.

Ein anderer Mann, ein großer, stämmiger Gasconer, salutierte und schloss sich den Amerikanern an. Dann kam das, was man heute als „Herdeninstinkt" und „Mob-Psychologie" bezeichnet, und die anderen taten es ihnen gleich.

Gut! Ich hatte alle beisammen. Ich würde sie um das Fort führen, als würde ich den Toten die Ehre erweisen und sie als Beispiel vorführen – und dann fiel mir plötzlich etwas ein..."

„Der ermordete *Unteroffizier*", sagte George Lawrence.

"Genau, George! Diese Kerle dürfen ihn nicht so liegen sehen, mit einer französischen Bajonette in ihm! Ich muss zuerst hineingehen, allein, und mir die angenehme Aufgabe nehmen, die Bajonette zu entfernen. Ich würde sein Gesicht bedecken, und man würde annehmen, dass er erschossen worden war und dort gefallen war, wo er lag. Ja, das war es...

„Gut! Dann kommst du mit mir", sagte ich, „und hast das Privileg, heiligen Boden zu betreten und etwas zu sehen, von dem du deinen Enkeln erzählen kannst, wenn du alt bist. Du kannst auch deinen Kameraden berichten, was du gesehen hast, und ihnen neuen Stolz auf ihr ruhmreiches Regiment einflößen." Und ich befahl dem Oberfeldwebel, sie zum Fort zu marschieren.

Ich stieg auf mein Maultier, das nicht abgesattelt worden war, und ritt schnell zum Tor. Der Wachposten war abgezogen worden.

Ich stieg ab und eilte zum Dach, um die unangenehme Pflicht zu erfüllen, die ich dem Feldwebel nicht wirklich übertragen konnte. Ich trat aus der Dunkelheit der Treppe auf das Dach hinaus.

Und dort stand ich und starrte und starrte und rieb mir die Augen – und dann fühlte ich mich für einen Moment ein wenig schwach und ein wenig mitleidig mit diesen armen abergläubischen Narren der *Escouade*. Denn, mein lieber George, *die Leiche des Sous-Officier war nicht mehr da! Auch nicht* die des barhäuptigen liegenden Mannes!

„Guter Gott!“, rief Lawrence, sich auf seinen Ellbogen stützend und sich zu de Beaujolais umdrehend.

“Ja, das habe ich gesagt”, fuhr der andere fort. ”Was hätte ich sonst sagen sollen? *Gab* es in dieser verfluchten Wüste wirklich Dschinns, Afrites und böse Geister, wie die Einwohner behaupteten? War das Ganze nur ein Albtraum? Hatte ich geträumt, dass hier die Leiche eines französischen *Unteroffiziers* mit einer französischen Bajonette durchbohrt gelegen hatte? Oder träumte ich jetzt?

Und dann stieg meine Temperatur wohl um zwei oder drei Grad über die bloßen 39 Grad, die man nicht beachtet, denn ich erinnere mich, dass ich den wilden Gedanken hegte, dass vielleicht ein lebender Mann sich unter diesen Leichen tot stellte. Außerdem erinnere ich mich, dass ich von Leiche zu Leiche ging und sie befragte. Ein oder zwei, die besonders lebensecht aussahen, packte ich am Arm, schrie sie an, schüttelte sie und zog an ihnen, bis sie zu Boden fielen und ihre Gewehre mit ihnen klappernd zu Boden fielen.

Plötzlich hörte ich Schritte auf der Treppe und riss mich zusammen. Der Oberfeldwebel und etwa ein halbes Dutzend Legionäre kamen auf das Dach.

Ich schaffte es, meine kleine Rede zu halten, während sie mich erstaunt anstarrten, am meisten erstaunt war der Sergeant-Major, der auf die blutverschmierte Stelle starrte, wo die Leiche des *Unteroffiziers* gelegen hatte.

Die beiden Amerikaner schienen besonders interessiert zu sein und suchten offenbar nach Kameraden unter den Toten.

Wann würde einer der Männer salutieren und respektvoll die erste der hundert Fragen stellen, die sie sicherlich beschäftigten: „ *Wo ist ihr Offizier?*“

Und was sollte ich antworten? Sie konnten selbst sehen, dass die Araber nicht hereingekommen waren und ihn mitgenommen hatten. Vielleicht waren sie zu sehr mit der Frage beschäftigt: „ *Wo ist Jean, der Trompeter?*“ , als dass ihnen die andere Frage in den Sinn gekommen wäre.

Ich hatte das Verschwinden des Trompeters nicht erwähnt, aber ich wusste, dass sie ihn in die Festung gehen gesehen hatten und wie ich eine ganze Viertelstunde lang darauf gewartet hatten, dass er wieder herauskam. Sie hatten mich am Ende dieser Zeit allein hineingehen sehen und mich allein wieder herauskommen sehen. Was hätte ich sagen können?

Es schien mir am besten, nichts zu diesem Thema zu sagen, also sagte ich nichts.

Nach ein paar Minuten, die mir wie Stunden vorkamen, befahl ich Dufour, die Männer um die Nebengebäude herumzuführen und sie dann zurück zur Oase zu marschieren.

Als er als Letzter die Treppe hinunterging, rief ich ihn zurück, und wir waren allein. Gleichzeitig sagten wir dieselben Worte: „ *Hast du es bewegt?*“ – *und* jeder von uns wusste, dass der andere nichts davon wusste!

Ich lachte laut, wenn auch nicht fröhlich, und der Oberfeldwebel legte einen Eid ab, der in seiner Länge und Originalität selbst für die Legion bemerkenswert war.

„Ganz genau, *Chef*“, sagte ich. „Das Leben wird ein bisschen kompliziert.“

„Ich werde diesem *Farceur* einen komplizierten Tod bereiten, wenn ich ihn finde…“, knurrte er, als ich ihm bedeutete, zu gehen. „Bei Teufelsblut, das werde ich!“

Er polterte die Treppe hinunter, und kurz darauf hörte ich seine Stimme unten, als er die Gruppe von Männern über den Hof führte.

„Hier gibt’s nicht viel, was den großen Rastignac erschrecken könnte, *was?*“, spottete er.

„Aber hier gibt es sicherlich etwas, das *mir* Angst macht, mein Freund“, sagte ich mir und machte mich auf den Weg zurück zu meinem Maultier und zur Oase. …Tatsächlich floh ich…

Nun, George, *mein Alter*, was glaubst du, ist passiert? Hat die *Escouade* gehorcht und ist wie Lämmer in die Festung gegangen, oder haben sie sich geweigert und mir erfolgreich getrotzt, in der Gewissheit, dass die anderen nicht auf sie schießen würden?

„Du lebst, um davon zu erzählen, Jolly“, war die Antwort. „Das ist die Hauptsache.“

„Wegen der Bedeutung, die ein Teil davon für dich hat, mein George, was?“, lächelte der Franzose.

„Oh, überhaupt nicht, alter Junge“, beeilte sich Lawrence zu sagen, mit einem etwas schuldbewussten Lächeln. „Einfach wegen der Tatsache, dass du Frankreich und deinen Freunden erhalten geblieben bist.“

„Ich danke dir, mein kleiner George. Du könntest fast ein Franzose sein“, sagte de Beaujolais mit einer ironischen Verbeugung. „Aber sag mir, was glaubst du, ist passiert? Haben sie gehorcht und sind eingegangen, oder haben sie sich geweigert?“

„Gib's auf, Jolly. Ich bin mir nur sicher, dass eines von beiden passiert ist“, antwortete Lawrence.

„Und genau da irrst du, mein Freund, denn keines von beiden ist passiert“, fuhr de Beaujolais fort. „Sie haben weder gehorcht und sind eingetreten, noch haben sie ungehorsam bleiben und draußen bleiben!“

„Meine Güte!“, rief Lawrence aus. „Was dann?“

Und diesmal war es der Franzose, der eine kleine Erfrischung vorschlug.

§8.

„Nun, das ist das letzte ‘Ereignis’ dieses bemerkenswerten Programms, *mon cher Georges*“, fuhr de Beaujolais wenig später fort. „Ein sehr passendes und angemessenes noch dazu. . . . *‘Eine reizvolle Unterhaltung unter freiem Himmel, die mit einem Feuerwerk endete’*, wie die Reporter von *fêtes champêtres* sagen.“

„Feuerwerk? Meinst du Gewehrsalven?“, fragte Lawrence.

”Nein, mein George, nichts Besonderes. Nur Feuerwerk. Feuerwerke ... Ich werde dir erzählen ...

Ich habe den Mond gut aufgehen lassen und dann meinen Diener Achmet zum Sergeant-Major geschickt und diesen guten Kerl gebeten, die Männer wie zuvor aufzustellen, mit dem Fort hundert Schritte hinter ihnen und der *Garnisonseskadron* rechts von der Linie.

Diese Gruppe würde entweder ins Fort marschieren oder nicht. Wenn *nicht,* würde der Rest nach rechts ausrichten und sie auf der Stelle erschießen, wegen Ungehorsam im Feld, praktisch in Anwesenheit des Feindes.

Die anderen würden entweder gehorchen oder nicht. Wenn *nicht,* würde ich sofort den Befehl zum „Waffen ablegen“ geben. Wenn sie dies taten, wie sie es aus Gewohnheit könnten, würden sie sofort zur Oase abmarschieren und von den Unteroffizieren „verhaftet“ und unter senegalesischer Eskorte nach Tokotu zurückmarschieren, um dort auf das Kriegsgericht zu warten. Wenn sie die Waffen nicht niederlegten, sollten die Unteroffiziere sofort zu mir kommen, und wir würden uns darauf vorbereiten, unser Leben teuer zu verkaufen – denn die Männer würden meutern und desertieren. Möglicherweise würden sich einige der Männer uns anschließen, und es bestand eine winzige Chance, dass wir uns den Weg ins Fort freikämpfen und es halten könnten, aber es war unendlich viel wahrscheinlicher, dass wir dort, wo wir standen, niedergeschossen würden.

„ *Bien, mon Commandant*“, sagte Dufour, salutierte und fügte dann zögernd hinzu: „Könnte ich mir erlauben, eine Bitte und einen Vorschlag zu machen? Darf ich mich neben dich stellen, und Rastignac neben mich – mit der Mündung meines Revolvers auf seine Leber gerichtet – , da es klar ist, dass Rastignac bei der geringsten Bedrohung für dich Verdauungsprobleme bekommt? Wenn er weiß, dass genau das passieren wird, kann er auch seinen Freunden einen guten Rat geben. . . .“

„Nichts dergleichen, Dufour“, antwortete ich. „Alles wird normal und ordnungsgemäß ablaufen, bis sich die Männer selbst abnormal und unordnungsgemäß verhalten. Wir werden die Soldaten Frankreichs führen und befehligen, bis wir kämpfen und töten müssen oder von Meuterern getötet werden, die sich gegen die Offiziere Frankreichs in Ausübung ihrer Pflicht auflehnen. Fahren Sie fort.“

Hättest du dasselbe gesagt, George? Mir schien die Idee des Oberfeldwebels nicht viel besser als die, auf die Senegalesen zu warten. Hättest du an meiner Stelle dasselbe getan?

„Ich kann nur *hoffen*, dass ich den Mut gehabt hätte, so tapfer und klug zu handeln wie du, Jolly", war die Antwort.

“Ach, ich bin kein Held, mein Freund", lächelte de Beaujolais, "aber es schien mir das Richtige zu sein. Ich hatte die Meuterei in keiner Weise provoziert – im Gegenteil, ich hatte mich sehr bemüht, sie zu verhindern –, und es war meine Pflicht, geradeaus zu gehen, meine Pflicht zu tun und die Folgen zu tragen.

Aber mit bangem Herzen stieg ich wieder auf das Maultier und galoppierte zum Fort.

Ich hatte überlegt, auf einem Kamel zu reiten, denn es ist eine seltsame psychologische Tatsache, dass Menschen, die zu dir aufschauen müssen, dich auch metaphorisch gesehen auf eine höhere Ebene stellen. Wenn ein Mächtiger dieser Welt von einem Maultier aus mit mehr Autorität spricht als vom Boden aus und von einem Pferd aus mit mehr Gewicht und Macht als von einem Maultier aus, würde er dann nicht von einem Kamel aus noch mehr Autorität ausstrahlen?

Vielleicht – aber ich hatte das Gefühl, dass ich im Falle von Schwierigkeiten irgendwie mehr *tun* könnte, wenn ich Angreifer mit Schwert und Revolver angreifen könnte. Ich bin Kavallerist und die *weiße Waffe* ist meine Waffe. Kalte Stahlklingen und Hiebe und Stiche, wenn ich schon kämpfen musste. Auf einem Kamel kann man nicht angreifen und sein Schwert benutzen, also entschied ich mich für den Kompromiss mit dem Maultier – aber wie sehr sehnte ich mich nach meinem arabischen Schlachtross und ein paar meiner Spahis hinter mir! Dann wäre es ein Kampf gewesen statt eines Mordes. . . .

Es war eine seltsame und nicht unbeeindruckende Szene. Diese finstere Festung, silbern und schwarz; die gefrorenen Wellen des Sandmeers, ein unendlicher silberner Ozean; die Oase eine große, dunkle Insel darauf; die Männer, Statuen, undurchschaubar und regungslos.

Was würden sie tun? Würden meine nächsten Worte meine letzten sein? Würden sich zwei Reihen von Gewehren erheben und auf meine Brust zielen, oder würde die *Escouade*, von der alles abhing, wie eine Maschine losrollen und die Festung betreten?

Als ich den Männern gegenüberstand, war ich sehr interessiert und fühlte mich dennoch wie ein Zuschauer, unpersönlich und ohne Angst. Ich war dabei, Zeuge eines spannenden Dramas zu werden, das das Schicksal eines Henri de Beaujolais schilderte, höchstwahrscheinlich seinen Tod. Ich hoffte, dass er auf dieser mondbeschienenen Bühne eine würdige Rolle spielen würde. Das hoffte ich sogar mehr, als dass ich hoffte, ihn am Ende des Stücks noch am Leben zu sehen. Ich war ruhig. Ich war distanziert. . . ."

George Lawrence seufzte und zündete ein Streichholz an.

"Ich warf noch einen Blick auf den herrlichen Mond und holte tief Luft. Wenn dies mein letzter Befehl bei einer Parade sein sollte, dann sollte er würdig ausgesprochen werden, mit tiefer, klarer und fester Stimme. Vor allem fest. Und als ich meinen Mund öffnete und mein Unterkiefer sich bewegte, um Worte zu formen – ich glaube, er fiel herunter, George, und mein Mund blieb offen.

Denn aus dieser rätselhaften, grüblerischen, tödlichen Festung schoss eine Stichflamme empor!

„ *Mon Dieu! Regardez!*" , rief der Oberfeldwebel und zeigte darauf. Ich glaube, alle Köpfe drehten sich um, und in der vollkommenen Stille hörte ich ihn flüstern: „ *Geister, Gespenster, Teufel!*"

Das riss mich unsanft aus meinen Gedanken. „Ja, du Dummkopf!", sagte ich. „Die haben Streichhölzer dabei und legen Brände! Das sind ganz bekannte Brandstifter! Wo ist Rastignac?"

Ich fragte das, weil es total klar war, dass jemand im Fort war und was leicht Entflammbares angezündet hatte. Ich war ein oder zwei Stunden vorher dort gewesen. Da war definitiv kein Anzeichen von Feuer, und jetzt gab es plötzlich diese Flammen.

Während ich zusah, brach an einer anderen Stelle eine weitere Rauchsäule auf.

„Er ist dort hinten gefesselt, *mon Commandant*", antwortete Dufour.

„Die verbotene *Crapaudine*?", fragte ich.

„Ich *habe* Corporal Brille *gesagt*, er soll ihn an einen Baum fesseln", war die Antwort.

Jedenfalls konnte das nicht Rastignacs Werk sein, denn er hätte den Ort nicht betreten, selbst wenn man ihn in Freiheit gelassen und ihm die Gelegenheit dazu gegeben hätte.

„Schick jemanden hin und schau nach, ob er noch da ist – und stell sicher, dass alle anderen da sind", befahl ich.

Es war sinnlos, eine *Feuerwehrmannschaft* zum Löschen zu schicken. Wie du weißt, gibt es in der Wüste weder Schläuche noch Hydranten. Wenn ein Ort brennt, brennt er. Und, *mon Dieu, wie* es in der trockenen Hitze dieser regenlosen Wüste brennt! Der Ort wäre verschwunden, selbst wenn die Männer ihn betreten hätten, bevor wir unsere Teelöffel Wasser aus der Oase geholt hätten. Und um ehrlich zu sein, war es mir egal, wie schnell oder wie vollständig er verschwinden *würde*!

Dieses Feuer würde der Scheiterhaufen dieser tapferen Männer sein. Es würde meine Narren von ihrer selbstmörderischen Meuterei abhalten. Es würde diesen Ort von seinem Geheimnis befreien. Ganz nebenbei würde es mein Leben und meinen militärischen Ruf retten, und die neue Festung, die an seiner Stelle entstehen würde, wäre nicht das verwunschene, verhasste Gefängnis, das dieser Ort fortan für diejenigen gewesen wäre, die ihn bewachen mussten.

Ich gab den Befehl, sich umzudrehen und sich dann locker zu machen. Die Männer sollten zusehen, wie es brannte, da nichts mehr zu retten war. Vielleicht würden sie sogar erkennen, dass menschliches Handeln erforderlich ist, um ein Gebäude in Brand zu setzen – und dass außerdem, wer auch immer darin war, herauskommen musste, wenn er nicht verbrennen wollte. Sie sollten ihn kommen sehen ... Aber wer? Wer? Die Worte *„Wer?" und „Warum?" füllten* meinen Kopf...

Alle standen völlig still da, wie verzaubert.

Plötzlich war der Bann gebrochen und wir kamen wieder auf die Erde zurück, als wir ein altbekanntes Geräusch hörten.

Ein Gewehr knallte, wieder und wieder. Dem Geräusch nach zu urteilen, wurde auf uns geschossen.

Die Araber waren über uns!

Weit rechts und links fielen weitere Schüsse.

Die Festung brannte und die Araber waren über uns!

Kugeln pfiffen über unsere Köpfe hinweg, und ich sah ein oder zwei Blitze von einem entfernten Sandhügel.

Niemand wurde getroffen, da die Festung zwischen uns und dem Feind lag. In weniger Zeit, als man braucht, um es zu erzählen, hatte ich die Männer umgedreht und sie in Richtung Oase laufen lassen – *au pas gymnastique* – *„im* Laufschritt", wie ihr es nennt. Dort würden wir Deckung und Wasser finden, und wenn wir die Teufel nur aufhalten könnten, bis sie schön zwischen uns und den Senegalesen von St. André standen, würden wir die Garnison der brennenden Festung rächen.

Das sind großartige Soldaten, diese Légionnaires, George. Es gibt keine besseren Truppen in unserer Armee. Sie sind für die andere Infanterie das, was meine Spahis für die andere Kavallerie sind. Es war herzerwärmend, sie zu sehen, wie sie, stramm wie bei einer Parade, zurück in die Dunkelheit der Oase liefen, jeder Mann sich seine Deckung suchte und sich hinlegte, sein Gewehr geladen und im Anschlag.

Unsere Kamel-Vorhut kam kurz darauf zurück. Zwei von ihnen hatten einen verzweifelten Kampf hinter sich, und zwei hatten Gewehrfeuer gesehen und zurückgeschossen, bevor sie zur Oase zurückkehrten, weil sie dachten, die Araber hätten die Festung gestürmt und niedergebrannt.

Innerhalb weniger Minuten nach den ersten Schüssen war der ganze Ort still, ruhig und scheinbar verlassen. Für einen Feind gab es nichts zu sehen außer einer brennenden Festung und einer schwarzen, düsteren Oase, in der sich nichts bewegte.

Wie sehr hoffte ich, dass sie schreiend um das Fort herumschwirren würden, in der Annahme, uns wie aufgescheuchte Kaninchen zu erwischen, wenn wir herausstürmten! Es ist nicht die Art der Araber, einen nächtlichen Angriff zu starten, aber zweifellos hatten sie in der Nähe gelauert, und das Feuer hatte sie auf uns aufmerksam gemacht.

Hatten sie uns außerhalb der Festung gesehen? Wenn ja, würden sie am Morgen die Oase angreifen. Wenn sie uns nicht gesehen hatten, könnte alles Mögliche passieren, und die Oase könnte sich als *Guet-apens* erweisen, mit der brennenden oder ausgebrannten Festung als Köder in der Falle.

Was machten sie jetzt? Die Schüsse hatten ganz aufgehört. Wahrscheinlich bereiteten sie sich darauf vor, uns im Morgengrauen plötzlich aus den hinteren Sandhügeln anzugreifen. Ihr Plan war es wohl, uns während einer ruhigen Nacht in Sicherheit zu wiegen und bei Tagesanbruch wie ein Wirbelsturm über uns herzufallen, während wir schliefen.

Und was, wenn unsere gezückten Gewehre sie auf fünfzig Meter Entfernung erwischten und die Überlebenden flohen – direkt in die Mündungen der Gewehre der Senegalesen?…

Es war eine weitere beeindruckende Szene in diesem seltsamen Drama, George. Ein großes Feuer im Mondlicht, mitten in der Sahara, ein Feuer, das von stillen, regungslosen Männern beobachtet wurde, die atemlos auf die Ankunft weiterer Akteure auf der Bühne warteten.

Nachdem ich mit schmerzenden Augen in die mondhelle Ferne gestarrt hatte, in der Erwartung, eine große Schar der blau verschleierten, geheimnisvollen Schweigenden plötzlich über eine Reihe von Sandhügeln schwärmen zu sehen, beschloss ich, mit St. André Kontakt aufzunehmen.

Ich hatte ihm befohlen, mir in einem Gewaltmarsch zu folgen und eine angemessene Garnison in Tokotu zurückzulassen, als ich mit der „immer einsatzbereiten" Notfallabteilung auf Kamelen losrannte, etwa eine Stunde vor der „Verstärkung" der Notfallabteilung auf Maultieren, die Wasser, Verpflegung und Munition mitführte.

Diese beiden Abteilungen sind mehr als doppelt so schnell wie die beste Infanterie, aber ich rechnete damit, dass St. André bald näher kommen würde.

Es war gut möglich, dass er auf die Araber stoßen könnte, während diese die Oase bewachten – falls sie uns dort gesehen hatten oder ihre Späher unsere Anwesenheit gemeldet hatten.

Bisher hatten wir aus der Oase keinen Schuss abgefeuert, und es war möglich, dass unsere Anwesenheit unbemerkt geblieben war.

Es könnte, aber musste nicht dieselbe Bande sein, die den Ort angegriffen hatte. Wenn es dieselbe war, könnte sie in der Hoffnung auf einen Hinterhalt auf Verstärkung warten. Wenn St. André eintraf, während das Fort brannte, hätten sie keine Chance, ihn zu überraschen. Wenn er kam, nachdem die Flammen erloschen waren, könnte er direkt in eine Falle laufen. Sicherlich würden ein oder zwei Targui-Späher in Richtung Tokotu Ausschau halten, während die Hauptstreitmacht in Zinderneuf ihr Werk vollbrachte.

Auf jeden Fall musste ich versuchen, mit St. André in Kontakt zu treten. Es würde ein guter Mann sein, der diese Aufgabe erfolgreich bewältigen könnte – denn dafür waren sowohl Geschick als auch Mut erforderlich. Es galt, die Spur zu finden und ihr zu folgen, und es galt, sich den Arabern zu stellen.

Die Spur zu verlieren bedeutete, zu verdursten und zu verhungern; die Araber zu finden bedeutete, unbeschreibliche Qualen zu erleiden.

Insgesamt könnte es besser sein, zwei Leute zu schicken. Dann wäre die Chance doppelt so groß, dass meine Nachricht St. André erreicht. Vielleicht sogar mehr als doppelt so groß, denn zwei Männer sind mutiger als einer, weil sie sich gegenseitig Mut machen.

Ich ging durch die Oase, bis ich den Sergeant-Major fand, der von Mann zu Mann ging und jedem verbot, ohne Befehl zu schießen, zu rauchen oder Lärm zu machen. Das war vernünftig, und ich lobte ihn und bat ihn dann um ein paar Männer, die für meine Aufgabe geeignet waren.

Ich war nicht überrascht, als er mir zwei der Männer vorschlug, die mit mir im Fort gewesen waren, und gab den Befehl an die beiden Amerikaner weiter. Er empfahl sie als Männer, die sich mit den Sternen auskannten, gute Späher waren, mutig, einfallsreich und sehr entschlossen.

Sie hätten auf jeden Fall eine Chance, an den Arabern vorbeizukommen und St. André die Informationen zu überbringen, die ihn von ihrem Opfer zu ihrem Peiniger machen würden, wenn wir Glück hätten.

Als der große, langsame Riese und der kleine, flinke Mann auftauchten und stumm salutierten, fragte ich sie, ob sie diese Aufgabe übernehmen wollten. Sie waren mehr als bereit, und als ich ihnen meinen Plan erklärte, die Araber zwischen zwei Feuer zu locken, fand ich sie sehr intelligent. Beide konnten mir mit vollkommener Klarheit wiederholen, was sie zu St. André sagen sollten, damit er die Angreifer im Morgengrauen angreifen konnte, gerade als sie mich angreifen würden.

Die beiden verließen die Oase auf Kamelen, auf der dem Fort gegenüberliegenden Seite, und nachdem sie hinter einem Sandhügel verschwunden waren, kannst du dir vorstellen, mit welcher Angst ich auf Schüsse lauschte. Aber alles war still, und bis zum Morgen herrschte Grabesstille.

Nach zwei oder drei Stunden dieser ununterbrochenen, lautlosen Stille, als das Feuer in der Festung erloschen war, war ich mir ganz sicher, dass es bis zum Morgengrauen keinen Angriff geben würde.

Alle, die nicht Nachtwache hatten, schliefen, und ich schlenderte schweigend um die Oase herum, wartete auf die ersten Anzeichen der Morgendämmerung und dachte über die unglaublichen Ereignisse dieses wunderbaren Tages nach – sicherlich einzigartig in meiner recht umfangreichen Erfahrung hektischer Tage.

Ich ging alles noch einmal durch, von dem Moment, als ich das verfluchte Fort mit seiner Fahne über den unversiegelten Mauern und seinen toten Verteidigern zum ersten Mal erblickte, bis zu dem Moment, als meine Augen nicht glauben wollten, dass der Ort in Flammen stand und fröhlich loderte.

Schließlich lehnte ich mich an einen Palmenstamm und sehnte mich nach einer Zigarette und heißem Kaffee, um wach zu bleiben. Ich wandte mich nach Osten und wartete darauf, dass die Sterne verblassten. Während ich so dasaß, wurde mein Geist klarer, während mein Körper schwächer wurde, und ich beschloss, dass all dies das Werk eines Verrückten war, der sich in der Festung versteckt hatte und nun verbrannt war.

Aus irgendeinem Grund hatte er den *Unteroffizier* mit einem Bajonett ermordet (er musste verrückt sein, sonst hätte er ihn erschossen) und aus irgendeinem Grund hatte er den Trompeter lautlos getötet und seine Leiche versteckt – all das in den wenigen Minuten, die vergangen waren, bevor ich dem Trompeter gefolgt war. (Hatte der Mörder für diese stille Tat *ein anderes* Bajonett benutzt?) Aus irgendeinem Grund hatte er die Leichen *des Unteroffiziers* und des anderen Mannes entfernt und ebenfalls versteckt, und schließlich hatte er das Fort in Brand gesetzt und war in den Flammen umgekommen.

Aber wo war er, während ich den Ort durchsuchte, und warum hatte er mich nicht auch getötet, als ich allein das Fort betrat?

Die Wahnsinnstheorie muss diese hoffnungslos wahnsinnigen Handlungen erklären – aber sie erklärt kaum, warum der ermordete *Unteroffizier* ein Geständnis in der Hand hielt, das mit „Michael Geste" unterschrieben war und besagte, dass er einen Juwel gestohlen hatte, oder, mein Alter?

„Das erklärt *es nicht*, mein Sohn, und das ist für mich der interessanteste und bemerkenswerteste Umstand in deiner äußerst interessanten und bemerkenswerten Geschichte", antwortete Lawrence.

"Nun, ich beschloss, wie gesagt, es dabei zu belassen – einfach die verrückten Taten eines Verrückten, garniert mit dem seltsamen Zufall des Papiers", fuhr de Beaujolais fort, "und bald darauf wurde der Himmel im Osten grau.

Bevor ein rosiger Streifen die Morgendämmerung ankündigte, standen wir schweigend mit unseren Waffen bereit, und als die Sonne über den Horizont spähte, sah er St. Andrés Senegalesen, die wunderschön auf uns zustürmten!

Es war weit und breit kein Araber zu sehen. Nein, St. André hatte kein Lebewesen gesehen – nicht einmal die beiden Späher, die ich ihm entgegengeschickt hatte. Auch sonst sah niemand diese beiden tapferen Männer wieder. Ich habe mich oft gefragt, was wohl aus ihnen geworden ist – Araber oder Durst.

Ich erfuhr bald, dass einer von St. Andrés Späher auf einem Maultier zu ihm zurückgeritten war, um ihm mitzuteilen, dass er in Richtung Zinderneuf Gewehrschüsse gehört hatte. St. André hatte das Tempo erhöht und wechselte zwischen schnellem Marsch und *Pas Gymnastique*, bis er wusste, dass er seinem Ziel nahe sein musste. Da alles vollkommen still war, beschloss er, sich vor einem Hinterhalt in Acht zu nehmen, für den Rest der Nacht anzuhalten und sich bei Tagesanbruch in Angriffsformation vorwärts zu tasten.

Er hatte alles richtig gemacht, und ich bedauerte nur, dass die Araber, die Zinderneuf zerstört hatten, nicht zwischen ihm und mir standen, als er sich der Oase näherte.

Während die müden Truppen sich ausruhten, erzählte ich St. André alles, was geschehen war, und bat ihn um eine Erklärung – meine eigene über den Verrückten behielt ich für mich. Dieser St. André ist ein kluger Mann, ehrgeizig und ein echter Soldat. Obwohl er über ein Vermögen verfügt, steht er Frankreich dort zur Seite, wo die Pflicht am schwersten und das Leben am wenigsten attraktiv ist. Ein kleiner dunkler Herkules voller Energie und Kraft.

„Was halten Sie davon, Major?", fragte er, als ich meine Erzählung beendet hatte und wir, nachdem wir gegessen hatten, mit dem Rücken an einen umgestürzten Palmenstamm gelehnt, mit Kaffee und Zigaretten in der Hand dasaßen.

„Angenommen, Ihr Trompeter hätte den *Unteroffizier* selbst getötet und wäre dann desertiert?"

„ *Mon Dieu!* " , sagte ich, „das ist mir nie in den Sinn gekommen. Aber warum sollte er das tun, und warum sollte er sein Bajonett benutzen und es in der Leiche zurücklassen?"

„Nun, warum er *das tun sollte*", antwortete St. André, „könnte Rache gewesen sein. Vielleicht war es das erste Mal, dass er mit dem *Unteroffizier* allein war, und er hatte sich geschworen, ihn bei der ersten Gelegenheit zu töten. ... Vielleicht hatte er das Gefühl, dass ihm in Sidi-bel-Abbès oder anderswo Unrecht getan worden war, oder vielleicht war es auch nur eine Einbildung. Der Anblick seines Feindes, des einzigen Überlebenden, allein, sich in seiner Stunde des Sieges und Triumphes freuend, könnte einen bereits von *Cafard*, Grübeln, Rachegelüsten und ich weiß nicht welcher Verzweiflung wahnsinnig gemachten Geist weiter in den Wahnsinn getrieben haben."

„Möglich", sagte ich und dachte über diesen Gedanken nach. „Aber nein, unmöglich, mein Freund. Warum ist der *Unteroffizier* nicht zur Mauer oder auf die Aussichtsplattform gestürzt, als ich mich näherte? Ich habe sechsmal mit meinem Revolver geschossen, um Aufmerksamkeit zu erregen und ihnen zu signalisieren, dass Hilfe gekommen war, und es wurden zwei Gewehrschüsse als Antwort abgefeuert! Warum winkte er nicht mit seiner *Mütze* und jubelte? Warum stürmte er nicht zum Tor und riss es auf?"

„Er ist verwundet und liegt am Boden", schlug St. André vor.

„Er war nicht verwundet, mein Freund", sagte ich. „Er war getötet worden. Diese Bajonette und nichts anderes hatten ihr Werk getan."

„Er schlief", meinte der Leutnant, „völlig erschöpft. Er schlief wie tot – und so fand ihn sein Feind, der Trompeter, und stieß ihm im Schlaf die Bajonette ins Herz. Er wollte dem Schlafenden das Gehirn wegblasen, als ihm einfiel, dass der Schuss zu hören sein würde und erklärt werden müsste. Deshalb benutzte er das Bajonett, stieß es in den Mann, und erst dann wurde ihm klar, dass das Bajonett ihn verraten würde. Es würde sofort ins Auge fallen, dass *ein Mord* begangen worden war – und zwar nicht von einem der Garnisonssoldaten. Also floh er."

„Und der Revolver, mit *einer* abgefeuerten Patrone?", fragte ich.

„Oh – der wurde während des Kampfes abgefeuert, auf einen mutigen Araber, der um das Fort herumritt, um es auszukundschaften, und plötzlich in Sicht kam."

„Und das Papier in der linken Hand?"

„Keine Ahnung."

„Und wer hat die beiden Begrüßungsschüsse abgefeuert?"

„Keine Ahnung."

„Und wie ist der Trompeter in der Wüste verschwunden – so auffällig wie ein Negerkopf auf einem Kissen – vor den Augen meiner Kompanie?“

„Ich weiß es nicht.“

„Ich auch nicht“, sagte ich.

Und dann setzte sich St. André plötzlich auf.

" *Mon Commandant*“, sagte er, "der Trompeter ist natürlich nicht entkommen. Er hat den *Unteroffizier* ermordet und sich dann versteckt. Er war es, der die beiden Leichen beseitigte, als er wieder allein im Fort war. Er könnte die Idee gehabt haben, die Bajonette zu entfernen und die Stichwunden in Schusswunden zu verwandeln. Dann wollte er mit irgendeiner Lügengeschichte zur Kompanie zurückkehren. Aber da er sich daran erinnerte, dass du die Leiche bereits gesehen und die Bajonette bemerkt haben könntest, beschloss er, das Fort in Brand zu setzen, alle Spuren zu vernichten und sich in dem durch das Feuer verursachten Durcheinander wieder einzureihen.

Er könnte schwören, dass er von hinten auf den Kopf geschlagen worden war und erst wieder zu sich kam, als er den Flammen entkommen konnte, die von demjenigen entfacht worden waren, der ihn niedergeschlagen hatte. Das ist alles denkbar – und wenn es unwahrscheinlich ist, dann ist es nicht unwahrscheinlicher als die tatsächlichen Umstände des Falles, oder?

„Ganz genau, *mon Lieutenant*“, stimmte ich zu. „Und warum hat er sich nicht mit seiner Lügengeschichte in das Durcheinander gestürzt?“

„Nun, hier ist eine Theorie. Nehmen wir an, der *Unteroffizier* hat mit dem Revolver auf ihn geschossen und ihn so schwer verletzt, dass er, als er seine kleine Brandstiftung vollendet hatte, zu schwach war, um zu gehen. Er ist verblutet und in den Flammen, die er selbst entfacht hatte, elend zugrunde gegangen. Ein wirklich großartiges Beispiel für poetische Gerechtigkeit.“

„Großartig“, stimmte ich zu. „Das ist griechische Ironie in Reinkultur. Er ist an seinem eigenen Strick gehängt. Opfer des spöttischen Schicksals und so weiter. Der einzige Fehler in dieser schönen Theorie ist, dass *wir den Schuss hätten hören müssen – genauso* wie wir einen Gewehrschuss gehört hätten, wenn der Trompeter sein Gewehr für den Mord benutzt hätte. In dieser bedrückenden, schweren Stille hätte ein Revolver auf dem offenen Dach wie eine 75er geklungen.“

„Stimmt“, stimmte St. André ein wenig niedergeschlagen zu. „Der Mann war also verrückt. Er hat alles getan, was getan wurde, und dann Selbstmord begangen oder ist lebendig verbrannt worden.“

„Ah, mein Freund“, sagte ich, „Sie sind zu der Verrückten-Theorie gekommen, was? Das war ich auch. Es ist die einzige. Aber jetzt werde ich Ihnen etwas sagen. Der Trompeter hat das alles nicht getan. Er hat den *Unteroffizier nicht* ermordet, denn der Unglückliche war *schon seit Stunden* tot, und der Trompeter war nicht einmal zehn *Minuten* an diesem Ort gewesen!“

„Das war's dann wohl“, sagte St. André. „Versuchen wir es wieder.“ Und er versuchte es wieder – auch sehr einfallsreich. Aber er konnte keine Theorie aufstellen, die er nicht sofort selbst lächerlich machte.

Wir waren natürlich beide todmüde und brauchten eher vierundzwanzig Stunden Schlaf als vierundzwanzig Rätsel – aber ich weiß nicht, ob ich es seitdem viel besser gemacht habe.

Und als ich mit meinem Rekordfieber nach Tokotu zurückritt, öffnete sich mein Kopf mit einem reißenden Schmerz und schloss sich mit einem erschütternden Knall bei jedem Schritt meines Kamels, begleitet von der Melodie „ *Wer hat den Kommandanten getötet, und warum, warum, warum?*“ , bis ich merkte, dass ich es laut aussprach.

Ich sage es immer noch, George."...

§9.

Die Passagiere der *Appam* von Lagos nach Birkenhead interessierten sich für zwei Freunde, die nebeneinander in Madeira-Stühlen saßen oder eng beieinander auf dem Promenadendeck spazierten.

Der eine war ein großer, gebräunter, schlanker Engländer, wortkarg, abweisend und grimmig, der nie zwei Worte sagte, wenn eines genügte; sein kalter grauer Blick durchdrang oder übersah alle, die ihn umgaben; sein eisengraues Haar und sein Schnurrbart, sein eisernes Kinn und sein eiserner Mund deuteten auf das Eisen hin, das in seine Seele eingedrungen war und ihn zu dem harten, kalten, bitteren Menschen gemacht hatte, der er war, einsam, unnahbar und und selbstgenügsamen Menschen gemacht hatte. (Vielleicht kannte Lady Brandon von Brandon Abbas als einzige Frau den wahren Mann und das, was er hätte sein können; und vielleicht mochten ihn ein halbes Dutzend Männer so sehr, wie alle Männer ihn respektierten.)

Der andere, ein kleinerer, stämmigerer, freundlicherer Mensch, gesellig, ein typischer französischer Soldat, charmant, höflich und kultiviert, mit rotem Gesicht, braunen Augen und Haaren, der durch das Abschneiden seines dreijährigen Wüstenbartes vor Madeira deutlich besser aussah. Er war offensichtlich sehr an den Engländer gebunden. ...

Es schien, als hätten diese beiden etwas auf dem Herzen, denn Tag für Tag und Nacht für Nacht, abgesehen von kurzen Pausen zum Essen, Schlafen und Bridge spielen, diskutierten sie endlos, oder besser gesagt, der Franzose diskutierte endlos, und der Engländer hörte aufmerksam zu und warf einsilbige Antworten ein.

Wenn der Engländer etwas zu dem einseitigen Dialog beitrug, hätte ein Zuhörer bemerkt, dass er meist von einem Mann ohne Kopfbedeckung und von einem Papier sprach und über die Identität des Ersteren und die Urheberschaft des Letzteren spekulierte.

Der Franzose hingegen sprach mehr von einem Mord, einem Verschwinden und einem Brand. . . .

„Wie lange hast du schon nichts mehr von Lady Brandon gehört, Jolly?“, fragte George Lawrence an einem herrlichen, belebenden Morgen, als die *Appam* ihren Weg durch die blaue, lächelnde Biskaya nahm.

„Oh, seit Jahren“, war die Antwort. „Ich war vorletztem Urlaub eine Woche in Brandon Abbas. Das ist jetzt sechs oder sieben Jahre her. Seit dem Dankesbrief nach meinem Besuch habe ich keine Zeile mehr geschrieben. ... Hast du regelmäßigen Briefkontakt mit ihr?“

„Äh – nein. Ich würde es nicht gerade als regelmäßigen Briefwechsel bezeichnen“, antwortete George Lawrence. „Fährst du in deinem nächsten Urlaub nach Brandon Abbas?“, fragte er mit einem vorgetäuschten Gähnen.

„Nun ja – ich finde, ich sollte hingehen, *mon vieux*, und dieses unglaubliche Dokument mitnehmen, aber es passt mir gerade überhaupt nicht in die Pläne. Ich könnte es ihr natürlich per Post zustellen, aber dann müsste ich ihr einen verdammt langen Erklärungsbrief schreiben, und ich hasse die ‘Mühe’ des Briefeschreibens mehr als alles andere.“

„Ich bringe es hin, wenn du möchtest“, sagte Lawrence. „Ich bin nächste Woche in der Nähe von Brandon Abbas. Und da ich Michael Geste kenne, muss ich zugeben, dass ich neugierig bin.“

Major de Beaujolais war sich bewusst, dass „neugierig“ nicht genau das Wort war, das er verwendet hätte. Sein selbstbeherrschter, schweigsamer und emotionsloser Freund war bis ins Innerste seiner Seele erschüttert worden und hatte ein Interesse und eine Emotion gezeigt, wie er es in all seiner Bekanntschaft mit de Beaujolais noch nie erlebt hatte.

Was Lady Brandon offensichtlich berührt hatte, berührte auch ihn – in einem Ausmaß, das „neugierig“ zu einem seltsamen Wort machte. Er lächelte vor sich hin, als er ernst antwortete:

„Aber ausgezeichnet, *mon vieux*! Das wäre großartig. Das erspart mir einen kilometerlangen Brief, und Lady Brandon kann nicht das Gefühl haben, dass ich die *Angelegenheit* leichtfertig und als unwichtig behandelt habe. Ich erkläre dir, ihrem alten Freund, die ganze Angelegenheit, gebe dir das Dokument und bitte dich, es ihr vorzulegen. Du könntest sagen, dass ich das Dokument zwar für eine *Ente* halte, die nur deshalb interessant ist, weil sie so gefunden wurde, aber dass ich dennoch denke, dass sie es haben sollte, für den Fall, dass ich in dieser Angelegenheit etwas tun kann.“

„Genau so“, stimmte Lawrence zu. „Natürlich hat 'Beau' Geste den Saphir oder irgendetwas anderes nicht gestohlen, aber ich denke, wie du sagst, dass ein Dokument wie dieses an sie und Geste gehen sollte, da ihre Namen darin erwähnt werden.“

„Sicher, *mein Freund*. Und wenn der Stein gestohlen *wurde*, könnte das Papier ein unschätzbarer Hinweis für seine Wiederbeschaffung sein. Die Handschrift zum Beispiel ist ein hervorragender Hinweis. Sie könnte es nach eigenem Ermessen Ihrer Kriminalpolizei in Scotland Yard übergeben und sie bitten, sich mit unserer Polizei in Verbindung zu setzen. ... Versichern Sie ihr, dass ich alles tun werde, was ich kann, um in dieser Angelegenheit zu helfen – falls entweder der Edelstein oder Michael Geste vermisst werden sollten.“

„Schon gut, Jolly“, lautete die Antwort. „Ich schaue eines Tages dort vorbei. Wahrscheinlich ist der erste Mensch, dem ich begegne, ‚Beau‘ Geste höchstselbst, und vermutlich sehe ich noch am selben Abend das ‚Blaue Juwel‘.“

„Klar, George“, stimmte de Beaujolais zu und fügte hinzu: „Kennst du die Handschrift von Michael Geste?“

„Nein. Ich habe sie meines Wissens noch nie gesehen“, war die Antwort. „Warum fragst du? Du glaubst doch nicht, dass Beau Geste das geschrieben hat, oder?“

„Ich habe es aufgegeben, Vermutungen anzustellen, mein Freund“, sagte de Beaujolais. „Aber ich werde deinen nächsten Brief mit gewisser Spannung öffnen. Entweder ist dieses ‚Blaue Wasser‘ gestohlen worden oder nicht. In jedem Fall ist jenes Schriftstück in der Hand eines Toten bei Zinderneuf von einzigartigem Interesse. Doch wenn es *tatsächlich* gestohlen wurde, wird es nicht nur einzigartig, sondern auch von praktischem Nutzen sein; wohingegen das einzigartige Interesse bloß theoretischer Natur bleibt, falls es nicht gestohlen wurde.“

„Aus Sicht der Wiederbeschaffung leider nicht sehr praktisch. Es sieht so aus, als wären der Dieb, der Edelstein und die Geschichte alle zusammen in den Flammen von Zinderneuf umgekommen“, sinnierte Lawrence.

„ *Mon Dieu!* Daran habe *ich* noch gar nicht gedacht. Der größte und schönste Saphir der Welt, im Wert von einer Dreiviertelmillion Francs, liegt vielleicht gerade in diesem Moment in den Trümmern und dem Schutt der ausgebrannten Ruinen der Festung Zinderneuf!“, sagte de Beaujolais.

„Bei Gott! Das könnte sein!“, stimmte Lawrence zu. „Angenommen, er wurde gestohlen ... Wenn ich dir telegrafieren würde, könnte man dann etwas unternehmen, um dort nach ihm zu suchen, was meinst du?“

Für einen Moment stellte sich George Lawrence vor, wie er seinen Urlaub der Juwelenjagd widmen und mit einem Kristall aus Aluminiumoxid im Wert von einer Dreiviertelmillion Franken in der Tasche nach Brandon Abbas zurückkehren würde.

„Das muss schnell und sorgfältig überlegt werden, sobald wir erfahren, dass der Stein weg ist, George“, sagte de Beaujolais und fügte hinzu: „Das wird immer interessanter ... Eine Schatzsuche in Zinderneuf! Stell dir vor, was die Araber denken würden, wenn das bekannt würde! Stell dir die Erbauer der neuen Festung und die Garnison vor! Zinderneuf würde zum beliebtesten Außenposten Afrikas werden, statt zum unbedeutendsten – bis der Saphir gefunden würde. Wenn er dort *ist*, wäre der sicherste Weg, ihn für immer zu verlieren, wohl, einen Hinweis darauf zu geben ... Nein, wir müssen absolute Stillschweigen bewahren und die Suche möglichst selbst durchführen ... Guter Gott! Noch mehr Komplikationen!“ Er lächelte skurril.

George Lawrence folgte seiner Vision, und die beiden schwiegen eine Weile.

„Angenommen, dieser Stein hätte sich tatsächlich in der Tasche eines Mannes auf dem Dach befunden, als es in den Ofen darunter stürzte“, sagte de Beaujolais, während er sich aufrichtete und nach seinem Zigarettenetui tastete, „wäre der Edelstein dann zerstört worden, als die Leiche des Mannes verbrannt wurde? Hat Feuer eine Wirkung auf Edelsteine?“

„Keine Ahnung“, antwortete Lawrence. „Das könnte man wohl bei jedem Juwelier herausfinden. Ich glaube eher nicht. Werden sie nicht in der Erde durch eine Hitze gebildet, die größer ist als jede, die ein Ofen erzeugen kann?“

„Natürlich“, stimmte de Beaujolais zu. „Man könnte so viele Diamanten herstellen, wie man will, wenn man genügend Hitze und Druck hätte. Sie sind nur kristallisierter Kohlenstoff. Feuer würde einem Diamanten sicherlich nichts anhaben, und ich glaube auch nicht, dass es anderen Edelsteinen etwas anhaben würde.“

„Nein“, sinnierte er weiter. „Wenn der Blaue Wasser gestohlen wurde, ist er wahrscheinlich gerade in Zinderneuf in Sicherheit und schmückt die verkohlten Überreste eines Skeletts“ ... und George Lawrence träumte eine Weile vor sich hin, von sich selbst, Lady Brandon und dem Opfer, das er für die große Restaurierung gebracht hatte. Von seinem Urlaub? Nein, wenn nötig, von seiner Karriere, seinem ganzen Leben.

(„Beschreib mir die Tagträume eines Mannes, und ich beschreibe dir den Mann“, sagte der Philosoph. Er hätte George Lawrence als romantischen und weltfremden Narren beschreiben können, was er nicht war, oder vielleicht einfach als einen verliebten Mann, was er war. Möglicherweise hätte der Philosoph hinzufügen können, dass diese Beschreibungen synonym sind und dass George Lawrence daher beides war.)

Er wurde aus seinen Träumereien durch die Stimme von de Beaujolais geweckt.

„Seltsam, dass das nie in die Zeitung gekommen ist, George“, sinnierte der Herr.

„Ja, das ist es“, stimmte Lawrence zu. „Ich hätte es bestimmt gelesen, wenn es in der Zeitung gestanden hätte. Ich lese meinen *Telegraph* und *Observer* wie mein Gebetbuch. Nein, ich hätte es auf keinen Fall übersehen. Wahrscheinlich wurde das verdammte Ding gar nicht gestohlen.“

„Sieht ganz so aus“, meinte sein Freund. „Jede englische Zeitung hätte über den Diebstahl eines so berühmten Juwels berichtet. ... Obwohl es natürlich möglich ist, dass Lady Brandon es aus irgendeinem Grund vertuscht hat. ... Wie wäre es mit einem *Aperitif*, mein Alter?“

Und da sein Alter einverstanden war, ließen sie das Thema Beau Geste, das „Blaue Wasser“, Zinderneuf und dessen Geheimnis erneut fallen.

Als sie sich in London trennten, gab Major de Beaujolais George Lawrence ein Dokument, der versprach, es zu überbringen und seinen Freund über alle Entwicklungen in dieser Geschichte auf dem Laufenden zu halten.

Der Major hatte das Gefühl, mitten drin zu stecken, und er wollte unbedingt den Anfang herausfinden und die Geschichte bis zum Ende verfolgen.

Kapitel II. George Lawrence erzählt Lady Brandon in Brandon Abbas die Geschichte

Als sein gemieteter Wagen die Landstraße entlang raste, die zum Parktor von Brandon Abbas führte, schlug George Lawrences Herz wie das eines Jungen, der zu seinem ersten Liebesrendezvous fährt.

Hätte sie ihn vor einem Vierteljahrhundert geheiratet, als sie noch die unscheinbare (aber sehr hübsche) Patricia Rivers war, hätte er sie wahrscheinlich immer noch geliebt, auch wenn er nicht mehr in sie verliebt gewesen wäre.

So aber war er seit dem Tag, an dem er ihre Ablehnung wie ein Mann hingenommen und in der Arbeit und in Zentralafrika einen Ausweg und ein Beruhigungsmittel gesucht hatte, nichts als in sie verliebt gewesen.

Als das Auto durch das Tor fuhr und die lange, gewundene Allee mit normannischen Eichen hinauffuhr, zitterte er tatsächlich, und sein gebräuntes Gesicht war eingefallen und hatte eine andere Farbe angenommen. Er zog einen Handschuh aus und wieder an, fingerte an seiner Krawatte herum und zupfte an seinem Schnurrbart.

Das Auto fuhr um einen von Sträuchern umgebenen Platz hinter dem Haus herum und hielt vor einer großen Veranda mit einer einladend offenen Tür. Lawrence stand davor, blickte in eine ihm wohlbekannte getäfelte Halle und ließ seinen Blick über den glänzenden Boden und die Wände schweifen, wobei er fast den beiden Rüstungen zunickte, die zu je einer auf jeder Seite einer großen, türlosen Öffnung standen. Diese führte in einen weiteren Saal, von dem aus eine breite Treppe und Galerien bis zum Dach des Hauses führten, denn vom Boden dieses Saals konnte man zu einem Glasdach drei Stockwerke höher hinaufsehen. Er stellte sich vor, wie sich dort einst Szenen abgespielt hatten und eine Frau mit langsamer, würdevoller Anmut die Treppe hinauf- und hinabgestiegen war.

Nichts schien sich in den zweieinhalb Jahrzehnten verändert zu haben, seit sie als Braut hierher gekommen war und er sie nach sieben Jahren im Exil besucht hatte. Er war gekommen, halb in der Hoffnung, dass der Anblick von ihr in ihrem eigenen Zuhause, als Frau eines anderen Mannes, ihn von seiner törichten Liebe heilen würde, die ihn zu einem einsamen Junggesellen machte, halb in der Hoffnung, dass das Gegenteil eintreten würde und seine Liebe nur wieder aufflammen würde.

Er war auf perverse Weise froh gewesen, dass er die Frau, wenn möglich, noch mehr liebte als das Mädchen; dass sich die jugendliche Schwärmerei eines Jungen für ein Mädchen in die Hingabe eines jungen Mannes an eine strahlende Frau verwandelt hatte; dass sie seine zweite Dante-Beatrice sein sollte.

Immer wieder, in Abständen von Jahren, hatte er den Schrein besucht, nicht so sehr, um das ewig brennende Feuer auf ihrem Altar zu erneuern, als vielmehr, um es in ihrer Gegenwart hell lodern zu sehen. Auch die Tatsache, dass sie ihn nur als Freund betrachtete, dass er niemals mehr oder weniger sein konnte, hatte keinerlei Einfluss auf dieses unerschütterliche, unerwiderte Gefühl.

Mit dreißig, mit fünfunddreißig, mit vierzig, mit fünfundvierzig stellte er fest, dass seine Liebe, wenn auch nicht unverändert, so doch nicht geschwächt war und dass sie nach wie vor das war, was sie seit ihrer ersten Begegnung gewesen war: der Mittelpunkt seines Lebens – nicht so sehr eine Obsession, eine *fixe Idee*, als vielmehr sein Daseinsgrund, seine Herrscherin und das Publikum in dem Theaterstück seines Lebens.

Und jedes Mal, wenn er sie sah, war sie in seinen voreingenommenen Augen begehrenswerter, schöner, wunderbarer....

Ja – da stand die Truhe aus dem fünfzehnten Jahrhundert, in der Krocketschläger, Tennisschläger und die andere Ausrüstung für diese Spiele aufbewahrt wurden. Sie hatte einmal neben ihm auf dieser alten Truhe gesessen, während sie auf die Kutsche warteten, die ihn zum Bahnhof und zurück nach Afrika bringen sollte, und ihre Hand hatte so freundlich in seiner gelegen, als er versucht hatte, etwas zu sagen – etwas anderes als das, was er nicht sagen konnte....

Gegenüber stand die Urkundenkiste, in die so mancher Abt und heiliger Mönch so manches mit Blei versiegelte Pergamentstück gelegt hatte. Sie würde voller Gartenteppiche und Kissen sein. Darauf hatte sie neben ihm gesessen, nachdem er mit ihr getanzt hatte, an einem Silvesterabend ...

Dieselben Bilder von Pferden und Hunden, Vögeln und Tieren; dieselben Geweihe und Fuchsköpfe und Bürsten; dieselben Trophäen, die er aus Nigeria geschickt hatte, besonders schöne Löwen-, Büffel-, Gwambaza- und Gazellenköpfe.

Von diesen wanderte sein Blick zu dem großen Kamin, zu dessen beiden Seiten jeweils ein aufgestellter Elefantenfuß aus dem Tschadsee stand, der als Handlanger diente, während über dem steinernen Kaminsims eine schöne Trophäe afrikanischer Waffen glänzte. Eine seiner größten Befriedigungen war es immer gewesen, etwas Wertvolles zu erwerben, das er Brandon Abbas schicken konnte – um ihr eine Freude zu machen und sie an sich zu erinnern.

Und jetzt war vielleicht seine echte Chance gekommen, ihr eine Freude zu machen und sich für eine Weile in ihren Gedanken zu halten. Er zog an dem kuriosen alten Griff einer Kette, und eine ferne Glocke läutete.

Ein Diener näherte sich, ein Fremder.

Er wollte fragen, ob Ihre Ladyschaft zu Hause sei. Doch als er sich umdrehen wollte, erschien der Butler in der Tür zum Innenraum.

„Hallo, Burdon! Wie geht es dir?“, sagte Lawrence.

„Aber Herr George, Sir!“, antwortete der alte Mann, der Lawrence seit dreißig Jahren kannte, trat vor und sah ungewöhnlich menschlich aus.

„Es ist mir eine große Freude, Sir.“

Es war – ein echter Fünf-Pfund-Schein, als der Besucher, ein perfekter Gentleman, ging. Herr Lawrence war eine echte Einnahmequelle gewesen, seit Henry Burdon als Unterkellner im Dienst von Herrin Burdons Vater stand.

„Ihre Ladyschaft ist im Pavillon, Sir, wenn Sie gleich hineingehen möchten“, fuhr er fort, da er wusste, dass der Besucher ein sehr alter Freund war und immer willkommen war. „Ich werde Sie ankündigen.“

Burdon ging voran.

„Wie geht es Lady Brandon?“, fragte Lawrence, der aufgrund seiner Nervosität zu ungewöhnlicher Redseligkeit getrieben wurde.

„Sie ist bei bester Gesundheit, Sir – wenn man bedenkt“, antwortete der Butler.

„In Anbetracht dessen, was?“, fragte Lawrence.

„Alles, Sir“, war die ausweichende Antwort.

Der Besucher lächelte vor sich hin. Ein guter Diener, dieser Mann.

„Und wie geht es seiner Exzellenz?“, fuhr er fort.

„Seltsam, Sir, sehr seltsam. Und es wird immer seltsamer, der arme Herr“, war die Antwort.

Lawrence bedauerte die schlechten Nachrichten über den Kaplan, wie Pfarrer Maurice Ffolliot in diesem Haus immer genannt wurde.

„Ist Herr Michael hier?“, fragte er.

„Nein, Sir, er ist nicht da. Auch keiner der anderen jungen Herren“, war die Antwort. War irgendetwas Ungewöhnliches in der Stimme des alten Mannes?

Aus dem Gebüsch kommend, einen Rosengarten, einige Rasenplätze und eine mit Gänseblümchen übersäte, mit Zedern bewachsene Wiese durchquerend, betraten die beiden einen Wald, folgten einem Pfad unter riesigen Ulmen und Buchen und gelangten auf eine quadratische, samtweiche Rasenfläche.

Auf zwei Seiten, links und hinten, ragten die großen alten Bäume eines dicht bewaldeten Hügels empor; rechts stand das graue alte Haus, und von der Vorderseite dieser Lichtung fiel der Hang zu der berühmten Aussicht ab.

An einem Weidentisch und einer Hängematte lag eine Dame in einer *Chaiselongue.* Sie las ein Buch und hatte Lawrence den Rücken zugewandt, dessen Herz einen Schlag aussetzte und sich beeilt, den Ausfall durch doppelte Geschwindigkeit wieder wettzumachen.

Der Butler hustete in der richtigen Entfernung und im richtigen Ton, und als Lady Brandon sich umdrehte, kündigte er den Besucher an, schwebte herbei, stellte einen Korbstuhl auf und verschwand von der Bildfläche.

„ *George!*“ , sagte Lady Brandon mit ihrer sanften, tiefen Altstimme, wobei ihre großen grauen Augen vor Freude strahlten und ihre schönen Zähne blitzten. Aber sie errötete nicht und wurde auch nicht blass, und ihr Atem beschleunigte sich nicht. Diese Symptome wurden durch die Begegnung bei dem Mann hervorgerufen, obwohl es eine Begegnung war, die er erwartet hatte, die für sie jedoch unerwartet kam.

„ *Patricia!*“ , sagte er und streckte ihr beide Hände entgegen. Sie nahm sie offen, und Lawrence küsste sie beide auf eine seltsam sanfte und ehrfürchtige Weise, die ein George Lawrence zeigte, den andere Menschen nicht kannten.

„Nun, meine Liebe!“, sagte er und sah lange auf das faltenfreie, wenn auch reife, entschlossene, kluge Gesicht vor ihm – das einer vierzigjährigen Frau mit starkem Charakter und aristokratischer Erziehung.

„Ja“, fuhr er fort.

„Ja, was, George?“, fragte Lady Brandon.

„Ja. Du bist wirklich so jung und schön wie eh und je“, antwortete er – aber ohne jede Galanterie oder Schmeichelei, eher als nüchterne Feststellung einer Tatsache.

„Und du bist genauso töricht, George ... Setz dich – und sag mir, warum du mir nicht gehorcht hast und vor deiner Hochzeit hierher gekommen bist ... Oder – oder – bist du verheiratet, George?“, war die lächelnde Antwort.

„Nein, Patricia, ich bin nicht verheiratet“, sagte Lawrence und ließ langsam ihre Hände los. „Und ich habe dir nicht gehorcht und bin wieder hierher gekommen, ohne eine Frau mitzubringen, weil ich hoffte, du könntest meine Hilfe brauchen. Ich meine, ich befürchtete, du könntest in Schwierigkeiten sein und Hilfe brauchen, und hoffte, ich könnte sie dir geben.“

Lady Brandon fixierte Lawrence mit einem durchdringenden Blick – weder erschrocken noch alarmiert, wie er fand, sondern scharf und vielleicht sogar vorsichtig oder zumindest wachsam.

„Ärger? Hilfe brauchen, George? Wie denn?“, fragte sie, und alles, was zuvor in ihren Augen an Vorsicht oder Wachsamkeit zu sehen gewesen war, verschwand, und ihr Gesicht wurde zu einer schönen Maske, die nichts als ruhiges und leicht amüsiertes Interesse zeigte.

„Nun ja – es ist eine etwas längere Geschichte“, sagte Lawrence. „Aber ich muss Sie nicht damit behelligen, wenn Sie mir nur sagen, ob mit Beau Geste alles in Ordnung ist und – äh – der ‚Blaue Saphir‘ – äh – wohlbehalten ist und – äh – all das, Sie wissen schon.“

„ *Was?*“ , rief seine Zuhörerin scharf.

Es gab jetzt keinen Zweifel mehr über die Bedeutung des Ausdrucks auf Lady Brandons Gesicht. Man konnte ihn durchaus als alarmiert bezeichnen, und ihr direkter Blick war eindeutig wachsam und vorsichtig. War sie nicht auch ganz leicht erblasst? Zweifellos runzelte sie leicht die Stirn, als sie fragte:

„Wovon *redest* du, George?“

„Beau Geste und das ‘Blaue Wasser’, Patricia“, erwiderte Lawrence. „Wenn es scheint, als redete ich wirres Zeug, so ist dem nicht wirklich so – ich werde dir den Grund für meine wilden, aber nicht boshaften Worte liefern“, lachte er. „Es steckt Methode in meinem Wahnsinn, Liebes.“

„Deine Methode ist verrückt“, erwiderte Lady Brandon etwas scharf und fügte hinzu: „Hast du Michael gesehen? Oder was? Sag es mir!“

„Nein, ich habe ihn nicht gesehen – aber ...“

„Und *worüber* redest du dann? Was weißt du?“, unterbrach sie ihn hastig, ein sicheres Zeichen dafür, dass sie sehr beunruhigt war.

„Ich *weiß* gar nichts, Patricia, und ich frage *dich*, weil ich auf höchst ungewöhnliche Weise in den Besitz eines Dokuments gelangt bin, das vorgibt, ein Geständnis von Beau zu sein, in dem er den Diebstahl des ‚Blauen Wassers‘ einräumt“, begann Lawrence.

„Dann *war* es doch ...“, flüsterte Lady Brandon.

„Was war es, Patricia?“, fragte Lawrence.

„Fahr fort, mein Lieber“, antwortete sie hastig. „Wie und wo hast du dieses Geständnis bekommen? Sag es mir schnell.“

„Wie ich schon sagte, es ist eine lange Geschichte“, antwortete Lawrence. „Es wurde von de Beaujolais an einem Ort namens Zinderneuf im französischen Sudan gefunden, in der Hand eines toten Mannes...“

„Nicht *Michael*!“, unterbrach Lady Brandon ihn.

„Nein – ein Franzose. Ein *Adjutant*, der für eine Festung verantwortlich war, die von Arabern angegriffen worden war...“

„*Unser* Henri de Beaujolais?“, unterbrach Lady Brandon ihn wieder. „Der mit dir zur Schule gegangen ist? Der Sohn von Rose Cary?“

„Ja. Er hat ihn in der Hand des toten Offiziers gefunden...“, antwortete Lawrence.

„Äh ... *wurde* der Saphir gestohlen, Patricia, und – äh – entschuldige die dumme Frage – *ist* das Beaus Handschrift?“ Er griff in die Innentasche seines Jacketts.

„Aber natürlich nicht“, fuhr er fort, während er einen Umschlag hervorholte und ein fleckiges, schmutziges Stück Papier herausnahm.

Lady Brandon nahm das Papier, sah es sich an, ihr Gesicht war hart und rätselhaft, eine verwirrte Falte trübte die Glätte ihrer Stirn, ihr fester, wohlgeformter Mund war fester zusammengebissen als sonst.

Sie las das Dokument und schaute dann in die Ferne, hinunter in die Senke und über die grüne, freundliche Ebene, als würde sie mit sich selbst sprechen und überlegen, wie sie antworten sollte.

„Erzähl mir die ganze Geschichte von Anfang bis Ende, George“, sagte sie schließlich, „und wenn es das ganze Wochenende dauert. Aber sag mir dies schnell: *Weißt* du mehr, als du mir bisher gesagt hast – über Michael oder den ‚Blauen Diamanten‘?“

„Ich weiß nichts, meine Liebe“, war die Antwort, und der Sprecher glaubte, einen Ausdruck der Erleichterung oder eine Abschwächung der Besorgnis auf dem Gesicht seiner Zuhörerin zu sehen, „außer dem, was ich dir gesagt habe. Du weißt jetzt genauso viel wie ich – außer den Details natürlich.“

George Lawrence bemerkte, dass Lady Brandon weder zugegeben noch bestritten hatte, dass der Saphir gestohlen worden war, und dass sie weder zugegeben noch bestritten hatte, dass die Handschrift von ihrem Neffen stammte.

Offensichtlich und zweifellos stimmte etwas nicht, etwas seltsames, und das hatte auch mit Beau Geste zu tun.

Zum einen war er verschwunden, und sie wusste nicht, wo er war.

Doch da alle Fragen über ihn, seine Handschrift und die Sicherheit des Juwels unbeantwortet geblieben waren, konnte er sich nur davon abhalten, sie zu wiederholen, und nichts weiter tun, als seine Geschichte zu erzählen und am Ende zu sagen: „Wenn der ‚Blaue Wasser‘ nicht in diesem Haus ist, Patricia, gehe ich geradewegs nach Zinderneuf, um ihn für dich zu finden.“

Sie würde ihm dann natürlich alle Informationen geben, die sie hatte, und ihm jede Hilfe zukommen lassen, die in ihrer Macht stand – falls der Saphir gestohlen worden war.

Wenn nicht, würde sie das natürlich sagen.

Doch er wünschte sich, sie wäre ein wenig weniger verschlossen, ein wenig mitteilsamer. Es wäre so überaus einfach zu sagen: „Mein lieber George, der ‚Blaue Saphir‘ liegt wie gewöhnlich im Safe im Priesterversteck, und Michael erfreut sich bester Gesundheit und Laune“, oder aber, gleich zuzugeben: „Der ‚Blaue Saphir‘ ist verschwunden – und Michael ebenso.“

Aber Patricia Brandon handelte richtig. Was auch immer sie tat, sie hatte einen guten Grund dafür, und er hatte keinen Grund, sich wegen ihrer Zurückhaltung in dieser Angelegenheit ein wenig verletzt zu fühlen.

Wenn zum Beispiel das Unmögliche eingetreten wäre und Beau Geste den Saphir gestohlen und sich aus dem Staub gemacht hätte, wäre es dann nicht völlig verständlich, dass sie es auf keinen Fall bekannt werden lassen wollte, dass ihr Neffe ein Dieb war – ein verachtenswerter Mensch, der seine Wohltäterin bestohlen hatte?

Natürlich. Sie würde ihn wahrscheinlich sogar beschützen – soweit das mit der Wiederbeschaffung des Juwels vereinbar wäre.

Oder wenn sie so wütend, verächtlich und angewidert wäre, dass sie keine Lust hätte, ihn zu schützen, würde sie die Angelegenheit auf jeden Fall als eine schändliche Familienschande betrachten, über die man besser nicht spricht. Ganz richtig.

Aber *ihm*, der sie seit seiner Kindheit unerschütterlich geliebt hatte und den sie oft ihren besten Freund nannte, dem Mann, an den sie sich immer wandte, wenn sie Hilfe brauchte, weil es ihm die größte Freude bereitete, ihr zu helfen? Warum sollte sie ihm gegenüber zurückhaltend, verschlossen und verschlossen sein?

Aber – ihr Vergnügen war ihr Vergnügen, und seines war es, ihr in jeder von ihr gewählten Weise zur Seite zu stehen.

„Nun, dann erzählen Sie uns die Einzelheiten, meine Liebe, und bringen Sie auch Tee", sagte Lady Brandon leichter und ungezwungener, als sie gesprochen hatte, seit er den Saphir erwähnt hatte.

„Wir werden ihn in meinem Boudoir einnehmen, und ich werde niemanden empfangen. Du sollst einfach reden, bis es Zeit ist, sich für das Abendessen fertig zu machen, und mir dabei jedes kleinste Detail erzählen. Auch alles, was du denkst; alles, was Henri de Beaujolais gedacht hat; – und auch alles, was du denkst, was er gedacht hat."

Als sie zum Haus zurückschlenderten, schob Lady Brandon ihre Hand in die von Lawrence, und sie wurde sofort gefangen genommen.

Er glühte vor dem herrlichen Gefühl, dass diese mutige und starke Frau (deren hingebungsvolle Liebe zu einem anderen Mann jetzt jedenfalls in ihrer beschützenden Fürsorge fast mütterlich war) sich gerne ihm zuwandte, wie andere sich ihr zuwandten.

Wie sehr sehnte er sich danach, sie sagen zu hören, wenn er seine Geschichte erzählt hatte: „Hilf mir, George. Ich habe niemanden außer dir, und du bist meine Stütze. Ich stecke in großen Schwierigkeiten."

„Du siehst nicht gut aus, George, mein Lieber", sagte sie, als sie den Wald betraten.

„Ich hatte in letzter Zeit viel Fieber", antwortete er und fügte hinzu: „*Jetzt* fühle ich mich fit wie sechs Leute", und drückte die Hand, die er ergriffen hatte.

„Gib es auf und komm nach Hause, George", sagte Lady Brandon, und er drehte sich schnell zu ihr um, die Augen weit aufgerissen. „Und lass mich eine Frau für dich finden", fuhr sie fort.

Lawrence seufzte und ignorierte den Vorschlag.

„Wie geht es Ffolliot?", fragte er stattdessen.

„Bestens, danke. Warum sollte es ihm nicht gut gehen?", war die Antwort – in einem Tonfall, in dem ein aufmerksamer Zuhörer wie George Lawrence einen Anflug von Abwehr, fast von Verärgerung, von Ablehnung einer ungerechtfertigten Unterstellung hätte erkennen können.

Falls Lawrence dies bemerkte, ignorierte er es ebenfalls.

„Wo ist der gute Herr Hector Brandon?", fragte er mit beiläufiger Höflichkeit.

„Oh, in Tibet oder Paris oder Ostafrika oder Monte Carlo oder auf den Südseeinseln oder in Homburg. Ich glaube, gerade in Kaschmir, danke, George", antwortete Lady Brandon und fügte hinzu: „Hast du einen Koffer mitgebracht oder musst du einen bestellen?"

„Ich – äh – wohne im Brandon Arms und habe dort einen", gab Lawrence zu.

„Und wie lange bist du schon im Brandon Arms, George?", fragte sie.

„Seit fünf Minuten", antwortete er.

„Dann musst du es ja satt haben, mein Lieber", meinte Lady Brandon und fügte hinzu: „Ich schicke Robert, um deine Sachen zu holen."

§2.

An diesem Abend erzählte George Lawrence Lady Brandon alles, was Major de Beaujolais ihm erzählt hatte, und fügte seine eigenen Ideen, Vorschläge und Theorien hinzu. Aber während der Soldat sich mit den unerklärlichen Ereignissen des Tages beschäftigt hatte, beschäftigte Lawrence das unerklärliche Papier und die Art und Weise, wie es in die Hände eines toten Mannes auf dem Dach einer abgelegenen Außenstation in der Sahara gelangt war.

Während er die Geschichte erzählte, schwieg Lady Brandon ununterbrochen, aber ihre Augen wanderten kaum von seinem Gesicht.

Am Ende stellte sie ein paar Fragen, äußerte aber keine Meinung und stellte keine Theorie auf.

„Wir werden nach dem Abendessen darüber reden, George", sagte sie.

Und nach einem ergreifend köstlichen Abendessen *zu zweit – es* wurde erklärt, dass Pfarrer Maurice Ffolliot wegen Kopfschmerzen heute Abend in seinem Zimmer aß – stellte George Lawrence fest, dass wieder er das Wort führen musste. Lady Brandon trug nur mit Fragen zur Unterhaltung bei. Wieder äußerte sie keine Meinung, stellte keine Theorie auf.

Auch, wie Lawrence sich in jener Nacht widerwillig eingestand, als er schlaflos im Bett lag, hatte sie mit keinem Wort zugegeben, ja nicht einmal angedeutet, dass der „Blaue Wasser" gestohlen worden sei. Seine gewissenhafte Zurückhaltung, sie nicht nach dem Verbleib des Saphirs oder ihres Neffen Michael Geste zu befragen, machte es ihr leicht, und sie hatte diese Gelegenheit in vollem Maße genutzt. Die leicht schmerzliche Erkenntnis, dass sie nun alles wusste, was er wusste, während er von ihr nichts erfahren hatte, ließ sich nicht leugnen.

Immer wieder kam ihm der Gedanke und weckte die Frage: „ *Warum* kann sie mir nicht vertrauen und mir wenigstens sagen, ob der Saphir gestohlen wurde oder nicht?"

Immer wieder brachte er sich mit der loyalen Antwort zum Schweigen: „Aus einem guten Grund. Was auch immer sie tut, ist richtig."

Nach dem Frühstück am nächsten Tag nahm Lady Brandon ihn zu einer langen Fahrt mit. Dass das Thema, das ihn jetzt beschäftigte (wie es auf andere Weise und aus anderen Gründen auch de Beaujolais beschäftigt hatte), auch sie beschäftigte, zeigte sich daran, dass sie ihm von Zeit zu Zeit, ohne besonderen Anlass, plötzlich eine neue Frage stellte, die sich auf das Geheimnis der Tragödie von Zinderneuf bezog.

Wie er sich davon abhalten konnte zu sagen: „Wo ist Michael? *Ist* etwas geschehen? *Wurde* der ‚Blaue Diamant' gestohlen?", wusste er selbst nicht. Hunderte Male war ihm eine dieser Fragen vom Gehirn auf die Zungenspitze gesprungen, seit jenem ersten Gespräch, in dem er erkannt hatte, dass sie keinerlei Mitteilung oder Erklärung abgeben wollte.

Als die Kutsche auf dem Rückweg in das Parktor einbog, legte er seine Hand auf ihre und sagte:

„Meine Liebe, ich glaube, jetzt ist alles gesagt, bis auf eine Sache – deine Anweisungen an mich. Ich möchte jetzt nur noch genau wissen, was du von mir erwartest."

„Das werde ich dir sagen, George, wenn du gehst ... Und *danke*, mein Lieber", antwortete Lady Brandon.

Also wartete er geduldig, bis die Stunde gekommen war.

§3.

„Komm und ruh dich einen Moment auf dieser Truhe aus, Patricia", sagte er, als er am nächsten Tag aufbrach, nachdem sie in der Garage angerufen hatte, „um mir deine Anweisungen zu geben. Du wirst mich glücklicher machen, als ich es je war, seit du mir gesagt hast, dass du mich zu sehr magst, um mich zu lieben."

Lady Brandon setzte sich neben Lawrence und liebte ihn fast für seine ritterliche Hingabe, seine Selbstlosigkeit, seine sanfte Stärke und seine absolute Vertrauenswürdigkeit.

„Wir haben schon einmal hier gesessen, George", sagte sie lächelnd, und als er ihre Hand nahm:

„Hör zu, mein Lieber. Ich möchte, dass du Folgendes für mich tust. Einfach *gar nichts*. Der ‚Blaue Diamant' ist weder in Zinderneuf noch sonst irgendwo in Afrika. Wo Michael ist, weiß ich nicht. Was dieses Schriftstück bedeutet, kann ich dir nicht sagen. Und ich danke dir von Herzen dafür, dass du mir helfen willst und keine Fragen stellst. Und nun lebe wohl, mein lieber, lieber Freund..."

„Auf Wiedersehen, mein allerliebster Freund", sagte George Lawrence, zutiefst verwirrt, und ging traurig, aber nicht klüger als zuvor zur Tür hinaus.

§4.

Als das Auto davonfuhr, stand Lady Brandon tief in Gedanken versunken da und biss sich auf die Lippe.

„Dass ich jetzt daran denken muss!", sagte sie. „...'Sei dir deiner Sünden bewusst.' ... Die Welt *ist* ein sehr kleiner Ort..." Und sie machte sich auf die Suche nach dem Pfarrer Maurice Ffolliot.

§5.

George Lawrence hatte gemischte Gefühle gegenüber diesem Herrn.

Als gerechter und ehrlicher Mann erkannte er, dass der Pfarrer Maurice Ffolliot ein sanftmütiger, liebenswürdiger Mensch war, ein vollendeter Gelehrter, ein gebildeter und kultivierter Gentleman, der niemals absichtlich einem Lebewesen Schaden zugefügt hatte.

Als eifersüchtiger, lebenslanger Verehrer und Anhänger von Lady Brandon, als zurückgewiesener, aber ungebrochener Liebhaber, wusste er, dass er nicht so sehr Ffolliot selbst hasste, sondern vielmehr die Tatsache seiner Existenz.

Irrationalerweise hatte George Lawrence das Gefühl, dass Lady Brandon diesen berüchtigten Schurken, ihren Mann, um Längen überleben würde. Aber für Ffolliot, so glaubte er, würde seine unerschütterliche Treue dann belohnt werden. Nicht ganz egoistisch dachte er, dass ein wahrer Gefährte, eine stabilere Stütze, ein stärkerer Schutzschild für diese Dame mit ihren vielen Verpflichtungen eher der weltgewandte und erfahrene George Lawrence sein würde als dieser arme, gebrechliche, zurückgezogen lebende Kaplan.

Über die Vergangenheit des Mannes wusste er nur, dass er ein gut geborener, aber mittelloser Vikar gewesen war, dem Lady Brandons Vater die Pfarrei geschenkt hatte, die in seiner Macht stand. Ffolliot hatte sich unsterblich und hoffnungslos in die schöne Patricia Rivers verliebt.

Patricia Rivers hatte dem jungen Mann gegenüber eher Zuneigung empfunden, die mehr aus Mitleid als aus Liebe bestand.

Unter dem Druck ihrer Eltern, unterstützt durch ihre Erziehung und die relative Armut, hatte der Ehrgeiz über die Zuneigung gesiegt, und das Mädchen hatte nach einigen Ablehnungen den reichen Herrn Hector Brandon geheiratet.

Später, als es schon zu spät war, erkannte sie die unüberbrückbare Kluft zwischen einem Leben mit einem egoistischen, herzlosen, groben Lebemann und einem Mann wie ihrem Jugendfreund, mit dem sie gearbeitet und gespielt hatte und dessen Klugheit, Bildung, liebenswürdiges Wesen und edle Selbstlosigkeit sie nun zu schätzen wusste.

Lawrence wusste, dass Lady Brandon fest davon überzeugt war, dass der fast tödliche Nervenzusammenbruch, der Ffolliot körperlich und seelisch völlig verändert hatte, eine direkte Folge ihrer weltlichen und lieblosen Ehe mit einem gemeinen und bösartigen Mann war. In diesem Glauben war sie in die armselige Unterkunft gestürzt, wo Ffolliot im Sterben lag, körperlich ruiniert und seelisch zerbrochen, und hatte ihn, sobald er transportfähig war, mit nach Brandon Abbas zurückgebracht. Von dort hatte er sich nie wieder entfernt – nicht einen einzigen Tag, nicht eine einzige Stunde.

Als er sich erholt hatte, wurde er zum Kaplan ernannt und war seitdem als „der Kaplan“ bekannt.

Fast widerwillig gab George Lawrence zu, dass das meiste, was in diesem Haus gut, einfach, freundlich und glücklich war, von dieser sanften Präsenz ausging.

Als George Lawrence auf dem kleinen Bahnsteig der Vorortstation auf und ab ging, fragte er sich, ob er dem verwirrten de Beaujolais vielleicht noch mehr erzählen könnte, wenn er bei seinem Besuch in Brandon Abbas die Ehre gehabt hätte, mit dem Pfarrer Maurice Ffolliot zu sprechen.

Teil II. Das Geheimnis des “blauen Wassers”

„Ich denke, vielleicht könnte der sehr kleine Geste, wenn man ihn am Leben ließe, seinen Ruf wiederherstellen und ein Heldengrab finden", sagte der Leutnant.

„Und was würde er tun, wenn er ein Heldengrab fände?", fragte der Kapitän.

„Vermutlich würde er die Blumen davon pflücken und verkaufen. Was die Wiederherstellung seines Charakters angeht, ist es besser, wenn er ihn nicht wiedererlangt. Besser, er bleibt, wo er ist – wenn es nicht in der Nähe von bewohnten Häusern oder Trinkwasserquellen ist..."

„Oh, *bitte* lass ihn leben", unterbrach Faithful Hound. „Er ist manchmal sehr nützlich, schon allein, um Dinge an ihm auszuprobieren."

Ich war der Treuen Hündin sehr dankbar, dass sie den Mut hatte, für mich einzutreten, doch hatte ich das Gefühl, dass sie meinen allgemeinen Nutzen etwas gering einschätzte.

„Nun gut, dann versuchen wir es eben mit Brot und Wasser bei ihm", sagte der Hauptmann nach einer Pause, während der ich allerlei durchlitt. „Wir werden es auch mit einer Tracht Prügel versuchen", fügte er hinzu, als er sah, wie mein Gesicht aufhellte, „und mit dem Namen Schwächling Geste... Entfernen Sie ihn."

Und so wurde ich von dem Leutnant, dem Schrecklichen Gustus, und Königin Claudia fortgebracht, damit das Gesetz seinen Lauf nehmen konnte. Es nahm ihn, während der Treue Hund abseits weinte und Königin Claudia mit großem Interesse zusah.

Ich mochte das Stück Brot und das Wasser, die immer für solche Fälle bereitgestellt wurden, noch weniger als die „sechs besten", die mir der Kapitän selbst eher aus Trauer als aus Wut verabreichte.

Der schändliche Name blieb nur an dem Tag bestehen, an dem er vergeben wurde, war aber vielleicht das Schlimmste an der Strafe. Die anderen vergingen und waren vergessen, aber der Name hielt einen in einem Zustand der Ungnade, der Schande und der Ausgrenzung. Man durfte sich auch in keiner Weise an demjenigen rächen, der einem nach einem formellen Verfahren diesen beleidigenden Spitznamen als Strafe gegeben hatte, wie minderwertig und verachtenswert er auch sein mochte. Man musste sofort darauf reagieren, wenn auch nicht fröhlich, sonst würde etwas viel Schlimmeres passieren.

Das war Teil des Gesetzes, das der Kapitän aufgestellt hatte, und unter seinem Gesetz lebten wir und bemühten uns, würdig zu leben, denn wir wollten sein Lob und seine Belohnungen mehr, als wir seine Vorwürfe und Strafen fürchteten.

Der Kapitän war mein Bruder, Michael Geste, später allgemein bekannt als „Beau" Geste, wegen seiner bemerkenswerten körperlichen Schönheit, seiner geistigen Brillanz und seiner allgemeinen Vornehmheit. Er war ein sehr ungewöhnlicher Mensch mit unwiderstehlichem Charme, und sein Charme wurde, zumindest für mich, noch dadurch erneuert, bekräftigt, dass er ebenso rätselhaft, unberechenbar und unverständlich war, wie er energisch war. Er war unheilbar romantisch, und zu dieser Eigenschaft kam noch die unerwartete Eigenschaft einer bulldoggenhaften Hartnäckigkeit hinzu. Wenn Michael plötzlich und aus einer Laune heraus etwas lächerlich Romantisches tat, dann tat er es gründlich und vollständig, und er blieb dabei, bis es erledigt war.

Tante Patricia, die ihn sehr liebte, sagte, er vereinte die inkonsequente Romantik und den rücksichtslosen Mut eines jugendlichen d'Artagnan mit der standhaften Hartnäckigkeit und sturen Entschlossenheit eines weisen alten Schotten!

Kein Wunder, dass er eine außergewöhnliche Faszination auf diejenigen ausübte, die mit ihm zusammenlebten.

Der Leutnant, mein Bruder Digby, war sein Zwilling, eine Viertelstunde jünger als er und sein treuer, ihn verehrender Schatten. Digby hatte alle Eigenschaften von Michael, aber in weniger ausgeprägter Form, und er war sowohl sich selbst als auch anderen gegenüber „leichter" als Michael. Er liebte Spaß und Lachen, Witze und Fröhlichkeit, und vor allem liebte er es, das zu tun, was Michael tat.

Ich war ein Jahr jünger als die Zwillinge und ihr gehorsamer Diener. In der Vorbereitungsschule waren wir als Geste, Kleiner Geste und Sehr Kleiner Geste bekannt, und ich war in der Tat in allem sehr klein im Vergleich zu meinen brillanten Brüdern, denen zu gefallen mein Hauptziel im Leben war.

Wahrscheinlich habe ich ihnen die Zuneigung, den Gehorsam und die Sehnsucht nach Liebe übertragen, die ich unter normalen Umständen meinen Eltern entgegengebracht hätte; aber wir waren Waisen, erinnerten uns weder an unsere Mutter noch an unseren Vater und verbrachten unsere Jugend zwischen der Schule und Brandon Abbas, sobald wir aus der Obhut des Kaplans entlassen wurden.

Unsere Tante mütterlicherseits, Lady Brandon, tat mehr als ihre Pflicht uns gegenüber, verbarg jedoch zweifellos jede Zuneigung, die sie für einen von uns außer Michael empfand.

Da sie selbst kinderlos war, glaube ich, dass all die mütterliche Liebe, die sie entbehren konnte, ihm und Claudia zuteilwurde – einem außergewöhnlich schönen Mädchen, dessen Herkunft uns gegenüber geheimnisvoll blieb, das jedoch vage als eine Cousine bezeichnet wurde. Sie und eine Nichte von Tante Patricia, namens Isobel Rivers, verbrachten ebenfalls einen großen Teil ihrer Kindheit in Brandon Abbas. Isobel war, so glaube ich, eigens als Spielgefährtin und Gesellschafterin für Claudia dorthin geholt worden, während wir in der Schule waren. Sie erwies sich auch für uns als ausgezeichnete Spielgefährtin und Begleiterin und erwarb sich schon früh den ehrenvollen Titel und das Ehrendiplom des Treuen Hundes – und trug beides mit Würde.

Ein häufiger Besucher, Augustus Brandon, Neffe von Herr Hector Brandon, kam oft während unserer Ferien, trotz des abschreckenden Spitznamens „Grausiger Gustus“ und unseres einhelligen und unverhohlenen Missfallens.

Man konnte Augustus nicht mögen; zum einen war er Onkel Hector viel zu ähnlich, zum anderen war er sich seiner Erbfolge zu sicher und neigte dazu, diese für selbstverständlich zu halten. Michael ging jedoch treu mit ihm um, ohne ihn zu verschonen oder zu verwöhnen. . . .

§2.

Ich weiß nicht mehr genau, welches Vergehen zu meinem Prozess und meiner Verurteilung geführt hatte, aber ich erinnere mich aus zwei Gründen noch gut an den Vorfall.

Der eine Grund war, dass ich an eben jenem Tag meines Sturzes in Ungnade den bleibenden und unveräußerlichen Titel sowie Rang eines „Kräftigen Burschen“ errang, als – entgegen der üblichen Reihenfolge – der Stolz dem Fall folgte. Der andere Grund war, dass wir an jenem Abend das aufregende Vorrecht hatten, den sogenannten „Blauen Tropfen“ zu sehen und in Händen zu halten – jenes große Saphirjuwel, das Onkel Hector Tante Patricia zur Hochzeit geschenkt hatte. Ich glaube, sein Urgroßvater, der berüchtigte „Widerwärtige Brandon“, hatte es sich während eines Feldzugs gegen Dupleix in Indien „angeeignet“.

Es ist das Schönste und Faszinierendste, was ich je gesehen habe, und es hat mich immer seltsam beeindruckt. Ich konnte es stundenlang anschauen, und es weckte in mir immer ein seltsames Verlangen, es in den Mund zu nehmen, es an meine Brust zu drücken, es wie eine Blume an meine Nase zu halten oder es an meinem Ohr zu reiben.

Es anzuschauen war gleichzeitig höchst befriedigend und höchst quälend, denn man sehnte sich immer danach, mehr zu tun als nur anzuschauen – und darüber hinaus auch mehr als nur anzufassen. Ein so wunderbares und schönes Objekt schien die Ausübung aller fünf Sinne zu verlangen, statt nur eines oder zweier, um all die Freude, die es bieten konnte, voll und ganz zu genießen.

Als ich zum ersten Mal die wohlmeinende Bemerkung hörte: „Herr Hector Brandon hat Patricia Rivers mit dem ‚Blauen Wasser‘ gekauft und besitzt nun beide“, hatte ich das Gefühl, dass beide Aussagen der Wahrheit entsprachen.

Aus welchem anderen Grund hätte eine Frau wie Tante Patricia wohl Onkel Hector heiraten sollen, wenn nicht deshalb, dass er noch immer den „Blauen Wasser“ besaß – und damit seinen einzigen Anspruch auf Ansehen bewahrte?

Seine Frau besaß es sicherlich nicht, denn sie konnte es weder tragen noch sonst etwas damit anfangen. Sie konnte es nur gelegentlich anschauen, wie jeder andere auch. Das war immerhin etwas, wenn es sie so berührte wie mich. . . .

Meinen Grad als S.F. (Stämmiger Bursche) erwarb ich auf folgende Weise. Eine von Michaels liebsten und aufregendsten Beschäftigungen war das Spiel der „Seeschlachten“. Wenn dieses entzückende Vergnügen im Gange war, wurden zwei stattliche Schiffe, mit gesetzten Segeln und festgestellten Rudern, gleichzeitig vom Betonsaum des Seerosenteichs aus in See gestoßen – vom Kapitän und vom Leutnant jeweils.

Sie waren voll mit Zinnsoldaten, hatten jeweils drei golden glänzende Kanonen und waren am Anfang etwa einen Meter voneinander entfernt. Aber an jeder geladenen Kanone war eine Zündschnur befestigt, und auf das Kommando des Kapitäns wurden die Zündschnüre angezündet, während die Schiffe aus ihren Häfen stachen.

Der Kapitän hatte das Sagen über das Schiff mit der weißen Flagge und dem Union Jack, und der Leutnant über das mit der französischen Trikolore.

Das Ergebnis war völlig offen. Jedes Schiff könnte eine Breitseite des anderen abbekommen, nur eines könnte getroffen werden oder beide könnten aufgrund einer Kursabweichung erfolglos in den blauen Himmel schießen. Nachdem die Breitseiten ausgetauscht worden waren, saßen wir alle da und genossen den reizvollen Anblick, wie die Schiffe, eingehüllt in Kampfnebel, weiterglitten, vielleicht mit durchlöcherten Segeln und zersplitterten Rümpfen (bei einer denkwürdigen und reizvollen Gelegenheit mit dem französischen Schiff ohne Masten und der Trikolore im Wasser).

Ich hatte dann das Privileg, wie Gulliver in Lilliput ins tiefe Wasser zu waten und die Schiffe in den Hafen zu bringen, wo ihre Kanonen von Michael und Digby neu geladen wurden, und die Reise wiederholte sich. . . .

An diesem großartigen Tag verlief der erste Kampf ideal. Die Schiffe näherten sich einander, die Kanonen beider Seiten feuerten fast gleichzeitig, Splitter flogen, Soldaten fielen oder wurden über Bord geschleudert, die Schiffe schaukelten unter den Explosionen und dem Druck der Schüsse und trieben dann zusammen, wo sie in einem tödlichen Kampf um Leben und Tod verharrten, während der Kapitän und der Leutnant „Entermassen bereit!“ und „Bereit zum Entern!“ riefen.

„Hol sie rein, schwächlicher Geste“, sagte Michael, dessen Vorstellungskraft gesättigt war, und während ich meine Hosen hochkrempelte, watete ich hinein, drehte die Schiffe um und schickte sie in den Hafen.

Die nächste Runde war einseitiger, denn nur eine der Kanonen des französischen Schiffes feuerte, und zwar die schwächste. Weder die große Kanone mittschiffs, die entweder mit Schrot oder einem halben Dutzend Nummer-Sechs-Geschossen geladen war, noch die schwenkbare Heckkanone waren richtig gezündet.

Ich watete wieder hinein, drehte das französische Schiff und mit einem mächtigen Knall ging seine große Kanone los und traf mich am Bein. Zum Glück war es nur ein einzelner Schrotkugel. Ich wäre fast hingefallen.

„Ich bin getroffen“, schrie ich.

„Hängen wäre angemessener“, sagte der Kapitän. „Komm her.“

Blut sickerte aus einem sauberen blauen Loch, und der Treue Hund stieß ein hundeähnliches Jaulen des Jammers und Entsetzens aus.

Claudia wollte genau wissen, wie sich das anfühlte.

„Genau wie erschossen“, antwortete ich und fügte hinzu: „Ich muss mich übergeben.“

„Dann mach das im Teich“, forderte der Kapitän und holte sein Taschenmesser und eine Schachtel Streichhölzer hervor.

„Wollen Sie die Wunde kauterisieren, damit sie nicht vereitert?", fragte der Leutnant, als der Kapitän ein Streichholz anzündete und die Spitze des kleinen Messers in die Flamme hielt.

„Nein", antwortete der Kapitän. „Seeschirrmedizin ohne Ästhetik. ... Schneid die Kanonenkugel raus."

„Also", fuhr er fort und wandte sich mir zu, während ich da saß und mich fragte, ob ich bald ein Holzbein haben würde, „willst du geknebelt werden oder auf einer Kugel kauen? Ich will nicht durch deine widerlichen Schreie gestört werden."

„Ich werde nicht schreien, Kapitän", antwortete ich mit Würde und der schwachen Hoffnung, dass ich die Wahrheit sagte.

„Setz dich auf seinen Kopf, Dig", sagte Michael zum Leutnant, aber ich winkte Digby weg, drehte mich auf die Seite, schloss die Augen und streckte mein Bein aus.

„Haltet seinen Huf fest", befahl der Kapitän. . . .

Es war unbeschreiblich schmerzhaft, aber ich schaffte es, still zu bleiben, indem ich auf meine geballte Faust biss und mich davon abhielt zu treten, weil ich wusste, dass das unmöglich war, da Digby auf meinem Bein saß und Claudia auf meinem Fuß stand.

Nach einer Zeit, die mir viel länger vorkam, hörte ich Michael, anscheinend von weit weg, sagen: „Da kommt es", und dann verkündeten ein Jubelruf der Band und das Zerstreuen meiner Peiniger, dass die Schrotkugel wieder da war.

„Steck ihn wieder in die Waffe, Dig", sagte der Kapitän, „und du, Isobel, schleich dich zum Schrank vor unserem Badezimmer und bring mir die Wundsalbe."

Die treue Hündin wischte sich das tränenüberströmte Gesicht ab, rannte los und kam bald mit dem Erste-Hilfe-Kasten zurück (der Flasche mit der antiseptischen Lotion, einer Packung Borsäure-Watte und einer Rolle Verband, die bei all unseren kleineren Verletzungen *zum Einsatz* kamen).

Ich glaube, Michael hat die Kugel wirklich hervorragend herausgeholt und die Wunde verbunden. Natürlich war die Kugel nicht sehr tief eingedrungen, sonst wäre ein Taschenmesser kaum das geeignete chirurgische Instrument gewesen; aber unter den gegebenen Umständen hätte ein Arzt nicht viel schneller handeln können, und die Wunde hätte nicht sauberer und schneller heilen können.

Und als der Verband angelegt war, erhob mich der Hauptmann – im Beisein der gesamten Bande sowie einiger vorübergehender Mitglieder und Besucher – in den siebten Himmel der Freude und des Stolzes, indem er mir feierlich und auf ewig den Rang und Titel eines Tapferen Burschen verlieh, da ich während einer größeren Operation der „maritimen Chirurgie ohne Betäubung" weder eine Träne vergossen noch einen Laut von mir gegeben hatte.

Außerdem verlieh er mir die besondere Ehre einer „ *Wikingerbegräbniszeremonie*" in voller Tracht.

Nun kann ein Wikingerbegräbnis nicht jeden Tag der Woche gefeiert werden, da es unter anderem die Zerstörung eines Langschiffs beinhaltet.

Der tote Wikinger wird in der Mitte seines Schiffes auf einen Scheiterhaufen gelegt, sein Speer und sein Schild werden neben ihn gelegt, sein Pferd und sein Hund werden geschlachtet und ihre Leichen neben ihn gelegt, der Scheiterhaufen wird angezündet und das Schiff mit allen Segeln ins Meer geschickt.

Bei dieser Gelegenheit wurde das französische Schiff, das sich des Vergehens schuldig gemacht hatte, diesen Meeresbegräbnisriten gewidmet.

Ein speziell ausgewählter Zinnsoldat wurde feierlich mit dem Namen und den Attributen *des Wikingers Eorl, John Geste,* ausgestattet, auf eine mit Sprengstoff gefüllte Streichholzschachtel gelegt, um ihn herum wurde auf dem Deck des Schiffes (das mit Paraffin getränkt war) ein Scheiterhaufen aus Streichhölzern errichtet, sein Pferd wurde an den Kopf des Scheiterhaufens gelegt und ein kleiner (Porzellan-)Hund an seine Füße.

Als alles bereit war, entblößten wir unsere Köpfe, Michael hob die Hand und sprach feierlich die schönen Worte: „*Asche zu Asche und Staub zu Staub, wenn Gott dich nicht will, muss der Teufel dich haben*“, und zündete den Scheiterhaufen an, woraufhin das Langschiff (ein ehemaliges französisches Schlachtschiff) weit hinaus in die Mitte des Lilienteichs geschoben wurde.

Hier brannte es prächtig, die lodernden Flammen verschlangen den Mast und die Segel, sodass die verkohlten Trümmer über Bord gingen, und wir standen schweigend da und stellten uns die Schrecken eines brennenden Schiffes auf See vor.

Als das Schiff bis auf den Rand abbrannt und dann mit Zischen und Rauchen verschwindet, bricht Michael die Stille mit Worten, an die ich mich noch viele Jahre später an einem ganz anderen Ort erinnern werde. (Anscheinend hat Digby sie sich auch gemerkt.)

„*Das nenne* ich eine Beerdigung!“, sagte Michael. „Vergleich das mal damit, drei Meter tief im Schlamm und Lehm eines widerlichen Friedhofs zu liegen, wo Würmer dich fressen und Maden in dir herumkriechen ... Verdammt! Ich würde alles dafür geben, so eine zu haben, wenn ich dran bin. ... Gute Idee! Ich schreib das in mein Testament, und keiner von euch dreckigen kleinen Hunden bekommt etwas von mir, wenn ihr nicht dafür sorgt, dass es ordentlich gemacht wird.“

„Alles klar, Beau“, sagte Digby. „Ich besorg dir eine, alter Knabe, wann immer du willst.“

„Ich dir auch, Dig, wenn du zuerst stirbst“, antwortete Michael seinem Zwillingsbruder, und sie schüttelten sich feierlich die Hände. . . .

Meine Freude über diese Ehrungen war umso größer, als mir nichts ferner lag als eine solche Beförderung und Belohnung. Oft hatte ich in der Vergangenheit darum gekämpft, einen der anerkannten Verdienstorden der Band zu gewinnen – Treuer Hund, Guter Kerl, Starker Kerl oder sogar den Orden von Michael (für Tapferkeit) –, aber bis dahin hatte ich nie eine Auszeichnung oder Anerkennung erhalten, außer einer kryptischen Bemerkung des Captains wie: „Wir müssen John zum Kaplan der Band machen, wenn er noch mehr von diesen guten Taten vollbringt. ...“

* * *

An diesem Abend, als wir alle in der Schulstube beschäftigt waren, kam der alte Burdon, der Butler, und sagte uns, wir könnten in den Salon gehen.

Claudia und Isobel waren dort, die erstere unterhielt sich sehr selbstbewusst und erwachsen mit einem fröhlich aussehenden Ausländer, dem wir vorgestellt wurden. Er stellte sich als französischer Kavallerieoffizier vor, und wir waren begeistert, als wir erfuhren, dass er aus Marokko, wo er gekämpft hatte, auf Urlaub war.

„Ich beanspruche, dass wir ihn morgen ins Schulzimmer holen“, flüsterte Michael, als wir uns um eine gläserne Kuppel versammelten – wie eine umgestülpte Uhrenhaube –, die über einem weißen Samtkissen thronte, auf dem der „Blaue Wasser“-Saphir lag.

Wir schauten ihn schweigend an, und mir kam er immer größer vor, bis ich das Gefühl hatte, ich könnte mit dem Kopf hineintauchen.

So jung ich auch war, hatte ich doch das deutliche Gefühl, dass es nicht gut wäre, zu lange auf diese wunderbare Konzentration lebendiger Farben zu starren. Er schien lebendig und, obwohl unbeschreiblich schön, ein wenig unheimlich.

„Dürfen wir ihn anfassen, Tante Patricia?“, fragte Claudia, und wie immer bekam sie ihren Willen.

Tante Patricia hob die Glasabdeckung ab und reichte das Juwel dem Franzosen, der es schnell an Claudia weitergab.

„Das hat uns unvorstellbare Streitigkeiten, Leid und Blutvergießen gebracht“, sagte er. „Was könnte es alles erzählen!“

„Können Sie Geschichten von Kampf und Blutvergießen erzählen, bitte?“ fragte Michael, und als Claudia sagte: „Aber natürlich! Er führt Angriffe arabischer Reiterei an wie in *Unter zwei Flaggen*“, als hätte sie ihn seit Jahren gekannt, baten wir ihn alle, uns von seinen Kämpfen zu erzählen, und er stand in der Rangfolge der Anziehungskraft gleich nach dem „Blauen Wasser“ an zweiter Stelle.

Am nächsten Nachmittag beauftragte der Kapitän Claudia, den Franzosen zu bitten, uns ein paar Geschichten zu erzählen.

„Locke den gutaussehenden Fremden in unser Versteck", sagte er. „Ich werde ihm seine Geheimnisse entlocken."

Ohne zu zögern übte Claudia nach dem Mittagessen ihren Charme auf ihn aus und brachte ihn in unser Lager in der Laube, einer Lichtung im Wald in der Nähe des Hauses.

Dort saß er auf einem Baumstamm und begeisterte uns bis ins Mark mit seinen äußerst anschaulichen und realistischen Geschichten über die Spahis, die französische Fremdenlegion, die Chasseurs d'Afrique, die Zuaven, die Turcos und andere romantisch benannte Regimenter.

Er erzählte uns von Wüstenkriegen, von arabischer Grausamkeit und Ritterlichkeit, von Nahkämpfen, bei denen sich Schwertkämpfer wie in alten Zeiten zu Pferd gegenüberstanden, von tapferen Taten, von verschleierten Tuaregs, verschleierten Frauen, geheimen maurischen Städten, Oasen, Luftspiegelungen, Sandstürmen und den Wundern Afrikas.

Dann zeigte er uns Fechttricks und Schwertkunststücke, bis er uns schließlich, nachdem er uns die Hände geschüttelt und Claudia geküsst hatte, verließ und wir ihm mit Leib und Seele gehörten.

„Ich werde mich der französischen Fremdenlegion anschließen, wenn ich Eton verlasse", verkündete Michael plötzlich. „Besorg dir eine Offiziersstelle und tritt dann seinem Regiment bei."

„Ich auch", sagte Digby natürlich.

„Und ich auch", stimmte ich zu.

Augustus Brandon sah nachdenklich aus.

„Kann ich als *Vivandière* mitkommen?", fragte Isobel.

„Ihr könnt mich alle in euren Offiziersuniformen besuchen kommen", versprach Claudia. „Französische Offiziere tragen sie in Frankreich immer. Sie sind sehr schön." . . .

Am nächsten Tag gingen wir zurück zu unserer Vorbereitungsschule in Slough.

§3.

Das nächste Mal sah ich die „Blue Water" in den Ferien vor unserem letzten Halbjahr in Eton.

Der Anlass war der Besuch von General Herr Basil Malcolmson, einem Experten für Edelsteine, der zu jener Zeit Verwalter des Juwelenhauses im Tower von London war und, wie ich meine, auch in irgendeiner Weise mit dem Britischen Museum zu tun hatte. Er hatte eine „populäre" Geschichte der berühmten Edelsteine der Welt unter dem Titel *Berühmte Edelsteine* verfasst und arbeitete nun an einem zweiten Band, der sich mit weniger bekannten Steinen von geringerer Bedeutung befasste.

Er hatte geschrieben und gefragt, ob er einen Bericht über den „Blue Water"-Saphir und seine Geschichte aufnehmen könnte, könnte, könnte, könnte, könnte, könnte, könnte, könnte, könnte, könnte, könnte, könnte, könnte, könnte, könnte, könnte, könnte, könnte,

Aus dem, was Claudia von ihr gehört hatte, schloss ich, dass Tante Patricia nicht besonders begeistert davon war und dass sie geantwortet hatte, sie würde Herrn Basil den Stein sehr gerne zeigen, aber dass über seine Geschichte nur sehr wenig bekannt sei, außer der Tatsache, dass er „erworben" worden sei (ein freundliches Wort) vom siebten Sir Hector Brandon in Indien im Dienste eines der Nawabs oder Rajahs des Deccan, wahrscheinlich Nunjeraj, Sultan von Mysore, „erworben" worden sei.

Der General war ein sehr interessanter Gesprächspartner, und beim Abendessen erzählte er uns von Steinen wie dem Timour-Rubin, dem Hope-Diamanten und dem Stuart-Saphir (der sich in der Krone des Königs befindet), bis das Gespräch zeitweise zu einem Monolog wurde, den ich persönlich sehr genoss.

Ich erinnere mich, dass er uns erzählte, dass er es war, der entdeckt hatte, dass der Nadirshah-Rohsmaragd nicht, wie angenommen, ein Stück Glas in billiger und grober orientalischer Goldfassung war. Er war nach dem Mutiny als gewöhnliches Beispiel mittelalterlicher indischer

Juwelenschmiedekunst in dieses Land gebracht worden und wurde als solches in der Ausstellung im Crystal Palace gezeigt. Herr Basil Malcolmson hatte ihn untersucht und festgestellt, dass die „Kratzer" darauf tatsächlich die Namen der Mogulkaiser waren, denen er gehört hatte und die ihn in ihren Turbanen getragen hatten. Damit war ein für alle Mal klar, dass es sich um einen der wertvollsten historischen Edelsteine der Welt handelt, der früher im Pfauenthron in Delhi war und buchstäblich unbezahlbar ist. Ich glaube, er hat noch gesagt, dass er jetzt in den Kronjuwelen im Tower of London ist.

Ich fragte mich, ob das „Blaue Wasser" und der „Nadirschah-Smaragd" sich jemals in Indien begegnet waren und ob der blaue Stein ebenso viel menschliches Elend und Schurkerei gesehen hatte wie der große grüne. Es war durchaus möglich, dass der Saphir dem Smaragd gegenübergestanden hatte – der eine im Turban Shivajis, des marathischen Glücksritters, der andere im Turban Akhbars, des Mogulkaisers.

Und ich erinnere mich, dass ich mich fragte, ob die Steine, der eine im Besitz eines Landedelmannes, der andere im Besitz des Königs von England, das Ende ihrer jeweiligen Geschichte voller Diebstahl, Blutvergießen und menschlichem Leid erreicht hatten.

Sicherlich schien es unmöglich, dass der „Blue Water" wieder „das Leben sehen" (und sterben) würde – bis man sich daran erinnerte, dass solche Steine unzerstörbar und unsterblich sind und vielleicht in Tausenden von Jahren der Grund für jedes Verbrechen sein könnten, das Gier und Habgier hervorbringen können.

Jedenfalls würde ich mich freuen, den großen Saphir wiederzusehen und alles zu erfahren, was Herr Basil darüber zu sagen hat.

Ich erinnere mich, dass Augustus sich an diesem Abend besonders hervorgetan hat.

„Ich frage mich, wie viel du Tante für den 'Blue Water' geben würdest", sagte er zu Herrn Basil.

„Ich bin kein Händler", antwortete der Gentleman.

Und als Claudia Tante Patricia fragte, ob sie Sir Basil das Priesterzimmer und das Versteck des Safes zeigen würde, in dem der Saphir aufbewahrt wurde, bemerkte der interessante junge Mann:

„Besser nicht, Tante. Er könnte zurückkommen und ihn in einer dunklen Nacht klauen – den Saphir meine ich, nicht das Priests' Hole."

Tante Patricia ignorierte ihn und sagte, sie würde Sir Basil und den anderen Gast, einen Mann namens Lawrence, einen nigerianischen Beamten und alten Freund, mitnehmen und ihnen das Priesterloch zeigen.

Das Gespräch kam dann auf die wunderbare Geschichte des Hope-Diamanten und die unglaubliche, aber wahre Geschichte des Unglücks, das seinen Besitzern immer wieder widerfuhr; auf die Priesterhöhlen und die wechselnden Wellen religiöser Verfolgung, die dazu führten, dass dasselbe Versteck nacheinander römisch-katholische Priester und protestantische Pastoren beherbergte; und auf den Tag, an dem elisabethanische Soldaten auf der Suche nach Pater Campion unsere Fußböden, Bilder, Vertäfelungen und Türen beschädigten (Spuren davon sind noch heute zu sehen), ohne das wunderbar konstruierte Priesterloch zu entdecken.

* * *

Gegen Ende dieses sehr interessanten Abendessens machte unser geliebter und ehrwürdiger alter Freund, der Kaplan, diesen Abend noch unvergesslicher, als er ohnehin schon war.

Er hatte sich während des gesamten Abendessens vorbildlich verhalten, sich vorbildlich unterhalten und vorbildlich ausgesehen (mit seinem elfenbeinfarbenen Gesicht und seinem silbernen Haar, das ihn zwanzig Jahre älter aussehen ließ, als er war), und dann, gerade als Burdon die Karaffen vor ihn stellte, tat er plötzlich etwas, was er noch nie zuvor getan hatte – er „brach aus" in Tante Patricias Gegenwart. Wir wussten schon lange, dass er seltsam war, und es war ein offenes Geheimnis im Haus, dass man ihm nachgeben musste, wenn er seltsam war (aber auch wenn es offen war, war es dennoch ein Geheimnis), obwohl er sich in Tante Patricias Gegenwart immer ganz normal verhielt.

Und jetzt passierte es!

„Burdon", sagte er mit der leisen Stimme, mit der man einem Diener „beiseitespricht", „könntest du mir ein sehr schönes weißes Kaninchen mit *großen* rosa Augen besorgen, und wenn möglich mit einem hübschen rosa Band um den Hals? Ein mauvefarbenes wäre auch in Ordnung. Aber auf keinen Fall ein hellblaues Band, Burdon."

Das war ein schwerer Rückschlag, und wir alle versuchten unser Bestes, um das zu vertuschen, indem wir schnell redeten – aber Burdon und Michael waren großartig.

„Selbstverständlich, Eure Ehrwürdigkeit", sagte Burdon, ohne mit der Wimper zu zucken, und marschierte schnurstracks zur Trennwand neben der Serviertür, als würde er erwarten, hinter ihr ein weißes Kaninchen auf dem Tisch vorzufinden.

„Das ist eine originelle Idee, Herr", sagte Michael. „Ich nehme an, das ist das moderne Äquivalent zum gebratenen Pfau, der mit Federn geschmückt auf den Tisch kommt und aussieht, als wäre er noch lebendig? Tolle Idee..."

„Ja", pflichtete Digby ihm bei. „Ein Wildschweinkopf mit Glasaugen und allem Drum und Dran. Von einem Kaninchen in seiner Jacke, das mir noch nie untergekommen ist. Aber trotzdem eine gute Idee."

Der Kaplan lächelte abwesend, und Augustus Brandon kicherte und bemerkte:

„Ich kannte einen Mann, der sein letztes Haar in einen Topf geworfen hat."

Ich beeilte mich, mit einzustimmen, und Isobel begann, den Kaplan nach dem Fortschritt seines Buches über altes Glas zu fragen, ein Buch, an dem er seit Jahren schrieb und das sein Lieblingshobby war.

Ich fragte mich, ob meine Tante am Kopfende des Tisches etwas bemerkt hatte. Als ich zu ihr hinüberblickte, sah ich, dass sie zehn Jahre älter aussah als zuvor.

Als ich die Tür offen hielt, als die Damen sich nach dem Abendessen zurückzogen, flüsterte sie mir im Vorbeigehen zu: „Sag Michael, er soll heute Abend auf den Kaplan aufpassen. Er leidet unter Schlaflosigkeit und ist nicht er selbst."

Aber später, im Salon, als die „Blue Water" von ihrem weißen Samtkissen unter der Glasglocke lächelnd, betörend und verführerisch auf uns herabblickte und wir um den Tisch herumstanden, auf dem sie lag, war der Kaplan ganz er selbst und, wenn möglich, noch gelehrter und interessanter in Sachen Edelsteine als der große Herr Basil.

Ich war wirklich sehr dankbar, denn mein Herz schmerzte für Tante Patricia, die ihn beobachtete; sie beobachtete ihn so, wie eine Mutter ihr einziges Kind beobachten würde, dessen geistige Gesundheit zweifelhaft ist, hin- und hergerissen zwischen Hoffnung und Angst, zwischen leidenschaftlicher Ablehnung seiner Idiotie und leidenschaftlicher Freude über Anzeichen seiner Normalität.

§4.

Arme Tante Patricia! Sie hatte eine Verbindung mit Sir Hector Brandon eingegangen, wie man eine Krankheit eingehen könnte. Die einzige Erleichterung in diesem besonderen Unglück war, dass es nur zeitweise auftrat, denn dieses Denkmal der Selbstsucht war in der Regel überall, nur nicht zu Hause, da er ein mächtiger Jäger vor dem Herrn (oder dem Teufel) war und gewöhnlich in fernen Gegenden Beute jagte, sei sie zweibeinig oder vierbeinig. Es ist gut, ein festes Ziel, einen Sinn und einen Ehrgeiz im Leben zu haben, und Sir Hector hatte einen. Er wollte von sich behaupten können, dass er jedes Tier, jeden Vogel und jeden Fisch der Welt erlegt und eine Frau jeder Nationalität der Welt umworben hatte! Eine große Seele, entflammt von edlem Ehrgeiz.

Als Kinder wussten wir natürlich nicht, was Tante Patricia unter diesem gewalttätigen und bösen Mann zu Hause erlitten hatte, noch was seine Pächter und Arbeiter erlitten, wenn er abwesend war.

Als wir älter wurden, konnten wir jedoch nicht mehr übersehen, dass er von allen gehasst wurde und dass er das Anwesen schamlos ausbeutete, um sich im Ausland vergnügen zu können.

Kinder könnten an Diphtherie sterben, weil die Kanalisation kaputt oder gar nicht vorhanden war; alte Menschen könnten an Schüttelfrost und Rheuma sterben, weil die Dächer und die feuchten, verfallenden Hütten undicht waren; jeder Bauer könnte einen bitteren Groll hegen; der Gutsverwalter könnte die Position und Aufgabe eines skrupellosen Sklavenhalters haben; aber Sir Hectors Yacht und Sir Hectors Freundinnen würde es an nichts mangeln, und sein Lebensweg wäre mit nichts Geringerem als Gold gepflastert.

Und Lady Brandon könnte zu Hause bleiben, um sich der Musik zu stellen – seien es wütendes Knurren oder schwache Schmerzensschreie.

Aber wir Jungen und Mädchen waren überaus glücklich, eine fröhliche Bande, die unserem Anführer Michael sorglos und fröhlich folgte. . . .

§5.

Ich glaube, Michaels Leistung, die uns am meisten beeindruckte, war, dass er die Rolle eines Mannes in Rüstung so lange erfolgreich spielte, wie es uns schrecklich lang vorkam. (Es war jedenfalls fast lang genug, um mich umzubringen!)

Wir waren an einem nassen Nachmittag in der Vorhalle, und dem Anführer der Gruppe kam die geniale Idee, sich in eine der Rüstungen zu verkleiden.

Ohne zu zögern wurden wir, seine Gefolgsleute, schnell zu mehr oder weniger hochrangigen Knappen und verkleideten den Ritter mit viel Einfallsreichtum und noch mehr Schnüren mehr oder weniger korrekt in seiner Rüstung.

Er nahm gerade eine Pose ein und forderte einen Schurken zum Tod auf, als das Geräusch einer Autohupe anachronistisch hereinbrach und die Band sich wie Kaninchen bei einem Gewehrschuss zerstreute.

Michael trat auf das Podest und stand stramm (Stramm!). Digby floh die Treppe hinauf, die Mädchen stürmten ins Wohnzimmer, Augustus und ein weiterer Besucher eilten einen Flur entlang zur Dienstbotentreppe, und ich tauchte wie Ginevra in eine große alte Truhe auf der anderen Seite der Halle.

Dort lag ich, als wäre ich in einen Sarg geschnallt, und mein Stolz verbot mir, mich schmählich herauszukriechen. Mir wurde klar, dass ich schrecklich litt – und das Nächste, was ich wusste, war, dass ich auf meinem Bett lag und Michael mir mit einem nassen Schwamm ins Gesicht schlug, während Digby mir freundliche Schläge auf Brust und Bauch versetzte.

Als ich mich ausreichend erholt hatte und ausreichend dafür zurechtgewiesen worden war, dass ich so ein Trottel gewesen war, erfuhr ich, dass Tante Patricia mit einem „schwarzen Mann" vorgefahren war – ein Rätsel! – und sich mit ihm direkt vor den Augen des Mannes in Rüstung unterhalten hatte, um ihn anschließend mit ihrem Auto wieder davon zu jagen.

Wir waren sehr neugierig und spekulierten wild – umso mehr, als Michael kein Wort darüber verlieren wollte, dass jemand *gekommen* und wieder gegangen *war* und dass er es geschafft hatte, in dieser schweren Rüstung so still zu liegen, dass kein Knarren, Rascheln, Klirren oder sonst ein Geräusch verraten hatte, dass tatsächlich jemand in der Rüstung steckte!

In der allgemeinen und verdienten Bewunderung für diese Leistung blieb meine eigene schwache Leistung, den Tod der Entdeckung und Schande vorzuziehen, unerwähnt.

Ich muss Michael jedoch Gerechtigkeit widerfahren lassen und sagen, dass er, sobald Tante Patricia den Saal verlassen hatte, eilig den Deckel der Truhe, in der ich begraben war, geöffnet und mich selbst nach oben getragen hatte, sobald er seine Rüstung abgelegt und an ihren Platz zurückgestellt hatte.

Digby, der durch langes und mühsames Üben ein erfahrener Hornist war, nahm sein altes Kutscherhorn von der Wand und blies, wie er sagte, eine „ehrerbietige Fanfare der Herolds-Trompeten", um die *Hartnäckigkeit* zu würdigen, die Michael und ich an den Tag gelegt hatten.

Ich muss allerdings zugeben, dass wir anderen, trotz Michaels Zurückhaltung bezüglich des Besuchs des „schwarzen Mannes", das seltsame Ereignis in all seinen Zusammenhängen diskutierten.

Wir kamen jedoch zu keinem Ergebnis und mussten uns mit der albernen Theorie begnügen, dass der seltsame Besucher in irgendeiner Weise mit einem merkwürdigen Jungen zu tun hatte, der heute ein sehr angesehener und aufgeklärter Herrscher in Indien war. Er war der älteste Sohn und Erbe des Maharadschas, seines Vaters, und hatte vor seiner Zeit in Eton das College für die Söhne der regierenden Fürsten Indiens besucht, ich glaube, das Rajkumar College in Ajmir.

Er war ein hervorragender Athlet und Sportler und verehrte Michael bis zur Anbetung.

Tante Patricia hieß ihn auf Michaels Bitte hin in Brandon Abbas willkommen, und als er das „Blue Water" sah, *fiel er tatsächlich buchstäblich und vollständig in Ohnmacht.*

Ich nehme an, dass der Anblick des Saphirs eher der Anlass als die Ursache war, aber Tatsache ist, dass es so war. Es war seltsam und unheimlich, mehr als man in Worte fassen kann, umso mehr, als er keinen Ton von sich gab und weder damals noch später jemals ein Wort über den großen Edelstein verlor!

* * *

Und so lebten wir unser glückliches Leben in Brandon Abbas, wenn wir nicht in der Vorbereitungsschule, in Eton oder später in Oxford waren.

Kapitel II. Das Verschwinden des "Blauen Wassers"

Und dann, an einem Herbstabend, änderte sich das Leben so plötzlich und unerwartet. Die Tat einer Person veränderte das Leben von uns allen und brachte Leid, Exil und Tod mit sich.

Ich bin weder Student noch Philosoph, aber ich würde mir wünschen, dass mir ein überzeugter Verfechter der Lehre vom freien Willen erklären könnte, inwiefern wir nicht einfach hilflose Opfer der Handlungen anderer Menschen sind. Wie beneide ich doch die großen Geister, die beispielsweise „ *bis in die dritte und vierte Generation*" mit dieser bequemen Lehre in Einklang bringen können!

An diesem schönen Herbstabend, so gewöhnlich, so sicher und gemütlich, so schicksalhaft und bedeutsam, saßen wir nach dem Abendessen alle zusammen im großen Salon von Brandon Abbas, was sich als das letzte Mal herausstellte. Anwesend waren Tante Patricia, der Kaplan, Claudia, Isobel, Michael, Digby, Augustus Brandon und ich.

Tante Patricia bat Claudia zu singen, aber die junge Dame lehnte mit der Begründung ab, sie fühle sich nicht wohl und habe keine Lust dazu. Sie sah tatsächlich blass aus und wirkte nicht so gesund und munter wie sonst. Ich hatte schon seit einigen Tagen den Eindruck, dass sie in Gedanken versunken und besorgt war, und ich hatte mich gefragt, ob ihre Bridge-Schulden und die Rechnungen ihrer Schneiderin der Grund dafür waren.

Mit ihrer üblichen Hilfsbereitschaft und zuvorkommenden Art ging Isobel zum Klavier, und eine Weile saßen wir da und lauschten ihrer süßen, mitfühlenden Stimme, während meine Tante strickte, der Kaplan Däumchen drehte, Claudia mit einem unangenehmen Problem rang und dabei nachdenklich die Stirn runzelte, Augustus mit einer Zigarette, die er sich nicht anzündete, in seiner Zigarettenetui herumfummelte, Digby die Seiten einer Zeitschrift umblätterte und Michael Claudia beobachtete.

Bald stand Isobel auf und schloss das Klavier.

„Wie wäre es mit einer Runde Pills?", fragte Augustus, und bevor jemand antworten konnte, sagte Claudia:

„Oh, Tante, lass uns *doch* eine Runde 'Blue Water' spielen. Das habe ich schon ewig nicht mehr gesehen."

„Gute Idee!", stimmte Michael zu. „Lass uns eine Runde spielen, Tante", und der Kaplan unterstützte ihn und sagte, er würde sich sehr darüber freuen, wenn Lady Brandon die Erlaubnis gäbe.

Nur er und Tante Patricia kannten das *Geheimnis* des Priesterverstecks (außer natürlich Herr Hector), und ich glaube, es hätte einen außerordentlich genialen Einbrecher gebraucht, um es zu entdecken, selbst wenn er unbegrenzt Zeit gehabt hätte, bevor er sich an den Safe gemacht hätte, in dem „Blue Water" zusammen mit anderen Wertsachen aufbewahrt wurde. (Ich weiß, dass Michael, Digby und ich unzählige Stunden damit verbracht hatten, mit dem Wissen und der Zustimmung unserer Tante, ohne den geringsten Erfolg, den Trick dieses Verstecks mehrerer gejagter Geistlicher zu entdecken. Es wurde für Michael zu einer Obsession.)...

Tante Patricia stimmte sofort zu, und der Kaplan verschwand. Er hatte einen Schlüssel, der Zugang zum Versteck der Schlüssel für den Safe gab, den das Priesterversteck bewachte.

„Was *ist* das 'Blaue Wasser' wert, Tante Patricia?", fragte Claudia.

„Für wen, meine Liebe?", war die Antwort.

„Na ja – was würde jemand aus Hatton Garden dafür geben?"

„Etwa die Hälfte von dem, was er glaubt, dass sein Chef bereit wäre zu zahlen, vielleicht."

„Und wie viel wäre das ungefähr, glaubst du?"

„Ich weiß es nicht, Claudia. Wenn ein amerikanischer Millionär es unbedingt kaufen wollte, würde er wohl versuchen, den niedrigsten Preis herauszufinden, den man ihm dafür geben würde", war die Antwort.

„Was *würdest* du verlangen, wenn du es verkaufen *würdest*?", hakte Claudia nach.

„Ich werde es ganz sicher nicht verkaufen", sagte Tante Patricia mit einer Stimme, die das Gespräch beenden sollte. Sie hatte an diesem Tag einen Brief von ihrem Mann erhalten, in dem er ihr seine vorzeitige Rückkehr aus Indien ankündigte, und das hatte sie überhaupt nicht aufgeheitert.

„Ich habe einmal gehört, dass Onkel Hector dreißigtausend Pfund dafür angeboten wurden", sagte Augustus.

„Wirklich?", antwortete Tante Patricia, und in diesem Moment kam der Kaplan zurück und trug den Saphir auf einem weißen Samtkissen unter einer Glasglocke. Er stellte ihn auf einen Tisch unter dem großen Kronleuchter mit seinen unzähligen geschliffenen Glasanhängern und dem Kreis aus Glühbirnen.

Da lag er nun und faszinierte uns mit seinem unglaublichen, unbeschreiblichen, leuchtenden Blau, während wir ihn bestaunten.

„Das *ist* ein wundervolles Ding", sagte Isobel, und ich fragte mich, wie oft diese Worte wohl schon gesagt worden waren.

„Oh, lass mich ihn küssen", rief Claudia, und mit einer Hand hob der Kaplan die Glaskuppel und reichte mit der anderen den Saphir Tante Patricia, die ihn untersuchte, als hätte sie ihn nicht schon tausendmal in der Hand gehabt. Sie betrachtete ihn im Licht. Dann reichte sie ihn Claudia, die ihn eine Weile liebkoste.

Wir nahmen ihn alle der Reihe nach, Augustus warf ihn in die Luft und fing ihn wieder auf, während er murmelte: „Dreißigtausend Pfund für ein Stück Glas!"

Als Michael ihn bekam, dachte ich, er würde ihn nie weitergeben. Er wog ihn, rieb ihn und untersuchte ihn, eher wie ein Händler als wie ein Bewunderer von Schönheit.

Schließlich legte der Kaplan es zurück auf das Kissen und setzte die Glasabdeckung wieder auf.

Wir saßen und standen ein paar Minuten herum, während der Kaplan etwas über indische Rajahs und ihre wunderbaren Erbstücke und historischen Juwelen erzählte.

Ich stand dicht am Tisch, beugte mich vor und spähte wieder in die Tiefen des Saphirs; Augustus wiederholte gerade: „Wer sagt, eine Runde Pillen, Pillen, Pillen?", als plötzlich, wie es gelegentlich vorkam, das elektrische Licht ausfiel und wir in völlige Dunkelheit getaucht wurden.

„Was macht Fergusson jetzt wieder?", fragte Digby und meinte den Chefchauffeur, der für den Motor verantwortlich war.

„Es wird gleich wieder kommen", sagte Tante Patricia und fügte hinzu: „Burdon wird Kerzen bringen, wenn nicht ... Bleibt alle stehen und stoßt nichts um."

Jemand streifte mich leicht, als ich am Tisch stand.

„Geister und Gespenster!", sagte Isobel mit gruseliger Stimme. „Wer hat ein Streichholz? Eine Skeletthand greift nach meiner Kehle. Ich kann sie sehen ..."

„Alle", sagte ich, als das Licht wieder anging und wir uns gegenseitig in dem grellen Schein anblinzelten, der so plötzlich auf die samtene Dunkelheit folgte.

„Gerettet!", sagte Isobel mit einem übertriebenen Seufzer der Erleichterung, und als ich sie ansah, starrte sie mich mit großen Augen und offenem Mund an und zeigte dann sprachlos auf...

Die „Blue Water" war verschwunden. Das weiße Samtkissen lag frei, und die Glasabdeckung bedeckte nichts als das Kissen.

§2.

Wir müssen wie eine dumme Bande ausgesehen haben, als wir ein, zwei Sekunden lang auf diese außergewöhnlich leer wirkende Behausung des großen Saphirs starrten. Ich habe noch nie in meinem Leben etwas so leer aussehen sehen. Tante Patricia brach die Stille und den Bann.

„ *War das* ein Scherz, Augustus?", fragte sie in diesem selten verwendeten Tonfall, der selbst einen Elefanten klein fühlen lassen würde.

„Was? *Ich? Nein* , Tante! Wirklich! Ich schwöre! *Ich* habe es nicht angerührt", erklärte der Junge und wurde knallrot.

„Na ja – da gibt es wohl jemanden mit einem ganz eigenen Sinn für Humor", bemerkte sie, und ich war froh, dass ich nicht der fehlgeleitete Humorist war. Außerdem war ich froh, dass sie den Witz eher Augustus zugeschrieben hatte als jemand anderem.

„Du standest neben dem Tisch, John", fuhr sie fort und wandte sich mir zu. „Bist du der Spaßvogel?"

„Nein, Tante", antwortete ich mit schwachem Witz, „nur der Geste."

Da Digby und Michael beide vehement bestritten, an diesem armseligen Streich beteiligt gewesen zu sein, wandte sich Tante Patricia an die Mädchen.

„Sicher nicht?", sagte sie und hob ihre schönen Augenbrauen.

„Nein, Tante, ich war zu beschäftigt mit Geistern und Kobolden und der Skeletthand, um meine eigene Hand zum Stecken und Schälen – ich meine, zum Pflücken und Stehlen – zu benutzen", sagte Isobel.

„*Ich* habe nichts", sagte Claudia.

Lady Brandon und Pfarrer Maurice Ffolliot sahen uns sechs mit kalter Strenge an.

„Lassen wir den guten Geschmack, der sowohl in der Tat als auch in der Leugnung zum Ausdruck kam, außer Acht", sagte die Erstere, „aber wir sind uns doch einig, dass der brillante Scherz weit genug gegangen ist, oder?"

„Leg den brillanten Scherz zurück, John", sagte Augustus. „Du warst der Einzige, der in der Nähe war, als das Licht ausging."

„Ich habe gesagt, dass ich den Saphir nicht angefasst habe", antwortete ich.

„Setz *ihn* zurück, Ghastly", sagte Digby, und seine Stimme klang scharf.

„Und stell *dir* vor, *du* tust es!", brüllte Augustus wütend.

Digby, der hinter ihm stand, hob plötzlich sein rechtes Knie mit solcher Kraft, dass er den Sprecher in Richtung Tisch schleuderte – eine Demonstration von schlechten Manieren und Gewalt, die Tante Patricia unkommentiert ließ.

„Ich *habe* das verdammte Ding nicht, sage ich dir", schrie der Geschlagene und wandte sich wütend an Digby. „Es ist einer von euch drei Halunken."

Es war eine absurde Situation, die schnell unangenehm wurde, und meine Tante presste die Lippen zusammen, während sich ihre Augenbrauen zu ihrer hohen Nase zusammenzogen.

„Hört mal, ihr Dummköpfe!", sagte Isobel, als wir Brüder Augustus anstarrten und er uns anstarrte. „Ich werde wieder für zwei Minuten das Licht ausschalten. Wer auch immer den Streich gespielt und die Lüge erzählt hat, soll das Bild von der blauen See wieder aufhängen. Dann weiß niemand, wer es war. Verstanden?" Und sie ging zur Tür, neben der sich die Lichtschalter befanden.

„Jetzt!", sagte sie. „Alle still, außer der Übeltäter, und wenn ich das Licht wieder einschalte, wird das 'Blaue Wasser' uns auslachen."

„Ach, Quatsch", sagte Augustus, und das Licht ging aus, bevor Tante Patricia oder der Kaplan etwas sagen konnten.

Jetzt kam mir der Gedanke, dass es sehr interessant wäre, zu erfahren, wer diesen dummen Streich gespielt und danach eine dumme Lüge erzählt hatte. Ich trat daher sofort an den Tisch, tastete mit der rechten Hand nach der Kante und legte dann mit ein paar vorsichtigen Berührungen meine linke Hand auf die Glaskuppel. Wer auch immer den Saphir zurückbringen würde, musste mich berühren, und ihn würde ich sofort packen. Ich hätte mich vielleicht nicht so sehr für die Sache interessiert, wenn nicht zweimal darauf hingewiesen worden wäre, dass ich es war, der an den Tisch gelehnt hatte, als das Licht ausgegangen war.

Isobels List, um die sofortige Rückgabe des Saphirs sicherzustellen, war ausgezeichnet, aber ich sah keinen Grund, warum ich unter dem Verdacht stehen sollte, ein Trottel und Lügner zu sein, nur um Augustus einen Gefallen zu tun.

Also stand ich da und wartete.

Während ich so dastand, fragte ich mich, was wohl passieren würde, wenn der Scherzkeks nicht so schlau wäre, die Gelegenheit zu nutzen, die Isobel ihm geboten hatte.

In dem großen Raum herrschte absolute Stille.

„Ich kann es nicht, meine Stiefel knarren", sagte Digby plötzlich.

„Ich finde die Abdeckung nicht", sagte Michael.

„Noch eine Minute, du Schurke", sagte Isobel. „Beeil dich."

Und dann wurde mir bewusst, dass jemand ganz in meiner Nähe atmete. Ich spürte eine leichte Berührung an meinem Ellbogen. Eine Hand legte sich leicht auf mein Handgelenk – und ich griff danach.

Meine linke Hand umklammerte einen Jackenärmel, unter dem sich die steife Manschette eines Hemdes verbarg, und mit der rechten hielt ich ein Handgelenk fest. Ich war sehr erleichtert, dass es ein Männerarm war. Wäre es der einer Frau gewesen, hätte ich sofort losgelassen. Natürlich – der grässliche Gustus ... Es war genau die alberne Art von Streich, die er sich zutraute, und es passte vollkommen zu ihm, die Dunkelheit auszunutzen, nachdem er merkte, dass der Scherz gründlich misslungen war. Ich beneidete ihn nicht um den Blick, der auf Tante Patricias Gesicht erscheinen würde, sobald das Licht anging und man ihn in meinem Griff entdeckte.

Ich hätte ihn wohl losgelassen, wenn er nicht versucht hätte, mir die Schuld zu geben und darauf bestanden hätte, dass ich in der Nähe des Tisches stand, als das Licht ausging.

Ich war ein wenig überrascht, dass er sich nicht wehrte, und war auf eine plötzliche heftige Drehung und eine schnelle Flucht in der Dunkelheit vorbereitet.

Er blieb aber ganz still.

„Ich zähle bis zehn, dann mach ich das Licht an. Bist du bereit, Schurke?", kam Isobels Stimme von der Tür.

„Ja, ich habe es zurückgestellt", sagte Digby.

„Ich auch", sagte Michael, der dicht neben mir stand.

„Und ich auch", wiederholte Claudia.

Dann schaltete Isobel das Licht ein, und ich stellte fest, dass meine Hände sich um die rechte Armlehne meines Bruders Michael krampften!

Ich war total überrascht.

Es war natürlich nur eine Kleinigkeit, ein sinnloser Streich und eine sinnlose Lüge, aber es passte so gar nicht zu Michael. Es passte nicht zu ihm, so etwas zu tun, und noch weniger passte es zu ihm, es rundweg zu leugnen. Und meine Überraschung wurde noch größer, als Michael mich seltsam ansah und tatsächlich sagte:

„Also war *ich* es, John, ja? Oh, *Schwächlicher* Geste!"

Ich fühlte mich absurd verletzt und wandte mich an Augustus: „Entschuldige, Gussie. Ich gebe zu, ich dachte, du warst es."

„Oh, mach es nicht noch schlimmer", antwortete er. „Leg das ekelhafte Ding zurück und hör auf, dich so lächerlich zu benehmen. Du bist schon genug peinlich."

Leg das scheußliche Ding zurück! Ich drehte mich um und schaute auf das Kissen. Es war immer noch leer. Ich schaute Michael an, und Michael schaute mich an.

„Oh, steck es zurück, Beau", sagte ich. „Das war alles sehr clever und amüsant, da bin ich mir sicher. Aber ich neige dazu, Gussie zuzustimmen."

Michael warf mir einen seiner langen, nachdenklichen, durchdringenden Blicke zu. „Hm", sagte er.

Isobel kam von der Tür herüber.

„Ich *glaube,* ihr hättet euch zurückhalten *sollen*, ihr Dummköpfe", sagte sie. „Leg es zurück, Beau, und lass uns tanzen. Dürfen wir, Tante?"

„Natürlich", sagte Tante Patricia, „sobald der große Humorist in unserer Mitte unsere Glückwünsche erhalten hat." Und ich hatte wirklich Mitleid mit dem besagten Humoristen, wenn er sein Geständnis machen würde, so verärgert wie ich über ihn war.

Der Kaplan schaute von einem zum anderen von uns sechs und sagte nichts. Tante Patricia tat es ihm gleich.

Wir standen alle schweigend da.

„Jetzt hört auf mit diesem Unsinn", sagte sie. „Wenn nicht sofort 'Blue Water' vorgetragen wird, werde ich sehr verärgert sein."

„Na los, jemand“, sagte Digby.
Es folgte eine weitere Minute Stille.
Es wurde langsam unerträglich.
„Ich warte“, sagte Lady Brandon schließlich und begann mit dem Fuß zu wippen.
Von diesem Moment an war die Angelegenheit alles andere als ein Scherz, sie wurde schnell unangenehm und es wurde immer schlimmer.

§3.

Ich werde die folgenden Stunden mit ihrer schrecklichen Atmosphäre des Misstrauens nicht so schnell vergessen – sieben Leute, die sich gegenseitig verdächtigten, und eine achte Person, die so tat, als würde sie das auch tun.

Meine fähige und scharfsinnige Tante brachte die Angelegenheit schnell auf den Punkt, als sie keine Antwort auf ihr „Ich warte“ erhielt und mit ihrem entschlossenen Blick von einem zum anderen der wütenden und unbehaglichen Gruppe um sie herum blickte.

„Maurice“, sagte sie zum Kaplan, legte ihm die Hand auf den Ärmel, wobei ihr Gesicht unglaublich weich und lieb wurde, „komm und setz dich zu mir, bis ich jedem dieser jungen Leute eine Frage gestellt habe. Dann möchte ich, dass du zu Bett gehst, denn es wird spät“, und sie führte ihn zu einem großen, tiefen Chesterfield-Sofa, das auf einem niedrigen Podest in einer großen Fensternische stand.

Sie setzte sich mit der Haltung und Ausstrahlung einer Königin auf einem Thron und sagte leise und sehr kühl:

„Die Sache wird ernst, und wenn sie nicht sofort ein Ende findet, werden auch die Folgen ernst sein. Zum letzten Mal bitte ich den Jungen oder das Mädchen, der oder die das “Blue Water„ weggenommen hat, es mir zurückzugeben, dann werden wir diese alberne Angelegenheit hier und jetzt beenden und nicht weiter darauf eingehen. Wenn nicht ... Komm schon, das ist absurd und lächerlich ...“

„Ach, hör doch auf, John“, sagte Augustus, „um Gottes willen.“

Niemand sonst sagte etwas.

„Na gut“, sagte meine Tante, „wenn der Dummkopf schon auf seiner Dummheit beharrt ... Komm her, Claudia ... Hast du das “Blaue Wasser„ angefasst, seit der Kaplan es wieder an seinen Platz zurückgestellt hat?“ Sie legte ihre Hand auf Claudias Arm, zog sie näher zu sich heran und sah ihr in die Augen.

„Nein, Tante ...“

„Nein, Tante“, sagte Claudia wieder.

„Natürlich nicht“, sagte Tante Patricia. „Geh ins Bett, meine Liebe. Gute Nacht.“

Und Claudia ging, nicht ohne mir einen empörten Blick zuzuwerfen.

„Komm her, Isobel“, fuhr meine Tante fort. „Hast du das ‘Blaue Wasser’ angefasst, seit der Kaplan es wieder an seinen Platz gestellt hat?“

„Nein, Tante, habe ich nicht“, antwortete Isobel.

„Ich bin mir sicher, dass du es nicht getan hast. Geh ins Bett. Gute Nacht“, sagte Lady Brandon.

Isobel drehte sich um, um zu gehen, blieb dann aber stehen.

„Aber ich hätte es tun können, Tante, wenn mir die Idee gekommen wäre“, sagte sie. „Es ist natürlich nur ein Scherz.“

„Geh ins Bett“, erwiderte ihre Tante, und Isobel ging mit einem freundlichen Blick zu mir.

Tante Patricia wandte sich an Augustus.

„Komm her“, sagte sie kalt und starrte ihn mit einem harten Blick in seine etwas flüchtigen Augen. „Bitte antworte mir ganz ehrlich – um deinetwillen. Wenn du das ‘Blue Water’ hast und es mir jetzt gibst, werde ich kein Wort mehr darüber verlieren. Hast du es?“

„Ich schwöre bei Gott, Tante ...“, brach es aus Augustus heraus.

„Du brauchst weder bei Gott noch bei mir zu schwören, Augustus", war die kalte Antwort. „Ja oder nein. Hast du es?"

„*Nein*, Tante! Ich schwöre feierlich, dass ich...", antwortete der unglückliche Junge vehement, als die kalte Stimme ihn unterbrach:

„Hast du den Saphir angefasst, seit der Kaplan ihn unter die Abdeckung gelegt hat?"

„Nein, Tante. *Wirklich* nicht! Ich versichere dir, dass ich...", begann Augustus, aber er wurde wieder von der kalten Frage unterbrochen:

„Weißt du, wo sich der 'Blaue Wasser' jetzt befindet?"

„Nein, Tante", antwortete er prompt, „bei meiner Ehre, ich weiß es nicht. Wenn ich es wüsste, würde ich..."

„John", sagte meine Tante, ohne Augustus weiter zu beachten, „weißt du, wo der Stein ist?"

„Nein, Tante", antwortete ich und fügte hinzu: „Ich habe ihn auch nicht mehr angefasst, seit der Kaplan ihn hatte."

Sie schenkte mir einen langen, langen Blick, dem ich ganz ruhig und, wie ich hoffe, nicht unhöflich begegnen konnte. Als ich wegschaute, traf mein Blick den von Michael. Er beobachtete mich seltsam.

Dann war Digby an der Reihe. Er sagte ganz einfach und klar, dass er nichts über das Verschwinden des Juwels wisse und es nicht angefasst habe, seit Claudia es ihm gegeben und er es an Isobel weitergereicht habe.

Jetzt war nur noch Michael übrig. Entweder war er der Täter, oder einer von uns hatte eine ganz bewusste, kalkulierte und detaillierte Lüge erzählt, die unverzeihlich und beschämend war.

Ich war wütender auf Michael als je zuvor in meinem Leben, aber ich war eher wütend *für* ihn als auf ihn. Es passte so gar nicht zu ihm, so etwas Dummes zu tun und diese unangenehme und unwürdige Befragung weitergehen zu lassen, obwohl ein einziges Wort von ihm alles beendet hätte.

Warum musste mein Idol so tun, als hätte er Füße aus Ton – oder sich zumindest Ton an die Füße schmieren? Der Scherz war unwürdig, aber die Lüge war wirklich schmerzhaft.

Ich habe nichts gegen eine gute Lüge, die „in der Not eine sehr gegenwärtige Hilfe" ist, wenn sie zur richtigen Zeit und aus dem richtigen Grund erzählt wird (zum Beispiel, um jemandem aus der Patsche zu helfen). Aber ich habe die größte Abneigung gegen dumme Lügen, die andere Menschen nur verärgern und einem Unschuldigen die Schuld geben.

Von dem Moment an, als ich ihn dabei erwischt hatte, wie er heimlich versuchte, das Juwel zurückzugeben, war mir vor Empörung übel geworden, und ich wurde buchstäblich und körperlich krank, als er, durch mich in seinem Vorhaben vereitelt, Unschuld vortäuschte und auf eine weitere Gelegenheit wartete, das Ding unbemerkt zurückzugeben.

Hätte ich ihn nicht selbst auf frischer Tat ertappt, wäre er von uns allen der Letzte gewesen, den ich verdächtigt hätte. Das heißt, er und Isobel. Ich hätte Augustus stark verdächtigt, und nachdem seine Unschuld bewiesen gewesen wäre, hätte ich angenommen, dass Digby seiner unheilbaren Vorliebe für Scherze zum Opfer gefallen war – obwohl ich sehr überrascht gewesen wäre.

Wäre Digby dann für unschuldig erklärt worden, hätte ich wohl Claudia verdächtigt, mit einer unschuldigen, frechen Eskapade die Aufmerksamkeit auf sich lenken zu wollen – bevor ich jemals auf die Idee gekommen wäre, dass Michael es getan und geleugnet haben könnte.

Nun, da alle ihre absolute Unschuld und Unwissenheit in dieser Angelegenheit fest und kategorisch erklärt hatten, blieb mir keine andere Wahl (vor allem angesichts der Tatsache, dass ich ihn auf frischer Tat ertappt hatte), als zu dem Schluss zu kommen, dass Michael etwas war, was ich nie an ihm erkannt hatte – ein Narr, ein Schurke und ein Lügner.

Ich hätte ihn schlagen können, weil er sich selbst so verletzt hatte.

„Michael", sagte Tante Patricia sehr ernst, sehr kalt und sehr traurig, „es tut mir leid. Mehr, als ich dir sagen kann, Michael. Bitte leg das 'Blue Water' zurück, und ich werde nichts mehr sagen. Aber ich bezweifle, dass ich dich in nächster Zeit noch 'Beau' nennen werde."

„Ich *kann* es *nicht* zurücklegen, Tante, denn ich habe es nicht", sagte Michael leise, und mein Herz machte einen Sprung.

„Weißt du, wo es ist, Michael?", fragte meine Tante.

„Nein, Tante", kam die sofortige Antwort.

„Hast du den Saphir angefasst, seit der Kaplan ihn angefasst hat, Michael?", war die nächste Frage.

„Nein, Tante", war die leise Antwort.

„Weißt du etwas über sein Verschwinden, Michael?", fragte die strenge Stimme.

„Ich weiß nur, dass *ich* nichts mit seinem Verschwinden zu tun habe, Tante", antwortete mein Bruder, und ich war entsetzt.

„Erklärst du, dass alles, was du gerade gesagt hast, die absolute Wahrheit ist, Michael?", war die letzte Frage.

„Ich versichere, dass es die ganze Wahrheit und nichts als die Wahrheit ist", war die letzte Antwort.

§4.

Was sollte ich denken? Ich konnte doch nicht glauben, dass Michael log. Genauso wenig konnte ich vergessen, dass ich seine Hand auf der Glasabdeckung gesehen hatte.

Alles in allem, wenn ich entweder an Michael oder an den Beweisen meiner Sinne zweifeln musste, zog ich Letzteres vor. Als wir aus diesem schrecklichen Zimmer herauskamen, ging ich zu ihm, als er allein war, und sagte: „Beau, alter Junge, sag *mir* einfach, dass du das Ding nicht angefasst hast – und wenn du sagst, dass du es nicht getan hast, ist die Sache erledigt." Und damit wäre sie für mich erledigt gewesen. . . .

Als sie seine letzten Worte hörte, saß meine Tante da und starrte Michael an. Die Stille wurde unheimlich. Schließlich begann sie mit leiser, erstarrter Stimme zu sprechen.

"Das ist unbeschreiblich vulgär und widerlich", begann sie. "Einer von einem halben Dutzend Jungen und Mädchen, die praktisch hier aufgewachsen sind, ist ein verachtenswerter Lügner und offenbar ein gewöhnlicher Dieb – oder ein ungewöhnlicher. Letzteres kann ich mir immer noch nicht vorstellen. ... Hör zu. ... Ich werde die Decke dort liegen lassen, wo sie ist, und um Mitternacht die Türen dieses Zimmers abschließen und die Schlüssel behalten, außer dem Schlüssel für diese Tür. Bring ihn mir, Digby. ... Danke.

Diesen Schlüssel werde ich in die alte golden glänzende Schatulle auf dem Kaminsims im Vorzimmer legen. Die Bediensteten werden zu Bett gegangen sein und wissen nichts von ihrem Versteck. Ich bitte den Lügner, der hier anwesend ist, die Gelegenheit zu nutzen, um den Saphir in der Nacht zurückzugeben, die Tür wieder abzuschließen und den Schlüssel in die golden glänzende Schatulle zu legen. Wenn das morgen, wenn ich herunterkomme, *nicht* geschehen ist, muss ich davon ausgehen, dass der Lügner auch ein Dieb *ist*, und entsprechend handeln. Der Form halber werde ich Claudia und Isobel davon in Kenntnis setzen."

„Komm, Maurice", fügte sie hinzu, stand auf und nahm den Arm des Kaplans. „Ich hoffe, du machst dir keine Sorgen und hast keine schlaflose Nacht."

Der arme Kaplan sah zu unglücklich, verwirrt und fassungslos aus, um etwas sagen zu können.

Nachdem sie zwei Türen abgeschlossen hatte, verließ Lady Brandon, gefolgt vom Kaplan, den Raum, ohne uns „Gute Nacht" zu sagen.

Ich glaube, wir alle atmeten erleichtert auf, als die Tür geschlossen wurde. Ich jedenfalls tat es.

Und jetzt?

Digby wandte sich an Augustus.

„Oh, du unaussprechlicher Käsefliege", sagte er, offenbar mehr traurig als wütend. „Ich denke, wir sollten ihm die Hose runterziehen ... Und einen Ledergürtel", fügte er hinzu, „es sei denn, jemand hat schöne, raschelnde Pumps."

Ich sagte nichts. Es war nicht die Hand von Augustus, die ich unter der Decke gespürt hatte.

Er starrte uns alle an wie eine gefangene Ratte und kreischte fast, als Digby ihn packte.

„Du lügender Schweinehund", schrie er. „Wer war am Tisch, als das Licht ausging und wieder anging? Wer hat wen gepackt, als Isobel es wieder anmachte?"

Ich sah Michael an, und Michael sah mich an.

„Ja", schrie Augustus, als er den Blick sah, und wand sich frei.

„Bei Gott!", sagte Digby, „wenn er es geklaut hat, *hat er* es auch ... Komm in meine Arme, Gus!" Und im nächsten Moment saß er auf dem hysterisch empörten Jugendlichen und tastete von außen die Taschen seines Smokingjacketts ab.

„Nicht in seinen Brusttaschen ... seitlich ... Weste ... Hose ... nein – der Kerl hat es nicht, es sei denn, er hat es verschluckt", verkündete Digby. Dann ... „Könnte es hinter ein Kissen gesteckt oder irgendwo fallen gelassen haben ... Komm schon, raus damit, Gus, und dann gehen wir ins Bett."

„Du dreckiger, lügender, widerlicher Kerl", heulte Augustus zurück und zeigte den Mut einer in die Enge getriebenen Ratte.

Ich glaube nicht, dass er jemals zuvor in seinem Leben einen meiner Brüder getrotzt oder beleidigt hatte.

Ich erwartete, dass er sofort unter ihren Händen leiden würde, aber Michael tat wie immer das Unerwartete.

„Ich glaube, der kleine Mann ist doch unschuldig", sagte er ganz freundlich.

„ *Das weißt* du *doch*, du verdammter Heuchler", schrie Augustus. „Hast du nicht mit John an der Bettdecke herumgefummelt, als sie das Licht angemacht hat – ihr feigen Halunken."

Digby packte den Jungen am Kragen.

„Wenn ich dich zu Unrecht beschuldigt habe, Gussie, werde ich mich demütig entschuldigen und es wieder gutmachen", sagte er. „Aber wenn wir herausfinden, dass du *es getan hast* – oh, mein kleiner Gussie ...!"

„Und wenn ihr herausfindet, dass es Michael oder John oder du selbst war?", spottete der zerzauste und zitternde Augustus.

Michael sah mich eindringlich an, und ich sah ihn eindringlich an.

„Hör mal", sagte Digby, „vermutlich ist das Ding im Zimmer. Tante würde ihr eigenes Juwel doch nicht klauen. Der Kaplan hat weder dafür noch für dreißigtausend Pfund Verwendung. Niemand glaubt, dass Isobel es getan hat – Claudia auch nicht. Damit bleiben wir vier, und wir haben das Zimmer nicht verlassen. Kommt schon, findet es. Finde es, Gussie, und ich schwöre, dass *ich* es dort hingelegt habe", und Digby begann, Kissen von Sofas und Stühlen zu werfen, Fußschemel zu verschieben, Teppiche umzudrehen und allgemein herumzusuchen, während er sich selbst und vermutlich auch Augustus mit Rufen wie „Guter Hund! ... Hol sie, Junge! ... Schnapp sie dir, Gussie! ... Auf ihn, Welpe! ... Mach ihn fertig, Gus!" und fröhlichem Gebell.

Michael und ich suchten methodisch und gründlich, bis völlig klar war, dass die „Blue Water" nicht im Zimmer war, es sei denn, sie war weitaus geschickter versteckt worden, als es in der Dunkelheit und in den wenigen Minuten möglich gewesen wäre, die jemand hatte, um sie zu verstecken.

„Nun, das war's dann wohl", sagte Digby schließlich. „Wir sollten lieber gehen, bevor Tante herunterkommt, um die Tür abzuschließen. Ich will sie heute Abend nicht wieder sehen. Verdammt, ich fühle mich schuldig, sobald sie mich ansieht."

„Vielleicht bist du das auch!", knurrte Augustus.

„Das weißt du doch nicht", grinste Digby.

„Wir sollten besser ein bisschen aufräumen, bevor wir gehen", schlug Michael vor. „Die Bediensteten werden etwas merken, wenn es morgen so aussieht."

„Ich würde sagen, sie riechen eine ganze Herde Elefanten", antwortete Digby, und wir drei räumten das unordentliche Zimmer auf, während Augustus uns mürrisch beobachtete, mit einem wütenden, bitteren Grinsen und gelegentlichen Knurren wie „Verdammte Heuchler" oder „Lügnerische Heuchler".

„Kommt ihr beiden mit ins Raucherzimmer?", fragte Digby Michael und mich, als wir fertig waren.

„Ja, geht und räumt auf, ihr Fieslinge", drängte Augustus.

„Geh ins Bett, Ghastly", antwortete Digby, „und vergiss nicht, dass der Schlüssel in der goldenen glänzenden Schachtel auf der Leiste über dem Kamin im Vorraum liegt. Verschwinde!"

„Für nichts auf der Welt würde ich die ganze Nacht im Flur sitzen und warten, wer kommt", war die Antwort, und der Sprecher warf mir einen Blick zu.

„Pass auf, dass *ich* dich dort nicht finde, sonst schlage ich dich", sagte Digby.

„Nein, ich wäre wohl nicht sehr beliebt, wenn ich jetzt dorthin ginge und mich weigerte, mich zu rühren, oder?", war die wütende Erwiderung.

„Herr! Ein langer Wurm dreht sich nicht", bemerkte Digby geheimnisvoll, als Augustus sich würdevoll zurückzog. „Und eine lange Straße, in der es keine Kneipe gibt", fügte er hinzu.

„Entweder ist der Junge unschuldig oder er ist ein wirklich begabter junger Schauspieler", bemerkte ich, als ich dem sich zurückziehenden Augustus nachblickte, während wir die Halle durchquerten, wo wir einem gähnenden Diener „Gute Nacht" sagten und uns auf den Weg durch einen Korridor zum Raucherzimmer machten.

§5.

„Also, meine Söhne, was meint ihr dazu?", fragte Michael, während er das Feuer schürte und wir uns in tiefe Ledersessel fallen ließen und unsere Pfeifen hervorholten.

„Ziemlich gut, wenn das verdammte Ding morgen früh nicht da ist", sagte Digby.

„Ob sie wohl Scotland Yard schicken würde?", fügte er hinzu und blies eine lange Rauchwolke zur Decke.

„Eine schmutzige Angelegenheit", sagte Michael. „Stell dir vor, ein fetter Geheimniskrämer schleicht hier herum und befragt alle!"

„Was für ein Spaß!", kicherte Digby. „Zum Glück sind die Bediensteten nicht dabei, die armen Kerle."

„Eine widerwärtige, vulgäre Angelegenheit, wie Tante gesagt hat", bemerkte Michael.

„Und auch ein bisschen hart für sie – abgesehen von den dreißigtausend Pfund", sagte ich.

„Das erschüttert wohl ein wenig ihr Vertrauen in die Menschheit, was?", sagte Digby. „Aber verdammt – das widerwärtige Ding wird morgen früh noch da sein."

„Ich hoffe es von ganzem Herzen", sagte ich und stellte fest, dass Michael und ich uns wieder anstarrten.

„Lasst uns das schreckliche Verbrechen rekonstruieren", schlug Digby vor. „Lasst uns Tante und den Kaplan aus der Geschichte streichen."

„Und die Mädchen", sagte Michael. „Wenn auch nur jemand auf die Idee käme, dass Claudia stehlen könnte, würde ich ihm den Hals umdrehen, bis er seinen eigenen auf seinem Rücken sehen könnte."

„Ich würde jedem den Hals umdrehen, der auch nur daran denkt, dass Isobel gestohlen haben könnte – bis er keinen Kopf mehr hat, um zu sehen", fügte Digby hinzu.

„Wäre das nicht zu albern, um überhaupt der Rede wert zu sein?", fragte ich. Ich dachte dabei vor allem an Isobel.

„Lasst uns den jungen Gussie *verprügeln* ", sagte Digby.

„Gussie weiß nichts davon", sagte Michael. „Nur echte verletzte Unschuld hätte ihm den Mut gegeben, uns 'verdammte Lügner' und 'verdammte Heuchler' zu nennen. Weißt du, wenn er schuldig gewesen wäre, wäre er versöhnlich, redselig und tränenreich gewesen – oh, ganz anders. Ein viel demütigerer Gemeindemitglied."

„Ich glaube, du hast recht, Beau", stimmte Digby zu. „Nichts bringt einen so auf die Palme wie ein Gefühl der Ungerechtigkeit. Außerdem hat der junge Gus nicht den Mumm, etwas wirklich Wertvolles zu klauen. Und wenn er es aus Jux mitgenommen und nicht zurücklegen konnte, hätte er es hinter einem Kissen versteckt, bis er es konnte. Ich habe erwartet, es an einem solchen Ort zu finden. Deshalb habe ich ihm die Chance gegeben ... Wenn er es *hat*, wird er es heute Nacht zurücklegen", fügte er hinzu.

„Das wird er nicht", sagte Michael – und wieder sahen Michael und ich uns an.

„Nun, dann bleiben noch wir drei", sagte ich.

„Ja", sagte Michael.

„Mich kannst du ausnehmen, alter Junge", grinste Digby. „Durchsucht mich ruhig."

„Das erinnert mich daran, dass wir uns selbst oder einander nicht abgesucht haben, als wir Gussie abgesucht haben", sagte ich. „Das wäre fairer gewesen..."

„Höchst unwürdig und unnötig", warf Michael ein.

„Das fand Gussie auch", kicherte Digby.

„Dann bleiben nur noch du und ich, John", sagte Michael.

„Ja, dann sind nur noch wir beide übrig, Beau", stimmte ich zu, und wieder starrten wir uns an.

„Ich habe das 'Blue Water' nicht genommen, Beau", sagte ich.

„ *Ich auch nicht*, John", sagte Michael.

„Dann wurde irgendwo ein Fehler gemacht", meinte Digby, „und Gussie *muss* es gewesen sein. Wie auch immer – es wird in der Nacht zurückgebracht werden. Das muss es."

„Was hältst du davon, wenn wir hier sitzen bleiben, bis wir jemanden in den Flur kommen hören? Diese Tür macht immer einen furchtbaren Lärm", schlug ich vor.

„Auf keinen Fall", sagte Michael scharf.

„Warum nicht?", fragte ich und sah ihn an.

„Warum nicht, du Trottel, es könnte ja ... Ich meine, wir könnten ... Jedenfalls haben wir kein Recht, uns in Tantes Pläne einzumischen. Sie hat der Person eine Chance gegeben..."

Michael war keineswegs redegewandt. Er wandte sich an Digby.

„Findest du nicht auch, Dig?", fragte er.

„Jeder Trottel kann sitzen bleiben, wenn er will", kam die prompte Antwort. „Ich hab für heute genug. Wer kommt noch hoch?" Er stand auf und gähnte.

„Sag mal", kicherte er, „was für ein Spaß, den Schlüssel zu klauen und zu verstecken."

„Sei nicht albern", sagte Michael. „Lass uns ins Bett gehen", und wir gingen mit unserem üblichen knappen „Gute Nacht"....

Aber zumindest für mich war es einfacher, ins Bett zu gehen, als einzuschlafen, obwohl mein Gehirn irgendwie betäubt und abgestumpft schien. Ich lag da und wälzte mich hin und her, weigerte mich zu glauben, dass Michael diese widerwärtige Tat begangen hatte, und konnte irgendwie auch nicht glauben, dass Augustus es getan hatte. Es kam mir nicht in den Sinn, an Digby zu zweifeln – und wie ich bereits sagte, hätte ich niemals daran gedacht, an Michael zu zweifeln, hätte ich ihn nicht erwischt.

Abgesehen von Tante Patricia, dem Kaplan, Digby und Augustus blieben Isobel, Claudia, Michael und ich übrig. Wenn man Isobel ausschloss, blieben Claudia, Michael und ich übrig. Claudia konnte es nicht sein. Wie *konnte* es Michael sein?

Hatte *ich* es selbst getan?

In meinem damaligen Gemütszustand kam mir tatsächlich dieser Gedanke. Ich hatte vor nicht allzu langer Zeit ein Buch gelesen, in dem sich nach einer Reihe von schrecklichen Geheimnissen und Verwicklungen herausstellte, dass der unschuldige Held das Verbrechen im somnambulen Zustand begangen hatte.

Das konnte natürlich nicht auf mich zutreffen. Es gab keine Anzeichen oder Möglichkeit für Schlafwandeln oder Trance – aber könnte ich nicht, völlig unbewusst oder unterbewusst, die Sache in meine Tasche gesteckt haben, ohne es zu merken? Zweifellos taten Menschen in Momenten der Zerstreutheit absurde Dinge, über die sie sich später selbst wunderten. Ich hatte so etwas noch nie gemacht – aber könnte ich nicht jetzt damit angefangen haben? Es war sicherlich genauso möglich wie völlig unwahrscheinlich. Ich stand tatsächlich auf und durchsuchte meine Kleidung.

Natürlich fand ich nichts, und Stunde um Stunde des Grübelns und wiederholten Argumentierens brachte mich immer näher zu dem Schluss, dass entweder Augustus oder Michael der Täter war.

Nachdem ich wiederholt zu diesem unvermeidlichen Punkt gelangt war, fällte ich das wenig hilfreiche Urteil: „*Augustus oder Michael – schuldig. Und ich glaube, Augustus ist es nicht, und Michael kann es nicht sein!*"

Jedenfalls würde das Tageslicht den elenden Stein wieder an seinem Platz finden, und die ganze Angelegenheit wäre nur ein sehr unbefriedigendes und ärgerliches Rätsel, bis sie aus dem Gedächtnis der acht Personen verblasste, die davon wussten.

Ich drehte mich um und machte einen weiteren entschlossenen Versuch, einzuschlafen – was ziemlich dumm war, da das einer der besten Wege ist, um wach zu bleiben.

Meine Gedanken schlugen eine neue Richtung ein. Was wäre, wenn der „Blue Water" in der Nacht nicht zurückgelegt worden wäre? Was genau würde dann passieren?

Eines wäre jedenfalls klar: Es wurde entschlossen versucht, das Juwel zu stehlen, und zwar von jemandem, der es in Geld umwandeln wollte.

Sicherlich würde Lady Brandon, diese „ *maîtresse femme*", das nicht einfach so hinnehmen, und sie würde sicherlich genau die gleichen Schritte unternehmen, um es wiederzubekommen, wie sie es getan hätte, wenn es von Einbrechern oder einem Diener gestohlen worden wäre. Sie würde die Polizei verständigen und dafür sorgen, dass niemand das Haus verließ, bis die Angelegenheit in offizieller Hand war.

Das wäre unbeschreiblich unangenehm und erniedrigend. Ich stellte mir die Verhöre vor, die Durchsuchungen, das widerwärtige Gefühl, unter Verdacht zu stehen – sogar Isobel und Claudia. Um vier Uhr morgens erschien mir die ganze Angelegenheit unaussprechlich abscheulich.

Und dann riss ich mich zusammen. *Natürlich* würde alles gut werden. Der Idiot, der diesen dummen Streich gespielt hatte und zu feige war, sich zu bekennen, würde das Schmuckstück zurücklegen. Wahrscheinlich war es schon da. Der besagte Idiot würde nur allzu begierig sein, es loszuwerden, sobald Tante Patricia den Schlüssel in die golden glänzende Schachtel gesteckt hatte. Warum nicht nachsehen?

Natürlich – und dann konnte man diese dumme Angelegenheit vergessen und schlafen gehen.

Ich stand auf, zog meinen Morgenmantel an und schlüpfte in meine Pantoffeln. Ich zündete eine der Notkerzen an, die auf dem Kaminsims standen, ging den Flur entlang zu der oberen der beiden Galerien, die die vier Seiten der zentralen Halle umgaben, stieg die Treppe hinunter, die zur unteren Galerie führte, und von dort in die Halle. Ich durchquerte diese, betrat die Vorhalle, wich der hervorstehenden Hand und dem Schwertgriff einer Rüstung aus und schlich mich leise zu dem großen steinernen Kamin.

Auf dem breiten Kaminsims, etwa zwei Meter über dem Boden, stand die alte golden glänzende Schatulle aus der Zeit der Packpferde, in die meine Tante den Schlüssel gelegt hatte.

Nur hatte sie das nicht getan – oder jemand hatte ihn entfernt –, denn die Schatulle war völlig leer!

War das eine Falle, ein Trick von Lady Brandon, um den Schuldigen zu fangen? Zu Recht oder zu Unrecht, ich hielt sie dazu für fähig.

Wenn ja, war ich vermutlich wieder in dieser wahllosen Falle gefangen, die eigentlich jemand anderem hätte gestellt werden sollen. Ich erinnerte mich an einen Vorfall vor vielen Jahren, als sie plötzlich das Schulzimmer betrat und sagte: „Das ungezogene Kind, das in der Speisekammer war, hat Marmelade am Kinn." Und meine unschuldige und dumme Hand fuhr sofort zu meinem Gesicht, um zu sehen, ob ich durch einen seltsamen Zufall Marmelade daran hatte.

Nun – das Beste, was ich jetzt tun konnte, war, mich schnell und leise davonzuschleichen, bevor die Falle zuschnappte; und ich drehte mich um und fragte mich, ob Tante Patricia mich beobachtete.

Das war natürlich eine absurde Idee.

Dann fragte ich mich, ob die Schachtel vielleicht einen Geruch enthielt, der die schuldige Hand verraten würde, die mit ihr in Kontakt gekommen war.

Ebenso absurd.

Als ich den Flur durchquerte, dachte ich auch an Fingerabdrücke.

Hatte sie den Deckel und die Vorderseite der Schatulle poliert, damit Experten sie untersuchen konnten, um den Besitzer der Finger zu identifizieren, die sie in der Nacht berührt hatten? Weniger absurd, vielleicht, aber völlig unwahrscheinlich. Ein solcher Gedanke hätte ihr kommen können, wenn sie sicher gewesen wäre, dass die „Blue Water" wirklich von einem Dieb gestohlen worden war, der damit davonkommen wollte.

Und angenommen, das wäre wirklich der Fall gewesen und das Juwel wäre in der Nacht nicht ersetzt worden?

Auf jeden Fall wären meine Fingerabdrücke darauf gewesen, wenn sie wirklich diesen Plan gehabt hätte! Und sie wären auch noch da gewesen, wenn ihr dieser Gedanke später gekommen wäre, falls der Saphir nicht zurückgebracht worden wäre. Ich betrat die zentrale Halle wieder – nicht mehr als eine halbe Minute, nachdem ich sie verlassen hatte – und sah jemanden auf mich zukommen. Er oder sie trug keine Lichtquelle und konnte mich natürlich erkennen, da die Kerze direkt vor meinem Gesicht stand.

„Na, Gussie", sagte ich. „Kalter Morgen."

„Na, John. Suchst du den Schlüssel?", sagte die Stimme meines Bruders Michael.

„Ja, Beau", antwortete ich. „Er ist nicht da."

„Nein, John", sagte Michael leise. „Er ist hier", und er hielt ihn mir hin.

„ *Beau!*" , sagte ich elend.

„ *John!*" , verspottete er mich.

Eine Welle von Übelkeit überkam mich. Was *war* nur in meinen großartigen Bruder gefahren?

„Gute Nacht", sagte ich und wandte mich ab.

„Oder bis morgen", antwortete Michael und ging mit einem kurzen Lachen in den Vorraum.

Ich hörte, wie er ein Streichholz anzündete, dann das Klappern des Schlüssels und das Klirren eines fallenden Deckels. Er hatte den Schlüssel offensichtlich achtlos in die Schachtel geworfen und den Deckel fallen lassen, ohne zu versuchen, Geräusche zu vermeiden.

Ich ging zurück ins Bett und, da die Angelegenheit erledigt und das Rätsel gelöst war, fiel ich in einen unruhigen Schlaf.

§6.

Zur üblichen Zeit wurde ich von David, dem Unterkellner, mit meinem heißen Wasser geweckt.

„Halb acht, Herr", sagte er, „ein schöner Morgen, wenn der Nebel sich lichtet."

„Danke, David", antwortete ich und setzte mich auf.

Was war los? Natürlich – diese dumme Sache von gestern Abend und Michaels schwerer Sturz von seinem Podest. Nun ja, auch die Sonne hat Flecken, und kein Mensch ist immer nur er selbst. Warum sich auf einen Fehler konzentrieren, wenn es hundert Tugenden gibt? Aber es *war* untypisch für Michael, so dumme, sinnlose Lügen zu erzählen, um einen dummen, sinnlosen Trick zu vertuschen.

Ich zog mich an und ging nach unten, nahm einen Mashie und einen Ball aus dem Glory-Hole, einem kleinen Raum oder großen Schrank neben dem Flur, der zum Raucherzimmer führt. Ich wollte ein paar Annäherungsschläge vom Tennisplatz zum Paddock und zurück machen, bevor um halb neun der Frühstücksgong läutete.

Als ich durch den Rosengarten lief, traf ich Claudia. Das überraschte mich, denn sie war eher dafür bekannt, als Letzte zum Frühstück zu erscheinen, als früh aufzustehen. Ich fand, dass sie schäbig und besorgt aussah, und sie war sicherlich in unangenehme Gedanken versunken, als sie mich sah.

Als sie mich sah, hellte sich ihr Gesicht auf, etwas zu plötzlich und gekünstelt, wie ich fand.

„Hallo, Frühaufsteher", sagte sie.

„Hallo, Frühaufsteherin", antwortete ich. „Was gibt's?"

„Was meinst du damit?", fragte Claudia.

„Ich fand, du sahst etwas blass und besorgt aus", antwortete ich mit männlicher Taktlosigkeit.

„Quatsch", sagte Claudia und ging weiter.

Ich ließ meinen Ball hinten auf dem Tennisplatz fallen und versuchte vergeblich, ihn zu schlagen. Ich schaufelte großzügige Rasenstücke aus dem Rasen, traf meinen Ball, schlug ihn in einen Stechpalmenbusch, warf meinen Schläger hinterher und schlurfte davon, die Hände tief in den Taschen und die Wut (auf Michael) tief in meiner Seele.

Als ich zum Haus zurückkam, sah ich Burdon mit dem Gongstock in der Hand durch den Flur gehen. Die golden glänzende Schachtel grinste mich zynisch an, als ich vorbeiging.

Nachdem ich mir im Waschraum neben dem Spülbecken die Hände gewaschen hatte, ging ich ins Esszimmer.

Das Feuer loderte fröhlich, ein silberner Kessel köchelte auf seinem Spiritusbrenner auf dem Tisch, ein köstlicher Duft kam vom Sideboard, wo drei oder vier abgedeckte Silberschüsseln auf einer Metallplattform standen, unter der Spirituslampen brannten. Der riesige Raum – mit seinen langen Fenstern, die auf zwei Seiten den schönsten Blick auf Devon boten, seinem großen, warm getönten türkischen Teppich, der den größten Teil des alten Eichenbodens bedeckte, seinem wunderschön gedeckten Tisch, der in Sonnenlicht getaucht war, seinen getäfelten Wänden und der gewölbten Decke – war ein Bild von solider, gefestigter Behaglichkeit, etabliert und sicher.

Digby wanderte mit einem Teller Haferbrei in der einen Hand und einem Löffel in der anderen durch den Raum. Augustus stand am Sideboard, nahm eine Abdeckung nach der anderen ab und fügte Würstchen zu den Eiern und Speckscheiben hinzu.

„Gute Arbeit, Gus", sagte Digby und musterte die aufgetürmte Masse, als er mit seinem leeren Haferflockenteller an ihm vorbeiging. „Leg noch etwas Kedgeree drauf."

„Habe ich schon", sagte Augustus. „Das kommt auf den Kedgeree."

„Starker Mann", lobte Digby und holte sich einen sauberen Teller.

Isobel saß an ihrem Platz, und ich ging zu ihr, um zu sehen, was ich ihr bringen konnte.

Als ich neben ihrem Stuhl stand, legte sie ihre linke Hand auf meine und drückte sie.

„Ich warte auf Tante Patricia, John", sagte sie.

Michael kam herein.

„Ist Tante schon da?", fragte er und fügte verspätet hinzu: „Guten Morgen, alle zusammen."

„Nein", antwortete Digby. „Schau mir zu, wie ich mich vollstopfe. Ich treffe Tante erst, wenn sich der Tag etwas gelichtet hat."

„Ist Claudia schon unten?", fragte Michael und ignorierte ihn.

„Ich habe sie im Garten gesehen", sagte ich.

„Ich sag ihr, dass das Frühstück fertig ist", meinte er, stand auf und ging hinaus.

„Bring ihr eine Niere auf einer Gabel mit", rief Digby, als sich die Tür schloss.

Wir setzten uns, und die Unterhaltung wurde für ein paar Minuten zugunsten des Frühstücks unterbrochen.

„Ich nehme an, die Kronjuwelen sind jetzt alle da und in Ordnung?", sagte Digby plötzlich und sprach aus, was uns allen auf der Zunge lag. „Die Tür ist immer noch verschlossen. Ich habe es versucht."

„Natürlich ist alles in Ordnung", sagte ich.

„Hast du sie gesehen?", fragte Augustus.

„Oder war es zu dunkel?", fügte er spöttisch hinzu.

„Nein, ich habe sie nicht gesehen", antwortete ich. „Aber natürlich sind sie da."
„Du musst es ja wissen", sagte Augustus.
„Halt die Klappe, Ghastly", sagte Digby, „oder ich nehme dir dein Frühstück weg."
„Du bist ein ungehobelter Flegel, Digby", bemerkte Augustus ruhig.
„Verdammt!", murmelte Digby in die Welt hinaus. „Der Gentleman wird immer mutiger, was?"
Mir fiel auf, dass das tatsächlich so war. Ich hatte Augustus noch nie so mutig, selbstbewusst und frech erlebt. Ich war immer mehr davon überzeugt, dass, wie Michael gesagt hatte, nur echte verletzte Unschuld und ein Gefühl der Ungerechtigkeit diese Veränderung bewirkt haben konnten.
Die Tür öffnete sich, und Claudia kam herein, gefolgt von Michael. Sie sah sehr blass aus, und Michael wirkte sehr steif und *boutonné*. Ich sah, wie Isobel ihr einen scharfen Blick zuwarf, als sie sich setzte und sagte:
„Guten Morgen ... Ist Tante noch nicht unten?"
„Nein, nein. Schnell essen und los. Wenn jemand nach den Saphiren fragt, sag, du weißt nichts davon", sang Digby und schlug mit einem Löffel auf seine Tasse, um den Takt zu schlagen.
Michael suchte am Sideboard nach etwas für Claudia und ging dann zum Couchtisch. Ich beobachtete sein Gesicht, als er die Kaffeekanne und den Milchkännchen vom Tablett nahm und sie jeweils in einer Hand über die Tasse hielt. Sein Gesicht war vollkommen undurchschaubar und seine Hände absolut ruhig – aber ich wusste, dass etwas ganz und gar nicht stimmte.
Er sah auf und bemerkte, dass ich ihn beobachtete.
„Guten Morgen, Brötchen-Gesicht", sagte er. „Gut geschlafen?"
„Bis auf einen unangenehmen Traum, Beau", antwortete ich.
„Hm", sagte Michael, und ich versuchte, den Klang zu analysieren, fand ihn aber ebenso nichtssagend wie sein Gesicht.
Er kehrte zu seinem Platz neben Claudia zurück, und als er sich setzte, kam Tante Patricia ins Zimmer.
Wir standen auf, ich zog ihr den Stuhl zurück, und dann standen wir wie versteinert da, ohne ein Wort zu sagen.
Ein Blick auf ihr Gesicht genügte, als sie auf halbem Weg zur Tür stehen blieb. Ich wusste fast schon, was sie sagen würde, bevor sie den Mund aufmachte.
„Ich bin gekommen, um euch *alle* zu bitten – *alle* –, heute das Haus nicht zu verlassen", sagte sie. „Es sei denn, einer von euch möchte jetzt, in letzter Minute, sagen: 'Ich bin ein Narr und ein Lügner, aber kein Verbrecher!'"
Niemand sagte etwas oder bewegte sich. Ich sah Michael an, und er sah mich an.
„Nein?", fuhr Lady Brandon fort. „Nun gut. Aber bitte versteht, dass ich keine Gnade walten lassen werde, wenn ich diesen Raum ohne das 'Blue Water' verlasse. Der Dieb wird die Strafe eines Diebes bezahlen – *wer auch immer* es sein mag."
Sie hielt inne und richtete ihren kalten, zornigen Blick auf mich, auf Augustus, auf Michael, auf Digby, auf Isobel, auf Claudia.
Niemand sagte etwas oder bewegte sich, und eine ganze Minute lang wartete Lady Brandon.
„Ah!", sagte sie schließlich, und dann: „Noch eine Sache, bitte beachtet das ganz genau. Die Bediensteten wissen *nichts* davon, und sie dürfen auch nichts erfahren. Wir werden es für uns behalten – so lange wie möglich natürlich –, dass einer von euch sechs ein verräterischer, undankbarer, lügender Dieb ist."
Und dann sprach Michael:
„Sag bitte einer von uns vier, Tante Patricia."
„Danke, Michael", antwortete sie scharf. „Ihr vier seid unter den sechs. Und ich werde mich an euch wenden, wenn ich die Hilfe eurer Weisheit bei der Wahl meiner Worte brauche."
„Ich denke, du könntest sagen *'einer von euch drei Brüdern'*", wagte Augustus zu bemerken.
„Halt deine erbärmliche Klappe", war Lady Brandons entmutigende Antwort.

„Wie ich schon sagte", fuhr sie fort, „die Bediensteten dürfen nichts wissen – und auch sonst niemand. Bis natürlich die Polizeireporter die Geschichte haben und die Zeitungen mit dem Porträt eines von euch geschmückt sind."

Wieder musterte sie uns abwechselnd mit verächtlichem Blick, diesmal beginnend mit Michael und dann weiter zu Augustus.

„Also gut", fuhr sie fort. „Niemand verlässt das Haus, und niemand sagt ein Wort darüber zu jemandem außer den acht Personen, die bereits davon wissen..."

„Außer einem Detektiv oder der Polizei natürlich", fügte sie mit einer bedrohlichen Note und einem verächtlichen Unterton in der Stimme hinzu. „Der Kaplan ist krank", schloss sie, „und das wundert mich nicht."

Sie drehte sich um und ging zur Tür. Bevor sie sie öffnete, drehte sie sich noch einmal zu uns um.

„Hast du noch was zu sagen, Michael?", fragte sie.

„Lass die Mädchen aus dem Spiel – und Augustus", antwortete er.

„Hast du etwas zu sagen, Digby?"

„Nein, Tante. Es tut mir schrecklich leid und so", antwortete Digby, und ich glaubte zu sehen, wie seine Lippen die Worte formten: „Nein, nein. Verschwinde..."

„John?", fragte sie, und ich fand, dass sie noch verächtlicher aussah.

„Nein, Tante – außer dass ich Michael *sehr* zustimme", antwortete ich.

„Augustus?"

„Es ist eine verdammte Schande...", polterte Augustus.

„Sehr hilfreich", unterbrach Lady Brandon ihn mit grausamer Verachtung.

„Claudia?"

„Nein, Tante."

„Isobel?"

„Nein, Tante", antwortete Isobel. „Aber bitte, bitte warte noch einen Tag und..."

„... Und gib dem Dieb Zeit, es zu beseitigen, wolltest du sagen?", unterbrach Tante Patricia sie. Sie öffnete die Tür.

„Dann ist alles klar, oder?" fragte sie. „Hat niemand etwas zu sagen? ... *Na gut!*" Und sie ging hinaus und schloss leise die Tür hinter sich.

§7.

„Ich hasse Skilly und verabscheue es, Werg zu zupfen, du auch, Ghastly?", bemerkte Digby im Plauderton, während wir uns völlig konsterniert anstarrten.

„Ihr widerlichen, schmutzigen, abscheulichen Kerle", stammelte Augustus und sah von Digby zu mir und dann zu Michael.

„Das interessiert mich nicht, Gus. Halt die Klappe", sagte Michael in einem freundlichen Ton und fügte hinzu: „Lauf los und spiel, wenn du nicht ernst sein kannst. . . . Komm mit mir, John", und zu den Mädchen gewandt sagte er: „Tut mir einen Gefallen, Königin Claudia und treuer Hund."

„Natürlich", sagte Isobel.

„Was denn?", fragte Claudia.

„Vergesst diese ganze unglückliche Angelegenheit, ich versichere euch, dass sie noch heute geklärt und aufgeklärt wird."

„Wie?", fragte Claudia.

„Oh, *Michael*, mein Lieber!", sagte Isobel und warf mir einen Blick zu.

„Mach dir im Moment keine Gedanken darüber, Claudia", antwortete Michael. „Glaub mir einfach und sei ganz beruhigt. Bevor du heute Abend zu Bett gehst, wird alles klar wie Kloßbrühe sein."

„Oder so blau wie ein Saphir“, sagte Digby und fügte hinzu: „Bei Gott! Ich habe eine Idee! Eine Theorie! ... Mein Hund Joss erschrak über die plötzliche Dunkelheit, sprang auf einen Stuhl, um dem Gedränge zu entgehen, wedelte mit dem Schwanz, um seinen Glauben und seine Hoffnung zu zeigen, stieß die Abdeckung um, kehrte um und schnüffelte herum, um zu sehen, was er angerichtet hatte, fand nichts und gähnte gelangweilt – und atmete das “blaue Wasser„ ein.“

„Vielleicht hatte er Durst und *hat* das ‘Blue Water’ *getrunken*?“, ergänzte Isobel.

„Beides sehr plausible Theorien. Noch plausibler, wenn Joss im Zimmer gewesen wäre“, sagte Michael. „Komm, John.“

Ich folgte meinem Bruder in den Flur. Er ging voraus zu seinem Zimmer.

„Setz dich, Johnny. Ich möchte mit dir über einige dunkle Angelegenheiten sprechen“, sagte er, als wir eintraten.

Nachdem er die Tür abgeschlossen hatte, stellte er seine Tabakdose auf den niedrigen Tisch neben dem niedrigen Sessel, in dem ich saß.

„Du lässt den Kohlenstoffkuchen zu lange in deinen Pfeifen“, sagte er. „Das ist es, was sie zerbricht. Ungleichmäßige Ausdehnung von Kohlenstoff und Holz, nehme ich an. Du solltest sie etwa einmal im Monat auskratzen.“

Er setzte sich mir gegenüber und ließ sich in dem niedrigen Sessel zurückfallen, die Knie höher als den Kopf.

„Oh, ich mag gut verkohlte Pfeifen“, antwortete ich. „Die schmecken nussiger und kühler.“

„Ach, na ja! Solange du es dir leisten kannst, deine Pfeifen zu zerbrechen“, sagte er träge und schwieg ein oder zwei Minuten lang.

Ich war wieder ganz in seinen Bann gezogen und musste meine Gefühle immer wieder zu Ressentiments und Abscheu aufpeitschen, um sie in dem Zustand zu halten, den die allgemeine Gerechtigkeit verlangte. Wenn er den Saphir an diesem Abend zurückgeben wollte, wie er angedeutet hatte, warum um alles in der Welt konnte er das dann nicht einfach jetzt tun? Warum um alles in der Welt hatte er ihn nicht gestern Abend zurückgeben können, als er ins Wohnzimmer gegangen war? Warum hatte er überhaupt geleugnet, das Ding genommen zu haben?

„Also, mein Sohn, was ist los?“, fragte er plötzlich.

„Ja, was ist damit, Beau?“, antwortete ich.

Er sah mich fragend an.

„Was ist hier los, Johnny?“, fragte er.

„Das würde ich auch gern wissen“, antwortete ich. „Es scheint mir jedenfalls ein verdammt dummes Spiel zu sein.“

„Ganz genau“, stimmte Michael zu. „Ganz genau. *Sehr* genau. *Und* ein bisschen hart für die Mädchen und unseren guten Augustus.“

„Genau“, sagte ich. „Und für Tante Patricia.“

Es folgte eine unangenehme Stille.

„Also?“, sagte Michael schließlich.

„Oh, leg es zurück, Beau“, flehte ich. „Nur Gott weiß, was du vorhast! Oder etwa *du*?“

Michael setzte sich auf und starrte mich an.

„Ach? Du sagst *‘leg es zurück’*, ja, John?“, sagte er langsam und nachdenklich.

„Ja“, antwortete ich. „Oder hör mal, Beau. Tante mag dich sehr und mich überhaupt nicht. Es wäre wirklich nett von dir, ihr nicht zu sagen, dass du es warst. Gib mir das, und ich werde ...“ Ich wurde rot und kam mir dumm vor.

„ *Eric, oder Little by Little. Eine Geschichte aus dem Schulalltag... Der Junge mit der Marmorstirn*“, murmelte Michael lächelnd. Aber seine Stimme klang sehr freundlich ...

„Das wird interessant, Johnny“, fuhr er fort. „Wenn ich jetzt das ‘Blue Water’ hole, bringst du es dann Tante Patricia und sagst: *’Ich allein habe es getan. Ich kann nicht lügen. Es ist etwas viel, viel Besseres, was ich tue...’*?“

„Genau so, Beau“, grinste ich. „Unter der Bedingung, dass du mir erzählst, was das für ein Spiel war und warum du so etwas Dummes gemacht hast.“

Gott sei Dank würde diese elende Angelegenheit endlich ein Ende haben – und doch, und doch ... Ich war mir ziemlich sicher, dass Michael mir die Schuld nicht geben würde – so sehr ich das auch vorgezogen hätte, um nicht das elende Gefühl haben zu müssen, dass unser Michael Gegenstand von Tante Patricias Verachtung und Geringschätzung war. Je mehr sie ihn jetzt mochte und für gut befand, desto mehr würde sie ihn dann ablehnen und verachten. Sie könnte ihm verbieten, das Haus zu betreten.

Michael stand auf.

„Wirst du das wirklich tun?", fragte er. „Wenn ich es jetzt hole, bringst du es direkt zu Tante Patricia und sagst, du hättest es aus Jux geklaut?"

„Das würde ich nur zu gern tun, Beau", antwortete ich. „Um diese widerliche Angelegenheit hinter uns zu bringen und zu vergessen – und die Mädchen und Gussie und Digby aus dieser dummen Situation zu befreien."

„Hm", sagte Michael und setzte sich wieder. „Das würdest du tun, was?"

„Und könnte ich dir ein oder zwei Fragen stellen, John?", fuhr er fort.

„Was hast du mit deiner Hand auf der Glasabdeckung gemacht, als ich gestern Abend meine Hand darauf gelegt habe?"

„Ich habe darauf gewartet, den Arsch zu erwischen, der die 'Blue Water' zurückgebracht hat", antwortete ich.

„Hm! Warum wolltest du ihn fangen?"

„Weil ich zweimal des dummen Tricks bezichtigt worden war – nur weil ich in der Nähe des Tisches stand, als das Licht ausging."

„Das warst du auch. Und was hast du gestern Abend unten gemacht, als ich dich im Flur gefunden habe?"

„Ich habe den Schlüssel gesucht, Beau, wie ich dir schon gesagt habe", antwortete ich.

„Und wofür brauchst du den Schlüssel?"

„Um zu sehen, ob der Saphir wieder da war – und um meine Ruhe zu haben und schlafen zu können, wenn ja."

„Bist du ins Wohnzimmer gegangen?"

„Nein", antwortete ich.

„Warum nicht?"

„Wozu? Ich ging davon aus, dass du ihn zurückgelegt hattest", antwortete ich.

„Hm!", sagte Michael. „Angenommen, wir würden unter uns acht abstimmen, wer am ehesten der Dieb sein könnte, wer würde deiner Meinung nach die meisten Stimmen bekommen?"

„Augustus", sagte ich ohne zu zögern.

„Glaubst du, er ist der Täter?", fragte mein Bruder.

„Nein, das glaube ich *nicht*", antwortete ich vielsagend.

„Ich auch nicht", sagte der geheimnisvolle Michael. „Ich weiß sogar, dass er es nicht ist."

Er saß schweigend da und rauchte nachdenklich ein paar Minuten lang.

„Geh die Liste durch", sagte er plötzlich. „Würde Tante ihren eigenen Schmuck stehlen?"

„Kaum", sagte ich.

„Der Kaplan?"

„Noch weniger", sagte ich.

„Würde Claudia?", fragte er als Nächstes – fast ängstlich, wie mir vorkam (absurd, zweifellos).

„Sei nicht albern", antwortete ich.

„Würde Isobel es tun?"

„Sei kein Schurke", sagte ich.

„Würde Digby es tun?"

„Völlig lächerlich und absurd", antwortete ich.

„Würde Augustus das tun?"

„Ich bin mir sicher, dass er *das nicht getan hat* ", antwortete ich.

„Würdest du das tun?"

„Ich habe es nicht getan", versicherte ich ihm.

„Würde ich?“

„Ich hätte gedacht, du wärst fast der letzte Mensch auf der Welt, Beau“, versicherte ich ihm.

„Dann sieht es so aus, als hätte ich es getan, oder?“, fragte er. „Denn wenn Augustus und Digby und du es nicht waren – wer zum Teufel war es dann, wenn nicht ich? Ja, es sieht so aus, als wäre ich der Dieb.“

„Ja, für mich sieht es so aus. Aber niemand sonst weiß, dass ich dich unten gefunden habe“, sagte ich. „Warum *hast* du es dann *nicht* zurückgelegt, Beau?“, fragte ich.

„ *Hätte ich doch*“, sagte er.

Es gab einen lauten Knall an der Tür.

„Wer ist da?“, rief Michael.

„Ich“, brüllte der ungrammatische Digby.

Michael schloss die Tür auf.

„Was gibt's?“, fragte er.

„Isobel will mit uns dreien reden. Sie hat euch beide gesucht. Ihr ist etwas eingefallen. Es ist ein schwerer, aber nicht tödlicher Schlag. Es geht um das schmerzliche Ereignis ...“

„Wo ist sie?“, fragte Michael.

„Ich habe gesagt, ich bringe euch frühzeitig an den Ohren zum Raucherzimmer – es sei denn, einer von euch ist mit der Beute abgehauen“, antwortete Digby.

„Nun ja, ich bin noch nicht geflohen, aber nach dem Mittagessen brauche ich einen Bradshaw“, sagte Michael und fügte hinzu: „Lasst uns gehen und uns Isobels großartige Idee anhören. Das ist normalerweise immer hörenswert.“

Wir gingen nach unten und machten uns auf den Weg zum Raucherzimmer. Die golden glänzende Schatulle fiel mir ins Auge, und *mir* kam ein Gedanke, als ich bemerkte, dass der Deckel und die Vorderseite heller waren als der Rest.

„Verrate mich noch nicht, John“, sagte Michael, als wir den Flur durchquerten.

„Hat John dich erwischt?“, fragte Digby.

„Du hast mich gestern Abend erwischt, oder, John?“, antwortete Michael.

„Auf frischer Tat“, sagte ich.

„Tante will jemanden mit blauen Händen erwischen“, sagte Digby und öffnete die Tür zum Raucherzimmer. „Saphirblau.“

Isobel saß am Kamin und sah traurig und deprimiert aus. Als wir hereinkamen, sah sie mich an.

„Ich habe die beiden auf frischer Tat ertappt, Isobel“, sagte Digby. „Sie haben jeweils die Hälfte des 'Blue Water' – etwa einen halben Liter pro Person. Aber sie sind bereit, auf dich zu hören, wenn du schnell bist.“

„Oh, ich *fühle mich* so elend“, stöhnte Isobel. „Ich war so eine böse, *böse* Bestie. Aber ich halte es nicht mehr aus.“

„Überlass das uns, Liebes“, sagte Digby, „und vergiss es. Wir schmuggeln es zurück und teilen uns Tantes wenige, wohlgewählte Worte unter uns, nicht wahr, Beau?“

„Was ist los, Kind?“ fragte Michael.

„Ich habe Augustus die ganze Zeit die Schuld gegeben“, schluchzte sie.

„Ich habe nicht bemerkt, dass er die Schuld auf sich genommen hat“, bemerkte Digby. „Er muss wohl heimlich die Schuld auf sich nehmen.“

„Augustus ist völlig unschuldig, und ich hätte es beweisen können, als Tante uns gestern Abend befragt hat. Ein Wort von mir hätte ihn vor jedem Verdacht bewahrt – und ich habe es nicht gesagt“, fuhr sie fort.

„Warum denn, Liebes?“, fragte ich sie.

„Oh, ich weiß nicht ... Doch, ich weiß es. Es hätte so ausgesehen, als würde ich mich selbst entlasten“, antwortete sie. „Außerdem wusste ich nicht, *wer* es getan hatte. Und es war mehr oder weniger ein alberner Streich gestern Abend ... Und natürlich dachte ich, derjenige, der es genommen hatte, würde es sagen oder es zumindest zurücklegen. Aber jetzt – es ist schrecklich. Und ich kann nicht länger schweigen. Ich dachte, ich sage es euch dreien, bevor ich es Tante erzähle."

„Nun – was ist los, treuer Hund?", fragte Michael.

„Na ja, als das Licht ausging – weißt du noch, ich habe gesagt: *'Geister und Kobolde und Skelletthände'* oder so etwas? Nun, ich habe mich halb selbst erschreckt und halb so getan, als ob, und ich habe mich an jemandes Arm geklammert. Als das Licht wieder anging, stellte ich fest, dass ich Augustus umarmt hatte – und ich habe mich so schnell losgerissen, dass es wohl niemand bemerkt hat."

„Das klärt alles", sagte Digby. „Es war nicht der arme Gussie." „Das kann nicht sein", fügte er hinzu, „es sei denn, die beiden sind eins und haben es zusammen gemacht."

„Sei kein Idiot, Dig", sagte ich, denn die arme Isobel war wirklich sehr aufgeregt.

„Oh, niemals!", sagte Digby. „Auf keinen Fall!"

„Nun – ich mag unseren Augustus umso mehr, dass er diesen Beweis nicht selbst erbracht hat", sagte ich.

„Gott segne den lieben Jungen", sagte Digby, „und ich habe alle seine kleinen Taschen durchsucht. Ich muss ihn finden und ihm vergeben."

„Hast du das Claudia erzählt?", fragte Michael.

„Ja", antwortete Isobel. „Aber sie scheint zu glauben, dass ich mich vielleicht geirrt habe."

„Was natürlich Unsinn ist", fügte sie hinzu.

„Nun – unser Freund Gussie sollte dir sehr dankbar sein, dass du ihn im Dunkeln festgehalten und daran gedacht hast, Isobel", sagte Michael.

„Ja", stimmte Digby ein, „jetzt kann er bellen und mit dem Schwanz wedeln und um Tante Patricia herumtollen, während wir in der Dunkelheit umherirren."

„Sag es ihr sofort und befreie dich von deiner Gewissenslast, Isobel", sagte ich.

Sie sah mich lange und traurig an, fast entschuldigend, wie mir schien, und verließ den Raum.

„Sagt mal, Leute", sagte Digby, als die Tür zufiel, „was ich wissen will, ist Folgendes: Wer hat diesen Schatz geklaut, um den wir uns hier kümmern müssen? Ein aufdringlicher und unverschämter Kerl, finde ich – aber da Gussie jetzt nicht dabei ist, muss es einer von uns dreien sein. Entschuldigt, dass ich das erwähne, aber da ich nichts damit zu tun habe, muss es einer von euch *beiden* sein. Wenn ihr das verdammte Ding nicht wirklich haben wollt, sage ich: *Legt es zurück.*"

Michael und ich sahen uns wieder an, Michaels Gesicht war völlig ausdruckslos.

„Ich denke daran, damit abzuhauen, wie ich Isobel gerade gesagt habe", sagte Michael.

„John nimmt seine Hälfte auch mit?", fragte Digby.

„Nein", antwortete Michael für mich. „Ich nehme alles mit."

„Na gut, alter Hase", sagte Digby und schaute auf seine Uhr, „könnt ihr gleich nach dem Mittagessen los? Ich muss schnell in die Stadt, um mich wegen eines Hundes zu erkundigen, und Tante scheint andere Pläne für uns zu haben – bis die Angelegenheit geklärt ist."

„Ich werde mein Bestes tun", sagte Michael, während ich mich leise aus dem Zimmer schlich, um die Idee umzusetzen, die mir beim Durchqueren des Flurs gekommen war.

Ich ging zu der golden glänzenden Schatulle. Auf dem hochglanzpolierten Deckel und der Vorderseite waren ganz schwache Fingerabdrücke zu erkennen. Ich ging zum Waschbecken im Zimmer, das vom benachbarten Flur abging, befeuchtete mein Taschentuch und rieb mit Seife kräftig über die feuchte Oberfläche. Als ich zurückkam, war der Flur noch leer, und ich begann sofort, den Deckel und die Vorderseite der Schatulle zu schrubben.

Es war jedoch einfacher, die Fingerabdrücke zu entfernen als die Spuren ihrer Entfernung. Ich wollte nicht, dass jemand merkte, was ich getan hatte.

Unter einem schweren Vorhang, in einer Nische in der Vertäfelung, hingen Mäntel, Mützen, Schals und andere Outdoor-Klamotten. Ein Seidenschal von Digby schien mir genau das zu sein, was ich brauchte.

Ich hatte der Schachtel ihren Glanz zurückgegeben, den sie vor dem Einseifen hatte, und wischte sie gerade mit dem Seidentuch ab, als die Tür vom Flur aufschwang, Michael hereinkam und mich auf frischer Tat ertappte.

Und dann sah ich, dass er ein Stück Waschleder und einen Silberputzer in der Hand hielt, vermutlich aus der Butlerküche entwendet!

„Ah!", sagte er. „Entfernst du alle Spuren des Verbrechens?"

„Alle – hoffentlich", antwortete ich.

„Guter Plan", meinte er. „Ich werde das gleich selbst machen", und er ging weiter.

Nachdem ich meine Aufgabe erledigt hatte, legte ich die Finger meiner rechten Hand auf die Schachtel, den Daumen auf die Vorderseite, und hinterließ so deutliche Fingerabdrücke, wie ich nur konnte.

Was konnte es mich schon interessieren, wenn ein Detektiv sie als meine identifizierte? Ich hatte das „Blue Water" nicht genommen, und niemand konnte beweisen, dass ich es getan hatte.

Und warum war Michael so besorgt, dass seine Fingerabdrücke dort als Beweis gefunden werden könnten, zusammen mit der Tatsache, dass ich gesehen worden war, wie ich sein Handgelenk über der Glasabdeckung festhielt, als das Licht eingeschaltet wurde?

Ich ging verzweifelt in mein Zimmer und versuchte mich daran zu erinnern, was ich irgendwo über die Untersuchung von Fingerabdrücken gelesen hatte. Ich glaube, man streut ein feines Pulver darauf, legt dann Kohlepapier oder Seidenpapier darauf und fotografiert das Ergebnis.

Wie auch immer, wenn meine Tante schlau genug gewesen wäre, die Schachtel genau an der Stelle zu polieren, an der wir sie anfassen würden, um die Fingerabdrücke der Person zu erhalten, die sie geöffnet hatte, hätte sie meine Fingerabdrücke gefunden und die von niemand anderem, wenn die Detektive gekommen wären.

§8.

Tante Patricia kam nicht zum Mittagessen, Claudia auch nicht. Der Kaplan lag immer noch krank im Bett.

Da Burdon und ein Diener immer bei dieser Mahlzeit warteten, gab es keine allgemeine Unterhaltung über das einzige Thema, das uns alle interessierte.

Es war ein schmerzhaftes Essen, zumindest für mich, obwohl Digby vollkommen glücklich und Michael unbeeindruckt wirkte. Der einzige Hinweis auf den Diebstahl kam während einer kurzen Abwesenheit der Bediensteten.

„Hast du Tante gesagt, was du ihr sagen wolltest? Was hat sie dazu gesagt?", fragte Michael Isobel.

„Ja ... Sie sagte etwas kryptisch: *'Tugend ist ihr eigener Lohn'*, und sonst nichts", antwortete Isobel.

„Gussie", sagte Digby, „Isobel hat – man kann es bei einer Dame nicht 'angeprangert' sagen – sagen wir mal, sie hat Tante Patricia in ihrer Wut konfrontiert, um ihr zu sagen, dass du absolut unschuldig und über jeden Verdacht erhaben bist."

„Was meinst du damit?", knurrte Augustus.

„Sie war so freundlich, sich in die Höhle der Löwin zu begeben", fuhr Digby fort, „um ihr zu sagen, dass sie dich gestern Abend, als das Licht aus war, gepackt und festgehalten hat – und dass du daher unmöglich zum Tisch gehen und den Saphir geklaut haben kannst, da sie dich am Arm festgehalten hat. Ich entschuldige mich aufrichtig bei dir, Gussie, und hoffe, du kannst mir verzeihen."

„ *An meinem* Arm?", sagte Augustus tief und aufrichtig überrascht, ignorierte die Entschuldigung und fügte schnell hinzu: „Oh ja – äh – natürlich. Danke, Isobel."

Wir sahen ihn alle an. Ich hatte ihn beobachtet, als er sprach, und für mich war seine Überraschung ganz offensichtlich.

„Dann weiß Tante, dass *ich* es nicht war?", fragte er.

„Ja, Gussie“, versicherte Isobel ihm, „und es tut mir *schrecklich* leid, dass ich es dir gestern Abend nicht sofort gesagt habe.“

„Ja – ich dachte, du *könntest* es getan haben“, antwortete unser Augustus.

„Isobel ist nicht so scharf darauf, sich selbst zu entlasten“, sagte ich und warf dem Kerl einen bösen Blick zu. „ *Wenn* sie deinen Arm gehalten hat, konnte sie nicht selbst zum Tisch gehen. Deine Unschuld zu beweisen, beweist ihre eigene.“

„Nun ja, sie hätte an mich denken können“, murrte er.

„Das hat sie, Gussie“, sagte Michael; „wir werden alle an dich denken, da bin ich mir sicher. ... Jedenfalls tut es uns allen leid, dass wir so unfreundlich und misstrauisch waren.“

„Misstrauisch! *Du!*“ , sagte Augustus. „Pah!“

„Ja – und es tut mir leid, dass ich dich durchsucht habe, Ghastly“, warf Digby ein. „Ich werde dich später wieder durchsuchen, wenn du nicht aufpasst“, fügte er hinzu.

Und dann kamen David und Burdon mit dem nächsten Gang herein.

Nach dem Mittagessen ging ich missmutig und unglücklich in den Billardraum, um ein bisschen zu spielen, da man angesichts Lady Brandons Bitte nicht einfach das Haus verlassen konnte.

Augustus stand vor mir, und ich wollte mich umdrehen und gehen. Ich war nicht in der Stimmung, Augustus zu ertragen.

„Ist die Polizei schon da?“, spottete er.

„Nein, du bist vorerst sicher“, antwortete ich.

„Du hast doch gehört, was Isobel beim Mittagessen gesagt hat“, quietschte er.

„Ja“, sagte ich, als ich hinausging, „du konntest deinen Ohren kaum trauen, oder?“ Und ich fürchte, meine Wut rührte fast ausschließlich daher, dass ich ihn für absolut unschuldig hielt. Isobel konnte sich unmöglich geirrt haben. Ich nahm an, dass Augustus den Vorfall völlig vergessen hatte, bis Isobel ihn erwähnte, oder dass er ihn gar nicht bemerkt hatte. Das war sicherlich viel wahrscheinlicher, als dass Isobel sich in der Dunkelheit geirrt hatte, zumal sie nicht losgelassen hatte, bis das Licht anging und wir alle blinzelnd einander ansahen.

Ich ging in mein Schlafzimmer, fühlte mich nach meiner schlaflosen Nacht und all den Sorgen todmüde und warf mich auf mein Bett.

Ein paar Stunden später wurde ich aus tiefem Schlaf geweckt, als Digby hereinkam. Er hielt einen Brief in der Hand.

„Hey, du Schwein“, sagte er, „wach auf und hör zu ... Die neueste Ausgabe“, und er ließ sich schwer auf das Fußende des Bettes fallen.

„Was ist denn jetzt schon wieder?“, gähnte ich und rieb mir die Augen.

„Wir müssen uns etwas einfallen lassen, um Beau zu helfen. Wir müssen zeigen, was wir draufhaben. Beau ist abgehauen. Er hat David diesen Zettel dagelassen. Er schreibt, er habe die ‘Blue Water’ geklaut und wolle sich nicht der Polizei stellen.“

„ *Was?*“ , rief ich.

„Lies selbst“, sagte Digby und reichte mir den Brief.

> ” *Mein lieber Dig*“, stand darin, ” *ich habe David gesagt, er soll dir das um vier Uhr geben, bis dahin bin ich schon auf dem Weg zu meinem Ziel. Würdest du bitte Tante sagen, dass sie euch wegen der “Blue Water” nicht mehr antreiben soll. Wenn die Polizei kommt oder ein Geheimagent von Scotland Yard, sag ihnen, dass du wusstest, dass ich in Geldnot war, aber dass du denkst, dass dies mein erstes Vergehen ist und ich mich wohl von schlechten Freunden (natürlich du und John) habe verleiten lassen.Passt auf den jungen John auf und sagt ihm, ich hoffe, er wird ein guter Junge. Wenn ich euch später eine Adresse schicke, wird das absolut vertraulich sein, und ich verlasse mich ganz darauf,dassihr sieunter keinen Umständenan* irgendjemanden *weitergebt. Ich hoffe wirklich, dass sich die Dinge schnell und ruhig klären, jetzt, wo der Verbrecher bekannt ist. Traurig, traurig, traurig! Grüßt Claudia von mir.*
> *Euerer immer,*
>
> *Michael.*”

„Das *kann nicht* wahr sein“, sagte ich. „Das ist unmöglich.“

„Natürlich ist es wahr, Dickschädel“, antwortete Digby. „Er ist auf romantischer Mission. Er nimmt die Schuld auf sich und all das ... Um seinen kleinen Bruder zu schützen ...“

„Welcher?“, fragte ich. „Du?“

„Nein“, sagte Digby.

„Ich?“, fragte ich.

„Du bist ein subtiler Mathematiker“, bemerkte Digby.

„Aber ich war es nicht“, sagte ich.

„Ich auch nicht“, sagte Digby und fügte hinzu: „Sagen wir doch: 'Die Schuld auf sich nehmen und *denken*, er würde seinen kleinen Bruder schützen'.“

„Aber Dig“, protestierte ich, „glaubst du wirklich, dass Beau auch nur einen Moment lang denkt, dass du oder ich einen wertvollen Edelstein stehlen würden – und das ausgerechnet Tante Patricia?“

„Jemand hat es doch gestohlen, oder?“, sagte Digby. „Und ich sage dir was, mein Junge“, fügte er hinzu, „du sagst, Beau würde niemals ernsthaft glauben, dass du oder ich es gestohlen hätten – aber du selbst hast ernsthaft geglaubt, dass Beau es getan hat!“

„Woher weißt du das?“, fragte ich entsetzt.

„An der Art, wie du ihn angesehen hast – oh, mindestens ein halbes Dutzend Mal.“

„Ich hatte Grund, ihn zu verdächtigen“, sagte ich.

„Aus welchem Grund – außer dass du ihn im Dunkeln am Handgelenk gepackt hast, als er wahrscheinlich genau das Gleiche tat wie du, nämlich Gussie dabei erwischen wollte, wie er sie zurücklegte?“, fragte Digby.

„Ich möchte lieber nicht mehr darüber reden, Dig“, antwortete ich. „Das ist schließlich Beaus Angelegenheit, und ...“

„Sei kein riesiger Trottel“, unterbrach mich Digby. „Natürlich geht das Beau etwas an, und darüber reden wir doch gerade. Je mehr wir beide wissen, desto besser können wir ihm helfen – entweder zu fliehen oder zurückzukommen. ... Wenn wir wüssten, dass er schuldig ist, was er natürlich nicht ist, könnten wir falsche Fährten legen; und wenn wir wüssten, dass er unschuldig ist, was er ist, könnten wir den wahren Dieb ausspähen und ihn fangen.“

„Beau will offensichtlich nicht, dass er gefasst wird“, sagte ich.

„Was – nicht, wenn es der elende Gussie ist?“, fragte mein Bruder empört.

„Das ist er nicht“, sagte ich. „Und Beau weiß das.“

„Na gut – sag uns deine Gründe, dann machen wir uns an die Arbeit“, sagte Digby. „Du musst nicht das Gefühl haben, Beau zu verraten. Es schadet nicht, wenn ich es weiß, genauso wenig wie wenn du es weißt, und vielleicht bringt es sogar etwas Gutes. Ich bitte dich doch nicht, es Tante oder der Polizei zu erzählen, oder, Dummkopf?“

Das stimmte. Es konnte nichts Schlimmes passieren, wenn Digby alles wusste, was ich wusste.

Außerdem würde Michael, wenn er, wie Digby vermutete, jemanden anderen deckte, vermutlich jeden Beweis begrüßen, der die Beweislage gegen ihn selbst verstärkte.

„Nun“, sagte ich widerwillig, „es ist so, Dig ... Beau ist gestern Abend ins Wohnzimmer gegangen. Ich habe ihn mit dem Schlüssel in der Hand getroffen ...“

„Und was hast *du* gemacht, wenn ich fragen darf?“, unterbrach mich mein Bruder.

„Ich wollte nachsehen, ob die ‘Blue Water’ zurückgebracht worden war“, antwortete ich.

„Jedenfalls hat *Beau* sie nicht zurückgebracht, oder?“, grinste Digby.

„Nein – aber in dem Moment dachte ich natürlich, er hätte es getan“, sagte ich, „und ich glaube, das hat mich auf diese Idee gebracht. Ich kam erst wieder auf diese Idee – natürlich – als ich seine Hand im Dunkeln über der Glasabdeckung schweben sah.“

„Sonst noch etwas?“, fragte Digby.

„Ja, der dritte Grund, warum ich Beau verdächtigte – obwohl ich ihm trotz allem vertraute –, war, dass ich ihn mit einem Leder und einem Staubtuch zu der golden glänzenden Schatulle gehen sah, um die Fingerabdrücke zu verwischen, die er beim Nehmen und Zurücklegen des Schlüssels hinterlassen hatte."

Digby pfiff.

„Genial", murmelte er. „So raffiniert wie unsere Tante, wenn sie auf die Idee gekommen wäre ... Detektive würden sowieso auf die Idee kommen."

„Ich glaube, sie hatte die Idee", sagte ich. „Ich glaube, sie ist direkt aus dem Salon gegangen und hat alle Fingerabdrücke vom Deckel und von der Vorderseite des verdammten Dinges weggepoliert."

„Und woher weißt du, dass Beau ihr auf der Spur war?", fragte Digby.

„Er hat es gesagt. Er kam mit den Putzsachen in der Hand ins Wohnzimmer, gerade als ich damit beschäftigt war."

Digby starrte ihn an.

„Du hast das selbst gemacht?", fragte er. „ *Warum?*"

„Oh, verstehst du das nicht?", stöhnte ich. „ *Wenn* Beau den Wilden gespielt hat, wollte ich nicht, dass seine Fingerabdrücke dort zu finden sind, zumal ich im Salon gesehen worden war, wie ich seine Faust umklammert hielt."

„Deine waren genauso dort wie seine", bemerkte Digby, „wenn du zum Kasten gegangen bist, um den Schlüssel zu holen."

„Ja, das waren sie", sagte ich, „und jetzt sind sie dort, ganz allein."

„Starker Kerl", lobte Digby. „Ich werde meine auch draufdrücken und die Sherlocks verwirren. Aber du bist wirklich ein Dummkopf", fuhr er fort. „Verstehst du nicht, dass Beau wahrscheinlich genau das tun wollte, was *du* getan hast? Er wollte das verdammte Ding von allen Fußabdrücken reinputzen und dann seine eigenen draufdrücken."

„Warum?", fragte ich.

„Um den wahren Täter zu schützen, natürlich", sagte Digby geduldig.

„Ja – aber *warum?*", wiederholte ich. „Warum sollte Beau ein unnötiger Arsch sein und die Schuld auf sich nehmen, anstatt – Gussie zum Beispiel? Er hätte ihn eher aufgespürt und ihm dann ordentlich eins übergezogen."

„Weil er wusste, dass es nicht Gussie war", antwortete mein Bruder ernst.

„Wer dann?", fragte ich.

„Das wusste er nicht", antwortete Digby. „Aber ist es nicht sonnenklar, dass, da es weder Gussie noch Isobel war, entweder du oder ich es waren – oder vielleicht *Claudia*?"

Ich schwieg.

„Hör mal, John", fuhr Digby fort. „Genug geredet, es ist Zeit, etwas zu unternehmen. Aber zuerst: Verdächtigst du immer noch Beau?"

„Ich habe ihn nie verdächtigt", antwortete ich. „Ich habe nur bemerkt, dass ich seine Hand erwischt habe, ihm mit dem Schlüssel zum Salon begegnet bin und weiß, dass er die Fingerabdrücke von der golden glänzenden Schatulle wischen wollte."

„Ja oder nein", sagte Digby. „Verdächtigst du Beau?"

„Absolut nicht", sagte ich prompt. „Nein. Nein. *Nein!* "

„Sehr gut. Nun – warst *du* es?"

„Ich war es nicht", sagte ich.

„Ich auch nicht. Sehr gut! Da Isobel und Augustus sich gegenseitig die Unschuld beweisen, da sie die ganze Zeit seinen Arm hielt, nur wenige Meter vom Tisch entfernt – wer bleibt noch übrig?"

„ *Claudia?*" , sagte ich unglücklich.

„Verstehst du es *jetzt?*", lächelte Digby, lehnte sich gegen das Fußende des Bettes und verschränkte die Hände vor dem Knie.

„Guter Gott, Mann", rief ich auf und sprang auf. „Du willst mir doch nicht sagen, dass du *Claudia* des Juwelenraubs verdächtigst?"

„Bleib ruhig", antwortete er. „Ich rede nicht davon, wen ich verdächtige. Ich frage dich, wer übrig bleibt, wenn du mich und dich selbst als unschuldig und Isobel und Augustus als erwiesenermaßen unschuldig ausschließt."

„Michael und Claudia!", murmelte ich. „Welche Idee ist lächerlicher?", sagte ich laut.

„Ebenso unmöglich", antwortete Digby. „Außerdem bleibt die Tatsache bestehen, dass einer von diesen beiden war – *wenn* nicht du es warst. Und es bleibt auch die Tatsache, dass Michael aus einem von zwei Gründen geflohen ist – weil er ein verängstigter Dieb ist oder weil er den Schuldigen schützen wollte – dich oder Claudia."

Es herrschte Stille zwischen uns.

„Ich werde noch verrückt", sagte ich schließlich.

„Ich bin verrückt", sagte Digby, und wir starrten uns an.

Nach einer Weile stand er auf.

„Ich muss los", sagte er.

„Was machst du denn?", fragte ich.

„Keine Ahnung", antwortete er.

Als er den Raum verließ, sagte ich: „Glaubst du, Michael verdächtigt mich oder dich, Digby?"

„Nein", antwortete er. „Er *weiß*, dass wir es nicht waren."

„Glaubst du, er verdächtigt dann Claudia?"

„Äh – *nein* – *natürlich* nicht", antwortete er.

„Und dann?"

„Er *weiß* nur, dass einer von uns dreien es getan *hat* ", sagte er und ging hinaus, während ich auf die Tür starrte.

Ich legte mich wieder hin, um nachzudenken.

§9.

Das Abendessen an diesem Abend war ein außergewöhnliches Mahl, zu dem nur Isobel, Claudia, Augustus und ich erschienen.

Lady Brandon, sagte Burdon, speiste in ihrem Zimmer; der Kaplan blieb auf Anweisung von Dr. Warrender im Bett; Herr Michael war nicht in seinem Zimmer, als David sein heißes Wasser holte; und Herr Digby war kurz nach dem Tee die Auffahrt hinuntergefahren.

„Ich finde das echt unpassend, dass Michael und Digby einfach so weggehen, nachdem was Tante gesagt hat", meinte Augustus, als die Servicetür ins Schwingen kam, nachdem die Bediensteten den Kaffee serviert hatten.

„Du bist natürlich eine Autorität in Sachen guten Benehmens", sagte ich.

„Wo ist Beau hin?", fragte Claudia.

„Er hat es mir nicht gesagt", antwortete ich.

„Ich glaube nicht, dass er es irgendjemandem gesagt hat", spottete Augustus.

„Komm bald ins Wohnzimmer", sagte Isobel, als ich die Tür zum Esszimmer für die Mädchen offen hielt.

„Ich komme gleich", antwortete ich. „Sobald ich einen Kaffee getrunken habe."

Ich wollte kein *Tête-à-Tête* mit Augustus und war mehr als nur ein wenig beunruhigt über die Bedeutung von Digbys Abwesenheit.

Was könnte der Grund für seine Missachtung von Tante Patricias Verbot, das Haus zu verlassen, sein? War es möglich, dass er mehr wusste, als er mir erzählt hatte?

Vielleicht war er zum Telegrafenamt im Dorf gegangen, um zu versuchen, mit Michael an einem der Orte, an denen er sich aufhalten könnte, in Verbindung zu treten.

Es musste etwas Wichtiges sein, das ihn dazu veranlasste, Tante Patricia zu denken zu geben, er habe sich ihr gegenüber ungebührlich und ungehorsam verhalten.

Ich trank meinen Kaffee schweigend und verließ schweigend den Raum. Ich konnte Gussie nicht verzeihen, dass er unschuldig war und Michael dazu gebracht hatte, Claudia, Digby oder mich zu verdächtigen; mich, Claudia, Digby oder Michael zu verdächtigen; und Digby, Claudia, Michael oder mich zu verdächtigen.

Das war sehr ungerecht von mir, aber leider auch sehr menschlich, fürchte ich.

Im Salon saß Isobel am Klavier und spielte leise vor sich hin, während Claudia in das Feuer starrte.

Ich schlenderte zu dem riesigen Klavier hinüber und setzte mich daneben.

„Wo *kann* Michael sein?", fragte Claudia.

„Und Digby", fügte Isobel hinzu.

„Keine Ahnung", sagte ich.

„Wirklich nicht?", fragte Claudia.

„Ja", sagte ich. „Ich habe ehrlich gesagt keine Ahnung, wo die beiden sind."

„Ich wünschte, sie würden reinkommen", sagte Isobel.

„Oh, ich halte es hier nicht aus", rief Claudia plötzlich, sprang auf und ging hinaus. Als ich ihr die Tür öffnete, glaubte ich, einen Blick auf Tränen in ihrem halb abgewandten Gesicht zu erhaschen, obwohl ich nicht spähte.

Als ich die Tür schloss, stand Isobel vom Klavier auf und kam auf mich zu. Ich fand sie sehr hübsch mit ihren nebligen blauen Augen, ihrem nebligen goldenen Haar, das so fein wie Seide war, und ihrem süßen Ausdruck. Wie sanft und lieb sie war!

„Johnny", sagte sie, legte ihre Hände auf meine Brust und sah mir in die Augen, „darf ich dir eine dumme Frage stellen? Nur einmal, und dann nie wieder? Ich kenne die Antwort, aber ich möchte sie von dir hören."

„Natürlich, meine Liebe", sagte ich.

„Du wirst nicht böse sein, Johnny?"

„War ich jemals wütend auf dich, Isobel? Könnte ich das überhaupt sein?", fragte ich.

Sie sah mir einige Augenblicke lang fest in die Augen.

„ *Hast du das 'Blue Water' genommen, John?"* , fragte sie.

„Nein, meine Liebe, habe ich nicht", antwortete ich und zog sie zu mir heran. Und dann warf Isobel ihre Arme um meinen Hals, und ich küsste sie auf die Lippen.

Sie brach in Tränen aus, und ich hob sie hoch, trug sie zu einem Sofa, setzte mich mit ihr auf die Knie, drückte sie an meine Brust und bedeckte ihr Gesicht mit Küssen. Plötzlich wurde mir klar, dass ich sie liebte – dass ich sie schon immer geliebt hatte. Aber bis jetzt war es die Liebe zu einer bezaubernden Spielgefährtin und Freundin gewesen, jetzt war es die Liebe zu einer Frau.

Wenn diese Erkenntnis zwischen uns das Ergebnis des Diebstahls der „Blue Water" war, war ich froh, dass sie gestohlen worden war.

„Liebling! Liebling! Liebling!", flüsterte ich, während ich sie küsste. „Liebst du mich, meine geliebte Isobel?", fragte ich, und als Antwort lächelte sie tränenüberströmt, schlang ihre Arme um mich und presste ihre Lippen auf meine.

Ich dachte, mein Herz würde stehen bleiben.

„ *Liebst* du mich, mein Liebster?", fragte sie. „Du bist mein Ein und Alles. Ich habe alles geliebt, was du gesagt oder getan hast, seit ich ein Baby war!"

„Weine nicht", sagte ich, beschämt über meine ungeschickte Ausdrucksweise.

„Ich weine vor Freude", schluchzte sie. „Jetzt, wo du *mir* gesagt hast, dass du es nicht getan hast, weiß ich, dass du es nicht getan hast."

„Warum hast du das gedacht?", fragte ich.

„Ich *habe* es *nicht* gedacht", antwortete sie mit weiblicher Logik, „aber du warst es, der gegen den Tisch gelehnt hat, John, du warst es, den Michael erwischt hat, und ich habe gesehen, wie du nachts runtergegangen bist – um es zurückzustellen, wie ich dachte."

„Du hast mich gesehen?", fragte ich überrascht.

„Ja, Schatz. Ich war wach und sah ein Licht an meiner Tür vorbeiziehen. Es schien unter der Tür hindurch. Da bin ich rausgegangen und habe über das Geländer geschaut."

„Ich wollte nachsehen, ob das elende Ding zurückgekommen war", sagte ich. „Und es war eher ich, der Michael erwischt hat, als Michael mich, als du das Licht ausgeschaltet hast. Wir haben beide erwartet, Gussie zu erwischen, und haben uns gegenseitig erwischt."

„Und ich war so unglücklich", fuhr sie fort, „weil ich dachte, dass alles gegen dich sprach, und ich wusste, dass ich Gussie unter Verdacht stellte, obwohl ich wusste, dass er es nicht war. Aber als es so aussah, als wäre die Sache tatsächlich gestohlen worden, konnte ich nicht länger schweigen. Es war schon schlimm genug, als wir dachten, es sei nur ein Streich ... Und dann schien ich noch dazu beizutragen, den Verdacht auf dich zu lenken, als ich Gussie entlastete ..."

Sie wischte sich eine Träne weg.

„Das ist mir jetzt egal", lächelte sie. „Nichts auf der Welt ist wichtig. Solange du mich liebst, kann mir nichts etwas anhaben. Bist du *dir sicher*, Liebling?"

Ich bemühte mich, mich ohne stockende und unflüssige Worte auszudrücken.

„Wann hast du mich zum ersten Mal geliebt?", fragte meine süße und schöne Liebste, als ich sie losließ.

„Ich weiß es nicht", sagte ich. „Ich habe dich immer geliebt, und jetzt verehre ich dich, und das werde ich immer tun", und wieder umarmte sie mich so lange, dass mein Herz zu stehen schien und mich in einen unglaublichen Himmel der Ekstase und Freude hob, der fast unerträglich war.

Das Geräusch von Schritten und eine Hand an der Tür holten uns zurück auf die Erde. Wir sprangen auf, und als David hereinkam, räumte Isobel ihre Noten weg, und ich blätterte völlig versunken in einem kleinen Taschenbuch.

„Entschuldigen Sie, Herr", sagte David und blieb vor mir stehen. „Könnte ich mit Ihnen sprechen, Herr?"

„Du bist schon dabei, David", sagte ich.

„Unter vier Augen, Sir, nur einen Moment", erklärte er.

Ich ging mit ihm zur Tür, schloss sie und er zog einen Zettel hervor und gab ihn mir.

„Herr Digby, Sir. Er hat mich ausdrücklich gebeten, Ihnen das heute Abend um zehn Uhr unter vier Augen zu geben, Sir, danke, Sir."

„Danke, David", sagte ich und ging zum Raucherzimmer, wo ich den Brief öffnete.

Obwohl ich das Gefühl hatte, dass ich voller Besorgnis, Angst und Unruhe sein sollte, sang mein Herz vor Freude, und ich hätte vor Freude den langen Flur entlang tanzen können, sehr zur Überraschung und Missbilligung der verschiedenen steifen und würdevollen Brandons, Männer und Frauen, die von den Wänden herabblickten.

„Das ist total egoistisch und falsch", sagte ich und unterdrückte den Drang, zu singen, zu pfeifen, zu jubeln und vor Freude buchstäblich in die Luft zu springen.

„Isobel! Isobel! Isobel!", sang mein Herz. „Isobel liebt mich und ich liebe Isobel ..."

Der Rauchsalon war leer, und ich konnte das Klicken der Kugeln aus dem benachbarten Billardzimmer hören, was den Grund dafür verriet. Gussie war offensichtlich seiner Lieblingsbeschäftigung am Abend nachgegangen, die etwas ziellos war.

Ich machte das Licht an, schürte das Feuer, zog den größten und bequemsten Sessel heran, stopfte meine Pfeife und zündete sie an.

Wäre ich direkt aus dem Speisesaal hierher gekommen und hätte hier Digbys Brief erhalten, hätte ich ihn mir geschnappt und ihn mit sinkendem Herzen und zitternden Fingern geöffnet.

Jetzt schien nichts mehr von Bedeutung zu sein im Vergleich zu der großen Tatsache, für die mein Herz Gott Lob und Dank sang.

Liebe ist sehr egoistisch, fürchte ich – aber dann sind es ja zwei Menschen, die eins werden.

Und dann las ich den Brief des armen Digby. Er lautete wie folgt:

" *Mein lieber John,*
ich nehme jetzt meinen Stift zur Hand, um dir diese wenigen Zeilen zu schreiben, in der

Hoffnung, dass sie dich erreichen, so wie sie mich nicht erreichen werden. Nach schrecklichen Gedanken und inneren Kämpfen, die mich einen Hosenknopf gekostet haben, bin ich zu dem

Schluss gekommen, dass ich euch alle nicht länger täuschen und die Unschuldigen für meine schuldige Sünde oder meine sündige Schuld leiden lassen kann.

Ichwerde meinen edelmütigen Zwilling suchen, mich vor ihm niederknien und sagen: 'Bruder, ich habe vor dir gesündigt' (aber es war wirklich im Dunkeln) 'und bin nicht mehr würdig, anders genannt zu werden als das, was ich bin.'

Niemand kennt die Scham, die ich empfinde, nicht einmal ich selbst; und wenn du diesen Brief erhältst, werde ich schon auf dem Weg sein – dorthin, wo ich hingehe.

Sag bitte Tante, dass Michaels edle und schöne Tat mir das Herz gebrochen hat und ich wünschte, er hätte mir den Hals umgedreht. Ich kann nicht zulassen, dass er so die Schuld für mich auf sich nimmt. Ich werde ihr aus der Stadt schreiben.

Wenn du dich auf der Zeugenbank oder auf der Anklagebank wiederfindest, sag dem Richter, dass du mich immer als schwach, aber nicht als bösartig gekannt hast und dass mein Untergang dem Zigarettenrauchen und der Teilnahme an Zeitungswettbewerben zuzuschreiben ist.

Sag ihm auch, dass du sicher bist, dass ich mich mit harter Arbeit rehabilitieren, mindestens dreißig Schilling pro Woche verdienen und die dreißigtausend Pfund aus meinen Ersparnissen zurückzahlen werde, wenn man mir Zeit gibt.

Schreib mir und lass mich wissen, wie es weitergeht, sobald ich dir eine Adresse geschickt habe – die du natürlich für dich behalten wirst. Grüße Isobel von mir.

Spiel mit und vergiss nicht, dass duzu mir stehenmusstund den Leuten klar machen musst, dass ich der Dieb bin – sonst fällt der Verdacht wieder auf Claudia (da Isobel und Gussie raus sind), wenn wir drei nicht den Verbrecher unter uns finden. Und natürlich kann ich Beau nicht für mich leiden lassen.

Sobald du von ihm hörst, lass ihn per Telegramm wissen, dass ich gestanden habe und geflohen bin und dass er nach Brandon Abbas zurückkehren und zugeben kann, dass er den wahren Täter geschützt hat (von dem er wusste, dass ich es war oder *DU* oder *CLAUDIA!*). *Grüß Isobel von mir.*

Für immer dein,

Digby."

Für einen Moment verdrängte das sogar Isobel aus meinen Gedanken.

Ich hätte nie gedacht, dass Digby tatsächlich geflohen war, so wie Michael. Könnte es sein, dass er in dem Brief die Wahrheit gesagt hatte?

Könnte er die „Blue Water" gestohlen haben, wie er behauptete, und war er durch Michaels Flucht und die Übernahme der Schuld zu diesem Schritt gezwungen worden, sodass er aus Scham ein Geständnis ablegen musste? . . .

Oder glaubte er tief in seinem Herzen, dass Michael wirklich schuldig war und geflohen war, um nicht drei unschuldige Menschen mit sich in Verdacht zu bringen? War Digby, weil er das dachte, geflohen, um den Verdacht von dem schuldigen Michael abzulenken, um Verwirrung zu stiften und die Verfolger zu spalten, um ihm so eine bessere Chance zu geben, ungeschoren davonzukommen?...

Wahrscheinlich weder noch. Viel wahrscheinlicher war, dass er vorhatte, denjenigen zu schützen, den Michael zu schützen glaubte, und gleichzeitig mit Michael den Verdacht zu teilen, der so vom Schuldigen abgelenkt wurde.

In dem Moment, in dem bekannt wurde, dass Michael geflohen war, würden alle Welt und seine Frau sagen: „Der niederträchtige junge Dieb!"

Sobald Digby ihm folgte, würden sie sagen: „Welcher von beiden ist der Dieb?" Und niemand würde einen fragenden Blick auf diejenigen werfen, die in ihrer bewussten Unschuld zu Hause geblieben waren.

Und wen *verdächtigten* Michael und Digby, wenn sie beide unschuldig waren?

Offensichtlich entweder Claudia oder mich.

Und wenn sie mich genauso wenig verdächtigen konnten wie ich sie ...?

Mir wurde klar, oder besser gesagt, es traf mich wie ein Messerstich ins Herz, dass es genauso *meine* Aufgabe war, zu verhindern, dass Claudia in Verdacht geriet, egal ob zu Recht oder zu Unrecht, und dass, wenn sie für Claudia und für mich und füreinander Schmach, Armut, Not und den allgemeinen Ruin ihres Lebens in Kauf nehmen konnten, ich das für sie auch tun musste und dass es meine Pflicht war, mitzugehen.

Außerdem würden die Detektive und Kriminalisten, wenn sie sich mit dem Fall befassten, durchaus behaupten können, dass nichts Isobel und Augustus daran hinderte, sich abzusprechen, um sich gegenseitig zu entlasten, und sie würden einen oder beide umso mehr verdächtigen.

Für uns, die wir sie kannten, war es völlig klar, dass Augustus unschuldig war, weil sie es gesagt hatte.

Für einen Ermittler wäre das eher ein Hinweis auf die Schuldige – das Mädchen, das dieses „Beweisstück" vorgelegt hatte, das zufällig ihre eigene Unschuld bewies.

Außerdem war der arme Augustus zweifellos *überrascht* gewesen, als Isobel sagte, er müsse unschuldig sein, da sie ihn die ganze Zeit, während das Licht aus war, festgehalten hatte. Wenn das herauskam, würde der Verdacht sicherlich auf Isobel fallen, und wenn nicht, bestand eine hohe Wahrscheinlichkeit, dass ihre Erklärung bezüglich Augustus, wie ich bereits sagte, auf eine Absprache zwischen den beiden hindeuten würde.

Umso mehr Grund für mich, die offensichtliche Lösung zu bekräftigen – dass der Dieb einer der Gestes war.

Wenn drei Leute geflohen waren und ihre Schuld gestanden hatten, dann musste die Absprache dort liegen – unter den drei schurkischen Brüdern, die eine Verschwörung, Geschichte, geplant hatten, um ihren Verwandten zu berauben und die Beute zu teilen.

Dass der Älteste schwach geworden war und als Erster geflohen war, sprach für ihn oder gegen ihn, je nachdem, ob man Mut oder Geständnis mehr bewunderte; aber offensichtlich und unbestreitbar lag die Schuld bei diesen dreien und nicht bei denen, die zu Hause geblieben waren und sich der Musik gestellt hatten.

„*Aber*", sagten die Stimmen der Vorsicht, der Feigheit und des gesunden Menschenverstands sowie die Stimme der Liebe, „ *zwei sind doch genug, um die Schuld auf sich zu nehmen, oder? Lasst die Leute sagen, es sei einer der beiden gewesen, oder vielleicht die beiden zusammen.*"

„ *Und warum*", antworteten die Stimmen der Selbstachtung und des Stolzes, „ *sollten diese beiden die Schuld (oder die Ehre) teilen? Warum sollten sie Isobel und* DICH *sowie Claudia vor Verdächtigungen schützen ?*" Und auf die letzte Stimme hörte ich.

Ich konnte unmöglich zu Hause sitzen und das Leben genießen, während der Captain und der Leutnant in Schwierigkeiten, in Schande und in Gefahr waren – meine ganze Lebenserfahrung und mein Instinkt verboten es mir.

Ich glaube, innerhalb von zwei Minuten nach dem Lesen von Digbys Brief war die Frage, ob ich gehen würde, ganz klar beantwortet, und nur noch die nebensächlichen Fragen, wohin ich gehen sollte und ob ich Isobel etwas sagen sollte, blieben zu klären. Und eines dieser beiden Probleme war unbewusst gelöst, obwohl ich nicht absichtlich darüber nachgedacht und eine Entscheidung getroffen hatte.

Von dem Moment an, als ich von Michaels Flucht erfahren hatte, hatte ich irgendwo unterhalb der Bewusstseinsschwelle eine vage Erinnerung an die Existenz einer romantisch klingenden, abenteuerlichen Söldnertruppe namens Französische Fremdenlegion.

Wenn ich an Michael dachte und mir Bilder von ihm in der Umgebung von Brandon Abbas, unserer „Prep“-Schule, Eton und Oxford vorstellte, war eine der klarsten dieser verschwimmenden Visionen die einer Gruppe von uns im Bower, zu Füßen eines eleganten und charmanten jungen französischen Offiziers, der uns mit dramatischen Geschichten aus Algerien, Marokko und der Sahara begeistert hatte; Geschichten von Spahis, Turcos, Zouaves, Chasseurs d'Afrique und der französischen Fremdenlegion; Geschichten über ein heißes Leben und einen tapferen Tod, über Schlachten und Biwaks. Am Ende hatte Michael gesagt:

„Ich werde mich der französischen Fremdenlegion anschließen, wenn ich Eton verlasse. ... Hol dir eine Offiziersstelle und geh in sein Regiment“, und Digby und ich hatten seinen Plan beklatscht.

Hatte Michael sich daran erinnert und war er jetzt auf dem Weg zu diesem Leben voller Abenteuer und Ruhm, entschlossen, sich unter einem *Pseudonym* einen Namen als Soldat zu machen? Das würde so typisch für Michael sein.

Und Digby? Hatte er dieselbe Idee gehabt und war ihm gefolgt? Das würde so zu Digby passen.

Und ich? Sollte ich dem Beispiel meiner Brüder folgen und nichts anderes wollen, als das zu tun, was sie taten, und ihre Anerkennung zu gewinnen? ... Das wäre so typisch für mich.

Drei romantische junge Dummköpfe! Jetzt kann ich über sie lachen. *Dummköpfe*, ohne Zweifel; wilde Dummköpfe, aber immerhin mit der Fantasie und der Seele, romantische Dummköpfe zu sein, Gott sei Dank!

§10.

Als Ausgleich für meinen geringeren Anteil an Mut, Klugheit und allgemeiner Vornehmheit, mit denen meine brillanten Brüder gesegnet sind, wurde mir ein größeres Maß an Besonnenheit und Vorsicht zuteil – auch wenn manche vielleicht denken, dass das immer noch nicht viel ist.

Ich habe nur wenige Männer getroffen, die Michael und Digby an Schönheit, körperlicher Stärke, Mut und Intelligenz gleichkamen; aber obwohl ich ebenso unheilbar romantisch war wie sie, war ich „klüger“ als sie und sogar muskulöser und kräftiger. Das ist ein großes Lob, das ich mir selbst ausspreche, aber Fakten sind Fakten.

Nachdem ich beschlossen hatte, mich ihnen in Schande und Schuld anzuschließen und mich ihnen, wenn möglich, auch körperlich anzuschließen – ich wollte zunächst zur Legion gehen, um sie zu suchen –, machte ich mich daran, Details, Wege und Mittel zu überlegen.

Im Dunkeln kann ich besser denken, also klopfte ich meine Pfeife aus, verbrannte Digbys Brief und ging zu Bett.

Die erste Tatsache, der ich mich stellen musste, und die wie ein Webstuhl vor mir aufragte, war die Trennung von Isobel in dem Moment, in dem ich sie gefunden hatte. Paradoxerweise waren es jedoch gerade die Begeisterung und Aufregung über dieses wunderbare Ereignis, das mich mitriss und mir die Kraft gab, sie zu verlassen.

Ich war *völlig* außer mir, außer mir selbst, über mich selbst erhaben, nicht normal.

Ich wollte meiner Liebsten zeigen, dass auch ich etwas Großartiges tun und ein persönliches Opfer bringen konnte, um die Frauen, von denen eine mir gehörte, vor den „Pfeilen und Geschossen des grausamen Schicksals“, vor grausamen Verdächtigungen und Ärgernissen zu bewahren.

Sie zu verlassen, wäre unbeschreibliches Leid – aber was für ein schönes Leid und was für eine ergreifend köstliche Trauer für das Herz einer romantischen Jugend, sich daran zu klammern!

Außerdem wusste ich, dass es für Kinder wie uns – sie neunzehn und ich zwanzig –, die derzeit mittellos und abhängig waren, völlig sinnlos war, an formelle Verlobungen und eine frühe Heirat zu denken. Die Liebe war alles, und die Liebe war genug, bis ich zurückkehren würde, gebräunt und mit Orden geschmückt, erfolgreich und etabliert, ein angesehener Glücksritter, um um ihre Hand anzuhalten.

Dann würde ich meine Braut mitnehmen, um der bewunderte und geliebte Stolz des Regiments zu sein, der Stern, die Stütze und die Königin eines Soldaten. ... (Zwanzig ist ein großartiges Alter – mit Liebe im Herzen und dem ganzen Leben vor sich....)

Sollte ich ihr sagen, was ich vorhatte, und eine letzte wunderschöne, schreckliche Stunde mit ihr in meinen Armen verbringen, oder sollte ich ihr einen Brief schreiben, der ihr nach meiner Abreise übergeben werden sollte?

Ich bin froh, dass ich die Gnade hatte, die Sache aus ihrer Sicht zu betrachten und mich so zu entscheiden, wie ich es für sie für das Beste hielt.

In dem Brief konnte ich den Eindruck erwecken, dass es sich nur um eine kurze Trennung handelte und dass ich ihr eher „*Auf Wiedersehen*" als „Lebewohl" schreiben wollte.

Wenn ich es ihr in einem Gespräch gesagt hätte, hätten meine offensichtliche Verzweiflung und mein betrübter Gesichtsausdruck meinen Worten widersprochen. Ich wusste, dass ich sie küssen und umarmen würde, als wäre es das letzte Mal auf Erden, und dass ich eher so aussehen würde, als würde ich zum Schafott gehen, anstatt mich für eine Weile zu verstecken, bis der fehlende Juwel wieder auftauchte oder der Dieb gefasst wurde.

Ja – ich sollte besser schreiben und dabei darauf achten, nicht den Eindruck zu erwecken, dass es sich um eine „Trennung" handelte, die über meine Rückkehr nach Oxford zum nächsten Semester hinausging.

Diese Frage war geklärt.

Als Nächstes musste ich mir überlegen, wie ich vorgehen sollte.

Ich würde genug Geld und Ausrüstung brauchen, um nach Frankreich zu kommen und ein paar Tage lang, wahrscheinlich in Paris, zurechtzukommen.

Etwa zehn Pfund, ein Satz Unterwäsche und eine Zahnbürste würden dafür reichen. Mit einem sehr kleinen Koffer würde man ganz gut zurechtkommen.

Meine Uhr, Kettenglieder, Manschettenknöpfe, Zigarettenetui und ein guter Goldbleistift, den ich besaß, würden mir ausreichend Geld verschaffen. Ich hatte mehr als genug Bargeld für die Fahrt nach London und könnte dort genug Geld beschaffen, um nach Paris weiterzufahren und mich dort ein paar Tage über Wasser zu halten.

Ich würde mit den anderen frühstücken, mich dann leise verabschieden, um den Zug um 10:40 Uhr nach Exeter zu nehmen, und von dort aus mit dem Zug um 11:45 Uhr nach London fahren, wo ich gegen 15 Uhr ankommen würde. Am nächsten Tag würde ich nach Frankreich übersetzen, dort am Abend ankommen, in einem Hotel übernachten und so schnell wie möglich Soldat der französischen Armee werden.

Was auch immer meine Brüder getan hatten, ich hätte zumindest ihrem Beispiel würdig folgen und eine realistische und überzeugende Imitation des Verhaltens eines verängstigten und verzweifelten Diebes abliefern müssen, der vor den Folgen seines Verbrechens und der Schande, seinen Verwandten und ehemaligen Freunden gegenüberzutreten, flieht.

Und wenn Michael und Digby tatsächlich da waren, wenn ich ankam – nun, dann würde ich nichts bereuen außer der Trennung von Isobel – einer Trennung, während der ich allerdings in Bezug auf Alter, Stellung und Einkommen die Ehre erlangen würde, ihr Ehemann zu werden.

Ich glaube, ich war gerade zum Oberbefehlshaber in Algerien und Großkommandeur der Ehrenlegion aufgestiegen, als ich eingeschlafen bin. . . .

Am Morgen wachte ich in einer ganz anderen Stimmung auf als am Morgen zuvor. Mein Herz war voller Stolz, dass Isobel mich liebte und mir gehörte. Mein Kopf war voller Pläne und Ideen, und mein ganzes Wesen kribbelte vor Vorfreude auf ein großes Abenteuer.

„Wenn die Jugend nur wüsste..."

Als David mir mein heißes Wasser brachte, mit seinem unvermeidlichen „Halb acht, Herr, und ein schöner Morgen" (wenn der Regen aufhört oder der Nebel sich lichtet, wie es der Fall sein könnte), sagte ich ihm, ich würde ihm nach dem Frühstück einen Brief geben, den er Fräulein Rivers bei der ersten Gelegenheit nach elf Uhr privat übergeben sollte.

Ich hielt es für besser, ihn David zu geben als einem Dienstmädchen. Er hatte die Anweisungen in Bezug auf Michaels Brief an Digby und Digbys Brief an mich befolgt, und ein Dienstmädchen hätte eher in der Bedienstetenstube geplaudert.

Ich glaubte nicht, dass in dieser Hinsicht der geringste Verdacht bestand, und wie Tante Patricia gesagt hatte, gab es auch keinen Grund dafür, vorausgesetzt, das Geheimnis der „Blue Water“ würde ohne die Hilfe der Polizei gelöst werden.

Ich hätte ihr meinen Brief natürlich auch per Post zustellen können, aber das hätte Verzögerung und eine bange Nacht für sie bedeutet. Außerdem hätte es einen Poststempel gegeben, und ich hielt es für besser, wenn sie ohne zu lügen sagen konnte, dass sie nicht die geringste Ahnung hatte, wohin ich gegangen war.

Nachdem ich mich angezogen hatte, packte ich meine Bürsten und Rasierzeug in einen Aktenkoffer, stopfte ein Hemd, Kragen und Socken hinein, ging hinunter in den Rauchsalon und schrieb nach einigen unbefriedigenden Versuchen an Isobel:

” *Meine wunderschöne Liebste,*

ich habe gestern Abend einen Brief von Digby bekommen. Er ist abgehauen, weil er denkt, dass Michael die Schuld und Schande für diesen Diebstahl auf sich genommen hat, um den Unschuldigen zu schützen und den Schuldigen zu decken (der für ihn Claudia, Digby oder ich sein muss, da es weder du noch Gussie sein können). Digby hat mir gesagt, dass er es nicht war, und er weigert sich zu glauben, dass es Michael war. Ich glaube auch nicht, dass er mich verdächtigt.

Du wirst mir sicher zustimmen, dass ich nicht einfach zu Hause sitzen und zusehen kann, wie sie das tun, obwohl ich sie für unschuldig halte. Und wenn einer von ihnen schuldig wäre, würde ich umso mehr alles tun wollen, um zu helfen. Wenn ich dich nicht gerade jetzt verlassen müsste, wo ich dich endlich gefunden habe, würde ich die Zeit wohl sogar genießen.

Jedenfalls hätte ich dich sowieso bald verlassen müssen, wenn ich wieder nach Oxford gegangen wäre, und dann wären wir acht Wochen getrennt gewesen. So wie es aussieht, werden wir nur getrennt sein, bis diese dumme, elende Angelegenheit geklärt ist. Ich gehe davon aus, dass der Dieb die Sache anonym zurückgeben wird, sobald er oder sie merkt, dass wir drei so tun, als hätten wir es getan, und dass wir unser normales Leben nicht wieder aufnehmen werden, bis die Sache geklärt ist.

Du weißt, dass ich es nicht war, und ich weiß, dass du es nicht warst, und das ist alles, was wirklich zählt; aber du würdest doch nicht wollen, dass ich mich zurückhalte, wenn der Captain und der Leutnant der Band versuchen, den Verdacht von den Unschuldigen abzulenken und die Schuldigen zu beschämen, damit sie Tantes Eigentum zurückgeben!

Ich schicke dir später eine Adresse, damit du mir berichten kannst, was passiert ist – aber zunächst sollst du keine Ahnung haben, wo ich bin, und das auch so sagen.

Du würdest mich in deinem Herzen verachten, wenn ich zu Hause bliebe, obwohl ich weiß, dass du mich vermissen und zurückhaben willst. Ich werde natürlich kommen, sobald du mir mitteilst, dass die Angelegenheit geklärt ist. In der Zwischenzeit wird kein blöder Detektiv dich oder Claudia oder den armen unschuldigen Gussie verdächtigen, da offensichtlich einer der drei Flüchtigen (oder alle) der Dieb sein muss. Tante wird natürlich zur Polizei gehen, und die werden uns bald auf die Spur kommen und niemanden in Brandon Abbas belästigen.

Und jetzt, meine liebe Isobel, meine liebe Faithful Hound, werde ich nicht versuchen, dir zu sagen, wie sehr ich dich liebe – das werde ich tun, bevor du diesen Brief erhältst. Aber seit letz-

ter Nacht ist alles anders. Die Welt ist ein absolut herrlicher Ort, und das Leben ist etwas absolut Herrliches. Nichts ist wichtig, denn Isobel liebt mich und ich liebe Isobel – für immer und ewig. Ich möchte die ganze Zeit singen und es allen erzählen.
Ist Liebe nicht absolut WUNDERBAR?

Für immer und ewig,

Euer ergebener, verehrender, dankbarer
Liebling."

Diese ehrliche, wenn auch etwas kindische Liebeserklärung gab ich David und wiederholte meine Anweisungen.

Er schaffte es, sein Gesicht völlig ausdruckslos zu halten, obwohl er sich bestimmt gefragt haben muss, wie viele von uns ihm noch Briefe geben würden, die nach ihrer Abreise heimlich an andere Mitglieder des Haushalts weitergeleitet werden sollten.

Als ich das Raucherzimmer verließ, traf ich Burdon im Flur.

„Können Sie mir sagen, wo Herr Michael ist, Sir?", fragte er. „Ihre Ladyschaft möchte ihn sprechen."

„Nein, das kann ich nicht, Burdon", antwortete ich, „aus dem einfachen Grund, dass ich es nicht weiß."

„Herr Digbys Bett ist auch nicht bewohnt, Sir", fuhr er fort. „Ich wusste nicht, dass die Herren weggefahren sind. ... Nichts ist gepackt, nichts."

„Sie haben mir nicht gesagt, dass sie wegfahren, Burdon", sagte ich und setzte eine verwunderte und nachdenkliche Miene auf. „Sie sind wohl auf irgendeinem Ausflug. Ich hoffe, sie nehmen mich mit."

„Vielleicht zu einem Rennen, Sir?", schlug Burdon traurig vor.

„Schockierend", sagte ich und ließ ihn stehen, wobei ich mich bemühte, so schelmisch wie möglich zu schauen.

Wir waren wieder nur zu viert beim Frühstück.

Isobel strahlte, als sich unsere Blicke trafen, und wir schickten uns gegenseitig Liebeszeichen.

„Hat jemand gehört, wie es dem Kaplan geht?", fragte Claudia.

„Ich war gestern Abend bei ihm", antwortete Isobel, „aber die Krankenschwester sagte, er schlafe."

„Die Krankenschwester?", fragte Augustus.

„Ja", sagte Isobel. „Dr. Warrender meinte, er sollte eine Nachtschwester haben, und Tante Patricia hat eine telegrafiert. Die Schwester hat mir gesagt, dass er heute aufstehen wird."

„Wo ist Digby?", fragte Augustus.

„Warum?", fragte ich knapp.

„Burdon hat mich gefragt, ob ich ihn gesehen hätte, und gesagt, er sei gestern Abend nicht da gewesen."

„Ich weiß genauso wenig wie du, wo er ist", versicherte ich ihm ehrlich.

„Komisch, oder?", spottete er.

„Sehr witzig", stimmte ich zu.

„Vielleicht findet Tante das auch", entgegnete Augustus unangenehm. „Erst Michael und dann Digby, nachdem sie gesagt hat, dass niemand das Haus verlassen soll!"

„Du hättest dich erst mit dir absprechen sollen, Gussie", sagte Claudia.

„Sieht so aus, als wollten sie nicht die Polizei rufen, wenn du mich fragst", knurrte er.

„Wir haben dich nicht gefragt, Gussie", sagte Isobel, und so schleppte sich das elende Essen dahin.

Gegen Ende kam Burdon herein.

„Ihre Ladyschaft möchte Herrn Digby sprechen", sagte er in die Luft.

„Da gibt's wohl was zu tun", meinte Augustus mit einem Grinsen.

„Er ist nicht hier, Burdon“, sagte ich und schaute unter den Tisch.

„Nein, Herr“, antwortete Burdon ernst und ging.

„Du bist der Nächste, mein Junge“, sagte Augustus und sah mich streng an. „Ich frage mich, ob die Detektive schon da sind.“

Burdon kam zurück.

„Ihre Ladyschaft möchte dich nach dem Frühstück in ihrem Boudoir sprechen, Sir“, sagte er zu mir.

„Ich hab's dir doch gesagt“, bemerkte Augustus, als sich die Tür hinter dem Butler schloss.

„Wo glaubst du, sind die anderen hingegangen?“, fragte Claudia und drehte sich zu mir um. „Sie sind doch nicht etwa *weggerannt*? Nicht beide?“

„Sieht nicht so aus, oder?“, warf Augustus ein.

„Wenn sie weggegangen sind, dann aus einem sehr guten Grund“, sagte Isobel.

„Aus einem sehr guten Grund“, stimmte Augustus zu.

„Den allerbesten, Claudia“, sagte ich und sah sie an. „ *Wenn* sie ‘weggelaufen’ sind, wie du gesagt hast, dann natürlich, um den Verdacht von diesem Haus und allen, die darin wohnen, abzulenken.“

„Oh, natürlich“, stimmte Augustus wieder zu.

„Genau das würden sie tun“, sagte Isobel leise.

„Das wäre typisch Michael“, sagte Claudia mit leiser Stimme, stand auf und verließ schnell den Raum.

„Und Digby“, fügte ich hinzu, als sie ging.

Augustus ging kurz darauf mit einem boshaften „Auf geht's“ zu mir und einem Ruck mit dem Daumen in Richtung Tante Patricias Zimmer. Unsere jüngste Grobheit und unser Misstrauen hatten ihm offensichtlich in seiner sanften Seele wehgetan.

Sobald wir allein waren, drehte ich mich zu Isobel um, die neben mir saß, legte meine Arme um sie und gab ihr einen langen Kuss.

„Komm mal kurz mit in die Laube, Liebling“, sagte ich, und wir huschten zusammen davon.

Dort drückte ich sie an meine Brust und küsste ihre Lippen, ihre Wangen, ihre Augen und ihr Haar, als könnte ich nie genug bekommen und nie aufhören.

„Wirst du mich immer lieben, Liebling?“, fragte ich. „Was auch immer uns passieren mag, wo auch immer wir sein mögen?“

Sie antwortete nicht mit Worten, aber ihre Antwort war sehr befriedigend.

„Tante ruft mich“, sagte ich dann und rannte zurück zum Haus. Aber ich hatte nicht die Absicht, Tante Patricia zu sehen.

Mir sollte die überzeugendere Rolle des unruhigen, zitternden Verbrechers zukommen, der plötzlich gerufen wird, aber nicht den Mut findet, sich der Prüfung zu stellen, und vor dem unheilvollen Klang der Aufforderung flieht.

Ich war sehr froh, dass das passiert war, denn es schien mir eine Ausrede für meine Flucht zu liefern.

Als ich das erste Mal gerufen wurde, fand man mich, wie ich in vermeintlicher Sicherheit friedlich mein Frühstück aß. Als man mich wieder rief, sollte ich verschwunden sein – offensichtlich erschrocken über den Befehl und aus Schuldgefühl zu ängstlich, ihm zu gehorchen.

Ich ging in mein Zimmer, nahm meine Aktentasche aus dem Schrank, steckte ein Foto von Isobel in die Tasche und ging leise die Dienstbotentreppe hinunter, die neben dem Gepäckaufzug in einen Gang mündete, der in die Vorhalle führte. In einer Minute hatte ich die Büsche durchquert und stand auf der Auffahrt in einer Kurve, die sie vor dem Blick aus dem Haus verbarg.

Nach zwanzig Minuten Fußweg erreichte ich den Bahnhof, wo ich eine Fahrkarte nach Exeter kaufte. Das würde niemandem viel sagen, denn obwohl ich an unserem örtlichen Bahnhof allen bestens bekannt war, war es äußerst unwahrscheinlich, dass man mich an einem so belebten Knotenpunkt wie Exeter in der Menge der Reisenden, die eine Fahrkarte für den Morgenzug nach Waterloo kaufen wollten, aufspüren würde.

Während ich auf dem Bahnsteig wartete, verspürte ich ein fast unerträgliches Verlangen, nach Brandon Abbas und Isobel zurückzukehren. Wie *konnte* ich sie nur so zurücklassen, gerade jetzt, einen Tag, nachdem ich sie gefunden hatte?

Ich hatte einen größeren Kloß im Hals, als ich ihn seit meiner Kindheit jemals gehabt hatte. Es war absolut schrecklich.

Wäre da nicht die Aufregung und das Abenteuer gewesen, hätte ich wohl meiner Sehnsucht nach Hause nachgegeben. Aber wenn zwei Menschen, die sich lieben, sich trennen, weil einer auf Reisen geht, leidet immer derjenige weniger, der geht.

Es ist unvermeidlich, dass die Ablenkungen des Reisens, der Bewegung und der Veränderung den Schmerz betäuben, dem der andere ohne die Linderung durch geistige und körperliche Beschäftigung gleichermaßen ausgesetzt ist.

So kam zwischen meinen Gedanken und dem Schmerz der Trennung von Isobel der betäubende und schützende Mantel der Geschäftigkeit und der konkurrierenden Gedanken an andere Dinge – das Ende der Reise, die Zukunft, Geld, Paris, Algerien, die Wahrscheinlichkeit, Michael und Digby zu finden...

Jedenfalls besiegte ich das Verlangen, zu ihr zurückzukehren, und als der Nahverkehrszug einrollte, stieg ich mit steifer Oberlippe und blutendem Herzen ein und begab mich auf eine so ereignisreiche und seltsame Reise, wie sie wohl kaum ein Mensch je unternommen hat.

"Verflucht von der Wiege an und auf Abwege geraten, kommen sie
und verbergen ihre Qualen vor einer Welt, die in Frieden lebt;
mit dunklen, flehenden Augen, vage und stumm,
tragen sie das Stigma der Krankheit ihrer Seelen."

Ich erinnere mich an nichts von dieser schrecklichen Reise von Exeter nach Waterloo. Sie verging wie ein böser Traum, und ich erwachte in London.

Wie schon andere in der Geschichte dieser Stadt, fand ich, dass London unter solchen Umständen ein sehr großer Ort war und ich selbst ein sehr kleines und einsames Staubkorn darin.

Als ich aus der Waterloo Station in die unschönen Vororte trat, war ich versucht, zu dem ruhigen und exklusiven Hotel zu gehen, das die Brandons seit vielen Jahren frequentierten und wo ich gut bekannt war und mich unter Freunden wie zu Hause fühlen würde.

Genau aus diesem Grund widerstand ich der Versuchung, und die Frage der Finanzen half mir dabei. Was auch immer ich tat, ich musste genug Geld für meine Reise nach Paris und meinen Lebensunterhalt dort haben, bis ich Soldat der französischen Armee werden würde und von Madame la Rèpublique untergebracht, verpflegt, gekleidet und bezahlt werden würde.

Als Erstes musste ich mein verfügbares Vermögen in Bargeld umwandeln, eine unangenehme Aufgabe, aber unerlässlich, um auf dem Weg, den ich eingeschlagen hatte, weiterzukommen. Wenn ich nichts Unangenehmeres zu tun hätte, sagte ich mir, als ich eine armselige Straße in Richtung Westminster Bridge entlangging, wäre dieser Weg kein dorniger sein.

Und in diesem Moment fiel mein Blick auf das, was ich für genau den Ort hielt, den ich suchte – ein Pfandhaus, das bis zum Bersten vollgestopft war mit einer äußerst heterogenen Sammlung von Secondhand-Waren, die von Kleidung und Schmuck über Boxhandschuhe, Gewehre, Messer, Meerschaumpfeifen und Zigarrenhalter, Kameras, Regenschirme und Spazierstöcke, Ferngläser, Reisekoffer bis hin zu Konzertinas, Kornetten und und Musikinstrumenten aller Art reichte.

Ich trat ein und fand hinter dem Ladentisch einen jungen Herrn mit auffallend hebräischem Aussehen. Ich erwartete, ihn sagen zu hören:

„Was wollen Sie, Mister?“, und mit den Händen, die Handflächen nach oben, in der Nähe seiner Schultern zu wedeln, wie ich es aus einem Lied in Erinnerung hatte, das ich zuletzt in Oxford gehört hatte und das von einem Solomon Levi und seinem Laden in der Chatham Street handelte.

Aus irgendeinem Grund, den wohl nur er selbst kannte, trug er einen Melonehut, der so groß war, dass er auf seinem Nacken und seinen Ohren auflag und diese gut entwickelten Organe nach vorne drückte, sodass sie wie müde Lilien herabhingen – obwohl sie ansonsten nichts an diese Blume erinnerten.

Um das Tragen dieser Outdoor-Kleidung in Innenräumen auszugleichen, hatte er seinen Mantel ausgezogen und seine Hemdsärmel entblößt, die wiederum nicht an Lilien erinnerten. Eine sehr große Uhrkette schmückte eine ausgefallene Weste, die er sicherlich auch zu den Mahlzeiten trug, und seine diamantene Krawattennadel zeugte von seiner finanziellen Solidität und seinem Geschmack.

Ich fürchte, ich sah ihn ein paar Sekunden länger an, als es die guten Manieren geboten hätten – aber dann sah er mich genau so lange an, wenn auch mit einem Unterschied. Denn ich sah ihn mit staunender Bewunderung an, während er mich mit wenig Staunen und noch weniger Bewunderung betrachtete.

Es war völlig klar, dass er mich nicht als Käufer betrachtete, obwohl ich nicht wusste, aufgrund welcher Instinkte oder Erfahrungen er das beurteilen konnte.

„Sicher“, dachte ich, „auch wenn ich nicht wie jemand aussehe, der etwas kaufen will, sehe ich doch nicht wie ein bedürftiger, schäbiger Verkäufer aus?“

Aber er wusste es! Er wusste es, und sein Schweigen sprach Bände.

Während seine kühnen braunen Augen mich musterten, verzogen sich seine gebogenen Nasenflügel noch ein wenig mehr, und seine großen, vollen Lippen unter der herabhängenden Nase wurden immer voller, während ich ihn beobachtete.

Er sagte kein Wort, und das verwirrte mich etwas, denn ich hatte die Kinder Israels bisher als ausgesprochen gesprächiges Volk angesehen.

Ich brach die bedrückende Stille des dunklen, geheimnisvollen Ladens und fügte den seltsamen Anblicken und noch seltsameren Gerüchen seltsame Geräusche hinzu.

„Ich möchte meine Uhr und ein oder zwei andere Sachen verkaufen", sagte ich zu diesem schweigsamen Sohn Abrahams.

Er triumphierte nicht über die offensichtliche Richtigkeit seiner Einschätzung, dass ich ein verachtenswerter Verkäufer und kein bewundernswerter Käufer war. Er tat überhaupt nichts. Er sprach nicht einmal.

Kein Wort, kein Seufzer, kein Laut kam über seine Lippen.

Ich holte meine Uhr hervor und legte sie ihm zu Füßen, oder besser gesagt, auf seinen Bauch. Sie war aus Gold und von guter Qualität und hatte fünfundzwanzig Pfund gekostet. (Ich meine die Uhr.)

„Wie viel?", fragte das Kind der Kinder Israels.

„Äh – nun – das musst du doch eher sagen", antwortete ich. „Ich weiß, dass sie fünfundzwanzig Pfund gekostet hat und eine ausgezeichnete ..."

„Wie viel?", unterbrach mich das dunkelhäutige Kind.

„Wie viel gibst du mir dafür?", fragte ich. „Wie wäre es, wenn wir uns den Unterschied teilen und du ..."

„Wie viel?", unterbrach mich das Kind wieder.

„Zehn Pfund?", schlug ich vor, weil ich das für vernünftig und sogar großzügig hielt. Ich wollte nicht, dass meine Notlage ihn belastete und ihn dazu brachte, seinen gerechten Gewinn zu schmälern.

„Zwei Pfund", sagte das Kind prompt.

„Nicht einmal ein Zehntel des Preises?", sagte ich vorwurfsvoll. „Das ist doch kaum fair und ..."

„Zwei Pfund", unterbrach mich das Kind, dessen Manieren weniger vornehm wirkten als seine Kleidung.

Ich war versucht, die Uhr zu nehmen und zu gehen, aber ich hatte das Gefühl, dass ich das alles nicht wieder besprechen, im Detail erläutern konnte. Vielleicht waren zwei Pfund der übliche Verkaufspreis für alle goldenen Uhren?

Ich holte mein Zigarettenetui, meinen goldenen Bleistift und ein kleines Schmuckkästchen mit meinen Anzugknöpfen hervor, legte alles vor diesen Ägypterräuber und löste dann die Knöpfe von meinen Hemdsärmeln.

„Wie viel?", fragte das Kind erneut.

„Nun", antwortete ich, „der Bleistift ist ziemlich schwer, und die Krawattennadeln sind gut. Die Kettenglieder auch. Sie sind alle 18 Karat und ..."

„Wie viel?", wiederholte die Stimme, die mir langsam zuwider wurde.

„Zehn Pfund für die Uhr, den Bleistift und ..."

„Vier Pfund", antwortete das Kind mit der Stimme des Schicksals und der Vorsehung und suchte in der Tasche seiner „eleganten Weste" nach einem Zahnstocher, den es seinem rechtmäßigen Bestimmungsort zuführte.

Das ging so nicht. Ich hatte das Gefühl, dass ich mindestens fünf Pfund zu dem, was ich bereits hatte, hinzufügen musste. Ich war mir nicht ganz sicher, was das absolute Minimum war, aber weitere fünf Pfund schienen mir sehr wünschenswert.

„Ach, komm schon – mach sieben", sagte ich in einem fröhlichen Ton der Ermutigung und des Optimismus.

Das Kind betrachtete die Spitze seines Zahnstochers. Das schien ihn weit mehr zu interessieren als ich oder meine armseligen Angelegenheiten.

„Sechs“, sagte ich mit vorgetäuschter fröhlicher Zuversicht.

Der Zahnstocher nahm seine Arbeit wieder auf, und eine grüblerische Stille breitete sich zwischen uns aus.

„Dann fünf“, schlug ich mit vorgetäuschter Entschlossenheit vor.

Das Kind gähnte. Aus irgendeinem Grund dachte ich an Zwiebeln, Bier und Knoblauch, Dinge, die auf ihre Weise und an ihrem Platz sehr gut sind und denen, die sie mögen, durchaus gefallen.

„Dann habe ich wohl deine wertvolle Zeit verschwendet“, sagte ich mit tiefer List und tat so, als würde ich mein verachtetes Eigentum einsammeln.

Das Kind machte sich nicht die Mühe, meine Aussage zu widerlegen. Es nahm seinen Melonehut ab und schaute geduldig hinein, wie es brave Menschen in der Kirche tun. Das Haar auf dem Kopf des Kindes war sehr üppig und wunderbar lockig. Ich dachte an Ölpressen, gesalbte Stiere aus Baschan und mit verwirrter Ehrfurcht an die seltsamen Vorlieben der Vorsehung.

Ich ging jedoch zur Tür, um zu sehen, ob er mir, anstatt mich gehen zu lassen, fünf Pfund für etwas anbieten würde, das mindestens fünfzig gekostet hatte.

Als ich das tat, warf dieser Vertreter des auserwählten Volkes einen Blick auf meine Aktentasche.

„Was hast du da drin?“, knurrte er.

Ich ahmte seine hervorragende Wortkargheit nach, öffnete die Aktentasche ohne zu antworten, nahm ein Seidenhemd, eine Weste und Socken heraus und zeigte drei Kragen, ein Paar silberbeschlagene Haarbürsten, einen Kamm, einen Rasierpinsel mit silbernem Griff, ein Rasiermesser, eine Nagelbürste aus Elfenbein, eine Zahnbürste und eine silberne Seifendose.

„Fünf Pfund für alles, und wenn du es geklaut hast, ist es dein“, sagte der Junge.

„Du gibst mir fünf Pfund für eine goldene Uhr, Kettenglieder, Manschettenknöpfe und ein Federmäppchen, eine silberne Zigarettenetui, Haarbürsten und einen Rasierpinsel, ein Rasiermesser, ein Hemd, eine Weste, Socken, Kragen und eine Lederaktentasche?“, fragte ich höflich.

„Ja“, sagte das Kind knapp.

Nun, für ein paar Pence konnte ich mich rasieren lassen, und in ein paar Tagen würde ich wahrscheinlich eine Uniform haben.

„Die Zahnbürste und einen Kragen behalte ich“, sagte ich und steckte sie in meine Tasche.

„Dann wirf den Spazierstock und die Handschuhe weg, sonst sind es vierzehn Pfund“, kam die prompte Antwort.

Ich starrte das Kind schmerzlich erstaunt an.

„Ich muss doch *leben*, oder?“, antwortete es mit kläglicher Stimme auf meinen grausamen Blick.

Ich verzichtete auf die Bemerkung „*Je ne vois pas la nécessité*“ und legte meinen Stock und meine Handschuhe auf den Tresen, da mir klar war, dass ich sie ohnehin bald nicht mehr brauchen würde.

Das Kind holte eine Geldbörse hervor, reichte mir fünf Pfund und schob mein ehemaliges Eigentum in eine große Schublade.

„Danke“, sagte ich beim Gehen. „Guten Abend.“

Aber das Kind fand offenbar nicht, dass es ein guter Abend war, denn es gab keine Antwort.

Man sollte natürlich nicht nach einzelnen Exemplaren ein ganzes Volk beurteilen, aber – Rassenfeindlichkeit ist eine seltsame Sache.

Mit etwa zehn Pfund in der Tasche, Elend im Herzen und nichts in der Hand überquerte ich die Westminster Bridge und machte mich auf den Weg entlang der Whitehall zum Trafalgar Square, wo mich der Anblick und Geruch von Essen, als ich an verschiedenen Orten vorbeikam, die Mahlzeiten, aber keine Betten anboten, stark in Versuchung führte.

Mir war klar, dass es billiger wäre, an einem Ort zu essen, zu schlafen und zu frühstücken, als irgendwo zu Abend zu essen und dann nach einem Schlafplatz für die Nacht und einem Frühstück für den nächsten Morgen zu suchen.

Während ich so ging, dachte ich an die Hotels, die ich kannte – das Ritz, das Savoy, das Carlton, das Claridge's, das Grosvenor, das Langham und einige diskretere und exklusivere in der Nachbarschaft von Albany (wo Onkel Hector eine *Zweitwohnung* hatte, die er benutzte, wenn er in England war).

Aber sowohl ihre Kosten als auch die Risiken sprachen fast ebenso sehr gegen sie wie gegen unser eigenes Familienhotel. Selbst wenn ich es mir leisten könnte, in solche Hotels zu gehen, wäre es sehr wahrscheinlich, dass ich in dem von mir ausgewählten Hotel als erstes auf einen Freund oder Bekannten treffen würde.

Ich beschloss, mich an eine dieser Informationsquellen oder Zufluchtsorte zu wenden, einen Londoner Polizisten.

„Nehmen Sie den Bus nach Bloomsbury, und Sie werden finden, was Sie suchen. Russell Square, Bedford Square, Britisches Museum. Alles in dieser Gegend", lautete die Antwort des kräftigen Mannes, den ich um Rat bat hinsichtlich eines günstigen, ruhigen und anständigen Hotels.

Ich befolgte seine Worte und erhielt ein schmackhaftes Abendessen, ein sauberes und bequemes Bett sowie ein sättigendes Frühstück – und das für eine überraschend geringe Summe – in einem Hotel mit Blick auf das Britische Museum, das offenbar bei Geistlichen besonders beliebt war; es war nahezu vollständig von Männern der Kirche und ihren weiblichen Angehörigen erfüllt, die noch religiöser zu sein schienen als sie selbst.

Die „junge Dame" an der Rezeption dieser keuschen Herberge tat etwas, um das geringe Selbstwertgefühl, das mir mein israelischer Freund gelassen hatte, zu erneuern, bekräftigen, indem sie keinen Kommentar dazu machte, dass ich kein Gepäck hatte, und indem sie mich nicht aufforderte, vor der Beherbergung Geld zu bezahlen. Vielleicht hatte sie ein schärferes Auge oder einfach nur ein weicheres Herz als die Tochter Abrahams, Isaaks und Jakobs, oder vielleicht war sie einfach nur dümmer.

Trotzdem war ich froh, am Morgen wegzukommen und nach dem ersten Schlaf ohne Pyjama und ohne mich mit einem Schwamm zu waschen, einen Friseur aufzusuchen. Ich war auch froh, dass die Trinkgelder, die ich dem Kellner und dem Zimmermädchen mit einer Entschuldigung für ihre Bescheidenheit gegeben hatte, in ihren Augen offenbar völlig ausreichend waren, um meine bekannten Mängel sowohl an Abendgarderobe als auch an Nachtwäsche zu decken.

Es war echt komisch, wie nackt ich mich ohne meine Krawatten fühlte und wie zerzaust, ohne eine Bürste und einen Kamm benutzt zu haben.

Ich fand einen guten Friseur in der Oxford Street, ließ mich rasieren und die Haare waschen und machte mich, wenn auch nicht gerade fröhlich, so doch zumindest in besserer Verfassung und mehr ich selbst, auf den Weg.

§2.

Meine Reise nach Paris verlief ereignislos und unbequem, was mich in meiner Meinung bestärkte, dass Sparsamkeit beim Reisen eine der besten Sparmaßnahmen überhaupt ist.

Ich persönlich würde immer lieber erster Klasse reisen und meine Mahlzeiten auslassen, als dritter Klasse zu reisen und drei gute Mahlzeiten an einem Reisetag zu genießen. Das hat nicht im Geringsten mit armseliger Exklusivität und verachtenswertem Snobismus zu tun. Ich gebe mein Geld lieber für einen bequemen Sitzplatz, ein angenehmes Abteil und Freiheit von Gedränge aus, als für Essen unter beengten Umständen. Wer in seiner Weisheit lieber sein Geld für gutes Essen ausgibt und dafür Unannehmlichkeiten in Kauf nimmt, soll das ruhig tun.

De gustibus non disputandum, wie die Gelehrten sagen, und ebenso: *Chacun à son goût*.

Jedenfalls war die Reise in der dritten Klasse damals überhaupt nicht nach meinem *Geschmack*, obwohl der Tag schnell kam, an dem sie mir als der Gipfel des Luxus erschien.

Von Charing Cross (wo ich meine Pfund in Francs umtauschte und mich viel reicher fühlte) nach Dover verglich ich die schöne Grafschaft Kent mit meiner eigenen Grafschaft Devon, wobei ich Letztere bevorzugte; und in Dover ging ich an Bord des Kanalfährers und atmete tief und dankbar die herrliche Luft ein, nachdem ich aus dem staubigen, stickigen, überfüllten Abteil gekommen war, in dem ich gereist war.

Geistig befand ich mich in einem merkwürdigen Zustand, denn während die eine Hälfte von mir unerträglich nach Isobel verlangte, freute sich die andere Hälfte wild auf das Abenteuer, die Reise, das Neue, das weitläufige Leben, das geheimnisvolle Afrika, die Wüste, die Kämpfe und all das, was das Herz einer romantischen Jugend anspricht.

In Calais versetzte mir der Anblick eines französischen Soldaten, der als Wachposten in der Nähe des Zollhauses stand, einen richtigen Nervenkitzel.

Würde ich in ein oder zwei Tagen selbst diese Uniform tragen? Eine *Képi*, eine weite rote Hose und einen langen Mantel, der hinten an den Beinen geknöpft war? Wie viel attraktiver und romantischer als die vertraute britische Uniform, die eher an den Hyde Park und Kindermädchen erinnerte als an Palmen, Oasen, maurische Städte und Wüstenkriege.

Ist das Unbekannte also immer besser als das Bekannte und das, was wir nicht haben, besser als das, was wir haben?

Am Gare du Nord erlebte ich in verstärkter Form das Gefühl der Einsamkeit und völligen Bedeutungslosigkeit, das mich in Waterloo überkommen hatte, und ich ging hinaus in den hellen Lärm des fröhlichen Paris, wobei ich mich alles andere als hell, laut oder fröhlich fühlte. Ich stand wieder vor dem Problem der Hotels, denn ich hatte nicht die geringste Ahnung, wie man sich in Frankreich als Söldner anbot, und daher musste ich mir als Erstes ein Dach über dem Kopf und ein Bett suchen, das mir zur Seite stand, während ich mich auf die Suche machte.

Meine Kenntnisse über Pariser Hotels beschränkten sich auf das Meurice, das Crillon, das Bristol und das Ambassadors, aber ich wusste, dass diese teuer waren und außerdem Orte, an denen ich Bekannten begegnen könnte. Es war zwar nicht sehr wahrscheinlich, dass ich jemanden treffen würde, der mich gut kannte, aber es bestand eine Chance, und ich wollte mich genau so verhalten, wie es ein schuldiger Flüchtling tun würde.

Wenn man mich aufspüren würde und herausfände, dass ich in London und Paris an Orten gewesen war, an denen ich Freunde treffen konnte, würde es kaum so aussehen, als wäre ich ein echter Juwelendieb, der darauf bedacht ist, seine Spuren zu verwischen, während er aus dem Land flieht.

Andererseits wollte ich nicht ohne Gepäck, als offensichtlicher Ausländer, in ein obskures billiges Hotel stolpern und riskieren, dass ein höflicher, aber neugieriger *Polizist* vorbeikommt, was mir durchaus möglich erschien, wenn ich und meine Erklärungen dem Besitzer seltsam vorkamen.

Da kam mir eine verrückte Idee. Warum nicht einfach zur Polizei gehen und sie um Rat fragen, wie ich solche Probleme vermeiden könnte?

Ich schlenderte die laute, belebte Straße entlang, die am Gare du Nord vorbeiführt, und hielt Ausschau nach einem Gendarmen.

Bald sah ich einen auf einer Verkehrsinsel in der Mitte der Straße stehen, still, undurchschaubar, unbeweglich, schwer mit einem Umhang bedeckt, von großer Verantwortung bedrückt. Ich ging zu ihm hinüber, hob meinen Hut und fragte ihn in meinem besten und höflichsten Französisch (das dank einer französischen Gouvernante in meiner Jugend und der Weisheit und Fürsorge des Kaplans nicht schlecht ist), ob er mir ein gutes, ruhiges Hotel empfehlen könne.

Er bewegte nur seine Augen, aber weder seinen Kopf noch irgendeinen anderen Teil seiner majestätischen Gestalt, und musterte mich von Kopf bis Fuß und wieder zurück.

„Monsieur ist Engländer", sagte er.

Ich bestätigte die Richtigkeit seiner Aussage und fragte mich, woher er wusste, dass ich kein Deutscher, Schweizer, Däne, Schwede, Norweger oder Niederländer war.

„Hôtel Normandie, Rue de l'Échelle", sagte er ohne zu zögern.

„Und wie komme ich dorthin, *Monsieur l'Officier?*", fragte ich.

„ *Fiacre*", war die kurze, knappe Antwort, und das alles sehende Auge des Beamten ließ mich los und suchte sich einen Platz im Verkehr. Plötzlich hob sich eine weißbehandschuhte Hand, und eine offene Kutsche, gefahren von einem Herrn mit vielen Mützen, der nicht wie ein Abstinenzler aussah, näherte sich.

„Normandie, Rue de l'Échelle", sagte mein Gendarm zum *Kutscher* und salutierte militärisch, während ich mich bedankte, meinen Hut zurechtzog und in die Kutsche stieg.

Ich genoss die Fahrt durch das schöne Paris im gemischten Licht der untergehenden Sonne und der unzähligen Lichter der Geschäfte und Straßen; aber mein Herz sank ein wenig, als die Kutsche vor einem vornehm aussehenden Hotel hielt, das an einer belebten Ecke nahe der Rue de Rivoli und der Rue de la Paix stand.

Es sah so teuer aus wie die besten Hotels. Aber das Schicksal hatte mich hierher geführt, und hier würde ich bleiben.

Ich versuchte, so unbekümmert wie ein Reisender ohne Gepäck zu wirken, betrat die Lobby, wurde von einem imposanten Portier begrüßt und ging geradeaus weiter, vorbei an der großen Treppe und dem Speisesaal, bis ich den Schreibtisch und dahinter den mit Palmen geschmückten *Fumoir* sehen konnte.

Am Schreibtisch unterhielt sich ein sehr hübsches Mädchen auf Amerikanisch mit einem Amerikaner.

Das war ein Glücksfall. Auf Englisch konnte ich mich viel überzeugender geben als in meinem pedantischen und vorsichtigen Französisch.

Ich stand in der Nähe und versuchte, wie ein exzentrischer Ausländer zu wirken, der gewöhnlich ohne Stock und Handschuhe unterwegs war, damit er seine Hände in den Taschen lassen konnte, und wartete darauf, dass der Amerikaner ging.

Inzwischen war es gänzlich unmöglich, nicht zu hören, was der scharfgesichtige, breitschultrige Herr mit den knubbeligen Zehen, den schlotternden Hosen und dem riesigen Hut zu der Dame sagte, während sie genüsslich auf einer süßen Erinnerung und Mangles Prächtigem Kautabak – oder einem ähnlich langlebigen Genussmittel – kaute.

Als er endlich seinen Schlüssel nahm und ging, wandte ich mich an das Mädchen.

„Sie sind also in Baltimore aufgewachsen!", sagte ich begeistert. „Stellen Sie sich vor, das ist jetzt Ihre Heimatstadt! Ist das nicht einfach der süßeste Ort? Die hübschesten Mädchen und die leckersten Kuchen in ganz Amerika! ... Ich finde, das fröhliche Paris kann dem kleinen alten New York nichts vormachen!"...

„Meine Güte!", sagte die junge Dame. „Sie kennen Baltimore? Was Sie nicht sagen!" Und sie lächelte mich süß an.

„ *Ich kenne Baltimore!*" , sagte ich und beließ es dabei. „Hier sind wohl viele Amerikaner und Engländer", fuhr ich fort, „da die Hotelbesitzer klug (und glücklich) genug sind, dich im Büro zu haben? Und ich nehme an, du sprichst Französisch so gut wie jeder Pariser?"

„Aber natürlich", lächelte sie. „Fast so gut wie ich gutes altes US-Englisch spreche ... Ja, hier sind viele Landsleute und Briten ... Die meisten unserer Kellner können ihnen auch helfen, wenn sie mit dem Französisch nicht weiterkommen. *Ja, ich nehme einen Highball, Bo*", und sie lachte leise.

„Klingt gut", sagte ich. „Ich möchte hier ein oder zwei Tage bleiben. Bei mir zu Hause ist alles durcheinander." (Das stimmte tatsächlich). „Nur zum Schlafen und Frühstücken. Hast du noch ein Zimmer frei?"

„Klar", sagte meine hübsche Freundin und schaute auf eine Anzeige. „ *Troisième.* Achtzehn Franken. Nein – nur Frühstück – vierzehn. Gehen Sie jetzt hoch?" Und sie nahm einen Schlüssel vom Haken und reichte ihn mir mit einem kurzen „ *Deux cent vingt deux.* Der Hotelpage wird Ihnen zeigen, wo es ist."

„Ich habe nichts dabei", sagte ich und zog mein gesamtes Vermögen aus der Tasche, als wollte ich im Voraus alles bezahlen, was verlangt würde, je mehr desto besser.

„Ach was", sagte meine freundliche Dame, und ich schloss daraus, dass sie mich für vertrauenswürdig hielt.

In das große Buch, das sie mir hinhielt, schrieb ich mich als Smith ein, behielt aber das „John" bei, damit vielleicht etwas Bleibendes und Beständiges in einem wirbelnden und sich auflösenden Universum übrig blieb.

„Ich werde wohl jetzt hochgehen und mein Zimmer beziehen", sagte ich daraufhin, und mit meinem besten Lächeln und einer Verbeugung wandte ich mich dem Aufzug zu, bevor sie den Portier rufen konnte, um einen vermeintlichen Koffer dorthin zu schicken.

Der Liftboy brachte mich zu Nummer 222, wo ich mich sicher hinter der Tür verschloss und tief durchatmete.

„*J'y suis, j'y reste*", sagte ich, um meiner sehr französischen Umgebung Tribut zu zollen ... „und je weniger sie unten von mir sehen, desto weniger werden sie mein fehlendes Gepäck und meine Abendgarderobe bemerken."

Mir kam der Gedanke, dass es das Geld wert sein könnte, einen Pyjama zu kaufen und ihn an Monsieur Smith, Nr. 222 Hôtel Normandie, schicken zu lassen. Wenn ich ihn auf das flache quadratische Kissen legte, das das mit Spitze bedeckte Bett krönte, würde das Zimmermädchen wahrscheinlich keinen Kommentar über den Mangel an Habseligkeiten machen, vor allem, wenn ich den Kleiderschrank abschloss und den Schlüssel einsteckte, als wolle ich einen wertvollen Kulturkoffer verwahren.

Wenn ich auch den Speisesaal mied, wo ich in meinem Lounge-Anzug unter den modischen Abendgästen extrem auffallen würde, könnte ich wohl hoffen, in friedlicher Unbekanntheit zu leben, ohne unerwünschtes Interesse und Aufmerksamkeit zu erregen, trotz meiner unzureichenden Ausstattung.

Ich beschloss, loszuziehen, einen Pyjama zu kaufen, ihn sofort schicken zu lassen und mich dann mit einem Zwei-Franc-Abendessen und einem Glas *Vin ordinaire – wahrscheinlich très ordinaire – in* einem Restaurant zu stärken.

Nach einer unbequemen Wäsche im *Waschbecken* schlenderte ich lässig los, erledigte meine Einkäufe und genoss ein gutes und sättigendes Essen in einem fröhlichen Lokal in einem etwas weniger vornehmen Teil der Rue de Rivoli, etwas abseits vom modischen Zentrum von Paris.

Als ich in mein übermöbliertes, ungemütliches Zimmer zurückkehrte, breitete ich den bunten Pyjama aus, der dort auf mich wartete, und fragte mich, wann wohl das Zimmermädchen kommen würde, um das Bett heranzuziehen. Und dann wurde mir klar, dass ich mir keine Sorgen machen musste, denn ich brauchte nur die Tür zu verriegeln und etwas zu rufen, wenn sie kam, und sie würde gehen, ohne zu bemerken, dass ich keinerlei Gepäck und Habseligkeiten besaß.

Allerdings würde ich sie am Morgen nicht fernhalten können, wenn ich auf die Suche nach einem Frühstück und dem Rekrutierungsamt ging, aber dann würden der Pyjama und der verschlossene Kleiderschrank ihre Rolle spielen.

Während ich noch in meiner jugendlichen Unbedarftheit über diese wichtigen Kleinigkeiten nachdachte, öffnete sich die Tür und eine Frau mittleren Alters mit strengen Gesichtszügen stürmte herein. Man hätte sich kaum jemanden vorstellen können, der weniger wie das französische Zimmermädchen aus Romanen und Theaterstücken aussah: Sie war blond, hatte graue Augen, war unscheinbar und trug ein formloses schwarzes Kleid, eine schlichte Schürze und eine hässliche Haube.

Mit einer knappen Entschuldigung schlug sie eine Ecke der Bettdecke zurück, warf den Pyjama auf den Boden (vermutlich an den einzigen Ort, an dem ein Hotelgast mit Selbstachtung ihn aufheben würde), warf einen Blick auf den unbenutzten Waschtisch und huschte aus dem Zimmer.

Als ich hörte, wie sie die Tür zum nächsten Zimmer aufschloss, noch bevor sie meine geschlossen hatte, wurde mir klar, dass sie viel zu beschäftigt war, um sich um meine Unzulänglichkeiten zu kümmern, und ich hörte auf, mir darüber Gedanken zu machen.

Da ich spürte, dass der Schlaf noch lange nicht kommen würde und ich in diesem ungemütlichen Zimmer noch verrückt werden würde, wenn ich lange sitzen bliebe, ging ich hinunter in den *Fumoir*, suchte mir einen großen Sessel in einer abgelegenen Ecke und beobachtete hinter einer erbärmlichen Ausgabe von *La Vie Parisienne* die Gäste dieses offenbar beliebten Salons.

Hier dachte ich lange an Isobel, meine Brüder und Brandon Abbas und fragte mich gelegentlich, was wohl morgen passieren würde.

Es würde überhaupt nichts passieren, bis ich herausgefunden hatte, wie man sich bei der Fremdenlegion anmeldet, und das herauszufinden, musste meine Aufgabe für morgen sein.

Wäre ich nicht nur romantisch, sondern auch ein Romantiker, wäre jetzt der Moment gekommen, den dramatischen Auftritt des französischen Offiziers anzukündigen, der Jahre zuvor unsere jugendliche Fantasie beflügelt und die Samen gesät hatte, die nun Früchte trugen.

Während ich dort in der Lounge des Pariser Hotels saß, würde er hereinkommen und Kaffee und einen Cognac bestellen. Ich würde auf ihn zugehen und sagen: „*Monsieur le Capitaine* erinnert sich vielleicht nicht an mich?“ Er würde aufstehen, meine Hand nehmen und sagen: „*Mon Dieu! Der* junge Engländer aus Brandon Abbas!“ Ich würde ihm von meinem Wunsch erzählen, Soldat in Frankreich zu werden, in seine Fußstapfen zu treten, im Dienste seines großen Landes Rang und Ruhm zu erlangen, und er würde sagen: „Komm mit mir – und alles wird gut...“

Leider kam er nicht herein, und als ich mich als letzter Gast in der Lounge wiederfand und gähnen musste, kroch ich widerwillig ins Bett. Ich schlief ein und versuchte, mich an seinen Namen zu erinnern.

§3.

Der nächste Tag war Sonntag, und ich verbrachte ihn elend zwischen dem Aufenthaltsraum und meinem Schlafzimmer.

Am Montagmorgen, nach einem Bad ohne Waschlappen und einem unbefriedigenden *Petit Déjeuner*, machte ich mich auf den Weg und begab mich in die Hände eines ausgezeichneten Friseurs. Während ich seine geschickten Handgriffe genoss, kam mir eine geniale Idee. Ich würde diesen gesprächigen Mann ausfragen.

„Du kennst Algerien wohl nicht, oder?“, fragte ich den Mann.

„Aber nein, Monsieur“, antwortete er. „Fährt Monsieur dorthin?“

„Ich hoffe es“, sagte ich. „Eine großartige Kolonie deines großartigen Landes.“

Ah, das war es in der Tat. Monsieur könnte das wohl sagen. Eine wunderbare Errungenschaft und die Modellkolonie der Welt. Und sie wächst, wächst ständig ... Diese ausgezeichnete *pénétration pacifique* nach Süden und in Richtung Marokko...

„Die friedliche Durchdringung erfolgt doch hauptsächlich mit den Bajonetten der Fremdenlegion, oder?“, fragte ich.

Der Franzose lächelte und zuckte mit den Schultern.

„Ein Haufen deutscher Halunken“, sagte er. „Aber sie haben ihren Nutzen...“

„Wie kriegt ihr die?“, fragte ich.

Oh, sie haben sich einfach gemeldet. Sie haben *sich freiwillig verpflichtet*, wie jeder andere auch, beim Hauptrekrutierungsamt der französischen Armee in der Rue St. Dominique. Einfach dort gemeldet und nach Afrika abgeschoben...

„Aber ich dachte, der Dienst sei in diesem Land völlig obligatorisch?“, sagte ich. „Wie kommt es dann, dass es Rekrutierungsämter für eine Wehrpflichtarmee gibt?“

Der gute Mann erklärte mir ausführlich, soweit ich seinem schnellen, idiomatischen Reden folgen konnte, dass jeder Franzose, wenn er wollte, sich freiwillig zum Dienst melden konnte, bevor die Zeit kam, in der er dienen *musste*, ob er wollte oder nicht. Manchmal war es aus geschäftlichen Gründen sehr praktisch, es hinter sich zu bringen, anstatt es später zu tun, wenn man sich etabliert hatte. Daher das Rekrutierungsbüro für die französische Armee. Aber kein Franzose konnte sich freiwillig für die Legion melden, bevor er seinen Pflichtdienst abgeleistet hatte. . . .

Ich ließ ihn reden und behielt die Worte „ *Rue St. Dominique* “ klar im Kopf. Ich hatte, was ich wollte, und je schneller ich dieses Rekrutierungsbüro fand, desto besser, denn meine Geldmittel würden bald zur Neige gehen.

Als ich den Laden verließ, hielt ich eine *Droschke* an, sagte „Rue St. Dominique“ und sprang hinein, wobei ich meine Extravaganz mit meiner absoluten Unkenntnis der Strecke und der Notwendigkeit der Eile entschuldigte.

Wieder genoss ich die Fahrt, aufgeregt und beschwingt und voller Abenteuerlust. Nach einer Weile befanden wir uns in einem Viertel, das wie ein Militärviertel von Paris aussah, und ich sah die *École Militaire* und einige Kavalleriekasernen. Die Straßen waren voller Männer in Uniform, und mein Herz schlug immer schneller, als der Wagen von der Esplanade des Invalides in die Rue St. Dominique einbog.

Als der *Kutscher* mich fragend ansah, dachte ich, es wäre besser, ihn hier an der Ecke zu bezahlen.

Vielleicht könnte, könnte es unpassend sein, mit Stil vor einem Rekrutierungsamt vorzufahren, und außerdem gab es keinen Grund, dem Mann zu sagen, wohin ich wollte....

Die Rue St. Dominique war eine völlig uninspirierende Straße, eng, düster und äußerst schmuddelig.

Ich ging die Straße entlang, schaute mich um und fand bald das Gebäude, das ich suchte.

Über der Tür eines schmutzigen kleinen Hauses hing ein Schild mit blauer Schrift, das darauf hinwies, dass es sich um das Bureau de Recrutement handelte. Unter dem Schild stand knapp und knapp „Engagements Volontaires“.

Nun, hier war also mein Rekrutierungsbüro, und hier würde ich mich „freiwillig verpflichten“, und wenn der Weg zum Ruhm nur ins Grab führte, so passte sein Anfang doch ganz zu seinem Ende, denn eine düsterere, grabähnlichere Behausung als dieses hässliche kleine Regierungsamt hatte ich noch nie gesehen.

Ich überquerte die Straße, stieß ein rostiges Eisentor auf, unbeeindruckt von seinem qualvollen oder warnenden Kreischen, durchquerte den verwahrlosten Friedhofsgarten dieses fröhlichen Ortes, stieß eine Schwingtür zurück und betrat einen langen, dunklen Gang.

Ich konnte keinen Hinweis sehen, der allen, die hier eintraten, empfahl, alle Hoffnung aufzugeben, aber meine gedrückte Stimmung wurde durch den erstickenden Geruch von Karbol, Kohlegas und Feuchtigkeit nicht verbessert.

An der Wand hing ein großes Plakat, das im heiligen Namen der Freiheit, Gleichheit und Brüderlichkeit anbot, jeden Bewerber für die Aufnahme in *die Fremdenlegion* für fünf Jahre aufzunehmen (vorausgesetzt, er war zwischen 18 und 40 Jahre alt) und ihm einen Lohn von einem halben Penny pro Tag zu zahlen.

Mir schien dieser Vorschlag wenig mit Freiheit, noch weniger mit Gleichheit und am wenigsten mit Brüderlichkeit zu tun zu haben.

Andererseits war es ein *freiwilliges Engagement*, und wer das Angebot nicht mochte, konnte es ablehnen. Niemand wurde gezwungen, es anzunehmen, und es gab keine Täuschung – zumindest nicht auf dem Plakat.

Ich las die Anzeige noch einmal durch, halb in der Hoffnung, dass währenddessen jemand kommen und mich fragen würde, was ich hier wollte, dass irgendein Geräusch die schwere, übelriechende Stille von Glory's Wiege durchbrechen würde.

Aber es kam niemand, und „mit gut gespielter Hoffnung drängte ich mich in die Dunkelheit“.

Ich wagte mich weiter und kam zu einer Art Buchungs- oder Ticketschalter, über dem die Worte „ *Engagements Volontaires*“ standen.

Ich schaute hinein und sah in einem strengen Amt oder Dienstzimmer eine strenge Person in Uniform, die an einem Tisch saß und eifrig schrieb. Die zwei goldenen Streifen über seinem Ärmel ließen mich vermuten, dass es sich um einen Unteroffizier handelte, obwohl ich nicht wusste, welchen Rang und welche Stellung er hatte.

Er beachtete mich und alle anderen Insekten nicht.

Wie konnte ich seine Aufmerksamkeit erregen?

Ich hustete leise und entschuldigend. Ich hustete flehentlich. Ich hustete vorwurfsvoll, traurig, vielsagend, autoritär, sanftmütig, gebieterisch, freundlich, hoffnungsvoll, hoffnungslos, verzweifelt und völlig vergeblich. Offensichtlich würde ich mich nicht mit Husten zu Ruhm husten können.

„*Monsieur le Capitaine*", murmelte ich einschmeichelnd.

Der Mann sah auf. Ich mochte ihn lieber, wenn er nach unten sah.

„Monsieur scheint Probleme mit der Kehle zu haben", stellte er fest.

„Und Monsieur hat Probleme mit den Ohren", antwortete ich in meiner jugendlichen Unwissenheit und Dummheit.

„Was macht Monsieur hier?", fragte er scharf.

„Ich möchte der *Fremdenlegion* beitreten", sagte ich.

Der Mann lächelte, meiner Meinung nach etwas unangenehm.

„*Eh, bien*", sagte er, „zweifellos wird Monsieur dort auch viel unschuldigen Spaß auf Kosten des dortigen Sergeant-Majors haben", und ich war mir ganz sicher, dass sein Lächeln diesmal unangenehm war.

„Ist Monsieur dann nur ein Oberfeldwebel?", fragte ich unschuldig.

„Ich bin Sergeant-Major", war die Antwort, „und ich sage Monsieur, dass dies der wichtigste Rang in der französischen Armee ist."

„Nein?", sagte ich und lernte, dass diese Information fast der reinen Wahrheit entsprach.

„Warten Sie bitte an dieser Tür", bat der Sergeant-Major und zeigte auf eine Tür mit der Aufschrift „*Commandant de Recrutement*", und ich hatte das Gefühl, er hätte auch gesagt: „Warten Sie, warten Sie nur, mein Freund, bis Sie sich gemeldet haben."

Ich wartete.

Ich glaube, ich wartete eine Stunde.

Gerade als ich überlegte, noch einmal zum Tor oder zum Schalter zu gehen, öffnete sich die Tür und mein Freund oder Feind erschien.

„Treten Sie ein, Monsieur", sagte er freundlich, und ich musste aus irgendeinem Grund oder ohne Grund an ein Gedicht aus meiner glücklichen Kindheit denken, das „Die Spinne und die Fliege" hieß, als ich einen großen, kahlen Dienstzimmer betrat.

Aber ich traf dort keine Spinne, sondern einen höflichen und charmanten Herrn vom feinsten französischen Typ. Ich weiß nichts über seine Geschichte, aber ich bin mir ganz sicher, dass er zu denen gehörte, die „geboren" sind, wie die Franzosen sagen, und dass sein Urgroßvater während der Schreckensherrschaft nicht auf der Guillotine umkam, nicht weil er kein Aristokrat war.

Er war ein weißhaariger, weißbärtiger, gutaussehender Mann, gekleidet in eine eng anliegende schwarze Tunika und eine weite rote Überhose mit einem breiten schwarzen Streifen. Seine Manschetten waren mit goldenen und silbernen Borten verziert, und seine Ärmel trugen die fünf Galons eines Obersts.

„Ein Rekrut für die Legion, *mon Commandant*", sagte der Feldwebel und stand stramm in Habachtstellung.

Der Oberst blickte von dem Schreibtisch auf, an dem er geschrieben hatte, als ich eintrat, meinen Kopf entblößte und mich verbeugte; er stand auf und streckte mir mit einem freundlichen und charmanten Lächeln die Hand entgegen.

So begrüßen britische Oberste doch nicht die Rekruten in ihren Regimentern, dachte ich.

„Und du möchtest dich auch bei unserer Fremdenlegion melden, nicht wahr?", sagte er, als wir uns die Hand gaben. „Hat England etwa begonnen, seine besten jungen Männer zu exportieren? Ich sehe hier das ganze Jahr über nicht viele Engländer, aber du, *mon enfant*, bist schon der dritte in dieser Woche!"

Mein Herz machte einen Sprung vor hoffnungsvoller Freude. . . .

„Bin ich Ihnen ähnlich, Herr Oberst?", fragte ich.

„*Au bout des ongles*", war die Antwort. „Waren sie vielleicht deine Brüder? ...Aber ich werde keine indiskreten Fragen stellen."

Ich fühlte mich glücklicher als seit meinem Kuss mit Isobel.

„Ja, *mon Commandant*“, antwortete ich. „Ich möchte Soldat in Frankreich werden, wenn du mich aufnimmst.“

„Und weißt du, was du da tust, Monsieur?“, fragte der Oberst.

„Ich habe das Plakat draußen gelesen“, sagte ich.

„Da steht nicht alles drin“, lächelte er. „Das Leben ist sehr hart. Ich würde es niemandem empfehlen, es sei denn, er ist ein geborener Soldat und sehnt sich wirklich nach einem Leben voller Disziplin, Abenteuer und echter Entbehrungen.“

Nein, das war definitiv nicht wie bei der Spinne und der Fliege – oder es war eine ganz neue Variante, bei der die Spinne die Fliegen davon abhielt, in ihr Netz zu fliegen.

„Ich möchte beitreten, Herr“, sagte ich. „Ich habe von einem Offizier der Spahis, den ich einmal kannte, etwas über das Leben in der Sahara gehört.“

Der Oberst lächelte wieder.

„Ah, *mon enfant*“, sagte er, „aber du wirst kein Offizier der Spahis werden, verstehst du ... Auch kein Offizier der Legion, außer nach einigen sehr langen und mageren Jahren in den Reihen und als Unteroffizier.“

„Man muss ja von unten anfangen, *mon Commandant*“, antwortete ich.

„Nun gut, dann hör zu“, sagte der Oberst und rezitierte, was er offensichtlich auswendig konnte, weil er es so oft wiederholt hatte.

„Die *freiwillige Verpflichtung* für *die Fremdenlegion* beträgt fünf Jahre in Algier oder einer anderen französischen Kolonie, und der Sold beträgt einen *Sou* pro Tag. Ein *Légionnaire* kann sich nach Ablauf der fünf Jahre wieder verpflichten, und nach Ablauf von zehn Jahren wieder. Nach fünfzehn Jahren hat er Anspruch auf eine Pension, die je nach Rang variiert. Ein Ausländer kann nach fünf Dienstjahren die Einbürgerung als französischer Staatsbürger beantragen. ... Hast du alles verstanden, *mon enfant*?“

„Ja, ich danke dir, *mon Commandant*“, antwortete ich.

”Ich sage nichts darüber, was unter dem Begriff ‘Dienst’ in der Legion zu verstehen ist. Es handelt sich nicht immer um reine Soldatenarbeit.

Ich sage auch nichts darüber, wie viele Männer überleben, um die Pension zu beantragen. . . .”

„Ich denke nicht an die Rente, *mon Commandant*“, antwortete ich, „und auch nicht an den angeblichen ‘Lohn’, sondern vielmehr an das Leben eines Soldaten, an den Kampf, das Abenteuer, die Erfahrungen ...“

„Ah, davon gibt es reichlich“, sagte der Oberst. „Reichlich davon. Es ist eine echte Militärschule und bietet dem guten Soldaten großartige und häufige Chancen auf Auszeichnung, Ruhm, Orden und Beförderung. Einige unserer berühmtesten Generäle waren in der Legion, und mehrere der höchsten und angesehensten Offiziere der Legion haben ihre Karriere in ihren Reihen begonnen. ... Wenn du außerdem nachweisen kannst, dass du Offizier in der Armee deines eigenen Landes warst, kannst du als Unteroffizier auf Probe beginnen und die einfachen Ränge ganz überspringen.“

„Bitte nimm mich als Rekruten auf, *mon Commandant*“, sagte ich.

„Ah, wir werden erst mal sehen, was der Arzt zu Ihnen zu sagen hat – obwohl ich *daran* kaum Zweifel habe“, lächelte der Oberst und zog ein Formular zu sich heran.

„Wie heißt du?“

„John Smith“, sagte ich.

„Alter?“

„Einundzwanzig Jahre“ (um auf Nummer sicher zu gehen).

„Nationalität englisch?“

„Ja, *mon Commandant*.“

„Sehr gut. Wenn du beim Arzt durchkommst, sehen wir uns wieder. *Au revoir, Monsieur*“, und mit einem kurzen Nicken an den Oberfeldwebel nahm der Oberst seine Schreibarbeit wieder auf.

Der Oberfeldwebel öffnete die Tür mit einem immer noch höflichen „Hier entlang, bitte, Monsieur“ und führte mich durch den Flur in einen Raum, in dem bereits ein halbes Dutzend Zivilisten saßen, die ich zu Recht für Mitrekrutierte der Fremdenlegion hielt.

Ich hatte einen flüchtigen Eindruck von heruntergekommenen, ärmeren Leuten, von denen zwei struppig, blond, dick und zweifellos Deutsche waren, bevor der Oberfeldwebel eine weitere Tür in diesem Warteraum öffnete und mich in einen kleinen Schrank bat, von dem eine weitere Tür woanders hinführte.

„Zieh bitte *alle* Kleider aus“, sagte der Oberfeldwebel und schloss mich ein.

Das war unangenehm, aber vermutlich unvermeidlich, und ich gehorchte. Bevor ich zu zittern begann, öffnete sich die zweite Tür und ich wurde aufgefordert, mich einer gründlichen Untersuchung durch einen kleinwüchsigen, aber übergewichtigen Herrn zu unterziehen, unter dessen weißem OP-Kittel die weiten roten Hosen der französischen Armee hervorschauten.

Dieser Beamte, vermutlich ein Militärarzt, konnte mich leicht davon überzeugen, dass *seine* Vorfahren nicht auf der Guillotine umgekommen waren (jedenfalls nicht während der Schreckensherrschaft). Wahrscheinlicher war, dass sie um sie herumgetanzt oder sie bedient hatten.

Als er mit meinem erbärmlichen Körper fertig war, befahl er mir, ihn wieder in den Schrank zu legen, ihn anzuziehen und so schnell wie möglich wegzubringen. Das tat ich ohne Widerrede und wurde vom Oberfeldwebel zurück zum Amt, Büro des Obersts, gebracht.

„Nun, *mon enfant*“, lächelte der alte Offizier, „du bist angenommen.“

„Und kann ich sofort eintreten, Herr Oberst?“, fragte ich eifrig.

„Nicht bevor du eine Nacht darüber geschlafen hast“, war die Antwort. „Komm morgen früh wieder hierher, wenn du noch derselben Meinung bist, dann werde ich dich aufnehmen. Aber überleg es dir gut – überleg es dir gut. Und denk daran, dass du, bis du den Formular, den ich dir morgen geben werde, unterschrieben hast, absolut frei bist und keinerlei Verpflichtung eingegangen bist. Überleg es dir gut – überleg es dir gut ...“

Ich bedankte mich herzlich bei ihm und verließ den Raum in der Hoffnung, dass alle französischen Offiziere so freundlich und wahrhaft gentlemanlike seien. Meine Hoffnung wurde nicht erfüllt.

Im Flur sagte der Oberfeldwebel: „Ich hoffe aufrichtig, dass Monsieur zurückkommt“, und als ich ihm dankend versicherte, dass ich das tun würde, kam es mir, zu Recht oder zu Unrecht, so vor, als sei sein Lächeln ein wenig spöttisch.

§4.

Als ich aus der stickigen Dunkelheit herauskam, ging ich mit leichten, fröhlichen Schritten die Rue St. Dominique entlang. Ich hätte tanzen, pfeifen und singen können, denn ich war mir fast sicher, dass Michael und Digby mir auf dieser romantischen Straße nur ein oder zwei Tage voraus waren und ich sie jeden Moment einholen könnte. Wahrscheinlich waren sie beide noch in Frankreich, vielleicht sogar in Paris. Sobald ich wieder bei ihnen wäre, würde ich diese tödliche Einsamkeit nicht mehr spüren und jemanden haben, mit dem ich über Isobel reden könnte.

Reisen enden mit dem Wiedersehen von Liebenden – und ohne diese Trennung von ihr gäbe es nicht die unermessliche Freude unseres Wiedersehens.

Eigentlich sollte ich sehr dankbar und sehr glücklich sein. Ich würde bald wieder mit Michael und Digby zusammen sein und mit ihnen leben; Isobel liebte mich und wartete auf meine Rückkehr; und ich stand an der Schwelle zu einem großen Abenteuer in einem unbekannten fremden Land.

Da ich wusste, dass ich ab morgen früh auf Kosten von *Madame la République* leben würde (auch wenn sie mir sehr sparsam und sparsam erschien), hatte ich genug Geld, um mit einer *Fiaker* zurück in das vornehme Viertel zu fahren und den Rest meines letzten Tages in Freiheit mit Sightseeing und Nichtstun zu verbringen.

Ich würde im Jardin des Tuileries sitzen, den Louvre besuchen, in den Geschäften stöbern, im Bois im Freien essen und mich im Allgemeinen so benehmen, wie es Touristen tun, die ein paar Stunden Zeit und ein paar Francs zu verbringen haben.

Ich setzte meinen Plan in die Tat um, verbrachte den Tag und schlich mich abends in mein Zimmer, zu müde für alles andere als den gesunden, traumlosen Schlaf der Jugend.

Am Morgen bezahlte ich meine Rechnung und verließ das Hôtel Normandie mit einem seltsamen Gefühl der Flucht. Es machte mir überhaupt nichts aus, ein Soldat für einen halben Penny zu werden und mit Menschen aller Art zusammenzuleben, aber ich mochte es nicht, ohne meine Essensutensilien, Wechselkleidung und die kleinen Toilettenartikel in einem erstklassigen Hotel zu sein.

Ich fuhr wieder zur Rue St. Dominique und versuchte unterwegs, mit mir selbst zu reden, als würde ein weiser und erfahrener Mensch mit einem anderen vernünftigen und besonnenen Menschen sprechen. Aber ich fürchte sehr, dass das nicht der Fall ist, wenn ich mit mir selbst rede.

„Du musst nur diesen *Fiaker* anhalten, umkehren und zurückfahren", sagte ich zu mir selbst, „und schon ist nichts passiert. Du bist immer noch ein freier Mann und kannst nach Brandon Abbas zurückkehren, wann immer du willst."

Aber die einzige Antwort war: „Beau ... Digby ... Steh deinen Kumpels bei, durch dick und dünn. Abenteuer: Romantik: Erfolg: Ruhm und Reichtum: und dann England, Heimat und Isobel ..." und viel ähnlicher jugendlicher Unsinn.

Im *Rekrutierungsbüro* wurde ich vom Sergeant Major in einen Warteraum geführt, der bemerkte:

„Ah, Monsieur ist also zurückgekommen! Gut!" und lächelte unattraktiv. Wieder musste ich an ein Gedicht aus meiner frühen Kindheit denken, diesmal von einer Dame aus Riga, die sich einer unorthodoxen Spritztour hingab.

Im Warteraum waren einige der Männer, die ich am Vortag im Vorzimmer des Arztes gesehen hatte.

Unter ihnen waren auch die beiden germanisch aussehenden Männer, und ich dachte, dass sie wahrscheinlich beide eifrig herbeieilen würden, wenn ich plötzlich „ *Kellner!*" oder „ *Garçon!*" rufen würde. Sie sahen sehr harmlos, unbedeutend und unattraktiv aus – und auch furchtbar arm.

Die anderen waren ein bunter Haufen, eine Art Lateiner, die offenbar nichts gemeinsam hatten außer ihrer bitteren Armut. Sie wirkten nicht im Geringsten rüpelhaft oder kriminell, sondern wie ganz normale Arbeiter, verzweifelt arm und so ängstlich und besorgt, wie es hungrige, obdachlose Menschen immer sind.

Es war ziemlich merkwürdig, dass ich mich, während ich mich noch vor wenigen Minuten wegen meiner mangelhaften Kleidung etwas unwohl gefühlt hatte, nun unwohl fühlte, weil ich so offensichtlich ein modisch gekleideter und wohlgenährter Angehöriger einer ganz anderen Klasse war.

Meine gut geschnittenen und ziemlich neuen Kleider schienen die Lumpen und die allgemeine Schäbigkeit dieser armen Kerle, meiner zukünftigen Kameraden, zu verspotten – von denen sich alle sehr wahrscheinlich als viel härtere Soldaten erweisen würden als ich.

Bald darauf kam der Oberfeldwebel zurück und bat mich, ihm zum Amt, zum Büro des Obersts zu folgen.

„Ah, *mon enfant*", sagte der alte Soldat, als ich eintrat und mich verbeugte, „du hast es dir also nicht anders überlegt, was? Nun gut, du musst jetzt tun, was du willst."

„Ich möchte mich melden, *mon Commandant*", antwortete ich.

„Dann lies dieses Formular und unterschreibe es", sagte er mit einem deutlichen Seufzer. „Aber denk daran, dass du, sobald du das getan hast, Soldat Frankreichs bist, vollständig dem Kriegsrecht unterworfen und ohne jegliche Berufungsmöglichkeit. Deine Freunde können dich nicht freikaufen, und dein Konsul kann dir fünf Jahre lang nicht helfen. Nur der Tod kann dich aus der Legion entlassen."

Ich warf einen Blick auf das graue Formular, einen Vertrag, mit dem sich der Unterzeichner verpflichtete, fünf Jahre lang als Soldat der *Fremdenlegion* an der Seite der französischen Republik zu stehen.

Fünf Jahre waren eine lange Zeit – aber Isobel würde am Ende erst dreiundzwanzig sein, und wenn Michael und Digby das getan hatten, konnte ich das auch. Es wäre schön, mit fünfundzwanzig als Oberst zurückzukehren und Isobel in mein Regiment zu holen. Ich unterschrieb mit meinem Namen.

„Ein kleiner Fehler, *mon enfant?*", lächelte der Oberst, als er meine Unterschrift las. „Oder bevorzugst du zweifellos diesen *nom-de-guerre?*"

Ich hatte „J. Geste" geschrieben!

Ich wurde rot und fühlte mich wie ein Idiot. Ich bat darum, meine Meinung ändern zu dürfen und meinen eigenen Namen einzutragen, und der freundliche alte Herr zerriss das Formular und gab mir ein neues, das ich mit „John Smith" unterschrieb.

„Nun, mein Junge, hör mir gut zu", sagte der Oberst. „Du bist jetzt ein ordentlich eingezogener Soldat Frankreichs und musst dich sofort deinem Regiment anschließen. Wenn du das nicht tust, wirst du wie ein Deserteur behandelt. Du musst heute Abend um 21:15 Uhr den Zug nach Marseille vom Gare de Lyon nehmen und dich bei dem Unteroffizier melden, der am Endbahnhof in Marseille auf dich warten wird. Solltest du ihn nicht finden, frag irgendeinen *Gendarmen*, wo du zum Fort St. Jean kommst, und melde dich dort. Vergiss es nicht. Fort St. Jean, das Militärdepot", sagte er, stand auf und reichte ihm die Hand. „Ich wünsche dir viel Glück und schnellen Aufstieg, *mon enfant*", fügte er hinzu. „Kann ich dir noch etwas sagen?"

„Raten Sie Bewerbern immer, es sich noch einmal zu überlegen, Herr Oberstleutnant?", fragte ich.

Er sah mich etwas scharf an.

„Ich bin nicht hier, um Leute davon abzuhalten, sich der Fremdenlegion anzuschließen", sagte er. „Aber manche scheinen mir für dieses Leben besser geeignet zu sein als andere", fügte er mit einem freundlichen Händedruck hinzu. „Auf Wiedersehen und viel Glück."

Ich bedankte mich bei ihm und machte mich auf den Weg zu meinem „Ritt auf dem Tiger" (entlang des Weges der Ehre).

„Komm mit, Rekrut", sagte der Feldwebel, als er die Tür schloss, „und beeil dich."

In seinem Amt, Büro, stellte er eine Bahnfahrkarte nach Marseille aus und ein Formular, das den Inhaber als John Smith, Soldat der Fremdenlegion, auf dem Weg zum Depot in Algerien auswies. Dann öffnete er eine Schublade, holte eine Geldkassette hervor und legte drei Francs auf den Tisch.

„Unterhaltsgeld, Rekrut", sagte er. „Eine Verschwendung öffentlicher Gelder. Drei *Sous* wären genug."

Ich legte noch zwei Francs dazu.

„Lass uns als Freunde gehen, Feldwebel", sagte ich, denn ich hasse es, wenn ich schlechte Stimmung hinter mir lasse, wenn ich es vermeiden kann.

„Rekrut", antwortete er, steckte das Geld ein, „Sie werden schon zurechtkommen ... *Wenn* Sie alle Feldwebel respektieren und ihnen gefallen. Auf Wiedersehen."

Und wieder befand ich mich in der Rue St. Dominique, aber nicht mehr als freier Mann. Ich hatte mir mit meiner eigenen Hand eine unzerbrechliche Kette um den Knöchel gelegt, deren anderes Ende irgendwo in der Wüste Sahara lag.

Da ich alle Brücken hinter mir abgebrochen hatte, war ich sehr darauf bedacht, weiterzukommen, und beschloss, mit dem nächsten Zug zu fahren, anstatt bis zum Abend zu warten. Hätte ich gewusst, dass ich achtzehn Stunden auf einem unbequemen Holzsitz sitzen würde, hätte ich mich vielleicht weniger beeilt. Die Reise dauerte tatsächlich achtzehn Stunden, und jede Stunde war noch ermüdender als die vorherige. Ich glaube, der Zug muss jede Stadt und jedes Dorf in Frankreich angefahren haben, und die gesamte Bevölkerung muss die ganze Nacht lang lautstark in mein altes, unbequemes und schmutziges Abteil geströmt sein. Als ich in Marseille ankam, fühlte ich mich alt, unbequem und schmutzig – und im Gegensatz zum Abteil auch sehr leer.

Es war eine elende Reise, die durch die Aufmerksamkeit des Schaffners nicht angenehmer wurde, der, nachdem er in meinem Bahnpass gesehen hatte, dass ich zur Legion ging, sich ein wenig wie ein schlauer Entführer und geschickter Kerkermeister benahm.

Er gehörte zu einer Art Franzosen, die ich nicht mag (es gibt mehrere davon), und obwohl er sich tatsächlicher Vorwürfe und Beschimpfungen enthielt, machte er mir klar, dass ich ihm nicht entkommen konnte, und meinen Mitreisenden, dass sie eine mögliche Gefahr in ihrer Mitte hatten. Er war nicht gerade ein Sträfling, und soweit er *wusste*, auch kein ehemaliger Sträfling, aber dennoch jemand, der sich der Fremdenlegion anschließen wollte.

Bei der Ankunft am Endbahnhof ersparte mir dieser würdige Mann die Mühe, meinen Unteroffizier zu suchen, indem er ihn selbst fand und mich ihm übergab, mit der Miene eines Mannes, der seinem Land und seiner Art viel Gutes getan hat.

„Da!“, sagte er zum Sergeant. „Da ist er! Noch ein kleiner Vogel für deinen Käfig.“ Ich war so niedergeschlagen von Hunger, Schlaflosigkeit und schmerzenden Knochen, dass ich mich so weit von guten Manieren und Gelassenheit entfernte, dass ich sagte:

„Oh, um Gottes willen, sei nicht so ein lustiger kleiner Fettsack“, aber da ich Englisch sprach, dachte er vielleicht, ich würde ihm nur Glückwünsche und Grüße übermitteln.

Der Sergeant gefiel mir irgendwie. Er war ein gepflegter, aufmerksamer Mann, und sein gebräuntes Gesicht, obwohl hart wie Eisen, wirkte weder brutal noch bösartig. Er kam mir ungewöhnlich männlich vor. Er trug die übliche Uniform der französischen Infanterie, aber mit einem breiten blauen Wollschärpe um die Taille, grünen statt roten Schulterklappen und Zouavenhosen.

Er musterte mich mit einem kalten, offiziellen Blick, fragte mich, ob ich Französisch spreche, und verlangte meinen Namen, meine Papiere und meine Nationalität.

„Noch ein Engländer“, sagte er zu meiner großen Freude. „Nun, es hätte schlimmer kommen können.“

„Bist du allein?“, fragte er und als er feststellte, dass ich, soweit ich wusste, allein war, forderte er mich auf, ihm zu folgen.

Sicherlich waren Michael und Digby hier, und ich würde sie in den nächsten Minuten sehen. Ich war plötzlich wieder guter Laune.

Er führte mich aus dem Bahnhof hinaus auf die belebte Straße, wo mich die frische Luft und der Sonnenschein von Marseille empfingen.

Ich ging neben dem schweigsamen Sergeant her und wollte ihn unbedingt nach den „anderen Engländern“ fragen, deren Ankunft er mit seinem Ausruf angedeutet hatte, als er meine Nationalität gehört hatte.

Aber sein Verhalten lud nicht zu höflicher Unterhaltung ein, und ehrlich gesagt hatte ich in diesem Moment ein noch größeres Verlangen – nämlich nach der Stillung meines sehr gesunden Appetits.

Ich wurde diplomatisch.

„Ein Sergeant würde doch wohl nicht eine Flasche Wein mit einem Rekruten teilen, Monsieur?“, fragte ich, als wir an einem einladenden Café vorbeikamen, unter dessen bunten Markisen Marmortische und bequeme Korbstühle zum Ausruhen und Erfrischen kreischten.

„Das würde er nicht, *bleu*“, war die Antwort. „Nicht nur aus einem natürlichen Gefühl der Überlegenheit heraus, sondern auch, weil es gegen die Vorschriften verstößt. Er wird auch nicht mit “Monsieur„ angesprochen. Er hat einen militärischen Rang und wird von denen, die ihn ansprechen, salutiert. ... Einige Sergeants könnten, wenn man sie richtig anspricht, vielleicht eine Erfrischung zu sich nehmen, während ein verdienter *bleu* dasselbe tut ...“

Ich blieb stehen und salutierte, als wäre er ein Offizier. (Das ist in der französischen Armee so üblich, wie ich herausfand.)

„ *Monsieur le Sergent*“, sagte ich, „würden Sie mir die Ehre erweisen, mit mir in diesem Restaurant ein Glas Wein zu trinken, während ich etwas zu essen hole? Ich bin sehr hungrig“, und ich holte eine Fünf-Franc-Münze hervor.

„Seien Sie in einer Viertelstunde hier, *Bleu*", war die Antwort, und der Sergeant nahm die Münze, überquerte die Straße zu einer Weinstube, während ich mich schnell ins Café stürzte und hungrig meine letzte Mahlzeit als Zivilist verschlang – eine in jeder Hinsicht ausgezeichnete Mahlzeit, bis hin zu den knusprigen Brötchen, der frischen Butter und dem Kaffee, der diesen Namen auch verdiente.

Ich stand auf und fühlte mich, wie Digby es nennen würde, „ein besserer und größerer Mensch".

Ich schlenderte unter dem Vordach hinaus, sah meinen Sergeant aber nirgends, setzte mich, stopfte meine Pfeife und zündete sie an und schaute mich um. Gestärkt und erfrischt fühlte ich mich keineswegs unglücklich.

Ich hatte mich noch nicht lange an dem neuen und interessanten Anblick der belebten Straße sattgesehen, als der Sergeant die Straße überquerte und auf mich zukam. Ich stand sofort auf, salutierte smart und schloss mich ihm an.

Er musterte meine Kleidung.

„Hast du noch Geld, *Bleu*?", fragte er.

„Ja, Sergeant", antwortete ich, ein wenig enttäuscht von ihm.

„Denn wenn nicht, muss ich dir die drei Francs zurückgeben", sagte er.

Ich versicherte ihm, dass das völlig unnötig sei, wenn auch ein sehr freundlicher Gedanke, und bedauerte meinen Verdacht.

„Na gut, dann gebe ich dir stattdessen einen guten Rat", sagte der würdige Mann.

Ich dankte ihm aufrichtig.

„Hüte dich vor dem algerischen Wein", begann er. „Der Segen und Fluch der afrikanischen Armee. Ich habe gerade zwei Flaschen davon getrunken. Ausgezeichnet. ... Hüte dich vor den Frauen, dem Segen und Fluch aller Männer. Ich habe drei geheiratet. Schrecklich. ..."

Ich versprach feierlich, mich zu hüten, sehr vorsichtig zu sein und weder zu viel zu trinken noch zu heiraten.

„Zweitens, *bleu*", fuhr er fort, „wenn die Dinge schlecht stehen, mach sie nicht noch schlimmer, denn sie sind schon schlimm genug."

Auch das schien mir ein guter Rat, und ich sagte es ihm.

„Und drittens: Widersetze dich den Verordnungen des Himmels, wenn du willst, aber nicht denen deines Vorgesetzten. Natürlich würde niemand auf die Idee kommen, sich dem Willen eines Sergeanten zu widersetzen."

Ich stimmte zu, dass kein vernünftiger Mensch das tun würde.

„Natürlich! ... Aber gerade wenn du verrückt bist, musst du vorsichtig sein", warnte mich mein Mentor.

„Verrückt?", fragte ich.

„Ja, *bleu*", war die Antwort. „Alle guten *Légionnaires* werden manchmal verrückt. Dann neigen sie dazu, eine *der* drei schrecklichen Dinge zu tun. Sich umbringen, ihre Kameraden umbringen oder sich einem Sergeant widersetzen."

„Warum sollten sie verrückt werden?", fragte ich etwas beunruhigt.

„Das sollten sie nicht, aber sie tun es", sagte mein Mentor. „Wir nennen das *le cafard*. Die Kakerlake. Sie krabbelt im Gehirn herum, und je größer die Hitze, die Monotonie, die Entbehrungen, die Überarbeitung, die Marschmärsche und der Alkohol sind, desto schneller krabbelt die Kakerlake und desto mehr juckt es. ... Dann sagt der Mann: *'J'ai le cafard'* und läuft Amok oder begeht Selbstmord oder desertiert oder widersetzt sich einem Sergeant ... Schrecklich ... Und weißt du, was das Ei dieses Käfers ist? Nein? Es ist Absinth. Absinth ist der Onkel und die Tante der Großeltern von *Cafard*. Es ist das abscheulichste Gift. Halt dich davon fern. Ich weiß, wovon ich rede. Ich bin damit aufgewachsen. . . . Schrecklich. . . . Ich habe gerade etwas davon getrunken, nach meinem Wein. . . ."

Ich versprach, den Absinth niemals anzusehen, wenn er grün war, und auch nicht, wenn er eine andere Farbe hatte.

„Dann wirst du keinen echten *Cafard* bekommen“, fuhr der ehrwürdige Mann fort, „und du wirst keinen Kameraden töten oder einen Sergeant herausfordern. Du wirst nur Selbstmord begehen oder desertieren und in der Wüste sterben.“

„Hast du jemals eine dieser schrecklichen Taten begangen, *Monsieur le Sergent?*“, fragte ich.

„Nein, *bleu.* Ich habe nicht einmal Selbstmord begangen“, war die Antwort. „Ich habe mir lediglich den Kopf rasiert, ihn rot, weiß und blau angemalt und wurde so als wahrer Patriot geschätzt.“

Ich begann zu glauben, dass zwei Flaschen Wein und eine unbekannte Menge Absinth die Fantasie des Sergeanten beflügelt hatten, aber später erfuhr ich, dass alles, was er mir erzählt hatte, absolut wahr war. (Als er damit beschäftigt war, eine der gestreiften Wachkabinen der Kaserne oder des Außenpostens, in dem er stationiert war, neu zu streichen, hatte er eine Seite seines rasierten Kopfes rot und die andere blau gestrichen und diese Farben mit einem breiten weißen Streifen voneinander getrennt. Das hatte die Aufmerksamkeit auf ihn gelenkt, und er hatte diese Aufmerksamkeit durch seinen verzweifelten Mut und Einfallsreichtum während der Operationen und der Schlacht von Cinq Palmiers gefestigt.)

„Und was kann man tun, um *dem Cafard* zu entkommen?“, fragte ich.

„Nichts“, war die entmutigende Antwort. „Sich geistig zu beschäftigen ist gut, und eine Beförderung ist besser. Aber in der Wüste findet der Araber zwei Dinge, der Europäer findet drei. Sie sind da, und deshalb sind sie da…“

Ich versuchte, intelligent und neugierig zu schauen.

„Der Araber findet unweigerlich Sonne und Sand – zu viel von beidem. Der Europäer findet unweigerlich Sonne, Sand und Wahnsinn – zu viel von allen dreien“, fuhr er fort. „Dieser Wahnsinn liegt wohl in der Luft oder in den Sonnenstrahlen. Ich weiß es nicht, selbst ich, obwohl ich so viel weiß. Und jetzt hast du mehr gesagt, als sich gehört. Schweig, *Bleu…*“

Und ich schwieg, obwohl ich ihn gerne gefragt hätte, warum er mich „ *bleu*“ nannte. Ich fühlte mich nicht besonders blau und war mir ziemlich sicher, dass ich auch nicht im Geringsten blau aussah. (Später erfuhr ich, dass es sich um einen Ausdruck aus der französischen Armeeslang für einen Rekruten handelt und ungefähr so viel oder wenig bedeutet wie das englische Wort „rookie“ für dieselbe Kategorie von Soldaten.) Da ich nun nicht mehr sprechen durfte, benutzte ich stattdessen meine Augen und genoss das herrliche Panorama der Marseiller Uferpromenade, wo Araber, Neger, Levantiner, Chinesen, Mauren, Annamiten, Inder und die Lascars und Seeleute aller Nationen so zahlreich zu sein schienen wie die Franzosen selbst.

Ich musste an die Geschichte vom Turmbau zu Babel denken, als wir uns durch die Menge und um die Kisten, Ballen, Säcke, Fässer, Lastwagen, Karren, Handwagen und Wagen drängten, über die die gestikulierende Menge schwärmte und brüllte.

Unter den Segelschiffen, Trampern, orientalisch anmutenden Barkassen, Yachten, Briggs, Schonern, Frachtschiffen und Linern, die entlang der Kais vor Anker lagen, hielt ich Ausschau nach der englischen Flagge, die am Heck wehte, und freute mich jedes Mal, wenn mein Blick darauf fiel.

Zuerst dachte ich, alle Schiffe müssten französisch sein, da jeweils die Trikolore am Mast wehte, bis mir klar wurde, dass dies eine Ehrung für Frankreich war, während die Nationalflagge am Heck wehte.

Mein Kopf begann vor Lärm, Hitze, Hektik und Anstrengung der Augen zu schmerzen, als wir unser Ziel erreichten, eine mittelalterliche Festung am Wasser, veraltet und baufällig, mit einem alten Leuchtturm und einer Zugbrücke, die über einen Graben zu einem großen Tor führte.

Man hätte fast erwartet, dass die Wachen Halberdiere in Brustpanzer und Wams, Kniehosen und spitzen Morions waren.

„Da sind wir, und nun – wir sind da“, bemerkte mein Sergeant. „Auf Wiedersehen, *Bleu*, und möge der Teufel dich bewundern.“

„Dir auch, Sergeant, und vielen Dank“, antwortete ich.

Zum Wachsergeant am Tor sagte er nur: „Rekrut. Legion. Armer Teufel!" Dann drehte er sich um und ging, und ich sah ihn nie wieder.

„Folge mir", sagte der Wachsergeant und ging voraus durch gefängnisartige Steinkorridore, die feucht, modrig, hallend und sehr bedrückend waren.

Er blieb vor einer Tür stehen, öffnete sie, deutete mit dem Daumen ins Innere und schloss die Tür hinter mir, als ich eintrat.

Ich befand mich in meiner ersten französischen Baracke.

An den Wänden standen etwa zwanzig Feldbetten und eine Reihe von Bänken, die restliche Einrichtung des Raumes bestand aus einem großen Tisch und einem Ofen. Um den Ofen herum, am Tisch, auf den Feldbetten und auf den Bänken lungerte eine bunte Mischung von Männern in Zivilkleidung herum – die Kleidung reichte von gut geschnittenen Anzügen bis hin zu Cordhosen und Lumpen.

Michael und Digby waren nicht unter diesen Männern, und als ich das bemerkte, überkam mich ein tiefes Gefühl bitterer Enttäuschung.

Alle diese Rekruten schauten mich an, aber obwohl ich ihre Blicke spürte, war mir die giftige, widerliche Atmosphäre des Raumes viel bewusster. Es war schrecklich.

Alle Fenster waren fest verschlossen, und jeder Mann (und der Kohleofen) rauchte, soweit ich das mit einem schnellen Blick in den stinkenden Raum erkennen konnte.

Vermutlich rauchten die Männer Tabak, aber es war kein Tabak, den ich kannte. Es erinnerte mich an Gärtnerfeuer und schwelenden Müll.

Ohne darüber nachzudenken, was ich tat, wandte ich mich ganz natürlich und instinktiv dem nächsten Fenster zu, rang männlich damit und schaffte es, es aufzureißen.

Ich kann nicht mit Sicherheit sagen, dass dies wirklich das erste Mal war, dass in Fort St. Jean ein Fenster geöffnet wurde, aber es könnte gut sein, wenn man die Aufmerksamkeit, um nicht zu sagen Bestürzung, beurteilt, die meine einfache Handlung hervorrief. Was mit mir passiert wäre, wenn ein Unteroffizier oder ein alter Soldat anwesend gewesen wäre, weiß ich nicht.

Am Tisch schien eine Gruppe von drei oder vier Männern, die Karten spielten, Anstoß an meiner Handlung oder meiner Dreistigkeit zu nehmen. Ihre Ausrufe klangen wie eine Mischung aus großer Überraschung und Verärgerung. Einer von ihnen stand auf und drehte sich zu mir um.

„Dir gefällt die Atmosphäre in unserem kleinen Nest vielleicht nicht?", sagte er unfreundlich und mit drohender und einschüchternder Stimme.

„Nein", antwortete ich und musterte ihn aufmerksam von oben bis unten, bevor ich hinzufügte: „Ihnen auch nicht. Was wollen Sie dagegen tun?"

Das war unhöflich von mir. Ich gebe es zu. Ich habe mich auf das Niveau dieses unangenehm aussehenden Individuums begeben. Aber es schien mir das beste Niveau zu sein, um ihm zu begegnen. Ich hielt es für einen guten Plan, so anzufangen, wie ich weitermachen wollte, und ich hatte nicht die geringste Absicht, dieses Weitermachen mit übertriebener christlicher Sanftmut zu verbinden. Ich war der letzte Mensch auf der Welt, der jemanden schikanieren würde, und ich hatte vor, der letzte Mensch zu sein, der sich schikanieren ließ.

Ich wollte mir nicht gleich einen Feind machen, aber noch weniger wollte ich zulassen, dass ein Mitrekrut irgendeine Vorherrschaft über mich erlangte.

„Aha! Ich gefalle dir nicht, was?", sagte der Kerl und kam näher.

„Nicht im Geringsten", sagte ich, musterte ihn abschätzend und starrte ihn dann an, wie wir es früher im Kindergarten gemacht hatten.

Ich konnte den Typen nicht so recht einordnen. Er war sicher kein Arbeiter und auch kein verkleideter Prinz. Ein Angestellter oder Verkäufer, dachte ich, und erfuhr später, dass er ein französischer kleiner Beamter namens Vogué war, der sich „rehabilitierte" – seine Papiere und Bürgerrechte durch fünf Jahre Dienst in der Fremdenlegion zurückerlangte, nachdem er wegen Unterschlagung verurteilt und zu einer milden Strafe verurteilt worden war.

„Willst du das Fenster aufmachen?", fragte er und wechselte das Thema.

„Monsieur ist intelligent", sagte ich.

„Was, wenn ich es geschlossen haben will?", fragte er.

„Komm und mach es zu", sagte ich mit ungebührlicher Grobheit.

„Was, wenn wir alle es geschlossen haben wollen?", weichte er aus.

„Dann ist die Sache erledigt", antwortete ich. „Wenn die Mehrheit sich lieber vergiften will, hat sie das gute Recht dazu."

„Komm zurück und sei still, Schnüffler", rief einer der Kartenspieler, und er kehrte murrend zurück.

Ich setzte mich auf das Bettchen neben dem offenen Fenster und legte meinen Hut auf das schmutzige, mit Stroh gefüllte Kissen. . . . Was nun?

„Ist die Decke höher geworden?", fragte eine leise, gedehnte Stimme hinter mir auf Englisch.

Ich drehte mich um und schaute zur Decke.

„Nein", sagte ich, „das geht so", und musterte den Sprecher.

Er lag ausgestreckt auf dem nächsten Feldbett, ein sehr kleiner, glatt rasierter Mann mit einer markanten Nase und einem markanten Kinn, einem stahlharten Mund und einem Ausdruck großer Entschlossenheit und Entschlossenheit. Seine Augen waren sehr hellgrau, hart und durchdringend, sein Haar strohfarben und struppig, sein Gesicht fahl, mit einem kantigen Kinn und gebräunt. Er sah wie ein harter Fall aus und erwies sich auch als solcher.

„Woher wusstest du, dass ich Engländer bin?", fragte ich, während er mich nachdenklich anstarrte.

„Was denn sonst?", antwortete er bedächtig. „Rosa und weiß ... Die Erde gehört euch ... *'Haw! Wer ist dieser niederträchtige Kerl? Ich kenne ihn nicht, oder?'* ... 'Alter ... *Öffnet alle Fenster, ich bin da!'* ... Briten!"

Ich lachte.

„Bist du Amerikaner?", fragte ich.

„Warum?", fragte er zurück.

„Was sonst?", sagte ich gedehnt. „ *'Klar doch, Fremder.'*... Ist mir egal, wem die Erde gehört ... Große Verachtung für die verweichlichten Engländer ... Teer und Federn ... Stars and Stripes ... *'Ich komme aus Gottes eigenem Land und ich glaube, es ist das Beste, was es gibt.'*... Unsichere Selbstdarstellung ..."

Der Amerikaner lächelte. (Ich habe ihn nie lachen hören.)

„Bo", sagte er und wandte sich der nächsten Pritsche zu, „hier beleidigt ein Brite unser armes Land. ... Er verteilt harte Worte. ... Heftig, nicht wahr?"

Ein riesiger Mann wandte sich langsam von der Decke ab, hob den Kopf, hörte auf zu kauen und sah mich ernst an. Dann fiel er mit einem herzzerreißenden Stöhnen in Ohnmacht.

„Du hast meinen Kumpel umgebracht", sagte der kleine Mann. „Er hat ein schwaches Herz ... Aber du hast einen noch schwächeren Kopf, oder, Bo?", fügte er hinzu und wandte sich an seinen Freund, der sich genug erholt hatte, um geduldig weiter zu kauen, entweder Tabak oder Kaugummi.

Bo lag da und schien etwa zwei Meter lang, einen Meter breit und einen halben Meter tief zu sein.

Sein Gesicht ähnelte stark dem des kleinen Mannes, mit dem gleichen vorstehenden Kinn, der markanten Nase, dem schmalen Mund und dem harten, ledrigen Gesicht. Seine Augen waren jedoch dunkler grau und sein Haar schwarz und seidig.

Er sah auch wie ein harter Fall und ein sehr schlechter Feind aus. Umgekehrt hatte ich aber den Eindruck, dass er ein sehr guter Freund sein könnte. Tatsächlich gefiel mir das Aussehen der beiden, obwohl ich sie mit einer Art amüsierter Verachtung zu erfüllen schien.

„Du leidest wohl unter Selbstdarstellung, Hank", fuhr der kleine Mann fort.

„Heute hab ich mich nicht eingefügt, Kumpel", antwortete der Riese milde. „Überhaupt nicht. Ich fühle mich innerlich unwohl, aber das liegt nicht an dem, was du sagst, Fremder. Nein. Ich könnte mich jetzt sofort komplett einfügen und würde es nicht einmal merken."

„Reiz den Briten nicht mit deiner dummen Widersprüchlichkeit“, bat der andere. „Er mag das nicht, und er mag uns nicht. Du willst doch keinen Ärger. Also halt die Klappe und leid weiter unter deiner Selbstinsertion.“

„Er meint es gut“, fuhr der Sprecher fort und wandte sich mir zu, „aber er hat seit drei oder vier Tagen nichts außer Zigarettenstummel gegessen und ist nicht in Bestform.“

Ich starrte sie an. War es möglich, dass sie wirklich Hunger hatten? Sie sahen jedenfalls mager und ausgezehrt aus, als würden sie hungern.

Ich hatte mich vor ein oder zwei Stunden, nachdem ich eine Mahlzeit ausgelassen hatte, schon ziemlich schlecht gefühlt. Ich musste vorsichtig vorgehen, wenn ich ihnen Essen geben und sie nicht beleidigen wollte.

„Würden Sie mit mir zu Mittag essen?“, fragte ich schüchtern. „Als Waffenbrüder und so...“

Zwei ernste Gesichter drehten sich zu mir und sahen mich an.

„Er nennt dich Gentleman, Hank“, sagte der kleine Mann schließlich. „Er meint es nicht böse. Er redet Englisch mit dir ... Hör zu! ... Hör zu und lerne etwas.“

Ich machte einen neuen Versuch. „Sagt mal“, sagte ich, „ich hab das Gefühl, ich möchte euch beiden Landstreichern einen ordentlichen Haufen Geld geben. Ich denke, ich kann das Geld auftreiben, wenn ihr nicht zu stolz seid, euch mit einem verdammten Briten abzugeben.“ Ein guter Versuch, dachte ich.

„Mensch!“, sagte Hank, und sie standen wie ein Mann auf.

„Leg das hier hin, Junge“, sagte der große Mann und streckte mir die größte Hand entgegen, die ich je gesehen hatte.

Ich nahm sie und versuchte, mich in dem folgenden Griffkampf zu behaupten. Es war eine schmerzhafte Angelegenheit, und als ich schlaff Buddys schwielige Faust ergriff, war ich im Griffwettbewerb im Nachteil. Dennoch konnte ich ihm einen würdigen Händedruck geben, obwohl seine Hand stärker war als meine.

„Wo können wir was kriegen?“, fragte ich, und Buddy meinte, es gäbe bestimmt eine Kantine in der Nähe. Er habe noch nie von einem Fall gehört, in dem ein durstiger Soldat mit Geld nicht jede Ermutigung bekommen habe, sein Geld loszuwerden.

„Ich kann nicht trinken, bevor ich was gegessen habe“, sagte Hank zu mir. „Das wäre nicht richtig. Wenn ich auf leeren Magen trinke, werde ich unvernünftig, wenn mich die Bullen stören. Ich schlage einen Sheriff oder so. Wenn ich nicht hungrig bin, macht mich Schnaps nur noch liebevoller gegenüber der ganzen Menschheit. Ja, ich muss erst was essen.“

„In der Kantine gibt es was zu essen“, meinte Buddy, „sogar in dieser gottverlassenen Gegend.“

In diesem Moment wurde die Tür des Raumes von einem Soldaten aufgestoßen, der ein langes Brett trug, auf dem eine Reihe von Blechschüsseln stand. Ein weiterer Soldat erschien am anderen Ende, und gemeinsam brüllten sie: „ *Suppe!*“

Das war Einladung genug, und Hank streckte beide Arme aus und lag im nächsten Moment auf seinem Bett, eine Schüssel in jeder Hand.

Buddy folgte seinem Beispiel.

Ich sah mich um. Es schien mir, als gäbe es mehr Bowls als Leute im Raum. Ich schnappte mir zwei, bevor die hungrigen Männer aus anderen Teilen des Raumes mit ausgestreckten Händen heranstürmten.

Diese widerliche Zurschaustellung meiner Gier ist nicht zu entschuldigen, kann aber vielleicht damit entschuldigt werden, dass ich es nicht aus eigenem Interesse getan habe. Ich hatte keinen Hunger, und das Essen sah nicht so verlockend aus, dass ich es nur um des Essens willen gegessen hätte. Als ich meine Pritsche erreichte, hatte Hank eine Schüssel leer gegessen und war gerade dabei, die andere zu leeren.

„Mann! Deshalb bin ich zur Legion gegangen“, sagte er mit einem zufriedenen Seufzer. Als er fertig war, bot ich ihm eine meiner beiden Schüsseln an.

„Vergiss es“, sagte er.

„Ich will“, sagte ich.

Er starrte mich an.

„Ich hab keinen Hunger", versicherte ich ihm.

„Ehrlich?", fragte er zweifelnd, streckte aber seine Hand aus.

„Ich habe vor einer Stunde ausgiebig gefrühstückt", sagte ich. „Ich esse nie mittags Suppe. Ich habe das für Sie und Herrn ..."

„Kumpel", sagte der kleine Mann und nahm die andere Schüssel.

Hank schluckte seine dritte Portion.

„Du bist ganz schön weiß, Kumpel", sagte er.

„Blow-in-the-glass", stimmte Buddy zu, und ich hatte das Gefühl, zwei Freunde gefunden zu haben.

Ein großer Deutscher kam herangetorkelt, gestikulierte und ging auf Hank los.

„Du isst drei!", brüllte er in kehligem Englisch. „Ich esse nur eine! Himmel! Du verdammter dreckiger Dieb!"

„Klar doch, Dutchy", sagte Buddy. „Stell dich nicht so! Verprügel ihn. Zwing ihn, es zurückzugeben."

Der Deutsche schüttelte eine bedrohlich aussehende Faust vor Hanks Nase.

„Ich kann es nicht zurückgeben, Dutch", sagte er milde. „Das wäre unhöflich." Und als der wütende Deutsche immer aggressiver wurde, legte er seine riesige, schlaffe Hand auf das fette, wütende Gesicht und stieß ihn weg.

Der Deutsche taumelte zurück, fiel schwer zu Boden und blieb mit unendlich überraschtem Gesichtsausdruck sitzen.

„*Also*, Kumpel", sagte Hank zu mir, „ich könnte mir den Wein ansehen, ohne dass jemandem etwas passiert", und wir machten uns auf die Suche nach der Feldflasche.

Der große, düstere Innenhof von Fort St. Jean war jetzt voller Soldaten aller Regimenter der afrikanischen Armee, dem berühmten 19. Armeekorps, und zum ersten Mal sah ich die Spahis, von denen der französische Offizier uns in Brandon Abbas erzählt hatte.

Ihre Hosen waren so weit, dass man sie als Röcke bezeichnen konnte; tatsächlich hätte ein Bein davon für einen weiten Rock gereicht. Über diesen Kleidungsstücken trugen sie Schärpen, die meterlang und meterbreit zu sein schienen. Darin wickelten sie sich gegenseitig ein, wobei einer das Ende hielt und führte, während der andere sich um ihn herum drehte und dabei die Schärpe fest um sich wickelte.

Bunte Westen, Zuavenjacken, Fez-Mützen und riesige scharlachrote Umhänge vervollständigten ihre malerisch-barbarischen Kostüme.

Neben den Spahis gab es blau-gelbe Tirailleurs, hellblaue Chasseurs d'Afrique und rot-blaue Zuaven, blaue Kolonialinfanterie sowie Artilleristen, Pioniere und Soldaten der Linie in ihren jeweiligen bunten Uniformen.

Es herrschte ein ohrenbetäubender Lärm und ein verwirrendes Durcheinander, als diese Soldaten auf der Suche nach ihren Korporalen, *Fourrier-Sergeanten*, ihrer Ausrüstung, Papieren, Essen und der Kantine umherhasteten. Der Ort war offensichtlich die Clearingstelle und das Militärhotel für alle Soldaten, die aus der Armee Afrikas kamen oder dorthin zurückkehrten.

Wir folgten dem Strom, der durch diesen brodelnden Strudel floss, in Richtung einer vielversprechend aussehenden Gruppe riesiger Weinfässer, die vor einer offenen Tür aufgestellt waren, und fanden uns in der Kantine wieder, wo das Nationalgetränk, guter Rotwein, serviert wurde.

„Hier gibt's keinen Roggenwhiskey für einen Dollar pro Glas, Bo", bemerkte Buddy, als wir uns an eine zinkbedeckte Theke begaben und feststellten, dass alle für drei halbe Pence pro Flasche Rotwein tranken. „Die Getränke gehen auf dich, Kumpel. Schenk ein."

„Mensch! Das nennen sie hier 'Wein'", seufzte Hank. „Da muss man sich wohl an die anderen*Entbehrungen*und Strapazen gewöhnen", und er kippte das Glas, das ich ihm eingeschenkt hatte, in einem Zug leer.

„Das *ist* Schnaps, Bo", antwortete Buddy nachsichtig und trank noch einen.

Das war es auch, und zwar ein sehr guter Schnaps. Ich fand ihn viel besser als den Wein, für den man in Oxford viel Geld bezahlte, und gut genug, um ihn überall seinen Gästen zu servieren.

Ich persönlich bin kein großer Trinker und betrachte Wein eher als etwas, das man probiert und genießt, als ein Getränk, das den Durst stillt.

Außerdem gebe ich offen zu, dass ich das Gefühl, das durch zu viel Alkohol oder durch das Mischen von Getränken entsteht, äußerst unangenehm finde.

Ich würde lieber die Schwindelgefühle erleben, die durch Drehen um die eigene Achse verursacht werden, als die Schwindelgefühle, die durch Alkohol verursacht werden. Schon nach wenigem Alkohol wird mir übel, ich fühle mich albern, deprimiert und unwohl, und ich habe nie verstehen können, welche Anziehungskraft der Rausch zweifellos auf manche Menschen ausübt.

Es ist also keineswegs mein Verdienst, dass ich ein streng nüchterner Mensch bin und ebenso wenig dazu neige, mich mit Wein zu übertreiben wie mit Käse, Pfannkuchen oder trockenem Toast.

„Ziemlich guter Wein“, sagte ich zu den beiden Amerikanern, „aber ich kann nicht sagen, dass ich ihn als Getränk zwischen den Mahlzeiten mag.“

Ich stellte fest, dass meine Begleiter meiner Meinung waren, wenn auch vielleicht aus einem anderen Grund.

„Ja“, stimmte Buddy zu. „Vermutlich sind in diesen ausländischen Kantinen keine berauschenden Schnäpse erlaubt.“

„Nein“, bemerkte Hank. „Wir müssen das schlucken und dankbar sein. Vielleicht können wir ausgehen und etwas trinken, wenn wir müde werden. Schenk noch mal ein, Bo“, und ich besorgte jedem seine dritte Flasche.

„Du trinkst nicht, Kumpel“, sagte Buddy und schaute auf mein halb leeres erstes Glas.

„Ich hab keinen Durst“, antwortete ich.

„Kein Durst?“, fragte Hank. „Ich nehme nicht an, dass es hier Wasser gibt, wenn du Durst hättest“, und da ich das Gefühl hatte, etwas Falsches gesagt zu haben, verdeckte ich meine Verlegenheit, indem ich mich abwandte und die laute, fröhliche Menge beobachtete, die um mich herum trank und plauderte. Es war eine unbekümmerte, hartgesottene, zäh aussehende Menge, und ich freute mich regelrecht darauf, eine Uniform zu tragen und einer von ihnen zu sein.

Während ich so zusah, kam ein Zivilist aus der Tür auf uns zu. Ich hatte ihn schon in der Baracke bemerkt. Obwohl er einen schlecht sitzenden, schäbigen blauen Anzug, eine Samt-Tam-o'-Shanter, kaputte Schuhe und anscheinend sonst nichts trug, sah er wie ein Soldat aus. Nicht, dass er die Haltung eines englischen Gardisten gehabt hätte – weit gefehlt –, aber sein Gesicht war das eines Soldaten, gebräunt, hart, diszipliniert und den anderen um ihn herum ähnlich.

Er kam direkt auf uns zu und sagte freundlich und mit nur einem leichten ausländischen Akzent:

„Rekruten für die Legion?“

„Ja“, antwortete ich.

„Wollt ihr eure Informationen gegen eine Flasche tauschen?“, fragte er höflich mit einem einschmeichelnden Lächeln, das jedoch nicht bis zu seinen Augen reichte.

„Ich würde mich freuen, wenn du mit uns trinken würdest“, antwortete ich und legte eine Zwei-Franc-Münze auf den Tresen.

Er nahm das Geld für sich und nicht als Trinkgeld für den kleinen, dicken Mann hinter der Theke.

„Du bist ein echter Kamerad“, sagte der Neuankömmling, „und wirst ein guter *Legionär* werden. Hier sind ein Dutzend Flaschen“, und er drehte die Münze. „Jetzt frag mich alles, was du wissen willst“, und er bezog die beiden stumpfen Amerikaner in die elegante Verbeugung mit ein, mit der er seine Worte beendete. Er war offensichtlich ein gebildeter und kultivierter Mensch und kein Engländer.

„Klar“, sagte Hank. „Ich will wissen, wann wir unser nächstes Essen kriegen.“

„Und ob wir rausgehen und was trinken können“, fügte Buddy hinzu.

„Um etwa vier Uhr bekommt ihr *Suppe*, Brot und Kaffee, und ihr dürft hier aus keinem Grund weg, bis ihr zum Schiff nach Oran marschiert“, war die prompte Antwort.

Seine Zuhörer pressten die Lippen zusammen und schwiegen.

„Wann wird das sein?“, fragte ich.

„Morgen mit dem Dampfschiff, es sei denn, es fährt am Tag danach ein Truppentransportschiff“, antwortete der Neuankömmling. „Sie verschiffen die Legionäre in – äh – Tropfen? Tröpfchen? Ja, Tröpfchen – mit jedem Boot, das abfährt.“

„Angenommen, ein Freund von mir wäre ein oder zwei Tage vor mir beigetreten“, fragte ich, „wo wäre er jetzt, was meinst du?“

„Er ist jetzt in Fort St. Thérèse in Oran“, war die Antwort. „Und morgen oder übermorgen geht es vielleicht weiter nach Saida oder Sidi-bel-Abbès. Wahrscheinlich nach Sidi, wenn er ein starker Kerl ist.“

„Du bist ja ein wandelndes Lexikon“, bemerkte Buddy und musterte den Mann spekulativ, vielleicht eher kritisch als anerkennend.

„Ich kann dir alles über die Legion erzählen“, antwortete der Mann in seinem ausgezeichneten, gepflegten Englisch, das weder einen Londoner, nordenglischen noch bäuerlichen Akzent hatte, sondern nur einen leichten ausländischen Einschlag. „Ich bin ein alter *Légionnaire*, der nach fünf Jahren Dienst und seiner Entlassung wieder eingetreten ist.“

„Das spricht für die Legion“, sagte ich fröhlich.

„Oder schlecht für die Chancen eines ehemaligen *Légionnaires*, ein Stück Brot zu ergattern“, erwiderte er weniger fröhlich.

„Hast du es schwer gehabt, Junge?“, fragte Hank.

„Ich bin verhungert. Ich bin mir die Füße wund gelaufen. Ich habe im Schlamm geschlafen. Ich habe mich heiser gebettelt – um Arbeit. ... Schließlich musste ich mich zwischen dem Gefängnis und der Legion entscheiden. ... Aus irgendeinem Grund habe ich mich für die Legion entschieden. ... Lieber den Teufel, den man kennt, als den Teufel, den man nicht kennt. ...“

„Der Typ wirkt deprimiert“, meinte Hank.

„Darf ich deinen Wein austrinken?“, fragte der Mann. „Es wäre eine Sünde, ihn zu verschwenden.“

„Bitte sehr“, sagte ich überrascht und erinnerte mich daran, dass ich nicht mehr in Oxford war.

„Du sprichst wunderbar Englisch“, bemerkte ich.

„Ja“, antwortete er, „aber noch besser Italienisch, Hindustani und Französisch. Legionärsfranzösisch, um genau zu sein.“

„Und wie kommt das, alter Hase?“, fragte Buddy.

„Mein Vater war italienischer Konditor in Bombay. Ich ging dort auf eine englische Schule, die von Jesuitenpatres geleitet wurde. Mit meinem Ayah sprach ich Hindustani. Meine Mutter sprach es sogar besser als jede andere Sprache, da sie, wie man so schön sagt, auf dem Land aufgewachsen war. Sie war die Tochter eines englischen Soldaten und einer eurasischen Frau. Mein Französisch habe ich natürlich in der Legion gelernt“, erklärte der Fremde.

Und dann hatte ich Pech, weil ich mich teilweise versprochen habe und teilweise missverstanden wurde. Was ich eigentlich sagen wollte, um die Unterhaltung am Laufen zu halten, war:

„Und wie sind Sie nach Afrika gekommen, so weit weg von zu Hause?“ oder etwas Ähnliches. Was ich tatsächlich sagte, war:

„Warum bist du zur Fremdenlegion gegangen?“, was ziemlich direkt klang.

„Aus dem gleichen Grund wie *du*. Der Gesundheit wegen“, war die scharfe Antwort, begleitet von einem kalten Blick.

Ich hatte etwas getan, was man nicht tut.

„Und findest du es – gesund?“, fragte Buddy.

„Nicht gerade*gesund*, eher*höllisch*“, antwortete der Italiener in knapper und kompromissloser Manier, während er sein Glas (oder vielleicht mein Glas) leerte.

Wir alle drei löcherten ihn mit Fragen und erfuhren viel Nützliches und noch mehr Beunruhigendes. Wir erfuhren auch, dass der Herr unter seinen Freunden als Francesco Boldini bekannt war, obwohl er nicht sagte, unter welchem Namen die Polizei ihn kannte.

Ich kam zu dem Schluss, dass ich ihn nicht besonders mochte, aber dass er angesichts seiner bisherigen Erfahrungen ein äußerst nützlicher Führer, Philosoph und Freund sein würde, dessen Kenntnisse man sich teuer bezahlen lassen konnte.

Ich wünschte, ich könnte ihn meinen Brüdern schicken, die, da war ich mir sicher, zwei oder drei Tage vor mir hierher gekommen waren. Ich weigerte mich, etwas anderes zu glauben oder mich der Tatsache meiner niederschmetternden Enttäuschung und meiner schrecklichen Lage zu stellen, wenn sie das nicht getan hatten. Ich wurde aus meinen Gedanken darüber, was vor mir liegen könnte und was nicht, durch einen gewaltigen Lärm aufgerüttelt, als die anwesenden Artilleristen sich zusammenschlossen und ihr Regimentslied anstimmten:

" *Si vous voulez jouir des plaisirs de la vie,*
Engagezvous ici, et dans l'artillerie.
Quand l'artilleur de Metz change de garnison,
Toutes les femmes de Metz se mettent au balcon.
Artilleur, mon vieux frère,
À*ta santé vidons nos verres;*
Et*répétons ce gai refrain:*
Vivent les Artilleurs; à bas les fantassins . . . "

und vieles mehr.

Als sie fertig waren und sich heiser gejubelt hatten, sprang ein kleiner, schurkisch aussehender Kerl auf ein Fass und sang ein bemerkenswert aufrührerisches und illoyales Liedchen, dessen Refrain offenbar alle kannten:

" *Et quand il faut servir ce bon Dieu de République,*
Où tout le monde est soldat malgré son consentement,
On nous envoi grossir les Bataillons d'Afrique,
À cause que les Joyeux s'aiment pas le gouvernement,
C'est nous les Joyeux,
Les petits Joyeux,
Les petits marlous Joyeux qui n'out pas froid aux yeux. . . . "

Am Ende dieses Liedes des Bataillons verurteilter Straftäter (bekannt als *Bataillon d'Infanterie Légère d'Afrique* oder, umgangssprachlich, als „ *Bat d'Af*") erhoben die Männer der Kolonialinfanterie, bekannt als *Marsouins*, ihre Stimmen zu ihrem Regimentslied. Andere stimmten mit ein, bis ich, glaube ich, alle berühmten Marschlieder der französischen Armee gehört hatte – einschließlich des Liedes der Legion, gesungen von Boldini. Das war alles sehr interessant, aber irgendwann hatte ich genug davon. . . .

Als wir auf Boldinis Rat hin in die Kaserne zurückkehrten, um rechtzeitig zum Abendessen da zu sein, beauftragte ich diesen erfahrenen und wissbegierigen Herrn offiziell als Führer, Kurier und Mentor, mit einem Geschenk von zehn Francs und dem Versprechen, ihm in Zukunft finanzielle Unterstützung zu gewähren, soweit ich dazu in der Lage war und er es verdiente.

„Es tut mir leid, dass ich im Moment nicht mehr geben kann", entschuldigte ich mich unnötigerweise für die geringe Vergütung, und seine Antwort war aufschlussreich.

„Zehn Francs, mein lieber Herr", sagte er, „sind genau zweihundert Tageslöhne eines *Légionnaires*. Sieben Monatsverdienste. Denken Sie daran!"

Und ich dachte darüber nach.

Ich würde definitiv eine beachtliche Beförderung brauchen, bevor ich heiraten und von meinem Gehalt komfortabel leben könnte. . . .

§5.

Das „Abendessen“ an diesem Abend um etwa fünf Uhr bestand aus *einer* ähnlichen „ *Soupe*“, gutem grauen Brot und ungesüßtem Kaffee ohne Milch. Das erste wurde wie zuvor in Blechschüsseln, „ *Gamelles*“ genannt, serviert, das zweite wurde uns aus einem Korb zugeworfen, und der Kaffee wurde aus einem Eimer in Blechbecher geschöpft.

Die *Soupe* war eine Art Eintopf, recht schmackhaft und nahrhaft, jedoch ohne Löffel oder Gabel etwas schwierig zu handhaben. In dieser Hinsicht musste ich feststellen, dass meine Erziehung der meiner Kameraden unterlegen war. Nach dieser Mahlzeit – während der uns der Deutsche mit feindseligem Blick musterte und Vogué, jener Herr, der sich gegen das Öffnen des Fensters ausgesprochen hatte, mich als einen „heiligen *nicodème*“ bezeichnete, was auch immer das heißen mochte – blieb uns nichts anderes übrig, als uns erneut in die Kantine zurückzuziehen.

Hier hatte ich das Privileg, die ganze Truppe aus der Kaserne zu bewirten, und ich fand es interessant, dass sowohl der Deutsche, der, wie sich herausstellte, Glock hieß, als auch der unangenehme Vogué meine Gastfreundschaft gerne annahmen und ihren Groll zusammen mit allem anderen im Wein ertränkten.

Bei einem Preis von etwa einem Penny pro Pint ist es ziemlich einfach, mit Wein großzügig zu sein.

Die Stimmung wurde schnell ausgelassen, und ich stellte bald fest, dass ich einen beträchtlichen Teil der französischen Armee sowie die Rekruten der Legion unterhielt.

Ich genoss den Abend in vollen Zügen und wurde auf den Rücken geschlagen, in die Rippen gestoßen, an der Hand gedrückt, um den Hals umarmt und leider auch von Turco, Zouave, Tirailleur, Artilleur, Marsouin und Spahi auf beide Wangen geküsst, noch bevor das Bataillon der Flaschen von der Kompanie der Männer aufgeräumt worden war.

Ich bemerkte, dass Boldini umso fremder, redseliger und unsympathischer wurde, je mehr er trank.

Wenn er irgendetwas anderes wie ein Gentleman konnte, dann sicherlich nicht, seinen Wein wie einer zu vertragen.

„Sah!“, sagte er mit einem schrillen Lachen und Schluckauf, „auf dem Bauernhof gab es auch viele Schlachten und wenige Männer, und jetzt gibt es auch nur noch viele Männer und wenige Schlachten!“ Und er schlug mir auf den Rücken, um mir zu helfen, den Witz zu verstehen. Je mehr er unter dem Einfluss des Alkohols zusammenbrach, desto mehr neigte ich dazu zu glauben, dass er einen größeren Anteil orientalischer Vorfahren hatte, als er vorgab.

Je später der Abend wurde, desto weniger mochte ich ihn, und am wenigsten mochte ich ihn, als er auf den zinkbedeckten Tresen kletterte und ein absolut widerwärtiges Lied sang, das weder Humor noch irgendetwas anderes als Beleidigungen enthielt. Ich muss allerdings zugeben, dass es beim Publikum sehr gut ankam.

„Was halten Sie *davon*, Sir?“, fragte er, als er fertig war.

Ich antwortete, dass ich lieber nicht darüber nachdenken wolle, und schlug vor, ihn in Zukunft Cloaca Maxima zu nennen.

Währenddessen nutzten Hank und Buddy, diese schweigsamen, beobachtenden, unverbindlichen und streng toleranten Amerikaner, die Gunst der Stunde, tranken mehr als alle anderen, sagten nichts und schienen sich zu fragen, was all die Aufregung sollte und warum die „armen Ausländer“ so laut waren.

„Man könnte meinen, die Trottel hätten getrunken“, bemerkte Buddy schließlich und brach damit eine lange Stille (natürlich nur seine eigene). Darauf antwortete Hank:

”Die müssen so tun, als wäre dieses Weingetränk ein starker Schnaps, und sich benehmen, als hätten sie einen Whiskey-Rausch und wären vom Trockenen runtergekommen. Nur so können sie sich aufmuntern. ... Und sie sind auch noch schlau. Man könnte echt denken, dass einige von ihnen Schnaps getrunken haben....

„Mensch! ... Es ist Zapfenstreich!“, fügte er hinzu, als die „Lichter aus“-Posaune im Hof ertönte und die Kompanie sich auflöste, „und wir müssen mit trockener Kehle ins Bett, weil wir nichts zu trinken haben ...“

Wir taumelten zurück in unsere Baracke und sangen fröhlich.

Als ich wenig später auf meiner Pritsche saß und mich auszog, kam Buddy zu mir und sagte leise:

„Hast du noch etwas Geld, Kumpel?“

„Ja, klar“, antwortete ich. „Du kannst sie dir gerne nehmen ...“

„Von wegen willkommen“, war die Antwort. „Wenn du noch Geld hast, steck es in dein Kopfkissen und binde es fest – oder steck es in deine Weste und leg dich drauf...“

„Das ist doch sicher nicht nötig“, sagte ich. „Das sieht ziemlich unfreundlich und verdächtig aus, weißt du ...“

„Wie du willst, Kumpel, natürlich“, erwiderte Buddy, „dann soll Herr Oompara Tarara Cascara Sagrada es eben kriegen“, und er warf einen vielsagenden Blick auf Boldini, der vollständig angekleidet auf seiner Pritsche lag.

„Ach, Quatsch“, sagte ich, „so schlimm ist er doch nicht ...“

Buddy zuckte mit den Schultern und ging.

„Ich habe böse Gedanken“, bemerkte er dabei.

Ich zog mich fertig aus, legte mich in das schmutzige Bett ohne Laken, steckte mein Geld unter das Kopfkissen und lag dann lange wach und träumte von Isobel, von Brandon Abbas und, mit einem Gefühl völliger Verwirrung, von der elenden „Blue Water“ und ihrem mysteriösen Schicksal.

Erst letzten Mittwoch ... Nur acht Leute – einer davon muss es offensichtlich sein ... Ein elender, vulgärer Dieb ... Und wo waren Michael und Digby jetzt? Waren sie zusammen und nur achtundvierzig Stunden vor mir auf dem Weg zum Ruhm, der laut Boldini mit einer Gewissheit und Regelmäßigkeit, die an Monotonie grenzte, ins Grab führte? ... Ich schlief ein ...

Am Morgen wurde ich vom schrillen Klang von Trompeten geweckt.

Ein Unteroffizier kam ins Zimmer, brüllte:

„ *Levez-vous donc! Levez-vous donc!*“ und ging wieder.

Ich zog mich teilweise an und tastete dann unter meinem Kopfkissen nach meinem Geld.

Es war nicht da.

Ich fühlte mich wütend und krank. . . . Ausgeraubt! . . . Diese verdammten Mistkerle. . . .

„Hier ist es“, sagte Buddy hinter mir. „Ich dachte mir, ich passe besser darauf auf, als ich deine Seufzer hörte ... Tatsächlich, heute Morgen um vier Uhr kam Mister Cascara Sagrada vorbei, um zu sehen, wie es dir geht. ... *‘Na gut, Bo’,* sagte ich, noch ganz verschlafen, *‘ich denk daran’*, sagte ich. ...“

„Nein?“, sagte ich, „nicht wirklich?“

„Aber sicher“, antwortete Buddy, „und Mister Cascara Sagrada sagt: *‘Oh, ich dachte, jemand könnte versuchen, ihn zu bestehlen’*, sagt er. ... *’Das dachte ich auch’*, sage ich, *‘und ich hatte recht’*, sage ich, und die Stinktierchen huschen zurück in ihr Loch.“

„Danke, Buddy“, sagte ich und fühlte mich albern, als ich die Scheine und Münzen nahm.

„Ich habe versucht, dich aufzuklären, Bo“, antwortete er, „und jetzt weißt du Bescheid.“

Seltsamerweise kam mir nicht der Gedanke, an der Wahrheit seiner Worte zu zweifeln.

Nach einem Frühstück aus *Suppe* und Brot wurden wir von einem Sergeant aufgefordert, uns im Hof zu versammeln.

Dort rief er unsere Namen und die einer frisch eingetroffenen Gruppe von Rekruten auf, stellte uns in Viererreihen auf und marschierte mit uns zum *Hafenbecken*, wo ein Dampfer der *Messageries Maritimes*, die *Général Negrier*, auf uns wartete.

Wir wurden in den Vorschiff dieser alten Packetboot getrieben und vom Unteroffizier, der uns beaufsichtigen sollte, aufgefordert, uns bei Seekrankheit frei über die Decks zu bewegen, da diese uns zur Verfügung stünden.

„Wir haben unsere Meere seit tausend Jahren genährt", dachte ich und war dankbar, dass das Meer an diesem herrlichen Tag überhaupt nicht hungrig aussah.

Aber wenn das Meer nicht hungrig war, dann waren wir Soldaten des Unglücks es zweifellos. Wir waren sehr hungrig, und mit jeder Stunde, die verging, wurden wir noch hungriger. Gegen Abend, als wir das Château d'If und den hohen Leuchtturm weit hinter uns gelassen hatten, wurden erste Gerüchte über das Abendessen laut. Wir lungerten mürrisch auf dem Welldeck zwischen dem Vorschiff und dem hohen Brückenaufbau in der Mitte des Schiffes herum und redeten voller Trauer und Wut über Essen.

Ich persönlich dachte mit großem Bedauern an den Speisesaal in Brandon Abbas und an das Abendessen, das dort gerade serviert wurde. Verlockende Gerüche wehten uns aus dem Salon unter der Brücke entgegen, und unsere Ohren nahmen das anregende Klappern von Tellern und Besteck wahr.

„Wann kriegen wir was zu essen?", fragte ich Boldini, als er aus der Luke des Vorschiffs kam.

„Nach den Vorschriften hätten wir um fünf Uhr *Suppe*, Brot und einen halben Liter Wein bekommen sollen", antwortete er. „Wahrscheinlich will uns der Koch etwas vorenthalten, wie es diese Schweine oft tun..."

Ich sah aber, dass in der Kombüse, in der die Matrosen ihr Essen zubereiteten, in der Nähe des Vorschiffs, Bewegung war, also hofften wir das Beste und befürchteten das Schlimmste.

Eine Stunde später, als wir noch hungriger und wütender waren, war Hanks sonst so enorme Geduld fast ganz verschwunden.

„Hey, du, Cascara", sagte er und drängte sich in die Gruppe von Männern, in deren Mitte Boldini ihnen ihre Rechte und die Gründe für das ihnen zugefügte Unrecht darlegte, „du kennst die Regeln dieses Spiels. Warum haben wir noch nichts zu essen?"

„Weil dieser diebische Schweinehund von einem Seekochsohn uns ausnehmen will", antwortete Boldini.

„Ach ja?", sagte Hank milde. „Dann wird er wohl nicht lange genug leben, um es zu genießen. Nicht einen Moment. Er kann sich also verabschieden, denn er wird sich selbst nicht mehr sehen, wenn ich kein Abendessen bekomme. Nein..."

Ich entnahm Boldinis Worten, dass es mir unmöglich sein würde, an den Unteroffizier heranzukommen, wie ich es vorhatte, da er sich in der zweiten Klasse befand und ich den Vorschiffraum nicht verlassen durfte, wenn ich es versuchte.

„Aber ich kann dir ein Brötchen geben", sagte er, „wenn es dir einen Franc wert ist. Ich will doch nicht verhungern", und sein freundliches Lächeln erinnerte mich ein wenig an den bösen Onkel aus meinem Kinderbuch „Die Kinder im Wald".

Es stellte sich heraus, dass er, als er genau das vorausgesehen hatte, vier Brötchen versteckt hatte, als an diesem Morgen in Fort St. Jean das Frühstück serviert wurde. Ich gab ihm drei Francs und Hank und Buddy jeweils ein Brötchen.

„Du hast ein großes Herz, Boldini", sagte ich, als ich das Brot kaufte, und war traurig über das unfreundliche Gelächter, das Buddy auf meine Worte hin von sich gab. Etwa eine Stunde später, als alle Anzeichen von Aktivität in der Küche aufgehört hatten, schien es nur allzu wahr, dass es nichts zu essen für uns geben würde. Die Menge der Rekruten murrte, beschwerte sich und fluchte in einem halben Dutzend Sprachen. Es wurde dunkel, und Hank stand auf.

Eine riesige, fettige Gestalt, eklig fett, schmutzig in Kleidung und Person und mit einem Gesicht, das sein Unglück war, tauchte aus der Küche auf. Er musterte uns mit bitterster Verachtung.

Ich schlug Boldini vor, dass der Schurke uns verkaufen könnte, was er uns hätte geben sollen. Boldini antwortete, dass genau das morgen passieren würde, wenn wir wirklich hungrig wären – vorausgesetzt, wir hätten Geld und wären bereit, seinen Preis zu zahlen.

Hank trat vor.

„Ist das Slushy?", fragte er leise.

„Das ist der Schweinehund", antwortete Boldini.

„Komm und übersetz", bat Hank und marschierte zum Koch, dicht gefolgt von Buddy.

„Wann kriegen wir unser rechtmäßiges Essen, Slush?“, fragte er freundlich.

Der Koch ignorierte ihn völlig und wandte sich in hochmütigem Schweigen ab, doch eine riesige Hand schoss hervor und versenkte sich mit dem Griff einer Schraubzwinge in seinem fetten Hals, eine andere packte sein Handgelenk, und er wurde wie ein Kinderwagen von einem Kind direkt an die Seite des Schiffes gezogen.

„Frag den armen Kerl, ob er schwimmen kann“, forderte Hank und hielt den Kopf des Mannes über die Reling.

Boldini tat es.

Der Kerl trat heftig um sich, gab aber keine Antwort.

„Hoch mit ihm, Bud – *gut so!*“, brüllte Hank, und Buddy tauchte nach den zappelnden Beinen, packte sie und zog sie auf die Reling.

Die Menge der Rekruten jubelte freudig.

Ich dachte, der Mann würde wirklich über Bord gehen, und bat sie, einen so guten Koch nicht zu verschwenden.

„Klar“, sagte Hank. „Er muss uns erst mal was zu essen besorgen“, und sie warfen den Koch unsanft auf das Deck.

Der Mann rappelte sich auf, und Hank packte ihn wieder, rannte mit ihm zur Kombüse und warf ihn durch die Tür.

„ *Cookez-vous, pronto!*“ , sagte er, und der Koch schnappte sich einen schweren eisernen Topf und stürmte wieder hinaus.

Aber leider wollte er ihn nicht als Kochgeschirr, sondern als Waffe benutzen. Er schwang ihn mit aller Kraft – und merkte, dass er ihm aus der Hand gerissen und ihm mit einem lauten Klirren auf den Kopf geschlagen wurde.

„Er ist unverschämt“, sagte Hank. „Er gehorcht meinen Anweisungen nicht“, und er wurde ernst. Er packte den Mann an der Kehle und begann ihn zu würgen.

„Sag ihm, ich habe Hunger, Bo“, sagte er zu Boldini. „Sag ihm, er kann mir aus der Hand essen, wenn ich nicht vor Hunger sterbe. Aber zuerst muss ich aus seinen Töpfen essen.“

Boldini versicherte dem Koch, dass Hank ihn in Stücke reißen würde und die wütende Menge der Rekruten dafür sorgen würde, dass niemand ihn retten würde.

Der Mann hörte auf, sich zu wehren, und Hank schleuderte ihn in die Kombüse.

Eine Art Quartiermeister kam, gefolgt von einem Matrosen, und ich befürchtete Ärger. Vor meinen Augen tauchten Bilder von uns allen in Ketten auf, wie wir in Oran auf ein Kriegsgericht warteten.

„Du hast den Koch angegriffen?“, sagte der Mann in Uniform. „Gut! Töte den dreimal verfluchten, diebischen Essensverderber, und möge *le bon Dieu* dir beistehen.“

Ich schloss daraus, dass er Slushy nicht besonders mochte.

„Seine Hilfe wird nicht benötigt, *Monsieur le Contre-maître*“, sagte der lächelnde Boldini, und mit schrecklichen Flüchen und Grimassen und der schlimmsten Unhöflichkeit, die man sich vorstellen kann, holte der Koch mehrere Brote, einen Eimer mit kaltem Eintopf und etwas Makkaroni hervor.

„Das wollen wir heiß haben“, verkündete Boldini und zeigte auf den Eintopf.

Mit heftigen Flüchen sagte der Koch, dass wir das nicht wollten – und die Menge brüllte.

Als Hank die Antwort verstand, wies er Boldini an, dem Koch mitzuteilen, dass es für ihn schlimm enden würde, wenn er nicht genau das täte, was man ihm sagte. Wenn er gehorsam wäre, würde man ihm vergeben.

Der Eintopf wurde in einer großen Pfanne auf das Herdfeuer gestellt.

„Kann er nicht ein paar Zwiebeln und so etwas anbraten?“, fragte Buddy und drängte sich in die Kombüse.

Als der Koch sah, dass er ein sehr kleiner Mann war, stieß er ihn heftig gegen die Brust, sodass er taumelte.

„Wir reden nach dem Tod, Koch“, sagte Buddy mit bedrohlicher Ruhe. „Im Moment wollen wir dich ganz und gar.“

„Raus hier, kleiner Hund! Raus, du unbeschreiblicher Schmutz“, knurrte der Koch auf Französisch.

Auf Boldinis Anweisung und Hanks Drängen hin holte der Koch eine Reihe Zwiebeln hervor und gab sie in die Suppe.

„Behalte ihn gut im Auge, sonst vergiftet er uns noch“, riet Glock, der Deutsche, der Hank noch gestern einen „dreckigen Dieb“ genannt hatte und ihn nun zu lieben schien wie einen Bruder.

Er beobachtete ihn sehr genau und gab ihm jede nur erdenkliche Ermutigung.

Es dauerte nicht lange, da hockten wir alle auf dem Deck, jeder mit einer gut gefüllten *Gamelle* mit ausgezeichnetem Eintopf und einem Laib Brot, aßen herzhaft und segneten Hank, den Helden des Tages. Vogué versuchte, ihn zu küssen.

Wieder tauchte der dicke Koch auf der Suche nach Entspannung und Ruhe aus der Kombüse auf und wandte sich mit einem Fluch ab.

„Er sollte uns eigentlich jedem einen Liter Wein geben“, sagte Boldini. „Er hat ihn und will ihn verkaufen.“

„Hey, Bo“, rief Hank daraufhin. „Lass uns nicht im Stich! Hast du gesagt, du hättest Wein oder Kaffee für uns aufgehoben?“

Boldini übersetzte.

„Crè bon sang!“ , brüllte der Koch, hob die Hände über den Kopf und schüttelte dann seine große, schmutzige Faust in Richtung Boldini. „Zur Hölle mit euch hungernden Gossenratten! Ihr dreckigen Schweine aus den Slums Europas! Ihr...“

„Klingt gut!“, meinte Buddy.

„Ich glaube, er sagt *‘Nein’*“, meinte Hank. „Ich werde ihm noch mal Zeichen geben“, sagte er, stand auf und ging auf den gestikulierenden Raufbold zu.

Der Koch zog sich mit einer Hand an der Kehle in die Kombüse zurück.

„Pass auf, dass er kein Messer hat“, rief Boldini.

Aber der Koch war eingeschüchtert und kam mit einem Holzeimer zurück, der drei oder vier Liter Wein enthielt. Diesen reichte er Hank mit dem Wunsch, dass er ihn erst würgen und dann sein Inneres zerfressen möge.

Dann bat er Boldini, uns mitzuteilen, dass wir eine feige Bande von Apachen und Wölfen seien, die nur in der Gruppe mutig seien, aber einzeln feige Heulsusen. Er würde jeden von uns bekämpfen und vernichten – außer dem Großen – und wäre froh über diese Gelegenheit.

Boldini tat es.

„Ich bin der Kleinste“, sagte Buddy und beließ es dabei, während er sein Brot und seinen Wein zu Ende aß.

Ich bin von Natur aus und durch meine Erziehung ein gesetzestreuer Mensch (oder war es zumindest damals) und bedauerte all diese Unschicklichkeiten. Aber was für ein widerlicher Schurke muss ein Mann sein, um hungrige, verwirrte Männer (die einen halben Penny pro Tag verdienten und sich der Armee angeschlossen hatten, um diesen zu verdienen!) zu betrügen, ihnen ihre magische Lebensmittelration zu rauben, um sie ihnen für ihre letzten Kupfermünzen zu verkaufen, wenn sie nicht mehr durchhalten konnten.

Laut Boldini war es die Gewohnheit dieses Schurken, jeder Gruppe unwissender, eingeschüchterter Ausländer vorzugaukeln, die Regierung würde sie nicht versorgen und sie müssten alles, was sie wollten, bei ihm kaufen. Wenn sie völlig mittellos waren, bekamen sie 48 Stunden lang überhaupt nichts, und der Koch verkaufte ihren Wein und ihre Rationen an andere Passagiere der dritten Klasse oder an die Matrosen.

Als sie das verstanden hatten, überlegten Hank und Buddy, ob es nicht besser wäre, den Mann „auszuschalten“ – die Vorteile lagen auf der Hand. Sie beschlossen, diese Aufgabe zusammen mit vielen anderen unerledigt zu lassen, da die *Messageries Maritimes* Company sich vielleicht einmischen und das französische Recht dem Lynchrecht vorziehen würde.

„Aber ich werde diesem verdammten Stinktier noch ein paar Worte sagen, wenn wir mit ihm als Koch fertig sind“, meinte Buddy. . . .

Wir lagen auf dem Deck, angelehnt an die Luke, und genossen die herrliche Nacht. Hank und Buddy drehten sich Zigaretten aus meinem Tabak und Blättern aus meinem Taschenbuch, während ich meine gute alte Pfeife rauchte und Boldinis wunderbaren Geschichten über die Legion lauschte....

Der Mond ging auf und tauchte das Meer in silbernes Licht...

Morgen um diese Zeit könnte, könnten ich bei Michael und Digby sein ... Ich nickte ein, schlief ein, wachte kalt und steif auf und zog mich in ein sehr unangenehmes Loch im Vorschiff zurück, wo es Etagenbetten und viel Kummer gab.

Ich schlief etwa zehn Stunden und wachte fit wie ein Turnschuh und zu allem bereit auf – vor allem zum Frühstück.

§6.

Laut Boldini sollte es um elf Uhr serviert werden und aus Eintopf und Brot bestehen. Um halb elf bestellten wir auf seinen Rat Hank zum Sprecher und Sergeant, Boldini zum Dolmetscher, stellten uns vor der Kombüse auf und warteten wie eine Parade-Truppe auf die Ereignisse.

„Essen um elf, heiß und reichlich, Slushy", sagte Hank, als der Koch zur Kombustür kam und sichtlich überrascht war über die ordentliche, disziplinierte Versammlung.

Der Koch knurrte und fluchte.

„Soll ich ihm Zeichen geben?", fragte Hank den Dolmetscher.

Boldini teilte dem Koch mit, dass die Rekruten genau wüssten, was ihnen zustehe, und dass sie sich das auch holen würden. Wenn es Verzögerungen oder Engpässe gäbe oder jemand durch das Essen krank würde, würde der große Mann ihn zu Brei schlagen.

Damit der Koch sich nicht beschweren konnte und es in Oran Ärger gab, würde der große Mann mit ein paar treuen Freunden kommen, um dafür zu sorgen, dass der Koch in der Nacht über Bord verschwand! Oh ja, wir waren eine verzweifelte Bande, alte Soldaten, die sich nicht betrügen ließen, und der große Mann war ehemaliger Schwergewichts-Champion von Amerika. Außerdem könnten wir, wenn wir gut und reichlich versorgt würden, davon absehen, die Diebstähle und Betrügereien des Kochs den zuständigen Stellen zu melden. . . .

Der Koch tat so, als würde er sich köstlich amüsieren, aber ich fand sein Lachen ein wenig gezwungen, während Hanks grimmiges, ledriges Gesicht sich verzog und zu einem zahnigen Lächeln verzog, das keine Liebe erkennen ließ.

„Die Truppe wird um elf Uhr hier aufmarschieren, *pronto*, um die Auszahlung zu erhalten, Slushy", sagte Hank. „Seid pünktlich – und bleibt gesund. Truppe – wegtreten."

„ *Rompez!*" , rief Boldini und gab dem Koch ein Zeichen.

Um elf Uhr war Hanks sergeantmäßiger, knackiger Ruf „Rekruten – *antreten*!" im ganzen Schiff zu hören; Buddy ernannte sich selbst zum Hornisten und pfiff einen unverkennbaren Essensruf, und Boldini brüllte: „ *Rendez-vous, légionnaires!*"

Die Art und Weise, wie der Befehl befolgt wurde, machte mir klar, dass ich wohl der einzige Rekrut war, der kein alter Soldat war. Das war jedoch nicht verwunderlich, da die meisten kontinentalen Armeen aus Wehrpflichtigen bestehen und jeder Mann ein Soldat ist. Hank und Buddy waren sicherlich in der Armee gewesen. Später erfuhr ich, dass sie gemeinsam die Reihen dieses hervorragenden und berühmten Korps, der Texas Rangers, geschmückt hatten.

Ohne ein Wort füllte der Koch die *Gamellen* mit heißem Eintopf, und Hank reichte jedem Mann eine zusammen mit einem Laib Brot. Dann gab er den Befehl zum Abtreten, und wir setzten uns hin und aßen zufrieden und gut gelaunt.

Am Abend wiederholte sich die Szene, und wieder aßen wir, und dann saßen wir da und rauchten und hörten den Munchausen-Geschichten von Boldini zu, der, wie er sagte, „das Leben gesehen" hatte.

Er prahlte und war stolz auf Eskapaden, die ihm wenig Ehre machten. Wenn er die Wahrheit sagte, war er ein mutiger Mann und ein sehr unehrlicher Mensch. Er zeigte sich ganz offen als äußerst gerissen, trickreich, geizig und habgierig. Und doch, trotz all seiner Klugheit und Gier, war er hier und nahm froh wieder einen *Sou* pro Tag an, um nicht zu verhungern.

Buddy mochte ihn nicht.

„Ein Gauner", meinte er. „Krumm wie eine Schlange mit Bauchweh…"

Am dritten Tag sahen wir schon früh die afrikanische Küste.

Nach dem Frühstück – wieder *Suppe* und Brot – bat Buddy Boldini, den Koch zu bitten, mit ihm nach draußen zu kommen.

„Wozu?", fragte der Koch verächtlich.

Buddy wollte, dass man dem Mann sagte, er sei ein Coyote, ein Stinktier, ein Abschaum, ein heruntergekommener, mürrischer Bettler, ein tellerleckender, geiziger Landstreicher, ein verdorbener Schmierfink, ein verdammter Dieb und ein verdammter Schlammschleuderer, der anderen in die Taschen greift.

Boldini sagte nur:

„Der kleine Mann nennt dich einen gemeinen, lügenden Dieb und einen feigen, räudigen Köter. … Er spuckt dich an und will mit dir kämpfen. Er ist ein *sehr* kleiner Mann, *Chef.*"

Das war er auch, und der Koch eilte seinem Untergang entgegen. Ich halte mich für einen Amateurboxer. Buddy war kein Amateur und der Koch war kein Boxer. Ich dachte an eine fette, träge Schlange und eine wütende Manguste, von denen Onkel Hector uns einmal erzählt hatte.

Es war weniger ein Kampf als eine Hinrichtung. Buddy war eine dynamische Wildheit, und der diebische Schurke wurde schwer verletzt.

Als er nicht mehr aufstehen konnte oder wollte, schleppte Hank die Leiche in die Kombüse, nahm ehrfürchtig seinen Hut ab und schloss leise die Tür, als würde er eine Leichenhalle verlassen.

„Er ruht sich aus. Still!", flüsterte er.

Hank und Buddy hatten nie einen offiziellen Rang in der Musterungsliste der Legion inne, aber sie hatten einen hohen Rang in den Herzen der *Legionäre*, die sie kannten. Diese Rekruten-Truppe wäre ihnen sicherlich überallhin gefolgt und hätte ihnen blind gehorcht.

Sandsteinfelsen tauchten auf, öffneten sich zu einem winzigen Hafen, und wir näherten uns einem Pier.

Wir waren in Oran, und der Corporal, der für uns verantwortlich sein sollte, tauchte zum ersten Mal auf dem Vordeck auf, stellte uns auf und übergab die Truppe an einen Sergeant, der zu diesem Zweck an Bord gekommen war.

Der Feldwebel rief unsere Namen auf, vergewisserte sich, dass wir „Viererreihen bilden", „zwei tief stehen" und richtig nach links und rechts abtreten konnten, und marschierte uns dann an Land.

„Ich bin in Afrika!", sagte ich zu mir selbst, als wir durch die breiten, sauberen Straßen der europäisch anmutenden kleinen Stadt marschierten.

Wir marschierten eine Straße mit flachen Häusern entlang und über einen breiten *Platz*, angestarrt von halbnackten Negern, in Burnusse gekleideten Arabern, französischen Soldaten, gewöhnlichen europäischen Zivilisten und flanierenden Damen und Offizieren.

Weiter ging es durch breitere Straßen zu engen Slums und Gassen, bis wir schließlich die Stadt hinter uns hatten und die Wüste vor uns lag.

Eine Stunde oder länger marschierten wir auf einer schönen Straße durch die Wüste, die Sandsteinhügel hinauf bis zur Klippe, bis wir ein altes, hässliches Gebäude sahen, ein weiteres veraltetes Fort St. Jean, das laut Boldini Fort St. Thérèse hieß und unser jetziges Ziel war.

Wir marschierten in den Hof dieser Barackenherberge, und hier wurden unsere Namen wieder aufgerufen, diesmal von einem *Unteroffizier*. Alle waren anwesend und korrekt, die Güter wurden übergeben, und wir wurden angewiesen, uns abzuteilen und unserem Sergeant in eine Barackenzimmer zu folgen.

Als ich hinter ihm hineinging, mit Boldini und dem Deutschen Glock hinter mir, sagte eine bekannte Stimme:

„Der dritte Räuber tritt ein." *Es war Digby.*

Michael und Digby saßen nebeneinander auf einer Bank, die Hände in den Taschen, die Pfeifen im Mund und mit bestürzten Gesichtern!

„Guter Gott!", rief Michael. „Du unbeschreiblicher junger Narr! Gott steh uns bei!..."

Ich stürzte mich auf sie. Während ich Michael die Hand schüttelte, schüttelte Digby meine andere, und während ich Digbys Hand schüttelte, schüttelte Michael meinen Kopf. Dann warfen sie mich auf das gemeinsame „Bett" (etwa sechs Meter lang und zwei Meter breit) und schüttelten meine Füße, bis sie mich schließlich zu Boden zogen. Ich stand auf und ging auf Digby los, und Michael stieß uns beide um. Wir standen auf und gingen beide auf Michael los, bis wir alle drei in einem Haufen lagen.

Dann fühlten wir uns besser und erkannten, dass wir sowohl für unsere Bekannten als auch für die Fremden innerhalb unserer Tore Objekte des Interesses und der Besorgnis waren.

„Mensch!", sagte Buddy. „Schon wieder Streit! Mach sie fertig, Bo."

„Dorg-Kampf", bemerkte Hank. „Beiß ihnen in die Ohren, Junge."

„Verrückte Engländer", zuckte Vogué, der französische Veruntreuer, mit den Schultern. „Sie kämpfen, wenn zivilisierte Menschen sich umarmen."

Boldini war total interessiert.

„Dritter *Räuber*!", sagte er in einem Tonfall, der halb Kommentar, halb Frage an Glock war.

„Beau und Dig", sagte ich, „darf ich euch zwei waschechte, durch und durch weiße Männer aus Gottes eigenem Land vorstellen – Hank und Buddy ... Meine Brüder, Michael und Digby."

Sie lachten und streckten ihre Hände aus.

„Amerikaner vielleicht", meinte Digby.

„Schüttel mal", sagten Hank und Buddy wie aus einem Mund, und die vier schüttelten sich ernsthaft die Hände.

„Herr Francesco Boldini", sagte ich. „Meine Brüder", und weder Michael noch Digby reichten dem Italiener die Hand, bis dieser sie überschwänglich ergriff.

„Ich denke, Wein ist angebracht, meine Herren", sagte er und sah uns der Reihe nach an, „ *wenn wir drei Räuber* sozusagen *wieder aufeinandertreffen*." Michael lud Hank und Buddy ein, sich zu uns zu gesellen, und Boldini ging voran und übernahm die Ehrungen in Fort St. Thérèse.

In dieser Kantine war der Wein genauso gut wie im Fort St. Jean – und sogar billiger als gewöhnliches Fassbier in England.

Wir drei saßen da, tranken wenig und sahen den anderen zu, wie sie ordentlich tranken, wofür Michael unbedingt bezahlen wollte.

Bald gesellten sich einige alte *Légionnaires* zu uns, die anscheinend fest dort stationiert waren, und von ihnen und Boldini hörten wir unzählige grauenvolle Geschichten über die Legion, für deren Wahrheitsgehalt sie mit ernsthaften Beteuerungen und seltsamen Schwüren bürgten. Ich bemerkte, dass die Ernsthaftigkeit und Seltsamkeit der letzteren in umgekehrtem Verhältnis zur Wahrscheinlichkeit der ersteren standen.

„Ich sehe, wir sind nicht im Begriff, *eine Akademie für die Söhne von Gentlemen* zu betreten *, wo religiöse und moralische Erziehung, Charakterbildung und die Entwicklung der Intelligenz vor dem Auswendiglernen für Prüfungen stehen*" , bemerkte Digby zu mir, als wir die Kantine verließen, und zitierte dabei aus dem Lehrplan unserer Vorbereitungsschule.

„Nein", sagte ich, „aber es klingt nach einer ungewöhnlich guten Schule für Söldner" (und wir stellten fest, dass dies tatsächlich der Fall war).

„Hoffentlich ist das kein Beispiel für unser zukünftiges Leben und unsere häusliche Umgebung", meinte Michael, als wir den Kasernenraum betraten.

Es war ein absolut widerlicher Ort, dunkel, schmutzig und deprimierend, dessen einzige Einrichtung das bereits erwähnte große Holzpritschenbett war (das einfach ein riesiges Regal ohne Matratze oder Decke war, auf dem etwa zwanzig Männer nebeneinander liegen konnten), ein Haufen übel aussehender brauner Decken in einer Ecke und ein paar Bänke. Der Ort hätte selbst als Zelle einer Gefängniszelle zur Schande gereicht.

Boldini versicherte uns jedoch, dass es im Depot in Saida oder Sidi-bel-Abbès ganz anders sein würde – und ich nahm an, dass anders besser sein musste, denn schlimmer konnte es nicht sein.

Unser Abendessen bestand aus der mittlerweile vertrauten *Suppe* und Brot, und Boldini erzählte uns, dass die unveränderliche afrikanische Tagesration ein halbes Pfund Fleisch und Gemüse im Wert von drei *Sous*, serviert als Eintopf, eineinhalb Pfund Brot, eine halbe Unze Kaffee und eine halbe Unze Zucker sei. Er sagte, es sei nahrhaft und ausreichend, aber todlangweilig, und was Letzteres anging, war ich bereit, ihm zu glauben. Die Aussicht auf zwei Mahlzeiten am Tag, die immer gleich waren, fand ich nicht gerade aufregend und sagte das auch.

„Man gewöhnt sich daran", sagte Boldini, „genauso wie man sich daran gewöhnt, sich 'ewig' mit Wasser und Seife zu waschen. Wenn du dich damit zufrieden gibst, dich täglich mit Wasser und Seife zu waschen, kannst du dich auch damit zufrieden geben, dich täglich von *Suppe* und Brot zu ernähren. Oder wäschst du dich gelegentlich mit Champagner und einem Stück Kuchen – oder heißem Tee und einem Stück Kohle –, um etwas Abwechslung vom 'ewigen' Wasser und Seife zu haben?…"

„Natürlich", fügte er frech hinzu, „wenn du dich als feiner Herr und aufgeblasener Seemann aufspielen willst…"

„Sei kein Arsch, Boldini", sagte ich mit kaltem Blick. „Oder versuch zumindest, kein Arsch zu sein."

Er musterte mich nachdenklich und fügte sich. Meister Boldini kam mir wie ein Gentleman vor, den man in Schach halten musste. Was auch immer das sein mochte, es würde keine beleidigende Vertraulichkeit sein, die Verachtung hervorruft. Ich war mir nicht ganz sicher, aber ich hatte den Eindruck, dass „schicker Mobster" ein Ausdruck aus der Diebesküche für einen gut gekleideten und „gentlemanhaften" Betrüger, Einbrecher und allgemeinen Kriminellen war, der seine Geschäfte auf vornehme Weise abwickelte.

Nach *der Suppe* gab es nichts weiter zu tun, als in die Kantine zurückzukehren, da wir das Fort nicht verlassen durften. Wir verbrachten den Abend dort, und ich war froh zu sehen, dass Beau und Digby Hank und Buddy genauso mochten wie ich und dass die beiden Amerikaner, soweit man das bei so schweigsamen Menschen beurteilen konnte, diese Zuneigung erwiderten.

Digby übernahm die Rolle des Gastgebers, und alle waren ziemlich glücklich und benahmen sich gut.

Bis auf ein oder zwei Ausnahmen fand ich keinen der Rekruten, weder aus meiner eigenen Gruppe noch aus der, mit der meine Brüder gekommen waren, besonders interessant.

Sie waren einfach eine ziemlich repräsentative Ansammlung sehr armer Männer aus Frankreich, Belgien, Deutschland (hauptsächlich aus dem Elsass und Lothringen), Spanien, Österreich und der Schweiz.

Sie sahen aus wie Arbeiter, Handwerker, Soldaten in Zivil, Zeitungsverkäufer, Ladenjungen, Schreiber und die übliche Sorte Männer aller Altersstufen, wie man sie in den ärmeren Straßen jeder Stadt oder in einem Rowton-Haus antreffen würde.

Sie sahen ganz sicher nicht wie Gauner und Kriminelle aus.

Zwei oder drei von den etwa zwei Dutzend waren gut gekleidet und sprachen gut, und einer von ihnen, da war ich mir sicher, war ein ehemaliger Offizier der französischen oder belgischen Armee.

Auf jeden Fall strahlte er „Soldat" aus, war gut gekleidet, elegant, gepflegt und *soigné*; er war gut ausgebildet und hatte charmante Manieren. Er nannte sich Jean St. André, aber ich vermutete einen dritten Namen mit einem *„de"* davor. Er hatte sich ziemlich an uns drei gehängt, und wir mochten ihn alle.

Mir fiel auf, dass gemeinsame Gewohnheiten, Vorlieben, Bräuche und Ansichten eine stärkere Sympathie verbinden als die Zugehörigkeit zu einer Rasse, und dass Männer derselben sozialen Schicht und unterschiedlicher Nationalität sich viel mehr zueinander hingezogen fühlten als Männer derselben Nationalität und unterschiedlicher Schicht.…

Als die Kantine schloss, schlug Beau vor, dass wir die Nacht so kurz wie möglich machen und nur wenig Zeit in dieser widerlichen Zelle verbringen sollten, wo wir wie Sardinen auf den blanken Brettern der Wachpritsche lagen, zusammen mit einem Dutzend Männern und einer Million Insekten.

Digby stellte fest, dass der sandige Boden des Hofes kaum härter und weitaus sauberer sei; und die Luft, wenn auch kälter, sei unendlich angenehmer als das Miefloch des Schwarzen Lochs von St. Thérèse.

Wir suchten uns eine geeignete Ecke aus, setzten uns in einer Reihe an die Wand, die noch warm von der Sonne war, und machten uns bereit für eine Nacht unter dem wunderschönen afrikanischen Sternenhimmel.

„Na, mein armer, lieber, idiotischer, verrückter Junge – was zum Teufel machst du hier?", begann Michael, sobald wir uns eingerichtet und unsere Pfeifen angezündet hatten.

„Ich fliehe vor der Justiz, Beau", sagte ich. „Was machst du hier?"

„Das Gleiche", antwortete Michael.

„Und du, Dig?", fragte ich.

„Wer, ich?", antwortete Digby. „Nun, um ehrlich zu sein, ich persönlich bin sozusagen das, was man – äh – auf der Flucht vor der Justiz nennen könnte ..."

„ *Drei* Flöhe", bemerkte er nach einer langen Pause.

„Hast du das 'Blue Water' mitgebracht, John?", fragte Digby.

„Nein", sagte ich. „Nein, ich habe sie nicht mitgebracht."

„Unvorsichtig", bemerkte Digby.

„Hast du sie mitgebracht, Beau?", fragte ich.

„Ja", antwortete Michael.

„Vorsichtig", kommentierte Digby.

„Hast du es auch mitgebracht, Dig?", fragte ich.

„Ich reise nie ohne", war die Antwort.

„Ich nehme an, einer von uns dreien hat es", sagte ich müde.

„Zwei von uns", korrigierte Digby.

„Oh ja, es ist hier", sagte Michael. „Was hätten wir sonst hier zu suchen?"

„Bring uns auf den neuesten Stand", fügte er hinzu. „Wie geht es allen?"

Ich erzählte ihnen alles über meine Flucht, wie ich ein Treffen mit Tante Patricia abgelehnt hatte, wie der Schock über das schändliche Verhalten einer Person dem Kaplan zu viel geworden war und wie Augustus, Claudia und Isobel sich verhielten.

„Das *ist* hart für Claudia", sagte Michael, „und auf andere Weise auch für den armen alten Kaplan."

„Und auf eine andere Art auch wieder für Tante Patricia", bemerkte ich.

„Dreißigtausend Pfund", sinnierte Digby. „Was wird der liebe Onkel Hector sagen, wenn sie es ihm erzählt? Er wird durchdrehen und sie beißen."

„Daran will ich gar nicht denken", sagte ich.

„Ein verdammtes Glück für den jungen Gussie, dass Isobel ihn reinwaschen konnte", sinnierte Digby.

„Das macht es für Claudia so schwer – oder hätte es zumindest getan, wenn wir nicht geflohen wären", sagte Michael. „Da Gussie und Isobel aus dem Schneider sind, wäre sie oder einer von uns dran gewesen ..."

In der Stille, die folgte, hörte ich ein Geräusch ganz in unserer Nähe, wo ein Stützpfeiler der Mauer hervorstand. Wahrscheinlich eine Ratte oder ein nachtaktiver Vogel, vielleicht auch ein Hund.

"Nun – es *war* einer von uns", sagte Michael, "und das haben wir bewiesen. Wir haben es allerdings etwas übertrieben.

„Warum konntest du deine unrechtmäßig erworbenen Gewinne nicht in Ruhe zu Hause genießen, John?", fuhr er fort. „Oder mich meine im Ausland genießen lassen? Warum diese Massenauswanderung?"

„Ja“, stimmte Digby zu, „ein absoluter Mob. Die werden sich nicht entscheiden können, ob wir alle zusammen in der Sache stecken oder ob wir uns gegenseitig jagen, um einen Anteil an der Beute zu ergattern.“

„Nein“, sagte Michael. „Das Problem wird sie noch ganz schön beschäftigen.“

„Wann sollen wir ihnen sagen, dass wir bei der Legion sind, Beau?“, fragte ich.

„So weit sind wir noch nicht“, war die Antwort.

„Und wenn wir es sind?“, hakte ich nach.

„Keine Ahnung ... Denk mal drüber nach“, sagte Michael.

„Ich verstehe nicht, warum wir ihnen sagen sollten, dass wir alle zusammen dort sind“, sagte Digby. „Besser wäre es, wenn einer am Nordpol wäre, der andere am Südpol und der dritte am Äquator. Das wäre mysteriöser – und sie wüssten nicht, wen sie zuerst verfolgen sollten.“

„Da ist was dran“, stimmte Michael zu. „Wenn wir alle zusammen sind (da ihr beiden jetzt auch da seid), sind wir offensichtlich alle schuldig – alle drei Diebe. Wenn wir verstreut sind, müssen zwei von uns unschuldig sein. Es besteht zwar ein Verdacht gegen jeden von uns, aber keiner von uns ist konkret belastet. ... Warum überhaupt schreiben? Wir sind doch nur flüchtige Verbrecher. Die schreiben doch nicht nach Hause ...“

„*Meine* Kraft ist wie die Kraft von zehn, weil mein Herz puah ist“, blökte Digby.

„*Meine* Kraft wird so groß sein wie die von elf, wenn du nicht die Klappe hältst“, warnte Michael.

„Ich sehe wirklich keinen Sinn darin, Beau“, wandte ich ein. „Wir beweisen gar nichts, wenn wir uns zerstreuen. Wir könnten immer noch alle Verbrecher sein. Wir hätten genauso gut planen können, den Saphir zu klauen, in verschiedene Richtungen zu fliehen und die Beute später zu teilen. Oder wir könnten sie teilen, ohne uns zu treffen. Einer von uns könnte sie in Amsterdam oder anderswo loswerden, das Geld auf die Bank bringen und jedem der anderen ein Drittel per Überweisung oder Scheck oder so schicken. . . .“

„Hört euch den jungen Verbrecher an!“, sagte Digby. „Hat er denn keinen Verstand?“

„Was ich meine“, erklärte ich, „ist, dass es ein bisschen hart ist gegenüber denen, die zu Hause bleiben, ihnen nicht zu sagen, wo wir sind – ob wir noch leben oder tot sind und so.“

„Denkst du an Gussie?“, fragte Digby.

„Außerdem“, fuhr ich fort, „wie sollen sie uns Bescheid geben, wenn die verdammte Sache doch noch auftaucht? Und wie sollen wir erfahren, wie es ihnen geht?“

„Stimmt“, stimmte Michael zu. „Wir sollten Tante Patricia wissen lassen, dass wir gesund und munter sind, und sie sollte uns informieren können, wenn etwas passiert oder auftaucht. Was wir in der Zwischenzeit *nicht* wollen, ist, den Eindruck zu erwecken, dass einer von uns der Dieb ist. ... Ich denke immer noch, es wäre hilfreich, den Verdacht auf uns zu lenken und das Rätsel zu vertiefen, wenn wir nicht bekannt geben, dass wir alle zusammen sind. . . . Wir wollen nicht, dass irgendein Dummkopf behauptet, wir drei hätten uns darauf geeinigt, die Schuld auf uns zu nehmen und sie zu teilen, und deshalb gemeinsam an denselben Ort abgehauen sind . . . während der Dieb noch in Brandon Abbas ist. . . .“

„Wer *hat* das dreckige Ding geklaut?“, sagte Digby und sprach damit noch einmal die Frage aus, die ich mir selbst schon tausendmal gestellt hatte.

„Ich“, sagte Michael.

„Warum zum Teufel legst du es dann nicht zurück?“, fragte Digby.

„Jetzt ist es zu spät“, antwortete Michael. „Außerdem will ich mich bedeckt halten und es dann in fünf Jahren für dreißigtausend Pfund verkaufen, das Geld in verschiedene sichere Anlagen stecken und die Rente (von fünfzehnhundert bis zweitausend Pfund pro Jahr) lebenslang genießen. ... Leben wie Onkel Hector – Sport, Jagd, Reisen, Großwildjagd, eine Wohnung in der Stadt, Clubs ...“

„Von Onkel Hectors Geld?“, fragte ich.

„Das verdoppelt doch den Spaß, oder?“, entgegnete Michael.

„Komisch“, warf Digby ein. „Genau das habe ich vor – nur dass ich nicht mehr als etwa zwanzigtausend bekomme, und ich werde es in eine Plantage auf einer Südseeinsel und eine Inselhandelsgesellschaft investieren. ... Ich werde mir den besten Schoner der Inseln zulegen und mein eigener Supercargo sein. ... Alle drei Jahre komme ich nach Hause und lebe von meinen zwanzig Prozent Gewinn ein fröhliches Leben. Ich rechne mit etwa viertausend pro Jahr. Ja ... Marquesas, Apia, Honolulu, Tahiti, Papeete, Kanakas, Kopra, Ukulelen, Lava-Lavas, Surfen, Robert Louis Stevenson ...“

„Was machst du in der Zwischenzeit mit der 'Blue Water'?“, fragte ich, um den Humoristen nachzuspielen.

„Ich werde sie immer bei mir tragen“, sagte Digby. „Wenn mir jemand ein Auge ausschlägt, werde ich sie in die leere Augenhöhle stecken ... Blauäugiger Junge ... Gute Idee ...“

„Oder du könntest es dort stecken, wo der Affe die Nüsse versteckt – dir eine Tasche in die Wange wachsen lassen. Das wäre für dich ein Kinderspiel, denke ich“, schlug ich vor.

„Beides sind miese Ideen“, widersprach Michael. „Beuteltiere sind angesagt. Das ist bei Kängurus so üblich. Sie tragen ihre Jungen und ihr Geld und ihre Sachen in einer Art Beutel mit sich herum, weißt du ... vorne ... griffbereit. Ich trage es Tag und Nacht bei mir – eine Waschledertasche in einem Geldgürtel. Ich habe mir das alles vorher überlegt und das Ding in London gekauft. ... Man muss den Mann töten, bevor man ihn ausrauben kann. Die Diamantenhändler in Hatton Garden tragen sie, wenn sie auf Reisen sind. Um ihre kleinen Bäuche unter ihren kleinen Westen ...“

„Deshalb sehen sie alle so dickbäuchig aus“, bestätigte Digby.

„Du hast uns noch nicht gesagt, was *du* vorhast, John“, fuhr er fort. „Willst du dich fünf Jahre lang verstecken und es dann verkaufen? ... Was willst du mit dem Geld machen?“

„Ich werde es mit dir und Beau teilen“, antwortete ich.

„Oh, toller Kerl“, lobte Digby. „Er beschämt uns, Beau, nicht wahr? Lasst uns ihn dafür umbringen und seinen Anteil behalten.“

„Genau“, stimmte Michael zu. „Aber zuerst müssen wir herausfinden, was er damit gemacht hat ...“

Und so alberten wir herum und plauderten, saßen da, drei unglaublich dumme junge Narren in ihrer Dummheit, aber vollkommen sorglos und ließen auf morgen kommen, was morgen kommen könnte. . . .

Gegen Morgen dösten wir ein, und die Morgendämmerung fand uns kalt, steif und schmerzhaft, aber ziemlich glücklich. Wir waren zusammen; das Leben, die Welt und das Abenteuer lagen vor uns.

§7.

Nach *der Morgensuppe* traf eine dritte Gruppe Rekruten ein, und wir erfuhren, dass wir alle noch am selben Tag abtransportiert werden sollten, die Hälfte nach Saida, dem Depot des Zweiten Regiments der Fremdenlegion, und der Rest nach Sidi-bel-Abbès, dem Depot des Ersten Regiments.

Die Frage, die uns sofort beschäftigte, war, ob wir zusammenbleiben könnten.

Wir fanden die Idee mit dem Ersten Regiment besser als die mit dem Zweiten, einfach weil es das Erste war, aber eigentlich war es uns egal, solange wir nur zusammenbleiben konnten. Das wollten wir auf keinen Fall aufgeben.

Ich war echt froh, dass die beiden Amerikaner mit uns kommen wollten.

Sie hatten genauso wenig Lust, sich voneinander zu trennen wie wir drei, aber solange sie zusammenbleiben konnten, wollten sie mit uns mitgehen.

Als wir durch den Hof schlenderten, kam Boldini auf uns zu.

„Wir vier halten zusammen", sprach er. „Ich gehe zur Ersten, und ihr solltet besser auch dorthin kommen. Ich kenne mich dort bestens aus und kann euch in alles einweihen. Ich bringe euch gut bei den Korporalen unter. ... Feldwebel Lejaune ist ein Freund von mir. ..."

„Wir drei gehen auf jeden Fall zusammen", sagte Michael, „und wir möchten, dass die beiden Amerikaner mitkommen, und wir bevorzugen insgesamt das Erste Regiment. Haben wir dabei ein Mitspracherecht?"

„Zehn Francs hätten etwas zu sagen", antwortete Boldini. „Die würden lauter reden als sechs Männer. Leg die zehn Francs hin, und ich kann dafür sorgen, dass wir sechs in die Erste kommen ... Aber warum machst du dir Gedanken um die Amerikaner? Das sind doch ungebildete Leute."

„Wir werden sie kultivieren", scherzte Michael.

Wir holten die zehn Francs hervor, und Boldini machte sich daran, die Angelegenheit zu „regeln", wie er sagte.

Ob wir seinen Bemühungen etwas zu verdanken hatten, habe ich nie erfahren. Vielleicht hat er einen Unteroffizier „aus der Patsche geholfen", vielleicht hat er auch nur unseren Wunsch, gemeinsam zum *Premier Étranger* zu fahren, weitergeleitet. Oder es war wieder einmal Zufall, dass wir uns in der Hälfte der zum Dienst in Sidi-bel-Abbès eingeteilten Soldaten wiederfanden.

Als wir uns zum Marsch zum Bahnhof einreihten, standen ich und St. André hinter Michael und Digby, während Boldini und ein englischsprachiger Schweizer namens Maris hinter Hank und Buddy standen, die neben Michael und Digby standen. Als wir also „Viererreihen" bildeten, bildeten meine Brüder, ich und St. André eine „Viererreihe" und Hank, Buddy, Boldini und Maris die „Viererreihe" hinter uns.

Dieser Maris schien ein ausgezeichneter Mensch zu sein. Er war Reisekammerdiener und Kurier gewesen und verfügte über all die Erfahrung, das Auftreten, die Sprachkenntnisse und die allgemeinen Fähigkeiten, die man von jemandem erwarten konnte, der seinen Lebensunterhalt in diesem Zusammenhang verdiente. Er schloss sich uns an, weil er die Engländer mochte und, wie er naiv bemerkte, „Gentlemen liebte". Er war ein lächelnder, angenehmer Zeitgenosse mit angenehmen Manieren und attraktivem Äußeren.

Am Bahnhof von Oran stiegen wir in das wohl ärmlichste und langsamste Transportmittel, das jemals von Dampf angetrieben wurde. Dieses Exemplar des rollenden Materials der Westalgerischen Eisenbahngesellschaft fuhr mit einer Durchschnittsgeschwindigkeit von zehn Meilen pro Stunde von Oran nach Sidi-bel-Abbès, und trotz der Neuheit der Landschaft und der Bevölkerung der Bahnhöfe entlang der Strecke wurden wir sehr müde.

Unsere beiden „Vierer" und ein paar Deutsche füllten ein Abteil, und wir verbrachten die Zeit damit, Boldini über das Leben in der Legion auszufragen und seinen unzähligen Geschichten zu lauschen.

Es kam mir irgendwie traumhaft vor, in einem winzigen, kahlen Zugabteil der dritten Klasse zu sitzen, schläfrig durch Afrika zu rollen, in Gesellschaft meiner Brüder, zweier Amerikaner, eines ehemaligen Offiziers einer kontinentalen Armee, eines anglo-indischen Italieners, eines Schweizer Kuriers und zweier deutscher Arbeiter, und Geschichten aus einem Leben zu hören, das so weit von dem in Europa entfernt war wie die Geschichten aus Tausendundeiner Nacht.

Als ich die langsam vorbeiziehende Landschaft betrachtete, war ich überrascht, wie anders sie war, als man es in Afrika erwarten könnte. Es war weder Wüste noch Dschungel, sondern ein kultiviertes Land mit Feldern, Bauernhöfen, Obstgärten und Gärten. Erst als wir uns unserem Ziel näherten, tauchten Sandhügel und Wüste auf und es herrschte eine Atmosphäre der Wildheit und Grausamkeit.

An jedem Bahnhof brachten uns schwarze und arabische Jungen und Männer Obst an unser Fenster, und man konnte sehr gute Trauben, Orangen, Melonen und Feigen extrem günstig kaufen.

„Das ist gut", meinte Digby, der Obst immer sehr mochte, „wenn man in Sidi-bel-Abbès Obst zu diesem Preis bekommen kann."

„Ja", sagte Boldini trocken, „wenn du dein ganzes Einkommen für Obst ausgibst, kannst du jeden Tag deines Lebens ein bisschen davon kaufen."

Ein halber Penny pro Tag für Obst klingt nicht viel, aber sein gesamtes Einkommen dafür auszugeben, erscheint übertrieben.

„Keine Einkommenssteuer?", fragte Digby, und wir waren erleichtert, wenn auch überrascht, als wir hörten, dass es keine gab.

Am Abend erreichten wir den Bahnhof von Sidi-bel-Abbès, wo wir von einem Feldwebel und Unteroffizieren empfangen wurden, in Reih und Glied aufgestellt und in Viererreihen eine breite Straße entlang marschierten. Am Bahnhofsausgang fiel mir eine Gruppe Unteroffiziere auf, die alle Passanten scharf musterten.

Während wir so marschierten, hatte ich einen etwas spanischen Eindruck von der Stadt, wahrscheinlich weil ich das Klimpern einer Gitarre hörte und einige Frauen mit hohen Kämmen und Mantillas sah, die zwischen den unscheinbaren Europäern, die zwischen den gelben Häusern flanierten, umherliefen. Als wir durch ein großes Tor in den riesigen Stadtmauern in die Stadt kamen, befanden wir uns in einer seltsam gemischten orientalisch-europäischen Atmosphäre, in der stattliche Araber, elegante französische Damen, Omnibusse, Kamele, halbnackte Neger, schneidige Offiziere, Massen von armen, jüdisch aussehenden Arbeitern, Hunderte von Soldaten, Neger, Grisettes, schwarze Zeitungsjungen, die die *Écho d'Oran* verkauften, europäische Mädchen mit Zöpfen, Spanier, Franzosen, algerische Juden, Levantiner, Männer und Frauen wie aus der Bibel und andere wie von den Boulevards, arabische Polizisten, Spahis, Turcos, Zuaven und Chasseurs d'Afrique.

Nicht weniger gemischt war die Architektur, und der Blick wanderte von weiß glänzenden Moscheen mit prächtigen Minaretten zu bunten Cafés mit grellen Lichtern, von auffälligen Geschäften zu orientalischen Häusern mit Fensterläden, von geschnitzten Balkonen und bunten Kacheln zu städtischen Uhrentürmen und emaillierten Werbeplakaten, von maurischen Kuppeln und Bögen zu französischen Zeitungskiosken und Laternenpfählen, von orientalischen Basaren zu westlichen Hotels und Clubs sowie Ämtern und Sekretariaten.

Und fast überall gab es schöne Palmenalleen und Olivenhaine, die die Bemühungen der maurischen Moscheen und der arabischen Architektur im ungleichen Kampf zwischen künstlerischer orientalischer Romantik und vulgärem westlichem Utilitarismus gekonnt unterstützten. Der Hybridismus drückte sich auch in anderen Sinnen aus, denn das Ohr hörte nun den „ *Allah Akbar! Lah illah il Allah! Ya Saidna Mohammed rais ul Allah!*" des Muezzins vom Minarett, das Geschrei einer wütenden Spanierin, die warnenden Rufe *eines* schwarzen Fahrers in *Sabir*, Bruchstücke französischer Gespräche vorbeimarschierender Soldaten, das laute Streiten eines *Polizisten und* einiger Kameltreiber auf Arabisch und einen seltsamen, eindringlichen Chor hinter einer Mauer:

> " *Travaja la muqueir*
> *Travaja bono*
> *Bono bezef la muqueir*
> *Travaja bono."*

Und in die Nase stieg der Geruch von orientalischem Essen und westlichen Getränken, Kameldungfeuer und Pariser Patschuli; orientalische Gewürze und westliche Küche; mal roch es nach ungewaschenen orientalischen Männern, mal nach parfümierten westlichen Frauen.

„Das ist ja wie 'Algeria at Olympia'", meinte Digby. „Guter Ort. Erinnert an Widdicombe."

Wir bogen von einer Hauptstraße ab und kamen in eine Gasse, die zwischen den Kasernen der Spahi-Kavallerie und denen der Fremdenlegion verlief.

Durch die Gitterstäbe großer Eisentore konnten wir ein riesiges dreistöckiges gelbes Gebäude sehen, das am anderen Ende eines weitläufigen Exerzierplatzes stand.

„Unser College", sagte Digby.

Zu beiden Seiten des Tors standen Wachhäuschen und Gefängnisse.

Eine kleine Tür neben dem Tor wurde geöffnet, und wir gingen hinein.

Der Wachposten, der auf einer langen Bank vor dem Wachhaus saß, beobachtete uns ohne Begeisterung. Der Wachsergeant kam heraus, musterte uns und schloss dann die Augen, während er langsam den Kopf schüttelte.

Eine Gruppe Männer in weißen Uniformen mit breiten blauen Schärpen um die Hüften versammelte sich und musterte uns.

„*Mon Dieu!*“ , sagte einer, „da ist wieder dieser Schurke Boldini. Er ist offensichtlich genauso dumm wie gemein!“

Boldini tat so, als wäre er taub.

Und dann erschien der einzige Mann, den ich je getroffen habe, der mir böse erschien, durch und durch böse, ohne eine einzige gute Eigenschaft außer Mut.

Er kam aus den Regimentsämtern, ein grimmig aussehender, stämmiger, dunkler Mann mit dem Gesicht und der Figur eines Preisboxers; er starrte uns mit funkelnden Augen an, war dunkelhäutig und gutaussehend, mit dem Hals und dem Kinn eines Bulldoggen. Er hatte auch die seltsame, zähnebleckende, kinnvorstehende Kinnpartie eines Bulldoggen, und zwischen den schweren, hervorstehenden Augenbrauen verliefen zwei tiefe Falten.

Ein Einschub: Dies war Feldwebel Lejaune, ein furchtbarer und furchteinflößender Mann, der sich in der Legion emporgearbeitet hatte (und es noch weiter brachte), indem er sich unter ohnehin schon strengen Zuchtmeistern als unerbittlich harter und pedantischer Disziplinfanatiker hervortat – ein grausam brutaler Antreiber und ein strafender Unteroffizier von gewaltiger Energie, großer Begabung und unerschütterlichem Mut.

Für seine bewundernden Vorgesetzten war er unersetzlich, für seine verzweifelten Untergebenen unaussprechlich. Er war die Reinkarnation und der direkte Nachfahre der Aufseher, die die sterbenden Galeerensklaven der römischen Triremen auspeitschten, und er unterschied sich von den Offizieren so sehr wie die Aufseher von den römischen Zenturionen.

Er hätte einen hervorragenden Dompteur abgegeben, denn er hatte all den Mut, die Kraft, die starke Persönlichkeit, das robuste, überhebliche Überlegenheitsbewusstsein und die verächtliche, gefühllose Brutalität, die für diesen kühnen, unwürdigen Beruf erforderlich waren. Und es gefiel ihm, sich selbst als einen solchen zu betrachten und seine Legionäre wie wilde Tiere zu behandeln; wie gefährliche, böse, wilde, kriminelle Bestien, anstatt als das, was sie waren – ziemlich repräsentative Exemplare der durchschnittlichen Bevölkerung der Länder, aus denen sie stammten.

Man sollte auch nicht denken, dass der Fähnrich Lejaune selbst ein typischer Vertreter seiner Klasse, der Unteroffiziere der Legion, war. Obwohl diese Männer normalerweise harte und etwas tyrannische Drillmeister sind, sind sie keine bösartigen Rohlinge.

Lejaune war es. Er hatte regelrecht Freude daran, zu bestrafen, und nichts ärgerte ihn mehr, als keinen Grund dafür zu finden.

Wahrscheinlich begann er damit, mit aller Macht und allen ihm zur Verfügung stehenden Mitteln zu bestrafen, um die perfekteste Disziplin zu erreichen und seinen Eifer, seine Effizienz und seinen Wert als starker Unteroffizier unter Beweis zu stellen; daraus wurde eine Gewohnheit, bis die Gewohnheit zum Geschmack wurde, dann zur Lust und schließlich zur Besessenheit.

Später erfuhren wir durch einen Deserteur aus der belgischen Armee, der zur Legion kam, eine finstere, bedeutungsvolle und aufschlussreiche Tatsache.

Lejaune war wegen Brutalitäten und Gräueltaten, die sogar die Grenzen dessen überschritten, was die fröhlichen Männer des guten Königs Leopold festgelegt hatten, aus dem Dienst im Belgischen Kongo entlassen worden.

Es gab eine von ausländischen Missionaren inszenierte Enthüllung, einen weltweiten Skandal und einige Vertuschungsversuche – in deren Verlauf Lejaune rausgeschmissen wurde.

Vom Sergeant der belgischen Armee und autokratischen, gut bezahlten und mit absoluter Macht ausgestatteten Faktor einer Kautschukstation im Kongo war er Legionär geworden und hatte sich durch Entschlossenheit, Energie und Mut einen Namen gemacht.

Wieder einmal hatte er Gelegenheit, die Brutalität, Gewalt und grausame Arroganz auszutoben, die ihm im Belgisch-Kongo, wo er schreckliche Erinnerungen hatte, zum Vorteil gereicht hatten.

Manchmal war er zweifellos verrückt, und seine Verrücktheit äußerte sich in sadistischer Grausamkeit.

Boldini hatte sicherlich einen Anspruch auf diesen Mann, oder es bestand eine Verbindung zwischen ihnen, denn Lejaune bestrafte Boldini nie, und man sah sie manchmal in vertraulichen Gesprächen, obwohl natürlich kein Unteroffizier jemals mit einem einfachen Soldaten ausgegangen oder getrunken hätte.

Der belgische Deserteur Vaerren behauptete, Boldini sei ein ziviler Untergebener im Kongo gewesen, in Lejaunes Bezirk, und wegen Unterschlagung und Fälschung seiner Handelsabrechnungen inhaftiert worden. Über die Wahrheit dieser Behauptung weiß ich nichts, aber ich weiß, dass Lejaune den Mann bevorzugte und ihm die Beförderung zum Unteroffizier verschaffte, als er selbst Oberfeldwebel wurde.

Und in die Hände dieses Lejaune wurden wir nun ausgeliefert.

Um weiterzumachen: Feldwebel Lejaune rief unsere Namen auf und musterte uns.

Als er Buddys unbedeutende Statur bemerkte, einen Taschenhercules, verzog er sein Gesicht zu einem verächtlichen Grinsen.

„Ein unterentwickelter Köter", sagte er zum Wachsergeant.

„Ich hab schon Besseres gesehen als dich tot auf einem klebrigen Fliegenfänger", antwortete Buddy prompt.

Zum Glück konnte Lejaune kein Englisch – aber er wusste, dass ein erbärmlicher Rekrut es gewagt hatte, seinen elenden Mund aufzumachen.

„Schweigen, Hund!", brüllte er. „Öffne noch einmal deine schmutzigen Lippen, und ich werde sie dir einen Monat lang mit meinem Stiefel verschließen. Sprich noch einmal, du Hund, und ich trete dir die Zähne in den Hals."

Buddy hatte kein Wort verstanden. Er hatte einen spöttischen Blick gesehen und verächtliche Worte gehört; und er hatte es gewagt, sich als unwissender Rekrut, der nicht einmal eine Uniform trug, etwas herauszunehmen. Jetzt hörte er ein wütendes Brüllen und war als alter Soldat zu erfahren, um etwas anderes zu tun, als stramm zu stehen.

Ihm wurde klar, dass die Sergeants der Legion *ein gewisses* Temperament hatten und auf ihrem eigenen Misthaufen *zu Hause* waren. Lieber mit einem New Yorker Polizisten um Mitternacht auf dem Broadway streiten, als einem Raufbold Widerworte zu geben.

Aber der Schaden war angerichtet, und Buddy war ein gezeichneter Mann. Mehr noch, jeder Freund von Buddy war ein gezeichneter Mann, und jeder Freund seines Freundes, bis in die dritte und vierte Generation.

Als das blutunterlaufene Auge des Feldwebels Lejaune auf Boldini fiel, verharrte es, und ein langer Blick wurde zwischen den beiden Männern gewechselt. Keiner sprach ein Wort.

Dann schaute er uns drei Gestes missbilligend an.

„Flüchtige Zuhälter", sagte er. „Zeigt mir eure Hände."

Wir streckten sie ihm hin.

„Er will uns die Zukunft vorhersagen ... Pass auf einen dunklen, hässlichen Mann auf", flüsterte Digby mir zu.

Der Fähnrich betrachtete unsere gepflegten Hände und schnaubte:

„Die werde ich euch hart machen, bei Gott ... Ihr habt noch nie in eurem Leben einen Finger gerührt ... Ich werde euch die Nägel maniküren, bevor ihr sterbt ... Ihr werdet euch wünschen, ihr wärt lieber ins Gefängnis gegangen."

Er musterte Hank.

„Ein fauler Klotz, darauf schwöre ich", stellte er fest. „Ich werde dir beibringen, dich schnell zu bewegen, so dass du dich wundest", versprach er.

„Klar, Bo", antwortete Hank milde, um höflich zu sein, obwohl er nicht wusste, was man zu ihm gesagt hatte. „Schenk mir noch einen", fügte er ermutigend hinzu.

„Sei still, du plappernder Affe aus den Bäumen!", brüllte Lejaune. „Sprich noch einmal, und ich binde dir eine Woche lang die Handgelenke an die Knöchel. Bei Gott, ich mache dich zum Krüppel, du zweibeiniges sprechendes Kamel."

Und Hank begriff auch, dass Schweigen oft mehr als Gold und Worte viel weniger als Silber sind.

Nachdem er den Entwurf ordnungsgemäß zur Kenntnis genommen hatte, verkündete Feldwebel Lejaune, dass die Siebte Kompanie mit uns allen geschlagen sei – und es nicht anders verdiene. Dann brüllte er plötzlich:

„*Garde à vous! Pour défiler! Par files de quatre, à droite*", rief er und suchte eifrig und gespannt nach einem Opfer. Doch sein Gesicht verfinsterte sich vor Verdruss und Enttäuschung. Die Rekruten hatten sich bewegt wie Gardesoldaten. Diejenigen, die Französisch verstanden, waren strammgestanden und hatten sich wie Maschinen gedreht, und jene, die die Worte nicht verstanden hatten, hatten sich dennoch mit ihnen bewegt.

„ *En avant... Marche!*" , schloss er, und wir setzten uns in Bewegung wie die alten Soldaten, die die meisten von uns waren.

Über den Exerzierplatz marschierten wir zum Lagerraum des *Fourrier-Sergeanten* der Siebten Kompanie und erhielten unsere Ausrüstung, die neben zwei Stoffuniformen auch weiße Arbeitsuniformen, Leinengamaschen, Unterwäsche, den blauen Wollschärpe oder Kummerbund, Reinigungsutensilien, Seife und Handtücher umfasste, jedoch keine Socken, da diese in der Legion nicht getragen werden.

Dann wurden wir vom *Adjutant-Major*, der dem englischen Adjutanten entspricht (während der *Adjutant* ein Unteroffizier ist), inspiziert und von einem Unteroffizier zu unseren *Kasernenräumen* marschiert.

Über Treppen und durch Gänge wurden wir, eine Gruppe von zehn Leuten, darunter Boldini, St. André, Vogué, Maris, Glock, Buddy, Hank, meine Brüder und ich, in unser Zimmer geführt – einen riesigen, sauberen, gut belüfteten, kahlen Raum, in dem dreißig Betten standen. Hier wurden wir an ein paar *Legionäre* übergeben, die gerade ihre Gürtel, Patronentaschen und Ausrüstung putzten.

„ *Bleus*", sagte Corporal Dupré zu diesen Männern. „Zeigt ihnen, was sie zu tun haben, Schwartz, Colonna, Brandt, Haff und Delarey. . . . Ausrüstung, Bettzeug, *Paquetage*, *Astiquage*, alles. Lasst sie nicht *en promenade* gehen, bevor sie ihre Stiefel von ihren *Képis* unterscheiden können."

„In Ordnung, Korporal", sagte einer der Männer, und als der Korporal gegangen war, änderte er seinen Tonfall und fuhr fort:

„Zum Teufel mit allen *Bleus*. Warum seid ihr nicht zur Hölle gefahren, anstatt hier unsere Zeit zu verschwenden? ...Aber ihr werdet es uns in der Kantine zurückzahlen. Los, an die Arbeit, je früher wir an die Flaschen kommen..."

Aber Boldini hatte noch ein Wort zu sagen.

„Kriecht zurück in den Käse, aus dem ihr gekrochen seid, ihr halbgaren Soldatenimitate", fauchte er. „Ich war Legionär und habe in Madagaskar, Marokko und im Sudan gekämpft, als ihr noch im Waisenhaus wart."

„Du hast wohl den Dackel...", plapperte einer der Männer, „wenn das nicht der alte Boldini ist, der zurückgekommen ist!" Und er brüllte vor Lachen und warf sich auf ein Bett.

„Warte, bis ich Unteroffizier bin, mein Freund Brandt", sagte Boldini. „Dann bringe ich dich noch viel lauter zum Lachen."

Er musste jedoch nicht lange warten, denn der Mann verdoppelte sein Gelächter.

Die Rückkehr von Boldini kam ihm aus irgendeinem Grund wie ein äußerst kostbarer Scherz vor.

„Hier, Colonna, Schwartz und Haff, nehmt die fünf, ich kümmere mich um diese", sagte Boldini und wies uns die entsprechenden Betten zu, auf die wir unsere Ausrüstung legten.

Dann zeigte er uns, wie man Kleidung geschickt zusammenlegt, und stapelte eine sichere und ordentliche kleine *Packung* mit Uniform und Ausrüstung auf dem Regal über seinem Bett.

„So, das macht ihr zuerst“, sagte er. „Alles in Ellbogen-Fingerspitzen-Länge, so gestapelt“, und wir machten uns daran, Mäntel, Hosen, Überzieher und Ausrüstung so zu falten, wie er es getan hatte, und den Stapel auf das Regal am Kopfende des Bettes zu legen, da es keine Ausrüstungstasche oder Kiste gab.

Nachdem wir das erledigt hatten, bekamen wir unsere erste Lektion in *„Astiquage“*, dem Polieren von Gürteln und Patronentaschen mit Wachs und Lappen, und dann in der Reinigung von Gewehren.

Anschließend wurden wir nach unten geführt und zu den offenen *Waschbecken* aus Beton gebracht, wo uns gezeigt wurde, wo wir unsere weißen Arbeitsuniformen aus Segeltuch waschen sollten. Dann wurden wir zur Kantine geschickt, damit wir unsere Pflicht gegenüber unseren Kameraden der *Escouade* erfüllen und unseren Beitrag bezahlen konnten.

Die Szene hier ähnelte der in den Kantinen der Forts St. Jean und St. Thérèse, nur dass die Männer natürlich alle *Legionäre* waren und hinter der Theke eine Frau stand – eine echte französische *Vivandière* und *Fille du Régiment.*

Auch hier bekamen wir für ein paar Franken eine unglaubliche Menge Wein, und alles war Harmonie, Lärm und hektische, vom Alkohol ausgelöste Fröhlichkeit. Als wir auf den Ruf „Lichter aus“ in unsere Baracke zurückkehrten, beendeten wir unsere Vorbereitungen für den nächsten Tag im spärlichen Licht der *Kasernen-Nachtlampe.*

Wir erfuhren, dass wir um fünf Uhr fünfzehn Uhr morgens von der *Garde-Chambre* geweckt werden würden und um halb sechs in weißer Uniform und Schärpe, mit Rucksack, Gewehr, Riemen und Bajonett zur Rekrutenparade antreten müssten, wobei alles makellos und glänzend zu sein hatte. Außerdem mussten wir, bevor wir den Raum verließen, die Bettdecken und Matratzen zusammenlegen, stapeln und haargenau ordnen und den Boden unter dem Bett sauber fegen.

Anscheinend musste diese Sauberkeit nicht auf die Person selbst ausgedehnt werden, denn es gab weder in dem Zimmer noch auf der gesamten Etage der Kaserne oder der darunter liegenden Etage irgendwelche Waschgelegenheiten. Ein Exzentriker, der sich morgens waschen wollte, musste vier Treppen hinuntersteigen, um zu einer primitiven Toilette im Erdgeschoss zu gelangen.

Da der *Kammerdiener* keinen Grund sah, sich mehr als eine Viertelstunde vor seiner eigenen Parade zu wecken, und dann erst den Kaffeekessel holen musste, bevor er die anderen weckte, war dies eine ziemlich überfüllte Viertelstunde unrühmlichen Lebens.

Mit der gewissenhaften Angst eines unwissenden Neulings bemühte sich daher mindestens ein Rekrut, alles richtig und bereit zu haben, bevor er zu Bett ging, und beschloss heimlich, sich am nächsten Morgen um halb fünf zu wecken, um einen guten Start zu haben.

Michaels Bett stand in der Ecke neben dem riesigen Fenster, Boldinis war das nächste, dann kam Digbys und dann das eines Italieners, der sich Colonna nannte. Meins kam als nächstes, dann Brandts, dann Buddys, dann Haffs und dann Hanks – immer ein alter *Legionär* neben einem Rekruten, und so weiter im ganzen Raum.

In der Ecke bei der Tür stand das Bett von Korporal Dupré, der das Kommando über die *escouade* führte und für das Zimmer verantwortlich war.

Er war ein aktiver, lauter, geschäftiger Mensch, humorvoll und nicht unfreundlich, wenn er nüchtern war; wenn er zu viel Wein aus der Kantine getrunken hatte, war er mürrisch, misstrauisch und gefährlich. Da er sehr weinlieb war, war er für jeden leicht zugänglich, der ihm Wein anbot – oder vielmehr die Mittel, ihn zu kaufen.

Während wir drei und die Amerikaner in einer Gruppe standen, unseren Ausrüstung den letzten Schliff gaben und Boldini um Informationen und Ratschläge baten, kam er ins Zimmer, zog sich aus und legte sich ins Bett.

Als er sich hinlegte, brüllte er:

„Ruhe! Wenn jemand bis zum Sonnenaufgang einen Mucks von sich gibt, wird er den nächsten in einem Krankenhaus ausstoßen“, und schlief ein.

Wir legten uns in einer spürbaren Stille in unsere Betten.

Ich blieb wach, weil ich unbedingt einschlafen wollte, und lag da und dachte an Isobel, an das, was in Brandon Abbas geschah, an unsere seltsame Lage und an die „Blue Water“.

Wenn ich daran dachte, was nun vor mir lag, war ich unendlich dankbar, dass meine Vermutung oder mein Instinkt richtig gewesen waren und dass ich bei Michael und Digby war.

Es wäre ziemlich schrecklich gewesen, mich allein in dieser Galeere wiederzufinden. Mit Beau und Digby hier würde es zwar ein Abenteuer werden – zweifellos hart, rau und gefährlich –, aber kein einfacher, blumiger Weg führt zu einem Ort, der es wert ist, erreicht zu werden.

Und was war mit Michael und Digby? Sie gaben jeweils vor, der Täter zu sein, was doppelt so absurd war, wie dass einer von ihnen es sein könnte.

Michaels Blick war voller Entsetzen und Bestürzung gewesen, als er mich in Fort St. Thérèse gesehen hatte, und er schien zu glauben, dass meine Flucht eine Komplikation und Katastrophe war, mit der er nicht gerechnet hatte.

Hatte er dasselbe über Digby gedacht, oder wusste Digby mehr, als er mir erzählt hatte? Ich musste es herausfinden. . . .

Ich schlief ein und wurde offenbar eine Minute später von dem *Garde-Chambre* geweckt, der etwas rief, während er eine große Lampe anzündete, die von der Decke hing.

Die Männer setzten sich im Bett auf, nahmen jeweils einen Blechbecher von einem Haken unter dem Regal über ihrem Kopf und reichten ihn dem *Garde-Chambre*, der mit einem großen Krug herumging und jedem etwa einen halben Liter Kaffee einschenkt. Der Kaffee war heiß, stark und gut.

Der Unteroffizier brüllte:

„*Levez-vous! Levez-vous!*“ Und dann, wie am Vorabend von Waterloo, „gab es ein Hin und Her – und plötzliche Abschiede“, wenn nicht sogar „Zittern vor Angst und blasse Wangen ...“.

Michael, Digby und ich rannten zum weit entfernten Waschraum, tauchten unsere Köpfe ins Wasser und flohen mit Handtüchern um den Kopf.

Ich fand mein Bett „gemacht“, meine Sachen ordentlich ausgebreitet, meine Stiefel geputzt, alles bereitgestellt wie von einem Diener, und Brandt kehrte unter meinem Bett.

Ich starrte erstaunt.

„Ein paar *Sous*, Kamerad!“, sagte Brandt, und ich verstand. Ein Einkommen von einem halben Penny pro Tag lässt sich durchaus aufbessern.

Als ich mich umdrehte, um zu sehen, ob ich etwas für Michael oder Digby tun konnte, sah ich, dass Boldini und Colonna vor mir standen und jeweils in wenigen Minuten als Diener verdienten, was sie als Soldaten in zwei Tagen verdienten.

In überraschend kurzer Zeit waren alle angekleidet und bereit; der *Garde-Chambre* hatte den Staub und Schmutz zusammengefegt, den die Männer unter den Betten hervorgekehrt hatten, und Korporal Dupré war herumgegangen, um zu prüfen, ob die Betten ordentlich gemacht und alles in Ordnung war. Dann, auf den Ruf „*Garde à vous*“ hin, trat der Feldwebel der Kompanie ein und inspizierte den Raum und die Männer.

Alle beteten, dass er keinen Fehler finden möge, denn wenn er einen fand, würde er den Korporal bestrafen, und der Korporal würde die Übeltäter zehnfach bestrafen.

In der französischen Armee können Unteroffiziere, ähnlich wie Präfekten in unseren öffentlichen Schulen, Strafen ohne Rücksprache mit Offizieren verhängen. Sie verhängen die Strafe, tragen sie in das „*livre de punitions*“ ein, und damit ist die Angelegenheit erledigt – es sei denn, der Offizier, der das Buch inspiziert, erhöht die Strafe, um den Verursacher für die Bestrafung zu bestrafen.

Dieses System erneuert, bekräftigt die Macht und Stellung der Unteroffiziere enorm und sorgt zweifellos für enorme Disziplin – und für einige Ungerechtigkeit und Tyrannei.

Heute Morgen war jedoch alles in Ordnung, und das eiserne Gesicht des großen Mannes blieb unbewegt, und sein harter Mund blieb verschlossen.

Wir nahmen unsere Lebel-Gewehre aus den Halterungen, steckten unsere Bajonette in die Halfter und marschierten um halb sechs an diesem herrlich kalten Morgen mit klappernden Gewehren zum Exerzierplatz.

Das Bataillon marschierte zu Feldübungen ab, und die Rekruten wurden in *Escuades* aufgestellt, jeweils unter einem Unteroffizier, und zum „Plateau“ gebracht, einem riesigen Exerzierplatz in der Nähe *des Dorfes*, wo wir heute einfach nur laufen mussten. Für junge Sportler wie uns drei war das keine große Sache, aber für halbverhungerte oder untrainierte Männer, die schon länger nicht mehr gelaufen waren, war es ein bisschen hart.

An anderen Morgen bestand die körperliche Ertüchtigung aus Gymnastik, Boxen oder einem langen Marsch.

Als wir nass und warm in die Baracken zurückkehrten, gab es unser Frühstück mit *Suppe* und Brot und einem Viertel Liter guten Weins. Blechplatten und *Gamellen* wurden aus Hängeschränken gerüttelt, und wir setzten uns an die langen Tische, die in der Mitte des großen Raumes standen. In meinem ausgezeichneten Eintopf gab es sowohl Fleisch als auch Gemüse, und das Brot war zwar grau, aber schmackhaft und mehr als ausreichend.

Nach einer Pause hatten die Rekruten einen Vortrag und danach Truppen- und Kompanieübungen, während das Bataillon auf dem Plateau Angriffsformationen übte.

Danach mussten wir mit Besen und Schubkarren die Kaserne aufräumen und konnten dann zum *Waschraum* gehen, um unsere weißen Uniformen zu waschen und zu trocknen.

Um fünf Uhr bekamen wir unsere zweite Mahlzeit, die genau wie die erste war, und dann waren wir fertig für den Tag, abgesehen davon, dass wir uns auf den nächsten Tag vorbereiten mussten, indem wir das Leder und Metall unserer Waffen und Ausrüstung reinigten und polierten – keine leichte Aufgabe, vor allem bei Sachen, die frisch aus dem Lager kamen.

Hier half uns wieder die Armut der Legion, denn niemand musste mehr tun, als er wollte, solange er einen halben Penny übrig hatte.

Wir merkten schnell, dass es echte Freundlichkeit war, einen Kameraden an unserem Leder und golden glänzenden Metall, unseren Gewehren und Bajonetten, unseren schmutzigen Arbeitsanzügen und Unterwäsche arbeiten zu lassen; denn für ihn bedeutete diese Arbeit die Möglichkeit, eine Packung *Caporal-Zigaretten*, eine Flasche Wein, eine Briefmarke, eine Abwechslung in der Ernährung, ein Stück dringend benötigte Seife oder die Chance, seine Reinigungsmittel aufzufüllen, zu bekommen.

Wir drei haben uns keineswegs vor der Arbeit gedrückt, aber sehr oft, wenn wir todmüde waren oder unbedingt aus der Kaserne raus wollten, haben wir unsere *Arbeit* einem der vielen gegeben, die darum bettelten, sie machen zu dürfen.

Die Rekruten machten erstaunlich schnell Fortschritte, da sie praktisch alle bereits ausgebildete Soldaten waren, bevor sie sich meldeten, und lernten das für die Legion notwendige Französisch bemerkenswert schnell.

Wir drei wurden sehr schnell gute Soldaten, unterstützt durch unsere Intelligenz, Kraft, Nüchternheit, sportliche Ausbildung, Disziplin, Französischkenntnisse und den ehrlichen Wunsch, etwas zu leisten.

Wir hatten mehr Glück als die meisten anderen, denn wir waren gut ausgebildet und hatten einen „Hintergrund“: ein wenig Geld (dank Michaels Weitsicht), was in der Legion Reichtum bedeutete, gute Gewohnheiten, Selbstbeherrschung und eine Ausbildung an einer öffentlichen Schule; außerdem waren wir unauffällig, weil wir die für Gentlemen angemessene Rücksichtnahme, Höflichkeit und Selbstachtung gegenüber anderen besaßen.

Weniger Glück als die meisten anderen hatten wir mit abwechslungsreicher Ernährung, einer komfortablen Umgebung, Freizeit, viel geistiger und körperlicher Erholung, viel Platz und vor allem *Privatsphäre.*

Aber anfangs war alles neu und fremd, bemerkenswert und romantisch; wir waren Glücksritter, wir waren zusammen, und wir waren keineswegs unglücklich.

Aber oh, wie sehnte ich mich nach Isobel!

Und allmählich traten die grüblerischen Gedanken über das „Blue Water“ und seinen Verbleib in den Hintergrund, denn die Welt um uns herum war zu aufregend, als dass wir Zeit für Selbstreflexion oder Tagträume gehabt hätten. Unsere Tage waren zu ausgefüllt und geschäftig und unsere Nächte viel zu kurz, um nachzudenken. Sie waren kaum lang genug für den tiefen, traumlosen Schlaf, den Männer wie wir brauchten.

Und wie sehr wir die Sonntage segneten – diese herrlichen, lebensrettenden Tage der völligen Ruhe.

An unserem ersten Sonntagmorgen in der Legion saßen wir drei auf Michaels Bett und hielten einen „Kriegsrat“ ab, wie wir es in den Tagen der Band in Brandon Abbas so oft getan hatten.

Wir beschlossen, dass ich Isobel schreiben sollte, um ihr mitzuteilen, wo ich war, und ihr zu sagen, dass ich wusste, wo Michael und Digby waren, und dass ich ihnen Nachrichten oder Post schicken konnte.

Isobel sollte nach eigenem Ermessen entscheiden, ob sie zugab, dass sie wusste, wo ich war, aber wenn sie es zugab, sollte sie – ganz ehrlich – hinzufügen, dass sie nicht die geringste Ahnung hatte, wo die anderen waren.

Dieser Plan stammte von Michael, und da er davon begeistert war und weder Digby noch ich etwas dagegen hatten, beschlossen wir, ihn umzusetzen. Ich schrieb einen Brief, den sie Tante Patricia zeigen konnte, wenn sie wollte.

Ich schrieb Folgendes:

" Légionnaire John Smith, Nr. 18896,
7. Kompanie, Premier Étranger,
Sidi-bel-Abbès, Algerien.
Liebe Isobel,

Ein Brief an die oben genannte Adresse erreicht mich. Michael und Digby kennen sie auch.

Ich kann ihnen alle Nachrichten oder Neuigkeiten aus Brandon Abbas schicken. Keiner von beiden ist in England. Beide werden mir Bescheid geben, wenn sie ihre Adresse ändern. Ich bin bei bester Gesundheit. Ich schreibe wieder, sobald ich von dir höre. Ich bin so gespannt, was zu Hause los ist.
John."

Michael und Digby waren damit einverstanden, da dies eine Kommunikationsmöglichkeit mit Brandon Abbas eröffnete, aber an der Situation änderte sich nichts.

Nach diskreten Nachforschungen bei Boldini waren wir zu dem Schluss gekommen, dass die englische Polizei keine Schritte unternehmen würde, um den Legionär John Smith zu verfolgen, solange er in der Legion blieb, auch wenn es starke Gründe für die Vermutung gab, dass er John Geste war, der zum Zeitpunkt des Juwelenraubs verschwunden war.

Aber ich steckte heimlich einen Zettel mit einer Botschaft meiner unsterblichen und unveränderlichen Liebe zu meiner Liebsten hinein. Diesen konnte sie vernichten und den Brief Tante Patricia zur Information vorlegen oder auch nicht, wie es ihr unter den gegebenen Umständen am besten erschien. . . .

Zwei Wochen später, an einem Samstagabend, bekam ich einen privaten und persönlichen Liebesbrief, der mich wahnsinnig glücklich und stolz wie ein Pfau machte; dazu gab es einen langen Brief, den ich an Michael und Digby schicken konnte, wenn ich wollte.

In letzterem stand, dass in Brandon Abbas alles genau wie zuvor verlief.

Tante Patricia hatte bisher weder mit der Polizei noch mit irgendjemand anderem Kontakt aufgenommen und keinerlei Schritte in dieser Angelegenheit unternommen.

Anscheinend hatte sie sich damit abgefunden, dass einer der drei Gestes die „Blue Water“ gestohlen hatte – und, was unglaublich war, sie unternahm einfach nichts, sondern wartete nur auf Onkel Hectors Rückkehr.

Sie hatte Augustus, Claudia und Isobel selbst von dem Hausarrest befreit und seit dem Tag meines Verschwindens keinen von ihnen etwas gefragt. An diesem Tag hatte sie die feierliche

Versicherung von Augustus, Claudia und Isobel akzeptiert, dass sie *absolut nichts* darüber wüssten, wohin die Gestes gegangen waren, wer von ihnen der Dieb war oder ob sie sich verschworen hatten.

“Ich verstehe sie nicht”, schrieb sie, “und ich kann nicht nachvollziehen, was sie denkt und fühlt. Sie akzeptiert offenbar meine Entlastung von Gussie (und nebenbei auch von mir selbst) und verachtet es, Claudia zu verdächtigen. Sie hat uns gesagt, dass wir absolut frei von Verdacht sind und dass sie möchte, dass wir die Angelegenheit nicht weiter erwähnen. Gussie ist natürlich unerträglich. Er hat ” *die ganze Zeit gewusst, dass ihr drei ein böses Ende nehmen würdet*“, aber obwohl er sicher ist, dass ihr alle zusammen steckt, glaubt er, dass du, John, der eigentliche Dieb bist. Ich sagte ihm, dass ich auch eine Meinung hätte, und als er mich fragte, welche, sagte ich: ” *Ich glaube, wenn du dich mit ganzer Seele dafür einsetzt, Gussie, könntest du vielleicht eines Tages dazu taugen, Johns Stiefel zu putzen – oder die eines anderen Geste. ...*” Ich sagte auch, dass ich, wenn er jemals wieder ein Wort darüber verlieren würde, ich bei Eintreffen der Polizei herausfinden würde, dass ich mich geirrt hatte, als ich dachte, es sei *sein* Arm gewesen, den ich gehalten hatte, als das Licht ausging! ... Bin ich nicht ein Unmensch? Aber er macht mich so wütend mit seinem Spott und seiner selbstgerechten Rechtschaffenheit, dieser gemeine kleine Schlingel.

Wie auch immer, wie ich schon sagte, die Polizei ist noch nicht gekommen, und es wird absolut nichts unternommen. Die Bediensteten haben nicht die geringste Ahnung, dass etwas nicht stimmt, und das Leben geht weiter, als ob ihr drei nur für dieses Semester nach Oxford gefahren wärt. Burdon muss sich wundern, dass ihr alle so plötzlich und mit so wenig Gepäck abgereist seid, aber ich glaube nicht, dass ihn das sonderlich interessiert.

Ich weiß nicht, *was* Onkel Hector zu der Verzögerung bei der Meldung an Scotland Yard sagen wird! Es sieht fast so aus, als wolle Tante, dass der Täter entkommt, oder als glaube sie, dass Onkel Hector es vorziehen würde, wenn es keinen öffentlichen Skandal gäbe, wenn dies irgendwie zu vermeiden wäre, und der Saphir privat wiederbeschafft würde. Irgendwie kann ich mir aber nicht vorstellen, dass Tante Mitleid mit dem Dieb haben würde – und ich glaube wirklich nicht, dass sie davon ausgeht, dass Onkel Hector diese Verzögerung einem Skandal vorziehen würde. Er ist doch sicher nicht jemand, der sich um einen Skandal schert, und er ist ganz sicher nicht jemand, der eine Verzögerung gutheißen würde, die die Wiederbeschaffung unmöglich machen könnte. Ich verstehe das *überhaupt* nicht.

Stell dir vor, Onkel Hector wurde um dreißigtausend Pfund beraubt! Er wird vor Wut rasend werden und Leute umbringen!

Oh, John, wo *ist* dieses elende Ding? Und wie lange dauert es, bis ihr alle zurückkommen könnt? Ich werde euch sofort telegrafieren, wenn es auftaucht, und ich werde euch auf jeden Fall besuchen kommen, wenn ihr nicht bald zurück seid – denn ich bin der festen Überzeugung, dass ihr alle drei zusammen seid! ...”

Ich zeigte Michael und Digby diesen Brief am nächsten Morgen bei unserem „Kriegsrat“ am Sonntag.

Michael las ihn ohne einen Kommentar und mit unleserlicher Miene.

Digby sagte: „Die kleine Süße! Ich wette, sie kommt nach Sidi, wenn die Sache nicht klappt!“ Und er hüpfte vor Freude auf dem Bett herum.

„Was wohl Onkel Hector machen wird?“, fragte Michael. „Die arme Tante Patricia wird eine harte Zeit haben ...“

„Weil sie uns nicht daran gehindert hat, es zu klauen?“, spottete Digby.

„Nein – weil sie nicht sofort die Polizei gerufen hat“, sagte Michael.

„Ich frage mich, warum sie das nicht getan hat“, bemerkte ich.

„Ja“, sagte Michael. „Komisch, oder?“

Als ich gähnte und mich vom Fenster wegdrehte, aus dem wir geschaut hatten, bemerkte ich, dass Boldini hinter uns auf seinem Bett eingeschlafen war. Es war seltsam, wie leise sich dieser Mann bewegen konnte, mit seinen katzenartigen Schritten und seiner lautlosen Art.

§8.

Die Rekrutierungstage vergingen wie im Flug, und wir waren zu beschäftigt und zu müde, um unglücklich zu sein.

Von fünf Uhr morgens bis fünf Uhr abends waren wir hart bei der Arbeit, und danach hatten wir noch viel zu tun, um unsere Ausrüstung und unsere Ausrüstung für den nächsten Tag vorzubereiten.

Wenn das erledigt war oder an einen bedürftigen Kameraden weitergegeben worden war, zogen wir unsere Ausgehuniformen an, entsprechend der jeweiligen *Tagesordnung*, und gingen in unseren kitschigen Sidi-Hybridkleidern spazieren oder hörten uns die großartige Musikkapelle der Legion auf der Place Sadi Carnot oder im Jardin Publique an. Normalerweise gingen wir drei zusammen, aber manchmal begleiteten uns die beiden Amerikaner und St. André, und Boldini, wenn wir ihn nicht abschütteln konnten.

Er klebte an uns wie ein Bruder, und nachdem er sich nützlich gemacht hatte (und dafür bezahlt worden war) und wir Erfahrung gesammelt und uns eingearbeitet hatten, wollten wir seine Gesellschaft nicht mehr allein für uns.

Aber anscheinend wollte er unsere Gesellschaft, und zwar sehr.

Je besser wir die beiden Amerikaner kennenlernten, desto besser gefielen sie uns, und dasselbe galt für St. André – aber bei Boldini war genau das Gegenteil der Fall.

Allerdings störte uns seine Anwesenheit nicht, wenn Buddy mit uns unterwegs war, denn der Amerikaner wollte nichts von ihm wissen und scheute sich nicht, dies mit schmerzhafter Deutlichkeit zu sagen.

„Hau ab, Cascara Sagrada“, sagte er grimmig. „Ich will dich nicht. Geh auf der Wiese Kreise knabbern und halt dich mit beiden Beinen von mir fern. ... Hau ab, Junge“, oder etwas ähnlich Entmutigendes.

So schmerzhaft das auch war, wir waren froh, davon zu profitieren, denn Boldini wurde immer offensiver und vertraulicher. In Worte gefasst lautete die Botschaft seines Verhaltens uns dreien gegenüber (seine Andeutungen und die allgemeine Atmosphäre, die er zu schaffen versuchte):

„Kommt schon – wir sind alle zusammen Schurken! Warum diese alberne Vortäuschung von Unschuld und Überlegenheit? Lasst uns eine vereinte Bande sein und die Beute teilen!“

Ich verstand Buddys heftige Abneigung gegen den Mann jedoch nicht, und als ich ihn eines Tages danach fragte, als er Boldini rundweg ablehnte, sich zu uns in die Kantine zu gesellen, antwortete er nur:

„Er ist eine Klapperschlange mit einer leisen Rassel, und er ist Lejaunes Spion. Pass besser auf dich auf. Er ist hinter dir her.“ Hank bestätigte dies mit einem gedehnten „Klar, Bo, pass auf den Kerl auf.“

Als Boldini zum ersten Mal Einwände gegen Buddys Unhöflichkeit erhob, forderte dieser ihn prompt auf, mit nach unten zu kommen und seine Fäuste mitzubringen – eine Einladung, die Boldini ablehnte (und infolgedessen für immer als unterlegen galt).

Eine weitere Person, die uns mit Sicherheit beobachtete – und zwar mit finsterem, unheilverkündendem Blick –, war Feldwebel Lejaune selbst, nunmehr, leider, Oberfeldwebel.

Wir waren jedoch viel zu aufmerksam, vorsichtig und fähig, um ihm die Gelegenheit zu geben, die er offensichtlich suchte.

Als er zur Zimmerkontrolle kam, machte er nicht einmal den Anschein, uns und unsere Ausrüstung, unsere Ausrüstung und unsere Bettzeug nicht länger und gründlicher zu kontrollieren als alle anderen außer Buddy.

Als ich seinem heißen, grausamen Blick begegnete, musste ich an einen Panther oder ein anderes wildes Tier denken, dessen einziger Gedanke Hass war.

„Wir sind *erledigt*, Kumpel“, sagte Buddy zu mir nach einer dieser Kontrollen. „Unser Name ist in Verruf geraten. Dieser Abteilungsleiter gibt mir das Gefühl, als wäre ich in einen Grizzly geraten. Nur dass ich den Bären lieber mochte.“

„Ja", stimmte Hank zu. „Er ist ein Grizzlybär ... Aber ich habe schon mal einen Grizzlybären erschossen."

„Die sind nicht unsterblich", fügte er milde hinzu.

Es war ebenso völlig klar, dass Gefreiter Dupré erkannt hatte, dass er etwas Unpassendes gesagt hatte, als er auf Lejaunes Frage, was für eine Art nicht näher bezeichneter Tiere wir seien, erwiderte, wir seien Musterrekruten, deren einziges Ziel es offenbar sei, sich seines Wohlwollens würdig zu erweisen.

Korporal Dupré war im Grunde kein schlechter Kerl, aber „er musste ja auch leben", und mit jeder vergehenden Woche wurde deutlicher, dass wir drei nichts richtig machen konnten, während Boldini nichts falsch machte.

Unser Hauptvergehen war, dass wir kein Vergehen begingen, aber wir hatten das Gefühl, auf dünnem Eis zu laufen. . . .

In weniger als zwei Monaten wurden wir aus der Rekrutenausbildung entlassen und wurden vollwertige *Legionäre.*

Über meinem Bett hing ein bedruckter Pappschild mit der Aufschrift „*John Smith, Nr. 18896, Soldat*^{2ème} *Classe*", und ich war ein (zweitklassiger) Glücksritter, der seinen Platz in den Reihen meines Bataillons einnahm. Mit der Zeit würde ich *Soldat*^{1ère} *Classe* werden, wenn ich mich bewährte.

Michael, Digby, die beiden Amerikaner, Maris und St. André kamen zur gleichen Zeit zum Bataillon, und unsere kleine Gruppe blieb zusammen.

Jetzt lernten wir, was Marschieren wirklich bedeutet und warum die Legion im 19. Armeekorps als „ *cavalerie à pied*"(berittene Kavallerie) bekannt ist. Die Marschstrecken waren erschreckend lang und wurden mit einer konstanten Geschwindigkeit von fünf Kilometern pro Stunde zurückgelegt. Auf englischen Straßen, im englischen Klima und mit der Ausrüstung englischer Soldaten wären sie unglaublich gewesen. Über Sand und Wüstensteine, unter der afrikanischen Sonne und mit der viel schwereren Ausrüstung der Legionäre (die Zeltplane, Brennholz, eine Decke und eine Ersatzuniform umfasst) waren sie unendlich viel schlimmer.

Einmal machten wir einen Spaziergang von 500 Meilen, wobei wir ununterbrochen 30 Meilen pro Tag marschierten, weil der Oberst meinte, wir bräuchten „frische Luft".

Zusätzlich zu diesen Märschen hatten wir ein super Training in Gefechtstaktik und Aufklärung, jede Menge Kompanie- und Bataillonsübungen, Erste Hilfe, Feldingenieurwesen, abwechslungsreiche Schießübungen und die Theorie der Infanteriekriegsführung.

Als wir drei uns endlich wie alte Soldaten fühlten, merkten wir auch, dass wir geistig stagnierten, mechanisch wurden, uns langweilten und abgestumpft waren. Nacht für Nacht in Sidi-bel-Abbès herumzulaufen war nicht genug, unser Gehirn verlangte nach Beschäftigung.

Michael beschloss, dass wir Arabisch lernen sollten, sowohl für unser Seelenheil als auch im Hinblick auf eine zukünftige Verwendung als Generäle mit diplomatischen Missionen oder als Militärgouverneure.

Unser Arabisch erwies sich schon vorher als nützlich.

Wir besorgten uns Bücher aus der Bibliothek, engagierten einen halb arabischen Angestellten, der im *Bureau Arabe* arbeitete, um uns viermal pro Woche für eine Stunde zum Konversieren zu treffen, und begannen, statt in französischen Cafés arabische Cafés zu frequentieren.

Wir mochten die würdevollen und höflichen Männer, mit denen wir bei einem wunderbaren Kaffee plauderten, sehr.

Wir machten schnelle Fortschritte und legten nach einer Weile Wert darauf, untereinander Arabisch zu sprechen. Es ist eine leicht zu erlernende Sprache, besonders in einem Land, in dem sie gesprochen wird.

Und noch immer verfolgte uns Boldini wie unser Schatten, Korporal Dupré lauerte auf eine Gelegenheit, uns zu melden, und Lejaune wartete geduldig auf seine Stunde.

Aber wir waren vorsichtig und untadelige Soldaten. Selbst diese geschickten Fehlerfinder und Fehlermacher konnten keine Gelegenheit finden, und wir wurden von unserem Leutnant (Debussy) und Hauptmann (Renouf), die wir nur allzu selten sahen, positiv wahrgenommen.

Ihre Aufgabe war es, uns in Manövern und im Krieg zu führen, die der Unteroffiziere, uns darauf vorzubereiten, geführt zu werden. Und dabei halfen die Offiziere ihnen nur mit ihrer Autorität. Auf jede erdenkliche Weise, und manchmal auch auf unmögliche Weise, hielten sie die Macht der Unteroffiziere aufrecht, unterstützten sie bei jeder Gelegenheit, nahmen ihnen jedes Wort ab und unterstützten sie blind.

Es gab keine Berufung. Was der Unteroffizier sagte, war wahr, und was er tat, war richtig, zumindest gegenüber dem einfachen Soldaten. Die daraus resultierende Disziplin war beeindruckend – ebenso wie die Bitterkeit, der Hass und die Verzweiflung einiger Opfer von Ungerechtigkeit und persönlicher Boshaftigkeit.

Ein Sergeant musste nur ein Opfer weiter bestrafen, damit dieses die ungünstige Aufmerksamkeit des Offiziers auf sich zog, wenn dieser das Strafbuch las, und seine Strafe verdoppelt wurde – mit der Warnung, sich vorzusehen, dass ihm nicht etwas wirklich Ernstes passiere.

Die Amerikaner hatten nicht so viel Glück oder waren nicht so vorsichtig wie wir drei. Zum einen tranken sie manchmal den furchtbaren, wahnsinnig machenden Dreck, der in den billigen Weinstuben des spanischen Viertels oder im Ghetto verkauft wurde. Der rohe Alkohol aus Feigen, Reis oder Holz, bekannt als *„bapédi“*, *„tchum-tchum“* und *„genièvre“*, machte Buddy jähzornig und unberechenbar, während er Hank wahllos zärtlich machte und dazu neigte, sich dem Wachsergeant an den Hals zu werfen, wenn dieser ihn mitten in der Nacht singend hereinließ.

Dann war Lejaune glücklich und erinnerte sie daran, wie sie am Abend ihres Eintritts in die Legion in seiner Gegenwart den Mund aufgemacht hatten.

Wenn sie in der Kaserne eingesperrt waren, ließ er gelegentlich die Liste der Verfehlten aufrufen, in der Hoffnung, dass sie es verpassten, und wenn sie in der *Salle de Police* waren, sorgte er dafür, dass der Wachsergeant sie stündlich hinauswarf, unter dem Vorwand, er verdächtige sie, Tabak oder Alkohol zu haben.

Manchmal ging er mitten in der Nacht selbst in ihre Zellen, weckte sie mit einem plötzlichen Brüllen und gab ihnen einen schnellen, harschen Befehl, in der Hoffnung, dass sie ihn aus Ressentiments oder betrunkener Dummheit nicht befolgen würden.

Ich glaube, er hätte einen Monatslohn dafür gegeben, wenn er einen von ihnen dazu gebracht hätte, ihn zu schlagen. Ich hatte ständig Angst, dass Buddy das tun würde. Und jeden Tag haben wir ihnen das eingebläut und gebetet, dass so etwas nicht passieren würde. Aber sie waren alte Soldaten und gerissene Amerikaner. . . .

Und so vergingen die Monate, und jede Woche hörte ich von meinem Liebling. In Brandon Abbas passierte nichts.

Gussie war nach Sandhurst gegangen, der Kaplan war wieder da, und Onkel Hector hatte seine Heimkehr doch verschoben und war nach Kaschmir gegangen, um Bären zu jagen, da er in den Zentralprovinzen kein Glück mit Tigern gehabt hatte.

Es wurde nie ein Wort über die verschwundene „Blue Water“ verloren, Isobel wurde nicht gefragt, und sie gab von sich aus keine Auskunft über unseren Aufenthaltsort und ihren Kontakt zu mir.

Außerdem würde sie an ihrem nächsten Geburtstag ihr Geld „erben“ und dann eine kleine Reise machen und durch Algerien reisen!

„Hoffentlich kommt sie, bevor wir gehen – oder dass wir nicht gehen, bevor sie kommt“, sagte Digby, als er diese letzte Information erfuhr – denn wir waren voller Hoffnung, dass wir zu den Auserwählten für die große Sonderrekrutierung gehören würden, die in Kürze in den Süden gehen sollte.

Jeder wusste, dass ein tausend Mann starkes Bataillon in Kürze an der Grenze „demonstrieren“ würde, und „demonstrieren“ bedeutete weitere friedliche Vorstöße mit dem Bajonett, aktiven Dienst und Chancen auf Auszeichnungen, Orden und Beförderungen.

Wenn wir nicht mitgingen, würden wir bitter enttäuscht sein und zu gelangweilten und desillusionierten Opfern einer monotonen, seelenzerstörenden Routine verkommen, die täglich die Exerzierübungen absolvierten, in denen wir perfekt waren, die Wachablösung, den Wachdienst und die endlosen „Mühen“ verfluchten, Dinge lernten, die wir auswendig konnten, Übungen und Operationen ausführten, die wir mit verbundenen Augen beherrschten, und uns durch die mörderischen Marschrouten quälten, die wir hassten.

Aber wie grausam wäre es, wenn wir ausgewählt und weggeschickt würden, gerade als Isobel kommt!

Andererseits, wenn wir nicht ausgewählt worden wären (und wir waren noch sehr junge Soldaten), hätten wir uns zumindest auf Isobels Besuch in Sidi-bel-Abbès freuen können.

Meine Sehnsucht, sie zu sehen, war so groß, dass ich, wäre ich allein gewesen, wirklich manchmal mit dem Gedanken gespielt hätte, „auf Pump zu gehen", „die Promenade zu machen", was alle *Legionäre* ständig diskutieren und häufig versuchen. Dieses „auf Pump gehen", was auch immer das bedeuten mag, ist der Legionärsausdruck für Desertion und besteht in der Regel aus langsamer Vorbereitung und schneller Gefangennahme oder ein paar Tagen Durstqualen in der Wüste und schmachvoller Rückkehr oder aber aus unaussprechlichen Folterungen und Verstümmelungen durch die Araber.

Weniger als einer von hundert schafft die Flucht, denn zusätzlich zu den Patrouillen, der Wüste und den Arabern bekommen die bewaffneten einheimischen Polizisten, *die Goumiers*, eine Belohnung von 25 Francs pro Kopf für die Rückführung von Deserteuren, tot oder lebendig.

Da sie unübertroffene Fährtenleser, gut bewaffnet, gute Schützen und mutige Männer sind, sind sie sehr erfolgreiche Bluthunde.

Dennoch versuchen es häufig verzweifelte Opfer von Ungerechtigkeit oder aus purer Monotonie und Not, und ihre Bestrafung, wenn sie gefasst werden, reicht von Milde bis zu grausamer Härte, je nachdem, wie sehr sie unter *Cafard* litten und wie viel von ihrer Uniform und Ausrüstung sie verloren haben.

Ein Mann, den ich persönlich kannte, konnte, als er vor das oberste Kriegsgericht von Oran gestellt werden sollte, was in seinem Fall den sicheren Tod bedeutete, entkommen und floh aus dem Land.

Mehrere, die ich kannte, flohen in die Wüste und wurden entweder tot und verstümmelt aufgefunden oder man hörte nie wieder etwas von ihnen; und viele flohen und ergaben sich wieder oder wurden zurückgebracht, laufend oder auf dem Boden liegend, an einem Seil, das am Sattel eines arabischen *Polizeigoums* befestigt war.

Wir waren jedoch hierher gekommen, um als Söldner Karriere zu machen und Generäle in der französischen Armee zu werden, wie andere Ausländer vor uns aus den Reihen der Legion. Und wir taten unser Möglichstes, um in das ausgewählte Bataillon aufgenommen zu werden, das nach Süden marschieren sollte, um den nächsten Vorstoß der Apostel der friedlichen Durchdringung (oder Befriedung der neu durchdrungenen Gebiete) der Sahara des Sudan zu wagen.

§9.

Eines Abends, etwa zu dieser Zeit unseres Depôtlebens, kam Maris, der ehemalige Schweizer Kurier, zu mir, als ich auf meiner Pritsche lag, mich ausruhte und auf die Rückkehr von Michael und Digby von *der Corvée* wartete. Er sagte:

„Ich muss Ihnen etwas sagen, Monsieur Smith. Sie haben mir viele Dienste erwiesen und mich vor dem Gefängnis bewahrt, als meine Uniform gestohlen wurde und ich sie nicht rechtzeitig für die Inspektion *durch den Adjutanten* ersetzen konnte. ... Würden Sie und Ihre Brüder mich heute Abend um sechs Uhr bei Mustapha treffen? Es wird sich für Sie lohnen. Dort sind wir sicher, vor allem, wenn wir Englisch sprechen ..." Er blickte sich ängstlich in dem belebten Raum um und nickte Colonna und einem Italiener namens Guantaio zu, die gemeinsam am Tisch arbeiteten.

Ich dankte ihm und sagte, ich würde es meinen Brüdern sagen, und wenn sie rechtzeitig von ihrer „Arbeit" zurückkämen, würden wir bei Mustapha vorbeischauen.

Als Michael und Digby von ihrer Arbeit zurückkamen, bei der sie von einem Sergeant zum Kehren und Unkrautjäten verdonnert worden waren, erzählte ich ihnen, was Maris gesagt hatte.

„Geh lieber“, meinte Michael. „Maris ist wohl der Saubermann. Es kann nicht schaden, es sich anzuhören.“

Bei Mustapha gab es ein arabisches Café, wo wir supergünstig einen tollen Kaffee bekamen – dick, schwarz und süß, mit einem Tropfen Vanille, einem Tropfen Haschischöl oder Opium, einem Tropfen Orangenessenz und anderen Aromastoffen.

Hier ruhten wir uns auf einem großen, sehr niedrigen Diwan mit einer festen Wand im Rücken aus und warteten auf Maris, der wenige Minuten später kam.

“Es ist so, meine Freunde”, sagte er in seinem ausgezeichneten Englisch, als wir unsere kleinen Tontassen mit dampfendem Kaffee vor uns auf dem Boden stehen hatten. ”Ich will euch nichts vormachen, versteht ihr? Aber Boldini treibt wieder seine Spielchen. ... Ich habe viel über ihn von Vaerren und von alten *Légionnaires* gehört, die früher mit ihm gedient haben. ... Der ist ein übler Kerl, dieser Boldini. Man sagt, Lejaune will ihn bald zum Unteroffizier machen. ... Nun, ich habe einiges beobachtet.

„Ja. Und gestern Abend saß ich in den Tlemcen-Gärten. Es wurde dunkel. Hinter der Bank standen Büsche, und auf der anderen Seite verlief ein weiterer Weg. Einige *Legionäre* kamen daher und setzten sich auf eine Bank, die direkt hinter meiner gewesen sein muss. Sie sprachen Italienisch. Ich kann gut Italienisch und höre immer zu, wenn Fremde sprechen. . . . Ja, ich werde wieder Kurier sein, wenn sich der kleine Ärger um den Mann gelegt hat, dem ich beigebracht habe, mir während meiner Reise nicht meine Verlobte zu stehlen. Ja. . . .“

Er machte eine dramatische Pause, rollte mit den Augen und gestikulierte wild, bevor er fortfuhr:

”Es waren Boldini, Colonna und Guantaio. Er hatte versucht, sie zu etwas zu überreden, aber sie hatten Angst. Boldini wollte aus irgendeinem Grund auch, dass Colonna das Bett mit ihm tauschte, um die Sache zu vereinfachen.

„ *Ja, und was ist, wenn ich erwischt werde?*“ , fragte Colonna.

„ *Du bist genauso gut wie er*“, sagte Boldini.

„ *Und was ist mit seinen Brüdern? Ja – und seinen Freunden, den Amerikanern?*“ , fragte Colonna.

„ *Und was ist mit* deinen *Freunden – mir und Guantaio und Vogué und Gotto? Was ist* mit Sergeant-Major Lejaune, *wenn jemand einen Aufstand macht und Corporal Dupré den Mann bei ihm meldet und ich meine bescheidene Aussage als Augenzeuge mache – unter vier Augen? Eh? ... 'Brüder', sagst du! Sind Lejaune und ich nicht wie Brüder?*“

„ *Warum machst du es dann nicht selbst?*“ , sagte Guantaio.

„ *Weil ich bald Corporal werde*“, antwortete Boldini, „ *und ich darf mich nicht in irgendwelche Streitereien verwickeln lassen. ... Ach, wenn ich erst Corporal bin, kann ich mich um meine Freunde kümmern, nicht wahr?*“ Dann erinnerte er sie daran, was sie mit tausend Francs anfangen könnten – mehr als fünfzig Jahre ihres Soldes für eine zweiminütige Arbeit.

Da sagte Guantaio, der offenbar mutiger war als Colonna:

” *Woher weißt du, dass er es hat?*” Boldini antwortete: ” *Weil ich es gehört habe. Sie sind eine Bande. Großartige Diebe. Sie haben mich gefragt, ob Diebe in der Legion der Polizei ausgeliefert werden. Als der dritte in Oran dazukam, habe ich es aus ihren Gesprächen herausgehört. Und sie gaben mit ihrem Geld an. Sie trafen sich nachts draußen im Hof, und ich schlich mich hinter einen Pfeiler in ihrer Nähe und lauschte. Ich konnte nicht alles hören, aber sie sprachen von einem Juwelenraub und dreißigtausend Pfund. Der, den sie “Le Beau” nennen, sagte, er bewahre es auf wie der Känguru... ... wie das Känguru ... seine Jungen! Ich habe ihn deutlich gehört.*

”*Und wo trägt das* Känguru *seine Jungen? In einem Beutel am Bauch, und genau dort bewahrt dieser Dieb, Legionär Guillaume Brown, dieses Juwel auf. In einem Beutel... Er trägt es Tag und Nacht bei sich.*

„ *Und es gibt tausend Francs für den Mann, der mir den Beutel besorgt. Und ich gehe das Risiko ein, dass der Juwel im Ghetto für mehr als tausend verkauft wird. Einige dieser Ghettojuden sind Millionäre. Ich würde die Lampe löschen. Einer könnte ihn knebeln und festhalten, während der andere ihn holt, und dann könnten sie im Dunkeln zu ihren Betten rennen.*“

Und er redete noch viel mehr in der Art, stachelte sie an, und dann gingen sie weg, ohne etwas zu vereinbaren", fuhr Maris fort.

Digby und ich brachen in Gelächter aus, als das Känguru erwähnt wurde, und Michael drehte sich lächelnd zu Maris um.

Als dieser aufhörte, fragte Digby, ob Boldini nicht auch verraten habe, dass er ein Saphirauge trage, und ich fragte, ob der listige Italiener nicht die Beule in Digbys Wange bemerkt habe, wo eine Affentasche einen großen Edelstein verbarg.

„Der Dummkopf hat einen ausgefeilten Witz mitbekommen“, sagte Michael zu Maris, „aber wir sind dir sehr dankbar.“

„Oh, er ist wirklich ein Dummkopf“, sagte Maris, „aber er ist auch ein Schurke.“

„Der Schurke der Karo!“, fügte er mit einem Grinsen hinzu. „Ich sage Ihnen das nur, weil ich Sie als englische Gentlemen mag und es durchaus möglich ist, dass sie versuchen werden, Ihnen Ihren Geldgürtel zu stehlen, wenn sie glauben, dass sie etwas Wertvolles finden können.“

Wir füllten den würdigen Maris mit *Couscous* und *Galettes* (Pfannkuchen und Honig) und schlenderten zurück zur Kaserne.

Als wir allein waren, sagte ich zu Michael:

„Du trägst *doch* einen Geldgürtel, Beau. Gib ihn mir nachts für eine Weile – für den Fall, dass diese netten Italiener doch noch überredet wurden und in der Dunkelheit etwas passiert.“

„Warum?“, fragte Michael.

„Nun“, antwortete ich, „du könntest ihnen deine ungeteilte Aufmerksamkeit schenken, ohne dich um irgendetwas kümmern zu müssen, wenn du nichts zu schützen hättest. Außerdem könntest du so beweisen, dass du nachts keinen Geldgürtel trägst.“

„Ich würde lieber Verzweiflung und Alarm bei den Dieben auslösen, danke“, sagte Michael.

„Was für ein Spaß!“, lachte Digby. „Ich werde einen Ziegelstein unter meinem Gürtel verstecken und schwören, dass es ein Rubin ist. Wer ihn mir im Schlaf wegnehmen kann, darf ihn behalten. ... Ich muss diesen Boldini finden.“ ...

Aber ich persönlich fand die Sache nicht gerade lustig.

Ich hatte von italienischen Messern gehört, und es schien mir, dass ein Mann durchaus tot in seinem Bett aufgefunden werden könnte, mit einem Messer – oder seinem eigenen Bajonett – im Herzen, ohne dass jemand etwas davon mitbekommen hätte. Und selbst wenn Gerechtigkeit walten würde, was zweifelhaft war, würde das den Toten nicht wieder zum Leben erwecken.

Wir waren schon lange genug in der Legion, um ihren seltsamen Moralkodex zu kennen, und in Bezug auf Diebstahl war das Gesetz sehr eigenartig, sehr streng und sehr brutal.

Man konnte jeden Teil der Uniform stehlen und war kein Dieb. Es war ein Fall von „Raub ohne Diebstahl“. Die Uniform oder Ausrüstung eines anderen zu nehmen, bedeutete lediglich, „sich zu schmücken“, und sich zu schmücken war ein harmloser Zeitvertreib, der allgemein als gewinnbringend, amüsant und ehrenhaft angesehen wurde. Die öffentliche Meinung war nicht im Geringsten gegen diese altehrwürdige Praxis, und die Tat wurde vor niemandem außer dem Besitzer des beschlagnahmten Eigentums verheimlicht.

Das war alles ziemlich albern, denn es war eine sehr ernste Angelegenheit, die mit einer sehr schweren Strafe verbunden war, wenn einem Mann bei der Ausrüstungskontrolle durch den *Adjutanten* auch nur ein Riemen fehlte. Trotzdem konnte, konnte, könnte, könnten Sie sich mit einer Uniformjacke, einer Schärpe, einem Mantel, einem Paar Stiefeln, einer Hose oder der gesamten „Wäsche“ eines Mannes aus der Wäscheleine im *Waschraum*„schmücken“, und niemand dachte einen bösen Gedanken über Sie, außer dem Unglücklichen, den Sie bestohlen hatten.

Die Idee dahinter war, dass man sich, wenn einem ein Ausrüstungsgegenstand fehlte (schließlich war dieser Eigentum von *Madame la République* und nicht des Einzelnen), selbst helfen musste, wo man konnte, das Opfer sich selbst helfen musste, wo es konnte, dessen Opfer ebenfalls, und so weiter. Und wer am Ende ohne Ausrüstung erwischt wurde, war der Dumme und der Verlierer in diesem kindischen Spiel „Bettle, Nachbar“ (um seine Uniform).

Seiner Uniform, die öffentliches Eigentum war – aber sonst nichts.

Alles andere war Privateigentum und heilig. Privateigentum zu stehlen war keine Selbstverherrlichung, sondern Diebstahl; und Diebstahl war in dieser Ansammlung der Ärmsten der Armen das schlimmste Verbrechen, unendlich schlimmer als Mord. Der Legionär schätzte sein Leben nicht besonders, aber seine wenigen Habseligkeiten waren ihm unschätzbar wertvoll.

Die Legion selbst ging mit dem Gräuel des Diebstahls äußerst rigoros um, denn er konnte nicht toleriert werden, wo alles Private so wertvoll und so leicht zu stehlen war, wenn sich ein Dieb in ihrer Mitte befand.

Es gab keinen Gedanken daran, sich in einem Fall von Diebstahl an die Obrigkeit zu wenden, noch gab es eine Untersuchung oder einen Kommentar seitens der Obrigkeit, wenn ein Fall auftrat und von den Männern selbst gemäß dem Gesetz und Brauch der Legion bestraft wurde.

Und wir sollten bald sehen, wie das Gesetz in der Praxis funktionierte, und ein Beispiel für diesen Brauch erleben. . . .

Da Michael sich absolut weigerte, mir zu erlauben, nachts seinen Geldgürtel für ihn zu tragen, beschloss ich, mir einen anderen Plan zu überlegen – angesichts dieser Geschichte, die Maris erzählt hatte. Ich zweifelte keinen Moment an ihrer Wahrheit, da sie lediglich bestätigte, was ich gedacht und Buddy allgemein geäußert hatte – dass Boldinis Interesse an unserem Kommen und Gehen, unseren Gesprächen und Gewohnheiten, unserer Vergangenheit und unseren privaten Angelegenheiten einen finsteren Grund und Zweck hatte.

Zuerst dachte ich daran, mit Digby zu vereinbaren, dass wir abwechselnd Wache halten sollten, aber ich verwarf diesen Plan als unmöglich. Niemand, der so lange und so hart arbeitete wie wir, konnte möglicherweise wach im Bett liegen, und Michael hätte unserem „Unsinn" schnell ein Ende bereitet, wenn wir aufgeblieben wären, um ihn zu bewachen.

Dann dachte ich daran, zu Boldini zu gehen und zu sagen:

„Kängurus können furchtbar treten, mein Freund", oder „Lass mich besser nicht sehen, dass du das Licht ausmachst, Boldini", oder sogar offen und ehrlich versprechen, ihn zu töten, wenn jemand versuchen würde, meinen Bruder zu berauben.

Nachdem ich über die Sache nachgedacht und Digby konsultiert hatte, der die Sache nicht so ernst nahm wie ich, kam ich auf die geniale Idee, den Rat einer älteren, weltgewandteren und weitaus klügeren Person als mich selbst einzuholen – und wandte mich an Buddy.

Was er nicht über Gauner und die besten Methoden, sie zu besiegen, wusste, war nicht der Rede wert, und seine Erfahrungen bei den Texas Rangers waren die eines Detektivs, Polizisten, Wachhundes und Soldaten in einer Grossfarm.

Also ging ich eines Abends mit Hank und Buddy los, spendierte uns ein paar Drinks in der Bar de Madagascar in der Rue de Daya und erzählte ihnen, dass ich guten Grund zu der Annahme hatte, dass Boldini mit Colonna und Guantaio plante, meinen Bruder eines Nachts auszurauben.

„Mein Bruder kann natürlich auf sich selbst aufpassen", sagte ich, „aber diese Mistkerle sind auf die Idee gekommen, dass er einen wunderbaren Edelstein besitzt, den wir drei gestohlen haben. Ich frage mich, ob Guantaio, der wie ein *echter* sizilianischer Bandit aussieht, ihm ein Messer in den Rücken rammen würde, um sich seinen Gürtel zu sichern. Das ist das Einzige, was mir Sorgen macht."

„Vergiss es, Junge", war Buddys prompte Antwort. „Diese Faulpelze würden das niemals tun. Zum einen vertrauen sie einander nicht genug. Zum anderen ist es viel zu riskant. Diese armseligen Diebe würden es nicht wagen. Ein Tropfen Blut an seinen Händen oder seinem Hemd oder ein Schrei deines Bruders, und er würde auf frischer Tat ertappt werden."

„Klar", stimmte Hank zu. „Nicht in der Kaserne würden sie das tun. Sie würden ihn eher in eine Seitenstraße zerren und ihm auf den Kopf schlagen. Dort hätte es jeder tun können. Viele werden wegen ihrer Schärpe und ihrer Bajonette im *Dorf der Neger* und in den Spelunken und Absteigen im spanischen Viertel erwischt. ... Lass ihn nicht alleine herumlaufen, dann ist er sicher genug."

Das war beruhigend und entsprach dem gesunden Menschenverstand. Natürlich würde es einen sehr kühlen, geschickten und mutigen Mörder erfordern, einen Mann zu töten, der in einem Raum mit dreißig anderen schläft.

„Ich weiß nicht so recht", sagte ich, um mich selbst zu widerlegen und mich ganz zu beruhigen. „Angenommen, Guantaio oder Colonna schleichen sich einfach ans Bett und rammen ihm ein Bajonett durch die Decke und ins Herz. Dann hätte der Mörder keine Blutflecken an sich..."

„Nicht, wenn er mit dem Gürtel herumgefummelt hat?", warf Buddy ein. „Und dein Bruder hätte keinen Mucks von sich gegeben? Vergiss es, sage ich."

„Hör mal, Bo", argumentierte Hank. „Stell dir vor, du hättest mich erstechen wollen. Woher hättest du gewusst, wo mein Herz ist, wenn ich unter der Decke zusammengerollt liege und es fast stockdunkel ist? Woher hättest du gewusst, dass alle schlafen? Woher wusstest du, dass es keinen Lärm geben würde? ...Ach was! Das ist doch kein Pferdesinn... Nein. Diese Legenden stehen nicht für Mord in der Baracke, noch weniger für Raub und schon gar nicht dafür, dass man nachts aus dem verdienten und rechtmäßigen Schlaf geweckt wird."...

„Siehst du, Junge", unterbrach Buddy an dieser Stelle, „die Kaserne ist für deinen Bruder der sicherste Ort überhaupt. Was seinen Kohinoor-Diamanten angeht, so nehme ich an, dass er selbst gut darauf aufpassen kann."

„Klar", stimmte Hank zu.

„Absolut", sagte ich. „Wenn keine Gefahr besteht, dass er im Schlaf ermordet wird, ist die Sache erledigt. Ich würde Boldini sogar bitten, zu versuchen, ihn zu berauben."

„So weit würde ich nicht gehen, Bo", widersprach Buddy. „Ich würde mich darum kümmern, deinen Bruder jeden Abend seines Lebens auszuräumen – jeden Cent aus seinem Gürtel – und den Gürtel auch gleich mit. Vielleicht könnte Mister Cascara Sagrada das auch", und wir lächelten, beide an die Gelegenheit denkend, bei der Buddy auf mein Geld oder mich „aufgepasst" hatte.

„Hör mal, Bo", sagte Hank daraufhin. „Ich hab da eine Idee. Angenommen, ich gehe zu Cascara und sage zu ihm: *'Partner'*, sage ich, *'wenn dieser englische Legende, Willyerm Brown, Nr. 18897, ausgeraubt wird, werde ich dir mit Sicherheit Unrecht tun. Ich werde dich so übel verprügeln, dass dich dein eigener Vater nicht wiedererkennen würde und deine Mutter dich verstoßen würde*" , oder etwas ähnlich Entmutigendes.

Ich bedankte mich bei diesem großen, langsamen Menschen, lehnte aber ab und versicherte ihm, dass wir sehr gut auf uns selbst aufpassen könnten und ich nur wissen wollte, ob Mord eine mögliche Eventualität sei.

„Nicht in der Kaserne. Nicht, bis die Hölle losbricht", sagte Buddy.

„Klar", stimmte Hank zu. „Aber lass ihn nicht alleine in irgendwelchen Spelunken oder Kneipen herumlungern. Nein."

„Und sag ihm von mir, dass ich auf seinen Geldgürtel aufpasse und die Verantwortung übernehme, wenn er will", bot Buddy an. „Dann kann er ruhig schlafen und sich auch um jeden kümmern, der nachts herumschnüffelt, ohne Zeit damit zu verschwenden, nachzusehen, ob sein Goldstaub noch da ist..."

Ich bedankte mich wieder bei ihm, wechselte das Thema und brachte sie bald darauf zurück in die Baracken, „nüchtern auf dem Wasserwagen sitzend, eine Zierde für alle Männer", wie Hank bemerkte.

Und genau in dieser Nacht passierte etwas, das einige Herren aus unserer Baracke dazu gebracht haben muss, ernsthaft darüber nachzudenken, ihre Pläne für schnellen Reichtum aufzugeben, falls sie solche überhaupt hatten.

Ich wurde durch einen lauten Knall und Geschrei geweckt. Ich sprang auf, sofort hellwach, und sah zwei Männer auf dem Boden neben Michaels Bett kämpfen. Der eine lag oben und hielt den anderen mit einer Hand an der Kehle fest – es war Michael. Als ich aus meinem Bett sprang, merkte ich, dass der Raum voller Leben war und dass Männer mit wütenden Rufen herbeieilten, um zu sehen, was und wer ihren heiligen Schlaf gestört hatte – eine schreckliche Verletzung der strengsten Gesetze der Legion.

„Dreh dem hinterhältigen Coyoten den Hals um, Bo“, schrie Buddy.

„*Erlehren Sie ihm, ein Frosch zu sein*, Beau“, zitierte Digby, und mit Rufen wie „Dieb! Dieb!“ schwappte die Welle schreiender, gestikulierender Männer über die beiden und trug einen von ihnen an die Oberfläche. Es war weder Guantaio noch Colonna, weder Gotto noch Vogué – von denen ich eigentlich erwartet hatte, einen zu sehen.

Mit weißem Gesicht, sich wehrend, flehend, im Griff von einem Dutzend empört und wild gewordener *Legionäre*, war ein Mann aus dem Nebenzimmer.

Ich sah mich nach Boldini um.

Er schlief tief und fest in seinem Bett! Ebenso wie Corporal Dupré in seinem, mit dem Gesicht zur Wand – beide Männer, die schon das Quietschen einer Maus geweckt hätte.

„Was machst du hier, *Schurke*?“, schrien ein halbes Dutzend wütende Stimmen, während der Mann hin und her gezogen, geschlagen, geschüttelt und brutal geschlagen wurde.

„Sprich für dich, Brown. Was ist los?“, brüllte Schwartz, der den Mann an der Kehle packte. „Hat er gestohlen?“

„Auf den Tisch mit ihm“, brüllte Brandt.

„Ja, los. Kreuzigt den Schweinehund“, brüllte der riesige bärtige Schwartz und schüttelte sein Opfer wie ein Terrier eine Ratte.

Hank, gefolgt von Buddy, stürmte in die Mitte des Gedränges und warf Männer nach rechts und links.

„Der gehört nicht zu Boldinis Bande“, hörte ich Buddy sagen.

„Gebt dem Kerl ein faires Verfahren“, rief Hank. „Lynchen ist für Pferdediebe und solche – aber gebt ihm ein Verfahren“, und er packte den Mann selbst. „Spuck es schnell aus“, sagte er zu dem verängstigten Kerl, der kurz vor der Ohnmacht stand.

„Wartet mal“, rief Michael auf Französisch. „Er gehört mir. . . . Er hat genug. . . .“

Die Menge brüllte. Einige hatten Bajonette in der Hand.

„Ich habe mich verlaufen“, schrie der Gefangene.

„Und bist im Bett eines Mannes gelandet, der Geld hat“, lachte eine Stimme. „Legionsrecht! Auf den Tisch mit ihm!“

Michael sprang auf den Tisch.

„Ruhe, ihr Idioten!“, schrie er. „Hört zu!“ Und die Menge hörte zu. „Ich bin aufgewacht und habe gemerkt, dass der Mann unter meinem Kopfkissen herumtastete. Ich dachte, er gehöre zu diesem Zimmer. Dass er jemand sei, auf den ich gewartet habe. Nun – das ist er nicht. Lasst ihn gehen – er kommt nicht wieder ...“

Daraufhin ertönte ein lautes Geschrei voller Spott und Verachtung, und Michael wurde von einer wütenden Menschenmenge zu Boden geworfen.

Während er, Digby und ich uns zum Tisch kämpften, wurde der Dieb darauf geworfen und festgehalten; eine Bajonette wurde ihm durch jede Hand gestoßen, eine weitere durch jedes Ohr, und er lag da, stöhnte und um Gnade flehend. Als ich voller Ekel zum Tisch gelangte, mit der Idee, den armen Kerl zu retten, wurde ich von hinten gepackt und wieder weggeworfen.

„Bleib liegen und denk darüber nach, du diebischer Hund“, schrie Schwartz den Dieb an.

„Hör auf zu heulen – oder ich steche dir noch eine in die Kehle“, knurrte Brandt.

Hank packte mich, als ich Haff niederschlug.

„Lass ihn, Johnny“, sagte er und umarmte mich wie ein Bär. „Das ist hier so üblich. So wird Diebstahl in dieser Gegend verhindert. Aber ich wünschte, sie würden Boldini lynchen ...“

Ich versuchte, ihn abzuschütteln, als ich sah, wie Michael sich wie ein Tiger auf Schwartz stürzte.

Plötzlich schrie jemand „ *Wache!*“ , es gab ein hastiges Hin und Her, und die Wachen stürmten herein und fanden einen stillen Raum voller schlafender Männer, in dessen Mitte wir drei standen und Bajonette aus einem weißen Holztisch zogen, während ein noch weißerer, wimmernder Mann dalag.

„Was ist hier los?“, fragte der Wachkorporal. . . .

„Ein Unfall", antwortete er sich selbst, ignorierte mich völlig, wandte sich an den stumpfsinnigen Wachmann und gab ihm den knappen Befehl:

„Ins Krankenhaus!" Und der Wachmann führte den elenden Kerl teils führend, teils tragend fort.

Wie er hieß, ob er von Boldini angestiftet worden war oder ob er nur versucht hatte, einen Mann auszurauben, von dem er wusste, dass er Geld hatte, wusste ich nicht.

Als Michael ihn dabei erwischte, wie er unter dem Kopfkissen tastete, schien es ziemlich wahrscheinlich, dass er nur nach einer Geldbörse oder Münzen suchte.

Andererseits könnte er auch das Regal und *das Gepäck* durchsucht haben, bevor er unter dem Kopfkissen nach dem angeblichen Gürtel und dem Juwel suchte, um dann das weitaus riskiertere Unterfangen zu wagen, die Tasche und den Geldgürtel zu durchwühlen.

Als wir am nächsten Tag über die Angelegenheit sprachen, konnte sich keiner von uns daran erinnern, Guantaio oder Colonna in der Aufregung gesehen zu haben, sodass ich zu dem Schluss kam, dass sie wie Boldini beschlossen hatten, sich nicht durch den Lärm wecken zu lassen.

Wie alle alten *Legionäre* prophezeit hatten, hörten wir von den Behörden nichts über den Aufruhr und den Überfall auf den Dieb. Offensichtlich hielt man es für das Beste, die Männer ihre eigenen Gesetze nach eigenem Ermessen durchsetzen zu lassen, sofern diese Gesetze vernünftig und im öffentlichen Interesse waren.

Als der Verletzte aus dem Krankenhaus kam, interessierten wir uns für seine Bewegungen. Er stellte sich als Bolidar heraus, ein portugiesischer Hafenarbeiter aus Lissabon und höchstwahrscheinlich ein Kleinkrimineller. Er blieb bei seiner absurden Geschichte, dass er sich im Zimmer geirrt habe und sich in sein vermeintliches Bett getastet habe.

Wir kamen zu dem Schluss, dass er entweder seinen Komplizen gegenüber loyal war oder Angst hatte, sie zu verraten. Wir sahen ihn später in Zinderneuf wieder.

„Überlass ihn mir", sagte Buddy. „Ich werde ihm die Zunge lösen – diesem elenden Ganoven. Eines Nachts wird dieser italienische Schweinehund mir und Hank die Geheimnisse seines liebenden Herzens verraten..."

„Er wird sie dir sicher herausheulen", meinte Hank.

Aber ob er das unter dem Einfluss von Alkohol oder Angst tun würde, konnte ich nicht sagen.

Was wir ein oder zwei Wochen später herausfanden, war, dass wir die berühmteste Bande internationaler Gauner und Juwelendiebe in Europa waren und mit einem Diamanten im Wert von über einer Million Francs davongekommen waren. Damit hatten wir in der Fremdenlegion Zuflucht gesucht, um uns bedeckt zu halten, bis die Angelegenheit vergessen war, und dann den Diamanten ganz zu verkaufen oder ihn zerschneiden zu lassen, je nachdem, was am besten erschien.

Wir waren Deutsche, die sich als Engländer ausgaben, und wir hatten den Diamanten in London von Herrn Smith, einem großen englischen General, geklaut, dem er vom Prinzen von Wales geschenkt worden war, der in seine Schwester verliebt war. Buddy sagte mir ganz ernst, dass Bolidar das alles „ganz sicher" wisse. Bolidar hatte es von einem Freund von uns erfahren. Nein, keine Namen – aber wenn Hank und Buddy den Diamanten zurückholen könnten – ihn vor den Gaunern „retten" könnten – würde er, Bolidar, ihnen tausend Francs versprechen *und* den Schutz von jemandem, der sie beschützen könnte.

„Da hast du es, Kumpel", schloss Buddy mit einem amüsierten Grinsen. Und da waren wir nun.

Aber nur für einen weiteren Monat. Am Ende dieser Zeit fanden wir uns in der ausgewählten Rekrutenliste mit Befehl für den Süden wieder, und unsere Chance war gekommen, diese Auszeichnung, diese Ehrung und diesen Aufstieg zu erlangen, die unser erster Schritt auf dem Weg zum Ruhm sein sollten – der nicht ins Grab, sondern zu Ruhm und Reichtum führen sollte.

Kapitel IV. Die Wüste

Wir verließen das Depot von Sidi-bel-Abbès mit der Stimmung, mit der Jungs die Schule am Ende des Halbjahres verlassen. Der Gedanke, dieser tödlichen, erdrückenden Monotonie und Langeweile zu entkommen, in den aktiven Dienst, in die Abwechslung und das Abenteuer zu kommen, war unbeschreiblich schön. Der Wermutstropfen in meinem Glückskelch war das Wissen, dass ich abreisen musste, bevor Isobel Algerien besuchen konnte, und dass ich, wenn wir in den fernen Süden geschickt würden und ständig unterwegs wären, nur in langen und unregelmäßigen Abständen von ihr hören könnte.

In einem langen Brief, den ich ihr in der Nacht vor unserem Aufbruch schrieb, schüttete ich ihr mein Herz aus, sagte ihr, dass ich absolut sicher sei, sie wiederzusehen, und bat sie, ihre Jugend nicht damit zu verschwenden, an mich zu denken, wenn ein Jahr ohne Nachrichten verginge, da ich dann tot sein würde.

Nachdem ich mich eine Weile selbst bemitleidet und herrlich sentimental gegeben hatte, wurde ich wieder ganz praktisch, traf alle Vorbereitungen, salbte meine Füße und fiel, beladen wie ein Lasttier, zum letzten Mal auf dem Exerzierplatz der Legion in Sidi-bel-Abbès ein.

Mit hundert Schuss Munition in unseren Taschen, Freude in unseren Herzen und einer gewaltigen Last auf dem Rücken schwangen wir uns aus den Toren, begleitet von der Musik unserer großartigen Kapelle, die den Marsch der Legion spielte, den man nur hört, wenn die Legion in den aktiven Dienst zieht.

Wohin wir gingen, wussten wir nicht und es war uns auch egal. Dass es ein anstrengender, mörderischer Marsch werden würde, wussten wir und es war uns egal. Wir sollten als Bataillon marschieren und kämpfen oder in Kompanien und Abteilungen aufgeteilt werden und Wüstenposten besetzen, wo wir mit unseren Feinden in Kontakt stehen würden – seien es raubende Tuaregs, rebellische arabische Stämme, *Dschihad predigende* Mauren oder fanatische Senussi – und in ständigem Einsatz sein.

Möglicherweise würden wir an einem umfassenden Eroberungsplan teilnehmen, der die französische Herrschaft bis zum Tschadsee oder Timbuktu ausdehnen würde. Möglicherweise standen wir kurz davor, Marokko ein für alle Mal zu erobern.

Unsere Vorstellungen waren vage und unsere Unwissenheit grenzenlos, aber was wir wussten, war, dass wir unterwegs waren, dass wir „scharfe" Munition bei uns hatten, dass wir eine in sich geschlossene, selbstständige Einheit aus ausgewählten Männern waren, dass die Kasernen und ihre mörderische Routine hinter uns lagen und dass vor uns die Freiheit und Bewegung des aktiven Dienstes lagen, mit Abenteuern, Veränderungen, Kämpfen und der Chance auf Auszeichnungen und Beförderungen.

Fröhlich sangen wir, während wir marschierten, und wechselten munter zwischen „ *Voilà du Boudin*", „*La casquette de Père Bougeaud*", „ *Pan, pan, l'Arbi*", „ *Des marches d'Afrique*", „ *Père Brabançon*" und „ *Soldats de la Légion*" und anderen alten Lieblingsmarschliedern.

Michael, Digby und ich waren mit Maris in einer Viererreihe, und hinter uns kamen Hank, Buddy, St. André und Schwartz. Nachts teilten wir uns das kleine Zelt, das wir mit den mitgebrachten Planen und Zeltstangen in einer Minute und fünfzehn Sekunden aufbauen konnten. Wir schliefen auf unseren Mänteln, unsere Rucksäcke als Kopfkissen, unsere Gewehre aneinander gekettet und die Kette an das Handgelenk eines Mannes gefesselt.

Wir waren motiviert, wir waren ausgewählte Männer, und niemand wurde krank oder fiel aus. Hätte er das getan, wäre er eines unangenehmen Todes gestorben, an dem Durst, Araber und Hyänen beteiligt gewesen wären.

Wir gaben fröhlich unser Bestes wie Männer, murrten fröhlich wie Teufel, fielen am Ende eines vierzig Kilometer langen Marsches fröhlich wie Holzklötze um und standen fröhlich wie Automaten auf, als um 2 Uhr morgens der Weckruf ertönte.

Wir hatten zu wenig Wasser, zu wenig Reis und Makkaroni, kein Fleisch und kein Gemüse und zu wenig Brot, und wir waren topfit und gesund. Wir hatten keine Helme und keine

Rückenpolster, wir trugen schwere Mäntel, wir hatten nur eine Leinenklappe an unseren Mützen, um unseren Hals zu schützen, und wir hatten keine Sonnenstiche oder Hitzeschläge.

Und schließlich erreichten wir Ain-Sefra und ruhten uns aus, um wieder zu Kräften zu kommen und uns neu auszurüsten, wobei die *Fourrier-Sergeanten* vor allem mit den Stiefeln alle Hände voll zu tun hatten.

Hier erfuhren wir, dass die gesamte Sahara in einem ihrer periodischen Unruhezustände brodelte und nach einer friedlichen Durchdringung verlangte, was sich in Überfällen der Tuareg auf geschützte Dörfer, Propaganda der Senussi, Stammesaufständen und sporadischen Ausbrüchen von Meuterei und Mord äußerte.

Es wurde auch viel über eine ernsthafte Konzentration im Südosten gesprochen, die von Kufra aus organisiert worden sein sollte, sowie über einen „Sympathiestreik" der zahlreichen kriegerischen Stämme entlang der marokkanischen Grenze.

Als dies dann passierte, stellte sich heraus, dass sie gleichzeitig alle französischen Außenposten, Festungen und Siedlungen an der Sahara-Grenze von Marokko bis Tripolis angegriffen hatten.

Der Plan war dann, Feuer und Schwert nach Norden bis zum Meer zu tragen, die überlebenden *Roumis* ins Meer zu treiben und das Land für immer von der verderblichen Anwesenheit dieser ungläubigen Hunde zu befreien.

Marokko, Tunesien, Tripolis und Ägypten sollten sich zusammentun und unter dem grünen Banner eines gereinigten Glaubens und der geistigen Führung unseres Herrn, des Mahdi el Senussi, das gute Werk im Namen Allahs, des Barmherzigen, des Gnädigen, und seines Propheten Mohammed fortsetzen, bis der Islam wieder frei, triumphierend und siegreich über alle wäre....

Dies haben wir aus Gesprächen mit arabischen *Goumiers*, Marabuts, Kameltreibern und Dorfbewohnern in ihrer eigenen Sprache sowie von Ordonnanzen und Offiziersdienern erfahren, die die Gespräche ihrer Herren in der Messe mitgehört haben....

Von Ain-Sefra marschierten wir nach Douargala, wo sich eine große Streitmacht aller Waffengattungen konzentrierte, und von dort aus zogen wir nach Süden, entweder um den Franzosen vor den Augen der Araber zu folgen oder als Aufklärungsstreitmacht und Schutzschild, hinter dem die Brigade in Ruhe und Sicherheit ihre Vorbereitungen treffen konnte.

Und nach endlosen Märschen durch die Wüste befand sich das Bataillon schließlich entlang einer Kette von Oasen, zwischen denen die Kommunikation durch Kamelpatrouillen aufrechterhalten wurde, die sich auf halbem Weg trafen und Berichte, Befehle, Informationen, Zigaretten und Schimpfwörter austauschten.

In El Rasa, der letzten Oase dieser Kette (die wohl den Verlauf eines der in Nordafrika üblichen unterirdischen Flüsse markiert haben muss), kam unsere halbe Kompanie mit den Arabern in Kontakt und wir bekamen einen ersten Vorgeschmack auf den Wüstenkrieg.

Eines Tages kamen arabische *Goumiers* im Morgengrauen herbeigeritten und brachten die Nachricht, dass sie etwa zwanzig Meilen südlich die Lagerfeuer einer großen *Touare g -Harka* gesehen hätten, wo ein alter Brunnen die „Kreuzung" zwei Karawanenrouten markierte, die so alt waren wie die Zivilisation selbst; Routen, die von den Knochen unzähliger Kamele und Menschen markiert waren, die sie bis zu ihrem Tod durch Durst, Hunger, Hitze, Krankheit oder durch die Hand von Beduinen und Tuareg-Nomaden beschritten hatten.

Das sind die ältesten Straßen der Welt, und die düsteren Überreste, die sie säumen, stammen von gestern und aus Jahrhunderten. Sie waren schon alt, als Joseph nach Ägypten kam, und die Menschen und Tiere, die sich auf sie wagen, haben sich in fünfzig Jahrhunderten nicht verändert.

§2.

Endlich hatten wir Kontakt zum Feind. Jeden Moment konnten wir um unser Leben kämpfen. Wir waren vor Aufregung völlig außer uns.

Auf einmal wurden unsere kleine Truppe in der Oase und diese arabische *Harka* zu einem Mikrokosmos des gesamten Krieges, und unser Leutnant Debussy schickte eine kleine Aufklärungstruppe unter Sergeant-Major Lejaune los, die für das verstreute Bataillon das sein sollte, was das Bataillon für die Brigade in Douargala war.

Es war ein Glücksfall für unsere *Escouade*, für diesen Auftrag ausgewählt worden zu sein, und innerhalb einer halben Stunde nach der Ankunft der *Goumiers* rückten wir *en tirailleur* in die Richtung vor, aus der sie gekommen waren. Wir stapften über den losen, heißen Sand, unsere Späher weit voraus und unsere Flankenschutzsoldaten weit links und rechts.

„Sind wir der Köder in einer Falle? Oder würdest du uns als Speerspitze bezeichnen?", fragte Michael, der zwischen Digby und mir marschierte.

„Beides", antwortete Digby, „ein Stück Fleisch am Ende eines Speers, sozusagen."

Und ich fragte mich, wie viele von uns vor Einbruch der Nacht Fleischstücke sein würden.

Nicht, dass ich auch nur im Geringsten ängstlich oder deprimiert gewesen wäre. Wenn ich meine Gefühle analysieren und beschreiben müsste, würde ich sagen, dass unter einer starken Welle angenehmer Aufregung eine leichte nervöse Anspannung mitschwang, wie man sie empfindet, bevor man dagegenschlägt oder in einer Ecke des Rings sitzt und auf das Kommando „ *Zeit*" zu Beginn eines Boxkampfs wartet.

Ich hätte um nichts in der Welt woanders sein wollen, aber gleichzeitig fragte ich mich, wie sich der Aufprall einer Kugel anfühlen würde und wie groß die Chance war, dass eine Bajonette gegen das schwere Schwert oder die Lanze eines angreifenden Arabers eine Chance hatte.

Es bestand kein Zweifel, dass Sergeant-Major Lejaune sein Handwerk verstand, und ich wünschte mir, er wäre nicht so ein durch und durch verhasster Mensch.

Ich hätte ihn gerne so sehr bewundert wie seine militärischen Fähigkeiten und seine Begabung als Kommandant, und ich begann zu verstehen, wie Soldaten einen guten Mächtigen dieser Welt lieben, wenn sie dazu in der Lage sind.

Man hatte das Gefühl, dass niemand die Situation besser und sicherer hätte meistern können als er, und dass jede Katastrophe oder jedes Unglück, das eintreten würde, nicht auf die Fähigkeiten, den Mut und die Schnelligkeit von Sergeant-Major Lejaune zurückzuführen wäre.

Ihm an diesem Tag bei der Durchführung der Operationen zuzusehen, war wie einem hochqualifizierten Handwerker zuzusehen, der seine Werkzeuge mit der Geschicklichkeit und Sicherheit eines Genies einsetzte.

Auf einem niedrigen, flachen Felshügel machten wir Halt und ruhten uns aus, alle außer Lejaune selbst und den Spähern, die er zu verschiedenen entfernten Sandhügeln und niedrigen Felsvorsprüngen geschickt hatte, von denen aus man zwar die Abteilung sehen konnte, die aber einen weiten Blick in die vermutete Richtung des Feindes ermöglichten.

Unter anderen, die ähnliche Aufgaben hatten, wurde ich beauftragt, einen bestimmten Mann zu beobachten und jede seiner Bewegungen zu melden. Ich beobachtete die winzige Gestalt in der Ferne durch die flimmernde Hitze, die über den Sand und die Steine tanzte, bis meine Augen schmerzten und ich sie von Zeit zu Zeit schließen und mit der Hand bedecken musste.

Als ich sie nach einer dieser kurzen, absolut notwendigen Pausen wieder öffnete, sah ich, dass er sich von seiner Position zurückkroch. Als er unterhalb der Horizontlinie war, stand er auf und rannte, gebückt, ein kurzes Stück. Dann blieb er stehen und signalisierte „ *Feind in Sicht*".

In dem Augenblick, da ich ihn Korporal Boldini gezeigt hatte, wurde Lejaune benachrichtigt, und er schickte einen Mann namens Rastignac im Laufschritt zu einer Anhöhe, weit links hinter uns. Eine Minute später standen wir am Rand unseres Plateaus, auf jener Seite, zu der dieser Mann verschwunden war.

Hier lagen wir versteckt und warteten.

Ein paar Minuten später gab der Mann, der losgeschickt worden war, einen Schuss ab und zeigte sich auf dem höchsten Punkt seines felsigen Hügels.

Zu meiner Überraschung sah ich, wie unsere Späher sich zurückzogen und rannten – nicht zu uns zurück, sondern zu ihm; und ein oder zwei Minuten später sah ich ein weißes Flattern auf einem entfernten Sandhügel.

Die Späher versammelten sich um den Mann, der von der Spitze des Felsens schoss, und eröffneten das Feuer auf entfernte Kamelreiter, die über den Sandhügeln auftauchten. Wir erhielten keine Befehle, außer dass wir so flach und still wie die heißen Steine liegen sollten, die uns verdeckten.

Zwischen zwei von ihnen sah ich, wie sich die verstreute Gruppe von Arabern zu Reihen formierte und die Reihen zu einer Masse schnell vorwärts stürmender Kamelreiter wuchsen, und bald drang ihr tiefer, bedrohlicher Ruf „ *Ul-ul-ul-ul-ul-ullah Akbar*" wie das anschwellende Rauschen einer heranrollenden Welle an unsere Ohren.

Als sie näher kamen, feuerte unsere kleine Spähtruppe schnell, und nach etwa tausend Metern fiel gelegentlich ein Kamel kopfüber zu Boden oder eine weiß gekleidete Gestalt fiel wie ein Sack und lag regungslos im Sand.

Die arabische *Harka* raste auf ihren schnellen Kamelen voran, die Männer vorne schossen aus dem Sattel, die anderen schwangen ihre langen, geraden Schwerter und schwangen ihre Lanzen in der Luft.

Schnell und ununterbrochen feuerte die kleine Gruppe von Spähern auf die braune Masse, und inzwischen traf jede Kugel einen Mann oder ein Tier in den dicht gedrängten, unregelmäßigen Reihen der schnell vorrückenden Horde.

Es war aufregend. Ich musste mich zusammenreißen, sonst hätte ich vor Aufregung gezittert und wäre nicht in der Lage gewesen, ruhig zu schießen, wenn wir an der Reihe gewesen wären, uns am Kampf zu beteiligen.

Und dann sah ich zu meinem Erstaunen, dass unsere Späher sich zurückzogen. Einer nach dem anderen sprangen sie hinter Felsen hervor und flohen nach rechts hinten, wobei jeder Mann sich hinwarf und schoss, wenn sein Nachbar sich zum Rückzug erhob. Es dauerte nicht lange, da war die kleine Gruppe wieder in Position, näher bei uns und noch weiter hinter uns. Mit lauten Schreien schwenkten die Araber nach links und stürmten auf sie zu, wobei Männer und Kamele unter dem Magazinfeuer ihrer Gewehre zu Boden fielen.

Ich konnte mich kaum stillhalten. Wie lange würde dieser ungleiche Kampf noch dauern? Keiner der Späher war vom wilden Feuer der Kamelreiter getroffen worden, aber in ein paar Minuten würden sie von dieser Welle berittener Männer überwältigt werden und bei einem zahlenmäßigen Verhältnis von fünfzig zu eins so viel Chance haben wie ein Fuchs unter einer Meute Jagdhunde.

Und während ich den Atem anhielt, erhob sich die kleine Handvoll wieder, wandte den Arabern den Rücken und floh wie ein Mann zu einem Sandhügel hinter uns. Mit einem gleichzeitigen Schrei, in dem sich Verfluchung und Triumph vermischten, schwenkte die arabische *Harka* wieder ein, schien ihre Geschwindigkeit zu verdoppeln und stürmte auf ihre Beute zu.

Und dann stand Sergeant-Major Lejaune auf einem Felsen, gab einen knappen Befehl, so cool wie bei einer Parade, und weniger als fünfzig Meter entfernt wurden die arabischen Massen von unserem Magazinfeuer niedergemäht.

So schnell unsere Hände die Bolzen unserer Gewehre bewegen und unsere Finger den Abzug drücken konnten, feuerten wir wieder und wieder auf die wogende, kreischende, kämpfende Menge, die anhielt, angriff, sich zurückzog und dann floh, wobei sie gut die Hälfte ihrer Leute zurückließ.

Aber von denen, die zurückblieben, waren keineswegs alle getötet oder auch nur verwundet, und unser Gemetzel verwandelte sich schnell in einen verzweifelten Nahkampf mit abgesprungenen und unverletzten Arabern, die, da sie wussten, dass sie sterben mussten, nur noch den einen Gedanken hatten, durch die Tötung eines Ungläubigen ins Paradies zu gelangen und ihre Sünden zu sühnen.

Mit dem Ruf „ *Bayonette au canon*" brachte Lejaune uns auf die Beine und stürmte mit einem heftigen Bajonettangriff den Abhang unseres Plateaus hinunter auf die arabischen Schwertkämpfer, die sich zu Fuß zum Angriff sammelten. Unser disziplinierter Ansturm drängte sie zurück, sie brachen auseinander und flohen, und Lejaune hielt uns weiterhin in Schach und ließ schnell eine doppelte Reihe kniender und stehender Männer die fliehenden oder noch trotzigen Fußsoldaten niederschießen und an den Überresten der berittenen *Harka* üben, die am Horizont verschwanden.

Innerhalb einer halben Stunde nach dem ersten Signal der Annäherung des Feindes waren die einzigen Araber, die noch zu sehen waren, diejenigen, die einzeln und in kleinen blutbefleckten Haufen in dem flachen Tal lagen, in das sie von unseren Spähern gelockt worden waren.

Es war eine saubere kleine Aktion, die Lejaune und dem ranghöchsten der Späher alle Ehre machte. Letzterer, ein Gontran, wurde am nächsten Tag zum Korporal befördert, und Sergeant-Major Lejaune wurde *zum Adjutanten* ernannt.

Die Araber müssen in diesem Kampf über hundert Mann verloren haben, während wir nur drei Tote und fünf Verwundete zu beklagen hatten.

Das war meine erste Kriegserfahrung, mein erster „Geruch von Schießpulver“ und meine erste Blutbad. Ich hatte einen Mann mit einer scharfen Waffe getötet und mindestens drei mit meinem Gewehr.

Als ich darüber nachdachte, war ich froh, dass diese Tuaregs nur menschenverachtende Wölfe und professionelle Mörder sind, die ihren Lebensunterhalt mit Raubüberfällen und Gewalt verdienen, die oft in unbeschreiblichen und unaussprechlichen Folterungen enden.

Auch der *Roumi*, der ungläubige Hund, ist nicht das bevorzugte Ziel ihrer hinterhältigen Angriffe, außer insofern, als er ein lohnenderes Objekt der Aufmerksamkeit ist. Sie sind ebenso sehr die Geißel und der Schrecken der arabischen Dorfbewohner, der nomadischen Hirten oder der wehrlosen Neger wie der reichen Karawanen oder ihrer friedlichen Glaubensgenossen in der Stadt, dem *Douar* und der Oase.

Der Mann, den ich mit meiner Bajonette getötet hatte, hatte es mir notwendig gemacht, um mein Leben zu retten, denn er stürzte sich mit einem großen, schweren, geraden Schwert auf mich, genau wie die, die unsere Kreuzritter früher benutzt haben.

Er schwang es um seinen Kopf und zielte auf mich, um mir den Schädel zu spalten, hätte ich nicht schnell zur Seite gesprungen und dabei mein Bajonett zurückgezogen. Als das Schwert meinen Kopf verfehlte, stieß ich mit aller Kraft auf seine Brust, und der gebogene Griff meines Lebel-Bajonetts traf sein Brustbein, als er taumelnd zurückfiel und mir fast das Gewehr aus den Händen riss.

Später stellte ich fest, dass Digby unter der Achselhöhle von einem Speer zerrissen worden war, was, wie er bemerkte, kein fairer Verschleiß, sondern ein Riss an einem guten Mantel war. Er hatte seinen Angreifer aus einer Entfernung erschossen, die er auf gut einen halben Zoll schätzte, und er war sich nicht sicher, ob dies in den besten arabischen Kreisen als sportlich angesehen werden würde.

„Natürlich“, sagte er, „der Vogel saß ja nicht wirklich – obwohl er jetzt sitzt...“

Michael, der besonders gut mit dem Bajonett umgehen konnte und ein bekannter Gewinner von Bajonett-gegen-Bajonett-Wettkämpfen war, hatte im Handgemenge den Kolben seines Gewehrs benutzt und schien es unfair zu finden, dass der Araber einen Turban trug, der die Effektivität dieser Kampfform minderte! Allerdings wurde keiner von ihnen verletzt, ebenso wenig wie unsere unmittelbaren Freunde.

Nachdem wir unsere Toten begraben und ihre Gräber verwischt hatten, zogen wir uns langsam nach El Rasa zurück, todmüde und sehr zufrieden mit uns selbst, um Bericht zu erstatten. . .
.

§3.

Die Schlacht von El Rasa wurde am nächsten Tag geschlagen, wobei unser Bataillon die Oase gegen enorme Übermacht hielt, bis Verstärkung von der Brigade eintraf und die Araber lernten, was kleine, schnell feuernde Mule-Kanonen anrichten können, wenn sie ein Ziel wie eine riesige Menge von Reitern und Kameltreibern haben, die *en masse* über eine ebene Fläche vorrücken.

Da meine Aufgabe in dieser Schlacht darin bestand, hinter dem Loch einer Palme zu liegen und zu schießen, wann immer ich etwas zu schießen hatte, habe ich keine Abenteuer zu erzählen. Ich hätte den Tag genauso gut auf einem Schießstand verbringen können.

Aber ich sah einen großartigen Angriff von ein paar Schwadronen Spahis auf eine weit überlegene arabische Kavallerie, die, erschüttert durch Artilleriefeuer, zu zögern schien, ob sie einen ihrer wilden, überwältigenden und verzweifelten Angriffe auf die Infanterie am Rand der Oase wagen sollte. Es war ein aufregender und unvergesslicher Anblick. . . .

Nach dem entscheidenden Sieg von El Rasa rückte die Brigade weiter nach Süden vor, und wir folgten ihr. Die folgenden Wochen waren ein Albtraum aus Marschieren, der in einem noch schlimmeren Albtraum aus Garnisonsdienst im äußersten, abgelegensten Wüstenaußenposten von Zinderneuf endete, wo wir das anfängliche Unglück hatten, Digby und viele unserer Freunde zu verlieren, darunter Hank und Buddy.

Sie wurden zur berittenen Infanterieschule in Tanout-Azzal geschickt, wo die sanfte Kunst des Maultiertreibens gelehrt wurde und die Geschwindigkeit der schnell marschierenden Legionäre erhöht wurde, indem man sie auf Maultiere setzte. Eine Kompanie solcher Männer war somit so mobil wie eine Schwadron.

Für Michael und mich war es ein harter Schlag, von unserem Bruder und unseren besten Freunden Hank und Buddy getrennt zu sein.

Wir waren uns aber sicher, dass wir früher oder später wieder zusammenkommen würden, und es blieb uns nichts anderes übrig, als das Beste aus dieser Situation und den anderen Nachteilen und Miseren von Zinderneuf zu machen.

"Sie merken, dass sie nicht so sind wie die anderen,
Bis einige verrückt werden, andere sich auf den Boden werfen,
Und wieder andere stolpernd ohne Ziel weiterziehen."

Die Lage begann schlecht und verschlechterte sich rapide in dieser unheilvollen Lehmfestung, die wie eine winzige Insel inmitten eines riesigen Ozeans in der unendlichen Wüste isoliert lag.

Die Cafard-Krankheit brach früh und in einer sehr heftigen Form aus, die sowohl selbstmörderisch als auch mörderisch war.

Ich glaube fest daran, dass dies vor allem darauf zurückzuführen war, dass unser Kommandant, Hauptmann Renouf, sich nach einem Monat in diesem furchtbaren Ofen erschoss. Ich kenne natürlich nicht seine Gründe dafür, aber es ging das Gerücht um, er habe sich mit einer schrecklichen Krankheit angesteckt. Diese Tragödie warf einen noch tieferen Schatten auf einen Ort und eine Gemeinschaft, die ohnehin schon unbeschreiblich düster waren.

Innerhalb einer Woche nach dieser Katastrophe, denn für uns alle war es eine Katastrophe, kam es zu einem höchst ungewöhnlichen Ausbruch von *Cafard*, als ein Unteroffizier einen Feldwebel erschoss und dann Selbstmord beging. Was Corporal Gontran gegen den Sergeant hatte, weiß ich nicht, aber auch dies war wieder eine äußerst unglückliche Angelegenheit, da beide Männer, wie Captain Renouf selbst, auf der Seite der Engel standen, da sie anständige, gerechte und vernünftige Menschen waren.

Aber das Schicksal und die Furien hatten noch eine weitere Katastrophe für die unglückliche Garnison auf Lager, bevor sie bereit waren, den letzten Strom der Zerstörung über unsere unglücklichen Köpfe zu ergießen.

Leutnant Debussy, der neue Kommandant, wurde krank und starb, und sein Platz wurde von niemand anderem als *Adjutant* Lejaune eingenommen.

Von dem Moment an, als bekannt wurde, dass der Leutnant tot war, verschlechterte sich die Stimmung in Zinderneuf zusehends und verschlimmerte sich rasch bis zum Äußersten.

Der Löwenbändiger war in den Käfig getreten, und die Löwen, mürrisch, wütend und verzweifelt, wussten, dass er in der einen Hand die Peitsche hielt, die sie zum Aufstand treiben würde, und in der anderen den Revolver, der das erste Anzeichen davon sofort bestrafen würde.

§2.

Das Leben in Zinderneuf war nicht wirklich ein Leben, sondern eher eine Flucht vor dem Tod – dem Tod durch Sonnenstich, Hitzschlag, Monotonie, Wahnsinn oder Adjutant Lejaune.

Cafard grassierte; jeder war mehr oder weniger abnormal und „seltsam“ aufgrund seiner zerfetzten Nerven, die Folge der furchtbaren Hitze und der Monotonie, der Entbehrungen und der Enge in einem kleinen Lehmofen von einer Festung; viele Männer waren ein wenig verrückt, und Adjutant Lejaune, in dessen Hand unsere Leben und Schicksale lagen, war mehr als nur ein wenig verrückt.

Aus Sicht der Behörden war er völlig normal, denn er konnte eine eiserne Disziplin aufrechterhalten, alle Berichte und Meldungen minutengenau und wortgetreu erstellen und man konnte sich darauf verlassen, dass er, wenn er angegriffen wurde, die Trikolore hochhalten würde, solange noch ein Mann im Fort lebte.

Aus der Sicht seiner Untergebenen war er dennoch ein Verrückter, und zwar ein sehr gefährlicher.

Manchmal war ich fast froh, dass Digby nicht bei uns war, so sehr ich ihn auch vermisste; und in diesen Momenten wünschte ich mir fast, dass Michael nicht da war, so sehr ich mich auch auf ihn verließ.

Die Gefahr für sich selbst ist schon unangenehm genug, wenn man von einem Verrückten ermordet werden könnte. Wenn dann noch die Gefahr und die ständige Angst hinzukommen, dass ein ähnliches Schicksal Menschen ereilt, die man liebt, wird es zehnmal schlimmer.

Michael und ich flehten uns gegenseitig an, nicht so dumm zu sein und Lejaune in die Hände zu spielen, indem wir ihm auch nur den geringsten Anlass gaben, uns eines Verstoßes gegen die Pflicht oder Disziplin oder auch nur eines ungehorsamen Blicks zu beschuldigen, selbst unter größter Provokation. Aber wir ahnten, dass die Zeit kommen würde, in der Lejaune nicht mehr auf einen Vorwand warten würde, und dass wir nur noch das Unheil hinauszögern konnten....

„Ich bin jetzt wirklich froh, dass Dig nicht hier ist", sagte Michael zu mir an einem schrecklichen Nachmittag, als wir während der Siesta in unserer stickigen *Kaserne* auf unseren brennenden Pritschen lagen und nach Luft rangen.

„Hank und Buddy auch", fügte er hinzu. „Ein einziges Wort der Widerrede gegenüber Lejaune wäre fatal gewesen. ... Und Dig hätte es tun können. Buddy erst recht. ... Oder wenn Hank einmal die Beherrschung verloren hätte, hätte er Lejaune wie einen Ochsen niedergestreckt...."

„Irgendjemand wird ihn eines Tages erledigen, wenn wir nicht bald einen neuen Kommandanten bekommen", sagte ich. „Und das auch noch gründlich."

„Nicht wir", widersprach Michael. „Das wäre noch schlimmer, als ihn am Leben zu lassen. Diese Idioten würden dreimal laut jubeln, in die Wüste marschieren und dort etwa drei Tage überleben – wenn die Araber sie nicht finden würden, bevor sie verdursten."

„Das wird passieren", prophezeite ich. „Schwartz gibt sich in letzter Zeit sehr geheimnisvoll und wichtig. Oh, das wird schon passieren."

„Das denke ich auch", sagte Michael, „und es ist das Schlimmste, was passieren *könnte*. Und wenn niemand spontan die Tat begeht, wird es eine Verschwörung geben, ihn zu ermorden – wenn es nicht schon eine gibt, was ich glaube, wie du sagst –, und wir hätten die Wahl, für Lejaune zu kämpfen – für *Lejaune*! – oder zwei Mitglieder einer Bande dummer, mörderischen Meuterer, die nur die Wahl zwischen einem grausamen Tod – Durst und Araber in der Wüste – oder einem Kriegsgericht und einem Erschießungskommando im Morgengrauen haben. ... Zum Kotzen."

„Wenn er zum Leutnant befördert wird und hier das Kommando behält, hält er keine Woche durch", sagte ich. „Was passiert, wenn sie eine Verschwörung anzetteln und wir die einzigen sind, die sich weigern, mitzumachen?"

„Wir sollten uns lieber Lejaune anschließen, wo Tote keine Geschichten erzählen, nehme ich an", antwortete Michael.

„Was würden Sergeant Dupré und Korporal Boldini tun?", überlegte ich.

„Wenn es darum ginge, ihre Haut zu retten, würden sie sich den Meuterern anschließen, würde ich sagen – wenn sie die Wahl hätten", antwortete Michael. „Sie hassen Lejaune wahrscheinlich genauso sehr wie wir, und keiner von beiden ist gerade der Typ, der für eine Prinzipien sterben würde. ... Wenn sie aufwachen würden und eine Bande von bösen Männern mit Gewehren um ihre Betten herumstehen sähen, würden sie *'das Geld nehmen und den Rufverlust in Kauf nehmen' – 'und nicht auf das Donnern der fernen Trommeln* aus Tokotu *achten'*", fügte er hinzu.

„Ich bezweifle, dass sie die Wahl hätten", sagte ich.

„Ich auch nicht", stimmte Michael zu. „Sie werden nicht geliebt. Sie sind schon zu lange und zu bereitwillig Peitschen und Skorpione in Lejaunes Händen gewesen."

„Und wenn wir wegen einer Meuterei angesprochen würden und unsere erbärmliche Pflicht täten, Lejaune und die anderen zu warnen?", fragte ich.

„Wir würden sofort dreißig Tage Zelle von Lejaune bekommen, weil wir uns mit schrecklichen Lügen eingeschmeichelt hätten, und von den Meuterern einen kurzen Prozess, weil wir *Betrüger* wären", sagte Michael. . . .

„Lasst uns dem Herrn danken und unsere vielen Segnungen zählen, meine Brüder", gähnte er, und in diesem Moment betraten Schwartz, Haff, Brandt, Bolidar, Delarey und Vogué den Raum und gesellten sich zu Guantaio, Colonna und Gotto am anderen Ende. Dort unterhielten sie sich leise und warfen uns gelegentlich Blicke zu.

§3.

Eines Abends kam Schwartz zu mir, als ich in einer Ecke des kleinen Hofes saß und mir vorstellte, dass die Nacht kühler sei als der Tag und dieser nach Norden gelegene Platz weniger heiß als die anderen.

Er war ein riesiger, kräftiger, behaarter Raufbold, der einen großartigen Piratenkapitän abgegeben hätte, denn er hatte Verstand, Mut und Entschlossenheit, völlig ungehindert durch übertriebene Ehrgefühl oder Gnade. Außerdem hatte er eine magnetische Persönlichkeit und Führungsstärke.

„Genießt du das Leben, Smith?", fragte er und setzte sich neben mich.

„Genauso wie dir, Schwartz", antwortete ich.

„Hast du Lust auf eine Veränderung?", fragte er.

„Ich mag Veränderungen", sagte ich.

Es folgte eine kurze Stille.

„Hast du schon mal ein Schwein sterben sehen?", fragte er plötzlich.

„Nein", antwortete ich.

„Nun, dann wirst du es bald sehen", versicherte er mir.

„Geht es dir schlecht?", fragte ich unhöflich. Ich mochte den vulgären Schwartz nicht.

„Du wirst ein großes Schwein sterben sehen", fuhr er fort und ignorierte meine Unhöflichkeit. „Ein heiliges Schwein. Ein gesalbenes Schwein. Ein gestreiftes Schwein. Ein befördertes Schwein. Oh, ein *Adjutant-* Schwein."

„Und?", murmelte ich.

„Ja. *Monsieur le Cochon wird Monsieur Porc.* "

„Und werden Sie dann *Monsieur Charcutier*, sozusagen 'Herr Schweineschlachter'?", fragte ich. Es konnte ja nicht schaden, alles über dieses Geschäft zu wissen.

„Aha! Mein Freund", knurrte der Deutsche, „das bleibt abzuwarten. So viele wollen eine *Côtelette de porc* oder eine *Savouret de porc*. Wir müssen losen."

Er schwieg eine Minute lang und saß neben mir und kaute auf seinen Fingerknöcheln. Er zitterte am ganzen Körper vor Fieber, Aufregung oder nervöser Erregung.

„Willst du eine Chance, *Metzger* zu werden?", fragte er.

„Ich habe keine Erfahrung im Schweineschlachten", antwortete ich.

„Hör zu", knurrte er und packte meinen Arm, „die Erfahrung wirst du bald machen, *entweder als Schwein oder als Schlachter*, denn alle hier werden *in* ein oder zwei Tagen *Schwein* oder *Schlachter* sein. Verstehst du? Entscheide dich, ob du Schwein oder Schlachter sein willst. Und sag deinem Bruder, er soll sich auch entscheiden. Wenn in der Zwischenzeit jemand zu dir kommt und " *porc*„ sagt, antwortest du " *cochon*„. Dann weiß er, dass ich mit dir gesprochen habe, und du weißt, dass er einer von uns ist. Verstehst du? Und du und dein Bruder entscheidet euch schnell. Uns ist es egal, wie ihr euch entscheidet. Wir sind genug – oh, genug..." Als jemand näher kam, stand er auf und schlurfte davon.

An diesem Abend erzählte ich Michael, was ich gehört hatte.

Am nächsten Tag war Guantaio dran. Ich saß an derselben Stelle, und er schlich zielstrebig auf mich zu.

„Wer ist das?", fragte er, und als er meinen Namen hörte, kam er herüber und setzte sich neben mich, so wie Schwartz es getan hatte.

„Es ist heiß", sagte er, nahm seine *Mütze* ab und pustete.

„Ja", stimmte ich zu.

„Magst du heißes ... *Schweinefleisch*?", fragte er.

„ *Cochon!*" , sagte ich scherzhaft.

„Ah!", antwortete er sofort. „Was hältst du von all dem?"

„Ich denke nie", sagte ich.

Das brachte ihn für eine Minute zum Schweigen.

„Sie sind zehn gegen einen“, sagte er plötzlich. „Zehn Metzger gegen ein Schwein. Welche Chance hat das große Schwein und ein oder zwei größere Schweine gegen ein Dutzend Metzger?“

„Ah!“, sagte ich nachahmend. „Was hältst du von all dem?“

„Ich denke nie“, sagte Guantaio mit einem bösartigen Lächeln. Ich gähnte, streckte mich und tat so, als würde ich mich zum Schlafen hinlegen.

„Wie würde es dir und deinem Bruder gefallen, *Schweine* zu sein, wenn ich noch zwei oder drei andere Schweine finden würde, die sich dem großen Schwein und dem einen oder den zwei größeren Schweinen anschließen würden?“, fragte er und stieß mich an.

Ich widersprach meiner Aussage, dass ich nie dachte, und überlegte schnell.

War es so abgesprochen, dass er mich aushorchen sollte, sobald Schwartz die Ermordung von Lejaune angedeutet hatte? War es seine Aufgabe, herauszufinden, ob mein Name auf die „Schlächterliste“ oder auf die „Schweineliste“ gesetzt werden sollte? Würden alle, die sich nicht von ganzem Herzen den „Schlächtern“ anschlossen, in der Nacht der Meuterei in ihren Betten erschossen werden?

Oder versuchte der Schurke wieder herauszufinden, welche Seite wohl die stärkere sein würde, und wollte er seine Freunde an die Unteroffiziere verraten, wenn er glaubte, dass diese gewinnen würden?

„Wie würden wir uns als *Schweine* fühlen, fragst du?“, fragte ich ausweichend. „Ich würde es hassen, geschlachtet zu werden – du nicht?“

„Sehr“, antwortete er. „Aber weißt du“, fuhr er fort, „ich habe gehört, dass Schweine Menschen angreifen. *Sie überraschen sie* und fressen sie auf…“

„Ich würde es hassen, von einem Schwein gefressen zu werden – du nicht?“, bemerkte ich.

„Sehr“, stimmte er wieder zu. „Man will weder von Schlachtern geschlachtet noch von Schweinen gefressen werden.“

„Nein“, sagte ich. „Muss das denn passieren?“

„Nicht, wenn man ein kluges Schwein ist – vorgewarnt und vorbereitet –, das die Metzger angreift und *sie überrascht*“, antwortete er.

„Hat das große Schwein die Metzger im Auge?“, fragte ich.

„Nein“, antwortete Guantaio. „Die größeren Schweine auch nicht.“

„Und wirst du den blinden Schweinen die Augen öffnen?“, fragte ich.

„Ich weiß es nicht“, antwortete Guantaio. Und ich war fest davon überzeugt, dass er die Wahrheit sagte, denn in seiner Stimme schwang echte Zweifel und Verwirrung mit. Auf jeden Fall, wenn er gelogen hatte, dann hatte er außerordentlich gut gelogen.

Nein – er wusste nicht, was er tun sollte, entschied ich, und er versuchte einfach herauszufinden, wo seine privaten Interessen lagen. Würde es sich für ihn mehr lohnen, sich auf die Seite seiner Freunde zu stellen und bei der Meuterei und dem Mord an Lejaune und den Unteroffizieren mitzuhelfen? Oder wäre es besser für ihn, wenn er seine Freunde verriet, seine Vorgesetzten warnte und ihnen half, die Meuterer zu besiegen?

Dass er einer der Anführer der Verschwörung war, lag auf der Hand, da er der beste Freund von Colonna, Gotto, Vogué und dem Rest von Schwartz' Bande war und immer zu ihrem Kreis gehört hatte, wenn sie sich in letzter Zeit zu geheimen Gesprächen und Gemurmel versammelt hatten.

Ich folgte dem hervorragenden, wenn auch schwierigen Plan, mich in Guantaio hineinzuversetzen und mit seinen Gedanken zu denken.

Einerseits würde ich als Guantaio die großen Gefahren erkennen, die mit der Meuterei verbunden waren. Sie könnte scheitern, und wenn sie gelang, könnte sie nur der Auftakt zu einem schrecklichen Marsch in die Wüste sein – einem Marsch von Verurteilten, die von den Arabern und den Franzosen gleichermaßen gejagt würden und mit Sicherheit verdursten und verhungern würden, wenn sie nicht von Feinden getötet würden.

Andererseits würde ich, wenn ich der hervorragende Guantaio wäre, die Vorteile erkennen, die mit der Rolle des Retters der Lage verbunden wären. Belohnung und Beförderung waren sicher für den Mann, der das Leben seiner Vorgesetzten und die Ehre der Flagge rettete und das Fort von Zinderneuf für Frankreich bewahrte. Und natürlich wäre es für Lejaune, Dupré, Boldini, Guantaio und ein paar loyale Anhänger ein Kinderspiel, die Verschwörer zu besiegen und die Meuterer zu stellen. Sie müssten nur nachts in die Kaserne gehen, die Waffen an sich nehmen und die Verdächtigen mit den Gewehren der Loyalisten in Schach halten, während die Wachen sie festnahmen. Jeder, der sich wehrte, konnte erschossen werden, sobald er eine Hand hob.

Lejaune allein hätte die Sache mit seinem Revolver erledigen können, wenn er den Raum betreten hätte, während alle schliefen, und jeden erschossen hätte, der seinen Befehlen nicht sofort Folge geleistet hätte.

Tatsächlich begann ich mich zu fragen, warum Guantaio so zögerte. War es nicht in seinem Interesse, seine Freunde zu verraten?

Sicherlich würde er sich nicht von irgendwelchen lächerlichen Skrupeln davon abhalten lassen, eine verräterische Niederträchtigkeit zu begehen, und sicherlich war es auf lange Sicht weitaus weniger gefährlich, auf der Seite der Obrigkeit zu stehen – denn die wirkliche Gefahr für die Meuterer *begann* erst mit der Meuterei und nahm von dem Moment an, als sie sich auf den Weg in die Wüste machten, um zu fliehen, stetig zu.

Ich wunderte mich immer mehr über sein Zögern.

Und dann ging mir ein Licht auf. Dieser Guantaio war der Handlanger seines Landsmannes, des Korporals Boldini. Boldini könnte getötet worden sein, als die Meuterer Lejaune ermordeten; denn Hass und Rache waren die Triebfedern der Verschwörung, und Boldini wurde nach Lejaune selbst am meisten gehasst. Er hatte vielleicht keine Wahl, sich den Meuterern anzuschließen, als Lejaune ermordet wurde. Angenommen, die Italiener, Boldini, Guantaio, Colonna und Gotto, waren eine vereinte Gruppe unter der Führung von Boldini, die ein finsteres Ziel vor Augen hatte? Und könnte Guantaio nicht Zweifel gehabt haben, ob die ihm zugedachte Rolle nicht zu sehr die eines Handlangers war?

Angenommen, die Boldini-Gruppe wollte in unruhigen Gewässern fischen – nach einer kostbaren Perle? Mit anderen Worten, angenommen, sie hofften, das zu tun, was sie in Sidi-bel-Abbès sicherlich versucht und nicht geschafft hatten, als sie Bolidar dazu gebracht hatten, meinen Bruder zu berauben?

Zweifellos glaubten diese Gauner Boldinis Geschichte, dass wir eine Bande von Juwelendieben seien und dass Michael einen unschätzbaren Edelstein bei sich habe – auf den sie mindestens ebenso viel Anspruch hatten wie er. Nein, entschied ich, Guantaio hatte die Wahrheit gesagt, als er sagte, er wisse nicht, was er tun solle. Er war durch und durch ein Schurke. Er würde jeden und alles verraten. Er fürchtete, dass sein Anteil an der Meuterei den Tod bedeuten würde, ob sie nun scheiterte oder nicht, und was er wirklich wollte, war, den Weg einzuschlagen, der ihn am ehesten zum Besitz zweier Dinge führen würde – einer unversehrten Haut und einem Anteil am Juwel –, es sei denn, er könnte das Juwel selbst in seine Hände bekommen.

„Das ist ein schwieriges Problem, mein Freund“, sinnierte ich sentenziös. „Man weiß nicht, auf welche Seite man sich stellen soll. ... Man möchte gerne ein Schwein sein, wenn die Schweine die Schlachter im Schlaf überraschen. ... Andererseits möchte man lieber ein *Metzger* sein, wenn die Schlachter zuerst handeln. ...“

Wir saßen eine Weile schweigend da, während der ausgezeichnete Guantaio sich an seinen Fingernägeln gütig werden ließ.

„Und – das ist der springende Punkt!“, fuhr ich fort. „Wann *werden* die Schlachter töten?“

„*Monsieur le Grand Charcutier*“ (damit meinte er wohl Schwartz) „spricht davon, bis zum Vollmond zu warten“, war die Antwort. „Wenn bis dahin kein neuer Kommandant gekommen ist oder *Monsieur le Grand Cochon* befördert und zum Kommandanten ernannt worden ist, wäre das ein guter Zeitpunkt. Macht es nachts und nutzt den Vollmond für einen langen Marsch. Ruh dich in der Hitze des Tages aus, und dann noch ein großer Mondscheinmarsch, und so weiter ...“

„Man hat also drei oder vier Tage Zeit, um sich zu entscheiden?“, fragte ich.

„Ja", antwortete Guantaio. „Aber ich rate dir, nicht drei oder vier Tage zu warten, bevor du es tust. . . . Schwartz wird es rechtzeitig wissen wollen. . . . Um für jedes Schwein einen Schlachter zu organisieren, verstehst du. . . ."

„Und was ist mit Lejaune?", fragte ich, da wir ja Namen und keine fantastischen Titel verwenden sollten. „Angenommen, jemand warnt ihn? Was dann?"

„Wer *denn*?", fragte Guantaio. „Wer liebt diesen tollwütigen Hund so sehr, dass er sich für ihn kreuzigen und die Kehle durchschneiden lässt? Warum *sollte* ihn jemand warnen? Wäre sein Tod nicht ein Segen und eine Wohltat für alle?"

„Nicht, wenn etwas schiefgeht", erwiderte ich. „Und auch nicht, wenn wir alle in der Wüste sterben."

„Nein", stimmte Guantaio zu und kaute an seinen Fingernägeln. „Nein ... Ich hasse die Wüste ... Ich fürchte mich vor ihr ... Ich fürchte mich ..."

Ja – das war die Wahrheit. Er fürchtete sich fast genauso sehr davor, an einer erfolgreichen Meuterei beteiligt zu sein, wie an einer erfolglosen.

„Angenommen, ich würde Lejaune warnen", fragte ich.

„Pah! Er würde dir sechzig Tage *Zelle* geben und dafür sorgen, dass du nie wieder lebend herauskommst", antwortete Guantaio, „und er würde wissen, was er schon weiß – dass ihn alle hassen und ihn bei einer guten Gelegenheit mit Freude umbringen würden. Und was würden deine Kameraden mit dir machen?"

Er lachte auf eine sehr unangenehme Art.

Nein – ich entschied mich – mein Freund Guantaio würde es nicht gut finden, wenn ich Lejaune warnen würde. Wenn Lejaune gewarnt werden sollte, würde Guantaio es lieber selbst tun.

„Woher würden sie wissen, dass ich der Informant war?", fragte ich.

„Weil ich es ihnen sagen würde", war die Antwort. „Wenn Lejaune davon erfährt, dann hast du es ihm gesagt und niemand sonst."

War das also alles? Guantaio konnte zum Verräter werden, nachdem er geschworen hatte, dass ich es tun würde! Er würde nicht nur seine eigene Haut retten, sondern Michael würde bald einen Freund und Bruder weniger haben, wenn Schwartz und seine fröhlichen Gesellen erfahren würden, wer sie verraten hatte.

„Natürlich würde man dich und deinen Bruder für gemeinsam handelnd halten, wie ihr es immer tut", sagte Guantaio.

Also wieder dasselbe? Michael und ich würden den Meuterern als Verräter denunziert, Guantaio könnte, könnte, könnte dazu verleitet werden, Michael zu ermorden und auszurauben – sicher in seiner ehrenvollen Rolle als Vollstrecker der Gerechtigkeit an einem feigen Verräter.

Die Legion kannte keine Strafe, die zu hart gewesen wäre für jemanden, der gegen die Interessen seiner Kameraden handelte. Guantaio musste unter diesen Umständen nicht das Schicksal von Bolidar fürchten.

„Was würdest du an meiner Stelle tun?", fragte ich.

„Schließ dich den Schlägern an", war die prompte Antwort. „Du und dein Bruder müsst Schwartz folgen. Lieber die Feindschaft von Lejaune als die der halben Kaserne unter Schwartz. Lejaune könnte dir nicht einfach ins Bett kommen und dich ermorden. Schwartz könnte es und würde es tun. Und er *wird es tun*, wenn du dich ihm nicht anschließt ..."

Ja, zweifellos war das widerwärtige Wesen in großer Unentschlossenheit über das beste Vorgehen und sprach von einer Minute zur anderen, je nachdem, welche neuen Ideen und Ansichten ihm kamen und wie seine Ängste und Hoffnungen ihn hin- und herwarfen.

Im Moment hielt er es für wünschenswert, dass Michael und ich Meuterer wurden. Gerade eben hatte er noch einen Vorteil darin gesehen, dass wir nicht zu ihrer Gruppe gehörten. . . .

Das Verwirrendste und Rätselhafteste für einen verschlagenen Geist ist wahrscheinlich die einfache Wahrheit. Im Umgang mit solchen Menschen ist sie oft die subtilste Diplomatie. Also beschloss ich, die reine Wahrheit zu sagen und ihn damit allein zu lassen.

„Ich werde die Angelegenheit mit meinem Bruder besprechen“, sagte ich, „und wir werden heute Abend entscheiden. Wahrscheinlich werden wir Lejaune warnen. Das kannst du Schwartz sagen. Und ich kann ihm morgen eine definitive Antwort geben. Dann kann er tun, was er will.“

„Du wirst Lejaune doch nicht warnen, bevor du Schwartz davon erzählt hast, oder?“, fragte Guantaio, und ich hatte gesehen, wie seine Augen aufleuchteten, als ich ihm sagte, dass wir uns wahrscheinlich Schwartz widersetzen würden. Das schien ihm sehr zu gefallen.

„Nein, das werde ich nicht“, versicherte ich ihm. „Mein Bruder auch nicht. Vorausgesetzt natürlich, dass heute Nacht nichts passiert? Keine Meuterei, meine ich...“

„Oh nein“, sagte Guantaio, „sie sind noch nicht bereit. Ein paar sind noch nicht dabei. Schwartz möchte natürlich alle haben, aber wenn das nicht klappt, will er genau wissen, *wer* getötet werden soll, bevor sie anfangen. Das soll unglückliche Unfälle verhindern. Außerdem wollen sie Vollmond...“

„Nun gut – ich werde mich heute Nacht entscheiden“, sagte ich. „Und jetzt geh bitte weg. Ich möchte nachdenken – und außerdem mag ich dich nicht besonders, Guantaio, wirklich...“

§4.

Jetzt musste ich erst mal Michael finden und entscheiden, wie wir vorgehen würden.

Er hatte Wache, und ich musste warten.

In der Zwischenzeit könnte, könnten ich St. André, Maris, Glock und ein oder zwei andere finden, die im Grunde anständige, ehrliche Männer mit Verstand und Charakter waren und weniger als einige der anderen dazu neigten, sich von blindem Hass auf Lejaune oder der Dominanz von Schwartz zu einer mörderischen Torheit hinreißen zu lassen, die auch Selbstmord war.

St. André lag auf seiner Pritsche in der Baracke. Er sah mich an, als ich reinkam. Ich nahm meinen Gürtel und ein Poliertuch, schlenderte in Richtung seines Bettes und blieb neben ihm stehen, um fleißig zu putzen.

„Magst du *Schweinefleisch, mein Freund*?“, fragte ich leise, ohne von meiner Arbeit aufzublicken.

„Ich bin ein ziemlicher *Schweinchen*, was das angeht“, antwortete er leise und fügte hinzu: „Aber lieber das als Metzger.“

Also war auch er angesprochen worden.

„Komm mit nach draußen, wenn ich gehe“, sagte ich.

Ein paar Minuten später fand er mich im Hof, und ich erfuhr, dass Schwartz ihn an diesem Tag angesprochen hatte; er hatte ihm gesagt, er müsse sich entscheiden, ob er Schwein oder Metzger sein wolle, und ihm ein paar Tage Zeit gegeben, sich zu entscheiden. Schwartz hatte abschließend St. André mitgeteilt, dass alle, die nicht *für* ihn seien, als *gegen* ihn behandelt würden und dass achtzig Prozent der Männer bereitwillig den Eid geleistet hätten, ihm zu folgen und ihm absolut zu gehorchen.

„Was wirst du tun, St. André?“, fragte ich.

„Das Gleiche wie du und dein Bruder“, war die sofortige Antwort.

Er fuhr fort, dass er seit dem Moment, als er von der Verschwörung erfahren hatte, an nichts anderes mehr gedacht habe und zu dem Schluss gekommen sei, sich Michael und mir anzuschließen, um das zu tun, was ihm das Beste erschien.

„Siehst du, mein Freund“, schloss er, „man kann sich natürlich nicht diesen armen Verrückten anschließen – man war Offizier und Gentleman. Selbst wenn man so tief *gesunken wäre*, so etwas zu tun, und man sein Gewissen damit beruhigen würde, dass Lejaune den Tod verdient, bleibt doch die Tatsache, dass diese Wahnsinnigen nur vom Regen in die Traufe kommen können.“

„Genau“, stimmte ich zu.

„Hier leben wir – in der Hölle, das gebe ich zu –, aber wir *leben*, und wir sind nicht für immer hier“, fuhr er fort. „Draußen in der Wüste werden wir nicht überleben. Diejenigen, die nicht verdursten, werden unter den Messern der arabischen Frauen einen langsamen Tod sterben.“

„Das werden sie", sagte ich.

„Außerdem", fuhr er fort, „würde ich mich ihnen nicht anschließen, wenn wir direkt in den Dienst des Sultans von Marokko treten und dort willkommen geheißen und mit einem hohen Rang in seiner Armee belohnt würden. Ich bin Franzose und war Offizier und Gentleman. Ich bin ohne eigenes Verschulden hier. St. André ist mein richtiger Name. Mein Bruder ist Leutnant in einem senegalesischen Bataillon. ... Aber du und dein Bruder seid keine Franzosen, und wenn ihr nach Marokko kommen könntet, könnte jeder von euch ein weiterer Kaid McLean sein. ... Aber ihr könnt von hier aus nicht zu Fuß nach Marokko kommen. ... Ihr würdet wie tollwütige Hunde gejagt werden, ganz abgesehen von der Frage nach Essen und Wasser. ... Ihr könnt das nicht schaffen. ..."

„Wir sind keine Franzosen und wir waren keine Offiziere, St. André", antwortete ich, „aber wir sind Gentlemen – und wir morden nicht und schließen uns keinen Mörderbanden an. Und wie du sagst – wir könnten es nicht tun und würden es auch nicht tun, wenn wir könnten."

„Nein, ich wusste, dass ihr euch ihnen nicht anschließen würdet", sagte St. André und ergriff meine Hand, „und ich habe mir gesagt, dass ich genau das tun würde, was ihr und euer Bruder getan habt."

„Nun gut", sagte ich, „ich werde mit ihm darüber reden, sobald er Dienst hat, und wir werden Ihnen unsere Entscheidung mitteilen, aber wir werden uns ihnen sicher nicht anschließen."

„In der Zwischenzeit", fügte ich hinzu, „such Maris auf – er ist ein anständiger Kerl – und frag ihn, was er zu sagen hat. Du könntest auch Glock, Dobroff, Marigny, Blanc und Cordier versuchen, wenn du die Gelegenheit dazu hast. ... Sie gehören zu den am wenigsten Verrückten in dieser Irrenanstalt."

„Ja", stimmte St. André zu, „wenn wir eine eigene Gruppe bilden können, können wir vielleicht die Situation retten", und er ging.

Ich wartete auf Michael, auf einem einheimischen Bett sitzend, das aus Schnüren über einem Holzrahmen geflochten war und an der Hofmauer in der Nähe der Wachstube stand.

Hier in der stickigen Dunkelheit lauschte ich dem Gebrabbel, Stöhnen, Schreien und wahnsinnigen Lachen, das aus den *Zellen* drang, wo einige von Lejaunes Opfern durch Einzelhaft und Hunger immer mehr in den Wahnsinn getrieben wurden.

Als Michael abgelöst wurde, folgte ich ihm in die Baracke, wo er sein Gewehr in den Ständer stellte und seine Ausrüstung ablegte.

„Ich setz mich auf den *Angareb*", sagte ich. „Es gibt neue Entwicklungen."

„Ich bin in fünf Minuten bei dir", antwortete er.

Als er zu mir kam, erzählte ich ihm, was Guantaio gesagt hatte, und fügte meine eigene Meinung zu der Situation hinzu, zusammen mit der von St. André.

Michael hörte schweigend zu.

„Die Lage ist, wie ich denke, folgende", sagte er, als ich geendet hatte. „Schwartz und seine Bande von Irren planen, Lejaune und jeden, der zu ihm hält, umzubringen. Guantaio hat die Sache an Korporal Boldini verraten, weil ihm die Meuterei zu riskant erscheint. Boldini will sich den Meuterern anschließen, falls sie Aussicht auf Erfolg haben – andernfalls nicht. Wahrscheinlich sind er, Guantaio, Colonna, Gotto und Bolidar im Bunde, um auf die eine oder andere Weise den sagenhaften 'Diamanten' aus dieser Meuterei herauszuschlagen. Wenn wir uns den Meuterern anschließen, würden Boldini und Konsorten ebenfalls mitmachen – mit dem Plan, mich in der Wüste umzubringen und auszurauben, um mit dem Cullinan-Kohinoor nach Marokko zu entkommen. . . . Oder, um es genauer zu sagen: Boldini würde die 'Konsorten' die Mord- und Raubarbeit erledigen lassen und dann denjenigen aus seiner Bande töten oder bestehlen, der es vollbracht hat. Wenn wir uns weigern, uns den Meuterern anzuschließen, wäre Boldinis Plan, Guantaio dazu zu bringen, mich im Schlaf zu ermorden – angeblich, weil ich ein Verräter an der edlen Sache der Meuterei sei – und mir den Großen Diamanten vom Gürtel zu stehlen. . . . Falls das misslingt, würde Boldini uns dazu benutzen, die Meuterei niederzuschlagen, in der Hoffnung, dass ich im Handgemenge umkomme und er meine Leiche plündern kann. Er müsste sich nicht nur darauf verlassen. Er könnte es arrangieren. . . ."

„Andererseits", sagte ich, „weiß Boldini vielleicht gar nichts von der Verschwörung, und Guantaio überlegt, ob er die Meuterei weiterlaufen lassen oder seinen alten Kumpel Boldini warnen und damit alles verraten soll."

„Ganz richtig", stimmte Michael zu. „Wir tappen völlig im Dunkeln, wenn wir es mit hoffnungslosen, angeborenen Lügner wie Guantaio zu tun haben. Wir können uns nur auf Wahrscheinlichkeiten stützen, und insgesamt schien der Schweinehund dich dazu anzustacheln, dich der Verschwörung anzuschließen. ... Nun, das bedeutet, dass er ein bestimmtes persönliches Interesse daran hat, dass wir uns anschließen. Wenn das nicht der Fall wäre, wäre es ihm offensichtlich egal, ob wir mitmachen oder nicht."

„Was sollen wir tun, Beau?", fragte ich.

„Stell eine Oppositionsgruppe aus Nichtmeuterern zusammen und sag Schwartz dann ganz klar, dass wir Lejaune warnen und auch Lejaunes Befehle in dieser Angelegenheit befolgen werden", war die prompte Antwort.

„Genau", sagte ich. „Genau das habe ich Guantaio gesagt. Und St. André wird uns unterstützen, egal, wie wir uns entscheiden."

„Aber was, wenn wir niemanden finden?", überlegte ich.

„Dann werden wir und St. André Lejaune warnen und ihm sagen, dass er sich darauf verlassen kann, dass wir drei unser Wort halten", sagte Michael.

„Ohne Schwartz zu warnen?", fragte ich.

„Auf keinen Fall", antwortete Michael. „Wir können uns nicht so heimlich verhalten."

„Natürlich werden Schwartz und Co. uns als Verräter fertigmachen", bemerkte ich.

„Wahrscheinlich", stimmte Michael zu. „Sie werden es jedenfalls versuchen."

„Wenn wir eine starke Gruppe zusammenbekommen, geben Schwartz und seine Leute vielleicht den Plan auf", fuhr er fort. „Wenn nicht, kommt es darauf an, wer zuerst zuschlägt. Wir müssen Lejaune warnen, sobald wir Schwartz klar gemacht haben, dass wir es tun werden, wenn er nicht aufgibt. Ob er aufgibt oder nicht, hängt davon ab, wie viele Leute wir auf unsere Seite ziehen können."

Wir saßen ein, zwei Minuten lang schweigend da und dachten über diese fröhliche Lage nach.

„Ich sag dir was", sagte er plötzlich, „wir berufen eine Versammlung ein. Das ist die britische Allheilmittel. Morgen Abend um sechs, auf der anderen Seite der Oase, und wir laden St. André, Blanc, Cordier, Marigny und alle anderen Franzosen ein, die St. André wahrscheinlich folgen würden. Dann sind da noch Maris, Dobroff, Glock und Ramon unter den Ausländern, die sich uns anschließen könnten ... Ich wünschte, Digby, Hank und Buddy wären hier."

„Sie würden den Ausschlag geben", sagte ich.

„Nun ja – wenn die sich uns anschließen, können wir Schwartz' Mordkommando wahrscheinlich in eine Bande gewöhnlicher Deserteure verwandeln, wenn sie schon gehen müssen ..."

Kurz darauf kam St. André, der uns suchte, zu uns.

„Ich habe mit Maris gesprochen", sagte er, „und er ist mit ganzem Herzen bei euch beiden. Ich habe auch Marigny angepumpt, aber er meint, wir könnten unmöglich so gemein sein, den unsäglichen Lejaune zu warnen und unsere eigenen Kameraden zu verraten."

„Wir können keine solchen Mistkerle sein, dass wir das nicht tun", sagte Michael.

„Genau das habe ich versucht, ihm klarzumachen", antwortete St. André. „Es ist eine Frage der Sichtweise und des geistigen und moralischen Entwicklungsgrades. Für uns ist es undenkbar, tatenlos zuzusehen, wie ein Mord begangen wird, das Regiment entehrt, die Fahne verraten und die Festung in Gefahr gebracht wird. Wir sind Soldaten Frankreichs ..."

Er stand auf und salutierte dramatisch, aber nicht selbstbewusst, in Richtung des Fahnenmasts.

„Für Marigny und seinesgleichen ist es ebenso undenkbar, dass sie, nachdem sie von einem Kameraden in ein Geheimnis eingeweiht wurden, dieses Geheimnis verraten und die Freunde, die ihnen ihr Vertrauen geschenkt haben, hintergehen und in Gefahr bringen."

„Das ist deine Sichtweise“, stimmte Michael zu. „Ich persönlich wurde jedoch nicht von einem Kameraden mit einem Geheimnis betraut. Ich habe lediglich eine drohende und unverschämte Nachricht von einem rüpelhaften Schurken namens Schwartz erhalten. Er sagt mir, dass er einen Mord begehen wird. Ich antworte ihm, dass er keinen Mord begehen wird und dass ich sein Opfer warnen werde, wenn er nicht von seinem Vorhaben ablässt. Das scheint mir eine klare Sache zu sein.“

„Und für mich auch“, sagte St. André.

„Ich fand auch, dass Blanc ganz ähnlich dachte wie Marigny“, fuhr er fort. „Er will keinen Mord begehen oder auch nur gutheißen, aber noch weniger will er seine Kameraden 'verraten'. ... Bisher habe ich nur mit diesen dreien gesprochen...“

„Also, hört zu“, sagte Michael. „Morgen um sechs Uhr, hinter der Oase. Alle unsere Freunde und alle, die nicht zu Schwartz' Bande gehören. Ihr holt Marigny, Blanc und Cordier und alle anderen Franzosen, die sich uns anschließen könnten, und wir bringen Maris, Ramon, Dobroff und Glock und vielleicht noch ein oder zwei weitere. Sie werden kommen ... Sie werden kommen, weil es offensichtlich für uns alle um Leben und Tod geht. Wir müssen versuchen, dass niemand aus Schwartz' Bande von dem Treffen erfährt, zumindest nicht, bevor es vorbei ist – aber wenn doch, können wir nichts machen. Ich nehme an, wir haben genauso viel Recht, Pläne zu schmieden wie sie?“

„Das ist eine gute Idee“, stimmte St. André zu. „Ich werde da sein und alle mitbringen, die ich kann. Gegen sechs Uhr.“

§5.

Am nächsten Abend versammelte sich eine Handvoll der Bessergestellten in der Nähe des *Shaduf* im Schatten des Palmenhains, außer Sichtweite der Festung. Neben Michael, St. André, Maris und mir waren Cordier, Blanc, Marigny, Ramon, Dobroff, Glock, Vaerren und ein oder zwei andere da – insgesamt fünfzehn oder sechzehn Personen –, genug, wie Michael mir sagte, um die Ereignisse zu kontrollieren, vorausgesetzt, es könnte eine geeinte Gruppe mit einer gemeinsamen Strategie gebildet werden.

Aber das war unmöglich. Die Vorstellungen von Recht und Unrecht, Ehre und Schande, fairer Behandlung und niederträchtiger Behandlung waren zu unterschiedlich und wahrscheinlich von anderen Gedanken und Motiven wie Angst, Hass, Langeweile, Rache und Verzweiflung beeinflusst.

Michael ergriff als Erster das Wort.

„Wie ihr alle sehr gut wisst“, sagte er, „gibt es eine Verschwörung, Lejaune und die Unteroffiziere zu ermorden, zu desertieren und das Fort aufzugeben. Schwartz ist der Anführer und sagt, dass diejenigen, die sich nicht als Unterstützer erklären, als Feinde betrachtet und entsprechend behandelt werden. Ich persönlich tue nichts, weil Schwartz es sagt, und ich bin auch nicht damit einverstanden, Männer in ihren Betten zu erschießen. Selbst wenn ich das täte, würde ich es trotzdem ablehnen, von Schwartz in die Wüste geführt zu werden, um dort zu verdursten. Deshalb bin ich gegen seine Verschwörung – und ich fordere euch alle auf, euch mir anzuschließen und das Schwartz zu sagen. Wir werden ihm klar sagen, dass wir Lejaune warnen werden, wenn er nicht von seinem wahnsinnigen Plan, Mord und Meuterei zu begehen, Abstand nimmt....“

Ein murrendes Murren der Ablehnung von Marigny und Blanc und ein energisches Kopfschütteln unterbrachen Michaels Worte.

„Ich schwöre, dass ich Lejaune warnen werde“, warf St. André ein, „aber ich werde zuerst Schwartz warnen – und wenn er den Mordteil des Plans fallen lässt, kann er machen, was er will. Jeder heilige Idiot, der in der Wüste sterben will, kann das tun, aber ich habe nichts mit Meutereien zu tun...“

„*Kein Verrat!*“, brüllte Marigny, ein typischer alter Soldat, grauhaarig und faltig, ein ehrliches, hirnloses, verbissenes Wesen, das Schwartz bewunderte und Lejaune verabscheute.

„Brüll nicht so, mein guter Arsch", sagte Michael, sich zu ihm umdrehend, „und versuch, nicht noch dümmer zu sein, als Gott dich geschaffen hat. Wo liegt der Verrat darin, wenn wir Schwartz antworten: *'Danke, wir wollen uns deiner Mörderbande nicht anschließen. Außerdem wollen wir den Mord verhindern – also lass sofort von diesem Gedanken ab.'* Würdest du mir bitte erklären, wie der sanfte Schwartz dadurch 'verraten' wird?"

„Ich sage, es *ist* Verrat an Kameraden, einem gesalbten, verfluchten, namenlosen Hundeschwanz wie Lejaune zu sagen, dass sie gegen ihn verschwören. Verrat, sage ich", antwortete Marigny.

Michael seufzte geduldig.

„Nun – was wirst du tun, Marigny – da du entweder gegen Schwartz oder für ihn sein musst?", fragte Maris.

„Ich bin *für* ihn", antwortete Marigny prompt.

„Ein hinterhältiger, heimtückischer Mörder?", fragte Michael verächtlich. „Ich dachte, du wärst eine Art Soldat."

„Ich bin für Schwartz", sagte Marigny.

„Dann geh zu ihm", schnauzte Michael. „Los. . . . Raus hier. . . . Das wäre uns lieber – wir sind weder Feiglinge, die Angst vor Schwartz haben, noch kriechende Mörder."

Marigny errötete, ballte die Fäuste, legte mit einem Fluch die Hand an sein Bajonett und machte Anstalten, sich auf meinen Bruder zu stürzen; aber er besann sich offenbar eines Besseren, als Michael die rechte Hand ballte und auf Marignys Kinnspitze blickte.

Mit einem Knurren „Dreckige Verräter!" drehte sich der alte Soldat um und ging davon.

„Denkt noch jemand so wie er?", fragte Michael.

„Ich kann nicht zustimmen, den alten Schwartz zu verraten", sagte Blanc, ein Seemann aus Marseille, laut, fröhlich, mutig und unerschrocken; ein rundlicher, schwarzäugiger, schroffer Provençal.

„Nun, dann sag, was du tun wirst", sagte Michael scharf. „Schließ dich den Mördern von Schwartz an oder schließ dich uns an."

„Ich kann mich nicht Lejaunes Speichelleckern anschließen", sagte Blanc.

„Dann geh zu Schwartz' Mörderbande. Dort bist du vielleicht sicherer", sagte Michael, und Blanc ging murrend davon.

„Ich muss mich leider meinen Landsleuten anschließen", sagte Glock.

„Du hast Angst!", spottete Michael. „Du hast es selbst gesagt! Du hast Angst vor Schwartz. Das brauchst du nicht. Außerhalb dieser Mörderbande bist du sicherer."

„Ich kann meine Landsleute nicht verraten", wiederholte Glock.

„Na gut – kannst du zu ihnen gehen und sagen – (was die Wahrheit ist) – *'Ich glaube nicht an Mord und bin mir sicher, dass diese Angelegenheit mit dem Tod von uns allen enden wird . Lasst es sein, oder meine Freunde und ich werden euch dazu zwingen.'* Kannst du das tun?", fragte Michael.

Der große, einfältige Glock mit seinen blauen Augen und seinem dummen Gesicht konnte sich nur am Kopf kratzen und unbeholfen von einem Fuß auf den anderen treten.

„Sie würden mich umbringen", sagte er.

„Sie werden dich mit Sicherheit verdursten lassen, wenn du dich von ihnen da rausführen lässt", argumentierte Michael und deutete mit einer Handbewegung auf die umgebende Wüste.

„Es sieht so aus, als müssten wir alle sterben, so oder so", sagte Glock.

„Genau das versuche ich zu verhindern, du Dickschädel", antwortete Michael. „Wenn die anständigen Männer dieser Garnison zusammenhalten und Schwartz sagen würden, er solle mit seinen dummen Spielchen aufhören, müsste niemand sterben."

„Außer denen, die *Lejaune* umbringt", sagte Cordier, ein kluger und sympathischer Franzose, der zweifellos Arzt gewesen war und dessen Rezepte und Behandlungen seine Kameraden denen jedes Militärarztes vorzogen. „Wenn man diesen pariahartigen Köter aus den Gossen Sodoms und Gomorras ohne Gefahr für uns andere erschießen könnte – ich würde es heute Nacht selbst tun und meinen Namen unter die Wohltäter der Menschheit schreiben."

„Ach ja? Und wo stehst *du* dann?", fragte Michael.

„Ich schließe mich dir und St. André an“, antwortete Cordier, „obwohl ich zugeben muss, dass meine Sympathien ganz bei Schwartz liegen. Aber ... man ist ja ein Gentleman ...“

Und am Ende stellten wir fest, dass nur Cordier wirklich dazu zu bewegen war, sich Michael, St. André, Maris und mir als standhafter und zuverlässiger Teil einer Gruppe von Nicht-Mördern anzuschließen, die gegen Schwartz und für Pflicht und Disziplin waren und bereit waren, den Meuterern zu sagen, dass sie ihre Verschwörung, Geschichte, aufgeben müssten, sonst würde Lejaune gewarnt werden.

Einer nach dem anderen ging weg, einige entschuldigend und reumütig, andere lautstark, wieder andere ehrlich besorgt, Schwartz' mutigen Schlag für ihre Rechte zu unterstützen, und einige hatten einfach Angst, das zu tun, was sie eigentlich gerne getan hätten.

Als wir fünf schließlich allein waren, sagte Michael: „Nun, ich fürchte, wir werden Schwartz nicht von seinem Vorhaben abbringen können.“

„Nein“, stimmte Cordier zu. „Es sieht eher so aus, als würden wir ihm nur zusätzliche Arbeit verschaffen. Mehr kleine Schweine ...“

„Es wird keine Schweine geben, wenn Lejaune schnell handelt“, sagte St. André.

„Keine“, stimmte Maris zu, „und ich bin fast geneigt, dafür zu stimmen, Lejaune zu warnen, *bevor* wir etwas zu Schwartz sagen. Das würde uns mehr Chancen geben ...“

„Nein. Nein. Das können wir nicht tun“, sagte Cordier. „Wir müssen dem alten Schwartz eine faire Chance geben. Wenn er die Mordpläne aus seinem Programm streicht, sagen wir natürlich nichts, und er kann weitermachen. Wenn er das nicht tut, tun wir unsere Pflicht als anständige Menschen und geben Lejaune seine Chance.“

„Wird er das annehmen?“, fragte ich. „Wird er zuhören?“

„Nicht von einem von uns allein“, sagte St. André. „Aber er müsste eine Delegation von uns fünf, die alle dasselbe sagen, zur Kenntnis nehmen.“

„Eine Delegation, die aus uns selbst besteht und von uns selbst kommt?“, lächelte Cordier.

„Aber“, fragte Maris, „ist es denn so wichtig, ob er uns glaubt oder nicht? Angenommen, einer von uns geht zu ihm und sagt ihm die Wahrheit – reicht das nicht? Wenn er den Mann bestrafen und seine Warnung ignorieren will, ist das seine Sache.“

„Stimmt“, stimmte Michael zu. „Aber es ist auch unsere Sache! Wir wollen nicht in unseren Betten erschossen werden, weil Lejaune nicht auf uns hört. ... Wenn Schwartz nicht daran gehindert wird, wird jeder Mann in diesem Fort, der sich bis übermorgen nicht seiner Bande angeschlossen hat, das Schicksal von Lejaune teilen.“

„Das bedeutet uns fünf, Boldini, Dupré und Lejaune“, sagte Cordier.

„Es sei denn, Boldini ist mit ihnen unter einer Decke – was sehr wahrscheinlich ist“, warf St. André ein.

„Ja, wir sieben“, überlegte Michael, „auch ohne Boldini. Wenn Lejaune auf unsere Klagen hört und schnell handelt, sind wir fünf und die beiden Unteroffiziere eine mehr als ausreichende Truppe für ihn. ... Wir müssen nur einen Tag vor ihnen handeln – dann muss kein Blut fließen.“

„Ausgerechnet *Lejaune* beschützen!“, lächelte Cordier. „Da muss sich *der liebe Gott* im Himmel kaputtlachen.“

„Wir kämpfen, um die Flagge zu schützen“, sagte St. André. „Lejaune ist nebensächlich. Wir werden eine mörderische Meuterei bekämpfen – und eine weitere Nebensächlichkeit ist, dass wir dabei wahrscheinlich unser eigenes Leben retten werden ...“

„Wer sagt das Schwartz?“, unterbrach Cordier.

„Ich“, sagte Michael.

„Wir alle“, sagte ich. „Lasst uns fünf gemeinsam zu ihm gehen und ihn warnen. Wir werden nicht betonen, dass wir nur für uns selbst sprechen.“

„Genau“, stimmte St. André zu. „Wir sagen Schwartz, dass wir eine 'Delegation' zu ihm sind – und dasselbe machen wir, wenn wir Lejaune sprechen – falls das nötig ist.“

Und so beschlossen wir fünf, uns sofort auf die Suche nach Schwartz zu machen, ihm zu sagen, dass wir uns nicht an Meuterei und Mord beteiligen würden, und ihn zu warnen, dass wir die Angelegenheit sofort melden würden, wenn er nicht bereit wäre, den Teil seines Plans aufzugeben, der die Ermordung von Vorgesetzten und die Nötigung von Kameraden vorsah.

§6.

Als wir die Oase verließen und zum Fort schlenderten, trafen wir einen Mann, der Eimer mit Wasser trug. Als er vorbeikam, sah ich, dass es der Portugiese Bolidar war, der in unserer Baracke in Sidi-bel-Abbès wegen versuchten Diebstahls so brutal zusammengeschlagen worden war. Er hatte immer behauptet, dass er sich bei diesem traurigen Vorfall unter Alkoholeinfluss in die falsche Baracke verirrt hatte und dass er, als er erwischt wurde, nur in das Bett gekrochen war, das er für sein eigenes hielt!

Von Hank und Buddy gewarnt, hielten wir den Herrn jedoch für das erbärmliche Werkzeug von Boldini, der ihn aufgegabelt hatte, als Guantaio, Colonna und Gotto sich geweigert hatten, für ihn zu stehlen.

Als er an Michael vorbeikam, blieb er halb stehen, zwinkerte, tat so, als wolle er etwas sagen, und ging dann weiter. Als ich mich umdrehte, sah ich, dass er stehen geblieben war, seine Eimer abgestellt hatte und uns nachstarrte.

Als er sah, dass ich mich umdrehte, winkte er mich zu sich und kam auf mich zu.

Hier war ein Mann, mit dem ein ruhiges Gespräch sehr nützlich sein könnte, zumal er den ersten Schritt gemacht hatte.

„Ich möchte mit deinem Bruder und dir sprechen", flüsterte er. „Unter vier Augen. Ich wage es nicht, dabei gesehen zu werden. Ich bin in der Hölle – und doch komme ich in die Hölle. Ja, ich komme in die Hölle – und doch bin ich jetzt schon in der Hölle."

Er war offensichtlich in einem sehr labilen Gemütszustand. Er zitterte und sah furchtbar krank aus.

„Geh in die Oase und warte", sagte ich. „Ich hole meinen Bruder gleich."

„Ich muss mich verstecken ... Ich muss mich verstecken ... Ich muss mich verstecken", wiederholte er immer wieder.

„In Ordnung", stimmte ich zu. „Versteck dich. Ich werde pfeifend *'Père Bougeaud'* entlangschlendern, wenn ich meinen Bruder hole."

„Lejaune wird mir die Kehle durchschneiden ... Er wird mein Herz essen ... Schwartz auch ... Boldini auch ..."

„Na ja, die letzten beiden wirst du nicht spüren", tröstete ich ihn, „und du hast ja keine drei Herzen ... Erzähl uns alles, wenn du zurück bist", fügte ich beruhigend hinzu. „Wir passen auf dich auf. Reiß dich zusammen", denn ich dachte, er würde gleich in Tränen ausbrechen.

„Ihr bringt niemanden mit? Ihr sagt es niemandem? Kein Wort?", flehte er.

„Keiner. Kein Wort", antwortete ich. „Warte auf uns in der Palmenhaine hinter dem Brunnen", und ich ging Michael nach.

Sobald ich mit ihm allein sprechen konnte, erzählte ich ihm von Bolidar.

„Gut", sagte Michael. „Wir hören uns an, was der Kaufmann zu sagen hat, bevor wir uns Schwartz vornehmen. Der kühne Bolidar will aus irgendeinem Grund offenbar etwas aufschieben. 'Wenn Schurken sich zerstreiten' ... Lass uns gleich zurückgehen, bevor er seine Meinung ändert."

Michael rannte los und bat St. André und die anderen, ein wenig zu warten und nichts zu tun, bis er zurück sei.

Wir gingen dann zurück zur Oase, und als wir an dem Brunnen vorbeikamen, pfiff ich „ *Avez-vous vu la casquette de Père Bougeaud?"* . Bolidar schloss sich uns an, zitternd vor Angst und Fieber.

Wir setzten uns zusammen auf einen hohen Sandhügel zwischen uns und der Oase.

Zuerst redete Bolidar zusammenhanglos und fast unverständlich, aber bald wurde klar, dass der arme Kerl sich in seiner extremen Angst, Ungewissheit und Furcht als letzte Hoffnung und letzten Ausweg an uns wandte.

Als wir begriffen, was ihn dazu trieb, sich uns anzuvertrauen – schiere Feigheit und Angst um sein eliges Leben –, zweifelten wir keinen Augenblick an der Wahrheit seiner Worte.

Er strahlte Wahrheit aus, ebenso wie erbärmliche Angst, aus jeder Pore, und er zeigte es in jedem Glanz seiner blutunterlaufenen, rollenden gelben Augen und in jeder Geste seiner zitternden, schmutzigen gelben Hände.

„Meine Freunde", stammelte er, „ich muss euch alles gestehen und euch retten. Ich halte es nicht mehr aus. Mein Gewissen ... Meine Rechtschaffenheit ... Meine Seele ... Meine Dankbarkeit ..."

Michael zwinkerte mir zu. Wir schätzten Bolidars Gewissen und Dankbarkeit nicht so hoch ein wie seinen Zustand zitternder Angst, als wir seine Motive für sein „Geständnis" einschätzten. . . .

„In dieser schrecklichen Nacht, als ich so grausam missverstanden und behandelt wurde, hast du versucht, mich zu retten ... Ja, obwohl ich eigentlich dich ausrauben wollte ... Eine absurde Idee, natürlich ..." Und er lachte nervös.

Es bestand kein Zweifel daran, dass der sanfte Dago in einem Zustand seltener Angst war. Sein krampfhaftes Schlucken, seine gelben Gesichtszüge, sein Zittern und Zucken, seine geballten Hände und seine wilden Augen waren wirklich beunruhigend.

„Eine völlig absurde Idee, natürlich", murmelte Michael. „Was willst du uns sagen?"

„Dein Diamant! Dein Diamant!", flüsterte Bolidar heiser, packte Michaels Handgelenk und starrte ihm in die Augen.

„Ah – mein Diamant. Und was ist damit?", sagte Michael sanft.

„Lejaune! Lejaune will ihn haben", zischte er. „Und er wird mich umbringen! Er wird mich umbringen! Wenn er es nicht tut, wird Schwartz es tun ... Oder Boldini ... Was *soll* ich tun! Was *kann* ich tun!", schrie er.

Michael tätschelte dem armen Kerl die Schulter.

„Na, na! Keine Sorge. Niemand wird dich töten", beruhigte er ihn, fast so, als wäre er ein Baby gewesen. „Jetzt erzähl uns alles, und wir werden sehen, was wir tun können. . . . Schließ dich unserer Gruppe an, dann bist du in Sicherheit."

„ *Eurer* Gruppe?", fragte Bolidar. „Was ist *eure* Gruppe? Und was habt ihr vor?"

„Oh – wir sind eine Gruppe, klar. Die stärksten Kerle der Garnison – und wir werden *Lejaune warnen* – falls Schwartz nicht einverstanden ist, den Mordteil der Verschwörung aufzugeben", antwortete Michael.

„Ihr werdet *was* tun?", fragte Bolidar mit großen Augen und offenem Mund.

„Wir wollen Lejaune warnen", wiederholte Michael.

Bolidar warf die Hände hoch und schüttelte sich vor lauter Lachen.

„ *Aber er* weiß doch davon! *Er* weiß alles darüber, *wer daran beteiligt ist, wann es stattfinden soll und jedes Wort, das dabei gesagt wird!"* , krächzte Bolidar mit einer Art gebrochener, heiserer Stimme.

Michael und ich starrten uns entsetzt an.

„Wer hat es ihm gesagt?", fragte Michael.

„ *Ich*", war die stolze Antwort dieses schamlosen Tieres. „Und wenn er deinen Diamanten hat, wird er mich umbringen", schluchzte er.

Ich war völlig fassungslos. Wenn Lejaune alles wusste, was war dann aus unserer wertvollen Drohung gegenüber Schwartz? Und wie sah unsere Lage jetzt aus?

„Warum unternimmt Lejaune dann nichts?", fragte Michael.

„Oh, er wird schon was *machen* ", sagte Bolidar. „Er wird einen guten Deal machen, in der Nacht, bevor Schwartz und seine Trottel zuschlagen wollen."

„Warum wartet er?", fragten wir gleichzeitig.

„Um zu sehen, was ihr beiden vorhabt“, war die Antwort. „Wenn ihr euch Schwartz anschließt, werdet ihr *zusammen mit* Schwartz getötet, in der Nacht vor der geplanten Meuterei – und ich soll den Diamanten sichern. Es ist allerdings nicht wirklich vorgesehen, dass ihr euch ihm anschließt. Und wenn ihr euch Schwartz nicht anschließt, werdet ihr stattdessen bei dem Angriff *auf* ihn getötet.“

„Von wem?“, fragte Michael.

„ *Von mir*“, antwortete Bolidar. „Seht ihr, wenn ihr euch Schwartz anschließt, muss ich loyal bleiben und in der Nacht mit Lejaune und den anderen in den Barackenraum gehen. Während wir die Meuterer mit unseren Gewehren in Schach halten, soll ich euch erschießen. Wenn du dich Schwartz nicht anschließt, bin ich ein Meuterer, und wenn du in der Nacht mit Lejaune und den Loyalisten in den Barackenraum kommst, soll ich dich von meinem Bett aus erschießen. ... So oder so wirst du sterben – und ich bin mir ganz sicher, dass ich auch sterben werde. ... Oh Gott! Oh Jesus Christus! Oh Heilige Jungfrau! Oh Heilige im Himmel!“, schluchzte er.

„Und wenn ich mich weigere, Schwartz eine Antwort zu geben, und vollkommen neutral bleibe?“, fragte Michael.

„Dann soll ich die Meuterer anstacheln und sie dazu bringen, dich als Nicht-Unterstützer zu töten! Dich *und* alle anderen, die sich ihnen nicht anschließen, damit es nicht so aussieht, als hätte ich irgendwelche persönlichen Motive oder Gefühle dir gegenüber. Dann soll ich anbieten, dich zu “hinrichten„ ... Nachdem ich das getan habe, soll ich den Diamanten holen und ihn Lejaune geben ... Ja“, fügte er mit einem weiteren geflüsterten Keuchen hinzu, „Lejaune wird mich erschießen, wenn du getötet wirst, ohne dass ich ihm den Juwel besorgt habe ...“ Und er wiegte seinen Körper verzweifelt hin und her.

„Er sollte sich eine Schürze über den Kopf werfen und darin weinen – wie eine alte Bäuerin, deren Kuh gestorben ist“, sagte Michael auf Englisch.

„Ja“, stimmte ich zu. „Holen wir alles aus dem Kerl heraus, was wir können, bevor wir ihn gehen lassen.“

„Ist Boldini mit drin?“, fragte Michael Bolidar. „Ich meine, arbeiten er und Lejaune zusammen?“

„Nun, Boldini weiß, dass Lejaune Bescheid weiß“, war die Antwort. „Und die beiden werden Dupré und St. André und Cordier und Maris und euch beide benutzen, um die unbewaffneten Meuterer mitten in der Nacht zu verhaften. Das heißt, wenn ihr euch weigert, euch Schwartz anzuschließen, wie sie es erwarten. Aber ich bezweifle, dass Boldini und Lejaune einander ganz vertrauen. Guantaio sagt, dass sie das nicht tun. Er glaubt, dass Boldini den Diamanten für sich selbst haben will und dass Lejaune das ahnt. Zumindest hat Guantaio mir das erzählt – aber ich traue ihm nicht ganz ...“

„Wirklich nicht?“, fragte Michael.

„Nein. Ich glaube nicht, dass er ganz ehrlich ist“, sagte Bolidar zweifelnd.

„Du überraschst mich“, gab Michael zu. „Dieser dreckige Hund!“

„Er hat mir Angebote gemacht, die ich mit Verachtung zurückgewiesen habe“, sagte Bolidar.

„Gefährlich?“, fragte Michael.

„Absolut“, antwortete Bolidar. „Außerdem, wie hätte ich wissen sollen, dass ich meinen Anteil bekomme! Es ist schon schlimm genug, dass *man* Lejaune vertrauen *muss*, wie man es muss – da riskiere ich nichts mit einem Gauner wie Guantaio.“

„Hat Boldini dir auch so Vorschläge gemacht, die du abgelehnt hast?“, fragte Michael.

„Oh ja. Aber wie ich ihm klargemacht habe – Lejaune ist *Adjutant*, während Boldini nur *ein einfacher Unteroffizier* ist.“

„Und was hat er dazu gesagt?“, fragte Michael.

„Dass ein lebender *Caporal* besser ist als ein toter *Adjutant*“, war die interessante Antwort.

„Klingt unheimlich“, bemerkte ich auf Englisch.

„Nette kleine Gesellschaft“, sagte Michael in derselben Sprache. „Man weiß wirklich nicht, wo man ist und wo man anfangen soll, um dieser Sache auf den Grund zu gehen.“

“Lassen Sie uns das jetzt klarstellen”, sagte er zu Bolidar. ”Sie sind Lejaunes – äh – Mann. Sie haben ihn vor Schwartz’ Verschwörung gewarnt, ihn zu ermorden, und dabei so getan, als wären Sie einer der Anführer. Sie haben Lejaune jedes Detail erzählt und ihn über alle Entwicklungen auf dem Laufenden gehalten. Lejaune hat dir den Auftrag gegeben, mich zu töten. Wenn ich mich Schwartz anschließe, sollst du loyal bleiben, zu Lejaune überlaufen und mich in meinem Bett erschießen, wenn wir verhaftet werden.

Wenn ich mich weigere, mich Schwartz anzuschließen, sollst du weiterhin als Meuterer auftreten und mich aus deinem Bett erschießen, wenn ich mit den Loyalisten komme, um dich zu verhaften.

Wenn ich mich weigere, mich zu erklären, sollst du mein Henker sein, selbst ernannt, im Namen der würdigen Meuterer, die keine Neutralen dulden werden. Und das alles, damit Lejaune einen Diamanten bekommt, der sich angeblich in meinem Besitz befindet...”

Bolidar versank in einer Lethargie elender Gedanken. Langsam nickte er zustimmend.

„Und wahrscheinlich hat Boldini seinen eigenen Plan, der einen toten *Adjutanten* vorsieht und einen lebenden Korporal zurücklässt – *ebenfalls* auf der Suche nach einem Diamanten! Und Boldinis Plan ist es wohl, Lejaune zu unterstützen, bis er den Diamanten hat, und dann die Unterstützung zurückzuziehen – und den Diamanten?...“

Bolidar kam aus seiner grüblerischen Versunkenheit zurück.

„Das hat Guantaio gesagt“, antwortete er. „Er wollte, dass ich mich Boldini, Colonna, Gotto und ihm anschließe. Wir sollten eine Verschwörung schmieden und Lejaune *und* diejenigen, die ihm gegen die Meuterer zur Seite standen, töten, nachdem diese armen Narren verhaftet und entweder erschossen (natürlich in “Notwehr„) oder in die Zellen gesteckt worden waren. Wenn wir den Diamanten hätten, könnten wir entscheiden, ob wir die Meuterer befreien und sie für unseren Kampf nach Marokko einsetzen oder ob es besser wäre, ihnen den Mund zu stopfen. ... Wir könnten das Fort anzünden und verschwinden – und alles würde den Arabern angelastet werden....“

„Und warum hast du dich nicht auf diesen schönen Plan eingelassen?“, fragte Michael.

„Nun – wer könnte Boldini vertrauen? Oder Guantaio? Oder irgendjemandem von ihnen? Das sind keine *ehrlichen* Leute. Sobald Boldini den Diamanten hätte, was wäre dann das Leben des Mannes wert, der Anspruch auf einen Anteil daran hätte? Den Diamanten zu haben, würde natürlich den Tod bedeuten! Zu einem Syndikat zu gehören, das ihn besitzt, würde natürlich den Tod bedeuten! Selbst zu wissen, wer ihn hat, wäre der Tod, denn der Mann, der ihn hat, würde dich töten, damit du ihn nicht beraubst oder deinen Anteil verlangst. ... Wie *kann* man mit so unehrlichen Menschen zusammenarbeiten?“, und die Stimme des Sprechers brach vor gerechter Empörung.

„Und hat Guantaio noch andere Vorschläge gemacht, die du mit Verachtung abgelehnt hast?“, fragte Michael.

„Oh, jede Menge“, antwortete Bolidar. „Er scheint mich für einen Idioten zu halten. Er hat mir sogar vorgeschlagen, ich solle dich ausrauben, und dann sollten wir beide zusammen desertieren, bevor diese ganze Meuterei losgeht. Ich war fast versucht – aber – aber...“

„Verstehe“, sagte Michael. „Das muss ein großes Hindernis sein.“

„Das ist es“, stimmte Bolidar zu. „Und außerdem“, fügte er hinzu, „wie sollten zwei Männer zweitausend Meilen Wüste durchqueren, ganz abgesehen von *den Goums* und den Tuaregs? ... Und würde Guantaio mich nicht sofort umbringen, sobald wir in Marokko sind?“

„Es sei denn, du ermordest ihn zuerst“, sagte Michael.

„Ja“, stimmte Bolidar zu, „aber das könnte, könnte man zu spät sein...“ Und er schwafelte weiter über die Unzuverlässigkeit der Italiener.

„Also gut. Kommen wir zur Sache“, unterbrach ihn Michael. „Wozu hast du uns das alles erzählt? Was sollen wir tun?“

„Nun“, sagte Bolidar, „ich hatte das Gefühl, dass ich mit ehrlichen Männern reden muss und dass ich weg muss. Ich bin so gut wie tot. Wenn ich den Diamanten bekomme, werde ich dafür getötet, oder weil ich weiß, dass Lejaune ihn hat. Wenn ich ihn nicht bekomme, wird Lejaune mich töten, weil ich ihn im Stich gelassen habe, oder weil ich zu viel weiß, wenn es wegen der Meuterei vor das Kriegsgericht kommt …"

„Nun?", ermutigte ihn Michael.

„Ich dachte, wenn ich euch beiden alles erzähle – die ganze Wahrheit ehrlichen Männern –, würdet ihr mein Leben und euer eigenes retten und mir einen Anteil am Diamanten geben."

„Wie solltet ihr unser Leben retten?", fragte Michael.

„Wir desertieren alle zusammen vor der Meuterei, und du gibst mir ein Drittel des Diamanten, wenn wir in Sicherheit sind."

„Woher willst du wissen, dass wir unser Versprechen halten?", fragte Michael.

„Weil ihr Engländer seid … In Brasilien sagen wir *'Wort eines Engländers!'* und *'Wort eines Amerikaners!'* , wenn wir schwören, dass wir unser Versprechen halten werden. Wenn ihr versprecht, weiß ich, dass ihr es tun werdet."

„Das ist sehr rührend", sagte Michael. „Aber angenommen, ich gebe dir mein Wort, dass ich keinen Diamanten habe und noch nie in meinem Leben einen Diamanten besessen habe?"

Bolidar lächelte schmierig, wie jemand, der seinen kleinen Scherz haben muss.

„Oh, *Sehor*!", murmelte er und wedelte idiotisch mit Kopf und Händen.

„Man weiß von dem kleinen Päckchen in deiner Gürteltasche", sagte er.

„Ach, weiß man das?", lächelte Michael. „Was für eine Überraschung!"

Es wurde still.

„Nun – wie du gerade gesagt hast, können zwei oder drei Leute nicht einfach in die Wüste marschieren und erwarten, länger als ein oder zwei Tage zu überleben", bemerkte Michael nach einer Weile.

„Wir könnten eine Gruppe bilden", schlug Bolidar vor. „Es ist bekannt, dass St. André, Maris, Cordier und ein oder zwei weitere sich weigern, auf Schwartz' Plan einzugehen, Lejaune zu töten."

„Aber sie sind auch keine Deserteure", sagte Michael.

„Nein – aber wenn sie wissen, dass sie von den Meuterern getötet werden, wenn sie sich ihnen nicht anschließen, oder von Lejaune, wenn sie es tun – was dann? Sag ihnen die Wahrheit – dass Lejaune niemanden dieser Meuterei am Leben lassen wird – egal auf welcher Seite sie stehen. Nein. Er wird den Diamanten bekommen und den Ruhm, die Meuterei niedergeschlagen und das Fort im Alleingang gerettet zu haben. Er wird *les légionnaires* eine Lektion in Meuterei erteilen! Ihre Meuterei wird für sie alle mit dem Tod enden – und für Lejaune mit Reichtum und Beförderung. Er sieht sich schon als Offizier und reicher Mann dank dieser schönen Meuterei. . . . Und was passiert mit den Männern, die ihm von dem Diamanten erzählt haben – den Männern, die ihm geholfen und ihr Leben für ihn riskiert haben? Was, frag ich dich? … Der Tod, sag ich dir. *Der Tod! Der Tod! Der Tod!"* , schrie er und zitterte und sabberte wie ein gefangenes Tier.

„Und wer *hat* ihm von diesem wunderbaren Diamanten erzählt?", fragte Michael.

„Boldini", antwortete Bolidar. „Sobald er wieder da war, erzählte er ihm von der Bande berühmter Londoner Juwelendiebe, die vor der englischen Polizei zur Legion geflohen waren. Er, Guantaio und Gotto sollten ihn holen und Lejaune geben, der sie beschützen würde und ihn entweder verkaufen und mit ihnen teilen oder behalten würde, bis sie alle ihre Zeit abgesessen hatten … Ich weiß es nicht."

„Und sie haben dich beauftragt, es in Sidi zu stehlen, was?", fragte Michael. „Warum du?"

Aber Bolidar wies eine so unwürdige Unterstellung zurück.

„Wie auch immer, wir kommen vom Thema ab", unterbrach ihn Michael. „Was sollen wir tun? Wir werden doch nicht desertieren. Ich frage mich, ob man den sanftmütigen Lejaune davon überzeugen könnte, dass es in Zinderneuf keine Diamanten gibt?"

„Was – so tun, als hättest du ihn versteckt und in Sidi-bel-Abbès liegen lassen?", sagte Bolidar. „Das ist eine Idee! …"

Michael lachte.

„Hast du ihn in Sidi liegen lassen?", fragte Bolidar.

„Ich habe ganz sicher keinen Diamanten hier“, antwortete Michael.

„Schwörst du das bei Gott? Bei deinem Glauben an Christus? Bei deiner Liebe zur Heiligen Jungfrau? Und bei deiner Hoffnung auf die Fürsprache der Heiligen?“, fragte Bolidar.

„Nicht im Geringsten“, antwortete Michael. „Ich sage es nur so. Ich habe keinen Diamanten – *Ehrenwort eines Engländers.*“

„Das ist eine Chance“, flüsterte Bolidar. „Lieber Gott! Das ist eine Chance. Oh, lieber Gott, hilf mir! ... Ich werde Lejaune sagen, dass du ihn bei Sidi vergessen hast.“

„Sag ihm, was du willst“, sagte Michael.

Bolidar überlegte.

„Pah! Er wird sowieso *sicherstellen, dass* du ihn nicht hast“, sagte er düster und stand auf. „Aber ich werde es versuchen. Ich werde es versuchen. Es gibt eine kleine Hoffnung. ... Ich werde dir sagen, was er sagt“, fügte er hinzu.

„Du wirst uns schon *etwas* sagen, da bin ich mir sicher“, antwortete Michael, als der heldenhafte Portugiese seine Eimer nahm und davonschlich.

§7.

„Na, mein Sohn – ein bisschen kompliziert, was?“, lächelte mein Bruder, als wir allein waren.

„Was *kann* man machen?“, fragte ich schwach.

„Nichts“, antwortete Michael prompt und fröhlich. „Einfach abwarten und das Richtige tun. Ich werde nicht abhauen. Und ich werde mich auch keiner miesen Verschwörung anschließen. Aber ich glaube, ich werde Bolidar ‘zuvorkommen’, wie Hank und Buddy sagen würden – wenn er versucht, mich mit seinem Gewehr zu erschießen.“

„Mit anderen Worten, du wirst deinen Freund Bolidar erschießen, bevor er dich erschießt?“, fragte ich.

„Genau so ist es, mein Sohn. Wenn er so feige ist, einen solchen schmutzigen Mord zu begehen, nur weil Lejaune es ihm sagt, muss er sein kleines Risiko eingehen“, antwortete Michael.

„Und wenn das passiert – ich meine, wenn ich sehe, dass er dich in Schusslinie nimmt und du ihn erschießt – geht Lejaune mit ihm. Das ist genauso sehr Lejaunes Mord wie der von Bolidar“, sagte ich.

„Du wirst Lejaune erschießen, was?“, fragte Michael.

„Ja“, sagte ich, „wenn Bolidar dich deckt. Warum sollte er ausgerechnet *dich* aus einer Gruppe von etwa zwanzig Männern decken, wenn er nicht den Befehl hat, dich zu erschießen?“

„Nun, wir sagen Bolidar genau, was passieren wird, und bitten ihn, es auch Lejaune zu sagen. Das wäre vielleicht fairer“, sagte Michael.

„Mensch“, sagte ich. „Der wird sich doch totlachen! Noch ein Killer auf seiner Spur!“

„Ja“, lächelte Michael. „Dann weiß er, dass, wenn weder Lejaune noch Boldini noch Schwartz ihn töten, *ich es* tun werde. Armer alter Bolidar ...“

„Was ist mit uns armen alten Kerlen?“, fragte ich.

„Wir sind dran, würde ich sagen“, antwortete Michael. „Natürlich wird Lejaune nicht glauben, dass dieser wunderbare Diamant, von dem sie reden, in Sidi zurückgelassen wurde, und er wird weitermachen.“

“Ich bin verwirrt”, stöhnte ich. ”Lass uns das jetzt klarstellen:

„ *Erstens*: Wir sagen Schwartz, dass wir uns seiner Bande nicht anschließen und dass wir Lejaune vor der Verschwörung, ihn zu ermorden, warnen werden ...“

„Oder sollen wir Schwartz sagen, dass *Lejaune alles weiß*?“, unterbrach mich Michael.

„Meine Güte, das hatte ich ganz vergessen“, sagte ich. „Das sollten wir wohl besser tun.“

„Dann werden sie den armen alten Bolidar dieses Mal endgültig kreuzigen“, grinste Michael. „Das geschieht ihm recht. Das wird ihm eine Lehre sein, nicht auf Befehl zu morden ...“

„Wir müssen nicht sagen, wer uns erzählt hat, dass Lejaune davon weiß“, bemerkte ich.

„Und dann *wissen* sie, dass du und ich miese Verräter sind!", sagte Michael. „Natürlich werden sie sofort denken, dass wir es ihm selbst gesagt haben."

„Wahrscheinlich hat Guantaio ihnen das gesagt und es inzwischen selbst getan", schlug ich vor.

„Ach, verdammt noch mal – lass uns über etwas anderes reden", stöhnte Michael. „Ich habe ihre dummen Spielchen satt."

"Ja, alter Junge. Aber es ist ziemlich ernst", sagte ich. "Lass mich das noch einmal wiederholen:

Erstens: Wir sagen Schwartz, dass wir uns seiner Bande nicht anschließen werden. Und dass Lejaune alles über seine Verschwörung weiß.

" *Zweitens*: Lejaune handelt vor Schwartz und überfällt die Kaserne in der Nacht vor der Meuterei. Wir liegen entweder im Bett wie Meuterer oder wir werden befehligt, uns der Wache der loyalen Männer anzuschließen, die die Meuterer verhaften sollen.

Drittens: In beiden Fällen soll Bolidar dich erschießen. Aber sobald er sein Gewehr auf dich richtet, erschießt du ihn. (Du musst dein Gewehr mit ins Bett nehmen, wenn Lejaune so tun soll, als wärst du ein Meuterer.)

" *Viertens*: Wenn ich sehe, dass Bolidar euch umbringen will, werde ich Lejaune selbst erschießen. (Ich werde mein Gewehr auch mit ins Bett nehmen, wenn wir mit den Meuterern allein bleiben.)

„ *Fünftens*: Wenn ..."

„Fünf: Dann *sind wir* schön in der Scheiße", unterbrach Michael. „Was können wir tun, außer mit den anderen in die Wüste zu fliehen, wenn du Lejaune umbringst? Danach wärst du der meistgesuchte aller meistgesuchten Meuterer. Sie würden uns auch kriegen, selbst wenn sie eine bewaffnete Wüstentruppe aufstellen müssten ..."

Wir dachten über diese reizvolle Situation nach.

„Außerdem", fuhr Michael fort, „könntest du es nicht tun. Natürlich könntest du es nicht. Es wäre etwas anderes, wenn Lejaune ein Gewehr auf dich richten würde, um dich zu erschießen, so wie Bolidar es mit mir tun wird, wenn ich Bolidar erschieße. Du könntest Lejaune nicht einfach kaltblütig den Kopf wegblasen. Genau das wird Schwartz tun ... Und genau das lehnen wir ab."

Und so war es natürlich. Ich könnte genauso gut zu Schwartz gehen und ihm anbieten, der Schlächter zu sein.

„Nun", sagte ich, „nehmen wir an, ich halte Lejaune mit meinem Gewehr in Schach und sage ihm, ich würde ihm den Kopf wegblasen, sobald er sich bewegt – und dann sage ich ihm, er soll ..."

„Er soll sich als verhaftet betrachten?", spottete Michael. „Und was bist du dann, wenn nicht der schlimmste Meuterer von allen? Außerdem ist es ziemlich wahrscheinlich, dass Lejaune gar nicht da sein wird. Er ist zwar mutig genug, aber er möchte die Sache wohl lieber überleben. Ich würde sogar sagen, er hat vor, als Einziger zu überleben."

„Dann *müssen* wir *uns* wohl Schwartz anschließen", sagte ich.

„Auf keinen Fall", antwortete Michael. „Ich werde zwar jedem, der mich angreift, eine Glatze verpassen, aber ich werde mich weder den Meuterern anschließen noch einen Mord begehen."

„Du auch nicht", fügte er hinzu, als ich düster in die Wüste starrte.

„Was *sollen wir* dann tun?", fragte ich wieder.

„ *Nichts*, hab ich doch gesagt", wiederholte Michael. „Wir müssen 'springen, wenn wir springen', wie Buddy sagt, aber wir können nur abwarten und das Beste aus der Situation machen. In der Zwischenzeit unterhalten wir uns höflich mit dem fröhlichen Schwartz. Komm schon."

Und wir standen auf und schlenderten durch die sternenklare Dunkelheit zum Fort.

„Wir können wohl davon ausgehen, dass Sergeant Dupré alles über die Verschwörung weiß?", sagte ich, als wir den stickigen Hof betraten.

„Zweifellos", antwortete Michael. „Ich neige dazu zu glauben, dass Lejaune versuchen würde, eine kleine, kompakte 'loyale Gruppe' zusammenzuhalten, um mit den Meuterern fertig zu werden, und zu hoffen, dass sie sich wie die Kilkenny-Katzen gegenseitig zerfleischen würden ...

Sagen wir, Dupré, Boldini und fünf oder sechs *Légionnaires*... Von denen einige in der Schlägerei getötet würden ... Natürlich weiß man nicht, *was* er wirklich vorhat – außer, dass er einen Diamanten, viel Ruhm und eine kleine Rache an seinen potenziellen Mördern will ..."

Als wir den Barackenraum betraten, sahen wir, dass eine Komiteesitzung der „Schlächter"-Fraktion im Gange war. Sie starrten Michael und mich feindselig an, als wir zu unseren Pritschen gingen und unsere Putzlappen aus den kleinen Taschen holten.

Ich setzte mich auf mein Bett und begann, Wachs auf meinen Gürtel und meine Taschen zu schmelzen, um mich auf *die* Reinigungsarbeiten vorzubereiten.

Die Köpfe der Verschwörer kamen wieder zusammen.

Michael ging zu ihnen hinüber, die sich am Ende des langen Tisches versammelt hatten.

„Hast du eine Antwort auf meine Frage bezüglich der *Cochons*?", knurrte Schwartz und starrte ihn finster an.

„Ich habe Neuigkeiten über einen *Cochon*, mein Freund", antwortete Michael.

Ein halbes Dutzend Augen starrten ihn an, und ich schlenderte hinüber. St. André tat es mir von seiner Pritsche aus gleich. In diesem Moment kamen Maris und Cordier herein, und ich winkte sie herbei.

„Er weiß *alles* darüber", sagte Michael.

Schwartz sprang auf, seine Augen blitzten, sein Bart schien sich aufzubauschen, und seine Zähne blitzten, als er sie entblößte. Er war ein gefährlich wild aussehender Schläger.

„ *Du* hast es ihm gesagt!", schrie er und zeigte auf Michaels Gesicht. „Du verräterischer dreckiger Hund, du hast uns verraten!" Und er blickte zu der Bajonette, die an seinem Bettkopf hing.

„Und bin direkt hierher gekommen, um es dir zu sagen?", spottete Michael kalt. „Wenn du so schlau wärst, wie du laut bist, könntest, könntest du sehen, dass ich das kaum tun würde. Du bist ein hübscher Anführer einer Bande verzweifelter Meuterer, nicht wahr?"

Schwartz starrte ihn erstaunt an, sprachlos angesichts der kühlen Kühnheit des Mannes, der den Mut und die Unverschämtheit besaß, *ihn* zu verspotten und zu beleidigen.

Michael wandte sich an Brandt, Haff, Delarey, Guantaio, Vogué und den Rest von Schwartz' Vertrauten.

„Ein bemerkenswerter Anführer", sagte er. „Da seid ihr nun, eure ganze Bande, schmiedet eure wunderbaren Pläne, *und Lejaune weiß jedes Wort, das ihr sagt*, und genau, was ihr tun werdet – fast so schnell, wie ihr es selbst wisst! ... *Mich* euch *anschließen*? Nein, danke. Ihr habt schlau über "Schweine„ und "Schlächter„ geredet – aber was ist mit den vielen dummen *Schafen*? Ihr macht mich müde", und Michael gähnte überzeugend und glaubwürdig.

„Nun, was werdet ihr tun?", fragte er, als sie mit offenem Mund dasaßen. „Was auch immer es ist, Lejaune wird es zuerst tun", fügte er hinzu, „also tut ihr besser nichts."

„Und Lejaune wird es zuerst tun", warf ich ein.

Michaels Gelassenheit, seine bittere Verachtung für sie und seine offensichtliche Aufrichtigkeit hatten gesiegt. Sie wussten, dass er die Wahrheit sagte, und sie wussten, dass er sie nicht an Lejaune verraten hatte.

Ich beobachtete Guantaio und kam zu dem Schluss, dass er, abgesehen vielleicht von ein wenig Mut, ein weiterer Bolidar war. Boldini würde sicherlich von Michaels Tat erfahren, wenn nicht Lejaune, dann sobald Guantaio sich von seinen Opfern losreißen konnte.

„Was sollen wir tun?", murmelte Schwartz. „Was sollen wir tun, wenn Lejaune alles weiß? ..."

„Sag einfach, dass alles abgesagt ist", sagte Michael, „und dann kann der edle Mensch, der Lejaune so viel erzählt hat, ihm das auch sagen", und Michaels Blick ruhte auf Guantaio.

Sie ruhten so lange auf Guantaio, dass dieser sich genötigt sah, aufzuspringen und zu toben.

„ *Wagen* Sie es, anzudeuten ...", rief er und stockte. (*Qui s'excuse s'accuse.*)

„Ich wusste nicht, dass ich irgendetwas angedeutet habe", sagte Michael leise. „Warum *sollte* ich irgendetwas andeuten, mein Freund?"

„Wenn du es wärst, würde ich dich mit Bajonetten durch die Ohren an die Wand hängen, du gelber Hund", knurrte Schwartz und starrte Guantaio an.

„Er lügt! Er lügt!", schrie Guantaio.

„Woher weißt du das?“, fragte Michael. „Woher weißt *du*, was Lejaune weiß?“

„Ich meinte, dass du lügst, wenn du sagst, ich hätte die Verschwörung verraten“, brüllte Guantaio.

„Das habe ich nicht gesagt“, antwortete Michael. „Das hast nur du gesagt. ... Du scheinst auch einer von den Schlauen zu sein. ...“

Michaels Gelassenheit und Überlegenheit verschafften ihm eine Art Vorherrschaft über diese dummen Kreaturen, die von *Cafard* und Lejaune getrieben und gequält wurden.

Sie starrten einander und uns an.

„Was sollen wir tun?“, fragte Schwartz. „Bei Gott! Wenn ich den Verräter erwische ...“, brüllte er und schüttelte seine großen Fäuste über seinem zotteligen Kopf.

„Es gibt nichts zu tun“, antwortete Michael wieder, „denn ihr könnt nichts *tun*. Ihr seid Lejaune völlig ausgeliefert. Nehmt meinen Rat an und lasst diesen Wahnsinn sein, dann werdet ihr vielleicht nie wieder etwas davon hören. In ein oder zwei Wochen könnte es hier einen neuen Kommandanten geben ...“

„Ja – und der heißt vielleicht Lejaune“, antwortete Schwartz.

„Jedenfalls *weiß* er *Bescheid* und hat uns in der Hand“, warf Brandt ein. „Ich bin dafür, dass wir uns alle der Verschwörung anschließen und dann gemeinsam beschließen, sie aufzugeben. Dann kann er niemanden mehr bestrafen als den anderen. Er kann doch nicht die ganze verdammte Garnison in seine verfluchten Zellen stecken, oder?“

„Du hast recht“, sagte Haff. „Genau so machen wir es. Lasst den ganzen Plan fallen, sage ich. *Und* findet den Verräter und bereitet ihm eine Nacht, an die er sich in der Hölle für alle Ewigkeit erinnern wird . . .“

Aber der wilde Schwartz war anders gestrickt, und in seinem verbissenen und grausamen Hirn war der Mord an Lejaune eine *fixe Idee.*

„Aufgeben, nichts aufgeben!“, brüllte er und sprang auf. „Ich sage dir, ich ...“ Und dann legte Michael ihm die Hand auf den Arm.

„Sei still, du lauter Narr“, sagte er leise. „Verstehst du *noch* nicht, dass alles, was du jetzt sagst, direkt zu Lejaune geht?“

Schwartz drehte sich schäumend zu Guantaio um.

„Verschwinden Sie“, knurrte er bedrohlich und zeigte zur Tür.

„Ich schwöre, ich ...“, fing Guantaio empört an.

„Raus hier, hab ich gesagt!“, brüllte Schwartz, „und wenn die Zeit kommt, dass wir zuschlagen – pass auf dich auf. Wenn ich dich auch nur *verdächtig finde*, werde ich dich an einem Fuß an den Fahnenmast hängen. Bei Gott, das werde ich. *Los!*“

Guantaio schlich davon.

„Jetzt hör mir wieder zu“, sagte Michael. „Wie ich dir schon gesagt habe, weiß Lejaune alles über eure Verschwörung, ihn zu ermorden und bei Vollmond zu desertieren. Ich habe ihm nichts gesagt. Aber ich wollte es ihm sagen, wenn ihr euch nach meiner Warnung geweigert hättet, den Plan aufzugeben.“

Schwartz knurrte und stand wieder auf.

„Oh ja“, fuhr Michael fort, „ich wollte euch zuerst warnen, um euch die Möglichkeit zu geben, es euch noch einmal zu überlegen – in diesem Fall hätte ich natürlich nichts gesagt. . . . Aber jetzt macht euch eines klar: Wenn ich von einem *neuen* Plan oder einer Änderung des Datums oder der Vorgehensweise oder irgendetwas anderem erfahre, das Lejaune noch nicht weiß, werde ich es ihm sagen. . . . Versteht ihr? . . .“

„Du verdammter Spion! Du dreckiger, verräterischer Hund! Du ...“, brüllte Schwartz. „Warum solltest *du*...“

„Ach, hör auf mit deinem lauten Geschrei, Schwartz“, unterbrach ihn Michael. „Ich und ein paar meiner Freunde wollen *Lejaune* nicht *die Chance geben, die er will*, und wir mögen auch keinen Mord. ... Wir haben genauso viel Recht zu leben wie du, oder?“

„*Leben*“, knurrte Brandt. „Nennst du *das* Leben?“

„Wir verdursten wenigstens nicht“, erwiderte Michael. „Und wenn wir von Lejaune gejagt und verfolgt werden, ist das immer noch besser, als von einer Kamelkarawane von *Goums* oder den Tuaregs zu Tode gejagt zu werden, oder?“

„Und wer *sind* deine kostbaren Freunde?“, fragte Haff.

„Zunächst einmal sind es fünf“, sagte St. André.

„Und wie viele noch?“, fragte Schwartz.

„Das wirst du schon merken, wenn du anfängst zu meutern, mein Freund“, sagte Maris. „Glaub bloß nicht, dass alle aus deiner Bande meinen, was sie sagen.“

„Tatsächlich“, warf Cordier ein, „seid ihr nicht die einzigen Verschwörer. Es gibt auch eine Verschwörung, *nicht* zu meutern, versteht ihr? ... Und einige eurer guten 'Freunde' sind auch dabei.“

„Also lass lieber die Finger davon, Schwartz“, fügte ich hinzu. „Keiner von uns ist ein Spion, und keiner von uns wird Lejaune etwas melden, ohne dir vorher Bescheid zu geben und dich aufzufordern, aufzugeben. Und wenn du dich weigerst, wird Lejaune alles erfahren. Du bist einfach von *echten* Spionen umgeben, vergiss das nicht.“

„Ihr feigen Hunde!“, knurrte Schwartz. „Hier gibt es keinen einzigen *Mann*. . . *Feiglinge*, sage ich.“

„Oh, ganz recht“, stimmte Michael zu. „Aber wir haben genug Mut, um durchzuhalten, solange Lejaune das Sagen hat, wenn *ihr* das nicht habt ... Wie auch immer – ihr wisst, wie die Lage ist“, und er schlenderte davon, gefolgt von St. André, Maris, Cordier und mir.

„Das ist ein *Irrenhaus*“, meinte St. André.

„Eine Ecke der Irrenanstalt der Hölle“, sagte Cordier.

„Einige von uns sollten heute Nacht besser wach bleiben, denke ich“, meinte Maris.

„Vor allem, wenn Bolidar nicht in seinem Bett liegt“, fügte ich hinzu.

Michael nahm mich beiseite.

„Wir werden noch einmal mit diesem Sportler sprechen“, sagte er. „Ich glaube, er hat die neuesten Informationen aus dem Stall und wird uns jedes Versprechen glauben, das wir ihm geben.“

§8.

Nachdem wir unsere *Astiquage* und andere Vorbereitungen für den nächsten Tag abgeschlossen hatten, schlenderten Michael und ich durch den Hof.

„Was wird Schwartz jetzt tun?“, fragte ich.

„Wahrscheinlich wird er heute Nacht handeln“, sagte Michael, „es sei denn, er hat unsere Bluff geschluckt, dass unsere Gruppe aus mehr als nur uns fünf besteht. Er fragt sich vielleicht, wie viele seiner vermeintlichen Anhänger ihm wirklich folgen werden, wenn er die Show startet ...“

„Vielleicht will er sehen, wie viele ihm feierlich schwören, zu ihm zu halten und es durchzuziehen, wenn er für heute Abend den Befehl gibt“, schlug ich vor.

„Das ist gut möglich“, stimmte Michael zu. „Und wenn weder Guantaio noch Bolidar davon wissen, könnte Schwartz es schaffen.“

„Ich kann mir irgendwie nicht vorstellen, dass Lejaune überrascht wird, wenn er weiß, was sich zusammenbraut“, sagte ich.

„Nein“, antwortete Michael. „Aber er verlässt sich vielleicht darauf, dass Bolidar ihm einen Tipp gibt.“

„Was machen wir, wenn wir aufwachen und feststellen, dass es schon losgegangen ist?“, fragte ich.

„Bleib bei Lejaune“, antwortete Michael. „Frankreich erwartet, dass jeder Legionär an diesem Tag seine Pflicht tut.“

„Es wird zu spät sein, Lejaune zu retten, wenn wir von Gewehrschüssen und 'Alarm und Aufruhr draußen' geweckt werden, oder?", gab ich zu bedenken.

„Das ist nicht unsere Schuld", sagte Michael. „Wenn sie Lejaune und die anderen ermorden, können wir nur ablehnen, uns den Meuterern anzuschließen."

„Wenn wir überleben und sie desertieren, wird wohl der ranghöchste Soldat das Kommando über die Festung übernehmen", überlegte ich. „Das wird eine schwierige Entscheidung, wenn nur noch St. André, Maris, Cordier, du und ich übrig sind..."

„St. André war französischer Offizier", bemerkte Michael.

„Ja, aber sie werden dich wählen, alter Junge", sagte ich.

„Dann werde ich meine Befugnisse nutzen, um St. André zu ernennen", lächelte mein Bruder.

Jemand ging im Dunkeln an uns vorbei, dann blieb er in der Nähe der Laterne bei der Wachmannschaft stehen, um uns im Licht zu erkennen.

Es war Schwartz.

„Hört mal, ihr da", sagte er, als er uns erkannte. „Kommt mit mir ... Jetzt ... Was wollt ihr tun, wenn jemand Lejaune tötet, ohne sich die Ehre zu machen, Eure Lordschaften zu konsultieren?"

„Nichts", antwortete Michael, als wir uns vom Licht entfernten. „Wir werden unsere Pflicht als Soldaten weiter erfüllen. Wir werden den Befehlen des ranghöchsten Offiziers gehorchen, der seiner Ehre und der Flagge treu bleibt."

„Der Teufel soll ihre dreckige Flagge verbrennen!", knurrte Schwartz. „Ich spucke drauf."

„Schade, dass du unter sie gekommen bist, wenn du so denkst", sagte Michael.

„Dann werden du und deine Bande von Feiglingen und Streikbrechern sich nicht einmischen?", fragte Schwartz.

„Wenn ihr desertieren wollt, dann desertiert", antwortete mein Bruder. „Das geht uns nichts an. Wenn wir wissen, was ihr vorhabt, werden wir es melden, wenn wir es nicht verhindern können. Wenn wir Meuterei und Mord verhindern können, werden wir es tun. Was die Desertion angeht – ich würde sagen, die Legion wäre euch los."

„Ach, wirklich, Herr Prediger?", erwiderte Schwartz, der sich sichtlich sehr beherrschen musste. „Ich möchte wissen, ob ihr gegen uns kämpfen werdet oder nicht?"

„Natürlich – wenn es befohlen wird", antwortete Michael.

„Und wenn niemand da ist, der Ihnen den Befehl gibt?", spottete Schwartz.

„Dann werden wir natürlich keinen Befehl bekommen, mein lieber Arsch", war die wenig beruhigende Antwort. „Und wir werden euch ganz sicher nicht am Aufbruch hindern. Ganz im Gegenteil", fügte er hinzu.

Schwartz wandte sich zum Gehen.

„Passt auf euch auf! Ich warne euch! Passt auf euch auf", knurrte er.

„Oh, das werden wir. Mach dir keine Sorgen", antwortete Michael.

„Sie werden es heute Nacht tun", fügte er hinzu, als wir Schwartz verschwinden sahen. „Wir müssen unsere Gewehre sichern und wach bleiben."

Ich fragte mich, wie lange wir diese unerträgliche Anspannung noch aushalten würden, zusätzlich zu der furchtbaren Hitze und der Monotonie der Entbehrungen.

„Geh und such Bolidar", sagte mein Bruder nach einer kurzen Pause. „Ich werde auch suchen. Bring ihn her, wenn du ihn findest. Wir werden ihn fragen, was wahrscheinlich passieren wird, wenn sie heute Nacht meutern. Dann können wir mit St. André und den anderen einen Plan aushecken."

Ich ging zurück in die Baracke.

Bolidar war mit Schwartz, Brandt, Haff, Vogué, Delarey und ein oder zwei anderen um Schwartz' Bett herum in eine hitzige Diskussion vertieft.

Ich tat so, als würde ich etwas aus meinem *Gepäck* holen, zog mich dann zurück und berichtete Michael.

"Dann ist alles klar", sagte er. "Was auch immer die Dummköpfe für heute Nacht planen, wird Lejaune heute Nacht berichtet werden, und er wird wissen, was zu tun ist.

„Wir werden aber später noch mit Bolidar reden", fügte er hinzu. „Es ist immer gut zu wissen, was passieren wird."

Eine halbe Stunde später kehrten wir in den stinkenden, stickigen Raum zurück. Die meisten Männer lagen auf ihren Pritschen. Bolidar saß auf einer Bank und polierte sein Bajonett.

„Polierst du meine auch?", fragte ich und ging zu ihm hinüber. „Komm mit nach draußen", flüsterte ich und reichte ihm meine Bajonette.

Ich schlenderte zurück zu meiner Pritsche, begann mich auszuziehen, nahm dann meinen Becher und verließ den Raum, als wollte ich Wasser holen.

Ich beobachtete die beleuchtete Tür und wartete in der Dunkelheit.

Etwa zehn Minuten später kam Bolidar heraus.

„Und?", fragte ich.

"Lejaune glaubt kein Wort davon, dass der Diamant nicht hier ist", sagte er, "und die Meuterer werden ihn und alle Unteroffiziere morgen bei der Morgenparade erschießen, statt in der Nacht. Sie glauben, er würde nachts damit rechnen, da ihm wohl ein Informant den Plan verraten hat. ... Er wird unvorsichtig sein. ... Sie werden Dupré und Boldini gleichzeitig mit Lejaune töten. ... Wenn eure Gruppe groß ist, werden sie euch in Ruhe lassen, wenn ihr sie in Ruhe lasst. Sie werden sich mit Wasser, Wein, Proviant und Munition versorgen und bei Sonnenuntergang aufbrechen.

„Blanc, der früher Seemann war, wird sie mit Lejaunes Kompass direkt durch die Wüste nach Marokko führen. ... Schwartz wird Hauptmann, Brandt und Haff Leutnants, Delarey und Vogué Sergeanten und Glock und Hartz Unteroffiziere. ... Es wird zwanzig Soldaten geben. ..."

„Sie werden Guantaio vor ein Kriegsgericht stellen, und wenn er für schuldig befunden wird, werden sie ihn hängen. ... *Ich* weiß genug, um ihn hängen zu lassen, diesen dreckigen Verräter. ..."

„Und du?", fragte ich.

„Ich soll Lejaune erschießen", antwortete er, „um meine Aufrichtigkeit und meinen guten Willen zu beweisen. Wenn ich das nicht tue, werde ich selbst erschossen. Guantaio hat mich bei Schwartz verleumdet."

„Hast du das Lejaune gesagt?", fragte ich dieses erstaunliche Wesen.

„ *Ich werde es gerade tun*", antwortete er, und ich schnappte nach Luft.

„Und ich nehme an, er wird sie heute Nacht verhaften?", fragte ich.

„Wahrscheinlich. *Wenn er mir glaubt*", war die interessante Antwort.

„Und wenn er dir nicht glaubt?", fragte ich, woraufhin der Elende einen weiteren „Nervenanfall" oder hysterischen Zitternanfall mit wahnsinnigen Gesten und Gemurmel bekam.

„Was *soll* ich tun? Was *soll* ich tun?", fuhr er fort. „Was *wird* aus mir werden? Gott hilf mir! Hilf mir! Hilf mir!"

„Hör zu", sagte ich. „Du erzählst mir und meinem Bruder alles – die absolute Wahrheit, verstehst du – und wir werden dich retten, vorausgesetzt, du unternimmst nichts gegen uns. Keine Deckung mit deinem Gewehr, verstehst du!"

Er umklammerte meine Hand mit seinen heißen, zitternden Fäusten.

„Du stehst auf unserer Seite, und du bist in Sicherheit", fuhr ich fort. „Wir werden die Meuterei verhindern, und niemand wird getötet werden. Weder du noch sonst jemand."

Ich hoffte, dass ich die Wahrheit sagte. Wenn ich Schwartz jetzt erzählte, dass ich von dem neuen Plan für den Morgen wusste, und ihm versicherte, dass Lejaune auch davon wusste, würde er sich vielleicht geschlagen geben und alles aufgeben. Andererseits könnte er Amok laufen und seine Bande auffordern, ihm zu folgen. Lejaunes vorbereitete Pläne würden die Angelegenheit wahrscheinlich schnell regeln. Würde Lejaune dann losziehen und alle erschießen, von denen er dachte, dass sie besser tot wären?

Bolidar schlich sich davon, und ich ging zurück in die Baracke.

Ich nahm meine arabische Ausgabe des Korans aus dem Regal über meinem Bett, zwinkerte Michael zu, schlug das Buch auf, setzte mich neben ihn und begann, wie so oft, auf Arabisch zu lesen.

Nachdem ich einen Vers gelesen hatte, fuhr ich mit derselben monotonen Stimme fort, als würde ich weiterlesen, und sagte auf Arabisch:

„Morgen. Morgens. Sie werden töten. Einer geht jetzt, um Informationen zu geben", und fuhr dann mit dem nächsten Vers fort. Dann gab ich das Buch Michael, der dasselbe tat. Bald hörte ich zwischen den Versen:

„Wir haben sie gewarnt. Sag nichts. Er wird heute Nacht zuschlagen. Schlaf nicht. Ich werde es unseren Freunden sagen", und dann noch einen Vers aus der Weisheit des Propheten, bevor er das Buch schloss.

Kurz darauf kam Bolidar ins Zimmer und fing an, sich auszuziehen.

„Was ist mit meiner Bajonette, Bolidar?", rief ich ihm zu.

„Oh – eine halbe Minute, Smith", antwortete er und begann, sie zu polieren.

Wenig später brachte er sie herüber, und als er sich über mein Bett beugte, um die Waffe an ihren Haken zu hängen, flüsterte er:

„Ich habe es ihm nicht gesagt ... Morgen", und ging zurück auf seinen Platz.

Unter dem Deckmantel des Zapfenstreichs wiederholte ich das Michael.

„Dann ist alles in Ordnung", sagte er. „Wir werden eine ruhige Nacht haben."

Und dann kehrte wie immer völlige Stille im Raum ein.

§9.

Für mich war es trotzdem eine unangenehme Nacht, denn ich teilte Michaels Zuversicht, dass es ruhig bleiben würde, überhaupt nicht.

Was war wahrscheinlicher, dachte ich, als dass Lejaune gerade diese Nacht für seinen vorweggenommenen Gegenschlag wählen würde? Er musste Nerven aus Stahl haben oder sehr großes Vertrauen in seine Spione, sonst hätte er kaum weiter auf dem Pulverfass sitzen können, wenn die Zündschnur brannte.

Oder hatte er andere, sicherere Informationsquellen als die Geschichten von Bolidar und Guantaio's Berichte an Boldini? War einer von Schwartz' vertrautesten Leutnants nur Lejaunes *Provokateur*?

Könnte Schwartz selbst Lejaunes Handlanger sein? Nein, das war Unsinn, und diese schreckliche Atmosphäre des Verrats und des Misstrauens vergiftete meinen Geist. Während Lejaune selbst durch und durch böse war und wahrscheinlich hinter Michaels fabelhaftem Juwel her war – geduldig und skrupellos schlich er sich auf einem Weg dorthin, der durch Morast aus Verrat und Flüsse aus Blut führte –, war Schwartz ein vergleichsweise ehrlicher und ehrenhafter Rohling, der wahnsinnig nach Rache an einem wilden Tierbändiger dürstete, der ihn durch Ungerechtigkeit und brutale Grausamkeit in völlige Verzweiflung getrieben hatte. Und bis auf Bolidar und Guantaio waren seine Anhänger wie er, mutige Männer von durchschnittlichem Charakter, entmenschlicht durch ein unmenschliches System und das noch unmenschlichere Monster, das es anwendete.

Und warum schlug das Monster nicht zu? Worauf wartete es, wo doch jede Stunde seine Gefahr vergrößerte? Sicherlich konnte es nicht nur die Liebe des furchtlosen Mannes zu einer schrecklich bedrohlichen und prekären Situation sein, die ihn davon abhielt?

Könnte es sein, dass er, bevor er handelte, wirklich ganz genau wissen wollte, was Michael und ich tun würden, wenn die Meuterer sich erhoben?

Oder wollte er sich erst über Boldini oder Dupré Gewissheit verschaffen?

Wenn er natürlich das Gefühl hatte, dass man in Gegenwart des „Diamanten" auf keinen dieser beiden Kollegen zählen konnte, und wenn er als kluger und erfahrener Menschenkenner Bolidar und Guantaio nach ihrem wahren Wert oder ihrer Wertlosigkeit einschätzte, dann war es für ihn vielleicht ganz unmöglich, überhaupt zu handeln. Wenn praktisch jeder in der Garnison einer von zwei Parteien angehörte – den „ehrlichen" Meuterern, die entschlossen waren zu desertieren, oder den skrupellosen Dieben, die entschlossen waren, den großen Juwel zu stehlen und damit zu entkommen –, was konnte der Mann tun?

Hoffte er, die Diebe gegen die Meuterer einzusetzen und sich selbst um die Überlebenden zu kümmern? Kaum, denn die Meuterer waren den Dieben zahlenmäßig weit überlegen.

Andererseits hätte er doch ganz einfach die Waffen der Meuterer beschlagnahmen und die Männer in ihren Betten festnehmen können, indem er die Diebe einsetzte. Das hätte er können – aber was dann? Die Diebe hätten ihn ermorden und mit dem Juwel fliehen können – wahrscheinlich hätten sie die Meuterer befreit und sie als ahnungslose Eskorte des „Diamanten“ nach Marokko geschickt. Und jeder Mann der Diebesbande (Boldini, Guantaio, Colonna, Gotto und höchstwahrscheinlich auch Vogué und Dupré) würde hoffen, durch Glück oder eher durch Geschick als einziger Überlebender der Diebesbande davonzukommen.

Ich versuchte, mich in Lejaunes Lage zu versetzen.

Was hätte ich an seiner Stelle in einer solchen Situation getan? Wenn ich erstens mein Leben retten und zweitens einen wertvollen Edelstein sichern wollte, von dem ich glaubte, dass er sich in der Tasche eines der zwei oder drei Männer befand, auf die ich mich in einer Notlage verlassen konnte?

Und ich fand es einfacher, die Frage zu stellen, als sie zu beantworten, da die eine Partei mein Leben wollte und die andere den Edelstein.

Nachdem ich versucht hatte, mich in Lejaunes Lage zu versetzen, begann ich zu verstehen, warum er zögerte zu handeln. Er tat nichts, weil er nichts tun *konnte.*

Als ich seine Lage erkannte, begann ich fast Mitleid mit dem Mann zu haben. Er hatte niemanden, an den er sich in seiner Einsamkeit und Gefahr wenden konnte. Nun, er erntete nun die Belohnung für seine konsequente Brutalität gegenüber allen, die ihm unterstanden, sowie für seine bestialische Habgier.

Bisher war er immer von der unermesslichen Macht und Autorität seiner Vorgesetzten gestützt worden und konnte sich unweigerlich auf ihre unveräußerliche Unterstützung und unerschütterliche Zustimmung verlassen. Jetzt hatte er keine Vorgesetzten mehr und stand allein vor den Männern, die er so lange schikaniert, gequält und betrogen hatte, und musste allein bestehen oder untergehen.

Und es sah so aus, als müsse er untergehen.

Dann kam mir ein Gedanke. *Hatte er Hilfe von außen angefordert? War* bereits eine Kolonne aus Tokotu unterwegs, wo es Senegalesen und eine mit Maultieren ausgerüstete Kompanie der Legion gab? War es das, worauf er wartete?

Nein. Erstens würde er, da war ich mir absolut sicher, lieber sein Leben lassen, als einen Hilferuf an genau die Männer zu senden, die er befehligen sollte, genau die Männer, deren zitternde, disziplinierte Angst vor ihm sein größter Stolz und sein lautestes Prahlerei war. Es wäre mit Sicherheit das Ende aller Beförderungen für Adjutant Lejaune, wenn er so etwas tun müsste. Zweitens könnte es auch diese Chance auf den fabelhaften Edelstein zunichte machen. Nur in sehr unruhigen Gewässern konnte er in seiner Position danach fischen.

Ich entschied, dass es keinen SOS-Ruf von Zinderneuf an Tokotu gegeben hatte.

Ich wälzte mich in meinem heißen, unbequemen Bett hin und her, während das Problem in meinem heißen, unbequemen Gehirn hin und her wälzte; und mein Versuch, zu entscheiden, was ich an Lejaunes Stelle tun sollte, endete damit, dass ich einfach nicht wusste, was ich tun *konnte.*

Es schien fast das Beste für Lejaune, sich an die Spitze der „ehrlichen“ Meuterer zu stellen, die Diebesbande zu verhaften und dann an die anderen zu appellieren, mit dem Versprechen, sein Verhalten zu ändern und ihre Lage zu verbessern. Aber die Diebe verhaften, wofür? Und was, wenn die Meuterer über die versprochene Verbesserung ihres Loses lachten?

Es war eine hoffnungslose *Sackgasse.* Ich gab es auf und drehte mich wieder auf die andere Seite. Dadurch kam mein Gesicht zur Tür, und dort, in der Tür, stand Lejaune.

Da stand Lejaune und schaute von Bett zu Bett. Er war ganz allein und hielt einen Revolver in der Hand. Wen wollte er erschießen?

War das der Anfang vom Ende?

Ohne nachzudenken, stützte ich mich auf meinen Ellbogen.

Er sah mich sofort, legte erst einen Finger auf die Lippen und winkte mich zu sich.

Ich starrte ihn erstaunt an.

Mit grimmiger Miene winkte er wieder, mit einer schnellen und gebieterischen Armbewegung.

Was hatte er vor? Wollte er mich draußen umbringen? Oder wollte er mir sagen, ich solle Michael holen? In diesem Fall sollte ich besser ablehnen oder mich einfach auf ihn stürzen, den Revolver nehmen und ... und was dann? Weder Mord noch Meuterei würden unsere prekäre Lage verbessern.

Während mir diese Gedanken durch den Kopf schossen, schnappte ich mir meine Hose und meine Uniformjacke, zog sie an und schlich mich auf Zehenspitzen zur Tür.

„Folge mir", sagte Lejaune und ging voraus zu seiner Unterkunft.

Lejaune schloss die Tür seines kahlen, trostlosen kleinen Zimmers, setzte sich an den Tisch und starrte mich schweigend an, seine heißen, arroganten Augen blitzten unter schweren Augenbrauen hervor, die zu einem grimmigen, bösartigen Stirnrunzeln zusammengezogen waren.

„Wollen du und dein elender Bruder leben?", knurrte er plötzlich. „Antworte mir, du Hund."

„Im Großen und Ganzen schon, *mon Adjudant*", antwortete ich und versuchte, einen Tonfall zwischen trotziger Unverschämtheit und unterwürfiger Servilität anzuschlagen.

„Oh – im Großen und Ganzen, ja, nicht wahr?", spottete Lejaune und starrte mich wieder schweigend an. „Nun – wenn ja, dann hör mir besser genau zu, was ich sage, denn nur ich kann dich retten. Hast du verstanden? Antworte mir, du Schwein."

„Ja, *mon Adjudant*", antwortete ich.

„Also, du Abschaum", fuhr er fort, „unter diesen Hunden geht ein Gerücht um, dass es einen Edelstein gibt. Ein Diamant, den eure Bande von Juwelendieben in London erbeutet hat. Außerdem gibt es eine Verschwörung unter ihnen, euch beide zu ermorden, den Diamanten zu stehlen und damit zu fliehen."

„Ist das so, *mon Adjudant*?", sagte ich, als er inne hielt.

„Antworte mir nicht! Gott soll dich strafen, du unaussprechlicher Verräter!", brüllte er. „Ja, es ist so", fuhr er fort und ahmte mich brutal nach, „und ich weiß alles darüber, so wie ich alles andere weiß, was getan, gesagt und auch gedacht wird – *gedacht, sage* ich – an diesem Ort. Jetzt ist es mir völlig egal, was du gestohlen hast, und es ist mir völlig egal, was aus dir und diesem gesalbten Dieb, deinem Bruder, wird; aber ich dulde keine Verschwörungen, Intrigen und Morde unter meinem Kommando. Verstehst *du das*? Hörst du mich, heiliges Tier? Antworte mir."

„Ich höre dich, *mon Adjudant*", gab ich zu.

„Na gut", knurrte er. „Ich werde diesen heiligen Kerlen beibringen, ihre Pflicht zu tun und sich aus Diamanten und Verschwörungen herauszuhalten. Bei Gott, das werde ich! Zu diesem Zweck werde ich dich und deinen Bruder und ein paar andere – sagen wir, die Legionäre St. André, Cordier und Maris – als Korporalwache abstellen, um die Rädelsführer unter diesen unverschämten Schweinen zu verhaften. Und ich selbst werde mich um die Angelegenheit kümmern. Ihr handelt auf meinen persönlichen Befehl, unter meinem persönlichen Kommando, und ihr erschießt jeden Mann, den ich euch zu erschießen befehle – so *wie man* meuternde tollwütige Hunde *erschießt*. Hast du mich verstanden, du Fischgesicht, Glupschauge, Insektenfresser, *du* dummer *Kretin*! Antworte mir!"

„Ich höre dich, *mon Adjudant*", antwortete ich.

„Gut – dann sag es, grinsender Schwachkopf. Und um diesem dreimal verfluchten Unsinn ein Ende zu bereiten und weitere Unruhen dieser Art zu verhindern, wird dein Bruder mir diesen Diamanten aushändigen. Ich werde ihn an einem Ort aufbewahren, wo keine Verschwörungen und Pläne ihn gefährden können. . . . Du und deine verfluchten Juwelen! Ihr zerstört die Disziplin und verursacht Unruhe! Ihr beiden solltet zwanzig Jahre im Gefängnis sitzen. ... Hast du mich verstanden, du verdammter Kerl? Antworte mir, verdammt noch mal."

„Ich höre dich, *mon Adjudant*", antwortete ich.

"Sehr gut. Morgen früh werden dir, deinem Bruder und den anderen Aufgaben zugewiesen. Ihr werdet Munition erhalten. Du oder dein Bruder oder ihr beide werdet vor das Magazin gestellt und werdet jeden erschießen, der sich ihm nähert, außer mir. *Jeder*, verstehst du, ob Unteroffizier oder *Legionär*. Ich werde es diesen Schweinen beibringen – bei Gott, ich werde es ihnen beibringen! Also gut ... eigentlich wollte ich deinen Bruder, aber du warst zufällig wach, und ich sah keinen Sinn darin, diesen Käfig voller verräterischer Hyänen zu betreten ... Geh und sag deinem Bruder, was ich gesagt habe, und sobald ich den Diamanten sicher in der Schatzkiste der Kompanie verwahrt habe, werde ich euch eine Chance geben, eure wertlosen Leben zu retten ...

Hör mir gut zu. Schleich dich zurück und weck deinen Bruder, St. André, Maris und Cordier und sag ihnen, sie sollen aufstehen und sich mit ihren Gewehren leise aus dem Zimmer schleichen. ... Ich werde mit dem Revolver an der Tür stehen und *jeden* erschießen , *der* sich auch nur bewegt. ... Los! ..."

Ich salutierte und drehte mich um.

Die Stunde war also gekommen! Und Lejaune wollte handeln! Außerdem würde er auf Bolidars Information hin handeln, dass Michael, Maris, St. André, Cordier und ich uns geweigert hatten, uns den Meuterern anzuschließen, und somit keiner der beiden Parteien angehörten. Er wollte uns fünf loyale Soldaten zu Henkern der Rebellen machen.

Er hatte das uneingeschränkte Recht, uns zu befehlen, jeden Meuterer festzunehmen und ihn zu erschießen, wenn er sich der Festnahme widersetzte. Außerdem war es unsere Pflicht, ihm zu gehorchen. . . .

Aber Michael? Was würde passieren, wenn Michael behauptete, nichts von einem Diamanten zu wissen? Wie würde es ihm ergehen, wenn Lejaune ihn nach der Niederschlagung der Meuterei in die Hände fiel? Lejaunes bloßes Wort reichte aus, um ihn zu den besiegten Meuterern zu schicken – sei es in die nächste Welt oder in den Vorraum der nächsten Welt, das Strafbataillon. . . .

„Mach einen Mucks oder eine falsche Bewegung, und du bist der Erste, der stirbt – der Erste von vielen, hoffe ich“, knurrte Lejaune, als ich mich durch den Gang zwischen dicken Lehmwänden schlich und die Mündung seines Revolvers in meinen Rücken stieß.

Das Blut schoss mir in den Kopf, und ich sprang fast herum. Eine Sekunde Zeit für einen Schlag gegen seinen Kiefer – mehr verlangte ich nicht.

Aber er gab mir diese Sekunde nicht, und ich konnte nicht viel für Michael tun, da meine Wirbelsäule von einer 450er-Expansionskugel zerschmettert war. Lejaune hätte mich genauso erschossen wie er einen Skorpion zertreten hätte. Und wenn ich durch ein Wunder Erfolg gehabt hätte, ihn außer Gefecht gesetzt und den Revolver an mich genommen hätte – was hätten wir dann gewonnen? Boldini und seine Bande, wahrscheinlich auch Dupré, waren hinter dem „Diamanten“ her und hätten Michael getötet, um ihn zu bekommen.

Mit Lejaune auf den Fersen erreichte ich die Tür unserer Barackenzelle. Hier blieb der *Adjutant* stehen, hob seinen Revolver und flüsterte:

„Dein Bruder, Maris, Cordier, St. André – schnell ...“ Ich schlich mich zu Michaels Bett.

Was würde passieren, wenn er mit einem Schrei aufspringen und die schnarchenden Schläfer um ihn herum wecken würde? Würde Lejaune sie alle einschüchtern können, oder würden sie, mit leeren Händen, den Mut haben, sich auf ihn zu stürzen? Wahrscheinlich nicht. In so einem Fall wartet jeder auf einen Anführer.

Ich flüsterte Michael ins Ohr:

„Beau, alter Junge! ... Ich bin's, John ... Mach keinen Mucks ... Beau, alter Junge! ... Ich bin's, John ... Pst! Mach keinen Mucks ...“

Er wachte auf und war sofort hellwach.

„Was ist los?“, flüsterte er.

„Nimm deine Uniformjacke, Hose und Stiefel, hol dein Gewehr und geh raus. Lejaune zählt auf uns. Nimm dein Bajonett mit ...“

Er sah Lejaune in der Tür stehen, neben der die Nachtlampe brannte, und stand von seiner Pritsche auf.

Ich schlich mich zu St. André und weckte ihn auf die gleiche Weise.

„Der *Adjutant* will uns sehen", flüsterte ich. „Er steht vor der Tür."

„Gut!", sagte St. André. „Es wird Zeit, dass er was macht."

Maris wachte ebenfalls leise auf und begriff schnell, was von ihm verlangt wurde.

Als ich Cordier geweckt hatte, kroch Michael angezogen und mit seinem Gewehr in der Hand aus dem Zimmer. Ich sah, wie Lejaune ihm ein paar Patronen aus seinen prallen Seitentaschen gab. Ich kroch ebenfalls hinaus, nahm mein Gewehr und mein Bajonett, und Lejaune gab mir zehn Patronen.

„Geht nach draußen und ladet", flüsterte er. „Schnell ... Dann erschießt jeden Mann, der nach einer Warnung einen Fuß auf den Boden setzt."

Wir luden unsere Magazine und stellten uns hinter Lejaune in die Tür, die Gewehre im Anschlag. St. André kam zu uns und erhielt denselben Befehl. Lejaune ballte die Faust in Richtung Maris und Cordier und winkte sie wütend zu sich. Keiner der Schlafenden rührte sich.

Als die beiden anderen zu uns kamen, sagte Lejaune:

„St. André und Cordier – bleibt hier, bis ihr abgelöst werdet. Wenn jemand aufwacht, befiehlt ihm, *still zu sein*, legt euer Gewehr auf ihn und sagt, ihr schießt, wenn er sein Bett verlässt. *Tut* das sofort, bei jedem, der nicht gehorcht. Wenn ihr das nicht macht, erschieße ich euch selbst. . . . Ihr anderen, folgt mir", und er kehrte leise in seine Unterkunft zurück.

„Bewache die Tür", sagte er zu Maris, „und erschieß *jeden*, der sich nähert. *Jeden*, habe ich gesagt."

„Jetzt du, *schnell*", sagte er, betrat den Raum und schloss die Tür. „Gib mir diesen elenden Diamanten, der all diesen Ärger verursacht hat."

Er starrte Michael an.

„Ihr Juwelendiebe habt die ganze Garnison verdorben und seid eine Gefahr für die Disziplin. Ich werde mich jetzt darum kümmern; und dann werde ich mich um einige dieser Schweine kümmern, die glauben, sie könnten in *meiner* Kompanie Mord, Raub und Desertion verschwören, bei Gott! ... Raus damit, du diebischer Knaststreicher ... *Schnell* ... Wenn du nicht willst, dass *dir* diese tollwütigen Hunde von Meuterern die Kehle durchschneiden, die heute Morgen bei der Parade *mit dir* abgemacht haben ... Oh ja, ich weiß alles darüber ... *Schnell, sage* ich – der Teufel hole deine schmutzige Seele ..." und er schüttelte die Faust.

Michael starrte ihn an, wie jemand, der vor Staunen und Verwunderung wie gelähmt war.

„Diamanten, *Monsieur l'Adjudant*?", murmelte er.

Lejaunes dunkles Gesicht war gerötet, seine Augen traten hervor und blitzten.

„Wenn du irgendwelche Tricks mit mir versuchst, schieße ich dir deinen dreckigen Kopf weg – hier und jetzt!", brüllte er und nahm seinen Revolver vom Tisch, wo er ihn hingelegt hatte.

„Gib mir den Diamanten, du mieser Hund, und ich behalte ihn, bis ich weiß, wem er gehört. Glaubst du etwa, ich lasse mir die Disziplin in diesem Fort von jedem verdammten entflohenen Juwelendieb verderben, der sich hier mit seiner Beute versteckt und ehrliche Leute in Versuchung führt? Raus damit, du Galgenflieger und Gefängnisausbrecher, bevor ich dich dahin bringe, wo du hingehörst. *Schnell!*"

„Ich habe keinen Diamanten, *mon Adjudant*", antwortete Michael ruhig und erwiderte den Blick.

„Wie ich Ihnen schon gesagt habe, *mon Adjudant*", warf ich ein, „mein Bruder hat noch nie in seinem Leben einen Diamanten besessen, und ich auch nicht."

Lejaune war sprachlos.

Ich dachte (und hoffte), dass er einen Schlaganfall bekommen würde. Sein rotes Gesicht wurde purpurrot und seine Augen traten noch mehr hervor. Er zog die Lippen zurück, entblößte seine grausam aussehenden Zähne und ließ seinen Schnurrbart sträuben.

Er hob den Revolver und richtete ihn auf uns, und ich wollte gerade mein Gewehr hochreißen, aber ich war so schnell bei Verstand, dass mir klar wurde, dass er mit dem erhobenen Revolver zweimal schießen konnte, bevor ich mein Gewehr überhaupt auf ihn richten konnte. Michael rührte sich nicht, und ich war dankbar, dass auch ich genug Selbstbeherrschung hatte, um regungslos stramm zu stehen. Jede Bewegung wäre Meuterei gewesen und hätte wahrscheinlich den Tod bedeutet.

Ich war mir sicher, dass Lejaune uns beide auf der Stelle erschossen hätte (und Michaels Leiche durchsucht hätte), wenn er nicht selbst in einer so prekären Lage gewesen wäre und uns – zumindest vorerst – lebendig gebraucht hätte.

Jeden Moment konnten wir die Gewehre von St. André und Cordier hören, wenn die Meuterer auf sie zustürmten. Oder jeden Moment konnten, soweit Lejaune wusste, die Meuterer unter der Führung von St. André, Cordier und Maris in den Raum stürmen, um ihn zu töten. Er glaubte, dass diese drei ebenso wie Michael und ich loyal waren – aber er *wusste* es nicht.

Er war ein mutiger Mann. In seiner Lage, in der sein Leben am seidenen Faden hing, kümmerte er sich immer noch um das, was zu tun war. Er wandte seinen strengen Blick von Michael zu mir.

"Ach? Du willst reden, ja?" sagte er mit leiser, unheimlicher Stimme, die von schrecklicher Selbstbeherrschung zeugte. "Nun gut! Nun gut! Du hast nicht mehr *viel* Zeit zum Reden. Nicht mehr *viele* Worte zu sagen. Möchtest du noch ein oder zwei Bemerkungen machen, bevor ich dich erschieße? Nein? Willst du nicht wieder sprechen, Knastvogel? Vielleicht ein kleines Gebet? Und der Schurke richtete den Revolver von Michaels Gesicht auf meins und wieder zurück auf Michaels.

Es war äußerst unangenehm, den zuckenden Finger eines wütenden, mörderischen Wahnsinnigen auf dem Abzug einer geladenen Pistole zu spüren, nur einen Meter von deinem Gesicht entfernt – ein Wahnsinniger, der unseren Tod herbeisehnte, damit er sich über alle Maßen bereichern konnte!

Er fing an, blasphemisch, schrecklich und vulgär zu fluchen. Alles, was er an Niederträchtigkeit von den niederträchtigen Leuten gelernt hatte, mit denen er sich abgegeben hatte, schüttete er über uns aus. Er schäumte buchstäblich vor Wut.

Wir standen da wie Statuen. Er legte den Revolver vor sich hin, um sich besser mit beiden Händen die Haare raufen zu können.

Ich dachte an die Ureinwohner des Kongo, über die er absolute Macht hatte und deren Leben und Tod in seiner Hand lagen und nur eine Frage seines Gewinns oder Verlusts waren...

Und dann plötzlich beschäftigte mich ein Gedanke, der schon seit Minuten um Aufmerksamkeit rang, und er brachte mir Trost und ein seltsames Gefühl der Sicherheit.

Natürlich würde Lejaune uns nichts antun, bis die Meuterei niedergeschlagen war und er wieder unbedroht und unangefochten war.

Wir fünf waren seine einzige Verteidigung, die einzige Stütze seiner Autorität, seine einzige Chance, nicht nur sein Leben, sondern auch seinen Ruf und seine Karriere zu retten. Natürlich würde er nicht zwei Fünftel oder ein Fünftel seiner loyalen Truppen in dem Moment töten, in dem er sie am dringendsten brauchte. Das war absurd.

Und dann tat ich ohne nachzudenken das, was das Mutigste in meinem Leben gewesen wäre, hätte ich es bewusst und mit Absicht getan. Ich widersetzte mich Lejaune, beleidigte ihn und trotzte ihm!

„Hör mal, Lejaune", sagte ich kühl, wie ein Oxford-Student, der einen übervorteilenden Kutscher oder einen frechen Diener anspricht. „Hör mal, Lejaune, sei kein dummer Narr. Verstehst du nicht, dass du in etwa zwei Minuten mit Bajonetten in den Händen an dieser Wand hängen könntest – und dort, in einer brennenden Festung, zum Sterben *zurückgelassen würdest*? Oder mit der Sonne im Gesicht auf dem Dach festgenagelt? Sei nicht so ein Trottel. Wir haben keinen Diamanten, und du hast fünf gute Männer, die für dich kämpfen, umso schlimmer für dich! Hör auf, von Juwelen zu faseln, und sei dankbar, dass wir fünf unsere Pflicht kennen, wenn du es nicht tust..."

„*Sehr* mutiger Kerl", murmelte mein Bruder. „*Der Orden des Michael* für dich, John."

Was würde passieren, wenn der gemeinste Sklave in seinem Palast zum Kaiser von Abessinien gehen und ihm ins Gesicht schlagen würde? Ich weiß es nicht. Lejaune auch nicht, sonst hätte er es wohl getan, denke ich.

Wahrscheinlich würde der Kaiser erst mal nach Luft schnappen und ohnmächtig werden. Lejaune schnappte nach Luft und sah ohnmächtig aus.

Dann sprang er mit einem Geräusch, das eine Mischung aus Brüllen, Heulen und Schreien war, auf die Beine. Dabei machte Michaels linke Hand eine schnelle, kreisende Bewegung, schoss unter Lejaunes Hand hindurch und schlug den Revolver zu Boden.

Fast gleichzeitig, als er auf den Boden fiel, war meine Bajonette an Lejaunes Kehle und mein Finger am Abzug.

Ob Lejaune schießen wollte oder nicht, weiß ich nicht, aber er sah auf jeden Fall so aus, als hätte die Wut den letzten Rest seiner Vernunft zerstört und unser Tod war alles, was ihn noch interessierte.

Jedenfalls konnte er jetzt nicht mehr schießen.

„Beweg dich, oder ich bring dich um", zischte ich dramatisch und fühlte mich wie ein Filmstar und ein Idiot.

Michael hob den Revolver auf.

„Ihr *seid* also Meuterer, ihr schönen, loyalen, lügnerischen Enkel von gadarenischen Schweinen, oder?", keuchte Lejaune, den Kopf hin und her bewegend und tief atmend, als würde er würgen.

„Überhaupt nicht", sagte Michael ruhig. „Wir sind anständige Soldaten, die ihre Pflicht ordentlich erfüllen wollen – und nicht zwei Minuten vor Ausbruch einer Meuterei über Diamanten plappern. Mann, weißt du nicht, dass die Festung in einer Stunde brennen wird, die Garnison verschwunden und du tot bist (wenn du Glück hast), wenn du nicht deine Arbeit machst, solange du noch die Chance dazu hast?..."

„*Cré bon sang de bon jour de bon malheur de bon Dieu de Dieu de sort*", fluchte Lejaune, „und ich werde mich nach dieser *Chien d'une-Revolte* um euch kümmern. Aber wartet! Wartet, meine schlauen kleinen Freunde. Verdammt noch mal! Ich werde euch eine kleine Lektion erteilen. ... Wenn ihr nicht beide *en crapaudine* sterbt, bei Gott, werdet ihr *en crapaudine* leben..."

„Als Belohnung dafür, dass ich dein wertvolles Leben gerettet habe, nehme ich an", sagte Michael.

„Das ist doch deine Pflicht, mein kleiner Freund. Oh, du liebst deine Pflicht. Ihr seid doch " *anständige Soldaten, die ihre Pflicht ordentlich erfüllen wollen und nicht über Diamanten plappern*„, oder? Gut! Dann komm und erfülle deine Pflicht. Wir werden sehen, was du danach mit deinem Mund voller Salz und Sand plappern wirst, *en crapaudine*, eh? Vielleicht bevorzugt ihr dann Wassertropfen gegenüber Diamanten, was? Wartet nur..."

Er wandte sich mir zu.

„Und du hast davon gesprochen, an Wänden zu hängen. Und in der Sonne festgenagelt zu werden, mein kleiner Freund, was? Würdest du so nett sein und warten, bis ich dich in eine Zelle gesperrt habe, *zu der nur ich den Schlüssel habe*? Vielleicht bin ich dann nicht mehr derjenige, der *von Juwelen faselt*, was? Warte nur..."

„Jetzt bist du dran mit Quatschen, Lejaune", sagte ich müde. „Du bist ein anstrengender Kerl. Wie wär's, wenn du *jetzt* was tust und mit dem Warten aufhörst?"

Der Mann riss sich zusammen, mobilisierte seine unbestreitbar starke Willenskraft und überwältigte seinen ersten Impuls.

„Komm mit mir", sagte er leise und mit einer gewissen Würde. „Unser eigentliches Gespräch verschieben wir, bis ich mich um ein paar andere Unverschämtheiten gekümmert habe. Dann werden wir sehen, was mit denen passiert, die Beamte bedrohen und mit Gewehren auf sie zielen. . . . Leg den Revolver weg. . . ."

„Öffne die Tür, John", sagte Michael. Ich senkte mein Gewehr und tat, wie mir geheißen.

Maris, der draußen Wache stand, sah mich fragend an. Vermutlich hatte er Lejaunes wütendes Brüllen gehört.

Michael legte den Revolver auf den Tisch.

Lejaune nahm ihn und ging mit großen Schritten zur offenen Tür.

„Folgt mir, ihr drei“, sagte er und ging voraus in den Barackenraum, ohne zu zögern, uns den Rücken zuzukehren.

Offenbar hatte er vollstes Vertrauen in unsere Pflichttreue und wusste, dass er sich darauf verlassen konnte, dass wir jedem rechtmäßigen militärischen Befehl gehorchen würden. An der Tür des Kasernenraums standen St. André und Cordier, *als Wache postiert.*

„Irgendwelche Probleme?“, knurrte Lejaune, als sie schweigend stramm standen.

„Niemand hat sich gerührt, *mon Adjudant*“, antwortete St. André.

„Legt eure Gewehre nieder“, sagte Lejaune zu uns dreien, „und bringt alle Waffen aus diesem Raum, schnell und leise. Ihr beiden anderen erschießt jeden, der sein Bett verlässt.“

Wir machten uns an die Arbeit, leerten zuerst den Waffenständer mit den Lebel-Gewehren und gingen dann von Bett zu Bett, um die Bajonette von den Haken am Kopfende der jeweiligen Betten zu nehmen.

Eine stählerne Bajonettscheide schlug gegen einen Blechbecher, und ein Mann setzte sich auf. Es war Vogué.

„Nehmt ihn in Schussstellung“, sagte Lejaune, und die beiden Gewehre richteten sich auf den erschrockenen Mann. Er schaute in die Richtung, aus der die Stimme kam.

„Leg dich hin, Mann“, flüsterte ich. Vogué fiel sofort zurück und schloss die Augen.

Es war bemerkenswert, wie schnell ihn der Schlaf übermannte.

Auf meinem letzten Gang zur Tür, mit zwei Armen voller Bajonette, passierte das Unvermeidliche. Einer rutschte mir aus und fiel zu Boden. Dabei streckte ich meinen Fuß aus. Das Bajonett traf ihn und machte kaum ein Geräusch, aber mein Fuß stieß gegen eine Pritsche, und deren Bewohner sprang blinzelnd auf.

„ *Himmel! Was ist* das?“, sagte er.

Es war Glock.

„Leg dich hin, Glock“, flüsterte ich. „Schau“, und ich nickte mit dem Kopf zur Tür.

„Erschießt ihn, wenn er sich bewegt“, sagte Lejaune ruhig.

Glock legte sich wieder hin und starrte Lejaune an wie ein hypnotisiertes Kaninchen eine Schlange.

Ich ging weiter, und keine Minute später befand sich keine Waffe mehr im Raum, noch war ein Laut zu hören. Niemand schlief so tief wie Korporal Boldini, der der Tür am nächsten lag.

Lejaune zog einen Schlüssel aus seiner Tasche. “Bringt sie in die Waffenkammer, St. André, Cordier und Maris, schnell!", sagte er. ”Du, St. André, stell Wache. Bring mir den Schlüssel mit Cordier und Maris zurück und erschieß *sofort* jeden, der sich diesem Ort nähert, außer diesen vier Männern.

„Also dann“, fuhr er zu Michael und mir fort, während die anderen sich mit Gewehren beladen davonschlichen, „einige dieser Schweine sind wach, also haltet die Augen offen. ... Wenn mehrere gleichzeitig aufspringen, erschießt Schwartz und Brandt. Dann Haff und Delarey. Wenn sich nur ein Mann bewegt, überlasst ihn mir....“

Ein ganz, ganz schwacher Lichtschimmer außerhalb der Fenster zeigte, dass die falsche Morgendämmerung anbrach. Als ich in den Raum starrte, versuchte ich mich an einen Vers über die „linke Hand der Morgendämmerung“ am Himmel zu erinnern:

> ” *Wach auf! Denn der Morgen in der Schale der Nacht*
> *Hat den Stein geworfen, der die Sterne in die Flucht schlägt;*
> *Und siehe da! Der Jäger des Ostens hat*
> *Die Türme des Sultans in einer Schlinge aus Lichtgefangen.”*

Ich habe versucht, das ins Arabische zu übersetzen, und mich gefragt, wie das Original wohl im fließenden Persisch geklungen hat. . . . War es „Türme“ oder „Terrasse“? . . .

Was für einen Stein wollte Lejaune in die Schale der Nacht werfen?...

Würde er uns fünf, wenn die anderen drei zurückkehrten, befehlen, das Feuer zu eröffnen und ein Massaker an schlafenden Männern anzurichten? – Ein wahlloses Gemetzel?...

Er war durchaus dazu in der Lage. Das waren Meuterer, die sein Leben bedroht hatten, und schlimmer noch, seine heilige Autorität und Disziplin.

Warum sollte er warten, würde er argumentieren, bis ein Kriegsgericht dies tat? Außerdem würde es niemals zu einem Kriegsgericht kommen, wenn er wartete. Er konnte nicht mit nur fünf Männern alle dauerhaft verhaften, seine Gefangenen bewachen, sein Fort besetzen, die ganze Arbeit erledigen und Wachposten aufstellen. Was würde passieren, wenn die fünf schliefen, aßen, kochten und auf dem Dach Wache standen? Das war unmöglich. Es ging um ihr Leben oder seines und um die Existenz der Festung.

Vielleicht würde er nur die Anführer erschießen?

Was sollte ich tun, wenn Lejaune mir befahl, auf unbewaffnete Männer in ihren Betten zu schießen? Was würde Michael tun?

Was war meine Pflicht in einem solchen Fall, mit Befehlen von einem solchen Offizier? Das private Gewissen sagte: „Absolut unmöglich! Reiner Mord! Du bist kein Henker. . . . Nicht der öffentliche Henker."

Das militärische Gewissen sagte: „Absolut notwendig. Diese Männer haben sich des größten militärischen Verbrechens schuldig gemacht. Es ist Lejaunes Pflicht, die Festung um jeden Preis zu retten. *Deine* Pflicht ist es, deinem Offizier bedingungslos zu gehorchen. Wenn du dich weigerst, bist du ein Meuterer, genauso kriminell wie sie."

Die Fenster wurden heller.

Maris und Cordier schlichen sich zurück, ihre Arbeit war erledigt. Maris gab Lejaune den Schlüssel zum Waffenlager.

„St. André bewacht das Zeughaus, *mon Adjudant*", flüsterte er und salutierte.

„Gut!", sagte Lejaune. „Maris, Brown und Cordier, bleibt hier. Schießt sofort auf jeden, der einen Fuß auf den Boden setzt. Wenn es einen Ansturm gibt, erschießt zuerst Schwartz. Euer Leben hängt von eurer Klugheit ab. Sie sind alle unbewaffnet, denkt daran. Komm mit mir, Smith, ich werde den Wachmann und die Wachen entwaffnen. Benutzt euren Verstand, wenn ihr wieder das Tageslicht sehen wollt."

Er blickte finster durch den Raum.

„Aha, meine kleinen Vögelchen in der Falle", knurrte er. „Ihr habt eine Verschwörung gegen *mich* angezettelt. *Gegen mich, den Adjudant Lejaune*, ja? ... Ah!..."

Ich folgte ihm den Gang entlang.

„Ich werde zuerst diesen Hund von Wachposten vom Dach vertreiben", sagte er. „Dann wird niemand auf uns schießen, wenn ich den Wachmann entwaffne..."

Er ging voran und stieg die Treppe hinauf, die auf das flache Dach führte, das von einer dicken, niedrigen, zinnenbewehrten Mauer umgeben war, die mit Schießscharten versehen war.

Nachts patrouillierte ein Wachposten auf diesem Dach, obwohl die hohe Aussichtsplattform aus offensichtlichen Gründen während der Dunkelheit nicht besetzt war.

Lejaune löste den Wachposten ab und stellte mich zur Postzustellung ab. Dann nahm er dem Mann das Gewehr ab und befahl ihm, hinunter in den Wachraum zu gehen und Sergeant Dupré zu bitten, auf das Dach zu kommen.

„Jetzt", sagte er zu mir, als der Mann gegangen war, „komm her. Schau", und er zeigte hinunter in den Hof auf die offene Tür der Wachstube. „Ich werde Sergeant Dupré befehlen, die Gewehre der Wachen und Wachposten zu nehmen und dann einen Mann mit den Gewehren aus der Wachstube zu schicken. Wenn jemand mit nur einem Gewehr herauskommt, erschieß ihn sofort. Erschieß jeden, der durch diese Tür kommt, außer einem Mann mit einem halben Dutzend Gewehren. Und schieß, um zu töten."

Ich hob mein Gewehr und hielt es auf die beleuchtete Tür unter mir auf der anderen Seite des Hofes.

„Du hast verstanden", knurrte Lejaune. „In dem Moment, in dem Sergeant Dupré die Wachstube betritt, nachdem ich mit ihm gesprochen habe, erschießt du jeden, der ein Gewehr trägt. Ein Mann mit einem Gewehr ist ein erklärter und geständiger Meuterer..."

Ich wusste, dass er Recht hatte und dass es meine Pflicht war, ihm zu gehorchen, auch wenn mir die Vorstellung, Kameraden wie Hasen zu erschießen, überhaupt nicht gefiel.

Sollte ich vor dem Schuss „ *Waffen runter!*" rufen und schießen, wenn der Mann nicht gehorchte? Ich fragte mich, ob Lejaune mich töten würde, wenn ich das täte.

Ich sah, wie der erleichterte Wachposten den Hof überquerte und in den Wachraum ging, und einen Moment später kam Sergeant Dupré heraus.

„Pass auf!", knurrte Lejaune. „Der Wachposten wird reden, und sie könnten einen Angriff starten."

Unten regte sich nichts.

Sergeant Dupré kam die Treppe hinauf, trat auf das Dach und salutierte vor Lejaune.

„Ich will die Gewehre der Wachen und Wachposten, Sergeant Dupré", sagte Lejaune. „Schick einen Mann, und nur einen, mit allen Gewehren zu mir hierher. Erschieß jeden, der auch nur eine Sekunde zögert. Niemand darf den Wachraum verlassen (außer dem, der alle Gewehre trägt), sonst wird er erschossen, sobald er den Raum verlässt..." Und er zeigte auf mich, der ich mit meinem Gewehr in einer Schießscharte stand und die Tür unten im Visier hatte.

Sergeant Dupré salutierte und drehte sich mit einem leisen „Sehr gut, *mon Adjudant*" um.

Er stieg die Treppe hinunter, trat in den Hof, durchquerte ihn bis zum Tor unter dem Torhaus und nahm dem Wachposten dort das Gewehr ab. Der Mann ging ihm voraus zum Wachraum. Dupré besuchte die anderen Wachposten und wiederholte das Verfahren.

Eine Minute nach dem letzten Besuch des Sergeanten in der Wachstube kam ein Mann heraus. Ich war sehr erleichtert, als ich sah, dass er jeweils drei oder vier Gewehre über den Schultern trug, die Mündungen in den Händen.

„Pass auf", knurrte Lejaune. „Sie könnten jetzt alle zusammen herausstürmen. Wenn sie das tun, gib schnell Feuer", und er selbst sicherte die Tür mit dem Gewehr, das er dem Wachposten abgenommen hatte.

Der Mann mit den Gewehren, ein gewisser Gronau, ein großer, dummer Elsässer, kam die Treppe hinauf. Ich drehte mich nicht um, sondern hielt meinen Blick auf die Tür gerichtet, durch die ein gelbes Licht (von „der großen, flackernden Wachlaterne") mit dem Licht der Morgendämmerung kämpfte.

Ich hörte ein klirrendes Krachen hinter mir und drehte mich dann um, in der festen Erwartung, dass der Mann Lejaune von hinten niedergeschlagen hatte.

Gronau hatte die Mündungen der Gewehre losgelassen, sie waren auf das Dach geknallt, und er stand da und zeigte mit dem Finger, starrte mit seinen dummen Augen und hatte den dummen Mund weit aufgerissen.

Er war so offensichtlich von einer seltsamen Vision getroffen, dass Lejaune, anstatt ihn niederzuschlagen, sich umdrehte und in die Richtung seiner ausgestreckten Hand schaute.

Ich tat es ihm gleich.

Die Oase wimmelte von Arabern, die schnell und lautlos vorrückten, um anzugreifen!

Während ich hinschaute, schwärmte eine riesige Horde Kamelreiter nach links aus, eine andere nach rechts, um einen Umweg zu machen und das Fort von allen Seiten zu umzingeln. Selbst im schwachen Licht der Morgendämmerung waren bereits Hunderte von ihnen zu sehen.

Lejaune zeigte sofort, was in ihm steckte.

„Lauf um dein Leben", bellte er Gronau an. „Zurück mit den Gewehren", und stieß ihn mit einem Stoß taumelnd zurück. „Schick Sergeant Dupré her, schnell."

„Runter in die Kaserne", fauchte er mich an. „Schlag Alarm. Bring diesen Schlüssel zu St. André und gib die Gewehre aus. Schick mir den Hornisten. Los, oder ich..."

Ich sprang.

Noch während ich ging, eröffnete Lejaune mit seinem Gewehr ein Schnellfeuer auf die heranstürmende Menge.

Ich stürzte die Treppe hinunter und den Gang entlang und warf den Schlüssel St. André zu, der wie ein Standbild an der Tür des Magazins stand.

„*Araber!*“ , schrie ich. „Holt die Gewehre und die Munition!“

Ich stürmte weiter und kam zur Tür des Barackenraums.

Michael hielt sein Gewehr auf Boldinis Kopf gerichtet. Maris deckte Schwartz, und Cordier schwenkte die Mündung seines Gewehrs über den Raum. Alle waren wach, und es herrschte ein raunendes Durcheinander, über das Michaels klare, fröhliche Stimme hinweghallte:

„Wer sterben will, soll einen Fuß zeigen...“

Niemand zeigte einen Fuß, obwohl alle verärgert schienen, besonders Boldini, der ein geladenes Gewehr einen Meter von seinem Ohr entfernt hielt.

Ich sah das mit einem Blick, blieb stehen, holte tief Luft und brüllte dann: „*Aux armes! Aux armes! Les Arbis! Les Arbis!*“ Und mit einem Ruf an Michael und die beiden anderen:

„*Aufstehen – wir sind umzingelt!*“, drehte ich mich um, um zurückzurennen, und spürte, wie eine Welle nackter Männer aus den Betten sprang, während ihre Wärter mir hinterherstürmten. Jubelrufe und Freudenschreie verfolgten uns, begleitet von fröhlichem Gebrüll:

„*Aux armes! Les Arbis!*“

St. André taumelte unter einem riesigen Bündel Gewehre auf uns zu.

Dupré und der Wachmann stürmten die Treppe hinauf.

Als wir auf das Dach stürmten, brüllte Lejaune:

„Fertig machen! Fertig machen! Sofort Feuer! Schnell feuern! Macht sie fertig, ihr Teufel! Macht sie fertig!“ Und er befahl Dupré, das Kommando auf dem Dach zu übernehmen, und stürmte nach unten.

Ein paar Minuten später strömten immer mehr Männer von unten herauf, Männer in Hemdsärmeln, Männer barhäuptig und barfuß, Männer, die nichts als ihre Hosen trugen – aber jeder Mann mit einer vollen Patronentasche, seinem Gewehr und seinem Bajonett.

Lejaune musste wie ein Besessener gearbeitet haben, denn innerhalb weniger Minuten, nachdem Gronau die Gewehre fallen gelassen hatte, waren alle Männer des Forts auf dem Dach, und aus jeder Schießscharte feuerten Gewehre mit voller Magazinkapazität auf die schreienden, wimmelnden Araber.

Es war knapp gewesen. Eine wirklich knappe Sache.

Wäre Gronau nicht gekommen und hätte die Aufmerksamkeit von innen nach außen gelenkt, wäre wahrscheinlich kein Mann der Garnison mehr am Leben gewesen – außer den Verwundeten, die noch lebten, um gefoltert zu werden.

Ein wilder, schneller Ansturm im Halbdunkel, und sie wären drinnen gewesen – um was zu finden? Eine entwaffnete Garnison!

Während ich mein Magazin lud und feuerte, lud und feuerte, fragte ich mich, ob all dies „Zufall“ war und ob Gronaus Ankunft und sein flüchtiger Blick im letzten Moment, der uns die Rettung brachte, reine Zufälle waren.

Es war wirklich knapp gewesen – und der Ausgang noch ungewiss, denn es war ein Überraschungsangriff gewesen. Sie waren uns furchtbar nahe gekommen, die Oase lag in ihren Händen, und sie waren viele Hunderte gegen unsere kleine Halbkompanie.

Und sie waren mutig. Das konnte man nicht leugnen, als sie unter unserem gezielten Schnellfeuer zu den Mauern strömten und fast so oft ein Araber fiel, wie ein Legionär den Abzug drückte.

Während Hunderte auf jeder Seite aus einer Entfernung von wenigen Dutzend Metern auf unsere Schießscharten feuerten, griff eine große Gruppe das Tor mit Steinen, Äxten, schweren Schwertern und Bündeln von Brennholz an, um es niederzubrennen.

Hier führte Lejaune, der sich furchtlos exponierte, die Verteidigung an und kontrollierte ein schnelles Salvenfeuer, das sowohl physisch als auch moralisch eine schreckliche Wirkung hatte, bis der gesamte Angriff so plötzlich endete, wie er begonnen hatte, und die Tuareg mit Sonnenaufgang vollständig aus dem Blickfeld verschwanden, um den Angriff in eine Belagerung zu verwandeln und uns in Sicherheit hinter den Kämmen der Sandhügel zu erledigen.

Ich schätze, dieser wirbelnde Angriff in der Morgendämmerung dauerte nicht länger als zehn Minuten, von dem Moment an, als Lejaune den ersten Schuss abgab, aber für mich kam es mir wie Stunden vor.

Ich hatte mindestens zwanzig Männer erschossen, dachte ich. Mein Gewehr war heiß und schwitzte vor Fett, und mehrere Kugeln hatten die tiefe Schießscharte getroffen, in die ich mich zum Schießen gelehnt hatte.

Unten war die Ebene mit kleinen Haufen weißer oder blauer Kleidung übersät, die eher wie verstreute Wäschebündel aussahen als wie tote, wilde Männer, die noch eine Minute zuvor nach dem Blut der Ungläubigen dürsteten und schrien und furchtlos angegriffen hatten, um es zu trinken.

Unser Hornist blies „Feuer einstellen“, und auf den Befehl „Entladen! Tribünen!“ sah ich mich um, während ich mich aufrichtete, mein Gewehr entlud und mich in Habachtstellung begab.

Es war ein seltsamer Anblick.

An jeder Schießscharte stand eine Karikatur eines Soldaten – in einigen Fällen fast nackt –, zu seinen Füßen ein Haufen leerer Patronenhülsen und in ein oder zwei Fällen eine Blutlache. Als ich hinschaute, sank eine dieser wilden Gestalten, die nichts als ein Hemd und eine Hose trug, langsam zu Boden, saß einen Moment lang da und brach dann zusammen, wobei sein Kopf mit einem dumpfen Schlag aufschlug. Es war Blanc, der Matrose.

Lejaune kam von seinem Platz in der Mitte des Daches herüber.

„Hier“, rief er. „Es ist weder Platz noch Zeit für Drückeberger“, und er legte seine Arme um den Mann, zog ihn vom Boden und schleppte ihn schwer in die Schießscharte.

Dort legte er den Körper ab, denn Blanc schien tot zu sein. Er lehnte in der Schießscharte, die Brust auf der nach oben geneigten Brüstung, die Ellbogen gegen die Außenkanten der massiven Pfosten der Zinnen geklemmt.

Lejaune legte das Gewehr auf die flache Oberseite der Schießscharte, eine tote Hand darunter, eine tote Hand um den kleinen Teil des Gewehrkolbens gelegt, die Fersenplatte gegen die tote Schulter, eine tote Wange an den Gewehrkolben gelehnt.

„Mach weiter so, mein Freund, wenn du schon nicht nützlich *sein kannst* “, spottete er und fügte, als er sich abwandte, hinzu:

„Vielleicht siehst du den Weg nach Marokko, wenn du nur fest genug hinstarrst.“

„Also dann, Korporal Boldini“, rief er, „nimm jeden dritten Mann mit nach unten, gib ihnen zu essen und zieh sie ordentlich an, und komm sofort zurück, wenn du einen Schuss hörst oder die Versammlung einberufen wird. Wenn es keinen Angriff gibt, bring die Hälfte der Übrigen nach unten. . . . Dann den Rest. . . . Alle in dreißig Minuten wieder *aufstehen* und *stramm stehen*. . . . Du, St. André und Maris, holt mehr Munition. Hundert Schuss pro Mann. Cordier, Eimer mit Wasser. Füllt alle Wasserflaschen und stellt die gefüllten Eimer dort über das Tor. Sie könnten versuchen, erneut ein Feuer anzulegen. Sergeant Dupré, es darf kein Verwundeter unter Deck gehen. Bringt die Sanitätskoffer her. Sind alle Gefangenen aus den Zellen?“

Er blickte sich um, ein kompetenter, energischer, mutiger Soldat. „Und wo ist der ausgezeichnete Schwartz?“, fuhr er fort. „Hier, du Hund, rauf auf die Aussichtsplattform und beobachte die Palmen – bis die Araber dich erwischen. . . . Beobachte die Oase, habe ich gesagt. . . . Du hast dort oben ein wenig Zeit, um dir weitere Verschwörungen auszudenken. . . .“ Und er legte seine Hand auf den Griff seines Revolvers, während er den großen Deutschen bedrohlich anstarrte.

Schwartz sprang die Leiter hinauf, die zu der hohen Aussichtsplattform führte, die weit über das Dach des Forts ragte. Es war ein Posten voller Gefahr.

„Jetzt haltet alle die Augen offen“, brüllte Lejaune, „und schießt, sobald ihr etwas seht, auf das ihr schießen könnt.“

Etwa zehn Minuten später kam Boldini mit den Männern zurück, die er mit nach unten genommen hatte und die nun alle wie für eine Morgenparade gekleidet waren. Sie nahmen ihre Plätze ein, und der Korporal eilte über das Dach und tippte jedem zweiten Mann auf die Schulter.

„Aus der Reihe treten und runtergehen“, befahl er.

Etwa zehn Minuten später waren sie zurück, satt, angezogen und bei klarem Verstand. Wie durch Zauberei waren alle Anzeichen von *Cafard*, Meuterei und Wahnsinn verschwunden. Es waren eifrige, glückliche Soldaten, die sich auf den Kampf freuten.

Mit der dritten Gruppe ging ich mit, in der Hoffnung, zurück zu sein, bevor etwas passierte. Kein Gewehrschuss durchbrach die Stille, als wir hastig *Suppe* und Kaffee hinunterstürzten und unser Brot zerrissen.

„Das nenne ich mal ‘Sie kamen, um zu fluchen, und blieben, um zu beten’“, murmelte Michael mit prallen Wangen. „Diese fröhlichen alten Araber haben unseren Fluch gebannt und sind geblieben, damit wir sie töten können. Von Meuterei wird vorerst keine Rede mehr sein.“

„Auch nicht über irgendetwas anderes, alter Knabe“, antwortete ich, „wenn sie bleiben, um uns zu plündern.“

„Hier kommen sie nicht rein“, sagte Michael. „Ohne Waffen können sie diesen Ort nicht einnehmen.“

„Was machen sie wohl?“, überlegte ich.

„Sie graben sich auf den Kämmen der Sandhügel ein“, sagte Michael. „Sie können uns nicht angreifen, also wollen sie uns mit Scharfschützen ausschalten.“

„Ja. Wie wäre es mit einer richtigen Belagerung?“, fragte ich. „Und nur einen von uns für jeden von ihnen zu töten, den wir töten? Wir sind zu wenige, um die vier Wände zu verteidigen.“

„Was ist mit Verstärkung aus Tokotu?“, schlug Michael vor.

„Über hundert Meilen entfernt!“, antwortete ich, „und keine Telegrafenleitungen. Auch keine Möglichkeit, mit einem Heliographen über die flache Wüste zu funken, selbst wenn sie so weit sehen könnten.“

„Eine Chance für die *Médaille militaire*“, grinste Michael. „Geh zu Lejaune und sag: *‘Fürchtet euch nicht! Allein werde ich durch die feindlichen Reihen gehen und euch Hilfe bringen.’* Dann gehst du einfach durch sie hindurch, oder?“

„Nachts könnte das klappen“, überlegte ich.

„Das glaube ich *nicht* “, sagte Michael. „Diese fröhlichen Männer werden eher in einem Kreis wie bei einer spiritistischen *Séance* sitzen und sich an den Händen halten, als jemanden durch ihre Reihen schlüpfen zu lassen.“

„Außerdem ist Vollmond“, bemerkte ich. „Wie auch immer, ich bin den Jungs sehr dankbar, dass sie selbstgedrehte Zigaretten gerollt haben ...“

„Es wäre eine Schande, sie zu erschießen“, stimmte Michael zu, und dann trieb Boldini uns alle zurück auf das Dach, und wir nahmen unsere Positionen wieder ein.

Alles war bereit, und die Araber konnten wiederkommen, sobald sie wollten.

Lejaune lief wie ein Tiger im Käfig auf dem Dach auf und ab.

„Hey, du da oben!“, rief er Schwartz zu. „Siehst du nichts?“

„Nichts bewegt sich, *mon Adjudant*“, antwortete Schwartz.

Einen Moment später rief er etwas, und seine Stimme ging im Getöse und Krachen eines plötzlichen Gewehrfeuers unter, das in einem vollständigen Kreis um die Festung herum losbrach. Die Araber hatten sich auf allen Seiten auf den nächstgelegenen Sandhügeln aufgestellt, lagen flach unter den Kämmen und feuerten ununterbrochen und unabhängig voneinander.

Das war etwas ganz anderes als ihr erster wilder Ansturm auf die Mauern, als sie hofften, eine schlafende Festung zu überraschen und sich von den Schultern der einen auf die Mauern der anderen zu ergießen.

Sie waren jetzt schwer zu sehen, und ein Mann, der aus seiner Schießscharte schoss, war genauso ungeschützt wie ein Araber, der flach hinter einem Stein oder in einem in den Sand gegrabenen Graben lag.

Mir gegenüber, etwa hundert Meter entfernt, befand sich ein Mann, der nur alle paar Minuten als kleiner schwarzer Fleck auftauchte. Er musste auf einem Abhang oder in einem flachen Sandgraben liegen und zeigte nur für ein paar Sekunden seinen Kopf, wenn er schoss. Ich hatte das Gefühl, dass entweder er oder ich früher oder später verletzt werden würde, denn er schoss unter anderem auf meine Schießscharte.

Es war wirklich „Kunstschießen", wie Michael gesagt hatte, darauf zu warten, dass das kleine Objekt, ein menschlicher Kopf, für fünf Sekunden in hundert Metern Entfernung auftauchte, um dann darauf zu schießen. Es war auch sehr interessant und schwieriger als das Schießen auf dem Schießstand, denn die Nerven sind nicht ruhig und die Zielgenauigkeit nicht besser, wenn man weiß, dass man selbst von mehreren Leuten beschossen wird.

Mit unangenehmer Häufigkeit gab es einen scharfen Schlag an der Wand in der Nähe meiner Schießscharte und manchmal das hohe Heulen einer Querschlägerkugel, die abgelenkt und verzerrt ihren Flug in einem Winkel zur Flugbahn fortsetzte.

Der Morgen verging und die Sonne gewann rasch an Kraft.

Unvernünftig und unbegründet rechnete ich nicht damit, getroffen zu werden, und ich wurde auch nicht getroffen, aber ich spürte zunehmend die enorme Hitze und starke Kopfschmerzen. Ich fragte mich, ob die hohe nervliche Anspannung einen empfindlicher machte oder ob der Tag wirklich heißer war als sonst. . . .

Plötzlich sprang der Mann zu meiner Rechten zurück, schrie, drehte sich um und fiel zu Boden, sein Gewehr klapperte vor meinen Füßen.

Ich drehte mich um und beugte mich über ihn. Es war der elende Guantaio, mitten ins Gesicht geschossen.

Als ich mich bückte, wurde ich plötzlich gegen die Wand geschleudert, als Lejaune buchstäblich auf mich zusprang.

„Bei Gott!", brüllte er. „Wenn du dich wieder von deinem Platz wegbewegst, blase ich dir den Kopf weg! *Pflicht*, du Hund! Mach deine Pflicht! Was hast du mit diesem Aas zu tun, du verfluchter, hinterhältiger, kauernder, sich versteckender Drückeberger..." Und als ich mich wieder in meine Schießscharte drehte, hob er den würgenden, stöhnenden Guantaio auf und schleuderte ihn an die Stelle, von der er gefallen war.

„Bleib da, du verdorbener Hund", schrie er, „und wenn du herausrutschst, werde ich dich mit Bajonetten *aufspießen* ", und er drückte den sterbenden Elenden in die Schießscharte, sodass er feststeckte und nur noch sein Kopf und seine Schultern durch die Öffnung zwischen den Zinnen zu beiden Seiten von ihm zu sehen waren.

„Ich dulde hier keine feigen Simulanten", brüllte er. „Ihr bleibt alle in diesen Schießscharten, *tot* oder lebendig, solange noch ein Araber in Sicht ist..."

Plötzlich ließ das arabische Feuer nach, wurde schwächer und verstummte schließlich ganz. Entweder hatten sie genug von unserem heftigen und präzisen Feuer, oder es sollte eine neue Taktik zum Einsatz kommen. Ich stellte mir vor, dass ein Kamelreiter unsichtbar um die Sandhügel herumgeritten war, um die Mächtigen dieser Welt zum Gespräch mit dem befehlshabenden Emir zu rufen.

Unsere Hörner bliesen „Feuer einstellen".

„Rührt euch! ... Die Verwundeten bleiben liegen", rief Lejaune, und ein halbes Dutzend Männer sank in ihrem Blut zu Boden. Ich war dankbar, dass Michael nicht unter ihnen war.

Sergeant Dupré und Cordier, der Arzt gewesen war, gingen mit Verbänden und Stärkungsmittel zu jedem einzelnen.

„Korporal Boldini", bellte Lejaune, „führen Sie die Männer in drei Gruppen hinunter. Zehn Minuten für die *Soupe* und einen halben Liter Wein pro Mann. Kommen Sie im *pas gymnastique* zurück, wenn das Signal zum Sammeln geblasen wird.... St. André, füllen Sie die Munition auf. Jeder Mann soll hundert Schuss haben.... Hören Sie auf mit dem Verbinden, Cordier, und bewegen Sie sich!"

Als ich später an der Reihe war, nach unten zu gehen, war ich eher dankbar für die relative Dunkelheit und Kühle der *Kaserne* als für die *Suppe* und den Wein, denn mein Kopf brummte.

„ *Moriturus te saluto*", sagte Cordier und hob seinen Weinkelch.

„Red keinen Unsinn", sagte ich. „Du bist genauso wenig *moriturus* wie *Madame la République*."

„Ich werde vor Sonnenuntergang tot sein", antwortete Cordier. „Dieser Ort wird bald ein stilles Grab sein . . . *'Madame la République – morituri te salutant!'* . . ." und er trank wieder.

„Er ist dem Tod geweiht", sagte Michael. „Jedenfalls ist es besser, kämpfend zu sterben, als später von Lejaune erledigt zu werden. ... Wenn ich sterbe, würde ich gerne diesen netten *Adjutanten* mitnehmen ..."

„Er ist ein hervorragender Soldat", sagte ich.

„Großartig", stimmte Michael zu. „Verzeihen wir ihm."

„Das werden wir, wenn er stirbt", sagte ich. „Ich fürchte, er wird dafür sorgen, dass er Vergebung *braucht*, wenn er und wir diese Show überleben und er wieder die Kontrolle übernimmt ..."

„Ja", sagte Michael. „Weißt du, ich glaube, er ist hin- und hergerissen, wenn ein Mann getroffen wird. Der Rohling in ihm sagt: *'Das war eins für dich, du verdammter Meuterer'*, und der Soldat in ihm sagt: *'Ein weiterer aus dieser winzigen Garnison ist weg.'*"

„Er ist ein widerlicher Rohling", stimmte ich zu. „Er *hat* zwei verwundete, leidende Männer zurück in ihre Schießscharten *geworfen* – und es genossen."

„Teils aus Genuss, teils aus taktischen Gründen", sagte Michael, wischte sich die Lippen ab und zündete sich eine Zigarette an. „Er will den Arabern den Eindruck vermitteln, dass keiner getötet wurde. Oder dass er so viele Männer im Fort hat, dass jeder Gefallene durch einen anderen ersetzt werden kann. Die Tuareg haben keine Ferngläser, und für sie ist ein Mann in einer Schießscharte ein Mann ..."

„Was ist, wenn es zu wenige sind, um das Feuer aufrechtzuerhalten?", fragte ich.

„Er hofft vielleicht, dass bis dahin Verstärkung kommt", vermutete Michael.

„Das tut er", warf St. André ein, der gerade zu uns gekommen war und sich an den Tisch gesetzt hatte. „Dupré hat mir das gesagt. Der listige Kerl hat die beiden *Goums* in letzter Zeit jede Nacht draußen gelassen – vermutlich seit er von der Verschwörung wusste. Sie hatten den Befehl, sofort nach Tokotu zu reiten und zu berichten, dass die Festung *angegriffen worden* sei, sobald sie einen Schuss hörten, *egal ob von innen oder außen*."

„Bei Jupiter!", rief ich aus. „Natürlich! Er würde doch nicht nach Tokotu schicken, um Hilfe bei der Niederschlagung einer Meuterei seiner eigenen Leute zu erbitten, bevor sie stattfand – aber es würde ihm nichts ausmachen, wenn eine Kolonne eintraf, weil ein *Goumé* fälschlicherweise einen Angriff auf das Fort gemeldet hatte."

„Gerissen, dieser Kerl!", stimmte Michael zu. „Und er wusste, dass er, wenn die Verschwörung kurz vor dem Ausbruch stand und er sie im Keim erstickte, ziemlich unterbesetzt sein würde, falls er angegriffen werden sollte – selbst von einer kleinen Raubgruppe, die nur aus Spaß unterwegs war!"

„Ja", sagte Cordier. „Er hat sein Gesicht gewahrt und auch die Festung gerettet. Wenn ein Schuss auf die Meuterer abgefeuert worden wäre, wären die *Goums* wie befohlen davongelaufen, und die Verstärkung aus Tokotu hätte einen heldenhaften Lejaune vorgefunden, der eine Bande von Meuterern in Schach hielt. So wie es aussieht, werden sie morgen früh in Tokotu erfahren, dass der Ort belagert ist, und am nächsten Tag werden sie hier sein."

„Die Frage ist nur, wo *wir* dann sein werden", bemerkte ich.

„In der Hölle, liebe Freunde", lächelte Cordier.

„Angenommen, die *Goums* wären in der Oase niedergemetzelt worden?", sagte Michael. „Überrascht, so wie wir."

„Das habe ich Dupré gesagt!", antwortete Cordier. „Aber Lejaune war zu alt. Sie haben tagsüber in der Oase gelagert, aber nachts mussten sie raus und getrennt patrouillieren, einer von Norden nach Süden im Osten und der andere im Westen, jeweils in einem Halbkreis, von Sonnenuntergang bis Sonnenaufgang, sagt Dupré ... Wahrscheinlich wären sie tagsüber in der Oase zerhackt worden, während sie tief und fest schliefen – aber im Morgengrauen hätten sie sich nicht fangen lassen. Sie waren weit außerhalb der Umzingelung der Oase, als die Araber den Ort umzingelten, und die *Goums* wären beim ersten Schuss oder noch früher nach Tokotu geflohen. ... Zu diesem Zeitpunkt ..."

„Aufstehen“, rief Boldini, und wir eilten zurück aufs Dach und nahmen unsere Positionen wieder ein. Die Verwundeten waren wieder an ihren Plätzen, ein oder zwei lagen ganz still, andere konnten stehen.

Zu beiden Seiten von mir stand ein toter Mann in seiner Schießscharte, sein Gewehr vor sich ausgestreckt, die Ellbogen und die Schräge der Brüstung hielten ihn in Position.

Von meiner Seite des Forts konnte ich kein Lebenszeichen erkennen. Nichts als Sand und Steine, über denen die blendende, schmerzhafte Hitzeflimmerte.

Plötzlich schrie Schwartz von der Aussichtsplattform.

„Die Palmen!“, schrie er und zeigte darauf. „Sie klettern darauf!“ Er hob sein Gewehr und schoss.

Das waren seine letzten Worte. Eine Minute später hallte eine Salve, und er fiel.

Kugeln schlugen gegen die Wand, an der ich stand, auf ihrer *Innenseite.* Arabische Scharfschützen waren auf die Palmen der Oase geklettert und schossen auf das Dach. Von allen Sandhügeln ringsum brach wieder ein Feuerkreis aus.

„Feuert schnell auf die Palmen“, schrie Lejaune. „Sergeant Dupré, nehmen Sie die Hälfte der Männer von den anderen drei Seiten und bringen Sie sie dorthin. Holen Sie diese Vögel schnell von den Bäumen herunter. ... Brandt, rauf auf die Aussichtsplattform. Schnell. ...“

Ich schaute mich um, während ich mein Magazin neu lud. Brandt schaute auf die Plattform und dann zu Lejaune. Lejaunes Hand griff nach dem Revolver in seinem Holster, und Brandt kletterte die Leiter hinauf und begann so schnell zu schießen, wie er den Bolzen seines Gewehrs betätigen konnte.

Michael stand noch, aber als ich mich umdrehte, sah ich, wie sein Nachbar sich umdrehte und zu Boden stürzte, beide Hände blutig an die Kehle pressend.

Als ich später noch mal schnell hinschaute, war der Mann in die Schießscharte geklemmt und von Lejaune als lebender Verteidiger der Festung in Pose gesetzt worden.

Kurz darauf hörte ich einen Schrei von oben und sah, wie Brandt auf der hohen Plattform zurücktaumelte. Er stieß gegen das Geländer, kippte um und schlug mit einem schrecklichen Krachen auf dem Dach auf.

„Such einen guten Platz für diesen Aasfresser, Sergeant Dupré“, rief Lejaune. „Mach ihn zu einer Zierde, wenn er schon nicht nützlich sein kann.“

Dann hörte ich ihn den Namen Haff rufen.

„Rauf mit dir, Haff“, brüllte er. „Du bist auch einer dieser mutigen *Risque-Touts.* Rauf mit dir!“

Schwartz, Brandt, Haff! Zweifellos würden Delarey und Vogué die nächsten sein. Und dann Colonna, Gotto und Bolidar. Guantaio war tot. Warum schickte er Michael nicht hinauf? Vermutlich hoffte er, ihn, St. André, Cordier, Maris und mich am Leben zu halten, bis die Anführer der Meuterei und die Diamantendiebe tot waren. Er wollte nicht als Sieger über die Araber dastehen, nur um sich dann wehrlos in den Händen der Meuterer und Diebe wiederzufinden.

Ich schaute zu Haff hinüber und sah, dass er hinter Schwartz' Leiche lag und darüber hinweg schoss, als wäre sie eine Brüstung am Rand der Plattform.

Ich fragte mich, wie lange diese zweite Phase des Kampfes schon gedauert hatte und ob wir bis zum Einbruch der Nacht durchhalten würden, bis die Araber nichts mehr sehen konnten, um zu schießen. Würden sie im Mondlicht schießen? Das war unwahrscheinlich, da Araber in der Regel jede Art von Nachtarbeit ablehnten, außer friedlichen Reisen. Ein Angriff im Morgengrauen war ihre Lieblingsmanöver.

Es war qualvoll, mein Gewehr abzufeuern, denn mein Kopf schmerzte von einer dieser schrecklichen, durch Überanstrengung der Augen verursachten Hitzeschmerzen, die das Gefühl geben, der Kopf würde sich öffnen und schließen und das Gehirn freilegen. Jeder Schuss aus meinem Gewehr war wie ein Schlag mit einem schweren Hammer auf den Kopf. Ich war fast am Ende meiner Kräfte, als das Feuer der Araber wieder nachließ, schwächer wurde und schließlich verstummte.

Als Lejaune das Signal zum Feuerstopp gab, richtete ich mich auf. Ich sah mich um, als die Worte „Entladen! Steh locker!“ ertönten.

Michael war in Ordnung, aber gut die Hälfte der Garnison war tot oder sterbend, denn etwa die Hälfte der Männer blieb teilweise stehend, teilweise liegend in ihren Schießscharten stecken, während die anderen den Befehlen Lejaunes folgten.

Unter den Toten befanden sich sowohl Sergeant Dupré als auch Korporal Boldini, und beide waren aufgerichtet worden, um lebende Männer vorzutäuschen. Haff musste ebenfalls tot sein, denn Delarey war auf das Podest geschickt worden und lag flach hinter einem kleinen Haufen von Leichen.

St. André lebte noch, denn Lejaune rief:

„St. André, übernehmen Sie den Rang des Corporals. Die Hälfte der Männer geht nach unten für *Suppe* und Kaffee. Kehrt schnell um, wenn ihr das Signal hört…“ Und St. André ging über das Dach, berührte jeden zweiten Mann, der stand, und sagte: „Aus der Reihe treten und nach unten gehen.“

In vielen Schießscharten lag ein Mann, den er nicht berührte.

Der arme Cordier hatte die Wahrheit über sein eigenes Schicksal gesagt, denn er blieb auf seinem Posten und starrte mit leeren Augen über die Wüste.

Maris war auch tot. Es blieben drei Männer übrig – St. André, Michael und ich, auf die Lejaune zählen konnte, falls die Araber sich nun zurückziehen und die Belagerung des Forts aufgeben würden.

Aber das taten die Araber nicht.

Sie ließen einen Kreis ihrer vermutlich besten Schützen zurück, um jeden Verteidiger der Festung zu erschießen, der sich zeigte, und der Großteil von ihnen zog sich hinter die Oase und die dahinter liegenden Sandhügel zurück.

Auf Lejaunes Befehl hin wurden die Schießscharten nur von den Toten besetzt, die Lebenden wurden in kleinen Gruppen nach unten geschickt, um sich auszuruhen und zu essen.

St. André wurde angewiesen, dafür zu sorgen, dass jeder Mann sein Bett und *sein Gepäck* so ordentlich wie für eine Inspektion hinterließ und dass der Raum in perfekter Ordnung war. Lejaune selbst verließ das Dach nie, sondern ließ sich *Suppe*, Kaffee und Wein zu sich bringen.

Er schickte Vogué auf die Aussichtsplattform, um sich zu den Leichen seiner Mitverschwörer Schwartz, Haff und Delarey zu gesellen.

Mit Ausnahme eines kauernden Wachpostens in der Mitte jeder Dachwand saßen diejenigen, die sich nicht unten beim Essen und Ausruhen befanden, mit dem Rücken zur Wand, jeweils neben ihrer Schießscharte.

Das Feuer der arabischen Scharfschützen richtete keinen Schaden an, und sie verschwendeten ihre Munition an Tote.

So kam der Abend, verging, und der Mond ging auf.

Wir blieben, wo wir waren, und durften schlafen. St. André musste dafür sorgen, dass zwei Wachen jede Mauer patrouillierten und alle zwei Stunden abgelöst wurden.

Auf Lejaunes Befehl schob Vogué in der Dämmerung vor Mondaufgang die Leichen von Schwartz, Haff und Delarey von der Aussichtsplattform, sodass sie auf das Dach fielen. Sie wurden dann in Schießscharten gestellt, als wären sie lebende Verteidiger der Festung. Es schien Lejaune besondere Freude zu bereiten, seine halbgerauchte Zigarette zwischen Schwartz' Zähne zu stecken und die *Mütze* des Toten verwegen zur Seite zu ziehen.

„Da, mein lieber Verschwörer“, sagte er, als die Leiche nach seinem Geschmack arrangiert war. „Steh da und erfülle deine Pflicht zum ersten Mal in deinem Leben, jetzt, wo du tot bist. Jetzt bist du nützlicher als je zuvor.“

„Er ist ein Teufel! Er ist ein Teufel! Er ist *verrückt – verrückt!…* “, stöhnte Vogué, als er die Leiche von Delarey an mir vorbei schleppte.

„Hoch mit ihm! Legt ihn dort hin“, knurrte Lejaune, als Vogué die Leiche in seine Arme genommen hatte. „Ich werde deiner Leiche den Platz neben ihm zuweisen, und deine Pfeife werde ich dir zwischen die Zähne stecken. Du liebst deine Pfeife, mein Freund Vogué! Hilft dir beim Aushecken deiner Verschwörungen, was? ... Hoch mit ihm, du Hund ..." Und er hielt seine Hand auf den Griff seines Revolvers, während er den Mann verspottete. Dann schickte er ihn zurück auf die Aussichtsplattform, wo er den Touaregs als Zielscheibe dienen sollte, wenn der Mond aufging – oder die Sonne, falls er so lange leben sollte....

Ich unterhielt mich mit Michael, als wir an der Reihe waren, nach unten zu gehen, um uns auszuruhen und etwas zu essen.

„Morgen wird wohl ein harter Tag", sagte Michael. „Wenn sie ein paar von uns erschießen und dann angreifen, sollten sie es schaffen."

„Ja", stimmte ich zu. „Sie sollten so lange heftig feuern, wie ihre Munition reicht, und dann mit einem Schlag auf den Kamelen angreifen. Und dann von den Kamelen aus hochklettern. Viele würden getötet werden, aber noch mehr würden es schaffen."

„Verrat ihnen auf keinen Fall etwas", grinste Michael. „Zwei- oder dreihundert Teufel in der Festung, und es wäre ein kurzes Leben für das halbe Dutzend von uns, das bis dahin übrig geblieben wäre ..."

„Wenn wir sie morgen abwehren können, sollte die Verstärkung aus Tokotu am nächsten Morgen eintreffen", sagte ich.

„Wenn einer von diesen *Goums* entkommen ist und mitspielt", stimmte Michael zu. „Aber vielleicht sind sie auch geschnappt worden ... Die Verstärkung wird hier nur noch ein leeres Haus vorfinden, wenn sie kommt ... Das bedeutet auf jeden Fall eine Beförderung für Lejaune."

„Schön, wenn er hier als Kommandant bestätigt wird und wir überleben!", bemerkte ich.

„Ja", sagte Michael, „wo wir gerade davon sprechen, hör mal, alter Junge. Wenn ich den Schlag abbekomme und du nicht, musst du etwas für mich tun. ... Etwas *sehr* Wichtiges ... Was?"

„Du kannst dich auf mich verlassen, Beau", sagte ich.

„Ich weiß, dass ich das kann, John", antwortete er. „Da sind ein paar Briefe. Ein komischer *öffentlicher* Brief, ein Brief für Claudia, einer für dich und einer für Digby, in meinem Gürtel – und da ist noch ein Brief und ein kleines Päckchen für Tante Patricia. Wenn du kannst, alter Junge, bring den Brief und das Päckchen zu Tante. Es eilt nicht – *aber bring es ihr.* Verstehst du? *Vor allem den Brief. Das* Päckchen ist nicht so wichtig, es enthält nichts Wertvolles, aber ich würde viel ruhiger sterben, wenn ich wüsste, dass Tante Patricia diesen Brief nach meinem Tod erhält. . . ."

„Ach, halt die Klappe, Beau", sagte ich barsch. „Deine Zeit ist noch nicht gekommen. Red keinen Unsinn."

„Ich bitte dich nur, etwas zu tun, *falls* ich sterbe", sagte Michael.

„Und natürlich werde ich es tun, wenn ich noch lebe", antwortete ich. „Aber was ist, wenn wir beide getötet werden?"

"Nun – die Sachen sind adressiert und frankiert, und es ist üblich, solche Briefe und Päckchen, die man bei toten Soldaten findet, weiterzuleiten, wie du weißt. Es kommt darauf an, was passiert. ... Wenn wir sterben und Lejaune überlebt, bezweifle ich, dass sie verschickt werden. Oder besser gesagt, ich bezweifle es nicht. Oder wenn die Araber kommen, gibt es kaum eine Chance, dass etwas überlebt. Aber wenn wir beide getötet werden und die Verstärkung hier eintrifft, bevor die Araber kommen, würde der zuständige Offizier das Übliche tun. Wir können jedenfalls nur das Beste hoffen.

„Kann ich irgendwas für dich tun, falls es anders kommt, John?", fragte er noch.

„Nun, liebe Grüße an Dig, weißt du, und da ist ein Brief für Isobel, und du könntest ihr schreiben, falls du je wieder in die Zivilisation zurückkehrst, und ihr sagen, dass wir von ihr geschwatzt haben und gesungen haben: *'Kurz vor der Schlacht, Mutter'* und *'Bring eine Blume von Maggies Grab'* und all das ..."

Michael grinste.

„Ich werde Isobel nur Gutes über dich erzählen, alter Junge", sagte er, „und wenn nicht, sorgst du dafür, dass Tante meinen Brief bekommt, ja? Aber stell sicher, dass ich wirklich tot bin ... Ich meine, wenn ich von Arabern gefangen genommen werde oder so etwas Lustiges passiert, soll sie den Brief nicht bekommen, solange ich noch lebe ... Natürlich sind alle fünf Briefe wichtig, aber ich möchte *, dass* Tante ihren bekommt ..."

Und dann befahl St. André unserer kleinen Gruppe, auf das Dach zu gehen, und holte den anderen herunter.

Die Araber hatten ihr sporadisches Feuer eingestellt und könnten schon hundert Meilen entfernt gewesen sein. Nur der Anblick eines kleinen Rauchs von ihren Lagerfeuern und der gelegentliche Geruch von brennendem Kameldung und Holz verrieten ihre Anwesenheit, denn niemand war zu sehen, und sie machten keinen Laut. Niemand zweifelte jedoch daran, dass eine lückenlose Kette wachsamer Wachen uns umzingelte und es völlig unmöglich machte, das Fort zu verlassen und seinen belagerten Kameraden Hilfe zu bringen.

Die Tatsache, dass Lejaune niemanden schickte, um einen Versuch zu unternehmen, schien die Geschichte zu bestätigen, die Dupré Cordier erzählt hatte, als sie die Verwundeten verbanden, und zu zeigen, dass Lejaune glaubte, die *Goums* seien entkommen.

Es wäre ein fast aussichtsloses Unterfangen, aber es gab eine Chance von eins zu tausend, dass ein wagemutiger und geschickter Späher zu ihren Kamelen kriechen und auf einem davon entkommen könnte. Lejaune war auch nicht der Mann, der Rücksicht darauf nahm, dass derjenige, der es versuchte, mit ziemlicher Sicherheit Folter und Tod erwartete.

Ich kam zu dem Schluss, dass er einerseits ziemlich sicher war, dass die *Goums* direkt nach Tokotu geflohen waren, sobald die Araber aufgetaucht waren, und dass andererseits die zwei oder drei Männer, denen er vertrauen konnte, genau die Männer waren, die er nicht entbehren konnte.

Wenn St. André, Michael und ich nicht bei ihm waren, würde sein Schicksal dasselbe sein, ob er die Araber vertrieb oder nicht, und zweifellos würde er lieber im Kampf gegen die Araber sterben, als von seinen eigenen Leuten ermordet zu werden.

Ich wurde zum Wachdienst eingeteilt und patrouillierte zwei Stunden lang auf meiner Seite des Daches, den Blick auf die mondbeschienene Wüste gerichtet, wo sich nichts bewegte und kein Geräusch zu hören war.

Als ich abgelöst wurde, unterhielt ich mich kurz mit St. André, nachdem er meine Ablösung zur Postzustellung geschickt hatte.

„Die Morgendämmerung wird die gefährlichste Zeit sein", sagte er, „dann werden sie uns überfallen, und wir müssen schnell schießen, um sie in Schach zu halten, wenn sie alle gleichzeitig von allen Seiten angreifen. Sie müssen hundert zu eins sein. Ich frage mich, ob sie Seile und Stangen mitbringen oder mit ihren Kamelen bis an die Mauern heranreiten werden ..."

„Wenn sie keine Rücksicht auf Verluste nehmen, sehe ich keine Möglichkeit, sie fernzuhalten", sagte ich.

„Nichts könnte sie aufhalten", antwortete St. André. „Aber wenn sie bei Tagesanbruch scheitern, werden sie es erst bei Tagesanbruch des nächsten Tages wieder versuchen. Sie werden uns einfach den ganzen Tag lang beschießen und uns ermüden. ... Sie glauben, sie hätten alle Zeit der Welt."

„Wissen sie das?", fragte ich.

„Nein", sagte St. André. „Lejaune ist sich sicher, dass einer der *Goums* entkommen ist. Die Araber konnten nicht *beide* erwischen, sagt er, da sie sich auf gegenüberliegenden Seiten des Forts befanden und nachts immer eine halbe Meile voneinander entfernt waren."

„Was ist mit ihrer Munition?", fragte ich. „Die der Tuaregs, meine ich."

„Je mehr sie verbrauchen, desto entschlossener werden sie sein, unsere zu bekommen, und desto wahrscheinlicher ist es, dass sie ihr Geld auf einen schnellen Angriff im Morgengrauen mit kalten Waffen setzen werden ..."

Ich legte mich hin und schlief ein, bis ich vom Horn und Lejaunes Ruf „*Alle Mann auf die Tribünen!*" geweckt wurde.

Es gab keine Anzeichen für die Morgendämmerung und keine Araber waren zu sehen.

Vom Mittelpunkt des Daches aus sprach Lejaune zur geschrumpften Besatzung des Forts Zinderneuf.

„Nun, meine fröhlichen Vögel“, sagte er, „ihr werdet *singen*, und zwar wie die fröhlichen Lerchen, die ihr seid. Wir werden unseren arabischen Freunden zeigen, dass wir nicht nur wach sind, sondern auch fröhlich und munter. Also dann – zuerst *das Marschlied der Legion*. Alle zusammen, ihr trällernden Wasserratten – *jetzt*.“ Und angeführt von seinem kräftigen Brüllen sangen wir aus voller Kehle.

Er führte uns durch das umfangreiche Repertoire der Legion, und zwischen den Liedern blies der Hornist alle Signale, die er kannte.

„Jetzt *lacht*, ihr fröhlichen, glücklichen, ausgelassenen, sorglosen, humorvollen Schweine. *Lacht*... Ihr da oben, Vogué – brüllt vor Lachen, oder ich bringe euch vor Schmerz zum Brüllen, bei Gott ... Los, *jetzt*... “

Ein elendes Lachen, wie das einer hungrigen Hyäne, ertönte von der Aussichtsplattform.

Es war ein so freudloses, elendes Gackern und so lächerlich, dass wir aufrichtig lachten.

„Noch mal, du grinsender Hund“, brüllte Lejaune. „Lach, bis dir die Seiten wehtun, du sabbernder Schakal. Lach, bis dir die Tränen über dein schreckliches Gesicht laufen, du zitternde Eselin. Lach! ...*Jetzt*... “

Wieder ertönte das grässliche, zitternde Lachen, und die Männer unten brüllten herzlich über den lächerlichen Lärm.

„Und jetzt, ihr kichernden, grinsenden *Suppenlöffel*, lacht mal“, brüllte Lejaune. „Von rechts – du fängst an, Gotto.“

Gotto brüllte ziemlich laut.

„Jetzt übertrumpft *das*, der Nächste. Los, oder ich gebe euch etwas zum Lachen, bei Gott“, fuhr Lejaune fort.

Und so ging es in diesem Kreis von Verdammten, zwischen den Toten, weiter: das verrückte Gelächter, das laute Heulen der Verdammten, das heimliche Lächeln der Toten, die in die beleuchtete, stille Wüste blickten.

„Jetzt alle mit mir“, brüllte Lejaune, und lautes Gelächter ertönte und entweihte die Stille und die Schönheit der mondbeschienenen Szene.

Es war das verrückteste, unglaublichste Spektakel – dieses schreckliche Lachen unter den Toten, von Männern, die kurz vor dem Tod standen.

Sicherlich müssen die Araber uns für verrückt gehalten haben, und sicherlich lagen sie damit nicht weit daneben. Jedenfalls wussten sie, dass wir wach waren, und mussten erkannt haben, dass wir fröhlich und trotzig waren.

Denn Lejaune hatte Recht mit seiner Verrücktheit, und es kam kein Angriff im Morgengrauen.

Ob die Tuareg uns als „die von Allah Gebeutelten“ betrachteten und sich nicht trauten, den Ort zu stürmen, oder ob sie erkannten, dass der Angriff keinen Überraschungseffekt haben würde, weiß ich nicht, aber er fand nie statt.

Und als die Sonne aufging und sie sich wieder auf den Sandhügeln aufstellten und ihr schweres Feuer auf die Festung eröffneten, war jede Schießscharte von einem scheinbar unsterblichen Mann besetzt, und jeder Araber, der sich zeigte, bezahlte dafür mit seinem Leben.

Aber nicht alle, die sich an den Mauern von Zinderneuf aufstellten, waren vor den arabischen Kugeln sicher. Hin und wieder war ein Schrei, ein Fluch, ein gurgelndes Grunzen oder Husten zu hören, und ein Mann taumelte zurück und fiel oder starb, wo er kauerte, eine Kugel im Kopf.

Und jedes Mal stützte Lejaune die Leiche, ob tot oder sterbend, in der Schießscharte, aus der sie gefallen war, und für die Augen der weit entfernten Araber musste es so aussehen, als sei die Zahl der Verteidiger ungebrochen.

Im Laufe des Vormittags nahm Lejaune ein Gewehr, hockte sich nacheinander neben jeden Toten und feuerte mehrere Schüsse aus jeder Schießscharte ab, was den Eindruck verstärkte, dass die Toten noch lebten, und den Lärm noch verstärkte.

Später stellte er einen Mann an jede Mauer, um dasselbe zu tun, nämlich ständig auf und ab zu gehen und hinter den Toten zu schießen.

Als das arabische Feuer gegen Mittag wieder nachließ und dann ganz aufhörte und unser Horn „ *Feuer einstellen*“ blies, wagte ich mich kaum umzudrehen.

Mit einem Seufzer der Erleichterung sah ich Michael unter den wenigen, die sich auf den Befehl „ *Rührt euch!*“ aus ihren Schießscharten erhoben .

Es war eine furchtbar kleine Gruppe. Von all denen, die gestern Morgen mit Jubelrufen auf „ *Aux armes!*“ aus ihren Betten gesprungen waren, waren nur noch Lejaune, St. André, Michael, Colonna, Marigny, Vogué, Moscowski, Gotto, Vaerren und ich am Leben.

Das Ende war unvermeidlich, es sei denn, Tokotu würde Hilfe schicken, bevor die Araber den Ort stürmten. Jetzt mussten sie nur noch hineinstürmen und klettern. Zehn Männer können nicht tausend zurückhalten.

Wenn wir die Ankunft der Verstärkung überlebten, würden uns die Toten retten, diese Toten, die den Eindruck einer zahlreichen, furchtlosen, stets wachsamen Garnison erweckten, die jeden Angriff über das offene Gelände unter dem Feuer ihrer Gewehre wie Gras unter einer Flamme verdorren lassen würde.

„Die Hälfte der Männer nach unten, für *Suppe* und Kaffee und einen halben Liter Wein, Corporal St. André“, befahl Lejaune. „Komm so schnell du kannst zurück – oder wenn die *‘Versammlung’* gesprengt wird…“ Und St. André nahm jeweils einen Mann mit.

Bald waren Kaffee und *Suppe* fertig, obwohl der Koch tot war, und wir saßen wie in einem Traum am Tisch, umgeben von den ordentlichen Betten der Toten.

„Letzte Runde!“, sagte Michael, als ich ihm eine Zigarette gab. „Letzte Zigarette! Letzte Bowl *Suppe*! Letzter Becher Kaffee! Letzter Schluck Wein! Na ja, es ist ein gutes Ende – wenn auch etwas früh. Pass auf den Brief auf, Johnny“, und er tätschelte die Vorderseite seines Schärpen.

„Ach, hör auf damit“, brummte ich. „Nichts ist das letzte. Die Ablösung ist schon halb hier.“

„Hoffentlich“, antwortete Michael. „Aber es ist mir eigentlich egal, alter Junge. Hauptsache, du kümmerst dich um den Brief für mich.“

„Warum *ich* und nicht du, Beau?“, fragte ich. „Du könntest genauso gut meine Postzustellung übernehmen.“

„Keine Ahnung, Johnny. Ich spüre es einfach“, antwortete er. „Ich habe das Gefühl, dass ich dran bin und du nicht, und dafür danke ich Gott, alter Junge“, und er drückte meinen Arm oberhalb des Ellbogens leicht. (Sein kleiner Griff um meinen Arm und das Drücken waren mein ganzes Leben lang eine meiner größten Belohnungen und Freuden gewesen.)

Als wir nach dem Essen wieder auf das Dach zurückkehrten, streckte Michael mir seine Hand entgegen.

„Also, auf Wiedersehen, lieber alter Johnny“, sagte er. „Ich wünschte bei Gott, ich hätte dich nicht in diese Sache hineingezogen – aber ich glaube, du wirst das schon schaffen. Grüß Dig von mir.“

Ich drückte seine Hand.

„Auf Wiedersehen, Beau“, antwortete ich. „Oder besser gesagt, *au revoir*… Natürlich hast du mich nicht in diese Sache hineingezogen. Ich hatte genauso viel Recht, die Schuld für den Diebstahl der ‘Blue Water’ auf mich zu nehmen wie du und Dig … Und es war ein großartiges Abenteuer…“

Er klopfte mir auf die Schulter, als wir die Treppe hinaufstiegen.

Lejaune wies Michael eine Seite des Daches zu und mir die gegenüberliegende. Vogué und Vaerren wurden jeweils zu den beiden anderen geschickt. Unser Befehl lautete, die Mauer zu patrouillieren und aus dem Hinterhalt zu schießen, wenn wir einen Araber sahen.

St. André nahm Colonna, Marigny, Moscowski und Gotto mit nach unten.

Lejaune selbst ging mit seinem Fernglas auf die Aussichtsplattform und suchte den Horizont in Richtung Tokotu ab. Anscheinend sah er keine Anzeichen von Hilfe.

Auf den Sandhügeln auf meiner Seite der Festung bewegte sich nichts, und ich beobachtete sie über die Köpfe meiner toten Kameraden hinweg. . . .

Wie lange konnte das noch so weitergehen?

Würden die Tuaregs sich von dieser Festung mit ihrer unerschöpflichen Garnison zurückziehen?

Würde die Verstärkung rechtzeitig eintreffen? Wenn nicht, würde sie rechtzeitig da sein, um uns zu rächen? Es wäre lustig, wenn die Araber, nachdem sie das Fort eingenommen hatten, dort von den Senegalesen und den berittenen Truppen aus Tokotu gefangen genommen würden – eine poetische Gerechtigkeit –, denn keiner von ihnen würde entkommen!

Wo *kamen* all diese Fliegen her? . . . Schrecklich! . . .

St. André und seine Leute kehrten auf das Dach zurück, und nun wurden jeweils zwei Männer an jede Mauer gestellt, während St. André und Lejaune in der Mitte des Daches blieben, um bei einem Angriff die Seite der Festung zu unterstützen, die es am dringendsten brauchte.

Als dieser kam, wiederholte sich die Belagerungstaktik und der Zermürbungskrieg, ein sporadisches Feuer der Scharfschützen, das größtenteils auf die Toten gerichtet war.

Auf seiner Hälfte der Mauer eilten die Verteidiger auf und ab und feuerten jedes Mal aus einer anderen Schießscharte.

Die Araber müssen völlig getäuscht worden sein, denn sie kamen nicht näher und feuerten unterschiedslos auf die stillen, von Leichen bewachten Schießscharten und auf diejenigen, aus denen unsere acht Gewehre knallten.

Als ich mich von einer Schießscharte zur nächsten huschte, sah ich, dass Lejaune und St. André jetzt beide in der Schusslinie standen und Lejanne eine Wand der Festung für sich allein hatte. Wir waren nur noch zu siebt. Michael war unter ihnen.

Das arabische Feuer verstummte.

Lejaune selbst nahm das Horn und blies „ *Feuer einstellen*“. Ich sah, dass Vogué, Moscowski und Marigny tot waren und an ihren Plätzen aufgerichtet standen. St. André tupfte sich mit einem Lappen das Gesicht ab, wo ihm eine Kugel die Wange und das Ohr zerfetzt hatte.

Colonna, Gotto und ich wurden nach unten geschickt, um Essen zu holen, und wir sagten kein einziges Wort. Als wir zurückkamen, gingen Michael, Vaerren und St. André an der Reihe nach hinunter.

Lejaune ging auf dem Dach auf und ab und summte „ *C'est la reine Pomaré*“, scheinbar ganz cool und unbesorgt.

Es war kein Araber zu sehen, und es fiel kein Schuss.

Ich fragte mich, ob sie sich zum Essen oder zum Gebet zurückgezogen hatten – oder ob sie aus ihren Schützengräben auf den Sandhügeln so viele Schüsse pro Mann abgegeben hatten und dann auf ihre Verstärkung aus der Oase warteten.

Es war auf jeden Fall ein gemächlicher kleiner Krieg – auf ihrer Seite; und zweifellos waren sie gut beraten, ihn so zu führen. Sie mussten bei ihrem ersten Angriff schreckliche Verluste erlitten haben und hatten daraus gelernt.

Ein Schuss fiel.

„Auf den Posten!“ , rief Lejaune und blies zwei- oder dreimal „ *Versammlung*“, als wolle er Verstärkung von unten zu den bereits gut bemannten Mauern rufen.

Diese Festung und ihre Besatzung mussten den sanften Tuaregs ein hartnäckiges Rätsel sein.

Das Feuer flammte wieder auf und wurde heftiger, und eine bedrohliche Veränderung trat in der Taktik der Araber ein.

Während von den Kämmen der Sandhügel heftiges Feuer gehalten wurde, krochen Männer *en tirailleur* vorwärts und gruben hinter Steinen flache Löcher in den Sand. ... Sie kamen immer näher ... Sie wollten wieder angreifen....

Ich rannte von Schießscharte zu Schießscharte, auf meiner Seite des Daches auf und ab und hielt nur so lange inne, um mein Visier auf einen Araber zu richten. Immer wieder sah ich, dass ich eine der rennenden oder kauernden, kriechenden Gestalten traf, die sich immer näher der Mauer näherten.

Lejaune war wie von Sinnen, lud und schoss, rannte von einem Ort zum anderen und stürmte von einer Seite des Forts zur anderen, um das Magazin seines Gewehrs zu leeren. . . .

Warum von einer Seite zur anderen? Während ich lud und feuerte, mein Magazin leerte und nachlud, stellte ich mir diese Frage.

Als ich mich umsah, sah ich den Grund dafür. Niemand verteidigte die beiden Mauern, die links und rechts von mir verliefen.

Lejaune feuerte eine Salve von einer Wand und rannte dann zur anderen – er verteidigte zwei Wände gleichzeitig.

Nur ein Mann verteidigte die Wand hinter mir. Schnell schaute ich hinüber.

Es war nicht Michael....

Nur Lejaune, St. André und ich waren noch auf den Beinen.

Das war das Ende. . . .

Michael war weg – aber ich würde ihm gleich folgen.

Ich stopfte ein weiteres Magazin in mein heißes Gewehr und schaute wieder hinüber.

Die gegenüberliegende Wand war jetzt ungeschützt.

Lejaune rannte von links nach rechts über das Dach und schrie:

„Beide Wände, verdammt! Hin und her, verflucht! Schieß wie der Teufel, verdammt!" Ich rannte hinüber und leerte mein Magazin von dieser Seite aus, jedes Mal aus einer anderen Schießscharte.

Ich rannte wieder zurück und gab eine Salve entlang der gegenüberliegenden Mauer ab.

Und so hielten Lejaune und ich (*Lejaune und ich!)* eine Zeit lang das Fort Zinderneuf, zwei gegen tausend.

Und als ich fast erschöpft war, keuchend wie ein gejagter Fuchs, schweißgebadet und fast blind vor Anstrengung und Kopfschmerzen, ließ das arabische Feuer wieder nach und verstummte, und es herrschte vollkommene Stille – eine unglaublich schreckliche Stille nach diesen Stunden ohrenbetäubenden Lärms.

„Geh schnell nach unten!", rief Lejaune und zeigte auf die Treppe. „Koch Kaffee und *Suppe* und bring sie her. Komm schnell zurück, sobald ein Schuss fällt. Sie könnten in wenigen Minuten wieder da sein. Wenn wir sie bis zur Dunkelheit fernhalten, sind wir gerettet..."

„Beeil dich, du Schwein", brüllte er, als ich da stand und auf Michael starrte, der mit dem Gesicht in einer Blutlache lag.

Ich schleppte mich zur Treppe, während Lejaune mich beschimpfte.

Als ich die Treppe hinunterging, hörte ich ihn fröhlich „ *Feuer einstellen*" rufen und imaginären Verteidigern des Forts wilde Befehle zurufen.

Ich stolperte zur Küche.

„ *Haltet sie bis zur Dunkelheit fern, dann sind wir gerettet*", hatte er gesagt?

Ich hatte nicht den geringsten Wunsch, gerettet zu werden. Warum sollte ich gerettet werden, wenn Michael so regungslos dalag?

Als ich ein Streichholz anzündete, um den Ölofen anzuzünden, glaubte ich einen Schuss zu hören. Ich rannte die Treppe hinauf und sah, dass Lejaune eine Leiche in einer Schießscharte aufstellte. Eine Leiche lag noch dort, wo sie gefallen war.

Es war Michael.

Ich musste mich wohl verhört haben. Jedenfalls war jetzt alles still, und Lejaune, mit dem Rücken zu mir, legte sich das Gewehr des Toten an die Schulter und umklammerte mit der linken Hand den Lauf.

Ich drehte mich um und schlich zurück zu meinen Aufgaben als Koch, legte Zweige und Holz unter den *Suppenkessel* und drehte den Docht des Ölofens höher.

Und während ich das Feuer brennen sah, stellte ich mir vor, wie Lejaune Michaels Leiche in Pose brachte – vielleicht schon lange bevor das Leben aus ihm gewichen war. ... Der Gedanke war unerträglich.

Er könnte Qualen leiden.

Er könnte so schwer verwundet sein, dass man sein Leben retten könnte, wenn er flach liegen würde. Nicht alle Getöteten waren sofort tot – obwohl viele von ihnen sofort gestorben waren, da nur ihre Köpfe herausragten und ihre Wunden im Gehirn oder in der Kehle lagen.

Es gab eigentlich keinen Grund, Michael zu verschonen, genauso wenig wie die anderen – aber er war mein geliebter Bruder, und ich konnte es einfach nicht ertragen. Ich konnte nicht zulassen, dass sein armer verwundeter Körper wie ein Sack Kartoffeln herumgeschleudert und von dem spöttischen Lejaune mit Demütigungen und Beleidigungen überzogen wurde.

Er könnte noch nicht tot sein, und sein Leben könnte von dem abhängen, was ich jetzt tat! Ich drehte mich um und rannte die Treppe hinauf.

Wollte ich mich nun doch noch auflehnen? Wollte ich meinem Vorgesetzten trotzen und ihm sagen, was er in der Festung, die er befehligte, zu tun und zu lassen hatte? Wollte ich ihm sagen, dass Michael aus besserem Holz geschnitzt war und nicht so behandelt werden durfte wie alle anderen?

Ja, das würde ich.

Und als ich die Treppe hinauf rannte, kam mir ein anderer Gedanke.

Michaels letzte Bitte und Anweisungen! Ich musste diese Briefe und das kleine Päckchen holen, von denen er gesprochen hatte. Ich musste Lejaune sagen:

„Ich werde kämpfen, bis ich umfalle, und ich werde dir bedingungslos gehorchen – aber lass die Leiche meines Bruders in Ruhe – überlass sie mir…"

Schließlich war jetzt alles ein bisschen anders.

Lejaune und ich waren die einzigen Überlebenden. Wir hatten die Hölle unbeschadet überstanden und hatten am Ende, zwei gegen Tausend, die Fahne hochgehalten.

Sicherlich konnte er jetzt anständig sein, ein wenig nachgeben und sich wie ein Mann und ein Kamerad verhalten. . . .

Als ich auf das Dach trat, beugte sich Lejaune über Michael.

Er hatte die Uniformjacke meines Bruders aufgeknöpft, das Futter aus seiner *Mütze* gerissen, ihm die Schärpe abgenommen und die flache Tasche geöffnet, die Teil des Geldgürtels war, den Michael trug.

Neben Lejaune lagen drei oder vier Briefe und ein zerrissener Umschlag. In seinen Händen hielt er ein kleines Päckchen, das mit Schnur und Siegellack versiegelt war, und einen geöffneten Brief.

Ich sprang auf ihn zu, sah rot und war voller Wut, dass dieser widerliche Dieb einen Toten ausraubte, einen Soldaten, der an seiner Seite gekämpft hatte – einen tapferen Mann, der ihm wahrscheinlich vor der Schlacht das Leben gerettet hatte.

„Er *hatte* also *keinen Diamanten*, was? Er wusste nicht, was ich meinte, oder?", spottete der Schurke und hielt das Päckchen und den Brief in seiner linken Hand hoch.

„Du verdammter Dieb! Du widerwärtiger Pariah-Hund!", schrie ich, und im nächsten Moment hielt er mir seinen Revolver vor die Nase.

„Tritt zurück, du Schwein", knurrte er. „Weiter zurück. Zurück, sage ich…"

Eine Bewegung, und ich wäre tot gewesen.

Und das war auch gut so, aber ich hatte noch ein paar Worte zu sagen. Als ich zurücktrat, senkte er den Revolver und grinste gruselig. . . .

„Ich wusste nicht, dass *Männer* nach einem Kampf herumkriechen und die Toten ausrauben, Lejaune", sagte ich. „Ich dachte, das wäre den arabischen Frauen vorbehalten – den übelsten Sorte … Du dreckiger Dieb – du solltest in den Pariser Gossen Mülltonnen durchwühlen, statt eine ehrenhafte Uniform zu beschmutzen – *Lumpensammler*!"

Lejaune fletschte die Zähne und lachte unangenehm.

„Eine schöne Grabrede von einem Juwelendieb!", fauchte er. „Noch mehr große Worte, bevor ich dir das bisschen Hirn wegblase? Nein? Nun, ich glaube, ich habe dir versprochen, dass ich mich zu gegebener Zeit um dich kümmern werde. Jetzt werde ich es tun … Ich werde dich jetzt erschießen, wo du stehst. Ein halbes Dutzend in den Bauch, sagen wir? Ich will dich nicht unnötig aus dieser schönen Welt scheuchen … Oh nein, glaub bloß nicht, ich will dich noch länger hier behalten. Die Araber werden heute nicht wieder angreifen, und sie haben alle meine Meuterer für mich erledigt … Und bei Tagesanbruch wird eine Entsatzkolonne eintreffen … Dann werden du und der Rest dieser verfluchten Hunde ein Loch im Sand bekommen – und ich bekomme das Kreuz der Ehrenlegion, eine Beförderung zum Hauptmann und eine Reise nach Paris, um Dank und Auszeichnungen entgegenzunehmen. Und in Paris, mein geschwätziger kleiner Freund, werde ich diese Kleinigkeit beseitigen, die deine Bande so freundlich für mich zur Legion gebracht hat!" Und er hielt wieder das kleine Päckchen in seiner linken Hand hoch.

„Ein reicher Mann, dank dir – und dank *dem hier*..." Und als er das letzte Wort sagte, trat er tatsächlich gegen Michaels Leiche!

Noch während ich nach meinem Bajonett griff und nach vorne sprang – in dem Augenblick, als mein benommener und erschöpfter Verstand die unglaubliche Tatsache dieses brutalen Tritts begriff –, nahm er eine noch unglaublichere Tatsache wahr *: Michaels Augen waren offen und auf mich gerichtet.*

Michael lebte! ... Ich würde auch leben, wenn möglich ... Meine Hand, die noch immer meinen Bajonettgriff umklammerte, sank an meine Seite.

„Gut!", sagte Lejaune. „Bewaffneter Angriff auf einen Vorgesetzten – und das vor den Augen des Feindes! ... Ausgezeichnet! Ich stelle dich selbst vor das Kriegsgericht. Ich befinde dich für schuldig und verurteile dich zum *Tod*. ... Ich werde das Urteil auch selbst vollstrecken. ...*Also*..." Und der Revolver wanderte langsam von meinem Gesicht zu meinem Bauch.

„ *Da!...* "

Während Lejaune sprach, hatte Michaels rechte Hand sich bewegt. Als das letzte Wort ausgesprochen war, packte die Hand Lejaunes Fuß, riss ihn aus dem Gleichgewicht, während er, nach unten schauend und stolpernd, den Abzug drückte.

Geblendet, betäubt und benommen sprang ich mit aller Kraft vor und rammte Lejaune mein Bajonett in den Bauch. Ich stolperte und es wurde mir aus der Hand gerissen. Als ich wieder sehen konnte (denn ich musste mich direkt vor den Revolver geduckt haben, als er schoss, oder er musste ihn angehoben haben, als ihm der Fuß weggezogen wurde), lag er auf dem Rücken und zuckte, der Griff des Bajonetts ragte aus seiner Brust, die Klinge durchbohrte sein Herz.

Lejaune war tot, und *ich* war doch der Meuterer und Mörder! *Ich* war der „Schlächter" und *Lejaune* das „Schwein".

Kapitel VI. Ein "Wikingerbegräbnis"

"Die ganze Nacht lang, in einem Traum ohne Hoffnung,
grübelte er und umklammerte seine Knie."

Ich beugte mich über Michael, dessen Augen wieder geschlossen waren.

War er tot – war seine letzte Tat, mir das Leben zu retten?

Ich glaube, ich habe in diesem Moment nicht viel empfunden. Mein Geist war betäubt oder leer, und ich war mir nicht sicher, ob das Ganze nicht nur ein Albtraum war. . . .

Michael öffnete die Augen.

„Starker Kerl", flüsterte er. „Hast du die Briefe?"

Ich sagte ihm, dass er sie persönlich übergeben würde. Dass wir die einzigen Überlebenden waren. Dass bald Hilfe kommen würde und wir befördert und ausgezeichnet werden würden.

„Weil ich Lejaune erstochen habe?", lächelte er. „Hör zu, Johnny ... Ich bin bereit, alles zu akzeptieren. Ich habe mein Blut vergossen ... Hör mir zu ... Ich habe in meinem ganzen Leben noch nie etwas gestohlen ... Sag Dig, dass ich das gesagt habe, und *bring* den Brief *unbedingt* zu Tante Patricia ... Du darfst nicht auf die Rettung warten ... Lejaunes Leiche ... Sie würden dich erschießen ... Besorg dir ein Kamel und rette dich ... Heute Nacht im Dunkeln ... Wenn du nicht wegkommst, sag, ich hätte Lejaune getötet ... Ich habe jedenfalls geholfen ..."

Ich weiß nicht, was ich gesagt habe.

„Nein. Hör zu ... Diese Briefe ... Du musst einen bei mir lassen ... Leg ihn in meine Hand ... Ein Geständnis ... Mach das gründlich ... Dig und du müsst dieses Spiel jetzt nicht weiter spielen ... Du musst das Geständnis veröffentlichen, sonst ist alles ruiniert ..."

„Du hast nichts zu gestehen, Beau, alter Junge", sagte ich. „Eine halbe Minute, ich hole mir einen Brandy ..."

Seine Finger schlossen sich schwach um meinen Ärmel.

„Sei kein Idiot, Johnny", flüsterte er. „Das Geständnis ist das Wichtigste. . . . Lass es dort, wo es gefunden wird, oder ich werde dich verfolgen. . . . Ich werde dir in den Hals beißen und im Dunkeln *'Buh'* rufen. . . . Nein, geh nicht. . . . Versprich es mir. . . . Gott! *Ich werde blind ...* John ... John ... Wo bist du? ... Versprich es mir ... Geständnis ... John ... John ..."

Innerhalb von zwei Minuten, nachdem er Lejaunes Fuß gepackt und mir das Leben gerettet hatte, war mein Bruder tot. Mein großartiger, edler, großherziger Beau.

Ich kann nicht weinen. Ich habe seit meiner Kindheit nicht mehr geweint, und auch jetzt blieb mir die Erleichterung durch Tränen verwehrt.

Nein. Ich konnte nicht weinen. Aber ich schaute auf den Revolver, den Lejaune noch immer in seiner rechten Hand umklammerte. Es war nur eine momentane Versuchung, denn ich hatte etwas für Michael zu tun. Seine letzten Worte hatten mir eine Aufgabe übertragen, und ich würde Michael im Tod nicht mehr enttäuschen, als ich ihn zu Lebzeiten enttäuscht hatte.

Zuerst Michaels Angelegenheiten – und wenn die Tuaregs den Ort stürmten, während ich mich darum kümmerte, würde ich einfach Lejaunes Revolver nehmen und ein gutes Ende machen. Ich müsste fünf von ihnen erwischen und könnte vielleicht eines ihrer schweren geraden Schwerter ergattern und ihnen etwas zeigen ...

Ich wandte mich den Briefen zu.

Einer war an Lady Brandon adressiert. Sie sollte ihn bekommen, wenn ich den Einfallsreichtum, den Mut und das Geschick hatte, lange genug am Leben zu bleiben. Einer war an Claudia adressiert. Der auch ... Es gab einen für mich und einen für Digby. Und da war noch ein weiterer, zerknüllt in Lejaunes linker Hand. Der Umschlag, aus dem er ihn herausgerissen hatte, lag daneben. Er war adressiert an *den Polizeikommissar, Scotland Yard, London, England.* Die „Geständnis" des armen Michael für etwas, das er nie getan hatte! Ich war stark versucht, es zu vernichten, aber seine Worte klangen noch in meinen Ohren, eindringlich und flehend. *Ich sollte dafür sorgen, dass das „Geständnis" veröffentlicht wurde.*

Na ja – lass es, wo es ist. Es würde genug Aufmerksamkeit bekommen, wenn es in der toten Hand des ermordeten Kommandanten einer belagerten Festung gefunden würde. Ich hob das Päckchen auf, das Lejaune fallen gelassen hatte, als ich ihn schlug, und steckte es zusammen mit den drei Briefen in meine Tasche. Dann öffnete ich den an mich adressierten Brief. Er lautete wie folgt:

" *Mein lieber John,*
Wenn du das hier bekommst, bring die Briefe, die dabei sind, so schnell wie möglich zu Brandon Abbas. Wenn du sie nicht bringen kannst, schick sie ihm. Der Brief an Tante Patricia löst das Rätsel um das "Blue Water", zumindest zu IHRER Zufriedenheit, und sie kann die Lösung später veröffentlichen, wenn sie es für richtig hält. Zum Beispiel nach Onkel Hectors Tod. In der Zwischenzeit bitte ich dich inständig, dafür zu sorgen, dass der Brief an den Polizeichef nicht verloren geht. Es ist genau das, wofür wir alle gekämpft haben – den Verdacht von unschuldigen Menschen abzulenken (einschließlich deiner Isobel, vergiss das nicht, Johnny!). Wir haben die Schuld auf uns genommen, und der Erste von uns, der stirbt, sollte natürlich die ganze Last tragen, damit die anderen beiden wieder nach Hause gehen können. Du oder Dig würdet das für eure Brüder tun, und ich werde es auch tun, wenn ich zuerst sterbe. Also weg mit den Briefen nach Hause – nach HAUSE, und sorg dafür, dass der andere in die Zeitungen und in die Hände der Polizei gelangt und so weiter. Ich habe einen absolut identischen Brief an Digby geschrieben, also bin ich sicher, dass einer von euch oder ihr beide dafür sorgen werdet, dass meine Wünsche erfüllt werden. Kein Quatsch mit "DE MORTUIS NIL NISI BONUM", *hörst du? Wir müssen an die Lebenden denken, also mach genau, was ich dir sage. Du tust das Beste für mich und auch für die Lebenden, wenn du tust, was ich dich bitte – also LOS,* JUNGE.
Sollte ich euch überleben, werde ich dasselbe für euch oder Dig tun, also macht euch an die Arbeit.
Ihr habt meine Pläne durch euer leichtfertiges, idealistisches Verhalten, von zu Hause wegzulaufen, durchkreuzt – jetzt bringt alles in Ordnung, indem ihr genau das tut, was ich sage.
Auf Wiedersehen, mein lieber alter, treuester aller treuen Freunde. Wir sehen uns auf der anderen Seite.
Beau.

P .S.: Komm mir aber nicht zu nahe, wenn du das Geständnis vernichtet hast.

Ich legte den Brief hin und sah sein Gesicht an. Friedlich, stark, würdevoll und über seine übliche Feinheit und Schönheit hinaus veredelt. . . . Ich schloss seine Augen und faltete seine Hände auf seiner Brust. . . .

Wie *konnte* ich das zulassen – zulassen, dass die Welt die Bestätigung für den Verdacht bekam, dass Michael ein verabscheuungswürdiger, gemeiner Dieb war? Oder vielmehr, wie konnte ich einer Welt, die wenig oder gar nichts über die Angelegenheit wusste, offenbaren, dass Michael eine so erbärmliche Tat begangen hatte?

Ich schaute wieder auf sein Gesicht.

Wie konnte ich seine letzten Anweisungen missachten, seine letzte Bitte ablehnen?

Es war auch keine impulsive Bitte, die er spontan geäußert hatte. Er hatte alles durchdacht und längst niedergeschrieben, für den Fall, dass genau so etwas passieren würde – dass er uns vorgehen würde. . . .

Was würde Digby an meiner Stelle tun? Würde er das Papier aus Lejaunes Hand nehmen und es vernichten? Ich hatte das Gefühl, dass er das nicht tun würde. Er *konnte es* nicht, wenn er bei Michaels Tod dabei gewesen war und seine letzten Worte gehört *hatte*. Da er das nicht getan hatte, würde er mir Vorwürfe machen, wenn ich das Geständnis dort liegen ließ, damit es von den Entlastungskräften gefunden werden konnte?

Nun – wenn ja, dann müsste er das tun, und ich müsste nach meinem eigenen Gewissen handeln – wenn ich denn eines hätte …

Und was, wenn die Araber wieder angreifen, bevor die Verstärkung kommt?

Das würde das Problem endgültig lösen, denn sie würden den Ort plündern, die Toten verstümmeln und dann die Festung zum Scheiterhaufen für die verstümmelten Leichen machen.

Ich ertappte mich dabei, wie ich mir wünschte, sie würden das tun, und erkannte dann die Feigheit meines Wunsches.

Nein, es war jetzt meine Aufgabe, … zu … Ich merkte, dass ich nickte und fast rückwärts in meinen Stuhl gefallen wäre!

Tatsächlich waren eine starke Schwäche und eine unbeschreibliche Müdigkeit das Einzige, was mein Geist und mein Körper noch wahrnahmen. Ich hatte in den letzten Stunden zu viel gesehen, zu viel getan, zu viel gelitten, zu viel gefühlt, um noch etwas anderes zu empfinden als völlige Erschöpfung. Ich hatte das Gefühl, ich könnte sterben, aber ich konnte nicht schlafen.

Gerade als ich mich zusammenriss und mir sagte, dass *das* nicht gehen würde, muss ich in einen Zustand zwischen Schlaf und Bewusstlosigkeit gefallen sein.

Ich schüttelte es ab und stellte fest, dass ein neuer Tag anbrach, und für einen Moment blickte ich mich um und sah das außergewöhnliche Bild, das sich mir bot – das blutbefleckte Dach, die Haufen von Patronenhülsen, die steifen Gestalten, die in den Schießscharten kauerten, die Leiche von Lejaune, aus dessen Brust der Griff meiner Bajonette ragte, und Michaels ruhiges, lächelndes Gesicht, im Tod so edel wie im Leben. …

„Ich muss gehen, Beau, alter Junge“, sagte ich laut, „wenn ich deinen Brief und dein Paket zu Tante Patricia bringen und ihnen von deinem heldenhaften Tod berichten soll.“

Ich kniete nieder und küsste ihn, zum ersten Mal seit meiner Kindheit.

Und erst dann, wirklich erst dann, erinnerte ich mich an die Araber!

Es gab keinerlei Anzeichen von ihnen, weder lebend noch tot, was vielleicht teilweise erklärt, warum ich ihre Existenz völlig vergessen hatte. …

Ich würde Michaels Wunsch nicht gerecht werden, wenn ich ihnen direkt in die Arme laufen würde. Der Tod wäre auch nicht weniger sicher, wenn ich im Fort bliebe, bis Hilfe käme und Lejaunes Leiche mit meiner Bajonette gefunden würde.

Ich dachte mir, ich könnte die Waffe vielleicht herausziehen und durch die eines anderen ersetzen und ihn für den Mord verantwortlich machen. Ich hatte natürlich nicht die geringste Absicht, das zu tun, und meine Geschichte wäre auch nicht sehr überzeugend gewesen, da ich am Leben war und alle anderen ordentlich beseitigt und arrangiert waren, *nach* ihrem Tod. Mir kam zwar der Gedanke, dass ich vielleicht so tun könnte, als wäre ich der Held der ganzen Verteidigung und hätte alle Leichen selbst so hingelegt, auch die des Mannes, der Lejaune ermordet hatte, aber natürlich habe ich diesen Gedanken nicht ernsthaft in Betracht gezogen.

Nein. Wenn ich nicht sterben wollte, musste ich sowohl den Arabern als auch den Entsatzkräften aus Tokotu entkommen. Wenn mir das gelang, musste ich anschließend der gesamten Bevölkerung der Wüste zwischen Zinderneuf und der Sicherheit entkommen und mich vor jedem Rachefeldzug verstecken, der nach mir ausgesandt werden könnte. Hinzu kamen noch die kleinen Probleme Durst, Hunger und Kälte. Alles, was ich in dieser Hinsicht tun konnte, war, mich mit Proviant, Wasser, Ersatzstiefeln und Munition zu beladen.

Ich stand müde auf, schleppte mich die Treppe hinunter, füllte den Ölofen auf und zündete ihn wieder an. Während der Kessel für den Kaffee kochte, suchte ich alles zusammen, füllte meine Wasserflasche mit Wasser und drei große Weinflaschen mit dem gleichen Inhalt. Wasser würde mir unendlich viel kostbarer sein als jeder Wein, bevor ich viel älter war. Ich leerte auch meinen Rucksack und meinen Tornister bis auf ein Paar Stiefel und füllte sie bis zum Bersten mit Brot, Kaffee und den Wasserflaschen.

Ich dachte, der beste Plan wäre, mich so schwer zu beladen, wie ich es gewohnt war, aber meine Last sollte aus Essen und Wasser bestehen. Das würde leichter werden, wenn ich schwächer wurde – oder ich würde schwächer werden, wenn es leichter wurde. Jedenfalls schien es mir das Beste zu sein, aber wie sehr sehnte ich mich nach einem Kamel! Mir kam der Gedanke, dass ich, wenn die Hilfe an diesem Tag nicht eintreffen würde, bis zur Nacht im Fort bleiben und dann versuchen könnte, eines der Kamele der Araber zu bekommen, wenn es dunkel war. Ein kurzer Moment des Nachdenkens machte mir jedoch klar, dass, wenn die Hilfe nicht bald im Fort eintreffen würde, die Araber es tun würden.

Je früher ich wegkam, desto größer war meine Chance, dass es mir gelingen würde.

Ich aß und trank, was ich konnte, schulterte meine Lasten und kehrte auf das Dach zurück, um mich ein letztes Mal umzusehen. Wenn ich in einer Richtung etwas von den Arabern sehen konnte, konnte ich zumindest versuchen, in die entgegengesetzte Richtung zu fliehen. Wenn nicht, musste ich einfach auf mein Glück vertrauen und in die entgegengesetzte Richtung der Oase kriechen, da dies die wahrscheinlichste Fluchtmöglichkeit war.

Ich schaute in alle Richtungen. Es war immer noch kein Araber zu sehen, obwohl natürlich hinter der Oase oder hinter den Sandhügeln, die das Fort umgaben, noch viele sein könnten.

Ich warf einen Blick auf Lejaune. Sollte ich mein Bajonett aus seinem bösen Herzen ziehen?

Nein. Meine ganze Seele lehnte diesen Gedanken ab. Und was die Hoffnung anging, die Art seines Todes zu verbergen, so wäre es immer noch völlig offensichtlich gewesen, dass er von einem Kameraden erstochen und nicht vom Feind erschossen worden war.

Außerdem hatte ich ihn in Notwehr getötet – Notwehr gegen einen so kaltblütigen, feigen und verbrecherischen Mord, wie ihn ein Mensch begehen kann.

Nein. Die rechtmäßig eingesetzte Bajonette sollte bleiben, wo sie war – außerdem hatte ich schon genug zu tragen, ohne dieses nun nutzlose Ding. . . .

„Auf Wiedersehen, Beau", sagte ich, ging zu ihm hinüber – und während ich sprach, sprang ich fast auf, denn die bedrückende Stille wurde von einem Schuss unterbrochen, dem mehrere weitere folgten.

Die Araber? Nein – das waren weder Gewehrschüsse noch waren sie in Richtung Fort abgefeuert worden. Das war ganz klar.

Ich duckte mich, rannte zur Seite des Daches und schaute hin.

Auf einem entfernten Sandhügel saß ein Mann auf einem Kamel, ein Mann in Uniform, der mit dem Arm über dem Kopf wedelte und mit seinem Revolver in die Luft schoss.

Es war ein französischer Offizier.

Die Verstärkung aus Tokotu war eingetroffen, und ich musste fliehen oder wegen des Mordes an meinem Vorgesetzten in aller Augen des Feindes vor Gericht gestellt und erschossen werden.

Ja – aber was war mit diesem Feind? Wo waren sie? Reitete dieser tapfere Kerl in den Tod und in die Folter? Direkt in einen Hinterhalt, in eine Falle, deren Köder das uneroberte Fort mit seiner wehenden Flagge war? Das könnte durchaus die Erklärung dafür sein, dass es an diesem Morgen, während ich schlief, keinen Angriff bei Tagesanbruch gegeben hatte. Sie könnten mit arabischer List beschlossen haben, dass es viel besser wäre, die Belagerung unsichtbar und ungehört fortzusetzen und die Entsatztruppe durch den Anschein von Frieden und Sicherheit dazu zu verleiten, fröhlich in eine Oase zu marschieren, die von Hunderten von Gewehren aus den benachbarten Sandhügeln gesichert war. Sie könnten die Entsatztruppe massakrieren und sich dann wieder dem Fort zuwenden. Wenn keine Verstärkung käme, könnten sie das Fort immer noch angreifen, wann immer sie es für richtig hielten. . . .

Während mir diese Gedanken durch den Kopf schossen, beschloss ich, den Mann zu warnen, der fröhlich in den Tod ritt, getäuscht von der friedlichen Stille der Szene und der wehenden Trikolore an der Fahnenstange.

Als er die mit Soldaten gesäumten Mauern, die über ihnen wehende Flagge und keine Anzeichen von Feinden sah, würde er sofort zu dem Schluss kommen, dass wir sie längst vertrieben hatten.

Das musste offensichtlich der Fall sein, sonst hätte er kilometerweit entfernt Gewehrschüsse gehört, würde er denken.

Ich musste ihn warnen, denn ich hatte keinen Zweifel, dass Hunderte von arabischen Augen ihn beobachteten.

Und es war nicht nur dieser Mann, der sich dort über unsere Sicherheit freute. Eine ganze Kolonne musste dicht hinter ihm sein. Unsere Kameraden, die Tag und Nacht zu unserer Rettung marschiert waren. Natürlich konnte ich sie nicht in die Falle laufen lassen, getäuscht von derselben List, die die Araber getäuscht hatte....

Dieser Offizier war zweifellos kein Dummkopf, aber woher sollte er wissen, dass das Fort ein weiß getünchtes Grab war, bewohnt von Toten, die ihm nicht signalisieren konnten, dass er mit seiner Kolonne in einen Hinterhalt lief? Natürlich würde er annehmen, dass, da das scheinbar überfüllte Fort ihm keine Warnung vor Gefahr gab, auch keine Gefahr *bestand* und er und seine Kolonne fröhlich in das Fort marschieren konnten, aus dem ihre Feinde geflohen waren.

Da das so war, musste ich ihn selbst warnen. Ich war mir sicher, dass Michael das gut finden würde und dass er es selbst getan hätte, wenn er an meiner Stelle gewesen wäre. Es könnte den Tod statt die Flucht bedeuten, aber der Tod war sicherlich besser, als sich davonzuschleichen, während eine ganze Kolonne von Kameraden in den Untergang marschierte, den man verhindern konnte.

Was sollte ich tun? Sollte ich die Flagge senken? Sie ein paar Mal auf und ab hissen? Mit den Armen wedeln und auf der Aussichtsplattform herumtanzen?...

Wahrscheinlich würde er solche Signale als Zeichen der Freude und Begrüßung deuten. Wenn ich an seiner Stelle wäre und mich einer voll besetzten Festung näherte, über deren überfüllten Mauern die Flagge wehte, würde ich in solchen Gesten sicherlich nichts Bedrohliches sehen.

Bis ich tatsächlich beschossen würde, würde ich sicherlich annehmen, dass ich in Sicherheit bin und von denen in der Festung willkommen geheißen werde, denen ich zu spät gekommen bin, um ihnen beim Sieg über eine kleine freche Räuberbande zu helfen.

Genau! *Bis auf ihn geschossen würde! Das* würde ihm sicherlich zu denken geben – und mir darüber hinaus eine Chance zur Flucht geben, sogar noch jetzt. Lange bevor er in Rufweite wäre, würde er von den Arabern überrannt werden. Ich würde schießen.

Ich kniete mich hin, legte mein Gewehr in eine Schießscharte und zielte, als hinge mein Leben davon ab, ihn zu treffen. Dann hob ich mein Visier um einen halben Zoll und schoss. Ich stürzte zu einer anderen Schießscharte und schoss erneut, diesmal zielte ich auf den Boden, weit vor ihm.

Er blieb stehen.

Das reichte.

Wenn er jetzt in einen Hinterhalt geraten würde, wäre er kein Offizier des 19. Afrikanischen Armeekorps mehr. . . .

Ich rannte zur Seite des Daches, die am weitesten von seiner Annäherungslinie entfernt war, warf mein Gewehr hin, kletterte auf die Brüstung, hing mich mit den Händen daran und ließ mich dann fallen, wobei ich Gott dankte, dass meine Füße auf Sand landen würden. Ich schnappte mir mein Gewehr und rannte so schnell ich konnte zum nächsten Sandhügel. Wenn dieser besetzt war, würde ich im Kampf sterben, und die Gewehrschüsse würden die Verstärkung weiter alarmieren. Wenn er nicht besetzt war, würde ich mich verstecken und abwarten, was passierte. Möglicherweise könnte ich die Araberflanke rechtzeitig ablenken, falls es zu einem Kampf käme, und auf jeden Fall könnte ich hoffen, im Schutz der Dunkelheit zu entkommen. . . .
Der Sandhügel war nicht besetzt, ich war sicher aus dem Fort heraus und hatte eine Chance, unversehrt zu entkommen, unabhängig davon, ob die Araber die Kolonne angriffen oder nicht.

Ich kroch in einen arabischen Graben und machte mich daran, ein Loch zu graben, damit ich so unauffällig wie möglich war, falls jemand kommen oder in meine Richtung schauen sollte.

Zwischen zwei Steinen am Rand meiner Schützengräben konnte ich das Fort und die Oase beobachten. Ich hatte ein ungutes Gefühl, als ich beobachtete, dass ich selbst von Feinden in meinem Rücken beobachtet werden könnte....

Sobald ich sah, was die Araber und die sich nähernde Kolonne vorhatten, überlegte ich mir die Möglichkeiten für einen sicheren Rückzug in die wahrscheinlichste Richtung....

Ich begann mir zu wünschen, dass etwas passieren würde, denn die Situation war etwas angespannt, und es war zu verlockend, einerseits aus der arabischen Bratpfanne zu springen, um andererseits in das französische Feuer zu laufen ... eine arabische Folter durch Braten ... ein französisches Exekutionskommando im Morgengrauen.

Während ich da lag und nach vorne starrte und mich fragte, was hinter mir passieren könnte, war ich total überrascht, als ich den französischen Offizier allein um die Ecke der Festung kommen sah, so unbekümmert, als würde er durch die Straßen von Sidi-bel-Abbès reiten!...

Nun gut! Ich hatte mein Bestes für ihn und seine Kolonne getan. Ich hatte meine eigene Sicherheit riskiert, um ihn zu warnen, dass die Dinge nicht so waren, wie sie schienen – und wenn die Araber ihn und seine Männer erwischten, war das nicht meine Schuld.

Er konnte es wohl kaum *als* Willkommensgruß aus dem Fort bezeichnen, *dass man auf ihn geschossen hatte*? ... Er ritt um die Mauern herum und starrte zu den toten Verteidigern hinauf.

Ich fragte mich, ob der Schatten, den die Spitzen ihrer Mützen warfen, ihre Gesichter so verdeckte und tarnte, dass man von unten nicht sehen konnte, dass die Männer tot waren. . . .

Was machten die Araber? ... Ihn als weiteren Köder für die Falle zurücklassen und darauf warten, dass die ganze Kolonne hineinspazierte?

Sollte ich sie wieder warnen? Einmal war doch genug, oder? Wenn ich wieder schießen würde, würde ich mit ziemlicher Sicherheit von der einen oder anderen Seite gefangen genommen werden. ... Außerdem schien dieser Offizier nicht zu warnen zu sein, und es wäre nichts als ein sinnloses Opfer, meine Anwesenheit und meine Position durch einen weiteren Schuss zu verraten. ... Und während ich mit meinem Gewissen rang, sah ich, dass alles in Ordnung war – die Verstärkung näherte sich *en tirailleur*, angeführt von Spähern und flankiert von Flankenschützern.

Langsam und vorsichtig rückte die französische Truppe vor, gut geführt von jemandem, der umsichtiger war als der zuerst eingetroffene Offizier und keineswegs geneigt, in einen arabischen Hinterhalt zu laufen.

Ein paar Minuten später hörte ich den Trompeter, der das Fort rief und seine Signale in taube Ohren blies.

Ich konnte mir die Verwirrung des Offiziers vorstellen, der vor den verschlossenen Toren stand und darauf wartete, dass sie sich öffneten, während die Toten ihn anstarrten und sich nichts regte.

Während ich darauf wartete, dass er in die Festung kletterte oder jemanden hineinschickte, um die Tore für ihn zu öffnen, kam ich zu dem Schluss, dass die Araber die Belagerung aufgegeben und sich vollständig zurückgezogen haben mussten. Ich fragte mich, ob dies auf Lejaunes List und die offenbar unverminderte Besatzung der Festung zurückzuführen war oder auf Nachrichten ihrer Späher über das Herannahen einer starken Entsatzmacht. Wie auch immer, sie waren weg, und höchstwahrscheinlich hatten sie die Belagerung aufgegeben und waren nach Mondaufgang in der vergangenen Nacht verschwunden. . . .

Der Offizier, sein *Unteroffizier*, der Trompeter und ein vierter Mann standen in einer kleinen Gruppe unterhalb der Mauer, etwa dreihundert Meter von meiner Position entfernt. ... Ich schloss daraus, dass der vierte Mann sich weigerte, in die Festung zu klettern. Es wurde gezeigt und gestikuliert, und der Offizier zog seinen Revolver und hielt ihn dem Mann vor das Gesicht, der den Kopf geschüttelt hatte, als der Offizier auf die Mauer gezeigt hatte.

Der Trompeter, dessen Trompete baumelte, als er sich hochschwang, kletterte vom Rücken seines Kamels auf einen hervorstehenden Wasserspeier und durch eine Schießscharte ins Fort.

Ich erwartete, ihn eine Minute später am Tor wieder auftauchen zu sehen, um die anderen hereinzulassen.

Er tauchte jedoch nicht wieder auf, und etwa eine Viertelstunde später kletterte der Offizier selbst hinauf und betrat auf dieselbe Weise die Festung.

Wie zuvor erwartete ich, dass sich die Tore eine Minute später öffnen würden – aber nichts geschah. Es herrschte Stille und Ruhe. Die Minuten vergingen, und die Männer der Entsatzkolonne standen regungslos da wie Statuen und starrten auf die rätselhafte Festung.

Bald hörte ich den Offizier den Trompeter anschreien, die Männer außerhalb der Festung begannen, sich in Angriffsformation darauf zuzubewegen, eine weitere Abteilung der Entsatztruppe traf auf Maultieren ein, die Tore wurden von innen aufgestoßen, und der Offizier kam allein heraus.

Er gab ein paar Befehle und ging mit seinem Stellvertreter wieder rein. Sonst ging niemand rein.

Ein paar Minuten später tauchte der Begleiter des Offiziers wieder auf, rief einen Unteroffizier herbei und gab Befehle, offenbar zum Aufschlagen des Lagers in der Oase.

Mir wurde klar, dass meine Lage bald ziemlich unangenehm werden würde, da bald an allen vier Seiten der Festung in einem großen Kreis Wachposten aufgestellt werden würden, ganz zu schweigen von den Patrouillen.

Ich musste weg, wenn ich überhaupt noch wegwollte, bevor ich von einem Ring von Wachposten umzingelt war. . . .

Nachdem ich mich gut umgesehen hatte, kroch ich mühsam und langsam zum nächsten Sandhügel und vertraute darauf, dass die beiden im Fort innerhalb der Mauern zu viel zu tun hatten, um Zeit zu haben, über die Mauern zu schauen und mich auf meiner kurzen Reise von Deckung zu Deckung zu sehen. Anscheinend war das der Fall, denn als ich den nächsten Sandhügel erreichte und von hinter seiner Kuppe zurückblickte, gab es kein Anzeichen dafür, dass ich gesehen worden war.

Ich ruhte mich aus, holte Luft und machte mich dann erneut auf den Weg zum Sandhügel hinter mir, wobei ich das Fort zwischen der Oase und meiner Fluchtlinie hielt und gut nach dem Wachposten Ausschau hielt, der früher oder später mit Sicherheit mehr oder weniger in diese Richtung kommen würde.

Mein bester Plan war, mich wie bisher zwischen den Sandhügeln von Deckung zu Deckung zu schleichen, bis ich den Kreis der Vorposten hinter mir hatte, mich dann zu verstecken und auszuruhen, bis die Nacht hereinbrach. Nach einer Nacht Marsch würde ich dreißig Meilen entfernt sein, bevor die Sonne am nächsten Morgen ihre volle Kraft entfaltete. Als wäre es ein Preis – und natürlich *war* mein Leben der Preis –, führte ich diesen vorsichtigen Erkundungsrückzug durch, bis ich eine halbe Meile vom Fort entfernt war und mich zwischen den großen Steinen befand, die einen kleinen Hügel aus Felsen und Sand krönten. Hier war ich vorerst sicher genug. Ich konnte mich versteckt halten und sehen, wo die Wachposten ihre Postzustellung hatten; ich konnte im Schatten schlafen, essen, trinken, mich ausruhen und Kräfte sammeln; und wenn der Mond aufging, konnte ich mich auf meine ziemlich aussichtslose Reise begeben. Ziemlich aussichtslos? Absolut aussichtslos – es sei denn, ich konnte mir ein Kamel sichern. Und dann und dort verwarf ich entschieden den Gedanken, der mir in den Sinn kam – einen Wachposten zu töten, um sein Tier zu bekommen. Das hätte ich als nichts anderes als kaltblütigen Mord angesehen.

Eine akzeptablere Idee war es, mich nachts in die Oase zu schleichen und dort ein Kamel zu stehlen. Das wäre extrem schwierig, denn es würde helles Mondlicht herrschen, die Araber würden scharf Ausschau halten, und das Kamel würde einen furchtbaren Lärm machen, wenn man es störte. Ja, sehr schwierig und gefährlich, aber durchaus möglich, da ich Uniform trug und man mir glauben könnte, wenn ich, vom Kamelwächter angehalten, vorgäbe, ein Ordonnanzsoldat auf der Suche nach seinem Kamel zu sein. Oder wenn ich mutig hingehen und sagen würde, dass ich den Auftrag habe, ein Kamel zu nehmen und mit einer Nachricht nach Tokotu zurückzureiten ... Ich hielt das für durchaus möglich. Mit echtem Glück und einem wirklich guten Bluff könnte es klappen. Das Glück würde darin liegen, dass der Kamelwächter nicht merkt, dass ich gar kein Mitglied der Entsatzmannschaft bin.

Wenn ich nicht erkannt würde, wenn mein Bluff überzeugend wäre, wenn ich nicht gerade von dem Offizier erwischt würde, von dem ich vorgab, dass er mich geschickt hätte, um ein Kamel zu holen, oder wenn es andererseits eine Chance gäbe, das Kamel einfach unbemerkt zu stehlen – dann könnte ich vielleicht davonkommen. Aber es schien eine ganze Menge *„wenns"* zu geben …

Nachdem ich die Sache jedoch aus allen Blickwinkeln betrachtet und die Chancen unvoreingenommen abgewogen hatte, kam ich zu dem Schluss, dass Michaels Brief mit größerer Wahrscheinlichkeit Tante Patricia erreichen würde, wenn ich einen Versuch unternahm, ein Kamel zu bekommen, als wenn ich es nicht versuchte. Eine tausend Meilen lange Wanderung durch die sudanesische Sahara schien mir nicht der richtige Weg nach Hause zu sein, da man dafür schon unter etwas günstigeren Bedingungen wie guter Vorbereitung, Organisation und dem Schutz durch eine Gruppe und das Gesetz (so wie es ist) schon ein guter Mann sein muss.

Ich beschloss, bis zur Nacht zu warten, zu sehen, was passierte, und die Oase zu erkunden, um zu entscheiden, ob Diebstahl, Bluff oder eine Grossfarm der beiden Möglichkeiten die grössten Erfolgsaussichten bot, mir ein Reittier zu sichern.

Und je mehr ich mich auf Probleme und Überlegungen dieser Art konzentrieren konnte, desto länger konnte ich die sich schnell nähernde Erkenntnis meines Verlustes hinauszögern und verdrängen … desto länger konnte ich mich unter den Hammerschlägen der schrecklichen Tatsache, die lauerte und zuschlug, lauerte und zuschlug, betäuben und unempfindlich machen; desto länger konnte ich mich gegen die immer lauter werdende Stimme mit ihren Worten taub stellen … *Michael ist tot … Michael ist tot … Hör zu und nimm es zur Kenntnis – Michael ist tot …*

Trotz der furchtbaren Hitze und meiner unaussprechlichen Verzweiflung und Elend schlief ich ein und schlief bis zum Abend tief und fest.

§2.

Als ich aufwachte, wurde mir klar, dass ich Glück gehabt hatte. Die nächste Wachposten war gut tausend Meter rechts von mir und so aufgestellt, dass ich keine Angst haben musste, gesehen zu werden, solange ich vernünftige Vorsichtsmaßnahmen traf.

Die Sonne ging unter, die unerträgliche Hitze des Tages ließ nach, und im Fort und in der Oase herrschte normale militärische Aktivität – oder eher Inaktivität –, denn im Fort und um das Fort herum bewegte sich nichts, und auch in der Oase war nur wenig los. Hier und da blitzte die Bajonette eines Wachsoldaten, ein Mann führte ein Maultier oder Kamel, und zwischen den Palmen stieg eine kleine Rauchsäule auf, wo ein Kochfeuer entfacht oder aufgefüllt wurde.

Soweit ich sehen konnte, war das Fort nicht von einer neuen Garnison eingenommen worden, und zu meiner Überraschung waren auch die Toten nicht von den Mauern entfernt worden. Diese regungslosen Gestalten konnten keine lebenden Soldaten sein, denn kein Kommandant hätte seine gesamte Truppe so im Dienst belassen – insbesondere nicht nach einem Marsch wie dem, den sie gerade hinter sich hatten.

Ich hätte erwartet, dass die Toten begraben, die Festung besetzt, die Aussichtsplattform bemannt und die Wachposten besetzt worden wären. Aber es war mir egal, was sie taten, solange sie ihre Kamele in der Oase zurückließen.

Während ich zusah, kam eine kleine Gruppe, angeführt von einem Offizier auf einem Maultier, aus der Oase und betrat das Fort. Ich erwartete, dass sie die Toten aus den Schießscharten entfernen würden, aber sie taten es nicht. Von meinem Standort aus konnte ich das Dach nicht sehen, aber ich hätte sie bei der Arbeit sehen müssen, wenn sie zur Mauer gekommen wären und mit den Begräbnisarbeiten begonnen hätten. …

Bald kehrte die Gruppe in die Oase zurück, der Offizier blieb in der Festung. Ich fragte mich, was sie wohl dachten von dem *Adjutanten* mit dem französischen Bajonett in ihm, von dem toten *Legionär* mit geschlossenen Augen und auf der Brust verschränkten Händen, von den Männern, die tot auf den Beinen standen, von der völligen Abwesenheit von Leben in der nicht eingenommenen Festung, aus der zwei Warnschüsse gekommen waren. ... Einige der abergläubischen alten Legionäre würden sich wunderbare Geschichten und Theorien darüber ausdenken!

Der Abend verging, die Sonne ging unter und der große Mond ging auf. In der kurzen Dämmerung schlich ich mich näher an das Fort und die Oase heran, duckte mich und kroch von Sandhügel zu Sandhügel. Ich wollte warten, bis alle, die nicht Dienst hatten, eingeschlafen waren; dann wollte ich mich herumschleichen, in die Oase eindringen und mutig auftauchen, als wäre ich vom Fort mit einer Nachricht geschickt worden. Wenn ich angehalten würde, würde ich mich genau so verhalten, wie ich es hätte tun sollen, wenn ich von einem Offizier geschickt worden wäre, um mein Kamel zu holen und nach Tokotu zurückzukehren. . . .

Ich stellte mir vor, wie ich zu einem Wachposten, der mir misstraute, sagte: „Na gut, du Idiot, du hältst mich auf – mach weiter ... Aber gib *mir* nicht die Schuld, wenn ich dir sage, warum ich mich verspätet habe! ...“ Und ich zeigte mich ganz bereit, mich aufhalten zu lassen, solange ich nicht die Schuld dafür bekam. ...

Von der Kuppe des nächsten Sandhügels sah ich, dass die Männer der Ablösungskolonne außerhalb der Oase aufmarschierten, und ich fragte mich, was das zu bedeuten hatte.

Während ich zusah, marschierten sie auf das Fort zu, hielten an, stellten sich in einer Reihe auf, mit dem Rücken zu mir, und standen still. Ich kam zu dem Schluss, dass ihr Offizier ihnen nach ihrem langen Marsch einen „freien Tag“ gegeben hatte und sie nun die ganze Nacht damit beschäftigen würde, das Fort aufzuräumen, die Toten zu begraben und Zinderneuf wieder als funktionierenden Militärstützpunkt des Reiches nach republikanischem Vorbild herzurichten.

Das könnte für meine Pläne sehr günstig sein. Wenn ich mutig zur Oase marschierte, als käme ich aus dem Fort, wenn alle beschäftigt waren, und ein Kamel verlangte, würde ich wahrscheinlich eines bekommen. . . .

Der Kommandant ritt auf einem Maultier aus der Oase und die Männer wurden in Habachtstellung gebracht. Er wollte ihnen offensichtlich eine Ansprache halten – wahrscheinlich, um ihnen zu ihrer hervorragenden Leistung beim Gewaltmarsch zu gratulieren und auf die großartige Verteidigung der Festungsbesatzung hinzuweisen, die bis auf den letzten Mann für die Flagge ihres Wahlheimatslandes gestorben war.

Plötzlich schrie der Mann, der neben ihm stand, auf und zeigte auf die Festung. Instinktiv schaute ich in die Richtung, in die er zeigte – und sprang fast auf, als ich sah, was dort geschah.

Das Fort stand in Flammen!

Es brannte auch sehr stark, offensichtlich an mehreren Stellen und mit Hilfe von Öl oder einem anderen fast explosiven Brennstoff. ... Und was könnte *das* bedeuten? Sicherlich nicht „auf Befehl“? Nicht das Ergebnis einer offiziellen Entscheidung?

Natürlich nicht. . . . Könnte es das Werk eines abergläubischen Legionärs sein, der als Wächter allein zurückgelassen worden war? Nein. Wenn dort überhaupt jemand Dienst hatte, dann stand er auf der Aussichtsplattform, deren Leere mich verwundert hatte. . . .

Wie würde sich das auf meine Fluchtchancen auswirken? Sollte ich zur Oase sprinten, während alle damit beschäftigt waren, das Feuer zu löschen?

Und während ich zweifelnd und verwundert starrte, bemerkte ich eine Bewegung auf dem Dach der Festung!

Ein Mann hielt den Tor-Turm vorsichtig zwischen sich und die aufgestellte Truppe und tat genau das, was ich selbst getan hatte! Ich sah seine Mütze, als er unter der Brüstung hindurchkroch, ich sah seinen Arm und sein Gewehr durch eine Schießscharte kommen, ich sah das Gewehr fallen, und etwa eine Minute später, als eine Rauchsäule aufstieg, sah ich ihn durch die Schießscharte kriechen und zu Boden fallen. Durch Glück oder Geschick hatte er sich eine Stelle ausgesucht, an der er vor dem Wachposten, der sich tausend Meter rechts von mir befand, versteckt war. . . .

Und wer konnte dieser Legionär sein, der das Fort von Zinderneuf in Brand gesetzt hatte? Er hatte auf jeden Fall meine Sympathie und sollte meine Hilfe bekommen. Ich musste dafür sorgen, dass er nicht in Richtung des Wachposten kroch. Er könnte nicht wissen, dass er dort war. Ich kroch in eine Richtung, die mich rechtzeitig zu seiner Fluchtroute bringen würde, um ihn zu warnen.

Ein paar Minuten später sah er mich und hob sein Gewehr. Offensichtlich hatte er nicht vor, sich lebendig nehmen zu lassen. Das war auch klar, nachdem er eine der perfekt erhaltenen Festungen *von Madame la République* in Brand gesteckt hatte. Ich zog etwas hervor, das einmal ein Taschentuch gewesen war, und winkte ihm aus der sicheren Dunkelheit einer Sandmulde zu. Dann legte ich mein Gewehr nieder und kroch auf ihn zu. Ich bemerkte, dass er eine Trompete um den Hals hängen hatte.

Als ich näher kam, spürte ich diese seltsame Kontraktion der Kopfhautmuskeln, die zu dem Ausdruck „die Haare stehen zu Berge" geführt hat.

Ich hatte keine Angst und meine Haare standen mir nicht zu Berge, aber mir wurde kalt vor Entsetzen, als ich sah, was ich für den Geist oder die Astralgestalt *meines Bruders* hielt, der vor mir stand und ganz normal, lebendig und natürlich aussah.

Es *war* mein Bruder – mein Bruder Digby – Michaels Zwilling. . . .

„Hallo, John", sagte Digby, als ich mit offenem Mund und ungläubig starrte, „ich dachte mir schon, dass du irgendwo hier in der Nähe herumlungerst. Lass uns an einen gesünderen Ort gehen, okay?"

Trotz seiner lockeren Art und seiner eleganten Haltung sah er blass und ausgezehrt aus, todkrank, seine Hände zitterten, sein Gesicht war eine grauenhafte Maske des Schmerzes.

„Verletzt?", fragte ich, als ich seinen Zustand sah.

„Äh – nicht körperlich ... Ich habe gerade Michael ein *'Wikingerbegräbnis'* bereitet", antwortete er und biss sich auf die Lippe.

Armer, armer Digby! Er liebte Michael genauso sehr wie ich (er hätte ihn nicht mehr lieben können), und er war ihm durch diese seltsamen Bande verbunden, die Zwillinge verbinden – psychische, spirituelle Bindungen, die sie eher zu einer Seele in zwei Körpern als zu getrennten Individuen machen. Armer, armer Digby!

Ich legte meinen Arm um seine Schultern, während wir zwischen zwei Hügeln im Sand lagen.

„Armer alter John!", sagte er schließlich, nachdem er seine Trauer überwunden hatte. „Du warst es natürlich, der ihn aufgebahrt hat. Du hast ihn sterben sehen ... Armer Johnny! ..."

„Er starb, als er versuchte, mein Leben zu retten", sagte ich. „Er starb ganz glücklich und ohne Schmerzen ... Er hat uns eine Aufgabe hinterlassen ... Ich habe einen Brief für dich. Hier ist er ... Lass uns schnell an die Flanke dieser Wachposten flanieren und uns verstecken, bis wir eine Chance haben, ein Kamel zu klauen und abzuhauen ..." Und ich ging voraus in eine Richtung, die uns von den Wachposten weg und näher zur Oase brachte.

Ein paar Minuten nach unserem Treffen hatten wir uns gemütlich hinter dem Kamm einer Sanddüne versteckt und konnten die Parade unserer Kameraden, die Oase und die brennende Festung beobachten. Ein höherer Hügel hinter uns und zu unserer Rechten schirmte uns vor der nächsten Wachposten ab.

„ *Und*", sagte Digby mit leicht zitternder Stimme, „sie werden Michaels Beerdigung nicht ruinieren. Sie werden auch keine Beweise für deine saubere Arbeit an dem widerlichen Lejaune finden ... Sie werden von Arabern angegriffen werden ..." Er hob sein Gewehr.

„Schieß auf niemanden, Dig", sagte ich. Mir schien, es sei schon genug Blut vergossen worden, und wenn diese Leute jetzt technisch gesehen unsere Feinde waren und bald unsere Henker sein könnten, so waren sie doch immer noch unsere Kameraden und unschuldig.

„Das werde ich nicht – es sei denn, es ist mein eigener", antwortete Digby. „Komm schon, spiel mit mir Araber ..." Und er feuerte sein Gewehr ab, zielte hoch.

Ich tat es ihm gleich und schoss wie schon einmal an diesem Tag über den Kopf des Offiziers hinweg.

Wieder und wieder schossen wir, und die Vorposten links und rechts von uns schlossen sich uns an und zeigten ihren Eifer und ihre Wachsamkeit, indem sie munter auf nichts schossen – es sei denn, sie schossen aufeinander.

Es war ein sehenswerter Anblick, der Rückzug dieser Kompanie von Legionären. Auf einen kühlen Befehl des Offiziers drehten sie sich um, öffneten sich, rannten zur Oase und gingen in Deckung, wobei sie sich dem Feind zuwandten und so deckten, dass innerhalb weniger Minuten nach unseren ersten Schüssen nichts mehr zu sehen war als eine dunkle und bedrohliche Oase, deren Annäherung den Tod bedeutete.

„Gute Arbeit!“, sagte Digby. „Und dort können sie schön bleiben, bis das Fort niedergebrannt ist. ... Wir gehen rein und besorgen uns Kamele, als Späher, deren Kamele von diesen angreifenden Arabern erschossen wurden. ... Wenn wir auf den Kamelen vor der Wache auftauchen und eine mutige Spinnerei erzählen, sollte alles gut gehen....“

„Ja, besser, wenn einer von uns geht“, sagte ich. „Wenn er dann nicht zurückkommt, kann der andere zu Fuß verschwinden oder etwas anderes versuchen.“

„Genau“, stimmte Digby zu. „Ich gehe zuerst.“

„Jetzt erzähl mir alles, was passiert ist“, fügte er hinzu, „und dann bringe ich dich auf den neuesten Stand.“

Ich tat es und berichtete ihm ausführlich alles, was wir getan hatten, seit er uns verlassen hatte, um zur berittenen Kompanie zu gehen.

„Jetzt erzähl mir ein paar Dinge, Dig“, sagte ich, als ich fertig war und er genauso viel wusste wie ich.

Dann erzählte er mir, wie seine *Escouade* plötzlich von Tanout-Azzal nach Tokotu beordert worden war. Hier hatten sie ausgerechnet den Spahi-Offizier gefunden, der einst Brandon Abbas besucht hatte, den Major de Beaujolais, der von seinem Regiment zum Dienst bei den berittenen Einheiten im *Territoire Militaire* des Sudan abkommandiert worden war, wo die mobilen Touaregs den friedlichen Eindringlingen in Richtung Timbuktu und Tschadsee ein schwieriges Problem bereiteten.

Der Major hatte Digby natürlich nicht erkannt, Digby ihn auch nicht, bis er seinen Namen hörte und erfuhr, dass er ein Spahi war.

(Und auf ihn hatte ich an diesem Tag geschossen, oder besser gesagt, es war er, auf den ich nicht geschossen hatte. Es war genau dieser Freund aus Kindertagen, den ich vor einer vermeintlichen Falle warnen wollte! ... Wie schnell sich die Dinge ändern! ...)

In Tokotu waren Nachrichten eingegangen, dass Zinderneuf von einer riesigen Truppe Tuaregs belagert wurde, und de Beaujolais war sofort losgeritten.

Den Rest wusste ich bis zu dem Moment, als ich Digby, den Trompeter von de Beaujolais, in die Festung klettern sah....

“Nun – du weißt, was ich gesehen habe, als ich auf das Dach kam”, sagte Digby, ”und du kannst dir vorstellen (oder etwa nicht?), was ich empfand, als ich Beau dort liegen sah. . . . Ich stürzte hinunter und eilte herum, um zu sehen, ob du unter den Verwundeten warst, und dann wurde mir klar, dass es keine Verwundeten *gab* und dass die gesamte Garnison auf diesem schrecklichen Dach lag. . . . Das bedeutete, dass du dich davongemacht hattest und dass es deine Bajonette waren, die Lejaunes Brust schmückten, und dass du es warst, der Michaels Leiche versorgt und ihm die Augen geschlossen hatte. *Jemand* musste es getan haben, und es war keiner von den Toten. . . . Wer außer dir hätte Michaels Leiche anders behandelt als die anderen? Wie ich dir schon gesagt habe, war ich auf dem Weg hierher sehr besorgt, wie es dir und Michael ergangen war und ob wir rechtzeitig kommen würden, und ich hatte es kaum ausgehalten, auf das Dach zu steigen, während de Beaujolais mit Rastignac dramatisch gestritten hat. Du kannst dir vorstellen, wie besorgt ich *jetzt* war. Michaels Tod und dein Verschwinden...

”Ich konnte *mir* fast *vorstellen*, wie du Lejaune umbringst, und war mir sicher, dass es daran lag, dass er Michael getötet und dich wegen dieses verfluchten “Diamanten” umbringen wollte ... Ich sage dir, ich bin durchgedreht...

„ *Wie auch immer – er soll ein Wikingerbegräbnis bekommen*“, schwor ich und ich glaube, ich schrie diese Worte aus voller Kehle, „ *und dann muss ich John finden.*“ ... Weißt du, Beau hatte immer Angst, dass dir etwas zustoßen könnte. Es war die Reue seines Lebens, dass er dafür verantwortlich war, dass du von zu Hause weggelaufen bist ... Du junger Dummkopf...

"Jedenfalls war mein einziger Gedanke, ihm ein ordentliches Begräbnis zu geben und dir dann zu folgen. Ich nahm an, dass du dort festsaßt, als einziger Überlebender, bis du de Beaujolais gesehen hast, und dann über die Mauer geklettert bist. . . .

Dann hörte ich jemanden an der Wand kratzen und krabbeln, hochklettern, und ich schlich mich davon und eilte nach unten, mit dem Plan, mich zu verstecken, bis ich eine Gelegenheit hatte, diesen verdammten Ort in Brand zu setzen, wenn ich nichts Besseres für Beau tun konnte ... Ich sah, dass die Tür der Strafzelle offen stand, schlüpfte hinein und versteckte mich hinter der Tür. Es war gerade genug Platz für mich, und ich würde nicht gesehen werden, bis jemand hereinkam und die Zellentür schloss – was wohl noch eine ganze Weile dauern würde....

Bald hörte ich de Beaujolais nach mir brüllen, und seiner Stimme nach war er nicht viel glücklicher als ich. ... Der Anblick oben war genug, um *jeden in* Angst und Schrecken zu versetzen, ganz zu schweigen von dem Rätsel, das das alles darstellte. ... Nach einer Weile hörte ich ihn und den Oberstleutnant miteinander reden und nach mir suchen. Sie schauten sogar einmal in die Zelle, aber die war natürlich leer – außerdem war es ein höchst unwahrscheinlicher Ort, an dem sich ein Soldat freiwillig einschließen würde! ... Ich schloss daraus, dass der alte Dufour noch unglücklicher war als de Beaujolais, der sich ganz sicher nicht amüsierte ... Schließlich gingen sie weg, und es wurde mucksmäuschenstill. Mir kam der Gedanke, dass sie, egal was sie davon hielten, sicher waren, dass Lejaune von einem seiner eigenen Männer getötet worden war und dass dieser Mann geflohen sein musste. Wenn ich auch an diesem geheimnisvollen Ort verschwinden könnte, würde ihnen das noch mehr Rätsel aufgeben; und wenn ich ihn vollständig zerstören könnte, gäbe es keine Beweise mehr, die sie vor ein Kriegsgericht bringen könnten. ... Allerdings war ich seit vierundzwanzig Stunden marschiert und stand fast im Schlaf, sodass ich bei weitem nicht in Bestform war – abgesehen von dem, was ich gerade gesehen hatte....

Als ich mir ziemlich sicher war, dass niemand in der Nähe war, schlich ich mich wieder auf das Dach und sah mich um.

Am Tor stand ein Wachposten, und die Kompanie würde offenbar in der Oase ihr Lager aufschlagen und sich vor dem Einmarsch in die Festung etwas ausruhen.

Ich raffte mich zusammen, kroch zu der Stelle, wo Beau lag, hob ihn in meine Arme und trug ihn hinunter in sein Bett in der Baracke. Um sein Bett herum stapelte ich Holz aus der Küche und übergoss es mit Lampenöl. Ich gab mein Bestes, um ihm ein echtes *„Wikingerbegräbnis"* zu bereiten, so wie wir es zu Hause immer gemacht hatten. Genau so, wie er es sich gewünscht hatte. Ich bedauerte nur, dass ich keine britische Flagge hatte, um ihn zu bedecken....

Aber ich tat, was ich konnte, und bedeckte den ganzen Scheiterhaufen mit Planen und anderen Sachen. Alles mehr oder weniger weiß. ... Von Holz und Öl war nichts zu sehen. ... Er sah großartig aus. ... Dann, nachdem ich noch einmal darüber nachgedacht hatte, nahm ich die Ersatz-Trikolore und legte sie über alles. ... Es war nicht ganz das, was ich mir gewünscht hätte, aber er hatte darunter gekämpft und war gestorben, also stand sie ihm zur Seite. ... Sie stand ihm zur Seite. ... Zur Seite...."

Digby nickte mit dem Kopf, während er sprach. Er war wie ein Schlafwandler. Ich versuchte, ihn aufzuhalten.

„Halt den Mund, John ... Ich muss das zu Ende bringen ... *Oh, Beau! Beau! ... Ich habe mein Bestes für dich getan, alter Junge ... Es gab kein Pferd, keinen Speer, keinen Schild, den ich dir an die Seite legen konnte ... Aber ich habe dir einen Hund zu Füßen gelegt ... Und dein Gewehr und dein Bajonett waren Schwert und Speer...* "

Ich fürchtete, er würde verrückt werden.

„Ein Hund, alter Junge?", sagte ich und versuchte, ihn in die Realität zurückzuholen. „Du verstehst das nicht richtig, weißt du..."

„Ja, einen Hund ... Einen Hund zu seinen Füßen ... Einen Hund, der mit seinem Kopf unter seinen Fersen kauert..."

Das wurde langsam unheimlich.

„Ich habe ihn nicht getragen wie Beau. Ich habe ihn an einem Fuß gepackt und heruntergezerrt..."

„ *Lejaune?*“ , flüsterte ich.

„Ja, John. Lejaune – mit deinem Bajonett im Herzen. *Er* wird keine dummen Aussagen gegen dich machen – und Beau hatte sein *‘Wikingerbegräbnis’* mit einem Hund zu seinen Füßen…“

Ich glaube, ich fühlte mich in diesem Moment schlimmer als seit Michaels Tod. Ich stieß Digby mit dem Ellbogen scharf in die Rippen.

„Mach weiter und red keinen Unsinn“, sagte ich, als wäre ich wütend.

„Wo war ich?“ sagte Digby in dem Tonfall eines Mannes, der aus einem Nickerchen erwacht.

“Oh ja. Und als alles fertig war, John, setzte ich mich zu Beau und sagte ihm, dass ich nicht die geringste Ahnung hätte, was er in dieser ”Blue Water”-Geschichte vorhatte, aber dass ich *wüsste*, dass es sich dabei keineswegs um etwas Zwielichtiges handelte, sondern um etwas idealistisches und Edles. . . . Und was glaubst du, habe ich dann gemacht, John? …*Ich bin eingeschlafen – und* habe bis zum Abend geschlafen…

”Als ich aufwachte, war ich wieder etwas mehr ich selbst. Ich ging auf das Dach, um zu sehen, was los war. …Ich schlich mich an die Wand und spähte hinüber und sah, dass die Firma aufmarschierte und dass ich es knapp geschafft hatte. Ich dankte Gott, dass ich rechtzeitig aufgewacht war, denn in wenigen Minuten würden sie hereinkommen, um aufzuräumen und das Kommando zu übernehmen.

Ich schlich zurück und zündete Beaus Scheiterhaufen an. Dann rannte ich los und schüttete eine Dose Öl über den Haufen aus Bänken und Möbeln, den ich im Nebenzimmer aufgetürmt hatte. Ich zündete ihn an und warf eine weitere Dose am Fuß der Treppe um. Ich zündete sie an und rannte die Treppe zur Aussichtsplattform hinauf. Unten tat ich dasselbe, und zu diesem Zeitpunkt hätte man mehr Wasser gebraucht als in der Sahara, um das Feuer zu löschen. …Ich entschied, dass Beaus Beerdigung in Ordnung war, die Beweise gegen dich vernichtet waren und es Zeit für mich war, zu verschwinden…”

Er gähnte gewaltig.

„Also bin ich gekommen, um dich zu suchen, John …Um zu suchen …nach …nach…“

Digby war eingeschlafen.

Sollte ich auch schlafen gehen? Die Versuchung war groß. Aber ich hatte das Gefühl, dass wir, wenn wir uns retten wollten, sofort handeln mussten. Wir konnten kaum hoffen, die ganze Nacht dort zu liegen und am Morgen unentdeckt zu bleiben, wenn der Ort von Spähern und Vorhut soldaten wimmeln würde.

Ich beschloss, ein oder zwei Stunden Wache zu halten, während der arme Digby schlief. Dann würde ich ihn wecken und ihm sagen, dass ich versuchen würde, ein Kamel zu besorgen.

Es war unheimlich still. Es schien unmöglich, dass die Oase, die so schwarz und still dalag, voller bewaffneter Männer war. Sogar die Kamele und Maultiere verhielten sich, als wären sie sich der ungewöhnlichen Nacht bewusst. Kein Grunzen von den einen, kein Wiehern von den anderen durchbrach die bedrückende Stille der Nacht. Ich fragte mich, ob jeder Mann für die Stille seines Tieres verantwortlich war und es geknebelt und geknebelt hatte. Ich lächelte bei dem Gedanken.

Es war kein Licht zu sehen. War die Idee, die schwelende Festung als Köder für die Araber zu benutzen, von denen de Beaujolais annahm, dass sie in der Nähe waren – ein Köder, um sie in seine mit Blei und Stahl bewehrte Falle zu locken?…

Wie sollte ich mich überhaupt dieser silbern-schwarzen Oase über den mondbeschienenen Sand nähern, ohne angehalten, festgenommen und als das entlarvt zu werden, was ich war? Ich hatte mit einem normalen, schläfrigen Lager gerechnet – nicht mit einem angespannten Wachposten, zu dem sich die Oase seit dem Schuss von Digby und mir entwickelt hatte.

Wäre es vielleicht besser, die ganze Nacht zu schlafen und am nächsten Morgen zu versuchen, den Kamelwächter zu täuschen, wenn der ganze Ort voller Leben und Aktivität sein würde? Es schien ohnehin ein schlechter Aussichtspunkt zu sein. Und wie bitter würde man es bereuen, den Versuch zu Fuß nicht unternommen zu haben, wenn man beim Versuch, ein Kamel zu stehlen, gefasst würde . . .

Nachdem ich entschieden hatte, dass Digby etwa zwei Stunden geschlafen hatte, weckte ich ihn.

„Was soll's, Dig?", sagte ich. „Versuchen wir, ein Kamel zu ergattern, oder marschieren wir weiter? Wir müssen uns entscheiden, es sei denn, du glaubst, wir könnten hier bei Tageslicht etwas erreichen..."

„Oh, schon recht", antwortete Digby. „Du hast sicher recht, John", und schlief, während er sprach, wieder ein.

Das war nicht gerade hilfreich, und ich überlegte, ob ich ihm noch eine Stunde Zeit geben oder ihn sofort wieder wecken sollte, als ich zwei Kamelreiter die Oase verlassen sah. Ich rieb mir die Augen.

Nein. Es gab keinen Zweifel. Eine Patrouille brach auf oder es wurden Nachrichten nach Tokotu geschickt.

Da waren zwei Kamele. Zwei gut genährte, gut getränkte Kamele kamen auf uns zu.

Ich dachte keinen Moment daran, ihre Reiter zu erschießen, aber ich spielte kurz mit dem Gedanken, ihnen einen fairen Kampf um ihre Tiere anzubieten! Wenn wir gewonnen hätten, wären wir davongeritten und sie wären zurück in die Oase getrottet. Wenn sie gewonnen hätten, hätten sie ihr Geschäft weitergemacht und wir wären dort geblieben, wo wir waren. Eine dumme Idee. Etwa zwei Sekunden, nachdem wir uns gezeigt hätten, hätten wir in die Läufe ihrer Gewehre geblickt und hätten die Wahl zwischen dem Tod oder einer schmachvollen Gefangennahme gehabt. Warum *sollten* sie gegen uns kämpfen? Ich musste mich wirklich zusammenreißen und daran denken, wer ich war und wo ich war.

Die Kamele kamen näher, und ich schloss aus ihrer Richtung, dass sie auf dem Weg nach Tokotu waren.

Ich kroch den Hang meiner Sanddüne hinunter und rannte am Fuße des Tals entlang. Als ich einen weiteren Hügel erklomm, sah ich, dass ich mit einer Wiederholung dieses Manövers in ihre Linie gelangen würde. Ich wusste nicht, was ich tun würde, wenn ich dort ankam, aber ich hatte das Gefühl, dass es nicht schaden könnte, herauszufinden, wer sie waren und wohin sie wollten. Wenn wir ihnen folgten und eine Chance bekamen, ihre Kamele zu stehlen, solange sie noch nicht zu weit von der Oase entfernt waren, um zu Fuß zurückzukehren, könnte, könnten wir diese Chance nutzen. Die Versuchung wäre sehr groß, denn für uns ging es um Leben und Tod, während es für sie nur eine lange Tagesmarsch und eine schreckliche Geschichte von einem furchtbaren Kampf mit der Horde Araber wäre, die ihre Kamele erschossen hatten. . . .

Plötzlich sagte eine bekannte Stimme im Plauderton:

„Wir müssen diesen Niggern mal klar machen, Buddy ... Wir wollen nicht, dass den armen Trotteln etwas passiert, weil wir sie nicht an die Hand genommen haben..."

„Hank!", rief ich voller Freude und Dankbarkeit, und er und Buddy drehten ihre Kamele zu mir.

„Da ist jedenfalls *einer* der geheimnisvollen Jungs", fuhr Hank fort. „Ich habe mir schon gedacht, dass du irgendwo in der Nähe sein würdest, als wir gesehen haben, dass ihr drei aus der alten Heimat verschwunden seid..."

In einem Tal zwischen zwei Sandhügeln ließen Hank und Buddy ihre Kamele niederknien und stiegen ab. Beide drückten mir schmerzhaft und auf höchst angenehme Weise die Hand.

„Nichts für ungut, und entschuldige die persönliche und heikle Frage, Bo", sagte Buddy, „aber warst du es, der den Unfall mit dem Zigarrenanzünder hatte und damit eine Brandstiftung verursacht hat?..."

„So eine Art Brandstiftung mit Streichhölzern?", warf Hank ernst ein.

„Nein", sagte ich. „Digby hat das Fort in Brand gesetzt."

„Dann würde ich ihm gerne die Hand schütteln", sagte Hank. „Ist er hier?"

„Er macht gerade ein Nickerchen", antwortete ich.

„Der andere kluge Junge auch?", fragte Buddy. „Und wo ist Lejaune? Hast du, nachdem du das Haus angezündet hast, Papa am Ohr gepackt und ihn in den Garten geführt, damit er das bewundern kann?..."

So schnell ich konnte, erzählte ich ihm, was passiert war – von Michaels Tod und seiner „Beerdigung".

„Er war ein weißer Mann, Kumpel. Das sagt alles", meinte Hank.

„Er war ein echter Mann, Bo", sagte Buddy, und ich dachte, dass Michael schlimmere Grabinschriften hätte haben können.

Es herrschte kurze Stille.

„Mensch!", sagte Hank nach einer Weile. „Würde dich das nicht erschüttern? Das ist ja unglaublich. So nette, ruhige Jungs – immer benehmen sie sich, als wären sie auf einer Party, höflich wie sonst nichts – und dann bringt einer von ihnen den Big Noise um und der andere zündet die ganze verdammte Bude an und brennt die verdammte Stadt nieder ... *Manche* Jungs, muss ich sagen ..."

Ich befürchtete sehr, dass unsere Taten, Mord und Brandstiftung, uns in der Achtung dieser guten Männer höher gebracht hatten, als es alle frommen Taten und freundlichen Worte jemals hätten tun können.

Als ich den Weg zu der Stelle ging, wo ich Digby schlafend zurückgelassen hatte, fragte ich die Amerikaner, wohin sie wollten.

„Na ja, wir wurden losgeschickt, um ein paar Niggern aus Tokotu zu suchen", antwortete Hank. „Der alte Bojolly meint, sie könnten in einen Indianerhinterhalt geraten, wenn sie nicht aufpassen. Wir müssen sie warnen, dass Indianer in der Nähe sind, denn die Gegend sieht so ruhig und friedlich aus ..."

„Ich frage mich, warum sie euch beiden Jungs nicht erwischt haben, als sie auf uns geschossen haben", fügte er hinzu.

„Wir *waren* die Araber", gestand ich mit bescheidenem Stolz.

„Mensch!", bewunderte Buddy. „Ist das zu fassen? Ich dachte wirklich, es kämen Tausende, um uns zu erschießen. Oh *Mann*! Ihr seid aber brave junge Kerle. *Mutter!...* "

„Wie viele Schüsse habt ihr abgegeben?", fragte Hank.

„Zwei", antwortete ich. „Schnell hintereinander. Und dann haben die Vorposten freundlicherweise mitgemacht."

Buddy gab ein kurzes, hartes Bellen von sich, das vielleicht, vielleicht aber auch nicht, als Lachen gemeint war.

„Heiliger Bimbam!", rief er aus. „Und dieser lügende Mistkerl Schneider hat geschworen, er hätte sieben von euch selbst erschossen – und der Rest von euch hätte ihre Leichen weggetragen, während er sich in guter Ordnung zurückzog! Der denkt wohl, er bekommt jetzt die *Médaille militaire* oder so ..."

„Ja", bestätigte Hank, „und Ole Man Dupanloup schätzt, dass es zwischen hundert und hundertfünfzig waren, die die Parade stürmen wollten, als er sie aufgehalten hat. Er hat aufgehört zu zählen, wie viele er getötet hat – nach etwa zwanzig ... Mann! An den nördlichen Außenposten gab es *eine* blutige Schlacht, Junge ..."

„ *Und* ein paar verdammte Lügner", bemerkte Buddy, der eine Zeit in London verbracht hatte.

Ich hatte Schwierigkeiten, den armen Digby zu wecken, aber als er merkte, dass Hank und Buddy tatsächlich da waren, war er schnell hellwach und bei der Sache.

„Sagt mal, Jungs", fuhr er fort, nachdem er sie begrüßt und ihre Geschichte von der Schlacht von Vedettes gehört hatte, „ich weiß, ich verlange viel. Aber *könnt* ihr euch vorstellen, wie Dupanloup von etwa 150 von uns angegriffen zu werden und eure Kamele zu verlieren? Sie würden unter euch oder über euch erschossen werden, während ihr verzweifelt kämpft – einer gegen 75, nicht wahr? Ihr würdet in Ehren gehen, und wir hätten eine Chance, unser Leben zu retten. Wir behaupten nicht, dass sie sehr wertvoll sind, aber wir müssen etwas für unseren Bruder tun. ... Und ich habe Mutter versprochen, das Baby nach Hause zu bringen", fügte er hinzu und deutete auf mich.

„Vergiss es, Junge", antwortete Hank Digby, aber er sah Buddy an.

„Könnt ihr sie uns nicht geben?“, fragte ich. „Wenn wir noch ein oder zwei Meilen weitergehen, könnten wir mit unseren vier Gewehren einen furchtbaren Krawall veranstalten, und ihr könntet zurückgehen und eine Medaille abholen, wenn der alte Dupanloup seine bekommt. ... Schlender nach Hause und spiel den Nachhut, und wir werden die Landschaft in deiner Richtung mit Kugeln durchsieben, bevor wir davonreiten. ... Die Senegalesen sind sicher genug. Es gibt keine Araber und keinen Hinterhalt ... Und ohne Kamele haben wir nicht den Hauch einer Chance.“

„ *Wir* wollen sie, Bo“, antwortete Hank mit ruhiger Endgültigkeit.

„Klar“, stimmte Buddy zu und sah ihn an.

Ich war überrascht und enttäuscht. Noch mehr enttäuscht war ich über die Haltung meiner Freunde als über den Verlust der Kamele.

„Na gut, dann ist es okay! Wir werden euch nicht dafür *bekämpfen* “, sagte Digby, „aber ich wünschte, es wäre jemand anderes gewesen.“

„Ich verstehe dich nicht. Wieder Schnee, Bo“, sagte Buddy, der gekränkt schien.

„Warum jemand anderes? Bewunderst du unsere niederträchtigen und vulgären Methoden nicht, Kumpel?“, fragte Hank. „Magst du uns nicht?“

„Doch, aber um ehrlich zu sein, im Moment mag ich eure Kamele lieber“, antwortete Digby.

„Na dann – du hast doch alles, oder?“, fragte Hank. „Was ist jetzt los mit dir, Bo?“

„Meinst du, *du kommst mit uns*?“, fragte ich, als mir plötzlich ein Licht aufging, ein Licht, das meine Augen so blendete, dass ich Angst hatte, hinzuschauen.

„Das hast du gut gesagt, Bo“, antwortete Hank. „Was hast du denn gedacht? Dass wir euch zwei unschuldige Kinder allein in dieser sündigen Welt zurücklassen würden? ...“

„Nachdem du ihren Big Noise umgebracht und ihr hübsches kleines Blockhaus zerstört hast?“, warf Buddy ein. „Das wäre nicht richtig, Junge. *Natürlich* kommen wir mit.“

Ich musste wirklich schwer schlucken, als ich ihre rauen Hände ergriff.

„Aber hört mal, Jungs“, protestierte Digby, nachdem er meinem Beispiel gefolgt war und versucht hatte, sich ohne Worte zu bedanken, „das ist doch nicht nötig. Gebt uns eure Kamele und alles, was ihr entbehren könnt, und kehrt in bescheidener Würde zurück. Wir haben nichts gegen *euch*. Wenn ihr dabei erwischt werdet, wie ihr mit uns flieht und uns helft, werdet ihr mit uns erschossen. Vor dem Kriegsgericht wird es als “Fahnenflucht vor dem Feind bei einem Aufklärungsauftrag„ gewertet werden.“

“Geht zurück”, sagte Buddy. ”Schaut her. Das ist es, was Hank sagen will. ... Sind irgendwelche Indianer in der Nähe? Nein. Sind die Nigger aus Tokotu in Gefahr? Nein. Wurdet ihr in dieser Madam Lar Republic-Haus-Aktion fair behandelt? Nein. Habt ihr und euer Bruder in dieser Meuterei eure Pflicht erfüllt? Ja. Habt ihr nicht die ganze Zeit gekämpft und alles gegeben, bis alle anderen aufgegeben hatten? Ja. Und dann hat dieser Lejaune angefangen, auf euch zu schießen? Klar. Und was passiert jetzt mit euch, wenn sie euch kriegen? Sie schießen noch mehr auf euch. Klar. Das ist keine faire Sache ...

„Nun, wir denken, dass diese Nigger aus Tokotu nicht auf dem Weg zum Schlachthof sind. Nein. Sie marschieren gerade nach Zinderneuf – wie John Browns Leiche – oder war es seine Seele? – sicher genug. ... Wir geben zu, dass ihr auf einem einsamen Pfad keine Chance habt. Nicht die geringste Chance. Ihr seid zwei schicke Typen und kluge Jungs, aber ihr seid keine Straßenjungs. Ihr könnt Chaparral nicht von einem Arroyo unterscheiden und Alkali-Beifuß nicht von Frijoles. Ihr könnt Mesquite nicht von einem Pinto-Pferd unterscheiden. Deshalb sagt Hank, wir müssen mitkommen ...“

„Klar“, stimmte Hank zu, „und wir sollten uns auch beeilen, sonst treten uns diese Nigger noch. Die werden mit leeren Mägen spazieren gehen – unseren ...“

Eine Minute später trugen jeweils zwei Reiter die Kamele, und wir trotteten mit einer Geschwindigkeit von acht Meilen pro Stunde davon.

„Irgendeine bestimmte Richtung?“, fragte Hank, hinter dem ich ritt. „London? New York? Marokko? Ägypten? Kapstadt? Mir ist alles recht.“

Buddy fuhr mit seinem Kamel neben uns her.

„Was meinst du, Dig?“, fragte ich meinen Bruder. „Wir müssen raus aus französischem Gebiet ... Marokko liegt im Nordwesten, Nigeria im Südosten ...“

„Und wo gibt's Wasser?“, fragte Digby. „Ich würde sagen, die nächste Oase wäre ein gutes Ziel.“

„Wenn wir verfolgt werden, werden sie sicher Richtung Marokko fahren“, gab ich zu bedenken. „Ich bin für die entgegengesetzte Richtung und wir sollten unseren Mitmenschen im Auge behalten, wenn wir ihn sehen können. Wo Araber sind, gibt es bestimmt auch Wasser.“

„Klar“, sagte Hank. „Wir werden den armen Indianer verfolgen. Was für ihn gut genug ist, ist für uns schlecht genug. Sag, wo du hinwillst, und ich verspreche dir, *dass wir dich dort sehen werden – aber* das kann ein paar Jahre dauern. Als Erstes müssen wir Indianer werden, verstehst du? ... Wir besorgen uns Indianerkleidung und leben wie sie. Wir sind gut bewaffnet und haben unsere Gesundheit und Kraft und unseren Pferdesinn. In der Wüste macht man, was die Wüstensiedler machen. Ja. Wir müssen Indianer werden.“

Daraus schloss ich, dass Hank der Weise fest davon überzeugt war, dass wir uns schnell in Araber verwandeln und die arabische Lebensweise in wasserlosen Gegenden übernehmen sollten.

„Indianer leben davon, dass andere Leute *Saft* ablassen und sie dann einsammeln“, warf Buddy ein.

„Wir müssen einsammeln“, sagte Hank.

„Von den Sammlern“, fügte Buddy hinzu.

Daraus schloss ich, dass unsere Freunde nicht nur vorschlugen, dass wir Araber werden sollten, sondern Super-Araber, und dass wir die Tuareg ausbeuten sollten, so wie die Tuareg die gewöhnlichen Wüstenbewohner ausbeuten. Es schien ein guter Plan, wenn auch etwas schwierig umzusetzen. Ich hatte jedoch unendliches Vertrauen in den Einfallsreichtum, die Erfahrung, die Standhaftigkeit und den Mut der beiden Amerikaner und hielt mir vor Augen, dass, wenn jemand aus dieser misslichen Lage entkommen konnte, dann diese Männer, die mit den fast ebenso schrecklichen amerikanischen Wüsten vertraut waren.

„Ich bin dafür, dass wir nach Südwesten gehen“, sagte Digby. „Früher oder später werden wir auf britisches Gebiet stoßen, und dann sind wir absolut sicher und können leicht auf dem Seeweg entkommen. Wenn wir stetig nach Südwesten gehen, werden wir zwangsläufig in Nigeria landen. Wenn wir irgendwo östlich von Timbuktu auf den Niger stoßen könnten, würde er uns direkt dorthin führen.“

„Im Niger gibt es sicher reichlich Trinkwasser“, meinte Buddy. „Aber es scheint keine Wegweiser dorthin zu geben. Diese Sahara ist wirklich ein rückständiger Teil der Welt ...“

„Jedenfalls liegt er jetzt südwestlich von uns, genau wie Nigeria“, beharrte Digby.

„Steuerbord, du Idiot“, sagte Hank. „Nigeria liegt backbord, etwa tausend Meilen entfernt.“

Und in dieser Nacht legten wir ohne Pause etwa fünfzig oder sechzig Meilen zurück, um einen guten Start hinzulegen – ein Gewaltmarsch, solange die Kamele noch frisch und stark waren.

Während wir stetig vorankamen, machten wir eine Bestandsaufnahme unserer Vorräte.

Mit meinen Wasserflaschen und den vorgeschriebenen Wasserflaschen hatten wir genug für zwei oder drei Tage, wenn wir sparsam waren.

Ähnlich sah es mit dem Essen aus. Ich hatte einen Tornister voller Brot, und die anderen drei hatten jeweils eine Notration sowie Armeekekse.

Munition hatten wir reichlich, und wir hofften, Dorcas-Gazellen, Trappen und Hasen zu schießen, wenn schon sonst nichts.

Wäre Michael bei uns gewesen, wäre ich glücklich gewesen. So aber halfen mir die Aufregung, die geistige und körperliche Aktivität, die Hoffnungen und Ängste, die mit unserer prekären Lage einhergingen, sowie die Gesellschaft meines Bruders und dieser beiden netten Amerikaner, meine Niederlage gegen die Giganten des Elends, des Schmerzes und der Trauer hinauszuschieben, die sicherlich nur auf den richtigen Moment warteten, um zuzuschlagen, wenn ich meine Abwehrkräfte nicht mehr aufrechterhalten konnte.

Digby war, glaube ich, in einer ähnlichen mentalen Verfassung wie ich, und ich fragte mich, ob auch ich in einer Nacht um zehn Jahre gealtert war.

Während wir stetig vorwärts trotteten, ließ mich die Monotonie der Bewegung, der Landschaft und der Geräusche einschlafen, und hin und wieder rettete ich mich nur durch ein wildes Festhalten an Hank, hinter dem ich saß, vor dem Stürzen.

Niemand sprach, und wahrscheinlich schliefen wir alle in kurzen Abschnitten – obwohl diese für diejenigen, die die Kamele trieben, sehr kurz gewesen sein müssen.

Ich wurde hellwach, als die Sonne über dem fernen Rand der Wüste zu unserer Linken auftauchte.

Ich sehnte mich nach einem heißen Bad und noch heißerem Kaffee, denn jeder Nerv und jeder Muskel schmerzte.

„ *'Sie werden schnelle Pferde haben, die ihnen folgen'*, sagte der junge Lochinvar", sagte Digby.

„Die haben sie", antwortete Buddy und schaute zurück, als wir eine Felsenkette überquerten.

Wir fuhren weiter nach Südwesten, durch die vergleichsweise kühle Morgenluft, bis Hank meinte, wir sollten lieber schneller fahren, anstatt die Kamele weiter ohne Pause laufen zu lassen.

„Ich gebe nicht vor, viel über diese verdammten *Shammos* zu wissen, wie sie sie nennen", bemerkte Hank, „aber ich denke, man kann nicht viel falsch machen, wenn man sie wie Pferde behandelt."

„Stimmt", stimmte Buddy zu, „außer dass sie ihre Leidenschaften besser unter Kontrolle haben ... Was das Fressen und Trinken angeht, jedenfalls ... Sie können von nichts leben. Und da wir ihnen genau das gegeben haben, sollten sie gedeihen."

„Wir müssen *etwas* für sie finden", sagte Digby, „und wenn es nur Zeitungspapier oder das Strohdach einer Negerhütte ist."

„Ich hab gehört, dass sie in billigen Shows und Menagerien die Hüte der Leute essen", sagte Hank. „Meine Tante Mandy war an ihrem goldenen Hochzeitstag in Ole Man Barnums Show, und ein Kamel hat ihren Hut und alle Haare auf ihrem Rücken abgefressen, und sie hat es nicht gemerkt, bis sie einen Luftzug gespürt hat. Ja. Die können unsere *Kappen* haben, wenn sie warten, bis wir ein paar Indianerhüte und -hosen und so besorgt haben."

Ich wusste, dass Kamele wenig Appetit und seltsame, begrenzte Geschmäcker hatten, die sich auf eine kleine Auswahl von Kleie bis zu Zweigen von toten Dornenbüschen beschränkten, aber ich stimmte Digby zu, dass wir ihnen etwas geben mussten, und zwar etwas anderes als unsere Mützen. Unser Leben hing von diesen beiden hässlichen, unfreundlichen Tieren ab, denn ohne sie würden wir entweder schnell wieder gefangen genommen werden oder lange bevor wir eine Oase erreichen könnten, verdursten und verhungern.

Im schnell schmaler werdenden Schatten eines providentiellen großen Felsens in dieser durstigen Gegend lagen wir auf dem Rücken ausgestreckt, nachdem wir eine asketische Mahlzeit aus Brot und Wasser zu uns genommen hatten.

„Wie sieht das Sportprogramm aus, Hank?", fragte ich, als wir uns zum Schlafen niederlegten.

„Ein weiterer Gewaltmarsch, um aus diesem ungesunden Ort Zinderneuf herauszukommen", antwortete er. „Dann müssen wir nach Indianern oder einer Oase Ausschau halten. Verteilt euch in einer vier Meilen langen Linie und späht über jeden Felsen und Hügel ... Wir werden das schon hinkriegen ..." Und dann schlief er ein.

Ich persönlich schlief bis zum Abend, ohne mich zu rühren, und wurde erst durch das murmelnde, gurgelnde Brüllen des Kamels geweckt, das Hank gerade sattelte, wobei er einen Fuß gegen seine Seite drückte und sein ganzes Gewicht und seine ganze Kraft auf das Sattelgurtband legte.

Nachdem er die Kameldecke auf das andere Tier gelegt, den hölzernen Sattel darauf gehoben, es angeschnallt, die Nasenzügel über den Kopf des Tieres geführt und sie um den Sattelknauf geschlungen hatte, brüllte er „Alle an Bord!" und stellte sich mit dem Fuß auf das vordere Knie des knienden Kamels, während ich mich auf den hinteren Teil des Sattels schwang. Dann sprang er auf den vorderen Sitz, und das Kamel stand mit einem wütenden, hungrigen Brüllen schwerfällig auf.

Buddy und Digby bestiegen das andere Tier, und schon waren wir wieder unterwegs, ohne anzuhalten, bis wir schätzten, dass mindestens hundert Meilen zwischen uns und Zinderneuf lagen.

Das war natürlich zu schön, um lange anzuhalten – oder zu schlecht, aus der Sicht der Kamele. Am Ende dieser zweiten Etappe brauchten sie Futter und einen Tag Ruhe, wenn nicht sogar Wasser.

Gegen Morgen schlief ich wieder unruhig, besonders nachdem Hank darauf bestanden hatte, dass ich ihn umarmte und mich an ihn lehnte.

Ich wurde aus einem halb schläfrigen Koma durch einen Ausruf von Buddy geweckt und stellte fest, dass es wieder Tag war, die Kamele standen still und ihre Reiter starrten auf das, was Buddy mit ausgestrecktem Arm zeigte.

Über die ebene, unbewegte Sandfläche, die wir überquerten, verlief eine breite, frische Spur von Kamelspuren.

Diese Spur kreuzte unsere, wenn auch nicht im rechten Winkel. Wenn wir nach Südwesten unterwegs waren, mussten die Reiter nach Süden oder Norden unterwegs sein.

Hank und Buddy brachten die Kamele mit dem sanften, eindringlichen „ *Oosha, baba, oosha; adar-ya-yan!*“ zum Stehen, was so ziemlich der einzige Befehl ist, den ein Kamel ohne Widerrede oder Protest befolgt.

Sie folgten den Fußspuren und untersuchten sie sorgfältig. Sie kamen zu dem Schluss, dass es etwa zwanzig Kamele waren, dass sie in Richtung Süden unterwegs waren und dass sie erst vor kurzem vorbeigekommen waren.

„Das haben wir gesucht!“, sagte Hank mit grimmiger Genugtuung, als er sich wieder in den Sattel schwang. „Je näher wir an die Indianer herankommen, desto schneller – aber wir wollen ihnen nicht in die Quere kommen. Haltet die Augen offen, Jungs.“ Und nachdem die anderen wieder aufgestiegen waren, ritten wir weiter.

Ich schätze, wir folgten dieser Spur drei oder vier Stunden lang, ohne etwas anderes zu sehen als die endlose Wüste aus Sand und Felsen.

Ich hatte mich schon gefragt, wie lange wir noch weiterreiten mussten, ohne die Kamele auszuruhen, als ein zufriedenes Grunzen von Hank mein schwindendes Interesse am Leben wieder weckte. Er hielt das Kamel an und zeigte auf etwas, als Buddy neben uns hielt.

Wir waren an das Ufer eines sehr breiten und ziemlich flachen ausgetrockneten Flussbettes gekommen, dessen abfallende Seiten zu Kies und Steinen führten, die einst dem Wasser ausgesetzt gewesen sein mussten. Der Ort sah aus, als wäre hier vor zehntausend Jahren ein Fluss geflossen.

Aber Hank zeigte auf die Stelle, zu der die Fußspuren führten.

Unter einem riesigen, hohen Felsen, der aus der Mitte des Flussbettes ragte, lag ein dunkler, einladender Schatten, um den herum trocken aussehende Büschel grobes Gras, verkümmerte Zwergakazien und niedrige Dornenbüsche wuchsen.

Die Kamele wollten unbedingt zu dieser Stelle.

„Wasser“, sagte Hank. „Wir müssen vielleicht graben.“

Aber graben mussten wir nicht. Unter und um den Felsen herum war eine Wasserstelle, die vermutlich aus einer unterirdischen Quelle gespeist wurde. Es war keineswegs das glitzernde Wasser einer englischen Quelle, das zwischen grünen Hügeln hervorsprudelte. Das Grün war eher im Wasser, aber wir waren nicht wählerisch, und die Kamele schon gar nicht. Im Gegenteil, wir waren begeistert und zutiefst dankbar.

Hier gab es Schatten, Wasser und Futter für die Kamele, was uns neue Lebenskraft und Mut für unseren Weg gab. Es war offensichtlich, dass hier kürzlich eine Reisegruppe Halt gemacht hatte.

„Gute alte Tuaregs“, sagte Digby, als wir im herrlichen Schatten abstiegen. „Hilfsbereite Burschen. Wir folgen ihnen, solange sie in Richtung unserer Heimat reiten.“

„Wir müssen mehr tun, als ihnen zu folgen", sagte Hank. „Wir müssen sie *einholen*. Sie müssen uns ein paar ordentliche Wüstenanzüge für Herren leihen. Und uns auch etwas zu essen geben."

„Klar", stimmte Buddy zu. „Wir sind zwar keine Pferdediebe, aber ich finde, sie müssen uns auch ein paar gute Kamele leihen."

Von Anfang an waren die Amerikaner darauf bedacht, sich arabische Kleidung zu besorgen, sowohl wegen einer möglichen Verfolgung aus Zinderneuf als auch weil sie weniger auffällig war und weniger wahrscheinlich, dass jede vorbeiziehende arabische Bande uns angreifen würde, sobald sie uns erblickte und als verhasste *Roumis* erkannte.

Sie waren doppelt darauf bedacht, sich die Verkleidung zu beschaffen, als sie erfuhren, dass es im Süden, in Richtung Nigeria, zahlreiche Forts und Außenposten des französischen Niger-Territoriums gab, die von Senegalesen besetzt waren, und dass zwischen diesen Postzustellungen zahlreiche Patrouillen die Karawanenrouten sorgfältig überwachten und die arabischen Städte und Siedlungen besuchten, die es dort gab.

Es wäre sicherlich besser, einer Patrouille als Araber zu begegnen als als desertierte Soldaten der Fremdenlegion.

Daher beschloss Hank, dass wir weiterziehen mussten und nur so lange hier bleiben sollten, bis die Kamele satt gegessen und getrunken hatten. Er war der Meinung, dass die Gruppe, der wir folgten, ein Ableger der großen Bande war, die Zinderneuf angegriffen hatte und auf dem Weg war, ein Dorf „einzunehmen", das sie regelmäßig besuchten.

Dort würden sie sich die Dattel- oder Getreideernte aneignen, alle Kamele, die ihnen wertvoll erschienen, die Söhne und Töchter, die sie als Sklaven für geeignet hielten, sowie alle Ziegen, Kleidung, Geld und nützliche Kleinigkeiten, die ihnen gefielen.

Diese Tuareg-Banden machen jedes Jahr eine Tour und besuchen die Dörfer eines riesigen Gebiets, wie willkürliche und wahllose Steuereintreiber. Als Steuer verlangen sie alles, was die Dorfbewohner besitzen und mitnehmen können, einschließlich ihrer jungen Männer und Frauen.

Wenn die Dorfbewohner vernünftig sind und alles bereitwillig abgeben, muss es nicht zu Blutvergießen kommen – oder nur zu sehr geringem, eher im Rahmen von Spaß und sportlicher Belustigung.

Die Tuareg wollen das Dorf nicht zerstören und die Bewohner nicht abschlachten, weil sie es vorziehen, hier im nächsten Jahr wieder eine friedliche und wohlhabende Gemeinde vorzufinden.

Sie wollen lediglich alles ausräumen und die Dorfbewohner in Ruhe lassen, damit sie wieder etwas ansammeln können. Wenn die Dorfbewohner jedoch hochmütig und streitsüchtig sind und ihren Besuchern Ärger bereiten, müssen sie mit den Konsequenzen rechnen – mit Feuer, Schwert und Folter.

Oder, wenn die Bande nicht auf ihrem üblichen Weg ist und wahrscheinlich nicht wieder vorbeikommt, verbindet sie das Vergnügen mit dem Geschäft und lässt nichts Lebendiges zurück, keine überdachte Behausung in dem, was einmal ein Dorf war – kaum einen Stein auf dem anderen von dem, was einmal eine kleine Stadt war.

Nach etwa drei Stunden Pause machten wir uns wieder auf den Weg und ritten den Rest des Tages und die ganze Nacht hindurch. Die Tatsache, dass wir unsere Beute nicht fanden, schien die Theorie zu bestätigen, dass es sich um einen Kriegszug handelte. Friedliche Karawanen und Reisende würden niemals in einem solchen Tempo reisen, und wir hätten eine solche Gruppe leicht einholen können. . . .

Auf dieser Seite des Flusses, oder besser gesagt des Flussbettes, begann sich die Landschaft zu verändern. Die Erde wurde grauer, Kakteen und Akazien tauchten auf, und es gab zahlreiche große *Felsenkopjes*. Die Landschaft verwandelte sich von einer völlig leblosen Sandwüste in eine Felswüste mit spärlicher Vegetation.

Plötzlich hörten wir vor uns in der Ferne Gewehrschüsse – ein paar vereinzelte Schüsse. Gleichzeitig brachten Hank und Buddy die Kamele zwischen den Felsen zum Stehen, und wir stiegen ab und nahmen dabei unsere Gewehre vom Schulterriemen.

„Die *Shammos* dürfen nicht erschossen werden", sagte Hank zu mir. „Du hältst sie fest, Bo, während wir uns umsehen", und sie schlichen vorwärts.

Da nichts mehr zu hören und nichts zu sehen war, kehrten sie zurück, und wir ritten wieder weiter.

Als wir ein oder zwei Meilen weiter um einen großen Felsen bogen, der an einen Fels in Dartmoor erinnerte, bot sich uns ein schrecklicher Anblick.

Eine Frau war an einen Akazienbaum gefesselt und grausam verstümmelt worden. Ich brauche nichts weiter über diesen Anblick und seine Wirkung auf uns zu sagen, obwohl ich viel dazu sagen könnte, könnte, könnten.

Es war offensichtlich, dass sie eine Ziegenherde gehütet hatte. . . .

„Ein Dorf ist in der Nähe", sagte Hank, und er und Buddy drehten die Kamele wieder gleichzeitig um, und wir zogen uns hinter den Felsen zurück und stiegen ab.

„Wir treiben die Pferde hier zusammen und sehen uns um", sagte Hank. „Es ist ein Vermögen wert, diese verdammten Kojoten zu sehen, bevor sie uns entdecken."

Diesmal banden wir die Kamele mit ihren *Agals* fest und ließen sie zurück. Wir rückten *in einer Schusslinie* vor, als wollten wir einen arabischen *Douar* angreifen, eine Manöver, mit dem wir durch unsere Ausbildung nur allzu vertraut waren.

Allmählich näherten wir uns einem scheinbar völlig verlassenen Dorf an einer Oase am Rande einer tiefen Schlucht. Ich würde vermuten, dass an dieser Stelle schon seit Tausenden von Jahren ein Dorf gestanden hatte, auch wenn die heutigen Gebäude nur armselige Lehmhütten waren, die die Fundamente alter, sehr stabiler Steinhäuser krönten. Es sah aus, als hätte ein Zigeunerstamm, der sich dauerhaft auf dem Gelände eines alten britischen Hüttenkreises in Dartmoor niedergelassen hatte, die prähistorischen Steine für den Bau seiner einfachen Behausungen verwendet.

Mit der gebotenen Vorsicht näherten wir uns diesem Dorf, das offensichtlich erst kürzlich verlassen worden war.

In einer der Hütten lag auf einem groben *Angareb* ein verwundeter Mann. Als wir eintraten, zog er einen gekrümmten Dolch aus seinem Gürtel und stach schwach auf uns ein.

„Wir sind Freunde", sagte ich auf Arabisch. „Sag uns, was passiert ist. Wir wollen dir helfen …"

Digby gab ebenfalls sein Arabisch zum Besten, und der Mann war überzeugt.

Er schien alles zu verstehen, was wir sagten, und ich verstand ihn ungefähr so gut, wie ein englischsprachiger Franzose einen Bauern aus Devonshire verstehen würde.

Ich schloss daraus, dass sich die übliche Dorf-Tragödie wie folgt zugetragen hatte:

Eine Frau, die Ziegen hütete, hatte eine Gruppe Tuaregs näher kommen sehen (dieser Mann nannte sie „die Verschleierten, die von Gott Vergessenen") und war dummerweise oder mutig auf einen Felsen geklettert und hatte die Nachricht einem Jugendlichen zugerufen, der näher beim Dorf arbeitete. Beide waren dann losgerannt, aber die Tuaregs hatten die Frau eingeholt. Der junge Mann hatte das Dorf alarmiert, und die Männer waren mit ihren Gewehren zu einigen Felsen in der Nähe geeilt, bereit, auf die Tuareg zu schießen, und in der Hoffnung, den Eindruck einer großen und gut bewaffneten Truppe zu erwecken, die bereit war, ihnen einen herzlichen Empfang zu bereiten. Die Frauen und Kinder waren in die große Schlucht hinter dem Dorf geflüchtet, durch die sie zu ihrem üblichen Versteck gelangen würden.

Ein paar Jungs wurden losgeschickt, um die Männer zu warnen, die die Kamele zum Grasen gebracht hatten.

Der Sprecher war einer dieser Männer gewesen, und während er und ein oder zwei andere die Kamele zusammentrieben und zur Schlucht trieben, war ein Tuareg-Späher auf sie gestoßen und hatte ihn erschossen. Der Rest der Tuaregs war direkt zu der Stelle gekommen, hatte sie umzingelt, eine Salve abgefeuert und sich dann auf die Kamele gestürzt.

Er selbst war zum Sterben zurückgelassen worden. Als er wieder zu sich kam, war er allein mit den Leichen der anderen Kamelhirten und kroch langsam zu seiner Hütte, um zu sterben.

Die Tuareg hatten ihr Lager aufgeschlagen und genossen in aller Ruhe ihre wohlverdiente Rast. Anscheinend beobachteten die Männer des Dorfes das Geschehen weiterhin von ihrem Platz zwischen den Felsen aus, während sich die Frauen und Kinder in der Schlucht versteckt hielten und die Kamele gefangen genommen worden waren.

Ich schloss daraus, dass es weniger schlimm gewesen wäre, wenn die Kamele sich in der Schlucht versteckt hätten und die Frauen und Kinder gefangen genommen worden wären.

Wir erklärten Hank und Buddy die Situation.

„Sport ohne Gefahr und Geschäft mit Vergnügen", war ihre Meinung, aber wir mussten den Tuaregs den Schock ihres Lebens bereiten.

Wir hielten eine Kriegsratssitzung ab und beschlossen, dass der Verwundete Kontakt zu den Dorfbewohnern aufnehmen und ihnen sagen sollte, dass wir ihre Freunde seien. Außerdem seien wir Todfeinde der Tuareg und würden die Kamele zurückholen und ihnen auch die der Tuareg geben – wenn sie sich wie Männer verhielten und taten, was wir ihnen sagten.

Nachdem er seine Geschichte erzählt hatte und begriffen hatte, dass wir ihm wirklich helfen wollten, schien der Verwundete dem Tod näher zu sein, als er gedacht hatte. Er war durch die Brust geschossen worden, aber ich glaubte nicht, dass seine Lunge verletzt war, da er keine Blutung aus dem Mund hatte.

Nachdem er etwas Wasser getrunken und eine Tablette genommen hatte, die Digby ihm mit der Versicherung gab, dass sie *Wunder* wirken würde (obwohl ich bezweifelte, dass sie in dieser Situation Wunder wirken konnten), stieg er vom *Angareb* und taumelte zur Tür der Hütte. Von dort spähte er eine Weile unter seiner Hand hervor, taumelte dann hinaus und gab einige Zeichen.

Sehr mutig blieb er dabei, bis ihn eine uns unsichtbare Bewegung zwischen den Felsen zufriedenstellte, und er kehrte zur Hütte zurück.

Kurz darauf holte ihn ein Ruf wieder zur Tür, und diesmal ging er ziemlich sicher davon und verschwand in der Schlucht.

Er kam mit einem großen, schmutzigen Araber mit schielenden Augen zurück, der, wie er sagte, der Häuptling des Dorfes Azzigig (oder so ähnlich) war.

Der Dorfvorsteher war in einem Zustand, als sähe er Menschen als wandelnde Bäume, als er sich in der Gegenwart von vier bewaffneten und uniformierten *Roumis* wiederfand, von denen zwei Arabisch mit ihm sprachen und alle von ihm verlangten, für Azzigig, die Heimat und die Schönheit zu kämpfen.

Er selbst wollte Allah danken, dass es nicht schlimmer gekommen war, und sich ruhig verhalten, bis die Tuareg weiterzogen, und dabei beten, dass sie das in Frieden tun würden, ohne die Dorfbewohner zu jagen, die Häuser anzuzünden, die Ziegen zu schlachten und vorher noch eine kleine Folterparty abzuhalten.

Als ich ihn fragte, ob er keinen besonderen Groll wegen der verstümmelten Frau und der getöteten Kamelwächter empfinde, ganz zu schweigen vom Verlust des gesamten Kamelbestands, antwortete er, dass dies zweifellos der Wille Allahs sei, und wer könne das bestreiten?

Als ich darauf hinwies, dass es offensichtlich Allahs Wille gewesen sei, dass wir gerade noch rechtzeitig angekommen seien und dass die Tuareg ihr Lager aufgeschlagen hätten, um sich auszuruhen, anstatt weiterzureiten, sagte er, er würde mit seinen Brüdern sprechen.

Das tat er auch und kam mit einer Abordnung sehr schmutziger, misstrauischer, bösartig aussehender Araber zurück, die offensichtlich nicht glaubten, was er ihnen gesagt hatte, und sich selbst ein Bild machen wollten.

„Mensch!", sagte Buddy. „Was für ein hässlicher Haufen von niederträchtigen Landstreichern."

„*Ein paar* harte Kerle", stimmte Hank zu.

Ich hielt den Typen eine Rede, bot ihnen die Möglichkeit, ihre Kamele zurückzubekommen und den Tuaregs eine Lektion zu erteilen. Ich suchte nach dem arabischen Ausdruck für „einen

Tartaren fangen", während ich versuchte, diesen Fatalisten klarzumachen, dass sie genauso viel „Recht auf Leben, Freiheit und das Streben nach Glück" hatten wie die Tuaregs und dass diese kein gottgegebenes Recht hatten, zu foltern, zu morden und zu rauben. Was den „Willen Allahs" anging, sollten sie uns folgen und ein wenig Mut zeigen, dann würden sie bald sehen, was in dieser Angelegenheit der Wille Allahs war.

Digby unterstützte mich und sagte: „Wir werden sie auf jeden Fall angreifen, ob ihr mitmacht oder nicht. Diejenigen, die uns helfen, werden die Beute teilen."

Da die Beute ausgezeichnete Gewehre und unvergleichliche Kamele umfassen würde, gab dies den armen Kerlen etwas zu denken. Am Ende einigten sie sich darauf, dass sie ihr Bestes geben würden, wenn wir wirklich für sie und mit ihnen kämpfen und ihnen die gesamte Beute außer ein paar Kamelen geben würden, wie wir versprochen hatten.

Wir begannen mit der Erkundung des Tuareg-Lagers.

Da sie sich ihrer Sicherheit absolut sicher waren, hatten die Räuber lediglich Feuer gemacht und sich zur Ruhe gelegt, wobei einer von ihnen ihre eigenen Kamele bewachte und zwei die gestohlenen Kamele der Dorfbewohner.

Vermutlich waren diese Wachen eher Hirten als Wachposten, da die Tuareg nichts zu befürchten hatten. Dorfbewohner greifen siegreiche Hoggar-Räuber nicht an. Das tut man einfach nicht. Es galt lediglich, die Kamele am Weglaufen zu hindern und sich auszuruhen, bevor es weiterging auf die Steuerjagd – mit oder ohne ein wenig Spaß im Dorf vor dem Aufbruch. . . .

Unser Plan war einfach, denn unsere Aufgabe war leicht.

Ein halbes Dutzend ausgewählter Helden aus Azzigig sollte sich um die schläfrigen, faulen Kamelwächter kümmern – wenn möglich lautlos. Alle Gewehre, über die Azzigig verfügte, sollten dann aus nächster Nähe auf das Lager der Tuareg abgefeuert werden.

Wenn die Tuaregs in die Schlucht fliehen würden, was sie mit Sicherheit tun würden, um sich vor den Schüssen zu schützen und ihre Verteidigung zu organisieren, würden sie den Weg versperrt finden von der gesamten französischen Armee in Uniform, begleitet von einem Hornisten, der Tausende weitere Soldaten herbeirufen würde! . . .

Ich muss sagen, dass sich die Dorfbewohner sehr gut benommen haben. Sie waren natürlich geborene Wüstenkämpfer, und wir hatten ihnen Mut zugesprochen.

Nach einer gewaltigen Salve aus etwa vierzig Metern Entfernung stürmten sie wie Besessene vor, und als wir vier hinter den Felsen hervorkamen und die Tuaregs vor Schreck zurückwichen, umzingelten sie sie wie ein Rudel Wölfe.

In einer kurzen, wahnsinnigen, glücklichen Minute des Hackens, Stechens und Schießens ließen sie einen Großteil des persönlichen und angestammten Grolls aus Jahrhunderten an ihnen aus. Da sie den Tuaregs zahlenmäßig fünf- bis sechsfach überlegen waren, diese völlig im Nachteil waren und wussten, dass wir hinter ihnen standen, machten sie kurzen Prozess und erledigten sie sauber.

Aus einer anderen Perspektive war es jedoch keine saubere Sache.

Auf jeden Fall verhinderten wir Folter, auch wenn wir keine Leben retten konnten. Ausnahmsweise einmal waren die Unterlegenen an der Reihe, und sie setzten ihre Zähne ein. . . .

Digby behauptete nicht ganz zu Unrecht, dass das Horn die Schlacht gewonnen habe.

Das Ergebnis der ganzen Angelegenheit war, dass wir Azzigig verließen, jeder auf einem prächtigen *Mehari-Kamel* und jeder in der kompletten Ausrüstung eines Tuareg-Räubers – frisch gewaschen für uns von den dankbaren Damen des Dorfes. Auch die Dorfjungen konnten gar nicht genug für uns tun. Was sie konnten und auch taten, war, uns einen Führer und ein Ersatzkamel mit Proviant und Wasser zur Verfügung zu stellen, um uns auf unserem Weg zum nächsten Dorf und zur nächsten Oase in Richtung unseres Ziels zu helfen.

Wir sahen aus wie eine verzweifelte Bande von Raufbolden, bis ins kleinste Detail in Kleidung, Waffen und Ausrüstung wie Tuaregs.

Der hagere, ledrige Hank und Buddy mit dem Falken Gesicht gaben großartige Araber ab und schienen es zu genießen, wie zwei Jungen „Indianer zu spielen".

Sie lernten schnell, wie man die *Serd-* und *Jubba-* Westen, den *Kaftan-Innenmantel*, den *Hezaam-Schärpe*, den *Jelabia-Overall*, die *Sirwal-* Hosen und die *Ma-Arak-* Schädelkappe mit der *Kafiya-* Kopfbedeckung, die mit *Agals*, Seilen aus Kamelhaar, zusammengebunden war, benutzte und anlegte.

Die blauen Schleier, die die Tuareg tragen, waren das größte Problem, aber mit der Zeit gewöhnten wir uns daran.

Ich weiß nicht, ob diese Schleier ein jahrhundertealtes Relikt aus der Zeit sind, als die Tuareg noch eine weiße Rasse waren und auf ihre Hautfarbe achteten, ob sie eine plötzliche Idee waren, um bei windigem Wetter den Sand aus den Lungen fernzuhalten, ob sie aus Gründen der Geheimhaltung und um ihren Feinden und Opfern Angst einzujagen erfunden wurden oder ob sie sich einfach als nützliche Wüstenkleidung für Menschen entwickelt haben, die ständig unterwegs sind und sich gegen schneidenden, sandgefüllten Wind und eine brennende Glut schützen müssen, die sowohl nach oben als auch nach unten schlägt. Jedenfalls ist es merkwürdig, dass nur die Tuareg sie entwickelt haben.

Auf unseren Kamelen trugen wir *Zemzimayas* voller Wasser und *Jaafas*, Ledersäcke, die unsere Gastgeber mit *Hubz*, einem einheimischen Brot, und *Asida*, einer schrecklichen Teigmasse mit Öl und Zwiebeln, gewürzt mit *Fil-Fil*, einer Art rotem Pfeffer, füllten.

Auf dem Ersatzkamel befanden sich riesige *Khoorgs*, Satteltaschen, gefüllt mit *Alafs*, Futter für die Kamele, sowie *Girbas* voller Wasser.

Wir legten unsere beiden Militärsättel ab und ersetzten sie durch arabische *Sergs*, sodass wir nun ganz „einheimisch“ waren und nichts Europäisches mehr bei uns hatten außer unseren Gewehren und Digbys Horn.

Und dabei begingen wir nicht einmal eine Anomalie. Ich hatte mit Interesse festgestellt, dass die Tuareg neben schweren Schwertern im Kreuzritterstil und Lanzen und Messern, die seit den Tagen Abrahams unverändert waren, prächtige Repetiergewehre der neuesten Bauart trugen.

Sowohl diese als auch ihre Munition waren italienischer Herstellung, und ich fragte mich, ob sie in Tripolis erbeutet oder von den Chambaa-Gewehrschmugglern aus Algerien eingeschmuggelt worden waren. Da zwei Männer türkische Gewehre und Patronen des Kalibers .450 hatten, hielt ich die erstere Quelle für wahrscheinlich. Das nützliche Horn war natürlich versteckt.

Bevor wir aufbrachen, versammelte sich das Dorf und versuchte offenbar, uns mit einem *Diffa*, einem Festmahl, zu zeigen, „was Todgers zu bieten hatte“. Wir wurden mit *Fatta*, einem Eintopf aus Karotten, Brot und Eiern, und einem recht anständigen *Couscous* mit Ziegenfleisch bewirtet.

Zum Trinken holte der Dorfvorsteher aus dem „Keller“ (unter seinem Bett) eine Magnumflasche (aus Leder) mit *Laghbi*, einem seltenen alten Palmweinsaft, der eine ganze Woche lang in der Flasche gereift war.

Ich stellte fest, dass meine Bezeichnungen für solche Dinge nicht immer mit denen übereinstimmten, die ich in Algerien gelernt hatte, aber egal wie man sie nannte, sie rochen genauso bemerkenswert.

Ich fragte Hank, was er von dem „Schnaps“ hielt.

„Heftig, was?“, antwortete er und überließ es mir, meine eigene Bewertung des Wortes vorzunehmen.

„Wir könnten hierbleiben und die großen Tiere des Stammes spielen“, meinte Buddy und versuchte, sich elegant mit den Fingern zu bedienen – keine leichte Aufgabe, wenn ein Löffel das übliche Besteck ist.

„Ja. Shaker und Emus“, stimmte Hank zu, vielleicht mit vagen Erinnerungen an Scheichs und Emire.

„Und ein Harem“, fügte Buddy hinzu.

„Warum kommen die Mädels nicht auch zur Hash-Party?“, fragte er und schaute zu den Frauen, die in ihren langen *Barakanen* in einiger Entfernung saßen und die Essensvorführungen ihrer Herren bewunderten.

„Halt die Klappe. Kümmere dich nicht um die Frauen“, sagte Digby. „Das ist bei allen Muslimen so.“

„Da hast du sicher recht, Kumpel“, stimmte Buddy zu, „aber da drüben sitzt eine echte kleine Schönheit, die mir gerade zuzwinkert wie ein christliches Mädchen, das einen Haufen Bohnen von einem Haufen Bananen unterscheiden kann. Süß und schlau ... Aber wir wollen keinen Ärger mit den Indianern ... Mann, das war ein Kinderspiel ...“ Und er seufzte tief...

Kapitel VII. Ishmaeliten

"Niemand hat größere Liebe als der,
der sein Leben für seine Freunde hingibt."

Ich könnte ein dickes Buch mit den Abenteuern füllen, die wir als Tuaregs der Sahara auf dieser Reise erlebt haben, die in Azzigig im französischen Sudan begann und (für einige von uns) in Kano in Nigeria, im britischen Westafrika, endete.

Es war vielleicht die längste und beschwerlichste Reise, die jemals von Europäern in der Sahara unternommen wurde – nur wenige haben jemals die Wüste ohne eine organisierte Karawane von Norden nach Süden durchquert.

Wir ritten nach Südwesten, wenn wir konnten, und nach Nordosten, wenn wir mussten, wie zum Beispiel nördlich von Aïr, wo wir von Tuaregs auf ihrem Weg in ihr Land an der Grenze zu Marokko gefangen genommen wurden.

Während eines schrecklichen Jahres legten wir fast eine komplette Runde zurück, waren mal in El Hilli, zweihundert Meilen von Timbuktu entfernt, mal in Agadem, in gleicher Entfernung vom Tschadsee – und fanden uns später in Bilma wieder, fünfhundert Meilen nördlich.

Manchmal trieben uns Durst und Hunger dazu, uns Salzkarawanen anzuschließen, manchmal Sklavenkarawanen (und wir erfuhren, dass Sklaverei in Zentralafrika immer noch ein sehr aktives und florierendes Geschäft ist). Meistens gingen diese Karawanen in die entgegengesetzte Richtung, aber wir mussten uns ihnen anschließen, um nicht in der wasserlosen Wüste zu sterben.

Manchmal wurden wir von Banden gejagt, die größer waren als unsere eigene; manchmal wurden wir in Dörfern mit Gewehrsalven empfangen (natürlich wurden wir für das gehalten, was wir vorgaben zu sein); manchmal erreichten wir eine Oase, nur um festzustellen, dass sie von einer Patrouille französischer senegalesischer Truppen besetzt war – für uns weitaus gefährlicher als die nomadischen Räuber, denen wir gewachsen waren, wenn wir nicht hoffnungslos in der Unterzahl waren.

Ob wir etwas geschafft haben, was noch kein Europäer vor uns geschafft hat, weiß ich nicht, aber wir waren auf jeden Fall an Orten, wo noch nie ein Europäer zuvor gewesen war, und „entdeckten" Wüstenstädte, die wahrscheinlich schon vor der Gründung von Damaskus existierten.

Wir sind keiner Königin von Atlantis begegnet und haben keine weißen Völker griechischer Herkunft gefunden, die von stürmischen Damen in Petticoats regiert wurden, mit denen wir angeblich entfernt verwandt waren.

Leider nein. Wir fanden nur extrem arme, primitive und schmutzige Menschen, bei denen wir genau so lange blieben, wie es die widrigen Umstände erforderten.

Natürlich hätten wir in diesen Jahren keinen einzigen Monat überlebt, wenn Hank und Buddy nicht ihre Wüstenkenntnisse, ihren Mut, ihren Einfallsreichtum und ihre Erfahrung gehabt hätten.

Andererseits retteten Digbys schnelle Auffassungsgabe und unsere Arabischkenntnisse immer wieder die Situation, wenn wir mit unseren Mitmenschen in Kontakt kamen.

In diesen Momenten wurden wir furchtbar fromm. Hank und Buddy waren *Marabuts*, die ein Schweigegelübde abgelegt hatten, und wir waren Senussi auf einer geheimnisvollen Mission, die uns von Kufra in der libyschen Wüste nach Timbuktu führte und unterwegs alle möglichen heiligen Stätten besuchte.

Zum Glück für uns gab es keine echten Senussi, und die unendliche Vielfalt der Sekten mit ihren verschiedenen Arten von Derwischen und die noch größere Vielfalt der Menschen, die sehr unterschiedliche Dialekte des Arabischen sprachen, machten unsere Aufgabe vergleichsweise einfach.

Wahrscheinlich trugen unsere Gewehre, unsere Armut und unsere offensichtliche Wildheit noch mehr dazu bei.

Wir litten unter Fieber, furchtbarer Hitze, vergiftetem Wasser, schlechtem und unzureichendem Essen und den Strapazen eines langen, aktiven Kriegszugs, um zu überleben.

Manchmal waren wir dem Ende sehr nahe, als unsere Kamele starben, als eine lange Reise an einer ausgetrockneten Quelle endete, als wir von einer Meute menschlicher Wüstenwölfe umzingelt waren und als wir von einer *Harka* von Tuaregs gefangen genommen wurden, die unsere *Absichten* misstrauisch beäugten. . . .

Wie ich schon sagte, würde ein Bericht über unsere *Katabasis* einen ganzen Band füllen, aber die Beschreibung einiger typischer Ereignisse reicht aus, um einen Eindruck davon zu vermitteln, ohne die Geschichte so ermüdend zu machen, wie die Reise selbst war.

Zum Beispiel unsere Entdeckung des Ortes, an dem es eigentlich *„ ein seltsames, schönes Volk einer Zivilisation, die älter und in gewisser Weise höher entwickelt war als unsere eigene, regiert von einer unglaublich schönen Frau, so wunderbar…*" usw. hätte sein müssen.

Eines Tages ritten wir über den Kamm eines langen, mit Sand bedeckten Felsgrats – direkt in eine Gruppe bewaffneter Männer, die uns zahlenmäßig mindestens zehn zu eins überlegen waren und mit gezückten Gewehren auf uns warteten.

Wir taten, was wir auch bei früheren, ähnlich aufregenden Gelegenheiten getan hatten. Die Heiligen, Hank und Buddy, verstummten, und Digby wurde zum Gesandten des Senussi-Mahdi; ich war sein Leutnant.

Digby ritt vor.

„ *Salamoune aleikoumi Esseleme, ekhwan*" (Friede sei mit euch, Brüder), sagte er in feierlichem, klangvollem Gruß, worauf ein gut aussehender alter Mann zu meiner großen Erleichterung antwortete: „ *Aselamu, alaikum, marhaba, marhaba*" (Seid gegrüßt und willkommen) in einem anderen Arabisch als dem unseren. Später stellte sich heraus, dass der alte Herr uns für eine Vorhut einer großen Gruppe von Tuaregs hielt, die in der Nähe waren, und dass er nur allzu erfreut war, uns so charmant zu finden.

Digby fuhr dann mit der entsprechenden Beschreibung von uns fort und spielte auf den stummen, abweisenden Hank und Buddy an, die als hochheilige Männer, *Khouans*, *Hadschis*, *Marabuts*, einem strengen Schweigegelübde unterstanden, das zu brechen für jeden Menschen ein schweres Vergehen wäre. Er selbst und ich wurden als *M'rabets* beschrieben, als Männer, die von Geburt an heilig und in Glauben und Tugend herausragend sind.

Wie viel davon unsere Zuhörer verstanden und wie viel von dem, was sie verstanden, sie glaubten, konnte ich nicht sagen, aber sie waren offensichtlich erleichtert, dass wir freundlich waren und nicht zu einer größeren Truppe gehörten.

Wir wurden sofort eingeladen, mitzukommen, und hielten es für das Beste, dem zu folgen, da es wenig Gründe gab, dies nicht zu tun, und viele, es abzulehnen. Auf jeden Fall hatten sie uns „in der Hand", seit wir ihre gezückten Gewehre entdeckt hatten, während unsere eigenen hinter uns hingen, und wir waren ihnen ausgeliefert. Während wir mitfuhren, nominell als Gäste, uns aber wie Gefangene fühlend, hörte ich interessiert, wie Digby dem alten Scheich versicherte, dass wir zwar so heilig seien, wie es Menschen nur sein können, aber dennoch gute, stramme, deftige Missionare, die den Koran in der einen Hand und das Schwert in der anderen trugen, Kämpfer, die gerne mithelfen würden, wenn die Tuaregs seine Gruppe angreifen würden.

Der alte Herr bedankte sich und sagte, dass sie, sobald sie zu Hause seien, keine Angst vor allen Tuaregs in der Sahara hätten, da der Ort ziemlich uneinnehmbar sei. Das klang verlockend und stellte sich als vollkommen wahr heraus.

Was ihnen jedoch Sorgen bereitete, war die Tatsache, dass sie, wenn sie mit einer Karawane von Kamelen zum Verkauf nach Tanout aufbrachen, höchstwahrscheinlich monatelang eine Reihe von Schlachten schlagen mussten oder ihre gesamte Existenzgrundlage für den Kauf von Getreide für ihren Lebensunterhalt verlieren würden, denn nichts begehrten die Tuareg-Räuber mehr als Kamele.

„Es ist der einzige Reichtum, den man mitnehmen kann", bemerkte Digby sentenziös.

Nachdem wir etwa drei oder vier Stunden lang auf einige niedrige Felsberge zugeritten waren, erreichten wir sie und näherten uns einem schmalen und hohen Pass. Diesen durchquerten wir in einer Reihe und sahen, als wir oben ankamen, vor uns eine endlose Ebene, aus der sich ein *Gara* erhob, ein steiles und isoliertes Plateau, das wie ein riesiger Käse inmitten der flachen Wüstenebene aussah.

Wir ritten noch ein oder zwei Stunden darauf zu und stellten fest, dass es sich um einen steilen Berg handelte, senkrecht abfallend, mit einer flachen Spitze; insgesamt vermutlich etwa eine Quadratmeile groß.

Anscheinend war er völlig unzugänglich und unberührt von Menschen oder sogar von Bergschafen oder Ziegen. Ich stellte mir vor, dass nur ein Adler jemals die Spitze dieses isolierten Quadratkilometers Felsgestein gesehen hatte.

Ich hatte mich jedoch getäuscht, denn der Ort erwies sich als gigantische Festung – eine Festung von höchster Perfektion, die jedoch keinerlei menschliche Handschrift aufwies.

Wir umrundeten den steilen, klippenartigen Fuß des Berges und kamen zu einem Spalt in der tausend Fuß hohen Wand, der aus hundert Metern Entfernung nicht zu sehen war.

Der Scheich führte uns in einer Reihe in diese schmale Spalte, und wir quetschten uns zwischen riesigen Kakteen hindurch und ritten am abfallenden Boden einer gewundenen Schlucht entlang, die nicht einmal zwei Meter breit war.

Plötzlich wurde unser Weg von einer tiefen Schlucht geschnitten, etwa drei Meter breit, ein großer Riss quer durch die Spalte, in der wir begraben waren. Über diese Schlucht waren mehrere Stämme der *Dôm-Palme* gelegt worden, und darüber bildeten Palmblätter und Sand einen schmalen, aber sicheren Weg für Kamele.

Offensichtlich konnte diese Brücke bei Bedarf leicht entfernt und der Ort mit größter Leichtigkeit verteidigt werden, falls ein Feind so dumm sein sollte, zu versuchen, die Schlucht zu überqueren, während die Verteidiger Felsbrocken aus schwindelerregender Höhe herabwarfen und aus nächster Nähe hinter der starken Steinmauer, die der Schlucht gegenüberlag, mit ihren Gewehren schossen.

Nachdem wir die Brücke überquert hatten, ritten wir weiter hinauf, bis sich dieser schmale Spalt in den Bergen zu einem großen, von Felsen umgebenen Platz öffnete, der wie ein Treppenabsatz aussah – darüber hinaus konnten die Kamele nicht gelangen.

In diesem natürlichen *Serai* stiegen wir ab, ließen unsere Tiere zurück und setzten unseren Aufstieg zu Fuß fort.

Es war in der Tat ein uneinnehmbarer Ort, und ich sah nicht, wie selbst die besten Truppen der Welt ihn einnehmen könnten, solange auch nur ein einziger tapferer Verteidiger an einem der unsichtbaren Stellen stand, die den Weg beherrschten, den zwei Männer nirgendwo nebeneinander hinaufklettern konnten und an vielen Stellen nur einer mit Mühe hindurchzwängen konnte.

Und auf dem Plateau lag eine ummauerte Stadt, eine Stadt aus behauenen Steinblöcken, die größer waren als alle, die ich je für einen solchen Zweck gesehen hatte, und offensichtlich so alt, dass sie schon alt gewesen sein mussten, als die Welt, wie wir sie kennen, noch jung war.

Es war ein großartiger und melancholischer Ort, der, wie ich schätze, mindestens dreimal so viele Wohnstätten beherbergte, wie es Einwohner gab. Ich persönlich verlor jegliches Gefühl für unsere prekäre Lage und alle Angst und Besorgnis, weil ich so fasziniert und voller Staunen war von dieser „befestigten Stadt auf einem Hügel", und was für einem Hügel!

Aber wie ich schon sagte, gab es hier keine wunderbare weiße Rasse, die wir wieder mit der modernen Zivilisation in Kontakt bringen konnten. Es gab auch keine wunderbare schwarze Rasse. Die Bewohner dieser seltsamen Stadt waren, glaube ich, ganz normale Araber, obwohl ich kein Ethnologe bin, und soweit sie wussten, hatten sie „immer" dort gelebt.

Trotzdem war ich mir ganz sicher, dass keiner ihrer Vorfahren diese unglaublichen Monolithen aufgestellt und für sich selbst zwölf und fünfzehn Fuß hohe Türen gebaut hatte, die in zehn Fuß höhere Kammern führten.

Diese Leute waren zweifellos die langjährigen Bewohner dieser Stadt, aber dennoch waren sie Bewohner einer fremden Stadt und lebten dort lediglich, wenn auch seit einigen tausend Jahren.

Es waren jedoch sehr interessante Menschen, die einfach und streng unter der gütigen Herrschaft ihres patriarchalischen Scheichs lebten und sehr gastfreundlich und freundlich waren. Sie wussten nur wenig über die Außenwelt, obwohl sie sich bewusst waren, dass es *Roumis* und Ungläubige aller Art gab, andere Städte als ihre eigene, heilige Stätten neben Mekka und Medina und größere Scheichs, Sultane und Kaiser als ihre eigenen. Sie schienen die Welt, oder zumindest ihre Welt, in Tuareg-Räuber auf der einen Seite und die Feinde und Opfer der Tuareg auf der anderen Seite zu teilen.

In ihrer wunderbaren Felsenfestung waren sie sicher, aber draußen in der Wüste waren sie jeder nomadischen Räuberbande ausgeliefert, die stärker war als sie selbst.

Wasser hatten sie reichlich, da ihr Berg eine scheinbar unerschöpfliche Quelle und einen Brunnen enthielt, und sie hatten Ziegenfleisch und ein wenig Getreide, Gemüse und Datteln, waren aber gezwungen, alle sechs Monate Karawanenreise nach Tanout unternehmen, um das Getreide zu holen, das die Grundlage ihrer Ernährung bildete, sowie Munition, Salz und Kochgefäße – für diese Waren tauschten sie ihre Kamele sowie von ihren Frauen wunderschön gewebte und bestickte Ziegenfelle und Kleidungsstücke.

Bei diesen guten Leuten blieben wir einige Tage, eine angenehme, erholsame Oase in der müden Wüste unseres Lebens, wo wir echte arabische Gastfreundschaft genossen und sie mit kleinen Geschenken vergalt, die für sie wertvoller waren als für uns, und indem wir ihnen anboten, für ihre Karawane, die sich gerade auf den Weg durch ein berüchtigt gefährliches Gebiet im Osten machen wollte, zu spähen und mit ihnen zu kämpfen.

Wir müssen die einfachen Seelen dieses in sich verschlossenen, sterbenden Volkes verwirrt haben, denn obwohl wir offensichtlich streng gläubig waren und die gleichen Gebetszeiten wie sie einhielten, vom *Fedjer* im Morgengrauen bis zum *Asha* am Abend, beteten wir nicht mit ihnen und sagten auch kein Wort über religiöse Themen, wenn wir abends um das Feuer des Scheichs saßen und *faddheld* (oder plauderten). Wir gingen keine unnötigen Risiken ein. Ein würdevolles „*Allahou akbar*" oder „*In châh Allah*" zeigte unsere Zustimmung zum Sprecher und unsere fromme Orthodoxie, und das musste reichen. Als puritanische protestantische Reformer der Senussi hatten wir eine höhere und reinere Form des Islamismus als sie, aber wir hielten uns davon zurück, ihre Gefühle durch irgendwelche Zurschaustellung zu verletzen. . . .

Digby war großartig, und seine Beschreibungen von Mekka und Medina, Bagdad, Konstantinopel und Kairo, Fès, Timbuktu und Kufra zogen seine Zuhörer in ihren Bann und ließen ihnen wenig Zeit für Fragen.

Hank und Buddy waren genauso toll, mit dem, was sie nicht sagten, und der Art, wie sie es nicht sagten.

Trotzdem war es gut, dass wir die Abreise der Karawane als Gelegenheit zur Abreise nutzen konnten, und es war gut, dass unsere Gastgeber so waren, wie sie waren, auch wenn das Eis manchmal sehr dünn war.

Wir verließen diese außergewöhnliche und scheinbar völlig unbekannte prähistorische Stadt und machten uns mit der Karawane auf den Weg, ausgeruht und in besserer Verfassung als seit Monaten.

Wir waren auf dem richtigen Weg, wir näherten uns Aïr, wir sollten uns dann in der Nähe einer Karawanenroute befinden, an der es Brunnen gab; und wenn die Gefahr durch unsere Mitmenschen, Araber und Franzosen, zunehmen würde, würde die Gefahr durch den weitaus schrecklicheren Feind, die Wüste, abnehmen.

Mit etwas Glück könnten, könnten wir parallel zur Karawanenroute fahren und bei den Oasen auf der Route zum Wasser sprinten, in der Hoffnung, dass wir den französischen Patrouillen (senegalesische Infanterie und arabische *Goumiers*) und den Überfällen der Tuareg entkommen würden.

Wir verabschiedeten uns mit „*Abka ala Kheir*" (Auf Wiedersehen) von unseren Gastgebern und hörten ihr „*Imshi besselema*" (Geht in Frieden) mit echtem Bedauern, setzten unseren Weg in guter Stimmung und mit großen Hoffnungen fort, kamen einen Monat lang gut voran und fielen dann direkt in die Hände des hinterhältigen und verräterischen Tegama, Sultan von Agades, als wir nur noch 400 Meilen von der Grenze zu Nigeria und der Sicherheit entfernt waren.

§2.

Unser Besuch in Agades war ein gänzlich anderes Unterfangen als jener in der uneinnehmbaren Stadt auf dem Hügel. Dort verspürten wir keine wirkliche Furcht und nur geringe Besorgnis. In Agades hingegen schritten wir mit größter Vorsicht, das Herz in der Kehle und den Kopf nur lose auf dem Hals. Für den alten Scheich waren wir Gegenstand des Staunens und der Neugier gewesen. Für den Sultan von Tegama jedoch waren wir Objekte tiefster Verdächtigung.

Die verwegenen Raufbolde dieser Stadt in der Ebene hatten nichts von einfachen, weltfremden Bewohnern, ebenso wenig wie ihr Anführer, der Erzräuber Tegama (der später von den Franzosen wegen Verrats hingerichtet wurde), und auch die fromme Haltung der Senussi-Gesandten hätte unter diesen Umständen nichts genützt. In Buddys Ausdrucksweise gab es kein Moos auf den Zähnen des Sultans Tegama und seiner Bande. In Digbys Ausdrucksweise gab es keine Fliegen auf diesen Herren.

Wir verdankten unser Leben der Tatsache, dass wir entkommen konnten, bevor der würdige Tegama uns ganz durchschaut hatte und sich ganz sicher war, dass wir nicht das waren, was wir vorgaben zu sein – aufrührerische Unruhestifter aus dem Norden, die darauf aus waren, die Wüstenstämme im Zentrum und Süden in einem großen panislamischen *Dschihad* gegen die Franzosen aufzuhetzen.

Nicht, dass Tegama auch nur den geringsten Einwand gegen eine solche „Aufwiegelung" gehabt hätte, ganz im Gegenteil. Nichts hätte ihm besser gefallen, denn es gab nichts, was er mehr genoss; und wenn er zu Plünderung und Gemetzel, Feuer und Schwert, Raub und Massaker noch den himmlischen Verdienst der Vernichtung der Ungläubigen und den Sturz ihres Reiches in Afrika hinzufügen konnte, wäre sein Glück vollkommen gewesen. . . .

Aber wir verwirrten ihn zweifellos. Unser Akzent, unsere Manieren, Gewohnheiten, unsere Unwissenheit, unsere Augen, unsere Hautfarbe, unsere Gesichter und alles an uns verwirrten ihn.

Sicher, wir sprachen fließend Arabisch und kannten die Leute und Städte; wir schienen echte *Hadschis* zu sein; wir wetterten mit überzeugender Bitterkeit gegen die Franzosen; wir waren aufrechte Wüstenkämpfer, deren Kleidung und Ausrüstung nichts Europäisches an sich hatten; wir waren eine zu kleine Gruppe, um gefährlich zu sein, und es gab keinen Grund, warum wir französische Spione sein sollten (denn die Gesandten Frankreichs kamen ganz offen in Form von extrem gut ausgerüsteten Militärexpeditionen, die den ausgetretenen Pfaden aller friedlichen Eindringlinge folgten und dem Sultan Angst und bitteren Hass einflößten)– *aber* wir hatten keine Beglaubigungsschreiben; wir gaben absolut keine Auskunft über die Stärke, die Disposition und die Bewegungen der französischen Streitkräfte; wir hatten keinen festgelegten Plan für den Fall einer Überraschung; und die Sprachlosigkeit zweier von uns schien sie nicht als geborene Abgesandte der Aufruhr, Unruhe und des Aufstands auszuzeichnen!

Als Tegama diesen Verdacht äußerte, übernahm Digby mit großem Mut die Führung und deutete so taktvoll wie möglich an, dass die Großen, unsere Herren, vielleicht Dinge im Sinn hätten, die nicht jeder kleine Wüstenhäuptling verstehen könne, und dass eines dieser Dinge die Gewissheit sei, dass sie einen mächtigen und gefährlichen Groll gegen jeden hegten, der die freie Bewegung ihrer Boten behindere, oder sich so verhielten, als seien sie Freunde der Ungläubigen, von denen diese Großen den Islam zu befreien versuchten. . . .

Und der sanftmütige Tegama schwankte lange zwischen zwei Meinungen, ob er uns sofort aufspießen oder das, was er heute tun wollte, auf morgen verschieben sollte, für den Fall, dass wir wirklich das waren, was wir behaupteten.

Es war eine unangenehme Zeit, und obwohl wir nicht schlecht behandelt oder eingesperrt wurden, wurden unsere Gewehre und Kamele „bewacht", und wir waren nie allein – vor allem, wenn wir draußen unterwegs waren, obwohl klar war, dass niemand zu Fuß aus Agades fliehen konnte.

Wir hatten das Gefühl, dass Tegama jeden Moment entscheiden könnte, dass wir echte Delegierte und Abgesandte derjenigen waren, die damals so eifrig die brodelnde Unzufriedenheit der Panislamisten in Nordafrika schürten – und uns gehen lassen würde; und auch, dass wir uns jeden Moment so verraten könnten, dass er uns für Betrüger halten und uns sofort lebendig auf den angespitzten Stumpf eines jungen Baumes spießen würde. . . .

Wir waren im Morgengrauen in einer Oase südwestlich des Baguezan-Gebirges von einer *Harka* Tegamas gefangen genommen worden, die offenbar im Norden Raubzüge unternommen hatte, und etwa eine Woche lang ritten wir als Gefangene des befehlshabenden Emirs, einem prächtigen Exemplar des besten Typs von Wüstenarabern, nach Süden.

Digby hatte ihm dieselbe Geschichte erzählt, die er schon dem alten Scheich und vielen anderen neugierigen Reisenden erzählt hatte, aber er hatte beschlossen, seine Geschichte für das private Ohr des Sultans abzuändern, sobald wir erfahren hatten, dass wir zu einer so wichtigen und gut informierten Person gebracht werden sollten.

Wir flüsterten nachts zusammen und beschlossen, dass Hank und Buddy natürlich nichts sagen durften und dass wir eine unglaubliche Geheimniskrämerei veranstalten mussten. Es wäre mehr als hoffnungslos, sich in einem Ort wie Agades, wo es wahrscheinlich echte Senussi aus Kufra gab und wo unsere Geschichten schnell überprüft und als Lügen entlarvt worden wären, als Senussi aus Kufra auszugeben.

Also nahmen wir Tegama so weit wir uns trauten in die Mangel und sagten ihm, dass wir *noch* keine konkrete Nachricht für ihn hätten, dass er aber auf unserer Rückreise Dinge erfahren würde, die ihn überraschen würden, und so weiter und so fort.

Agades erwies sich als eine sehr alte, aus Lehm gebaute, sandbedeckte Stadt mit einer bemerkenswerten Moschee mit einem Turm wie eine Kirchturmspitze, und obwohl sie so völlig im Herzen der Sahara verloren lag, hatte sie dennoch Kontakt zur Außenwelt, da sie an der Pilgerroute nach Mekka und an der großen Karawanenroute durch Afrika lag.

Das einzige andere Gebäude, das nicht unbedeutend war, war der Palast des Sultans, ein großes zweistöckiges Gebäude aus gebranntem Lehm, umgeben von einer hohen, dicken Lehmwand, deren Tor praktisch ein kurzer Tunnel war.

Durch diesen Tunnel und vorbei an sehr stabilen Toren aus fest miteinander vernagelten Palmstämmen gelangten wir auf einen schmutzigen Platz aus Wüstensand und Steinen, der an zwei Seiten von Lehmhütten gesäumt war, die an die hohe Umfassungsmauer angebaut waren.

Eine Seite des Platzes wurde vom Palast eingenommen, die andere von einer Moschee. Kamele, Ziegen, Hühner und schmutzige Männer schmückten den Innenhof oder Hinterhof des Palastes.

Wir wurden eingeladen, den Palast zu betreten, und gelangten durch einen weiteren kleinen Tunnel in einen großen fensterlosen Saal mit schmucklosen Lehmwänden, Lehmdecke und Lehmboden.

Hier mussten wir mit unseren Begleitern warten und standen in hochmütigem Schweigen, bis wir durch einen kleinen Innenhof in die Audienzhalle des Sultans von Agades geführt wurden.

Dies war ein weiterer fensterloser Lehmraum mit großen gewölbten Deckenbalken und einer Tür, die drei Meter über dem Boden lag und zu der eine Lehmtreppe hinaufführte. In der Mitte der Wand gegenüber der Tür, durch die wir hereingekommen waren, stand ein Thron, ebenfalls aus Lehm – ein bescheidenes Material für ein so erhabenes Symbol, aber zumindest war es ehrlicher Lehm, was man von seinem Bewohner nicht behaupten konnte.

Mit gekreuzten Beinen auf diesem bettähnlichen Thron saß Tegama in schmutzig-weißen Gewändern, dessen Gesicht von seinen beherrschenden Leidenschaften geprägt war: Gier, Grausamkeit, Lust, Wildheit und Verrat. Um ihn herum standen eine kleine Gruppe von Wesiren, Scheichs, Soldaten und, wie ich unbehaglich vermutete, Henker.

Der Sultan starrte uns an, und ich fühlte mich bis in die Zehenspitzen traurig. Ich wusste inzwischen, auf welche Weise solche Herren diejenigen hinrichten, die ihnen nicht genehm sind, und keine davon gefiel mir. Aufspießen, eine beliebte Methode, gefiel mir vielleicht am wenigsten. . . .

Digby nahm den Stier bei den Hörnern, begrüßte Tegama höflich, wünschte ihm alles Gute, bekundete seine Freude, ihn zu sehen, und sagte, er habe später viel mit ihm zu besprechen, wenn er einige Vorkehrungen weiter südlich getroffen und die politische Lage an ein oder zwei Orten in Damerghou und Damergrim sondiert habe.

Digby ging davon aus, dass wir geehrte Gäste waren und dass einem so weisen und großen Herrscher wie dem guten Tegama von Agades niemals etwas so Dummes wie die Idee kommen würde, uns zu belästigen.

Der gute Tegama von Agades musterte uns weiterhin kühl.

„Und wer könntest *du* sein, mit deinem Gerede von El Senussi?“, fragte er verächtlich.

„Das ist nur für deine Ohren“, antwortete Digby. „Ich habe dem Scheich, den wir in der Oase Baguezan *getroffen haben*, nur das gesagt, was man Untergebenen zu sagen pflegt. Ich komme von Leuten, deren Angelegenheiten nicht in jedem *Douar* und *Quasr* herumposaunt und jedem Wanderer erzählt werden.“

Und hier donnerte ich:

„Nein, natürlich nicht! Allah bewahre!“ und lächelte bei dem Gedanken.

„Oh, du kannst reden, was?“, spottete Tegama, der offenbar erfahren hatte, dass einige von uns stumm waren.

„*Salaam aleikum wa Rahmat Allah*“, intonierte ich fromm. „Unser Herr im Norden – *Rahmat ullahi Allahim* – (und er mag in Marokko sein, oder in Algier, oder vielleicht ganz in der Nähe mit einem mächtigen Heer der Gläubigen) – ist keiner, über dessen Angelegenheiten seine Boten schwätzen, noch einer, dessen Boten sich verspäten.“

„Und was ist seine Botschaft?“, fragte Tegama, meiner Meinung nach mit weniger Spott in der Stimme.

„Die kommt *noch* nicht hierher“, antwortete Digby. „Das Wort kommt später zum großen und guten Sultan von Agades, wenn die Zeit reif ist…“ Und noch viel mehr Bluff und Geheimniskrämerei, die Tegama so beeindruckten, dass er beschloss, abzuwarten und zu sehen, was passiert.

Er wartete, aber er sah nichts, denn wir entkamen – diesmal, das muss ich zugeben, dank Buddys unbändigem Interesse an „Squaws“.

Was er hätte erreichen können, wenn er seine Zunge frei hätte benutzen können, kann ich nicht sagen. In diesem Fall war die Liebe nicht nur blind, sondern auch stumm, aber sie schaffte es, über Schlosser zu lachen, und wir anderen drei profitierten von diesem Lachen.

Wir kamen davon, auf guten Kamelen, aber wir hatten kein Gewehr und auch sonst keinerlei Waffen.

Ich bin versucht, die Geschichte dieser Flucht ausführlich zu erzählen, denn es war eine höchst romantische Angelegenheit mit allem Drum und Dran, wie man es aus Romanen und Melodramen kennt. Ich habe bereits gesagt, dass allein die Geschichte dieser Reise einen dicken Wälzer füllen würde, und es wäre keine große Übertreibung zu sagen, dass ein vollständiger Bericht über unseren Aufenthalt in Agades einen weiteren füllen würde.

Ich wünschte, ich hätte Platz, um von den unglaublichen Dingen zu berichten, die wir an diesem Ort gesehen haben, dessen Atmosphäre, Sitten und Gebräuche denen von vor tausend Jahren glichen.

Ich habe gelesen, dass die ersten Europäer, die Agades betraten, Mitglieder der französischen Militärmission waren (die 1904 mit der großen jährlichen Salzkarawane aus dem Süden kam), aber ich könnte von einem bärtigen Mann erzählen, der uns mit funkelnden *grauen* Augen anstarrte, einem Mann, dessen Zunge herausgeschnitten, dessen Ohren und Finger abgeschnitten worden waren und der als Lasttier eingesetzt wurde.

Ich könnte auch von einem Wesen erzählen, das immer im Sôk saß und mechanisch seinen Körper hin und her schwankte, während es summte. Seine Lippen, Augenlider, Ohren, Hände und Füße waren abgeschnitten, es war blind und summte auf *Deutsch*.

Ich könnte von Szenen erzählen wie der letzten Stunden eines sehr tapferen Mannes, der mit dem Gesicht nach unten auf ein Brett gebunden war, das über den Rand eines riesigen trockenen Brunnens gehalten wurde. Am anderen Ende der Planke lagen ein großer Stein und ein Wasserkrug, aus dem langsam Wasser austrat, entweder wegen eines Risses oder wegen seiner Porosität. Wenn das Wasser so weit abgelaufen war, dass das Gewicht des Kruges und des Steins geringer war als das des Mannes, stürzten er und die Planke kopfüber in die dunkle Tiefe, aus der er nie zurückkehren würde.

Dort lag er und starrte hinunter in die schreckliche Tiefe, während um ihn herum müßige Bürger saßen, die ihn aufforderten, sich mit seinen letzten Gebeten zu beeilen, da das Wasser fast aufgebraucht sei, während andere ihm rieten, nicht auf sie zu hören, da er noch Stunden zu warten habe....

Ich möchte von den Henkern von Tegama erzählen, vier Negern, die die tierischsten Wesen waren, die ich je in menschlicher Gestalt gesehen habe, und von denen keiner kleiner als sieben Fuß war. Die Spezialität ihres Mächtigen dieser Welt war es, mit einem einzigen Hieb eines großen Schwertes sauber und präzise einen Kopf oder jedes gewünschte Glied, vom Finger bis zum Bein, abzuschlagen, während die Spezialität eines anderen darin bestand, möglichst viele Wunden und Verletzungen zuzufügen, ohne das Opfer zu töten.

Sie waren geschickte Arbeiter, und ihre Arbeit war ihr Hobby. . . .

Ich könnte von einigen bemerkenswerten Abenteuern, Risiken, Gefahren und Fluchtversuchen in Agades berichten und von einigen sehr seltsamen Vorgängen in diesem schrecklichen „Palast" mit seinen Verschwörungen und Intrigen, Eifersüchteleien und Hass, Fraktionen und Parteien, wenn der Platz es zuließe.

Und als unsere Zeit und Gelegenheit kam (und wir in einer dunklen Nacht zu vier Kamelen geführt wurden, die mit Wasser und Proviant für zwei oder drei Tage auf uns warteten), hätten wir die Chance nicht genutzt, da wir unbewaffnet waren, hätten wir nicht das Gefühl gehabt, dass wir in größerer Gefahr waren, wenn wir geblieben wären.

Tegama wurde immer misstrauischer und aggressiver, und ich glaube, dass der stumme Hank und Buddy bei ihren flüssigen Gesprächen belauscht worden waren. Wahrscheinlich haben wir uns auch verraten (wann immer wir gegessen, getrunken, gebetet, gesessen, gestanden, geniest oder irgendetwas anderes getan haben), als die seltsamsten Muslime, die jemals „ *Bismittah arahman arahmim...*" gesagt haben.

Es war Zeit zu gehen, und wir gingen, unterstützt von einer jungen Person mit großartiger Statur, großartigem Mut und negroider Abstammung – wahrscheinlich die Tochter einer negrischen Sklavin vom Tschadsee. . . .

Leider war es ihr völlig unmöglich, uns Waffen zu besorgen.

§3.

Wir entkamen aus Tegama, aber nicht den Folgen unserer Begegnung mit ihm. Er hat uns nicht vernichtet, aber ihm verdanken wir unsere Vernichtung.

Wir ritten so schnell wir konnten und folgten der Taktik unserer Flucht aus Zinderneuf, da wir sicher waren, dass unser Schicksal besiegelt und unser Tod qualvoll und langwierig sein würde, wenn Tegama uns verfolgen und wieder einfangen würde.

Deshalb mieden wir die Karawanenroute, die von Agades aus führt, und machten uns in die Wüste auf, in der Hoffnung, dass wir wie bisher früher oder später jemanden oder etwas finden würden, das uns zu Wasser führen würde.

Nach drei Tagen schmerzhafter Irrfahrt stießen wir auf das elende Lager einiger einheimischer Beri-Beri-Buschmänner, die schwarz und fast nackt waren und nur mit Pfeil und Bogen bewaffnet waren. Sie lebten offenbar davon, Strauße mit Fußfallen zu fangen, die sie unter Büschen und Bäumen, Dornen und Akazien versteckten, wo sich die Vögel ernährten.

Diese primitiven Menschen hatten ihr Lager neben einer unerklärlichen Wasserstelle zwischen riesigen Felsbrocken, die so groß wie Kathedralen waren, aufgeschlagen.

Hier ruhten wir uns und unsere Kamele ein oder zwei Tage lang aus und machten uns dann wieder auf den Weg, mit gefüllten Ledersäcken und fast leeren Proviantaschen.

Ein paar Tage später ritten wir in einer langen Reihe, jeweils in Sichtweite zueinander, und suchten nach Anzeichen von Menschen oder Wasser.

Hank war rechts von der Reihe, ich neben ihm und eine halbe Meile entfernt, Buddy war links von mir und Digby ganz am Ende.

Als ich nach rechts schaute, sah ich Hank, der eine kleine Welle überquerte, plötzlich in meine Richtung drehen und sein Kamel zur Höchstgeschwindigkeit antreiben.

Als ich hinschaute, tauchte eine Menge Reiter am Horizont auf, und zwei oder drei von ihnen hielten ihre Kamele an und eröffneten das Feuer auf uns.

Buddy ritt mit voller Geschwindigkeit auf mich und Hank zu. Digby war durch einen Felsvorsprung aus meiner Sicht versperrt.

„Steigt ab und bildet ein Quadrat", rief Hank, als er näher kam.

Ich wusste, was er meinte.

Wir brachten unsere Kamele zum Stehen, taten so, als würden wir unsere Gewehre unter den Sätteln hervorholen, duckten uns hinter die Kamele, hielten unsere Stöcke wie Gewehre über die Rücken der Tiere und warteten auf den Tod.

„Hier kriegen wir, was wir verdienen", sagte Buddy.

„Die verdammten Kerle dürfen unseren Bluff nicht durchschauen", knurrte Hank.

Die Bande, die nach ihrem Aussehen Hoggar- oder Tebu-Räuber zu sein schien, stürmte mit Rufen von „ *Ul-ul-ul-ul-ul-ullah Akbar*" auf uns zu, getrieben von Vergnügen und Profit – dem Vergnügen, uns abzuschlachten, und dem Profit, unsere Kamele zu rauben –, und schwang dabei Schwerter, Lanzen und Gewehre.

Ich hätte weinen können, dass wir keine Gewehre hatten. Gleichmäßiges Magazinfeuer von drei Scharfschützen wie uns hätte die brüllenden Unmenschen in solcher Zahl zu Boden geworfen, dass wir hätten gerettet werden und viel von dem bekommen können, was wir so dringend brauchten.

Das Gefühl der völligen Ohnmacht war schrecklich, wie die Ohnmacht in einem Albtraum. . . . Wie Schafe geschlachtet zu werden, ohne einen Schlag zu landen. . . . Konnte Digby vielleicht entkommen? . . . Oder würden sie seine Spuren sehen und ihm folgen, nachdem sie uns abgeschlachtet hatten? ... Die Chancen standen gut, dass sie direkt an ihm vorbeiziehen würden, ohne seine Spur zu kreuzen ... Würden sie vor unseren scheinbar gezielten Gewehren zurückschrecken? Nein. Sie kamen näher ... Digby könnte inzwischen schon weit weg sein ...

Und dann ertönte von irgendwoher laut, klar und (für diese Araber) schrecklich *ein Hornruf* – *dieser* unheilvolle Hornruf, bedrohlich und schicksalhaft, der für so viele Wüstenstämme fast das Letzte gewesen war, was sie gehört hatten, der Hornruf, der das Schließen der Falle ankündigte und den Kugelhagel einläutete, gegen den kein arabischer Angriff etwas ausrichten konnte.

Die Wirkung war sofort und magisch. Die Truppe schwenkte nach rechts, drehte sich um und floh – floh, um dem zu entkommen, was sie für eine schreckliche Falle hielten, die so geschickt gestellt war und in die sie beinahe getappt wären!

Als die Hornrufe verklangen, brüllte Hank mit seiner gewaltigen Stimme Befehle auf Französisch, und links von ihm signalisierte offenbar ein Mann mit aufgeregter Energie den französischen Truppen hinter ihm: „ *Feind in Sicht*!"

Offensichtlich glaubte die panische Räuberbande, die Gefahr sei hinter der Stelle, an der sie Hank zuerst gesehen hatte, denn sie flohen in Richtung der Felsen rechts hinter denen Digby sein Horn geblasen hatte. . . .

Plötzlich sprang mir das Herz in die Kehle, als einer der Räuber, vielleicht ihr Anführer oder ein Anwärter auf die Führung, von der fliehenden Bande nach links ausschwenkte und, entweder aus wilder Rache oder aus dem bei diesen Leuten nicht ungewöhnlichen Wunsch, sich vor den Augen vieler Zuschauer im Einzelkampf zu beweisen, auf den Mann zuritt, der sich exponiert hatte, um den französischen Truppen, deren Späher er offensichtlich war, ein Zeichen zu geben. . . .

„Schnell!“, schrie ich. „Er wird ihn erwischen!“, und ich hörte mich Digbys Namen rufen.

Wir kletterten auf unsere Kamele, Hank brüllte Befehle auf Französisch und Buddy stieß teuflische Kriegsschreie aus.

Digby duckte sich und nahm dann die Haltung eines Speerwerfers ein. Als der Araber sein großes Schwert hob, schoss Digbys Arm nach vorne, und der Araber taumelte, bekam den Stein voll ins Gesicht und riss dabei den Kopf des Kamels herum. Digby sprang an das Bein des Mannes und riss ihn zu Boden, sodass beide zusammenfielen.

Sie standen gleichzeitig auf, das Schwert des Arabers ging hoch, Digbys Faust schoss hervor, und wir hörten das Klatschen, als der Mann nach hinten taumelte und fiel, sein Schwert fiel ihm aus der Hand. Digby griff danach und stand über dem halb betäubten Räuber, der zuckte und nach dem Sand griff. . . .

Und dann hörten wir ein weiteres Geräusch.

Ein Gewehr wurde abgefeuert, und Digby schwankte und fiel.

Ein Araber hatte sich aus dem hinteren Teil der fliehenden Bande gedreht, diesen Schuss aus einer Entfernung von dreißig Metern abgefeuert und war wieder geflohen, während wir drei auf unseren galoppierenden Kamelen keine hundert Meter von ihm entfernt waren.

* * *

Digby war tot, bevor ich ihn erreichte, durch einen Expansionsgeschoss in den Hinterkopf getroffen. . . .

Wir fesselten die Füße des Arabers, und ich blies so gut ich konnte auf mein Horn.

Ich werde nichts über meine Gefühle sagen.

Digby war tot. Michael war tot. Ich hatte das Gefühl, dass auch *mein* innerstes Wesen tot war.

Ich lebte wie ein Automat weiter und wartete – wie ein zum Tode Verurteilter – auf den Schlag, auf den Moment, in dem ich zusammenbrechen würde.

§4.

Wir begruben Digby dort, obwohl wir jeden Moment mit der Rückkehr der Araber rechneten.

„Er hat sein Leben für uns gegeben“, sagte Hank und kaute auf seinen Lippen.

„ *Niemand hat größere Liebe*“, konnte ich antworten.

Buddy sagte nichts, aber Buddy weinte. Dann band er den vollständig genesenen Araber los, einen riesigen, kräftigen jungen Kerl, doppelt so groß wie er, und ohne Waffen auf beiden Seiten kämpfte er mit ihm und schlug ihn bewusstlos.

Als wir über die Zukunft dieses Räubers diskutierten, schlug ich vor, ihm die Hände zu fesseln, ihn auf sein Kamel zu setzen und ihn zu unserem Führer zu machen – mit dem Auftrag, uns zuerst zu der Oase zu führen, aus der die Bande gekommen war.

„Führe uns nicht in Versuchung“, sagte Buddy. „Er würde uns sicher dorthin führen, wo er uns haben will.“

Als er sich von Buddys Behandlung erholt hatte, sprach ich mit dem Mann in seiner Sprache und fragte ihn, was er bereit wäre zu tun, um sein Leben zu retten. ... Könnte er uns nach Süden führen, parallel zur Karawanenroute, von einer Oase oder Wasserstelle zur nächsten, wenn wir ihm versprechen würden, ihn freizulassen, sobald wir im Gebiet der Kano wären?

Er antwortete, er würde uns bereitwillig in die Hölle führen und selbst fröhlich dort bleiben, solange er uns auch dorthin bringen könnte. Er war zweifellos ein mutiger Mann.

Ich sagte ihm, dass wir in diesem Fall sein Kamel und seine Waffen nehmen würden (leider hatte er kein Gewehr) und ihn dort zurücklassen würden, wo er war, um zu verdursten.

„*El Mektub Mektub*“ (Was geschrieben steht, steht geschrieben), antwortete er mit einem Achselzucken, und das war alles, was wir aus ihm herausbekamen.

Schließlich nahmen wir ihn gefesselt auf seinem Kamel, das an Buddys Kamel gebunden war, mit und ließen ihn an der ersten Wasserstelle zurück, zu der wir kamen. Diese fanden wir, indem wir den Spuren seiner Freunde folgten, die nach Norden gezogen waren.

Von hier aus ritten wir mit gefüllten Wasserschläuchen und der Hälfte der Lebensmittelvorräte des Arabers, den wir zurückgelassen hatten, weiter. . . .

Digbys Tod war die erste tragische Katastrophe einer Reihe von Unglücksfällen, die uns nun ereilten.

* * *

Zuerst gerieten wir in einen schrecklichen Sandsturm, der uns fast umgebracht und alle Spuren verwischt hätte.

Dann verpassten wir die Karawanenroute, als wir uns widerwillig entschlossen, zu ihr zurückzukehren, entweder weil wir sie in unserer Unwissenheit an einer Stelle überquerten, wo der Boden zu felsig war, als dass man Fußspuren hätte sehen können, oder weil wir an einer Stelle über die Straße selbst ritten, wo alle Spuren von ihr durch den Sandsturm ausgelöscht oder verschüttet worden waren.

Als Nächstes erreichten wir, fast verdurstet, eine Wasserstelle und stellten fest, dass sie ausgetrocknet war!

Hier fraßen unsere hungernden Kamele irgendwelche giftigen Sträucher, wurden schnell krank und waren innerhalb von 36 Stunden alle tot.

So fanden wir uns in der Wüste wieder, ohne zu wissen, ob die Karawanenroute östlich oder westlich von uns verlief, ohne Gewehre, ohne Proviant, ohne Kamele und mit einer Ziegenhaut, die etwa einen halben Liter Wasser enthielt.

Wir beschlossen, dieses Wasser nicht zu trinken, bis wir buchstäblich trinken oder sterben mussten, obwohl es so aussah, als müssten wir das sowieso tun.

Einen Tag lang kämpften wir unglaublicherweise ohne Wasser und fragten uns am Ende des Tages, ob wir einen Tagesmarsch weiter von der Karawanenstraße entfernt waren, an der es Oasen, Brunnen, Wasserstellen und Dörfer gab.

Sobald wir sie gefunden hätten (falls überhaupt), würden wir die französischen Patrouillen riskieren, bis wir wieder Kamele bekommen könnten. Auf der Karawanenstraße war der Tod wahrscheinlich, hier in der Wüste, zu Fuß, war er sicher.

Die Nacht fand uns sprachlos, unsere Lippen schwarz und in großen Rissen aufgebrochen, unsere Zungen schrecklich geschwollen, unsere Kehlen zugeschnürt und unsere Münder *trocken*. (Es ist unglaublich schrecklich, wenn der Mund buchstäblich und wirklich *trocken* ist, wie hartes Leder.)

Ich zeigte auf den kostbaren Wasserschlauch und hob fragend die Augenbrauen.

Hank schüttelte den Kopf und zeigte auf die untergehende Sonne und dann auf den Zenit. Wir mussten morgen trinken, wenn wir dann hoffentlich nicht noch schlechter dran waren als jetzt.

Wir taumelten durch die Nacht, denn unser Leben hing davon ab, die „Straße“ zu erreichen.

Gegen Morgen konnte ich nicht mehr weitergehen und sank ungewollt zu Boden. Ich versuchte aufzustehen, aber es gelang mir nicht. Als die beiden anderen sahen, dass ich nicht mehr konnte, legten sie sich neben mich und wir schliefen ein.

Die Sonne weckte mich, und ich sah Buddy mit einem Gesicht wie Tod, der auf einen Zettel starrte, den er aus einem Taschenbuch gerissen hatte.

Er reichte es mir. Darauf stand gekritzelt:

" *Pards,*
Trink das Wasser langsam und mach dich schnell auf den Weg. Dein guter alter Buddy, wir

waren gute Freunde.
Hank."

Hank war weg. . . .

Buddy löste den Verschluss der Ziegenhaut und füllte seinen Mund mit Wasser. Er behielt das Wasser eine Minute lang im Mund und schluckte es dann langsam.

„Nimm einen Schluck und schluck dann", krächzte er heiser.

„Wir müssen tun, was Hank sagt", fügte er hinzu, als ich den Kopf schüttelte. Ich konnte das Wasser nicht trinken.

„Wir müssen weiter", keuchte Buddy. „Wir wollen doch nicht, dass alles umsonst war. Das wäre nicht gut. Er kommt nicht zurück und trinkt es. . . . Du willst doch nicht sein Leben *verschwenden*, Kumpel? . . . Er hat es für *dich* getan. . . ."

Ich füllte meinen Mund und schluckte – aber ich konnte den Kloß in meinem Hals nicht hinunterbekommen.

Wir taumelten durch diesen Tag und den nächsten, befeuchteten in regelmäßigen Abständen unseren Mund und sahen kurz vor Sonnenuntergang am zweiten Tag eine Fata Morgana von Palmen, einem Dorf, einer kleinen weißen Moschee und – die Fata Morgana war echt.

Wir blieben monatelang in diesem Dorf, durchkämmten die Wüste nach Hank, arbeiteten als Bauern, Wasserträger, Wächter, Kameltreiber und nahmen jede Arbeit an, die sich bot, und wir schliefen nie gleichzeitig.

Wenn französische Patrouillen den Ort aufsuchten, versteckten wir uns oder flohen in die Wüste, wobei uns die Dorfbewohner mit ihrer ganzen Sympathie unterstützten. Wir hätten uns mehr als einer Karawane in Richtung Süden anschließen können, aber ich wollte Buddy nicht dazu drängen, den Ort zu verlassen.

Er glaubte so fest an die Unzerstörbarkeit von Hank, dass er gegen alle Hoffnung hoffte, bis die enttäuschte Hoffnung sein Herz krank machte.

Zuerst hieß es:

„Morgen kommt er hierher gestürmt, mit seinen Beinen wie ein großer Hobo, seinen Schwanz wie ein gut genährtes Pferd und einem Grinsen im Gesicht, das ihm fast aus dem Gesicht springt..."

Dann hieß es:

„Niemand konnte Hank umbringen.... Er ist, wie man so sagt, unzerstörbar.... Warum, damals in Colorado hat er tatsächlich einen Mann über die Panamint Mountains gejagt und quer durch das Tal des Todes, bis hinüber zu den Funeral Mountains auf der anderen Seite. Ein Pferdedieb war das, und als der alte Hank ihn endlich erwischte, war der Mann steif und tot vor Hitze und Durst – und Hank drehte einfach um, marschierte zurück und kam lebendig wieder raus!..."

Und schließlich, als eine Karawane aus dem Norden kam, die tatsächlich nach Süden nach Zinder (dem Militärhauptquartier des *Territoire Militaire*) und in die relative Zivilisation unterwegs war, schlug er uns vor, uns ihr als Kameltreiber und Wachen anzuschließen.

„Ihr könnt hier nicht bleiben, Kumpel", sagte er. „Ich weiß, ich war egoistisch. Aber ich konnte den alten Hank nicht im Stich lassen, solange es noch eine Chance gab..."

Ohne Michaels Brief (und meine Sehnsucht nach Isobel) hätte ich Buddy gedrängt zu bleiben, denn das war es, was er wirklich wollte.

Nichts konnte seinen Glauben an die Überlegenheit seines Freundes gegenüber der Wüste und dem Tod zerstören. Wir schlossen uns der Karawane als Kämpfer an, einer stumm, und später (als wir uns Zinder näherten) verließen wir sie, obwohl wir wenig Angst hatten, dort in Schwierigkeiten zu geraten. Dennoch war es möglich, dass ein Unteroffizier der großen Garnison uns kannte und erkennen würde, und es war möglich, dass eine gut ausgerüstete Wüstentruppe von *Goumiers* auf der Karawanenstraße von Zinderneuf gekommen sein könnte.

Unsere Abenteuer zwischen Zinder und der britischen Grenze bei Barbera, wo wir zum ersten Mal Haussas in der Uniform der Westafrikanischen Feldtruppe sahen, waren zahlreich, und unsere Entbehrungen groß; doch das Schicksal schien sein Äußerstes getan zu haben – und nun, da ich Digby verloren hatte und Buddy Hank, und keiner von uns sich noch sonderlich darum scherte, was geschah, wendete sich unser Glück, und alles verlief einigermaßen gut.

Und eines Tages ritten wir auf erbärmlichen Eseln in die große Stadt Kano, wo ich mich einem verblüfften Engländer als Landsmann zu erkennen gab.

Er war die Freundlichkeit in Person und brachte mich in Kontakt mit einem Freund, oder besser gesagt, einem Freund von Tante Patricia, einem Herrn Lawrence vom nigerianischen Staatsdienst. Dieser Herr schickte mir Geld und eine Einladung, zu ihm in sein Hauptquartier zu kommen und Buddy mitzubringen.

Und als ich Buddy erzählte, dass er am nächsten Tag tatsächlich wieder mit dem Zug fahren würde, stellte ich fest, dass er nicht mitkam.

Er war nur nach Kano gekommen, um mich in Sicherheit zu bringen, und nachdem er das geschafft hatte, wollte er direkt zurück, um Hank zu suchen!

Nichts konnte ihn von seinem Entschluss abbringen, und es war sinnlos, es zu versuchen. Es war auch nicht angenehm, ihn davon zu überzeugen, dass sein Freund tot war.

„Würdest *du* gehen, wenn dein Bruder tot wäre, Kumpel?“, fragte er.

„Nein ... Hank hat sein Leben für uns gegeben...“

Ich konnte nur dafür sorgen, dass er mit allem ausgestattet wurde, was man in Kano bekommen konnte – ein gutes Kamel, ein Ersatzkamel für Proviant, Wasser, Munition und ein kleines Zelt sowie einen ehemaligen Haussa-Soldaten als Diener und Führer, der vom Engländer in Kano, einem Beamten namens Mordaunt, empfohlen worden war.

Letzterer machte dem Haussa klar, dass er mit diesem amerikanischen „Forschungsreisenden“ nach Norden gehen, ihm in allem gehorchen und die Hälfte seines Lohns vor der Abreise erhalten sollte, die andere Hälfte sowie einen Bonus, dessen Höhe von seinen Verdiensten abhing, wenn er mit seinem Herrn nach Kano zurückkehrte oder ehrenhaft entlassen wurde.

Mordaunt war so freundlich, mein Wort zu akzeptieren, dass ich, wenn er in dieser Angelegenheit mein Bankier sein würde, alles regeln würde, sobald ich Herrn Lawrence, einen alten Freund von ihm, sehen würde.

Ich hasste es, mich von dem treuen, mutigen, großherzigen kleinen Buddy zu trennen, und ich hatte das Gefühl, dass er niemals nach Kano zurückkehren würde, es sei denn mit Hank, und ich hatte keinerlei Hoffnung, dass er das tun würde. . . .

Ich fragte mich, ob ich jemals den kalten Nerven hätte, freiwillig in diese Hölle zurückzukehren, nachdem ich ihr durch ein Wunder entkommen war, nur wegen einer so winzigen Chance, einen Freund wiederzufinden. . . .

§5.

Ich nahm in Kano den Zug zu einem Ort, dessen Namen ich vergessen habe, und Lawrence holte mich auf dem Bahnsteig ab. Ich erkannte sein Gesicht sofort als das des ruhigen, eher mürrischen und abweisenden Mannes, der zwei- oder dreimal in Brandon Abbas gewesen war, als wir dort waren.

Während er meiner Geschichte lauschte, zeigte er mehr Aufregung, als ich ihm zugetraut hätte. Als ich fertig war, sagte er:

„Ich würde gerne wissen, wann die Fiktion jemals seltsamer war als diese wahre Geschichte! ... Und du weißt *immer noch* nicht, was es mit diesem Geheimnis um das 'Blue Water' auf sich hat?“

„Nein“, sagte ich. „Ich weiß nur, dass mein Bruder Michael in seinem ganzen Leben nie etwas gestohlen hat.“

„Ganz recht", erwiderte er. „Natürlich... Und nun habe *ich* Ihnen etwas zu erzählen. Ihr Major de Beaujolais wurde nach Zinder versetzt und reiste von dort auf Urlaub *via* Kano heim – und auf dem Bahnsteig des Bahnhofs von Kano traf ich ihn. Er erzählte mir die ganze Geschichte der Festung Zinderneuf aus *seiner* Sicht der Dinge, und auch, wie er das 'Geständnis' Ihres Bruders fand. Ich fuhr weiter nach Brandon Abbas und berichtete Lady Brandon, was er mir erzählt hatte – und es schien sie wirklich nicht übermäßig zu interessieren!"

Jetzt war ich an der Reihe, aufgeregt zu sein.

Es war unglaublich, dort in einem Hängesessel unter dem afrikanischen Sternenhimmel vor den Zelten dieses Mannes zu sitzen, einen Whisky Soda in der Hand und eine Zigarre im Mund, und ihm zuzuhören, wie *er* unsere Zinderneuf-Geschichte nach *Brandon Abbas* gebracht hatte!

Ich glaube, ich war bald über das Staunen und jede Fähigkeit, mich zu wundern, hinaus.

Was mich jedoch beeindruckte und mir von da an bis zu dem Moment, als ich sie sah, endlosen Stoff zum Spekulieren gab, war seine Schilderung, wie Tante Patricia seine unglaublichen Nachrichten aufgenommen hatte. Anscheinend *wollte* sie das elende Juwel nicht einmal zurückhaben. Ihre Haltung hatte Lawrence verwirrt, und sie verwirrte mich, als er sie beschrieb. . . .

Als Lawrence seine Geschichte beendet hatte, erzählte er mir viel Neues über Brandon Abbas.

Sir Hector Brandon war tot. Er war elend gestorben, allein in Kaschmir, an Cholera – seine Diener und Kulis waren geflohen, sobald sie erkannt hatten, was die Krankheit war.

Der Kaplan war an den Folgen eines offenbar paralytischen Schlaganfalls gestorben. Claudia hatte einen der reichsten Männer Englands geheiratet, der fast alt genug war, um ihr Großvater zu sein.

Augustus, der schon immer ein schlechter Reiter gewesen war, war von seinem Jagdpferd gefallen und so lange mitgeschleift worden, bis er endgültig tot war.

Isobel ging es ganz gut. Nein, sie hatte nicht geheiratet. Wie lange hatte Herr Lawrence nichts von Lady Brandon gehört? Oh, erst vor kurzem, vor etwa einem Monat. Sie schrieb jetzt häufiger. Sie schien niemanden mehr zu haben, an den sie sich um Rat wenden konnte, jetzt, wo der Kaplan tot war. . . .

Isobel war wohlauf und unverheiratet! (Ich merkte, dass ich freier atmete und mein Herz regelmäßiger schlug als seitdem dieser ernste Beamte Claudias Hochzeit erwähnt hatte.)...

Fühlte sie für mich dasselbe wie an jenem Morgen, als ich mich nicht von ihr verabschiedet hatte – jenem Morgen, der so lange zurückzuliegen schien, dass er in einem früheren Leben hätte stattfinden können, jenem Morgen, der so lange *zurücklag*?

Tante Patricia wusste es also! Aber was wusste sie schon? Nur, dass Michael gestanden hatte, der alleinige Dieb der „Blue Water" zu sein, und dass er und nur er allein schuld war. . . .

Wusste sie schon *die Wahrheit* über den Diebstahl?

§6.

Ich hatte mich schon seit einiger Zeit furchtbar unwohl gefühlt, und nun brach ich mit einer Kombination aus Malariafieber und Ruhr zusammen – dieser unheilvollen Verbindung, nach deren Ausbruch ein Mensch nie wieder ganz derselbe ist.

Wäre ich Lawrences eigener Sohn gewesen, hätte er nicht mehr für mich tun können, und der Regierungsarzt, der per Postzug und Pferd herbeigeeilt war, war hervorragend. Es war eine knappe Sache und eine lange, langsame Genesung, aber schließlich kam der Tag, an dem ich mich schwach, zittrig und abgemagert auf dem Bahnsteig von Maiduguri wiederfand, *auf dem Weg* nach Lagos und nach Hause.

George Lawrence war bei mir, nachdem er geschworen hatte, mich nicht aus den Augen zu lassen, bis er mich wohlbehalten in Brandon Abbas abgeliefert hatte. Ich sprach den unwürdigen Gedanken, der mir in den Sinn kam, Beiseitesprechen – dass er selbst es war, den er wohlbehalten in diesem Haus sehen wollte! Der Gedanke kam mir, als ich feststellte, dass ihn alles, was ich über Michael sagte, insofern interessierte, als es Michaels Beziehung zu Tante

Patricia betraf, und dass sein Interesse an dem Geheimnis der „Blue Water“ sich auf deren Zusammenhang mit Tante Patricias Angelegenheiten beschränkte.

Und so fand ich mich eines Tages auf dem Deck eines Dampfers wieder, atmete herrliche Seeluft, blickte zurück auf die sich entfernende Küste des schrecklichen Afrikas und war fast zu schwach, um meine Augen vor Tränen und meine Kehle vor einem Kloß zu bewahren, als mir bewusst wurde, dass ich alles zurückließ, was sterblich war von zwei der besten und edelsten Männer, die je gelebt hatten – meinen Brüdern Michael und Digby. Außerdem zwei weitere der besten Männer einer anderen Art, Hank und Buddy, die vielleicht noch lebten, wahrscheinlich aber tot waren (denn es war keine Nachricht nach Kano gekommen) – und wäre Isobel nicht gewesen, hätte ich mir gewünscht, auch tot zu sein.

Aber ich war froh, am Leben zu sein, und in meiner Selbstsucht ließ ich meine Freude meine Trauer um meine Brüder und Freunde lindern – denn in meiner Tasche hatte ich Telegramme von Isobel, die sie abgeschickt hatte, sobald Lawrences Brief Brandon Abbas erreicht hatte, in denen sie meine Ankunft in Nigeria und den Tod von Michael und Digby ankündigte.

§7.

Ich werde nicht über mein Treffen mit ihr schreiben. Diejenigen, die lieben oder jemals geliebt haben, können sich vorstellen, was ich empfand, als ich zum Bower ging, den sie als unseren Treffpunkt gewählt hatte, anstatt eines Bahnsteigs oder des Decks eines Dampfers.

Da stand meine Liebste, schöner denn je und, wenn möglich, noch liebenswürdiger und zärtlicher. . . .

Nun, Freude tötet nicht, sonst hätte ich diese Stunde nicht überlebt. Tante Patricia war zunächst kühl und freundlich.

Sie gab mir zu verstehen, dass sie mich eines Tages zu sich gerufen hatte und ich mich geweigert hatte zu kommen, und dass ich ihr gegenüber noch ungehorsam gewesen war, indem ich das Haus gegen ihren ausdrücklichen Wunsch verlassen hatte!

Nach dem Mittagessen gab ich ihr im Salon, dem Raum, aus dem die „Blue Water“ verschwunden war, in Anwesenheit von Isobel und George Lawrence den Brief und das Päckchen, die Michael mir anvertraut hatte.

Sie öffnete zuerst den Brief, las ihn und las dann mit klarer, fester Stimme vor:

" *Meine liebste und verehrte Tante Patricia,*

Wenn du dies erhältst, werde ich tot sein, und wenn du es gelesen hast, wirst du mir hoffentlich vergeben, denn ich habe getan, was ich für das Beste hielt und was dir in kleinerem Maße etwas von deiner großen Güte mir und meinen Brüdern gegenüber zurückzahlen würde.

Meineliebe Tante, ich wusste, dass du die *“Blue Water” an den Maharadschaverkauft hast(zum Wohle der Pächter und des Anwesens), und ich wusste,dass du* die *Rückkehr von Herrn Hector und seine Entdeckung der Tatsache früher oder späterfürchtest.*

Ich*war in* einer der Rüstungen *,als du die “Blue Water” dem Wesir oder Vertreter des Maharadschas übergabst. Ich habe alles gehört, und als du gesagt hattest, was du gesagt hast, und ich es gehört hatte, war es sinnlos, dir zu gestehen, dass ich Bescheid wusste – aber als ich herausfand,dass du* eine Kopie *anfertigen lassenhattest, dachte ich, wie großartig es wäre, wenn wir* einen Einbruch *hättenund die “Blue Water”-Kopie gestohlen würde! Die Diebe würden schön reingelegt werden, und Ihr Verkauf des Steins würde* von Herrn Hector nie entdeckt werden.

Hätte ich gewusst, wie man in das Priesterloch gelangt und den Safe öffnet, hätte ich ihn für Sie ausgeraubt.

Dann kam der Brief von Herrn Hector, in dem er seine Rückkehr ankündigte, und ich

wusste, dass die Lage verzweifelt und die Angelegenheit DRINGEND war. Also *habe ich dieses clevere Stück Glas oder Quarz oder was auch immer es ist, mitgenommen und gebe es hiermit (mit einer Entschuldigung) zurück. Ichhätte esfastin derselben Nacht wieder zurückgelegt, aber ich bin froh, dass ich es nicht getan habe. (Sag das bitte John.)*
Jetzt bitte ich dich inständig, Sir Hector weiterhin glaubenzu lassen, dass ich ein ge-

wöhnlicher Dieb bin und das "Blue Water" gestohlen habe – *sonst wäre all die Mühe, die sich alle gemacht haben, umsonst gewesen, und ich hätte dich nicht vor Ärger und Unannehmlichkeiten bewahren können.*
Wenn ich so frei sein darf, finde ich, dass du absolut Recht hattest, ihn zu verkaufen, und dass

sein Wert viel besser für die Gesundheit und das Glück der Pächter und Dorfbewohner und für die Produktivität der Bauernhöfe verwendet ist, als in einem Safe in Form eines glänzenden Steins, der niemandem etwas nützt.
Ich hätte fast bereut, was ich getan hatte, als diese Idioten Digby und John auch noch die

Frechheit besaßen, sich aus dem Staub zu machen. Ehrlich gesagt wäre mir nie in den Sinn gekommen, dass sie so etwas Dummes tun würden. Aber ich nehme an, es ist egoistisch von mir, die ganze Schuld und den ganzen Spaß und die Freude daran, eine kleine Aufgabe für dich zu erledigen, für mich beanspruchen zu wollen.
Ichhoffe so sehr, dass alles gut gegangen ist und sich so entwickelt hat, wie ich es geplant habe.

ICH WETTE ,ONKELHECTOR WAR KRANK!
Nun, meine liebe Tante, ich kann nur beten, dass ich Ihnen ein wenig geholfen habe.

Mit aufrichtiger Dankbarkeit für alles, was Sie für uns getan haben,

Ihr Sie liebender und bewundernder Neffe,

"Beau" Geste.

„Eine *schöne Geste*, wirklich", sagte Tante Patricia, und zum einzigen Mal in meinem Leben sah ich, wie sie sich ein Taschentuch vor die Augen hielt.

* * *

Auszug aus einem Brief von George Lawrence, Esq., C.M.G., Mitglied des nigerianischen Staatsdienstes Seiner Majestät, an Oberst Henri de Beaujolais, Oberst der Spahis, XIX. (afrikanisches) Armeekorps:

" ... *Und das ist also die andere Seite der Geschichte, mein Freund. Ach, diese beiden großartigen Jungs, Michael und Digby Geste...*
Und die letzte Nachricht ist, dass ich aufrichtig hoffe, dass du im Juni nach England kommen

kannst.
Du bist der beste Mann, den ich kenne, Jolly, und ich möchte, dass du mein Trauzeuge wirst,

ein Wunsch, den Lady Brandon von ganzem Herzen teilt.
Toll, alter Knacker, nach mehr als dreißig Jahren Treue!... Ich fühle mich wie ein Junge!

Und*dieser nette Junge, John, wird das "so schöne Kind" heiraten, an das du dich erinnerst.*

Lady Brandon ist wirklich eine gute Fee für die beiden. Ich glaube, sie hat das Gefühl, dass sie Michael irgendwie etwas Gutes tut, indem sie ihnen den Weg ebnet. . . . "

BEAU SABREUR

Ein Mensch kann vor seinen Feinden oder sogar vor seinen Freunden fliehen, aber wie kann er vor seiner eigenen Natur fliehen?

AN
"NOBBY",

Wahrer Kamerad,
Dem dieses Buch viel zu verdanken hat.

Hinweis

Der Autor möchte schon mal auf einige Einwände eingehen, die vielleicht von einigen der netten Kritiker und Rezensenten kommen könnten, die so freundlich und ermutigend über *„Beau Geste"*, *„The Wages of Virtue"* und *„ The Stepsons of France"* geschrieben haben.

Einige der in diesen Büchern beschriebenen Ereignisse wurden als unmöglich beanstandet.

Sie waren unmöglich.

Die einzige Verteidigung, die der Autor vorbringen kann, ist, dass sie, obwohl vollkommen unmöglich, tatsächlich passiert sind.

In einer Rezension zu *The Wages of Virtue* hat zum Beispiel ein sehr angesehener Literaturkritiker gesagt, dass die Geschichte von dem Mädchen, das in der französischen Fremdenlegion gefunden wurde, absurd sei und nur noch eine weitere Unmöglichkeit zu einer Reihe von Unwahrscheinlichkeiten hinzufüge.

Der Autor gab die Berechtigung der Kritik zu und brachte damals wie heute die gleiche schwache Verteidigung vor, dass es sich zwar um eine völlige Unmöglichkeit handele, aber um die schlichte Wahrheit. Er bot dem Kritiker außerdem an, ihn (auf dessen Kosten) in die fröhliche Stadt Figuig in Nordafrika zu begleiten und ihm dort den Grabstein (mit der offiziellen Grabinschrift) eines Mädchens zu zeigen, das viele Jahre lang *als Kavalleristin bei den Spahis* gedient hatte , bis zum Rang eines Sergeanten aufgestiegen war und bis zu ihrem Tod in der Schlacht niemand ahnen konnte, wer sie wirklich war – eine Europäerin.

Und in diesem Buch wird nichts als wahr dargestellt, was nicht passiert ist – einschließlich der Adoption von zwei ehemaligen Legionären durch einen arabischen Stamm und deren Aufstieg zum Scheichtum und zu solcher Macht, dass sie einen Vertrag mit der Republik unterzeichneten.

Einer von ihnen wurde tatsächlich auf ein französisches Truppentransportschiff gebracht, und sein schlichtes Staunen über die Wunder der *Roumi* war ziemlich rührend und für alle, die das miterlebten, von angenehmem Interesse. …

Der Leser kann sicher sein, dass die in diesem Buch erzählten Taten, die beschriebenen Szenen und die dargestellten Persönlichkeiten nicht das Produkt einer von Filmen geprägten Fantasie sind, sondern die Neuordnung tatsächlicher Ereignisse und die Zusammenstellung realer Menschen, die tatsächlich gelebt, geliebt, gekämpft und gelitten haben – und von denen einige tatsächlich bis heute leben, lieben, kämpfen und leiden.

Die Wahrheit *ist* seltsamer als die Fiktion.

TEIL I. MISSERFOLG

DIE ENTSTEHUNG EINES BEAU SABREUR

(AUS DEN UNVOLLENDETEN MEMOIREN VON
MAJOR HENRI DE BEAUJOLAIS VON
DIE SPAHIS UND
DER FRANZÖSISCHE GEHEIMDIENST)

"Die Sache über den Ruhm zu stellen, Das Spiel über den Preis zu lieben, Den Feind, der mit furchtlosen Augen kommt, zu ehren, während man ihn niederschlägt; Das Leben im Kampf für gut zu halten, Und das Land, das dich geboren hat, zu säubern, Die Bruderschaft noch näher zu bringen, Die die Tapferen aller Erde verbindet. . . ."

– Herr Henry Newbolt.

Kapitel I. "Aus der Tiefe erhebe ich mich"

Ich werde ganz unten anfangen, wo ich am tiefsten war, und du wirst sehen, wie es wieder nach oben geht, bis zum höchsten Punkt, wo ich vom Scheitern gekrönt werde.

* * *

Seht mich also, gekleidet in einen schmutzigen Leinenanzug und Holzpantoffeln, ausgestreckt auf einem breiten, schrägen Regal; mein Kopf, nahe der Wand, ruht auf einer Holzleiste, einen Fuß breit und zwei Zoll dick, die als Kopfkissen dient; und meine Füße liegen nahe der Leiste, die dieses schöne Bett abschließt, das etwa dreißig Fuß lang und sieben Fuß breit ist. Es ist tatsächlich so lang wie der Raum und etwa zwei Fuß vom schmutzigen Ziegelboden entfernt.

Zwischen meinem verwöhnten Körper und dem Holzbett, das vom Reiben vieler widerlicher Körper poliert ist, befindet sich nichts. Ich bin mit einem vier Fuß langen und zwei Fuß breiten „Brotbeutel" aus Segeltuch bedeckt, einem Sack, der zum Transport von Armeebrot verwendet wird. Als Ersatz für Laken, Decken und Daunendecken ist er völlig unzureichend.

Die Nacht ist bitterkalt, und unter meinem Leinwandanzug trage ich meine gesamte Unterwäsche, trotzdem klappern meine Zähne und ich zittere am ganzen Körper, als hätte ich Schüttelfrost.

Ich darf meine warme Uniform und meinen Mantel oder Überrock nicht tragen, denn leider bin ich im Gefängnis.

Außer mir gibt es nichts anderes im Gefängnis als einen lauten, *neureichen*, aufdringlichen Geruch.

Ich irre mich – und ich möchte ganz genau und vollkommen ehrlich sein – es gibt hungrige und heimtückische Insekten, deren Anzahl unbekannt ist, fleißig, ehrgeizig und erfolgreich.

Einige meiner Kameraden rühmen sich, intelligente und vernünftige Männer zu sein, und glauben daher nur an das, was sie sehen können. Ich kann die Insekten nicht sehen, aber ich, intelligent oder nicht, glaube fest an sie.

Hallo! Da ist noch etwas anderes ... Eine Ratte ist mir über das Gesicht gelaufen ... Ich bin froh, dass so ein unhöfliches Tier im Gefängnis sitzt. Das geschieht ihm recht ... Insgesamt wünschte ich mir jedoch, er wäre nicht im Gefängnis, denn er knabbert an meinen köstlichen Locken ... Wenn ich wild nach ihm schlage, werde ich mit meinen Knöcheln einen heftigen Schlag gegen die Ziegelwand ausführen ...

Die Tür aus 15 cm dickem Eichenholz wird aufgestoßen, und im Schein der Laterne, die der Wachsergeant in der Hand hält, sehe ich einen Mann und einen Bruder in meine Zuflucht geworfen werden. Er fällt schwer und bleibt liegen, wo er hingefallen ist, in friedlichem Schlaf. Er hat am Altar des Bacchus, eines falschen Gottes, gebetet. Die Tür fällt mit einem lauten Knall zu und lässt die Welt in Dunkelheit zurück, nur ich, der betrunkene Soldat, die Ratte und die Insekten bleiben zurück.

Ich zittere und winde mich und kratze mich und frage mich, ob der penetrante Geruch siegen wird oder mein stolzer Magen sich siegreich über ... Ja, er steigt ... Siegreich? ... Nein ...

Wieder öffnet sich die Tür und ein Soldat tritt ein, der sich beim Wachsergeant höflichst für seine Fürsorge und Freundlichkeit bedankt. Der Wachsergeant fordert den Soldaten in unhöflichstem Ton auf, seine Stoffhose auszuziehen.

Er tut es und bestätigt, was der Sergeant befürchtet hatte – dass er darunter seine Uniformhose trägt. Der Wachsergeant konfisziert die untersten Kleidungsstücke, schickt den Gefangenen in die untersten Regionen, gibt ihm zwei zusätzliche Tage in dieser besonderen Region und geht hinaus.

Als die Tür zuschlägt, zündet der Neuankömmling ein Streichholz an, holt eine halbe Kerze hervor, zündet sie an und begrüßt mich und den glücklichen Schläfer auf dem Boden höflich.

„Lass uns den ins Bett bringen", schlägt er vor, steckt die Kerze auf das Kopfkissenregal, und ich stehe auf, und wir heben den Trunkenbold vom harten Boden auf das härtere, aber weniger feuchte und schmutzige „Bett".

Offensichtlich handelt es sich hier um eine humane und gütige Seele. Ich stehe da und werde für meine Herzlosigkeit getadelt, den Betrunkenen auf dem Boden liegen gelassen zu haben.

Aber er treibt es mit seiner Tugendhaftigkeit nicht über die Stränge, denn als er sieht, dass der Bacchanal in seiner Ausgehuniform (in der er offensichtlich hilflos in die Kaserne gebracht wurde) ins Gefängnis geworfen wurde, zieht er dem Mann die Tunika aus und zieht sie über seine eigene Leinen-Stalljacke.

„Die Betrunkenen spüren nichts", bemerkt er sentenziös. „Warum sollten die Nüchternen frieren?"

Ich stehe nicht länger da und werde zurechtgewiesen.

Im Schein seiner Kerze betrachte ich das angenehme schwarze Loch, in dem wir liegen, dessen Wände mit Zeichnungen, Gedichten, Aphorismen und *obiter dicta* verziert sind, die es nicht wert sind, studiert zu werden.

Es ist ein stinkender, feuchter und verwahrloser Keller, etwa zehn Meter im Quadrat, der nur durch eine einzige Gitteröffnung hoch oben in einer der Wände belüftet wird und selbst für ein Pferd oder einen Hund ungeeignet ist.

Tatsächlich würde Colonel du Plessis, unser kommandierender Offizier, nicht einmal eines der Pferde für eine Stunde hier lassen. Aber ich bin für fünfzehn Tage hier (außer wenn ich Strafdienst habe) und das steht mir recht.

Denn ich habe *mich* fünf Tage lang unerlaubt *entfernt* – die längste Zeit, die man fehlen darf, ohne als Deserteur zu gelten und drei Jahre Zwangsarbeit zu bekommen.

Versteh mich nicht falsch, ich beschwere mich nicht im Geringsten. Ich kannte die Strafe und habe sie akzeptiert. Aber es ging um eine Dame, genau die, die uns mit ihrer Bemerkung zu de Lannec über einen geizigen jüdischen Politiker aus ihrem Bekanntenkreis amüsiert hatte: „Wenn ein Mann mit Zukunft eine Dame mit Vergangenheit besucht, sollte er auf die Gegenwart achten, dass sie akzeptabel ist – und teuer." Sie hatte mir geschrieben und mich im Namen alter Freundschaft gebeten, schnell nach Paris zu kommen, und gesagt, sie wisse nichts, was mich davon abhalten könnte, ihr in ihrer schrecklichen Not zu helfen, außer dem Tod.

Und der Tod hielt seine Hand zurück, bis ich das Vertrauen dieser mutigen und witzigen kleinen Dame gerechtfertigt hatte; und jetzt, nach dem Ereignis, schickt er seine Flöhe, seinen Gestank und seine schreckliche Kälte zu spät. ... Liebe kleine Véronique Vaux! ...

Draußen herrscht große Aufregung, und die Kerze wird sofort von ihrem Besitzer gelöscht, der den Docht drückt.

Offensichtlich rebelliert jemand töricht und vergeblich gegen das Schicksal und widersetzt sich noch törichter und vergeblicher den Wachen.

Die Tür öffnet sich und das Opfer wird mit einem gewaltigen Krachen in die Zelle geworfen. Der Wachsergeant macht Versprechungen. Der Gefangene stößt Laute aus, die die Versprechungen übertönen. Er muss wahnsinnig vor Wut sein, kampflustig und voll von billigem Kantinenbrand.

Der humane Mann zündet seine Kerze wieder an, und wir sehen einen riesigen, kräftigen Soldaten in der Ecke herumfuchteln.

Was *er* sieht, ist offenbar eine Versammlung seiner tödlichsten Feinde, denn er zieht ein langes, gefährliches Messer aus seinem Hosenbund und stürmt mit einem wilden Schrei auf uns zu.

Der humane Mann schlägt ihm sofort die Kerze aus der Hand und springt vom Bett. Ich springe wie *eine* – nun ja, *eine Fliege* ist hier und jetzt wohl das passendste Gleichnis – in die entgegengesetzte Richtung und nehme eine offensive Verteidigungshaltung ein, und jedem, der sich mir nähert, werde ich mein Bestes geben – dort, wo ich denke, dass es am meisten nützt. . . .

Anscheinend hat der Wütende den Menschenfreund und den Bacchanalianer verfehlt und mit solcher Wucht zugeschlagen, dass sein Messer so tief im Holz steckt, dass er es nicht wieder herausbekommt.

Ich bin froh, dass mein stolzer Bauch, so sehr er mich auch ärgert, nicht zwischen dem Messer und dem Bett lag. . . .

Und ich hatte immer gedacht, das Leben im Gefängnis sei so langweilig und voller *Ennui*. . . .

* * *

Der Gewalttätige weint jetzt, der Menschliche schnarcht, der Bacchanale grunzt würgend, und ich lege mich wieder hin, diesmal ohne meinen Brotsack.

Bald schon bilden die grausame Kälte, die klamme Feuchtigkeit, die bösartigen Flöhe, die heimlichen Ratten, der widerliche Geruch und der stolze Magen zusammen mit der harten Bank und den schmerzenden Knochen eine Grossfarm, die mich wünschen lässt, ich wäre kein kranker und schmutziger Mann, der im Gefängnis hungert.

Und vor ein paar Monaten war ich noch in Eton! ... Das ist alles sehr amüsant...

Kapitel II. Onkel

Du fragst dich bestimmt, wie jemand in einem Jahr Eton-Schüler und im nächsten Soldat in einem französischen Husarenregiment sein kann.

Ich bin Franzose, darauf bin ich stolz, aber meine liebe Mutter, Gott hab sie selig, war Engländerin, und mein Vater war wie ich ein großer Bewunderer Englands und der englischen Institutionen. Deshalb wurde ich nach Eton geschickt.

Als mein Vater starb, kurz nachdem ich die Schule verlassen hatte, holte mich mein Onkel zu sich.

Er war damals bereits General, der jüngste in der französischen Armee, und seine Frau ist die Schwester eines äußerst prominenten und mächtigen Politikers, der damals – und seitdem wieder – Kriegsminister war.

Mein Onkel ist unglaublich patriotisch, und *La France* ist seine Göttin. Für sie würde er sterben wollen, und für sie würde er alle anderen sterben sehen – sogar so einen sympathischen Menschen wie mich. Wenn seine letzten Augenblicke kommen, wird er furchtbar leiden, wenn die Umstände nicht so sind, dass er sagen kann: „ *Ich sterbe – damit Frankreich leben kann*“ – eine Aussage, die schwer überzeugend zu machen ist, wenn man mit neunzig Jahren in einem Badestuhl in Vichy oder Aix sitzt.

Er ist auch ein wirklich großartiger Soldat und ein Mann mit Weitblick. Er hat einen Geist, der weit plant, hartnäckig begreift und klar sieht.

* * *

Nun, er ließ mich rufen, und ich ließ meine Mutter in Devonshire zurück, eilte nach Paris und ging, ohne auch nur eine Pause zum *Déjeuner* einzulegen, zu seinem Zimmer im Kriegsamt.

Obwohl ich alle meine Ferien in Frankreich verbracht hatte, hatte ich ihn noch nie gesehen, da er im Auslandseinsatz gewesen war, und ich fand, dass er mein *Idealbild* eines französischen Generals war – groß, schlank, mit Falkenaugen, eine wilde, dynamische Person.

Er musterte mich scharf, begrüßte mich kühl und sagte: „Da dein Vater, wie die Engländer sagen, verschüttete Milch ist, hat es keinen Sinn, um ihn zu weinen.“

„Nun“, fuhr er nach dieser kurzen Einleitung fort, „Sie sind Franzose, der Sohn eines Franzosen. Werden Sie Ihr glorreiches Geburtsrecht aufgeben und in England leben, oder werden Sie Ihres ehrenvollen Namens würdig sein?“

Ich antwortete, dass ich als Franzose geboren sei und als Franzose leben und sterben werde.

“Gut”, sagte mein Onkel. ”In diesem Fall musst du deinen Militärdienst ableisten. Tu es sofort und tu es, wie ich es dir sage.

Eines Tages werde ich der Baumeister sein, der ein afrikanisches Reich für Frankreich errichtet, und ich werde Werkzeuge brauchen, *die sich nicht in meiner Hand drehen*. Werkzeuge, auf die ich mich *absolut* verlassen kann. Wenn du Ehrgeiz hast, wenn du ein *Mann* bist, gehorche mir und folge mir. Hilf mir, und ich werde dich groß machen. Enttäusche mich, und ich werde dich vernichten.”

Ich starrte ihn an und gaffte wie der Schwachkopf, als der ich mich manchmal gerne darstellte.

Mein Onkel stand von seinem Schreibtisch auf und ging im Zimmer auf und ab. Bald war ich vergessen, glaube ich, denn er blickte eher auf seine großartige Vision der Zukunft als auf seinen großartigen Neffen der Gegenwart.

“Frankreich ... Frankreich ...”, murmelte er. ”Ein mächtiges Reich ... Triumphierend über seine neidischen, gierigen Feinde ...

England beherrscht den gesamten Osten Afrikas, aber was ist mit dem Rest – von Ägypten bis zum Atlantik, von Tanger bis zum Golf? ... Marokko, die Sahara, der Sudan, der ganze weite, bevölkerungsreiche Westen ...

„Wir haben Algerien, Tunesien und hier und da ein paar Ecken ... Das reicht nicht ... Das ist nichts ...“

Ich hustete und sah noch dümmer aus.

„Frankreich ist bedroht“, fuhr er fort, „durch sinkende Geburtenraten und einen Mangel an Arbeitskräften ... Deutschland wartet nur auf *den Tag*... Afrika, ein unerschöpfliches Reservoir an den besten Soldaten der Welt. Die Sahara – mit Bewässerung ein unerschöpfliches Reservoir an Nahrungsmitteln ...“

Es war Mittagszeit, und mir wurde klar, dass auch ich Bewässerung brauchte und mich gerne einem unerschöpflichen Vorrat an Nahrung nähern würde. Wenn er mich in die Sahara schicken würde, würde ich sofort gehen. Ich sah intelligent aus und murmelte:

„Oh, *lieber* Onkel!“

„Frankreich muss expandieren oder sterben“, fuhr er fort. Und ich fühlte mich in dieser Hinsicht genau wie Frankreich.

“Der Sudan”, fuhr er fort, ”könnte zu einem Argentinien des Getreides und des Viehs werden, zu einem Ägypten der Baumwolle – und ach, diese Sudanesen! Was für Soldaten für Frankreich! ...

Die Beduinen müssen gezähmt, die Tuareg gebrochen, die Senussi gewonnen werden. ... *Dort* brauchen wir ausgebildete Gesandte – Frankreichs geheime Botschafter, die unter den Stämmen arbeiten ...

„Wird der Westen unter die Trikolore Frankreichs oder unter das grüne Banner des Panislamismus fallen? ...“

In diesem Moment interessierte mich das nicht sonderlich. Die Pläne zur Bewässerung und Nahrungsmittelversorgung interessierten mich mehr. Mais und Vieh ... richtig zubereitet, und vielleicht ein wenig Suppe, Fisch und Huhn ...

„Wir brauchen sichere Routen durch die Sahara; dann werden Ingenieurskunst und Agrarwissenschaft die Wüste in einen Garten verwandeln – Frankreichs großen Gemüsegarten. Frankreichs Obstgarten und Kornfeld. Und die Sonnenstrahlen werden so genutzt, dass ihre Wärme Frankreich mit der größten Kraftanlage der Welt versorgen kann . . .“

„Oh ja, Onkel“, sagte ich. Natürlich sollte Frankreich die Sonnenstrahlen haben, wenn ich dafür zu Mittag essen könnte.

„Aber zuerst muss sie erobert werden! Mit Diplomatie ... Teile und herrsche – damit der ärmste und leerste Ort der Erde zum reichsten und reichsten wird – und Frankreich triumphieren kann ...“

Eigennützig dachte ich, wenn mein ärmster und leerster Ort bald zum reichsten und vollsten werden könnte, würde *ich* triumphieren.

“Nun, Junge”, schloss mein Onkel, blieb stehen und durchbohrte mich mit einem durchdringenden Blick, ”ich werde dich auf die Probe stellen und dir eine Chance geben, Marschall von Frankreich zu werden, wie sie nur wenigen zuteilwird. Hör zu. Geh zum Hauptquartier der Militärdivision des *Arrondissements*, in dem du geboren wurdest, zeig deine Papiere und melde dich als *Freiwilliger*. Dann musst du nur ein Jahr lang dienen statt der drei Jahre, die für normale Wehrpflichtige vorgeschrieben sind – weil du der Sohn einer Witwe bist, dich freiwillig vorzeitig gemeldet hast und die Gebühr *für Freiwillige* in Höhe von 1.500 Franken bezahlen kannst. Ich werde dafür sorgen, dass du zu den Blauen Husaren kommst und ein Jahr lang in den Reihen dienst. Du wirst niemandem meinen Namen nennen und genau wie jeder andere einfache Soldat behandelt werden. ...

Wenn du am Ende dieser Zeit mit guten Noten abschliesst, komm zu mir, und ich werde dafür sorgen, dass du mit einem Offiziersrang bei den Spahis nach Afrika kommst, und dann bist du auf der Karriereleiter. Lerne Arabisch, bis du es besser beherrschst als deine Muttersprache, und lerne die Araber besser kennen als dich selbst. *Dann* kann ich dich gebrauchen!”

„Oh *ja*, Onkel“, antwortete ich pflichtbewusst, als er inne hielt.

”Und eines Tages – eines Tages – das schwöre ich dir – wirst du einer der wertvollsten und geschätzten Diener Frankreichs sein und ein Leben voller interessantester Aufgaben, höchster Nützlichkeit und größter Gefahr führen. Du wirst dich als Kavallerist bewähren müssen, als Spahi-Offizier, als mein Adjutant, als Gesandter, als Unterhändler, als Geheimdienstoffizier, und du wirst eine Ausbildung erhalten, die dich dazu befähigt, meine Nachfolge anzutreten – und *ich* werde Marschall von Frankreich sein – und Oberbefehlshaber und Generalgouverneur des großen afrikanischen Reiches Frankreichs. . . .

Aber wenn du in irgendeiner Weise versagst, in irgendeinem Schritt oder in irgendeiner Phase deiner Karriere, dann bin ich fertig mit dir. ... Sei meiner Würde würdig, und ich werde dich zu einem der größten Diener Frankreichs machen. ... Und denk daran, Junge – du wirst *allein reiten* müssen, auf dem Weg, den ich dir ebnen werde. ..." Er verstummte.

Sein grimmiges und fanatisches Gesicht entspannte sich, ein sanftes Lächeln veränderte es völlig, und er streckte ihm die Hand entgegen.

„Möchtest du mit mir zu Mittag essen, mein Junge?", fragte er freundlich.

„Äh – *Mittagessen*, Onkel?", antwortete ich. „Danke – ja, ich glaube, ich könnte vielleicht ein bisschen was essen ..."

Ausgezeichnet! Ich würde meinem Onkel würdig sein und mein Leben meinem Land widmen. (Übrigens hatte ich nichts dagegen, zu gegebener Zeit Marschall von Frankreich zu werden.)

Ich hielt mich für einen äußerst glücklichen jungen Mann, denn ich musste nur mein Bestes geben. Und ich *hatte* unglaubliches Glück – nicht nur, weil ich einen solchen Onkel hatte, sondern auch, weil ich eine englische Ausbildung und eine englische Erziehung in Sport und Spiel genossen hatte. Ich hatte die Public Schools Championship im Boxen (Mittelgewicht) und im Fechten gewonnen. Ich war ein guter Turner, ich ritt seit meiner Kindheit und ich war bei bester Gesundheit und voller Kraft.

Da ich mit einer Kavalleristenfigur, einer ausgezeichneten Verfassung, einer perfekten Verdauung, einer Vorliebe für Abenteuer und einer intensiven Lebensfreude gesegnet war, hatte ich das Gefühl, dass alles zum Besten stand in der besten aller möglichen Welten. Was das „alleine Reiten" anging – ausgezeichnet . . . *Ich* würde nicht der Typ Mann sein, der sich seine Karriere von einer Frau verbauen lässt!

§ 2

Ein paar Wochen nachdem ich mich beim zuständigen Militärhauptquartier gemeldet hatte, bekam ich den Befehl, mit meinen Unterlagen beim *Conseil de Revision* im Rathaus meines Heimatbezirks vorstellig zu werden; und zusammen mit etwa hundert anderen jungen Männern aus allen sozialen Schichten und Gesellschaftsschichten wurde ich ordnungsgemäß körperlich und geistig untersucht.

Kurz darauf bekam ich eine Vorladung, mich in der Kavalleriekaserne zu melden, um in Reiten geprüft zu werden. Wenn ich die Prüfung nicht bestanden hätte, hätte ich nicht als einjähriger *Freiwilliger* in ein Kavallerieregiment eintreten können.

Ich bestand natürlich, und wenig später erhielt ich meine *„Feuille de route* " und die Mitteilung, dass ich den Blauen Husaren zugeteilt worden war und mich unverzüglich in deren Kaserne in St. Denis zu melden hatte.

Die Zeit dazwischen verbrachte ich teils bei meiner Mutter und ihren Leuten, den Carys, teils in Paris bei einem Leutnant de Lannec, der von meinem Onkel, bei dem er damals im Kriegsamt arbeitete, zu meinem Führer, Philosophen und Freund ernannt worden war. Diesem Herrn verdankte ich viele gute Ratschläge und unzählige Hinweise und Tipps, die sich als unschätzbar wertvoll erwiesen. Außerdem für die Freundschaft der lieben, klugen kleinen Véronique Vaux und vor allem für die von Raoul d'Auray de Redon, die ich später fand.

De Lannec verdanke ich es, dass ich in meiner Zeit als unerfahrener Rekrut zwar ein Dummkopf war, aber kein blutrünstiger Dummkopf, und dass ich den meisten Fallen entkommen bin, die von denen, die selbst erst durch schmerzhafte Erfahrungen vorsichtig geworden waren, für die Unvorsichtigen ausgelegt worden waren.

Ihm verdanke ich auch, dass ich mir dauerhaft ein Zimmer in einem Hotel in St. Denis nehmen konnte, wo ich essen und baden konnte, dass ich mir meine Kavallerie-Stiefel und meine Uniform maßschneidern lassen konnte und dass ich mich mit einer kompletten Ersatzausrüstung all der Kleidungsstücke und Gebrauchsgegenstände ausstatten konnte, deren Verlust oder Fehlen den einfachen Soldaten so viel Ärger und Strafen einbringt.

§ 3

Und so stand ich eines schönen Morgens vor den großen Toren der Kaserne der berühmten Blauen Husaren und versuchte, fröhlicher auszusehen, als ich mich fühlte.

Ich sah einen riesigen Exerzierplatz, etwa eine Viertelmeile im Quadrat, mit der Reitschule in der Mitte und dahinter eine riesige Kaserne für Männer und Pferde. Die Pferde waren im Erdgeschoss untergebracht und die Männer in den oberen Stockwerken – keine schöne Einrichtung, fand ich. (Das dachte ich auch noch, als ich direkt über den Pferden wohnte, in einem Raum, in dem 120 ungewaschene Männer, 120 Paar Stallstiefel, 120 nie gereinigte Decken und Fenster untergebracht waren, die seit 120 Jahren geschlossen gehalten wurden, um die Ausdünstungen aus dem Stall fernzuhalten (denn es kam schon genug durch den Boden).

Ich ging durch die Tore, und ein Sergeant kam aus dem Wachraum, der direkt daneben lag.

„Hallo, du da! Wo willst du hin?", rief er.

„Ich bin gekommen, um mich zu melden, Sergeant", antwortete ich kleinlaut und zeigte ihm meine *Feuille de route*.

Er schaute sie sich an.

„Einer von diesen gesalbten *Volontaires*, was?", knurrte er. „Also, mein lieber Herr, ich mag die nicht, verstehst du? ... Und ich mag dich auch nicht ... Ich mag dein Gesicht nicht, deine Stimme nicht, deine Kleidung nicht, nichts an dir. Verstehst du? ..."

Ich dachte an den Rat von de Lannec und hielt meinen Mund. Das ist das Einzige, was man einem Soldaten vorenthalten kann. Aber ein guter Sergeant lässt sich nicht besiegen.

„Wage es nicht, da zu stehen und zu schmollen, du dummes Abbild eines toten Fisches", schrie er.

„Nein, Sergeant", antwortete ich.

„Und widersprich mir auch nicht, du plappernder Pavian", brüllte er.

„Du hast einen schlechten Anfang gemacht", fuhr er drohend fort, bevor ich entweder schweigen oder antworten konnte, „und ich werde dafür sorgen, dass du auch ein schlechtes Ende nimmst, du pickeliger *Peking*! ... Verschwinde von hier – los – bevor ich ..."

„Aber, Sergeant", murmelte ich, „ich bin gekommen, um mich anzumelden ..."

„Du *willst* mich unterbrechen, was?", brüllte er. „Das war's dann wohl! Warte, bis du deine Uniform hast – dann zeige ich dir eine kleine Steinkiste, die ich kenne. Das wird dir eine Lehre sein, Sergeanten zu widersprechen. ... Verschwinde, du ungehorsamer Schurke, und bring deine *Reiseerlaubnis* zum Zahlmeisteramt in der *Rue des Enfants Abandonnés*. ... Ich werde mich um dich kümmern, wenn du zurückkommst. Bei dem Namen eines gesalbten Pudels, das werde ich! ..."

Schweigend drehte ich mich um und machte mich auf die Suche nach der *Rue des Enfants Abandonnés* und dem Amt des Zahlmeisters, mit dem Gefühl, dass ich tatsächlich ganz unten auf einer ziemlich steilen Leiter anfangen und wertvolle Disziplin und Selbstbeherrschung lernen würde.

Ich glaube, dass ich für den Bruchteil einer Sekunde versucht war, den Zug nach Calais und England zu suchen, anstatt die Straße der verlassenen Kinder und das Amt des Zahlmeisters aufzusuchen. (Waren es Kinder mit verlassenem Charakter oder Kinder, die von anderen verlassen worden waren? Leider wusste ich es nicht, aber da ich mich selbst ein wenig wie ein armes verlassenes Kind fühlte, entschied ich mich für Letzteres.)

Entgegen meiner Erwartungen traf ich den Unteroffizier, der der Zahlmeister war, als höflichen Mann. Er fragte mich, welchem Geschwader ich beitreten wolle, und ich antwortete, dass ich jedem Geschwader beitreten wolle, dem der derzeitige Wachsergeant nicht angehöre.

„Wer ist das?", fragte der Angestellte.

Ich beschrieb den Sergeant als einen brutalen Kerl mit struppigem Schnurrbart, struppigen Augenbrauen, struppigen Haaren und struppigen Manieren. Ein tyrannischer Schurke, um genau zu sein.

„Jeder Soldat zu jedem Sergeant", lächelte der Schreiber, „aber das klingt nach Blüm. Hat er zufällig beim Namen eines gesalbten Pudels geschworen?"

„Das ist der Mann", sagte ich.

„Dritte Kompanie. Ich trage dich für die zweite ein. Nimm dieses Papier und frag nach dem Sergeant-Major der zweiten Kompanie. Und vergiss nicht, wenn du dich beim S.S.M. und dem *Adjutanten* deiner Kompanie gut verhältst, wird alles gut."

§ 4

Als ich in die Kaserne zurückkam, traf ich wieder den sympathischen Sergeant Blüm in der Wachstube am Tor.

„In welche Kompanie bist du eingeteilt?", fragte er.

„Zur Zweiten, Sergeant", antwortete ich unschuldig.

„Und das ist die schlechteste Nachricht, die ich dieses Jahr gehört habe", war die Antwort. „Ich hatte gehofft, du würdest in die dritte Kompanie kommen. Ich hätte dich in meinen eigenen *Zug* versetzen lassen. Ich kann gut mit Aristokraten und *Freiwilligen* umgehen, und mit *Zuhältern*..."

„Ich habe mein Bestes gegeben, Sergeant", antwortete ich ehrlich.

„*Halt endlich dein dreckiges Maul!*", brüllte er, und indem er sich zum Wachraum wandte, befahl er einem Dragoner, sich mit Aufräumarbeiten zu befassen, indem er mich fortschaffte und zum Büro des Oberfeldwebels der Zweiten Schwadron brachte.

Ich folgte dem Soldaten, einem großen, blonden Normaner, über den großen Exerzierplatz, der jetzt voller Männer in Stallkleidung war, die Besen oder Eimer trugen, Schubkarren schoben, Pferde führten, Wasser in große Tränken pumpten und im Allgemeinen das taten, was sie als Kavalleristen zu tun hatten.

„Komm mit, du gaffendes Schwein", sagte mein Begleiter, während ich mich in der angenehmen Umgebung meines neuen Zuhauses umsah.

Ich kam mit.

„Beeil dich, sonst schmeiß ich dich in den Misthaufen, nachdem der S.S.M. dich gesehen hat", fügte mein Begleiter hinzu.

„Freund und Waffenbruder", sagte ich, „lass uns gleich zum Misthaufen gehen, dann sehen wir, wer drauf landet. Ich weiß nicht, warum du ihn jemals verlassen hast."

„Oh – du bist einer von diesen widerlichen *Tyrannen*, was?", antwortete der Soldat und klopfte an die Tür eines kleinen kahlen Raums, in dem vier Betten, einige militärische Ausrüstungsgegenstände, ein Tisch, ein Stuhl und der Truppführer standen, ein kleiner grauhaariger Mann mit einem asketisch mageren Gesicht und einem ordentlich gestutzten grauen Schnurrbart.

Dies war ein Mensch von gänzlich anderem Schlag als Sergeant Blüm. Ein Hund, der nie bellte, aber heftig zubiss – Sergeantmajor Martin war ein kühler, strenger Mann, energisch und unnachgiebig, doch in seinem Auftreten ruhig, zurückhaltend und beinahe höflich.

„Ein *Freiwilliger!*", sagte er. „Schade. Man mag sie nicht, aber so ist es nun mal..."

Er nahm meine Papiere, stellte mir Fragen und schrieb die Antworten in das *Livret* oder Regimentsbuch, das jeder französische Soldat wie einen Schatz hüten muss. Dann befahl er dem Soldaten, mich zu Sergeant de Poncey zu bringen und ihm die schlechte Nachricht zu überbringen, dass ich in seinem *Peloton* sein würde.

„Folge mir, du Raufbold", sagte der Soldat, nachdem er dem Sergeant-Major salutiert hatte und aus dem Raum gegangen war. . . .

Sergeant de Poncey wurde bei der Ausübung seiner Pflicht entdeckt, als er außerhalb der Reitschule einer Strafkompanie schmerzhafte Schwertübungen abverlangte. Er war ein gutaussehender Mann, der aussah, als hätte das Leben nichts als Schmerz für ihn bereithalten. Seine Stimme war die eines gebildeten Mannes.

Die Soldaten, gekleidet in Leinenuniformen und Holzschuhen, sahen verzweifelt elend aus. Sie hatten allen Grund dazu, denn sie hatten die Nacht im Gefängnis verbracht, kein Frühstück bekommen und wurden einer Art Folter unterzogen. Der Sergeant gab einen Befehl, die

Truppe gehorchte, und damit war die Sache erledigt – bis irgendein armer Teufel, krank und halb verhungert, seinen Arm und das schwere Schwert nicht mehr halten konnte. Beim ersten Zittern und Absinken der Klinge verkündete die monotone Stimme:

„Soldat Ponthieu, zwei weitere Tage *salle de police*, weil du nicht still gehalten hast", und ein neuer Befehl wurde gegeben für eine neue Form des Leids und eine weitere Strafe für die Schwächsten.

Nun ja – sie waren dort, um bestraft zu werden, und das wurden sie auch.

Als die Truppe zurück ins Gefängnis marschiert war, kam Sergeant de Poncey auf mich zu. Er musterte mich von Kopf bis Fuß.

„Ein Gentleman", sagte er. „Gut! Das war ich auch einmal. Komm mit", und er führte mich zu den *Quartieren* des Zweiten Geschwaders und zu dem Teil des Raumes, in dem sein *Peloton* schlief.

Zwei etwa acht Fuß hohe Trennwände teilten den Raum in drei Teile, und entlang der Trennwände und Wände standen Reihen von Betten. Jedes Bett war so schmal, dass man unbequem auf dem Bett sitzend, als säße man auf einem Pferd, mit einer Schüssel *Suppe* vor sich, seine Mahlzeiten einnehmen konnte. So nahm ich ein Jahr lang alle Mahlzeiten ein, die ich nicht in meinem Hotel einnahm.

Am Kopfende jedes Bettes hing ein Kavallerieschwert und eine Tasche mit Stallbürsten und Reinigungszeug, während darüber ein paar Regale mit gefalteten Uniformen standen, die mit einer Segeltuchtasche bedeckt waren, auf der *die Matrikelnummer* ihres Besitzers aufgemalt war. Jedes Gebäude wurde von einem *Tschako* und zwei Paar Stiefeln gekrönt. In den Ecken des Raumes standen Karabiner der Kavallerie in Halterungen. ... Als ich mich umsah, legte der Sergeant seine Hand auf meinen Arm.

„Du wirst es hier schwer haben", sagte er. „Deine einzige Chance ist, härter zu sein als die Zeit."

„Ich werde ein richtiger harter Kerl sein, Sergeant", lächelte ich. Ich mochte diesen Sergeant de Poncey auf Anhieb.

„Das Schlimmste daran ist, dass es *so bleibt*, mein Sohn", antwortete Sergeant de Poncey. „Gewohnheit wird zur zweiten Natur – und dann zur ersten Natur. Wie ich dir schon sagte, war ich einmal ein Gentleman; und jetzt werde ich dich bitten, mir zwanzig Francs zu leihen, denn ich stecke in ernsthaften Schwierigkeiten. ... Wirst du?"

„Nein, Sergeant", sagte ich, und sein unglückliches Gesicht verdunkelte sich vor Schmerz und Ärger. „Ich werde dir hundert geben, wenn ich darf ... Willst du?"

„Sie haben einen Freund in mir", war die Antwort, und der arme Kerl errötete regelrecht – vermutlich aus einer Mischung aus Dankbarkeit, Erleichterung und Unbehagen.

Und Sergeant de Poncey erwies sich als guter Freund, der besonders wertvoll war, nachdem er Sergeant-Major geworden war; denn obwohl ein Sergeant-Major vielleicht nicht die Macht hat, bestimmte Handlungen zu erlauben, hat er doch die uneingeschränkte Macht, höhere Behörden davon abzuhalten, zu erfahren, dass sie begangen wurden....

In diesem Moment betrat ein Corporal den Raum, Sergeant de Poncey rief ihn zu sich und übergab ihn mir mit den Worten:

„Ein Rekrut für deine *Escouade*, Lepage. Ein Volontaire – *aber* ein guter Kerl. Ein alter Freund von mir. . . . Verstehst du?"

Der Unteroffizier sah es. Er hatte gute Augen, denn sobald Sergeant de Poncey außer Hörweite war, fügte er hinzu:

„Komm, sei auch ein 'alter Freund' von mir", und führte mich aus den *Quartieren* hinaus, über den großen Kasernenhof zur Kantine.

Der billige und schmierige, gutaussehende, dunkelhäutige Unteroffizier Lepage war ein wirklich böser kleiner Mann, aber aufgrund seines unfehlbaren Sinns für Humor und seiner paradoxen Vertrauenswürdigkeit dennoch sympathisch. Er hatte alle Laster und war zu jeder Untat fähig – außer Verrat oder Freundschaftsbruch. Halbgebildet, war er von Beruf Angestellter und eine Zierde der Stadt Paris. Er war klein, zügellos und trunksüchtig, aber dennoch bemerkenswert stark und beweglich und nie krank.

In der Kantine trank er auf meine Rechnung puren Cognac und sagte ganz offen, dass man seine Gunst und seine Dienste für zehn Francs kaufen könne. Ich kaufte sie, und nachdem er die Goldmünze in die Tasche gesteckt und seinen siebten Cognac getrunken hatte, fragte der würdige Mann, ob ich vorhabe, den *ganzen* Tag dort herumzualbern oder mich der ärztlichen Untersuchung zu unterziehen, zu der er mich zu führen versuchte.

„Davon höre ich zum ersten Mal, Korporal", protestierte ich.

„Nun, es wird nicht das letzte Mal sein, Herr Snipe, wenn Sie meinen Befehlen nicht Folge leisten und mit dem Kneipenbesuch, dem Herumtreiben und der Zügellosigkeit aufhören", antwortete der gute Lepage. „Beeilen Sie sich, Sie fauler Lehrling und wertloser *Freiwilliger.*"

Ich beeilte mich.

Nachdem er sich gefasst hatte, marschierte Korporal Lepage mit mir von der Kantine zur nahegelegenen Krankenstation.

Der Raum war leer bis auf einen Sanitäter.

„Der Stabsarzt ist noch nicht da, Corporal", sagte der Mann.

Lepage drehte sich zu mir um.

„Vielleicht lassen Sie mich meinen Kaffee ein anderes Mal in Ruhe austrinken", sagte er sichtlich wütend und zeigte seine scharfen kleinen Zähne unter seinem gewachsten Schnurrbart. „Komm zurück und mach deine Pflicht."

Und nachdem er dem Sanitäter versprochen hatte, dass *ich* ihm einen Cognac geben würde, wenn er den Unteroffizier aus der Kantine holen würde, sobald der Stabsarzt zurück sei, ging er voraus.

Schließlich ließ ich den betrunkenen Unteroffizier Lepage in der Kantine zurück, bestand die ärztliche Untersuchung und gewann einen Freund fürs Leben, indem ich zurückkehrte und den hochmütigen Soldaten sicher in seine Baracke und sein Bett brachte.

Ein lustiger Morgen.

§ 5

Ich werde nie vergessen, wie ich an diesem Nachmittag vom *Sergeant-Fourrier* maßgenommen wurde. Sein Laden war eine Art mächtige Werkstatt, in der der Regimentsschneider, der Schuhmacher, der Sattler und der Lagerverwalter seine Gehilfen waren.

Hier bekam ich eine rote Hose zum Anprobieren – „um zu sehen, ob sie passt". Sie war so steif, so schwer und fast so groß wie ein Taucheranzug und Holzschuhe und von den Knien abwärts aus festem Leder.

Es waren keine Reithosen, sondern riesige Hosen, deren Beine jeweils so dick wie meine Taille waren. Wie bei einem Satz von Euklid brauchte es keiner Erklärung, aber da der Sergeant-Schneider mich aufforderte, sie anzuziehen, tat ich es.

Als die schweren Lederenden auf dem Boden auflagen, schnitt mir der obere Teil unter den Achseln. Der obere Teil dieses zentimeterdicken, roten Filzgewandes, hart und steif wie ein Brett, schnitt mir buchstäblich in die Haut.

Ich schaute über den Rand und lächelte den Sergeant-Schneider an.

„Ja", stimmte er zu, „ *ausgezeichnet*", und reichte mir eine blaue Tunika zum Anprobieren, „um zu sehen, ob sie passt". Die einzigen Mängel in diesem Fall waren, dass meine Hände in den Ärmeln nicht zu sehen waren und dass ich mein Kinn in den Kragen stecken konnte, nachdem er zugeknöpft war. Ich schlug mit den Flügeln in Richtung des Sergeanten-Schneiders.

„Ja, das passt auch gut", sagte er, und er hatte recht. Dass auch für ihn Platz war, schien keine Rolle zu spielen.

Die Schwierigkeit bestand nun darin, sich zu bewegen, da die Hosen wie eine bewegungsunfähige Rüstung wirkten, aber ich kämpfte mich durch das Lager zu dem Ort, an dem der

Sergeant-Schuhmacher saß, wo eine ganze Reihe von Stiefeln in allen Größen auf mich wartete. Die „ganze Reihe“ bestand aus vier Paaren, von denen das kleinste zwei Zoll zu lang war, aber meinen Spann nicht passte.

Es waren seltsame Lederkonstruktionen, diese angeblichen Stiefel. Sie waren so breit wie lang, an beiden Enden vollkommen quadratisch, hatten einen 30 cm hohen Schaft, 6 cm dicke Absätze und große rostige Sporen, die daran festgenagelt waren.

Die Idee war, sie unter der Hose zu tragen.

„Du hast deformierte Füße, oh, *espèce d'imbécile*“, sagte der Sergeant-Schuhmacher, als sein komplettes Sortiment von vier Größen nichts Passendes hervorgebracht hatte. „Du solltest nicht in der Armee sein. Leute wie du sind ein Fluch und eine unverdiente Strafe für gute Sergeants, du verwaistes Unglück Gottes. . . . Zieh das größte Paar an. . . .“

„Aber, Sergeant“, protestierte ich, „die sind genau fünf Zoll länger als meine Füße!“

„Und ist Stroh in einem Kavallerieregiment so teuer, dass man die Zehen nicht damit stopfen kann, du Vollidiot?“, fragte der Mann mit den Ideen.

„Aber die fallen mir doch einfach von den Füßen, wenn ich versuche, darin zu laufen“, gab ich zu bedenken.

„Und werden die Riemen deiner Hose, die unter den Stiefeln hindurchgehen, die Stiefel nicht an deinen Füßen halten, du vollendeter Idiot?“, antwortete dieser Prinz der Schuhmacher. „Und die Hose wird verbergen, dass die Stiefel ein wenig zu groß sind.“

Da ich nur von der Kaserne zu meinem Hotel musste, wo alles auf mich wartete, war das nicht so schlimm. Aber was war mit dem armen Kerl, der so etwas ohne Alternative akzeptieren musste?

Als ich so wackelig in diesen Stiefeln und Kleidern stand, gab mir der *Sergent-Fourrier* einen Husaren-Tschako, der nur unsicher auf meinen Ohren saß, wickelte mir einen blauen Schal um den Hals, unter den Kragen der Uniformjacke, und befahl mir, mich beim Hauptmann der Woche zu melden – der zufällig *Capitaine en Second* meines Geschwaders war.

So wie ich gekleidet war, hätte ich mich nicht einmal einem Maultier zeigen wollen, aus Angst, das arme Tier könnte sich in einen Zustand gefährlicher Hysterie lachen.

Ich ging wie ein Taucher auf dem Deck eines Schiffes, stürzte schwer vorwärts und hob und ließ bei jedem Schritt einen riesigen Stiefel fallen, der am Ende eines riesigen Hosenbeins hing.

Es sah eher aus wie ein hinkender Clown-Elefant, der über die Manege eines Zirkus torkelt, als wie ein eleganter Husar im Marsch. Ich fühlte mich sehr dumm, gedemütigt und wütend.

Von einem Lageristen geführt, erreichte ich schließlich die Tür des Kapitänsamtes und stürzte ihm entgegen.

Ich weiß nicht, was ich von ihm erwartet hatte. Er fiel nicht in Ohnmacht und rief auch nicht den Himmel um Kraft an.

Er musterte mich wie ein Pferd, das zum Verkauf angeboten wird. Er gehörte zur jüngeren Generation – schlau, cool und effizient; ein gutaussehender, schlanker Mann, rosa und weiß über einer rasierten Blässe. Sein Auftreten war von einer höflichen, aber unheimlichen Höflichkeit, die seine wahre Grausamkeit nur dünn verhüllte.

„Zieh die Uniform aus“, sagte er.

Ich gehorchte bereitwillig.

„Ja, die Hose ist zu kurz“, bemerkte er und fügte hinzu: „Bist du von Natur aus ein Dummkopf, dass du mit einer zu kurzen Hose vor mich trittst?“

„ *Oui, mon Capitaine*“, antwortete ich. Ich fühlte *mich wie* ein natürlicher Dummkopf, in dieser oder jeder anderen Hose dort zu stehen.

„Und sieh dir deine Stiefel an. Jeder ist groß genug, um beide Füße aufzunehmen. Bist du ein *unnatürlicher*Narr, in solchen Stiefeln vor mich zu treten?“

„ *Oui, mon Capitaine*“, antwortete ich. Ich fühlte *mich wie* ein unnatürlicher Trottel, in diesen oder in irgendwelchen anderen Stiefeln dort zu stehen.

„Ich werde mir das notieren, Rekrut“, sagte der Offizier, und ich hatte das Gefühl, er hätte mehr gesagt als jeder brüllende Sergeant, der konkrete Strafen angekündigt hätte.

„Sei so gütig und geh", fuhr er mit seiner seidig-stahligen Stimme fort, „und komm in einer Hose, die doppelt so groß ist, und in Stiefeln, die halb so groß sind. Du kannst dem *Sergent-Fourrier* sagen, dass er in Kürze etwas zu seinem Nachteil hören wird. . . . Es wird ihn interessieren, was du zu sagen hast. . . ."

Das tat es auch. Es interessierte alle Bewohner dieses schrecklichen Lagerraums, der nach abgestandenem Leder, abgestandenem Fustian, golden glänzendem Messing und abgestandenen Menschen stank.

(„Ich würde sie in Schwierigkeiten bringen, nicht wahr? ... Ich würde den Oberfeldwebeln Verweise und Strafen einhandeln, nicht wahr? ... Oh, ho! Und ah, ha! Ich würde nur warten, bis ich in ihren Händen wäre ...!")

Wenig später wurde ich in genau derselben Kleidung, die ich bei meinem ersten Besuch getragen hatte, zurück in den Raum des Hauptmanns geschickt. Meine Hosen waren bis zum Kinn hochgezogen, die Lederenden der Hosenbeine waren weiter nach vorne über die Stiefel gezogen, ein Stück Stoff war gefaltet und in den Rücken meiner Uniformjacke gesteckt, meine Ärmel waren zurückgezogen, und an jedem Ellbogen war der Stoff gefaltet oder gesteckt. Ein zerknüllter brauner Papierball entlastete meine Ohren etwas vom Gewicht meines Tschakos.

„Komm du wieder hierher, ohne am Hauptmann vorbeizugehen, und ich schwöre dir, dass ich dich innerhalb einer Woche ins Gefängnis stecken lasse", versprach der *Sergent-Fourrier*.

Ich bedankte mich bei ihm und schlurfte zurück.

Mein Hauptmann musterte mich ausdruckslos über den Tisch hinweg, als ich salutierte.

„Die Hose ist jetzt zu groß", stellte er fest, „und die Uniformjacke zu klein. Bist du *wirklich* entschlossen, mich zu ärgern, Rekrut?", fügte er hinzu. „Wenn ja, muss ich Maßnahmen ergreifen, um mich zu schützen. ... Sei so freundlich und sag dem *Sergent-Fourrier*, dass ich ihn später sprechen werde. ..."

Bis dahin sprachen der *Feldwebel* und seine Handlanger *mit mir*. Sie schickten mich auch in genau derselben Kleidung zurück, diesmal mit der Hose nur bis zur Brust und den Ärmeln meiner Uniformjacke so, wie sie zuvor gewesen waren.

Mein Hauptmann war nicht in seinem Zimmer, und ich kehrte sofort zurück und sagte die Wahrheit – dass er diesmal keinen Fehler an mir gefunden hatte. ...

Schließlich schleppte ich meinen bleiernen, eingewickelten, knarrenden Körper aus dem Lagerraum, beladen mit einer zusätzlichen Uniformjacke, einer zusätzlichen unglaublichen Hose, einem zusätzlichen Paar unmöglicher Stiefel, einer Übungsjacke, einer *Képi*, zwei Leinen-Stallanzügen, einem Mantel, einem riesigen Umhang, zwei Paar dicken weißen Lederhandschuhen, die groß genug für Goliath von Gath gewesen wären, zwei schrecklichen Hemden, zwei Hosen, ein riesiges Paar Holzschuhe und überhaupt keine Socken.

Ein Großteil dieser Ausrüstung war in eine große Segeltuchtasche gestopft.

Mit dieser Last auf dem Rücken, der Hand wie die von Bunyan's *Christian* und ohne mich wie ein Christ zu fühlen, taumelte ich in mein Zimmer.

Hier teilte mir Korporal Lepage in einer mit brandigen Schluckauf unterbrochenen Rede mit, dass ich jeden Gegenstand mit meiner *Matrikelnummer* kennzeichnen müsse, wofür mir der *Sergent-Fourrier* Schablonen zur Verfügung gestellt habe.

Da ich das Gefühl hatte, dass mir dieser cholerische und ungesellige Mensch mehr als nur Schablonen geben würde, wenn ich ihn wieder treffen würde, bevor die Sonne untergegangen war und sein Zorn abgeklungen war, erinnerte ich mich an einen Rat, den mir mein Freund de Lannec in Paris gegeben hatte – und machte mich auf die Suche nach einer lukrativen Beschäftigung.

Auf dem Bett neben mir saß ein vielversprechend aussehender Junge und polierte sein Schwert. Er hatte ein kräftiges, angenehmes Gesicht, einen ruhigen, nachdenklichen Ausdruck und eine frische, gesunde Ausstrahlung, die ihn als Landjunge auswies.

„Hey, Kumpel", sagte ich, „willst du einen Job und ein, zwei Francs?"

„Ja, Herr", antwortete er, „oder zwei Jobs und ein oder drei Francs ... Ich bin völlig pleite und muss außerdem dringend etwas für Corporal Lepage erledigen."

Ich erfuhr, dass er Dufour hieß, der Sohn eines Pferdehändlers war und viel mit Pferden und Gentlemen zu tun gehabt hatte.

Von diesem Moment an war er mein Freund und Diener, bis zu dem Tag, an dem er fast zwanzig Jahre später sein Leben für Frankreich und für mich opferte. Er war sehr klug, ehrlich und äußerst mutig; eine treue, loyale und edle Seele.

Ich nahm ihn sofort an, und seine erste Aufgabe in meinen Diensten bestand darin, meine Ausrüstung zu beschriften, zu reinigen und *en paquetage* in den Regalen zu ordnen.

Dann half er mir, mich so präsentabel wie möglich in der schrecklichen Uniform zu machen, die man mir ausgehändigt hatte, denn ich musste an der Wache vorbeimarschieren (und zwar in voller Uniform, da es mittlerweile Mittag war), um zu meinem Hotel zu gelangen, wo meine anderen Uniformen, die von meinem eigenen Schneider gut geschnitten waren, zusammen mit Stiefeln nach Vorschrift, die in Paris für mich angefertigt worden waren, auf mich warteten.

Bis heute weiß ich nicht, wie ich es geschafft habe, an dem Wachsergeant vorbeizuwatscheln, mein Schwert in einer behandschuhten Hand, die sich anfühlte, als wäre sie in Gusseisen gegossen, mein großer Tschako wackelte auf meinem Kopf, und die ungeschickten Sporen meiner riesigen und unkontrollierbaren Stiefel verfingen sich in den Lederenden meiner noch riesigeren Hosen.

Mit Dufours Hilfe schaffte ich es jedoch, und wenige Minuten später war ich in meinem eigenen Zimmer und riss die abscheulichen Dinger von meinem entwürdigten Körper.

Als ich an diesem Abend um Viertel vor neun nach einem passablen Abendessen und einer Flasche *Mouton Rothschild* bei meinem Kaffee saß und große Träume träumte, wurde ich durch den plötzlichen Klang der Trompeten der Blauen Husaren, die auf dem *Platz* den *Zapfenstreich* spielten, in die harte Realität zurückgeholt.

Das bedeutete, dass sie innerhalb einer Viertelstunde von dort zurück in die Kaserne marschieren würden und alle Soldaten, die keinen Spätpass hatten, zum sofortigen Antritt riefen – und dass ich mich beeilen musste.

Meine Rückreise verlief ganz anders als meine Hinfahrt, denn meine Uniform, meine Stiefel und mein Tschako passten mir perfekt; dank meiner Handschuhe konnte ich mein Schwert leicht tragen („ *in der linken Hand, mit dem Griff nach unten und 15 cm hinter der Hüfte, die Spitze der Scheide vor dem linken Fuß*“ usw.), und ich hatte das Gefühl, dass ich jeden Offizier oder Unteroffizier salutieren konnte, ohne ihm mit einem halb leeren Ärmel zu winken.

Ich fühlte mich wieder wie ein Mann und fast wie ein Soldat. Meine Stimmung stieg fast wieder auf das alte Eton-Niveau.

Sie sank jedoch wieder auf das neue Niveau der Kaserne, als ich den Raum betrat, in dem ich ein Jahr lang leben sollte, und mir der schreckliche Gestank in der Kehle steckte. Als ich wie alle anderen am Fußende meines Bettes stand und auf den Abendappell wartete, begann ich zu glauben, dass mir übel werden würde, und als der Wochensergeant seine Runde gemacht und den Bericht des Korporals über die Abwesenden (Ställe, Wache, Urlaub usw.) erhalten hatte, war ich mir sicher, dass ich mich öffentlich blamieren würde.

Ich bin aber ein guter Seemann, und als die Appell (bei dem es überhaupt kein „Appellieren“ gibt) vorbei war und alle bis zehn Uhr, wenn die „ *Licht aus*“-Trompete ertönte, frei waren, floh ich an die frische Luft und rettete meine Ehre und mein Abendessen.

Natürlich musste ich zurückkehren, aber nicht, um wie eine Statue stramm zu stehen, während mir schwindelig war; und ich stellte bald fest, dass ich mich mit Hilfe eines Taschentuchs, das ich vorsorglich parfümiert hatte, über Wasser halten konnte.

Während ich auf meinem Bett saß (das aus zwei Böcken bestand, die zwei schmale Bretter trugen, und einer wurstförmigen Strohmatratze und Decken, das Ganze nur zwei Fuß sechs Zoll breit), starrte ich ausdruckslos auf die Exemplare meiner Mitmenschen und fragte mich, ob, wann und wo sie sich wuschen, als ich eine Gruppe auf mich zukommen sah, angeführt von dem blonden Soldaten, der mich an diesem Morgen zum Amt des Truppensergeanten geführt hatte.

„Das ist er“, sagte der Mächtige dieser Welt und zeigte auf mich. „Er ist ein *Freiwilliger*. Und gefährlich ist er auch. Ein furchtbarer Tyrann. Er hat versucht, mich in den Misthaufen zu werfen, als ich nicht hingesehen habe...“

„Seht ihn euch an“, sagte ein kleiner, stämmiger, dunkelhäutiger Mann, der trotz seines Übergewichts sehr kräftig wirkte. „Seht ihn euch an. Er benutzt ein parfümiertes Taschentuch, damit er uns nicht riechen kann.“

„Nun, wir sind keine Rosen. Warum *sollte* er an uns riechen?“, warf ein kleiner, rattenähnlicher Schurke ein, der sich nach vorne drängte.

Er und der dicke Mann wurden von einem typischen Schläger beiseitesprochen, wie man ihn in Boxkämpfen, Fechtschulen und Turnhallen sieht.

„Siehst du, *Volontaire*“, sagte er, „du hast die Blauen Husaren in der Person von Soldat Mornec beleidigt und in unserer Gegenwart ein Taschentuch benutzt. Ich bin der beste Fechter des Regiments, und ich sage, dass solche Beleidigungen nur in...“

„Mit Blut“, sagte ich und griff nach meinem Schwert.

„Nein – *mit Wein*“, brüllte die Bande wie aus einem Munde, und als ich aufstand, legte ich einen Arm um den Schwertkämpfer und den anderen um den Soldaten Mornec, und wir drei führten eine fröhliche Prozession zur Kantine an, wo wir feierlich und ausgelassen den *Can-Can* tanzten.

Ich glaube, mein gesamter *Peloton* (drei *Escuades* mit jeweils zehn Mann) war anwesend, als wir die Bar erreichten, und dort wurde er schnell durch die Anwesenheit des restlichen Geschwaders bereichert.

Allerdings kostete Brandy nur einen Schilling pro Liter und Rotwein vier Pence, sodass es keine große Sache war, diese guten Kerle zu bewirten, und es bestand auch keine Gefahr, dass ihre Trinkfestigkeit meine Zahlungsfähigkeit übersteigen würde.

Aber ich schwöre, dass die Gerüche in der Kantine – starker Tabakrauch, Knoblauch, Alkohol, Essen, gebratene Zwiebeln, Wein, brennendes Fett und dicht gedrängte Menschen – schlimmer waren als die in der Kaserne, und mir wurde klar, dass ein Soldat nicht nur sein Herz am rechten Fleck haben muss, sondern auch seinen Magen. . . .

Die Trompete, die „ *Licht aus*“ signalisierte, rettete mich vor dem Tod in der Kantine, und ich kehrte zurück, um in der Baracke zu sterben, wenn es sein musste.

Anscheinend kehrte ich als sehr beliebter Mensch zurück, denn mir wurden keine der üblichen Streiche gespielt, wie zum Beispiel das Wegziehen (mit einem Seil) eines der Bettgestelle, sobald der Rekrut seine Sorgen im Schlaf vergessen hatte.

De Lannec hatte mir gesagt, was mich erwartete, und ich hatte beschlossen, die meisten Qualen mit guter Laune und fröhlicher Stimmung zu ertragen, während ich mich gegen bestimmte mögliche Demütigungen bis zum Blutvergießen wehren wollte.

Mit Dufours HILFE zwängte ich mich in die prekär auf den Brettern balancierende Wurst und schlief trotz spitzer Strohhalme, der Unmöglichkeit, mich in meinem Kokon umzudrehen, der lauten Übelkeit mehrerer Herren, die den Abend unklug verbracht hatten, dem Stampfen und Kettenrasseln der Pferde, dem Trompeten einer hundertköpfigen Kavallerie und und der festen Überzeugung, dass ich am nächsten Morgen tot sein würde, vergiftet und erstickt.

Alles sehr amüsant. . . .

Kapitel IV. Ein perfekter Tag

Ich war jedoch am nächsten Morgen um fünf Uhr quicklebendig, als der Unteroffizier der Woche durch den Raum brüllte: „Ist hier jemand krank?"

Ich wollte gerade antworten, dass ich zwar im Moment nicht krank sei, aber befürchte, dass es bald so weit sein würde, als mir klar wurde, dass der Unteroffizier Namen für den Morgenbericht des Oberfeldwebels sammelte und nicht höflich nachfragte, wie es uns nach einer Nacht in der übelsten Luft ging, die Menschen atmen und überleben können.

In der Kavallerie gibt es keinen morgendlichen Appell, aber der Oberfeldwebel notiert die Namen derjenigen, die sich zur ärztlichen Untersuchung melden, und streicht sie von der Dienstliste des jeweiligen *Pelotons.*

Eine halbe Stunde lang lag ich wach und überlegte, was passieren würde, wenn ich aus dem Bett springen und ein Fenster öffnen würde – oder ein Fenster einschlagen, falls sie nicht zum Öffnen gedacht waren. Ich war gerade dabei, diese interessante Entdeckung zu machen, als unten auf dem Platz die *Wecktrompeten* erklangen und ich mein Bett verlassen durfte – um halb sechs an einem bitterkalten Morgen.

Korporal Lepage trat an mich heran, just als ich mein erstes Gähnen unterdrückte (aus Furcht, unnötigerweise Giftgas einzuatmen), und befahl mir, meinen Leib mit Segeltuch und Holzpantinen zu bekleiden und mich eilends zu den Stallungen zu begeben.

Hastig zog ich die Kleidung eines Gossenreinigers an und eilte, von Dufour geführt, durch den Regen zu meiner angenehmen Aufgabe.

Im Stall roch es anders, aber es war ein einheitlicher Geruch, und insgesamt zog ich den Geruch der Pferde dem ihrer Reiter vor. (Wir putzen die Pferde nämlich täglich gründlich. Das ist in der Dienstordnung so vorgeschrieben. Was die*Reiter* angeht, heißt es: „ *Ein Unteroffizier muss im selben Raum wie die Soldaten seiner Escouade schlafen und dafür sorgen, dass seine Soldaten sich Kopf, Gesicht, Hände und Füße waschen.*" Das wäre immerhin schon mal etwas, wenn er die Vorschriften einhalten würde.)

Im Stall bekam ich meinen ersten militärischen Befehl.

„Reinige das Stroh unter diesen vier Pferden", sagte der Sergeant, der Stalldienst hatte.

Eine unangenehme, aber notwendige Arbeit.

Jemand musste es tun, warum also nicht ich? Zweifellos gehört das Studium der Kunst, schmutziges Stroh von noch schmutzigerem Stroh zu trennen und Mist zu entfernen, zu einer soliden militärischen Ausbildung.

Ich sah mich nach Werkzeugen um. Ich dachte, eine Heugabel und eine Schaufel seien die richtigen und vorgesehenen Werkzeuge für einen Handwerker in diesem Bereich.

„Was glotzt du so? Du ...", fragte der Sergeant mit mehr Freiheit in seinen Worten als in seiner Kameradschaft oder Gleichheit.

„Womit soll ich das machen, Sergeant?", fragte ich.

„Der Himmel stehe mir bei, dass ich es nicht töte!", stöhnte er und brüllte dann: „Hast du keine *Hände*, Dorftrottel? Glaubst du etwa, du machst das mit deinen Zehennägeln oder deinem Nacken?"

Und so war es auch. Mit meinen blütenweißen Händen arbeitete ich fleißig und lohnte mich und belud die Schubkarren, bis sie hoch aufgetürmt waren. Ich fand künstlerisches Interesse an meiner Arbeit und formte eine wohlgeformte Pyramide auf der Schubkarre, bis:

„Dufour", sagte ich, „mir wird *ganz* schlecht. Was wird die Strafe sein? ..."

Der gute Dufour sah sich hastig um.

„Lauf zur Kantine", flüsterte er. „Die acht Ställe schaffe ich locker. Trink einen heißen Kaffee mit Cognac."

Ich schnappte mir einen Eimer und eilte über den Kasernenhof, wobei ich versuchte, so auszusehen, als würde ich eine hohe und ehrenvolle Aufgabe erfüllen. Wenn mich jemand aufhalten würde, würde ich sagen, ich würde dem Oberst einen Eimer Champagner für sein Bad holen. . . .

In der Kantine traf ich einen Mann, der einen neuen Beruf ausübte. Er nannte sich „Retter von egoistischen Sünden“ und erklärte mir, dass es das Niederträchtigste sei, *was* ein Soldat tun könne, allein zu trinken.

Niemand müsse allein trinken, wenn *er* da sei, sagte er, und er opferte seine wertvolle Zeit und Energie, um zu solchen Stunden in der Kantine zu sein, wenn sie leer sein könnte und ein Mann kommen und in Sünde fallen könnte.

Ich trank meinen Kaffee und Cognac, ging dann nach draußen, atmete einige Minuten lang tief durch und fühlte mich bald besser. Ich schnappte mir meinen Eimer, kehrte in die Stallungen zurück und versuchte, so auszusehen, als hätte ich durch schnelle und entschlossene Anstrengung die Republik gerettet.

Dufour beendete unsere Arbeit und sagte mir, wir müssten jetzt rechtzeitig in die Kaserne zurückkehren, um unsere Taschen mit den Pflegeutensilien zu holen, bevor um sechs Uhr die Trompeten „ *Stall*“ bliesen.

„Du fängst mit dem Pferd an, das dir zugeteilt wurde, Herr“, sagte Dufour, „und sobald der Sergeant dir den Rücken zukehrt, verschwinde wieder, und ich mache das für dich fertig.“

„Auf keinen Fall“, antwortete ich. „Ich kann ein Pferd putzen. Das Beladen der Schubkarren mit bloßen Händen hat mich seekrank gemacht.“

„Du wirst dich daran gewöhnen“, versicherte mir Dufour.

Aber ich bezweifelte das. „Übung macht den Meister“, wie de Poncey sagte, aber ich glaubte nicht, dass es mir zur zweiten Natur werden würde, mit bloßen Händen zu schuften ... Auch nicht zur dritten ...

Um sechs Uhr kehrten wir in den Stall zurück, und der Leutnant der Woche wies mir mein Pferd zu und befahl mir, ihn zu striegeln.

Jetzt habe ich die Gabe, mit Pferden umzugehen. Ich liebe und verstehe Pferde, und Pferde lieben und verstehen mich. Ich war daher nicht deprimiert, als das Pferd die Ohren anlegte, mir ein weißes Auge zeigte und heftig nach mir schlug, als ich mich der Box näherte. Das bedeutete lediglich, dass das arme Tier von einem größeren Tier misshandelt worden war und dass Angst statt Liebe das Motiv war.

Ich musste mich jedoch erst mit ihm anfreunden, bevor er freundlich sein konnte, und der erste Schritt bestand darin, in seine Box zu gehen – was er offenbar mit aller Macht verhindern wollte. Also schlüpfte ich in die nächste Box, kletterte hinüber und ließ mich neben ihm nieder. Innerhalb einer Minute striegelte ich ihn, sprach mit ihm, ging mit ihm um, machte ihm viel Aufmerksamkeit und gewann sein Vertrauen.

Ich schwor mir, ihn niemals mit Peitsche oder Sporen anzurühren, denn Peitsche und Sporen waren sein Unglück gewesen. Er war ein gut erzogenes Tier, und ich war mir aufgrund seiner Farbe, seiner Socken, seines Kopfes, seiner Augen und seines allgemeinen „Gefühls“ sicher, dass er nicht wirklich bösartig war. Ich weiß nicht, woher ich weiß, was ein Pferd denkt und fühlt und *wie es ist*, aber ich weiß es einfach.

Ich striegelte ihn fast eine Stunde lang gründlich, streichelte ihn dann und gewöhnte ihn an meine Stimme, meine Hände und meinen Geruch. Ich rechnete mit Schwierigkeiten, als ich ihn zum Wasser führte, denn Dufour hatte seinen Kopf um die Trennwand gestreckt und mich gewarnt, dass *Le Boucher* ein gefährliches Tier sei, das schon mehr als einen Mann ins Krankenhaus gebracht habe.

Um sieben Uhr kam der Befehl, die Pferde zu den Wassertränken zu bringen, und ich führte *Le Boucher* aus seiner Box. Ich packte eine Mähne und sprang auf seinen nackten Rücken und bereitete mich auf Ärger vor.

Er bäumte sich auf, bis ich dachte, er würde umfallen; er senkte den Kopf und schlug mit den Hinterbeinen aus, bis ich dachte, *ich* würde umfallen; und dann bockte und sprang er so, dass ich meine Reitkünste zur Schau stellen konnte.

Aber es war alles halbherzig. Ich spürte, dass er die Vorführung mechanisch absolvierte und im schlimmsten Fall herausfinden wollte, was für ein Reiter ich war.

Nach dieser kurzen Protestphase trabte er zum Wassertank, und ich hatte nie wieder die geringsten Probleme mit *Le Boucher*. Ich änderte bald den dummen Namen „The Butcher" in „Angelique", teils als Hommage an eines der nettesten Mädchen, teils in Anerkennung des wahren Temperaments und Charakters des Pferdes....

* * *

Nach dem „Stalldienst" wurde ich geschickt, um den Rest meiner Ausrüstung zu holen, und mit einer Karabiner, einem Sattel, einem Schwertgürtel, einer Patronentasche und allerlei Riemen und Zaumzeug ausgestattet. Ich stellte fest, dass mein Sattel englischer Machart war und einen hohen, geraden Rücken hatte, hinter dem die zylindrische blaue Reisetasche mit dem Regimentswappen an beiden Enden festgeschnallt war.

Ich stellte außerdem fest, dass das Zaumzeug ebenfalls englischer Bauart war, nicht nach dem Muster der „9. Lanzenreiter", sondern mit Gebiss und Trensengebiss, sodass der Kopfstückriemen auch dann am Pferd blieb, wenn die Gebissriemen abgenommen wurden.

Es war zehn Uhr, als ich die gesamte Ausrüstung für mich und mein Pferd erhalten hatte, und das ist die Zeit des Frühstücks. Unsere Trompeten sangen „ *Soupe*", und der Eimer wurde von der Hand des Soldaten, der die weite Ebene des Kasernenhofs überquerte, herabgelassen.

Alle rannten los, um wegzulegen, was sie in den Händen hielten, und sich der Menge anzuschließen, die in die Regimentsküche strömte und durch eine andere Tür wieder hinaus, jeder mit einer *Gamelle* (einem topfartigen Blechgeschirr) mit *Suppe* und einem Laib Brot. Nachdem ich mir ohne Seife die Hände am Pferdetrog gewaschen hatte, folgte ich ihnen.

Ich nahm meinen Topf, ging in mein Zimmer, stellte ihn auf mein Bett, setzte mich mit dem *Gamelle* vor mich hin und begann zu essen.

Es war gar nicht so schlecht, und trotz meiner vorherigen Übelkeit war ich sehr hungrig.

Nach dem Essen sammelte der Ordonnanz des *Caporal d'Ordinaire* die Töpfe ein und brachte sie zurück in die Küche.

Jetzt wollte ich unbedingt ein Waschbecken mit kaltem und warmem Wasser und einen guten Friseur. Es war der erste Tag meines Lebens, an dem ich um elf Uhr abends ungewaschen und ungekämmt war, ganz zu schweigen davon, dass ich nicht gebadet hatte. In diesem Moment wollte ich mich lieber rasieren als in den Himmel kommen.

„Und wo ist jetzt das Waschraum, Dufour?", fragte ich, als der Junge sein Ersatzbrot hinter seinem *Gepäck* verstaute.

„Neben dem Futterlager, Herr", antwortete er, „und es ist selbst ein Getreidelager. Im Krankenhaus gibt es einen alten Sergeant-Pensionär, der sich an den Tag vor dem Deutsch-Französischen Krieg erinnert, als es als Toilette benutzt wurde, aber sonst hat dort noch nie jemand etwas anderes gesehen als Säcke mit Getreide."

„Ist Waschen denn nicht Pflicht?", fragte ich.

„Ja. Im Sommer müssen alle alle zwei Wochen ins Schwimmbad", war die interessante Antwort.

„Waschen sich die Leute auch freiwillig?", fragte ich.

„Oh ja", sagte Dufour. „Männer, die Wache stehen oder auf Parade gehen, waschen sich oft das Gesicht, und viele waschen sich sonntags oder wenn sie mit ihren Freundinnen ausgehen auch die Hände und den Hals. Du darfst nicht denken, wir seien schmutzige Leute..."

„Nein", sagte ich. „Und wo kann man das machen?"

„Oh, unter der Pumpe, wann immer du willst", war die Antwort, und ich stellte fest, dass das die reine Wahrheit war.

Niemand wurde daran gehindert, sich unter der Pumpe zu waschen, wenn er das wollte....

Um zwölf Uhr schickte mich Korporal Lepage zur Sanitätsmannschaft, da ich geimpft werden musste.

Nach dieser Operation, deren Nutzen wegen der Wahrscheinlichkeit, sich mit Tetanus oder anderen Leiden anzustecken, ebenso zweifelhaft war wie die Immunität gegen Pocken, kehrte ich in mein helles Zuhause zurück, um mich um das Chaos meiner Ausrüstung zu kümmern, die mein Bett schmückte, und mit Dufours Hilfe hatte ich bis drei Uhr nachmittags Ordnung und Sauberkeit geschaffen, als wieder „ *Stalldienst*“ angesagt war.

Nach dem „Stalldienst“ standen wir in feierlichen Kreisen um unsere jeweiligen *Caporaux-Fourriers* herum, um die Tagesbefehle des Regiments zu hören, während die Regimentsfeldwebel alle mit tiefem Misstrauen und der festen Überzeugung ihrer Sündhaftigkeit musterten.

Soweit ich das verstehen konnte, bestanden die Regimentsbefehle dieses Tages aus einer Liste von Strafen, die allen und jedem auferlegt wurden (für jedes erdenkliche und viele unvorstellbare militärische Vergehen), einschließlich der Offiziere selbst – was mich überraschte.

Soweit ich mich erinnere, ging es um Folgendes:

" *Chef d'Escadron* de Montreson, fünfzehn Tage *Arrest wegen* Trunkenheit und ordnungswidrigen Verhaltens in der Stadt letzte Nacht.

" *Capitaine Instructeur* Robert, acht Tage *Arrest* wegen Überschreitens des Urlaubs und Rückkehr in unordentlicher Uniform.

„*Adjutant* Petit, vier Tage Arrest in seinem Zimmer wegen Unordnung desselben.“

" *Soldat* Leduc, acht Tage *Salle de Police*, weil er beleidigt aussah, als er vier Tage *Salle de Police* bekam.

" *Soldat* Blanc, acht Tage *Polizeizelle* wegen Besitzes und Lesens einer Zeitung in *den Quartieren.*

" *Soldat* Delamer, dreißig Tage zusätzliche *salle de police* vom Oberst, weil er sechzehn Tage zusätzliche *salle de police* von seinem Hauptmann bekommen hatte, weil er vier Tage zusätzliche *salle de police* von Sergeant Blüm bekommen hatte, der ihn beim Schlafen im Stall erwischt hatte, als er eigentlich in der *salle de police* hätte schlafen sollen.

Soldat Mangeur, acht Tage Arrest in der Kaserne, weil er gelächelt hat, als er vier Tage Inspektion mit der Wachparade bekam."

Und so weiter.

Als die fröhliche Parade vorbei war, war ich frei, und nachdem ich mich gewaschen und herausgeputzt hatte, ging ich in voller Uniform am Wachsergeant vorbei und suchte meine Herberge auf, um zu Abend zu essen, Ruhe zu finden und ungestört zu sein.

Aber oh! Wie schmerzte mein Herz für jede arme Seele, die, obwohl sie liebevoll aufgezogen worden war, drei Jahre lang an diesem schrecklichen Ort bleiben musste, ohne das Privileg, sich, selbst wenn sie es sich leisten konnte, in einen privaten Raum zurückzuziehen, um zu baden und zu essen, sich auszuruhen und allein zu sein.

Kapitel V. Becque – Und Raoul D'Auray De Redon

Ich gewöhnte mich sehr schnell an den Ablauf meines neuen Lebens, und es dauerte nicht lange, bis ich das Gefühl hatte, nichts anderes mehr zu kennen.

Manchmal war ich kurz vor der Verzweiflung, aber nicht so kurz, wie ich es ohne mein Zimmer im Hotel gewesen wäre, ohne die Tatsache, dass ich einen Großteil meiner Arbeit mit anderen *Volontaires* in einer speziellen Klasse erledigte, und ohne die eine große Gewissheit in einer Welt voller Ungewissheiten, dass ein Jahr nur zwölf Monate hat.

Von 6.30 bis 8 Uhr waren wir *Volontäre* in der „Schule", von 8 bis 10 Uhr marschierten wir, von 10 bis 11 Uhr frühstückten wir, von 11 bis 12 Uhr waren wir wieder in der Schule, von 12 bis 13 Uhr hatten wir Turnen, von 13 bis 14 Uhr *Voltigieren* (als ob wir Zirkusreiter werden wollten), von 14.30 bis 5 wieder „Schule"; von 5 bis 6 Abendessen; von 6 bis 8 Reitdrill – und danach Ausrüstung putzen!

Es dauerte eine Weile, bis mein Alltag eintönig wurde, und kurz nachdem dies der Fall war, gelang es mir, die Langeweile zu vertreiben, indem ich vorgab, einen Mann vorsätzlich, kaltblütig und mit einer scharfen Waffe zu töten. Ich fürchte, ich erwecke den Eindruck eines blutrünstigen und mörderischen Jugendlichen, aber ich behaupte, dass ich damals gute Gründe dafür hatte.

Es passierte so:

Dufour kam eines Abends zu mir, als ich mich gerade für das Bett ausziehen wollte, und fragte mich, ob ich Lust hätte, am nächsten Tag einen interessanten Abend zu verbringen.

Auf Nachfrage stellte sich heraus, dass er einige Tage zuvor von einem gewissen Trooper Becque angesprochen und eingeladen worden war, einen lustigen Abend mit ihm und einigen anderen guten Kerlen zu verbringen.

Nachdem Dufour die Einladung angenommen hatte, stellte er fest, dass Becque und die guten Kerle eine Art Club oder Verein waren, der sich in einem Raum über einer kleinen Weinstube in der Rue de Salm traf.

Becque schien viel Geld und viele Ideen zu haben – interessante und merkwürdige Ideen. Allmählich wurde dem neugierigen Dufour klar, dass Becque ein „Agent" war, ein Mann mit einer Botschaft, ein Propagandist und ein Agitator.

Anscheinend war es sein Ziel, das Regiment „aufzuheizen", und seine Botschaft war, dass Recht und Ordnung von Schurken erfunden worden waren, um die Dummen zu versklaven.

Dufour, hatte, wie ich verstanden hatte, den einfachen Landmännchen gespielt, den er auch war; hatte alle Weisheit und alles Wein gesammelt, was er bekommen konnte; und hatte auf Becques Beredsamkeit im Laufe des Abends nur mit tiefsinnigen Blicken, noch tiefsinnigeren Nicken und tiefsinnigsten Schluckauf reagiert; die Zungen wurden lockerer, und durch einen rosigen, weinigen Schleier sah man den guten Becque als den edlen Freund der armen Soldaten, als den er sich ausgab.

Geleitet von einer angemessenen Liebe zu solider politischer Philosophie und gutem, kostenlosem Wein, hatte Dufour an der nächsten Versammlung dieser tapferen Bruderschaft teilgenommen und war so sehr in den Bann von Becques Redegewandtheit geraten, dass er lautstark jubelte, ihn herzlich umarmte und dann, völlig betrunken, auf einer Bank zusammenbrach und mit beiden Ohren lauschte.

Nach seinem dritten oder vierten Besuch hatte er den guten Becque gefragt, ob er sich offiziell seiner Gesellschaft anschließen und einen Freund mitbringen könne, für den er bürgen könne, dass er Becques Ansichten mit tiefstem Interesse anhören würde. ... Würde ich kommen?

Ich würde kommen – obwohl ich befürchtete, dass es schwierig sein würde, Becque davon zu überzeugen, dass ich kein anarchistisches Material versprach, wenn er wüsste, dass ich ein *Volontaire* war. Ich konnte es jedoch versuchen, und wenn ich allein scheitern würde, könnte ich immer noch die Maßnahmen ergreifen, die ich für richtig hielt, auf das Wort von Dufour.

Am nächsten Abend, nachdem ich die Uniform angezogen hatte, die mir der *Sergent-Fourrier* bei meinem Eintritt ausgehändigt hatte, begleitete ich Dufour zum Treffpunkt. Ich kannte

Becque nicht, und er mich auch nicht, und ich wurde herzlich empfangen. Als ich den Mann beobachtete, kam ich zu dem Schluss, dass er ein halbgebildeter „Intelligenter" war. Er hatte ein böses, fanatisches Gesicht und einen äußerst kräftigen Körperbau.

Ich spielte den leichtgläubigen, hirnlosen Soldaten und schätzte Becque und seine Bande ein. Letztere bestand meiner Meinung nach aus drei Klassen: Erstens den unzufriedenen Abschaum des Regiments – Männer mit echten oder eingebildeten Beschwerden, die man in England als „harte Fälle" und „Königs harte Verhandlungen" bezeichnet; zweitens Männer, die im Privatleben gewalttätige und gefährliche „Politiker" waren; und drittens Männer, die für eine Flasche Wein überall hingehen, allem zustimmen und jeden bejubeln würden.

Becques Erzählung interessierte mich.

Er war eindeutig ein Monomane, dessen gesamter geistiger Inhalt aus *Hass* bestand – *Hass* auf Frankreich, Hass auf alle, die hatten, was er nicht hatte, Hass auf Kontrolle, Disziplin und Regierung, Hass auf alles und jeden, der nicht seiner Zustimmung entsprach. Ich stufte ihn als einen dieser vernünftigen Verrückten ein, die unter einem Zerstörungswahn leiden, als einen kranken Egoisten und einen verräterischen, gefährlichen tollwütigen Hund. Außerdem war er ein sehr kluger Mann, eine eloquente, plausible und eindringliche Persönlichkeit. ... Der perfekte *Provokateur*, um genau zu sein.

Nach einer gewissen Zeit lauter Geselligkeit in der Bar dieser schäbigen Weinstube zog ein Teil der Gesellschaft in den Raum darüber, die Tür wurde verschlossen, und das Geschäft des Abends begann.

Es stellte sich heraus, dass Dufour den Initiations-Eid nicht geleistet hatte, und so wurde er ihm und mir unverzüglich abgenommen. Wir hatten die Wahl, entweder sofort zu gehen oder unter schrecklichen Eiden und Feierlichkeiten auf die Bibel zu schwören, dass wir niemals das Geheimnis der Gesellschaft preisgeben oder irgendetwas über ihre Vorgänge erzählen würden.

Die Strafe für den Bruch dieses Eides war der sichere Tod.

Wir leisteten den Eid und machten uns bereit, eine Rede von Becque über die Rechte des Menschen anzuhören – wobei mit „Menschen" natürlich immer die ungewaschenen, ungebildeten, unpatriotischen und völlig wertlosen Menschen gemeint waren, *bien entendu.*

Vom Allgemeinen zum Besonderen schimpfte Becque eloquent gegen alle Formen und Ausprägungen des Militarismus und unsere Dummheit, ihn durch unser diszipliniertes Verhalten als Soldaten zu unterstützen. Was wir tun sollten, war „demonstrieren", ungehorsam, faul, schmutzig und ineffizient sein und zunächst einmal passiv meutern. Als wir seine Ansichten im ganzen Regiment verbreitet hatten und jeder Mann im Regiment einen nicht unterschriebenen Brief an einen Mann in einem anderen Regiment geschrieben hatte, mit der Bitte, diese wieder an andere Regimenter weiterzuleiten, war der Tag nicht mehr fern, an dem die passive Meuterei aktiv werden konnte.

Wer waren schon eine Handvoll elender Offiziere und noch elendere Unteroffiziere, um sich dem Willen von achthundert vereinten und entschlossenen Männern zu widersetzen? ...

Nach der Ansprache stellte ich, wie es sich für einen unwissenden, aber neugierigen Schüler gehört, demütig die Frage:

„Und was passiert mit Frankreich, wenn sich seine Armee aufgelöst hat? Was wird aus Deutschland?"

Die Antwort war aufschlussreich hinsichtlich der Ehrlichkeit des Mannes und seiner Meinung über unsere Intelligenz.

„Die deutsche Armee wird dasselbe tun, mein junger Freund", antwortete Becque. „Unsere deutschen Brüder werden sich mit uns verbünden. Ebenso unsere italienischen, österreichischen und russischen Brüder, und wir werden eine Große Republik des freien Proletariats Europas bilden. Alle werden alles besitzen, und niemand wird jemanden unterdrücken. Es wird keine Reichen, keine Polizei, keine Gefängnisse, keine Gesetze und keine Armen mehr geben ..."

„Und keine *Arbeit*", schluchzte ein betrunkener Mann, der von diesen aufrührerischen Versprechungen aus den Armen Morpheus' gerissen worden war.

Als die Versammlung zu Ende war, hielt ich den guten Becque an und bat ihn auf geheimnisvolle Weise eindringlich, mich morgen Abend um 20:15 Uhr *allein* vor dem Hôtel Coq d'Or zu treffen. Ich versicherte ihm, dass dieses Treffen Großes bewirken würde, und er versprach, zu kommen. Daraufhin nahm ich mein Schwert, zog meine mächtigen Stiefel und meine knarrende Uniform aus seiner widerlichen Gegenwart, damit ich nicht in Versuchung käme, ihn an der Kehle zu packen und zu töten.

§ 2

Um 20:15 Uhr am nächsten Abend wartete ich vor meinem Hotel auf Becque, und als er kam, führte ich ihn zu seiner großen Verwirrung in mein Privatzimmer.

„Sie sind also ein *Volontaire*, nicht wahr?", begann er. „Sind Sie ein Spion – oder…"

„Oder was?", fragte ich.

Er machte eine Geste, die ich für ein Geheimzeichen hielt.

Mit der linken Hand tätschelte ich meinen rechten Ellbogen, jeweils beide Knie, meinen Scheitel, meinen Nacken und meine Nasenspitze.

Becque starrte mich wütend an.

Ich hob fragend die Augenbrauen und klopfte mit der rechten Hand zweimal auf mein linkes Schienbein, mein Herz, meinen Bauch und den Sitz meiner Hose. Auch ich konnte „Geheimzeichen" machen! Dann bestellte ich eine Flasche Wein, mit der ich mich für seine Gastfreundschaft vom Vorabend revanchieren könnte, bevor ich mich um ihn kümmerte.

Als der Kellner gegangen war, wurde ich ernst und kam prompt zur Sache.

„Bist du Franzose?", fragte ich.

„Ich glaube schon", antwortete Becque. „Meine Mutter stammte aus dem Elsass, mein Vater war Pariser – Gott verfluche ihn! Ja … ich bin Franzose…"

„Gut", sagte ich. „Wurden Sie jemals zu Unrecht inhaftiert oder in irgendeiner Weise vom Staat verletzt oder bestraft?"

„*Ich?… Gefängnis?… Nein! Was* meinst du damit? … Außer, dass wir *alle* vom Staat verletzt worden sind, oder? Es sollte keinen Staat geben."

„Und du hältst an deinen revolutionären Überzeugungen fest, an Anarchie, Mord, Meuterei und dem Sturz und der Zerstörung Frankreichs und der Republik, mit ganzem Herzen und ganzer Seele, nicht wahr?", fragte ich.

„Mit ganzem Herzen und ganzer Seele", antwortete Becque und fügte hinzu: „Was soll das Spiel? Willst du uns veräppeln – oder bist du von der Dritten Zentralstelle? Oder – oder…"

„Das ist egal", sagte ich. „Bist du bereit, für deinen Glauben zu sterben? Das ist es, was ich wissen will."

„Ja", antwortete Becque.

„*Das wirst du*", sagte ich und stand auf, um das Gespräch zu beenden.

Ich öffnete die Tür und bedeutete dem Wesen, sich zu entfernen.

§ 3

Du musst wissen, dass zu dieser Zeit Duelle in der französischen Armee nicht nur erlaubt, sondern unter bestimmten Bedingungen für Offiziere und Soldaten gleichermaßen obligatorisch waren.

Man glaubte, zu Recht oder zu Unrecht, dass das Wissen um eine drohende Herausforderung zum Duell nach einer Beleidigung dazu führen würde, solche Verhaltensweisen zu unterlassen und ein angemessenes Benehmen unter Gleichrangigen zu gewährleisten.

(Leider durfte niemand mit jemandem duellieren, der einen höheren Rang hatte als er selbst. Sonst hätte es zum Beispiel unter den Sergeanten viele Tote gegeben!)

Ich weiß nicht, ob es das Ergebnis oder die Ursache dieses Duellsystems ist, aber der Einsatz von Fäusten gilt in der französischen Kavallerie als vulgär, rüpelhaft und niedrig. Auf keinen Fall würden zwei Soldaten „hinter der Reitschule aussteigen und die Sache klären", wie es in der guten alten angelsächsischen Tradition üblich war. Wenn sie überhaupt kämpften, dann mit Schwertern, unter Aufsicht, in Anwesenheit von Sekundanten und Chirurgen und „auf Befehl".

Mit ein wenig Fingerspitzengefühl hätte ich meinen Freund Becque dort gehabt, wo ich ihn haben wollte, ihm den Schreck seines Lebens eingejagt und ihn vielleicht für eine Weile aus dem „aufwühlenden" Geschäft gedrängt.

Ich erzählte Dufour genau, was ich vorhatte, und am nächsten Abend ging ich, anstatt in meinem Hotel zu essen, auf die Suche nach dem Schurken.

In der Kantine, auf dem Exerzierplatz oder auf der Straße war er mir nicht von Nutzen. Ich brauchte ihn dort, wo das Auge der Autorität schnell auf jede ungebührliche *Rauferei* fallen würde.

Dufour entdeckte ihn bei einer *Reinigungsarbeit* in der Reitschule unter den Augen von Sergeant Blüm. Das würde hervorragend passen. . . .

Als der Sergeant die Strafkompanie entließ, schlenderten Dufour und ich vorbei, einer links und einer rechts von Becque, der einen Besen trug. Dufour stieß Becque leicht gegen mich, und ich gab ihm einen Stoß, der ihn zu Boden warf.

Er sprang auf, stürzte sich auf mich und benutzte den schmutzigen Besen wie eine Bajonette. Ich packte ihn mit einer Hand und schlug meinem Freund Becque mit der anderen kräftig ins Gesicht. Wie jedes Mitglied des Schlangengattung spuckte Becque, und da ich mich ärgerte, schlug ich ihn richtig.

Als er kopfüber zu Boden ging, stürzte Sergeant Blüm aus der Reitschule herbei, angelockt von dem Gerangel und den Rufen der Strafkompanie und von Dufour, der sicherlich genug Lärm für sechs gemacht hatte.

„Was soll das hier?", brüllte er. „Seid ihr Straßenköter, die in der Gosse knurren und beißen und raufen, oder Soldaten Frankreichs? ... Acht Tage *Salle de Police* für euch beide ... Wer hat angefangen, und was ist passiert?"

Der ausgezeichnete Dufour erzählte eine höchst unwahre Version des Vorfalls, und Sergeant Blüm machte sich Notizen. Der Soldat Becque hatte öffentlich auf *den Freiwilligen* aus dem Beaujolais gespuckt, der ihn daraufhin niedergeschlagen hatte....

Die Befehle für den nächsten Abend, die den Soldaten von den *Caporaux-Fourriers* vorgelesen wurden, enthielten auf Befehl des Obersts folgenden Absatz:

> "Die Soldaten Becque und de Beaujolais werden am Montagmorgen um zehn Uhr mit Kavalleriesäbeln in der Reitschule in Anwesenheit des Major der Woche, des Hauptmanns der Woche und der Obersten ihrer jeweiligen Schwadronen, der Stabsärzte Philippe und Patti-Reville sowie des Fechtmeisters gemäß der Armeeverordnung 869: *Wenn ein Soldat von einem seiner Kameraden schwer beleidigt wurde und die Beleidigung in der Öffentlichkeit stattgefunden hat, darf er nicht zögern, dafür Wiedergutmachung durch ein Duell zu verlangen. Er soll seine Forderung an seinen kommandierenden Hauptmann richten, der sie an den Oberst weiterleiten soll. Es darf aber nicht vergessen werden, dass ein guter Soldat Streitigkeiten vermeiden sollte. . . .*
>
> "Der Sieger dieses Duells wird zu fünfzehn Tagen Haft verurteilt, der Verlierer zu
>
> dreißig Tagen."

Als ich den Befehl hörte, war ich der Meinung, dass der Verlierer für mehr als dreißig Tage aus der Welt verschwinden würde.

§ 4

Als ich am Montagmorgen mit Dufour die Reitschule betrat, war ich erfreut, Sergeant Blüm anstelle des Fechtmeisters zu sehen, der krank im Krankenhaus lag.

Das war doppelt gut, denn meine Aufgabe wurde dadurch leichter und Sergeant Blüm befand sich in einer unangenehmen und riskanten Lage. Denn es war die Aufgabe des Fechtmeisters, als Zeremonienmeister und Schiedsrichter in der Nähe zu stehen, eine Stahlschwertscheide in der Hand, und zu verhindern, dass einer der Kämpfenden den anderen tötete oder auch nur gefährlich verletzte!

Die Nichteinhaltung dieser Pflicht hätte eine harte Strafe nach sich gezogen – und der laute, prahlerische Blüm war kein *Fechtmeister.*

Gemäß den Anweisungen trugen wir „stabile Kleidung, mit beliebigen Schuhen", also hatte ich meine Segeltuchhosen in die Socken gesteckt und ein Paar Turnschuhe angezogen.

Ich musterte Becque aufmerksam und kam zu dem Schluss, dass er den wilden und verzweifelten Mut einer in die Enge getriebenen Ratte zeigen würde und dass er, hätte er dem Fechten ebenso viel Aufmerksamkeit geschenkt wie der Körperkultur und anarchistischen Aufwiegelung, einen ziemlich nützlichen Kampf liefern würde. Ich fragte mich, was für ein Fechter er wohl war und ob er wie ich und viele andere Soldaten die obligatorische Teilnahme am Fechtunterricht für „Florett und Säbel" freiwillig ergänzte....

Als alle Offiziere und offiziellen Zuschauer anwesend waren, wurden wir aufgefordert, uns bis zur Taille zu entblößen, erhielten schwere Kavalleriesäbel und wurden von Sergeant Blüm, der uns eindringlich auf die Pflicht hinwies, sofort aufzuhören, wenn er „ *Halt!*" rief, einander gegenüber aufgestellt.

Blüm gab dann den Befehl „ *Auf die Plätze*" und stellte sich mit seiner Stahlscheide unter unsere gekreuzten Degen. Während des gesamten Kampfes hielt er diese bereit, um Kopfhiebe abzuwehren oder einen gefährlichen Stoß abzuwehren. (Und das nannten sie einen *Duell*!)

Meine große Angst war, dass der tollpatschige Kerl mit seiner Scheide in den Kampf eingreifen und Hiebe und Stöße abwehren würde, sodass ich Becque verletzen oder Becque mich verletzen würde. Das hätte diesen absurden Kampf sofort beendet, da es sich bei diesen glorreichen Auseinandersetzungen um Duelle auf „das erste Blut" handelte – und mein Ziel war es, Becque außer Gefecht zu setzen und einen giftigen und verräterischen Feind meines geliebten Landes zu erschrecken und zu bestrafen.

Ich starrte Becque fest in seine verschlagenen Augen. Blüm gab das Zeichen – „ *Los!*" – und Becque stürzte sich auf mich, griff mich mit voller Wucht an und zeigte sich als sehr guter und entschlossener Kämpfer.

Ich wehrte mich um mein Leben und ließ ihn seinen Arm ermüden und seine Lungen erschöpfen. Blüm machte mir fast ebenso viel zu schaffen wie Becque, denn er sprang um uns herum, schrie uns zu, wir sollten „vorsichtig sein", und schlug nach unseren beiden Schwertern. Er brachte mich zum Lachen, was mich wütend machte (und ihn rasend), denn es war keine lachende Angelegenheit.

„ *Halt!*" , schrie er, und ich sprang zurück, während Becque nach dem Befehl einen weiteren Hieb auf meinen Kopf ausführte.

„Du, Becque", brüllte er, „sei vorsichtiger, ja? Glaubst du, du schlägst Teppiche oder lieferst dir ein Duell, du..."

Becque war blass und schnaufte wie ein Delphin. Er hatte keinen einzigen Stoß oder eine einzige Finte versucht, sondern nur mit enormer Geschwindigkeit, Kraft und Orthodoxie zugeschlagen. Er war ein starker, schlichter Schwertkämpfer, aber kein wirklich guter und schöner Fechter.

Solange keiner von uns beiden den Arm des anderen kratzte oder vorzeitig Blut vergoss, konnte ich Becque dahin bringen, wo ich ihn haben wollte – es sei denn, der Dummkopf Blüm vereitelte meine Pläne. Es war, als würde man gegen zwei Männer gleichzeitig kämpfen.

„ *En garde!*" , rief Blüm. „ *Los!*" ...

Becque schlug sofort mit einem *Coup de flanc* zu und stieß, als ich parierte, nach meinem Kopf. Er kämpfte noch schneller als in der ersten Runde, aber mit weniger Gewalt und Wildheit. Er wurde müde, und meine Chance kam ... Ich hätte ihn ein Dutzend Mal treffen können, aber das war nicht mein Ziel ... Einen Moment später war ich schwer in Versuchung, als er meinen Kopf verfehlte und das schwere Schwert aus der Deckung kam, aber die Scheide des elenden Blüm war in einer Sekunde zwischen uns...

Becque atmete schwer, und ich war an der Reihe, anzugreifen. *Jetzt!* Plötzlich sprang Becque zurück und rammte die Spitze seines Schwertes in den Boden. Völlig unnötig schlug Blüm mein Schwert nieder und trat zwischen uns.

„Was ist los mit dir?", schnauzte Major de Montreson.

„Ich bin zufrieden", keuchte Becque. Das war ein Trick, um eine dringend benötigte Verschnaufpause zu bekommen.

„Nun, ich nicht", antwortete der Major säuerlich. „Du etwa?", fragte er und zeigte auf mich.

„Es ist ein Duell *au premier sang*, Monsieur le Majeur", antwortete ich, „und es ist noch kein Blut geflossen."

„Ganz richtig", stimmte der Major zu. „Das Duell wird sofort fortgesetzt. Und wenn du, Becque, wieder so zurückweichst, wirst du mit dem Rücken zur Ecke kämpfen..."

„ *En garde!*" , rief Sergeant Blüm, und wir kreuzten wieder die Schwerter. „ *Los!*" ... Becque machte einen weiteren heftigen Angriff. Ich parierte, bis ich dachte, dass sein Arm wieder müde war, und täuschte dann einen Schlag auf seinen Kopf an. Sein Schwert und Blüms Scheide gingen hoch, und meine Finte wurde zu einem Stoß – unter die beiden hindurch und durch Becques rechte Brust...

Frankreich, mein schönes Frankreich, meine zweite Mutter, hatte für eine ganze Weile einen aktiven Feind weniger.

„Das mache ich wieder für dich, wenn du aus dem Krankenhaus kommst, mein Freund Becque", sagte ich, als er zurücktaumelte.

§ 5

Es gab einen gewaltigen Aufruhr, der in einem *Disziplinarrat* endete, mit mir auf der Anklagebank und Becque in der Krankenstation. Da jedoch alles in Ordnung war und nichts Unregelmäßiges vorgefallen war (außer dass die Duellanten tatsächlich gekämpft hatten), wurde ich nicht, wie meine Kameraden fröhlich prophezeit hatten, zu drei Jahren Zwangsarbeit in den *Compagnies de discipline* in Algerien verurteilt. Ich bekam lediglich fünfzehn Tage Arrest, um mir beizubringen, mich beim nächsten Duell nicht zu schlagen, und, oh Freude, oh Wonne, Sergeant Blüm wurde *degradiert.*

Ich ging sehr vorsichtig in der Nähe von Korporal Blüm, bis ich, weil ich in der Aprilprüfung für *Volontaires* Zweiter geworden war (in Reiten, Exerzieren und Befehlsgebung, Topografie, *Voltigieren*, Pferdekunde und Gymnastik), selbst Korporal wurde.

Nach dieser Beförderung wurde das Leben etwas weniger kompliziert und verbesserte sich noch weiter, als ich bei der Oktoberprüfung an der Spitze der *Freiwilligen* stand und Sergeant wurde.

§ 6

Nachdem Becque mehrere Wochen zwischen Leben und Tod geschwebt hatte, begann er sich zu erholen, und Stabsarzt Patti-Reville erklärte ihn für außer Gefahr.

Am selben Tag bekam ich über Sergeant de Poncey den Befehl, den Unteroffizier unseres Geschwaders, *Sous-Lieutenant* Raoul d'Auray de Redon, in seiner Unterkunft hinter den Ställen zu besuchen.

„Und was zum Teufel soll das heißen, Sergeant?“, fragte ich.

„Ich weiß genauso wenig wie du“, war die Antwort, „aber ich weiß, dass Sous-Lieutenant d'Auray de Redon einer der besten Gentlemen ist, die Gott je geschaffen hat. ... Er hat mich oft vor dem Selbstmord bewahrt – einfach durch ein freundliches Wort und sein strahlendes Lächeln. ... Wenn nur alle unsere Offiziere so wären wie er!“

Auch mir war der junge Gentleman aufgefallen, und ich war von seiner Schönheit beeindruckt. Ich meine damit nicht Attraktivität oder gutes Aussehen, sondern *Schönheit*. Sie strahlte aus seinem Inneren und erhellte sein perfekt geformtes Gesicht. Ein Licht der Wahrheit, Stärke, Mut und Sanftmut brannte wie eine Flamme in der strahlenden Lampe seines Körpers. Er strahlte Freundlichkeit, Güte und Hilfsbereitschaft aus und war dennoch der beste Disziplinarianer im Regiment – weil er keine Disziplin „aufrechterhalten“ musste. Diese hielt sich von selbst, wenn es um ihn ging. Und bei all seiner sanften Herzensgüte war er ein starker Mann. Nein, er war ein Löwe voller Kraft und Mut. Er hatte den edlen *Elan* der Franzosen und die kühle, entschlossene Entschlossenheit und Bulldoggenhartnäckigkeit der Angelsachsen.

Nachdem ich mich gewaschen und von Dufour bedienen lassen hatte, machte ich mich auf den Weg zum Quartier des Unterleutnants d'Auray de Redon. . . .

Er saß an einem Tisch und sah mich mit einem langen, prüfenden Blick an, als ich salutierte und stramm stand.

„Sie haben nach mir geschickt, *mon Lieutenant*“, murmelte ich.

„Ja“, antwortete de Redon, und seine strahlenden braunen Augen lächelten, obwohl sein markantes, gutaussehendes Gesicht dies nicht tat.

„Warum wolltest du gegen diesen Becque kämpfen?“, fragte er mich plötzlich.

Ich war etwas überrascht.

„Äh ... er ... ah ... er hat schmutzige Fingernägel, *mon Lieutenant*“, antwortete ich.

„Das kann gut sein“, meinte de Redon. „Das kann gut sein. Und willst du jetzt bei den Blauen Husaren einen Kreuzzug für saubere Fingernägel starten und alle bekämpfen, die sich dem nicht anschließen und sich nicht an die guten Regeln halten?“

„Nein, *mon Lieutenant*“, gab ich zu.

„Warum dann ausgerechnet Becque, von den paar Hunderten?“, fragte de Redon weiter.

„Oh! Er isst Knoblauch, hat manchmal ein schielendes Auge, zerrt an der Zunge seines Pferdes, hatte eine deutsche Mutter und wischt sich die Nase mit dem Handrücken ab und grinst seitlich, wobei er einen langen gelben Hundezahn zeigt, *mon Lieutenant*“, antwortete ich.

„Ah – du lieferst interessante Informationen“, bemerkte mein Offizier trocken. „Jetzt werde ich dir auch welche liefern, auch wenn sie nicht so interessant sind – weil du sie bereits kennst. Abgesehen von seinem Knoblauch, seinem Gips, seinen Zuckungen, seiner deutschen Mutter, seiner Nasenabwischerei und seinem Hundezahn ist er ein aufrührerischer Schurke und ein bezahlter Spion und Unruhestifter, der versucht, dumme Soldaten zu verführen und zu korrumpieren. Du hast an seinen Versammlungen teilgenommen, den Eid der Verschwiegenheit und Treue gegenüber seiner Gesellschaft geleistet und dich mit ihm unter vier Augen in deinem Hotel getroffen.“

Ich starrte de Redon erstaunt an und sagte das, was man in solchen Fällen oft am besten sagt: nichts.

„Nun“, fuhr mein Gesprächspartner fort, „vielleicht werden Sie meine Fragen etwas ausführlicher beantworten ... Warum haben Sie Becque herausgefordert, nachdem Sie sich seiner kleinen Gesellschaft angeschlossen hatten, um eine Meuterei im Regiment anzuzetteln, den Staat zu zerstören und Frankreich zu ruinieren?“

„Wegen der Dinge, die ich bereits erwähnt habe, *mon officier*, und weil ich dachte, dass ihm eine Pause gut tun würde“, antwortete ich. „Ich hielt es für einen guten Weg, seinen kleinen Aktivitäten ein Ende zu bereiten. Meine Idee war, ihm für jedes Treffen, das er abhielt, mit einem Duell zu drohen ...“

„Ach ja, wirklich?“, lächelte de Redon. „Und jetzt will ich von dir wissen, was genau bei diesen Treffen passiert ist, was gesagt wurde und wie die Soldaten hießen, die dabei waren.“

„Das kann ich nicht, Herr“, antwortete ich. „Wie du weißt, habe ich einen feierlichen Eid geschworen, nichts zu verraten.“

Leutnant Raoul d'Auray de Redon stand von seinem Stuhl auf und kam zu mir herüber. Wollte er – ein Gentleman – mich mit Drohungen und Einschüchterungen dazu zwingen, mein Wort zu brechen – selbst gegenüber einer Ratte wie Becque?

„Ruhig, Soldat Henri de Beaujolais“, sagte er, „reich einem Kameraden die Hand! Oh ja, ich weiß alles über dich, alter Junge ... Von de Lannec – obwohl ich nicht weiß, ob dein Onkel davon weiß ...“

Ich nahm die mir gereichte Hand und stammelte meinen Dank für diese Ehre durch meinen Vorgesetzten.

"Ach, Unsinn, mein lieber Junge. Du wirst eines Tages *mein* 'vorgesetzter Offizier' sein, da bin ich mir ganz sicher. ... Ich muss sagen, ich bewundere deinen Mut, über die Truppe zu *uns* gekommen zu sein. ... Wann kommst du nach Afrika? ... Ich gehe nächsten Monat ... Spahis . . . bis ich die Sprachen und Verkleidungen perfekt beherrsche . . . Ist es nicht eine große Ehre, zu den Auserwählten deines Onkels zu gehören? . . . Und nun zu diesem Becque. Du brauchst ihn nicht mehr zu verfolgen. Ich habe mich ein wenig im Geheimdienst versucht und experimentiert. Hier in Frankreich ist das viel einfacher als in Afrika, bei Gott! ... Nun, wir wissen alles über Becque, und wenn er aus dem Krankenhaus kommt, wird er dorthin gehen, wo nichts seinen großartigen Geist zwei oder drei Jahre lang von seinen großartigen Gedanken ablenken kann. ... Er mag ein tollwütiger Hund sein, wie du sagst, aber ich vermute, dass dieser tollwütige Hund einige ziemlich vernünftige Besitzer und Arbeitgeber hat.

„Jemand hat ihn also angezeigt?“, fragte ich.

„Nein, mein lieber de Beaujolais, noch nicht. Aber jemand wird es tun. Jemand, der bei seiner letzten Versammlung dabei war – und der zu betrunken war, um einen Eid zu schwören. So betrunken, dass er nur hilflos kichern konnte, als er aufgefordert wurde, zu schwören!“

„ *Du?*“ , fragte ich.

„Ich“, antwortete Unterleutnant d'Auray de Redon. „'Und keine *Arbeit'*! Du erinnerst dich vielleicht an meinen wertvollen Beitrag zu den großartigen Ideen des Abends ...“

So war meine erste Begegnung mit diesem brillanten und großartigen Mann, den ich wie einen Bruder lieben lernte, wie man nur einen Bruder lieben kann. Von meiner letzten Begegnung mit ihm werde ich zu gegebener Zeit berichten.

§ 7

Ein Brief von de Lannec teilte mir mit, dass mein Onkel von dem Duell gehört hatte und amüsiert und keineswegs unzufrieden mit mir zu sein schien. . . .

Armer alter de Lannec! Er schrieb, dass seine Seele in ihm gestorben sei und sein Leben „nur noch Staub und Asche, ein Tal der Tränen und Trauer, eine Wüste der Trauer und Verzweiflung, in der es keine Oase der Freude oder Hoffnung gab“.

Denn er hatte seine geliebte Véronique Vaux verloren. Sie hatte ihre Zuneigung einem Oberst der Chasseurs d'Afrique geschenkt und war mit ihm nach Fès gereist!

Am Ende des Jahres erklärte sich mein Onkel grimmig zufrieden und schickte mich unverzüglich auf die Militärschule von Saumur, wo ausgewählte Kavallerie-Sergeanten aus guten Familien und mit hervorragender Ausbildung zu Offizieren ausgebildet werden.

Hier passierte nichts Aufregendes, und ich war froh, als wieder einmal die Fäden gezogen wurden und ich angewiesen wurde, mich mit meinem neuen Auftrag nach Algerien zu begeben und mich im *Quartier des Spahis* in Sidi-bel-Abbès zu melden.

Ich werde nie vergessen, wie ich mein neues Zuhause zum ersten Mal sah. Es hat sich für immer in mein Gedächtnis eingebrannt.

Ich stand vor dem großen Tor in der Gasse, die die Kaserne der Spahis von der der Fremdenlegion trennt, und dachte an den Tag – der noch nicht lange zurücklag –, an dem ich als elender Zivilist vor dem Tor der Blauen Husaren in St. Denis gestanden hatte. . . .

Vor der rot-weiß-blau gestreiften Wachbude stand ein bärtiger, dunkelhäutiger Riese, dessen schneeweißer *Leinen-Käfig*, der sein Gesicht umrahmte, von einem riesigen roten Turban gekrönt war; eine scharlachrote, mit Orden übersäte Zuavenjacke bedeckte eine grelle Weste und einen gewaltigen roten Schärpe; und die voluminösesten, rockartigen, weißen Hosen verbargen fast seine großen Kavallerie-Stiefel mit Sporen. An seiner linken Seite hing ein riesiger, gebogener Kavalleriesäbel, und in seiner rechten Hand hielt er eine Karabiner.

„Das ist also die Art von Krieger, die ich in Kavallerieangriffen anführen soll!", dachte ich und fragte mich, ob es auf der Welt jemanden gab, der ihm das Wasser reichen konnte.

Er salutierte mir mit makelloser Eleganz und Präzision und ahnte nicht, wie sehr ich bis ins Mark erschüttert war, als ich den ersten Salut erwiderte, den ich jemals von einem Mann meines eigenen Regiments erhalten hatte.

Am großen offenen Fenster der *Salle de Rapport* in den Ämtern, Büros des Regiments in der Nähe des Tors stand eine auffallend schicke und männliche Gestalt – die eines Offiziers in einer weißen Uniform mit goldenen Knöpfen (die sicherlich ein Paar Korsetts bedeckten), die seinen breiten Schultern und seiner schmalen Taille passte wie Papier an die Wände eines Raumes.

Unter einem hohen roten *Tarbush* lächelte eines der schönsten Gesichter, die ich je gesehen habe. Das Lächeln war so charmant, der ganze Mann so wirklich schön, dass es niemand anderes sein konnte als Raoul d'Auray de Redon, der vor ein paar Jahren hier gewesen war.

Ich weiß jetzt, dass ein Mann einen anderen wirklich mit der Liebe lieben *kann*, die zwischen David und Jonathan beschrieben wird. Ich glaube nicht an Liebe „auf den ersten Blick", aber eine enorme Anziehungskraft und die stärkste Zuneigung auf den ersten Blick wurden in diesem Fall bald zu einer Liebe auf den zweiten Blick. Bis heute kann ich das Porträt von Raoul d'Auray de Redon, von dem ich später noch erzählen werde, nicht betrachten, ohne einen Anflug von bittersüßem Schmerz und ein halb bewusstes Gebet zu verspüren....

Bei den Tribünen stand eine Gruppe, die ich noch vor mir sehe – ein statuenhafter *Unteroffizier* in makellos weißer Uniformjacke und Hose, weißen Schuhen und einem *Tarbush* (fälschlicherweise als Fez bezeichnet) – *l'Adjudant* Lescault; ein älterer französischer Feldwebel in scharlachroter Patrouillenjacke, weißer Reithose mit zwei schwarzen Streifen an den Seiten und einer roten *Képi* mit goldenem Band; ein arabischer Sergeant, gekleidet wie die Wache, bis auf seine Chevrons; und die Wachen, die mir wie eine Mischung aus Arabern und Franzosen erschienen – denn einige von ihnen hatten eine ebenso helle Hautfarbe wie ich.

Hinter dieser Gruppe stand ein Leutnant, der ein Pferd begutachtete, das von einem arabischen Pferdepfleger gehalten wurde, und ich musste diesen Herrn einfach anstarren, denn unter seiner roten Uniformjacke trug er eine der riesigen weißen Spahi-Hosen, die am Knöchel gerafft waren und ein Paar winzige spitze Lackschuhe zum Vorschein brachten. Sein Kopf war mit einer schrägen, scharlachroten und goldenen *Schirmmütze* geschmückt.

Das waren meine zukünftigen Waffenbrüder...

Ich schaute an ihnen vorbei auf den orientalischen, von Bäumen umgebenen Garten, der zwischen den Toren und den entfernten niedrigen Stallungen mit Säulengängen lag, in denen die prächtigen grauen Araberpferde des Regiments untergebracht waren; und mit dem Gefühl, alle Menschen umarmen zu können, trat ich vor und betrat mein Erbe. . . .

§ 2

Dennoch dauerte es nicht lange, bis das Leben im Depot in Sidi-bel-Abbès wirklich langweilig wurde. Man wurde schnell müde von den milden Zerstreuungen unseres Clubs, dem *Cercle Militaire*, und von den schmutzigeren Vergnügungen, die die angeblichen Vergnügungsviertel dieser langweiligen Provinzgarrisonstadt zu bieten hatten.

Die Arbeit rettete mich jedoch vor der Langeweile, denn ich arbeitete wie ein blinder Kamel, zusätzlich zu den üblichen Pflichten eines Kavallerieoffiziers.

Zu den Spahis kam Dufour, den mein Onkel auf meine Bitte hin geschickt hatte, und gemeinsam setzten wir unsere Sprachstudien fort und verkleideten uns. Ich war auch nicht traurig, als mein Onkel so schnell wie möglich wieder seine Beziehungen spielen ließ und ich nach Marokko versetzt wurde.

In diesem faszinierenden Land hatte ich großes Glück – genug Glück, nach ermüdendem Garnisonsdienst in Casablanca, oder besser gesagt in Ain Bourdja außerhalb der Stadtmauern, in Rabat, Meknes, Fès, Dar-Debibagh und anderswo – an der blutigen Schlacht von R'fakha teilzunehmen und an der Spitze einer Schwadron anzustürmen; und meine kleine Rolle in den Chaiova-Feldzügen in Settat, M'koun, Sidi el Mekhi und M'karto zu spielen.

Nach den schweren Kämpfen um und in Fès war ich Hauptmann und hatte zwei hübsche kleine Metallstücke mit Bändern, die ich an meiner Uniformjacke tragen durfte; und in der unangenehmen kleinen Angelegenheit mit dem Stamm der Zarhoun (die es auf sich genommen hatten, die Straßen zwischen Fès und Tanger sowie zwischen Meknes und Rabat zu sperren) wurde mir das Kommando über die Schwadron übertragen, die Teil des mit dieser Aufgabe betrauten gemischten Bataillons war. . . .

Zu dieser Schwadron gehörte natürlich mein guter Dufour, ein Unteroffizier, der bereits die *Medaille militaire* für Tapferkeit trug. Von deren Verleihung muss ich kurz erzählen, denn die Erinnerung daran war in der schrecklichen Stunde, als ich ihn seinem Tod überlassen musste, anstatt mit ihm zu sterben, wie ich es mir so sehr gewünscht hatte, so grausam und ergreifend in meinem Gedächtnis....

An diesem schwarzen Tag sah ich wieder in klaren und leuchtenden Farben dieses Bild vor mir:

Ich stürme an der Spitze meines Geschwaders auf eine große *Harka* sehr tapferer und fanatischer Mauren zu. ... Wir stürmen nicht in einer Linie wie die Engländer, sondern jeder für sich, mit voller Kraft, so schnell, wie er sein Pferd antreiben kann. ... Da ich das beste Pferd habe, bin ich natürlich weit vorne. ... Die Erde scheint unter dem donnernden Ansturm der besten Kavallerie der Welt zu beben. ... Ich bin wahnsinnig glücklich. ... Ich schwinge meinen Säbel und schreie vor Freude. ... Als wir kurz davor sind, auf den Feind zu treffen, senke ich meine Spitze und strecke meinen Arm aus. (Verwende immer die Spitze, bis du zum Stillstand kommst, und dann die Klinge mit der Geschwindigkeit und Kraft eines Blitzes.) Die Mauren sind ebenso gerissen wie mutig. Hunderte von Infanteristen werfen sich hinter Felsen und großen Steinen und in Wassergräben, richten ihre Langgewehre und europäischen Gewehre auf uns und feuern auf uns. Hunderte von Reitern schwingen nach rechts und links aus, um uns in die Flanke zu nehmen und uns zu umzingeln, als der Aufprall auf den Hauptteil unserer Truppe unseren Angriff bricht und uns zum Stillstand bringt. Sie wissen nicht, dass wir wie ein Messer durch Käse durch sie hindurchgehen, uns neu formieren und wieder angreifen werden – und selbst wenn wir sie nicht wie Spreu zerstreuen, werden wir sie daran hindern, unsere stillen und fast wehrlosen kleinen Bergkanonen zu stürmen und zu erbeuten.

Wir donnern weiter, eine unaufhaltsame Lawine aus Männern und Pferden, und wie ein Schwimmer, der von einer Klippe ins Meer springt, stürze ich mit einem gewaltigen Krachen in ihre Reihen. ... Ein großer Maure und sein berberischer Hengst stürzen kopfüber, als mein gutes Pferd und ich sie wie ein einziges Geschoss mittig treffen; und wäre da nicht der Schwertknoten gewesen, dessen Schnur um mein Handgelenk gebunden ist, hätte ich meinen Säbel verloren, der mir aus der Hand gerissen wurde, als ich ihn unter dem rechten Arm des Mauren hervorzog. ...

Ich spornte mein Pferd an; es sprang über den am Boden liegenden Reiter und sein Pferd hinweg; ich stieß einem anderen großen Moslem mit der Spitze meiner Lanze mitten in seinen langen schwarzen Bart, als ich an ihm vorbeiritt, und stürzte mich dann mit voller Wucht in eine dichte Masse von Männern und Pferden. Ich hieb und parierte, schlug, parierte und hieb, stieß und schlug, erhob mich in den Steigbügeln und hackte und hackte, bis ich durch war und wieder zum Galopp ansetzte. Und dann merke ich, dass mein Pferd getroffen ist und zu Boden geht, und ich fliege über seinen Kopf hinweg, und die Erde erhebt sich und schlägt mir ins Gesicht und trifft meine Brust so hart, dass mir der Atem wegbleibt und ich nur noch lebe, um Schmerzen zu fühlen. . . .

Oh! Die Qual dieses Kampfes um Luft, nachdem der heftige Aufprall mir die Hälfte meiner Rippen, meinen rechten Arm und meinen Kiefer gebrochen hat ... Und, oh! Die Qual durch das Gewicht meines toten Pferdes auf meinem gebrochenen Bein und Knöchel ...

* * *

Und warum wurde mir nicht die Kehle durchgeschnitten? Warum wurden mir keine Speere in den Rücken gestoßen? Warum wurde mir der Schädel nicht eingeschlagen? ...

Ich zog mein blutiges Gesicht aus dem Staub, wischte es mit meinem linken Ärmel ab und stützte mich auf meinen linken Ellbogen. . . .

Ich war der Mittelpunkt eines furchtbaren „Hundekampfs“, und mir gegenüber stand Dufour, sprang über mich hinweg, wirbelte herum, sprang wie ein Teufel und ein Wahnsinniger von einer Seite zur anderen, ein großartiger Athlet und ein großer Held. So krank und erschöpft ich auch war, ich konnte immer noch seine wunderbare Schwertkunst bewundern und seine außergewöhnliche Beweglichkeit, Kraft und Geschicklichkeit bestaunen. Bald wurde mir klar, dass ich mehr tun konnte, als ihn nur zu bewundern. Ich konnte helfen, obwohl ich von meinem Pferd am Boden festgenagelt war und mich krank, erschöpft und zerschlagen fühlte. Mit unendlichen Schmerzen zog ich meinen Revolver aus dem Holster und war froh, dass ich mit meiner linken Hand genauso gut schießen konnte wie mit der rechten.

Dann, auf meiner rechten Seite liegend und so gut und schnell zielend, wie ich es in dieser unbequemen Lage konnte, schoss ich auf einen Mann, dessen Speer auf Dufours Rücken zusteuerte, auf einen anderen, dessen großes Schwert hochgeschwungen war, um ihn zu spalten, auf einen dritten, dessen langes Gewehr auf ihn gerichtet war, und dann, nachdem eine Welle tödlicher Ohnmacht über mich hinweggegangen war, direkt ins Gesicht eines Mannes, der an ihm vorbeigesprungen war und gerade dabei war, mir seinen großen, gekrümmten Dolch in die Brust zu rammen. . . .

Als ich meinen letzten Schuss abgab – auf den Typen, dessen Schwert auf Dufours Säbel krachte –, kam die Truppe zurückgeritten, angeführt von Leutnant d'Auray de Redon, und nie war ich so froh, das Gesicht meines geliebten Raoul zu sehen.

Er und einige der Spahis zügelten ihre Pferde, zerstreuten unsere Angreifer und verfolgten sie, während Dufour ein reiterloses Pferd einfing und – wie mir berichtet wurde – mich über den Sattel hob, hinter den Sattel sprang und zurück zu unserer Position galoppierte.

Anscheinend war er hinter mir gewesen, als mein Pferd zu Boden ging, hatte absichtlich angehalten, war abgestiegen und zu mir gerannt, um mich zu retten – als er angegriffen wurde. Er hatte auch nicht versucht, sich einen Weg aus der kleinen Gruppe zu bahnen, die ihn umzingelte, sondern war stehen geblieben und hatte mich verteidigt, bis er sich inmitten der wilden Fanatiker befand, aus denen uns Raouls Angriff in letzter Sekunde rettete. Als er mich wegbrachte, blutete er aus einem halben Dutzend Schwertwunden, von denen jedoch keine schwer war. . . .

Ja – das war das Bild, das sich an dem schrecklichen Tag, von dem ich dir erzählen werde, vor meinen Augen abspielte.

Die Pflicht ist ein strenger und eifersüchtiger Gott. . . .

§ 3

Ich erholte mich schnell und dankte dem Himmel und unseren hervorragenden Chirurgen, als ich feststellte, dass ich nicht, wie ich befürchtet hatte, für den Rest meines Lebens lahm bleiben würde.

Ich nahm meine Arbeit wieder auf, und als mein Onkel, pünktlich wie immer, nach Afrika kam, konnte ich mich seinem Stab als Offizier anschließen, der mehr als nur ein bisschen über das Land und seine faszinierenden Städte und Menschen wusste; ein Offizier, der Arabisch und seine maurische Variante wie ein Einheimischer sprach und der als *Bett* ler, Hausierer, ein prahlerischer Riffianer *Askri* aus dem *Bled*, ein nervöser, kriecherischer Jude aus der *Mellah*, ein Fanatiker von Mulai Idris, ein Kameltreiber oder Eselscharführer – ohne die geringste Angst, entdeckt zu werden.

Und ich glaube, ich könnte ihm Dinge erzählen, die ihm kein anderer Offizier in ganz Marokko erzählen könnte, über die unterirdische Stammespolitik, die Intrigen der fanatischen Mobs in den wichtigen Städten (wie zum Beispiel Meknes, wo ich meinen Freund Kapitän de Lannec abgelöst habe und wo ich bald den jüdischen Hausierer spielte und Boten aussandte, bis zum Tag des Aufstands und des großen Massakers) und die jeweilige Haltung verschiedener Teile des Landes und verschiedener Bevölkerungsschichten gegenüber Sultan Abd-el-Aziz, dem Möchtegern-Sultan Mulai Hafid, dem Thronprätendenten Mulai Zine, seinem Bruder oder dem großen, mächtigen verschiedener Teile des Landes und verschiedener Bevölkerungsschichten gegenüber Sultan Abd-el-Aziz, dem angehenden Sultan Mulai Hafid, dem Thronprätendenten Mulai Zine, seinem Bruder, oder dem mächtigen *Marabut* Ibn Nualla.

Mein Onkel war zufrieden mit dem Werkzeug, das er selbst gebaut hatte – dem Werkzeug, das ihm *nie* „in der Hand liegen würde" –, und mein Name stand groß in den Büchern des *Bureau des Affaires Indigènes* in Rabat. . . .

Ich glaube auch nicht, dass es Neid oder Murren gab, als ich der jüngste Major der französischen Armee wurde und aus dem Blickfeld der Menschen verschwand, um in Zaguig die Geschehnisse zu beobachten, getarnt als Einwohner dieser armseligen Stadt. . . .

Ich betrat sie zu Fuß, als ein Mann aus den Bergen des Nordens, und als ich durch den Tunnel des großen Tors in den mächtigen Stadtmauern ging, erhob sich ein Kameltreiber von seinem Platz neben seinem Tier und sprach mich an.

Wir gaben, wie ich finde, eine einwandfreie Darstellung der Begegnung zweier arabischer Freunde, die sich lange nicht gesehen hatten.

„Lass mich dir deine geehrten Beine ruhen lassen, mein Bruder", sagte der Mann laut, als er mich wieder umarmte und mir mit beiden Händen auf den Rücken klopfte. „Lass mein Kamel dich zu der Unterkunft tragen, die du mit deiner strahlenden Gegenwart beehrst. . . . Gott gebe dir Kraft. . . . Gott schenke dir viele Söhne. . . . Gott sende Regen auf deine Gerstenfelder. . . ." Und er führte mich zu seinem knienden Kamel, das brüllte.

Und man möge mir glauben, wenn ich sage, dass ich erst, als er mir auf den Rücken klopfte (dreimal mit der rechten Hand, zweimal mit der linken, einmal mit der rechten, einmal mit der linken), erkannte, dass dieser schmutzige, bärtige, zottelige Kamelmann Raoul d'Auray de Redon war, den ich hier ablösen sollte! Ich sollte dies tun, damit er eine lange, lange Reise mit einer Karawane eines gewissen Sidi Ibrahim Maghruf antreten konnte, einem europäisierten arabischen Kaufmann, dem unser Geheimdienst vertraute – bis zu einem gewissen Grad.

Es war jedoch Raoul, und in Sidi Ibrahim Maghrufs Haus erzählte er mir alles, was er über die lokale Politik, Intrigen, Unterströmungen und allgemeine Angelegenheiten der Einheimischen wusste.

“Es ist höchste Zeit, dass wir ein klares Zeichen setzen und einen entschlossenen Schritt nach vorne machen”, schloss er. ”Es ist natürlich bekannt, dass wir kommen und dass die Militärmission stark sein wird – und es wird erwartet, dass ihr eine Kolonne folgen wird, die schließlich sagen wird: *J'y suis – J'y reste.* Nun, die Brutalos haben es so gewollt, und sie werden es bekommen – aber ich denke, je früher, desto besser.

Ich erzähle dir etwas Merkwürdiges, mein Freund. Ich habe einige sehr interessante Versammlungen besucht, und bei ein oder zwei davon war ein bärtiger Fanatiker, der die Zuhörer wortreich und eloquent anpöbelte – aber mir schien, dass sein Arabisch einen Akzent hatte. ... Ich habe Sidi Ibrahim Maghruf überredet, mir seinen vertrauten alten Faktotum Ali Mansur mit zu einer kleinen Obstparty zu nehmen, die der Eloquente gab.

”Als der alte Ali Mansur alle Früchte verschlungen hatte, die er essen konnte, und wir satt da saßen, und der Ansprache unseres Gastgebers über die Größe des Islam und die Kleinheit (und Boshaftigkeit) der Ungläubigen – insbesondere der *französischen* Ungläubigen, die Algerien erobert und Tunesien und Marokko durchdrungen hatten und vorhatten, nach Zaguig zu kommen – lauschten, fragte ich den alten Ali, ob er nicht auch finde, dass der Mann seltsames Arabisch spreche und selbst ein Ausländer sei.

„Er ist zweifellos ein Ägypter oder ein Maure oder ein Türke oder etwas anderes“, gab Ali zu. „Aber er ist ein wahrer Sohn des Islam und ein Vater der Armen und Unterdrückten. *Wallahi*, diese Melonen und Feigen und Datteln waren gut – Allah möge ihn belohnen.“

Also beschloss ich, dass ich Recht hatte und dass das Arabisch dieses Kerls ein wenig seltsam *war*. ... Nun, ich folgte ihm und sah ihn eines Abends in den Zaouia-Gärten, wo er sich offensichtlich mit einem anderen Mann verabredet hatte. ... Und der andere Mann machte es viel schneller als mein Verdächtiger, seine Beine unter sich auf den Stein zu ziehen und sich wie ein echter Einheimischer mit gekreuzten Beinen hinzukauern. Er war dabei etwas langsam und ungeschickt, und ich dachte mir, dass er sich auf *europäische* Art auf den Sitz gesetzt hätte, wenn er allein und unbeobachtet gewesen wäre. ... Daraufhin wurde ich zu einem bösen Taschendieb aus den Bergen, schlich mich barfuß und lautlos an die beiden heran und versetzte unserem redegewandten Freund mit meinem schweren *Matrack-Stock* einen sehr scharfen Schlag auf den Kopf. ... Er stieß ein einziges Wort hervor und sprang auf. Die Kapuze meines schmutzigen *Burnus* bedeckte mein unschuldiges Gesicht, und es wurde dunkel, aber ich erhaschte einen kurzen Blick auf sein Gesicht und floh dann um mein Leben. ... Ich bin ein guter Läufer, wie du weißt, und ich hatte erfahren, was ich wissen wollte – zumindest das meiste davon.”

Ich wartete gespannt, während Raoul inne hielt und mich anlächelte.

„Wenn einem Mann sozusagen ein Ausruf aus dem Leib *gerissen* wird, dann ist dieser Ausruf in seiner Muttersprache“, fuhr Raoul fort. „Und wenn ein Mann manchmal einen ganz leichten Schielblick hat, dann wird dieser Schielblick in einem Moment plötzlicher Erschütterung, Angst, Wut oder einer anderen heftigen Emotion sehr erneuert, bekräftigt.“

„Stimmt“, stimmte ich zu.

„Mein Freund“, sagte Raoul, „der Ausruf dieses Mannes, als ich ihn schlug, war *'Himmel!'* , und als er sich umdrehte, war sein linkes Auge ganz schief. Er schielte fast, um ehrlich zu sein...“

„Der erste Punkt ist äußerst interessant“, bemerkte ich. „Was ist mit dem anderen?“

„Henri“, antwortete Raoul. „Erinnerst du dich an einen Mann, der – mal überlegen – schmutzige Fingernägel hatte, Knoblauch aß, seinem Pferd in die Zügel riss, eine deutsche Mutter hatte, sich mit dem Handrücken die Nase abwischte, beim Grinsen einen langen Eckzahn zeigte und ein Schielen hatte? ... Ein Mann in den Blauen Husaren, vor mehr als einem Dutzend Jahren? ... Eh, *erinnerst* du *dich*?“

„ *Becque!*“ , rief ich.

„Becque, ich glaube es wirklich“, sagte Raoul.

„Aber würde er unter einem so plötzlichen und heftigen Schock nicht auf Französisch ausrufen?“, wandte ich ein.

„Nicht, wenn er in Elsass geboren und aufgewachsen ist und das Deutsch seiner deutschen Mutter spricht“, antwortete mein Freund. „Deutsch ist buchstäblich seine Muttersprache. Von seinem französischen Vater hat er perfektes Französisch gelernt, und wir wissen, dass seine Eltern zwei Nationalitäten hatten."

„Es *könnte* natürlich Becque sein", sagte ich zweifelnd.

„Ich glaube, er ist es", antwortete Raoul, „und ich glaube auch, dass du der Richtige bist, um das zu überprüfen. Wie wäre es, wenn wir das kleine Duell fortsetzen – ohne dass Sergeant Blüm uns stört, hm?"

„Wenn er es ist und ich es schaffe, wird das Duell an der Stelle fortgesetzt, an der es aufgrund von Umständen, die Monsieur Becque nicht zu vertreten hat, unterbrochen wurde", sagte ich.

„Ja. Ich denke, *ce bon* Becque sollte sterben", lächelte Raoul, „als Verräter, Abtrünniger und Spion. Denn das ist er – als in Frankreich geborener Sohn eines Franzosen und als Soldat, der die Uniform Frankreichs getragen und den Eid auf treuen und ergebenen Dienst an der Republik geleistet hat."

„Wo wurde er geboren?", fragte ich.

„In Paris", antwortete Raoul. „Geboren und aufgewachsen in Paris. Er war der Polizei seit seiner Jugend als Krimineller und Anarchist bekannt, und es scheint, dass er mit gestohlenen oder gefälschten Papieren unter dem Namen Becque in die Blauen Husaren gekommen ist ... Sie haben ihn aus den Augen verloren, nachdem er seine Strafe wegen Aufruhrs in den Blauen Husaren verbüßt hatte..."

Und wir redeten bis tief in die Nacht hinein in Sidi Ibrahim Maghrufs großem, mondbeschienenem Garten.

Am nächsten Tag brach Raoul zu seiner Reise voller schrecklicher Strapazen auf – als Kameltreiber im Dienste von Sidi Ibrahim Maghruf, zum Tschadsee und nach Timbuktu, mit seinem Leben in den Händen und all seinen Notizen und Beobachtungen im Kopf.

§ 4

Von dem Mann, der Becque sein könnte oder auch nicht, sah ich in Zaguig nichts mehr. Vielleicht hatte er sich vor Raouls plötzlichem und unerklärlichem Angriff auf ihn erschreckt und gedacht, sein Geheimnis sei entdeckt worden, oder er war wegen des Herannahens der französischen Truppen abgereist. Andererseits könnte er auch einfach weggegangen sein, um über die Lage in Zaguig zu berichten, oder er war die ganze Zeit über noch dort.

Jedenfalls bekam ich keine Nachrichten von ihm und verlor ihn bald aus den Augen. Zu gegebener Zeit wurde ich von Hauptmann de Lannec abgelöst und kehrte nach Marokko zurück, von wo aus ich in den fernen Süden geschickt wurde, angeblich um aus Maultieren und der Fremdenlegion berittene Infanteriekompanien zu organisieren, in Wirklichkeit aber, um ein wenig zu recherchieren und Geheimdienstarbeit in Richtung der Gebiete unserer verschiedenen südlichen Nachbarn zu leisten und von Senegal nach Wadai zu reisen, mit Abstechern nach Nigeria und Kamerun. Ich war lange Zeit im Sudan.

Hier machte ich einige sehr lehrreiche Erfahrungen, darunter eine sehr seltsame an einem Ort namens Zinderneuf, von wo aus ich *über* Nigeria in Urlaub fuhr und tatsächlich mit einem ausgezeichneten Briten namens George Lawrence nach Hause reiste, der mein sehr älterer und verehrter Fag-Master in Eton gewesen war!

Es ist eine seltsame kleine Welt und sehr amüsant.

* * *

Und überall, wo ich hinkam, kam auch der gute Dufour, mutig, treu und ein außergewöhnlich begabter Imitator aller Arten von Einheimischen, „abgeordnet für besondere Dienste im Geheimdienst" – und diese Dienste waren von unschätzbarem Wert. In Verkleidung und Dialekt war er genauso gut wie ich, wenn nicht sogar besser, und es freute mich, ihn noch weiter zu befördern und zu dekorieren, wie er es verdient hatte.

Und so führten mich das Schicksal, mein Onkel und meine eigene harte, gefährliche und aufregende Arbeit zu dem großen Abenteuer meines Lebens und zu dem ultimativen Misserfolg, der meine Mühen in der Krise meiner Karriere belohnte.

Ich ahnte nicht, was mich erwartete, als ich die knappe Nachricht von meinem Onkel (mittlerweile Oberbefehlshaber und Generalgouverneur) erhielt:

„ *Kehr unverzüglich nach Zaguig zurück und warte auf weitere Anweisungen.* "

Zaguig war, wie ich zu meinem Leidwesen wusste, eine „heilige" Stadt und wie die meisten heiligen Städte von einigen der unheiligsten Abschaum der Menschheit bewohnt, die die Erde verpesten.

Sagt nicht schon ein arabisches Sprichwort: „ *Je heiliger die Stadt, desto böser ihre Bürger*"?

Kapitel VII. Zaguig

Nach den Städten Marokkos, der Zauberin, hasste ich es, nach Zaguig zurückzukehren, dem zuletzt eroberten und am wenigsten unterworfenen unserer saharischen Außenposten der Zivilisation; und nach dem kühnen Mauren hasste ich die geheimnisvollen, verstohlenen, bösen Zaguiganer, die mich an die fetten, schönen und falschen Fezai erinnerten.

Nicht, dass Zaguig mit Fez oder Marrakesch vergleichbar gewesen wäre, diesem leuchtenden Juwel inmitten eines grünen Palmenmeeres mit seinen wunderschönen Gärten, seiner maurischen Architektur, seinem kühlen Marmor, seinen bunten Kacheln, seinen Brunnen und *seinen* bezaubernden versteckten *Innenhöfen.*

Dieses Zaguig (heute von französischen Truppen besetzt) war ein Aschehaufen, bevölkert von Ungeziefer, und zwar sehr gefährlichem Ungeziefer.

Mir gefiel die Lage überhaupt nicht. Ich mochte die sorglose, übermütige Haltung von Oberst Levasseur nicht; mir gefiel die extrem verstreute Disposition der kleinen Garnison, die nur eine Vorhut war, nicht; und mir gefiel nicht, dass Fräulein Mary Hankinson Vanbrugh zusammen mit ihrem Bruder Gast des besagten Oberst Levasseur war.

Ich *wusste* nämlich, was unter der Oberfläche vor sich ging, und was ich nicht aus eigener Beobachtung wusste, konnte mir Dufour erzählen.

(Wenn ich nicht Major de Beaujolais war, war ich ein Wasserträger, und wenn Dufour nicht Adjutant Dufour von den Spahis war, verkaufte er Datteln und Melonen im *Suq*. Als ich früher hier gewesen war, war ich ein blinder Aussätziger gewesen – wenn ich nicht gerade als Lastträger im Garten von Sidi Ibrahim Maghruf arbeitete, dem Freund Frankreichs.)

Ich konnte nicht mehr tun, als meine Informationen Oberst Levasseur vorzulegen. Er war Kommandant der Truppen und Gouverneur der Stadt, und ich war lediglich ein abkommandierter Offizier des Geheimdienstes, der nach Zaguig geschickt worden war, um Vorkehrungen zu treffen, um „ins Blaue" aufzubrechen (*im Auftrag des Geheim* dienstes), sobald die Nachricht kam, dass der Moment gekommen war. . . .

Auszüge aus einem Brief, den mein Onkel aus Algier geschrieben hatte und der in Zaguig auf mich wartete, werden dir fast alles erzählen, was ich selbst wusste.

> " *... und so, mein lieber Henri, kommt deine Chance – die Arbeit, für die das Werkzeug geschaffen wurde. ... Wenn du Erfolg hast, wirst du einen mächtigen Schlag für Frankreich versetzt haben (und Frankreich wird dir nicht undankbar sein). Aber denk daran – du musst so schnell und so leise sein, wie du klug sein musst, und du musst ganz allein stehen oder fallen. Wenn sie dich filetieren und in Öl kochen – du wirst ungerächt kochen müssen. Eine Wüstensäule, die in dieser Richtung operiert, würde in der deutschen Presse (und in ein oder zwei anderen) einen solchen Aufschrei hervorrufen, dass dies zu Hause unendlichen Schaden anrichten und meine Arbeit hier draußen für Jahre behindern und erschweren würde. Die Regierung sitzt nicht allzu fest im Sattel und hat mächtige Feinde, und du darfst ihnen nicht den Stock liefern, mit dem sie den Hund schlagen können.*
>
> *Andererseits erwarte ich nur noch die Depesche, die eine Subvention von einer Million*
>
> *Francs genehmigt, solange dieser Bund mit Frankreich verbündet bleibt und alle Annäherungsversuche an den Panislamismus zurückweist. Das ist die Angst und die Gefahr, die einzige große Bedrohung für unser junges und wachsendes afrikanisches Reich.*
>
> " Gott *gebe, dass du Erfolg hast und dass du vor Bartels, Wassmuss oder irgendwelchen Se-*
>
> *nussi-Abgesandten stehst.*
>
> Was *mich beunruhigt, ist die Möglichkeit, dass dieser neue und bemerkenswerte Emir el Ha-*
>
> *mel el Kebir sich als jener Mahdi zu erkennen gibt, dendie Beduinenstämme dieser Gegend seit jeher erwarten – eine Art Messias.*
>
> " Wie du *weißt, soll der Senussi Sidi el Mahdi, der heiligste Prophet seit Mohammed, noch*

am Leben sein. Er verschwand in Garu auf dem Weg nach Wadai, und ein leerer Sarg wurde mit großem Pomp und religiöser Inbrunst im heiligen Kufra beigesetzt. Von Zeit zu Zeit taucht er in der Wüste wieder auf und gibt orakelhafte Verkündigungen von sich – und dann kommt es zu einer Art "Wiederbelebungshysterie", in der er sich angeblich manifestiert hat.

" Wenn dieser *Emir el Hamel el Kebir auf die Idee kommt, zu verkünden, er sei der*

Mahdi,werden wir *genau das bekommen, was die Briten von ihrem Mahdi inKhartumbekommen haben– (und dieser Sohn eines Zimmermanns aus Dongola eroberte in zwei Jahren 2.000.000 Quadratmeilen) –, denn er verfügt über den stärksten Stammesverband, den es je gab....*

" Nun – ich *hoffe, du wirst kein Gordon und ich kein Wolseley-Kitchener, denn wir wollen*

jetzt Frieden, Frieden – damit wir unser Reich festigen und dann beginnen können, die Wüste zum Blühen zu bringen wie eine Rose.

"Schließ einen Vertrag mit diesem Emir, in dem er uns die Handelswege garantiert, die

Freundschaft seiner tributpflichtigen Stämme und eine "feindliche Neutralität" gegenüber *den Senussi und allen europäischen Mächten in Afrika, und du wirst einen Pufferstaat geschaffen haben, genau dort, wo Frankreich ihn am dringendsten braucht.*

Übrigens wirst du dir meine unendliche Dankbarkeit und Anerkennung verdienen – und

was du dir als Anerkennung für diese unschätzbare Arbeit wünschen magst. ... Wir müssenim Osten Friedenhaben, da die Riffsim Westenimmerfür Unruhe sorgen *werden....*

" *...Die Genehmigung für die Subvention kann jeden Tag kommen, aber du hast genug Zeit*

für deine Vorbereitungen. (Wenn du die Nachricht erhältst, musst du sofort aufbrechen *und darfstdich durchnichts* auch nur *eine Minute aufhalten lassen.) ... d'Auray de Redon kam mit einer Karawane von Ibrahim Maghruf aus Kufara und sah diesen Mahdioder Propheten selbst. ... Er nimmt das auch sehr ernst und glaubt, dass esfrüher oder späterzu einem Dschihad kommen wird. ... Unddenk daran, er könnteAbd el Kadir sein (der Enkel des großen Abd el Kadir), obwohl ich glaube, dass dieser Teufel noch in Syrien ist.*

" *Der Kerl ist schon ein sehr bekannter Wundertäter und hat einen hervorragenden Ruf als*

Krieger. Er ist für den Emir Mohammed Bishari bin Mustapha Korayim abd Rabu das, was der Adler für den Falken ist – ein toter Falke, laut einem Araber, der auf der Flucht vor einem großen Gemetzel am Pass von Bab-el-Haggar, wo dieser neue "Prophet" den Emir Mohammed Bishari auslöschte, auf die Karawane von Ibrahim Maghruf gestoßen war. ... Der besagte Araber war so verbittert über den "Propheten" und hegte einen solchen persönlichen Groll, dass d'Auray de Redon ihn mit Rachegelübden und Goldversprechen umgarnt hat, und wir könnten ihn vielleicht gut gebrauchen. ... Ich werde ihn dir nach Zaguig schicken, zusammen mit d'Auray de Redon, der dir die Anweisung zum Aufbruch und alle Befehle überbringen wird, die ich nicht schriftlich festhalten möchte....

" *Abschließend – betrachte dies als DASWichtigste auf der Welt – für dich, für mich und für*

Frankreich...."

Diesem Brief lag ein Blatt Papier bei, auf dem etwas geschrieben stand, das mich später heftig zum Nachdenken brachte und mich damals traurig und deprimiert machte. Ich fragte mich, ob es als Warnung und „*pour encourager les autres*" gedacht war, denn es war nicht die Art meines Onkels, mir bloße Dienstnachrichten zu schreiben.

" Übrigens habe ich Captain de Lannec gebrochen, wie ich ihm (und dir auch) versprochen hatte, dass ich es mit jedem tun würde, der mich in irgendeiner Weise enttäuscht ... Eine Frau natürlich ... Er *hatte meine strengsten und strengsten Befehle, sich sofort und auf direktem Weg nach Mulai Idris, der Heiligen Stadt, zu begeben und sich dort niederzulassen, um Hauptmann St. André abzulösen, mit dem ich innerhalb eines Monats unbedingt ein persönliches Gespräch führen musste.*

" Auf seinem Weg durch Zarhoun erfuhr de Lannec von einem unserer Freunde, dass sich eine

vermisste Französin in einem Dorf in den Bergen aufhielt. Sie war die Freundineines französischen Offiziers, war während des letzten Massakers verschleppt worden und befand sich im Haremdes mächtigsten Mannes des Ortes. ... Anscheinend hatte de Lannec sie in Paris gekannt. ... Eine gewisse Véronique Vaux ... Er liebte sie vielleicht ... Er ließ seine Pflicht beiseite, verschwendete eine Woche damit, die Frau zu befreien, eine weitere Woche, um sie in Sicherheit zu bringen, und dannwar er so gütig, sich um die Angelegenheiten seines Generals, seines Dienstes und seines Landes zu kümmern!...

" Exit de Lannec..."

Das hat er natürlich verdient! Ja, natürlich.

Ein bisschen hart? Sehr, sehr traurig – denn er war ein vielversprechender Offizier, ein Tiger im Kampf und ein Fuchs im Geheimdienst; es gab keinen mutigeren, klügeren und feineren Kerl in der französischen Armee. Aber ja, es stand ihm recht, ganz sicher. . . . Er hatte sehr falsch gehandelt – persönliche Gefühle und das Schicksal *einer Frau* über das Wohl Frankreichs, über die Befehle seines Kommandanten, über die selbstlose, zurückhaltende Tradition des Dienstes gestellt. . . . Vor seinen *Gott* – kurz gesagt, vor *seine Pflicht*.

Er hat seine Strafe verdient ... Ja ... Er hat tatsächlich eine bloße Frau über *die Pflicht* gestellt ... „ *Exit de Lannec.*“ ... Das geschieht ihm recht, dem armen Teufel...

Und dann sagte der Kobold, der in meinem Hinterkopf wohnt, zu dem Engel, der in meinem Vorderhirn wohnt:

„ Angenommen, die gefangene Frau, die in dieser unvorstellbaren Sklaverei voller Schändung und Folter lebt, wäre diese schöne, königliche und verehrte Dame gewesen, die edle Frau des strengen Generals Bertrand de Beaujolais selbst?“

Sei still, du gemeiner Kobold! *Niemand* steht über der Pflicht.

Die Pflicht ist ein eifersüchtiger Gott...

* * *

Ich sollte noch lange über de Lannec nachdenken.

§ 2

Ich gestehe, dass ich von Anfang an eine ausgesprochene Abneigung gegen die überaus schöne Fräulein Vanbrugh empfand, als ich ihr beim Abendessen bei Oberst Levasseur begegnete, gemeinsam mit ihrem Bruder. Ihr Bruder war übrigens ein ehrenhalber geführter Zierdeposten an der amerikanischen Botschaft in Paris und verbrachte seinen Urlaub mit seiner abenteuerlustigen Schwester und deren Zofe in Algerien, um das Land zu „erleben“ und einen Blick auf die Wüste zu werfen. Der Oberst hatte sich, wie ich meine, recht unklug dazu überreden lassen, ihnen die Reise nach Zaguig zu gestatten, „um etwas vom *wahren* Wüstenleben und vom Entstehen eines Imperiums zu sehen“, wie Otis Hankinson Vanbrugh ihm geschrieben hatte.

Ich vermute, dass die *schönen Augen* von Fräulein Mary, die Colonel Levasseur in Paris und in Mustapha Supérieur kennengelernt hatte, mehr damit zu tun hatten als der Wunsch, sich für die Gastfreundschaft ihres Bruders in Paris zu revanchieren.

Jedenfalls hatte eine junge Frau zu dieser Zeit nichts dort zu suchen. . . .

Wahrscheinlich war meine anfängliche Abneigung gegen Mary Vanbrugh auf ihr seltsames Verhalten mir gegenüber zurückzuführen und auf meine völlige Unfähigkeit, sie zu durchschauen und zu verstehen. Ihr Verhalten war von einer leicht spöttischen, milden Belustigung geprägt, und ich war es nicht gewohnt, mich selbst als unbeabsichtigt amüsante Person zu betrachten. Tatsächlich habe ich die Erfahrung gemacht, dass die Leute eher zurückhaltend sind, wenn es darum geht, über mich zu lachen.

Aber nicht so Mary Vanbrugh. Und aus irgendeinem unerfindlichen Grund tat sie so, als würde sie meinen Namen für „ *Ivan*“ halten. Selbst beim Abendessen an diesem ersten Abend, als sie rechts von Levasseur und links von mir saß, sprach sie mich mit „ *Major Ivan*“ an.

Auf meine steife Frage „Warum *Ivan*, Fräulein Vanbrugh?“ antwortete sie mit einem halb unterdrückten, provokanten Lächeln, das ihre sehr schönen Wangen mit Grübchen versah:

„Aber gewiss doch?... Du *bist* doch wirklich *Ivan Irgendwer* in Verkleidung, nicht wahr?... Oberst Levasseur hat mir erzählt, du seist ein höchst angesehener Nachrichtenoffizier im Geheimdienst, und ich denke, das muss eines der Geheimnisse sein...“

Ich war verwirrt und gekränkt. Sicherlich habe ich im Laufe meiner abenteuerlichen Karriere viele Rollen gespielt, aber meine Pflichten haben mich nie mit Russen in Kontakt gebracht, noch habe ich jemals eine russische Verkleidung und einen russischen Namen angenommen. Wer war dieser „ *Ivan Wie-heißt-er-noch*“? ...Aber wenn ihr der Scherz gefiel ...und ich zuckte mit den Schultern.

„Oh, *machen Sie* das wieder, Major Ivan“, sagte sie. „Das *war* so herrlich französisch und ausdrucksstark. Ihr lieben Leute könnt mit euren Schultern und Augenbrauen so eloquent sprechen wie wir barbarischen Amerikaner mit unseren Zungen.“

„Ja, wir sind lustige kleine Ausländer, Mademoiselle“, bemerkte ich. „Und wenn ich Sie als Ivan Wie-heißt-er-noch zum Lächeln gebracht habe, habe ich nicht ganz umsonst gelebt...“

„Nein, das haben Sie nicht, Major Ivan“, stimmte sie zu. Ich habe noch nie eine kühlere, ruhigere Person getroffen. Ein Mann könnte sie ermorden, aber er würde niemals ihre Gelassenheit erschüttern oder stören, solange sie lebt.

Mit ihrem ruhigen Blick, ihrer bedächtigen Sprache und ihrer Gelassenheit war sie etwas Neues und Fremdes für mich, und sie faszinierte mich trotz meiner Vorbehalte.

Bevor dieser Abend zu Ende war und ich die große, mondbeschienene Veranda verlassen musste, hatten ihre tiefe, volle Stimme, ihre extreme Selbstbeherrschung, ihre Haltung, ihre Anmut und ihre Vollkommenheit meine Abneigung gegen sie fast überwunden, trotz ihrer nervigen ironischen Spottlust und ihrer leicht verächtlichen Belustigung über mich, meine Worte und meine Taten.

Als ich zu meiner Unterkunft am Bab-el-Souq zurückging, ertappte ich mich dabei, wie ich sagte: „Wer zum Teufel *ist* dieser *Ivan Wie-heißt-er-noch*?“ und versuchte, eine Melodie wiederzufinden, die sie ein- oder zweimal gesummt hatte, während ich nach einer leicht spöttischen Bemerkung kalt und schweigend dagesessen hatte. Wie ging sie noch?

Ja, so war es.

§ 3

Fräulein Vanbrughs Neugier und Interesse am Leben der Einheimischen waren unersättlich. Sie war ein lebendes Fragezeichen, und auf Anraten des überarbeiteten Levasseur wandte sie sich an mich, um Informationen zu erhalten – denn man ging davon aus, dass alles, was ich nicht über die Araber in all ihren Stimmungen und Launen wusste, nicht wissenswert war.

Ich konnte ihr dieses funkelnde, tanzende Leuchten der Freude in die Augen zaubern, das sie buchstäblich zum Strahlen brachte, obwohl sie ohnehin schon hell wie Sterne leuchteten, indem ich ihr versprach, sie mit meinem alten Freund Sidi Ibrahim Maghruf zum Abendessen einzuladen.

In seinem Haus würde sie ein echtes arabisches Abendessen auf echte arabische Art genießen, genau sehen können, wie ein wohlhabender Einheimischer lebte, und in die innersten Geheimnisse eines echten *Harems* eintauchen.

* * *

Ich hatte absolutes Vertrauen in den alten Ibrahim Maghruf, den ich seit vielen Jahren und von vielen Orten her kannte.

Er war nicht nur offensichtlich und nachweislich ehrlich und zuverlässig, sondern sein Sohn und Erbe lebte in Frankreich, und ein Großteil seines Geldes lag in französischen Banken und Unternehmen. Er war ein äußerst liebenswerter alter Mann und auch sehr interessant – aber letztendlich war er doch ein *Einheimischer*, und sein Herz schlug arabisch.

Wenn man ihn mit gekreuzten Beinen auf seinen Kissen und Teppichen in dem mit Marmor gefliesten französisch-orientalischen Empfangsraum seiner luxuriösen Villa sitzen sah, konnte man sich nur schwer vorstellen, dass er ein Selfmademan war, der seine Karawanen von Siwa nach Timbuktu, von Wadai nach Algier geführt und in hundert Kämpfen um sein Eigentum und sein Leben gegen die Tebu, Zouaia, Chambaa, Beduinen und und Tuareg-Räubern der Wüste gekämpft. Er hatte tatsächlich das arabische Sprichwort erfüllt: „*Ein Mann sollte nicht auf Seide schlafen, bevor er auf Sand gelaufen ist.*"

Jetzt exportierte er Datteln nach Frankreich, importierte Baumwollwaren aus Manchester und war ein Handelsfürst im Islam. Und ich hatte das angenehme Gefühl, dass der alte Ibrahim Maghruf mich um meiner selbst willen liebte, ohne *Hintergedanken* und unabhängig vom Wert meiner Berichte an die Regierung über seine Dienste, seine Loyalität und seinen Einfluss.

In seinem Haus war ich sicher, und in seinen Händen war mein Geheimnis (dass ich ein französischer Geheimdienstoffizier war) sicher; wenn ich ihm also inmitten von Klatsch, Nachforschungen und Recherchen nur das Nötigste sagte, sagte ich ihm nichts Unwahres. Er antwortete, glaube ich, mit der größtmöglichen Wahrheit und der geringstmöglichen Unwahrheit, wie es sich zwischen einem guten Muslim und einem höflichen, freundlichen und nützlichen, zur Hölle verdammten Ungläubigen gehört.

Jedenfalls waren meine Verkleidung, meine *Hejin-Kamele* – von bester Rasse, gestromt, grauweiß, blauäugig, schlank, schlanke Windhunde der Wüste, die gut zehn Kilometer pro Stunde laufen konnten – und meine sorgfältig ausgewählte Ausrüstung, die Tag und Nacht von meinem sudanesischen Ordonnanzoffizier Djikki bewacht wurde, bei ihm in Sicherheit.

§ 4

Als ich bei den Vanbrughs in dem großen Haus vorsprach, das von Oberst Levasseur bewohnt wurde, um Fräulein Vanbrugh zu Sidi Maghruf zu begleiten, begegnete ich zum ersten Mal der hübschen und reizenden „Maudie", einer ungekünstelten und erfrischenden Seele. Sie empfing mich auf der Veranda, führte mich ins Wohnzimmer und sagte, Fräulein Vanbrugh sei in einer halben Minute bereit. Ich fragte mich, ob sie so kokett war, wie sie aussah…

* * *

Maudie Atkinson, wie ich später erfuhr, war ein Mädchen aus London – eine ausgebildete Hausangestellte, die Miss Vanbrugh durch ihren großen Mut, ihre Gelassenheit und ihren Einfallsreichtum bei einem verheerenden Brand in einem englischen Landhaus, das Miss Vanbrugh gerade besuchte, aufgefallen war und ihr gefallen hatte. Maudie hatte sich bei der Rettung einer Mitschülerin schwer verbrannt und sich dann beim Sprung aus einem Fenster einen Arm gebrochen.

Als Fräulein Vanbrugh das Mädchen im kleinen Krankenhaus besuchte und erfuhr, dass sie nach ihrer Entlassung aus dem Krankenhaus obdachlos und arbeitslos sein würde, bot sie ihr die Stelle als Zofe an und behandelte sie in ihrer demokratischen amerikanischen Art eher als Freundin denn als Dienstmädchen....

Als Fräulein Vanbrugh sie in Paris fragte, ob sie bereit sei, sie nach Afrika zu begleiten, antwortete Maudie:

„Oh, Fräulein! Dort leben doch *die Scheichs*, nicht wahr?" Als ihr versichert wurde, dass sie keine Angst haben müsse, in die Hände von Arabern zu fallen, antwortete sie:

„Oh, Fräulein! Ich würde alles auf der Welt dafür geben, von einem Scheich entführt zu werden! Das *sind* so liebenswerte Männer. Ich *verehre* Scheichs!"

Weitere Nachforschungen ergaben, dass Maudie tatsächlich glaubte, Scheichs seien reiche Leute, in Seidengewänder gekleidet, nach Rosenöl duftend, auf wundersamen arabischen Rössern reitend, wenn sie nicht gerade in noch wundersamen Seidenzelten wohnten – leicht sonnengebräunte junge Lochinvars, die wie dieser Gentleman ein erstaunlich aufgeschlossenes Wesen hatten und, obwohl geschickt und entzückend, unbeschreiblich verliebt waren.

„Oh, *Fräulein*", hatte Maudie hinzugefügt, „sie reißen dich in ihren Sattel und galoppieren mit dir in den Sonnenuntergang! Es hat auch nichts zu bringen, ihnen eine zu knallen, denn sie akzeptieren kein Nein als Antwort, wenn sie auf der Suche nach einer Frau sind..."

„Oder Frauen", hatte Fräulein Vanbrugh bemerkt.

„Nicht, wenn du die Erste bist, Fräulein. Sie sind dir treu ... Und sie *verbrennen* deine Lippen mit heißen Küssen, Fräulein."

„Das kannst du dir auch selbst mit heißem Tee antun, Maudie ... Wo hast du so viel über Scheichs gelernt?"

„Oh – ich habe ein Buch über einen Scheich, Fräulein. Von einer Dame..."

„Ich frage mich, ob die schöne Heulsuse jemals ihre Heimat verlassen hat – oder ob sie alle ihre Scheichs im Kino gesehen hat, Maudie?", war Fräulein Vanbrughs ernüchternde Antwort.

Und als sie mir das alles erzählte, hätte ich mir fast gewünscht, dass Maudies Autorin selbst von einem dieser schmutzigen, stinkenden Wüstendieben entführt worden wäre, die lausig, rüpelhaft und gemein sind und den durchschnittlichen „Scheichs" der Realität viel näher kommen als die falschen und eitlen Fantasiefiguren ihrer Romanvorlage....

Manche Fiktion ist viel seltsamer als die Wahrheit. . . .

* * *

Das Abendessen war ein voller Erfolg, und ich bin mir nicht sicher, wer von beiden, Sidi Ibrahim Maghruf oder Fräulein Mary Vanbrugh, mehr Spaß hatte.

Als ich Ibrahims höfliche und klangvolle Worte „ *Keif halak*, Sitt Miriyam! Alles, was in diesem Haus ist, gehört dir" übersetzte, antwortete sie:

„Was für ein kluger alter Herr! Ist er nicht zu niedlich und lieb? Ich würde ihn wirklich gerne küssen", und ich hatte dies übersetzt mit:

„Die Sitt bewundert alles, was du hast, und betet, dass Gott dir Kraft gibt, es zu genießen", kamen wir zur Sache, und der alte Ibrahim tat sein Bestes, uns mit dem edelsten und üppigsten Festmahl zu Tode zu füttern, das ich je erlebt habe. . . .

Eine Gazelle schritt feierlich aus dem Garten herein und trippelte über den Marmorboden.

„Major Ivan, es sind keine Gazellen, die Großvater Maghruf streicheln sollte. Es sind Boa Constrictors...", stöhnte Fräulein Vanbrugh, als die siebenunddreißigste hoch aufgetürmte Schüssel auf das rote Tuch zu unseren Füßen gestellt wurde....

* * *

Das Festmahl endete endlich, und wir konnten uns aufmachen, überrascht von unserer Kraft, unsere Last zu tragen, und taumelten durch die stille Mondnacht nach Hause, angeführt von Dufour und gefolgt von Achmet (meinem großartigen treuen Diener, liebevoll und geliebt, Allah gebe seiner tapferen Seele Frieden!) – und Djikki, denn ich wollte kein Risiko eingehen.

§ 5

Denn am nächsten Tag, eine Stunde vor Sonnenuntergang, hatte der gute Colonel Levasseur in seiner Weisheit eine formelle Parade der gesamten Garnison in voller Uniform angeordnet, um die Flagge zu salutieren und „die Bevölkerung zu beeindrucken". Mir schien, dass er die Bevölkerung mit der völligen Unzulänglichkeit seiner Streitkräfte beeindrucken würde, und ich sagte ihm das auch.

Er antwortete mit dem offiziellen Befehl, ich solle anwesend sein, um „die Garnison damit für alles gerüstet zu machen".

Der gute Levasseur mochte mich nicht, und ich fragte mich, ob das an Fräulein Vanbrugh lag oder daran, dass er zwanzig Jahre älter war als ich und nur einen Rang über mir stand. ... Auch ich mochte den guten Levasseur nicht besonders, einen Mann sehr *du peuple*, mit struppigem Haar, Glubschaugen, einer knolligen Nase, einem purpurroten Gesicht und einem riesigen Schnurrbart, der wie die gewundenen Hörner eines Büffels aussah.

Aber ich muss dem tapferen Oberst gerecht werden – denn er starb in Zaguig mit einem blutigen Schwert in der einen Hand und einem leeren Revolver in der anderen, an der Spitze seiner großartigen Zuaven; und dank seines übereifrigen Befehls schenkte er mir einige der besten Minuten meines Lebens....

* * *

Ich verfluchte *den guten* Levasseur, klapperte die Holztreppe meiner Unterkunft hinunter, in voller Montur, mit Sporen, Kavallerie-Stiefeln und Schwert, hinaus in eine enge, stinkende Gasse, bog nach rechts ab – und begann zu rennen, wie ich glaube, noch nie zuvor und seitdem nie wieder, nicht einmal, als ich in Eton den Viertelmeilenlauf der Oberstufe gewann – in etwas passenderer Laufkleidung.

Denn ich hatte etwas gesehen, das mir das Blut in den Adern gefrieren und gleichzeitig in meinem Kopf kochen ließ.

Eine Frau in weißer Reitkleidung auf einem großen Pferd, verfolgt von einer Bande von Männern, galoppierte über eine offene Fläche.

Einer der Männer, der neben ihr her ritt und sich offenbar mit einer Hand an ihrem Steigbügel festhielt, rammte ihr mit der anderen Hand ein großes Messer ins Herz, gerade als sie ihm mit ihrer Reitgerte auf den Kopf schlug.

Als das Pferd taumelte und zu Boden fiel, sprang die Frau davon und rannte durch das offene Tor einer Anlage.

Das alles passierte schneller, als man es erzählen kann, und als sie das Tor passiert hatte, gefolgt von den Arabern, war ich keine zwanzig Meter hinter ihr.

Mon Dieu! Wie ich rannte – und dabei Levasseurs Übereifer segnete –, denn es gab nur eine Frau in Zaguig, die auf Offizierspferden ritt, nur eine, die Stiefel und Reithosen, einen langen Mantel und einen weißen Solar-Topi trug.

Durch Gottes Gnade kam ich gerade rechtzeitig, um zu sehen, wie der letzte ihrer Verfolger eine hölzerne Außentreppe hinauf verschwand, die zum flachen Dach eines Gebäudes in diesem Hof führte – einer Art Brennholz- und Heulager, das wegen der Parade verschlossen und wie die Straßen völlig verlassen war.

Als ich mit brummender Lunge und trockenem Mund das Dach erreichte, sah ich Fräulein Vanbrugh in einer Ecke stehen, die erhobene Reitgerte in der Hand, den Mund fest zusammengepresst und das Kinn vorgewölbt, während sie den blutrünstigen und bestialischen Fanatikern gegenüberstand, die zu meinem Entsetzen sowohl mit Schwertern als auch mit langen Messern bewaffnet waren.

Angesichts der strengen Vorschriften des Waffengesetzes bedeutete dies, dass der unvermeidliche Aufstand und das Massaker kurz bevorstanden oder bereits begonnen hatten.

Es war nicht der Moment für eine Kriegführung mit Samthandschuhen oder für die Floskeln ritterlichen Kampfes, und ich rammte mein Schwert einem Mann in den Rücken, der gerade schrie: „Hackt die ... in Stücke und werft sie den Hunden vor!“, und ich schnitt einem anderen den Hals halb durch, bevor man begriff, dass die fliegenden Füße hinter ihnen nicht die eines Bruders waren.

Mein Ansturm trug mich bis zu Fräulein Vanbrugh, und als ich mich umdrehte, schlitzte ich einer schwarzen Kehle bis auf die Knochen auf und stieß meine Spitze durch eine andere schmutzige und zerfetzte *Jellabia* in der Gegend der fünften Rippe ihres Besitzers.

Und dann waren die anderen über mich hergefallen, und ich musste mich mit aller Kraft verteidigen, ohne eine Chance, etwas anderes zu tun – bis plötzlich eine schwere Waffe auf ein arabisches Handgelenk krachte und ich zustoßen konnte, als die getroffen Hand zur Seite auswich.

Nur noch zwei waren übrig, und als ich einen heftigen Schlag auf meinen Kopf abwehrte, stieß ich meine Spitze in das Gesicht des Rohling und stieß hart zu – während ich die Klinge des anderen Mannes in meiner Seite erwartete –, bemerkte ich aus dem Augenwinkel ein Paar weiß gekleidete Arme, die sich von hinten um einen schwarzen Hals schlangen. Als das große Schwert des verwirrten Arabers wild nach oben schoss, sprang ich zur Seite und stieß ihm unter die Achselhöhle. . . .

Dann setzte ich mich hin, keuchend wie ein Hund, und rang nach Luft – während sich aus den sieben Leichen, von denen einige noch in der Blutlache zuckten, ein spritzendes Ding an Fingern und Zehen zur Treppe schleppte. ... Wäre ich ein echter Held der Romantik gewesen, hätte ich mich auf mein blutiges Schwert gestützt und auf Applaus gewartet. Tatsächlich fühlte ich mich jedoch übel und zittrig.

„Die Jungs sehen ein bisschen ... äh ... *frisch* aus“, sagte eine ruhige Stimme, und ich schaute von meiner Atemübung auf. Sie war blass, aber ruhig und gefasst, obwohl sie von Kopf bis Fuß mit Blut bespritzt war.

„ *Was für ein* Kampf, Major Ivan“, sagte sie. „Sind Sie verletzt?“

„Nein, Fräulein Vanbrugh“, antwortete ich. „Ein paar Kratzer und Schrammen, das ist alles. ... Sind Sie in Ordnung? ... Sie sind die coolste und mutigste Frau, die ich je getroffen habe. ... Sie haben mir das Leben gerettet. ...“

„Unsinn!“, war die Antwort. „Was ist mit mir? Ich war ganz schön in Schwierigkeiten, als du hereingekommen bist ... Und ich war *wütend*, dass ich diesen Schönheiten nicht erklären konnte, dass ich zum ersten Mal ohne meine kleine Pistole ausgegangen war! ... Ich hätte mich selbst verprügeln können ...“

„Major, mir ist ein bisschen übel. ... Ich muss sofort nach Hause. ... Steward! ... *Waschschüssel ...*“

Ich wischte mein Schwert ab (und hätte es fast geküsst), steckte es in die Scheide, hob das Mädchen auf und trug sie wie ein Baby direkt in meine Unterkunft. Dass ich weder Gewehrschüsse noch das Geschrei der Menge gehört hatte, zeigte, dass der Aufstand noch nicht begonnen hatte.

Achmet stand vor meiner Tür Wache, aber Dufour hatte seinen Platz bei der Parade eingenommen, wie ich ihn gebeten hatte.

Ich legte sie auf mein Bett, holte Cognac und Wasser und sagte: „Hören Sie, Fräulein Vanbrugh. Ich werde Ihre Zofe hierher bringen. Wagen Sie es nicht, das Zimmer zu verlassen, bevor ich mit ihr zurück bin – Achmet wird Sie ohnehin nicht lassen. Heute Nacht wird die Hölle los sein – oder sogar schon früher –, und Sie sind hier sicherer als im Haus des Gouverneurs, bis ich *Burkas* und *Barracas* für Sie und das Dienstmädchen besorgt habe und Sie zu Ibrahim Maghruf schmuggeln kann…"

„Aber was ist mit all den hübschen Soldatenjungs, werden die sich nicht um die Araber kümmern?", unterbrach mich das Mädchen.

„Ja, solange sie noch leben, um das zu tun", antwortete ich und rannte davon. . . .

§ 6

Keine Menschenseele auf den Straßen! Ein sehr schlechtes Zeichen, aber glücklicherweise für mein unmittelbares Vorhaben, Maudie unbemerkt in mein Quartier zu bringen.

Ich hatte nicht weit zu gehen und war dankbar, dass sie zu Hause war. Otis Vanbrugh war ausgegangen. Ich bemerkte, dass die Magd eher aufgeregt und begeistert als verängstigt und besorgt war, als ich ihr erklärte, dass es wahrscheinlich Ärger geben würde.

„Genau wie Jenny Wie-heißt-sie-noch, das schottische Mädchen in der Indischen Meuterei … Sie wissen doch, Herr, die Belagerung von Lucknow und die Dudelsäcke und all das … Ich kenne ein kleines Gedicht darüber … Geben Sie mir eine halbe Minute, Herr, ich packe schnell ein paar Sachen für Fräulein Mary zusammen … *Lumme! Was für* ein Spaß!" Und als die lustige, mutige kleine Seele davonhuschte, flüsterte sie, ich schwöre es, „ *Scheichs!*"

Scheichs! Ein Spaß! *Une escapade!*. . . Und angenommen, das Haus von Sidi Ibrahim Maghruf war das erste, das von einem siegreichen, blutrünstigen Mob geplündert und niedergebrannt wurde, weil es das Haus eines reichen, abtrünnigen Freundes der verdammten Ungläubigen war? . . .

„Beeil dich, Maudie", rief ich, und sie kam heraus – ihr hübsches Gesicht strahlte vor Vorfreude auf ihren „Spaß" – mit einem großen Reisekoffer. Ich nahm ihn und eilte mit ihr zurück zum Bab-el-Souq.

„Oh mein *Gott*! Schau!", rief die arme Maudie, als wir zu der Stelle kamen, wo das geschlachtete Pferd in einer schwarz werdenden Lache lag und ein Ding mit Zehen und Fingern noch davonschlich und eine Spur hinterließ. Es musste die Treppe hinuntergerollt sein. . . .

Ein Teil der Freude über den „Ausflug" war der fröhlichen kleinen Cockney-Frau vergangen, ebenso wie die Frische aus ihren strahlenden Wangen…

* * *

Für mich gab es einen kräftigen Cognac, und dann machte ich mich wieder auf den Weg – diesmal zum Haus von Sidi Ibrahim Maghruf. Es hatte keinen Sinn, jetzt schon zu Oberst Levasseur zu gehen. Ich hatte alles gesagt, was ich sagen konnte, und er hatte – fürs Erste – all seine Männer genau dort, wo sie sein sollten: alle an einem Ort, unter einem Befehl. Und wenn der Aufstand losbrach, während sie dort waren, umso besser.

Ich würde Sidi Ibrahim Maghruf aufsuchen, mir dann ein Pferd leihen, zu Levasseur reiten, ihm von dem Angriff auf Fräulein Vanbrugh berichten, ihm versichern, dass der Aufstand in dieser Nacht stattfinden würde, und ihn bitten, entsprechend zu handeln.

* * *

Das Haus von Sidi Ibrahim Maghruf schien wie immer verlassen, leer und tot. Hinter hohen blinden Mauern ragte ein hohes blindes Haus empor, und von keiner der beiden Gassen, die an diesem Ort vorbeiführten, war ein Fenster zu sehen.

Mein privates und besonderes Klopfen mit meinem Schwertgriff – zwei schwere, zwei leichte und zwei schwere Schläge – brachte einen zitternden Greis an die eisernen Gitterstäbe der unglaublich schweren Tür. Es war der gute alte Ali Mansur.

Ich trat ein, und die alte Mumie, deren Augen noch hell und deren Verstand noch scharf waren, überbrachte mir eine Nachricht, von der ich nicht zweifelte, dass sie Wort für Wort so war, wie sein Herr und Besitzer sie ihm aufgetragen hatte.

„Ja, Sidi, der Schutz des Propheten und die Gnade Allahs seien mit Euch. Mein Meister wurde plötzlich zu einer Reise an einen fernen Ort gerufen, und dieser Sklave ist allein hier mit Djikki, dem sudanesischen Soldaten. Dieser Sklave soll Eurer Exzellenz treu Rechenschaft über sein Eigentum in den Kamelsäcken ablegen, und Djikki, der Sudanese, steht mit den schönen Kamelen bereit. Das Haus meines Meisters und alles, was darin ist, steht dem Sidi zur Verfügung, und diese Worte meines Meisters sind für die Ohren des Sidi bestimmt. *'Schakale und Hyänen dringen in die Höhle des abwesenden Löwen ein, um sein Fleisch zu stehlen!'* " . . .

Ganz richtig. Der listige Ibrahim wusste mehr, als er gesagt hatte. Er war rechtzeitig mit seiner Familie und seinem Geld verschwunden, bis nach dem Massaker an der kleinen Garnison und der anschließenden Plünderung die Stadt zurückerobert, ihr eine harte Lektion erteilt und eine angemessene Garnison aufgestellt worden war. ... Es gibt eine Zeit, in der man wie der Hase rennt, und eine Zeit, in der man mit den Hunden jagt.

Nein – dies war kein Ort, an den man die beiden Frauen bringen konnte.

Ich befahl dem alten Ali, Djikki zu sagen, er solle mir schnell ein Pferd satteln und mir dann alle Frauenkleider bringen, die er finden könne – *Tobhs, Aabaias, Foutas, Guenaders, Haiks, Lougas, Melah'af, Mendilat, Roba, Sederiya, Hezaam, Barracan – alles*, was er an weiblicher Kleidung auftreiben konnte.

Mein großer sudanesischer Soldat Djikki, der über sein hässliches Gesicht grinste, brachte das Pferd aus den riesigen Ställen in der großen Anlage, die für Kamele, Esel, Maultiere, Ochsen, Milchkühe und Ziegen reserviert war, und ich gab ihm wieder den strengen Befehl, in zehn Minuten alles für eine Wüstenreise fertig zu machen.

„Das ist es immer, Sidi", grinste er. „Auf mein Leben und meinen Kopf."

Es gibt Momente, in denen ich diese riesigen, wilden, treuen Sudanesen liebe, so kindisch und faul sie auch sind. (Ich hatte einen besonderen Grund, diesen hier zu mögen.) Sie sind wie kohlschwarze englische Bulldoggen – falls es solche gibt...

Ich sagte ihm wieder, wohin er die Kamele und das Gepäck bringen sollte, durch das andere Tor, falls der Mob das Haus angreifen sollte.

Als der Alte mit dem Bündel Kleidung zurückkam, bat ich Djikki, damit zu meiner Unterkunft zu laufen, es seinem alten Kumpel Achmet zu geben und sofort zurückzukommen.

Dann stieg ich auf und ritt durch die seltsam stille Stadt zu dem Ort, wo Oberst Levasseur auf dem riesigen Marktplatz seine sinnlose Parade abhielt – eine armselige Handvoll bestehend aus seinen 3. Zuaven, einer Kompanie *Tirailleurs Algériens – die wahrscheinlich* nicht allzu loyal waren, als der Glaubensruf ertönte und die Mullahs aus den Moscheen strömten, um einen Heiligen Krieg anzuführen – und einer halben Schwadron *Chasseurs d'Afrique*. Was waren die schon gegen hunderttausend Fanatiker, von denen jeder darauf aus war, durch das Töten eines Ungläubigen, eines *Giaour*, eines *Meleccha*, eines Hundes, dessen bloße Existenz eine Beleidigung und ein Vergehen gegen den einen Gott war, Sündenvergebung und das Paradies zu erlangen?

Es hätte eine starke Brigade und eine Artillerie-Batterie an diesem Ort sein müssen. . . .

Die alte Geschichte vom Soldaten, der durch die Hand des Politikers ruiniert wurde – ganz zu schweigen vom Thema Menschenleben. . . .

* * *

Eine dichte und stille Menschenmenge beobachtete die Parade, alle Dächer waren überfüllt, alle Balkone besetzt, obwohl keine Frauen zu sehen waren, und man hätte auf den Köpfen der Menschen auf dem Platz und in allen Straßen und Gassen, die zum Platz führten, laufen können, bis auf vier, an deren Enden Levasseur Wachposten aufgestellt hatte – um seine kleine Truppe nach der Parade leichter zerstreuen zu können!

Ich ritt durch eine dieser leeren Straßen und durch ein Meer von finsteren Gesichtern zu dem Ort, wo der Gouverneur auf seinem Pferd saß, sein *Offizier* hinter ihm, mit einem Hornisten und vier Zuaven-Trommlern.

Die Musikkapelle der 3. Zuaven spielte die *Marseillaise*, und ich fragte mich, ob ihre wilden Klänge eine Botschaft an die schweigenden Tausenden hatten, die regungslos dastanden, außer wenn ihre Augen erwartungsvoll zum Minarett der Hauptmoschee wanderten. ... Zum Minarett. ... Erwartungsvoll? ... Natürlich!

Von dort würde das Signal kommen. Auf diesen hoch gelegenen Balkon, der wie ein Schwalbennest auf dem hohen Turm aussah, würde der Muezzin bei Sonnenuntergang treten. Der tiefe Klang seiner wunderbaren Stimme würde die *Schahada*, das muslimische Glaubensbekenntnis, erschallen lassen: „ *Ash hadu illa illaha ill Allah, wa ash hadu inna Mohammed an rasul Allah*"; er würde das *Mogh'reb-Gebet* rezitieren, und *dann* – *dann* würde er seine Arme zu Allah erheben und Flüche über die Ungläubigen ausrufen; seine Stimme würde in einen Schrei ausbrechen: „ *Tötet! Tötet!*" , und unter jeder schmutzigen *Dschellaba kamen* Schwerter und Messer *hervor*, von jedem Hausdach ertönten Musketenschüsse. Ich konnte alles sehen.

„Sie kommen spät, Major", knurrte der Gouverneur vorwurfsvoll und beleidigend, als ich herangeritten kam.

„Ja, Colonel", stimmte ich zu, „aber ich bin am Leben. Was keiner von uns in ein paar Stunden sein wird, wenn du nicht meinen Rat befolgst und dich darauf einstellst, in einer Stunde von hundert Mann angegriffen zu werden." Und ich erzählte ihm von Fräulein Vanbrughs Erlebnis.

„Ach, ihr Geheimdienstleute und eure Lügenmärchen! Eine Bande unhöflicher kleiner Straßenjungen, nehme ich an!", lachte dieser weise Mann; und zehn Minuten später entließ er die Parade – die Männer marschierten in fünf Abteilungen zu den vier Haupttoren der Stadt und zum Hauptquartier des Obersts.

Als die Truppen den Platz verließen, rückte die Menge, immer noch still, näher, und alle Augen waren unerschütterlich auf den Minarett der Moschee gerichtet...

§ 7

Ich ritt zurück zu meinem Quartier und zerbrach mir den Kopf darüber, was ich mit den beiden Mädchen am besten tun sollte. Das Haus des Gouverneurs würde mitten in den Kämpfen liegen, und es war mehr als wahrscheinlich, dass das Haus von Ibrahim Maghruf geplündert und niedergebrannt werden würde....

Ja, in meiner Unterkunft wären sie vielleicht am sichersten, in arabischer Kleidung, mit Achmet, der sie mit Worten und Waffen verteidigen würde. ... Ich sollte besser auch Otis Vanbrugh holen und ihm eine Chance geben, sich zu retten – wenn er auf Vernunft hören würde – und sich um seine Schwester zu kümmern. ... Aber mein Haus war als Wohnstätte eines *Franzawi-Offiziers* bekannt....

Und ich selbst würde in einer unangenehmen Zwickmühle stecken, denn es gehörte nicht zu meinen Pflichten, in den Gossen von Zaguig getötet zu werden, wo mein Onkel darauf vertraute, dass ich mich auf die Aufgabe meines Lebens begeben würde – die die Krönung *seines* Lebenswerks sein sollte. Es lag mir auch nicht im Sinn, mich mit zwei Frauen und einem Zivilisten in einem hinteren Zimmer zu verkriechen, während meine Kameraden ihren letzten Kampf kämpften. ... Verdammt!...

Als ich mich von meinem Pferd schwang, neben der Tür in der Gasse hinter meinem Haus, bemerkte ich einen sehr schmutzigen und zerlumpten Araber, der an der Wand auf einem stinkenden alten Pferdedecken hockte, seinen Stab, seine Bettelschale und seinen Rosenkranz neben sich. Er bettelte und streckte seine Hand aus, zitternd um Almosen im Namen Allahs, des Barmherzigen, des Gnädigen – „ *Bismillah arahman arahmim!*" auf Arabisch – und auf Französisch: „ *Hau ab!*" ...

Die Augen des Wesens waren blutunterlaufen und rot umrandet, seine zotteligen Wangen waren hohl und eingefallen, seine Rippen ragten durch die Risse seiner schmutzigen *Jellaba* hervor, und ein Fetzen Stoff bedeckte kaum sein staubiges, struppiges Haar. Und beim dritten Blick erkannte ich, dass es mein Freund war, der schöne und kluge Hauptmann Raoul d'Auray de Bedon.

Ich zwinkerte ihm zu, führte mein Pferd in den Stall auf der anderen Seite des Hofes und rannte die Holztreppe an der Rückseite des Hauses hinauf. ... Es war also soweit! Ich dachte an den Brief meines Onkels und an die unterstrichenen Worte: „ *Geh in derselben Stunde fort.*"

Ich riss mir die Uniform vom Leib, zog meine arabische Tracht an, die Kleidung eines gut situierten Beduinen, komplett mit *agal-gebundenem Käfig* und roten Lederstief *eln fil-fil* – und während ich das tat und mir Farbe ins Gesicht und auf die Hände rieb, gingen mir Dutzende Gedanken durch den Kopf – vor allem das Schicksal der Mädchen.

Ich konnte sie nicht allein in diesem leeren Haus zurücklassen, und sie zurück in die Villa des Gouverneurs zu bringen, hätte bedeutet, sie in den Tod zu schicken. . . .

Ich rief nach Achmet und erfuhr, dass er die arabische Kleidung Fräulein Vanbrugh gegeben hatte.

„Lauf zum Haus Seiner Exzellenz, des Gouverneurs, und sag dem Roumi Americani Lord Vanbrugh, dem Bruder von Sitt Miriyam Vanbrugh, er soll so schnell wie möglich hierher kommen. Sag ihm, dass Sitt hier in Gefahr ist. Nimm das Pferd, das unten steht, und gib es dem Americani. . . ."

Das war schrecklich! Ich sollte mich *verkleidet* aus Zaguig *flüchten*, während meine Waffenbrüder um ihr Leben kämpften. . . . Ich sollte Mary Vanbrugh dem Tod oder Schlimmerem überlassen. . . .

Ich rannte wieder die Treppe hinunter, warf einen Blick in den Hof und winkte Raoul herbei, der nun direkt hinter dem Tor saß. Ich drehte mich um, schnappte mir ein kaltes Hähnchen und einen Laib Brot aus meiner Speisekammer und eilte, gefolgt von Raoul, zurück in mein Zimmer, um meine Uniform zusammenzupacken. Ich drückte Raouls Hand und sagte ihm, er solle reden, während er aß und ich arbeitete. Er erzählte mir alles über den aufstrebenden Emir und über den Führer, während er eine Route auf meine Karte zeichnete.

„Die Stämme sind aufgestanden, überall im Nordwesten", sagte er später, „und sie kommen her. Es soll heute Abend bei Sonnenuntergang sein – wie du sicher schon herausgefunden hast ..."

„Ja – und ich habe Levasseur gewarnt ... Er ist blind vor Liebe ... Er sagt, sie würden sich niemals etwas trauen, solange *er* und seine Zuaven hier sind! Und er hat sie in kleinen Abteilungen verteilt – und, Raoul, hier sind zwei *weiße* Mädchen ..."

„Wo?", unterbrach mich mein Freund.

„Im Nebenzimmer", antwortete ich und erzählte ihm hastig von ihnen.

„Gott steh ihnen bei", sagte er. „In einer Stunde sind sie *allein*..."

„Was willst du tun? Kommst du mit mir?", fragte ich.

„Nein – der General will nicht, dass wir beide von diesem Emir-Jungen getötet werden, sagt er. Und er glaubt, dass du der Mann bist, der das schaffen kann, jetzt, wo der arme de Lannec tot ist ... Ich habe ihn angefleht, mich gehen zu lassen, da ich es war, der ihm die Nachrichten überbracht hat ... Er sagte, es sei dein Recht, diese Chance zu bekommen, Henri, aufgrund deines Dienstalters und deiner Verdienste, abgesehen davon, dass du besser mit der Situation umgehen würdest als ich ... Er sagte, es sei so gut wie sicher, dass man sterben würde, dass er lieber seinen eigenen Neffen schicken würde! ... Ich hätte fast geweint, alter Junge, aber er hatte absolut Recht. Du *bist* der Mann ..."

Edle, loyale Seele! Aufrichtig und großzügig – ohne jede Spur von Eifersucht. Er gab mir jede nur erdenkliche Hilfe, Information und Anleitung, die in seiner Macht stand.

„Nein – ich darf nicht einmal mit dir kommen, Henri. . . . Ich werde mich hier dem Pöbel anschließen und ihn mit falschen Fährten in die Irre führen. Ich werde ihre Beratungen stören und Gerüchte verbreiten, dass eine große französische Armee vor den Toren steht und so weiter. Dann komme ich mit den Nachrichten über das, was hier geschehen ist, zurück. Eines ist sicher: Das wird die Position des Generals stärken und mehr Truppen nach Afrika bringen, sodass der arme Levasseur und seine Männer nicht ..."

Es gab einen lauten Knall an der Tür, Raoul duckte sich in eine dunkle Ecke und Otis Vanbrugh stürmte herein, gefolgt von Achmet.

„Wo ist meine Schwester!“, schrie er, sah sich wild um und entdeckte zwei Araber, wie er glaubte.

„Ich bin Major de Beaujolais, Herr Vanbrugh“, sagte ich. „Ihre Schwester und ihr Dienstmädchen sind im Nebenzimmer und ziehen arabische Kleidung an. Heute Abend wird es einen Aufstand und ein Massaker geben ... Der schlimmste Ort für Sie und Ihre Schwester wäre das Haus des Gouverneurs. Wollen Sie sich hier verstecken, bis alles vorbei ist, und versuchen, irgendwie am Leben zu bleiben, bis die französischen Truppen eintreffen? Levasseur wird telegrafieren, sobald die Kämpfe beginnen, aber es wird Tage dauern, bis sie hier sind – selbst wenn die Leitungen noch nicht gekappt sind –, und du und die beiden Mädchen werdet die einzigen lebenden Weißen in der Stadt sein ... Wenn ihr nicht verhungert und nicht entdeckt werdet ... Wie auch immer, deine einzige Chance ist, dich hier mit den Mädchen zu verstecken ...“

„Verstecken, nichts verstecken, Herr!“, rief Vanbrugh. „Ich werde an der Seite meines Gastgebers und seiner Männer kämpfen.“

„Und deine Schwester?“, fragte ich.

„Sie wird auch kämpfen. Sie ist so gut wie ein Mann mit einer Waffe.“

„Und wenn das Ende kommt?“, fragte ich sanft.

„Gibt es denn keine Chance?“, fragte er.

„Nicht den Schatten einer Chance“, sagte ich. „Fünf kleine verstreute Abteilungen – jeweils gegen zehntausend! Sie werden von der schieren Masse erdrückt werden ... Und du hast noch nie einen afrikanischen Mob gesehen, der auf Massaker und Plünderung aus ist ...“

„Lass uns mit meiner Schwester reden“, antwortete er und stürmte aus dem Zimmer.

„ *Un brave*“, sagte Raoul, als wir ihm folgten.

Das war er – und doch war er ein sanfter, kultivierter und gebildeter Mensch, ein asketisch anmutender Bücherwurm und Zierde der Kanzleien. Als ich ihn zum ersten Mal traf, musste ich aus irgendeinem Grund an James Lane Allen und „Kentucky Cardinals“ denken. Er hatte die Augen und die Stirn eines träumenden Philosophen – aber den Mund und das Kinn eines *Mannes*...

Im Nebenzimmer standen zwei überzeugende arabische Frauen, die uns jeweils durch den mit Musselin bedeckten Schlitz in der sie vollständig verhüllenden *Burka*, die sie von Kopf bis Fuß bedeckte, beobachteten.

„Sag mal, Otis, was weißt du *darüber*?“, sagte eine der Gestalten und drehte sich auf dem Absatz um.

„Oh, *Herr*“, sagte die andere, „ *ist* das *nicht* ein Spaß! Oh, *Scheichs*!“

„Ach, verdammt! Du meinst“, antwortete Vanbrugh und schilderte seiner Schwester hastig die Situation.

„Und was sagt Major Ivan dazu?“, fragte sie. „Ich denke, wir sollten besser mit ihm gehen. ... Sieht er nicht schlau aus in seinen arabischen Festtagsklamotten?“

Ich glaube, ich wäre blass geworden, wenn ich nicht arabische Farbe aufgetragen hätte.

„Ich verlasse Zaguig sofort“, sagte ich.

„Du *will*st nicht *fliehen*?“, fragte sie.

„Ich verlasse Zaguig sofort“, wiederholte ich.

„Major de Beaujolais hat gerade eine Nachricht bekommen“, sagte Raoul auf Englisch, „und muss los.“

„Wie *praktisch* für den Major!“, antwortete Mary Vanbrugh. „Und wer ist *dieser* Adlige überhaupt, könnte man fragen?“

„Darf ich Ihnen Captain Raoul d'Auray de Redon vorstellen“, sagte ich und zeigte auf den schmutzigen Bettler.

„Stell ihn mir nicht zu nah vor ... Freut mich, dich kennenzulernen, Captain. *Bist* du auch *auf der Flucht*?“

„Nein, Mademoiselle, ich fliehe nicht“, sagte Raoul und fügte hinzu: „Major de Beaujolais auch nicht. Er muss seinen Dienst antreten, was er in dieser Situation absolut nicht will. Aber er begibt sich in eine ebenso große Gefahr wie die Menschen in Zaguig im Moment ...“

Ich hätte meinen Freund umarmen können.

Fräulein Vanbrugh überlegte.

„Dann werde ich ihn vielleicht begleiten", sagte sie. „Komm, Maudie. Nimm den Koffer ... Du bleibst wohl hier und kämpfst, Otis? Auf Wiedersehen, mein lieber Junge, pass auf dich auf..." Und sie warf sich ihrem Bruder um den Hals.

„*Mon Dieu*, was für ein Mädchen!", lachte Raoul.

„Sie kennen doch das Sprichwort 'aus der Pfanne in das Feuer', Fräulein Vanbrugh?", begann ich.

„Ja, und von Töpfen und Pfannen und Kohlköpfen und Königen. Ich habe diese fröhliche Stadt sowieso satt und komme mit, um diesen Ort zu sehen, den man nicht finden kann..."

Vanbrugh drehte sich zu mir um.

„Um Gottes willen, nehmen Sie sie mit", sagte er, „und Maudie auch."

„Oh *ja*, Herr", sagte Maudie, die zweifellos an Scheichs dachte.

„Aber natürlich", mischte sich Fräulein Vanbrugh ein. „Denken Sie doch an den guten Ruf von Major Ivan. Er *muss* begleitet werden."

„Es tut mir leid, Vanbrugh", sagte ich. „Ich kann Ihre Schwester nicht mitnehmen ... Ich habe einen Geheimauftrag zu erfüllen – von größter Wichtigkeit und höchst gefährlich ... Ich habe die Anweisung, so allein wie möglich zu reisen – und ich nehme nur drei Einheimische und einen weißen Untergebenen als Führer, Kameltreiber und Koch und so weiter mit ... Es ist *unmöglich*..."

(Keine *de Lannec* -Dummheiten für Henri de Beaujolais!)

Aber er nahm mich beiseite und flüsterte: „Guter Gott, Mann, ich bin ihr Bruder! Ich *kann* sie doch *nicht* im letzten Moment erschießen. Du bist ein Fremder. ... Mit dir hat sie doch sicher eine *Chance*..."

„Unmöglich", antwortete ich.

Jemand kam die Treppe hinauf und zur Tür. Es war Dufour in arabischer Kleidung. Er war zurückgeeilt und hatte sich in seinem Quartier umgezogen.

„Wir sollten in ein paar Minuten aus dem Schneider sein, Herr", sagte er. „Sie warten nur noch auf den Muezzin. Hunderte folgten jeder Abteilung bis zu den Toren..."

„Wir *sind* in ein paar Minuten hier raus, Dufour", antwortete ich. „Geh zu Ibrahim Maghruf. Nimm Achmet mit. Vergiss nichts – Essen, Wasser, Gewehre, Munition, Kompasse. Pass auf, dass Achmet meine Uniform mitnimmt. Ich bin in zehn Minuten da."

„Dann soll der sanfte Achmet den Koffer nehmen", sagte Fräulein Vanbrugh und deutete auf ihren Reisekoffer.

Raoul berührte meinen Arm.

„Nimm die beiden Mädchen in einem *Bassourab* mit", flüsterte er. „Es würde deine Glaubwürdigkeit in gewisser Weise erhöhen, einen *Harem* dabei zu haben. Du könntest sie auch einer Karawane in Richtung Norden übergeben, mit dem Versprechen einer enormen Belohnung, wenn sie sicher zu einem französischen Außenposten gebracht werden."

„Hör mal, könnte Vanbrugh nicht selbst mit ihnen nach Nordwesten reiten?", schlug ich vor. „Er ist ein mutiger Kerl und..."

„Und kein Wort Arabisch kann. Keine Chance – das Land ist voller Leute, glaub mir. Die kommen keine Meile weit. Zu spät..."

„Würdest *du* nicht...?", begann ich.

„Hör auf, Henri", antwortete er. „Ich bin nicht de Lannec ... Mein Job ist hier, und das weißt du. ... Ich kann vielleicht viel Gutes tun, wenn sie loslegen. Der Pöbel folgt immer jemandem, der einen klaren Plan, eine laute Stimme und blutrünstige Parolen hat..."

„De Beaujolais – was soll ich sagen – ich *flehe* dich *an*...", begann Vanbrugh.

„Na gut", sagte ich. „Unter der klaren Voraussetzung, dass ich *keine* Verantwortung für Fräulein Vanbrugh übernehme, dass sie sich bewusst ist, was sie tut, und dass ich nicht einen Millimeter von dem abweiche, was ich für meine Pflicht halte. . . . Ich werde sie nicht vor dem Tod oder Folter retten. . . ."

Es konnte ja nicht schaden, sie aus dem Gemetzel zu retten – aber *ich* war auch kein de Lannec!

„Oh, Major! Du *bist* so eindringlich … Komm schon, Maudie, wir gehen vom sicheren Tod in den sicheren Untergang, also Kopf hoch, Kind, und lass uns an die Arbeit gehen …", sagte das Mädchen.

Ich wandte mich ab, als Vanbrugh seine Schwester an seine Brust drückte, warf einen letzten Blick in mein Zimmer, ging voran die Treppe hinunter und hinaus auf die verlassene, stille Straße, wo ich mit gespitzten Ohren auf das erste Geschrei der Menge, den ersten Gewehrschuss lauschte.

* * *

Dieser arme, unwürdige Narr, de Lannec! …

"Irgendwo auf dieser weiten, menschenleeren Strecke werden wir vielleicht die Karawane des alten Propheten treffen und einen Blick auf seine Kamelherde erhaschen."

Wir waren eine ganz gewöhnliche Gruppe. Zwei kräftige Wüstenbeduinen, Dufour und ich, gefolgt von zwei stark verschleierten Frauen und einem jammernden Bettler – Raoul.

Ich hatte Vanbrugh nicht mit zu Ibrahim Maghruf genommen, zum einen, weil er nur eine Chance hatte, nicht auf der Straße zerfleischt zu werden, wenn er schnell zum Gouverneur zurückkehrte, wo er sich mit den anderen ein Gewehr nehmen konnte, zum anderen, weil ich wollte, dass er eine letzte Nachricht überbrachte und beim Gouverneur vorstellig wurde, und schließlich, weil ich nicht wollte, dass ein Europäer bei Ibrahim gesehen wurde, falls der Ort überwacht wurde.

Ich hatte mich in meinem Quartier von ihm verabschiedet, ihm noch einmal gesagt, dass ich keine Verantwortung für seine Schwester übernehmen könne, und das Gefühl gehabt, mich von einem heldenhaften Mann zu verabschieden, der schon so gut wie tot war.

Er wollte nichts davon hören, aus der Stadt zu fliehen und sein Glück mit meiner Gruppe zu versuchen, bis wir weit weg waren, um dann sein eigenes Glück zu suchen.

Er würde Freunde in der Gefahr nicht im Stich lassen, sagte er; und mit einem stillen Händedruck und einem Nicken trennten wir uns, er, um in den Tod zu eilen, und ich, um seine Schwester in die wilde Wüste und in die Gewalt noch wilderer Fanatiker zu bringen – falls sie unterwegs nicht getötet oder gefangen genommen würde. . . .

In Ibrahim Maghrufs Haus herrschte chaotische Hektik, während die prächtigen Reitkamele gesattelt und die speziellen Trabkamelen mit den seit langem vorbereiteten Reiseutensilien beladen wurden.

Hier stellte mir Raoul einen großen, kräftigen und mürrischen Araber vor, der offenbar „Suleiman der Starke" hieß und mein Führer sein sollte. Er war der Mann, der einem der Massaker dieses neuen Mahdi entkommen war und von der Karawane aufgenommen worden war, in der Raoul, als Kameltreiber verkleidet, seine Arbeit verrichtete....

Dieser Suleiman der Starke kannte den Mahdi tatsächlich, da er die Ehre gehabt hatte, von ihm persönlich gefoltert worden zu sein, und offenbar lebte er nur für seine Rache. Ich dachte, er könnte ein äußerst nützlicher Mann sein, da er die Brunnen und Wasserstellen auf der Route kannte, obwohl mir sein Gesicht nicht gefiel und ich nicht vorhatte, ihm auch nur einen Zentimeter mehr zu vertrauen, als unbedingt nötig war. Jedenfalls würde er mich sicher zur Großen Oase führen, denn er hatte im französischen Dienst viel zu gewinnen – Bezahlung, Beförderung und Rente – und nichts zu verlieren.

Zum Glück gab es noch Ersatzkamele, die Ibrahim Maghruf zurückgelassen hatte, sowie mein eigenes: und Djikki und Achmet hatten bald ein *Bassourab* (ein gestreiftes, ringförmiges Zelt, das etwa wie ein Ballon aussah) auf einem Reitkamel für die Mädchen aufgebaut und ein weiteres Packkamel mit zusätzlichen Säcken Datteln, *Girbas* mit Wasser und Säcken mit Reis, Tee, Kaffee, Zucker und Salz sowie Konserven beladen.

* * *

Als ich den Mädchen in den *Bassourab* half, ihnen zeigte, wie sie am bequemsten – oder zumindest am wenigsten unbequem – sitzen konnten, und ihnen strengstens verbot, die Vorhänge zu öffnen, bevor ich es ihnen erlaubte, berührte Raoul meinen Arm.

„Geh lieber, Major", sagte er. „ *Es hat angefangen – hör mal!...*"

Während er sprach, schwoll ein Murmeln, das ich schon seit einigen Minuten unbewusst wahrgenommen hatte – ein Murmeln wie das Rauschen des Meeres, das sich an einem Kieselstrand bricht –, schnell zu einem bedrohlichen, schrecklichen Dröhnen an, über das einzelne Schreie wie Gischt über den Wellen heraussprangen. Gewehre knallten unregelmäßig, dann folgte ein Krachen nach dem anderen, ein stetiges Salvenfeuer. . . .

„*En avant – marche!*“ , sagte ich; die alte Mumie öffnete das Tor zum Hof, und ich ritt als Erster auf meinem riesigen Kamel hinaus, gefolgt von Djikki, der das Kamel mit den beiden Mädchen führte. Hinter ihnen ritt Suleiman, der für die Packkamele verantwortlich war, und hinter ihm kam Achmet. Als Letzter ritt Dufour.

Eine Minute lang rannte Raoul die schmale Gasse vor uns entlang. Als wir in die Straße einbogen, die zum südöstlichen Tor führte – glücklicherweise nicht eines der vier, an denen der arme Levasseur Abteilungen postiert hatte –, kam eine Menge von Landbewohnern herangerannt, schwang Schwerter, Speere, Langgewehre und gute Gewehre über ihren Köpfen und brüllte: „ *Tötet! Tötet!*“

„ *Halt!... Zurück!...* “, rief ich Djikki zu und brachte meine kleine Karawane am Eingang der Gasse zum Stehen, wobei ich mich fragte, ob unsere Reise hier in Zaguig enden würde. Ich hatte mein Gewehr bereit, und Dufour, Djikki, Achmet und Suleiman drängten sich mit ihren Gewehren neben mich....

Die Menge kam auf uns zu.

„*Auf Wiedersehen, Henri*“, sagte eine Stimme unter mir, und vor ihnen sprang Kapitän Raoul d'Auray de Redon hervor – ein schmutziger tanzender Derwisch –, drehte sich im Kreis und brüllte dann mit seinem großen Stab in der einen Hand und seinem Rosenkranz in der anderen:

„ *Der Glaube! Der Glaube! Der Glaube!... Tötet! Tötet!...* Hier entlang, meine Brüder! ... *Schnell! Schnell!...* Ich zeige euch, wo die ungläubigen Hunde sind! ... *Weiße Frauen!... Plündert!*“ Und er rannte los, gefolgt von der Meute, eine Abzweigung gegenüber von uns hinunter, über die Hauptstraße.

Das war das letzte Mal, dass ich Raoul sah.

* * *

Das war das letzte Mal, dass ihn ein Franzose lebend sah, abgesehen von den flüchtigen Blicken, die Levasseur und seine Kameraden im Schein der brennenden Häuser auf einen wilden Derwisch werfen konnten, der die Menge gerade in Aufruhr versetzte, als sie zum Angriff ansetzte – oder große Teile davon von dort, wo sie den größten Schaden anrichten konnten, dorthin lenkte, wo sie am wenigsten Schaden anrichten konnten.

Man kann dem armen Levasseur keinen Vorwurf machen, dass er den Mann für einen blutrünstigen, fanatischen Anführer des Pöbels hielt – und selbst den Befehl gab und die Salve leitete, die die Brust meines heldenhaften Freundes durchsiebt und für immer das edelste Herz zum Schweigen gebracht hat, das je für Frankreich geschlagen hat.

§ 2

Als die Menge ihrem selbsternannten Anführer hinterherströmte, gab ich das Zeichen, den Marsch wieder aufzunehmen, und ritt in schnellem Kameltrab voraus, durch das Tor hinaus ins freie Feld.

Außerhalb dieser verfluchten Stadt in der Ebene konnte ich wieder freier atmen. ... Eine weitere kleine Gruppe kam die Straße entlanggerannt, und ich bog durch einige bewässerte Gemüsegärten ab, um einen Bogen um die kurvenreiche Straße zu machen.

Ein paar Schurken lösten sich von der Meute und rannten auf uns zu, angeführt von einem großen Kerl mit einer zwei Meter langen Waffe in der einen Hand und einem großen Schwert in der anderen. Ich konnte mir nicht vorstellen, wie er beides gleichzeitig benutzen sollte. Er zeigte es mir.

Als sie näher kamen, hob ich mein Gewehr.

„Sucht euch eure *eigene* Beute“, knurrte ich. „In Zaguig gibt es genug davon...“ Es gab Gelächter, und die Hälfte von ihnen kehrte um.

Der Mächtige dieser Welt jedoch rammte sein Schwert in den Boden, kniete nieder und richtete sein langes Gewehr auf mein Kamel. Offensichtlich war es seine einfache Methode, die Tiere der Reiter zu erschießen und dann den Reitern, wenn sie zu Boden fielen, den Kopf abzuschlagen.

Gewehre sind jedoch schneller als *Jezails*, Donnerbüchsen, Hakenbüchsen oder Arkebusen, und ohne zu zögern schoss ich dem Herrn in den Kopf.

Meine Leute, die mit einer disziplinierten Zurückhaltung, die mich begeisterte, ohne Befehl nicht geschossen hatten, holten nun die verlorene Zeit auf, und der Rest der Stammesangehörigen floh, zweifellos in der Annahme, dass sie ein Wespennest mit beute beladenen Tuareg aufgeweckt hatten. . . .

Ich drängte wieder schnell vorwärts und lächelte vor mich hin, als ich mich an die leise Stimme erinnerte, die nach meinem Schuss aus dem *Bassourab* gekommen war und gesagt hatte: „Ein Glöckner für Major Ivan!"

Offensichtlich waren die *Bassourab* -Vorhänge trotz meiner Worte geöffnet worden....

Ein roter Schein erhellte den Himmel. Das Gebrüll der Menge – dieser schrecklichste und erschütterndste aller schrecklichen Laute – wurde immer lauter, und die donnernden Salven der disziplinierten Schützen antworteten auf die unzähligen Gewehre und Karabiner der Menge.

An einer Straßenbiegung befand ich mich mitten in einer weiteren eiligen Menschenmenge, und ich stellte mir vor, dass die Straßen im Norden davon übersät waren. Es blieb keine Zeit auszuweichen, und wir ritten mitten hinein.

„Beeilt euch, Brüder, sonst kommt ihr zu spät", rief ich, und hinter mir schrien meine vier Begleiter „ *Tötet! Tötet!*" , und wir waren durch die Menge hindurch, entweder bevor sie begriffen, dass wir so wenige waren, oder weil sie uns für das hielten, was wir waren – eine gut bewaffnete Bande, von der man Beute nur mit größtem Blutvergießen entreißen konnte.

Und für diese wilden Bergstämme war das Leuchten der brennenden Stadt wie ein Magnet, der sie fast aus ihren Gräbern gezogen hätte.

Einmal noch, und bis auf ein paar Nachzügler waren wir aus der Gefahrenzone heraus.

Innerhalb von ein paar Stunden waren wir in der einsamen, unbewohnten Wüste, als wären wir hundert Meilen von der Stadt entfernt.

Ich hielt jedoch das Tempo, und während wir in die mondhelle Stille fuhren, versuchte ich, die Gedanken an das, was in Zaguig geschah, und an das Schicksal meines geliebten Freundes und meiner Kameraden, die ich in ihrer letzten Stunde aus Pflichtgefühl im Stich lassen musste, zu verdrängen. Ich sehnte mich danach, vor mir selbst zu fliehen. Ich hätte weinen können.

§ 3

Es war nach Mitternacht, als ich die Zügel anzog und den Befehl gab, die Kamele *zu stricken* und das Lager aufzuschlagen.

Bevor ich eingreifen konnte, hatte Djikki mit einem kehligen „ *Adar-ya-yan*" das Kamel der Mädchen zum Stehen gebracht, und zwar so plötzlich, dass die arme Maudie kopfüber aus dem *Bassourab* auf den Sand geschleudert wurde, während eine müde Stimme im Inneren sagte:

„Was ist denn *jetzt* los? Ein Erdbeben?..."

Maudie lachte, und Fräulein Vanbrugh kroch aus dem *Bassourab*. „Major", bemerkte sie, „ich habe genug von der Kabine des Schiffes der Wüste. ...Ich will an Deck. Nach dieser Nacht fahre ich nicht mehr in diesem wackeligen Wigwam mit. ...Und es ist nicht wirklich *Platz* für zwei. Nicht, wenn man nicht seekrank werden will."

„Sie werden genau dort fahren, wo und wie ich es Ihnen sage, Fräulein Vanbrugh", antwortete ich, „bis ich Sie irgendwie loswerden kann."

„ *Lieber* Major Ivan", lächelte sie. „Ich *liebe es*, ihn seine kleine Rede sagen zu hören", und müde wie sie war, summte sie eine Zeile dieser ewig nervigen Melodie.

In überraschend kurzer Zeit hatten wir die kleinen *Tentes d'arbri*, die eigentlich für mich und Dufour gedacht waren, aufgebaut und von den Mädchen bezogen; Feuer angezündet; Wasser für Tee aufgesetzt; ein Topf verströmte köstliche Düfte, während sein Inhalt aus Lamm, Reis, Butter, Gemüse und Gewürzen unter den Augen von Achmet köchelte, der ein Brathähnchen auf einem Spieß drehte.

Maudie wollte Fräulein Vanbrugh und mir „dienen", aber ihr freundlicher Arbeitgeber und Freund sagte ihr, sie solle sich etwas anderes wünschen. Also bildeten die beiden Mädchen, Dufour und ich eine *„partie-carrée"* an einem Feuer, während Achmet uns bediente; Djikki und Suleiman fütterten die Kamele und erledigten anschließend an einem anderen Feuer das, was Fräulein Vanbrugh als ihre „Hausarbeiten" bezeichnete.

Nachdem wir gegessen hatten, machte ich Fräulein Vanbrugh und Maudie einige Dinge klar, darunter die strengste Sparsamkeit im Wasserverbrauch für ihre Waschungen, wenn wir nicht in Oasen waren, und die absolute Notwendigkeit, meinen Anweisungen unverzüglich und genau zu folgen.

Nach dem Abendessen zogen sich die Mädchen in die aus Stöcken und Planen gebauten Feldbetten von Dufour und mir zurück, und ich teilte Djikki, Achmet und Suleiman zweistündige Wachschichten zu, wobei Dufour und ich abwechselnd „Runden" drehten.

Als ich nach den Kamelen und den gestapelten Lasten sah, stellte ich fest, dass alles in Ordnung war – wie ich es von so erfahrenen Wüstenmenschen wie meinen Begleitern erwartet hatte.

Keiner der *Wasserbehälter* schien undicht zu sein. ... Ich wickelte mich in eine Decke und legte mich hin, um die Sterne zu zählen....

§ 4

„Guten Morgen, Major Ivan", sagte eine kühle Stimme am nächsten Morgen bei Tagesanbruch, als ich Vorräte und Wasser für das Frühstück austeilte. „Steht etwas in den Zeitungen heute Morgen?"

„Ich hoffe, du und Maudie habt gut geschlafen, Fräulein Vanbrugh", antwortete ich. „Hast du alles, was du brauchst?"

„Nein, lieber Herr", war die Antwort. „Ich möchte ein heißes Bad und etwas Tee und einen Rechaud – und dann zeige ich Ihnen, wie man *richtig* kocht."

Sie sah so frisch aus wie der herrliche Morgen und in ihrer arabischen Kleidung genauso hübsch wie in einem ihrer eigenen Kleider.

„Vielleicht bekommst du in ein oder zwei Wochen ein Bad", antwortete ich.

„Ein *heißes* Bad?", fragte sie.

„Ja. In einem Topf", versprach ich.

„Und heute machen wir einen Gewaltmarsch", fügte ich hinzu, „mit dir und Maudie sicher im *Bassourab*. Danach müssen wir uns dem natürlichen Tempo der Gepäckkamele anpassen und werden hauptsächlich nachts reisen – und du kannst reiten, wie du möchtest –, bis wir uns von dir verabschieden."

„Warum nachts?", fragte das Mädchen. „Nicht nur wegen meiner Laune?"

„Nein ... Nachts ist es kühler", antwortete ich, „und die Kamele laufen besser. Sie können nicht sehen, wo sie grasen – und unsere Feinde können *uns* nicht sehen."

„Natürlich. Ich hatte schon befürchtet, du hättest an meine Worte über den *Bassourab* gedacht und vor, die Frauen und Kinder zu retten..."

„Wie geht es Maudie?", fragte ich.

„Sie ist völlig erschöpft, aber fröhlich", antwortete sie. „Sie ist das Reiten nicht gewohnt, und ihr armer Rücken bricht fast."

„Und deiner?", fragte ich.

„Ach, ich bin auf einem Pferd groß geworden“, lachte sie, „und kann auf einem Kamel alt werden ... Lass mich mein Gesicht färben und mich wie ein Mann kleiden und ein Gewehr tragen, Major. Dann könnte Maudie das *Bassourah* für sich allein haben, mit offenen Vorhängen.“

„Ich werde darüber nachdenken“, antwortete ich.

Den ganzen Tag marschierten wir, Suleiman ritt weit voraus als Späher und Führer. . . .

Nachdem ich in dieser Nacht meine Runde gemacht hatte, unterhielt ich mich mit diesem Kerl, und es war ein sehr interessantes und aufschlussreiches Gespräch.

Ich erfuhr zunächst, dass Emir el Hamel el Kebir ein „Waisenkind“ der Wüste war, über den niemand etwas wusste.

Das sah nicht gut aus und ließ auf eine der „wundersamen“ Erscheinungen des Mahdi el Senussi oder eine Nachahmung davon schließen.

Außerdem schien der Emir, nach Suleimans widerwilligen Eingeständnissen und unter Berücksichtigung seines offensichtlichen Hasses, in den Augen aller Menschen ein mächtiger Wundertäter zu sein – ein unbesiegbarer Befehlshaber der Gläubigen in der Schlacht und ein Mann von großer Fähigkeit und Macht.

Er wurde offensichtlich von seinem eigenen Stamm – oder dem Stamm, der ihn aufgenommen hatte, dem er in der Wüste erschienen war – verehrt, und offenbar betrachteten sie ihre gegenwärtige Bedeutung, ihren Erfolg und ihren Reichtum als direkte Belohnung Allahs für ihre gastfreundliche Aufnahme dieses „Propheten“, als er ihnen erschienen war.

Ich hielt mir meine früheren Studien über die britischen Feldzüge in Ägypten gegen Osman Digna, Mohammed Ahmed den Mahdi und den Khalifa vor Augen – und das Schicksal jedes Engländers, der mit zwei weißen Frauen in das Lager eines dieser wilden und fanatischen Krieger geritten war.

Als ich versuchte, mir ein Bild von der Persönlichkeit und dem Charakter des Emirs zu machen, knurrte Suleiman nur:

„Er ist ein verräterischer Sohn Satans. Er hat den alten Scheich vergiftet, dessen Salz er gegessen hatte, und er hat mich gefoltert. *Mich*, der ich der Nachfolger des guten alten Mannes hätte werden sollen – der für mich wie ein Sohn war ...“

Das klang schlimm, aber jede Geschichte hat zwei Seiten, und ich konnte mir gut vorstellen, dass unser Suleiman sich ein wenig Folter redlich verdient hatte.

“Ich floh aus dem Stamm”, fuhr Suleiman fort, ”und ging zu Emir Mohammed Bishari bin Mustapha Korayim abd Rabu, der mich aufnahm und Öl und Wein auf meine Wunden goss. . . .

Auch ihn hat dieser *Emir* el Hamel el Kebir getötet, indem er ihn im Pass von Bab-el-Haggar hinterhältig überfiel, und wieder musste ich um mein Leben fliehen. Wochen später fand mich eine Karawane in der Wüste, wo ich dem Tod nahe war, und sie nahmen mich mit. . . .

Der Mann, der mich zu dir gebracht hat, hat sich von Anfang an mit mir angefreundet und mir gezeigt, wie ich meinen Lebensunterhalt verdienen und mich an diesem widerwärtigen Hochstapler und Usurpator rächen kann. Dieser „ *Emir* el Hamel“ – und der sanftmütige Suleiman spuckte kräftig aus.

„Bist du ein *Franzawi*, Sidi?“, fragte er nach einer kurzen Pause.

„Wie du arbeite ich für sie“, antwortete ich. „Sie bezahlen diejenigen, die ihnen gut zur Seite stehen, großzügig, aber ihre Rache an denen, die sie verraten, ist schrecklich – und ihre Hand ist lang“, fügte ich hinzu.

„Allah soll sie schlagen“, knurrte er und fragte: „Werden sie eine Armee schicken und diesen el Hamel auslöschen?“

„Was weiß ich?“, antwortete ich. „Jetzt ist es an uns, ihn auszuspionieren und ihnen Bericht zu erstatten, egal wie.“

„Er soll sich vor meinem Messer hüten“, grunzte er, und ich dachte, wäre ich ein Borgia oder käme ich aus einem anderen Land, das ich nennen könnte, gäbe es hier einen Weg, das Problem der neuen Mahdi-Bedrohung zu lösen.

„Die *Franzawi* heuern keine Attentäter an und lassen auch keine Attentate zu", antwortete ich kühl. „Halte gut Ausschau…" und ließ ihn zurück, während ich in meinem Herzen über vieles nachdachte.

Ach, hätte ich doch eine freundliche Karawane in Richtung Norden, deren Mächtigen dieser Welt ich diese beiden Mädchen mit relativ ruhigem Gewissen übergeben könnte, in der Hoffnung, dass sie in Sicherheit wären…

Armer alter de Lannec … Von diesem Unsinn will *ich* nichts wissen!

§ 5

Ein fauler Tag folgte auf den anderen, eine ereignisreiche Nacht auf die andere, Wochen wurden zu Monaten, und wir marschierten stetig weiter nach Südosten; aber keine Karawane erfreute mein Auge, kein Mensch war zu sehen, abgesehen von den wenigen Oasen und einmal einem einsamen Targui-Späher, der am Abend regungslos auf seinem *Mehara-Kamel* auf einer hohen Sanddüne saß.

Nachdem ich diesen beunruhigenden Anblick gesehen hatte, marschierte ich die ganze Nacht hindurch und bis weit in den nächsten Tag hinein und hoffte, dass wir unbemerkt und unverfolgt entkommen waren.

Ich war in diesen Tagen sehr beunruhigt.

Nicht nur meine Sorge um das Schicksal der beiden Mädchen war ständig präsent, sondern es ärgerte mich auch, dass ich mehr an Mary Vanbrugh dachte als an die unglaublich wichtige Aufgabe, die vor mir lag.

Meine Gedanken kreisten immer mehr um dieses kleine Mädchen und immer weniger um meine Mission, von der vielleicht der Frieden oder Krieg, das Leben Tausender Männer, der Verlust oder Gewinn eines Reiches – sicherlich Milliarden von Franken und Jahre der Arbeit von Soldaten und Staatsmännern – abhängen könnten, könnten, könnten…

Ich konnte nachts nicht schlafen, weil ich an diese Frau dachte, an ihr Schicksal und wieder daran, wie sie meine Gedanken störte, die sich auf meine Pflicht hätten konzentrieren sollen….

Und sie verstärkte meine Probleme noch durch ihr Verhalten mir gegenüber.

Manchmal schien sie mich regelrecht zu verabscheuen, und wieder war sie so freundlich, dass ich sie kaum in meine Arme nehmen konnte – wenn sie mich „*netter Major Ivan*" nannte und mir ihre Dankbarkeit zeigte – wofür, weiß Gott, denn das Leben war hart für sie und die arme Maudie, diese tapferen, klaglosen Seelen.

Dass das Schicksal ihres Bruders ihr sicher schrecklich wehtat, nahm ich ihr nicht übel und schrieb ihr wechselhaftes und launisches Verhalten mir dem zu.

* * *

Nie werde ich eine perfekte Vollmondnacht vergessen, an einem herrlichen, von Palmen beschatteten Wüstenpool, einer dieser kleinen Oasen, die wie das Paradies wirken und die Wüste noch mehr wie die Hölle erscheinen lassen.

Der Abend hatte auch schlecht angefangen.

Während Feuer entfacht, Kamele gefüttert und Zelte aufgeschlagen wurden, gingen die beiden Mädchen baden.

Als ich spazieren ging, traf ich Maudie auf dem Rückweg, und sie sah so frisch und lieblich aus, und meine unruhige Seele war so voller Bewunderung für ihren Mut und ihre Fröhlichkeit, dass ich, als sie stehen blieb und mit einem entzückenden Lächeln sagte:

„Entschuldigen Sie, Herr, aber ist Herr Dufour *verheiratet?*" Ich lachte und legte einen brüderlichen Arm um sie und küsste sie herzlich.

Mit bemerkenswerter Schnelligkeit und Heftigkeit schlug sie mir ins Gesicht.

„ *Maudie!*" , sagte ich entsetzt, „du hast mich völlig missverstanden!"

„Nun, Sie werden *mich* jedenfalls nicht wieder missverstehen, mein Herr!", antwortete Maudie, warf ihren hübschen Kopf zurück und marschierte mit hoch erhobenem Kinn davon.

Dabei verriet mir ein klingendes Lachen zwischen den Palmen, dass Fräulein Vanbrugh diese romantische kleine Episode mit Interesse beobachtet hatte!

Beim Abendessen wurde jedoch kein Wort darüber verloren, und danach saß ich mit Mary Vanbrugh beiseite und verbrachte eine der schönsten Stunden meines Lebens.

Sie begann, von ihrem Bruder Otis zu erzählen und davon, dass er vielleicht noch am Leben sei, dann sprach sie von ihren Eltern und ihrem anderen Bruder und ihrer Schwester.

Papa war, wie sie ihn nannte, ein „mutiger, böser Rinderbaron", und ich schloss daraus, dass er Millionen Morgen Land und Hunderttausende Rinder im Westen Amerikas besaß.

Er war Witwer und, wie ich hörte, ein Mann, dessen warmherziges Wesen nur noch von der Wärme seines Herzens übertroffen wurde. Das andere Mädchen, bei dessen Geburt seine geliebte Frau gestorben war, war seltsamerweise sein ganzer Stolz, und sie war es, die den Haushalt für ihn führte, während Mary umherwanderte.

Der ältere Bruder war offenbar seinem Vater zu ähnlich, um mit ihm einer Meinung zu sein.

“Dad war wirklich streng zu Noel", erzählte sie mir, "und Noel hat Dad ganz schön auf die Palme gebracht. ... Ob er zur Schule oder aufs College gehen wollte? Von wegen! Er arbeitete auf der Ranch mit den Cowboys und war einer von ihnen. Er schlief auch in ihrer Schlafbaracke. Er lief so oft von der Schule weg, wie er geschickt wurde – und Dad fand ihn dann, versteckt von den Cowboys, wenn er dachte, der Junge sei weit im Osten.

"Dad war ganz für Bildung, da er selbst keine hatte. Noel wollte sie um jeden Preis vermeiden, da er selbst etwas davon hatte. ...

Eines fröhlichen Morgens wurde er so frech zu Dad, dass dieser, als er wegritt, sich zusammenriss, ihn mit dem Lasso einfing – ihn einfach wie einen Stier einfing –, ihn von seinem Pony zog und ihn mit seiner Peitsche verprügelte!

Noel sprang auf und zog seine Waffe. Dann warf er sie auf den Boden und sagte nur: „ *Tschüss, Dad. Ich bin fertig.*" Und das war das letzte Mal, dass wir unseren Bruder Noel sahen. Wie ich geweint habe! Ich habe Noel verehrt, obwohl er so viel älter war als ich. Dad auch – obwohl Otis ihm nie Ärger gemacht hat und die Schule wie eine Ente aufgesogen hat. Er ist Harvard-Absolvent und Noel ist ein „Raufbold", wenn er noch lebt.

„Und du hast Noel nie wieder gesehen?", fragte ich. Ich wollte, dass sie weiterredete, um diese schöne Stimme zu hören und dieses hübsche Gesicht zu sehen.

„Nie. Ich habe auch nie *etwas* von ihm gehört. Wir haben allerdings *einmal gehört, dass* er, nachdem er als Landstreicher durch die ganzen Vereinigten Staaten gezogen war, sich bei einer Kavallerieeinheit gemeldet hatte und dann, dass ein Bronco-Buster, den unser Vorarbeiter kannte, ihn auf einem Viehtransportschiff nach Liverpool gesehen hatte."

„Und jetzt streifst du durch die weite Welt und suchst nach dem geliebten Spielkameraden deiner Jugend?", fragte ich, vielleicht etwas albern.

„Unsinn!", war die Antwort. „Ich habe fast vergessen, wie er aussah, und würde ihn vielleicht nicht wiedererkennen, wenn ich ihn treffen würde. Aber ich würde ihn so gerne wieder sehen – den lieben alten Noel. Er hatte nie einen Feind außer sich selbst und hat nie etwas Böses getan. Und jetzt erzähl mir alles über *dich*, Major Ivan, du strenger, harter, schrecklicher Mann!"

Ich erzählte ihr von mir, wie es ein Mann tut – der richtigen Frau. Und nach einer Weile nahm ich ihre Hand, und sie zog sie nicht zurück, sondern umfasste sie sogar, als ich sagte:

„Weißt du, der Teufel hat mich letzte Nacht versucht, den Befehl zu geben, die Pferde zu satteln und nach Norden zu reiten, um dich in Sicherheit zu bringen ..."

„Bist du hingefallen, Major?", fragte sie leise – und ja, sie erwiderte den Druck meiner Hand auf ihre kleine, kräftige Hand.

„Ich habe nicht einmal auf den Versucher gehört", antwortete ich prompt. „Aber ich mache mir schreckliche Sorgen um dich und habe Angst um dich ..."

„Dringende Geschäfte dort unten, Major?", fragte sie.

„Sehr."

„Und dein Chef vertraut darauf, dass du sie schnell, sauber und ordentlich erledigst?“
„Ja.“
„Dann trotze dem Teufel und all seinen Werken, Major“, sagte sie, „und lass mein Wohlergehen nicht deinem im Wege stehen…“
„Das werde ich nicht, Fräulein Vanbrugh“, antwortete ich. „Aber wenn wir nur eine Karawane treffen könnten…“
„Unsinn! Du spielst doch nicht Josephs Brüder mit *mir*, Major.“
„Wie kann ich dich in die Gewalt eines Mannes bringen, der, soweit ich weiß, der leibhaftige Teufel sein könnte … Da würde ich dich lieber selbst erschießen…“
„Ich wollte sagen: ‘Schlagen Sie in der Nähe der Oase ein Lager auf und reiten Sie alleine hinein’, aber das werde ich Ihnen nicht erlauben, Major.“
„Das hatte ich auch gedacht – aber ein Mann wie dieser Emir würde schon lange bevor wir sein Gebiet erreichen, alles über uns und unsere Bewegungen wissen. … Und was passiert mit dir, wenn ich gefangen genommen oder getötet werde? Dufour würde nicht ohne mich gehen – Achmet und Djikki übrigens auch nicht.“
„Du wirst weitermachen, als wäre ich nicht hier, mein Freund“, sagte sie, „und ich komme mit dir – um alles zu teilen. Ich kann mich immer noch erschießen, wenn mir alles zu langweilig wird. Maudie auch. Sie hat eine kleine Pistole. Ich würde dir auf keinen Fall zur Last fallen, Major. Pflicht geht vor Vergnügen – natürlich.“
Und als sie diese Worte sagte und sich mit ihrer Schulter an mich schmiegte, nahm ich ihre andere Hand … Ich zog sie zu mir heran … Ich hätte fast ihre lächelnden Lippen geküsst … als sie ihre Hand wegzog, aufsprang und aufgeregt in Richtung der Oase zeigte.
„Was ist los?“, rief ich etwas beunruhigt, denn meine Nerven waren von der schlaflosen Nacht angespannt.
„Ich dachte, ich hätte eine Art geflügelten Elefanten über den Bäumen herumtollen sehen. Du weißt schon – wie eine fliegende Garnele oder eine pfeifende Wasserratte in der Luft, Major Ivan…“
Und während ich tobte, lachte sie und sang wieder diese verfluchte Melodie, diesmal *mit* Worten – und die Worte lauteten:

”Es gibt viele Helden, die berühmt sind
In den Reihen, die vom Zaren angeführt werden;
Aber unter den Tollkühnsten, die Namen oder Ruhm haben
War *Ivan* Petruski Skivah.
Er konnte Irving imitieren, Euchre oder Billard spielen,
Und auf der spanischen Gitarre spielen:
Tatsächlich war *Ivan* Petruski Skivah die Crème de la Crème des Moskauer Teams
”

Verdammt, das Mädchen hatte mich die ganze Zeit ausgelacht!
Ich gab den Befehl zum Aufsatteln und marschierte im Doppeltakt weiter in Richtung Süden, wo die Sonne aufging – als sie endlich aufging –, um sie für ihre Unverschämtheit zu bestrafen und sie daran zu erinnern, dass sie nur mit meiner Duldung bei mir war. Sie sollte sehen, wer in *meiner* Karawane zuletzt lachte.
Und, *mon Dieu*! Was für ein Dummkopf war doch dieser de Lannec!

Kapitel IX. Die Tuareg – und "Lieber Ivan"

Ein oder zwei Tage später, als wir in der „kühlen" Abendluft dahintrabten, kam Dufour, der zuverlässige Nachhutmann meiner kleinen Karawane, zu mir geritten.

„Wir werden verfolgt, Herr", sagte er. „Ich glaube, es sind Tuareg. Ich habe Djikki zurückgeschickt, um zu erkunden."

„Wenn es Tuareg sind, werden sie unser nächstes Lager umzingeln und uns plötzlich überfallen", sagte ich. „Unsere Nachtfahrt hat sie verwirrt, da sie keine Chance mehr auf den Überraschungsangriff im Morgengrauen hatten, den sie so lieben."

„Sie werden uns die ganze Nacht folgen und morgen früh angreifen, wenn sie denken, dass wir mit dem Aufbau des Lagers beschäftigt sind", sagte Dufour.

„Wir werden versuchen, sie durch Zickzackfahrten und Kreise abzuschütteln", antwortete ich. „Wenn die Frauen nicht wären, wäre es amüsant, ihnen direkt hinterher zu reiten und sie anzugreifen ... Vielleicht sind sie nur eine kleine Bande und keine *Harka*."

Mary Vanbrugh schloss auf. Ich war in hochmütiger Unzufriedenheit vorausgeritten, bis Dufour zu mir kam.

Mit Mary Vanbrugh hatte ich abgeschlossen. „Was gibt's, Major?", fragte sie.

„Nichts, Fräulein Vanbrugh", antwortete ich.

„Das, worüber Männer normalerweise mit dem Kopf schütteln und mit der Zunge schnalzen", stimmte sie zu.

Maudies *mit Bassourab geschmücktes* Kamel holte uns ein, als wir langsamer wurden und dann anhielten.

„Was gibt's, Herr Dufour?", hörte ich sie fragen.

„Scheichs!" , antwortete Dufour bösartig, und ich fragte mich, ob auch sein Gesicht geschlagen worden war.

Ich sah Maudie an. Mir schien, als strahlte sie vor Freude.

Eine halbe Stunde später kam Djikki mit seiner unglaublichen Sehkraft im Galopp herangeeilt.

„Verschleierte Tuareg", sagte er. „Die Vergessenen Gottes. Etwa fünf Handbreit. Wie der Halbmond ..." Daraus schloss ich, dass wir von etwa fünfundzwanzig Tuareg verfolgt wurden, die in einer gekrümmten Linie ritten, deren Hörner uns zum richtigen Zeitpunkt umzingeln würden.

Es blieb uns nichts anderes übrig, als weiterzureiten. Wir hatten fünf Gewehre – sechs, wenn man Mary Vanbrugh mitzählte – und wenn wir hinter unseren Kamelen schossen, würden wir uns gegen die berittenen Männer, die über offenes Gelände vorrückten, gut behaupten können.

Auch würde eine so kleine Bande einen Angriff auf eine so treffsichere und entschlossene Gruppe wie uns nicht entschlossen vorantreiben.

Aber was, wenn sie es schafften, unsere Kamele zu töten?

„Reiten Sie so schnell Sie können hinter Suleiman her, Fräulein Vanbrugh, mit Maudie. Achmet wird hinter Ihnen reiten", sagte ich. „Sie und ich und Djikki bilden die Nachhut, Dufour ..."

„Erschreckt nicht, wenn ihr Schüsse hört", fügte ich den Mädchen hinzu.

„Oh, Major, ich werde vor Angst stammeln und dumm aussehen", sagte Mary Vanbrugh, und ich hatte den Eindruck, dass Maudie die Lippen öffnete, um das Wort „ *Scheichs!"* zu flüstern.

Wir ritten eine Stunde lang in dieser Formation, dann ließ ich Djikki auf einer Sanddüne zurück mit dem Befehl, Wache zu halten, solange es hell war. Ich dachte, er würde unsere Verfolger vor dem Sonnenuntergang silhouettiert sehen und feststellen können, ob ihre Zahl zugenommen hatte, ob sie ihre Formation oder Richtung geändert hatten und ob sie schneller oder langsamer wurden.

„Sobald es dunkel ist, biegen wir scharf nach rechts ab, fahren ein paar Stunden lang so weiter und dann wieder nach links", sagte ich zu Dufour.

„Ja, Herr", sagte er. „Im Dunkeln können sie keine Spuren verfolgen. Nicht schneller als im Schritt."

Kaum hatte er das gesagt, knallte ein Gewehrschuss. ... Wieder zwei. ... Dem Geräusch nach auf uns gerichtet. ... Djikki! ... Wir drehten uns alle um und ritten unsere Spuren zurück. Wir kamen an Djikkis *barrikadiertem* Kamel vorbei und sahen den Sudanesen hinter dem Kamm einer Sanddüne liegen. Er stand auf und kam zu uns herunter.

„Drei", sagte er. „Schnelle Späher, die den anderen voraus sind. Ich habe einen Mann und ein Kamel getroffen. Die anderen sind geflohen. Vierhundert Meter."

Für einen Sudanesen war das eine sehr gute Treffsicherheit.

„Das wird ihnen zeigen, dass wir wach sind", sagte Dufour, und wir ritten schnell los, um die anderen einzuholen.

Sobald es so dunkel war, wie es in der sternenbeleuchteten Wüste nur sein kann, übernahm ich die Führung und bog scharf von unserer Route ab, als wir über eine felsige, steinige Stelle ritten, auf der die weichen Hufe der Kamele keine Spuren hinterlassen würden.

Ein oder zwei Stunden lang folgte ich der Linie und bog dann scharf nach links ab, parallel zu unserer ursprünglichen Spur.

Danach ließ ich mich zurückfallen und überließ Dufour die Führung. Ich zog es vor, mich auf seine erworbenen wissenschaftlichen Fähigkeiten zu verlassen, anstatt auf Suleimans Orientierungssinn in der Wüste, wenn ich nachts die Spitze der Karawane verließ. Ich hielt an, bis ich nur noch die Umrisse des letzten Reiters, Achmet, sehen konnte, mal als weißer Fleck im Sternenlicht, mal als Silhouette vor dem blauschwarzen Sternenhimmel. . . .

Weite, weite Leere ... Universen jenseits von Universen ... Rhythmisches Fallen weicher Füße auf Sand ... Rhythmisches Schwanken des warmen Körpers der großen Kamele ... Die Welt schwankt ... Die Sterne schwanken ...

Ich will mich nicht fälschlicherweise beschuldigen, eingeschlafen zu sein, denn ich glaube nicht, dass ich geschlafen habe – obwohl ich so etwas schon einmal auf dem Rücken eines Kamels getan habe. Aber ich war sicherlich leicht hypnotisiert vom Blick auf die Sterne und dem perfekten Rhythmus des unermüdlichen, gleichmäßigen Trabs meines Kamels. Und ich hatte seit Wochen sehr wenig Schlaf gehabt. Vielleicht habe ich doch ein paar Sekunden geschlafen?

Jedenfalls kam ich ganz allmählich aus einer allgemeinen Unaufmerksamkeit gegenüber den Phänomenen der Realität zu einem Interesse daran und dann zu einer Erkenntnis, die mein Herz wie eine kalte Hand umklammerte.

Zuerst bemerkte ich dumpf, dass ich mit Achmet gleichauf war und mich einige Meter rechts von ihm befand. Dann, dass Djikki oder vielleicht Suleiman ein paar Meter rechts von mir ritt. Und dann, dass jemand anderes dicht hinter mir war.

Ich musste mitten in der Karawane sein. Seltsam ... *Was war das?* Ich rieb mir die Augen ... Keiner von *uns* hatte eine Lanze oder einen Speer dabei!

Da lief mir ein kalter Schauer über den Rücken, denn ich wusste, dass ich *mit den Tuareg ritt*!

Ich riss mich zusammen und überlegte schnell. Hatte mich jeder von ihnen für ein anderes Mitglied ihrer Bande gehalten, das nach vorne geritten und wieder überholt worden war? Oder kicherten sie über den armen Narren, den sie überlistet hatten und der nun in ihrer Gewalt war? . . .

Wollten sie etwa mit mir weiterreiten, ohne ein Wort zu sagen, bis die Tuareg-Bande und die Karawane wieder vereint waren – und dann würde sich jeder Räuber sein Opfer aussuchen und ihn töten?

Was sollte ich tun? Mein Gewehr lag über meinen Oberschenkeln. Nein, ich konnte nicht eingeschlafen sein, sonst hätte ich es fallen lassen.

Ich drehte langsam den Kopf und schaute hinter mich. Ich konnte niemanden sehen – aber es war sehr dunkel, und außer den dreien, die ich deutlich erkennen konnte, könnten noch andere in der Nähe sein.

Achmet war nirgends zu sehen. Was *sollte* ich tun? ...

Arbeite, armes Gehirn, arbeite! Ihr Leben hängt davon ab. . . .

Könnte ich ihnen schnell genug entkommen, um die Karawane einzuholen, einen schnellen Befehl geben und meine Männer umdrehen lassen, damit sie unseren Verfolgern mit einer Salve und dann mit Schnellfeuer begegnen konnten?

Ich konnte es jedenfalls versuchen. Ich hob den langen Kamelstock, der an meinem Handgelenk baumelte, und mein Kamel beschleunigte sofort. Ein gut trainierter *Mehari* muss nie geschlagen werden. ... Die gespenstischen Reiter zu meiner Rechten und Linken blieben in ihrer Position. ... Ich hatte nichts gewonnen. ...

Ich durfte nicht den Anschein erwecken, als würde ich versuchen zu fliehen. Mit leichtem Druck auf den linken Nasenriemen meines Kamels versuchte ich, mich unmerklich in Richtung des Schattens zu meiner Linken zu bewegen. Ich würde mit ihm sprechen, als wäre ich ein Targui-Bruder, sobald ich nah genug war, um sicher schießen zu können, falls er mich angreifen sollte.

Das Ergebnis zeigte mir, dass die Räuber mich nicht für einen der ihren gehalten hatten – ich konnte weder näher an den Mann herankommen noch mich weiter von dem Reiter zu meiner Rechten entfernen. ...

Verstand gegen Verstand – und Mary Vanbrughs Leben stand auf dem Spiel. . . .

Vorsichtig zog ich die Zügel an und wurde ganz langsam langsamer. Meine stillen Albtraumgefährten taten es mir gleich.

So konnte die Karawane vor uns herziehen und meine Männer hatten mehr Zeit zum Handeln, wenn es soweit war.

Ich wurde immer langsamer und sackte nach vorne, nickte wie ein Schlafender und spähte unter meinem *Haik* hervor, um diese Teufel zu beobachten, die mich hüteten.

Mein Kamel ging in einen Schritt über, und ganz langsam näherten sich die beiden Schatten, um mit Schwert oder Speer ihr stilles Werk zu vollenden. . . .

Und was war mit dem Mann hinter mir? Die Muskeln meiner Schulterblätter zuckten, als ich an den kalten Stahl dachte, der vielleicht schon weniger als einen Meter von meinem Rücken entfernt war...

Plötzlich hielt ich an, hob mein Gewehr und schoss vorsichtig und mit einer Geschwindigkeit, die keine Eile erkennen ließ, auf den Reiter zu meiner Rechten. Ich zielte so, dass ich, wenn ich seinen Oberschenkel verfehlte, sein Kamel treffen würde, und hoffte, beide zu treffen. Als mein Gewehr in der tiefen Stille der Nacht dröhnte, schwenkte ich nach links, um besser zielen zu können, feuerte wieder und trieb mein Kamel vorwärts. Ich duckte mich tief, während ich den Bolzen meines Gewehrs betätigte, in der Hoffnung, einem Speerstich oder Schwertschlag von hinten auszuweichen.

In diesem Moment knallte hinter mir ein Gewehr, nur wenige Meter entfernt, und ich hatte das Gefühl, als hätte mich eine glühende Axt am linken Arm getroffen.

Mit der rechten Hand, die das Gewehr hielt, drehte ich mein Kamel blitzschnell herum, stabilisierte das Tier und mich selbst und schoss mit einer Hand aus der Hüfte auf ein Kamel, das plötzlich vor mir auftauchte. Dann drehte ich mich wieder um und trieb mein gutes Tier mit voller Geschwindigkeit vorwärts.

Mein linker Arm baumelte nutzlos, und ich spürte, wie das Blut in Strömen über meine Hand floss. . . .

Das ging so nicht...

Ich schob mein Gewehr unter meinen Oberschenkel, hob mit der rechten Hand meine linke Hand und hielt sie so, dass ich sie am Ellbogen festhalten konnte, während meine linke Hand unter meinem Kinn lag.

Ich kämpfte gegen die Ohnmacht an, die durch den Schock und den Blutverlust verursacht wurde – und fragte mich, ob Suleiman, Djikki, Achmet und Dufour zuerst schießen und dann fragen würden, wenn ich auf sie zureite...

Offensichtlich hatte ich die drei Kamele, auf die ich gezielt hatte, zu Fall gebracht – keine schwierige Sache, außer in der Dunkelheit und wenn man vom Rücken eines Kamels schießt, dessen Atem das Gewehr zum Wackeln bringt. . . .

Mir wurde wieder schwindelig ... Das würde bald vorübergehen ... Wenn ich nur die Löcher stopfen und eine Schlinge improvisieren könnte ... Als die Taubheit in meinem Arm nachließ und ich daran herumfummelte, begann ich zu hoffen und zu glauben, dass der Knochen nicht gebrochen war ... Stell dir vor, ein zertrümmertes Ellbogengelenk in der Wüste, und dann musst du noch hart und ununterbrochen reiten ...

Ich sah drei dunkle Gestalten in einer Reihe. . . .

„Major! *Ruf!*" , schrie eine Stimme, und ich rief sofort – und drei Gewehre wurden aus der Schussposition gesenkt.

„Wo ist sie?", fragte ich.

„Ich habe sie mit Achmet weiterreiten lassen, so schnell sie konnte", antwortete Dufour. „Ich habe geschworen, dass sie uns so besser helfen kann, bis wir sehen, was los ist. ... Was ist passiert, Herr?"

Ich erzählte es ihm.

„Die werden uns sicher verfolgen", sagte Dufour. „Das waren Späher, und zwischen ihnen und dem Hauptverband gibt es sicher eine Verbindung. Sollen wir warten und sie einen nach dem anderen schnappen?"

„Nein", antwortete ich. „Sie würden uns umzingeln und die anderen schnappen, während wir hier warten. Es wird bald hell. . . ."

* * *

Im trüben Licht der falschen Morgendämmerung erblickten wir die Lastkamele der Karawane.

„Die Gepäckkamele müssen wir zurücklassen", sagte Dufour.

„Du kannst den Tuareg nicht entkommen", antwortete ich. „Das ist hoffnungslos. Wir müssen kämpfen, wenn sie angreifen. Vielleicht tun sie es nicht, da sie bereits schwer getroffen sind. Aber die Tuareg sind rachsüchtige Tiere. Sie sind keine gewöhnlichen Beduinen ..."

Das Licht wurde stärker, und wir näherten uns den anderen. Ich sagte Djikki, er solle zurückbleiben und schießen, sobald er etwas von den Räubern sah – um uns zu warnen und sie in Schach zu halten, während wir uns so gut es ging vorbereiteten.

Plötzlich wurde mir extrem schwindelig, übel und schwach. Mein weißer *Burnus* bot einen grauenhaften Anblick. Ich war von der Taille bis zum linken Fuß blutüberströmt. Ich musste furchtbar viel Blut verloren haben ... eine Arterie ...

Hilfe! . . .

* * *

Das Nächste, was ich wusste, war, dass ich mit dem Kopf auf Maudies Schoß lag, während Mary Vanbrugh, blass im Gesicht, aber mit flinken Händen, meinen Arm verband und ihn mir über die Brust band. Sie hatte offensichtlich ein Leinenkleidungsstück dafür zerrissen. Marys Augen waren auf ihre Arbeit gerichtet, Maudies auf den Horizont. Die Männer kauerten jeweils hinter ihrem knienden Kamel.

„ *Lieber* Major Ivan", flüsterte Mary, während sie arbeitete.

Ich schloss wieder schnell und ohne Scham die Augen. Es war himmlisch, ein paar Minuten so zu ruhen.

„Oh, ist er *tot*, Fräulein?", fragte die arme Maudie mit zitternder Stimme.

„Ich denke, in ein paar Minuten sind wir alle tot, Kind", antwortete Mary. „Hast du eine Sicherheitsnadel? ... Tot wie kaltes Lammfleisch ... *Scheichs*, meine Lieben! ... Soll ich dich zum Schluss erschießen, Maudie, oder möchtest du es lieber selbst tun?"

„Nun ja – wenn *es* Ihnen nichts *ausmacht*, Fräulein? Vielen Dank, wenn es Ihnen keine Umstände macht."

Stille.

„ *Lieber* Major Ivan", kam ein süßes Flüstern. „Oh, ich *war* ein Biest zu ihm, Maudie. Ja, ich werde dich mit Vergnügen erschießen, Kind. Wie *konnte* ich nur so gemein sein und ihn so behandeln. Er ist der tapferste, netteste, strengste ..."

Ich fühlte mich wie ein Schurke und öffnete die Augen – fast direkt in die von Mary, deren Lippen gerade ... waren sie ... *waren* sie? ...

„Ja, Fräulein", sagte Maudie, ihre Augen und Gedanken weit weg. „Er ist ein wunderschöner Gentleman ..."

„Hallo! Der Patient ist aufgewacht!", rief Mary und wich schnell zurück. „Hatten Sie ein schönes Nickerchen, Major? Wie fühlen Sie sich? ... Hier, schauen Sie mal in den Becher, der munter macht und berauscht", und sie hob einen Becher mit Cognac und Wasser an meine Lippen.

Ich trank alles und fühlte mich besser.

„Mein Herz schlug mir bis zum Hals, Herr, als ich Sie kopfüber von dem Kamel fallen sah. Sie *haben* Blut *gespritzt*, Herr", sagte Maudie. „Mein Herz schlug mir bis zum Hals, Herr."

„Hoffentlich hast du das kleine Ding wieder verschluckt, Maud. Es ist doch so ein süßer *Garten* der Romantik! ... *'Komm in den Maud, Garden!'* zur Abwechslung ... So ist es richtig, Major ... Trinkt es wie Milch und schaut sich nach mehr um. Der clevere Mann hat eine schöne, saubere Fleischwunde und keine Knochen sind gebrochen ..."

Ich setzte mich auf.

„Treib die Kamele weiter auseinander, Dufour", rief ich.

„So dicht beieinander sind sie ein absoluter Brennpunkt für konzentriertes Feuer ..."

Niemand durfte denken, dass ich am Ende war und die Zügel einem kranken Mann aus den Händen glitten.

Die Männer aßen Datteln, während sie zusahen, und Mary hatte eine Dose Kekse und eine Dose Sardinen geöffnet.

„Hört euch den Major an", flüsterte eine Stimme unter einem fließenden *Kufiya* neben mir. „Ist er heute Morgen nicht wild?"

Ich stand auf und riss mich zusammen. ... Großartig ... Entweder war mir der Brandy zu Kopf gestiegen oder die Vorstellung von einem Kuss, den ich mir törichterweise fast geglaubt hatte. Die nächsten zehn Minuten aß ich gierig und trank kalten Tee aus einer Wasserflasche.

„Zwischen dem Kuss und den Lippen liegt oft ein Fehler", murmelte ich kurz darauf mit einer Stimme, die derjenigen ähnelte, die zuletzt gesprochen hatte.

Das war unklug von mir.

„Wieder falsch, Major Ivan Petruski*Skivah*! Ich wollte nur den Dreck von deiner schmutzigen kleinen Nase pusten", war die prompte Antwort, und danach schien ich ein Summen zu hören:

> " *Aber unter den Leichtsinnigsten, die Namen und Ruhm hatten*
> *war Ivan Petruski Skivah*
> . . . .
> . . . *und spielte auf der spanischen Gitarre*
> *Tatsächlichwar Ivan Petruski Skivahdie Crème de la Crème des Geheimdienstes*
> . . . ."

während Fräulein Vanbrugh ihre Hände mit Sand reinigte und dann Jod und Borwatte wieder in die kleine Reiseapotheke packte.

Ich schaffte es, auf mein Kamel zu steigen, und bald fühlte ich mich viel besser, vielleicht auch dank meiner heftigen Wut auf mich selbst, weil ich zusammengebrochen war. Aber Blut ist Blut, und man vermisst es, wenn zu viel davon verloren gegangen ist.

„Reitet wieder mit Achmet weiter", rief ich Fräulein Vanbrugh zu und forderte die anderen auf, aufzusteigen. „Wir reiten jetzt weiter, so lange wir können", sagte ich zu Dufour und befahl Djikki, so weit hinter uns zu bleiben, wie es sicher war. In solchen Angelegenheiten war Djikkis Urteilsvermögen so gut wie das jedes anderen. . . .

Dufour erzählte mir dann eine Neuigkeit.

Ein paar Meilen südöstlich von uns befand sich laut Suleiman ein *Shott*, ein Salzsee oder Sumpf, der sich bis zum Fuß einer Bergkette erstreckte. Der Landstreifen dazwischen war sehr schmal.

Dort konnten wir unser Lager aufschlagen.

Wenn die Tuareg uns angreifen würden, könnten sie das nur auf einer schmalen Front tun und uns unmöglich umzingeln. Um den See nach Norden oder die Berge nach Süden zu umgehen, hätten wir mehrere Tage gebraucht.

„Das ist der richtige Ort für uns, Herr", schloss Dufour.

„Ja", stimmte ich zu, „wenn die Tuareg nicht schon vor uns da sind."

Kapitel X. Meine verlassenen Kinder

Das wäre einer der schlimmsten Tage meines Lebens gewesen, und das will schon etwas heißen, wäre da nicht eine gewisse Begeisterung und Freude gewesen, die in meinem Herzen aufstieg, als ich an den Blick von Fräulein Vanbrugh dachte, als ich meine Augen geöffnet hatte.

Was es so schrecklich machte, war nicht nur der wahnsinnige Schmerz in meinem Arm, der im Gleichklang mit den Bewegungen meines Kamels zu pochen schien, sondern der Gedanke daran, was ich tun musste, wenn dieser Pass so war, wie ich ihn mir vorstellte, und wenn die Tuareg uns mit voller Kraft angriffen.

Es wäre eine sehr traurige und herzzerreißende Pflicht, weiterzureiten und meine Männer zurückzulassen, um diesen Pass zu halten, damit ich entkommen und meine Mission erfüllen könnte. Wie könnte ich Dufour dem Tod überlassen, damit ich leben könnte? Wie könnte ich Achmet und Djikki, meine Diener und Freunde, im Stich lassen?...

Aber es ist sinnlos, im Geheimdienst seinem Land zu dienen, wenn private Gefühle, Wünsche, Liebe, Trauer, Vorlieben und Abneigungen zwischen einen selbst und das Wohl des Landes stehen. Armer de Lannec! Wie schwach und unwürdig er gewesen war.

Es gab einen kleinen Trost: Es würde nichts bringen, wenn ich bliebe und mit meinen Leuten sterben würde. ... Es würde ihnen überhaupt nichts nützen. ... Sie würden trotzdem sterben....

Wenn die Tuareg mit ihrer Überzahl vier überwältigen konnten, konnten sie auch fünf überwältigen. Ich konnte sie nicht retten, indem ich bei ihnen blieb....

Aber oh, das Elend, die Qual, ihnen zu befehlen, den Pass zu halten, während ich mich in Sicherheit brachte!

Wie konnte ich den Befehl geben: „Sterbt, aber zieht euch nicht zurück – bis *ich* Zeit hatte, mich in Sicherheit zu bringen"?

Und die Mädchen? Würden sie mir auf zwei der schnellsten Kamele im Weg sein? Und vielleicht würde jemand aus meiner kleinen Gruppe, der nicht verstand, dass ich sie im Stich ließ, denken, sie kämpften, um die Frauen zu retten, die ich in Sicherheit bringen wollte – *falls ich mich dazu entschließen sollte.*

Aber das wäre zehnmal schlimmer, als meine Kameraden in Zaguig zurückzulassen. . . .

Wie könnte ich *Mary Vanbrugh* zurücklassen – *vielleicht*, um lebendig in die Hände dieser bestialischen Teufel zu fallen?

* * *

Der Ort erwies sich als ideal für eine Nachhutaktion, und die Tuareg waren nicht vor uns.

Hohe, abweisende Felsen ragten steil aus einem übelriechenden Sumpf empor, an dessen salzverkrustetem Rand trockene Gräser wuchsen, die im Wind raschelten.

Zwischen dem Sumpf und den Felswänden lag ein mit Felsbrocken übersäter Sandstreifen, der durchschnittlich hundert Meter breit war.

Hier schlugen wir unser Lager auf, entfachten Feuer und machten uns bereit für eine lange und ausgiebige Ruhepause – sofern die Tuareg nicht angreifen würden – bis zum Einbruch der Nacht.

Achmet baute schnell die kleinen *Tentes d'abri* auf, richtete die Feldbetten für die Mädchen her und rollte die „Flohsäcke" und dünnen Matratzen aus, während sein Kessel kochte. Es war eine seltsam friedliche und häusliche Szene – angesichts der Tatsache, dass der plötzliche Tod – oder langsame Folter – so groß und nah am Webstuhl stand.

Dufour selbst gurtete die Kamele ab und fütterte sie, während Suleiman auf einem Felsen stand und in die Wüste starrte. Er konnte wahrscheinlich doppelt so weit sehen wie Dufour oder ich.

„*In* das Zelt, Major", sagte die kühle, sanfte Stimme, die ich wieder zu mögen begann. „Ich habe das Bett so bequem wie möglich gemacht. Achmet soll Ihnen die Stiefel ausziehen. Ich komme in etwa zehn Minuten wieder und versorge Ihren Arm."

„Und was ist mit *dir?*", fragte ich. „Ich werde dein Zelt nicht nehmen. Mir geht es jetzt ganz gut, danke."

„Maudie und ich werden uns auf dem anderen Bett abwechseln", antwortete sie. „Und du *wirst* in 'meinem' Zelt schlafen und dich auch hinlegen. Was wird aus der Show, wenn du krank wirst? Was, wenn du Fieber bekommst? Was, wenn dein Arm vereitert und in die Suppe fällt? ... Lass uns die Wunde wieder versorgen, bevor diese dummen Tuareg uns wieder erschießen ... Eine kalte Kompresse wird dir gut tun ... Los, Major..."

Mir fiel etwas Beruhigenderes ein – die Berührung kühler, geschickter Finger.

„Ich würde jeden Tag erschossen werden, wenn du da wärst, um mich zu verbinden, Fräulein Vanbrugh", sagte ich, gab ihrer Aufforderung nach und ging zum Zelt.

„Nun, vielleicht sind sie nach dem Frühstück so freundlich, Major, und verbinden auch deinen anderen Arm", bemerkte diese äußerst unsentimentale junge Frau.

„Aber meine Liebe!", protestierte ich. „Wenn ich gar keine Arme mehr hätte, wie könnte ich dann...?"

„Genau das habe *ich* auch gedacht, Major", war die Antwort, als sie sich, um ein Lächeln zu verbergen, über den großen Koffer beugte und die Medikamentenkiste herausholte. . . .

Während wir hastig unsere Mahlzeit aus Datteln, Reis, Keksen und Dosenmilch hinunterschluckten, gab ich Dufour meine letzten Anweisungen....

„Ihr haltet diesen Pass, solange noch einer von euch lebt", sagte ich.

„*Oui, mon Commandant*", antwortete der tapfere Mann mit derselben ruhigen Gelassenheit, mit der er einen Befehl zum Satteln der Kamele entgegengenommen hätte.

„Sollten die Tuareg den Versuch aufgeben (was sie nicht tun werden), soll jeder Überlebende in Richtung Südosten reiten, bis er die Große Oase erreicht."

„*Oui, mon Commandant.*"

„Selbst wenn Suleiman getötet wird, wird es kein Problem sein, den Ort zu finden, aber wir werden hören, was er über Brunnen und Wasserstellen zu sagen hat – solange er noch bei Kräften ist."

„*Ja, mein Kommandant.*"

„Aber ich fürchte, es wird keine Überlebenden geben – vier gegen eine Harka, *sagen wir* hundert zu eins ... Aber du musst sie aufhalten, bis ich weit weg bin ... Sie werden nicht angreifen, solange du schnell und präzise schießt ... Wenn sie es tun, werden sie dich natürlich erwischen ... Reite nicht im letzten Moment los. ... Halte hier durch, um den Eindruck zu erwecken, dass du die ganze Gruppe bist. Ich darf nicht verfolgt werden. ... Stirb hier...."

„*Ja, Mama Commandant.*"

„Entschuldigen Sie, Major de Beaujolais", unterbrach Fräulein Vanbrugh mit eiskalter und schneidender Stimme, „wollen Sie etwa davon reden, dass Sie *Ihre Männer im Stich lassen wollen*? Sie hier zurücklassen, damit sie sterben, während Sie fliehen? Ihnen *befehlen*, hier zu bleiben, um Ihre eigenen Überlebenschancen zu erhöhen?"

„Ich habe meinem Untergebenen, der hier mit den anderen bleiben wird, Anweisungen gegeben, Fräulein Vanbrugh", antwortete ich kühl. „Wären Sie so freundlich, mich nicht zu unterbrechen..."

Die Worte meines Onkels brannten vor meinen Augen! – „*Eine Frau, natürlich!... Er hat sich von seiner Pflicht abgewandt.... Abgang de Lannec....*"

Fräulein Vanbrugh legte ihre Hand auf Dufours Arm.

„Wenn Sie so freundlich wären, mich aufzunehmen, Herr Dufour – ich bin eine sehr gute Schützin", sagte sie. „Ich würde es sehr bedauern, mit Ihnen umzukommen, aber ich würde es noch viel mehr bedauern, Sie im Stich zu lassen", und sie lächelte meinen tapferen Dufour sehr lieb an.

Er küsste respektvoll ihre Hand und sah mich fragend an.

„Und Maudie?", fragte ich Fräulein Vanbrugh. „Soll sie auch eine romantische Heldin sein? Ich hoffe, sie kann besser mit Steinen werfen als die meisten Mädchen, denn ich habe gehört, dass sie noch nie in ihrem Leben ein Gewehr oder eine Pistole abgefeuert hat..."

„Ich glaube, du bist wirklich das unerträglichste und abscheulichste Wesen, das mir *je* begegnet ist", antwortete Fräulein Vanbrugh.

„Interessant, aber kaum relevant für die Diskussion", erwiderte ich.

„Hören Sie, Fräulein Vanbrugh", fuhr ich fort. „Wenn die Tuareg uns auf den Fersen sind, wovon ich nicht zweifle, werde ich direkt zur Großen Oase reiten. Dufour, Achmet, Djikki und Suleiman werden die Tuareg so lange wie möglich aufhalten. Letztendlich werden meine Männer überrannt und abgeschlachtet werden. Wenn sie noch am Leben sind, wenn sie überwältigt und gefangen genommen werden, werden sie auf unvorstellbare Weise gefoltert werden. Die Tuareg werden mir vielleicht folgen, vielleicht aber auch nicht, aber sie werden keine Chance haben, mich einzuholen, da ich einen großen Vorsprung haben werde. Ich werde die besten Reittiere haben und ich werde Gewaltmärsche machen. ... Nun – ich sehe keinen Grund, warum du und Maudie mich nicht begleiten solltet*, solange ihr das Tempo aushaltet....*"

„Oh, Major – wir könnten dich behindern und damit dein kostbares Leben gefährden, deine Sicherheit, die für Frankreich und die ganze Welt so wichtig ist..."

„Ich werde gut auf euch aufpassen, Fräulein Vanbrugh", antwortete ich. „Aber wie gesagt, es gibt keinen Grund, warum du und dein Dienstmädchen nicht mit mir reiten solltet – obwohl ich euch fairerweise warnen muss, dass ich wahrscheinlich vierundzwanzig Stunden ohne Pause reiten werde – und ihr seid herzlich willkommen. Ich bitte dich sogar darum. Vertrau mir, ich werde dafür sorgen, dass du weder ein Hindernis noch eine Gefahr für den Erfolg meiner Mission bist. . . ."

„Oh – *darin* vertraue ich Ihnen voll und ganz, Major de Beaujolais", antwortete sie bitter.

„Dann sei bereit, sobald wir von Djikki die Nachricht erhalten, dass sie kommen", sagte ich. „Andererseits gibt es keinen Grund, warum du nicht mit mir kommen solltest..."

„Danke – aber es gibt einen sehr guten Grund. Lieber würde ich zweimal sterben ... Ich bleibe hier", antwortete das Mädchen. „Ich kann mir nur eine Sache vorstellen, die schlimmer ist, als lebendig in die Hände dieser Bestien zu fallen – und das ist, meine *Freunde* im Stich zu lassen, Herr Dufour, Achmet und Djikki. Ich würde nicht einmal diesen bösartig aussehenden Suleiman im Stich lassen, nachdem er mir so treu zur Seite gestanden hat. Ich würde nicht einmal einen Hund im Stich lassen."

„Und Maudie?", fragte ich.

„Sie soll tun, was sie will", antwortete das Mädchen.

Sie wandte sich an Maudie, die mit offenem Mund zuhörte, und sagte:

„Willst du mit Major de Beaujolais mitreiten, mein Kind, oder willst du bei mir bleiben? Mit diesem galanten Herrn kommst du vielleicht in Sicherheit – wenn du ihn nicht aus den Augen verlierst ... Hier zu bleiben bedeutet offenbar den Tod, aber ich werde dafür sorgen, dass es für dich der Tod ist und keine Qual, meine Liebe."

„Würden die Scheichs uns gut behandeln, Fräulein?", fragte Maudie.

„Oh, *Scheichs*!", schnauzte Fräulein Vanbrugh. „Das sind zweibeinige *Bestien*, du Dummchen. Das sind menschliche Wölfe, folternde *Teufel*, gnadenlose *Rohlinge*... Was ist das Schlimmste, was es in deinem Land gibt?"

„Einbrecher, Fräulein", antwortete Maudie prompt.

„Nun, der hässlichste, mörderische Einbrecher, der sich jemals unter deinem Bett versteckt oder mitten in der Nacht durch dein Fenster geklettert ist, ist im Vergleich zu den besten dieser mörderischen Wilden nur ein süßes kleines Lämmchen..."

Maudies Gesicht verzog sich.

„Ich dachte, das wären vielleicht Scheichs, Fräulein ... Wie in dem Buch ... Aber egal, ich wollte tun, was du tust, Fräulein, und hingehen, wohin du gehst – natürlich, bitte, Fräulein."

„Ich fürchte, du bist wieder eine dieser seltsamen Kreaturen, die glauben, dass Treue gegenüber Freunden und Loyalität gegenüber Kameraden an erster Stelle stehen, meine Liebe", sagte Fräulein Vanbrugh und drückte Maudies Hand. „Aber du wirst tun, was ich dir sage, Maudie, nicht wahr?"

„Dafür bin ich doch hier, bitte, Fräulein, danke", antwortete das Mädchen.

„Nun, du gehst mit Major de Beaujolais“, sagte Fräulein Vanbrugh. „Ich hasse es, dich mit einem Herrn mit so fortschrittlichen Ansichten und hohen Maßstäben wegzuschicken – aber ich würde es noch mehr hassen, dich zu erschießen.“

„Ja, Fräulein, danke“, antwortete Maudie, und ich stand auf und schlenderte zu meinem Zelt. Unser Dienst ist nicht einfach. Die Pflicht ist ein *sehr* eifersüchtiger Gott. . . .

* * *

Fräulein Vanbrugh kam und verband meinen Arm, und währenddessen sprachen wir kein Wort miteinander. Wie ich sie *hasste*! Diese unfaire, unlogische kleine Hexe! Diese *Frau*!

Ein paar Minuten später stieß Suleiman einen Schrei aus. Er konnte einen Reiter am Horizont sehen. Ich eilte zu ihm.

„Es ist Djikki, der schwarze Sklave“, sagte er.

„Djikki, der französische sudanesische Soldat, du Hund“, knurrte ich ihn an und hätte ihm zu jeder anderen Zeit für seinen hässlichen Blick, mit dem er mich ansah, eine angemessene Antwort gegeben.

„Sie kommen“, rief Djikki, als sein schnelles Kamel näher kam, und wir alle stürzten uns wie Besessene an die Arbeit, um unsere Sachen zusammenzupacken und Vorbereitungen zu treffen, die einen zur Flucht, die anderen zum Kampf.

„Es sind jetzt mehr als zehn Hände mit fünf Fingern“, sagte Djikki, als er abstieg. „Mehr als ein Bataillon Soldaten. Sie reiten auf unserer Spur. In einer Stunde sind sie hier.“

„Fräulein Vanbrugh“, sagte ich, „ich muss gehen. Wenn Sie hierbleiben, werde ich weitermachen und meine Arbeit tun. Wenn ich damit fertig bin, werde ich hierher zurückkommen und mich erschießen. Denken Sie auch an Maudie – wenn Sie nicht an sich selbst oder an mich denken wollen. Wollen Sie, dass das Mädchen endlich einigen ihrer ‘Wüstenscheichs’ begegnet?“

„*Können* Sie Dufour und die Brown-Brüder verlassen, Major de Beaujolais?... Ich liebe diesen kleinen Djikki-Vogel...“

„Ich kann, Fräulein Vanbrugh, weil ich *es muss*. Und wenn ich, ein Soldat, so etwas tun kann, kann ein Mädchen das auch. Was könntest du tun, wenn du hier bleibst, um zu sterben?“

„Schießen“, antwortete sie, „so schnell und so genau wie jeder von ihnen.“

„Meine liebe Dame“, sagte ich, „wenn vier Gewehre hundert nicht abhalten können, dann können es fünf auch nicht. Wenn fünf es können, können vier es auch. ... Und ich muss mich davonstehlen...“

Ich hätte weinen können. Wir standen schweigend da und starrten uns an.

„Sie haben das Sagen, Major. Ich nehme an, Sie haben Recht“, antwortete das Mädchen, und mein Herz sprang wieder höher. „Aber ich *hasse mich selbst* – und ich *verabscheue* Sie...“

Alle arbeiteten wie Sklaven, um die vier schnellsten Kamele zu satteln und mit leichten, unverzichtbaren Dingen zu beladen. Das vierte, obwohl ein *Mehari*, musste ein *Tente d’Abri* und ein Bett, Wasser und Proviant tragen.

Ich konnte kaum sprechen, als ich Dufour die Hand drückte und meinem großartigen Achmet auf die Schulter klopfte. Djikki legte meine Hand auf seine Stirn und sein Herz und kniete dann nieder, um meine Füße zu küssen.

Der einzige Trost in diesem bitteren Moment war das Wissen, dass meine großartigen Kollegen – der weiße Mann, der braune Mann und der schwarze Mann – wussten, dass ich meine Pflicht tat und dass sie ihre Pflicht tun würden....

Ich forderte Suleiman auf, um sein Leben zu kämpfen; er war noch zu neu im Dienst, als dass man von ihm erwarten konnte, für ein Ideal zu kämpfen....

Fräulein Vanbrugh und Maudie bestiegen ihre *Mehari* – *Maudie* war immer noch so fröhlich und mutig wie eh und je, und ich bin mir sicher, dass sie aufgeregt und voller Hoffnung auf ein zärtliches Abenteuer war.

Es würde mich wundern, wenn ihr von Romanen geprägter Geist und ihre von Schundromanen genährte Fantasie sich die bösen Wüstenwölfe, die uns so dicht auf den Fersen waren, nicht als die tapfere Bande eines „bezaubernden“ Wüstenscheichs vorstellten, der Maudie Atkinson, von deren Schönheit und Begehrtheit er irgendwie gehört hatte, in heißer Verfolgung war. . . .

Wieder rief Suleiman. Etwas bewegte sich am Horizont.

Ich gab das Zeichen zum Aufbruch und warf einen letzten Blick um mich.

Die Kamele meiner Männer waren in Sicherheit *gebracht worden*. Jeder Mann hatte hundert Schuss Munition, einen Wasserbehälter, einen kleinen Haufen Datteln und eine uneinnehmbare Position hinter einem geeigneten Felsen. . . .

Vier gegen Dutzende – vielleicht Hunderte ... Aber in einer engen Schlucht ... Wenn sich die Tuareg nur mit Schießen begnügen würden und nicht den Mut hätten, anzugreifen.

„Sag mal, Major“, rief Mary, „lass diese Wüsten-Versager doch mal sechs Gewehre hören! Vielleicht erinnern sie sich dann an einen dringenden Termin in ihrer Heimatstadt, wo sie einen Mann wegen eines Hundes oder so etwas treffen müssen. ... Die denken wohl, wir sind eine richtige Sheriff-Bande von *Bürgerwehrlern* oder eine große, mutige Bande von bösen Männern. ...“

Soll ich es wagen? Es würde mir ein kleines bisschen von der Last des Elends von den Schultern nehmen ...

Ich würde es tun!

Wir brachten unsere Kamele wieder zum Knien und schlossen uns der Garnison des Passes an, den Männern dieser kleinen afrikanischen Thermopylae. . . .

Fräulein Vanbrugh suchte sich einen Felsen aus, legte ihr Gewehr darauf, zielte, hob den Schlitten ihres Visiers ein wenig an – alles ganz sachlich.

Maudie kauerte sich hinter meinem Felsen zu meinen Füßen, und ich zeigte ihr, wie man den Verschluss meines Gewehrs nach jedem Schuss betätigt. Ich hatte nur eine Hand, und Maudie hatte natürlich noch nie in ihrem Leben ein Gewehr in der Hand gehabt.

Ich wartete, bis wir in der herannahenden Staubwolke menschliche und tierische Umrisse erkennen konnten, und gab dann die Entfernung mit 2.000 Metern an. „ *Fixe!*“ , rief ich anschließend kühl, damit meine einheimischen Soldaten mich verstehen konnten. „ *Feux de salve. . . . En Joue! . . . Feu!*“

Es war eine bewundernswerte Salve, sogar Suleiman schoss genau auf mein Kommando „ *Feu*“, obwohl er kein Wort Französisch konnte.

Ich wiederholte die Salve dreimal und gab dann den Befehl zu einem schnellen *„feu de joie* “, sozusagen, auf 1.500 Meter, damit die vorrückenden Tuareg mindestens sechs Gewehre hören und annehmen sollten, dass es wahrscheinlich viel mehr waren.

Dann befahl ich meinen Männern, nacheinander so schnell wie möglich zwei Schüsse abzufeuern, wobei jeder schießen sollte, sobald der Mann zu seiner Linken seine beiden Schüsse abgegeben hatte. Das sollte Zweifel und Unsicherheit über unsere Anzahl stiften.

Dann befahl ich schnelles, unabhängiges Feuer.

Die Tuareg hatten sich wild verteilt, waren abgestiegen und hatten das Feuer eröffnet. Das freute mich, denn ich hatte die ziemlich unwahrscheinliche Möglichkeit in Betracht gezogen, dass sie in einer einzigen überwältigenden Welle angreifen würden. . . .

Es war Zeit zu gehen.

„Lauf zu deinem Kamel, Maudie. Komm schon, Fräulein Vanbrugh“, rief ich und rief Dufour zu: „Gott behüte dich, mein lieber Freund.“

Ich musste zu dem amerikanischen Mädchen gehen und sie von dem Felsen hinter dem sie stand wegziehen, wo sie ununterbrochen und methodisch schoss, gelegentlich ihr Ziel wechselte, eine Handvoll leerer Patronenhülsen auf dem Boden zu ihrer Rechten, eine Handvoll Patronen griffbereit auf dem Felsen. . . .

Ich werde nie das Bild von Mary Vanbrugh vergessen – gekleidet wie ein arabisches Mädchen und kämpfend wie ein ausgebildeter Soldat. ...

„ *Ich komme nicht!*“ , schrie sie.

Ich schüttelte sie so fest ich konnte und zog sie dann buchstäblich zu ihrem Kamel.

„Lebt wohl, meine Kinder“, rief ich, als ich sie zurückließ.

§ 2

Wir ritten den Rest des Tages und ich dankte Gott, als ich die Gewehrschüsse nicht mehr hören konnte, obwohl ich froh war, dass sie nur mit zunehmender Entfernung verstummten und nicht plötzlich, was einen Angriff, ein Massaker und eine Verfolgung bedeutet hätte.

Ich war ein verbitterter, elender und wilder Mann, als ich endlich gezwungen war, anzuhalten, und Fräulein Vanbrugh ertrug meine schlechte Laune mit einer sanften, weiblichen Liebenswürdigkeit, die ich ihr nicht zugetraut hätte.

Sie verband meinen Arm wieder (und ich hoffte fast, dass er niemals heilen würde, solange sie in meiner Nähe war) und bestand darauf, dass sie und Maudie sich mit mir die Wache teilen sollten. Als ich dies ablehnte, sagte sie:

„Na gut, Major, dann wacht eben nicht einer, während zwei schlafen, sondern wir wachen beide, und Maudie begleitet uns – und das ist genau das, was Euklid als *reductio ad absurdum* oder plump-silly bezeichnet." Und nichts konnte sie davon abbringen, obwohl ich das gerne getan hätte.

Mit der Wunde am Arm und der Wunde in meiner Seele war ich am Ende meiner Kräfte. . . .

Wir wechselten uns alle zwei Stunden mit der Wache ab, die arme Maudie mit einem Gewehr, vor dem sie Todesangst hatte.

Kapitel XI. Das Kreuz der Pflicht

Wir ritten den ganzen nächsten Tag hart, und die beiden Mädchen hielten dank des harten Trainings der vergangenen Wochen der Anstrengung gut stand.

Um der Kamele willen und nicht wegen der beiden tapferen Frauen zog ich schließlich die Zügel an und hielt an einer Wasserstelle für eine vierstündige Rast an.

Während ich hin und her ging, voller Kummer und Trauer über die Gedanken, die mich beschäftigten – Gedanken an die großartigen Männer, die ich dem Tod überlassen hatte –, kam Mary Vanbrugh aus dem kleinen *Zelt, das* ich für sie und Maudie hatte aufstellen lassen.

„Leg dich hin", sagte sie. „Du bekommst noch Fieber und machst deinen Arm noch schlimmer. ... Du musst *dich* ausruhen, wenn du überhaupt weitermachen willst."

„Ich kann nicht", sagte ich. „Sie waren wie Brüder für mich, und ich *habe* jeden einzelnen von ihnen *geliebt*."

„Dann rede, wenn du dich nicht ausruhen kannst", antwortete die weise Frau. „Erzähl mir von ihnen..."

„Leg dich selbst hin", sagte ich.

„Maudie ist an der Reihe, sich hinzulegen", antwortete sie. „Erzähl mir von ihnen ... Setz dich hier hin..."

Ich erzählte ihr von Dufour und seinem treuen Dienst von fast zwanzig Jahren; davon, wie er sein Leben für mich geopfert und mich mehr als einmal gerettet hatte.

„Und Djikki?", fragte sie.

"Er auch", antwortete ich. "Er ist ein senegalesischer Soldat, und ich habe ihn wegen seiner großen Kraft und Ausdauer, seines Mutes, seiner Treue und Geduld als meinen Ordonnanzoffizier genommen. Er war bei mir, als ich eine riskante Arbeit in Dahomey verrichtete. Es gab einen bestimmten König, der Ärger machte und noch Schlimmeres androhte – und man glaubte, dass er tatsächlich Krupp-Kanonen von einer deutschen Handelsniederlassung an der Küste bezog.

Wir wurden in diesem unbeschreiblichen Dschungel überfallen, und nur Djikki und ich überlebten den Kampf. ... Wir wurden tagelang vorgetrieben, mit Stöcken geschlagen, mit Speeren gestochen, nachts an Bäume gefesselt und so fest gebunden, dass unsere Glieder anschwollen und blau wurden.

Wir mussten Eingeweide essen und sorgfältig verunreinigtes Wasser trinken. ... Und eines Morgens, als sie uns losbanden, damit wir weitertaumeln konnten – in Richtung der Hauptstadt des Königs –, schnappte sich Djikki eine *Machete*, eine Art schweres Schwert ohne Griff, aus der Hand eines Mannes und lieferte einen so edlen Kampf, wie ihn selten ein Mann gegen eine Menge geführt hat. Trotz allem, was wir durchgemacht hatten, kämpfte er wie ein Teufel. Es war wie in der Homer. Es war wie ein Gorilla, der gegen Paviane kämpft, wie ein Tiger, der gegen Hunde kämpft.

Die schwere, rasiermesserscharfe Klinge stieg und fiel wie ein Blitz, und jedes Mal, wenn sie herabfiel, wurde ein Kopf oder ein Arm fast vom Körper abgetrennt – und er wirbelte herum, sprang, schlug und stach, bis die ganze Bande zurückwich, und als er brüllte und angriff und dann den Kopf ihres Mächtigen dieser Welt von den Schultern schlug, brachen sie auseinander und rannten davon. Und Djikki – blutüberströmt, voller Schnittwunden und klaffender Wunden – rannte ebenfalls ... mit mir in seinen Armen...

"Und als er nicht mehr laufen konnte, legte er mich hin und schnitt die Lederriemen durch, die meine Handgelenke und Ellbogen hinter meinem Rücken zusammenbanden, und die, die sich in das Fleisch meiner Knie und Knöchel schnitten. Dann verlor er durch den Blutverlust das Bewusstsein. . . .

Am nächsten Tag brach ich mit Fieber, Ruhr und Blutvergiftung zusammen, und Djikki – dieser schwarze ehemalige Kannibale – trug mich in seinen Armen, wie eine Mutter ihr Baby, Tag für Tag, fünf Wochen lang, und besorgte auch Essen für uns beide. . . .

Während dieser Zeit schmeckte ich das warme Blut von Affen und das kalte Fleisch von Eidechsen. ... Und als wir schließlich durch reines Glück in der Nähe einer französischen Postzustellung am Großen Fluss gefunden wurden, hatte er, wie ich später herausfand, drei Tage lang nichts gegessen (obwohl ich gegessen hatte) und vier Nächte lang nicht geschlafen. ... Aber er hatte mich nicht verlassen und sich selbst gerettet, wie er es so leicht hätte tun können....

Anstatt dreißig Meilen pro Tag zu laufen und alles zu essen, was er fand, legte er mit mir in seinen Armen zehn Meilen pro Tag zurück und gab mir das Essen – und tat so, als hätte er selbst gegessen. ... Der Arzt im Fort sagte, er habe noch nie jemanden gesehen, der so ausgehungert und abgemagert war und dennoch auf den Beinen bleiben konnte. ... Nein, er hat mich nie verlassen. ..."

„Und *du* hast *ihn* verlassen", sagte Fräulein Vanbrugh.

„Ich habe ihn verlassen", antwortete ich. . . .

„Und Achmet?", fragte sie.

"Der treueste Diener, den ein Mann je hatte", sagte ich. "Er hat mich durch Fieber, Ruhr, Blindheit, Wunden und alle möglichen Krankheiten gepflegt, so sanft und unermüdlich, wie es jede Frau hätte tun können.

Er ist ein Spahi und ein tapferer Soldat. Einmal führte ich meine Truppe über einen tiefen, von Krokodilen bevölkerten Fluss, der angeschwollen und reißend war – eine sehr schwierige und gefährliche Aufgabe, wenn man nicht viel Erfahrung im Umgang mit schwimmenden Pferden hat. Ich überquerte den Fluss als Erster und kehrte dann zurück. Als ich als Letzter rüberkam, schnappte sich ein riesiges Krokodil mein Pferd – der Lärm und das Plätschern der überquerenden Truppe hatten nachgelassen – und ich ging mit den beiden unter, schwer beladen ... Es war mein Achmet, der sein Pferd zurück ins Wasser trieb, zu der Stelle schwamm und nach mir tauchte, ohne Rücksicht auf Krokodile und die starke Strömung ... Wir waren beide schon so gut wie tot, als er es schaffte, sich an einem überhängenden Ast festzuhalten, und sie uns herauszogen..."

Es herrschte Stille zwischen uns. . . .

"Ein anderes Mal", fuhr ich fort, "haben Achmet und Dufour mir zweifellos das Leben gerettet – und das nicht nur unter Einsatz ihres eigenen Lebens, sondern unter schrecklichen Qualen.

Wir waren in einem winzigen, befestigten Biwak belagert, hungerten und waren fast verdurstet. Alles, was in diese kleine Hölle kam, war tagsüber ein Kugelhagel der Stammesangehörigen und nachts ein sanfter Regen von Scharfschützen-Kugeln....

Wären wir Menschen gewesen, die kapitulieren – was wir nicht waren –, hätten wir nur die Qualen des Durstes gegen die fast unvorstellbaren Qualen der Messer und glühenden Eisen der Stammesangehörigen und ihrer Frauen eingetauscht. ... Tag für Tag nahmen unsere Leiden zu und unsere Zahl ab, da die Männer an Hunger, Durst, Ruhr, Fieber, Hitzschlag, Wunden – oder durch die gnädige Kugel – starben....

Die Tagestemperatur lag selten über 49 °C und nie darunter, und wir hatten keinen Schutz vor der Sonne. Meistens wehte ein Scirocco mit einer Geschwindigkeit von 80 km/h, so heiß wie der Luftzug aus einem offenen Ofen, und die Sonne war in den schwarzen Staubwolken verborgen. ... Oft war es, als würde es schon vor Mittag Nacht, und die Männer, deren Wasserration eine Tasse pro Tag betrug, mussten diesen Staub einatmen. Unsere Münder, Nasenlöcher, Augen und Ohren waren voll davon. ... Und in dunklen Nächten stellten diese Teufel dicke *Girbas* mit Wasser auf, wo sie im Morgengrauen für die verdurstenden Männer gut sichtbar waren ... in der Hoffnung, sie aus ihrem Schutz aus Felsen und Sandgräben in den sicheren Tod zu locken ... und in der Gewissheit, ihre Qualen noch zu verstärken. ... Aber meine Männer waren Spahis, und keiner von ihnen hat sich beschwert oder gemurrt oder die Disziplin gebrochen, um sich auf einen *Girba* und den Tod zu stürzen...

"Dufour bat darum, nachts hinauskriechen zu dürfen, um zu versuchen, eine dieser Häute zu ergattern – in denen vielleicht noch ein paar Tropfen Wasser waren – oder vielleicht einen der Unmenschen zu erwischen, die eine *Girba* aufstellten – *aber* ich habe es ihm nicht erlaubt. ...

Ich wollte Dufours Leben nicht gegen die winzige Chance auf ein bisschen Wasser aufwiegen – das vielleicht noch vergiftet war. ... Ich hatte auch nicht das Gefühl, dass ich das Recht hatte, selbst zu gehen oder einen meiner wenigen verbliebenen Männer zu schicken. . . .

"Dann meldete sich Achmet freiwillig, es zu versuchen. . . .

Aber ich schweife ab ... Was ich sagen wollte, war Folgendes ... Drei Tage vor unserer Ablösung wurde ich in den Kopf geschossen, und während dieser drei Tage hielt Dufour nicht nur die Verteidigung dieser Post mit sterbenden Männern aufrecht, sondern *gab auch die Hälfte seiner eigenen winzigen Wasserration für mich und meine Wunde her* ... Achmet drohte, ihn zu erstechen, als Dufour ihn daran hindern wollte, seine *gesamte Ration* herzugeben! . . .

"Und als die Entsatzkolonne eintraf, war außer Dufour kein Mann mehr auf den Beinen, obwohl mehrere noch lebend dalagen, ihre Gewehre umklammerten und ihren Feinden gegenüberstanden ...

„Dufour konnte dem Oberst, der die Entsatzkolonne befehligte, keine Auskunft geben, weil er nicht sprechen konnte, und als er sich hinsetzte, um eine Antwort auf eine Frage zu schreiben, brach er zusammen und wurde von den Chirurgen übernommen. . . ."

„Du *hast* die Hälfte von Dufours und die ganze Wasserration von Achmet *angenommen?*", fragte Fräulein Vanbrugh.

„Ich war von dem Moment, als ich getroffen wurde, bis zum Tag nach der Entsetzung bewusstlos", antwortete ich. „Ohne die hervorragende Hilfe des Stabsarztes hätte ich das Bewusstsein nie wiedererlangt – und ohne Achmet, der meinen Kopf badete und ihn sauber und kühl hielt, hätte ich nicht überlebt, denn es herrschte eine Temperatur von 120 °C und ein heulender Staubsturm. ... Ich erfuhr später alles von einem Spahi-Sergeant, der zu den Überlebenden gehörte. ... Achmet hat in diesen drei Tagen nicht geschlafen. ... Er hat auch kein Wasser getrunken. ..."

„Und ich habe *ihn* auch verlassen", fügte ich hinzu.

Mary Vanbrugh schwieg eine Weile.

„Major de Beaujolais", sagte sie schließlich, „angenommen, es hätte nur ein Kamel gegeben, als du – äh – den Pass verlassen hast. Angenommen, die Tuareg hätten es geschafft, die anderen zu erschießen ... Hättest du dieses Kamel genommen und wärst du allein losgeritten?"

„Ja", antwortete ich.

„Und Maudie – und mich – zurückgelassen?"

„Ohne zu zögern", antwortete ich.

Sie sah mich lange und nachdenklich an und kehrte dann, ohne ein Wort zu sagen, zu dem Zelt zurück, in dem Maudie schlief und zweifellos von Scheichs träumte.

Natürlich hätte ich sie zurückgelassen. Sollte ich etwa ein zweiter de Lannec werden und mich vom Dienst meines Landes abwenden, die Interessen und das Wohlergehen meines Vaterlandes gefährden, den Traditionen meines großen und edlen Dienstes untreu werden, die mühsame und schmerzhafte Ausbildung meines ganzen Lebens zunichte machen, das in mich gesetzte Vertrauen enttäuschen und meinen General verraten – *wegen einer Frau*?

Aber oh, der Gedanke an diese Frau, die in den abscheulichen Händen dieser unmenschlichen, lüsternen Teufel kämpfte und kreischte!

Und, oh, mein großartiger, tapferer Dufour, einfacher, unerschütterlicher, unbeugsamer Diener der Pflicht – der mich geliebt hat ... Oh, mein großherziger, treuer Djikki, der für mich getan hat, was nur wenige weiße Männer tun konnten oder gewagt hätten; Djikki, der mich geliebt hat ...

Oh, mein geliebter Achmet, starke, sanfte Seele, Soldat, Pfleger, Diener und Freund ... der mich liebte ...

Ja – *natürlich* hätte ich das letzte Kamel genommen, und zwar mit nur einem Reiter, um ihm jede Chance zu geben, die Große Oase mit Gewaltmärschen zu erreichen.

Und *natürlich* würde ich die drei morgen allein sterben lassen, wenn sie heute überleben würden ...

Hart? ...

Ja, unser Dienst ist hart, ein Dienst für harte Männer, aber ein edler Dienst. Und – die Pflicht ist in der Tat ein eifersüchtiger Gott.

§ 2

Und an einem ermüdenden Tag, als wir einen langen Hügel erklommen, bot sich uns ein Anblick, der mich die Augen reiben ließ und mich sagen ließ: „Das ist Fieber und Wahnsinn!"

Denn ein paar hundert Meter von uns entfernt ritt ein Kamelkorps – eine gedrillte und disziplinierte Einheit, die, noch während wir ihre Silhouetten passierten, auf ein Signal ihrer Mächtigen dieser Welt hin aus der Kolonne in eine Linie aufstellte, als wären sie Spahis, ihre Kamele in perfekter Linie und mit perfekten Abständen *in die Knie zwang* und mit gezückten Gewehren hinter ihnen verschwand.

Sicherlich konnten nur europäische Offiziere oder Drill-Sergeants dieses Wunder vollbringen?

Ich hob meine Hände über den Kopf und ritt auf ihren Anführer zu, da es ebenso absurd war, an Flucht oder Kampf zu denken. . . .

Gefangen! ... In der Falle! ...

Der Kommandant war ein missgestalteter Zwerg mit riesigen buckligen Schultern und einem großen Kopf.

„*Aselamu, Aleikoum*", rief ich freundlich und gelassen. „Seid gegrüßt."

„*Salaam aleikoum wa Rahmat Allah*", knurrte der Beduine kehlig und starrte mich und die *burka-verschleierten* Frauen wütend an. „Seid gegrüßt, und Allahs Friede sei mit euch."

„*Keif halak?*" , fuhr ich fort. „Wie geht es Ihnen?" Und ich fragte mich, ob dies das Ende war. Würde Mary sich rechtzeitig erschießen? War meine Mission hier zu Ende?

Nein – solche Disziplin ging nicht mit brutaler Grausamkeit einher. Es gab Hoffnung. . . .

„*Taiyib*", antwortete der Zwerg. „Gut" – und fragte dann, ob wir allein seien.

„Ganz allein", versicherte ich ihm und verwarf schnell den Gedanken, zu sagen, dass eine Armee meiner Freunde dicht hinter uns war, und fragte ihn im Gegenzug mit blumigen Komplimenten über die Disziplin seiner Truppe, wer er sei.

„Kommandant einer hundertköpfigen Truppe im Heer meines Herrn, *des Emir el Hamel el Kebir*, Mächtiger dieser Welt und Schatten eines Gegenstandes oder Lebewesens", lautete die klangvolle Antwort; und mit einer vorgegebenen Ausruf der Überraschung und Freude verkündete ich, dass ich der Gesandte einer Großmacht am Hofe des Emirs sei. . . .

* * *

Wir ritten weiter, als gefangene Gäste dieses wilden, rauen, aber recht höflichen Arabers, in einem hohlen Viereck aus Schützen, deren Ausrüstung, Haltung und Disziplin ich nur bewundern konnte. . . .

Was, wenn dieser Emir eine Armee wie diese hatte – und beschloss, einen *Dschihad*, einen Heiligen Krieg zur Errichtung eines panislamischen Reiches und zum Sturz der Macht der Ungläubigen in Afrika, zu predigen?

Kapitel XII. Der Emir und der Wesir

" *Und ringsum Gottes Mantel aus unendlicher Weite . . .* "

In wenigen Stunden erreichten wir die Große Oase, einen erstaunlichen Palmenwald, der ungefähr quadratisch war und eine Seitenlänge von zehn Meilen hatte.

Mein erster Blick auf die Beduinen, die hier lebten, zeigte mir, dass dies ein Volk war, das sich in seiner Mentalität so sehr von den Menschen in Zaguig unterschied, wie es nur möglich war.

Hier gab es nichts von dem heimlich bösen, finsteren, misstrauischen Fanatismus, der „heilige" Orte so verdammt macht.

Unsere Durchfahrt durch die Zeltdörfer und die etwas festeren kleinen *Qsars* aus Sandziegeln und gebranntem Lehm wurde praktisch nicht beachtet. Die saubere Ordnung, die überall herrschte, ließ mich meine Augen reiben und wieder hinschauen.

In der „Hauptstadt" wurden wir nach langem und ängstlichem Warten einer wichtigen Person übergeben, einem *Hadschi*, wie man an seinem grünen Turban erkennen konnte, und nach einer kurzen Erklärung unseres Entführers – der vom Hadschi als Marbruk ben Hassan angesprochen wurde – wurden *wir* zu den Gästezelten geführt.

Zu meiner großen Erleichterung sollten die Mädchen unter demselben Dach wie ich untergebracht werden und den *„Anderun* " oder *„Harem"* eines großen Zeltes bewohnen, der durch eine schwere Filzwand vom Rest des Zeltes abgetrennt war. Vermutlich sollte man annehmen, dass sie meine Frauen waren.

Dieses Gästetelt stand abseits des großen Dorfes und in der Nähe einer Gruppe der größten und schönsten Zelte, die ich je bei Arabern gesehen habe. Sie waren nicht von der niedrigen schwarzen Beduinentyp, breit und gedrungen, sondern eher vom Pavillontyp, wie sie die großen Kaids von Marokko oder der Sultan selbst benutzen.

Nicht weit davon entfernt stand eine ordentliche Reihe der üblichen niedrigen Ziegenfellzelte, die offensichtlich die „Lager" der Soldaten der Leibwache waren.

Fahnen, die an in den Boden gesteckten Speeren wehten, zeigten, dass es sich um die Pavillons des Emirs handelte – und ein sudanesischer Soldat, der in der Nähe des Gästezeltes Wache stand, machte uns klar, dass wir seine Gefangenen waren.

Der *Hadschi* (ein Mann, den ich später als Hadschi Abdul Salam kennenlernte, ein *Marabout* oder *Mullah* und ein *Hakim* oder Arzt) kam zurück, nachdem er dem Emir unsere Ankunft gemeldet hatte.

„Unser Herr, der Emir el Hamel el Kebir, bietet euch die dreitägige Gastfreundschaft, die nach dem Gesetz des Koran und aus Großzügigkeit seines Herzens allen Reisenden zusteht. Er wird euch empfangen, wenn ihr euch ausgeruht habt. Alles, was er hat, gehört euch", sagte er.

„Auch die Klinge seines Schwertes?", fragte ich mich.

Aber das war wirklich großartig. Ich dachte an den armen Rohlfs und verglich meine Aufnahme in der Großen Oase mit seiner in Kufra, wo er so gemein verraten und behandelt worden war.

Kurz darauf brachten zwei schwarze Sklavinnen Töpfe mit dampfendem Wasser in den *Anderun*, und ein Junge brachte mir meinen Anteil, weniger malerisch, in Kerosinöldosen.

„Darf ich reinkommen, Major?", rief Fräulein Vanbrugh. „Ich habe an die Filztür geklopft ... Mehr gefühlt als gehört ... Ich möchte Ihren Arm verbinden."

Ich sagte ihr, dass ich mich seit unserer Abreise noch nie so glücklich gefühlt hatte, denn ich begann zu hoffen und zu glauben, dass wir in den Händen eines aufgeklärten und barmherzigen Despoten waren und nicht in denen des grausamen und zerstörerischen Wilden, den ich erwartet hatte.

„Wie gefällt dir dieses Hotel?", fragte ich, während sie den Verband feststeckte.

„So etwas gibt es in New York nicht", antwortete sie. „Maudie sitzt auf Kissen und fühlt sich schon fast wie eine Scheichin..."

„Ich ziehe meine Uniform an", verkündete ich. „Können Sie und sie einem einarmigen Krüppel helfen?"

Das taten sie. Und als Hadschi Abdul Salam und ein lieber alter Herr namens Dawad Fetata mit ein oder zwei weiteren *Ekhwan* kamen, um mich in die Gegenwart des Emirs zu führen, war ich wieder ein französischer Feldoffizier, gebadet, rasiert und meiner Rolle nicht ganz unwürdig.

§ 2

Auf gefärbten Kamelhaarteppichen, die auf einem Teppich aufgestapelt waren, saßen der Emir el Hamel el Kebir und sein Wesir, der Scheich el Habibka, stattliche Männer in prächtigen Gewändern.

Ich sah auf einen Blick, dass der Emir, was auch immer er zu sein behauptete, kein Mitglied der Familie von Es Sayed Yussuf Haroun es Sayed es Mahdi es Senussi war, und dass er, wenn er vorgab, der erwartete „Messias" Sidi Sayed el Mahdi el Senussi zu sein, ein Betrüger war.

Denn er stammte ganz eindeutig aus dem Volk der Tuareg, und nur dort konnte er die grauen Augen vandalischer Herkunft bekommen haben, die unter den Tuareg, von denen viele blauäugig und rothaarig sind, recht verbreitet sind.

Sein Gesicht gefiel mir sofort. Dieser schwarzbärtige, schwarzbraunäugige Araber mit dem Falken Gesicht war ein Mann mit Charakter, Kraft und Macht. Aber ich wünschte, ich könnte den Mund sehen, der unter dem dichten Bart und Schnurrbart verborgen war. Würdevoll, ruhig, höflich, stark – das war kein rüpelhafter und verwegen fanatischer Mann.

Meine Hoffnungen stiegen.

Den Wesir, dessen Gunst am wichtigsten sein könnte, hielt ich für einen Tuareg oder Berber-Beduinen, da auch er für einen Wüstenaraber recht hellhäutig war. Er war offensichtlich ein Verwandter mütterlicherseits des Emirs.

Diese beiden Männer nahmen die Mundstücke ihrer langstieligen *Narghilehs* von den Lippen und starrten mich an, starrten *und* starrten, in versteinerter Verwunderung – zu stoisch oder zu gut erzogen, um ihre Gefühle anders zum Ausdruck zu bringen.

Ich nehme an, der letzte Mensch, den sie erwartet hatten, war ein französischer Offizier in Uniform, und sie saßen da in fassungsloser Stille.

Wäre die Vorstellung nicht so absurd gewesen, hätte ich fast geglaubt, einen Ausdruck der Angst in ihren Augen zu sehen. Vielleicht dachten sie für einen Moment, ich sei der Vorbote einer französischen Armee, die gerade dabei war, sich um die Oase herum in Stellung zu bringen!

Angst ist der Vater der Grausamkeit, also hoffte ich, dass mein flüchtiger Eindruck mich täuschte. Ich hätte sie gerne eines Besseren belehrt, indem ich direkt *zur Sache* gekommen *wäre* und ihnen sofort meinen Auftrag mitgeteilt hätte, aber so geht man mit Arabern nicht um.

Nur auf Umwegen kann man ans Ziel kommen, und viel bedeutungsloses *Geschwätz* muss dem eigentlichen Thema vorausgehen, auf das man sich konzentriert.

Ich begrüßte den Emir mit den richtigen Ehrentiteln und in gebildetem Arabisch.

Er antwortete mit einem Akzent, der mir nicht vertraut war, vermutlich das klassische Arabisch des *Hedschas*, das von den Arabern als „Sprache der Engel" bezeichnet wird.

Nachdem wir Höflichkeiten ausgetauscht und mit wiederholten „ *Kief halaks?*" und „ *Taiyibs*" nach dem Befinden des anderen gefragt hatten, erzählte ich dem Emir von dem Angriff der Tuareg auf uns am Salzsee und von meinen Befürchtungen um das Schicksal meiner Gefolgschaft.

„Die Söhne Shaitans und die von Gott Vergessenen! Mögen sie ewig in Eblis brennen! Wagen sie es, sich *mir* innerhalb von sieben Tagen zu nähern!", knurrte der Emir und klatschte in die Hände.

Ein schwarzer Jugendlicher kam herbeigelaufen.

„Schick mir Marbruk ben Hassan, den Kommandanten der Hundert", sagte der Emir, und als der missgebildete, aber mächtige Krüppel kam und seinen Herrn demütig grüßte, gab dieser einen schnellen Befehl.

„Hundert Mann. Zehn Tagesrationen. Reitet zum Pass des Salzsees. Eine Bande der Vergessenen Gottes war vor drei Tagen dort. Brecht innerhalb einer Stunde auf…“ Dann flüsterte er ihm kurz etwas ins Ohr, und der Mann war verschwunden.

Der Wesir hatte nicht aufgehört, mich unverwandt anzustarren, aber er sagte kein Wort.

Der Emir und ich führten ein belangloses und sinnloses Gespräch, das mit einer Einladung zum Abendessen endete.

„Ich habe gehört, dass du von zwei Nazrani-Damen begleitet wirst. Mir wurde gesagt, dass die Frauen der *Roumis* mit ihren Herren und in Anwesenheit anderer Männer essen. Es wäre mir eine Ehre, wenn die Sitts – zweifellos deine Frauen – meine bescheidene Hütte beehren würden…“

Eine Sache, die mir an dem Emir gefiel, war die höfliche Art, mit der er es unterlassen hatte, mich auf die erstaunliche Anwesenheit zweier weißer Frauen anzusprechen. Ich sagte ihm daher sofort die reine Wahrheit, da ich dies für das Klügste und Sicherste hielt.

„Hier wirst du nicht so behandelt werden, wie sie dich in Zaguig behandelt haben“, sagte der Emir, als ich meine Geschichte beendet hatte. „Diejenigen, die in Frieden kommen, dürfen in Frieden bleiben. Diejenigen, die in Krieg kommen, bleiben ebenfalls in Frieden – im Frieden des Todes.“ Seine Stimme klang stählern, wenn nicht gar bedrohlich. „Kommst du in Frieden oder in Krieg, *Roumi*?“, fragte er dann, und als ich antwortete:

„Bei meinem Leben, ich komme in Frieden und bringe eine wichtige und friedliche Botschaft“, stellte ich mir vor, dass sowohl er als auch der Wesir erleichtert aussahen – und ich fragte mich wieder, ob sie die Anwesenheit oder das Herannahen einer französischen Armee vermuteten.

§ 3

Was auch immer ich vergessen mag, ich werde mich an *das Diffa* aus *Couscous* an diesem Abend erinnern; ein mit Mandeln und Rosinen gefülltes Lamm, das im Ganzen gebraten wurde; *Bamia*, ein Lieblingsgemüse der Araber; geschmortes Huhn; ein *Pilaw* aus Reis, Nüssen, Rosinen und gehacktem Fleisch; *Kebab* aus Zicklein; Kamelmilchquark; eine pastöse, in Butter gekochte Makkaroni und schweres Shortbread, das in Öl gebraten und mit Zucker gegessen wurde. Zwischen den Gängen tranken wir Bowls mit Zitronensaft, um unseren Appetit anzuregen, und der konnte im Laufe der Stunden durchaus etwas Unterstützung gebrauchen.

Als wir fast platzten, aufgebläht und fast bewusstlos waren, kam das zeremonielle Trinken von Minztee. Danach gab es Kaffee. Zum Schluss wurden uns riesige Kuchen aus sehr hartem, einfachem Zucker angeboten.

Nur fünf Personen waren anwesend: der Emir, der Wesir, Mary, Maudie und ich. Wir saßen mit gekreuzten Beinen auf einem Teppich um ein rotes Baumwolltuch herum, auf dem ein riesiges golden glänzendes Tablett stand, das mit blauen, bis zum Rand gefüllten Bowls beladen war, und wir aßen mit den Fingern.

Als ich mit Fräulein Vanbrugh und Maudie eintrat und sie ihre *Barracas* fallen ließen, wodurch die beiden Pariser Kleider zum Vorschein kamen, die Maudie in Zaguig in den Reisekoffer gepackt hatte, war die Wirkung auf die beiden Araber elektrisierend. Sie waren wie Männer, die träumen und Visionen haben.

Ich dachte, der Emir würde zusammenbrechen, als er Mary ansah, und ich beobachtete, wie der Wesir sie mit hungrigen Augen verschlang. Ich wurde ein wenig nervös.

„Die Dame Sitt Miriyam Hankinson el Vanbrugh“, sagte ich, um einen imposanten und klangvollen Titel daraus zu machen, „und die Sitt Moad el Atkinson.“

Ich nehme an, sie waren die ersten weißen Frauen, die die Araber je gesehen hatten, und sie waren von ihrer Schönheit sprachlos und wie betäubt.

Die Wirkung ihrer Gastgeber auf die Mädchen war nicht viel geringer. Fräulein Vanbrugh starrte fasziniert auf die prächtige Gestalt des Emirs, während die arme Maudie nicht wusste, ob sie auf dem Kopf oder auf den Füßen stand.

„ *Scheichs!*“ , flüsterte sie. „ *Echte* Scheichs! Oh, Herr, *ist* der Große *nicht* ein hübscher Mann! ...“ Der Emir wandte seinen Blick von Mary ab, lächelte der anderen schönen Frau freundlich zu und flüsterte:

„ *Bismillah! Sitt Moad. Oua Aleikoume Esselema, 'lhamdoula!*“ Und zu mir sagte er in klassischem Arabisch: „Ihre Anwesenheit ist so süß wie die Datteln von Buseima“, was ich ordnungsgemäß übersetzte.

Und dann fand Mary ihre Stimme wieder.

„Na so was! Na so was! Major“, bemerkte sie. „Sind das nicht echte Salon-Scheichs aus Liedern und Geschichten?“ Und bevor ich sie aufhalten konnte, reichte sie dem Emir ihre Hand, ihre Augen strahlten vor Freude.

Wahrscheinlich hatten weder der Emir noch der Wesir jemals zuvor jemandem die Hand gegeben, aber Marys Lächeln, ihre Geste und ihre Worte „ *Sehr* erfreut, Sie kennenzulernen, Scheich“ waren selbsterklärend, und beide Araber machten eine gute Figur bei dieser neuen Zeremonie der seltsamen *Roumis* und ihrer etwas dreisten, unverschleierten Frauen.

Tatsächlich schien der Wesir mehr davon zu verstehen, Marys Hand zu halten, als sie wieder loszulassen, und ich wurde wieder nervös.

Als der Emir zu mir sagte: „Lass auch die andere Dame, die Sitt Moadi, ihre Hand auf meine Hände legen“, und ich übersetzte, dachte ich, Maudie würde vor Freude und Verwirrung in Ohnmacht fallen. Der Emir „gab nicht nur die Hand“, er streichelte die Hände, und ich wurde immer unglücklicher.

Ein verliebter Araber ist wirklich sehr verliebt. Bei diesen Wüstendiktatoren bedeutet Begehren Nehmen, und wenn ich ein Hindernis gewesen wäre, hätte man mich sehr leicht aus dem Weg räumen können. Und was wäre *dann* aus den Mädchen geworden? ... Im Laufe des Essens, als das Gefühl der Fremdheit und Schüchternheit nachließ, war ich froh, dass der Scheich und sein Wesir kein Wort Englisch verstanden, denn Fräulein Vanbrughs Kritik war scharf und Maudies Bewunderung überschwänglich.

Ich war damit beschäftigt, die Bemerkungen des Emirs für die Mädchen zu übersetzen und die Bemerkungen der Mädchen über das Aussehen, die Manieren und die vermutlichen Gewohnheiten ihrer Gastgeber falsch zu übersetzen.

Manchmal brach mir der kalte Schweiß aus Angst aus, wenn ich daran dachte, wie sehr diese beiden Frauen in der Macht dieser Männer standen, und wieder sah ich, wenn ich ihre Gesichter beobachtete, nichts Böses in ihnen. Sie waren hart, vielleicht unerbittlich und rücksichtslos, aber nicht grausam, sinnlich oder verdorben.

„Major“, sagte Fräulein Vanbrugh, „glauben Sie, diese Salon-Scheichs würden gerne ein kleines Lied hören? Sagen Sie ihnen, es ist das Tischgebet“, und bevor ich meine Meinung über die Angemessenheit einer solchen Unterhaltung unserer Gastgeber äußern oder ihre Bemerkung übersetzen konnte, hörte ich erneut die bekannte Melodie, diesmal jedoch mit folgenden Worten:

" *Die Söhne des Propheten sind hart und mutig,*
Und ganz und gar nicht an Angst gewöhnt;
Aber von allen – der rücksichtsloseste in Leben und Leib,
War Abdul, der Bul-bul-Emir!...
Wenn sie einen Mann brauchten, um die Vorhut anzuspornen,
Oder um “Attaboy!”*zu rufen,*
Oder um eine Redoute zu stürmen,
Schickten sie immer
Abdul, den Bul-bul-Emir!
Abdul, den Bul-bul-Emir! ”

Die Araber starrten fast mit offenem Mund, und ich erklärte ihnen, dass das Singen nach dem Essen bei den *Roumis* Brauch sei und dass das Lied, als Kompliment an unsere Gastgeber, die Größe, Weisheit, Tugend und den Mut eines anderen berühmten Emirs beschreibe.

Als wir endlich aufhören durften zu essen und weiß gekleidete Diener die Reste der *Diffa* wegräumten, bat der Emir mich, Mary Vanbrugh zu bitten, von ihrem Land und ihrer Heimat zu erzählen, damit ich ihre Worte für ihn übersetzen könnte.

Dann stellte er mir viele Fragen.

Danach wies er Maudie an, zu sprechen.

Aber da Maudie fast ihr Lebensziel erreicht hatte, war sie schüchtern und konnte nur stammeln, während sie mit strahlenden Augen, geröteten Wangen, geöffneten Lippen und schneller Atmung den großen, gutaussehenden und prächtig gekleideten Emir anstarrte.

Der Wesir, der Scheich el Habibka, sagte den ganzen Abend kaum ein Wort, aber er nahm seine Augen kaum von Fräulein Vanbrughs Gesicht.

In den schlimmen Momenten, von denen ich schon erzählt habe, hatte ich das Gefühl, dass Maudie im schlimmsten Fall im *Harem* des Emirs und Mary in dem des Scheich el Habibka landen würde – es sei denn, der Emir würde sie beide nehmen.

Je schneller ich ihnen die Million Francs und die enormen Vorteile einer *Einigung* und eines Bündnisses mit Frankreich vor Augen führen konnte, desto besser; und je weniger sie von den Mädchen sahen, desto besser. ...

„Nun, Major, es ist Zeit, dass du ins Bett gehst", sagte Mary. „Denk daran, dass du krank bist!"

„Wir können uns nicht rühren, bevor der Emir uns ein Zeichen gibt", antwortete ich.

„Na, ich wünschte, er würde es tun, dieser alte Kauz. Sag ihm, was ich sage, Major – dass er sich für einen großen Mann hält, aber nicht der perfekte kleine Gentleman ist, für den er sich hält, sonst würde er sehen, dass ich todmüde bin", und sie gähnte herzhaft. . . .

Zum Glück meinte der Emir kurz darauf, dass wir müde sein könnten, und obwohl ich ihm sagte, dass niemand in seiner Gegenwart müde sein könne, deutete er an, dass *er* es in meiner Gegenwart sei.

Der Abschied machte deutlich, dass Maudies Hand den Emir begeisterte, während die von Mary in den Augen des Scheichs el Habibka kostbar war. In den Augen dieses Mannes lag Entschlossenheit. ...

Als wir das Gästezelt betraten, sagte ich zu Fräulein Vanbrugh: „Schreien Sie, wenn in der Nacht etwas passiert."

„Schreien? Ich werde *schießen*. Die 'Probleme' sollen schreien. Gute Nacht, Major", war die Antwort dieser unabhängigen und mutigen jungen Dame.

§ 4

Am nächsten Tag hatte ich ein Gespräch mit dem Emir, wie immer in Anwesenheit des Wesirs, und nachdem wir endlos um das eigentliche Thema herumgeredet hatten, kamen wir endlich zur Sache.

Ich machte ihm klar, dass ich ihm die Freundschaft eines mächtigen Beschützers, großen Reichtum und alle Vorteile anbot, die sich ergeben würden, wenn eine Karawanenstraße von der Großen Oase nach Zaguig gebaut und bewacht würde und Handelsbeziehungen zwischen seinem Volk und dem Norden aufgenommen würden.

Ich erwähnte die Möglichkeit, ihn mit Waffen zu versorgen, darunter Maschinengewehre und möglicherweise leichte Artillerie – zu einem späteren Zeitpunkt.

Ich zeigte ihm mit vielen Worten, wie die Freundschaft mit Frankreich ihm zu einer sicheren Unabhängigkeit verhelfen könnte und wie er als Protegé Frankreichs seinem Volk Gutes tun und ihm die Segnungen der Zivilisation bringen könnte.

Der Emir wiederholte meine Worte, aber mit einer seltsamen Betonung.

„Die Segnungen der Zivilisation!", sinnierte er. „Alkohol ... Krankheiten ... Unruhen ... Maschinengewehre ... Hat sich die Zivilisation der *Roumis* gegenüber den dunkleren Rassen, die mit ihr in Kontakt gekommen sind, immer als Segen erwiesen?"

Die beiden strichen sich über den Bart und sahen mich lange und nachdenklich an. Ich versicherte dem Emir, dass es in seiner Macht stünde, sich das Beste herauszusuchen. Da sein Volk isoliert lebte, brauchte es keinen „Kontakt". Frankreich wollte lediglich seine Freundschaft.

Solange er loyal blieb und sich genau an die Vertragsbedingungen hielt, konnte er die Subventionen nach Belieben verwenden und zwischen den Flüchen und den wahren Segnungen der westlichen Zivilisation unterscheiden.

Sicherlich würde er dafür sorgen, dass nur Gutes daraus würde? Nichts lag der französischen Regierung ferner als Einmischung – geschweige denn Eroberung oder gar „friedliche Durchdringung". Alles, was wir verlangten, war, dass die Konföderation, über die er herrschte, für uns eine Quelle der Stärke und nicht der Schwäche sein sollte – dass die Große Oase ein Vorposten Frankreichs in den Händen des Emirs el Hamel el Kebir sein sollte. ... Und ich wies ihn auf die Gefahr hin, die ihm von anderen drohte, die nicht mit Gold und Schutzangeboten zu ihm kommen würden, sondern mit Armeen....

„Wir werden wieder über diese Angelegenheiten sprechen", sagte der Emir schließlich. „ *Khallas! Es* ist beschlossen ..."

An diesem Abend wurde ein Ausritt organisiert, und auf wunderschönen Pferden ritten der Scheich el Habibka und Fräulein Vanbrugh zusammen; der Emir ritt auf einem weißen Kamel mit Maudie, die sehr klugerweise nicht auf ein Pferd steigen wollte, und ich ritt mit einer Gruppe vornehmer, höflicher Araber, die kleinere Scheichs, Offiziere der Armee, Ratsherren, Freunde und Gefolgsleute des Emirs und des Wesirs waren.

Wir ritten durch die Oase hinaus in die Wüste.

Ich genoss den Ritt nicht, denn schon bald verlor ich die beiden Mädchen aus den Augen und konnte nur das Beste hoffen, während ich das Schlimmste befürchtete. ... Frauen lassen sich so leicht von Äußerlichkeiten blenden und von höflichem und galantem Auftreten täuschen.

Ein Trost war, dass keines der Mädchen ein Wort Arabisch sprach, sodass ich nichts von plausiblen Reden zu befürchten hatte.

Jede Liebeswerbung müsste in pantomimischer Form erfolgen, und ich begann zu glauben, dass es keine Wahrscheinlichkeit für *höhere Gewalt* gab – *beide* Männer machten auf mich den Eindruck von angeborener Gentleman-Manieren und Anstand.

Trotzdem – Araber sind Araber, und wir waren in der Sahara – und als ich sah, dass der Emir mit Fräulein Vanbrugh und der Wesir mit Maud zurückkehrten, wollte ich nichts lieber, als mit meinen Frauen und einem unterzeichneten Bündnisvertrag sicher davonzukommen.

* * *

Aber genau das konnte ich nicht tun.

Immer wieder bat ich um eine Audienz beim Emir, nur um festzustellen, dass er beschäftigt oder schlafend oder abwesend war.

Immer wieder, wenn ich sein Gast beim Essen war, mit ihm ritt oder mit ihm auf dem mit Teppichen bedeckten Boden vor den Pavillons *herumalberte*, versuchte ich, ihn dazu zu bringen, über den Grund meines Besuchs zu sprechen – aber vergeblich.

Immer hieß es: „Wir werden morgen darüber reden, *inshallah*."

Sein ewiges „ *Bokra! Bokra!*" war genauso schlimm wie das „ *mañana* " der Spanier. Und „morgen" kam nie. . . .

Die Rückkehr von Marbruk ben Hassan und seiner Kamelschar brachte mir Nachrichten, die mich zutiefst bedrückten und mein Leben für Tage verdunkelten. Ich verstand nun den Ausdruck „ein gebrochenes Herz"....

Offensichtlich hatten meine Helden bis zur letzten Patrone gekämpft und waren dann überwältigt worden. Unter einem großen Steinhaufen hatten Marbruk und seine Männer die gefolterten, geschändeten und verstümmelten Überreste von Dufour, Achmet und Djikki begraben.

Mir war klar, dass Suleiman desertiert war, denn es wurden nur drei Leichen gefunden und die Spuren eines einzigen Kamels, das von diesem Ort in südöstlicher Richtung geflohen war.

Dass er nicht bis zum letzten Atemzug gekämpft hatte und dann geflohen war oder von den Tuaregs lebend gefangen genommen worden war, zeigte sich daran, dass dort, wo er gelegen hatte, nur wenige leere Patronenhülsen lagen, verglichen mit der Anzahl, die dort lagen, wo meine Männer gestorben waren, und an den Spuren des flüchtenden Kamels.

Ich zog mich in mein Zelt zurück und sagte, ich wolle einen Tag lang niemanden sehen und nichts essen.

Es war ein schwarzer und schrecklicher Tag für mich, den Mann, für den diese bescheidenen Helden gekämpft hatten und gestorben waren, und stundenlang fiel es mir schwer, mich zu beherrschen.

Ich sah jedoch jemanden – denn Fräulein Vanbrugh kam leise herein, verband meine schnell heilende Wunde und streichelte dann mein Haar, meine Stirn und meine Wange so freundlich, so sanft und mit so tiefem Verständnis und Mitgefühl, dass ich zusammenbrach.

Ich hätte sie fast in meine Arme genommen, aber ich wollte mein Elend und ihr Mitgefühl nicht ausnutzen – und ohne ein Wort zu sagen, ging sie zurück in den *anderun*. . . diese gesegnete, schöne, herrliche Frau.

Hatte sie endlich verstanden?... Die Pflicht... Meine Pflicht gegenüber meinem General, meinem Dienst und meinem Land.

* * *

An diesem Abend bekam sie Besuch vom zukünftigen Scheich des Stammes, der den Emir als Erster akzeptiert hatte, einem charmanten und entzückenden kleinen Jungen, der genau wie ein erwachsener Mann gekleidet war.

Mit ihm kam seine Schwester, ein äußerst hübsches Mädchen, die Sitt Leila Nakhla.

Die beiden Mädchen fanden sie hochmütig, distanziert und abweisend, und ich schloss daraus, dass der Besuch kein Erfolg war – abgesehen von der Sprachbarriere.

Beduinenfrauen tragen in ihren eigenen Dörfern und Lagern keinen Schleier, und ich sah diese arabische „Prinzessin“ bei einem Fest, das ihr Vormund, der weißbärtige, reizende alte Herr Sidi Dawad Fetata, gab.

Mir wurde schnell klar, dass Sitt Leila Nakhla den Emir verehrte, dass der Enkel des alten Sidi Dawad Fetata Sitt Leila Nakhla verehrte und dass diese unsere Maudie verabscheute, von der der Emir kaum den Blick abwenden konnte.

Die kleine Londoner Spatzin war die verhasste Rivalin einer Prinzessin um die Hand eines mächtigen Herrschers! Oh, Lieder aus Arabien und Geschichten aus dem schönen Kaschmir! Was für eine Welt!

Aber was mich mehr beunruhigte als Hass, war Liebe – die Liebe, die ich in den Augen des Scheichs el Habibka aufkeimen sah, als er neben Fräulein Vanbrugh saß und sie mit Leckerbissen aus den Bowls fütterte.

Ich beobachtete ihn wie ein Luchs, und er mich. Wie er mich *hasste*!...

Immer wieder sah ich, wie er den Mund öffnete, um etwas zu sagen, dann aber nur schwer seufzte und schwieg. Aber auch wenn er nichts sagte, tat er doch eine Menge – darunter auch die häufige Wiederholung des *Roumi-Brauchs des* „Händeschüttelns“, den er fälschlicherweise als Gewohnheit des Händchenhaltens interpretierte.

Er hatte die Worte gelernt und sagte von Zeit zu Zeit „ *Shakand, Mees*“, in dem, was er für Englisch hielt.

Und Mary? Sie war unendlich amüsiert. Amüsiert aus einem Grund, den ich nicht verstehen konnte, und ich war wirklich wütend, als sie von mir zu Scheich el Habibka hinüberblickte – der ihre Hand warm in seinen beiden Händen hielt – und leise in einem gesprächigen Ton summte:

" Sagte der Bulbul: 'Junger Mann, ist dein Leben denn so langweilig
Dass du dich so sehr danach sehnst, dein Leben zu beenden?
Denn du Ungläubiger, wisse: Du hast auf den Zeh getreten
Von Abdul, dem Bul-bul Emir!
Der Bul-bul zog dann seine treue Chibouque hervor
Und rief "Allah Akbar!"
Da er ebenfalls auf Abschlachtung aus war, ging er
Für Ivan Petruski Skivah!" ...

Das interessierte Sitt Leila Nakhla überhaupt nicht. Sie beobachtete Maudie, während der junge Yussuf Latif Fetata Leila beobachtete. Ich fand dieses Mädchen sehr charmant, aber es wurde etwas lästig, dass sie von mir verlangte, jede Bemerkung von Maudie zu übersetzen. Ich glaube, dass die Sitt aufgrund ihrer Beziehung zum zukünftigen Scheich und der wohlwollenden Nachsicht des Emirs, der sie wie ein Kind behandelte, eine einzigartige Stellung im Stamm einnahm.

Das wichtigste Ergebnis dieses Festes war, dass meine Unruhe noch größer wurde und ich noch entschlossener war, meine Angelegenheit zu regeln und abzureisen.

Aber nun, leider! begann sich die Haltung des Emirs und seines allmächtigen und mächtigen Wesirs mir gegenüber zu ändern. Sie wurden weniger freundlich, und meine Stellung glich weniger der eines Gastes als der eines Gefangenen, wenn nicht gar eines Gefangenen.

Das dümmste Sprichwort der dümmsten Nation der Welt lautet: „Wer sich Frauen nähert, nähert sich dem Unheil", aber in diesem Fall schien es zuzutreffen.

Mary und Maudie waren der Ärger, denn der Emir verliebte sich zweifellos in Maudie und der Wesir in Mary.

Ich fragte mich, was passiert wäre, wenn sich beide in dasselbe Mädchen verliebt hätten. Ich nehme an, einer von ihnen wäre plötzlich gestorben, obwohl sie eher wie Brüder als wie Herr und Diener wirkten.

Und für Maudie gab es keine Hoffnung. Maudie blühte auf und Maudie strahlte. Wenn ich jemals eine wild-ruhige, gelassene, zerstreute, verrückt-vernünftige, glückliche Frau gesehen habe, dann war es unsere Maudie.

Sie wurde fast bezaubernd. Wie viele von uns haben einen unglaublich unmöglichen Traum – und sehen ihn dann unerwartet wahr werden? Maudie hatte von attar-duftenden, in Seide gekleideten, fesselnden, aber höflichen Scheichs geträumt, seit sie irgendeinen idiotischen Schund gelesen hatte; und jetzt war ein attar-duftender, in Seide gekleideter, fesselnder, aber höflicher Scheich (in Maudies Worten) „hinter Maudie her"!

Und Fräulein Vanbrugh? Auch sie schien den ganzen Tag über glücklich zu sein, wenn auch launisch; und obwohl sie den Scheich el Habibka offenbar weder ermutigte noch „flirtete", genoss sie zweifellos seine Gesellschaft ebenso wie die des Emirs und ritt ohne Angst allein mit einem von beiden aus. Es müssen stille Ausritte gewesen sein – mit einem seltsamen stummen Alphabet! Auch meine warnenden Worte wollte sie nicht hören.

„Mach dir keine Sorgen, Major de Beaujolais", sagte sie, „ich sage dir, sie sind *in Ordnung*. Ja, *beide*. Ich bin bei ihnen genauso sicher wie bei dir. Und bei dir bin ich *sehr* sicher, Major, nicht wahr?"

Frauen wissen immer besser Bescheid als Männer – bis sie merken, dass sie überhaupt keine Ahnung haben.

Das nächste, was mir nicht gefiel, waren die Feste, zu denen nur die Mädchen eingeladen waren; und dann Feste, bei denen nur Mary oder nur Maudie zu Gast waren.

Solche Einladungen waren natürlich Befehle; die Festessen fanden im Pavillon des Emirs statt, der nur wenige Meter von unserem Zelt entfernt war; ich sorgte dafür, dass die Mädchen ihre Pistolen hatten, und ich saß immer bereit, sofort einzugreifen, falls ich einen Schrei hören sollte, wenn eine von ihnen allein dort war.

Es wurde auch keine große Privatsphäre gewahrt, denn Diener gingen mit Speisen ein und aus, und wenn kein starker *Ghibli* wehte, stand der Eingang zum Pavillon offen.

Aber ich wurde immer mehr zu einem Gefangenen, und wenn ich jetzt meine tägliche Reitrunde machte, war Marbruk ben Hassan und eine Eskorte dabei – zu meinem „Schutz".

Eines Nachts, als ich wach lag, kam mir der schreckliche Gedanke, Fräulein Vanbrugh und Maudie zu benutzen, um meine Ziele zu erreichen – und mir wurde bei dem bloßen Gedanken fast übel. Woher kommen solche teuflischen Gedanken in reine Köpfe?

Nein. Da zog ich eine Grenze. Mein Leben für Frankreich, aber nicht die Ehre eines Mädchens. Ich verdrängte den abscheulichen Gedanken.

Bald darauf schlief ich ein und hatte einen merkwürdigen Traum.

Ich befand mich in einer riesigen Halle, größer als jede von Menschenhand erbaute. Am Ende, dem ich gegenüberstand, waren riesige schwarze Samtvorhänge. Als ich erwartungsvoll darauf starrte, öffneten sie sich und rollten beiseite und gaben den Blick frei auf ein riesiges goldenes Waagschal, auf dessen jeweiligen Schalen eine wunderschöne Frau saß.

Die eine, eine edle und gebieterische Gestalt, trug die Kappe der Freiheit, und ich wusste, dass sie der Genius, die Göttin und die Verkörperung Frankreichs war. Die andere, eine schöne und flehende Gestalt, erkannte ich als Mary Vanbrugh.

Jede dieser lieblichen Geschöpfe schenkte mir ein Lächeln von unbeschreiblicher Lieblichkeit und streckte mir eine einladende Hand entgegen. ... Eine laute Stimme rief: „ *Wähle!*", und als ich vorwärts schritt, fielen die großen Vorhänge – und der Traum wurde zu einem Albtraum, in dem ein kolossaler Gott aus Bronze seine riesige Hand aus einem bronzenen Himmel ausstreckte, um mich zu vernichten, wo ich mitten in einer unendlichen, trockenen Wüste stand....

§ 2

Dann kamen eines Abends der Emir und der Wesir zu mir, offensichtlich in geschäftiger Absicht. Es gab kein *Faddhling.* Sobald ich ihnen Plätze auf den Teppichen angeboten und meine letzten türkischen Zigaretten hervorgeholt hatte, kam der Emir zur Sache.

„Was den Vertrag mit dem großartigen Land Eurer Exzellenz betrifft", begann er, und mein Herz hüpfte vor Hoffnung. „Ich werde ihn unterzeichnen – unter bestimmten Bedingungen ... Unter Bedingungen, die über die bisher genannten hinausgehen."

Er hielt inne und schien die türkische Zigarette intensiv zu genießen.

„Und die sind, Kommandeur der Gläubigen und Schatten des Propheten?", fragte ich.

„Dass du den Vertrag, von mir unterzeichnet und besiegelt, bezeugt von meinem Wesir und zwölf Ekhwan, annimmst – *und die beiden Sitts, die du hierher gebracht hast, gehen lässt.*"

* * *

So war es also gekommen! Ich stand vor der Entscheidung meines Lebens!

„ *Das ist unmöglich,* Emir el Hamel el Kebir", hörte ich mich nach einer Minute voller Qualen antworten, die mich von Kopf bis Fuß in Schweiß badeten.

Der Emir hob seine großen schwarzen Augenbrauen und warf mir einen hochmütigen, durchdringenden Blick voller Überraschung und Wut zu.

„Und warum?", fragte er leise.

„Weil sie sich unter meinen Schutz gestellt haben", antwortete ich, „und ich habe mich und sie unter deinen gestellt..."

„Und ich schlage lediglich vor, dass sie dort bleiben", unterbrach mich der Emir.

„Wie lange?", spottete ich.

„Das müssen *sie* selbst entscheiden", war die Antwort.

„Dann sollen sie es sagen", antwortete ich. „Emir, ich habe dich wie einen Beduinenhäuptling behandelt, wie einen wahren Araber der Wüste, wie einen Mann von Ritterlichkeit, Ehre, Gastfreundschaft und Größe. Willst du mir im Gegenzug von Frauenhandel erzählen?..."

Zur Hölle mit ihrem Vertrag und ihren Stämmen, ... Und dann tauchten das Gesicht meines Onkels, die Worte seiner Briefe und Erinnerungen an mein Lebenswerk vor meinen Augen auf. ... Keine dieser Mädchen war Französin. ... Ich hatte sie nicht gebeten, hierher zu kommen. ... Ich hatte sie *davor* gewarnt. ... Ich hatte ihnen klar gesagt, dass ich eine Mission von nationaler Bedeutung zu erfüllen hatte. ... Und de Lannec ... „ *Exit de Lannec*"! ...

Ich schritt im Zelt auf und ab, die beiden Araber standen ruhig und unerschütterlich da, strichen sich über den Bart und beobachteten mich. ... Ich argumentierte mit mir selbst, wie es ein Franzose tun sollte, *logisch.*

Glorreiche Logik – der Feind von Schlampigkeit, Emotionalität und Sentimentalität.

Wenn ich auf diesen entscheidenden Moment meines Lebens zurückblicke, kann ich nur hoffen, dass Dinge wie mein völliger Ruin und meine Schande, der Verlust von allem, was mein Leben lebenswert machte, mein Sturz von einem Platz der Ehre, Würde und Möglichkeiten in die Gosse, mein Verzicht auf Ehrgeiz, Belohnung und Erfolg für mich überhaupt keine Rolle spielten und nur wie Staub auf der Waage waren.

Ich kann nur hoffen, dass ich kühl und unvoreingenommen die Frage beantwortet habe, ob die Interessen Frankreichs, das Leben Tausender Männer, der Verlust unermesslicher Schätze schwerer wiegen sollten als die Interessen zweier ausländischer Frauen.

Sollten Tausende französischer Soldaten verwundet werden oder sterben – oder sollten diese beiden Mädchen in die *Harems* arabischer Scheichs kommen?...

Sollte ich das mir entgegengebrachte Vertrauen erfüllen oder verraten?

„*Ich will Werkzeuge, die sich nicht in meiner Hand drehen.... Werkzeuge, auf die ich mich absolut verlassen kann*", hatte mein Onkel – mein General, der Vertreter meines Landes – zu mir gesagt; und ich hatte mich bereitwillig als Werkzeug angeboten, das sich *nicht* in seiner Hand drehen würde . . . das ihn *nicht* im Stich lassen würde. . . .

Und wenn „es zweckmäßig ist, dass ein Mensch für das Volk stirbt", war es dann nicht zweckmäßig, zwei ausländische Frauen zu opfern, um einen Krieg zu verhindern, um ein Reich zu retten? . . . Zwei Leben statt zweitausend, zwanzigtausend, zweihunderttausend . . .

Wenn, wie mein Onkel sagte, in Marokko immer eine Gefahr für das französische Afrikainperium bestehen würde und wenn, wann immer diese Gefahr aufträte, dieser große Stammesbund zu einer Quelle noch größerer Gefahr würde . . . ?

Und wozu war ich *hier*? Wozu war ich geformt und gemacht, unterrichtet und ausgebildet, auf dem harten Amboss der Erfahrung geschmiedet worden? ... Warum stand ich *in* meinem Dienst – *wenn nicht, um genau das zu tun, was mir nun zu tun stand?*"

Als ehrlicher und ehrenhafter Mann musste ich die Befehle meines Generals, die Ehre und Tradition meines Dienstes und vor allem das Wohl meines Landes über alles andere stellen – und über *jeden anderen.*

Die Logik zeigte mir die Wahrheit – und plötzlich blieb ich stehen, drehte mich um, schüttelte meine Faust vor dem Gesicht des Emirs und schrie: „ *Verdammt seist du mit deinem schwarzen Gesicht und deiner noch schwärzeren Seele, du dreckiger Hund! Raus aus meinem Zelt, bevor ich dich rauswerfe, du bestialisches Schwein!...* WEISSE FRAUEN! *Ihr schwarzen Hunde und Söhne von Hunden...!*" Und vor Wut zitternd zeigte ich auf den Eingang meines Zeltes.

* * *

Sie standen auf und gingen – und mit ihnen alle meine Hoffnungen auf Erfolg. Was hatte ich getan? Was *hatte* ich getan? . . . Aber Mary – die süße, liebenswerte, mutige, faszinierende Mary . . . *und dieser schwarzbärtige Hund*!

Lieber sollte Frankreich erst untergehen . . .

Aber was *hatte* ich getan? Was hatte ich *getan*? Was ist „richtig" und was ist „falsch"? Welcher Stimme war ich gefolgt?

Jedenfalls war ich unfähig, völlig unfähig für meinen großen Dienst – und ich würde mein Schwert zerbrechen und meine Uniform verbrennen, zu meinem Onkel zurückkehren, ihm gestehen, was ich getan hatte, und mich bei der Fremdenlegion melden. . . .

Oh, *großartiger de Lannec*! ... *Er hatte natürlich Recht....*

Aber das war der Ruin und das Ende von Henri de Beaujolais.

Dann sagte eine Stimme durch die Filzwand, die meinen Teil des Zeltes vom *anderun* trennte: „Ihre Sprache klang wirklich übel, Major! Ich bin froh, dass ich kein Arabisch verstehe!"

Ich war mir nicht ganz sicher, ob *ich* froh darüber war.

Und so wenig sie Arabisch verstand, so wenig verstand ich, ob ich richtig oder falsch gehandelt hatte.

Aber eines verstand ich. Ich war ein Versager. . . . Ich hatte meinen General, meinen Dienst und mein Land im Stich gelassen – aber irgendwie hatte ich das Gefühl, dass ich mein höheres Selbst nicht im Stich gelassen hatte. . . .

§ 3

Am nächsten Morgen begrüßte mich Fräulein Vanbrugh mit den Worten:

„Major, Sie haben mir noch nicht gratuliert. Ich habe gestern einen ehrlichen Heiratsantrag von einem angesehenen Bürger dieser Stadt erhalten. ... Ich erröte immer noch. ... Innerlich. ...“

Ich war entsetzt. . . . Was nun?

„Von wem?“, fragte ich.

„Vom Scheich el Habibka el Wazir.“

„Guter Gott!“, stöhnte ich. „Fräulein Vanbrugh, wir müssen sehr, sehr vorsichtig vorgehen ...“

„Der Scheich-Junge auch“, bemerkte Mary grimmig.

„Aber wie hat er den Antrag gemacht?“, fragte ich, da ich wusste, dass außer mir niemand hier übersetzen und dolmetschen konnte.

„Durch Zeichen und Wunder“, antwortete das Mädchen. „ *Was für* Wunder! Er hat sich jedenfalls klar ausgedrückt ...!“

„Wirklich? Hat er das getan?“, stammelte ich, ohne recht zu wissen, wie ich fragen sollte, ob der Raufbold sie in seiner heißen, leidenschaftlichen Umarmung gepackt und ihr heftig den Hof gemacht hatte. Mein Blut kochte, obwohl mein Herz sank, und ich spürte diese tiefe, zitternde Angst, die wahre Furcht ist – die Furcht um einen anderen, den wir – den wir – schätzen.

„Misch dich nicht mit deinen schweren Hufen in die erste Liebesaffäre einer jungen Frau ein, Major – denn das werde ich nicht dulden“, antwortete Fräulein Vanbrugh.

„Hattest du deine Pistole dabei?“, fragte ich.

„Ja, Major“, war die Antwort. „Ich lasse mich nicht zweimal so erwischen.“

Und ich hielt mir vor Augen, dass der Scheich el Habibka el Wazir, wenn er noch am Leben war, nicht gewalttätig gewesen war.

* * *

An diesem Tag durfte ich nicht zum Ausreiten, und ein großer sudanesischer Wachposten wurde zur Postzustellung näher an meiner Zeltklappe postiert.

Bis dahin hatte ich mich unter strenger Bewachung gefühlt, jetzt war ich tatsächlich verhaftet.

Die Mädchen wurden eingeladen oder aufgefordert, wie üblich auszureiten, und man kann sich meine Stimmung vorstellen.

Nichts konnte sie retten. Nichts konnte jetzt noch den Erfolg meiner Mission sichern – es sei denn, die Araber waren gierig nach Gold. Ich war eine erbärmliche Marionette in ihren Händen.

Nachdem ich diese wilden Despoten tödlich beleidigt und gegen mich aufgebracht hatte, was konnte ich tun, um die Frau zu beschützen ... die Frauen ... die ich hierher gebracht hatte und deren einzige Hoffnung und Vertrauen mir galt? ...

Mir wurde klar, dass sich in meinem Kopf langsam eine gewaltige Veränderung vollzogen hatte, die in dem Moment abgeschlossen war, als der Emir mir angeboten hatte, mir den Vertrag für die Körper dieser Mädchen zu verkaufen. Ich wusste jetzt, dass nicht das Schicksal von Mary Vanbrugh eine zusätzliche Sorge in meinem Kopf war, der ohnehin schon mit dem Vertrag beschäftigt war, sondern dass das Schicksal des Vertrags eine zusätzliche Sorge in meinem Kopf war, der ohnehin schon mit dem Schicksal von Mary Vanbrugh beschäftigt war!

Warum war das so?

Anfangs hatte ich sie nicht gemocht ... Manchmal hatte ich sie gehasst ... und es gab sicherlich Momente, in denen sie mich offenbar zutiefst verabscheute ... Warum sollten das Leben, der Erfolg, die Pflicht, Frankreich selbst nichts wiegen gegenüber ihrer Sicherheit? ...

De Lannec? Ein Narr, ein Leichtfertiger, ein Willensschwacher, ohne jedes Augenmaß, ein gebrochenes Schilfrohr und Verräter seines Dienstes und seines Vaterlandes – *oder ein selbstloser Held und galanter Gentleman*?

* * *

Und was spielte die Antwort auf diese Frage für eine Rolle, wenn ich ein machtloser Gefangener war, absolut hilflos in der Gewalt dieses empörten Emirs – und sie ritt mit ihm, allein . . . .

Kapitel XIV. Ein zweiter Strang

In dieser Nacht wurde ich durch den Besuch von Hadschi Abdul Salam geehrt, dem obersten *Marabout* und *Hakim* dieses Stammes, einem Mann, dessen immenser Einfluss und Macht in keinem Verhältnis zu seinen Tugenden und Verdiensten zu stehen schienen. (Eines der Dinge, die der westliche Geist niemals begreifen kann, ist die Art und Weise, wie der orientalische Geist den Glauben von den Werken trennen kann, das Amt von seinem Inhaber, und dem heiligen *Priester* uneingeschränkte Verehrung entgegenbringt, obwohl er ihn gleichzeitig als einen wertlosen und schurkischen *Menschen* kennt.)...

Der gute Hadschi schlich sich mitten in der Nacht leise in mein Zelt und hätte beinahe eine Kugel in sein intrigantes Hirn bekommen.

Als ich sah, dass er allein und offenbar unbewaffnet war, legte ich meine Pistole wieder unter mein Kopfkissen und fragte ihn, was er wolle.

Der ehrwürdige Vater im Islam wollte mit mir sprechen – im Flüsterton –, wenn ich ihm feierlich schwören würde, nichts von dem, was er sagte, weiterzugeben. Ich war mehr als bereit, und wir sprachen über Kohlköpfe und Könige, auch über Siegellack und darüber, ob Schweine Flügel haben. Und nach einer Weile sprachen wir über Mord – oder besser gesagt, der Heilige tat dies. Entweder vertraute er darauf, dass ich ihm treu bleiben würde, oder er wusste, dass er alles, was ich später gegen ihn sagen könnte, widerrufen könnte.

Ich hatte wieder leichtes Fieber und befand mich immer noch in einem Zustand geistiger Aufruhr, wie er für jemanden ganz normal ist, der gerade das Werk seines Lebens zusammenbrechen sieht und dennoch voller Freude in den Trümmern sitzt – Gott für sein Scheitern dankend; sein Verstand singt eine Totenklage über dem Grab all seiner Hoffnungen und Bestrebungen – sein Herz singt ein Loblied auf die Rettung seines Selbst. . . .

> " *Komm, lass uns auf den Boden setzen*
> *Und traurige Geschichten vom Tod der Könige erzählen,*
> *Wie einige abgesetzt wurden, andere im Schlaf getötet wurden*",

zitierte ich aus den Etoner Erinnerungen an Shakespeares *Richard II.*

Der Pfarrer sah überrascht aus und sagte, er habe einen Vorschlag.

Er wolle meine Flucht organisieren, damit ich mit einer Armee zurückkehren, den Emir besiegen und Hadschi Abdul Salam an seiner Stelle zum Herrscher machen könne.

Eine Alternative wurde durch die wahrscheinliche Ermordung des Emirs durch einen gewissen Suleiman den Starken vorgeschlagen, „den ich kannte" und der sich gerade irgendwo in der Großen Oase aufhielt *und die Zelte des Heiligen Hadschi besucht hatte*!

Würde ich nach dem Tod des Emirs dem Hadschi helfen, die Macht zu ergreifen? Er könnte Suleiman den Starken leicht vergiften, wenn er seine Rache – und seinen Nutzen – erfüllt hätte, oder ihn dem Stamm als Mörder des Emirs anzeigen und ihn lebendig pfählen lassen. . . .

Der fromme Mann schwor, dass er ein treuer Freund Frankreichs sein würde.

„So wie du es deinem Herrn, dem Emir, gegenüber bist?", fragte ich.

Der Hadschi antwortete, der Emir sei ein Usurpator, und niemand sei einem Usurpator Treue schuldig.

Außerdem war dies definitiv meine einzige Chance, da ich bald hingerichtet werden sollte. . . . Der Emir könnte dann eine Delegation zum Generalgouverneur von Französisch-Afrika schicken, um ein Bündnis anzubieten, wenn er eine Million Francs und andere Vorteile bekäme, und schwören, dass kein Gesandter des Generalgouverneurs ihn jemals erreicht hätte.

Oder er könnte die Angelegenheit einfach ruhen lassen – die Frauen behalten, mich töten und seine Hände in Unschuld waschen, was die französischen Angelegenheiten angeht, oder vielmehr darauf verzichten, sich die Hände daran zu beschmutzen. Oder natürlich könnte Suleiman ihn erwischen – und dann könnte der Wesir beseitigt werden, und der gute Hadschi könnte mit französischer Unterstützung Emir und Freund Frankreichs werden.

„Angenommen, du könntest mir die Flucht ermöglichen“, sagte ich, als der gute Hadschi fertig war. „Ich würde das nicht ohne die Frauen tun. Könntest du ihre Flucht mit mir zusammen organisieren?“

Er konnte und wollte es nicht. Da spuckte der Heilige und zitierte die unfreundlichen Worte des großen arabischen Dichters Imr el Kais:

> "Einer sagte zu mir: *'Heirate!'*
> Ich antwortete: 'Ich bin *glücklich* –
> Warum sollte ich an meine Brust nehmen
> Einen Sack voller Schlangen?
> Möge Allah alle Frauen verfluchen!'"

Zwei treue Sklavinnen schliefen immer vor dem Eingang zum *Anderun*, wo die Mädchen waren. Selbst wenn man die Sklaven lautlos töten könnte, wäre es unmöglich, eine so große Gruppe von dort wegzubringen – viele Kamele, viel Essen, *Girbas* mit Wasser ... Nein, das konnte er nur für mich allein schaffen.

Er konnte mich nachts besuchen, und ich konnte das Zelt in seinem *Burnus* und grünen Turban verlassen. Er konnte leicht einen bestimmten arabischen Soldaten bestechen oder einschüchtern, der jetzt draußen Wache stand und früher oder später wieder Dienst an meinem Zelt haben würde. Ich konnte einfach mit zwei guten Kamelen um mein Leben reiten und mein Glück versuchen.

Aber die Frauen – *nein.* Außerdem wäre es nicht so schlimm, wenn herauskäme, dass er *mir* zur Flucht verholfen hatte. Aber die Frauen mitzunehmen, kam für ihn einfach nicht in Frage.

Nein – wenn ich mir so große Sorgen um das Schicksal meiner beiden Frauen machte („und, barmherziger Allah! Was sind schon Frauen, dass ernsthafte Männer sich um sie kümmern sollten?“), war das Beste, was ich tun konnte, sein festes und großzügiges Angebot zu bedenken – die Köpfe des Emirs und seines Wesirs auf einem Tablett und die treue Freundschaft zu Frankreich durch ihren Nachfolger an der Macht, den Hadschi Abdul Salam. ... Der Emir hatte angekündigt, den jungen Scheich nicht nur zum Scheich seines Stammes, sondern schließlich auch zum Emir der Konföderation zu machen. Der Hadschi würde der spirituelle Führer, Lehrer, Vormund und Regent des jungen Prinzen sein – bis die Zeit gekommen war, dem Jungen die Kehle durchzuschneiden. . . .

„Also ist Suleiman der Starke hier – und will den Emir ermorden, oder?“, sagte ich, nachdem wir uns einige Minuten lang vorsichtig und schweigend gemustert hatten.

(*Ich muss den Emir so schnell wie möglich warnen.*)

„Ja“, antwortete der Hadschi. „Und wo wirst du *dann* sein, wenn ich dein Feind bin?“

„Wo ich jetzt bin, nehme ich an“, antwortete ich und gähnte mit einer ganz und gar vorgetäuschten Gleichgültigkeit.

„ *Und* deine Frauen?“, fragte der gute Mann.

Ich biss die Zähne zusammen, und meine Finger juckten, diesem Schurken an die Kehle zu springen.

„Befolge meinen Rat und *geh*“, fuhr er fort. „Geh in der Gewissheit, dass du getan hast, wozu du gekommen bist – einen unauflöslichen und ewigen Bündnisvertrag zwischen den *Franzawi* und der Großen Konföderation geschlossen, durch ihren wahren Herrscher, den Hadschi Abdul Salam, Regent des jungen Emirs nach der Ermordung des Emirs el Hamel el Kebir, Betrüger und Usurpator. Und wenn er nicht ermordet wird, macht nichts – komm mit einer Armee – und natürlich mit einer Million Francs – töte ihn und mache den Jungen zum nominellen Emir. ... Ich schwöre bei den heiligen Namen Gottes, dass Frankreich mir wie ein Vater und eine Mutter sein wird und ich Frankreichs gehorsamstes Kind sein werde. ... *Geh*, Sidi, solange du noch kannst. ...“

„Verankere zwei Tatsachen klar und fest in deinem edlen Geist, Heiliger“, antwortete ich. „Die erste ist, dass ich diesen Ort nicht ohne die Dame Sitts verlasse, und die zweite ist, dass Frankreich keinerlei Geschäfte mit Attentaten macht – und auch nicht mit Attentätern!“

Dann spielte der ehrwürdige Herr seine Trumpfkarte aus.

„Du bist in noch größerer Gefahr, als du denkst, Sidi“, murmelte er, mit einem ironischen Lächeln auf den Lippen und einem grimmigen Blick. „Und unser ehrenwerter, gnädiger und gerechter Herr, der Emir el Hamil el Kebir, spielt mit dir wie eine Katze mit einer Maus ... *Denn du bist nicht die einzige Maus in seiner Falle – oh* nein! Keineswegs ... Was sind schon die Köpfe *der Roumi* gegen die der Araber, die weisesten, gelehrtesten, subtilsten und ältesten aller Völker der Erde? ... Warum, du armer Narr, *es gibt noch andere Boten einer anderen Macht hier in der Großen Oase – und* unser redegewandter Herr gewährt ihnen täglich Audienz in ihrem Lager ...“

Ich sprang auf. . . . Könnte dieser Schurke die Wahrheit sagen? . . . Eine kalte Angst beschlich mein Herz. . . . Wie groß war die Wahrscheinlichkeit, dass ich diesen Ort lebend verlassen würde, wenn das wahr war und meine eigene Torheit und Verrücktheit den Emir in die Arme dieser Agenten einer anderen Macht getrieben hatte?

Mein Leben war nichts – aber was würde aus Mary Vanbrugh werden, wenn mir die Kehle durchgeschnitten würde? ... Ich brach in kalten Schweiß aus, und das Fieber ließ mich los. ... Mein Verstand wurde klarer und begann schneller zu arbeiten. Ich lächelte spöttisch und schüttelte ungläubig den Kopf.

„Und wenn ich dir ihr Lager zeigen würde, Sidi?“, spottete der Hadschi. „Angenommen, ich würde dir die Gelegenheit geben, einen verkleideten *Roumi* zu *sehen* und *mit ihm zu sprechen*?“

„Nun, dann wäre ich überzeugt“, antwortete ich und fügte hinzu: „Und das würde sicherlich meine – äh – Haltung Ihnen und Ihrem Vorschlag gegenüber ändern. Wenn ich diese Männer gesehen und mit ihnen gesprochen habe, können Sie mich wieder besuchen, was Ihrem Geldbeutel zugute kommen wird ...“ Ich musste diesen widerlichen Fisch an einer langen Leine fangen und seine Tricks mit meinen eigenen Tricks kontern. Wenn es hier auch um *Roumi-Verstand* gegen arabischen Verstand ging – nun, dann würden wir sehen, was wir sehen würden. . . .

„Was für ein Typ ist der Anführer dieser Gesandten einer anderen Macht?“, fragte ich. „Wie viele sind sie? ... Wie steht der Emir dazu? ... Sag mir alles, was du weißt. ... Ich bezahle viel für echte Infos. ...“

„Das können die anderen auch“, grinste der fromme Hadschi. „Der Anführer hat bereits einen Beutel mit dicken türkischen *Medjidies* vor meinen Augen geschüttelt und mir versprochen, dass ich sie als Gegenleistung für meine Hilfe bekomme.“

„Ich könnte dir etwas Besseres als diesen schmutzigen, wertlosen türkischen Plunder vor deinen Augen schütteln, Hadschi“, antwortete ich, „und es dir auch noch in den Schoß schütten ... Schöne neue Münzen aus purem Gold! Französische Zwanzig-Franc-Stücke! Wunderschön für Frauenketten und Armreifen und noch schöner, um sie für edle Gewänder, Zelte, Kamele, Waffen, Lebensmittel, Diener, Teppiche, Pferde ...“

Die Augen des Schurken glänzten.

„Wie viele, Sidi?“, fragte er.

„So viele, wie du verdienst ... So viele, wie deine Hilfe wert ist ... Jetzt sprich ...“

„Es ist eine kleine Karawane, Sidi“, begann dieser heilige *Marabout*, „aber sehr gut ausgerüstet. Dahinter steckt viel Geld ... Ich habe noch nie bessere Kamele und Waffen gesehen, und die angeheuerten Kameltreiber sind gut bezahlt und zufrieden ... Ich weiß nicht, woher sie wirklich kommen, aber sie haben den Segen des Vaters der Gläubigen, Gottes Stellvertreter auf Erden, der in Stamboul regiert, und des Großen Scheichs der Senussi. Das sagen sie offen im *Mejliss – und* beweisen es mit Dokumenten, Pässen, *Firmans* und Briefen –, aber sie sprechen privat, nachts, mit dem Emir und dem Wesir ...“

„Was bieten sie offen an?“, fragte ich.

„Die Freundschaft und den Schutz des Königs der Könige, des Sultans des Osmanischen Reiches, des Vaters der Gläubigen, der in Stamboul residiert; und die Freundschaft und das Bündnis des mächtigen Scheichs el Senussi. ... Eine große panislamische Allianz wird gebildet, in Vorbereitung auf einen bestimmten Tag des *Dschihad* ...“

„Und unter vier Augen?“, fragte ich.

„Das weiß ich nicht", war die Antwort. „Nur dieser Hund von einem Wesir – mögen Schweine die Gräber seiner Vorfahren schänden – kennt die Gedanken des Emirs; und er allein begleitet ihn zu den Zelten der *Roumi.*"

„Aber ich weiß", fuhr er fort, „dass *sie mir unermesslichen Reichtum versprechen, wenn ich dich und die beiden Sitts vergifte,* die sie für weibliche Spioninnen der Franzosen halten, die geschickt wurden, um den Emir mit ihrem Charme zu verführen und zu betören ..."

„Woher wissen sie von unserer Anwesenheit hier?", fragte ich leise, obwohl mein Blut kochte.

„Oh, ich besuche sie! ... Ich besuche sie! ... Und wir reden ... Wir reden ...", antwortete dieses verräterische Reptil. „Sie sagen, ich könnte, wenn ich wollte, dich töten und die Sitts für eine Weile in meinen *Harem* nehmen, bevor ich sie entweder töte oder ihnen die Zunge herausschneide ... Dumme Frauen sind die einzigen, die diskret sind ...", und der Hadschi lachte fröhlich.

Ich schaffte es, kalt zu lächeln, während ich vor Wut kochte, und wechselte das Thema.

„Sind diese Gesandten große Männer, Lords, Sidis, Adlige, Offiziere, geborene Mächtige dieser Welt?", fragte ich.

„Nein", antwortete der Hadschi. „Es sind niedrige Männer auf hohen Pferden. Sie gehen, sprechen, sehen, geben, reiten, essen und verhalten sich nicht wie Männer von edler Geburt ..."

Durch eine schmale Öffnung am Eingang meines Zeltes konnte ich sehen, dass die Sterne verblassten.

„Du wirst mich zu ihrem Lager bringen – jetzt – Hadschi", sagte ich und zog *meinen Burnus, meinen Haik, meine Kafiyeh* und *meine Fil-Fil-* Stiefel an.

Der Hadschi schien ein wenig erschrocken.

„Es würde kein gutes Licht auf mich werfen, wenn ich jetzt ihr Lager besuchen würde", sagte er. „Es wird bald hell."

„Du musst ihr Lager nicht besuchen", antwortete ich. „Bring mich dorthin, wo ich es sehen kann, und verschwinde dann."

Der gute Mann saß eine Weile nachdenklich da.

„Wie viel, Sidi?", fragte er.

„Ich bin nicht wie die anderen", antwortete ich. „Ich schüttle keine Geldsäcke vor frommen und ehrlichen Männern aus, noch feilsche und handele. Ich belohne diejenigen, die mir gut dienen, reichlich – sehr reichlich –, wenn ihre Dienste vollbracht sind. ... Nun tu, was ich sage, oder geh weg und lass mich in Ruhe schlafen, denn dieses Geschwätz ermüdet mich ..." Und ich gähnte.

Der Hadschi ging zur Tür und flüsterte mit dem Soldaten draußen.

Als er zurückkam, sagte er, er habe meinen Wachposten losgeschickt, um die Wachen im Lager der Gesandten zu informieren, dass in Kürze ein Mann zu ihnen kommen würde, der nicht angehalten werden dürfe, da er im geheimen Auftrag des Emirs komme. Das Losungswort sei „Stamboul".

„Dieser Mann, ein gewisser Gharibeel Zarrug, ist mir absolut treu, Sidi", fügte er hinzu. „Du kannst mir jederzeit Nachrichten durch ihn zukommen lassen. Ich kann dafür sorgen, dass er sehr häufig Wache vor deinem Zelt steht."

Wir saßen ein paar Minuten schweigend da, bis der Hadschi um einen Schluck vom *Sharab* der Ungläubigen bat. Ich gab dem guten Mann einen Schluck Cognac, und ich glaube, das band ihn stärker an meine Interessen (bis sie mit seinen kollidierten), als es Gold hätte tun können. Er hatte alle Merkmale eines heimlichen Trunkenbolds, und seine Zunge flackerte ständig an seinen Lippen wie die einer Schlange.

Der Soldat kam zurück und flüsterte.

„Komm, Sidi", sagte der Hadschi, „ich bringe dich in Sicherheit."

„Sicher für mich oder für dich?", fragte ich.

„Nirgendwo ist es sicher für *dich,* Sidi", war die Antwort. „Befolge meinen Rat und flieh um dein Leben – kehre mit einer Armee zurück und mit einem Vertrag, den ich als Regent unterzeichnen werde ..."

Ich tat mein Bestes, um mir die Richtung, die Sterne, Baumgruppen, Zelte, Wasserläufe und Steine genau zu merken, damit ich den Rückweg finden würde. . . .

Nachdem wir etwa eine Meile gegangen waren, blieb der Hadschi im schwarzen Schatten einiger Palmen stehen und zeigte auf eine ordentliche Gruppe von Zelten, die von der Stelle, wo wir standen, gerade noch zu sehen waren.

„Das ist ihr Lager, Sidi", sagte der Hadschi, „und hinter diesen Palmen sind ihre Kamelreihen und die Unterkünfte der Diener und das Biwak einer Kamelkorpsabteilung – zur – äh – zum Schutz der Gruppe ..." Und ohne ein weiteres Wort verschwand der Pfarrer.

§ 2

Ich ging mutig auf das Hauptzelt zu, ignorierte den entfernten Wachposten und trat ein.

Zwei Männer schliefen auf Teppichen, einer war offensichtlich Orientaler, der andere hatte eine etwas hellere Hautfarbe, einen dichten Schnurrbart und einen riesigen Bart.

Ich musterte sein Gesicht im Schein der Laterne, die an der Zeltstange hing, und konnte nichts erkennen – aber ich vermutete einen verkleideten Europäer. Die Hände des Mannes waren größer als die eines Arabers, und seine Wangen waren rötlicher, als ich es bei einem Einheimischen erwartet hätte.

Ich drehte mich zur Lampe, nahm sie ab und hielt sie ihm ins Gesicht, sodass das Licht auf ihn fiel, während mein Gesicht im Schatten der Lampe lag – eine gewöhnliche Basarlampe europäischer Machart, wie sie in den billigen Hotels von Algerien und Tunis an den Wänden hängt. Dann spannte ich auf gut Glück meinen Bogen.

Ich traf den Schlafenden hart an der Brust, und als er die Augen öffnete und sich aufsetzte, sagte ich kühl:

„ *Guten Tag, mein lieber Monsieur Becque!*"

Mein Pfeil flog gerade.

„ *Himmel!*" , rief er halb wach und erschrocken, ohne auf seine Worte zu achten. Und dann, nachdem er seine Gedanken gesammelt hatte, sagte er auf Französisch: *„Was ist los? Wer bist du?"* Und seine Hand griff unter sein Kopfkissen.

„Stillhalten!", sagte ich streng, und meine Pistole kam unter meinem *Burnus* hervor, und er schaute in den Lauf.

Und als er hinschaute, war die Verstellung seines linken Auges offensichtlich.

„Wer *seid* ihr?", fragte er wieder auf Französisch.

Und dann fügte eine dritte Stimme in derselben Sprache hinzu: „Wer auch immer du bist, lass die Pistole fallen. Schnell – *ich* habe dich im Visier."

Wie ein Idiot hatte ich in meiner Aufregung, dass es tatsächlich *Becque* war, den Raoul d'Auray de Redon in Zaguig vor der Besetzung durch die Franzosen gesehen hatte, den zweiten Mann völlig vergessen. Mein alter Freund *Becque*!

Ein unangenehmes Dilemma! ... Wenn ich meinen Revolver fallen ließ, wäre ich ihnen ausgeliefert, und wenn ich es nicht tat, würde ich wahrscheinlich in den Rücken geschossen und im Sand unter ihrem Zelt begraben werden – denn auch wenn sie nicht wussten, wer ich war, wussten sie (dank des dreifachen Verräters Abdul Salam), dass ich ein Rivale und Feind war. ... Wer sonst würde an diesem Ort Französisch sprechen!

Wie geschickt würde ich wohl aus dem Weg geräumt werden!

Niemand außer dem Schurken Abdul Salam wusste, dass ich von ihrer Existenz wusste – geschweige denn, dass ich tatsächlich ihr Zelt betreten hatte. ... Der Wachposten kannte mich in meiner Verkleidung natürlich nicht, und der Schuss konnte leicht erklärt werden, falls er gehört und Nachforschungen angestellt würden. ... Ein Unfall ... Ein Schuss auf einen herumstreunenden Paria-Hund oder Schakal, der das Zelt betreten und einen von ihnen alarmiert hatte, der plötzlich aufgewacht war ...

Ich sollte einfach *verschwinden*, und mein Verschwinden wäre ein schnell vergessenes Rätsel, das wahrscheinlich auf eine plötzliche Flucht aus Angst zurückgeführt würde – hatte ich den Emir nicht mit unvergesslichen und unverzeihlichen Beleidigungen beschimpft? ... Und was würde dann aus Mary Vanbrugh und Maudie werden – den französischen Spioninnen, die geschickt worden waren, um den Emir zu verführen und zu verderben und seine Zustimmung zum Vertrag zu erlangen? *Mary Vanbrugh würde denken, ich sei geflohen und hätte sie im Namen der Pflicht im Stich gelassen!*

All das schoss mir blitzartig durch den Kopf. Was sollte ich tun? ... Wie wäre es mit einem Schuss in Becques abscheuliches Herz, einer schnellen Drehung und einem Schuss auf den Araber?

Nein – er würde in derselben Sekunde schießen, in der ich Becque erschoss, und er würde mich aus einer Entfernung von zwei Metern nicht verfehlen. Auch ich könnte, selbst in einer solchen Situation, keinen wehrlosen Mann in seinem Bett erschießen.

Vielleicht hätte ich das tun können, bevor Mary Vanbrugh mir Leben, Ehre und wahre Pflicht in einem so anderen Licht gezeigt hatte....

Damals hätte ich gesagt: „Was würde Frankreich von mir verlangen?" Jetzt sagte ich: „Was würde Mary Vanbrugh von mir verlangen?"

Und irgendwie hatte ich das Gefühl, dass Mary sagen würde: „Lebe, wenn du kannst, und stirb, wenn du musst – aber nicht mit dem Blut dieses wehrlosen Mannes an deinen Händen, seinem Mord auf deinem Gewissen...", selbst wenn sie wüsste, was er in Bezug auf sie und ihr Dienstmädchen geplant und vorgeschlagen hatte.

Vielleicht waren ein paar Sekunden vergangen – und dann sprach die Stimme hinter mir wieder mit scharfer Drohung.

„ *Schnell – ich* werde schießen!..."

„ *Ich auch*", sagte eine vierte Stimme kühl auf Arabisch, und in diesem Moment wunderte ich *mich* sogar, dass der arabische Sprecher die Bedeutung der französischen Worte so treffend erfasst hatte – obwohl Taten natürlich mehr sagen als Worte.

Ich erkannte die Stimme des Emirs.

„Heute Morgen schießt jeder auf jeden", fügte der Wesir hinzu – der unvermeidliche Schatten seines Herrn.

Ich hielt Becque weiterhin im Visier und drehte den Kopf. Zwei ausgezeichnete europäische Revolver bedrohten den Kerl, der vor Angst grün im Gesicht war und seine Pistole auf den Boden legte.

Ich steckte meine eigene Waffe zurück in den Holster unter meinem *Burnus*. Offensichtlich machte der Emir einen seiner unauffälligen Besuche bei dem hervorragenden Becque – und er war gerade noch rechtzeitig gekommen. Oder hatte er so gute Leute an seiner Seite, dass er von meinem Besuch hier wusste und gekommen war, um mich und Becque zusammen zu erwischen?

„ *Kief halak*, Emir el Hamel el Kebir", sagte ich kühl. „Der Klang deiner Stimme ist süß in meinen Ohren und der Anblick deines Gesichts wie der erste Schein der aufgehenden Sonne."

„Unter den gegebenen Umständen zweifle ich nicht daran, *Roumi*", war die Antwort, „denn du standest an den Toren des Todes. Was machst du hier?"

„Ich besuche einen alten Freund, Sidi Emir", antwortete ich, „und mein Ziel ist es, ein Gespräch wieder aufzunehmen, das vor vielen Jahren aufgrund von Umständen, die außerhalb seiner Kontrolle lagen, unterbrochen wurde."

Der Emir und der Wesir starrten mich mit ihren unergründlichen, durchdringenden Augen an und schwiegen nachdenklich.

„Erkläre", sagte der Emir schließlich.

„Herr Emir der vielen Zelte und Herrscher vieler Stämme, Mächtiger dieser Welt und Schatten eines Gegenstandes oder Lebewesens", sagte ich, „du bist ein Mann von Ehre, ein Krieger, ein Mann, der mit seinen Händen arbeitet und zu seinem Wort steht. Wie ich bist du ein Soldat. Nun, ich habe diesen Hund einst aus einem guten Grund geehrt, indem ich mit ihm gekämpft habe. Aus einem noch besseren und größeren Grund würde ich wieder die Klingen mit ihm kreuzen – und das vor langer Zeit begonnene Duell endgültig beenden. Ich sage dir, als Freund deines Volkes, dass dieser Hund sein Volk verraten würde. Ich sage dir, als jemand, der Frauen respektiert, dass dieses weiße Reptil versucht, zwei weiße Frauen zu entehren und zu töten. ... Du denkst vielleicht, ich wolle nur einen Rivalen um deine Gunst und Allianz töten. Wäre er nur das, würde ich nicht versuchen, ihn auf diese Weise zu besiegen. Ich würde einem fairen Gegner mit fairen Mitteln begegnen, um ihn zu überbieten und auszumanövrieren. ... Aber da er heimlich eine abscheuliche Verschwörung gegen mein Land (und sein eigenes) geschmiedet hat, gegen das Leben und die Ehre der Dame Sitts und gegen mein Leben, bitte ich euch, mich ihm von Angesicht zu Angesicht, Mann gegen Mann und Schwert gegen Schwert gegenüberzutreten, damit ich ihn bestrafen und mein Land von einem muttermörderischen Abtrünnigen befreien kann. . . .“

Die beiden Scheichs starrten schweigend vor sich hin, strichen sich über ihre Bärte, ihre harten, undurchschaubaren Augen waren rätselhaft, leicht spöttisch und ruhten unbeweglich auf meinem Gesicht.

„Schwerter sind scharfe und endgültige Argumente – und manche Streitigkeiten können nur mit ihnen beigelegt werden“, sinnierte der Emir. „Was sagt unser anderer geehrter Gast ...?“

„Oh, ich werde gegen ihn kämpfen!“, sprach Becque für sich. „Es wird mir eine wahre Freude sein, diesen Schwätzer zu töten ...“

Er drehte sich mit einem Lächeln zu mir, das einen Mundwinkel hob und einen glänzenden Eckzahn zeigte.

„Du bist also der kluge *de Beaujolais*, was?“, staunte er. „Na, na, na! Wer hätte das gedacht! De Beaujolais – der Beau Sabreur der Blauen Husaren! De Beaujolais, der Beau Sabreur der Spahis und des Geheimdienstes! De Beaujolais, der Held von Zinderneuf! ... Nun, mein Freund, ich werde dich bald zum De Beaujolais eines kleinen Lochs im Sand machen und dich dorthin bringen, wo *dich* die Vögel nicht stören – und *du mich* auch nicht! ... Der große und kluge De Beaujolais! ... Ha! Ha! Ha!“ Und der mutige, dreiste Schurke brüllte vor Lachen.

(Aber woher in aller Welt wusste er etwas von der Angelegenheit in Zinderneuf?)

„Ihr sollt kämpfen, sobald es hell ist“, sagte der Emir. „Und ihr sollt mit arabischen Schwertern kämpfen – eine für jeden von euch fremde Waffe, und daher für beide fair.“ Und er rief Yussuf Fetata zu sich und befahl ihm, zwei Schwerter von gleicher Länge und gleichem Gewicht und von genau gleicher Form zu holen.

Kapitel XV. "Menschen haben ihren Abgang…"

Eine halbe Stunde später standen Becque und ich uns im Schatten einer großen Palmengruppe gegenüber, der von der aufgehenden Sonne geworfen wurde.

Wir waren bis zur Taille entblößt und trugen nur weite arabische Hosen und weiche Stiefel.

Jeder hielt ein edles zweischneidiges Schwert, biegsam wie ein Stock, scharf wie ein Rasiermesser, genau wie die, die Ludwig der Gute und seine Kreuzritter ins Land gebracht hatten. Ich glaube wirklich, dass es Kreuzritter-Schwerter *waren*, denn es gibt viele davon in dieser trockenen Wüste, wo nichts rostet und ein gutes Schwert mehr geschätzt, gepflegt und gehütet wird als eine gute Frau.

Ich suchte nach einem Ritterwappen auf der Klinge meines Schwertes. Hätte es eines gegeben, und wäre es das Wappen der Familie de Beaujolais gewesen (denn ich habe Vorfahren, die in den Kreuzzug gezogen sind) – was für ein Omen! Was für ein herrlicher und wunderbarer Zufall! Was für eine Geschichte hätte ich erzählen können!

Aber ich will ehrlich sein und zugeben, dass es keinerlei private Markierung gab. Solche Dinge passieren im echten Leben nicht – obwohl es eine Tatsache ist, dass ein ehrwürdiger Freund von mir einen Dahomey-Krieger bei Dodds Vorstoß nach Dahomey getötet und ihm *genau* das *Gras-Gewehr* abgenommen hat, *das er selbst 1870 als Soldat getragen hatte*! (Er erkannte es sowohl an der Nummer als auch an einem Einschussloch im Kolben. Es war offensichtlich von einem Händler für ausgemusterte Armeeausrüstung an diese Leute verkauft worden.)

Der einzige Makel, den ich an meinem schönen Kreuzritter-Schwert finden konnte, war, dass es keinen Handschutz hatte, nichts zwischen Griff und Klinge außer einem dünnen geraden Querstück. Das galt allerdings auch für Becques Waffe.

Ich schaute Becque an. Er „sah gut aus", wie englische Boxer sagen, war muskulös und in hervorragender Verfassung.

Ob die Seltsamkeit unserer Waffen ihm als stärkerem, wenn auch weniger erfahrenem Schwertkämpfer zugute kommen würde oder mir, blieb abzuwarten.

Er spuckte auf seine rechte Hand – grob und vulgär wie immer – und schwang sein Schwert kräftig, um dessen Gewicht und Balance zu testen.

In einer kleinen Gruppe unter den Bäumen standen der Emir, der Wesir, der junge Yussuf Fetata (der Familie, der die Schwerter gehörten), der kräftige Zwerg, der mich zuerst gefangen genommen hatte, Marbruk ben Hassan, der Leibdiener des Emirs, El R'Orab der Rabe, der ägyptisch-arabische Kollege von Becque und ein paar Soldaten.

„Hört meine Worte", sagte der Emir und richtete seinen falkenartigen Blick auf Becque, „beim geringsten Versuch eines unfairen Spiels werde ich dich erschießen. … Wenn ich 'Beginnt' sage, *dann tut es*. Wenn ich " *Halt*„ sage, hört sofort auf. … Ich werde nicht " *Halt*„ sagen, solange ihr beide auf den Beinen seid, es sei denn, einer von euch tut etwas, das einem ritterlichen Krieger nicht würdig ist. …"

Ich verbeugte mich und salutierte dem Emir mit meinem Schwert. …

„ *Fangt an!*" , sagte er einen Moment später, und Becque wiederholte genau die Taktik unseres vorherigen Duells.

Er stürmte wie ein Tiger auf mich zu, sein Schwert zuckte wie ein Blitz, und ich konzentrierte mich mit ganzer Kraft auf die Abwehr. Ich war nicht in bester Verfassung, dank meiner Wunde, den schlaflosen Nächten voller Angst und meiner Gefangenschaft im Zelt – und wenn Becque das Tempo forcieren und sich erschöpfen wollte, war mir das recht.

Alle Kritiker meiner „Form" haben meine Beinarbeit gelobt, und ich setzte meine Füße und meinen Verstand ein, um meinen Arm zu retten, denn die Schwerter waren schwer.

Am Ende seines ersten wilden Wirbelangriffs, als sein Schwert für einen Moment aufhörte, wie ein Dreschflegel in den Händen eines Verrückten aufzusteigen und zu fallen, täuschte ich einen Schlag auf seinen Kopf an, und als sein Schwert nach oben ging, stieß ich zu, als hätte ich einen Säbel in der Hand. Er sprang zurück wie eine Katze und machte dann mit seinem

Schwert ein Malteserkreuz – als wäre er ein Highlander, der ein leichtes Claymore schwingt –, als ich ihn verfolgte.

Nichts konnte diese Abwehr durchbrechen – aber es war eine anstrengende Arbeit, die Kraft und Atem kostete, und ich ließ ihm gerne die Ehre für diese beeindruckende Darbietung – und ich hielt ihn mit leichten und schnellen Finten in Schach. . . .

Plötzlich hob er sein Schwert und schwang es zurück, als wolle er mir direkt auf den Schädel schlagen, und da ich glaubte, noch Zeit für eine Ausweichbewegung zu haben, parierte ich nicht, sondern sprang nach links und versetzte ihm einen geschickten *Coup de flanc*, der ihn unter dem erhobenen rechten Arm quer über die Rippen traf. Ein bisschen höher, und er hätte seinen Arm nie wieder heben können; aber so versetzte ich ihm eine Wunde, die ein nettes kleines Blutvergießen zur Folge haben würde. Im selben Augenblick fiel sein Schwert senkrecht auf meinen rechten Oberschenkel, schnitt lediglich ein unbedeutendes Stück – soll ich sagen „ein Stückchen" – ab und berührte keine wichtige Arterie oder Vene.

Ich hatte das erste Blut vergossen – um den Bruchteil einer Sekunde – und ich hatte eine Wunde zugefügt und einen Kratzer abbekommen.

„*Mary Vanbrugh*", flüsterte ich.

Ich sah einen kurzen Moment Angst in Becques Augen, wusste aber, dass es nur die Angst war, dass ich ihn zu schwer verletzt hatte, um den Kampf fortzusetzen.

Er begann sich zurückzuziehen; er zog sich schnell zurück; er rannte fast ein paar Schritte rückwärts – und als ich ihm schnell folgte, duckte er sich geschickt und schnell unter meinem Schwert, das seitlich an seinem Hals entlangschnitt, und stieß mir mit einem großartigen Hieb gegen die Brust. Ein Seitenschritt rettete mich nur knapp, denn seine Spitze und Klinge pflügten sich in das Fleisch meiner linken Seite, und die andere Klinge schnitt mir in den Oberarm, der in diesem Moment an meinem Körper ruhte. ... Aber die schnelle *Réponsse* war schon immer meine Stärke, und bevor sein Schwert wieder in die Abwehrposition zurückkehrte, versetzte ich ihm einen schweren Hieb auf den Kopf.

Leider war es nur ein Rückhandschlag, als mein Schwert in die Abwehr zurückkehrte, und es war fast der Griff, der ihn traf. Wäre es die Mitte der Klinge gewesen – selbst aus solcher Nähe und mit der Rückhand –, wäre der Hieb dem Anlass würdiger gewesen. So aber nützte er meinem Freund Becque überhaupt nichts.

„*Mary Vanbrugh*", flüsterte ich ein zweites Mal.

Und dann änderte mein Gegner seine Taktik und benutzte sein Schwert mit beiden Händen.

Ein erfolgreicher Hieb hätte ein Glied abgetrennt oder einen Kopf vom Körper getrennt – aber obwohl die Kraft jedes Schlags doppelt so stark war, war die Schnelligkeit jeder Abwehr halb so groß, und da mein Gegner seine Waffe in eine Keule verwandelte, verwandelte ich meine in einen Florett, anstatt gehorsam seiner Taktik zu folgen.

Jetzt war es ein Nashorn gegen einen Leoparden, ein starker Hund gegen eine schnelle Katze – vielleicht Goliath gegen David.

Bisher hatten wir die Schwerter mit der Spitze nach unten gekreuzt, wie beim Säbelfechten, jetzt hielt ich meines mit der Spitze nach oben, wie beim Florettfechten, und wich aus und tanzte auf den Zehenspitzen, während ich einen Stoß vortäuschte.

Schneiden oder stoßen? ...

Ein Schnitt von Becque würde den Tod für de Beaujolais bedeuten – und ich war mir ganz sicher, dass ein Stoß von de Beaujolais den Tod für Becque bedeuten würde. . . .

Mein Gegner erhöhte wieder das Tempo. Er stürmte wie ein Stier, und ich wich ihm aus wie ein Matador. Hundertmal fegte sein Schwert wie eine mächtige Sense an meinem Kopf vorbei, und er war so schnell, dass ich keine Gelegenheit für den Matadoren-Hieb hatte – *den Gnadenstoß*. Wir keuchten beide, unser Atem zischte durch ausgetrocknete Kehlen und Münder, unsere nackten Brustkörbe hoben und senkten sich wie Blasebälge. . . . Wir waren schweiß- und blutüberströmt – und mit glühenden, glasigen Augen blickte Becque uns grimmig an und krächzte heiser:

„ *Verflucht seist du, du* verdammter Tanzlehrer! *Gott soll dich strafen!… Verdammt, du* springender Affe!“ mit jedem furchtbaren Schlag; und de Beaujolais lächelte und flüsterte: „ *Mary Vanbrugh… Mary… Mary…*“, aber glaubt mir, de Beaujolais wurde schwächer, denn er hatte viel Blut verloren, sein linker Arm war ein nutzloses Bleigewicht, ihm wurde schwindelig und übel und er wurde ohnmächtig – und plötzlich schwang Becque mit einem Ausdruck teuflischen Hasses und Wut auf seinem verzerrten Gesicht sein Schwert noch einmal über seinen Kopf und diesmal schwang er es zu weit!

Es war weit über seinem Kopf – und zeigte hinter ihn hinunter –, um mir einen Schlag zu versetzen, der mich bis zum Kinn spalten sollte, als ich meine Spitze senkte und mich mit aller Kraft und Geschwindigkeit auf ihn stürzte. . . . „ *Mary Vanbrugh!*“ . . .

* * *

Ich hatte gewonnen. Mein Schwert ragte einen Fuß hinter ihm hervor. . . .

Er taumelte und fiel. . . . Meine Knie wurden weich und ich brach über seinem Körper zusammen.

„ *Verschwinde, Becque!*“ , dachte ich, als ich zu Boden sank, „und vielleicht auch de Beaujolais! …“

* * *

Nach ein paar Minuten kam ich wieder zu mir und sah, dass der Emir selbst meinen Kopf hielt und mir herrlich kaltes Wasser über Gesicht, Brust und Hände goss. . . . Der Wesir wusch meine Wunden. . . .

Becque war nicht tot – aber fernab von Chirurgen und Krankenhäusern konnte niemand lange überleben, nachdem ihm dieses riesige Schwert durch den Körper gestoßen worden war.

Armer Teufel! Aber er *war* ein Teufel!

* * *

„Die Sitt hat Verbände und Stärkungsmittel“, sagte ich zum Emir, als ich aufstand, und er schickte sofort R’Orab, den Raben, zu den Sklavinnen des *Anderun*, um die Dame Sitt zu bitten, das Nötige für einen Verwundeten zu schicken.

Ich tat, was ich konnte, um dem bewusstlosen Becque zu helfen, und dann zog ich meine *Jelabia*, *meinen Haik*, *meine Kafiyeh* und *meinen Burnus* wieder an, nachdem ich tief aus dem kühlen Wasser getrunken und meine blutenden Wunden getrocknet hatte.

Die gratulierenden Araber drängten sich um mich herum, voller Bewunderung für den Sieger. Hätten sie dasselbe mit Becque gemacht, wenn er gewonnen hätte? Nichts ist so erfolgreich wie der Erfolg. Wer hat, dem wird gegeben. *Væ victis.* Daumen runter für den Verlierer.

„Lässt du Medikamente für dich oder für deinen Feind holen, Sidi?“, fragte der Emir.

„Für meinen Feind, Emir“, antwortete ich. „Das ist christlicher Brauch.“

„Aber er *ist* dein Feind“, sagte der Emir.

„Jeder kann einem verletzten *Freund* helfen“, antwortete ich. „Wenn das als Tugend gilt, wie viel mehr ist es dann eine Tugend, einem gefallenen Feind zu helfen?“

Sentimental – aber passend zu den Anwesenden und dem Anlass.

Der Emir lächelte und schüttelte mir die Hand auf europäische Art, und der Wesir folgte seinem Beispiel.

Ich stand in hoher Gunst und Achtung – für den Moment – als Sieger eines guten, harten Kampfes. . . . *Für den Moment!*. . . Was würde morgen sein, wenn ihr ritterliches Kampfblut abgekühlt war – und man sich an meine üblen Beleidigungen und Beschimpfungen erinnerte? . . .

§ 2

Und dann erschien Mary Vanbrugh, gefolgt von El R'Orab, der die Medikamentenkiste, eine Flasche und etwas Weißes – Watte oder Baumwolle und Bandagen – trug.

Ich hätte wissen können, dass sie nicht nur die notwendigen Dinge schicken würde, wenn sie von Wunden und Verletzungen hörte.

Sie warf einen Blick auf den halb bewusstlosen Becque, ein grauenvolles, blutiges Schauspiel, und dann auf mich. Ich sah wohl verstört und zerzaust aus, und ich hatte ein wenig Blut an meiner Kleidung – außerdem hielt ich das gute Schwert, das ihr vielleicht das Leben und die Ehre gerettet hatte, in meiner Hand.

„*Dein* Werk?", fragte sie mit eiskalter Stimme.

Ich leugnete es nicht.

„Noch mehr *Pflicht*?", fragte sie bitter und ihre Stimme klang verächtlich. „Oh, du *Mörder*, du professioneller, bezahlter Söldner, *du Schlächter*... Oh, du *Mörder* im heiligen Namen deiner edlen *Pflicht*! ... Sag diesen Männern, sie sollen mir viel mehr Wasser bringen – und eine Trage aus Speeren oder Zeltstangen und ein paar Teppichen bauen..." Und sie machte sich wie eine erfahrene Krankenschwester an die Arbeit.

„Reiß ein sauberes *Burnus* oder etwas Ähnliches in lange Streifen", sagte sie, als ich mich hinkniete, um ihr zu helfen . . . „und dann verschwinde aus meinen Augen – du *widerst* mich *an*. . ."

„Bist du auch verletzt?", fragte sie einen Moment später, als mehr Blut aus meinem Oberschenkel, meinen Rippen und meinem Arm sickerte.

„Ein bisschen", antwortete ich.

„Ich bin froh, dass du nur ein bisschen *verletzt bist*", sagte Fräulein Vanbrugh, „das geschieht dir recht" – und dann ...„Stell dir vor, *du* hättest hier gestorben...?"

Ich stellte es mir vor und dankte Gott, dass es nicht so war – ihretwegen.

Nachdem sie Becques schreckliche Wunde gereinigt, sterilisiert und verbunden hatte, bat sie mich, den Arabern zu sagen, sie sollten ihn in die Gästezelte tragen und auf mein Bett legen, damit sie ihn pflegen könne! Ihre Anweisungen wurden befolgt, und unter ihrer Aufsicht wurde der Verwundete mit größter Sorgfalt weggetragen.

Ich bemerkte, dass der Emir Yussuf Fetata anwies, den ägyptisch-arabischen Mann in sein Zelt zurückzubringen und dafür zu sorgen, dass er es nicht verließ.

Als alles für Becque getan war und er regungslos und kaum noch atmend auf meinem Bett lag, wandte sich Mary Vanbrugh an mich.

„Jetzt kümmere ich mich um *dich*, Killer", sagte sie.

„Danke, Fräulein Vanbrugh", antwortete ich, „ich kann mich um meine Kratzer selbst kümmern."

Sie sah mich zweifelnd an. Ihr instinktiver Mutterinstinkt und ihr Drang, Verletzten zu helfen, schienen im Konflikt mit ihrem instinktiven Hass auf diejenigen zu stehen, die die Verletzungen verursacht hatten.

„Lass mich die Wunde an deiner Seite sehen", sagte sie. „Wenn du dich selbst um dein Bein kümmern kannst, kannst du eine Wunde an den Rippen nicht richtig verbinden."

„Ich würde Ihnen um nichts in der Welt Umstände machen wollen, Fräulein Vanbrugh", antwortete ich. „Zweifellos wird mich der berühmte Doktor Hadji Abdul Salam behandeln. ... Diese arabischen Spezialisten haben einige ganz bemerkenswerte Methoden, wie zum Beispiel, dass sie einem eine passende Stelle aus dem *Koran*, geschrieben auf Papier oder einem Lappen, der ordnungsgemäß gesegnet und geweiht wurde, zum Schlucken geben. ... Das wird mir bestimmt gut tun ... Und vielleicht würde Maudie helfen, wenn der Doktor meint, dass ein Verband..." Und dann hatte der Blutverlust nach einem heftigen Kampf (auf nüchternen Magen) seine demütigende Wirkung auf meinen bereits geschwächten Körper, und ich sank zu Boden...

* * *

Als ich wieder zu mir kam, waren Mary Vanbrugh und eine sehr blasse Maudie im Zelt, und ich lag bandagiert auf einigen Teppichen.

Der liebe Becque und ich – Seite an Seite!

„Brandy", sagte Mary Vanbrugh zu Maudie, als ich die Augen öffnete. Maudie schenkte etwas ein und gab es mir. Ich trank den Cognac und war sehr bald wieder ich selbst. Wie oft sollte sich dieses Drama noch wiederholen? Zuerst die Kugel der Tuareg, jetzt Becques Schwert. Was würde das dritte Mal sein?

Das sollte ich bald erfahren.

Ich setzte mich auf, stand auf, steif, wund, verletzt und benommen, aber keineswegs bettlägerig.

„Leg dich sofort wieder hin, Killer", sagte Mary Vanbrugh scharf.

„Danke, Fräulein Vanbrugh", antwortete ich. „Mir geht es wieder gut, und ich bedauere sehr, Ihnen Umstände bereitet zu haben. Ich bin Ihnen sehr dankbar..."

„Ich will deine Dankbarkeit nicht", unterbrach mich das blasse, kompetente, wütende Mädchen.

„... Becque – ich wollte sagen – dafür, dass er so zärtlich zu mir war", fuhr ich fort. Und dann sagte ich etwas, das ich seitdem bereut habe – und wenn ich daran denke, muss ich mich damit trösten, dass ich ein wenig aus dem Gleichgewicht geraten war.

„Es ist noch nicht so lange her, dass du ziemlich froh über die Tötungskraft eines Killers warst, Fräulein Vanbrugh", fuhr ich fort und fühlte mich wie ein Schurke, als ich das sagte. „Auf einem bestimmten Dach in Zaguig, der Killer gegen acht, und dein Leben stand auf dem Spiel. Ich entschuldige mich, dass ich dich daran erinnere. Ich schäme mich..."

„ *Ich* schäme mich ... *Ich entschuldige mich* – demütig, Major de Beaujolais", antwortete sie, und ihre Augen waren leicht gerötet, als ich ihre Hand nahm und sie auf meine Lippen drückte. ... „Aber oh! *Warum... warum...* all diese guten Männer ... dieser Herr Dufour, Achmet, Djikki und jetzt dieses arme verstümmelte, abgeschlachtete Wesen ... Findest du *keine* Pflicht, die Hilfe und Güte und Liebe ist, statt dieser Pflicht zu töten, zu verstümmeln, zu verletzen . . . ?"

* * *

Ja – ich begann zu glauben, dass ich eine Pflicht finden könnte, die Liebe war...

§ 3

Becque erholte sich in dieser Nacht auf unglaubliche Weise. Sein starker Geist flackerte auf, loderte auf und brannte dann klar und deutlich.

Ich holte mir etwas zu trinken, da ich vor Durst fast umkam, als er sagte:

„Du hast gewonnen, de Beaujolais", sagte er leise.

„Ich habe gewonnen, Becque", antwortete ich.

Ich wollte mich nicht über einen gefallenen Feind freuen, und ich wollte kein Bedauern gegenüber einem niederträchtigen Verräter und einem hinterhältigen Mistkerl zum Ausdruck bringen – der darüber hinaus den Tod, die Verstümmelung und die Entehrung zweier weißer Mädchen (darunter *Mary Vanbrugh*) geplant hatte.

„Es ist eine seltsame Welt", sinnierte er. „Du hättest mich an diesem Tag fast erschossen, und ich hätte dich fast hängen lassen ... Der reinste Zufall hat mich gerettet, und das Glück hat dich gerettet..."

Ich nahm an, dass dies das halb wahnsinnige Geschwätz eines Fieberkranken war. Aber der tapfere, böse Becque sah weder wahnsinnig aus, noch klang er so.

„Was meinst du damit?", fragte ich, mehr um etwas zu sagen als um eine ernsthafte Frage zu stellen.

"Ah – der brillante de Beaujolais – Beau Sabreur der Blauen Husaren und der Spahis! ... Der strahlende Stern des *Bureau Arabe*, des Geheimdienstes, der Geheimabteilung der französischen

Armee in Afrika! Du glaubst, du weißt viel, nicht wahr, und du bist sehr zufrieden mit dir selbst – aber du weißt nicht, wer deine eigenen Männer von unterdrückten Sklaven in blutrünstige Meuterer verwandelt hat, oder? Und du warst in deinem ganzen Leben noch nie dem Tod so nahe. Weißt du, mein kluger Freund, dass dich nichts hätte retten können, wenn diese verfluchten Araber nicht in diesem Moment angegriffen hätten – dank *mir*? ... Weißt du, dass deine eigenen Männer dich an den Fahnenmast hängen, dann alles niederbrennen und abmarschieren wollten? ... " *Eine weitere Meuterei in der unzufriedenen und verrotteten französischen Armee*! "... Schlagzeilen in der ausländischen Presse! ... Ermutigung für die Feinde Frankreichs! ... Das wäre großartig gewesen, nicht wahr?

Ich dachte angestrengt nach und durchforstete mein Gedächtnis. . . .

Ich hatte ganz sicher nie versucht, Becque zu erschießen, und noch weniger war ich in Gefahr gewesen, von diesem Herrn gehängt zu werden.

Trotz seiner scheinbaren Beherrschung seiner Sinne musste er mit seinen Gedanken abschweifen – und zwar in eine Welt voller verschlungener Pfade.

Es wurde still, nur unterbrochen vom Summen der Fliegen, die ich von seinem Gesicht verscheuchte.

Ein paar Minuten später öffneten sich die geschlossenen Augen und starrten mich an wie die einer Schlange.

„Schöne, kluge Frau aus dem Beaujolais", begann die hasserfüllte Stimme wieder. „Wie knapp ich dich damals erwischt hätte und wie ich seitdem diese Araber verflucht habe – diese schwarzen Teufel aus der Hölle, die dich gerettet haben ..."

Wahnsinn, zweifellos ... Ich wischte wieder die Fliegen von den klebrigen Lippen und befeuchtete sie mit einer in Zitronensaft getauchten Ecke eines Taschentuchs.

„Und wann und wo war das, Becque?", fragte ich im Plauderton.

„Der mächtige Krieger, der Beau Sabreur, das Gehirn der französischen Armee, hat doch wohl die kleine Episode von Zinderneuf vergessen? ..."

Zinderneuf! . . .

Was *konnte* dieser Becque über Zinderneuf wissen? ...

War das noch ein weiteres Rätsel, das sich zu den vielen anderen um den Namen dieses unheilvollen Schlachtfeldes gesellte?

Zinderneuf! ... Meuterei ...

Was hatte Dufour zu mir gesagt, als ich vor dem Betreten dieser stillen Festung, die von den Toten bewacht wurde, die Parade antreten ließ, alle Mann auf ihren Plätzen und bereit zur Postzustellung . . . („Den Toten ist es verboten zu sterben. Die Gefallenen, die nicht fallen durften?"). . . . Er hatte gesagt: „ *Es wird Ärger geben. . . . Sie sind verdorben von* Cafard *und Übermüdung. . . . Sie werden dich erschießen und* massenhaft *desertieren*! . . ."

Könnte dieser Becque dort gewesen sein? ... Völlig unmöglich. ...

Wieder dachte ich angestrengt nach, durchforstete mein Gedächtnis und konzentrierte mich ganz auf die Ereignisse dieses schrecklichen Tages. . . .

Dufour war natürlich da. . . .

Ja, und dieser hervorragende Sergeant Lebaudy, erinnerte ich mich, der Mann, von dem man sagte, er habe die lauteste Stimme in der französischen Armee. . . .

Und dieser strenge Unteroffizier Brille, den ich einmal mit der *Crapaudine* bedroht hatte, als ich ihn dabei erwischte, wie er sie unrechtmäßig anwendete. Ich konnte ihre Gesichter sehen. Ja. Und dieser Trompeter, der sich freiwillig gemeldet hatte, um das Haus des Todes zu betreten. Natürlich ... er war einer der drei Gestes, wie ich erfuhr, als ich nach Brandon Abbas in England fuhr, um Trauzeuge bei der Hochzeit von George Lawrence zu sein ... Lady Brandon war ihre Tante ...

Ja, und ich erinnerte mich an zwei brave amerikanische Soldaten, mit denen ich mich auf Englisch unterhalten hatte – Männer, die ich leider in den Tod geschickt hatte, durch Durst oder durch Araber, als ich in dieser schrecklichen Nacht versucht hatte, St. André und seine Senegalesen zu warnen.

An sonst niemanden konnte ich mich erinnern ... An niemanden ...

„Und was weißt *du* über Zinderneuf, Becque?“, fragte ich.

Sein bitterer, spöttischer Lachanfall war unangenehm anzuhören.

„Ach, du armer Narr“, antwortete er. „Ich weiß so viel über Zinderneuf, dass du dort fast ins Grab getreten bist ... In das Grab, das *ich* dort für dich gegraben habe ... Aber dieser Ort ist genauso gut geeignet.“

Meine Gedanken waren noch in Zinderneuf, und ich antwortete abwesend:

„Du glaubst, ich werde *hier* mein Grab finden, nicht wahr, Becque?“

„Das hoffe ich aufrichtig“, antwortete Becque. „Ich hoffe wirklich und glaube fest daran, dass dieser Emir mit dir und deinen Frauen das tun wird, wozu ich ihn gedrängt – und versucht habe, ihn zu bestechen –, damit zu tun.“

Ich schwieg, denn der Mann lag im Sterben.

“Du bist noch nicht aus dem Schneider, schöner de Beaujolais, schöner Sabreur”, fuhr die grausame, bittere Stimme fort. ”Mein Kollege hat Verstand – wenn auch nicht viel Mut – und er hat auch Geld. Und die Macht, jeden Franc gegen dich oder jeden anderen zu setzen und dann zu verdoppeln. Oh, wir werden gewinnen. Und ich würde meine Seele verkaufen, um die Stunde des Erfolgs zu erleben – und dich aufgespießt auf einem angespitzten Palmstamm und *deine Geheimdienstfrauen den sudanesischen Soldaten übergeben.*

Ich biss mir auf die Lippen und schwieg, denn der Mann lag eindeutig im Sterben.

§ 4

Trotz der wohlüberlegten Meinung, die Fräulein Vanbrugh geäußert hatte, bin ich ein humaner Mensch, und wenn ich meinen Feind bekämpfe, wie ein Soldat ihn bekämpfen sollte, versuche ich, nach dem Kampf *ohne Groll* zu sein.

Solange Becque wach und bei Bewusstsein war, saß ich bei ihm, ertrug seine Gemeinheiten und tat, was ich konnte, um seine Leiden in seinen letzten Stunden zu lindern. ... Manchmal ändern sich Menschen und werden auf ihrem Sterbebett milder und bereuen. ... Ich bin kein religiöser Mensch, aber ich halte hartnäckig an dem fest, was gut und richtig ist, und wenn der nahende Tod Becque zu einer besseren Geisteshaltung verhalf, würde ich alles in meiner Macht Stehende tun, um diese zu fördern und zu entwickeln. ... Ich würde ihm mehr als auf halbem Weg entgegenkommen, und wenn seine Sinneswandlung echt wäre, würde ich ihm im Namen Frankreichs und Mary Vanbrughs bereitwillig vergeben. ...

„Nun, Becque“, sagte ich, „ich werde mein Bestes gegen deinen Kollegen tun – und *ich* würde viel dafür geben, um den Moment des Erfolgs zu erleben und dich nicht aufgespießt, sondern mit einem Freipass zurück in deine Heimat zu sehen.“

„Du heuchlerischer Lügner“, antwortete mein Herr, „du hast mich umgebracht, und jetzt sitzt du da und *freust dich...*“

„Unsinn, Becque“, antwortete ich. „Ich bin froh, dass ich den Kampf gewonnen habe – aber ich würde alles tun, um dir zu helfen oder dich zu trösten, armer Kerl...“

„Noch eine Lüge, du scheinheiliger Heuchler und Schwein“, antwortete Becque.

„Nein“, sagte ich. „Die reine Wahrheit.“

„Dann beweise es“, war die schnelle Antwort.

„Na?“, fragte ich und stand auf, um ihm alles zu holen, was er wollte, oder alles zu tun, was er sich wünschen könnte.

“Hör mal, de Beaujolais”, sagte er, ”du bist Soldat. . . . Ich auch. . . . Wir haben beide ein hartes Leben geführt – und meine Zeit ist gekommen. . . . Nichts kann mich retten – hier in der Wüste ohne Ärzte, Betäubungsmittel, Sauerstoff, Desinfektionsmittel – und ich werde vielleicht noch tagelang leiden, so wie ich verwundet bin. Ich *weiß*, dass mich nichts auf Gottes Erde retten kann – das weißt du auch. Dann lass mich jetzt sterben, wie ein Soldat. Nicht wie eine kranke Kuh im Stroh. Erschieß mich, de Beaujolais.

„Ich kann nicht“, antwortete ich.

„Nein – wie ich schon sagte – du bist ein heuchlerischer Lügner und ein scheinheiliger Heuchler, voller Worte und Worte ...“, antwortete Becque; und dann ahmte er in bitterer Spott meine Worte nach: „ *Ich würde alles für dich tun, armer Kerl!...* “

„Ich kann dich nicht umbringen, Becque“, sagte ich.

„ *Das hast* du *schon*“, erwiderte er. „Kannst du deine Arbeit nicht zu Ende bringen? Nein. Der kühne und schöne Mann aus Beaujolais konnte das nicht – er konnte sich nur an seinem Werk weiden und die letzten Stunden des Mannes, den er getötet hatte, hinauszögern. Du und deine arabischen, lüsternen Frauen aus den Bordellen von Paris ...“ Und er spuckte.

„Eine dieser Frauen hat dich gepflegt wie eine Krankenschwester oder eine Mutter, Becque“, sagte ich. „Sie hat dir ihren ganzen Vorrat an Cognac, *Eau de Cologne*, Desinfektionsmitteln und chirurgischem Material gegeben ...“

„Wie ich schon sagte“, unterbrach er mich, „um mich am Leben zu halten und sich daran zu weiden ...“

Es wurde still in dem heißen, schwach beleuchteten Zelt, und ich saß da und beobachtete diesen Becque.

Nach einer Weile sprach er wieder.

„De Beaujolais“, sagte er, „ich mache einen letzten Appell als Soldat an einen Soldaten ... Haltet mich nicht tagelang in Qualen am Leben – in dem Wissen, dass ich vor meinem Tod ein eiternder Haufen von Gangrän und Verwesung sein werde ... In dem Wissen, dass mich nichts mehr retten kann ... Ich flehe dich an, dich, an dessen Händen mein Blut klebt, verschone mich *davor*... Leg deine Pistole neben mich – und lass Becque so sterben, wie er gelebt hat, mit einer Waffe in der Hand ...“

Ich dachte schnell nach.

„... Komm schon, de Beaujolais, das ist doch nicht *zu viel* verlangt. Deine weißen Hände bleiben sauber und dein Gewissen muss sich nicht vorwerfen, dass du mich Qualen ausgesetzt hast, die mir selbst die Araber ersparen würden ...“

Ich fasste einen Entschluss.

„De Beaujolais – wenn ich auch nur den Hauch einer Chance habe, zu überleben, lehne meine Bitte ab. ... Wenn ich keine Chance habe, und du *weißt, dass* ich keine habe – so sicher, wie du weißt, dass die Sonne aufgeht –, dann, wenn du ein Mann bist, ein menschliches Wesen mit einem Funken Menschlichkeit in dir, leg deine Pistole neben meine Hand. ... Du kannst dich umdrehen, wenn du zimperlich bist. ... Tu es, de Beaujolais, und ich werde dir vergeben und meine Sünden bereuen, wenn ich sterbe ...“

Seine Stimme brach, und ich schluckte einen Kloß in meiner Kehle, als ich aufstand und zu der Stelle ging, wo mein Revolver an der Zeltstange hing. Mein Schwert war unterhalb seiner Lunge eingedrungen und hatte Leber, Magen und wahrscheinlich das Rückenmark durchbohrt. Er würde dieses Bett nie mehr verlassen, nichts auf der Welt konnte ihn retten, und sein langwieriger Tod würde grauenhaft sein. . . . Es *war* das Einzige, was ich für ihn tun konnte. . . .

Ich legte die Pistole neben seine rechte Hand.

„Leb wohl, Becque“, sagte ich. „Im Namen Frankreichs und Mary Vanbrughs vergebe ich dir das Böse, das du ihnen beiden antun wolltest. ... Ich persönlich empfinde keinerlei Hass. ... Leb wohl, tapferer Mann – leb wohl, alter Freund....“ Ich berührte seine Hand und wandte mich ab.

* * *

Die Kugel streifte mein Ohr.

Ich sprang herum und schlug Becque die Pistole aus der Hand.

„Du verräterischer *Teufel*!“, schrie ich.

„Du armer leichtgläubiger *Narr*!“, antwortete er mit einem schiefen Lächeln, das seine glänzenden Reißzähne zeigte.

Der Wachposten hob die Türklappe und schaute herein, und Mary Vanbrugh eilte aus der *anderen* Hälfte des Zeltes, als ich meinen Revolver aufhob.

„ *Oh! Was ist los?*“ , fragte sie atemlos.

„Ein Unfall“, antwortete Becque. „Einer der bedauerlichsten, die je passiert sind. . . . Ich werde es mein Leben lang bereuen. . . .“ Und er lachte.

Die Tapferkeit und der Mut dieses lieben Becque waren unbestreitbar.

„Mehr Pflicht, dachte ich, Major de Beaujolais“, bemerkte das Mädchen.

„Das war es auch. So habe ich es mir vorgestellt, Fräulein Vanbrugh“, antwortete ich.

Nachdem sie Becques Verbände angesehen und ihm einen Schluck heiße *Suppe* gegeben hatte, die aus unseren Fleischpasteten und etwas Cognac zubereitet worden war, kehrte sie zum *Anderun* zurück und forderte mich auf, die *Suppe* zu trinken, da Becque kaum mehr als einen Schluck davon zu sich nehmen konnte.

„Du hast wieder gewonnen, du Hund!“, sagte Becque, sobald wir allein waren. „Wie dumm von mir, mit zitternder Hand auf deinen Kopf zu zielen! ... Aber ich wollte so gerne das arme Hirn sehen, auf das du so stolz bist ... Wirst du mich *jetzt* töten?“

„Nein“, antwortete ich.

„ *Ich weiß, dass du es nicht tust!*“ , erwiderte er. „Du hast nicht den Mut dazu ... *Und ich weiß, dass ich mich erholen werde*... Warum, du Narr, ich atme fast ohne Schmerzen ... Meine Lungen sind völlig in Ordnung ... Du hast mir nur eine Fleischwunde zugefügt, und ich heile hervorragend. Das war schon immer so ...“

Der arme Kerl wusste offensichtlich nicht, dass die Verbände eine tödliche Wunde verbargen, wie sie ein Mensch nur selten erleidet. Sein Gerede von tödlichen Verletzungen und dem sicheren Tod, das er für eine List gehalten hatte, um mich zu täuschen und zu verwirren, war nichts als die reine Wahrheit.

„In einer Woche bin ich wieder auf den Beinen, du dummer Affe“, fuhr er fort, „und dann kriege ich dich noch! ... Glaub mir, schöner Beau Sabreur, ich werde dich beim nächsten Mal nicht verfehlen. . . . Aber ich hoffe, dass es nicht dazu kommt. . . . Ich will dich ganz anders sterben sehen – und dann werde ich mich um deine arabenschändenden Huren kümmern. . . . Aber ich werde dich schon noch kriegen! Ich *werde* dich *kriegen*, mein Beau Sabreur! . . .“

Er stützte sich auf einen Ellbogen, zeigte mit zitternder Hand auf mein Gesicht, spuckte und fiel tot zurück. . . .

Kapitel XVI. Für meine Dame

"Die weltlichen Hoffnungen, die die Menschen in ihre Herzen setzen,
werden zu Asche – oder sie gedeihen;
und schon sind sie, wie Schnee auf dem staubigen Gesicht der Wüste,
die ein oder zwei Stunden leuchtet, verschwunden..."

Nachdem Becques Leichnam im Morgengrauen zur Beerdigung weggebracht worden war, begann ich mich bald zu fragen, ob die Ereignisse des vergangenen Tages und der vergangenen Nacht wirklich stattgefunden hatten oder ob sie nur die Alpträume eines Fieberwahnsinnigen waren.

Meine Wunden waren jedoch real genug und, obwohl leicht, äußerst schmerzhaft, pochten fast unerträglich und machten jede Bewegung zur Qual.

Ich hätte aber nicht ohne sie sein wollen, denn Mary Vanbrugh verband sie dreimal an diesem Tag, und auch wenn ich ihre Stimme kaum hörte, spürte ich die wohltuende Berührung ihrer Finger.

Aber sie kümmerte sich um mich so unpersönlich und kalt wie eine Königin, die Bettlern die Füße wäscht, oder wie ein bestimmter Typ von Militärarzt, der einen kranken Negersoldaten behandelt.

Als sie das Zelt nach ihrem letzten fast lautlosen Besuch verließ, blieb sie am Türvorhang stehen und drehte sich zu mir um.

„Was genau *war* das für ein Schuss in der Nacht, Major de Beaujolais?", fragte sie.

„Das war Becque, der auf mich geschossen hat", antwortete ich. „Sie haben doch nicht geglaubt, dass ich auf Becque geschossen habe, Fräulein Vanbrugh?"

„Ich wusste es wirklich nicht, Major de Beaujolais", antwortete das Mädchen. „Ich wäre nicht so dumm, *Ihnen Grenzen* zu setzen, was Sie im Namen der *Pflicht* tun könnten! ... Nichts in dieser Richtung würde mich jetzt *noch* überraschen, glaube ich..."

„Die Pflicht eines Mannes *ist* seine Pflicht", antwortete ich.

„Oh, natürlich", antwortete sie. „Ich möchte nicht, dass du auch nur einen Millimeter von deinem großartigen Weg abweichst. ... Aber seit dem Tag, an dem du mir gesagt hast, dass du mich den Tuareg ausgeliefert hättest – wenn es nur ein Kamel gegeben hätte –, habe ich nachgedacht ... sehr viel nachgedacht ... Ja, " *die Pflicht eines Mannes ist seine Pflicht,,* und – wenn ich es wagen darf, so vermessen zu sprechen – die Pflicht einer Frau ist auch *ihre* Pflicht..."

„Sicher", stimmte ich zu.

„Und so sehe ich es als *meine* Pflicht an, dich nicht weiter aufzuhalten und in der Oase bei diesen edlen Arabern zu bleiben – *unter dem Schutz des Emir el Hamel el Kebir...*"

„ *Was?"* , rief ich, aus meiner gewohnten Ruhe und Höflichkeit aufgeschreckt. „Du hältst es für deine *'Pflicht'*, *was* zu tun?"

Mir wurde tatsächlich schwindelig, und ich begann vor Entsetzen, Angst und einer tödlichen Seelenqual zu zittern.

„Ich denke, du hast mich verstanden", antwortete das Mädchen kalt, „und ich denke, du weißt, dass ich immer meine, was ich sage, und sage, was ich meine. Oh, glaub mir, Major de Beaujolais – ich habe meine eigenen Vorstellungen von *Pflicht – und* es ist nicht meine Aufgabe, dich daran zu hindern, deiner nachzukommen."

Ich trank etwas Wasser, und meine zitternde Hand verschüttete mehr, als meine trockene Kehle schlucken konnte.

„Also werde ich hierbleiben", fuhr sie fort, „und ich glaube auch, dass mir die Sitten und Ideale dieses Emirs besser gefallen. Irgendwie glaube ich nicht, dass *irgendetwas ihn* dazu hätte bewegen können, eine Frau dem sicheren Tod oder Schlimmerem auszuliefern. Nicht einmal ein *Vertrag*!" Und der bittere Spott in ihrer Stimme, als sie dieses Wort aussprach, war schrecklich.

Ihre Stimme verbrannte und versengte mich. Ich versuchte zu sprechen, aber es kam kein Ton heraus.

„Ich glaube auch nicht, dass ich hier in größere Gefahr geraten würde, als wenn ich mich wieder mit einem Gentleman wie dir, der so eine Meinung über die relative Bedeutung einer Frau und eines Stücks Papier hat, in die Wüste aufmachen würde. ... Auch meine Zofe wird nicht mit dir gehen. ... Ich vertraue ihr ebenso wie mir selbst diesen Menschen mit ihrer weniger ausgeprägten Zielstrebigkeit an ... und ich *mag* diesen Emir – sehr."

Ich fand meine Stimme wieder. ... Aufgrund meiner Verletzungen kniete ich mich unbeholfen vor ihr nieder. ...

„Fräulein Vanbrugh . . . *Mary*. . ." rief ich. „Das ist unmenschliche Grausamkeit ... Das ist *Wahnsinn*! ... Denk nach! ... Ein Mädchen wie du – eine schöne, faszinierende Frau – *hier... allein*... Du musst verrückt sein ... Denk nach ... *Ein Harem – diese* Araber ... Ich würde dich lieber hier und jetzt erschießen ... Das ist schlichtweg unglaublicher *Wahnsinn*..."

„Ja – genau wie du, Major de Beaujolais", antwortete sie und wich vor mir zurück. „ *Ich* bin jetzt 'verrückt' nach meiner *Pflicht*. . . . Sie ist auch für *mich* zu einer Obsession geworden – (ein Beispiel für den Einfluss, den die Umgebung auf den Charakter eines Menschen hat!) – und ich halte es für meine Pflicht, dir völlige Freiheit zu lassen, dich ganz wichtigeren Dingen zu widmen – dir völlige Freiheit zu lassen, allein aufzubrechen, sobald du deine Geschäfte erledigt hast – denn ich werde dir nicht länger im Weg stehen. . . . Auf Wiedersehen, und – da ich nicht glaube, dass wir uns wieder sehen werden – vielen Dank, dass du mich sicher hierher gebracht hast und mir so hohe Maßstäbe gesetzt und ein so großartiges Beispiel gegeben hast. . . ."

* * *

Ich weiß nicht, was ich geantwortet habe – noch was ich getan habe. In diesem Moment war ich *ganz* Franzose und ließ meinen schrecklichen Gefühlen freien Lauf.

Aber ich weiß, dass Mary Vanbrugh das Zelt mit den kalten Worten verließ:

„Die Pflicht, Major de Beaujolais – vor *allem anderen*! Wir werden *beide* unsere Pflicht tun. ... Ich werde dem Emir el Hamel el Kebir sagen, dass ich beabsichtige, auf unbestimmte Zeit hier unter seinem Schutz zu bleiben, und dass ich hoffe, er wird Ihnen Ihren kostbaren Vertrag geben und Sie sofort entlassen. ... Mein Gewissen – das Sie geweckt haben – wird mich in dem bestärken, was *ich* jetzt als *meine* Pflicht erachte. ... Auf Wiedersehen, Major de Beaujolais. ..."

Ich saß stundenlang mit meiner Pistole in der Hand da, und ich glaube, ich kann jetzt behaupten, zu wissen, was Leiden *ist*. Seit dieser Stunde habe ich kein Wort des Vorwurfs mehr für den armen Kerl übrig, der sich das Gehirn weggeblasen hat.

§ 2

An diesem Tag sah ich niemanden mehr, aber in der Nacht wurde ich aus einem unruhigen, von Albträumen geplagten Schlaf von Hadschi Abdul Salam geweckt.

Er wiederholte noch einmal seine Vorschläge und Warnungen, die er nun um die Eliminierung von Becque ergänzt hatte.

ERSTENS: Würde ich mit seiner Hilfe sofort allein fliehen, mit einer starken französischen Streitmacht zurückkehren und ihn zu Frankreichs treuem (gut bezahltem) Vasallen Emir Regent der Großen Konföderation machen? Oder

ZWEI: Würde ich ihm einen großen Sack Gold und meine Hilfe versprechen, damit er die Regentschaft der Konföderation erhält, wenn er den Emir durch Suleiman den Starken töten lässt und feierlich schwört, den besagten Suleiman so bald wie möglich zu vergiften! (Er konnte den Emir nicht vergiften, da dieser misstrauische Mann alle Vorkehrungen gegen solche Unfälle getroffen hatte.)

Er warnte mich eindringlich, dass ich durch die Ablehnung beider Vorschläge mit Sicherheit ein schmerzhaftes und vorzeitiges Ende finden würde und meine beiden Frauen zu *Haremssklavinnen* würden. Er konnte mit Gewissheit und Wahrheit behaupten, dass der Emir beschlossen hatte, mich und den Araber-Ägypter zu töten, das Geld, die Kamele, die Waffen und den sonstigen Besitz von uns beiden zu behalten und dann das frühere Angebot des Großscheichs el Senussi anzunehmen und ein Verteidigungsbündnis mit ihm zu schließen.

Ich hörte ihm zu, in der Hoffnung, etwas Neues zu erfahren.

Als er fertig war und ich etwas knapp geantwortet hatte, zeigte ich auf die Tür und sagte:

„Und jetzt, Heiliger, geh in Frieden, bevor ich eine Gottlosigkeit begehe. Mit anderen Worten: Verschwinde, du niederträchtiger, schmutziger, verräterischer Hund, bevor ich dich erschieße …"

Der Hadschi ging, und als er aus meinem Zelt schlich, lief er in die Arme des Scheichs el Habibka el Wazir – und ich sah ihn nie wieder in diesem Leben und erwarte auch nicht, ihn im nächsten zu sehen.

Ich hörte, dass er kurz darauf krank wurde und starb. Das passiert oft, wenn man sich den Wünschen von Wüstenemiren in den Weg stellt.

Ich lag bis zum Morgengrauen wach, wahrscheinlich der ängstlichste, verstörteste und beunruhigteste Mensch in Afrika. . . .

Mary Vanbrugh … Frankreich … Mein Dienst … Mein Onkel … Meine Pflicht … Ein empörter, unverzeihlich beleidigter Despot, ein grimmiger, ungezügelter Tyrann, dessen „Ehre" sein Leben war – und in dessen Händen das Schicksal der beiden Frauen lag, für deren Sicherheit ich verantwortlich war.

§ 3

In der nächsten Nacht spitzte sich die Lage zu.

Der Emir el Hamel el Kebir und der Scheich el Habibka el Wazir betraten mein Zelt und waren, als hätte nichts die freundschaftlichsten Beziehungen gestört, herzlich freundlich.

Viel zu freundlich, fand ich, und da ich die Araber kenne, konnte ich das Gefühl nicht unterdrücken, dass ihr Besuch nichts Gutes verheißte. Ich wurde mir dessen sicher – und ich hatte Recht.

Nach den üblichen Höflichkeiten und nachdem ich die mir angebotene Gastfreundschaft abgelehnt hatte, sagte der Emir:

„Eure Exzellenz liegt die erfolgreiche Erfüllung dieser Mission sehr am Herzen?"

„Das wäre eine gute Sache für Ihr Volk und würde meinem Volk gefallen", antwortete ich. „Ja, es liegt mir sehr am Herzen."

„Eure Exzellenz liegt das Wohlergehen und Glück von Sitt Miriyam sehr am Herzen?", fuhr die sonore Stimme fort.

War da ein spöttischer Unterton?

„So sehr, dass ich es mehr schätze als den Vertrag", antwortete ich.

„Und neulich Nacht haben Sie mich *Hund* und *Schwein* und *dreckiger schwarzer Teufel* genannt, glaube ich", sagte der Emir als Nächstes.

„Ja", fuhr er fort, als ich schwieg. „Ja. Und Eure Exzellenz liegen diese Dinge sehr am Herzen. Er bewundert diese schöne Frau sehr. Vielleicht liebt er sie *sogar? Möglicherweise würde er sogar für sie sterben?…* "

Der Wesir beobachtete den Emir, strich sich über den Bart und lächelte.

„Eure Exzellenz würde eine große Tat für Frankreich vollbringen? … Aber vielleicht liebt er Frankreich nicht so sehr, dass er für sie sterben würde? Vielleicht ist diese Frau sein Glaube, da er ein Ungläubiger ist? … Ja, vielleicht *ist* sie sein Glaube? …"

Die beiden Männer starrten mich nun mit rätselhaften Augen an, grausam, hart und unergründlich, die unlesbaren fremden Augen der Orientalen. . . .

Es herrschte kurze Stille, ein Willenskampf, ein dramatischer Kampf der Persönlichkeiten.

„ *Bist du bereit, für deinen Glauben zu sterben?*“ , fragte der Emir – und ich zuckte zusammen, als hätte mich ein Stich getroffen. Wo hatte ich diese Worte schon einmal gehört? Wer hatte sie gesagt?

Ich hatte *sie* gehört. Ich hatte genau dieselben Worte vor Jahren in Saint-Denis zu Becque selbst gesagt. Nun, vielleicht würde ich mich besser schlagen als Becque damals – umso besser, als meine Sache edler war.

„ *Ich bin es*“, antwortete ich mit den Worten des Toten.

„ *Das wirst du*“, sagte der Emir, wie ich es zu Becque gesagt hatte – und ich schwöre, dass, als er das sagte, das Gesicht des Wesirs sank und er vor Wut auf seinen Oberschenkel schlug. ... War er mein Freund?

„Hör zu“, sagte der Emir. „Diese beiden Frauen sollen in Ehren und Sicherheit freigelassen werden, am Tag, nachdem der Tod die Beleidigungen ausgelöscht hat, die du mir zugefügt hast. Nach den Worten “ *Hund*„, “ *Hundesohn*„, “ *Schwein*„, “ *schwarzgesichtiger Teufel*„ glaube ich, dass wir beide nicht leben können. ... Ich würde auch nicht mit meiner eigenen Hand den Mann töten, der in Frieden kommt und mein Salz isst. ... Sprich, *Roumi*...“

„Welchen Beweis und welche Garantie habe ich, dass du dein Wort hältst, Emir?“, fragte ich.

„Keine, außer dass ich es gegeben habe“, war die Antwort. „Alle, die mich kennen, wissen, dass ich nie mein Wort gebrochen habe, nie ein Versprechen oder eine Drohung nicht eingehalten habe. ... *Wenn du heute Nacht durch deine eigene Hand stirbst, sind deine weißen Frauen so frei wie die Luft. Ich* , Emir el Hamel el Kebir, schwöre beim Heiligen Koran, beim Bart des Propheten und bei den heiligen Namen Gottes, dass ich die beiden Sitts in vollkommener Sicherheit an jeden Ort bringen werde, an den sie wollen.“

„Und wenn ich deinen freundlichen Vorschlag, Selbstmord zu begehen, ablehne?“, spottete ich in meiner Angst, meinem Elend und meiner Wut.

„Dann kannst du dich in Sicherheit davonstehlen; der unterzeichnete Vertrag geht mit dir; die Sitt Miriyam kommt in den *Harem* des Scheichs el Habibka el Wazir; und die Sitt Moadi kommt in meinen. . . .“

„Du Sohn Satans! Du teuflischer Hund...“, fing ich an.

„ *Entscheide dich* – rede nicht so viel“, sagte der Emir.

Jetzt steckte mein Revolver in seinem Halfter und mein Schwert lehnte an der Zeltstange. . . . Lass mich nachdenken ... Gütiger Gott, lass mich nachdenken ... Wenn ich diese beiden Hunde und den Wachposten erschießen könnte, der hereinstürmen würde – könnte ich dann die Mädchen aus ihren Betten holen, sie auf Kamele bringen und wegbringen – ich allein, gegen die Leibwache des Soudanesen, deren Reihen nicht hundert Meter entfernt waren, und gegen den ganzen Mob, der herbeieilen würde? Solche Dinge passierten zweifellos in den Büchern, die Maudie las.

Nein. Ich war völlig und hoffnungslos in der Gewalt dieser Männer. Und was *würde* aus dem Vertrag *werden*, wenn es uns *gelänge* zu fliehen?

„Da du dein Wort gibst, dass der Vertrag unterzeichnet und loyal eingehalten wird oder dass die beiden Sitts in Sicherheit gebracht werden, warum vollbringst du diese weisen und edlen Taten nicht, ohne sie mit Mord zu beflecken?“, fragte ich.

„Bestraft ihr nicht diejenigen, die *euch* tödlich beleidigen?“, fragte der Emir.

„Ich bekämpfe sie“, antwortete ich, und mein Herz machte einen kleinen Sprung der Hoffnung, als mir eine Idee kam. „Ich bekämpfe sie – ich ermorde sie nicht. Kämpfe morgen gegen mich, Emir – und wenn ich sterbe, lass die Sitts gehen und den Vertrag mitnehmen.“

„Und wenn *ich* sterbe?“, fragte der Emir.

„Dann ist es die Hand Allahs“, antwortete ich. „Es wäre ein Zeichen dafür, dass du Unrecht getan hast. Der Wesir muss den Befehl haben, dafür zu sorgen, dass wir alle mit dem Vertrag in Sicherheit gehen können.“

Der Emir lächelte und schüttelte den Kopf.

„Ein *mutiger* Mann würde unter der Bedingung gegen mich kämpfen, dass die Sitts auf jeden Fall gehen und den Vertrag mitnehmen dürfen – und dass ich gehe, wenn ich gewinne", sagte ich.

„Ich kämpfe nicht gegen diejenigen, die in Frieden zu mir kommen und meine Gastfreundschaft genießen", antwortete der Emir mit einem spöttischen Lächeln.

Er spielte nur mit mir, wie eine Katze mit einer Maus spielt, die sie gleich töten wird.

„Nein? Du ermordest sie nur?", fragte ich.

„Niemals", antwortete der Emir. „Aber ich kann sie nicht daran hindern, sich das Leben zu nehmen, wenn sie darauf versessen sind. ... Wenn du heute Nacht stirbst, werden die Sitts morgen von hier weggehen. Du *weißt*, dass ich die Wahrheit sage. ..."

Das wusste ich. Ich stand auf, und meine Hand wanderte langsam und widerstrebend zu meinem Holster. Das Leben war sehr schön – mit Mary so nah und lieb.

Ich umfasste den Griff der Waffe – und hätte sie fast gezogen und mit einer einzigen Bewegung auf das lächelnde Gesicht des Emirs abgefeuert. Aber das hätte nur zum Schlimmsten führen können. Es gab nicht den Schatten einer Möglichkeit, dass Gewaltanwendung etwas anderes als Schaden angerichtet hätte.

Ich zog meinen Revolver, und die Hände der beiden Araber bewegten sich unter ihren Gewändern.

„Deine Pistole ist nicht geladen", sagte der Scheich, „aber unsere sind es."

Ich öffnete den Verschluss der Waffe und sah, dass die Patronen herausgenommen worden waren. . . .

* * *

„Mach weiter mit dem Mord, edler Emir – wahres Vorbild an Ritterlichkeit und Gastfreundschaft", sagte ich und fügte hinzu: „Aber denk daran, wenn den Sitts etwas zustößt, wirst du nie wieder einschlafen können, ohne dass meine kalte Hand dich an der Kehle packt – du Schande für den Namen des Mannes, der Muslime und der Araber ... Du Schänder des Korans und Feind Gottes."

„Wenn du damit meinst, dass du sterben willst, damit die Sitts frei sind und meine Ehre von der Beleidigung gereinigt wird ...", antwortete der Emir und klatschte leise in die Hände, während der Wesir wütend einen Fluch in seinen Bart murmelte. ... *War* er mein Freund? ...

Der Sklave, der der ständige Begleiter des Emirs war und den er El R'Orab, die Krähe, nannte, beugte sich in das Zelt.

„Bring den Köter und etwas Wasser", sagte der Emir.

El R'Orab, der Rabe, verließ das Zelt und kam bald zurück, einen Pariahund an einer Leine führend und eine Tonschale mit Wasser tragend.

Der Wesir holte eine Phiole unter seinem Gürtel hervor und goss etwas, das wie Milch aussah, in die Schüssel. Der Sklave stellte sie vor den Hund und zog sich aus dem Zelt zurück. Offensichtlich war die Sache vorher abgesprochen worden. . . .

Wie solche Hunde es immer tun, trank dieser gierig das Wasser.

Die unerschütterlichen Araber sahen mit auf die Hand gestütztem Kinn zu.

Kaum hatte der Hund den letzten Schluck Wasser getrunken, nieste er, stieß einen erstickten Schrei aus, taumelte und fiel um.

In weniger als einer Minute war er tot. Ich gebe zu, dass er ziemlich schmerzlos zu sterben schien.

Ich stand wieder auf, holte schnell den Vertrag aus dem hinteren Teil meiner Kartentasche und nahm Siegelwachs und Streichhölzer aus meiner Tasche. . . .

„ *Unterschreib den Vertrag*", sagte ich, „ *und lass mich gehen.*" ...

* * *

Der Emir lächelte verächtlich, unterschrieb mit meinem Füllfederhalter und versiegelte den Vertrag mit einem großen alten Ring, der kabbalistische Symbole und alte arabische Schriftzeichen trug.

Der Wesir grinste fröhlich und bezeugte die Unterschrift – beide machten ein wirres Durcheinander aus arabischen Kritzeleien, die eher ihre „Zeichen" als lesbare Unterschriften waren. ... Ich konnte die Verachtung des Emirs verstehen, aber nicht die offensichtliche Freude des Wesirs.

Wieder klatschte der Emir in die Hände. R'Orab, der Rabe, kam herein, und der Hund und die Bowls wurden entfernt.

„Bring uns Tee", sagte der Emir, und der Sklave brachte vier dampfende Tassen Minztee, die unverzichtbare Begleitung jeder „Zeremonie".

In eine davon goss der Emir den Rest des Fläschcheninhalts und reichte sie mir.

„Wir hätten zusammen getrunken", sagte er, „du hättest diese Tasse getrunken – und wir hätten den Sitts Wohlstand und Glück gewünscht. *'Möge jede den Mann heiraten, den sie liebt'*, hätten wir gesagt, und du wärst wie ein tapferer Mann gestorben. ... Nun wirf das Gift auf den Boden, oh Frauenverkäufer, und nimm diese andere Tasse. Trink Tee mit uns – stattdessen auf den Wohlstand unseres Bündnisses mit Frankreich."

Und unter den lächelnden Augen des Emirs und dem grimmigen Blick des Wesirs sagte ich auf Arabisch: „ *Der Vertrag ist unterzeichnet und bezeugt, Emir!* " Und in meiner Muttersprache rief ich: „ *Glück für meine Herrin und Erfolg für mein Land!*" Ich stand auf, trank den vergifteten Becher aus, griff nach meiner Kehle, versuchte zu sprechen und würgte ... Ich erinnerte mich an Suleiman den Starken und versuchte, dem Emir von seiner Anwesenheit und seiner Drohung zu berichten ... Ich würgte ... würgte ... . sah das Zelt, die Lampe, die Männer, die sich um mich herumwirbelten und sich auflösten – und wusste, dass ich fiel, fiel – fiel durch den interstellaren Raum in die Ewigkeit – und während ich fiel, wurde mir bewusst, dass die beiden Araber aufsprangen. . . . Blind und sterbend hörte ich eine Frau schreien. . . . Ich . . .

Hinweis

So endet plötzlich die Autobiografie von Major Henri de Beaujolais, die er lange nach seinem Weggang aus der Großen Oase und der Gesellschaft des Emirs el Hamel el Kebir und seines Wazir (oder Wesirs) begonnen hatte.

Das plötzliche Ende seiner literarischen Arbeit, gerade als es in seinen Angelegenheiten so dramatisch wurde, lag nicht an seiner Geschicklichkeit als gewiefter Schriftsteller, sondern eher an der Geschicklichkeit eines Riffianers als gewiefter Scharfschütze.

Major de Beaujolais, der sich der Unbesonnenheit schuldig gemacht hatte, in einem Zelt im Schein einer Lampe zu schreiben, bezahlte dafür mit seinem Leben, und die Kugel des genannten Stammesangehörigen fand ihr Ziel in seiner Armbanduhr und seinem Arm, wodurch die Werke des Ersteren über den Letzteren verteilt wurden und er für eine beträchtliche Zeit weder Feder noch Schwert führen konnte. . . .

* * *

Der Verfasser dieses Buches ist jedoch in der Lage, die Memoiren seines Freundes, den er Henri de Beaujolais genannt hat, zu ergänzen und etwas Licht in diese rätselhafte Situation zu bringen. Paradoxerweise kam das Licht aus dunklen Ecken – aus den Herzen und Mündern zweier böser Männer. Ihre bösen Lippen vervollständigten die Geschichte, die im Folgenden erzählt wird.

* * *

Die folgende Erzählung beginnt einige Jahre vor dem Besuch von Major de Beaujolais in der Großen Oase.

TEIL II. ERFOLG

DIE ENTSTEHUNG EINES MONARCHEN

AUS DEM MUND VON
ZWEI SCHLECHTE MÄNNER

"Die Liebe regiert das Lager, den Hof, den Hain, Und die Menschen unten und die Heiligen oben, Denn die Liebe ist der Himmel, und der Himmel ist die Liebe."

Kapitel I. Verloren

Goldener Sand und kupferfarbener Himmel; kupferfarbener Himmel und goldener Sand; und sonst nichts. Nichts, was das schmerzende menschliche Auge in dieser schrecklichen, grenzenlosen Öde aus glühender Erde und brennendem Himmel hätte erquicken können.

Für das helle, unermüdliche Auge des Geiers war ein unendlicher Fleck, der regungslos in den himmlischen Höhen des Weltraums hing, etwas anderes – die schwankende, wankende, taumelnde Gestalt eines Mannes.

Der Geier beobachtete und wartete, wissend, entweder aufgrund seines wunderbaren Instinkts oder aufgrund eines noch wunderbareren mentalen Prozesses, dass er nicht lange warten musste. Als der Mann fiel, glitt der Raubvogel mit unbewegten Flügeln in einem anmutigen Kreis durch die Luft und blieb wieder bewegungslos hängen, etwas näher an seiner Beute.

Als der Mann aufstand, weiter taumelte, schwankte und wieder fiel, wiederholte der Geier sein Manöver und blieb wieder regungslos in der Nähe seiner Beute hängen. . . .

* * *

Würde sich die regungslose Gestalt wieder bewegen? War sie noch zu schwach, um dem Angriff des scharfen Schnabels zu widerstehen, der ihr die Augäpfel aus dem lebenden Kopf reißen würde?

Der Geier sank ein paar tausend Fuß tiefer. . . .

§ 2

Mit einem Stöhnen zog der liegende Mann die Knie an, drehte sich auf die Seite, stützte sich mit den Händen auf dem heißen Sand ab und kämpfte sich, nachdem er eine Minute lang auf den Knien gelegen hatte, erneut auf die Beine und versuchte tapfer, die lange Welle aus weichem, losem Sand vor ihm zu erklimmen.

Unter der Kapuze seiner schmutzig-weißen *Kafije-Kopf* bedeckung, die mit *Agal-Seilen* aus Kamelhaar zusammengebunden war, sah sein dunkles Gesicht aus wie das eines Toten – die Augen glasig, die heraushängende Zunge schwarz, die rissige Haut straff über den hervorstehenden Knochen. Durch die Fetzen seiner schmutzigen *Jellabia* waren seine Arme und Schultern mager und schwarz zu sehen; seine nackten Beine glichen denen eines Skeletts. ... Eine arabische Vogelscheuche, ein *Khaiyul*, ausgestattet mit einem Funken Leben.

Oben auf dem Bergrücken schwankte der Mann, hielt sich die Hand über die Augen und spähte in die tanzende Hitze vor sich.

Brennender Sand und brennender Himmel ... Nicht einmal eine Fata Morgana, die die schwache Hoffnung hätte wecken können, dass es nicht das war, was es war – eine letzte zusätzliche Qual.

Er sank zu Boden ...

Eine Stunde später tat der Geier dasselbe und ließ sich mit eingezogenem Kopf und herabhängenden Flügeln nieder, um mit unblinzelnden Augen seine geduldige Wache fortzusetzen.

Bald stolzierte er mit ungeschickten Schritten und töricht ruckendem Kopf auf die Leiche zu, seinen grausamen Hakenschnabel in Erwartung geöffnet.

§ 3

„Allah! Was ist das? ... Seht, Brüder, etwas Weißes auf dem Sandhügel dort – und ein Geier ...“

Der Sprecher hielt sein Kamel an und zeigte mit seinem scharfen Blick auf die weit entfernte Stelle, wo er etwas gesehen hatte, das für europäische Augen unsichtbar gewesen wäre.

Er senkte seine ausgestreckte Hand, nahm sein Gewehr vom Schulterriemen, während die anderen Tuareg um ihn herum zum Stehen kamen.

„Vielleicht eine Falle“, knurrte einer der Wüstenwölfe hinter dem schweren blauen Schleier, der bis auf seine Augen alles verbarg. Er war ein riesiger Mann, dessen Gesichtszüge negroider waren als die der anderen.

„Geh du und spring sie an“, sagte der Anführer, und die etwa zwanzig Räuber saßen regungslos auf ihren Kamelen, während der Mann mit dem schwarzen Gesicht davonritt.

Vorsichtig suchte er von der Spitze jedes Sandhügels aus das Gelände ab und umkreiste das regungslose Bündel Lumpen, während der Geier schwerfliegend davonflog, um in sicherer Entfernung zu landen.

Nachdem er sich lange und aufmerksam umgesehen hatte, näherte sich der Reiter dem Körper, sein Gewehr in beiden Händen bereit. Er brachte das Kamel zum Knien.

Als er abstieg, ritten die anderen Banditen herbei. Als sie ankamen, hatte der Späher den Mann auf den Rücken gedreht und festgestellt, dass er unbewaffnet, ohne Vorräte, ohne Essen und ohne Wasser und völlig wertlos war. Es gab nicht einmal ein Stück Stoff, das es wert gewesen wäre, ihm vom Leib zu reißen.

„Ein wirklich *erbärmlicher Kerl* “, sagte der Späher zu dem Anführer der Bande, als dieser herangeritten kam. „Nicht ein *Mitkal* hat dieser Hund an sich. Nicht einmal eine leere Geldbörse ...“

„Verflucht sei der Sohn Satans!“, antwortete der Anführer und spuckte auf den Mann.

„Vielleicht ist etwas auf seinem Kamel, wenn wir seinen Spuren zurück zu der Stelle folgen, wo er den Kadaver zurückgelassen hat“, bemerkte ein dürrer Schurke mit einem Falken Gesicht, der versuchte, sein schönes weißes *Mehara-Reittier* zu zwingen, über die Leiche zu treten.

„Ja, einen Sack Perlen, du Narr“, stimmte der Anführer zu und fügte hinzu: „Komm schon. Wollen wir den Tag damit verschwenden, um diesen Kadaver herumzustehen?“

Als die Bande davonritt, sprang der Mann mit dem negroiden Gesicht auf sein kniendes Tier, und als es sich aufbäumte, stieß er einen Freudenschrei aus und schoss, entweder aus unbeschwerter Verspieltheit oder aus Abscheu vor der Armut eines so armseligen Wesens, mit seinem Gewehr auf die Leiche.

Der Körper zuckte und bebte, und als der Räuber davonritt, drehte er sich auf das Gesicht, sehr zum Ärger des aufmerksamen Geiers.

Keiner aus dieser Bande mysteriöser blau verschleierter Räuber, der schrecklichen „Gottesverlassenen“, schaute sich um; und alle ritten weiter, so herzlos gleichgültig gegenüber dem schrecklichen Schicksal dieses Wüstenbewohners, als könnte es morgen nicht ihr eigenes sein.

Das Leben ist in der Wüste sehr billig.

Kapitel II. El Hamel

Gegen Abend desselben Tages folgte eine Wüstenkarawane halbnomadischer Araber – „friedliche“ Hirten, bis an die Zähne bewaffnet und nicht darauf aus, gegen einen Feind zu kämpfen, der stärker war als sie selbst – den Spuren der Tuareg-Räuber.

An ihrer Spitze ritt ihr alter Scheich, ein ehrwürdiger weißbärtiger Herr mit dem edlen Gesicht eines biblischen Patriarchen und viel von dessen Philosophie, Normen, Idealen und Gewohnheiten – ein moderner Abraham, Isaak oder Jakob.

Neben ihm ritt ein Esau, ein behaarter Mann, ein mächtiger Jäger vor dem Herrn. In seinem dunklen Gesicht war nichts Edles zu sehen, außer insofern, als ein Ausdruck von energischer und rücksichtsloser Entschlossenheit ein Gesicht edel erscheinen lässt.

„Ja, wir sind mit Sicherheit am sichersten auf den Spuren dieser Söhne Shaitans, dieser Vergessenen Allahs – mögen sie in der Hölle schmoren“, sagte der Scheich zu seinen Begleitern, wandte sich auf seinem Kamel um und blickte zurück auf die lange, sich dahinschleppende Kolonne, in der die wippenden, rollenden *Bassourabs* darauf hindeuteten, dass wertvolle und geehrte Frauen vor den Augen der Männer verborgen ritten.

„Du hast recht, Weiser“, antwortete der stämmige jüngere Mann. „Keine Kugel dringt in das Loch einer anderen Kugel, und kein Messer oder Speer trifft eine blutende Wunde. Kein anderer Überfallkommando wird diesem folgen, noch werden diese Feinde Gottes umkehren.“

Und es geschah, als die Sonne unterging, und der alte Scheich sich anschickte, die Karawane für das *Abendgebet* anzuhalten – wenn alle absteigen und sich in langen Reihen hinter ihren Mächtigen dieser Welt niederknien, um ihm in frommer Anbetung Allahs zu folgen, die Köpfe in Richtung Mekka zum Sand geneigt –, fiel der Blick seines Begleiters, der Suleiman der Starke genannt wurde, auf das Bündel Lumpen auf dem entfernten Sandhügel.

„Bei dem Bart des Propheten“, rief er und zeigte darauf. „Ein Mann! Und er ist vielleicht noch nicht tot, sonst wäre der Geier schon da.“

„Wenn es einer der von Gott Vergessenen ist, wird er bald tot sein“, sagte der alte Scheich und legte seine Hand auf den silbernen Griff des gekrümmten Dolches, der vorne aus dem breiten Gürtel ragte, der um die lange weiße *Jellabia* unter seinem *Burnus* gebunden war.

„Hoffentlich nicht zu früh, Vater“, knurrte Suleiman.

„Vielleicht lebt er noch lange genug, um etwas von dem zu erleiden, was mein Bruder durch die Hände der Tuareg erlitten hat, bevor seine tapfere Seele in den Schoß des Propheten eingegangen ist. Mögen Hunde die Gräber ihrer Großväter schänden...“

Die beiden ritten zu der Stelle, an der der Mann lag, gefolgt von mehreren Karawanenwächtern, mit Steinschlossgewehren, Gewehren oder langen Lanzen und geraden schweren Schwertern bewaffneten Kriegern.

„Er ist kein Tuareg, sondern ein Opfer der Tuareg“, sagte Suleiman, während er von seinem Kamel sprang, ohne es zum Stehen zu bringen. „Seht, sie haben ihn erschossen, und er hat kaum Blut verloren...“

„Er ist vielleicht noch nicht tot“, fügte er hinzu, nachdem er sein Ohr an das Herz des Mannes gelegt und die glänzende Klinge seines Schwertes an dessen Nase gehalten hatte. „Er ist nur an der Schulter getroffen. Soll ich ihm die Kehle durchschneiden?“

„Nein. Gebt ihm Wasser“, antwortete der Scheich und rief seinem Kamel „*Adar-ya-yan! Adar-ya-yan!*“ zu, um es zum Knien zu bringen. „Wer barmherzig zu den Armen und Bedürftigen ist, ist Allah wohlgefällig.“

„Geh, einer von euch, zu Hadschi Abdul Salam“, fügte er hinzu und wandte sich an die teilnahmslosen Kämpfer, die mit ruhiger Gleichgültigkeit zusahen und dieses Zeugnis einer Wüstentragödie, diese Qual und den Tod eines Mitmenschen mit ebenso viel Interesse betrachteten wie den Fall eines Spatzen auf den Boden.

Ist „Hier ist ein Fremder – lasst uns ihm die Kehle durchschneiden“ nicht der Ausdruck eines soliden, sicheren und gewinnbringenden Prinzips?

Der Scheich nahm seine Ziegenfell-Wasserflasche von der hohen Sattelspitze, öffnete sie und ließ ein wenig von dem kostbarsten Schatz der Wüste auf die schwarzen Lippen und die Zunge tropfen.

Ein Gefühl der Verbundenheit macht uns wunderbar gütig, und die Tatsache, dass dieser Verlassene ein Opfer der Tuareg war, gab ihm einen Anspruch, den er sonst nicht gehabt hätte, und brachte ihm Freundlichkeiten ein, die er vielleicht nicht erhalten hätte. Skelette und ausgetrocknete Leichen von Menschen sind in der Wüste ein allzu gewöhnlicher Anblick, um einen zweiten Blick zu rechtfertigen; Verwundete sind eine Last, und Sterbende sind bald tot.

Hadschi Abdul Salam, ein dicker und (für einen Araber) fröhlicher Schurke, ritt neben dem Kamel her, das seine beiden Frauen in einem bunt gestreiften *Bassourab* (oder ballonartigen Zelt) trug, und untersuchte mit weiser Miene die Leiche. Er genoss in seinem Stamm großes Ansehen, weil er den Scheich von einer tödlichen Krankheit geheilt hatte, indem er ein Haar aus dem Bart des Propheten, eine Tasse Wasser, in die ein Papier mit einem ganz besonderen Auszug aus dem Koran getaucht worden war, und ein sehr heißes Eisen auf den Bauch des alten Herrn angewendet hatte. Er hatte auch ein super wertvolles Rezept gegen Augenentzündung: sieben Mal einen anderen Koranauszug murmeln und dem Patienten nach jedem Murmeln sieben Mal in die Augen spucken.

Dieser gelehrte Arzt erklärte den Tod.

„Er ist verhungert", sagte er. „Dann ist er verdurstet. Danach hat er eine Wunde bekommen, die ihn getötet hat."

Diese Meldung stellte alle Anwesenden zufrieden, außer offenbar den Leichnam, dessen Augenlider flatterten, während sich die geschwärzte Zunge schwach in einer Art Lippenlecken bewegte.

„Aber ich habe ihn wieder zum Leben erweckt, wie ihr seht", fügte der gute Doktor schnell hinzu, und sein guter Ruf wurde erneuert, bekräftigt.

§ 2

Und lebendig, gerade noch am Leben, erwies sich der Findling.

Seltsamerweise und ziemlich unlogisch, aber wieder ganz natürlich, legte der alte Scheich großen Wert auf die Genesung des Mannes, den er gerettet hatte.

Hatte er nicht den Tuareg einen Strich durch die Rechnung gemacht, ihr Werk zunichte gemacht, einen Brandwundenopfer aus den Flammen gerettet, und war diese menschliche Rettung nicht sein Verdienst und ein Beweis für seine Tugend? Der Scheich hatte ein Alter erreicht, in dem man vor Allah bald Tugendbeweise vorweisen muss.

Er ließ den Kranken und Verwundeten in *Feloudji* -Zeltdecken einwickeln, mit Zeltstangen schienen und an die Seite eines guten *Djemel* -Lastkamels hängen.

„Sorg dafür, dass der Hund stirbt", flüsterte Suleiman der Starke dem Kameltreiber, der für den *Djemel* verantwortlich war, als die Karawane nach dem Abendgebet wieder weiterzog. „Wenn er bei der nächsten Rast noch lebt, drück ihm ein wenig die Kehle zu. Das geht auf deine Kappe."

Warum sollte man einer Karawane, die eine wasserlose Wüste durchquerte, eine zusätzliche Last und einen nutzlosen Mund aufbürden?

Wenig später ließ der Scheich den Kameltreiber rufen.

„Sorg dafür, dass dieser Fremde am Leben bleibt", sagte er. „Die Hilfe für Bedrängte ist Allah, dem Barmherzigen, dem Gnädigen, wohlgefällig. Auf deine Verantwortung."

Abdullah, der Kameltreiber, fand, dass das alles zu viel auf seine Verantwortung war; aber der alte Scheich war immer noch der Scheich, und er hielt es für besser, „auf seine Worte zu hören" und Vorsicht vor Vergnügen zu stellen. Abdullah war ein guter Mörder und tat, wie wir alle, gerne das, was er gut konnte.

Bei der nächsten Rast war der Findelkind noch am Leben, und man konnte deutlich sehen, wie er das Wasser schluckte, das man ihm in den Mund goss.

Suleiman der Starke sah Abdullah el Jemmal, den Kameltreiber, an und berührte mit einem ausgesprochen unangenehmen Lächeln den Griff seines Messers. Der alte Scheich lobte Abdullah und sagte, es sei gut so. Abdullah hatte daran seine Zweifel.

Nachdem der Unbekannte einige Stunden flach und still auf dem Boden gelegen hatte, ging es ihm deutlich besser. Er trank Kamelmilch und öffnete die Augen.

Doktor Abdul Salam hatte auch Zeit, sich um die Wunde des Mannes zu kümmern.

Er schrieb eine wirklich wirkungsvolle Stelle aus dem Koran auf ein Stück Papier und befestigte es mit Blut und Speichel genau dort, wo es am besten wirken würde – über der Eintrittsstelle der Kugel.

Da die Kugel die Schulter des Mannes komplett durchschlagen hatte, gab der gute Doktor zu, dass er eigentlich nur Zeit verschwendete, wenn er mit einer Zange, die normalerweise für Waffenreparaturen verwendet wurde, nach der Kugel suchte – obwohl es sich in gewisser Weise tatsächlich um eine Art Waffenreparatur handelte.

Doktor Abdul Salam erklärte dem alten Scheich, während sie das ziemlich große Austrittsloch betasteten, dass er es ein paar Tage offen lassen würde, damit alles, was in der Natur eines Teufels liegt, ungehindert entweichen könne, und dass er es dann mit etwas Lehm verschließen würde, falls sie in der nächsten Oase welchen finden sollten.

Dies würde, so erklärte er, das Eindringen von allem, was mit dem Teufel zu tun habe, wirksam verhindern, und so sollte der Mann wirklich wieder gesund werden. Und wie auch immer Allah es wolle, es sei offensichtlich Allahs Wille. Ganz recht. *Inshallah.*

Der Arzt fand, dass der Scheich ein bisschen senil wurde, weil er eine Laune so weit trieb – aber wenn der Scheich Allah einen Gefallen tun wollte, wollte der Arzt dem Scheich einen Gefallen tun.

Nach einer weiteren langen Pause an der nächsten Raststätte ging es dem Unbekannten wieder besser – wenn auch seine Wunde schlimmer war. Er trank gierig *Halib* und Wasser und sah sich um. Aber obwohl er seine Augen benutzen konnte, konnte er seine Zunge nicht bewegen oder verstand nicht, was man zu ihm sagte.

Nach jedem Halt wurde er ein wenig stärker, und als der Stamm eine Oase erreichte, konnte er auf seinen Füßen wanken und seine Wunde selbst waschen.

Der gute *Hakim*, Hadschi Abdul Salam, wusch jedoch seine Hände – die des Patienten. Er wollte keine weitere Verantwortung für den Narren übernehmen, da er glaubte, mehr über die Behandlung von Schusswunden zu wissen als der Arzt; und er konnte oder wollte die Worte des Arztes nicht schlucken – geschrieben auf Papierfetzen, kostbaren *Hejabs*, die alle Dämonen der Krankheit und Zerstörung austreiben sollten.

Als Suleiman der Starke den Arzt klagen hörte, befahl er ihm, weder Worte noch Fähigkeiten zu verschwenden, denn sobald der Scheich seiner Laune überdrüssig sei, werde er selbst den Unbekannten endgültig von allen Beschwerden heilen. Er hatte ein unerklärliches, aber starkes Gefühl gegen ihn.

Und jeden Tag wurde der Unbekannte stärker, und als die Karawane einige Wochen später ihr Ziel, das *Qsar* des Stammes, erreichte, konnte er auf einem Kamel reiten und sich fast selbst versorgen.

Aber seine Wunde wurde immer schlimmer, und monatelang schien er dem Tode nahe, denn er konnte das Loch in seinem Rücken nicht erreichen, die Fliegen hingegen schon.

Der Stamm nannte ihn „El Gherib", den armen Fremden, und „El Hamel", den Findelkind, den Verlorenen, und wartete darauf, dass der alte Scheich seiner überdrüssig wurde.

§ 3

Aber im Laufe der Monate schien sich die Zuneigung des alten Scheichs in Verliebtheit zu verwandeln, und weit davon entfernt, des Mannes müde zu werden und sich nicht mehr für sein Dasein zu interessieren, schätzte und umsorgte er ihn. Als er schließlich wieder gesund wurde, erhob der Scheich ihn in eine herausragende und wichtige Position.

El Hamel war derjenige, den der Scheich gerne ehrte, und Suleiman der Starke schärfte sein Messer und wartete auf seine Chance – denn der Scheich wurde alt, und sein einziger überlebender Sohn war noch ein Junge.

Als der Scheich zu seinen Vätern ging, würde der Fremde sterben, denn Suleiman würde Regent des Stammes werden.

* * *

El Hamel war aber zweifellos ein bemerkenswerter Mensch. Erstens war er von Allah gebeutelt und ziemlich stumm; zweitens war er unglaublich geschickt mit dem Gewehr und dem Wurfmesser; drittens war er unglaublich stark; viertens war er selbst unter arabischen Reitern ein hervorragender Reiter und Pferdehalter; fünftens war er zweifellos ein weitaus besserer Arzt als der *Hakim* selbst; und schließlich, was am bemerkenswertesten war, war er ein Zauberer – und zwar ein mächtiger.

Diese wunderbare Gabe war auf folgende Weise ans Licht gekommen: Der Scheich hatte seinen *Djedouel* verloren, sein berühmtes Amulett, eine silberne Schatulle, in der ein Haar aus dem Bart des Propheten aufbewahrt wurde, das er in Mekka für eine riesige Summe gekauft hatte, sowie einen äußerst heiligen und mächtigen *Hejab* oder Talisman – einen Knöchelknochen eines der heiligsten *Marabuts*, die jemals diese Erde betreten hatten.

Sicherlich hätte niemand so tief sinken können, dem Scheich etwas so Heiliges zu stehlen, also musste er es verloren haben. Jedenfalls war es weg, und die Aufregung im ganzen großen *Douar* (Lager) war groß, und es wurde eine hohe Belohnung für seine Wiederbeschaffung ausgesetzt. . . .

Am siebten Abend nach dem Tag des Verlustes saß El Hamel, dieser traurige und schweigsame Mann, wie immer vor seinem kleinen, niedrigen schwarzen Zelt und sah abwesend und weise aus. Mit gekreuzten Beinen auf seinem kleinen gestreiften Teppich saß er schweigend und undurchschaubar da, fertigte einen Ziegenhautriemen für seine Sandale an und betrachtete dann die Unendlichkeit und das Treiben seiner Mitmenschen.

Ein Ziegenhirtenjunge saß da und beobachtete ihn, Moussa el R'Orab, Moussa, der Rabe.

Bald darauf schlenderte der alte Scheich, schrecklich aufgewühlt durch seinen Verlust und noch mehr durch das böse Omen, das dieser Verlust mit sich brachte, an dem sitzenden Mann vorbei, der sich mit tiefer Ehrerbietung verbeugte.

Der Scheich blieb stehen, drehte sich um, setzte sich neben seinen Schützling und machte sich bereit für einen guten „*faddhl*", den mäandernden, müßigen Klatsch, der seinem alten Herzen so sehr am Herzen lag – wie dem der meisten Araber. Und ein Klatsch mit diesem gut aussehenden, würdevollen Mann war besonders angenehm, da die Gebrechlichkeit des armen Kerls ihn daran hinderte, sich aktiv daran zu beteiligen, und ihn zu einem versierten Zuhörer machte.

Der Scheich redete weiter – über seinen Verlust; Suleiman der Starke schlenderte herbei, begleitet von seinem guten Freund Hadschi Abdul Salam, und von Zeit zu Zeit schlossen sich verschiedene andere prominente Bürger dieser Zeltstadt dem wachsenden Kreis der Zuhörer und respektvollen Gesprächsteilnehmer an.

Es war das erste Mal seit dem Verlust des Scheichs, dass das abendliche *faddhl* außerhalb des Zeltes von El Hamel stattfand, was sonst recht häufig vorkam. . . .

Das Gespräch zog sich endlos hin, und der große Vollmond ging auf und beleuchtete die Oase, die Dattelpalmenhaine, die Hunderte von niedrigen schwarzen Zelten aus Ziegenfell und

Kamelhaarfell in verschiedenen Größen, die Ziegen- und Kamelherden, die klatschenden Gruppen, die Frauen an den Kochfeuern, die Wasserzieher am *Shaduf* und den weiten Ring der wachsamen Wachen.

Plötzlich hob der stumme Mann seine beiden geballten Fäuste über den Kopf, zeigte zum Mond, dann wieder dorthin, wo die Sonne untergegangen war, und warf dann seine offenen Hände dramatisch in einer Haltung flehenden Gebets zum Himmel.

Bald kam eine Menge schneeweißer Schaum aus seinem stummen Mund und bespritzte seinen schwarzen Bart, und seine Augen rollten nach hinten, bis nur noch das Weiße zu sehen war.

Er sah schrecklich aus, und Hadschi Abdul Salam machte sich bereit, seinen Beruf auszuüben. Die ernsten Araber starrten voller Ehrfurcht auf dieses Werk der *Dschinns*, Geister oder Teufel, und es wurde ganz still.

Der Mann schien sich zu erholen, griff hinter sich in sein Zelt, holte ein Gefäß mit Wasser hervor und trank.

Dann starrte er mit aufgerissenen Augen auf den Boden vor seinen Füßen. Alle Augen folgten seinem Blick. . . . Nichts . . . nichts als flacher, zertretener Sand, kein Skorpion, keine Schlange, keine Hornkröte war zu sehen.

Der stumme Mann machte Handbewegungen über der Stelle, auf die er starrte. Er goss Wasser auf den Boden, als würde er Trankopfer zum Gedenken an verstorbene Freunde darbringen.

Weitere Handbewegungen, weiteres Ausgießen von Wasser, weitere leidenschaftliche Gesten in Richtung des stummen Himmels – und dann – täuschten ihre Augen sie? Oder zeigte, während der Mann mit flehentlich erhobenen Augen und Händen dasaß, ein silberner Schimmer durch den Sand, und *stieg die verlorene Schatulle des Scheichs vor ihren Augen*, während sie ungläubig starrten, *aus der Erde direkt vor ihren Füßen empor*?

Ja, das tat sie.

Die große Zuhörerschaft saß einige Sekunden lang wie versteinert da, dann lief ein Schauder durch sie hindurch, ein keuchender Seufzer entrang sich ihr, und als die zitternde Hand des alten Scheichs zögernd nach diesem magischen Gegenstand griff, erhob sich ein lauter Schrei, sodass die Leute herbeieilten.

§ 4

Der Scheich nahm seinen ganzen Mut zusammen, ergriff die Schatulle, öffnete sie, legte sie wieder an ihren Platz in seiner Brust – und wandte sich dann um und umarmte den stummen Mann so herzlich und innig, wie er jemals seine Lieblingsfrau umarmt hatte.

„Man soll ihn *Sidi* nennen und ihn fortan als *'den Zauberer'* bezeichnen“, sagte er. „ *Der stumme Zauberer – ein Geschenk Allahs.*“ Und wieder umarmte er den Zauberer, stand auf, warf dem Mann einen ledernen Beutel mit Geld in den Schoß, schwere türkische *Medjidies, und* zog sich zurück, um allein zu beten.

Die Zungen lösten sich.

„Nein – das war kein Schwindel. Es war kein Zaubertrick.“

„Seine Hände waren über seinem Kopf, und seine Augen waren auf den Himmel gerichtet, als es passierte.“

„Nein, er hatte die Schatulle nicht dorthin geworfen, und sie war auch nicht von einem Komplizen aus dem dunklen Zelt geworfen worden. Sie war plötzlich aus dem Sand aufgetaucht und hatte sich leise und stetig an die Oberfläche erhoben und dort liegen bleiben, während alle Männer zuschauten.“

„Nein, er hatte sie nicht vergraben und dann mit dem Zeh hochgeschoben. Seine Füße hatten den Teppich, auf dem er saß, nie verlassen, und er hatte den Sand, aus dem die Schachtel aufgetaucht war, nicht einmal berührt....“

Es war ein reines Wunder, das sich im strahlenden Mondlicht vor den Augen aller vollbrachte!...

Der stumme Mann saß still und regungslos da, mit abwesendem Blick, während die anderen in eine Gruppe verwirrter Männer ausbrachen, die gestikulierten, diskutierten und in wilder Aufregung schrien.

Dann warf er sich an der Stelle des Wunders mit dem Kopf auf den Boden nieder und betete, und so ließ ihn die ehrfürchtige Menge zurück.

§ 5

„Ja, Bruder", stimmte Hadschi Abdul Salam zu, als er und Suleiman der Starke, in respektvollem Abstand gefolgt von Moussa el R'Orab, Moussa der Krähe, Ziegenhirte und bewundernder Sklave von El Hamel, in Richtung des Zeltes des Ersteren davon gingen.

„Es ist, wie du sagst, Zeit, dass er stirbt."

„Ich werde diesen verfluchten Hund Abdullah el Jemmal, den Kameltreiber, wissen lassen, dass, wenn dieser stumme Teufel und Vater der Teufel nicht vor dem nächsten Mond stirbt, es der letzte Mond sein wird, den Abdullah sieht", knurrte Suleiman und knirschte mit den Zähnen. Nicht umsonst war er als El Ma'ian bekannt – derjenige, der den bösen Blick hat.

„Er hat wunderbare Kräfte und die Stärke von zehn Männern", bemerkte der *Hakim*. „Aber es gibt Kräfte, die mächtiger sind als er ... Etwas, das ich kenne, in seinem *Couscous* oder Quark..."

„Der listige Hund lässt einen Teil seines gekochten Essens von Moussa, dem Ziegenhirten, essen, lange bevor er selbst davon kostet", war die mürrische Antwort. „Der hungrige Moussa isst bereitwillig, da er weiß, dass niemand versucht, ihn zu vergiften, der einen Vorkoster hat ... Nein, das ist eine Aufgabe für Abdullah ... Ein Stich in die Dunkelheit..."

„Und was würde der Scheich tun?", lächelte der gute *Hakim*.

„Er würde Abdullah lebendig auf einen Pfahl spießen, nachdem er meine Beweise gehört hat", antwortete Suleiman, „und so würden wir zwei Plagegeister auf einen Schlag loswerden..."

Die beiden Herren besprachen die Angelegenheit weiter, während sie an der Tür von Abdul Salams Zelt saßen, und – während Moussa, der Rabe, El Hamels begeisterter Spion, hinter dem Zelt lag und lauschte und vorgab zu schlafen – tastete Suleiman seinen Gastgeber ab, ob er bereit wäre, einen Plan in Betracht zu ziehen, wonach das Essen bei der nächsten Einladung zum Essen, die der Scheich seinem nun glorreichen Schützling ausgesprochen hatte, sowohl dem Scheich als auch dem stummen Zauberer gleichzeitig schlecht bekommen sollte. die der Scheich seinem jetzt so geehrten Schützling angeboten hatte. Es würde also kein vorheriges „Probieren" geben.

Aber Suleiman der Starke sah schnell, dass er zu schnell vorging und Abdul Salam etwas Riskantes vorschlug, eine gefährliche Tat, für die der *Hakim* keinen Grund sah und in der er auch keinen persönlichen Vorteil witterte. Und da er dem Hadschi ebenso misstraute wie der Hadschi ihm, gab Suleiman vor, zu scherzen, und lenkte das Gespräch auf das Wunder, das er als einen schelmischen Trick bezeichnete.

Aber es schien, dass weder er noch der angesehene Arzt auch nur den geringsten Hinweis darauf geben konnten, wie der „Trick" zustande gekommen war, noch auch nur den vagen Umriss einer Theorie zur Aufklärung des Rätsels vorbringen konnten.

Auch keiner der wenigen Spötter, die zu den Vertrauten, Speichelleckern und Anhängern von Suleiman dem Starken gehörten, konnte das, und der Rest des Stammes glaubte bis auf den letzten Mann an den stummen Zauberer.

* * *

Trotzdem gibt es Leute, die ein ähnliches Wunder in anderen Teilen der Welt gesehen haben und behaupten, dass der Wundertäter an der gewünschten Stelle ein Loch gräbt und es dann mit einem Material füllt, das sich schnell ausdehnt, wenn es nass wird – zum Beispiel *Bhoosa*, Hefe, Sägemehl, Getreide oder Kleie.

Sie behaupten, dass der Wundertäter die Substanz zwischen vier Steinen fest zusammendrückt, sie mit einer Schicht Sand bedeckt, den Gegenstand (der auf wundersame Weise aus der Erde springen soll) auf das zusammengepresste, sich ausdehnende Material legt und alles leicht mit Staub, Erde und Sand bedeckt. Die Stunde schlägt, und kurz nachdem das Material angefeuchtet wurde, taucht der versteckte Gegenstand auf.

Es heißt, dass Mutter Erde auf diese Weise viele dreiste Götter sicher zur Welt gebracht hat, zum Ruhm und zur Bereicherung ihrer noch dreisteren Priester.

Aber diejenigen, die so von „ausdehnendem Material" sprechen, sind offensichtlich Materialisten und sicherlich nicht diejenigen, die sich von Wundern beeindrucken lassen. . . .

* * *

In dieser Nacht hatte Moussa el R'Orab El Hamel etwas zu erzählen, der lächelte sanft, während der Junge sprach und gestikulierte.

§ 6

Je mehr die Verliebtheit des alten Scheichs wuchs, desto größer wurden die Eifersucht und der Zorn von El Ma'ian, bekannt als Suleiman der Starke; und allen wurde klar, dass derselbe *Qsar* ihn und El Hamel, den Findelkind, den stummen Zauberer, den Geschenkten Allahs, nicht mehr lange beherbergen konnte.

Selbst dem Scheich wurde klar, dass einer von beiden gehen musste, so grimmig, mürrisch und unverschämt wurde Suleiman immer mehr, und das Herz des alten Mannes war schwer, denn er liebte seinen starken, weisen Findelkind, diesen großen Mann voller Würde, Kraft und Zauberkraft, den er selbst gefunden und gerettet hatte, und er fürchtete den mächtigen und einflussreichen Suleiman.

Aber einer von ihnen musste gehen, sonst würde es Streit und Zwist, Parteien und Fraktionen in diesem vereinten Stamm geben. . . .

Es war Suleiman der Starke, der ging. . . .

Und er wäre fast über *Sirath* gegangen, die Brücke, die über die Hölle führt...

Eines Abends entlud sich die düstere, grüblerische Stimmung, die hinter seinen grausamen Augen zu brodeln schien, und er war wie von *Dschinns* besessen.

Der alte Scheich stand neben der Lanze (die vor seinem Zelt aufgestellt war und seine *Bairaq* oder Flagge und das Zeichen seiner Herrschaft trug) und redete mit El Hamel und anderen seiner Lieblinge.

Zu ihm kam Suleiman, einen *Mish'ab* -Kamelstock in der Hand und mit finsterer Miene im Gesicht. Ihm folgten der dicke und lächelnde Hadji Abdul Salam, Abdullah el Jemmal und einige andere.

Suleiman drängte sich in den Kreis der ernsthaft diskutierenden Ältesten, stellte sich dem Scheich entgegen und schüttete ihm eine Flut von empörten und drohenden Worten entgegen, wobei er mit ausgestreckter, zitternder Hand auf den ungerührten, schweigsamen El Hamel zeigte, dessen Gesicht er fast berührte.

Der Scheich wies ihn scharf zurecht und hob seine Hand, um auf ihn zu zeigen. „ *Emshi!*" , schnauzte er. „Geh – du knurrender Hund – oder beim Bart des Propheten..."

Und dann passierte das Unmögliche. Denn noch während der ehrwürdige Scheich das Wort „Bart" aussprach, packte der vor Eifersucht rasende Suleiman den langen grauen Bart des Scheichs mit der linken Hand, schüttelte ihn hin und her und hob die rechte Hand, in der er den *Mish'ab* umklammerte, als wolle er zuschlagen!

Aber es war Sidi el Hamel, der zuschlug.

Mit unglaublicher Schnelligkeit und schrecklicher Kraft schlug er mit seiner geballten Faust auf den gotteslästerlichen Wahnsinnigen ein, und die Männer schnappten vor Staunen nach Luft, als Suleiman der Starke taumelnd zurücktaumelte und zu Boden fiel, scheinbar tot.

„Fesselt ihn“, stammelte der Scheich, fast sprachlos vor Wut über die unglaubliche, unverzeihliche Beleidigung. „Ich werde ihn aufspießen lassen, tot oder lebendig…“ Und der alte Mann zitterte vor Zorn und Empörung.

Sidi el Hamel wagte es, dazwischenzugehen. Er berührte seine Brust und Stirn, verbeugte sich vor dem Scheich, faltete flehentlich die Hände und griff dann, sich bückend, nach Suleiman, packte ihn am Arm und trug ihn, teils schleppend, teils tragend, zu den Frauen, die sich um den *Jalib-Brun* nen drängten, und die *Darraja-Walze* knarrte und ächzte über dem *Idda-Aufbau*, während ein angespanntes Kamel am Brunnenseil zog.

Am Fuße einer Art Palisade aus gespaltenen Palmenstämmen, die die Erde um die steinerne Öffnung des Brunnens aufschütteten, warf er den Mann zu Boden und gab denen, die Kamelseile gebracht hatten, um ihn zu fesseln, ein Zeichen, ihn an der Holzwand festzubinden.

El Hamel riss Suleiman *den Burnus* vom Leib, zog ihn auf die Beine und hielt ihn aufrecht, während seine ausgestreckten Arme an die Spitzen zweier Pfähle gebunden wurden und seine Füße mit einem starken Seil, das um einen Baumstumpf und um seine Füße geschlungen wurde, an diesem befestigt wurden….

Was hatte der Zauberer vor? Würde er den gotteslästerlichen Schurken, den fast vatermörderischen Verbrecher, verhungern und verdursten lassen, oder würde er den Hund erschießen? Die Männer drängten sich mit wütendem Gebrüll um ihn herum, und die Frauen flohen in die Zelte ihrer Herren.

El Hamel spritzte Suleiman Wasser aus einer ausgehöhlten Wanne ins Gesicht und wartete. Nach ein paar Minuten kam er wieder zu sich, öffnete die Augen und sah sich um. Der Zauberer trat ein paar Meter zurück und bedeutete den Zuschauern, beiseitesprechen. Er zog sein Messer.

Ah! Er wollte eine Messerwurfvorführung geben, um den Dolch in das schwarze Herz des Hundes zu stoßen, der seinen Häuptling und Meister, Allahs Vertreter vor dem Stamm, den Stellvertreter des Propheten auf Erden, den Geber des Salzes, auf übelste Weise beleidigt und geschmäht hatte. Das war gut.

Der Scheich näherte sich und stellte sich neben El Hamel. Der große Mann nahm seinen *Burnus* ab, balancierte den Dolch auf seiner Hand und warf ihn mit einer schnellen Bewegung.

Die Stille wurde durch das Geräusch eines schnellen Einatmens unterbrochen, als das Messer nicht in der breiten Brust des starken Suleiman stecken blieb und zitterte, sondern im Holz neben seinem rechten Ohr.

El Hamel hatte einmal daneben getroffen! Das machte nichts – umso mehr Qual für den abscheulichen Suleiman.

Mit einem fröhlichen Lachen reichte Hadschi Abdul Salam El Hamel sein eigenes Messer, damit dieser wieder werfen konnte.

„Dieses hier liegt gut in der Hand, Sidi“, sagte er.

El Hamel nahm das Messer, balancierte es auf seiner großen Handfläche und warf es mit einem blitzschnellen Schwung seines riesigen Arms.

Das Messer zitterte – im Holz, neben dem linken Ohr des starken Suleiman.

Wieder hörte man ein schnelles Einatmen, und der gute *Hakim* kicherte wie ein Mädchen.

„Versuch es noch einmal, mein Sohn, und möge Allah deinen Arm führen“, sagte der Scheich und legte seinen großen Dolch mit dem silbernen Griff in die Hand von El Hamel.

„Mach Schluss, du schielender, blinder, stummer Hund“, schrie Suleiman der Starke und starrte seinen Mörder hart an, obwohl sein Gesicht eine kränkliche grünliche Farbe angenommen hatte.

Wieder hob der Zauberer das Messer und seinen großen, kräftigen Körper und – warf.

Mit einem dumpfen Schlag blieb das schwere Messer in der Postzustellung über Suleimans Kopf stecken und berührte ihn fast. Die drei Messer schienen sein Gesicht in glänzendem Metall zu halten und zu rahmen.

Und dann wurde den Zuschauern klar, dass El Hamel sein Ziel *nicht* verfehlt hatte, und alle staunten.

Suleiman der Starke stand da wie eine Statue.

Abdullah el Jemmal reichte ihm respektvoll eine lange, schlanke Klinge. Einen Moment später ragte sie neben Suleimans Schulter hervor, ihre Spitze im Holz vergraben, ihre Klinge nur einen Zentimeter von seinem Fleisch entfernt. . . .

Ein weiteres steckte genau gegenüber davon ... Ein Dutzend Messer wurden dem Werfer gereicht, und innerhalb weniger Minuten standen sie paarweise zu beiden Seiten des regungslosen Mannes.

Plötzlich schrie er: „Genug! Beendet das im Namen Allahs, des Barmherzigen, des Gnädigen", und als der Werfer ein weiteres Messer hob, brach er zusammen und hing ohnmächtig in seinen Fesseln nach vorne.

Aber El Hamel hatte von Moussa, der Krähe, von einer Verschwörung gehört, den freundlichen Scheich durch den abscheulichsten Verrat und die größte Undankbarkeit zu vergiften und zu töten.

Er ging zu dem Mann, spritzte ihm wieder Wasser ins Gesicht, und bald war Suleiman der Starke wieder stark und konnte sich aufrecht halten.

„Beende das, Sidi", sagte er. „Im Namen des Propheten, beende das."

„*So wie du es tun wolltest*", schrie Moussa el R'Orab und zeigte auf ihn – und Hadschi Abdul Salam warf dem Jungen einen scharfen Blick zu.

El Hamel zog das Messer des Scheichs aus der Stelle, wo es über Suleimans Kopf steckte, und Suleiman schloss die Augen und wartete darauf, dass ihm die Kehle durchgeschnitten wurde.

El Hamel brachte das Messer zu dem alten Scheich, der auf den Tribünen stand, und gab es ihm zurück, wobei er ihm die Stirn und die Brust berührte.

Dann machte er die Geste, als würde er ein Gewehr anlegen, um zu schießen, zeigte auf sein Zelt, und Moussa, der Rabe, eilte dorthin und brachte ihm das schöne italienische Repetiergewehr, das der Scheich seinem Liebling geschenkt hatte.

Die Männer lächelten und nickten. So sollte also Suleiman der Starke sterben!

El Hamel legte das Gewehr an seine Schulter und richtete es auf das Gesicht von Suleiman dem Starken.

„Sieh deinem Tod ins Auge, du Hund", schrie der Scheich, und Suleiman öffnete die Augen.

„*Nun* mach Schluss, Sidi", flehte er, „im Namen Gottes", und El Hamel schoss fünfmal schnell hintereinander.

Suleiman der Starke sank zu Boden – unberührt – die Seile, die seine Handgelenke festhielten, waren an der Postzustellung durchtrennt und hingen schlaff herunter.

El Hamel zeigte in die Wüste.

„Ja, geh, du Hund", rief der alte Scheich. „Du bitterer, zeltloser Hund, geh fort und such dir deinen Abfall. Mit nichts, was dir gehört, verschwinde innerhalb einer Stunde..." Und El Hamel nickte zustimmend, fuhr sich bedeutungsvoll mit der Hand über die Kehle und zeigte wieder in die Wüste.

Die Fesseln an den Füßen des starken Suleiman wurden gelöst, und unter Schlägen und Flüchen wurde er zu seinen Zelten getrieben.

Als er weit innerhalb der ihm zugeteilten Stunde aufbrach, wurde er von einer Flut von Steinen verfolgt, von denen einige der besten von der Hand des guten Arztes Abdul Salam kamen. . . .

Aber Hadschi Abdul Salam hatte danach das Gefühl, dass El Hamel ihn übertrieben und vielleicht sogar kritischer ansah, als ein *mou'abbir*, ein frommer und gelehrter Mann, von einem Waisenkind aus der Wüste angesehen werden sollte.

* * *

Und so wuchs der Ruhm und die Ehre von Sidi el Hamel, dem Zauberer, dem Geschenkten Allahs, rasch, und sein Ansehen und seine Bedeutung im Stamm wuchsen mit ihnen.

Der Scheich verließ sich immer mehr auf ihn, und der Sidi setzte sich immer mehr für das Gemeinwohl ein.

Er bildete Schützen aus, bis einige fast so geschickt waren wie er selbst, viele so gut wie Marbruk ben Hassan, der Lahme, der bisher unangefochten beste Schütze des Stammes, und alle (die Gewehre besaßen) weit über dem Durchschnitt der Wüste lagen.

Obwohl er stumm war, brachte er ihnen auch geduldig und langsam bei, wie man unversehrt angreift, anstatt wild in einen Kugelhagel zu stürmen.

Nachdem er Gruppen von Kämpfern dazu gebracht hatte, flach auf dem Boden zu liegen, ließ er einige vorwärts kriechen, während die anderen ihre Gewehre auf den imaginären Feind richteten; diese hielten inne und zielten mit ihren Gewehren, während wieder andere vorwärts krochen; und so weiter.

Er brachte den begeisterten und ergebenen Kriegern die Kunst des Salvenfeuers und der Feuerleitung bei. Er fertigte aus Holz eine Pfeife an, ähnlich einer kurzen *Quaita*, und gab damit aus der Ferne Signale.

Er brachte ausgewählten Mächtigen dieser Welt eine einfache Drillübung mit Signalen bei, und diese lehrten sie ihren Anhängern. Er zeigte den Reitern und Kameltreibern vieles, was sie nicht wussten, wie zum Beispiel die Behandlung von Krankheiten, und er blickte jeden, den er dabei erwischte, wie er ein wundgesatteltes Tier sattelte und Rückenschmerzen vernachlässigte, zornig und gefährlich an.

Hadschi Abdul Salam, der nichts weiter wusste, als kranken Kamelen *Zarnikh*, eine saure Mixtur, zu verabreichen und über kranke Pferde Zaubersprüche zu murmeln, sah mit fröhlich lachendem Gesicht und ernsten Augen zu. El Hamel pflegte auch die sudanesischen Sklaven des Scheichs, zwischen denen und den beduinischen Kriegern immer Eifersucht herrschte, und bildete aus ihnen eine kleine Kameltruppe, den Kern der *Elite*.

Er machte auch einem alten Wunder namens „Yakoub, der ohne Wasser auskommt“, und seiner Familie freundliche Avancen. Er und seine drei alten Brüder waren berühmt für ihre Gabe, zu überleben, wenn andere starben, wenn sie sich in der wasserlosen Wüste verirrten oder wenn sie am Ende einer langen und schrecklichen Reise eine ausgetrocknete Wasserstelle vorfanden.

Ein gewöhnlicher Mann kommt mit einem *Girba* Wasser im Winter fünf oder sechs Tage und im Sommer drei Tage aus, aber Yakub und seine Brüder verdoppelten diese Zeit – und da ein Kamel nur vier *Girbas* tragen kann, ist das eine wertvolle Gabe. . . .

Später machte El Hamel diese Männer zu einem wunderbaren Wüstengeheimdienst, und als arme, alte, wertlose Bettler hingen sie in Oasen, *Douars*, *Qsars* und Wüstenlagern herum, lernten viel und brachten unschätzbare Informationen mit....

§ 7

Und als der Tag anbrach, von dem der alte Scheich befürchtete, dass er die Nacht nicht mehr erleben würde, versammelte er seine *Ekhwan* und die Ältesten und Oberhäupter des Stammes um sein Lager und bat sie, Sidi el Hamel während der vielen Jahre, die seinem Sohn noch als Kind und Jugendlicher blieben, als Regenten des Stammes anzuerkennen, und befahl, dass sein *Aba* während der Minderjährigkeit des Jungen auf die Schultern des Sidi gelegt werden sollte.

Er legte dem Sidi seinen Ring mit dem heiligen Siegel als Zeichen seiner Macht auf die Hand, erhob seine Stimme und segnete ihn im Namen Allahs und seines Propheten Mohammed mit den Worten: „ *Rahmat ullahi Allahim*“ – „Der Friede Gottes sei mit ihm“.

Und das erste „Amen“ kam von Hadschi Abdul Salam.

Wenig später wurde der alte Mann zu seinen Vätern versammelt und mit großer Ehre und viel Trauer in der *Kouba* neben der kleinen Moschee begraben, die in der Nähe der Oase und *des Qsar*, dem Hauptquartier und Lager dieses halbnomadischen Stammes, stand.

Kurz darauf kam das große Fasten des Ramzan, und am Ende dieses anstrengenden Monats, anlässlich des großen Festes, das sein Ende markierte, vollbrachte der Sidi (der von allen Männern als Scheich-Regent anerkannt war) ein neues und wundersames Wunder.

Er vollbrachte es an sich selbst. Denn als alle auf das Erscheinen des Neumonds des nächsten Monats warteten, trat er vor sie hin, streckte die Arme aus und streckte seine Hände zum Horizont.

Dann wandte er sich der wartenden Versammlung zu und zeigte auf seinen Mund. Was würde nun geschehen? Alle starrten ihn an und fragten sich schweigend, was geschehen würde.

Der Mond ging auf, und in diesem Augenblick geschah das Wunder. Der stumme Scheich, Sidi el Hamel, der Zauberer, öffnete seinen Mund und sprach mit tiefer, klangvoller Stimme die *Schahada.*

Über die weite Stille der Wüste und die ehrfürchtige Menge hallten die feierlichen Worte: „*As hadu illa Illaha ill Allah wa as hadu inna Mahommed an rasul Allah*", und als er sich in Richtung der *Kubla* in Mekka wandte und die *Fatha*, die erste *Sure* des Korans, rezitierte, fielen die Menschen auf ihr Gesicht.

Der Stumme hatte gesprochen.

* * *

Danach sprach der Scheich, Sidi el Hamel, nur noch selten und kurz. Er gab nur kurze Befehle, gab knappe Antworten und machte prägnante Bemerkungen. Es schien fast, als täten ihm Worte weh und als hätte sein langes Schweigen – vielleicht das Schweigen seines ganzen Lebens – sein Arabisch stockend gemacht, wie die Sprache eines Mannes, der viele Jahre in der Fremde gelebt hat und in dieser Zeit kein einziges Mal die Sprache seines Volkes gesprochen hat.

Aber jetzt, da das Wunder geschehen war und er sprechen konnte, wurden seine Herrschaft und sein Einfluss noch mächtiger; und leichter fiel es ihm, seine Kämpfer auszubilden, Übeltäter zu tadeln und zu bestrafen, Befehle und Anweisungen in der Landwirtschaft, der Tierhaltung und der Stammespolitik zu erteilen und seinen seltsamen Vorlieben in Bezug auf Gesundheitsvorsorge, Hygiene, die Pflege von Haustieren und Gerechtigkeit gegenüber allen Gefangenen und Geiseln sowie Barmherzigkeit gegenüber Sklaven, Frauen und anderen Tieren nachzugehen.

Er würde auch nie als *Imam* auftreten und die Gebete leiten, sondern diese fromme Pflicht Hadschi Abdul Salam überlassen, der es bei solchen Gelegenheiten verstand, so heilig auszusehen wie Sidi Mohammed ben Ali, der Reformer des Islam, trotz seines runden, fetten, lachenden Gesichts, seiner schläfrigen, schmalen Augen und seiner schlaffen Lippen – denn war er nicht ein *Hadschi*, ein Mann, der die *Hadsch*, die Reise nach Mekka, zum Haus Allahs, gemacht hatte?

War er nicht ein *in der Zawia ausgebildeter Khouan*, ein wahrhaft heiliger Mann?

Wer hätte daran zweifeln können, wenn man seinen sonoren Ruf zum Gebet hörte: „ *Haya alla Salat! Haya alla falah!*" – und wie er morgens, mittags, nachmittags, bei Sonnenuntergang und abends die Gebete *fedjr*, *dhuhr*, *asr*, *mogreb* und *asha* anführte?

Wer war so ein fanatischer guter Muslim wie er und so heftig gegen die *Ahl Kitab – das* Volk des Buches (Juden und Christen) und alle anderen unerwähnbaren *Kafirs.*

Der gute Hadschi Abdul Salam, der *Hakim*, war der oberste *Imam* und strebte danach, der *Wakil* und *Wazir* des Scheichs zu werden, indem er sich zum Schatten und Echo des Scheichs machte.

§ 8

Es dauerte nicht lange, bis sich der Wert der Neuerungen des Scheichs el Hamel bewährte. Einer seiner wunderbaren alten Wüstenmenschen, Yakoub, der ohne Wasser leben kann, kam eines Nachts zu Fuß an, sein Kamel lag einen Tagesmarsch nordwestlich tot, und brachte Nachrichten von der großen Tuareg-Bande, die diesen Ort zum südlichsten Punkt ihrer jährlichen Plünderungsreise gemacht hatte.

Wenn der Stamm ihnen keinen Widerstand leistete, würden sie sich auf Kosten ihrer unglücklichen Gastgeber ausruhen und sich satt essen, sie dazu zwingen, Kamelfutter zu packen, die

Datteln auf die *Hamla-Gep* äckkamele des Stammes zu laden, eine Auswahl an Kindern, jungen Männern und Mädchen zu treffen und mit den Kamelen, Pferden, Eseln, Ziegen, Teppichen, Kleidern und dem Geld, das nicht zuvor entfernt oder versteckt werden konnte, abzureisen.

Es könnte zu Morden kommen oder auch nicht – wahrscheinlich nicht sehr viele, und wenn, dann nur aus Spaß. ...

Eine Massenflucht kam nicht in Frage. Welcher Stamm, belastet mit Frauen und Kindern, Zelten, Habseligkeiten, Ziegen, Eseln und langsamen *Hamla-Kamelen*, könnte vor einer unbeschwerten *Harka* wild aussehender, falkenähnlicher Räuber fliehen, die auf schnellen *Mehari* reiten, die wie der Wind sind?

Die Vergessenen Gottes, die Blauverschleierten Schweigenden, würden ihre gesamte zuvor gesammelte Beute in einem Depot zurücklassen, bewacht von ihren kostbaren und treuen schwarzen Sklaven (die sie wie Vieh auf Sklavenfarmen züchten); und ihr blitzschneller Überfall auf den fliehenden Stamm würde wie der eines Adlers auf Hühner sein. Außerdem wäre der zusätzliche Aufwand für diese Herren der Wüste nicht leicht zu sühnen. . . .

* * *

Die *Ekhwan* versammelten sich im Zelt des Scheichs el Hamel, und jeder sagte der Reihe nach seine Meinung, der Älteste zuerst.

Einige waren dafür, dem alten Brauch zu folgen und das *Dorf* den Tuareg ungehindert plündern zu lassen. Je schneller sie bekämen, was sie wollten, desto schneller würden sie verschwinden. Je weniger sie behindert würden, desto weniger blutrünstig würden sie sein. Die besten jungen Männer, Mädchen und Kinder könnten mit den besten Kamelen, Pferden, Eseln und Ziegen in die Wüste geschickt werden – aber es dürften nicht zu viele sein, damit die Tuareg keinen Verdacht schöpften und die Ältesten folterten, bis jemand zusammenbrach und ein Geständnis ablegte. . . .

Einige waren dafür, eine möglichst imposante Schar bewaffneter Kamelreiter, Reiter und Infanteristen aufzustellen und sie in Sichtweite der Tuareg in der Nähe verharren zu lassen, in der Hoffnung, dass die Räuber, wie es manchmal vorkam, beschließen würden, eine so gefährliche Streitmacht nicht übermäßig zu provozieren, sondern vernünftig und gerecht zu rauben und den Opfern einen fairen Rest ihres Eigentums, die bloßen Mittel zum Lebensunterhalt und viele ihrer jungen Verwandten zu lassen.

Ein oder zwei, darunter Marbruk ben Hassan, der Lahme, zeigten, dass die Lektionen des Scheichs el Hamel in kleiner Kriegstaktik Früchte getragen hatten, wollten tatsächlich einen echten Kampf liefern – die Besucher mit Gewehrsalven empfangen und, wenn es ihnen nicht gelänge, sie zu vertreiben, die Sache zu Ende zu bringen und in der Verteidigung von Zelt und Kind zu sterben.

„Und was wird aus den Zelten und Kindern, wenn ihr tot seid?“, fragte Scheich el Hamel.

Marbruk ben Hassan, der Lahme, zuckte mit seinen riesigen Schultern.

„Was soll es ihnen schon ausmachen, Sidi?“, fragte er. „Sollen unsere Augen ihre Schändung sehen oder, in tapferem Tod geschlossen, nichts von ihrer Schande und ihrem Elend?“

„Was sagt der gute Hadschi Abdul Salam, der Gelehrte und Heilige?“, fragte der Scheich.

Der Gelehrte und Heilige hielt es für eine kluge Entscheidung für alle reichen und wichtigen Männer des Stammes – die übrigens alle anwesend waren –, mit ihrem ganzen Hab und Gut für eine Weile wegzugehen. Nach einem Aufenthalt in der Wüste, weit im Südosten, könnten sie zurückkehren, die Überlebenden trösten und helfen, das Chaos zu beseitigen. . . .

Das schien mehreren alten Patriarchen, die zu viel von den Tuareg und ihren Sitten gesehen hatten, um noch mehr davon sehen zu wollen, vernünftig.

„Sie haben meinem kleinen Sohn die Hände und meiner Lieblingsfrau die Füße abgeschnitten“, jammerte ein weißbärtiger Greis. „Wäre ich geflohen, anstatt zu kämpfen, wären sie jetzt noch am Leben ...“

„Ja, Vater“, murmelte Marbruk ben Hassan, „und der kleine Sohn wäre jetzt Großvater und die schöne Frau eine zahnlose Hexe ... Wir sterben nur einmal ...“

Und nachdem alle gesprochen und den Rat gegeben hatten, den ihre Erfahrung, ihr Mut, ihre Hoffnung und ihre Vorsicht ihnen eingaben, erhob Scheich el Hamel seine Stimme und traf eine Entscheidung.

„Wir werden nicht fliehen", sagte er. „Wir werden nicht das Beste, was wir haben, in die Wüste schicken. Wir werden den Stamm nicht verlassen und mit dem, was uns gehört, weit weggehen. Wir werden keine Machtdemonstration abhalten und zusehen, wie der Feind uns ausraubt. Wir werden die Oase nicht verteidigen..."

Alle starrten schweigend auf diesen rätselhaften starken Mann, den Scheich-Regenten des Stammes, den Scheich-Zauberer.

„Wir werden unseren Feind suchen", schloss er, „ihn überfallen und ihn vollständig vernichten."

Und in der Stille, die folgte, schoss Marbruk ben Hassan mit seinem Gewehr in die Luft.

„ *Wallahi!*" , rief er. „Unser Scheich ist ein *Mann*, bei Allah!"

„Wir werden keinen einzigen von ihnen am Leben lassen, damit er zurückkehren und davon berichten kann", sagte der Scheich wieder.

„ *Inshallah*", murmelten die *Ekhwan* zweifelnd, und der Scheich ging davon und rief die auserwählten Mächtigen dieser Welt und den alten Späher Yakoub, der ihr Führer sein sollte.

Zu diesen hielt er eine kurze Rede in kurzen, knappen Sätzen und verdeutlichte seine Bedeutung durch die alte Methode des Schreibens in den Sand. Um einen Stein, der das Lager der Tuareg darstellte, zeichnete er mit seinem Messer einen Kreis, dann einen kleineren Kreis darin und dann noch einen. Und zu jedem der zwanzig Anführer sprach er der Reihe nach, wobei jeder seine Worte hörte, lächelte und antwortete:

„ *Hamdulillah!* So soll *es* sein. *Inshallah!* "

Eine Stunde später versammelten sich diese Männer, jeder gefolgt von zwanzig Männern, für die er ebenfalls eine Zeichnung in den Sand gemacht hatte, an der nordwestlichen Ecke der Oase und ritten, angeführt von Scheich el Hamel und dem alten Führer, im Mondlicht in geordneter Formation davon.

Wieder einmal hat sich gezeigt, dass Angriff die beste Verteidigung ist und dass ein unschätzbarer Grundsatz der Strategie in dem Sprichwort zum Ausdruck kommt: „Versetze dich in die Lage deines Feindes und denke, wie er denken würde."

Der Zauberer Scheich wusste genau, dass die Tuareg im Morgengrauen angreifen, und rechnete daher mit einem Angriff im Morgengrauen.

Aus diesem Grund griff er am Abend an, als die Kochfeuer brannten, das Essen zubereitet wurde, „Zelte" aus Kameldecken und Salbeibüschen errichtet wurden, die Kamele am *Ghadir* getränkt und gefüttert wurden und alle Männer beschäftigt waren.

Da er außerdem genau wusste, dass der richtige und orthodoxe Angriff ein wilder Ansturm und ein Hack- und Stichgemetzel ist, bei dem berittene Männer erwarten, dass sie die unvorbereiteten und im Nachteil befindlichen Männer zu Pferd niederschlagen und überwältigen können, führte er einen höchst falschen und unorthodoxen Angriff durch, bei dem ein vollständiger Kreis versteckter Schützen das Feuer eröffnete und einen Feind niederschoss, der in großer Aufregung und in voller Sicht herumstürmte, während er sich darauf vorbereitete, den besagten wilden Ansturm der berittenen Männer zu empfangen – der nie kam.

Stattdessen umzingelte sie ein sich immer enger schließender Kreis präziser Gewehrschüsse und bot ihnen keine konzentrierte Gruppe von Feinden, auf die sie hätten angreifen können.

Es schossen immer viele, während einige näher krochen.

Immer krochen viele näher heran, während noch mehr schossen.

Und aus allen Himmelsrichtungen kamen die dumpfen Kugeln und die sich heimlich nähernden Männer.

An welcher Stelle dieses ununterbrochenen Kreises sollten sie angreifen? Wo war der Ring am dichtesten – oder am dünnsten? Nirgendwo.

Von Zeit zu Zeit stürmte ein tapferer Targui mit dem Ruf „ *Folgt mir! Ul-Ul-Ul-Allah Akbar!*" an der Spitze einiger Schwertkämpfer auf einen Teil des Feuerrings zu, nur um mit seinen Anhängern zu fallen, bevor Stahl mit Blut getränkt werden konnte.

Und von einem Angriffspunkt zum anderen stürmte der Scheich-Magier, und wo immer er inne hielt und das Magazin seines Gewehrs leerte, fielen Männer schnell. Er schien überall gleichzeitig zu sein und alles auf einen Blick zu sehen. Er kämpfte und führte zugleich.

Er allein blieb auf den Beinen, und kaum einer seiner gut ausgebildeten Männer hob mehr als den Kopf vom Boden, selbst wenn sie sich ein paar Meter vorwärts schlängelten, um wieder hinter einem Busch oder Stein zu feuern, noch näher am Feind – als Silhouetten vor ihren Lagerfeuern oder bemüht, ihr Reittier zu fangen und zu besteigen.

So erschoss kein Angreifer seinen Bruder auf der gegenüberliegenden Seite des Kreises, und kein Angreifer litt unter dem ungenauen Feuer der Tuareg, die versuchten, die Taktik ihrer Angreifer nachzuahmen.

Wenn hier und da ein aufgeregter Anhänger des Scheichs Magier, angespornt durch dessen Anwesenheit, sich auszeichnen wollte, sich aufkniete, um neben den Mächtigen dieser Welt aufzustehen, wurde er zu Boden geworfen und daran erinnert, dass seine einzige Aufgabe darin bestand, zu kriechen und zu schießen, immer näher zu kriechen und immer genauer zu schießen, bis disziplinierte, koordinierte Taktik die unkoordinierten Anstrengungen besiegte und die gut gebrauchte Flinte ihre Überlegenheit über das Schwert, den Speer und die zufällige Waffe behauptete.

Und so zog sich das Netz immer enger, das Ende kam in Sicht, und der kühle Verstand des Scheich-Magiers triumphierte über den heißen Mut und die durch Traditionen gestärkte Unbesiegbarkeit der schrecklichen Tuareg.

Erst als die Schlacht fair gewonnen und der Sieg unausweichlich war, triumphierte die menschliche Natur über die Disziplin, und seine Anhänger erhoben sich mit einem wilden Schrei wie ein Mann und stürmten auf die verlorenen Überreste ihres Feindes.

Und erst in diesem Moment erlitten sie einen Verlust. . . .

§ 2

Als der Mond auf das Schlachtfeld herabblickte und die Anhänger des Scheichs sah, die vor Freude berauscht waren, betrunken vom berauschenden Duft des Sieges, die feierten und jubelten um die Lagerfeuer, die von ihren toten oder gefangenen Feinden entzündet worden waren, bot sich ihm ein Anblick, der schrecklicher war als der Anblick der Leichen der im Kampf getöteten Männer, schrecklicher als der Anblick all der aufeinandergetürmten Leichen, und es waren viele.

Ein Mann war gefoltert worden. Seine Peiniger mussten schon mit ihrer grausamen Arbeit beschäftigt gewesen sein, als der erste Schuss von den umzingelnden Feinden fiel, denn er war noch unglaublich am Leben, obwohl er kein Gesicht mehr hatte und ansonsten unvorstellbar verstümmelt war.

Mit seinem eigenen Gewehr beendete der Scheich-Magier das Leiden dieser entweihten Kreatur und wandte sich dann dorthin, wo die Schreie einiger seiner Anhänger darauf hindeuteten, dass ein weiteres Opfer der bestialischen Grausamkeit der Tuareg gefunden worden war.

Dieser Mann, der wie ein Huhn gefesselt war, hatte offenbar auf seine Hinrichtung gewartet. Er war von Messern verschont geblieben, aber vor Hunger, Durst und grausamer Behandlung fast gestorben.

Ihn nahm der Scheich-Zauberer besonders in seine Obhut. Vielleicht dachte er an die Zeit, als er selbst in letzter Sekunde vor dem Tod gerettet worden war, und wollte diesem scheinbar sterbenden Mann das gleiche Maß zuteilwerden lassen, das ihm damals zuteil geworden war.

Mit seiner eigenen Hand goss er Wasser aus seinem *zemzi-mayah* über das Gesicht und den Mund des Gefangenen der Tuareg, schnitt die Seile durch, die ihn fesselten, und rieb ihm die Glieder. Während er dies tat, war sein Gesicht von einem feinen Glanz menschlicher und zärtlicher Sympathie überströmt, geschmückt mit einem Ausdruck brüderlicher Liebe und belebt von einem neuen, großzügigen Feuer.

Er hob den Körper in eine sitzende Haltung, legte seine Arme um ihn und umarmte ihn – ein biblisches Bild eines orientalischen Vaters, der den Körper seines toten Sohnes hält.

Unter der Maske arabischer Würde und Ernsthaftigkeit strahlte eine unterdrückte Seele hervor und suchte in einem Moment wilder Emotionalität einen kurzen Ausdruck.

Der Mond hat gesehen, wie die wilde Tigerin ihr hilfloses Junges mit den Pfoten tätschelte, wie der wilde Löwe seine verwundete Gefährtin leckte, wie der schreckliche und furchterregende Gorilla über seinem erschlagenen Bruder weinte, und er sah diesen wilden und blutbefleckten Rächer unter den Toten sitzen und wie eine Amme über den leblosen Überresten seines Gemetzels singen.

* * *

In der Nähe des Schauplatzes seines Sieges lagernd – die Leichen seiner Feinde den Geiern und Schakalen überlassen, die Wunden seiner Gefolgsleute von ihm selbst versorgt – machte sich der Scheich daran, den Mann, den er vor dem Messer des Folterers gerettet hatte, wieder zum Leben zu erwecken.

Dutzende waren getötet worden, Dutzende lagen im Sterben, und dieser eine sollte wieder zum Leben erweckt werden, so wie er selbst es gewesen war; dieser eine sollte aus den Toren des Hauses des Todes zurückgeholt und den Klauen des Todes entrissen werden.

Wie er selbst hatte der fast tote Mann tapfer um sein Leben gekämpft und öffnete eines Tages seine Augen und starrte seinen Retter voller Staunen an.

Der Scheich legte seinen Finger auf die blutleeren Lippen, schickte alle Männer weg und blieb lange allein mit seinem Stück Mensch, das er aus dem Ozean der Wüste und dem Sturm des Krieges gerettet hatte. . . .

Sie nannten ihn *El Nazil*, den Neuankömmling, und später *El Habibka*, den Freund, da er der auserwählte Freund des Scheichs wurde.

Und zu Ehren seines unglaublichen Sieges über den gefürchteten Tuareg gaben sie dem Scheich el Hamel den Namen *El Kebir – der* Löwe.

* * *

Und so wie der alte Scheich sich gefreut hatte, seinen Findelkind El Hamel, das Geschenk Allahs, zu ehren, so freute sich auch der Zauberer-Scheich, denjenigen zu ehren, den er gerettet und wieder zum Leben erweckt hatte.

Als er und seine Kämpfer zum Oasencamp zurückkehrten, wurden sie mit dem herzergreifenden „*Ulla-la-een! Ulla-la-een!*" – dem wilden, schrillen Trillern der Frauen, die laut schrien, während sie mit den Zeigefingern an den Zähnen ihrer geöffneten Münder klapperten –, setzte er den Mann zu seiner Rechten, schmückte ihn mit sauberen Gewändern der Ehrerbietung und fütterte ihn von Zeit zu Zeit mit seiner eigenen Hand mit Leckerbissen aus seinem eigenen schmackhaften Ziegeneintopf.

Der Stamm sah, dass ihr großer Scheich, der große Zauberer, das Geschenk Allahs – ja, der Geliebte Allahs, des Barmherzigen, des Mitfühlenden – sich freute, den Unbekannten zu ehren, so wie er selbst geehrt worden war, als er noch unbekannt war; und der Stamm erkannte, dass zwischen dem Scheich und dem Zeltlosen eine große Sympathie bestand, da letzterer stumm war, so wie der Scheich selbst es gewesen war!

Vielleicht würde der Scheich-Zauberer ihn von seinem Leiden heilen, so wie er sich selbst auf wundersame Weise geheilt hatte?...

* * *

Und allmählich wurde allen klar, dass der zweite Unbekannte noch viel mehr mit ihrem Großen Scheich gemeinsam hatte, denn auch er war ein bemerkenswerter Zauberer, ein hervorragender Schütze, ein mächtiger Reiter und Pferdehalter, ein großartiger Arzt und ein Mann mit seltsamen und wundersamen Fertigkeiten mit seinen Händen.

Wie der Große Scheich selbst beherrschte der Mann jene besondere Form des *Rabah*, bei der die leere Hand zur Faust geballt wird, der Daumen auf den ersten und zweiten geschlossenen Finger gelegt wird und ein Schlag ausgeführt wird, indem die Hand in einer geraden Linie aus der Schulter nach vorne geschleudert wird.

Das war eine sehr schöne und schreckliche Form des *Rabah*; denn ein Mann kann auf diese Weise von einem unbewaffneten Schläger bewusstlos und scheinbar tot geschlagen werden oder in wenigen Minuten zu einem blutüberströmten, schwachen Wrack mit geschlossenen Augen, ausgeschlagenen Zähnen und schrecklichen Schnittwunden und Prellungen werden.

Vielleicht stammten der Große Scheich und dieser Findelkind aus demselben Stamm – einem fernen südlichen Stamm, der große Kriegskunst, große Magie, große Stärke und große Weisheit besaß?

§ 3

Die Aufmerksamkeit der Öffentlichkeit wurde zuerst auf die bemerkenswerten Kräfte des Findelkindes, des Zeltlosen, gelenkt, als er ruhig und gelassen Patronen aus den Ohren von Marbruk ben Hassan, dem Lahmen, hervorholte.

Marbruk war einer der besten Schützen des Stammes – fast so gut wie der Große Scheich selbst –, denn er hatte ein hervorragendes Sehvermögen und starke Hände, Arme und Schultern.

Vielleicht hat ihn seine schreckliche Lahmheit dazu gebracht, mehr als die meisten Männer mit dem Gewehr zu üben, der einzigen Waffe, die er benutzen konnte, da er nur wie eine halb zerquetschte Spinne herumhumpeln konnte.

Eines Tages, als der Scheich und einige Älteste und Mächtige dieser Welt vor dem Zelt des Scheichs saßen und *sich unterhielten*, schlich sich Marbruk heran, tätschelte sein geliebtes Gewehr, zeigte eine leere Tasche und seufzte, dass er keine Munition habe.

Sofort stand der Liebling des Scheichs, der Findelkind, auf, streckte seine Hand unter seinem *Burnus* hervor und holte eine Patrone aus Marbruks Ohr!

Die Männer starrten mit offenem Mund.

Er holte noch eine hervor, und dann eine aus dem anderen Ohr! Die Männer schnappten nach Luft. Marbruk ben Hassan wurde fast blass.

Der Unbekannte nahm zwei weitere Patronen unter den Kamelhaargurten hervor, die Marbruks *Haik* zusammenhielten. Marbruk setzte sich schwitzend hin, und ein ehrfürchtiges Flüstern von *„Magie! Magie!" erhob sich* von den staunenden Zuschauern.

Der Findelkind beendete diese erstaunliche Darbietung, indem er eine leere Hand und einen nackten Arm ausstreckte – und eine Patrone aus der umgebenden Luft zog!

Dann setzte er sich wieder neben den völlig unbeeindruckten Scheich, der tolerant lächelte, als würde er die lobenswerten Bemühungen eines vielversprechenden Anfängers in der Wissenschaft und Kunst der Magie beobachten.

§ 4

El Habibka blieb lange stumm, und als verschiedene *Ekhwan* den Scheich-Magier fragten, ob er ihn nicht von seiner Stummheit heilen könne, antwortete der Scheich, dass dies seine Hoffnung und Absicht sei.

Er erklärte weiter, dass El Habibka aus seinem eigenen Stamm aus dem Süden stamme, einem Stamm von Männern, die mächtig in Magie und im Kampf, in Wissen und Weisheit seien, aber stark von den Dschinns der Wüste bedrängt würden, die neidisch auf die reichhaltigen Gaben Allahs seien. Die häufigste ihrer Leiden sei diese fast unheilbare Stummheit, die sie dauerhaft befalle, wenn sie fast bis zum Tod krank seien.

Der Scheich hatte jedoch wenig Zweifel, dass er rechtzeitig eine Heilung bewirken könnte. Wenn das geschafft war, würde sich herausstellen, dass El Habibkas Worte stockend und seltsam klingen würden, so wie seine eigenen seit seiner Genesung und Rückkehr aus den Toren des Todeshauses.

Er versicherte den *Ekhwan* und den Mächtigen dieser Welt, als *er* mit ihnen *redete*, dass El Habibka sich als eine große Stütze für den Stamm erweisen würde, als ein weiser Ratgeber, als ein Löwe im Kampf, als gleichwertig mit zehn weisen Ältesten und hundert Kriegern.

Er hatte auch große Freude daran, El Habibka seine erstaunlichen Fähigkeiten mit dem Gewehr, mit der kleinen Pistole, mit dem Messer und mit einer langen, dünnen Schnur, an deren Ende sich ein Schiebeknoten und eine Schlaufe befanden, zu demonstrieren; seine überragenden Fähigkeiten auf dem Rücken des wildesten Hengstes; seine wunderbare Geschicklichkeit und Kraft beim *Rabah*; und vor allem seine Magie.

Und tatsächlich versetzte die Magie von El Habibka die mit offenem Mund staunenden Zuschauer in ehrfürchtiges Staunen und ließ sie sprachlos zurück, bis auf das Murmeln von „ *Allahu Akbar!*" und „ *Bismillah!*" .

Was er alles konnte, war unglaublich, bis man es mit eigenen Augen sah. Er war auch kein schlechterer Arzt als der Scheich Magier selbst, denn auf seine erste große Heilung, die allen bekannt war, folgten viele weitere.

Der erste Fall war die Rettung von niemand Geringerer als der Tochter des verstorbenen Scheichs, Sitt Leila Nakhla, der „schönen jungen Palme". Sie war plötzlich von einem Dämon besessen, der in ihren Kopf gefahren war, ihr schreckliche Schmerzen bereitete und ihr das Gefühl gab, ihr Kopf würde vor Schmerz platzen.

Um diese Katastrophe abzuwenden, hatte sie einen dicken Kupferdraht so fest um ihren Kopf gebunden, dass er sich in das Fleisch grub. Aber das brachte keine Linderung. Die Sitt Leila Nakhla hatte daraufhin eine Nachricht geschickt, in der sie den Scheich Magier anflehte, zu kommen und seine wundersame Kunst an ihr anzuwenden, sonst würde sie sterben.

Wenn sie nicht sterben würde, würde sie sich umbringen, denn die Schmerzen waren unerträglich und sie konnte nicht schlafen.

Die alte Frau, die die Nachricht überbrachte, warf sich zu Füßen des Scheichs el Hamel el Kebir nieder, der auf seinem Teppich vor seinem Zelt saß und leise mit dem stummen El Habibka sprach, und flehte ihn an, die Sitt, ihre Herrin, zu heilen.

Und der Scheich hatte El Habibka gebeten, seine Zauberkräfte einzusetzen. Ohne zu zögern folgte der Arzt und Wissenschaftler der alten Bint Fatma zum Zelt von Sitt Leila Nakhla, wo sie in ihren besten Kleidern und geschmückt auf gefärbten Kamelhaarteppichen und weichen Kissen lag und auf die Ankunft des Scheich el Hamel el Kebir wartete.

El Habibka ergriff ihre heißen Hände und starrte ihr lange in die verängstigten Augen.

Dann stieß er seltsame Laute aus, wie es manchmal Stumme tun, und entfernte mit schnellen Handgriffen aus dem Gehirn des Mädchens – durch ihre Ohren, Nasenlöcher, Mund und Augen – eine rostige Schnalle, einen Kieselstein, einen großen Holzsplitter und, was wahrscheinlich das Schlimmste war, einen großen, kräftigen Käfer, der zappelte und summte wie der Teufel, dessen Bote er zweifellos war.

Das entsetzte Mädchen kreischte und fiel fast in Ohnmacht.

El Habibka entfernte dann den fest verdrehten Draht, da er nicht mehr nötig war, und legte, vermutlich um sicherzustellen, dass der Atem des Lebens in ihr blieb, seine Lippen fest auf die des Mädchens, bewegte sie mit einem leisen Geräusch und zog sich dann schnell aus dem Zelt zurück. . . .

Von dieser Stunde an hatte Sitt Leila Nakhla nie wieder Kopfschmerzen, und der Ruf von El Habibka wuchs von Tag zu Tag.

Die Leute wunderten sich, dass der Scheich el Hamel el Kebir nicht eifersüchtig war und demjenigen nicht die Kehle durchschnitten hatte, der ihn als Heiler in den Schatten zu stellen versprach.

Doch weit gefehlt, denn der Scheich bewegte sich nicht ohne El Habibka und hielt ihn immer an seiner Seite, wenn er nach dem Gebet in der Stunde des Sonnenuntergangs vor seinem Zelt saß und *faddheld* und Frieden und Essen.

Nur wenige lobten El Habibka lauter als der fromme Hadschi Abdul Salam, und keiner von denen, die sich darüber wunderten, wusste von den langen, stillen Gesprächen des Hadschi mit einem gewissen Abdullah el Jemmal, dem Kameltreiber, und von den wirklich verlockenden Vorschlägen, die der Hadschi dem armen Kameltreiber zur Bereicherung machte.

§ 5

Die Hoffnung und Erwartung des Scheichs el Hamel el Kebir, dass sein Schützling El Habibka wieder vollkommen gesund werden und alle seine Fähigkeiten wiedererlangen würde, erfüllte sich – mit einer seltsamen dramatischen Plötzlichkeit –, denn Allah schenkte ihm plötzlich die Gabe der Sprache, damit er das Leben seines Retters retten könnte!

Es geschah folgendermaßen.

Eines Abends spazierten der Scheich el Hamel el Kebir, El Habibka, der Hadschi Abdul Salam, der alte Dawad Fetata, Marbruk ben Hassan und andere aus dem *Ekhwan* und die obersten Mächtigen dieser Welt nach dem *Mogh'reb-Gebet* in der kleinen weißen Moschee unter den Palmen der Oase.

Sie ließen ihren Blick über die grünen Verschwörungen, Geschichten, die grün von Zwiebeln, Radieschen, Bisset, Kürbissen und Gerste waren, über die Reihen und Stapel von Sandziegeln, die in der Sonne trockneten, über die Gruppen von Frauen am Brunnen in ihren langen indigoblauen, scharlachroten oder orangefarbenen *Tobhs*, über die drängelnden, lärmenden, staubaufwirbelnden Ziegenherden an den Wasserrinnen und Tränken, schlenderten die Häuptlinge *faddhling*.

Bald wurde es dunkel, die Gruppe löste sich auf (der köstliche Duft des Essens war das Lösungsmittel), und der Scheich el Hamel el Kebir kehrte in sein Zelt zurück, wobei er an einem Zelt vorbeikam, in dem Sitt Leila Nakhla mit ihrem kleinen Bruder und zwei schwarzen Sklavinnen saß – damit sie den Scheich wie immer sehen und ihm zulächeln konnte, wenn er vorbeikam.

Der Junge sprang auf und rannte zu El Hamel, streckte die Hand aus, um mit seinem großen silbergriffigen Dolch in seiner silbernen Scheide mit den gekräuselten Enden zu spielen, und mit ihrer ganzen Seele in den Augen lächelte die Sitt dem großen und prächtigen Mann zu, als er niederkniete und den Jungen umarmte, den zukünftigen Scheich, den er wie ein Vater liebte und auf den er stolz war.

Von der Tür seines Zeltes aus beobachtete El Habibka die Szene, ein rätselhaftes Lächeln spielte unter seinem Bart und milderte seinen strengen Blick, während er die schöne Leila musterte.

Plötzlich rief er drei Worte in einer fremden Sprache und griff nach dem Gürtel seiner *Gandoura*, als ein fast nackter Mann aus dem schwarzen Schatten der Palmen sprang und direkt auf den knienden Scheich zustürmte – ein langes Messer blitzte in seiner rechten Hand.

Als El Habibka schrie – dessen Worte er offensichtlich verstand –, drehte sich der Scheich um und stellte sich zwischen den Angreifer und das Kind, ohne jedoch aufzustehen.

Das Mädchen sprang wie eine Tigerin vor, das scharfe Messer des Mörders blitzte auf, und die große Faust des Scheichs schlug ihm furchtbar unter das Brustbein. Als er zurücktaumelte, knallte El Habibkas Pistole zweimal, und erst dann stand der Scheich auf.

Aber El Habibka hatte gesprochen, ein Dutzend Leute hatten es gehört, und der Scheich hatte verstanden.

Für den Moment war dieses Omen vergessen, als sich das überreizte Mädchen an die Brust des Scheichs warf und ihre Arme um seinen Hals schlang, der Junge sich erschrocken an ihn klammerte und Männer herbeieilten, um den Mörder zu packen.

Der Scheich schob das Mädchen und das Kind sanft von sich weg und rief, man solle den Mörder nicht weiter verletzen, gerade als El Habibka Hadschi Abdul Salam am Handgelenk packte, während die Spitze des Messers des frommen Mannes genau an der Stelle in den Hals des Mörders eindrang, an der die Halsschlagader sauber durchtrennt worden wäre.

Es war überraschend, mit welcher Kraft der Hadschi um Gerechtigkeit rang und mit welcher bemerkenswerten Drehung El Habibka ihn dazu brachte, sein Messer fallen zu lassen und vor Schmerz aufzuschreien.

Es war fast so, als wolle der Hadschi nicht, dass der Mann lebend gefangen genommen wurde.

Es zeigte sich bald, dass die beiden Schüsse von El Habibka den Gefangenen nur verwundet, aber nicht getötet hatten, und dass er, sobald er sich von dem schrecklichen Schlag des Scheichs erholt hatte, in der Lage sein würde, Rechenschaft abzulegen. Oder vielmehr in der Lage sein würde, auf eine Behandlung zu reagieren, die darauf abzielte, ihn dazu zu bewegen.

Nachdem man den Mann mit Wasser übergossen hatte und an eine Palme hinter dem Zelt des Scheichs gefesselt worden war, wo er in der hervorragenden Obhut von El R'Orab, dem Krähenmann, zurückgelassen worden war, konnten sich die Gedanken der Männer wieder dem wunderbareren, wenn auch weniger aufregenden Ereignis des Abends zuwenden – der Tatsache, dass El Habibka, der Stumme, der von Allah Bedrängte, Gegenstand der Barmherzigkeit Allahs geworden war und Worte erhalten hatte, damit er seinen Herrn retten könnte.

Niemand schlief in jener Nacht, und groß war das *Getuschel* an jedem Feuer – besonders, als sich die Nachricht verbreitete, dass der Attentäter schließlich der Behandlung nachgegeben und gestanden hatte, er sei auf seine tödliche Mission entsandt worden vom großen Emir Mohammed Bischari ibn Mustapha Koraim abd Rabu, auf Betreiben und durch die Ränke eines gewissen Suleiman des Starken, der nun zugleich sein *Wesir*, *Statthalter* und Oberbefehlshaber sei!

* * *

Seltsamerweise folterte der Scheich el Hamel el Kebir den Attentäter nicht – weder um Informationen aus ihm herauszupressen noch um ihn für seinen Mordversuch zu bestrafen.

Der Anblick bestimmter Zauber, die der Scheich und El Habibka vor seinen erstaunten Augen vollbrachten, schien ihn davon zu überzeugen, dass ein Geständnis gut für seine Seele wäre, sogar besser als die Vorstellung von den Vorbereitungen für seinen schmerzhaften und langwierigen physischen Tod.

Und seine Geschichte war interessant, besonders die Teile, die sich auf die erklärte Absicht des Emirs Mohammed Bishari bin Mustapha Korayim abd Rabu bezogen, seine Armee zu versammeln und Suleiman den Starken zum tributpflichtigen Scheich des Stammes zu machen, aus dem er vertrieben worden war, und den Stamm der kleinen Stammeskonföderation anzuschließen, über die der Emir herrschte. . . .

Als er wieder zu Kräften kam und Hoffnung auf Leben schöpfte, wurde der angeheuerte Mörder gesprächiger und wurde unter dem Einfluss großmütiger Güte, atemberaubender Zauberkunststücke und der allgegenwärtigen Angst vor grausamen Folterungen ebenso eifrig und ernsthaft zum willigen Werkzeug des Scheich-Magiers, wie er es zuvor für Suleiman den Starken und den Emir gewesen war, dem Suleiman entkommen war.

Der Scheich, El Habibka, der weise alte Dawad Fetata, Marbruk ben Hassan und die Auserwählten der Ekhwan und El Habibka, dem weisen alten Dawad Fetata, Marbruk ben Hassan und den Auserwählten der *Ekhwan* und der Kämpfer; und nachdem eine Entscheidung getroffen worden war, wurde ein großer *Mejliss* abgehalten, eine große öffentliche Versammlung, auf der nacheinander die Weisen und die Kämpfer des Inneren Rates Reden hielten, während der Scheich ernst nickte und die Beredsamkeit des jeweiligen Redners anerkannte.

Am Ende der Versammlung erhob sich der bisher stumme El Habibka und rief mit einer vor lauter Nichtgebrauch knarrenden und rostigen Stimme, mit stockenden und manchmal fast unverständlichen Worten laut:

„*Hamdulillah! Hamdulillah! Ana mabsut! Ana mabsut!*“ Und nachdem er mit weit ausgestreckten Armen die *Fatha* rezitiert hatte, fiel er vor dem Scheich auf sein Gesicht, sein Körper zitterte vor Schluchzen oder vor wildem hysterischem Lachen, einer Freude, die zu groß war, um sie zu ertragen. . . .

Und die Entscheidung des Rates, die vom *Mejliss* bestätigt wurde, lautete, dass der Stamm in der kommenden Aussaatzeit, wenn alle Stämme sich weit verstreuen, um Gerste für die Ernte des nächsten Jahres anzupflanzen, auswandern und stetig nach Nordwesten in Richtung dieses wunderbaren Landes ziehen sollte, von dem man wusste, dass es hundert Quadratmeilen Palmen und alles Grüne gab, ein Land, in dem Milch und Honig flossen, Allahs eigenes Paradies auf Erden. . . .

Der Scheich hatte immer nach Nordwesten geschaut und Nacht für Nacht zu den *Faddhling* und dem eifrig zuhörenden El Habibka über den Nordwesten gesprochen.

* * *

In der Zwischenzeit waren Yakoub-der-ohne-Wasser-auskommt und seine verschrumpelten Kollegen verschwunden, und viele Tage lang sah man keinen von ihnen. Als der erste von ihnen zurückkam, war ein Großteil der Vorbereitungen für die Migration schon erledigt, und der Stamm war fast bereit für einen weiteren seiner vielen Umzüge.

Dieser Exodus sollte sich jedoch von den früheren unterscheiden, da der Stamm nicht als eine zerstreute Menge von Männern, Frauen und Kindern mit ihren Herden und Viehbeständen ziehen würde, sondern als eine Armee, begleitet von einem großen Tross mit Gepäck und Marketendern.

Vier gedrillte und disziplinierte Kamelkorps, die als Vorhut, zwei Flankengarden und eine mächtige Nachhut fungierten, sollten die Seiten eines mächtigen Rechtecks bilden; und innerhalb dieses Rechtecks würden der Stamm und seine Tiere marschieren, wobei jede Familie für ihre eigenen Tiere und ihre Verpflegung verantwortlich war. . . .

Laut war das Geräusch der Handmühlen im ganzen *Qsar*, während die Frauen aus jedem Zelt zu zweit daran arbeiteten, Gerstenmehl für die Säcke für die Reise zu mahlen; und die Preise für Pech und *Zeitöl* stiegen in die Höhe, da undichte *Girbas* wasserdicht gemacht wurden.

Tag und Nacht wurde an *Khoorgs* für die Ladung von Datteln und Kamelfutter gearbeitet und genäht, da der Stamm „vom Land leben“ würde, wo er konnte, und sich selbst versorgen musste, wo es nötig war, und jeder mit Datteln gefütterte Kampfkamel einen Sack Datteln pro Tag fraß.

Es war eine harte und arbeitsreiche Zeit, aber es herrschte eine fröhliche Stimmung, denn Abwechslung ist die Würze des Lebens, und das Vertrauen des Stammes in ihren wunderbaren Scheich, der so voller Ideen, Organisationskraft und Energie war, und in seinen vertrauten Stellvertreter El Habibka, den neuen Oberbefehlshaber der Kämpfer, war groß.

Man war überzeugt, dass der Scheich-Regent den Stamm sicher und zuverlässig zur Eroberung oder Besetzung der Großen Oase führen würde und dass derjenige, der eine große *Touareg-Harka* besiegt hatte, jeden besiegen würde, der sich ihnen in den Weg stellte. . . .

Die Konföderation

Ein paar Meilen vom Pass von Bab-el-Haggar saß Yoluba, der schwarze Wadai-Sklave und Krieger, fast sieben Fuß groß und berühmt für seine Weitsicht unter den Wüstenmenschen, die für ihre Weitsicht bekannt sind, seitlich auf seinem Kamel, damit er den Horizont beobachten konnte, von dem alle anderen den Rücken gewandt hatten.

Er war allein, weit hinter der Nachhut, hinter der Scheich el Hamel el Kebir ritt.

Von Zeit zu Zeit hielt Yoluba, der Starke mit den Augen, an und drehte sein Kamel um, während er mit unerschütterlichem Blick die breite Spur der wandernden Sippe entlangstarrte. ... Plötzlich wirbelte er herum, schwang seinen langen *Mish'ab-Stock* in Richtung des Kamelkopfes und trieb das Tier zu Höchstgeschwindigkeit an, bis er neben dem Scheich war.

* * *

„Da kommt einer", sagte er mit tiefer Stimme aus seiner Kehle. „Ein kleiner Mann auf einem großen Kamel. In großer Eile. Das wird Yakoub sein, der ohne Wasser geht."

Auf Befehl des Scheichs hielt die Nachhut an, drehte um und formierte sich. Die Kamele wurden in einer Reihe *aufgestellt*, und hinter jedem kniete ein Mann mit gezücktem Gewehr. ... Eine vom Scheich eingeführte Übung, die seinen Kriegern, sobald sie sie begriffen hatten, großen Spaß machte. ...

Es war tatsächlich Yakoub, der eine wichtige Nachricht überbrachte.

„Gut gemacht, du guter und treuer Diener", sagte der Scheich, als er sie hörte. „Zehn *Silbermedjidies* und das beste Kamel, das du finden kannst, wenn alles gut geht. ... Und so wird der große Emir tun, wie ich es mit den Tuareg getan habe, und in der Stunde des Lageraufbruchs angreifen, nicht wahr?"

„Ja, Sidi! Aber wir werden das Lager mit Gewehren umstellen und auf ihn warten, *inshallah*!", grinste Yakoub.

„Wir werden es noch besser machen, Vater Yakoub", antwortete der Scheich und schickte drei seiner speziell berittenen Boten zu El Habibka, dem Befehlshaber der Vorhut, sowie zu Marbruk ben Hassan und Yussuf Latif Fetata, den Befehlshabern der Flankengarden.

Die Befehle waren einfach. Die riesige Karawane sollte so schnell wie möglich durch die tiefen Dünen und den üblen losen Sand vorankommen, der den einzigen Weg darstellte – aufgewühlt zu feinem Staub durch fünfzig Jahrhunderte Karawanenverkehr in einem regenlosen Land –, durch den Pass zwischen den Bab-el-Haggar-Felsen, ein paar Meilen steiler Felsvorsprünge, über die Kamele nicht gelangen konnten.

Auf der anderen Seite des Passes sollten die Vorhut und die Flankengarde anhalten und auf die Ankunft der Nachhut warten, während die Karawane weiterzog.

§ 2

Ein paar Stunden vor Sonnenuntergang war der Bab-el-Haggar-Pass still und scheinbar verlassen, aber eine Viertelmeile nordwestlich davon *standen* die Kamele eines offensichtlich gut ausgebildeten Kamelkorps in ordentlichen Reihen unter der Aufsicht von Kamelwächtern und Wachposten. Am fernen Horizont deutete eine mächtige Staubwolke auf das Vorbeiziehen einer riesigen Menschen- und Tiermenge hin. . . .

Eine Stunde vor Sonnenuntergang fegte eine typisch arabische *Harka* wie ein Strom in den weiten Pass, Hunderte und Aberhunderte gut bewaffneter Krieger auf prächtigen hellbraunen, grauen und weißen Kamelen.

An ihrer Spitze ritt eine prächtige Gruppe, von denen einer eine grüne Seidenflagge trug, auf der ein Halbmond und das Wappen des Herrn der vielen Zelte, des Emirs Mohammed Bishari bin Mustapha Korayim abd Rabu, zu sehen waren, dem geistigen und weltlichen Oberhaupt einer kleinen, aber wachsenden Konföderation von Beduinenstämmen.

Das Tempo der schönen Kamele des Emirs und seiner Scheichs verlangsamte sich von einem schnellen, kilometerfressenden Trab zu einem langsamen Gang, als sie das Gebiet mit den mehlartigen, nachgebenden Sanddünen erreichten, in denen selbst die breiten Hufe der Kamele tief versanken. Die untergehende Sonne schien blutrot auf *die* kostbaren *Seidenkaftane*, *die* bunten *Kafiyeh*, die mit goldenen *Agals* zusammengebunden waren, *die* fließenden *Burnus* und die bunten Kameldecken mit ihren baumelnden Quasten. . . .

Hinter ihren Mächtigen dieser Welt pflügte die Masse der kämpfenden Männer dahin, mutig wie die Löwen der Wüste und undiszipliniert wie die Affen der Felsen.

„Der Fluch Allahs auf diesen Winkel der Hölle! Das wird meinen Plan durchkreuzen", knurrte der Emir, ein ungeduldiger Mann, während sein Kamel sich mühsam durch den tiefen Staub schleppte.

„Keine Eile, Herr", antwortete Suleiman der Starke, der neben ihm ritt. „ *Inshallah*, unsere Wege werden heute dem Allahs selbst demütig ähneln, denn steht nicht geschrieben: *'Allah flieht mit Flügeln aus Blei, aber schlägt mit Händen aus Eisen'*?"

„Dieser verfluchte Pass wird meine Pläne durchkreuzen, sage ich", brummte der Emir wieder.

Und so war es auch.

Ein merkwürdiges langes Pfeifen war zu hören, wie ein anhaltender Ton auf einer *Quaita*, der arabischen Flöte, und als alle Augen zu den Felsen blickten, die die Schlucht begrenzten und bildeten, folgte ein plötzlicher Musketenknall, und der Pass wurde zu einem Schlachtfeld.

Viele peitschten ihre Kamele, als würde ihnen das Flügel verleihen oder festen Boden unter den Hufen geben. Viele drehten um, um auf dem Weg zurückzufliehen, den sie gekommen waren, und vergrößerten die Verwirrung noch.

Viele versuchten, ihre Kamele zu *wenden* und von hinten auf den gut versteckten Feind zu schießen, nur um festzustellen, dass sie mit ihrem ungeschützten Rücken einem anderen Feind zugewandt waren.

„ *Kismet*", stöhnte der Emir und legte seine Hand auf seine blutende Brust. „ *El Mektub, Mektub...*" und fiel von seinem Kamel.

Der Mann, zu dem er sprach, dieser Suleiman der Starke, brachte sein Kamel zum Knien und legte sich dann flach daneben, um sich tot zu stellen.

Wilde, fast ziellose Gewehrschüsse von völlig ungeschützten Männern antworteten nur für einen kurzen Moment auf das ruhige, vorsichtige Schießen aus kurzer Distanz von Männern, die mit ihren Gewehren hinter Felsen lagen.

Das unvermeidliche Ende kam schnell, und der Scheich el Hamel el Kebir war schnell zur Stelle, um Leben zu retten.

Zur Überraschung der Besiegten wurde niemand getötet, und jeder Verwundete bekam die gleiche Hilfe, die ihm sein eigener Sohn gegeben hätte.

Aber die Niederlage war total, bitter und unwiderruflich, denn der führerlosen Armee der Stammeskonföderation, die noch vor kurzem unter der mächtigen Führung des Emirs Mohammed Bishari bin Mustapha stark und arrogant gewesen war, blieb kein Gewehr, keine Patrone und kein Kamel mehr.

* * *

Da sie mit der Wahrheit von *„væ victis"* bestens vertraut waren, brauchten die Scheichs der Gefangenen nicht lange, um die kleine Planänderung zu akzeptieren, wonach die verbündeten Stämme dem Stamm angegliedert wurden, anstatt dass der dezimierte Stamm den verbündeten Stämmen angegliedert wurde.

Sie sahen auch keinen Verlust darin, die Führung und Herrschaft des Emirs Mohammed Bishari bin Mustapha Korayim abd Rabu gegen die des Emirs el Hamel el Kebir einzutauschen, der ihn im Krieg besiegt hatte; der sich gegenüber den Besiegten in edelster arabischer Tradition, die heute eher durch Verstöße als durch Einhaltung geehrt wird, mit größter Großmütigkeit verhalten hatte und zweifellos ein großer und bemerkenswerter Mann war, auf den man sich verlassen konnte, dass er die Konföderation zu immer größerer Stärke führen würde, bis sie in ungestörter Sicherheit leben konnte und jedem das Seine zuteil wurde, damit er ernten konnte, was er gesät hatte. . . .

Also gaben die Stammescheichs ihre Söhne und Töchter, ihre Herden und Schätze als Geiseln, und der Scheich el Hamel el Kebir wurde Emir el Hamel el Kebir, der Siegreiche und Gesegnete Allahs, des Barmherzigen, des Mitfühlenden.

Da seine Tage nun mit militärischen und zivilen Organisationsaufgaben ausgefüllt waren, ernannte der neue Emir El Habibka zum Scheich-Regenten des Stammes und erfreute die *Ekhwan* und die Krieger mit dem Versprechen, dass er selbst bei dem Stamm wohnen werde und bei keinem anderen.

Bei einem großen *Diffa*, das der alte Dawad Fetata zu Ehren des neuen Emirs gab, freute sich Sitt Leila Nakhla, ihn zu ehren, indem sie ihn selbst bediente.

Der Emir war sich der Ehre bewusst, aber nicht der Tatsache, dass das Mädchen die Schale, aus der er trank, an ihre Lippen und ihre Brust drückte und in Zukunft niemand außer ihr selbst sie berühren durfte. . . .

* * *

Andere Nomaden- und Halbnomadenstämme, einige aus Weisheit, andere aus Angst, selbst aufgefressen zu werden, schickten Gesandte zum Emir und schlugen ihm vor, sich seinem Bündnis anzuschließen und im Gegenzug für Tributzahlungen und die Dienste von Kriegern seinen Schutz zu genießen.

Er besuchte sie in Begleitung seines berühmten Kamelkorps, dessen Männer wie die *Franzawi* und andere *Roumi-Soldaten* gedrillt und ausgebildet waren und als unbesiegbar galten.

Und langsam zog der große und wachsende Bund nach Nordwesten in die sagenumwobene Große Oase mit hundert Quadratmeilen Palmen und grünem Gras, wo der Emir el Hamel el Kebir von einem dauerhaften *Douar* sprach, dass der Stamm das Land besetzen und besitzen könnte, mächtig, selbstversorgend, stark und sicher, als Zentrum und Mittelpunkt eines mächtigen Stammesbundes.

Er sprach sogar vom Bau einer ummauerten Stadt mit einem geschützten Karawanenmarkt, einem großen *Suq*, der unter seinem Schatten berühmt werden und Karawanen aus dem Norden anziehen sollte, beladen mit Zucker, Tee, Baumwollstoffen, Seife, Nadeln, Duftstoffen und Sandelholz; aus dem Süden mit Elfenbein und Federn und sudanesischen „Waisenkindern"; aus dem Osten mit Kaffee aus Arabien; und aus dem Westen mit den Produkten Nigerias, dem Tschadsee und Timbuktu. Eine ummauerte Stadt mit Schulen, Moscheen, *Zaouias*, *Serais*, *Hammams*, *Madrasas* und kühlen Häusern mit wunderschönen Gärten. Und die *Ekhwan* streichelten ihre Bärte und lächelten über die schönen Fantasien des Emirs.

Inshallah!…

Und wie dem, der hat, wird gegeben, so wurde dem Emir el Hamel el Kebir immer mehr Macht gegeben, da immer mehr Scheichs seinen Schutz und seine Gunst suchten; und sein Bund wuchs wie Jonas Kürbis, bis sein Ruhm sich im ganzen Land verbreitete, im Norden, Süden, Osten und Westen.

Im Norden und Westen zog sie die Aufmerksamkeit einiger sehr interessierter Großer auf sich. . . .

* * *

Der erste Hinweis darauf, dass der Emir berühmt geworden war, kam in Form einer Annäherung durch den großen Herrn der Senussi, der einen seiner wichtigsten Scheichs in Begleitung eines imposanten Gefolges mit Geschenken, Grußworten und Vorschlägen für ein Verteidigungsbündnis sowie den Austausch von Geiseln zu dessen besserer Einhaltung entsandte.

In *einer* voll versammelten *Mejliss* hörte der Emir den Worten des Gesandten der Senussi zu und gab angemessene Antworten.

Nach einigen Wochen mit Unterbrechungen, viel *Faddhling*, Festessen und zeremoniellen Minztee-Trinken brach die Botschafterkarawane auf und nahm einen tiefen Eindruck von der

Stärke der Konföderation, der Weisheit und Größe des Emirs, Geschenke für den Lord der Senussi und wenig anderes mit. . . .

„Der Emir werde die Angelegenheit eingehend erwägen, sich mit seinen Stammes-Scheichs beraten und bald seine Boten mit einer Antwort nach dem heiligen Kufra entsenden..."

Kapitel V. Eine Stimme aus der Vergangenheit

Es war der kluge Brauch des Emirs el Hamel el Kebir und seines Wesirs, des Scheichs el Habibka, sich von allen Männern fern zu setzen, damit sie in aller Ruhe über wichtige Staatsangelegenheiten reden konnten.

Sie taten dies auf einem mit Teppichen bedeckten Boden, über dem ein Dach aus Filz von vier Stangen gestützt wurde. An den Ecken eines imaginären Quadrats standen vier sudanesische Wachen, jeweils hundert Meter voneinander und von ihren Herren entfernt, und achteten darauf, dass sich niemand ohne Einladung näherte. . . .

Zu ihnen, die so eines Abends dort saßen, kam der treue Leibdiener des Emirs, R'Orab der Rabe, und eskortierte den alten, aber zähen und ausdauernden Anführer der Späher, die den Geheimdienst des Emirs bildeten.

Die beiden Männer warfen sich nieder und verneigten sich ehrfürchtig.

„Sprich", sagte der Emir.

„Herr Shereef, dein Diener Yakoub-der-ohne-Wasser-geht, hat Nachrichten für dich", verkündete El R'Orab.

„Sprich", sagte der Emir zu dem alten Mann.

„Herr Kalipha, eine kleine Karawane naht. Ihre Anführer sind seltsame Männer. Der eine ist ein Ägypter oder ein Araber aus Ägypten. Er gehört zur großen *Zaouia* von Al-Azhar in Kairo. Der andere spricht und kleidet sich wie ein Beduine, doch sein Wesen ist fremdartig... Die beiden sprechen miteinander in einer fremden Zunge. Sie haben mich ergriffen und zu ihrem Führer gemacht" – der alte Mann grinste zahnlos – „und ich schlief an der Wand ihres Zeltes, um mich vor Wind und Kälte zu schützen – doch ihre Rede war in einer seltsamen Sprache. Sie haben viel Geld, und ihre Diener sind treu. Die angeheuerten Kamelreiter konnten mir nicht viel sagen. Sie wurden in Siwa angeworben und sind über das heilige Kufra gekommen. Man hält es für möglich, dass der eigentliche Anführer ein *Roumi* ist, doch er trägt Papiere bei sich, die große Scheichs, Emire, Kaliphas, Scherife und Herrscher küssen und sich an Stirn und Herz legen... Es heißt, man habe ihnen in Siwa große Ehre erwiesen, ebenso im heiligen Kufra durch den Herrn der Senussi... Ich verließ sie an der letzten Wasserstelle, floh des Nachts auf meinem schnellen Kamel..."

* * *

Drei Tage später saßen zwei bärtige Fremde da und unterhielten sich lange und eloquent mit dem Emir el Hamel el Kebir und seinem Wesir.

Der Großteil des Gesprächs wurde von einem seltsamen Mischwesen der modernen Zivilisation geführt, das an der großen Al-Azhar-Universität in Kairo und auch an der *Sorbonne* in Paris studiert hatte. Er war Angestellter des *Bureau Arabe* gewesen und hatte sich in Algier aufgehalten. Er hatte seine Stelle bei der Postzustellung gekündigt und Konstantinopel besucht, von wo aus er nach Bagdad gereist war. Die Reiselust oder eine andere Sehnsucht hatte ihn dann erneut nach Europa geführt.

Alles, was er sagte, wurde in knappen Worten von seinem Meister bestätigt, einem Mann, den der Emir und sein Wesir genauer beobachteten als den redseligen kosmopolitischen Araber-Ägypter.

Und was er erzählte, war äußerst interessant – eine spannende und faszinierende Geschichte. . .

Er erzählte diesen einfachen Wüstenhäuptlingen von einem großen *Roumi-König* der Könige, der in glänzender Rüstung gekleidet war und vor langer Zeit von Allah in einem Traum dazu bewegt worden war, seine Fehler einzusehen und den wahren Glauben anzunehmen. ... So groß war er, dass der Vater der Gläubigen selbst ihn Bruder nannte und ihn nach Stambul einlud, damit er ihn umarmen könne. ... So groß war er, dass einst die Mauern der Heiligen Stadt Jerusalem eingerissen wurden, damit er, als er dorthin pilgerte, nicht durch das gewöhnliche Tor gehen musste, das von gewöhnlichen Menschen betreten wurde....

Die einfachen, frommen Häuptlinge waren so beeindruckt, dass sie vor Staunen sprachlos waren – bis der Emir sich seinen Bart strich und wissen wollte, was das alles mit ihm zu tun habe.

Er bekam sie.

Bewegt von der Erkenntnis, dass es keinen Gott außer Gott gibt und dass Mohammed sein Prophet ist, und erschüttert vom Anblick des unter der Knute der *Franzawi Roumi* hier in Afrika stöhnenden Islam, war dieser mächtige König der Könige im Begriff, seinen Bruder, den Vater der Gläubigen, in Stamboul, zu einer Predigt aufzurufen, einen *Dschihad*, einen Heiligen Krieg, zur Niederschlagung aller Unterdrücker des Islam in der ganzen Welt – und insbesondere in Marokko, Algerien, Tunesien und den angrenzenden Ländern. . . .

Und an alle großen Häuptlinge, Emire, Scheichs, Kalifen, Sherifs, Herrscher und Mächtigen dieser Welt sandte er die Botschaft, sich auf den großen Tag des Islam vorzubereiten, den Tag der Gründung des panislamischen Staates in Afrika und den vollständigen Sturz und die Ausrottung der *Roumi*. ... Die Senussi, die bereits die größte islamische Macht in Afrika waren, hatten sich verpflichtet, den Befehlen aus Stamboul zu gehorchen, und man hoffte und glaubte, dass Emir el Hamel el Kebir die Franzosen angreifen würde, wenn die Senussi die Engländer in Ägypten angriffen. . . . In der Zwischenzeit – Geschenke, Waffen, Geld, Versprechen . . .

* * *

Nachdem diese erste Audienz beendet war und Befehle zum Aufbau eines Lagers für die Karawane der Fremden erteilt worden waren, starrten sich Emir el Hamel el Kebir und Scheich el Habibka el Wazir lange und nachdenklich an.

„Kennst du ihn, Kumpel?“, fragte der Emir.

„Keine Ahnung, Hank Scheich“, antwortete der Wesir, „aber ich bin mir sicher, dass ich ihn schon einmal gesehen habe . . . Er macht mich stutzig und verunsichert mich . . . Da ist irgendwo ein Haken . . . Ich bin wirklich beunruhigt . . .“

Der Emir lächelte; ein langsames, nachdenkliches Lächeln.

„Er wird sich noch viel unwohler fühlen als du, mein Junge ... Erinnerst du dich an einen echten Schläger, damals in Tokotu, als wir bei der Legion waren? ... Er kam mit einem Einberufungsbescheid aus dem Depot in Saida zu uns nach Douargala. Die Jungs sagten, er und nur er allein habe die große Meuterei in Saida angezettelt, obwohl er nie dafür zur Rechenschaft gezogen wurde. In Tokotu war es dasselbe. Er hatte immer viel Geld und gab es aus, um beliebt zu sein. Ein echter professioneller Meuterer und Unruhestifter, ein Charmeur – und ein wirklich mutiger Mann. Verstehst du?“

„Nein.“

„Er war in der französischen Kavallerie gewesen, sagte er, und dort wegen Meuterei inhaftiert worden, und später trat er der Legion bei, um sein Werk fortzusetzen. ... Er war mit uns auf dem Marsch von Tokotu nach Zinderneuf – dem Ort, an dem diese beiden schlauen Jungs den alten Lejaune verbrannt und getötet haben – und der alte Bojolly hat diesen Kerl mit seinem leeren Revolver erschossen und ihn dann verhaftet – wegen Befehlsverweigerung. Er hat damals wieder versucht, eine Meuterei anzuzetteln, und er hätte es fast geschafft...“

„*Rastignac!*“ rief der Wesir und schlug sich auf den Schenkel. „*Rastignac, der Meuterer!* Gut gemacht, Hank Scheich... Das ist der Kerl! Ich wusste, dass ich ihn kenne, sobald ich ihn sah... Hab zu viele Drinks mit dem alten Gauner gehabt, um ihn nicht zu erkennen... Früher trug er einen spitz zulaufenden Bart und einen gewaltigen Schnurrbart, so hochgewachst, dass man glatt Korken an die Enden hätte stecken können, damit sich keiner dran sticht.“

„Du sagst es, Kumpel. Es ist der alte Rastignac. Und was zum Teufel macht der Steife in *dieser* Klamotte, das möchte ich wissen. Als wir ihn zuletzt gesehen haben, sollte er vor das Kriegsgericht und ins Strafbataillon.“

„Was macht er? Vermutlich wieder schmutziges Geld verdient. Aus derselben Geldbörse, schätze ich. Was machen wir mit ihm, Hank?“

„Bring ihm Poker bei, Junge, und nimm ihm alles, was er hat. Glaubst du, er hat uns erkannt?“

„Niemals im Leben. Ich habe ihn genau beobachtet. Wir waren damals glatt rasiert, und er hatte einen Bart. Deshalb schien es, als würden wir ihn kennen, aber er uns nicht. *Du* siehst hinter deinem fließenden Bart mehr aus wie eine alte Ziege im Busch als wie ein Soldat. *Hank!* Hah *! Klar – ein Hank aus Haaren.* Mann!"

„Und du, Buddy Bashaw, du siehst *genauso*aus wie ein Affe in einem Heuhaufen ... Du bist kein kleiner Mann mit einem Bart, mein Sohn – du bist ein Bart mit einem kleinen Mann darin ..."

Die beiden einfachen Wüstenhäuptlinge musterten sich kritisch, ihre starken Gesichter waren ausdruckslos, sarkastisch, hart; ihre Augen waren rätselhaft, undurchschaubar, vielleicht leicht humorvoll. . . .

Der Emir ließ einen gewissen Yussuf Latif Fetata, den Enkel des Hohen Scheichs Sidi Dawad Fetata, rufen und befahl ihm, eine Kompanie des Kamelkorps neben dem Lager der Fremden zu biwakieren, um ihnen Ehre und Schutz zu gewähren und sie so wirksam zu beschützen, dass kein Mann der Karawane Tag und Nacht das Lager verlassen durfte. Ihre Kamele sollten im *Fondouk*„bewacht" werden, ihre Gewehre sollten ihnen abgenommen, gereinigt und ebenfalls „bewacht" werden, und täglich sollten sie reichlich Verpflegung und Wasser erhalten – allerdings nur für diesen Tag. (Niemand durfte die Große Oase ohne schnelle Kamele und einen guten Vorrat an Nahrung und Wasser verlassen.)

„Auf mein Leben, Sidi", sagte der junge Latif Fetata und ging, um dafür zu sorgen, dass die geehrten Gäste auch geehrte (und streng bewachte) Gefangene waren. . . .

* * *

Aber obwohl sie ihr geräumiges und komfortables Lager nicht verlassen konnten, durften andere es betreten – andere, die dort geschäftlich zu tun hatten –, und niemand hätte es gewagt, den einflussreichen und frommen Priester Hadschi Abdul Salam, *Oberimam* und geistiges Oberhaupt seines Stammes, daran zu hindern, den geehrten Gästen des Emirs einen zeremoniellen Ehrenbesuch abzustatten.

Er stattete sogar viele Besuche ab, die nicht zeremoniell waren und bei denen dieser Prophet, der in seinem eigenen Land nicht ohne Ehre war, zeigte, dass Ehre auch von Vorteil sein könnte, könnte, könnte ...

Als ein gewisser Soldat namens Gharibeel Zarrug, ein junger Mann, der den Hadschi fürchtete und verehrte und von bösen Zungen als dessen Sohn bezeichnet wurde, Wache vor den Zelten der Mächtigen dieser Welt stand, besuchte der fromme Hadschi sie bei Nacht, und es kam zu einem sehr merkwürdigen und interessanten Gespräch.

Nach einem solchen vertraulichen Gespräch und dem Weggang von Hadschi Abdul Salam bemerkte der ägyptisch-arabische Hadschi, der sich mit Lacktanzschuhen, Seidensocken, Parfüm, Haarpomade und anderen europäischen Lastern schmückte und sich nach einem hohen Stehkragen, einem Gehrock, *einem Tarbush* und den Straßen von Paris sehnte, zu seinem Kollegen und Arbeitgeber:

„Könnte schlimmer sein. ... Er gehört uns, mit Leib und Seele, sowohl wegen des Geldes als auch weil wir zu viel wissen. ... Wenn er diesen Emir und seinen Schakal töten oder töten lassen würde, wäre er die Macht hinter dem Thron – bis er selbst auf dem Thron säße. ..."

„Ja ... Könnte viel schlimmer sein", stimmte der andere Mann zu. „Er würde Regent für diesen Jungen werden, den der Emir aufzieht – bis die Zeit kommt, dass der Junge stirbt ... Ich mag diesen Emir nicht ... Er redet zu wenig und starrt zu viel ... Er ist ein starker Herrscher und niemandes Handlanger ... Und wir brauchen hier einen *Handlanger...*"

„Nein, ich mag ihn auch nicht", stimmte der andere zu, „und ich glaube, er mag uns und unsere Vorschläge auch nicht. Ich habe den Eindruck, dass die Franzosen vor uns hier waren. Glaubst du, wir sind in Gefahr?"

„ *Große* Gefahr, würde ich sagen", erwiderte der Mächtige dieser Welt und lächelte spöttisch seinen Begleiter an, dessen unschätzbare Gaben er eher denen eines Fuchses als denen eines Löwen zuschrieb.

„Dann müssen wir uns mit dem Hadschi ernsthaft auseinandersetzen, wenn er das nächste Mal kommt“, war die Antwort des ägyptischen Arabers. „Wir werden unseren Herren einen guten Dienst erweisen, wenn wir hier nichts weiter tun, als den Emir, einen potenziellen Feind von großer Bedeutung, zu beseitigen…“

„Wir werden mehr als das tun“, prophezeite der andere.

Kapitel VI. Weitere Stimmen aus der Vergangenheit

Stolz, friedlich, wohlhabend und geduldig saß Emir el Hamel el Kebir ein paar Tage später auf den Teppichen und Kissen seines Pavillons, prächtig gekleidet und Würde, Güte und Herrschaft ausstrahlend.

Neben ihm saß sein fast ebenso prächtiger Wesir, den alle als Scheich el Habibka el Wazir kannten.

Zwischen ihren bärtigen Lippen steckten die Mundstücke ihrer langstieligen *Narghilehs*, aus denen sie tiefe Züge beruhigenden Rauchs inhalierten.

Ein Mann kam angerannt, blieb stehen und warf sich nieder.

„Sprich, oh El R'Orab, die Krähe", murmelte der Emir.

„Herr", sagte der Mann, „der Mächtige dieser Welt, Marbruk ben Hassan, ist zurückgekehrt, und es fehlt niemand. Er bringt drei Gefangene mit, darunter zwei Frauen. Der männliche Gefangene sagt, er komme mit einer Botschaft der Herrscher seines Stammes zum Emir."

„Geh zu Hadschi Abdul Salam und sag ihm, der Emir befehle ihm, diese Leute aufzunehmen und ihnen drei Tage lang Gastfreundschaft in den Gästezelten zu gewähren. *'Sind wir nicht alle Gäste Allahs?'* , heißt es im Buch. ... Wenn sie sich ausgeruht und erfrischt haben, soll er den Mann vor mich bringen. ... Ich habe gesprochen."

Der Emir und der Wesir saßen schweigend da und ließen ihren Blick über die schöne Landschaft schweifen, die durch federartige Palmen, grünes Gras und fließendes Wasser verschönert wurde und auf der der Segen der untergehenden Sonne ruhte. . . .

Bald näherten sich Männer, in deren Mitte ein französischer Offizier in voller Uniform schritt.

Der Wesir drückte seinen Ellbogen gegen den des Emirs.

„Heiliger Moses!", flüsterte der Wesir. „ *Es ist der alte Bojolly!...* Endlich hat er uns erwischt!"

„Das Spiel ist aus, Kumpel", flüsterte der Emir. „Hier bekommen wir, was wir verdienen..."

Und mit strenger Würde und ruhigen Gesichtern, die vielleicht mehr als nur orientalische Undurchschaubarkeit waren, empfingen sie den Offizier in *einem* offenen *Mejliss* oder Durbar.

§ 2

Nachdem der französische Offizier ins Gästezelt zurückgekehrt war, saßen der Emir und der Wesir mit gekreuzten Beinen auf ihren Kissen und schauten sich jeweils ins Gesicht.

„Nun, Hank Sheikh, was weißt du *darüber*?", fragte der Wesir seinen Herrn.

„Unser Name ist in den Schmutz gezogen", antwortete der Emir. „Unser Ruf ist ruiniert. . . . Der alte Boje und seine *'große und friedliche Botschaft'!* . . . Sei lieber groß als friedlich, wenn seine Truppen eintreffen. . . ."

„Man sagt, dass sie dich am Ende immer kriegen", hielt der Wesir vor Augen. „Ich frage mich, welche Streitmacht er mitgebracht hat und wo er sie gelassen hat?"

„Das ist es, was mich verwirrt, Kumpel. Ich glaube nicht, dass eine Wüstenkolonne, Kamelkadaver, eine Spahis-Einheit oder eine Kompanie der Legion innerhalb von drei Tagen hierher gelangen könnte, ohne dass wir davon erfahren."

„Klar, Hank – wenn eine Bande von Tuareg-Bohunks es nicht geschafft hat, dann auch keine französischen Truppen ... Ich nehme an, er *ist* hinter uns her?"

„Wer sonst? ... Dieser Rastignac sicher nicht ... Wie auch immer, wir spielen Scheichs, bis die Hölle platzt, und gehen jedes Mal mit, Bud."

"Du sagst es, Hank. Wir haben bessere Pokerfaces als der alte Bojolly, das gebe ich zu. ... Aber was machen wir, wenn er im *Mejliss* aufsteht und sagt:

'Ich erhebe mich, um zu sagen, dass ich gekommen bin, um euch zwei Landstreicher aus der Fremdenlegion zu holen , die auf Erkundungsmission vor dem Feind waren, und der Herr möge Gnade mit

euren sündigen Seelen haben, Amen, und ihr kommt besser ruhig mit, sonst strecke ich euch aus und rufe meine Wüstenkolonne, was, Hank Sheikh?'"

„Bluff ihn, sag ihm, er hat einen Sonnenstich und sollte abstinent werden. . . . Wenn wir nichts als Arabisch sprechen können, *können* wir *keine* Deserteure der Fremdenlegion sein. . . ."

„Oder wir fesseln ihn schön und bringen ihn nach Ägypten", fuhr er fort. „Das ist britisches Territorium. Setzt euch auf die Mauern Jerusalems und singt ihm *Yankee Doodle* vor. Jerusalem liegt doch in Ägypten, oder, Bud?"

„Ja. . . . Haus der Knechtschaft und Kinder Israels und all das. . . . Aber wir brauchen nicht zu verschwinden. Wir können die Indianer auf ihn hetzen, wenn er anfängt, uns zu schlagen und uns nach Zaguig oder sonst wohin in den Knast marschieren will. . . . Oder wir lassen seinen alten Freund Rastignac ihn holen. . . ."

„ *Halt die Klappe*, Buddy Bashaw. Hör auf damit. Wir hetzen keine Indianer auf einen einsamen Weißen, Junge. Nein, und wir stellen sie auch nicht christlichen Maschinengewehren oder zivilisierter Artillerie gegenüber. Nicht, nachdem sie uns so in den Kongress gewählt und mich zum Präsidenten gemacht haben. Sie haben ihren letzten Dollar auf uns gesetzt, für saubere Politik und die Volkspartei, die Monroe-Doktrin und keine Verstrickungen mit dem Ausland. Nein, ich glaube, wir müssen wieder die hohen Stellen aufsuchen und weiterziehen. Aber ich werde mich kaputtlachen, *wenn er auch Rastignac erwischt*!"

„Mensch! Ist das nicht der harte und frostige Kartoffel, Hank Sheikh – nachdem wir so respektabel gelebt haben? Wie ein strenger Baptistenprediger in einem hart gekochten Hemd..."

„Das würde dich sicher erschüttern, Kumpel. . . . Wir hatten unsere Höhen und Tiefen, mein Sohn, und jetzt sind wir auf dem Weg nach unten."

„Der alte Bojolly hat ganz schön gute Spürnasen! Er ist ein schlauer Kerl und ein gnadenloser Draufgänger ... Er hat auch Nerven, hier einfach rein zu reiten wie ein Texas Ranger in ein mexikanisches Dorf – das muss ich ihm lassen, ohne böse Absicht ... Aber ich würde ihm gerne eine reinknallen ... Und ich hatte gerade daran gedacht, zu heiraten und mich niederzulassen und so..."

„Noch was macht mich stutzig, Bud ... Warum hat er die beiden Mädchen hierher gebracht? Die sind doch nicht mit " *Ein Geschenk von Biskra...für einen bösen Scheich* „ beschriftet, oder?"

„Nein. Er ist Franzose, Hank. Die haben schockierende Moralvorstellungen – aber ich sehe nicht, warum es uns etwas angeht, wenn Bojolly komfortabel reist ... Aber wenn er uns vor das Oraner Kriegsgericht stellt und wir zum Tode verurteilt werden, werde ich mich rächen, das ist sicher."

„Wie denn?"

„Wenn er seine Aussage beendet hat, werde ich ganz ruhig, aber mit der natürlichen Würde und dem Gewicht der Wahrheit sagen: *'Oh, du raubeutelhafter alter Bock'*, werde ich sagen – und es dabei belassen..."

„Nun, hör mal, mein Sohn ... Er hat seine Karten noch nicht auf den Tisch gelegt. Wir haben ihn heute Abend zu einer Hash-Party eingeladen und ihm gesagt, er soll die Mädchen mitbringen. Wir spielen mit, bis Marbruk ben Hassan kommt – ich habe Marbruk zugeraunt, er solle sich umsehen und herausfinden, ob irgendwo eine Eskorte versteckt ist – und wir wissen mit Sicherheit, ob französische Truppen in der Nähe sind. Und bis dahin *gilt*, was wir sagen. ... Mann! Ist das nicht eine verrückte Welt, in der wir leben? Major Bojolly und Rastignac, der Meuterer, hinterlassen *uns* beide ihre Visitenkarten. Das ist unser Tag, an dem wir zu Hause sind, mein Sohn Bud..."

„Wir werden uns bald wünschen, es wäre unser Heimaturlaubstag, Hank Sheikh", antwortete der Wesir. „Auf jeden Fall werden wir dafür sorgen, dass Boje und Rastignac sich vorerst nicht begegnen."

§ 3

An diesem Abend, nach dem Festmahl und dem Abschied ihrer Gäste, schwiegen der Emir und der Wesir lange, wobei jeder offenbar die Gefühle des anderen respektierte. Schließlich stöhnte der Wesir.

„Kannst du das fassen, mein Sohn?", fragte er. „Schlafe ich? Träume ich und habe ich Visionen? ... Beiß mich in den Bauch, wenn ich mich irre, Hank Sheikh – aber ich glaube, ich habe mit einem ehrlichen, echten, waschechten amerikanischen Mädchen gesprochen und ihre Hand in meiner gehalten ..."

„Ich bin benommen und schwach, Kumpel", murmelte der Emir, „aber ich bezeuge, dass du ihre Hand in deiner gehalten hast. Ich dachte, es *wäre* deine ..."

„ *Es wird so kommen*", verkündete der Wesir mit entschlossener Inbrunst. „Es wird so kommen!", wiederholte er. „Sag, Sohn Hank – verlieb dich bloß nicht in diese kleine Peach, sonst gebe ich meine Aufgaben ab und verwelke bis zum Tod. *Ich bin verliebt*, Hank Sheikh, zum ersten Mal in meinem Leben!"

Der Emir lachte sarkastisch.

„Ha! Und gestern wolltest du noch vier arabische Janes heiraten und dich niederlassen!"

„Das ist keine *Liebe*, du alter Narr! Nicht im Geringsten ... Das ist eine Heirat aus Vernunft und Respektabilität, statt wie ein herumstreunender einsamer Wolf zu leben ... Sag mal, Hank, alter Junge, du wirst dich doch *nicht* in die kleine, hübsche Peach verlieben?"

„Nein, Bud, das werde ich nicht. . . . Aber ich muss sagen, dass der alte Bojolly *es ist*. . . . Ja, ganz sicher! Er hat sich in diese kleine Schönheit verliebt, ganz klar."

Der Wesir ballte seine nützlich aussehende Faust und schüttelte sie über seinem Kopf.

" *Was!*" , rief er flüsternd. "Er ist hierhergekommen, um uns zu verhaften und erschießen zu lassen – *und dann* stiehlt er uns auch noch unsere Mädchen vor der Nase weg! ... Das würde er tun? ... Das ist der letzte Strohhalm! ... Der alte Bojolly sollte sich besser aufmachen und verschwinden ... Lasst uns ihn aus der Stadt jagen und ihm sagen, er soll gehen, solange er noch kann! ... B'Gees! *Ich werde* ihm morgen eine reinhauen ... Scheich Hank, mein Sohn – ich werde diesem süßen und lieblichen amerikanischen Mädchen einen Heiratsantrag machen und ihr mein Herz, mein Leben und mein Vermögen zu Füßen legen ... Dann würde sie*doch sicher* nicht mehr auf diesen verdammten Wop schauen, oder?

„Er ist kein Wop. Und du hast kein Vermögen", antwortete der Emir geduldig.

„Na ja, er ist Franzose, und das ist genauso schlimm wie ein Wop oder noch schlimmer. Und ich bin mir sicher, dass ich schnell ein Vermögen zusammenkratzen kann, wenn sie mich will."

„ *Das ist* die richtige Einstellung, mein Sohn! Viel Glück, mein Junge – ich werde dich unterstützen. Umwirb sie sanft, liebevoll und respektvoll, und ich werde dir ein gutes Zeugnis ausstellen. Es wird Zeit, dass du eins bekommst. Aber wir müssen ihr unbedingt alles über uns erzählen, mein Junge. Die ganze Wahrheit, damit es keine Täuschung gibt ..."

„Klar, Hank Sheikh, ich würde sie niemals täuschen – um nichts in der Welt."

„Nein, mein Sohn ... Ich werde ihr von den vier arabischen Janes erzählen – nur um zu zeigen, dass du es mit der Heirat ernst meinst und wahrscheinlich schon Möbel für euer gemeinsames Zuhause gesammelt hast ..."

„Hör auf mit dem Unsinn, Hank Sheikh ... Das ist hart, oder? Ich soll dieses arabische Kauderwelsch reden, während Ole Boje mit Englisch – und Französisch – und sogar Amerikanisch davonkommt! Wie soll ich ihr meine Gefühle auf Arabisch gestehen? Sie wird sie nicht als respektvolle Liebesbekundungen erkennen ... Verdammt!"

„In Agades bist du damit durchgekommen, mein Sohn. Erinnerst du dich an die schwarze Jane? Da warst du auch *stumm*..."

„ *Halt die Klappe*, Hank, oder du machst mich wütend ... Das ist was anderes ... Das ist ein Mädchen aus gutem Hause ... Du weißt nicht, was Liebe ist, du hässlicher, niederträchtiger alter Trottel ... Das Lachen der Narren ist wie das Gackern von Garnelen in einem Topf ... Du warst noch nie verliebt, das sag ich dir!"

„Ich? Liebe? Nein. Klar... Was weißt du schon über Fräulein Maudie Atkinson, Bud?"
„Eine hübsche Frau – wenn Fräulein Mary Vanbrugh nicht da wäre ... Und für eine Britin nicht schlecht ... Ja, ich hätte mich sicher in sie verliebt, wenn die Amerikanerin nicht da gewesen wäre..."
„Das hättest du bestimmt, Bud ... Du Duft der Grube!"
"Sag mal, ich hab eine Idee, Buddy", fuhr der Emir fort. "Was, wenn wir Fräulein Vanbrugh alles über uns erzählen und ihr versprechen, dass sie Ole Boje nichts verrät, bis er uns selbst damit konfrontiert? Ich hab das Gefühl, dass er *nicht* hinter uns her *ist* und uns auch nicht erkennt.
Wenn ich mich irre, dann hat er den besten Bluff und das beste Pokerface von allen Männern, die ich bisher getroffen habe – und wir sind neben ihm unschuldige Kinder. Er und seine *große, friedliche Botschaft*! Wir warten, bis Marbruk zurückkommt, und dann zwingen wir Boje zu einer Entscheidung. ... *Ich* glaube nicht, dass der alte Fuchs *uns* auf der Spur ist...."
„Was macht er dann hier, mein Sohn?", fragte der Wesir.
„Da hast du mich am Rätseln, mein Freund", war die Antwort, und der Emir trank ohne Begeisterung ein Glas Zitronenwasser.
Es wurde still. Der Emir und der Wesir versanken in Gedanken. Von Zeit zu Zeit wurde das ernste Gesicht des jeweiligen von einem wehmütigen Lächeln erhellt.
„Sag mal, Hank – hat sie uns nicht toll aufgezogen? Ich bin fast vor Lachen geplatzt, als sie dieses *Bul-Bul-Emir-Lied* gesungen hat. Mann! Ist sie nicht süß! *Allahu Akbar – sie ist* eine *Huris*! ..."
„Klar – und dieses kleine britische Mädchen ... *'Oh, Herr, ist der Große nicht ein liebenswerter Mann!'* ... Das bin *ich*, Buddy Bashaw – vergiss das nicht. *Ich* habe das Bokay bekommen! Ich war so aufgeregt, dass ich ihr keine Widerworte geben konnte..."
„ *Ein netter Mann!...* Du armer Moses!", stöhnte der Wesir. „Hast du schon mal einen Gorilla gesehen, Hank?"
„Und ich sag dir noch was, Bud", meinte der Emir. „Ich hab das Gefühl, dass Fräulein Mary Vanbrugh gar nicht so dumm ist, wie du denkst. Was, wenn sie uns *doppelt* auf den Arm genommen hat?..."
„Eh?"
„Frauen sind seltsame Wesen, Bud. Sie sehen weiter durch eine Ziegelmauer, als du spucken kannst. . . . Sie haben eine Art zweiten Blick und einen sechsten Sinn, der all deine Klugheit übertrifft, mein Sohn. Man nennt das . . ."
„Instink?", schlug der Wesir vor.
„Ja, und noch etwas ... Institootion? ... Nein. *Intuition*. Das ist es. Und ich habe das Gefühl, dass Fräulein Vanbrugh uns durchschaut hat – und zwar komplett!"
„ *Mensch!* Glaubst du, sie hat Bojolly aufgeklärt – falls er es nicht schon war?"
„Nein ... Nein – ich glaube nicht ... Ich denke, sie wird erst mal abwarten ... Wenn wir Boje nichts Böses wollen, wird sie uns auch nichts Böses tun ... Aber ich kann mich auch irren. Das tue ich meistens..."
„Klar, mein Sohn", stimmte der Wesir zu.
„Ich muss Fräulein Vanbrugh morgen allein sprechen...", überlegte der Emir.
„Ich auch. *Ein bisschen*", murmelte der Wesir.
Zwei Köpfe, ein Gedanke.

§ 4

Am nächsten Morgen empfing der Emir in Anwesenheit des Wesirs seine neueste Besucherin zu einer Audienz.

* * *

Danach setzten sich die beiden Herrscher zu einer Beratung zusammen.

„Ich hab's gesagt, mein Sohn! *Ich hab's gesagt! Er* hat keine Ahnung, wer wir sind", sagte der Emir, als der französische Offizier in sein Zelt zurückkehrte.

„In diesen verdammten Röcken kennt er uns wohl kaum", stimmte der Wesir zu. „Du *hast* es *gesagt*, Professor – und ich stimme dir zu, mein Sohn. ... Bei den Sonntags-Hosen des heiligen Moses, *er ist überhaupt nicht hinter uns her! Inshallah!*"

„Nein, Richter, das tut er nicht", antwortete der Emir. „Wir dachten, er wäre mit der halben französischen Armee gekommen, um uns zu erschießen – und stattdessen bringt er uns eine Million Francs. Kannst du das überbieten, Colonel?"

„Wie viel *ist* das, Sheriff?"

„Zweihunderttausend Dollar, Senator ... *Eine ganze* Stange Geld!"

„ *Hamdulillah! Was* machen wir damit, Präsident?"

„Verdienen, Gouverneur. Und Gutes damit tun."

„Auch für *uns*, Richter?"

„Du sagst es, Colonel! Wir bekommen unseren Anteil. Der Arbeiter ist seines Lohnes wert ... So steht es in der Bibel ..."

„Klar, Pastor. *Allahu Akbar!* Ja, wahrlich, das Antlitz Allahs, des Barmherzigen, des Gnädigen, ist diesen seinen Dienern zugewandt, und Mohammed, sein Prophet, hat für uns gesprochen wie ein kleiner Mann. Kleine Propheten und schnelle Gewinne erfreuen das Herz."

„Freu dich, mein Sohn", stimmte der Emir zu, und die beiden versanken in tiefen Gedanken.

„Wir werden heute Abend reiten gehen", sagte der Emir schließlich. „Du kannst mit Fräulein Vanbrugh reiten, und ich nehme Fräulein Atkinson. . . . Aber lass mich auch einmal mit Fräulein Vanbrugh reiten – auf dem Rückweg zum Beispiel – und wenn sie anfängt zu scherzen, werde ich mich zu erkennen geben und gestehen – wenn klar ist, dass sie unseren Bluff durchschaut hat. . . . Eine Amerikanerin wird doch nicht zwei armen Amerikanern in einer schwierigen Lage, die gerade ein großes Geschäft abschließen wollen, einen Strich durch die Rechnung machen, vor allem, wenn sie ihr reinen Wein einschenken und ehrlich sind ..."

„Was ist mit der kleinen Britin?", fragte der Wesir.

„Bei dem Bart des Propheten, sie ist ganz aus Wolle und einen Meter breit. *Sie* würde sich nicht einmischen und alles verderben. Vor allem nicht, nachdem Fräulein Vanbrugh mit ihr gesprochen hat. Dann kann ich *ihr* meine Rede in guter alter US-Sprache halten – bis bald. . . ."

„Ja – und beim Bart des Propheten *und* den Barthaaren Moses kann ich Fräulein Mary ordentlich die Meinung sagen", stimmte der Wesir zu.

„Klar – aber wir müssen vorsichtig sein, Kumpel. . . . Wir wollen doch nicht Blei statt Gold von Ole Man Bojolly. . . . Und glaub mir, mein Sohn, Fräulein Vanbrugh ist die Richtige für ihn – wenn sie sich in ihn verliebt. . . ."

„Ich schneide ihm zuerst die Kehle durch", knurrte der Wesir.

„Schneide nichts, mein Sohn", antwortete der Emir. „Du verliebst dich immer wieder neu. Wir werden nicht zweihunderttausend Dollar und die Chance, diese Indianer für ihr Leben zu versorgen, verlieren, nur weil du deine Leidenschaften nicht unter Kontrolle hast. Der alte Boje ist in seiner Unschuld hierher gekommen, um uns ein Vermögen zu schenken – und wir werden ihn nicht daran hindern. ... Wenn Fräulein Vanbrugh dich will, Bud, bin ich der glücklichste Scheich der Sahara – und ich werde alles tun, was ich kann, um das zu erreichen. Und wenn sie dich nicht will, mein Sohn, musst du deinen Brei (*und* deinen Sack Goldstaub!) nehmen, und damit hat sich die Sache erledigt. ... Verstehst du mich, Steve?"

„Ich verstehe dich, Vater. . . . Aber bei den neunundneunzig Namen Allahs, ich werde den alten Boje so verprügeln, bis . . ."

„Hör *auf* damit, du Schläger ... Wenn sie Bojolly liebt, müssen wir daran denken, dass ihr der Rest des Universums völlig egal ist ... *Und* je besser wir *ihn* behandeln, desto fairer wird sie *uns* behandeln ... Also geh rein und gewinne, wenn du kannst – und behalte ein Pokerface, wenn du es nicht kannst ..."

„Ha! *Du* bist nicht verliebt, du sterbender Politiker!"

„Nein? Nun, dann werde vielleicht ich den klareren Kopf haben, um uns an den Toren des Gefängnisses von Oran vorbei und durch die Türen der Bank von Frankreich zu lotsen, oh Scheich el Habibka... Du liebestoller Prachtskerl."

§ 5

„Und du bist dir wirklich ganz sicher, dass du das bis zum Ende durchbluffen kannst und dass Major de Beaujolais dich nicht verraten wird?", fragte Fräulein Mary Vanbrugh, als sie und Emir el Kebir Seite an Seite durch die Wüste ritten.

„Ganz sicher", antwortete der Emir. „Wir haben schon mit unserem Leben bluffen müssen und sind damit durchgekommen. ... Da braucht es schon mehr als einen Franzosen, um..."

„Er ist einer der klügsten Männer, die je gelebt haben", unterbrach ihn das Mädchen.

„Sicher", stimmte der Emir zu. „Aber er ist kein Araber. Warum sollte er etwas vermuten, wenn er sieht, dass die Beduinen uns für Beduinen halten? Das würde ihm nicht in den Sinn kommen. Es ist ja nicht so, als würde er nach europäischen oder amerikanischen Gaunern suchen oder auch nur im Traum daran denken, dass es solche hier gibt. Ich kann dir sagen, dass noch ein weiterer Franzose hier ist, der mit uns in derselben Baracke gewohnt hat! *Er* hat keine Ahnung, dass wir keine Araber sind!"

„Wie ihr das geschafft habt, weiß ich nicht."

"Ganz einfach. Buddy und ich sind jahrelang mit ein paar schlauen Jungs durch die Sahara gezogen – mit offenen Augen und Ohren. Wir haben uns dumm gestellt, aber viel gelernt.

Dann habe ich mich verirrt, und dieser Stamm hat mich aufgenommen – mit einem Fuß im Himmel und dem anderen noch schwach, aber voller Hoffnung. Ich blieb stumm, bis ich sicher besser Arabisch konnte als Amerikanisch. Das habe ich mir hauptsächlich von einem dreijährigen Kind abgeschaut. So wie er sprechen lernte, lernte ich es auch. Dann vollbrachte ich ein Wunder an mir selbst und wurde nicht mehr stumm. Selbst dann sagte ich keinen Satz und kein Wort, das ich nicht gehört und auswendig gelernt hatte. Es war kinderleicht.

„Die armen Indianer dachten wohl, ich käme von einem fremden Stamm, wenn sie überhaupt etwas dachten, weil meine Aussprache komisch war oder ich nicht ganz die richtigen religiösen Kenntnisse hatte. Aber ich war sowieso nicht weit davon entfernt, denn ich hatte jahrelang wie verrückt gelernt."

„Dein Leben muss manchmal an einem seidenen Faden gehangen haben."

„Nun, es hing nie an einem Palmfaserseil, Fräulein Mary Vanbrugh, was es verdient hätte", und der Emir lächelte.

„Und tut es immer noch", erwiderte das Mädchen. „Und wo hast du deinen Freund kennengelernt?"

"Was, Buddy? Na, wir sind Freunde, seit ich ein Straßenjunge war. Wir waren Soldaten, Matrosen, Landstreicher, Cowboys, Pferdehirten, Bergleute, Holzfäller, Wildwest-Showmen, Zauberkünstler, legendäre Fremde und Scheichs ... Als ich mich in der Wüste verirrte, rettete er mich – und was glaubst du, hat er dann gemacht? Er hat ein paar Kamele und einen Neger gestohlen und *ist zurückgekommen, um mich zu suchen*, genau dort, wo er selbst fast gestorben wäre. ... Und als ich dort so etwas wie Oberfeldwebel wurde, habe ich Späher in die ganze Gegend geschickt, um zu sehen, ob sie Nachrichten von einem anderen armen Beduinen bekommen konnten, der dort wie ich aufgegriffen worden war. ...

„Das habe ich nie – aber ich habe Nachrichten von einer Bande Tuaregs erhalten, die in diese Richtung gezogen waren. ... Sie hatten ihn – und ich habe sie erwischt, alle, und gerade noch rechtzeitig."

„Was für ein Mann ist er? Er hat auf jeden Fall einen guten Geschmack, denn er wirft mir einen Blick voller Anerkennung zu ... Ist er tugendhaft?"

"Nein. So würde ich ihn nicht bezeichnen. Ich nehme an, er hat alle Gebote gebrochen und wird es wieder tun. Nein, er hat keine Tugenden, von denen ich weiß, außer Mut, Loyalität, Dankbarkeit und Zuverlässigkeit.

„Buddy hat nicht viel zu bieten, außer dass er mutiger ist als jeder Löwe – denn ein Löwe hat keine Fantasie – und dass er in seinem ganzen Leben noch nie etwas Gemeines getan hat und noch nie sein Wort oder seinen Kumpel im Stich gelassen hat. Nein. Er hat nur einen schönen Kopf und ein großes Herz und kennt die Bedeutung der Worte Angst, Verzweiflung, Versagen, Selbstsucht oder irgendeine Art von Gemeinheit nicht. ... Nur ein "widerspenstiger Kerl„..."

„Du willst, dass ich ihn mag, verstehe ich...", lächelte das Mädchen, „deshalb verdammst du ihn mit schwachem Lob. Er klingt für mich sehr nach einem Mann."

„Nein, ich lobe ihn mit zurückhaltenden Schimpfwörtern wie 'widerspenstiger Kerl'. Weißt du, ich bin selbst einer, deshalb passen Bud und ich gut zusammen. Was deine Zuneigung zu ihm angeht – da kannst du nichts dafür –, aber es wäre ein schwarzer Tag für mich, wenn du ihn heiraten und zu deiner Mutter nach Hause bringen würdest..."

„Keine Sorge, Herr Emir! ... Was würde passieren, wenn ihr euch beide in dasselbe Mädchen verlieben würdet?", fragte Mary Vanbrugh.

„Das arme Mädchen würde Witwe werden, bevor sie überhaupt verheiratet wäre. Ich würde mich nicht zwischen Bud und Bud stellen, und Bud würde sich nicht zwischen mich und Bud stellen..."

„Und wie lange willst du noch in diesem Scheich-Spiel mitmachen?"

„Bis der Kleine bereit ist, ins Geschäft einzusteigen und auf dem Stuhl seines Vaters zu sitzen. Ich habe seinem alten Vater versprochen, dass ich den Jungen durch die Kinderzeit und die Highschool bringe. Es gibt ein oder zwei Haie, die seinen Job wollen."

„Und wird dein Freund hier bei dir bleiben?"

„Klar ... Es sei denn, du holst ihn weg, Fräulein Mary Vanbrugh."

„Bleib stark und hoffnungsvoll, Herr Emir."

„Oder es sei denn, Major D.*Bojollay* holt uns beide mitten aus einer Kamelkolonne von *Goums* und so weg..."

„Warum sollte er das tun wollen?", fragte das Mädchen.

„Er würde es nicht *wollen*, aber es wäre seine schmerzhafte 'Pflicht' – wenn herauskäme, dass wir Betrüger und Amerikaner sind, ein großer Mann und ein kleiner Mann, die beide wegen Desertion aus der Legion gesucht werden. ... Sie würden es auch beweisen, sobald sie uns die Bärte abrasiert hätten. Wenn ihr also irgendwann wütend auf uns werdet und es ihm erzählt, dann sind wir in großen Schwierigkeiten. . . ."

"Das ist das Letzte, was ich ihm sagen würde – selbst wenn ihr meine schlimmsten Feinde wärt. Ich würde *alles auf der Welt* dafür geben, dass er diesen Vertrag erfolgreich abschließt.

Wenn ihr nur wüsstet, was ihm das *bedeutet*! Er hat sein ganzes Leben – und das war genauso hart wie eures – damit verbracht, sich auf genau so eine Aufgabe vorzubereiten. Und das tut er nicht für sich selbst, sondern für Frankreich. Er denkt an *nichts* anderes als an Frankreich und seine Pflicht.

Es ist sein einziger Wunsch, das Gefühl zu haben, etwas für Frankreich *getan* zu haben und dass seine Arbeit nicht umsonst war. Sein Onkel ist Oberbefehlshaber und Generalgouverneur und für Major de Beaujolais ist er fast wie Gott. Ich glaube, er würde eine Schulterklopfen vom alten Mann mehr schätzen als den Großkreuz der Ehrenlegion.

„Wie hast du den Major kennengelernt?", fragte das Mädchen plötzlich.

„Er hat mit einer Abteilung der Fremdenlegion Maultiere getrieben."

„Und du hast ihm tatsächlich zur Seite gestanden?"

„Ja, das haben wir."

„Wie lustig – wie man in England sagt."

„Ja. Beau-jolais – *wie* man in Frankreich sagt."

„Ich wundere mich, dass er dich nicht erkennt."

„Nun ja – damals waren wir glatt rasiert. Ein Bartteppich und eine *Kufiya* machen einen großen Unterschied. ... Er könnte, könnte – aber die Leute sehen meist nur das, was sie sehen wollen. ...“

„Es muss toll sein, unter ihm zu dienen“, sagte das Mädchen.

„Wir haben unsere Freude verborgen“, antwortete der Emir. „Wir haben uns sogar losgerissen ...“

„Und natürlich werdet ihr diesen Vertrag schließen?“

„Sicher. Warum nicht? Vorausgesetzt, es gibt keine “friedliche Durchdringung„ und keinen “Segen der Zivilisation„, werde ich ihn schließen. ... Frankreich schützt uns, und wir halten diesen Teil der Sahara ruhig und gesund. Wir bekommen einen Anteil von Frankreich, und wir werden reich und wohlhabend, weil die Karawanenstraßen und Handelswege offen und friedlich bleiben. ...“

„Du meinst, du und dein Freund werdet reich?“, fragte Fräulein Vanbrugh.

"Ich hoffe doch, dass wir ein kleines Vermögen machen ... Wir sind nicht nur wegen unserer Gesundheit im Scheich-Geschäft. Aber was ich meinte, war, dass diese Indianer Wohlstand erlangen und etwas auf die Bank bringen sollten. Ich würde gerne das ganze Unternehmen als laufenden Betrieb übergeben, wenn der junge Scheich alt genug ist. Und ich würde gerne einer der wenigen Weißen sein, die die Einheimischen besser zurückgelassen haben, als sie sie vorgefunden haben. Das ist eine ziemlich dumme Idee von mir.

„Du willst ‘zwei Grashalme wachsen lassen, wo vorher nur einer wuchs’?“

„Na ja, nicht so sehr Gras, sondern *Loobiyeh*. Das ist besseres Weideland.“

Sie näherten sich den Palmen am Rande ihrer Ecke der Oase.

„Dann ist es abgemacht, Herr Parlour-Scheich“, sagte das Mädchen. „Sie tun Ihr Bestes, damit Major de Beaujolais Sie beide für echte Araber hält, und Sie schließen den Vertrag mit ihm und sorgen dafür, dass er eingehalten wird – und ich werde mein Bestes für Sie tun...“

„Klar. Ich würde lieber jeden Tag einem Sack voller 20-Franc-Goldmünzen gegenüberstehen als einem Exekutionskommando, Fräulein Mary Vanbrugh ... Auf der einen Seite gibt es für alle nur zu gewinnen, auf der anderen Seite für alle nur zu verlieren...“

„Das stimmt, auch für deine geliebten Araber, denk daran ... Ich werde ein bisschen nervös sein, bis wir wieder weg sind, aber ich finde es toll, euch beiden ernsten Jungs beim Scheichspielen zuzusehen!“

„ *Bismillah arahman arahmin. En nahs teyibin hena*“, dröhnte Emir el Hamel el Kebir, als sie sich den Zelten näherten.

„Aber natürlich“, antwortete Fräulein Vanbrugh. „Sie haben es gesagt, Herr Emir – was auch immer es sein mag...“

§ 6

Am Abend speiste der Scheich el Habibka el Wazir wie üblich mit seinem Herrn, dem Emir el Hamel el Kebir.

In sonorer arabischer Sprache diskutierten diese ernsten Männer wichtige Angelegenheiten der *hohen Politik* der Stammeskonföderation – bis die Diener das Tablett mit den Bowls abgeräumt und die Tontassen mit schwarzem Kaffee und die langen *Narghilehs* gebracht hatten.

Sobald sie allein waren, hörten sie auf, ihre Gedanken in der alten Sprache der Anhänger des Propheten auszudrücken.

Der Emir nickte breit lächelnd mit dem Kopf.

„Ich hatte recht, mein Sohn“, sagte er. „Sobald wir allein waren, habe ich Fräulein Mary Vanbrugh mit Arabisch überschüttet – das beste Arabisch, das ich je gesprochen habe; echt klasse. ... Was hat sie geantwortet? Sag mir das, oh Vater von Lira und Sohn eines Kanonenrohrs ... *‘Hör auf damit, Bo’*, sagte sie. *‘Sprich deine Muttersprache und lass uns weitermachen. Was hat es mit Major de Beaujolais auf sich?'* oder so ähnlich. Und ich bin darauf reingefallen, mein Sohn. Ich konnte dieser jungen Frau nicht ins Gesicht sehen und damit davonkommen. . . ."

„Du hast *amerikanisch* mit ihr gesprochen?", unterbrach der Wesir.

„Ich sag's dir, Kumpel ... Sie hat mich dazu gebracht, wie zwei alte irische Frauen zu plaudern – fast bevor ich mich versah ..."

„Jiminy!", flüsterte der Scheich. „Die kleine Teufelin!"

„Warum?", fragte der Emir.

"Weil sie kein Wort Amerikanisch sprach, als *ich* mit ihr allein unterwegs war! Sie konnte nur Französisch! ... Mann! Die hat mich wirklich auf die Palme gebracht! Als ich ihr ein bisschen gebrochenes Englisch vorsagte, um ihr zu zeigen, dass wir hundertprozentige angelsächsische Amerikaner aus Gottes eigenem Land sind, sagte sie:

„ *Commong-vous porty-vous*" und „ *Doo-de-la-day*".... Ich habe mein Französisch seit meinem Ausscheiden aus der Legion fast vergessen, aber ich habe gemerkt, dass sie mich auf den Arm nahm. ... Ich sagte:

„‹*Du spikst Englisch... Letzte Nacht hast du's gesprochen*›, sagt sie, und sie antwortet: ‹*Nong, Monsieur. Vous étiez ivre.*› (Das heißt: *betrunken*!) ‹*Vous parlez Arabique*›, und jedes Mal, wenn ich versuchte, etwas Liebes und Freundliches auf Englisch zu sagen, meint sie: ‹*Parlez Arabique, Monsieur le Sheikh. Je ne comprends pas l'anglais.*› ... Und sie versteht kein einziges Wort Arabisch, ich schwöre es."

„Woher weißt du das?"

„Na ja – sie wäre von ihrem Pferd gefallen, wenn sie verstanden hätte, was ich gesagt habe. Und ich habe versucht, einfach amerikanisch zu sprechen, und sie hat mich auf Französisch gebeten, Arabisch zu sprechen. Und ich bin nicht weitergekommen ..."

„Mensch! Ist das zu glauben?", lächelte der Emir. „Nun, Kumpel, meine Erfahrung war erfreulicher als deine. Ja, wahrlich, oh Rose der Freude und Bezauberer vieler ... Du Sohn von niemandem – und Vater von Hunderten."

„Hast du mit ihr geschlafen, Hank Sheikh ... Du Sohn von Hunderten – und Vater von niemandem?", fragte der Wesir drohend.

"Frag mich nicht, mein Sohn! Ich hatte weder die Zeit noch die Versuchung dazu. Wir haben uns gut unterhalten, über gute, solide Geschäfte, in gutem, klarem Amerikanisch. Und lass mich dir etwas sagen, mein Sohn, hör auf, von Liebe zu träumen, und hör mir zu ...

„Ich habe Fräulein Mary Vanbrugh gesagt, dass wir zwei echte amerikanische Proleten sind, ehrliche Schwindler und Betrüger. ... Sie sagt, das könne sie selbst sehen. ..."

„Sprich für *dich selbst*, Hank Sheikh", unterbrach ihn der Wesir.

„Das habe ich, mein Sohn ... Fräulein Mary hat für *dich* gesprochen", antwortete der Emir.

Der Wesir sah begeistert aus.

„Sie sagt: *'Wo haben Sie diesen kleinen, widerspenstigen Versager aufgegabelt, der Ihnen zur Hand geht, Herr Emir? Hat ihn die Katze hereingebracht, hat ihn der Wind hereingeweht oder hat ihn die Flut am Strand zurückgelassen?'* ... oder so ähnlich."

Das Gesicht des Wesirs verzog sich.

„Dann habe *ich* für dich gesprochen, mein Sohn. Ich sagte: *'Der arme Kerl ist nicht so ein schrecklicher Ganove, wie er aussieht,* Fräulein Mary', sagte ich, und sie antwortete freundlich: *'Nein, Herr Emir, das kann er doch nicht sein!'* Und dann habe ich mich herzlich für dich eingesetzt, Kumpel, und gesagt, dass es in Afrika niemanden gibt, der dir das Wasser reichen kann ..."

Der Wesir strahlte.

"... einer Ziege die Kehle durchzuschneiden, sie zu häuten und auszunehmen, während ein anderer Mann sein Messer schärfte ... Aber du hast mich unterbrochen, und ich schweife ab ... Nun ... Ich musste zugeben, dass wir Amerikaner sind, Junge, und von der Polizei gesucht werden ... dringend gesucht – weil wir aus der Fremdenlegion desertiert sind ... Und ich habe zugegeben, dass der alte Bojolly mir eine Heidenangst eingejagt hat und dass du und ich uns einig waren, dass wir entweder Boje ein einsames Grab in der Wüste suchen oder uns wieder aufraffen und weiterziehen müssen – oder uns ergeben und stillschweigend gehen. ...

„Dann Mary…“

„Wen nennst du hier so vertraulich ‘Mary’, Hank Sheikh?“, fragte der Wesir mit empörtem Gesichtsausdruck.

”Dann legte auch Fräulein Vanbrugh ihre Karten auf den Tisch. Eine klare Sache, mein Sohn … Boje *ist kein* Deserteurjäger. Er hat Besseres zu tun! … Und er hat keine Ahnung von Rastignac … Die Lüge, die er uns aufgetischt hat, dass *er eine” große und friedliche Botschaft” überbringen wolle*, war keine Lüge! Was er uns bei der großen und feierlichen Unterredung gesagt hat, war *die Wahrheit*. . . .

„Wir müssen ein schlechtes Gewissen gehabt haben, mein Sohn. . . . Er glaubt sicher, dass er im Auftrag seines Vaterlandes handelt. Er hat Fräulein Vanbrugh nicht allzu viel darüber erzählt – er ist schließlich Diplomat –, aber sie weiß so viel . . . Und was weißt du darüber, *mein* Sohn? Er ist ein hohes Tier im Geheimdienst – nicht nur ein Major bei den Mule-Wallopers…“

„Bei der Bart des Propheten und im Namen Allahs, *ich werde* ihn verprügeln“, knurrte der Wesir.

„Nun, wie ich schon sagen wollte, bevor du diese vulgäre Bemerkung einwarfst, Fräulein Vanbrugh und ich haben eine Abmachung getroffen. Sie wird Bojolly nicht verraten, dass wir*echte* Betrüger und Deserteure der Legion sind, vorausgesetzt, wir behandeln den alten Boje freundlich und liebevoll und machen bei all seinen Plänen mit…“

„Wir werden uns an die zweihunderttausend Dollar halten, ohne zu murren“, bemerkte der Wesir, „und ich möchte anmerken, dass Wesire in diesem unterentwickelten ländlichen Staat Schatzmeister sind…“

„Also sind wir wieder auf Samt und Seide, Kumpel … Der alte Bojolly will uns nur das Geld aus der Tasche ziehen. Wir müssen nur diesen Vertrag unterschreiben, dass wir die Senussi nicht ins Erdgeschoss lassen und nichts mit niederen Ausländern zu tun haben wollen. Das bedeutet alle Menschen auf der Erde, die nicht Franzosen sind. Sollen wir Rastignac rauswerfen und ihm sagen, er soll gehen, solange es noch geht – oder ihn hier behalten und nebenbei ein bisschen Geld verdienen? Aber wir werden den Vertrag des alten Boje unterschreiben!“

„Du kannst doch nicht *‘Hank’* auf Arabisch unterschreiben, Vater, oder?“, fragte der Wesir.

”Aber natürlich, und du kannst auch *‘Bud’* unterschreiben. Du musst nur ein paar Striche auf den Kopf stellen, mit den Enden nach links, und dann draufkritzeln. . . .

„Und denk dran, du musst es auch von rechts nach links schreiben. Ich habe gesehen, wie dieser alte Rum-Säufer Abdul Salam das gemacht hat. . . . Kein Araber kann seine Unterschrift fälschen, weil sie nie zweimal gleich ist und niemand sie lesen kann – am wenigsten diejenigen, die sie geschrieben haben. Außerdem habe ich den Familienring des alten Scheichs…“ Und er zeigte auf einen großen alten Siegelring, den er an einem leicht verschrumpelten Finger trug, dessen oberes Gelenk fehlte, dem einzigen Finger, auf den er passte.

„Also, wie ich schon sagen wollte, Buddy Bashaw, Fräulein Mary ist genauso entschlossen wie wir, dass Bojolly davonkommt…“

„Warum? Was springt für dich dabei raus?“, fragte der Wesir.

„Nun, so wie ich das sehe, ist er der goldhaarige, blauäugige Junge. Er hat ihr in Zaguig das Leben gerettet. Er hat ein paar Kerle erschossen, die ihr übel mitgespielt haben. Dann hat er sie sicher aus Zaguig herausgebracht – wo ihr eigener Bruder inzwischen wohl schon *sein Leben* gelassen hat, wie sie sagt. Die ganze Garnison wurde erschossen, und er mit ihnen…“

„Der alte Boje muss es sich ganz schön in den Kopf gesetzt haben, hier vorbeizuschauen, wenn er aus Zaguig abgehauen ist, während sie gekämpft haben…“

„Klar, Junge – da hast du ausnahmsweise mal die Wahrheit gesagt. Mary – ich meine Fräulein Vanbrugh – sagt, es sei *die* größte Sache seines Lebens, und wenn er es schafft, ist er ein gezeichneter Mann. Er würde um nichts in der Welt in Zaguig bleiben – obwohl seine Kameraden und sein lebenslanger Kumpel und Freund in der Patsche stecken. . . .“

„Dann erhöhen wir unseren Preis, Hank Sheikh! Was sind schon lächerliche Millionen Francs, wenn es so wichtig ist? Lass ihn im Ungewissen und hol noch etwas mehr raus. Sag ihm, wir hätten auch andere Angebote…“

„Nun ja – Sohn der Versuchung und Vater der fröhlichen Ideen – wir haben es nicht eilig. Ich mag es wirklich, die Mädchen um mich zu haben – ich hätte vor Freude bittere Tränen über meinen Bart weinen können, als die beiden Mädchen unser kleines Zuhause betraten…"

„Ich auch, Hank! Ich war ganz weich in den Knien und hatte einen Kloß im Hals. . . . Ich hätte sie fast an meine Brust gedrückt. . . . Vielleicht mache ich das noch. . . ."

„Nicht beide, mein Sohn", ermahnte der Emir. „Im Namen des Propheten, lass die Zügel der Mäßigung den Hengst der Übermut zügeln. Ja!"

„Ich meinte das nur als Zeichen des Respekts. Ich bin doch kein Mormone, oder? Wenn Fräulein Mary mich heiraten will…"

"Nun ja – gib deinen Fantasien nicht zu viel Raum, Bud. Das macht es später nur noch schlimmer für dich. So wie Fräulein Mary geredet hat, schätze ich, dass sie entweder ihr Leben lang allein bleiben wird oder Frau Boje wird, wenn er den Verstand hat, um ihre Hand anzuhalten. Sie würde uns nichts *Böses* tun, *nicht* bevor die Hölle zu Berge bricht, aber *sie denkt* an das Wohl des alten Bojolly.

Der Wesir stand auf und schritt wie ein gefangener Löwe im Zelt auf und ab.

„Hör mal, Hank Sheikh", sagte er schließlich. „Können wir's nicht so einrichten, dass Mister Verfluchter Bojolly seinen miesen Vertrag nimmt und *verschwindet* – und die Mädchen hierlässt?"

Der Emir dachte über den Vorschlag nach.

„Wir könnten es ihm vorschlagen, mein Sohn", sagte er schließlich, „aber ich glaube, du verstehst den alten Boje nicht richtig. Ich könnte den Rest meines jungen Lebens ohne Boje leben, das gebe ich zu – aber ich glaube, er ist ein durchgeknallter Weißer, ob er nun ein Spaghettivogel, ein Dago oder ein Franzose ist. Wir haben schon lange keine Wette mehr abgeschlossen, Kumpel – ich wette sieben zu drei *Medjidies*, dass Boje das nicht macht. Er wird doch nicht zwei weiße Mädchen in den Wigwams eines Indianerlagers zurücklassen, während er sich mit der Beute aus dem Staub macht. Nein. Ich setze zehn zu eins auf Boje und…"

„Abgemacht! *Schlag die Pfalle!*" , sagte der Wesir, streckte seine Hand aus, und die beiden „schlugen ein". „Ich würde es wirklich genießen, sein Mädchen für seine Million Francs zu heiraten. . . . Bring ihm bei, nicht hierher zu kommen und die Leute zu erschrecken . . . *und vergiss nicht*, dass *er Dufour und Achmet und die anderen dem Tod überlassen hat, während er sich aus dem Staub gemacht hat. . .* !"

„Aber wir werden nichts überstürzen, Hank", fügte er hinzu. „Lass Boje erst einmal ein wenig unruhig werden. Wir sperren ihn ein und spielen ihm den grausamen und hinterhältigen Scheich vor. Wir könnten so tun, als hätten wir ihn mit den Rastignac-Leuten hintergangen."

„Du kannst machen, was du willst, mein Sohn", stimmte der Emir zu, „aber ich habe Fräulein Vanbrugh versprochen, dass wir ihm kein Haar krümmen werden, dem armen Kerlchen…"

„Er ist ein mutiger Mann und er ist ehrlich. Aber ich sage dir, er würde die Mädchen im Stich lassen, um diesen Vertrag zu bekommen", sagte der Wesir.

Es wurde still.

Der Wesir legte seinen Kopf auf seine gefalteten Knie und machte gurrende Laute, die seinem Freund zeigten, dass er tatsächlich wieder verliebt war.

„Hank Sheikh, alter Hoss", sagte er nach einer Weile, „sie ist das schönste Mädchen von Ägypten bis Frisco und von der Hölle bis zum Frühstück …*Ja*, Herr!"

„Mary oder Maudie?", murmelte der Emir aus den Tiefen seiner eigenen Gedanken. . . .

Kapitel VII. L'Homme Propose

Wieder einmal ritten der Emir el Hamel el Kebir und sein Gast Fräulein Mary Vanbrugh allein.

„... Und warum fragst du *mich*, Herr Emir?", sagte das Mädchen. „Im Gegensatz zu dir bin ich keine Heiratsvermittlerin."

"Wenn du auf den armen Buddy anspielst, habe ich nur für ihn gesprochen, weil du ihm das Herz gebrochen hast, Fräulein Mary Vanbrugh...

"Und warum ich dich wegen Fräulein Maudie Atkinson um Rat fragen wollte, ist, weil sie deine Angestellte ist und ich sie dir nicht wegnehmen will, während du in der Wüste bist – wenn du dir nicht selbst die Nase putzen kannst. . . .

Außerdem bist du eine Frau – und du weißt besser als ein rauer und gewöhnlicher Mann wie ich, wie sich ein Mädchen fühlt und ob es ein fairer Vorschlag ist...

Außerdem bist du klug und kannst einschätzen, ob das für ein Mädchen wie Maudie, das bisher in fröhlichen und bevölkerungsreichen Städten gelebt hat, eine gute Lösung wäre...

„Außerdem, wenn du denkst, du könntest Major D.*Bojollay* davon überzeugen, dass es in Ordnung ist, sie bei uns niederen Indianern zurückzulassen... Was hältst du eigentlich davon?..."

"Nun, ich denke, dass Liebe *das Einzige* ist, *was zählt*", antwortete das Mädchen und errötete. "Ich denke, dass Liebe der Himmel ist und der Himmel Liebe ist.

„Nein, ich bin *mir sicher*, dass es so ist. ... Und wenn Maudie dich wirklich lieben würde und du Maudie wirklich lieben würdest, würde ich sagen: 'Mach es, und Gott segne dich, denn du könntest nichts Klügeres tun! ...'"

„Ich denke mehr an Maudie", sagte der Emir.

"Ich auch ... Und ich glaube, sie wäre so glücklich wie der Tag lang ist, denn sie ist die romantischste Seele, die je gelebt hat – und eine der treuesten...

„Ich weiß, dass du gut zu ihr sein würdest, und ich weiß, dass du eine großartige Frau haben würdest. ... Sie ist durch und durch rein wie Gold. ... Und sie würde den Boden verehren, auf dem du gehst, denn sie ist wahnsinnig verliebt in die Liebe. ..." Das Mädchen blickte sehnsüchtig zum Horizont. ...

„Aber denk daran", fuhr sie fort, „sie ist sehr einfach und keine 'Janey, die Klugscheißerin'. Sie wird dein Wigwam nicht mit hochgestochenen Gedanken und schönen Träumen von einem besseren Leben voller Kultur und Bildung erhellen."

„Sicher – Gott segne sie", stimmte der Emir zu.

„Und wie lange hattest du vor, sie zu täuschen und dieses Scheich-Spiel mit *ihr* zu spielen?", fragte das Mädchen.

„Nur bis zu dem Tag, an dem sie merkt, dass sie die Nase voll hat von Arabern und Wüstensheiks und sich wünscht, ich wäre ein mürrischer Weißer ... Sobald ich in ihren Augen sehe, dass sie die Geschäfte, die Kinos, die Straßenbahnen, die Süßigkeiten und das Klavier und den Kanarienvogel und ihr trautes Heim vermisst, wird sie zu Frau Hank aus den USA..."

„Das ist vernünftig. Eines Tages wird sie sich eine Freundin wünschen, mit der sie über Kleider und Klatsch reden kann, egal wie sehr sie dich lieben könnte, könnte, könnte..."

„Klar. Aber wenn ich bereit bin, die Zelte abzubrechen und zu verschwinden, sobald sie das Indianerleben satt hat – findest du das fair ihr gegenüber, wenn ich...?"

„Ja. Wenn sie dich liebt ... Sie hat gesehen, wie du lebst, und es war der größte Wunsch ihres jungen Lebens, den Wüstenscheich in der Wüste zu sehen ... Soll ich ihr etwas sagen?..."

"Niemals im Leben, Fräulein Mary Vanbrugh! Ich werde das tun, wovon sie träumt. . . .

Alle Frauen sind im Herzen Höhlenfrauen und möchten einmal in ihrem Leben von den Füßen gerissen werden. ... Wenn sie dann die Hemden und Hosen des Höhlenmenschen waschen müssen und er seine ekelhafte, stinkende Tabakspfeife auf dem plüschigen Tischdecken des Höhlenwohnzimmers liegen lässt und sie anschreit, wenn er seine Pantoffeln nicht findet, dann wird das Höhlenleben langweilig. ... Ja, sie wollen auf jeden Fall einmal in ihrem Leben von einem starken, schweigsamen Höhlenmenschen von den Füßen gerissen und mitgenommen werden..."

Fräulein Mary Vanbrugh seufzte.

„Nun, ich hoffe, ihr werdet beide sehr glücklich – und wenn Maudie das Leben in der Wüste aushält, *werdet* ihr das auch *sein* – denn ihr seid wie füreinander geschaffen."

„Und was ist mit Major D.*Bojollay*?"

„Was meinst du?"

„Wird er zustimmen, sie zurückzulassen?"

"Ja – wenn ich ihn davon überzeugen kann, dass sie hier glücklich sein wird. Für diese europäischen Aristokraten ist sie nur eine 'Dienstmagd' und ihr Geschmack ist unerklärlich. Außerdem kann er Maudie nicht zwingen, zurückzugehen, wenn *sie nicht will.*

„Würde er sie verlassen, wenn er glaubt, dass sie es hier schlecht haben wird? *Würde er euch beide verlassen – dafür, dass ich den Vertrag unterschreibe*, zum Beispiel?"

„Ich glaube, du verstehst einen Gentleman nicht ganz, wenn du so redest...", antwortete das Mädchen.

„Nein, sicher nicht. Ich habe nicht viel mit Gentlemen zu tun gehabt, Fräulein Mary Vanbrugh. Nur mit niederen, gewöhnlichen Männern wie mir und Buddy ... Sicher ... Außerdem – um ehrlich zu sein – *habe ich an Dufour und die anderen gedacht, die er* um seines Vertrags willen *dem Tod überlassen hat*! ... Ich kannte den alten Dufour. Er war ein Mann. Er war Sergeant Major unter Major D.*Bojollay*, als dieser in Tokotu die Maultiere schlug. ... Ich kannte auch Achmet. ... Er war ein echter Kerl und *ein* Kämpfer..."

„Ja, ja", unterbrach ihn das Mädchen, „aber es war *seine Pflicht*. Die Pflicht ist sein Gott..."

„Klar. Das meine ich doch. Ist dieser Vertrag nicht *immer noch* seine Pflicht? Das wird echt interessant werden ... Es kommt ganz darauf an, was dein persönliches *Ideal* ist, wie man so schön sagt ... Außerdem ist Major D.*Bojollay* Franzose, und wie du gesagt hast, würde er seine Seele verkaufen, um diesen Vertrag für sein geliebtes Frankreich zu bekommen..."

„Seine *Seele* vielleicht – aber nicht seine Ehre", war die stolze Antwort, aber der Emir, der sie genau beobachtete, hatte gesehen, wie sie zusammenzuckte.

„Ich habe immer Leuten misstraut, die mit einem Bündel 'Ehre' in der Brusttasche herumlaufen ... Ich habe festgestellt..."

Aber Fräulein Mary Vanbrugh spornte ihr Pferd an, und die weiteren weisen Worte des Emirs gingen verloren.

§ 2

Fräulein Maudie Atkinson, geboren und aufgewachsen in Cockaigne, wo man die Glocken von Bow läuten hört, stand am Abend auf einer Sanddüne der Oase und blickte sehnsüchtig der untergehenden Sonne nach.

Sie war ein glückliches, glückliches Mädchen, aber der Kelch ihres Glücks war nicht ganz voll. Sie hatte das Gefühl, sozusagen von Scheichs gefangen genommen worden zu sein, aber nicht von *einem* Scheich.

Es stimmt, der große und schöne Mann, der *liebenswürdige* Mann, in dessen Gegenwart sie dreimal geschlemmt hatte, hatte sie mit freudigen Augen angesehen – und Fräulein Atkinson, als äußerst attraktives Mädchen, das in London aufgewachsen war, hatte Erfahrung mit freudigen Blicken. . . .

Sie war bereit zu schwören, dass der große Scheich ihr diesen Blick geschenkt hatte, und außerdem hatte er ihre Hand gehalten, gedrückt und gestreichelt...

Aber als jemand, der freudige Tage an den heiligen Montagen, an Bankfeiertagen, zu Ostern, zu Pfingsten und auch im August kannte, spürte Fräulein Atkinson, dass etwas fehlte.

Junge Pagen und Lakaien mit aufdringlichem Benehmen mussten geschlagen und ermahnt werden, damit aufzuhören, sich zu benehmen, nicht so schnell zu sein, und gefragt werden, was sie da täten – Leute herumzuschubsen, bis ihnen die Haare auf dem Rücken herunterfielen und so weiter. . . .

Aber es schien keine Hoffnung zu geben, dass der große Scheich eine Ohrfeige und eine Ermahnung „Hör auf damit!“ verdienen würde.

Es stand ihm nicht zu, mit fliegenden Füßen eine kreischende Dame zu verfolgen, die über die mit Gänseblümchen übersäte Wiese zu einem ruhigen Ort floh. Es stand ihm nicht zu, eine schüchterne Nymphe zu umarmen, mit ihr zu ringen und sie leicht zu boxen, die ihn lachend schimpfte.

Es war nicht seine Aufgabe, sich so zu verhalten oder eine Einladung zu einem ruhigen Spaziergang auszusprechen, der zum „Ausgehen“ führt.

Nein, er war ein ruhiger und würdevoller Mann, aber ach, so groß und schön und so authentisch ... Und seine Augen brannten sich in dich ein ... Genau wie die Dame es in dem Buch geschrieben hatte, dem schönen Buch der Scheichs...

Maudie träumte ... und erinnerte sich an Passagen aus dem Buch...

„ *Mit donnerndem Getrappel schwerer Hufe war der Wüstenscheich über sie hergefallen, und bevor sie auch nur einen Schrei ausbringen konnte, fand sie sich wie eine Feder an seinen Sattelknauf geschleudert und durch die Wüste gewirbelt ... Weiter, weiter, in die untergehende Sonne – während seine heißen Lippen die ihren fanden und sich an ihrer Schönheit laben wollten, verbrannten sie ihr Fleisch wie Feuer...* “

Ah-h-h-h-h. Das war es. . . .

Und gerade als Maudies Mund wie ein Cupido-Bogen vor Aufregung zitterte, *ertönte* das donnernde Getrappel schwerer Hufe, zwei riesige, kräftige Hände packten sie unter den Armen, hoben sie mit einem Ruck vom Boden hoch und warfen sie hart auf einen harten Sattel – („ *Uuuh*!“) – ... und wir wurden weit weg in die Wüste geschleudert – weiter, weiter, in die untergehende Sonne...

Maudie wäre fast ohnmächtig geworden. Halb vor Freude ohnmächtig und mit der Erfüllung einer Hoffnung, die ihr das Herz zu voll machte, um ein Wort zu sagen, sammelte sie ihre ganze Kraft, um ihre Arme und Augen zu heben.

Letztere blickten direkt in die Augen des großen Scheichs selbst, und sie schlang sie fest um seinen Hals.

Seine Lippen fanden wahrhaftig die ihren, und mit einem zitternden Seufzer tiefster Zufriedenheit und höchster Dankbarkeit für die Erfüllung ihres Lebensziels gab Maudie dem großen Scheich selbst den ersten Kuss der Liebe – einen langen, langen, innigen Kuss – und dankte Gott für seine wundersame Güte.

Als Maudie wieder zu sich kam und sich wunderte, dass die Erde noch da war und Maudie noch in den starken Armen dieses Weltwunders, wischte sie sich die Augen (und die Nase) mit dem Ärmel ihres *Barracans*, schniefte und schluchzte leise.

Der Emir zügelte sein Pferd, stieg ab und hob sie auf den Boden. Ihre Knie versagten ihr, und sie setzte sich mit einem Ruck auf den weichen, warmen Sand.

Der Emir setzte sich neben sie und nahm ihre Hand.

„Kleines Mädchen“, sagte er, „willst du mich heiraten?“ Und Maudie warf sich wild in seine breite Brust.

„Oh, *Scheich, mein Liebster*!“, sagte sie und warf wieder ihre Arme um seinen Hals.

„Wir werden hier vom Mullah-Vogel getraut“, sagte der Emir später. „Dann werden wir nach und nach dorthin wandern, wo es einen christlichen Trauzeugen gibt, und noch einmal heiraten. Mach *noch* eine Hochzeit mit, Maudie!“

Maudie kuschelte sich an ihn.

„Und *noch eine* Hochzeitsreise, Liebling“, flüsterte sie.

Sie küssten sich, bis sie nicht mehr konnten. . . .

Dann löste sie sich von ihm und starrte ihn mit großen Augen an.

„Aber du hast *Englisch* gesprochen!“, stammelte sie erstaunt. . . .

„Klar. Ich habe es gelernt, seit du weg bist – damit ich mit dir reden kann, Maudie…“, sagte der Emir bescheiden und zog das Mädchen wieder in eine innige Umarmung.

* * *

„Aber denk daran, Maudie“, sagte er eindringlich, als sie aufstanden, um zu gehen, „Major de Bojolly darf nicht erfahren, dass ich Englisch gelernt habe, sonst will er die ganze Zeit Englisch mit mir reden – und mich vielleicht in geschäftliche Schwierigkeiten bringen, wo ich doch noch Anfänger bin – oder er denkt vielleicht, ich sei gar kein Scheich!“

„Ach, ihn!“, murmelte Maudie träge. „Er ist nur ein Franzose…“

§ 3

Im *Harem* teil des Hauptgästezeltes waren vier Frauen, zwei weiße und zwei schwarze.

Die schwarzen Frauen waren Sklavinnen, die als „Waisen“ von einer Senussi-Karawane aus dem Tschadsee gebracht und vor zwanzig Jahren an den alten Scheich verkauft worden waren.

Die schlimmen alten Zeiten der arabischen Sklavenräuber, die mit Feuer und Schwert kamen, sind für immer vorbei, aber es gibt immer noch Sklavenhandel – hauptsächlich mit Kindern.

Diese werden von ihren Eltern oder, im Falle echter Waisen, von ihren Adoptiveltern an Karawanenführer verkauft, die sie wieder mit Gewinn in fernen Oasen verkaufen, wo es außer Sklaven keine Neger gibt.

Die schockierten europäischen Behörden beschlagnahmen die ganze Karawane, wenn sie einen Sklaven finden – aber die Karawane hält sich nicht an Orte, die von den Behörden kontrolliert werden.

Und wenn die Behörden sich die Mühe machen, die Karawane zu suchen, finden sie nur glückliche Adoptivkinder, die mit großen Augen vom Rücken der Kamele herabblicken, neben freundlichen Männern herwatscheln oder neben dem Kochtopf sitzen und sich kaum „schöne“ runde Bäuche tätscheln.

Die unerschrockene arabische Obrigkeit kauft das gesunde kleine Tier und behandelt es gut, weil es wertvolles Eigentum ist; und wenn es erwachsen ist, steckt sie es je nach Geschlecht in die Armee oder in *den Harem* – wo es als Militärbefehlshaber zu hohem Rang und Macht aufsteigen oder die Position der Lieblingsfrau des Scheichs und Mutter zukünftiger Scheichs einnehmen kann.

Sklavenraub ist die abscheulichste und niederträchtigste Beschäftigung, der sich Menschen jemals hingegeben haben, aber es gibt viele Missverständnisse über die Sklaverei als arabische Institution. …

Und sicherlich waren die beiden schwarzen Sklavinnen, die in der *Haremseite* des Gästezeltes kauerten, glücklich genug, da sie schöne arabische Stoffe und Kleidung herstellten, *Henna* für die Nägel und Hände, *Hadida* für die Haare, *Djeldjala* „goldene Tropfen“, *Khalouk-Rouge*, *Koh'eul* für die Augen und andere Dinge, die Frauen so interessieren, aus dem großen *Bahut-Koffer*, den sie aus den Zelten von Sidi Dawad Fetata mitgebracht hatten.

Die vier Frauen plauderten; das Zwitschern eines senegalesischen Dialekts vermischte sich mit dem Cockney-Akzent von London und den vornehmen Tönen einer Bostoner Highschool und eines Colleges; und obwohl sie sprachlich getrennt waren, waren sie doch in ihrem Interesse vereint, als die Sklavinnen die Verwendung der Stoffe, Kleidungsstücke, Salben, Farben und Puder zeigten, die sie mitgebracht hatten. . . .

Bald kam der alte Sidi Dawad Fetata, lächelte freundlich und sagte, sein langer weißer Bart sei ein perfekter Anstandswächter und seine vom Alter getrübten Augen seien von der Schönheit der Sitts geblendet.

„ *Salamoune aleikoume Esseleme, Sitt Roumya*“, sagte er. „ *Marhaba, marhaba*“, und fuhr fort, zu hoffen, dass das Leben so süß sein könnte wie *Mekhtoume*, der Wein des Paradieses, so schön wie *Jahwiyan-Gänseblümchen* in der Wüste, so befriedigend wie die Datteln von Nabt al Saif und so lang und fließend wie der Schweif des Pferdes des Propheten....

„Der alte Herr hält eine schöne Rede, Maudie, wenn wir nur ein Wort davon verstehen könnten", sagte Mary Vanbrugh und lächelte dem Besucher freundlich zu, der prompt Geschenke hervorholte – einen silbernen *Khams-Hand* -der-Fatma-Talisman und eine silberne *Maroued-Schatulle* für Mary, in der sie *Koh'eul* aufbewahren konnte, sowie eine *Sokhab-* Tiara aus kleinen Münzen und einen *Feisha-* Talisman (um die Zuneigung des Ehemanns zu bewahren) für Maudie.

Der alte Herr verkündete dann eine *Diffa*, klatschte in die Hände, und die Sklavinnen brachten eine riesige *Sahfa-Platte* herein, auf der sich eine erschreckende Heterogenität von Bowls und Platten, von *Berkouks*, süßem Reis, Couscous, *Cherchem-Bohnen*, *Leben-* Quark, *Burghal-* Hackfleisch und Brei, *Asida-Teig* und Zwiebeln, *Fatta-Karotten* und Eiern, seltsamen Süßigkeiten, Früchten und Getränken befand.

„Ein Tod wie jeder andere, Großvater", antwortete Fräulein Vanbrugh auf den Ruf des alten Sidi: „ *Bilhana! Mit* Freude! *Bilshifa! Mit* Gesundheit!" Und sie fielen über das Essen her. . . .

* * *

„Kommst du wieder zu dir, Maudie?", fragte Fräulein Vanbrugh später, als sie allein waren, komatös, satt und vor Essen fast platzend.

„Ich *komme* langsam wieder zu mir, Fräulein", antwortete Maudie.

„Wenn wir so weitermachen, werden wir so rund wie eines dieser hübschen dicken arabischen Babys, die mit einer Perlenkette bekleidet sind, Fräulein", fügte sie hinzu. „Ich werde meine Figur verlieren."

„Wir setzen eine Belohnung dafür aus, Maudie... *Verloren – eine reizende Figur... Wer dieselbe zurückbringt an Fräulein Maudie Atkinson, Nr. 1, High Street, Emir's Lager, Große Oase, ...*"

„Oh, *Fräulein*", flüsterte Maudie, „kann ich dir etwas sagen? ... Ich werde nicht mehr lange Fräulein Atkinson sein."

„Das hast du mir schon gesagt, Maudie."

„Oh *nein*, Fräulein!"

„Doch, hast du! Du bist verrückt, Maudie, seitdem das passiert ist. Völlig verrückt – du rennst herum wie eine sterbende Ente im Gewitter, versuchst meine Haare mit einer Zahnbürste zu kämmen und meine Nägel mit Sandpapier zu maniküren. Du weißt nicht, wer du bist, wo du bist und ob du auf dem Kopf oder auf den Füßen stehst. . . . Jetzt erzähl mir alles. . . ."

Maudie erzählte es ihm. . . .

* * *

„Wenn du Major de Beaujolais siehst, sag ihm bloß nicht, dass einige der arabischen Scheichs Englisch können, Maudie", sagte Fräulein Vanbrugh, als Maudies begeisterte Schilderung beendet war.

„ *Nein*, Fräulein", antwortete Maudie. „Der Große Scheich hat mir gesagt, ich soll das nicht tun. Er sagte, der Major könnte seine Unschuld ausnutzen und ihn beim Feilschen dazu bringen, Englisch zu sprechen – und ihn dann über den Tisch ziehen. Es wäre doch eine Schande, ihn zu übervorteilen, nicht wahr, Fräulein?"

„Ich glaube nicht, dass der Major den Emir ausnutzen würde, Maudie", sagte Fräulein Vanbrugh, vielleicht ein wenig kühl. „Sag jedenfalls nichts davon."

"Lieber würde ich *sterben*, Fräulein", versicherte Maudie mit Nachdruck. "Nun – wenn du es doch verrätst – dann wirst du sterben", bemerkte Fräulein Vanbrugh, "denn ich werde dich

„Nun ja – wenn du es doch verrätst – wirst du *danach* sterben", bemerkte Fräulein Vanbrugh, „denn ich werde dich mit Sicherheit umbringen, Maudie."

§ 4

In den folgenden Tagen bemerkte der Emir eine Veränderung im Gemüt seines treuen Wesirs.

Vielleicht hätte es niemand sonst bemerkt, aber für den Emir, der seinen Freund mit einer Liebe liebte, die die Liebe zu Frauen, einschließlich Maudie, übertraf, war es klar, dass der Wesir wirklich litt und unglücklich war.

Nie sang er jetzt noch, wenn er allein in der offenen Wüste war,

" O ki yi yip; O ki yi yi,
O ki yi yip; and ki yi yi,
Get along you stinkin' camels, don't you cry,
We'll all be in Wyoming in the sweet bye-an'-bye,"

oder eine andere abgeänderte Version eines der achtzig Verse von „ *The Old Chisholm Trail*". ... Er äußerte auch keine vergebliche Sehnsucht nach seiner alten Mundharmonika....

Seine harten grauen Augen, die so viel gesehen und so wenig gesagt hatten, rätselhaft, ironisch, unlesbar, humorvoll, waren nicht mehr humorvoll....

Der Emir war beunruhigt, hin- und hergerissen zwischen zwei Gefühlen und schämte sich völlig unbegründet....

Das Objekt seiner Gedanken ritt auf einem schäumenden Pferd vorbei, starrte grimmig vor sich hin und schaute weder nach rechts noch nach links. ... Er sah gefährlich aus.

„Oh! Sidi Wazir!", rief der Emir. „Komm und *faddhl*", und El R'Orab, der Rabe, rannte hin, nahm das Pferd des Wesirs und führte es zu seinem Stall aus geflochtenen Palmblättern in den *fondouk*- Pferdehaltern. . . .

„Gut, dass dies ein trockener Staat ist, Hank Sheikh", knurrte der Wesir, als er sich neben den Emir setzte, „sonst müsste ich heute Nacht sicher den *Laghbi* lecken. . . . *Hamdulillah! Ich wäre* sicher aus dem verdammten Wasserwagen raus, *einige*!"

„Was ist los, mein Sohn?", fragte der Emir, obwohl er es nur zu gut wusste.

„Das Problem ist, dass ich diesen Scheich-Cowboy Bojolly fertigmachen werde . . . *Rahmat Allah! Vertrag* hin oder her . . . Und sag ihm ein paar Worte in der einzigen Sprache, die er versteht . . ."

„Was hat er denn jetzt gemacht, mein Sohn?", fragte der Emir.

„Er hat mich bei Fräulein Vanbrugh in Schwierigkeiten gebracht ... Dieser ungläubige Dorg..."

„Ich nehme an, er hat fair gespielt, Kumpel."

„Ich meine, wegen ihm habe ich eine Dame unhöflich behandelt und mich als den niederträchtigen, widerspenstigen Landstreicher gezeigt, der ich bin."

„Du warst nie unhöflich zu einer Dame, Bud."

„Doch, das warst du, Hank Sheikh. Ich habe sie gefragt, ob sie mit einem parfümierten, nasewischenden, hochnäsigen französischen Offizier verlobt sei..."

„Wieso hast du das gemacht, Junge?"

„Sie hat meinen respektvollen Heiratsantrag abgelehnt."

„Und dann hast du dich über Bojolly aufgeregt?"

„Klar."

„Und was hat Fräulein Vanbrugh gesagt, als du das getan hast? Hat sie diesmal richtig amerikanisch mit dir gesprochen?"

„Ja, klar. Als ich angefangen habe, Bojolly zu beschimpfen..."

„Was hat sie gesagt, als du sie gefragt hast, ob sie mit dem Major zusammen ist?"

„Sie sagte: *'Es ist ein wunderschöner Sonnenuntergang heute Abend, Herr Man'*, und sie dachte, sie würde mit einem anständigen und höflichen Amerikaner fahren, und dass Major D.*Bojollay* der feinste, edelste und mutigste Mann sei, den sie je getroffen habe, und danke, sie würde lieber alleine zurück zum Oasis fahren..."

„Was hast du dann gemacht, mein Junge?"

„Ich sagte: 'Ich dachte, *Sie* seien Amerikanerin, Fräulein Vanbrugh', und dann ritt ich auf meinem Pferd davon wie der gemeine Kojote, der ich bin."

„Du bist also wütend und beschämt, mein Sohn. Du hast ein Pferd und eine Frau verletzt, die beiden besten Dinge, die es gibt..."

"Ich sag's dir doch ... Und ich werde Sand essen ... und ich werde diesen Scheich-Cowboy Bojolly fertigmachen...

„Wie denn?"

„Er kann sich seine Fantasien zusammenreimen – Messer, Pistolen ... Gewehre, wenn er will. Vielleicht würde er lieber das Schwert benutzen, das er mitgebracht hat, um uns und die Mädchen zu beeindrucken ... Ich werde mein arabisches Schwert dagegen halten, wenn er will."

„Was sagst *du* dazu, Junge?"

„Messer. Ich habe schon ewig keinen Messerkampf mehr gehabt. Und es ist eine befriedigende Art, einem Mann, den man nicht besonders mag, seine Gefühle zu zeigen..."

"Und Fräulein Vanbrugh, mein Sohn? Fräulein Vanbrugh, die du so sehr liebst und die Major D.*Bojollay* für den besten, edelsten und mutigsten Mann hält, den sie je gesehen hat? ... Habe ich dir *das* nicht gleich am Anfang *gesagt*? ... Habe ich dir nicht gesagt: " *Mach dir nichts vor, Bud – sie wird eine alte Jungfer oder Frau Boje'*?"

Der Wesir runzelte missmutig die Stirn.

„Jetzt sage ich dir mal was, Buddy Bashaw ... Du bist in *niemanden*verliebt ... Du bist nur neidisch auf einen Mann, der besser ist als du, weil er sie bekommen hat ... Wer war zuerst da? ... Du redest davon, Boje zu ruinieren! Und warum? Weil du ihm seine Frau nicht wegnehmen kannst! ... *Mann!* "

„Spuck noch mehr aus, du tropfender Melassefass", knurrte der Wesir.

„Aber sicher. . . . Wenn du nicht die Unschuld einer Taube und die Weisheit einer Schlange hast, *dann hast* du *wenigstens* den Verstand einer Laus. . . . Der alte*Bojollay* hat Fräulein Vanbrugh hierher gebracht, und er wird sie wieder mitnehmen. Du hast ihr einen festen Heiratsantrag gemacht, und er wurde dankend abgelehnt. Jetzt benimm dich wie ein Erwachsener und schäm dich."

„Klar. Aber hör mal, Hank Sheikh. Ich bin *neidisch auf einen besseren Mann als mich*, oder? Nun – du hast doch nichts dagegen, dass wir *herausfinden*, wer der bessere Mann ist, oder?"

„Ja. Du wirst dich nicht mit Major D.*Bojollay* anlegen, also denk nicht mal daran. Ich weiß nicht, was *dich* geritten hat, Buddy Bashaw ... *Wallahi!*"

„Warum nicht gegen ihn kämpfen?"

„Weil er unser Gast ist. Weil er uns einen Haufen Geld geben wird. Weil wir nicht wollen, dass die französische Armee hier nach ihm sucht. Weil Fräulein Vanbrugh ihn für den edelsten, tapfersten und..."

„Mensch! Ich hab 'ne Idee!", unterbrach der Wesir. „Wir werden den tapferen Mann auf die Probe stellen. Wir werden sehen, ob er Fräulein Vanbrugh würdig ist – was niemand ist."

„Außer Buddy Bashaw, dem wilden und zotteligen Wesir", murmelte der Emir.

Der Wesir verfolgte seine großartige Idee weiter.

„Du sagst, er sei der Allmächtige, und *du* scheinst ihn Fräulein Mary zur Frau haben zu wollen – nun, *wir werden ihn auf die Probe stellen. Inshallah!*"

„Jetzt hör mir mal zu, mein Sohn", unterbrach ihn der Emir wieder. „Versteh das klar und deutlich ... Siehst du meine Hand, Junge?"

„ *Die da? Allahs Namen!* Die könnte *ich* noch aus sieben Meilen Entfernung sehen, ohne Fernrohr – und dann würde ich sie noch mit einem Hammerschen Fuß verwechseln..."

„Siehst du meine Hand, Kumpel", wiederholte der Emir feierlich. „Gott ist mein Zeuge, ich würde sie mir abschneiden, wenn das dich und Fräulein Mary glücklich machen würde. Das würde ich wirklich tun. Aber ich habe Verstand, auch wenn ich kein kluger kleiner Mann wie du bin – und ich sage dir, kein Mädchen hat jemals etwas Dümmeres getan, als einen Mann zu heiraten, den sie nicht liebt. ... Und kein Mann hat jemals so etwas *Dummes* getan, wie ein

Mädchen heiraten zu wollen, das ihn nicht liebt. ... Ich würde lieber sehen, dass Mary dich heiratet und mit Ziegenfleisch und Gerstenbrot in einem Zelt lebt, als dass sie den Major heiratet und in der High Society lebt, vorausgesetzt, sie liebt dich. ... Aber das tut sie nicht. Und das wird sie auch nie tun. ..."

„Na gut, Pastor, dann ist *das so*. . . . Also los! Wir werden herausfinden, wie sehr dieser französische Salon-Schlange und Salon-Lizard Fräulein Vanbrugh *liebt*. . . . Zuerst werde ich dir zehn *Medjidies* abnehmen, und wenn ich das nicht schaffe, dann nimmst du *mir* hundert ab."

„Wie meinst du das, Junge?"

„Hast du unsere kleine Wette vergessen? Wir werden ihn mitten in der Nacht wecken und ihm den Vertrag anbieten, unterschrieben, versiegelt und beglaubigt – *vorausgesetzt*, er sattelt morgen auf und reitet los, *ohne* die Mädchen ..."

„Das wird er ganz sicher nicht tun."

„... Und wenn du Recht hast, bekommst du deine zehn Dollar. *Und* kurz danach werden wir ihn auf eine *echte* Probe stellen ... Jetzt würde ich mein Leben für Fräulein Vanbrugh oder jedes andere nette Mädchen opfern ..."

„Klar, Junge. Für *jedes* Mädchen."

„... und wenn Boje Fräulein Vanbrugh *wirklich* liebt, soll er sein Leben geben. ... Wir geben ihm die Gelegenheit dazu. ... Er sollte stolz auf diese Chance sein! ... Aber das wird er nicht tun, darauf wette ich hundert zu eins."

„ *Abgemacht. Schlag* die Pfalle, mein Junge", und die beiden fehlgeleiteten Männer gaben sich die Hand.

„Ich raube dich aus, Junge – und ich hätte das nicht tun sollen", grübelte der Emir danach, „aber man muss leben und lernen."

„Du lebst bis heute Abend und wirst lernen, dass du zehn Dollar verloren hast, Hank Sheikh", war die kalte Antwort.

„Ich werde leben, mein Sohn, wenn Rastignac mich nicht erwischt", antwortete der Emir. „Er würde unseren Kaffee vergiften, wenn wir ihn besuchen, oder uns unbewaffnet erschießen, sobald er uns sieht, wenn er glaubt, er käme damit durch – und hier seinen eigenen Emir ernennen. Wie *ich ihn* nicht erschossen habe, als er davon sprach, Boje zu ermorden und noch Schlimmeres für seine beiden Spioninnen zu tun, weiß ich *nicht*."

„Ich auch nicht", stimmte der Wesir zu. „Ich verspreche mir ein ruhiges, offenes Wort mit Rastignac, wenn die Zeit gekommen ist. ... Meinst du, wir würden den Stämmen Ärger einhandeln, wenn Rastignac nie wieder auftauchen würde?"

„Früher oder später ... Es wird sowieso passieren, wenn wir uns mit den Franzosen zusammentun, wie wir es müssen ... Dieser widerliche, dreckige Schurke – ich würde ihn gern an einen Baum hängen."

„Ich gebe zu, er hat das Gesicht eines Hais und das Herz eines Hais", bemerkte der Wesir.

„Nein, nein! Das ist übertrieben, mein Sohn", tadelte der Emir. „Es gab noch nie einen Hai, dessen Gesicht so sehr einem Hai glich wie das von Rastignac. Und auch keinen Hai, dessen Herz so sehr einem Hai glich. ... Dennoch ist er ein mutiger Mann – und er wird einen männlichen Tod sterben, wenn wir ihn nicht gehen lassen."

„Richtig, Hank Sheikh", stimmte der Wesir zu. „Lasst mich gegen ihn kämpfen ... *Messer!*"

„Wir werden sehen, wie es mit Boje läuft, bevor wir Rastignac fertigmachen", antwortete der Emir. „Ich würde mich freuen, sie mit beliebigen Waffen in einen Ring zu stellen und zu sagen: 'Jetzt kämpft es aus unter euch' – *nachdem* ich Boje erzählt habe, was Rastignac uns für ihn *und die Mädchen* angeboten hat ..."

„ *Rastignac!*" , knurrte der Wesir und spuckte auf vulgäre und grobe Weise.

„Du niederträchtiger Kerl", sagte sein Herr. „Du scheinst dich nicht zu bessern, obwohl du bei *mir* lebst."

„ *Nein*", antwortete der Wesir bedeutungsvoll.

Kapitel VIII. La Femme Dispose

Yoluba, der zwei Meter große sudanesische Sklave, der vor dem Gästezelt Wache stand, hörte das Murmeln von Stimmen, die im Inneren an- und abschwollen.

Das interessierte ihn nicht im Geringsten.

Nichts interessierte ihn wirklich, außer möglichst viel zu essen, zu lieben, zu kämpfen und zu schlafen. Und die Anerkennung seines Herrn, des Sidi el Hamel el Kebir, Befehlshaber der Gläubigen und Schatten des Himmels.

Dafür musste er Befehle schnell und genau befolgen.

Der aktuelle Befehl lautete, den *Franzawi* Sidi daran zu hindern, das Gästezelt zu verlassen – ihm fest, aber respektvoll zu sagen, dass er drinnen bleiben müsse, weil die Sonne (oder der Mond) draußen sehr heiß sei.

Plötzlich verstummten die Stimmen, und dann erhoben sich *die Franzawi* zu einem wütenden und beleidigenden Geschrei! Sollte er hineinstürmen?

Nein – denn der Emir und der Wesir kamen heraus.

* * *

„Ich gebe es zu, Hank Sheikh", gab der Wesir zu, als die beiden den Pavillon des Emirs betraten. „Boje hat sich wirklich wie ein Mann für dich eingesetzt. ... *Bis jetzt* hat er seine Sache gut gemacht."

„Du kannst mir auch zehn Chips geben, mein Sohn", bemerkte der Emir. „Und wenn du so weitermachst, gibst du mir hundert. Ich lasse dich aussteigen, wenn du aufhören willst. ... Eigentlich würde ich das sogar begrüßen. Ich hasse es, einem tapferen Mann einen hinterhältigen Streich zu spielen ..."

„Hör auf mit dem Gejammer, Hank Sheikh", kam die prompte Antwort. „Wenn er der blauäugige Held ist, soll er sich auch so verhalten – oder *sterben*. So wie ich das sehe, wird er auch nicht merken, dass es ein Trick ist. Außerdem bist du so verdammt besorgt um Fräulein Vanbrugh – lass uns erst mal sehen, ob er zuverlässig ist, bevor du ihm deinen Segen und ein Hochzeitsgeschenk gibst."

„Was ist der Plan, mein Sohn?", fragte der Emir.

„Na ja, wir spielen eine Weile die wilden, launischen, verräterischen Scheichs und machen ihm Angst. Dann besuchen wir ihn noch einmal mitten in der Nacht und sagen ihm, dass er unsere zärtlichsten Gefühle verletzt hat, indem er uns Hunde und Schweine und so genannt hat. Er muss mit Blut getilgt werden ... Aber wir wollen keinen Gast selbst umbringen – wenn er es also selbst tun will, lassen wir die Mädchen sofort frei und unverletzt."

„Und wenn er das nicht will?"

„Dann sagen wir: 'Na gut, Herr Roumi. Dann kommen die Mädels in unseren *Harem*, der Vertrag wird unterschrieben, und du kannst damit zur Hölle fahren. . . ."

„Und wenn er sagt: *'Wie kann ich euch vertrauen, dass ihr mich fair behandelt, wenn ich tot bin?'* "

„Dann sagen wir: *'Du* musst *uns vertrauen. Du hast keine Wahl. Aber wenn wir edlen Wilden unser Wort auf den Koran geben, gilt es.'*"

„Und wie machen wir das? ... Sag R'Orab, er soll vorher die Patronen aus seiner Waffe nehmen und sich dann mit einer leeren Waffe erschießen ... Wenn es klickt, geben unsere steinernen Herzen nach und wir umarmen ihn unter Tränen ... Ist das alles?", fragte der Emir.

„Nein. Das wäre ein zu leichter Tod. Sich selbst zu erschießen bringt nichts. Außerdem könnte er *feststellen*, dass seine Waffe leer ist, und uns hintergehen. Er könnte sich mit der leeren Waffe erschießen und dabei hinter vorgehaltener Hand grinsen."

„Und dann?"

„Ein hässlicher, qualvoller Tod. Gift."

„Er könnte es trinken, weil er denkt, dass wir bluffen, und dabei grinsen, während er auf das Beste hofft."

„Er wird *wissen*, dass es Gift ist. Ein gutes Gift, das einen Maultier 40 Meilen weit tötet ... Das, was wir dem alten Abdul Salam abgenommen haben ... Er wird sehen, dass es einen Hund tötet."

„Na ja, dann bringt es *ihn* eben um, oder?"

„Nein. Das Gift ist *schon* im Trinkwasser des armen Dorgs. Dann schütte ich eine halbe Flasche *reine Milch* dazu, und der kleine Dorg trinkt und hat seine Sache *erledigt*... Dann gebe ich den Rest der Milch Boje in seinen Kaffee ... Dann liegt es an ihm ... *Wenn* er trinkt, bekommst du hundert Dollar, und Boje bekommt Fräulein Vanbrugh..."

„Und wenn er nicht trinkt?"

„Dann reiten wir ihn aus der Stadt und sagen Fräulein Vanbrugh, dass der kleine Held, der für sie leben wollte, keinen Sinn darin sah, für sie zu *sterben*."

„ *Das* kannst *du* ihr sagen, Bud... Ich bin dann gerade woanders..."

„Nun ja – wir werden ihn doch nicht in Gefahr bringen oder *ihm* etwas antun, oder?"

„Nichts. Und du gehst zu einem Mädchen, um ihr die frohe Botschaft zu überbringen, dass ihr Held sich davongeschlichen hat und sie verlassen hat, weil er in Gefahr war und seinen Vertrag unterschreiben musste. Gib mir die Hand, Junge, ich bewundere einen mutigen Mann."

„Aber es wird doch *wahr* sein, oder?" protestierte der Wesir.

„Ja, mein Sohn – und das wird sie dir nie verzeihen", antwortete der Emir.

„Aber das wird es nicht", fügte er hinzu. „Boje wird dein falsches Gift schlucken wie Whisky ... Und er wird besser aus dieser Sache herauskommen als wir ... Das gefällt mir nicht, mein Sohn. Sicher nicht – aber es wird auf deinen eigenen dummen Kopf zurückfallen ... Mary wird den Major umso mehr lieben, und unser Name wird Stinkender Schlamm sein ... Der Major wird Mary umso mehr lieben, weil er versucht hat, für sie zu sterben..."

„Sterben, von wegen!", spottete der Wesir. „Er ist nur ein Ausländer und ein parfümierter Schmuckgag. ... Um drei Uhr morgens Gift zu trinken ist schwieriger, als in einer Schlacht mit Gewehren zu schießen. ... Außerdem – angenommen, er hat sich als kleiner Held aufgespielt und den tödlichen Trank getrunken, um das Leben seiner Geliebten zu retten – wird er ihr doch danach nichts davon erzählen, oder? Vor allem, wenn er herausfindet, dass alles nur eine Täuschung war?"

„Nein. Er wird nichts sagen, Junge. Aber *ich* werde es tun. Wenn Boje in den frühen Morgenstunden auf nüchternen Magen giftiges Zeug trinkt, wird er dafür die Anerkennung bekommen – und ich werde dafür sorgen. . . ."

„Nun ja – das wird er nicht, Hank Sheikh, also gib die hundert Dollar nicht aus, bevor du sie hast. ... Also, ich werde mich jetzt auf den Weg machen...."

Der Emir saß da, strich sich nachdenklich über den Bart und murmelte: „ *Wallahi! Wahrlich* , *'wer mit Allah arbeitet, arbeitet gut'*, heißt es im Buch. ... *Ich* weiß es nicht – jedenfalls würde *das* die Zweifel des kleinen Mädchens ein für alle Mal ausräumen – und der Geist des armen alten Dufour würde sie nicht mehr quälen. ... Wenn ich sie richtig einschätze, hasst sie einen kleinen Teil von Boje und liebt den Rest von ihm von ganzem Herzen. Es ist in gewisser Weise ein schrecklich niederträchtiger Trick – aber es würde die Sache für Fräulein Mary Vanbrugh ein für alle Mal klären. Wenn Boje ein eingefleischter Junggeselle ist, der nur seine Arbeit liebt, sollte sie das besser wissen – je früher, desto besser. Es ist ein mieses Spiel, Bud – echt gemein und fies – aber diese Geheimdiensttypen verbringen ihr Leben damit, zu bluffen und Tricks anzuwenden. Das ist ihr Job. . . . Und sie sollten es gelassen nehmen, wenn sie selbst geblufft werden. . . . *Bluff! Mann* ! Was für ein Bluff, den Bluffmeister zu bluffen. . . . Na, dann mal los. . . ."

„Klar doch", antwortete der scheidende Wesir. „Gute Nacht, Kumpel. *Emshi besselema.* "

§ 2

Als der Emir und sein Wesir vom Besuch im Lager des Gesandten des Sultans von Stambul und seines großen Bruders zurückritten, nachdem sie die Übungen der Kamelkorps-Rekruten beobachtet, die *Fondouks* und Linien inspiziert und allgemein all das getan hatten, was die meisten orientalischen Herrscher anderen überlassen, fragte der Emir seinen Wesir, ob er gut geschlafen und in besserer Stimmung aufgestanden sei.

„Ich werde Bojolly ausprobieren", antwortete der Wesir.

„Und du hast klar verstanden, dass es dir nichts nützt, ob er auf den Tribünen steht oder fällt, was Fräulein Vanbrugh angeht?"

„Ja. Ich bin fertig mit Frauen. Mein Herz ist gebrochen – aber ich werde darüber hinwegkommen. Ich frage kein Mädchen zweimal. Sie hat mich rundweg abgelehnt. Ganz nett, aber ganz entschieden. *Und* als ich Bojolly herunterrief – ziemlich unfreundlich und noch entschiedener ... Nein, Hank, mein Herz ist gebrochen, aber ich stelle mich dem Leben wie ein Mann ..."

„Klar, Kumpel ... Jetzt hör auf mit diesem Unsinn über den Major. Das bringt nichts ..."

„Es würde etwas bringen, wenn es Fräulein Vanbrugh vor einem vermögenden französischen Ausländer bewahrt, oder? Amerikanische Mädchen sollten amerikanische Männer heiraten ..."

„Und amerikanische Männer sollten amerikanische Mädchen heiraten, nehme ich an?", bemerkte der Emir.

„Du sagst es, Junge ... Sag mal, ist die kleine Maudie nicht ein hübsches Mädchen? ..."

„Das ist sie wirklich. Schade, dass dein Herz gebrochen ist, Bud. Aber trotzdem – amerikanische Männer müssen sowieso amerikanische Frauen heiraten."

„Nun ja, angelsächsische Männer sollten angelsächsische Mädchen heiraten, meine ich. *Natürlich* sollten sie *das*. Maudie ist ganz ohne Schnickschnack, wenn sie Britin *ist*. Sie wäre eine gute, schlichte Frau für einen schlichten Mann ..."

„Du *bist* ganz sicher ein schlichter Mann, Bud", gab der Emir widerwillig zu.

„Maudie ist vielleicht schon verlobt", fügte er hinzu.

„Sie trägt keinen Ring ... Ich habe nachgesehen ...", antwortete der Wesir.

„Nun ja, ich *kenne* verlobte Mädchen, die keinen Ring tragen, mein Sohn", gab der Emir zu.

„Dann waren sie mit gemeinen Kerlen verlobt", entschied der Wesir und brach in Gesang aus.

Sein gebrochenes Herz *heilte* offensichtlich, und die kühle Morgendämmerung in der Wüste ist eine sehr anregende, schöne Zeit.

Der Emir lächelte nachsichtig, als er sich eine weitere Variation von „ *The Old Chisholm Trail*" anhörte. ... Alles war gut mit Buddy, wenn Buddy sang. ...

„Ich wünschte, ich hätte meine alte Mundharmonika", bemerkte der Wesir.

„Dein Mund ist eine Orgel für sich, mein Sohn", antwortete der Emir, als der Wesir wieder seine Stimme erhob und die weite Sahara darüber informierte, dass

" *Ole Hank Sheikh war ein guter alter Boss,*
Rode off with a gal on a fat-backed hoss,
Ole Hank Sheikh war ein Liebhaber seines Schnapses,
Allus had a bottle in the pocket of his slicker." ...

„Woher weißt du, dass ich mit einem Mädchen auf einem fetten Pferd davon geritten bin, mein Sohn?", fragte der Emir, als der Wesir eine Atempause machte.

„Ich weiß es nicht", gab der Wesir zu. „Wusstest du es? Das *wäre* typisch für dich. In der Scherzrede *liegt* oft viel Wahrheit."

„Sicher, mein Sohn. Und viele wahre Scherze werden in Worten gesprochen", stimmte der Emir zu.

Sie ritten weiter.

„Sing noch mehr, mein Sohn", bat der Emir. „Deine Stimme erfreut mich, oh Vater tausend Nachtigallen ... Das ist ein gutes Training für diese nervösen arabischen Pferde ... Es beruhigt die Tiere in einer Schlacht ..."

Und der Wesir fuhr fort mit der Saga, ganz im Stil der alten Troubadoure, die die Geschichte festhielten:

" Fuß im Steigbügel und Hand am Horn,
Der schlimmste alte Scheich, der je geboren wurde.
Fuß im Steigbügel, dann sein Sitz zum Himmel,
Der schlimmste alte Scheich, der je vorbeigeritten ist." ...

§ 3

Neben einem kleinen Bewässerungsgraben saß Fräulein Maudie Atkinson und wartete, ihre geistige Haltung ähnelte der, die sie ihr ganzes Leben lang um ein Uhr am Sabbat gewohnt war: „ *Für das, was wir empfangen werden...*"

Als sie aus dem Gästezelt kam, zu einem Zeitpunkt, den sie nach langem Beobachten für günstig hielt, schlenderte sie an den Zelten ihres *Verlobten* (*ihres Verlobten*!) vorbei, dem Großen Scheich, und ging langsam zu einem strategisch günstigen Ort.

Hier warf sie ihren *Barakan* ab und stand da, Maudie Atkinson, in einem hübschen Baumwollkleid, weißen Strümpfen und weißen Schuhen. Für arabische Augen war sie sicher viel attraktiver als die formlosen Wickelkleider aus blühenden Nachthemden und weiten Hosen.

Dumme Klamotten für ein Mädchen mit einer Figur...

Würde er kommen?

Sicher, wenn er nicht zu beschäftigt war oder Fräulein Mary nicht ausreiten musste ... Wann würde dieser nette Major endlich auftauchen und nehmen, was auf ihn wartete? ... Oh, was für glückliche Mädchen sie und Fräulein Mary doch waren!...

Würde er kommen?

Der Schatten eines Gegenstandes oder Lebewesens bewegte sich neben ihr, und sie drehte sich um.

Mensch! Es war der Kleine. Sah er nicht toll aus in diesen bunten Gewändern!

„Guten Abend, Herr", sagte Maudie.

„Guten Abend, Fräulein", antwortete der Wesir. „Sollen wir einen kleinen Spaziergang unter den Bäumen machen?"

„ *Gerne*, Herr", sagte Maudie und stand sofort auf. (*Scheichs!*)

„Ich bewundere Sie schon seit Ihrer Ankunft, Fräulein", bemerkte der Wesir, als sie losgingen.

„Nein! Wirklich? Meinst du *das ernst*?" rief Maudie aus.

„Aber sicher. Die ganze Zeit", antwortete ihr Begleiter mit Überzeugung. „Ich bin dir heute Abend sogar gefolgt, um dir das zu sagen – und um dich zu fragen, ob du denkst, dass wir vielleicht zusammenkommen und ein Paar werden könnten..."

„ *Das* macht *mir* nichts aus, Herr", sagte Maudie. „Stell *dir* vor, *du* sprichst auch Englisch..."

„Ja, Fräulein ... Ähm ... ja. Weißt du, ich habe mir ein Handbuch besorgt, sobald ich dich an diesem Abend gesehen habe."

„Nein! *Wirklich*?"

„Doch! Ehrlich! Würde ich dich etwa *anlügen*? Aber du darfst Major Bojolly nichts davon sagen."

„Oh nein, Herr. Fräulein Vanbrugh hat gesagt, sie würde mich umbringen, wenn ich das täte. Als ob ich *das tun würde*! Außerdem sehe ich ihn jetzt nie mehr. Warum halten Sie ihn gefangen?"

„Ach, wir wollen nur sichergehen, dass er nicht abhaut und euch beiden Damen wegbringt..."

„Er nimmt *mich* nicht mit! *Ich* passe schon auf", versicherte Fräulein Maud Atkinson.

„Mein Herz würde sicher brechen, wenn er das täte. . . . Fräulein Maudie, willst du mich heiraten?"

„Oh, *Herr*! Hätten Sie das doch nur früher gesagt!" Maudie senkte den Blick und errötete.

„Ich bin mit dem anderen Scheich verlobt. . . . Wir werden zweimal heiraten und zwei Flitterwochen machen. . . . Das ist wirklich sehr nett von Ihnen, Herr, aber so wie die Dinge stehen, kann ich . . .“

Maudie sah auf. Aber der Scheich war verschwunden.

Ein paar Minuten später steckte er seinen Kopf in das Schlafzelt des Emirs, wo dieser sich gerade für das Abendessen anzog und seine Füße wusch.

Mit einem schrecklichen finsteren Blick und blitzenden Zähnen starrte der Wesir seinen Herrn an.

„Du*ungestümer*alter Bock“, zischte er und zog seinen gorgonenhaften Kopf aus der Öffnung zurück.

§ 4

Da er aber ein Mann von edler Nachsicht und Großzügigkeit war, war dies die einzige Anspielung des Wesirs auf die menschlichen Schwächen seines Herrn.

Da er entschlossen war und sich nur langsam geschlagen gab, bemerkte er im Laufe des Abends: " *Faddhl*:

„Sag mal, Hank – wie gefällt es dir, ein *echter* Schwager eines Scheichs zu sein?“

„Klar, Kumpel ... Hast du eine Schwester, die ich heiraten kann?“

„Nein, mein Sohn. Und wenn ich eine hätte, wäre ich sehr wählerisch, wen sie heiraten würde. Nein, ich meinte einen echten Scheich, und ich meinte, dass ich sein Schwager wäre.“

„Du hast mich verwirrt, Kumpel. Buchstabier das mal.“

„Angenommen, ich würde Fräulein Leila Nakhla heiraten, dann wäre ich der Schwager des jungen Scheichs, oder?“

„Ja. Und der eigene Bruder eines verdammten Idioten.“

„Bist du wieder eifersüchtig auf mich, Hank Scheich?“

„Du hast nur Heiraten im Kopf, oder wo dein Kopf sein sollte, Buddy Bashaw ... Hast du eine Gehaltserhöhung bekommen – oder spürst du den Frühling?“

„Das liegt zum Teil an deinem schlechten Beispiel und zum Teil an diesen hübschen weißen Mädchen, Hank ... Ich bin ganz hin und weg. Ich will heiraten und ich will nach Hause ... Ich sitze stundenlang da und singe *“The Old Chisholm Trail* „ ... und dann sage ich immer wieder “ *Idaho, Montana, Utah, Oregon, Nevada, Colorado, Kansas, Oklahoma, Texas,* Kalifornien„ – *bis* man denkt, ich würde verrückt werden ...“

„Nein, ich würde nie denken, dass du *verrückt wirst*, mein Sohn“, bemerkte der Emir und sah seinen Wesir wohlwollend an.

„Wie lange hast du schon diese verzehrende Leidenschaft für Leila?“, fragte er.

„Das *ist* mir erst heute Morgen eingefallen, Hank Sheikh. Das *habe* ich wohl von dir, oder? *Ich* weiß nicht. Ich glaube, ich werde mal mit dem alten Daddy Pertater reden und sehen, was er über meine Verlobung mit Leila weiß. Da du ihn zu ihrem Vormund gemacht hast, bekommt er wohl den Anteil, oder?“

„Klar, mein Sohn. ... Ich glaube, ich gehe besser zum Basar und kaufe das Hochzeitsgeschenk. Soll ich einen Toastständer oder Fischmesser kaufen, Brigham-Young-and-Bring'em-Often?“

„Mensch, Hank! Wenn dein Gehirn ein Ofen wäre, würde das Feuer nicht einmal reichen, um deinen Hut zu versengen. Ich werde Daddy Pertater sofort besuchen gehen ...“

Aber als der Wesir mit dem alten Sidi Dawad Fetata über alle möglichen Themen auf der Erde, im Himmel und in den Gewässern unter der Erde gesprochen hatte und dann mit bedeutungsvoller Miene nach dem Befinden und dem Glück von Sitt Leila Nakhla fragte, erfuhr er etwas Seltsames.

„Mein Herz schmerzt um sie, Sidi“, verkündete der alte Mann. „Sie ist von *Dschinns* besessen ... Sie kann nicht schlafen ... Jede Nacht erhebt sie sich von ihren Kissen und geht hinaus, um unter den Sternen zu wandeln. Die alte Bint Fatma folgt ihr und sagt, das Mädchen spreche mit Geistern und *Afrits*. ... Außerdem steht sie immer in der Nähe des Zeltes des Emirs und ruft den Schutz des Propheten und den Segen Allahs auf ihn herab. ... Nein, sie schläft nicht und isst auch nichts. ..."

„Die Ehe wirkt Wunder bei Frauen", meinte der Wesir.

„Ja, Sidi", stimmte der alte Mann zu. „Aber der blasse Bräutigam der armen Leila wird der Tod sein. ... Sie wird nicht leben, um meinen Enkel zu heiraten – und er wird um sie trauern und auch sterben. ... Ich bin ein alter Mann, Sidi, aber das Grab wird sich über sie und ihn schließen, während ich noch auf dieser Erde herumliege. ..."

* * *

„Und was weißt du darüber , *du* fröhlicher alter Trauermacher, mein Sohn?", fragte sich der Wesir, als er zu seinem Zelt schlenderte.

§ 5

Hadschi Abdul Salam, Arzt und Heiliger, empfing an diesem Abend Besucher.

„Oft schlafen sie in dem großen Pavillon, wo sie bis fast zum Morgengrauen zusammengesessen und *geredet* haben", sagte er zu dem wichtigeren seiner beiden Gäste. „Meistens schlafen sie jedoch jeweils in ihrem eigenen Zelt. ... Zwischen dem Gästezelt und den Zelten des Emirs und des Wesirs steht normalerweise ein sudanesischer Wachposten."

„Wir können warten, bis dein Mann Dienst hat", sagte Suleiman der Starke, genannt El Ma'ian, „oder wenn es ein Sudanese ist, können wir ihn töten."

„Es könnte ein Geräusch geben, und wenn man dich erwischt – ich glaube nicht, dass du ein zweites Mal lebend aus seiner Gegenwart entkommen wirst. ... Er weiß auch, dass du es warst, der den Mörder des Emirs Mahommed Bischari bin Mustapha abd Rabu geschickt hat. ..."

„Es wird keinen Lärm geben", sagte Suleiman der Starke grimmig.

„Auch der Emir und der Wesir dürfen beim Sterben keinen Laut von sich geben", warnte der gute Hadschi. „Sie sind wie von Teufeln besessene Löwen, und jeder würde dem anderen zur HILFE eilen ..."

„Ja. Sorg dafür, Abdullah el Jemmal, dass dein Mann schnell und leise stirbt", knurrte Suleiman.

„Direkt ins Herz, Sidi – oder quer über die Kehle, sodass nur der Kopf übrig bleibt", lächelte Abdullah, „je nachdem, wie er schläft."

„Vermassel es nicht – sonst wird der Hadschi hier einen Fluch auf dich legen, der dein Fleisch von den Knochen verfaulen lässt."

„Oh *ja!*", zwitscherte der Arzt. „Sicher! ... Lass dich bei deiner Pfuscherei nicht lebendig fangen, lieber Abdullah. Ein schneller Tod ist eine schöne Sache im Vergleich zu dem, was ich für dich arrangieren werde, wenn du unsere Pläne vereitelst."

„Und wenn ich meinen Teil gut mache, bekomme ich *Medjidies*, Kamele, Frauen, Zelte – alles, was mein Herz begehrt, und werde ich ein angesehener Mann im Stamm?", fragte Abdullah, der Kameltreiber.

„Ja! Wahrlich! Nach dem Morgengrauen, das den Tod des Emirs und des Wesirs sieht, wirst du nie wieder arbeiten müssen, Abdullah – nie wieder schwitzen, nie wieder hungern, nie wieder dürsten, guter Abdullah."

„Schwörst du das, Sidi Hadschi – auf den Koran?", fragte der Kameltreiber.

„Ich schwöre beim Koran, bei meinem Kopf und meinem Leben und beim Bart des Propheten und bei den heiligen Namen Allahs, dass du nie wieder Hunger oder Durst leiden wirst, Abdullah, nachdem du den Wesir getötet hast."

„Ja", fügte Suleiman der Starke hinzu und warf einen finster-humorvollen Blick auf die fröhliche Spitze des Hadschi, „ich selbst werde dafür sorgen, dass du *nie wieder Hunger oder Durst leiden* wirst, lieber Abdullah“, und er zeigte seine glänzenden Zähne in einem Lächeln, das das Herz des Kameltreibers ganz und gar gewann.

Wie herrlich war es, sich im Lächeln der zukünftigen Herrscher des Stammes zu sonnen und zu wissen, dass man bald ein Mann von Rang und Bedeutung sein würde! . . .

* * *

“Und jetzt – kehrt nicht mehr in dieses Zelt zurück”, sagte der Hadschi, als er seine Gäste verabschiedete, ”denn das ist gefährlich.

Manchmal besuchen sie mich – wenn auch nicht oft nachts – und ich habe das Gefühl, dass der verfluchte El R'Orab, der Rabe, mich ausspioniert, ebenso wie der alte Yakoub. ... Seid auf der Hut – und passt auf euer Essen auf, sage ich. ...

Geht in Frieden und mit Allahs Segen und bleibt versteckt bei den Karawanenführern im *Fondouk* des unteren *Suq*. Gharibeel Zarruk wird euch Bescheid geben. *Emshi besselema...*”

„Nun, mein Sohn Bud, was hältst du von *diesem* Kampf?“, fragte der Emir seinen Wesir, als sie nach dem Duell zwischen dem französischen Offizier und dem *Provokateur* aus dem Osten das Fasten brachen. „Was ist Boje in diesem Spiel auf Leben und Tod wert?“

„Ich gebe zu, dass es der beste Schwertkampf war, den ich je gesehen habe“, antwortete der Wesir. „Ich habe nie bestritten, dass Rastignac und Boje echte *Männer* waren...“

„Und ich werde der Welt verkünden, dass Fräulein Mary, wenn sie Boje bekommt, einen Ehemann bekommt, auf den sie stolz sein kann“, unterbrach der Emir.

„Ja – als ein Mann, der sich in einem Kampf mit Hunden behaupten kann, klar, Hank. Aber ich sage dir, eine Frau will einen Mann, der mehr ist als ein schlechter Kämpfer. ... Angenommen, er liebt das Kämpfen mehr als sie – was dann, Hank Sheikh? Und wenn er Frauen eigentlich nur als Ballast für seinen Schwertarm oder seine Waffe und als Ballast auf dem Rücken deines Pferdes betrachtet?“...

Der Wesir hielt inne und dachte traurig nach.

“Hör nicht auf, mein Sohn”, bat der Emir. ”Du erinnerst mich an Abraham Lincoln. Das ist fast schon Poesie. Ich kann dir etwas davon leihen. Hör zu:

” *Weiße Hände klammern sich fest, wo deine Wolle am dicksten ist:*
Der Schnellste reitet am schnellsten. . . .”

„Wo hast du das her, Hank Sheikh?“, fragte der Wesir misstrauisch. „Das ist doch nicht *aus dem Koran*, oder? Klingt für mich eher nach Shakespeare.“

”Nein, mein Sohn, da irrst du dich ausnahmsweise mal. Bret Harte oder Chaucer ... Das musste ich in der Schule aufsagen. Es geht noch weiter:

” *Fallin' down to Gehennum or off of a throne,*
He falleth the hardest who falleth alone.”

„Na ja! *Das würde* ich ihm zugestehen“, kommentierte der Wesir. „Denn wenn er nicht allein wäre und auf den anderen fallen *würde*, würde er weicher fallen...“, fügte er hinzu.

“Du hast wie immer Recht, Kumpel”, gab der Emir zu. ”Mein Fehler. Ich hätte sagen sollen:

”Ob er nun *in die Hölle hinabsteigt oder auf einen Thron hinaufsteigt,*
er geht allein, der allein geht!”

„Ja, das ist das Gedicht – und wie ich schon sagte, es stammt von Josh Billings oder einem Italiener namens Dante ... Ich habe es vergessen ... *Das haben* sie mir in der Schule beigebracht, als ich es lernen musste...“

„Glaub mir, es gibt kein solches Gedicht, und du warst auch nie in der Schule, Hank Sheikh. Leg deinen Schwanz weg! Und schrei nach mehr von diesem Haferbrei-Eintopf. Ja, ich gebe zu, Boje ist ein guter Junge – er ist ehrlich, er hat keine Spur von Feigheit in sich, er hat Mut, und es ist schön, ihm beim Kämpfen zuzusehen. Aber das macht ihn noch nicht zum Mann für Fräulein Mary Vanbrugh.“

„Was *denn*, Bud?“, fragte der Emir.

„Sie mehr zu lieben als alles andere auf der Welt ... Bereit zu sein, sein Leben für sie zu geben...“

„Das würde er tun, mein Sohn.“

„ *Das ist* nichts! ... Ich wollte sagen, dass er bereit wäre, seine Karriere in der Armee, seine Chancen, seine Beförderung – *du weißt* schon, was man seine Karriere und seine Zukunft nennt – aufzugeben, wenn du mich unterbrochen hättest. ... *Für die Frau, die er liebt, würde er alles aufgeben – sogar sein Land...* “

“Sag noch mehr, Walt Whitman”, stachelte der Emir seinen nachlassenden Freund an. ”Dafür leihe ich dir auch ein bisschen was. Hör dir das an:

"Er schuf sich eine Einsamkeit und nannte sie Frieden,
(Vor allem, weil es keine Polizei gab)
Die Welt vergaß ihn, und er vergaß die Welt
Er brachte sie an diesen schönen Ort.
Und sagte: Jetzt habe ich nur noch dich, meine Taube, und das ist es, was die Zeitungen
Die Welt für die Liebe verloren.

„Das ist Byron, mein Sohn. Aber du solltest ihn erst lesen, wenn du älter bist."

Der Wesir starrte seinen Herrn lange und kritisch an.

„Was nervt dich denn jetzt, du alter Narr?", fragte er.

„Fräulein Mary Vanbrugh", antwortete der Emir. „Seit sie hier ist, sitze ich da und denke an all die Dinge, die ich in der Schule gelernt habe – und wie ich früher schön gesprochen und meine Lektüre gelernt habe ... und Gedichte rezitiert habe ... und Klavier gespielt habe..."

„Und ich nehme an, du hast damals einen Zylinder getragen, einen Gehrock, einen Frack, lavendelfarbene Hosen, weiße Glacéhandschuhe und rosafarbene Seidenstrümpfe an den Haxen? Hier – nimm ein Stück von diesem zähen Ziegenfleisch und kaue kräftig, statt zu schwätzen, Hank", riet der Wesir. „Du hast wohl einen Sonnenstich abbekommen oder eine Dattel verschluckt, deren Kern dir das Hirn verrückt hat. Kaue kräftig und hör mir zu, dann kannst du noch was lernen.... Was ich sage, ist: Boje muss mehr tun, als nur Rastignac umzubringen, um zu beweisen, dass er der richtige Ehemann für ein amerikanisches Mädchen von ganz oben ist – und ich gebe meinen Segen erst, wenn er zeigt *und* beweist, dass sie das Wichtigste in seinem ganzen Leben ist und alles andere auf demselben Kontinent keine dreißig Cent wert ist.... Verstehst du mich?... Und je eher, desto besser, denn er ist der verwundete Held, und sie pflegt ihn – und Frauen verlieben sich immer in das, was sie pflegen.... So auf Laienart, meine ich.... Bei professionellen Krankenschwestern ist das natürlich was anderes...."

„Wieder richtig, mein Sohn. Ich war einmal in einer Krankenstation und lag im Sterben, und wenn diese alte Krankenschwester mich geliebt hätte, wäre ich sicher durch diese Tür gekrochen, um zu entkommen..."

Der Emir war an diesem Morgen offenbar in sarkastischer Stimmung und hatte einen leichtfertigen Humor – kein seltenes Symptom für seine unruhige und ängstliche Seele.

Sein Freund kannte diese Eigenart nur zu gut und ordnete sie in seinem verwirrten Geist zu anderen von Hanks Marotten ein – wie zum Beispiel seine Art, tagelang stumm zu sein und dann eine Stunde lang scharfzüngig und geschwätzig zu werden, oder seine Angewohnheit, gelegentlich wie ein Ostküsten-Snob zu reden, anstatt sich wie ein echter rauer Landstreicher und Mann zu benehmen. Was auch immer Hank sagte oder tat, war in den Augen des Mannes, dessen enger, tiefer Strom der Zuneigung unerschütterlich und ewig zu ihm, seinem Helden, Freund und Ideal floss, richtig....

„Nun – wir sollten Boje so schnell wie möglich oder sogar noch früher ausprobieren", fuhr der Wesir fort. „Er hat sich bei dem heftigen Tumult heute Morgen nur ein paar Schrammen zugezogen und wird morgen wieder aufrecht sitzen und Geschäfte machen können. ... Glaubst du, Rastignac wird sich wieder erholen?"

„Nein. Rastignac hat diesmal sein Fett abbekommen, und zwar verdammt gut, dieser Schweinehund! ... Er ist reif für das Land, wo die Grabsteine unter den weinenden Weiden blühen und die wilden Whang-Doodles um ihre Gefährten trauern", meinte der Emir.

„Nun ja – wir und die Welt können auf ihn verzichten, obwohl ich anmerken möchte, dass er so gestorben ist, wie er gelebt hat: Ärger machend und mit frohem Herzen das Unglück suchend", sagte der Wesir, stellte eine leere Tonschale ab und goss Kaffee aus dem Rest aus. „Was machen wir mit dieser schwatzhaften, plappernden, glatzköpfigen Brut, die er mitgebracht hat, wenn Rastignac in die Unterwelt fährt, um dort Meutereien gegen den Teufel zu organisieren?", fragte er.

„Schickt ihn mit einer sanften Antwort, die den Zorn abwendet, und einem weichen, leeren Geldgürtel zurück“, antwortete der Emir.

„Du hältst Bojes Vorschlag für den besten?“, fragte der Wesir.

„Natürlich, mein Sohn. Das ist er. Ja, wahrlich. Und ich habe auch einen besonderen Grund, auf Bojes Worte zu hören. Wir werden uns fest an ihn halten.“

„Du hast recht, Hank Sheikh. Wir wollen uns nicht mit einer Bande von Negern, Türken, Tuareg, Senussi und antiweißem Abschaum einlassen. Wir sind keine Franzosen und haben auch keinen Grund, sie zu lieben – aber wir haben unsere Gefühle als weiße Männer. Ja – und wir haben ein paar Säcke, die eine Million Francs wert sind. Und wenn wir jemals von den Legionären erwischt würden und es für uns bei Tagesanbruch ein Exekutionskommando gäbe, würden die französischen Bonzen sagen: ‘Vergesst es – das sind gute, nützliche Jungs, und wir wollen sie unversehrt und bei guter Gesundheit in der Großen Oase haben.’ Oder etwa nicht?“

„Du hast alles gesagt, mein Sohn“, stimmte der Emir zu und klatschte in die Hände, damit die Sklaven, die in respektvoller Entfernung warteten, *die Narghilehs* bringen konnten.

§ 2

„Wer *war* dieser arme Kerl, den Major de Beaujolais für angebracht hielt, zu töten?“, fragte Mary Vanbrugh während der Abendfahrt mit dem Emir el Hamel el Kebir. „Er war auch Franzose, warum wurde er dann wie ein Feind behandelt?“

„ *Wir* haben ihn nicht wie einen Feind behandelt, obwohl er bald einer geworden wäre“, antwortete der Emir. „Wir haben ihn höflich empfangen und ihm alles angehört, was er zu sagen hatte. ... Wir haben ihm zu lange zugehört, als dass wir uns wohlgefühlt hätten. ...“

„Und war es interessant?“, fragte das Mädchen.

„Einiges davon auf jeden Fall“, antwortete der Emir. „Er erfuhr, dass sich hier ein französischer Offizier aufhielt, der offen seine Uniform trug und von zwei weißen Frauen begleitet wurde. ... Er sagte mir genau, was ich mit den dreien tun sollte, und bot mir dafür eine Menge Geld an.“

„Was denn?“, fragte das Mädchen.

„Ich werde es nicht mit klaren Worten sagen“, war die Antwort. „Aber denken Sie sich einfach das Schrecklichste vor, was Ihnen passieren könnte, und dann verdoppeln Sie es – und Sie sind noch nicht einmal am Anfang, Fräulein Mary Vanbrugh.“

„Oh!“, sagte das Mädchen. „Und deshalb hat Major de Beaujolais ihn bekämpft?“

„Teilweise, denke ich – neben anderen Gründen. Es hat dem Mann sicherlich nicht geholfen, dass der Major wusste, was man *dir* vorgeschlagen hatte ...“

„Wie hat er das erfahren?“, fragte das Mädchen.

„Das muss ich herausfinden“, war die Antwort, „wenn ich so tun muss, als würde er seinen Vertrag nicht bekommen, wenn er es mir nicht sagt ... Er würde *alles* tun, um ihn sicher unterzeichnet, versiegelt und zugestellt zu bekommen.“

„Nicht *alles*“, sagte das Mädchen und starrte vor sich hin.

„Nun – *das* werden wir vielleicht zu gegebener Zeit herausfinden“, war die zweifelnde Antwort. „Das Leben ist sehr kostbar – und manchmal ist das Lebensziel sogar noch kostbarer ...“

Der Emir sprach Englisch, mit den Worten, dem Akzent und der Intonation eines kultivierten und gebildeten Menschen; und seine Begleiterin sah ihn nachdenklich an, ihr Gesicht wehmütig und traurig.

Mitten in der Nacht wachte der Scheich el Habibka el Wazir mit dem Gefühl auf, dass etwas nicht stimmte.

Solange er sich erinnern konnte, war ihm diese unschätzbare Gabe gegeben, vielleicht weil er, solange er sich erinnern konnte, immer wieder in Gefahr gelebt hatte und unter solchen Bedingungen, dass ein leichter Schlaf und schnelles Aufwachen für sein Überleben unerlässlich waren.

Auch die Tatsache, dass seine Mutter in den Monaten vor seiner Geburt allein in einer Blockhütte geschlafen hatte, mit einem Gewehr an ihrem Bett und einem Ohr unbewusst auf das Geräusch herannahender heimlicher Schrecken gerichtet – Indianer, Wölfe, Berglöwen, böse Männer und, am schlimmsten von allen, ihr Ehemann –, könnte etwas mit seinem animalischen Instinkt oder sechsten Sinn zu tun gehabt haben.

Jemand war mit leisen Schritten am Zelt vorbeigegangen ... Der Wachposten hatte das schon hundert Mal gemacht, aber diesmal war es anders.

Der Wesir ging direkt aus tiefen Träumen zur Tür seines Zeltes, sein „Gewehr" auf Höhe des Bauches eines jeden, der ihm Ärger machen könnte.

„ *Min da?*" , knurrte er, als er hinausspähte.

Niemand ... Er schlich sich zum Pavillon des Emirs ... Nichts ... Ja – der Schatten eines Gegenstandes oder Lebewesens neben dem Wachposten des Gästezeltes, ein junger Rekrut namens Gharibeel Zarrug.

In einer mondlosen Nacht sollte es keine Schatten geben ...

Der Schatten duckte sich und ging durch den Eingang in den Männerbereich des Zeltes.

Wäre es der andere Eingang gewesen, hätte der Wesir geschossen; denn Leute, die sich schwarz anziehen, um nicht gesehen zu werden, kommen um Mitternacht nicht ohne Grund in *die Anderuns.*

Der Wesir umkreiste das Gästezelt in der dunkleren Dunkelheit der Palmenbüsche, näherte sich und legte sich dahinter. Ah! ... Der gute und fromme Hadschi Abdul Salam! ... *Was* war das? ... *Mord*, was? ... Der niederträchtige, verräterische Schweinehund! ...

Und Suleiman der Starke war wieder da, was? ... Und wer könnte *das* sein? ... Der gute alte Boje! ... Gesprochen wie ein Mann ... Er würde die Mädchen doch nicht im Stich lassen, oder? ... Er würde es tun – um sein Leben zu retten und den Vertrag zu bekommen ... Er würde doch nicht den Mord an dem Emir und dem Wesir zulassen, oder? ... Ja. Boje war zweifellos ein weißer Mann! ...

Der Wesir schlich sich zur Vorderseite des Zeltes, und Gharibeel Zarrugs Knie schlugen aneinander, als eine Gestalt neben ihm aufstand und die Stimme des Scheichs el Habibka el Wazir ihn sarkastisch begrüßte. . . .

Ein paar Minuten später begrüßte der Wesir auch Hadschi Abdul Salam sarkastisch und sagte, er würde ihn sicher in sein Zelt begleiten: Er würde eine Ablehnung seines Angebots, ihn zu begleiten, nicht akzeptieren. . . .

§ 2

Als Emir el Kebir am nächsten Morgen vor Tagesanbruch aus seinem Pavillon trat und zu der Stelle ging, wo El R'Orab der Rabe den großen Hengst seines Herrn auf und ab führte, gesellte sich der Wesir zu ihm.

Als die beiden die Hauptquartierzelte der „Hauptstadt" der Oase verlassen hatten, erzählte der Wesir dem Emir von den Ereignissen der Nacht.

„Das Schlimmste an diesen heiligen *Marabuts*, *Hadschis*, *Imamen* und so ist, dass sie in den Augen dieser ignoranten Hinterwäldler-Indianer heilig *bleiben*, egal was sie tun, und man kommt ihnen nicht entledigt", bemerkte der Emir. „Es gäbe einen Aufstand und einen Aufruhr, wenn ich den guten alten Abdul nehmen und ihn an einem Baum aufhängen würde. ... Es würde mir auch wirklich leid tun, das zu tun. ... Ich mag den niedlichen alten Kerl ... immer fröhlich und munter."

„Er wird viel zu munter, Hank", meinte der Wesir. „Aber wie du schon sagst – in diesem Staat werden heilige Sündenjäger nicht gelyncht. ... Sie können ihren Müttern die Kehle durchschneiden oder sogar Pferde stehlen, und sie sind immer noch heilige Männer und in den Augen Allahs akzeptabel. ..."

„Wir sollten besser mit dem alten Dawad Fetata reden", meinte der Emir. „Er weiß, wie man mit heiligen Joes umgeht, wenn sie zu wild werden ... *Bismillah! Wir* dürfen bei diesen religiösen Typen keine falschen Schritte machen, mein Sohn ... Sonst gibt es einen 'Hell-of-an-Allahbaloo' ..."

„Sicher", stimmte der Wesir zu. „Aber der alte Daddy Pertater wird es nicht hinnehmen, dass Abdul den Tod des Emirs plant. Er wird schon wissen, wie er mit ihm fertig wird. Wir werden eine kleine *Mejliss* abhalten, auf Wunsch ohne Abdul. Was machen wir mit diesem Suleiman, der es auf dich abgesehen hat? Wer *ist* der?"

„Erinnerst du dich nicht an den Kerl, von dem ich dir erzählt habe – der unsere Truppe verlassen hat, bevor du gekommen bist – und sich dem Emir Mohammed Bishari bin Mustapha Korayim angeschlossen hat, den wir erschossen haben – in Bab-el-Haggar? *Er* war dieser Suleiman der Starke, und er hat diesen Schläger geschickt, um mich zu holen – den, den du erschossen hast. ... Soll er kommen, wenn er Lust hat. Ich werde dafür sorgen, dass er diesmal ordentlich sein Fett abbekommt", antwortete der Emir.

„Warum stellst du nicht eine Truppe zusammen und jagst ihn?", schlug der Wesir vor. „Menschenjagden sind ein guter Sport, und herumstreunende Schläger, die mit einem langen Messer auf deine Leber aus sind, sind kein guter Sport. ... Fang ihn lebend und häute ihn beim Pokerspiel, mein Sohn."

„Ich glaube, das war alles eine Lüge von Abdul", antwortete der Emir. „Suleiman ist schon lange tot, und wenn er noch leben würde, würde er sich hier nicht herumtreiben. Er ist nur allzu bereit, sich fernzuhalten – mit beiden Beinen. Vergiss es. Was machst du mit dem armen alten Abdul?"

"Ich hab ihm eine Heidenangst eingejagt ... *Lhamdoulah!...* Ich hab Abdul ganz schön in Angst und Schrecken versetzt ... Ich hab ihn verzaubert ... *Ich hab*ihm Dinge *entlockt*, die er nicht hatte ... Ich hab ihm gesagt, er soll auf seine Augen und Zähne aufpassen, weil sie ihm bald rausfallen würden; auf seine Arme und Beine aufpassen, weil sie bald verkümmern würden; auf sein Essen aufpassen, weil es sich bald in Sand verwandeln würde; auf sein geheimes *laghbi* aufpassen, weil es in seinem Bauch kochen würde; auf seine Frauen aufpassen, weil jede von ihnen einen Tanzpartner hätte – geheim, wie sein fermentierter Palmensaft; – und die ganze Nacht aufpassen, weil der Tod und der Teufel kommen würden, um ihn zu holen. Er *passt gut auf* ! Er ist heute Morgen wirklich ein kranker Mann. Ich glaube, er wird sterben.

„Armer alter Abdul – ich muss gehen und seine Hand halten und ihn aufmuntern", sagte der Emir. „Versprich ihm ein rauschendes Begräbnis und fang an, ihm ein schönes Grabmal zu bauen. . . . Ein Wallfahrtsort für Tausende. . . ."

„Sag mal, mein Sohn", fügte er hinzu, „ich bin froh, dass der Major fair gespielt hat. Ich habe dir doch gesagt, dass er hundertprozentig ehrlich ist."

„Er war schon in Ordnung", räumte der Wesir ein. „Aber ich mag ihn trotzdem nicht. . . . Viel zu vermaledeit hochtrabend. . . . Glaubt wohl, er könnte sein Ass beim Jüngsten Gericht ausspielen. . . . Tut, als gehöre ihm die ganze Welt. . . . Hält sich für Gottes eigenen Kapellmeister, Herr Behüteuns, Graf Nochmals, und den Baron Feigenbaum. . . . Und er gehört zu dieser Sorte mit hartem Blick und weichen Händen – auf die die Frauen fliegen. . . ."

„Du bist hartgesotten, harthändig, hartherzig und harthäuptig, Son Bud. Ja. Dein Kopf ist aus hartem Knochen."

„Wir werden ihm eines Nachts zeigen, wo sein Platz ist, Hank Sheikh", antwortete der Wesir und ignorierte die Unhöflichkeit seines Herrn. „Dann werden wir *sehen...Abka ala Kheir."*

§ 3

Sie sahen.

Nie zuvor hatten der Emir und sein Wesir vor bewaffneten Männern gekauert und geflohen, wie sie jetzt vor dem Zorn der wütenden Frau kauerten und flohen, die in dieser Nacht mit dem lauten, erstickten Schrei des Mannes, den sie auf grausame Weise ermordet hatten, in ihre Gegenwart gestürmt war.

Sie war ein wütender Todesengel, ihre Zunge ein flammendes Schwert.

* * *

„Mein Gott – *du hast ihn getötet*! ... Du hast ihn ermordet! ... Du hast ihn vergiftet wie eine Kanalratte ... Was zum Teufel *ist passiert*, du ungeschickter Trottel?“, keuchte der Emir, als die beiden aus dem Gästezelt flohen und sich im Pavillon des letzteren Häuptlings versteckten....

„Durchsucht mich!“, antwortete der Wesir, sichtlich erschüttert.

Der Emir packte den Arm seines Freundes und starrte ihm ins Gesicht.

„Du hast mich doch nicht hintergangen und diesen guten Mann absichtlich *vergiftet*? . . . Nicht *vergiftet*? Du bist doch kein verdammter Feigling?“, fragte er streng.

„Sei kein Narr“, antwortete der Wesir. „Ich habe ihm Kamelmilch gegeben. Einen Teil von dem, was wir zum Abendessen hatten. ... *Er hat uns* hintergangen. ... *Er* hat so geheult, dass Fräulein Vanbragh ihn hören konnte, und dann hat er einen vorgetäuschten Anfall gemacht....“

„Sei kein gemeiner Hund ... Er hat den Hund sterben sehen – und er hat getrunken, was er für das Gift hielt, das den Hund getötet hat ... *Und* er hat gewürgt wie der Hund, *und* dann ist er zusammengebrochen – er wurde weiß und kalt und schlaff ... Er ist *tot*, ich sage dir ... *Gott! Wie soll ich Mary das sagen?* ... *Bud* – wenn ich gedacht hätte, dass du ...“

„Du machst mich müde, Hank. Wenn er tot ist, hat ihn die Milch umgebracht. Die hätte jeden umgebracht. . . . Ich bin selbst fast gestorben, als ich zum ersten Mal Milch getrunken habe! . . . Hank, mein Sohn, du verletzt meine Gefühle. . . . Du hast gesehen, wie ich ein paar Männer umgebracht habe. . . . Hast du mich jemals hinter ihrem Rücken *vergiftet*? . . . Du hast eine bestialische Seele, Hank Sheikh. . . .“

Sie saßen einen Moment lang schweigend da.

„Sag mal, Hank“, sagte der Wesir plötzlich. „Glaubst du, sie würde so grausam sein und Bojolly auf seinem Sterbebett verraten, dass wir ein Paar Betrüger sind? Oder es ihm morgen sagen, wenn er noch lebt?“

„Nein, mein Sohn, lieber würde sie sterben. Sie würde lieber sterben, als dass der Major sich vor Wut, Ekel und Angst vor Spott das Hirn wegbläst, wenn herauskäme, dass der Mahdi, den er mit seiner überlegenen Geheimdienstdiplomatie ausgetrickst hat, *ihn*, den Stolz des gesamten französischen Geheimdienstes, ausgetrickst und einen Vertrag über eine Million Jimmy-O'-Goblins unterschrieben hat. Die Leute würden sagen, er könne einen Mahdi nicht von einem amerikanischen Entführer unterscheiden! Mann! ...“

Der Emir stand auf.

„Ich gehe zurück“, sagte er. „Wenn er tot ist, wird das Mädchen verrückt werden. . . . Sie schreit nicht. . . . Sie hat auch eine Waffe. . . . Hoffentlich erschießt sie mich zuerst. . . . Ich nehme die Schuld auf mich, Junge – dafür, dass ich solche Spielchen zugelassen habe. . . . Ich hätte mich nicht darauf einlassen dürfen. . . . Gib mir die Hand, mein Sohn – du hast es nicht böse gemeint. . . .“

„Das habe ich ganz sicher nicht, Hank, mein Freund ... Ich habe es nur zu ihrem Besten getan ... Nein, das habe ich nicht! Möge ich in der Hölle schmoren, weil ich gelogen habe! Ich *war* eifersüchtig auf einen besseren Mann. Er *ist* ein besserer Mann ... *War* ich gemein ...“

„Ich werde meine Waffe in seine tote Hand legen und mich erschießen. Das sollte ihn zufriedenstellen“, fügte er hinzu, als der Emir aus dem Zelt schlich. . . .

§ 4

Der Emir kam strahlend zurück.

„*Sie schmusen!*", rief er. „*Schmusen* – dass es kracht!... Ich wollte nicht stören, und sie haben mich nicht gesehen... *Er hat ihr das Gesicht plattgeküsst...* Du hast es wirklich geschafft, Buddy Bashaw... und das geschieht dir verdammt recht!... Sie haben *dir* zu danken... Boje sollte dich zum Trauzeugen machen, beim heiligen Bimbam!... Allahluyer!..."

„Aber was *ist passiert*, wenn er das nicht absichtlich gemacht hat?", fragte der verwirrte Wesir.

„Warum – ich will es dir sagen, Sohn. Er war so verdammt überzeugt davon, dass er *tatsächlich* Gift trank, dass er *alle Wirkungen davon spürte.* Er fühlte sich genau so, wie er sah, dass sich der Hund fühlte.... Ich kannte einmal einen Indianer, ein Arapaho oder ein Shoshone, glaube ich, war er – drüben im Wind-River-Reservat bei Fort Washakie – nein, Unsinn, du Dussel – es war im Canyon, und der Mann war ein Navajo-Mischling – und die Jungs spielten ihm eines Nachts im Dunkeln einen Streich – sie stachen ihm eine Gabel in die Ferse und schrien ‚*Klapper*' – und er fiel tot um an Schlangenbiss, *pronto.*"

„ *Hör auf* damit!", sagte der Wesir. „Lass den Quatsch."

„Das ist wahr, mein Sohn! Ja – genau wie der alte Doc Winter damals in Colorado. Er schickte zwei Briefe, als er selbst nicht hingehen konnte – einen, in dem er einem kranken Mann sagte, er solle sein Testament machen, und einen anderen, in dem er einem Dude aus dem Osten schrieb, er sei gesünder als ein Maultier. Er steckte sie in die falschen *Umschläge*! ... Der Typ machte sein Testament und starb, und der Kranke stand auf und aß ein Steak ... Er hatte nie wieder Schmerzen oder Kummer!..."

„Klar", stimmte der Wesir zu. „So was Ähnliches ist in Idaho passiert. ... Nur dass eine junge Braut krank war und ein einsamer alter Junggesellen-Rinderdieb, der *dachte*, er sei ... ... Der gleiche Fehler wie bei dir, Hank..."

„Was ist passiert?", fragte der Emir.

„Der alte Junggeselle bekam natürlich das Baby", lautete die Antwort. „Der einzige Fall, der mir bekannt ist..."

„Wahrscheinlich", stimmte der Emir zu. „Und genau das ist dem Major passiert."

„Was! Er hatte ein...?" begann der Wesir.

„Nein", unterbrach ihn der Emir. „Du hast eine *sehr* schmutzige Fantasie, Kumpel. . . . Er dachte, die Milch sei vergiftet, und er war so fest davon überzeugt, dass sie für eine Weile tatsächlich vergiftet *war* und sich auch so anfühlte! . . ."

„Die Welt ist grausam, Hank. . . . Lass uns hier unsere Ohren verstopfen. In einer Stunde ist es hell. . . . Gott steh uns bei, wenn Fräulein Vanbrugh uns morgen früh erwischt! . . . Ich bin froh, dass du der Emir bist und nicht ich, Hank Sheikh. . . ."

Die besorgten Staatsmänner schliefen ein.

§ 5

Währenddessen bereiteten sich zwei Männer mit einfachen Leidenschaften und einfachen Ausdrucksweisen auf eine anstrengende Aktion vor.

Mit nur minimaler Bekleidung und messerscharfen Messern schlichen Suleiman der Starke und Abdullah el Jemmal durch die Dunkelheit, bis sie den Pavillon des Emirs sehen konnten, in dem eine einzige Kerze in einem windgeschützten *Shamadan-Halter* brannte, der an einer Zeltstange hing.

Nicht weit vom großen Zelt lehnte ein Wachposten namens Gharibeel Zarrug schwer auf seinem Gewehr, die Arme über der Mündung gekreuzt und den Kopf auf die Arme gelegt. . . .

Da Suleiman der Starke zu Recht davon ausging, dass der Ort des Strategen ein sicherer Ort war, an dem er in Ruhe seine Strategien ausarbeiten konnte, beauftragte er Abdullah, den Kamelmenschen, das Zelt auszukundschaften und Bericht zu erstatten.

Wie eine dunkle Schlange in der Dunkelheit schlich Abdullah zu einer noch dunkleren Stelle neben dem Gästezelt, von wo aus er einen Teil des beleuchteten Pavillons sehen konnte.

Niemand bewegte sich darin, und nach einer Zeit geduldiger Beobachtung kroch, wand und schlängelte er sich vorwärts, bis er die Öffnung erreichte, wo ein schwerer Filzvorhang den Eingang zum Zelt nicht ganz verschloss.

Im Inneren herrschte völlige Stille, die nur durch das Geräusch des Atmens unterbrochen wurde.

Wie viele atmeten dort?

Es war unglücklich, aber von den Insassen absichtlich so gewählt, dass das Licht genau dort hing, wo jeder, der eintrat, nichts als das Licht sehen konnte – die Rückseite des Zeltes lag im Dunkeln, die Vorderseite war gut beleuchtet.

Abdullah akzeptierte die Situation und bewegte sich langsam, leise, fast unmerklich über den beleuchteten Teppich. Als das Licht hinter ihm war, sah er, dass der Emir el Kebir und der Wazir el Habibka auf ihren Teppichen lagen und den tiefen Schlaf der Unschuldigen und Gerechten schliefen; der Wesir lag näher bei ihm.

Wie wäre es mit zwei schnellen Stichen?

Nein. Das waren keine gewöhnlichen Sterblichen. Der Wesir würde vielleicht einen Laut von sich geben, wenn er starb, und der große Arm des Emirs würde hervor schnellen und den Mörder packen. Abdullah hatte beide Männer in schneller Aktion gesehen.

Nein, er musste sich an den Plan halten und die Befehle der Mächtigen dieser Welt genau befolgen.

Er wand sich rückwärts so leise, wie er gekommen war, und kroch aus dem Zelt....

„Das hat er sehr geschickt gemacht", bemerkte der Emir, als Abdullah ging.

„Nicht schlecht", stimmte der Wesir zu. „Er ist allerdings etwas langsam. . . . Du bist nicht zu nah an der Zeltwand, Hank, oder?"

„Ich hab genug Platz, Junge, aber er wird sich nicht die Mühe machen, hier reinzukommen, wenn er durch die Vordertür rein kann ... Siehst du sein dummes Gesicht?"

„Nein. Ich glaube, das ist der Suleiman, von dem der Hadschi zu Boje gesagt hat."

„Raten Sie noch mal, mein Sohn. Suleiman der Starke ist ein richtig großer Kerl. Doppelt so groß wie dieser Trottel", und der Emir gähnte herzhaft.

„Was glaubst du, was er vorhat, Hank?"

„Na, wohl seine Werkzeugtasche oder seinen Klempnerwerkzeug, schätze ich."

„Ich wünschte, er würde sich beeilen, ich bin wirklich müde ... Ich schätze, wir sollten Mister Gharibeel Zarrug morgen früh hängen."

„Wir übergeben ihn Marbruk ben Hassan und den Leibwächtern. Die können ihn für ein kleines Kriegsgericht *mejliss* gebrauchen. Das wird sie den ganzen Tag beschäftigen."

„Der arme Mister Gharibeel wird am Ende Mister Häut-Aal sein, wenn sie mit ihm fertig sind. Die werden ihn ganz schön hart anfassen."

„Das wird ihm eine Lehre sein, niemanden zu hintergehen – aber eigentlich sollte der arme alte Hadji Abdul Salam gehängt werden."

„Klar, Junge. Er ist ein übler alter Fuchs. . . . Gute Nacht, Junge."

* * *

„Sie sind beide da, Sidi", flüsterte Abdullah, der Kameltreiber, Suleiman dem Starken zu. „Sie schlafen auf ihren Teppichen wie betrunkene *Kif-Raucher*, aber der Emir liegt hinter dem Wesir und ist nicht zu erreichen. El Habibka muss zuerst sterben ..." Und er erklärte genau die Lage und die Position der Opfer.

„Jetzt hör zu – und bleib am Leben", knurrte Suleiman, als alles klar war. „Geh zurück in das Zelt und kauere dich hin, wo du zuschlagen kannst – wenn der Moment gekommen ist."

„Wann wird das sein?", fragte Abdullah, dessen Messer schärfer und heller war als sein Verstand.

„*Hör zu*, du Hund", war die Antwort. „Kauer dich bereit, El Habibka zu schlagen, sobald ich El Hamel schlage. Beobachte die Zeltwand hinter ihm. Dort werde ich hineingehen. . . . Und unsere Messer werden im selben Moment fallen. . . . Wenn dein Messer El Habibkas Herz durchdringt, leg deine linke Hand auf seinen Mund. . . . Sie müssen zusammen sterben und still sterben. . . . Dann fliehen wir zurück zum *Fondouk – und* morgen werde ich vor meinen Freunden erscheinen und mich zum Scheich-Regenten des Stammes erklären. . . ."

„Und ich werde kein Kameltreiber mehr sein", sagte Abdullah.

„Nein – nach morgen wirst du kein Kameltreiber mehr sein", stimmte Suleiman zu und wiederholte sorgfältig seine Anweisungen.

„Also", schloss er, „in einer halben Stunde wird Dawns linke Hand am Himmel stehen ... Denk daran, was passiert, wenn du es vermasselst ..."

* * *

Abdullah el Jemmal kniete neben dem schlafenden Wesir, hielt sein langes, schlankes Messer über seinen Kopf und starrte angestrengt auf die Zeltwand hinter dem liegenden Emir. . . .

Im Schlaf drehte der Emir seinen schweren Kopf zur Seite und schnarchte weiter, sein Gesicht genau in Richtung der Stelle, auf die Abdullah starrte.

Eine glänzende Klinge drang lautlos durch die Zeltwand. Langsam glitt sie nach unten, und der Kopf des starken Suleiman wurde durch die Öffnung gestoßen, als das Messer den langen Schnitt vollendete und den Boden erreichte.

Vorsichtig schob Suleiman seinen Körper nach vorne, bis seine Arme und Schultern seinem Kopf folgten. Als er sich auf seine Ellbogen stützte, hob Abdullah sein Messer ein wenig höher, holte tief Luft und noch bevor er den Atem wieder ausstieß, wurde die Stille von einem schrecklichen, durchdringenden Schrei einer Frau in Todesangst zerrissen. Ein Gewehr knallte.

Abdullah, nervös, schlug mit aller Kraft zu, und sein Handgelenk traf mit einem scharfen Klatschen auf die Hand des wartenden Wesirs, dessen andere Hand Abdullahs Kehle mit eisernem Griff umklammerte.

Suleiman fluchte und rang mit dem Vizier, während er sich aus dem Zelt zurückzog, und der Emir sprang über die sich windenden Körper des Vizier und Abdullah hinweg und stürmte mit einem leisen „Gut so, Junge! Mach ihn fertig!", und rannte um das Zelt herum – gerade rechtzeitig, um zu sehen, wie Suleiman der Starke sein Messer in die Brust einer Frau rammte (die sich heftig mit ihm rang), gerade als El R'Orab sich von hinten auf den Mörder stürzte.

Eine andere Frau stand da und kreischte wie verrückt, Wachen kamen angerannt, und der französische Offizier stürmte mit gezücktem Schwert aus seinem Zelt....

Nach einem heftigen Kampf wurde der Mörder überwältigt und mit Kamelstricken gefesselt.

Sobald der Emir die kreischende Frau wieder zu sich gebracht hatte, erfuhr man, dass es Brauch der Sitt Leila war, die schlecht schlief, in der Stunde vor Tagesanbruch aufzustehen und umherzugehen – „wenn sie die Welt für sich allein hatte", wie die alte Frau pathetisch schluchzte, „und ungesehen am Zelt des Emirs vorbeigehen und um Segen für seinen schlafenden Kopf beten konnte ..."

Als sie diesmal die Straße hinter dem Pavillon des Emirs entlanggingen, hatten sie einen Mann liegen sehen, der mit dem Kopf unter der Zeltwand und im Zeltinneren lag.

Als das Mädchen begriff, dass dies nur eines bedeuten konnte, stieß sie einen schrecklichen Schrei aus und warf sich auf den Mann. ... Sie packte seinen Fuß und hielt sich mit der Kraft und dem Mut der Liebe fest.

Der Mann, stöhnte die alte Bint Fatma, habe getreten und gekämpft, das Mädchen zu Boden geworfen, sich rückwärts herausgewunden, sei aufgestanden und habe sich zur Flucht gewandt, als das Mädchen sich wieder auf ihn stürzte und sich an ihn klammerte wie der Tod. . . .

So sanft wie eine Mutter, die ihr krankes Kind stillt, hielt der große Emir das sterbende Mädchen an seine Brust, ihre Arme um seinen Hals, ihre Augen auf ihn gerichtet wie die eines treuen Spaniels auf seinen Herrn – und wenn jemals eine Frau glücklich gestorben ist, dann war es dieses kleine arabische Mädchen. . . .

* * *

Yussuf Latif Fetata kam mit der Wache im Eiltempo herbei, und selbst in einem solchen Moment stellte der Mann, der sie zu dem gemacht hatte, was sie waren, mit Befriedigung fest, dass es sich um eine disziplinierte Wache unter einem Offizier handelte und nicht um einen Mob von Sudanesen, die einem aufgeregten Araber folgten. . . .

„Haltet diesen Mann hier und rührt ihn nicht an", befahl der Emir, „ich komme zurück", und er ging mit der toten Frau in seinen Armen zu den Zelten von Dawad Fetata.

* * *

Als er zurückkam, kam der Wesir aus dem Pavillon.

„Tut mir leid, mein Sohn", flüsterte er, „ich habe ihn erwürgt..."

„Gut", knurrte der Emir. „Du wirst sehen, wie ich den anderen erledige..." Und dem Wesir war klar, dass sein Freund in dieser schrecklichen kalten Wut war, in der er wirklich gefährlich war.

Er selbst hatte genossen, was er sich kurz zuvor gewünscht hatte – eine vertrauliche und offene Diskussion in einer gerechten Sache und mit einem würdigen Gegner.

Abdullah hatte wirklich eine gute Show abgeliefert, fand der Wesir, und es hatte mehrere Minuten und mehrere gute Drehungen und Wendungen und nützliche Tricks gebraucht, bis er seinen Besucher dort hatte, wo er ihn haben wollte – mit seinem tauklickfesten rechten Arm unbeweglich an seine Brust gedrückt, während sein ebenso kräftiger linker Arm die Messerhand des Attentäters zurück und nach oben drückte, bis die Hand weit hinter dem scharf angewinkelten Ellbogen war, in einer Position, die die Natur nie für sie vorgesehen hatte. . . .

Abdullah hatte wie ein verwundetes Pferd geschrien, als der Arm und das Gelenk knackten, das Messer aus seiner Hand fiel und der Wesir ihn mit beiden Händen am Hals packte. ... Minuten waren vergangen.

„Das wird dir eine Lehre sein, Herr Thug", hatte der Wesir gegrunzt und die Kehle des Mörders losgelassen.

Aber leider war es die letzte Lektion seines verfehlten Lebens.

* * *

„Lasst die Wachen ihre Magazine laden und eine Reihe bilden", sagte der Emir zu Yussuf Latif Fetata, der außer einer grünlichen Blässe im Gesicht nichts von seinen Gefühlen zeigte. Niemand hätte vermuten können, dass dieser Stoiker gerade in den Armen eines anderen Mannes den blutüberströmten Leichnam des Mädchens gesehen hatte, nach dem sich seine Seele und sein Körper sehnten. „Wenn der Gefangene versucht zu fliehen, gebt ihm fünfzig Meter und feuert dann eine Salve ab..."

Dann befahl der Emir El R'Orab und den Wachen, die Suleiman den Starken festgenommen hatten, ihn loszubinden und seine Glieder zu reiben.

„Hast du Durst, Hund?", fragte er.

„Nach deinem Blut, Schwein", war die Antwort.

Der Emir sagte nichts, sondern wartete eine Weile, damit der Gefangene wieder zu Kräften kommen und das Tageslicht stärker werden könnte.

„Gebt ihm sein Messer", sagte er dann und griff nach seinem eigenen.

Der Wesir zog seinen Revolver und stellte sich neben Suleiman den Starken.

„Nun, Hund", sagte der Emir, „sieh, ob du dein Messer gegen einen Mann einsetzen kannst. Nicht gegen ein Mädchen oder einen Schlafenden, diesmal, Suleiman der Schakal, du Paria, du von Gott Verabscheuungswürdiger..."

Die beiden Männer standen sich gegenüber, der riesige Emir und der Mann, dessen Stärke in seinem Stamm sprichwörtlich war; und die atemlos starrenden Zuschauer sahen einen Kampf, von dem sie bis zu ihrem Tod jeden einzelnen Schlag, jede Finte und jedes Merkmal erzählten.

“Ja”, sagte El R’Orab, der Rabe, später zu Marbruk ben Hassan, der zu seiner ewigen Trauer auf Patrouille gewesen war, ”es war ein Kampf zwischen zwei blutrünstigen Wüstenlöwen – und sie wirbelten und sprangen und schlugen zu wie Löwen…

Immer wieder war die Spitze am Auge, an der Kehle und am Herzen des jeweils anderen und wurde gerade noch rechtzeitig abgewehrt, als sie die Haut erreichte. Immer wieder hielt die linke Hand des einen die rechte Hand des anderen fest, und sie standen still – still wie Götzenbilder, eiserne Muskeln hielten eiserne Muskeln zurück, und all ihre mächtige Kraft ermöglichte es keinem von beiden, sein Messer auch nur einen Zentimeter zu bewegen.…

Dann wurde Suleiman ein wenig schwächer, und die rechte Hand unseres Herrn drückte Suleimans linke Hand nach unten, Stück für Stück, während seine linke Hand Suleimans rechte Hand weit von seinem Körper weg hielt. Langsam, ganz langsam senkte sich das Messer unseres Herrn Zentimeter für Zentimeter auf die Kehle dieses Hundes – und Suleiman schwitzte wie ein Pferd, und seine Augen traten hervor.

Langsam, ganz langsam wurde seine linke Hand schwach, und die Hand des Emirs, die Suleiman hielt, kam näher und näher an Suleimans Kehle. . . .

Es war kein Laut in der ganzen Wüste zu hören, als die Klinge näher und näher kam, bis Suleiman einen Schrei ausstieß, einen Schrei, wie ihn die arme Sitt Leila Nakhla ausgestoßen hatte, denn die Spitze des Emirs hatte ihn gestochen, gestochen, genau in die Mitte seiner widerlichen Kehle.…

Und dann hörten wir die Stimme unseres Herrn, der sagte: ” *Leila! Leila! Leila!”* Und mit jedem Wort *stieß* er *zu*, und *stieß zu*, und *stieß zu*, bis Suleiman nachgab und wir die Messerspitze am Schädel des Mörders auftauchen sahen … Ganz durch! … *Wallahi! Unser* Emir ist ein *Mann*! …”

Und aus dieser Atmosphäre des 16. Jahrhunderts, geprägt von primitiver Ausdrucksweise und primitiven Leidenschaften, die von Zeit zu Zeit noch immer die Oase beherrschte, kehrte der Emir langsam ins 20. Jahrhundert zurück und nahm die prägnanten, zustimmenden Kommentare seines Wesirs entgegen. . . .

§ 6

Und es war eine ganz und gar junge Frau des 20. Jahrhunderts, die sie im Pavillon des Emirs vorfanden, als sie eine Stunde später, nachdem sie die Zelte von Dawad Fetata besucht und dann die Leichen von Suleiman dem Starken und Abdullah dem Kamelmann gesehen hatten, die von einem Waschmannes Esel weggezogen wurden, gefolgt von einer wütenden Menge, die den bösen Aasfresser verfluchte und bespuckte, wieder eintraten. . . .

Fräulein Mary Vanbrugh bat um das Privileg, wenn nicht sogar um das Vergnügen, eine private Audienz beim Emir el Hamel el Kebir zu erhalten, woraufhin der Wesir sehr hastig in seine eigenen Zelte zurückkehrte.…

Der Emir erzählte später von dem Gespräch und bestätigte die Meinung des Wesirs, dass es sich gelohnt hatte, das Gespräch zu verpassen.

„Ich habe dir gesagt, dass ich die Schuld für diese Dummheit auf mich genommen habe, mein Sohn“, sagte der Emir, „und ich habe sie auch bekommen. … Ich dachte, ich wüsste alles über meine böse Natur, und ich dachte, ich hätte es auch gesagt. … Ich habe mich geirrt, mein Sohn. … Ich hatte mich selbst noch nicht einmal ansatzweise erkannt, bis Mary mir die Augen geöffnet hat.…“

„Ja! Ich habe immer gesagt, du bist ein böser alter Scheich!“, stimmte der Wesir zu und strich sich über den Bart.

„Und was *dich* betrifft, Sohnemann… *Heiliger Bimbam!* Ich würd’s an deiner Stelle nicht wiederholen, Junge! … Diese Dame hat wahrlich ein Auge für Charakter! … Als sie fertig war mit dem, was sie über mich zu sagen hatte – und das ließ Blaubart, Isebel, Cäsar Borgia, Kleopatra und Judas Ischariot im Vergleich geradezu schuldlos und lächelnd erscheinen – als sie also fertig war, sagte sie: *‚Und ich bezweifle nicht, dass Sie ein halbwegs anständiger Mann waren, bis Sie unter den Einfluss dieses abscheulichen kleinen Bazillus geraten sind, der Sie auf Abwege geführt und Sie an Leib und Seele zugrunde gerichtet hat*‘, sagte sie…“

„Mensch! Und das alles, weil der alte Bojolly zu viel Fantasie hat und der Herr uns mit einem guten Pokerface gesegnet hat!“, bemerkte der Wesir. „Hast du ihr gesagt, dass es nur ein Scherz war und wir ihn für sie auf die Probe gestellt haben?“, fragte er.

”Klar, mein Sohn. Und sie sagte, sie wünschte, *er hätte uns* ausprobiert – mit einer Waffe. … Und wer waren wir, dass wir es wagten, zu denken, ihr Major D.*Bojollay* sei nicht der edelste und tapferste Held der Welt? … Wenn Boje bis zu seinem Tod keine treue, ihn verehrende Frau hat, verdient er den Galgen. …

„Ich sagte, er sei ganz gewiss ein wahrhaft edler Held und ein großer Gentleman. Und ich lobte ihn in den höchsten Tönen, bis ich fast platzte, und meinte, er lasse auch Napoleon Bonaparte, Abraham Lincoln, Horatio Nelson, Alfred den Großen und John L. Sullivan weit hinter sich. Er habe sie alle haushoch geschlagen… Sie sagte, ich hätte völlig recht, und nachdem ich noch ein wenig weitergeredet hatte, wurde sie allmählich freundlich…

„Als ich mit dem Loblied auf Boje fertig war, meinte sie, ich sei *eigentlich* kein schlechter Mensch – nur fehlgeleitet –, aber *du* seist der Schlimmste aller Stinktiere und der Sohn einer kahlen Ziege…“

„Genau so hat sie es gesagt, Hank?“, fragte der Wesir sehr interessiert.

„Nein, mein Sohn. Ich möchte ganz ehrlich sein. Nicht genau diese Worte, aber Worte mit derselben Bedeutung, wie man so in der Polizeirechtssendung sagt. Sie und der Major werden heiraten, sobald sie uns Wilden entkommen sind und zurück in die Zivilisation können – und sie werden noch heute aufbrechen, mein Sohn, noch heute. . . .“

„Maudie auch?“

„Nein. Maudie hat Fräulein Mary gesagt, dass wilde Kamele sie nicht wegziehen können, und Fräulein Mary stimmt ihr zu. Sie kommt zu unserer zweiten Hochzeit. Sie soll in Zaguig stattfinden. Dort wird es bald eine Mission der Weißen Väter geben…“

„Sind die nicht römisch-katholisch, mein Sohn?“

„Ja. Maudie und ich werden es dann auch sein.“

„Was seid ihr denn jetzt?“

„Muslime, natürlich.“

„Und wenn wir uns dann aus dem Geschäft zurückziehen und nach Hause zurückkehren, wirst du dann wieder ein kapellengängiger Bibelchrist sein, nehme ich an?“

„Klar. . . . Dann heiraten wir zum dritten Mal. . . .“

„Also, Hank Sheikh, ich muss sagen, dass du auf jeden Fall deinen Weg in den Himmel finden wirst, auf *die eine* oder andere Weise.“

„Das ist wahr, Bud.“

„Außerdem werdet du und Maudie eine Menge Scheidungen hinter euch haben, bis ihr mit dem Heiraten fertig seid.“

„Das stimmt, mein Sohn. Und das ist ein schöner Gedanke. Sie ist das erste und einzige Mädchen, das ich je geküsst habe, und sie wird das letzte sein…“

„ *Was für* ein langweiliges Leben du hattest, Hank Sheikh!“

„Es wird nicht mehr langweilig sein, Junge. Maudie ist ein Energiebündel und ein Sonnenschein.“

„Das ist sie … und ich verstehe nicht, warum du dich nicht aus *meiner* Beziehung zu ihr heraushalten konntest, Hank Sheikh…“

„Aber dein armes Herz war damals gebrochen, mein Sohn. Ich dachte nur, ich sichere mir lieber einen Anspruch, bevor es wieder heilt. . . .“

„Ach, na ja! Dann werde ich wohl als alter Junggeselle sterben…“

„Klar, Kumpel … Mädchen sind anspruchsvolle Wesen … Aber du könntest natürlich auch Glück haben. Du könntest jung hängen…“

Kapitel XI. Et Vale

Die imposante Karawane und Eskorte von Major Henri de Beaujolais und Fräulein Mary Vanbrugh war abgezogen, und eine sanfte Traurigkeit legte sich auf die Seele des Scheichs el Habibka el Wazir, der allein zurückbleiben würde, allein an einem bevölkerungsreichen Ort, während der Emir in die Flitterwochen aufbrach.

Dieser vorausschauende Mann hatte an einem wunderschönen Ort weit weg in der Wüste ein wunderschönes Lager errichten lassen, wohin er und seine Braut nach der Zeremonie und einem großen Hochzeitsfest allein reiten würden. Reiten „in den Sonnenuntergang" ... ins Paradies ... Maudie und ihr Scheich! Träume werden wahr!

* * *

Der Emir und der Wesir saßen allein in der letzten Stunde des Junggesellenlebens des Ersteren, und eine nicht allzu ergreifende Melancholie lag in der Stimme des Wesirs, als er sagte:

„Frauen kommen immer zwischen Männer und ihre Freunde, Hank, mein Freund. Ich glaube, ich mache mich besser auf den Weg, bevor Maudie es tut..."

„Junge, Kumpel", antwortete der Emir, „du bist ein alter Narr. Das warst du schon immer. Wenn ich nicht wüsste, dass Maudie dich fast so sehr liebt wie mich, hätte ich sie nie gebeten, mich zu heiraten. ...Junge, ich würde es *jetzt* nicht tun, wenn ich glauben würde, dass es für *uns* einen Unterschied machen würde. ...Wir sind wie Saul und David . . . sehr schön in unserem Leben und in unserer Ehe, die nicht getrennt ist . . . Maudie selbst hat gesagt, es sei fast so, als würde sie *zwei* Scheichs heiraten – etwas, worauf sie ihr ganzes Leben lang hingearbeitet hat . . ."

„Was – zwei Scheichs heiraten?"

"Ich ziehe dir die Ohren lang, wenn du Blasphemie redest, Buddy Bashaw. . . .

„Sohn", fuhr der Emir fort, „ich muss dir etwas sagen. Etwas über Fräulein Vanbrugh, das ich ihr hoch und heilig versprochen habe, *niemandem*zu erzählen . . ."

„Was willst du mir dann erzählen, Hank?"

„Weil du niemand *bist*, verstehst du? Und ich habe keine Geheimnisse vor dir, Kumpel – also Kopf hoch, du sabbernder Trauerguss... Du weißt doch, dass ich gesagt habe, ich würde euch meine Hand geben, damit ihr heiraten könnt, *wenn* ihr euch liebt?"

„Ja. Und warum hast du das gesagt, Hank?"

„ *Weil sie meine kleine Schwester Mary ist!* "

Der Wesir setzte sich kerzengerade auf seinem Teppich auf und starrte seinen Freund mit offenem Mund an.

„Was gibst du mir da?", fragte er schwach.

„Die Wahrheit. *Sie ist meine kleine Schwester Mary.* "

„Was für ein schrecklicher Lügner du bist, Hank Sheikh! ...Wann hast du sie erkannt?", flüsterte der Wesir und sank schwer zu Boden.

„In dem Moment, als der Major sagte: *'Darf ich dir Sitt Miriyam Hankinson el Vanbrugh vorstellen?'*"

„Dann ist das dein Name, Hank!"

„Klar. Mein Spitzname ist Noel Hankinson Vanbrugh!"

„Sonntagssocken von Sufferin' Samuel! Das ist das Interessanteste, was mir in meinem langweiligen und ruhigen Leben je begegnet ist. Ich dachte wirklich, du wärst ein waschechter Hank!"

„ *Ich hatte* es vergessen, bis Boje es erwähnt hat, Bud. Das ist nicht meine Schuld!"

„Wird sie es ihm nicht *sagen*?"

"Nein, du alter Narr. Ich sage dir doch immer, dass sie alles tun würde, um Major D.*Bojollay* nicht wissen zu lassen, dass er Opfer eines wirklich erstklassigen Streichs und Bluffs geworden ist. Er würde vor Kummer und Scham sterben, wenn er wüsste, dass die ganze Welt ihn auslacht. Er nimmt sich selbst sehr ernst. *Er will, dass du und ich nach Paris kommen, um den Präsidenten der Französischen Republik zu treffen*, wenn wir uns an den Vertrag halten.

„Aber natürlich ... Sehr gut ... Wir werden das kleine Paris rot anmalen ... Ich habe gehört, dass Pariser Mädchen bunte Herren mögen ... Wir werden dem Publikum sicher einen Spaß bereiten ... Wie hat sie *dich* erkannt, mein Sohn?"

„Sie sagt, sie habe einen Blick auf meine große Nase geworfen – die kleine Narbe hast du vielleicht bemerkt – und auf meine grauen Augen und die dicken schwarzen Augenbrauen, und dann habe sie nach meinem kaputten Finger gesucht. Den habe ich mir abgebrochen, als mein Vater, ich und die Jungs Pferdediebe von der Weide verjagt haben. Sie war damals eine hübsche kleine Frau und dachte, sie könnte mich abschleppen! ... Sie erkannte mich fast so schnell wie ich sie ..."

„Warum hast du mir das nicht erzählt, Hank?"

"Weil sie mich schwören ließ, es niemandem zu sagen. Sie hat es auch Maudie nie erzählt. Sie hatte Angst, jemand könnte sich versprechen und der alte Boje würde es erfahren. Sie will, dass Boje eines Tages der große Chef des französisch-afrikanischen Imperiums wird, mit ihrer Hilfe. Sie ist auch nicht gerade scharf darauf, dass herauskommt, dass wir die beiden Amerikaner sind, die unauffällig aus der Legion in Zinderneuf ausgestiegen sind. Sie würden uns schnappen, mein Sohn ... Und sie würden uns im Morgengrauen an die Wand stellen und die Große Oase als florierendes Unternehmen übernehmen ... Alle möglichen Schwarzbrenner, Schläger, Räuber, Entführer, Revolverhelden, Wahlfälscher, Plug-Uglies und vier-Flusher-Fünf-Asse-Betrüger würden dann in diesen kleinen Garten Eden kommen ...

„Also, mein Sohn – ich hole besser Eve und schlendere zum *Beit Ullah*. Komm schon, Serpent. Du warst nie ein *guter* Mensch, Kumpel, aber du wirst einmal ein guter Trauzeuge sein – es sei denn, du willst lieber Brautjungfer in diesen bunten Röcken sein."

„Und was ist mit *meiner* Hochzeit, Adam Hank? Ich glaube, ich *werde* doch diese vier arabischen Janes heiraten und ein ehrbares Leben führen. Komm schon!"

„ *Vier arabische Janes!*" , sagte der Emir. „Was *du* tun solltest, Buddy Bashaw, ist, das Scheichsein aufzugeben und in die Südsee zu gehen! ..."

„Wozu, Hank Sheikh?"

„... Und König der*Cannubial*-Inseln werden ..."

BEAU IDEAL

"Beurteile das Stück nicht, bevor es zu Ende ist
Ihre Verschwörung, Geschichte hat viele Wendungen: Jeder Tag
bringt eine neue Szene; der letzte Akt krönt das Stück."

Hank: "Es kommt ganz darauf an, was dein persönliches ' *Bo Ideal'* ist, wie man so schön sagt..."

Beau Sabreur.

AN
WILLIAM FARQUHARSON

Der Pate von Beau Geste

Vorwort

Die Hitze im *Silo* war echt krass und die Stimmung echt mies.

Eine launische Bemerkung des Mannes, den sie Jacob den Juden nannten, er frage sich, ob dies Hitze sei, die schwarz geworden sei, oder Schwärze, die heiß geworden sei, blieb einige Minuten unbeantwortet, bis eine leise Stimme in gutem Französisch, aber mit englischem Akzent, bemerkte:

„Das ist die neue Hitze, Jacob. Glühend heiß und weißglühend, das kennen wir. Jetzt ist es schwarzglühend ... Und wenn ich diesen ruhigen Rückzugsort verlassen muss, werde ich ein Stück der Atmosphäre mitnehmen ... als Souvenir ... und es in meinem Tornister aufbewahren."

Der Mann sprach wie jemand, der gegen die Zeit redet – gegen die Zeit, in der die Vernunft oder die Kraft ihn verlassen werden.

„Gute Idee", meinte eine andere Stimme mit ähnlichem Akzent. „Schick auch ein Stück an dein Nationalmuseum ... Bist du Engländer?"

„Ja", antwortete der andere. „Du auch?"

„Nein ... Amerikaner", war die Antwort.

* * *

Stille.

* * *

Das Klirren von Eisen und ein tiefes Stöhnen.

„Oh Gott", stöhnte der verwundete Spanier, „lass mich nicht im Grab sterben ... Oh Mutter Gottes, bitte für mich. Lass mich über der Erde sterben."

„Du wirst nicht sterben, Ramon", sagte der Engländer.

„Nein, ganz sicher nicht", meinte Jacob, der Jude. „Sicher nicht, guter Ramon. Kein Gentleman würde hier und jetzt sterben ... Du würdest uns enorm in die Quere kommen, Ramon ... Ich gehe sogar so weit zu sagen, dass ich dich lieber lebendig sehen würde – und *das* hörst du zum ersten Mal, Ramon ... Das ist es wert, in einen *Silo* gesteckt zu werden."

„Das reicht, Jacob", sagte der Engländer; „halt den Mund."

Die Eisen klirrten wieder, als würde sich der Kranke in Richtung des letzten Sprechers drehen.

„Du hältst dein Versprechen, Señor Caballero?", stöhnte der Sterbende. „Du *hast* mir vergeben? Wirklich? Du hältst dein Versprechen? Und die Mutter Gottes wird selbst kommen und an deinem Sterbebett wachen? Wenn du das nicht tust, wird mein Todesschimpfwort dich vernichten ..."

„Ich werde dafür sorgen, Ramon", sagte der Engländer leise. „Mach dir keine Mühe mit Flüchen und Verwünschungen ..."

„Du wirst dafür sorgen, dass ich kniend sterbe! ... Du wirst mich nicht sterben lassen, bevor ich mich hingekniet habe! ... Du wirst meine Hände zum Gebet zusammenlegen ... meinen Kopf tief auf meine Brust sinken lassen! ... Und dann wirst du mich flach hinlegen, meine Hände kreuzen und mir das Kreuzzeichen auf die Stirn machen ..."

„Wie ich es versprochen habe, Ramon."

„Du wirst Gott *sehen* lassen, dass ich ihn fürchte ... *Er wird mich doch nicht mit meinem Bruder verwechseln?...* Er wird *mir* doch nicht die Sünden meines Bruders anlasten?"

„Gott ist gerecht", sagte der Engländer.

„Ja, mein armer Ramon", bemerkte Jacob, der Jude, „ich fürchte sehr, dass du Gott gerecht finden wirst ... Aber sag nicht, dass du einen Bruder hast, Ramon?"

„ *Nombre de Dios*, aber ich habe *einen, hombre*! ...", stammelte der Spanier. „Und er ist in der Hölle ... *Seguramente*... Er war ein Feind Gottes ... Er hasste Gott ... Er trotzte Gott ... Und Gott nahm ihn und zerbrach ihn ... *Caramba! Es* ist nicht fair, wie Gott ...*Ja*...*Ja*...*Ja*... Es *ist* fair, und Gott ist gut, gütig, liebevoll und – äh – gerecht."

„Ja. Gerecht – *Ramon*“, sagte Jacob.

„Wenn ich deine Nase finden könnte, mein Freund“, sagte der Amerikaner und drehte sich in Richtung des letzten Sprechers, „würde ich sie dir auf jeden Fall ziehen.“

„Ich werde später ein Streichholz für dich anzünden“, antwortete Jacob, ein Mann, der unter den Tapferen für seinen Mut bekannt war; brillant klug, bitter zynisch und mit einer doppelten Portion geistiger, moralischer und körperlicher Ausdauer seines ausdauernden Volkes ausgestattet.

„Gott wird mich doch nicht für die Sünden meines Bruders bestrafen, oder, Señor Smith?“, fuhr der Spanier fort.

„Nein“, antwortete der Engländer, „und ihn auch nicht für seine.“

„Meinst du ihn oder Ihn?“, fragte Jacob leise.

„Ich denke, wir bestrafen uns selbst *genug* “, fuhr der Engländer fort.

„ *Mon Dieu!*“ , sagte eine kultivierte französische Stimme, „aber du hast nur teilweise Recht, *mon ami*. Die Frau bestraft den Mann, oder wir bestrafen uns selbst – durch die Frau.“

„Wir segnen uns selbst, meinst du“, sagten der Engländer und der Amerikaner sofort und gleichzeitig.

„Das ist dasselbe“, antwortete der Franzose. Und die völlige Stille, die folgte, wurde von einem kleinen keuchenden Seufzer unterbrochen, der einen Namen zu formen schien – „ *Véronique*“.

„ *Basta!... Mein Bruder!... Mein Bruder!...* “, stammelte der Spanier und schluchzte: „Gott wird zwischen uns unterscheiden ... *Gracias a nuestra Madre en el cielo! Gracias a la Virgen Inmaculada ... Un millón de gracias....* “

„Und was ist mit diesem verfluchten Bruder? Sicherlich hat keiner *deiner* Brüder eine interessante Sünde begangen?“, fragte Jacob.

" *Cá! Es* war die Schuld des Priesters“, fuhr der Spanier unbeirrt fort. "Wir waren brave Jungs ... Nur ein bisschen schelmisch ... Vielleicht liebten wir die Mädchen, die Sonne, den Weinschlauch und die Stierkampfarena mehr als die Religion und die Arbeit ... Mein Bruder *war* ein guter Junge, der beste von Pamplona bis Malaga – wenn auch ein wenig schnell mit dem Messer und allzu vertraut mit den Schmugglerpfaden –, bis dieser verfluchte und verdammte Priester ... Nein! Nein! Nein! ... Ich meine diesen guten und heiligen Mann Gottes – sein Auge auf Dolores warf...

„Oh, Mutter Gottes! *Er hat einen Priester getötet ... Und* er hat Gott getrotzt und herausgefordert ... Und ich bin sein Zwillingsbruder! Gott könnte mich mit ihm verwechseln.“

„Gott macht keine Fehler, Ramon“, sagte der Engländer. „Entschuldige, dass ich mich als Orakel und schwerer Vater aufspiele, aber – äh – dessen kannst du ganz sicher sein, mein Junge.“

„Ja, ja, ja – du hast Recht. Natürlich hast du Recht! Wie sollte Gott Fehler machen? Außerdem kennt Gott meinen Bruder *gut*. Er folgte ihm ... Er warnte ihn ... Als er schwor, nie wieder eine Kirche zu betreten, warf Gott ihn in eine ... Als er schwor, nie wieder niederzuknien, schlug Gott ihn auf die Knie und hielt ihn dort fest ... Weil er schwor, nie wieder das Kreuzzeichen zu machen, machte Gott ein Kreuzzeichen *über* ihn.“

„Der kleine Mann ist mir tatsächlich aufgefallen“, bemerkte Jakob, der Jude. „Erzähl uns davon.“

"Mein Bruder hat den Priester und Dolores erwischt ... In der Kirche des Priesters ... Mein Bruder hat sie vor dem Altar getraut ... und ihr Eheleben war kurz! ... Aber natürlich wusste Gott, dass er verrückt war ... Als er die entweihte Kirche verließ, schrie er: *'Nie wieder werde ich das Haus Gottes betreten!...'*

"Und in derselben Nacht kam das große Erdbeben und zerstörte unser Dorf zusammen mit einem Dutzend anderer. Als wir durch die Tür rannten – die alte Mutter in den Armen meines Bruders, meine verkrüppelte Schwester auf meinem Rücken – stürzte das Dach ein und die Straße vor unserer kleinen *Posada* stürzte den Hang hinunter. Mein Bruder war vorne und fiel, meine Mutter noch immer in seinen Armen ... Und wo kam er wieder zu sich? Sag mir das! *Vor dem Altar*, auf dem toten Körper seines Opfers, dem ermordeten Priester, der meinem Bruder das Leben gerettet hatte, denn er war zehn Meter tief vom halb zerstörten Kirchendach gestürzt, durch das er gebrochen war ... Ja, er war wieder in das Haus Gottes gegangen! ...

"Er floh vor der Polizei nach Südamerika – in dieses El Dorado, wo so viele von uns auf der Suche nach dem sind, was wir nie finden. Und dort ging es ihm immer schlechter, er trotzte Gott und tötete Männer ... und Frauen! Denn er erschoss seine eigene Frau, nur weil sie niederkniete – nur weil sie vor Gott niederkniete ... Und in einer schrecklichen Sturmnacht, als er allein auf Bergpfaden vor den Soldaten oder *Guardias Civiles* floh, zeigte ihm ein Blitz ein zerstörtes Gebäude, in das er sich stürzte und versteckte.

"Vielleicht war es der rollende Donner, der strömende Regen oder eine Lawine von Steinen, die von den Pferden der Polizisten, die auf dem Weg oberhalb vorbeizogen, losgetreten worden waren – ich weiß es nicht –, aber es gab einen schrecklichen Knall, einen schweren Schlag, blendenden, erstickenden Staub – und er war festgenagelt, gefangen, wie in einer riesigen Faust, unfähig, Hand oder Fuß oder Kopf zu bewegen ...

"Und als es hell wurde, sah er, dass er sich in einer zerstörten Kapelle der alten *Konquistadoren* befand, kniend vor dem Altar – ein Balken lag über seinen gebeugten Schultern und seinem Nacken, ein weiterer Balken lag über seinen Beinen hinter den Knien, und eine Masse aus Steinen und Trümmern reichte ihm bis zur Hüfte ... Und dort *kniete* mein Bruder – *vor* dem Altar Gottes – in dieser Gebetshaltung, die er niemals einzunehmen geschworen hatte – und dachte seine Gedanken ... Eine Nacht und einen Tag und eine Nacht kniete er da, den steifen Nacken gebeugt, aber sein tapferes Herz ungebrochen.... Und so fanden ihn die Soldaten und brachten ihn in den *Calabozo*....

Die jährliche Revolution brach am Vorabend seiner Hinrichtung aus, und er wurde gerettet. Er musste aus dem Land fliehen, kehrte nach Spanien zurück und suchte mich auf ... Aufgrund kleinerer Schmuggelprobleme, bei denen ein *Guardia Civil* ums Leben kam, flohen wir nach Frankreich und schlossen uns der Legion an, um nach Afrika zu gelangen und dort ein neues Leben zu beginnen ...

" *Válgame Dios! In* der Legion haben wir uns einen kleinen Namen gemacht – was in der Legion nicht so einfach ist, wie einige von euch vielleicht wissen. Dort fürchten sie nichts. Sie fürchten nichts, aber Gott ist nichts, meine Freunde. *Diantre! Sie* fürchten weder Mensch noch Teufel, weder Tod noch Gefahr – aber sie fürchten Gott.... Die meisten von ihnen.... Wenn sie sterben müssen, jedenfalls.

Aber mein Bruder fürchtete Gott nicht ... Und seine *Teufelsbande* erkannte, dass er mutiger war als sie ... um einiges mutiger ... Und er lästerte immer. Immer trotzte er Gott, beleidigte ihn, forderte ihn heraus. Er hatte einen schrecklichen Kampf mit Luniowski, dem Atheisten, und Luniowski verlor ein Auge, als er seinen Nicht-Gott verteidigte. Mein Bruder kämpfte mit schrecklicher Wildheit für seinen Gott – den Gott, den er haben *musste*, den er hassen und beschimpfen konnte – den Gott, der ruhig in seinem Himmel gesessen und Dolores und den Priester beobachtet hatte ...

"In Afrika musste er kaum befürchten, in eine Kirche geworfen oder vor einem Altar auf die Knie gezwungen zu werden! In der Legion haben wir nicht viel mit Kaplänen und Kirchenparaden zu tun!

Aber eines Tages sah mein Bruder einen Jungen aus der Provence, ein Kind mit rundem Gesicht, das sich ein Kreuzzeichen auf die Brust machte, als wir uns darauf vorbereiteten, in einem Sandsturm in der Wüste zu verdursten ... Mein Bruder schlug ihn mit aller Kraft, die ihm noch blieb, auf den Mund.

„ *Sangre de Cristo! Wenn* ich dich noch einmal dieses Zeichen machen sehe“, krächzte er, „werde ich es dir mit einem Bajonett antun.“ ...

„Wenn wir das überleben, *werde* ich dir das Kreuzzeichen mit einem Bajonett machen“, keuchte der Junge heiser, und mein Bruder lachte.

„Versuch es“, sagte er. „Versuch es, wenn ich schlafe. Versuch es, wenn ich sterbe ... Versuch es, wenn ich tot bin ... Weißt du nicht, dass ich ein *Teufel* bin? Dein Bajonett würde schmelzen ... *Mir! Das* Kreuzzeichen! *Das könnte nicht einmal Gott selbst!*“

„Und am nächsten Tag ging mein Bruder in diesem Sandsturm verloren, und die Tuareg-Bande, die ihn fand, brachte ihn zum Sultan von Zeggat ... Und der Sultan von Zeggat *kreuzigte* ihn auf dem Marktplatz, "als angemessenen Tod für einen guten Christen!„ ... War das nicht witzig! ..."

* * *

Stille.

* * *

„Ja, Gott hat ein Zeichen *durch* meinen Bruder gegeben", sagte Ramon, der Spanier, und fügte hinzu: „Hilf mir auf die Knie, Señor Smith, und halte jedes Wort deines Versprechens, denn ich glaube, ich sterbe."

* * *

Stille...

* * *

Und dann ein Schrei „ *Dios aparece*" vom Sterbenden.

Jacob, der Jude, ein Meister im Verstecken, holte Streichhölzer hervor und zündete eines an.

* * *

Das Licht der Streichhölzer beleuchtete eine tief ausgehobene Grube, deren Boden festgestampft war und deren Wände zu einer kleinen Öffnung hin abfielen, durch die ein Stern zu sehen war. Sie war von Arabern nach einem alten Brauch und Muster aus der Zeit, als Karthago noch jung war, zur Lagerung von Getreide ausgehoben und geformt worden.

Jetzt war sie nicht mit Getreide gefüllt, sondern mit Männern, die zu einer Strafe verurteilt worden waren, die schlimmer war als jede Strafe, Männern der Disziplinarbataillone, den *Compagnies de Discipline*, den „ *Joyeux*", den „ *Zephyrs*", dem *Bataillon d'Infanterie Légère d'Afrique – verurteilten* Verbrechern.

Das Licht der brennenden Streichhölzer enthüllte ein Bild, das dem Bleistift des Illustrators von Dantes *Inferno* würdig war – *eine* kleine Gruppe schmutziger, unrasierter, ausgemergelter Männer, gekleidet in zerlumpten braunen Leinwanduniformen, die ihnen zusammen mit dem Schmutz auf ihrer Haut das Aussehen gaben, als gehörten sie bereits zu der Erde, zu der sie bald zurückkehren würden, Teile des lebenden Grabes, in dem sie begraben waren.

Einige lagen regungslos da, als wären sie bereits tot. Ein oder zwei saßen zusammengekauert, den Kopf auf die verschränkten Knie gelegt, da die nach innen geneigten Seiten des *Silos* ihnen nicht einmal den armseligen Trost einer Wand boten, an die sie sich lehnen konnten.

Neben einem großen Krug, der ein wenig Wasser enthielt, lag ein Mann mit dem Gesicht nach unten, die Zunge in die noch feuchte Erde gesteckt, wo ein paar Tropfen Wasser verschüttet worden waren. Er hatte seine Tagesration am Vortag getrunken.

Ein anderer blickte von seiner blinden Suche nach Maiskörnern im Dreck auf, die er mit empfindlichen Fingerspitzen suchte.

Als Jacob das Streichholz hochhielt, hoben der Engländer und der Amerikaner vorsichtig den Körper des Spaniers Ramon vom Boden auf. Es war nur noch eine Leiche, denn die Seele war geflohen.

„Zu spät", sagte Jacob leise. „Aber vielleicht lässt *le bon Dieu* ihn mit acht Tagen *Salle de Police* in der Hölle davonkommen, da es nicht seine Schuld war, dass er nicht die richtige Position für ein respektvolles Sterben eingenommen hat..."

„Es hat keinen Sinn, ihn jetzt hochzuziehen", fügte er hinzu, als der Kopf lose nach vorne rollte.

Ohne ein Wort zu sagen, hoben der Engländer und der Amerikaner den Toten auf die Knie und taten ehrfürchtig alles, was versprochen worden war.

Und als der Leichnam so aufgebahrt war, wie Ramon es gewünscht hatte, sprach Jacob wieder.

„Es gibt nur fünf Streichhölzer", sagte er, „aber Ramon soll zwei haben, als Kerzen an Kopf und Fuß. Das würde dem armen Ramon gefallen."

„Du bist ein guter Kerl, Jacob", sagte der Engländer, „... wenn du die Beleidigung verzeihst."

Jacob zündete zwei Streichhölzer an, und der Engländer und der Amerikaner nahmen jeweils eines und hielten es an den Kopf bzw. die Füße des Toten.

Alle Augen waren auf diese seltsame und kurze Aufbahrung des spanischen Schmugglers gerichtet, der von der Legion vor ein Kriegsgericht gestellt und zu den Zephyrs verurteilt worden war.

„Betet für die Seele von Ramon Gonzales, der in der Furcht Gottes gestorben ist – oder zumindest in der Furcht vor dem, was Gott ihm antun könnte", sagte Jacob, der Jude.

Der Franzose, der bemerkt hatte, dass die Strafe des Mannes die Frau war, schleppte sich mühsam in eine sitzende Position und kroch auf den Leichnam zu.

„Ich habe militärische Beerdigungen durchgeführt", sagte er, „und erinnere mich noch an etwas von der Übung und dem Text."

Aber was er sich erinnerte, konnte er nicht anwenden, denn nach dem Rezitieren einiger Zeilen aus dem Begräbnisgottesdienst wurde er ohnmächtig und brach zusammen.

„Das ist eine sehr schöne Beerdigung", sagte Jacob, der Jude, „aber was ist mit der Bestattung?"

§ 2

Plötzlich sprang ein Mann auf, schrie wie verrückt und schlug mit seinen gefesselten Händen gegen die Wand.

"Komm! Komm! Smolensky", beruhigte ihn der riesige grauhaarige Russe, der einst Prinz Berchinsky gewesen war. "Wir dürfen nicht den Kopf verlieren, Kamerad ... Ich hätte meinen einmal fast verloren ... Setz dich ... Ich erzähle dir davon ... Still jetzt! ... Still! Und hör zu ... Ja ... Ich hätte einmal fast meinen Kopf verloren. Er wurde als Preis angeboten! Stell dir das vor! Was für eine Ehre für dich!

"Es war so ... Ich war mit Dodds' Leuten in Dahomey, weißt du. Er war selbst fast ein Nigger, aber er war ein guter Soldat, glaub mir. Faraux war unser Bataillonskommandeur, und General Dodds hielt viel von ihm – und von uns. Dodds war ziemlich niedergeschlagen, als Faraux in der Schlacht von G'bede getötet wurde, aber er hielt die Legion trotzdem an der Front ... So weit vorne, dass er mich verlor, *den Légionnaire* Badineff...

"Ich war mit einer kleinen Vorhut unterwegs, und wir kämpften uns buchstäblich durch diesen schrecklichen Dschungel, als die Amazonen uns aus dem Hinterhalt überfielen ... Wunderbare Frauen, diese Amazonen – weitaus bessere Kämpferinnen als die Männer – mutiger, stärker, klüger, soldatischer ... Bewaffnet mit kurzen amerikanischen Karabinern und *Coupé-Coupés* sind sie nicht zu unterschätzen!

Ich möchte gegen keine besseren Truppen kämpfen... Sie sind zwar keine guten Schützen, aber da sie nie weiter als etwa zwanzig Meter schießen, verfehlen sie nicht viel!

Nun, es dauerte nicht lange, bis ich der einzige Mann der Vorhut war, der noch stand, und das auch nicht lange ... Denn diese Teufelsweiber umzingelten uns komplett, und als drei oder vier mit ihren *Macheten* auf mich zustürmten, schlug mir eine von ihnen mit dem Kolben ihrer Karabiner von hinten auf den Kopf ... Ein ziemlich nützlicher Schlag, *mes amis*... denn er versetzte mich für eine ganze Weile in Schlaf..."

„Du hast sogar den Verstand verloren", warf Jacob, der Jude, ein.

“Nein, nein”, fuhr der alte Rus fort, ”noch nicht … aber ich hätte fast den Verstand verloren, als ich wieder zu mir kam … wenn du mich verstehst … Denn die Damen hatten mein Hab und Gut bis auf den letzten Fetzen meines Hemdes unter sich aufgeteilt und widmeten sich nun offenbar dem Vergnügen nach getaner Arbeit.

”Dahomeyan gehört nicht zu den Sprachen, die ich spreche … Ich kann nur vierzehn wirklich gut … also konnte ich der Diskussion nicht genau folgen … Aber es war ganz klar, dass einige für Feuer und andere für Stahl waren … Ich glaube, eine kleine Minderheit war für Schnur … Und ich hatte den Eindruck, dass eine fröhliche Dirne die lachenden Vorschläge der anderen mit dem Vorschlag für alle drei übertrumpfte! …

”Weißt du, es sah aus wie eine Gruppe netter kleiner Mädchen, die mit ihrem Kätzchen auf dem Rasen unter den Bäumen sitzen und fröhlich darüber diskutieren, wie sie ihn verkleiden und welche Bänder sie ihm um den Hals binden sollen …

Ihr wisst ja, wie sie lachen und plaudern und das Kätzchen herumziehen, und jede ruft eine neue Idee für die Verkleidung und die Bänder und den Spaß im Allgemeinen … Nun, diese netten kleinen Mädchen diskutierten darüber, wie sie mich verkleiden könnten – für den Tisch –, obwohl sie mir keine Bänder um den Hals legen wollten … Und sie zogen mich zweifellos herum! …

Ich konnte nicht umhin, die Art und Weise zu bewundern, wie sie mich gefesselt hatten … Ich sah eher aus wie eine Puppe in einem Kokon als wie ein gefesselter Mann … Sie *waren* verspielt … Und gute Schauspielerinnen, wie ich später feststellte … Als sie sahen, dass ich zu mir gekommen war, zog eine von ihnen mit einem verschmitzten Blick den Finger über ihre Kehle, und die anderen nickten zustimmend.

Die Jüngste stand auf, nahm ein helles, scharfes Messer aus ihrem Gürtel und kam zu mir, wo ich an einem Baumstamm lehnte.

Sie packte meine Kehle mit der linken Hand, zog die lose Haut hoch und begann zu schneiden, während die Hauptdarstellerin neue Regieanweisungen rief – woraufhin sie meinen Bart packte, meinen Kopf zur Seite zog und die Messerspitze knapp unterhalb meines Ohrs ansetzte … Ich schloss die Augen und versuchte, ein Gebet zu formulieren …

Wenn es darauf ankommt, ist es das Schlimmste, was es gibt, die Kehle durchgeschnitten zu bekommen …

Und gerade als ich entweder beten oder schreien wollte, gab es ein lautes Gelächter, und das Mädchen kehrte zu ihrer Stelle in der fröhlichen Gruppe zurück … Die Hauptdarstellerin sagte dann, soweit ich es verstehen konnte:

„Jetzt müssen wir uns wirklich an die Arbeit machen, sonst schließen die Läden noch.“ Sie wies ein anderes Mädchen, das einen guten, nützlichen Speer mit Eisenspitze besaß, an, den Speerschaft in das Feuer zu stecken, und erklärte mit entsprechenden Gesten, warum.

Das war offensichtlich eine ziemlich gute Idee, denn die Mädchen lachten alle und klatschten in die Hände und sagten, was für eine schöne Party das sei …

Während der Speer heiß wurde, machten sie alle möglichen anderen netten Vorschläge, und über die besonders guten lachten sie sich kaputt. Es *war echt* schade, dass man nicht alle Witze verstehen konnte. Als die Spitze des Speers schön glühte, nahm seine Besitzerin ihn, trat zierlich auf mich zu und hielt mir die Spitze ein paar Zentimeter vor die Augen.

”Ich drehte natürlich den Kopf weg, aber die Hauptdarstellerin und die Soubrette sagten, das sei nicht fair, sprangen auf mich zu und hielten meinen Kopf fest …

Die Damen hatten starke Hände und Arme … Ich konnte mein Gesicht keinen Millimeter bewegen …

Und langsam … langsam … langsam … kam diese glühende Spitze meinem rechten Auge immer näher … Es schien Stunden zu dauern, und in einer Sekunde schien sie mitten in meinem Gehirn zu sein …

”Wenn es darauf ankommt, *mes amis*, ist es der schlimmste Tod, den man sich vorstellen kann, wenn einem die Augen mit einem glühenden Speerschaft ausgebrannt werden …

Aber als mein rechtes Auge hinter dem geschlossenen Lid zu zischen und zu kochen schien und kurz vor dem Bersten stand, änderte meine junge Freundin ihre Meinung und begann mit dem linken ... und als das Eisen es gerade berühren wollte, sagte sie, ich glaube in ausgewähltem Dahomeyisch:

„Verdammt! Das verdammte Eisen ist kalt!“ Und mit einem freudigen Jauchzer sprang sie zurück zum Feuer und stieß es wieder hinein...

Es folgte kreischendes Gelächter und lauter Applaus von den billigen Plätzen.

„Währenddessen haben mich die Damen aufgehängt...“

„ *Sie haben* dich *gehängt?*“, fragte Jacob, der Jude. „Meinst du nicht, sie haben dir den Kopf abgeschnitten? Du hast doch gesagt, du hättest den Kopf verloren, weißt du noch?“

„Nein, mein Freund“, antwortete Badineff, „ich sagte, ich hätte ihn *fast* verloren ... Nicht ganz – so wie du deine Manieren verloren hast ... Was ich dir erzähle, ist wahr ... Und wenn es dir nicht gefällt, geh bitte woanders hin...“

„Ich fürchte, es gibt keinen anderen Ort als den Himmel“, war die Antwort ... „da wir in der Hölle sind und uns die Erde verwehrt bleibt ... Aber bitte erzähl deine Geschichte zu Ende, denn es ist unwahrscheinlich, dass wir uns im Himmel wiedersehen...“

”Ja ... Sie haben mich so sauber und schnell gehängt, als hätten sie eine Ausbildung in christlichen Sitten genossen ... Sie haben mich einfach auf die Füße gezogen, aus einer Palmfaser eine Schlinge geknüpft, das Ende über den Ast eines riesigen Baumes geworfen, daran gezogen und um mich herumgetanzt, während ich hing und mich windete...

Man sagt, ein Feigling stirbt viele Male... Das war zweifellos einer der Momente, in denen ich gestorben bin...

Wenn es darauf ankommt, *mes amis*, ist der Tod durch Erhängen – und nicht durch bloßen Genickbruch – einer der schlimmsten Todesarten, die es gibt...

Aber offensichtlich ließen sie mich rechtzeitig herunter und lockerten das Seil um meinen Hals, denn bald starrte ich zu den Sternen hinauf und genoss alle meine Sinne ... Vor allem den Geruchssinn...

Der intensive Geruch einer großen Ansammlung von Negern ist wie kein anderer Geruch auf der Welt ... Es gibt nichts Vergleichbares, und es gibt nichts, womit man ihn vergleichen könnte – und hier ist eine merkwürdige Tatsache, die für Psychophysiologen interessant sein dürfte ... Immer wenn ich aufwache, wie wir Zephyr-Leute es tun, stumm schwitzend oder wild kreischend, aus einem grauenhaften Albtraum, *rieche* ich immer ganz deutlich ... Neger ... Sehr ekelhaft...

”Seltsamerweise sind diese furchtlosen wilden Teufel, die mit größter Tapferkeit und einem Speer eine Maschinenpistole angreifen, nachts absolute Feiglinge ... in Todesangst und zitternd vor Entsetzen vor zehntausend verschiedenen Teufeln, Geistern, Dschinns, Ghulen, Kobolden und bösen Geistern ... Und als ich zu mir kam, drängten sie sich um mich herum, um mich zu beschützen. Ich wurde fast erdrückt und unter ihrer Masse begraben, als sie sich um mich herum und über mich legten...

Da ich immer noch sehr schmerzhaft gefesselt war, kann ich nur vermuten, dass ich für sie selbst ein Talisman, ein *Juju*, ein Maskottchen oder, sollte ich sagen, eine *Ikone* war.

”Und sie hatten sich um mich versammelt, so wie einfache Bauern sich um einen Kalvarienberg versammeln könnten, und benutzten mich, wie manche ein Kreuz, eine heilige Reliquie oder einen Talisman benutzen könnten...

Ja, bis heute rieche ich diesen schrecklichen Geruch – schrecklich eher wegen seiner Assoziationen als wegen seiner selbst – in meinen schlimmsten Albträumen und im Fieberwahn oder in meinen Wundschmerzen...

Ich kann ihn in diesem Moment riechen...

Ich habe einige schlimme Nächte durchleidet – eine davon auf Bambuspfählen aufgespießt in Nha-Nam in Tonkin –, aber dies war die schlimmste Nacht meines Lebens ... fast...

”Und am Morgen wachten die Damen auf, machten sich nicht zurecht und gaben mir nichts zu essen...

Aber sie hatten mir eine schwache Hoffnung gegeben, denn mir war klar, dass sie mich bisher nur gefoltert hatten, indem sie mich nicht gefoltert hatten – und es schien, als könnten sie mich nicht nur am Leben und unversehrt halten, sondern auch ohne Flecken oder Makel, für einen guten Zweck...

"Das taten sie auch!...

"Und als ich das entdeckte, wünschte ich mir, sie hätten mich mit Feuer oder Stahl oder einer Schnur getötet – so wie sie alle unsere Männer getötet hatten, die sie gefangen genommen hatten...

Aus irgendeinem Grund, vielleicht wegen meiner ungewöhnlichen Größe – ich war damals ein stattlicher Mann, 1,98 Meter groß, mit goldenem Haar und Bart –, brachten sie mich zum guten König Behanzin nach Kana, als willkommenes Geschenk für ein Brandopfer und ein blutiges Opfer für seine Götter und Götzen...

"Später erzählte man sich, dass Behanzin von seinen Wahrsagern und Medizinmännern gesagt bekommen hatte, er würde die Franzosen zweifellos besiegen, wenn ein starker *Juju* mit dem Blut eines weißen Hahns mit goldenem Kamm hergestellt würde ... Einer unserer Offiziere, Kapitän Battreau, meinte, ich verdanke mein Leben wahrscheinlich meinem goldenen Kamm ... Ich habe eine sehr weiße Haut, wo ich nicht sonnenverbrannt bin...

"Jedenfalls nahmen mich die Frauen mit – hauptsächlich unter Androhung von *Macheten* und Peitschen aus Nashornfell – nach Kana....

Ich weiß nicht, ob wir einen Tag oder eine Woche marschierten ... Ja ... Ich war damals stark ... denn ich glaube, ich habe nichts als rohes Aas gegessen, und meine Arme waren die ganze Zeit an meinen Körper gebunden, als wären sie mit Draht gefesselt...

"Kana liegt auf einem Hügel und ist aus Erde, Lehm und sonnengetrockneten Ziegeln gebaut, umgeben von einer hohen Mauer, die mehrere Meter dick ist...

Wir gingen durch ein torähnliches Portal und gelangten über schmutzige, schmale, mit roter Erde gepflasterte Straßen zu einer zweiten, inneren Mauer, die die königlichen Paläste, *Harems*, Tempel und das Opferhaus umgab...

Die schreiende Menge, die uns vom äußeren Tor begleitet hatte, drängte sich, verspottete mich und bewarf mich mit Dreck – obwohl sie sich weit außerhalb der Reichweite der Waffen der Amazonen hielt –, fürchtete sich offenbar, diese Innenstadt zu betreten, denn genau das war es...

"Und ich wurde einer Wache aus langbewaffneten Schlägern und schmutzigen Priestern übergeben, die mich in ein großes Gebäude schleppten und die riesigen Doppeltüren zuschlugen ... Als ich in der Dunkelheit vorwärts taumelte, rutschte ich auf den schleimigen, runden Kopfsteinpflastersteinen aus, streckte mich über die ganze Länge aus und brach zusammen...

In meinen Ohren dröhnte es laut – nicht das übliche Dröhnen in den Ohren eines ohnmächtigen Mannes, sondern das Summen von Millionen, Milliarden, Billionen riesiger Fliegen, die mich bald so vollständig bedeckten, dass man keine Nadel in meinen Körper hätte stechen können, ohne eine zu töten. Ihre blaugrauen, metallischen Körper ließen mich aussehen, als wäre ich in einen kompletten Kettenpanzer gehüllt ... Und ich konnte keinen Finger rühren, nicht einmal, um mir die Augen zu reiben ... Ich konnte nur blinzeln.

"Und als sich meine Augen an die Dunkelheit gewöhnt hatten, sah ich, dass die weißlich glänzenden Kopfsteinpflastersteine die Schädel von Menschen waren, die in der roten Erde versunken waren ... Und mir wurde klar, warum mir von einem schrecklichen Schlachthausgeruch übel wurde...

Es *war* ein Schlachthaus ... Das Opferhaus von Kana, der heiligen Stadt von König Behanzin von Dahomey...

Das war eine weitere unangenehme Nacht, *mes amis*... Oh, wirklich unangenehm... Wir leben hier wie die Schweine im Schlamm... Aber glücklicherweise war ich am Ende meiner Kräfte und hatte so wenig Leidensfähigkeit, dass ich nicht mehr klar erkennen konnte, ob bestimmte Dinge, die in dieser Nacht geschahen, real oder imaginär, Tatsache oder Albtraum waren...

Sie waren real genug ... Und am Morgen stellte ich fest, dass ich mich, genau wie ich es geträumt oder realisiert hatte, tatsächlich in einer großen Weidenflasche oder einem Korb befand, aus dem mein Kopf herausragte...

Ich konnte keinen einzigen Muskel meines Körpers bewegen, außer denen meines Gesichts...

Die Priester und Henker hatten die ganze Nacht über gearbeitet, und ich war jetzt wie eine Mumie in ihren Bandagen, ordentlich in den Opferkorb gepackt, bereit, meine hilflose Rolle in dem blutigen Ritual ihrer unaussprechlichen Religion zu spielen...

"Da ich bereits halbtot war, war meine einzige Hoffnung, dass der Gottesdienst kurz und früh sein würde – das Opfer schnell und schnell ... Es ist äußerst unangenehm, in einer Flasche zu liegen, ohne dass man den Kopf abstützen kann...

Ich konnte nichts sehen und wegen der riesigen Fliegen auch kaum etwas hören ... aber ich nahm Trommeln und Rufe von draußen wahr und hoffte, dass sie mich betrafen ... Das taten sie auch ... Die Tore des Opferhauses wurden aufgestoßen, und eine Reihe von Wachen, Priestern und Henkern hoben mich von dem schrecklichen Boden hoch und trugen mich nach draußen.

Oh, wie süß die Morgenluft war – selbst in einer afrikanischen Stadt ... Ich hätte fast wieder leben wollen ... Und oh, was für eine Erleichterung, den Kopf von einer zentimeterdicken Fliegenschicht befreit zu haben...

Der große Platz in der Innenstadt – ein Platz, dessen Seiten, sagen wir mal, von den Palästen, Kathedralen, Klöstern und städtischen Gebäuden von König Behanzin gebildet wurden – war mit Hunderten und Aberhunderten von Kriegern, Männern und Frauen, überfüllt. Als meine Wachen mich zu dem größten der Gebäude trugen, traten alle Menschen an den Rand des Platzes zurück und ließen die Mitte frei, bis auf mich und meine Wachen.

Vor dem Palast, einem hässlichen, klobigen Gebäude aus roter Erde und gebrannten Lehmziegeln, saß Behanzin, König von Dahomey, auf dem königlichen Thron. Um ihn herum gruppierten sich seine Höflinge ... Ich glaube, Seine Majestät und seine Gefolgschaft bildeten eine der unangenehmsten Gruppen von Menschen, denen ich je begegnet bin – und ich habe schon viele Könige und ihre Minister kennengelernt...

Wie ich bereits erwähnt habe, spreche ich kein Dahomey, und in diesem Moment bereute ich dies zutiefst, ebenso wie die Tatsache, dass keiner von ihnen Russisch oder auch nur Französisch verstand ... Ich sprach jedoch Französisch, in der vergeblichen Hoffnung, dass hier und da ein Wort oder zwei verstanden werden könnten.

Einige verstanden mich, wie ich euch erzählen werde...

Meine Worte waren kurz und unverblümt ... Ich sagte Behanzin, er sei der fieseste König, den ich kenne ... der hässlichste ... der widerlichste ... der schmutzigste ... der verkommenste und entwürdigendste ... Und ich wäre sehr dankbar, wenn mich jemand aus dieser Welt, die er verseucht hat, herausholen würde...

Ich hatte noch nicht einmal diese wenigen, wohlgewählten Worte zu Ende gesprochen, da wurde ich wieder von meinen Trägern gepackt und in die Mitte des Platzes getragen, wo man mich stehen ließ.

Sofort bildete das Publikum, das offensichtlich an diese Sportarten und Zeitvertreibe im Freien gewöhnt war, an jeder Seite des Platzes eine perfekte Linie und nahm die Position von Sprintern an der Startlinie eines Wettlaufs ein – jedoch mit einem *Coupe-Coupe*, einem Messer, einer Axt oder einem Speer in der rechten Hand – und wartete auf das Signal Seiner Majestät.

Der König erhob sich von seinem königlichen Stuhl, hob seine Lanze in die Höhe und blickte umher...

Auch ich schaute mich um, nachdem ich gerade die Grundidee des Nationalsports begriffen hatte, ein Spiel, an dem ich bisher noch nie teilgenommen hatte und das ich noch nie gesehen hatte...

Natürlich – wie dumm von mir – es war ein Wettrennen, ein Lauf-wie-du-willst, Lauf-Geh-Hüpfe-oder-Spring-Spiel ... Und mein Kopf war der Preis!

Ich fragte mich, ob Seine Majestät bemerkt hatte, dass meine kurze Ansprache nicht in diplomatischer Sprache abgefasst war ... Er verlängerte jedenfalls den für mich schmerzhaften Moment ... Er stand da wie eine Statue aus Ebenholz, seine weißen Straußenfedern nickten im Wind, sein schöner Umhang hing anmutig von seinen breiten Schultern herab, sein Speer war erhoben, unbeweglich...

"Als der Speer fiel, wusste ich, dass alle Konkurrenten, die mich umringten, wie freigelassene Windhunde vorwärts springen würden. Für ein paar Sekunden würde ich sie auf mich zustürmen sehen, ihre blutrünstigen Gesichter vor Schlachtlust entflammt, ihre glänzenden Waffen hoch erhoben ... Und ich würde zu Boden gehen, inmitten eines Strudels aus greifenden Händen und hackenden Klingen ...

Ich fragte mich, was die Belohnung für den stolzen Gewinner der Trophäe des Königs sein würde – der Kopf des weißen Hahns mit dem goldenen Kamm ... die wichtigste Zutat für die Herstellung des starken *Juju*, der die Franzosen besiegen sollte ...

Dieser schwarze Teufel, Behanzin, stand fest wie ein Fels, und es herrschte absolute Stille auf diesem großen Platz, während alle auf das Fallen der Flagge oder vielmehr auf die glänzende Speerspitze warteten ...

Eine Frau, die in einer Tür stand, kicherte nervös, und ein geduckter Sprinter, vermutlich ihr Herr, schaute über seine Schulter zurück – nur um von ihr scharf zurechtgewiesen zu werden, weil er den Blick vom Ball genommen hatte ...

Eine andere Frau eilte herbei, reichte ihrem Mann eine *Machete* und nahm seinen Speer mit zurück in die Hütte. Ich stellte mir vor, wie er ihr kurz vor dem Verlassen des Hauses sagte: „Tatiana, meine Liebe, lauf nach oben und hol die neue *Machete*, die ich letzte Woche bestellt habe. Ich glaube, sie liegt oben auf dem Schrank in meinem Ankleidezimmer, es sei denn, dieses elende Mädchen hat sie irgendwo hingelegt." ...

Und dann schaute ich wieder zum König... In diesem Moment begann die erhobene Speerspitze, die wahrscheinlich nur fünf Sekunden lang in der Luft gewesen war, langsam nach hinten zu sinken... Und es war ein hörbares Einatmen zu vernehmen... Offensichtlich war das Signal gegeben worden, und in Sekundenbruchteilen würde die breite, glänzende Speerspitze herabblitzen...

Ich schloss die Augen ...

" *Bumm ... BANG!*

Ich sprang fast aus meiner Flasche ...

" *Bumm ... BANG!*

Zwei Granaten waren in Kana eingeschlagen, eine knapp über der Innenwand, die andere in der Ecke des Platzes selbst ...

"Unsere Kanonen! ... Unsere Kanonen! ...

"Die Läufer rannten tatsächlich – um *ihr Leben*... König Behanzin "rannte" auch ... wenn er denn nicht gewonnen oder einen Platz belegt hatte ...

Ich war vergessen ... noch bevor die dritte und vierte Granate einschlugen ... Oh Gott! Ich war *nicht* vergessen! ... Es war *noch ein* Konkurrent übrig! ... Ich nahm an, dass er sich von dem leichten Sieg angezogen fühlte ... Als er wie ein Pfeil auf mich zustürmte, wild schreiend, eine große Lanze in der Hand, sah ich, dass er zu der Gruppe der Höflinge gehörte ... es war tatsächlich der Mann, der dem König am nächsten gestanden hatte ...

Ich gebe zu, *mes amis*, dass es mir ein wenig hart erschien, mehr als ein wenig hart, dass bei der Flucht all dieser Hunderte und Aberhunderte von mörderischen Schlägern dieser Einzelne mein Leben seinem eigenen vorzog ... nicht begriff, dass der Wettkampf abgebrochen war ... das Rennen gestrichen ... die Veranstaltung verschoben ...

Ein Mann mit nur einem Gedanken ... Ein Fall von *idée fixe*... Auf jeden Fall kein Sportler ... Die Art von Mann, die den Goldpokal stiehlt ...

Ich hatte so viel durchgemacht, *mes amis*, seit mich diese Amazone auf den Kopf geschlagen hatte, dass ich mich wirklich ein wenig gegen diese letzte Grausamkeit eines spöttischen Schicksals auflehnte.

Gerettet durch das Platzen der Granaten in der neunundfünfzigsten Sekunde der neunundfünfzigsten Minute der elften Stunde, und dann dieser eine einsame, unerbittliche Verrückte, der nicht merkte, dass ich gerettet war! ...

"Näher ... näher ... kam er – und als er nur noch wenige Meter von mir entfernt war, waren er und ich allein auf diesem großen Platz ...

Würde er mir diesen riesigen Speer durch den Körper rammen und mir dann ungeschickt mit der Klinge den Kopf abhacken?

Wie sehr hoffte ich, dass die nächste Granate ihm die Gliedmaßen vom Körper reißen würde, auch wenn ich dabei selbst ums Leben käme ... Noch ein Sprung, und er wäre bei mir ... Ich schloss die Augen – und der Albtraumjäger warf seinen Arm um mich und keuchte in unaussprechlichem Französisch:

„Sag den Franzosen, ich bin ein sehr guter Mann, Massa ... Ich gehöre zur Küste ... gehöre zu französischen Schiffen ... Ich bin ein guter Freund, der die Franzosen liebt ... Ich bin Dolmetscher ... Ich zeige den Franzosen, wo der alte Behanzin Gin, Rum, Brandy und Elfenbein vergraben hat ..."

Eine weitere Granate explodierte ... Und der Albtraumjäger kippte meinen Korb um, und flach auf dem Boden lagen der Löwe und das Lamm zusammen ...

"So, *mes amis*, hätte ich fast meinen Kopf verloren ...

„Wir dürfen hier nicht unseren Kopf verlieren, denn wie ihr seht, gibt es weit schlimmere Orte als diesen ... Mir gefällt es hier sogar recht gut ..."

§ 3

Eine lange, bedrückende Stille wurde von Jacob, dem Juden, unterbrochen.

„Der Junge, den wir hier suchen, ist der kühne, kluge Rastignac ... Rastignac, der Meuterer ..."

„Oh, kanntest du ihn?", fragte der Engländer.

„Was *ist mit* ihm?", fragte der Franzose.

"Was ist mit ihm? Ho, ho! ... Er hat der Regierung auf die eine oder andere Weise Ärger gemacht ... Sie haben ihn in die Zephyrs gesteckt, aber sie haben ihn nicht lange festgehalten. Was glaubt ihr, was er getan hat? ...

"Er trug eine flexible Sägefeile unter seiner Oberlippe, von einer Wange zur anderen, und man *sagt*, er habe ein kleines Werkzeug bei sich gehabt, das er verschluckte – es war an einer Schnur befestigt, deren anderes Ende er an einen Backenzahn gebunden hatte –, wenn Durchsuchungen stattfanden.

"Nun, er hat seine Handschellen durchgefeilt und ist entkommen ... Und er hat zwei Wachen getötet, völlig geräuschlos, indem er ihnen mit einer langen Stricknadel, an die er einen winzigen Holzgriff befestigt hatte, in den Nacken gestochen hat ... Es gibt eine Stelle, weißt du, an der Schädelbasis, genau dort, wo der Schädel auf der Wirbelsäule aufliegt ... Die Spitze einer Nadel genau *dort* ... genau an der richtigen Stelle ... und *puff*! ...

„Rastignac kannte die Stelle ganz genau. Und als er in Sicherheit war und die Uniform eines toten Wachmanns trug, ist er dann wie jeder andere flüchtige Häftling davongelaufen? Nein, er nicht ... Er brach in einen Schuppen des Bauamts ein, nahm einen Eimer mit schwarzer Farbe, einen mit weißer Farbe und ein paar Pinsel und marschierte bei Tagesanbruch los, golden glänzend ..."

„Wohin?", fragte der Amerikaner.

"Zum nächsten Meilenstein", kicherte Jacob, der Jude, "... und retuschierte sorgfältig die schwarzen *Kilometerzahlen* und ihre weißen Ränder ... Und dann zum nächsten ... Und zum nächsten ...

"Als Patrouillen vorbeikamen, grüßte er sie freundlich und tauschte Witze und die neuesten Nachrichten gegen Zigaretten und einen Schluck Alkohol aus ... Man sagt, er habe mehrere Lager besucht und sich mit seiner Farbe für ein oder zwei Offiziere nützlich gemacht und einen Schurken gemeldet, der eine seiner schönen schwarzen Zahlen verschmiert hatte, weil er ihm keinen Tabak geben wollte! ...

Und so malte er sich Kilometer um Kilometer bis nach Oran, wo er sich meldete, den *Livret* und die Urlaubspapiere des toten Wachmanns vorlegte und von *Messageries Maritimes* bequem nach Frankreich gebracht wurde..."

„Nun, und was würde er tun, wenn er hier wäre?", fragte eine mürrische Stimme. „Wir können davon ausgehen, dass dein Rastignac weder Flügel noch Füße hatte ... Und wenn er hier wäre und uns herausholen würde, wohin könnten wir gehen? ... Wahrscheinlich hätte er uns alle in den Tod getrieben ... So wie diese beiden Teufel Dubitsch und Barre es fast mit ihrer Bande getan hätten..."

„Was war das?", fragte Badineff.

"Na ja, diese beiden unaussprechlichen Schweine waren mit einer Arbeitsgruppe in der *Zone Dissidente* und nachts in einem kleinen Lager, das mit trockenen Kakteen und dicken, schweren Dornen errichtet worden war ... Ihr brillanter Plan – und sie hätten ihn fast durchgezogen – war, sich in einer windigen Nacht hinauszuschleichen und diese großen Dornenwände der Zareba in Brand zu setzen! Dieses Zeug brennt wie Papier, und sie hatten Streichhölzer besorgt ... Es war ihnen egal, dass die restlichen achtundneunzig Mitgefangenen dabei unweigerlich verbrennen würden ... Die beiden hätten in der Verwirrung leicht entkommen können, während die Männer der Eskorte vergeblich versucht hätten, den Rest der elenden Gefangenen zu retten ... *Ihre* Lage wäre, wie du dir vorstellen kannst, die eines Bündels Mäuse gewesen, die an den Schwänzen zusammengebunden und mit in Kerosin getränkter Watte umwickelt waren...

„Wie es der Zufall wollte – jedenfalls für die anderen achtundneunzig –, ging die erste Streichhölzer aus, und ein Wachposten sah den Lichtblitz. Er schoss und forderte sie auf, sich zu ergeben, wobei er Dubitsch verwundete und Barre, der die Streichhölzer hatte, so in Aufregung versetzte, dass er sie fallen ließ und kein neues anzünden konnte, bevor der Wachposten ihn erreichte..."

„Was geschah dann?", fragte der Engländer.

„Der für die Eskorte verantwortliche Oberfeldwebel schickte sie einfach an ihren Platz in der Gruppe zurück – sorgte aber dafür, dass die Gruppe genau wusste, was passiert war..."

„Und dann?", fragte der Engländer, als der Mann inne hielt, als hätte er genug gesagt...

„Oh – sie starben ... sie starben ... Sie starben noch in derselben Nacht, an irgendetwas ... Ihren Gesichtern nach zu urteilen, starben sie nicht glücklich..."

„Klingt, als hättest du sie gesehen", bemerkte Jacob, der Jude.

„Ganz genau", sagte der Erzähler knapp.

„Nicht wie der arme kleine Tou-tou Boil-the-Cat", bemerkte Jacob.

„Was ist mit ihm passiert?", fragte die quengelnde Stimme.

„Oh, er ist gestorben ... er ist gestorben ... Er ist plötzlich gestorben, eines Nachts, an irgendetwas ... Aber niemand konnte an seinem Gesicht erkennen, ob er glücklich gestorben ist oder nicht..."

„Erzähl uns von ihm", schlug der Amerikaner vor.

"Von Tou-tou Boil-the-Cat? ... Er war kein netter Mann ... Er hat sich in Montmartre einen Namen gemacht, bevor er zur Fremdenlegion ging ... Es gab Gerüchte über eine schöne Frau, die Königin seiner Bande ... Wunderschönes goldenes Haar ... Alle Freunde nannten sie *Casque d'Or*... Man sagt, er habe es abgeschnitten ... Ihr Kopf, meine ich ... In der Fremdenlegion geriet er auch in Schwierigkeiten ... Lebenslange Haft in Zephyr...

"Ein tapferer kleiner Mann, aber ihm fehlte die andere Tugend, die man eher erwartet... Nein... Er war so etwas wie ein Verräter... Es waren dreizehn Sträflinge in einem Zelt... eine höchst unglückliche Zahl... aber bald waren es nur noch zwölf, weil Monsieur Tou-tou Boil-the-Cat Informationen weitergab, die die Karriere eines seiner Kameraden beeinträchtigten – ja, sogar verkürzten...

Ja ... dreizehn verließen an diesem sonnigen Morgen das Zelt, um für die koloniale Expansion Frankreichs zu arbeiten, und nur zwölf kehrten zurück, um in dieser taufrischen Nacht den Schlaf der Ungerechten zu schlafen ... Ein rundes Dutzend...

Aber sie schliefen nicht durch die stille Nacht, obwohl die Nacht ganz still blieb ... Und siehe da, als ein weiterer heller Tag anbrach, waren aus den zwölf nur noch elf geworden ...

Der Wachmann, der nur ein einfacher Bauer war, konnte *nicht* mehr als elf zählen ... Der Unteroffizier – vielleicht ein bisschen schlauer – konnte auf keinen Fall auf zwölf kommen ... Der Feldwebel, ein Mann, der ziemlich gut zählen konnte, schwor, dass es nur zehn und einer waren ... Nicht einmal der Kommandant selbst konnte uns auf zwölf bringen! ...

Mit Hilfe einer Flasche Absinth könnte er uns auf zweiundzwanzig bringen – aber selbst dann würde er erkennen, dass er vierundzwanzig hätte sehen müssen....

Nein ... Tou-tou Boil-the-Cat war weg ... Weg wie ein schöner Traum ... oder wie der üble, brutale Albtraum, der er war ...

"Und das, weißt du, verwirrte unsere gütigen Vorgesetzten ...

Denn es war völlig unmöglich, in dieser Nacht aus dem Lager zu fliehen – Vollmond, doppelte Wachen, ständige Patrouillen und die ganze Nacht Wachsamkeit und Unruhe wegen eines erwarteten arabischen Angriffs ...

Aber er war weg...

Wir wurden einzeln und gemeinsam schmerzhaft verhört ... bis sie unsere Standhaftigkeit und die wunderbare Klugheit des Vermissten bewundern mussten ...

Wir elf schliefen einen Monat lang in dem Zelt ... und die Gegend wurde durchkämmt, bis kein Sandkorn mehr auf dem anderen lag und es keine Heuschrecke, keinen Skorpion, keine Schlange und keinen Geier mehr gab, deren *Akte* nicht bekannt war ...

„Und am Ende des Monats zog das ganze Lager weiter ...“

„Haben sie ihn jemals gefunden?“, fragte Badineff.

„Nein ... *das* haben *sie* nicht“, war die Antwort. „Die Schakale haben ihn gefunden ...“

„Wo?“, fragte der Engländer.

„Unter dem Sand, der den Boden des Zeltes der elf gebildet hatte ...“, lautete die Antwort.

„Klingt, als wärst du dabei gewesen ...“, sagte die quengelnde Stimme.

„Ganz genau ...“, antwortete Jacob, der Jude, und gähnte.

§ 4

Die Sonne war aufgegangen und wieder untergegangen, sodass ein Lichtfleck langsam über einen Teil des *Silos* wanderte und wie ein Suchscheinwerfer den winzigen Bereich, auf dem er ruhte, hell erleuchtete, während der Rest des Raumes in einer Dunkelheit lag, die tiefer war als die der Nacht.

Es gab seltsam wenig Bewegung und noch weniger Geräusche im *Silo* – *das* unruhige Rascheln eines von Albträumen geplagten Schlafenden, ein schweres Seufzen, ein leises Stöhnen, das Klirren einer Kette. Das Reden hatte aufgehört, und seit Stunden war kaum ein Satz gefallen.

Das letzte Thema der allgemeinen Unterhaltung war die Frage gewesen, warum man sie in diesem schrecklichen Grab einem langsamen und qualvollen Tod überlassen hatte. Die Spekulationen reichten von einem plötzlichen Angriff der Araber und der Vernichtung der Kompanie bis hin zu der bekannten Theorie von mutwilliger Bosheit und absichtlicher teuflischer Bestrafung. Männer, die wegen militärischer „Verbrechen“ aus der Legion verurteilt worden waren, vertraten die erstere Theorie, zivile Strafgefangene die letztere.

Der Franzose, der versucht hatte, die Begräbnisfeier zu rezitieren, hatte keine dieser Ansichten akzeptiert.

"Wir sind *vergessen*“, hatte er gesagt ... "Wir sind die Vergessenen der Menschen, im Gegensatz zu unseren Freunden, den Tuareg, die Vergessenen Gottes. Es ist ganz einfach, und ich kann Ihnen genau sagen, wie es passiert ist.

Wie ihr vielleicht wisst, *mes amis,* wird jeden Morgen vor der Wachablösung vom *Adjutanten* eine Liste der *les hommes punis* erstellt. Das Formular, auf das er die Namen schreibt, ist in Spalten unterteilt, in denen die Art der Strafe und die Anzahl der Tage, die jeder Mann noch zu verbüßen hat, angegeben sind ... Und der Schreiber des *Adjudanten*, Gott vergebe ihm, hat die Anzahl unserer Tage unter der Überschrift *salle de police* oder *cellules* oder *consigne* geschrieben und die Spalte "Gefängnis" leer gelassen. So wird unsere Strafe jeden Tag um einen Tag verkürzt, an den Orten, an denen wir nicht sind, und der Wachsergeant stellt jeden Tag fest, dass sich keine Männer im " *Gefängnis*" befinden, da die Spalte mit dieser Überschrift leer ist.... Wir sind *nicht* im "Gefängnis", weil wir nicht als im "Gefängnis" registriert sind – und deshalb können wir auch nicht aus dem "Gefängnis" entlassen werden...."

Und Jacob, der Jude, hatte bemerkt:

„Überzeugend und sehr ermutigend ... Monsieur muss Anwalt gewesen sein, bevor er die Welt verlassen hat."

Und der Mann hatte geantwortet:

„Nein ... Offizier ... Hauptmann der Spahis und im Geheimdienst – kurz vor dem Tod und ohne Scham ... *Nein!* – *Ich* sollte sagen: *Légionnaire* Rien von der siebten Kompanie des dritten Bataillons des ersten Regiments der Fremdenlegion ... Ich habe in Gedanken gewandert ..."

§ 5

„Sag mir", sagte Jacob, der Jude (oder Jacopi Judescu, der rumänische Zigeuner). „Was war wirklich der Grund für deine schlampige, schwache 'Güte' gegenüber Ramon Gonzales ... Ich bin Philosoph und studiere das niedrigste aller Tiere, das man Mensch nennt ... War es, um deinem christlichen Gott zu gefallen und Verdienste zu erwerben? Oder um deine unverschämte britische Annahme einer unvermeidlichen und natürlichen Überlegenheit aufrechtzuerhalten? Du und dein Gott – die großen Vergeber! 'Verletze mich – und ich werde dir vergeben *und* dich so verdammt unwohl fühlen lassen, dass du mehr verletzt bist als ich.' *Bist* du nicht zu einem guten, anständigen Hass *fähig* oder ..."

„Ja. Ich hasse deine dreckige Stimme, lieber Jacob", antwortete der Engländer.

„Nein. Sag es mir", beharrte Jacob. „Ich hasse es, verwirrt zu sein ... Außerdem siehst du doch, dass ich verrückt werde ... Sprich, Mann ... Diese Leichen ... Warum hast du dich Ramon Gonzales gegenüber so verhalten? Er hat dich verraten, nicht wahr? Ich hätte ihn erwürgt ... Ich hätte ihm die Augen ausgestochen ... Hat er dich nicht verraten und denunziert, nachdem du ihn in der Wüste gefunden und ihm das Leben gerettet hast? ... An Sergeant Lebaudy?"

„Ja. Er hat mich erkannt – und seine, äh, Pflicht getan", war die Antwort.

"Für fünfundzwanzig Silberstücke!... Er hat dich als einen der Zinderneuf-Männer erkannt, die er aus Sidi kannte, und dich sofort verkauft?...

Für fünfundzwanzig Franken und die Gunst eines Sergeanten hat er dich dem plötzlichen Tod – oder einem qualvollen Tod – ausgeliefert! Und hier war der Judas – auf wundersame Weise in deine Hände geliefert – und du hast ihm „vergeben" und ihn getröstet! *Warum*? Was war das für ein Spiel, was war das Motiv, der Grund, das Ziel? Warum sollte ein vernünftiger Mensch so handeln? Was *war* das für ein Spiel?

„Kein Spiel, kein Motiv, kein Grund", antwortete der Engländer. „Er hat nach seinem besten Wissen und Gewissen gehandelt – ich nach meinem."

„Und woher hast du deine 'Erkenntnisse'? Welche Flamme hat sie entzündet?"

„Oh – ich weiß nicht ... Zuhause ... Familie ... Die eigenen Frauen ... Schule ... Erziehung ... Traditionen ... Man nimmt unbewusst die Idee auf, das Richtige zu tun ... Ich hatte außerordentliches Glück im Leben ... Der arme alte Ramon hatte das nicht ... Man tut das Richtige, wenn man – anständig ist."

„Du gehst also nicht bewusst und entschlossen daran, deinen Feinden zu vergeben und ihnen glühende Kohlen aufzulegen, weil du Christ bist."

„Nein, natürlich nicht... Red keinen Unsinn..."

„Auch nicht, um dir eine feste Option auf ein hochbegehrtes und begehrenswertes Herrenhaus im Himmel zu sichern – geeignet für einen englischen Gentleman von Stand – einer der günstigsten Wohnlagen an der Goldenen Straße…“

„Ganz und gar nicht … Sei kein Idiot…“

„Du enttäuschst mich. Ich hatte gehofft, vor meinem Tod eines dieser seltenen Tiere zu finden, einen christlichen Gentleman, der all diese lustigen Dinge tut, *weil* er Christ ist, und das war definitiv meine letzte Chance … Ich werde hier sterben.“

„Ich nehme an, das Christentum *war* die Flamme, die diese kleinen ‘Lichter’ entzündet hat, Jacob … Unser Zuhause, unsere Schule, unsere sozialen Bräuche, Institutionen und Ideen basieren jedenfalls auf dem christlichen Ideal … Und ich glaube, dass wir alles Gute daran diesem Ideal verdanken … Ich denke, wir bekommen unser *Ideal* ganz unbewusst und folgen ihm ganz unbewusst – wenn wir ihm überhaupt folgen…“

„Nun, und was *ist* es, mein edler christlicher Märtyrer?“

„Ach, einfach anständig zu sein und das Richtige zu tun, weißt du.“

„Also hast du Judas Ramon Gonzales indirekt Gutes für Böses getan, weil du Christ bist, meinst du?“

„Ja … Indirekt … Ich denke schon … Wir sind nicht gut darin, zu hassen und Rache zu üben und all das … Das tut man nicht … Das ist nicht anständig…“

„Aber du verwirrst mich. Was ist mit Ramon, dem Judas … Ramon, der dich verkauft hat? Er war ein *großer* Christ, weißt du … Ein überzeugter Anhänger deines christlichen Gottes … Immer betend und deine Heilige Familie anrufend.“

„Es gibt Gutes und Böses in allen Religionen, Jacob … Ich habe höchste Bewunderung für dein großartiges Volk – aber ich habe auch verdorbene Exemplare getroffen … So schlecht wie einige meiner eigenen…“

* * *

Stille.

* * *

„Hör mal, Christ“, begann Jacob, der Jude, wieder. „Wenn ich genug Kraft aufbringen würde und diese Kette mit aller Kraft gegen deine rechte Wange schwingen würde, würdest du mir dann auch die andere hinhalten?“

„Nein. Ich würde dir auf die Nase schlagen“, sagte der Engländer schlicht.

* * *

Stille.

„Sag mir, kniest du morgens und abends nieder und betest zu deinem gütigen christlichen Gott, Engländer? Zu dem vergebenden Gott der Liebe, der dich *hierher* gebracht hat?“, fragte Jakob, der Jude.

„Ich bin selbst hier gelandet“, war die Antwort. „Und – äh – nein … ich bete nicht – mit Worten – viel … Du hast doch nichts dagegen, dass ich dir Fragen stelle, weil du Angst hast, neugierig zu wirken, oder, lieber Jakob?“

„Oh nein … Mal sehen … Du vergibst die schlimmsten Verletzungen, weil du Christ bist, aber nicht, *weil* du Christ bist … Du tust, wie dir getan wird, und nicht, wie dir angetan wurde… Du betest nicht mit Worten und hast keinen täglichen Umgang mit deinem gütigen christlichen Gott – du betrachtest ihn als einen Gentleman – natürlich einen englischen Gentleman –, der alles versteht und nur wünscht, dass du anständig bist, was du natürlich von Natur aus bist, ob er es wünscht oder nicht… Und du schlägst mir auf die Nase, wenn ich dir auf die Wange schlage – aber selbst das tust du nicht, wenn dich jemand einem schrecklichen Tod ausliefert… Und in deinem netten kleinen Kopf verabscheust du es, über deine Religion zu sprechen, und du hast Angst, den Eindruck zu erwecken, dass du sie für besser hältst als die anderer Menschen, aus Furcht, ihre Gefühle zu verletzen…“

„Ach, halt die Klappe, Jacob. Du könntest einem Hund die Hinterpfoten wegreden.“

„Was bleibt mir denn sonst übrig, als zu reden? ... Und du bist dir also vollkommen sicher, dass du ein überlegener Mensch bist, aber du gibst dir alle Mühe, diese schreckliche Tatsache zu verbergen ... Du bist ein rätselhaftes Wesen ... Was treibt dich an? Was ist deine Philosophie? Was hast du *vor*? ...“

„Nun, im Moment werde ich die Wasserration verteilen ... Vorletzte ...“, sagte der Engländer.

„Ich verstehe euch Engländer nicht ...“, murmelte Jacob.

„Eine häufige Beschwerde, glaube ich“, sagte der Engländer. Der ruhige Amerikaner lachte.

§ 6

„Sollte einer der hier anwesenden Herren überleben, wäre ich ihm sehr dankbar, wenn er meiner Mutter schreiben würde“, sagte der ehemalige französische Offizier später. „Sie ist eine alte Dame, ganz allein, und sie hegt törichterweise eine Zuneigung zu einem höchst unwürdigen Sohn ... Liebe Mutter!“

Der Engländer und der Amerikaner merkten sich eine Adresse in Paris und sagten, dass sie Madame de Lannec nicht nur schreiben, sondern sie auch besuchen würden, um ihr die letzte Nachricht ihres Sohnes zu überbringen und ihr zu versichern, dass er einen ehrenvollen Tod im Dienst Frankreichs gestorben sei, und ihr von seiner großartigen militärischen Beerdigung zu berichten.

Keiner der beiden Männer wollte zugeben, dass auch er bereits im Grab lag.

„Ich war schon in viel schlimmeren Situationen als dieser“, sagte der Engländer.

„Ich war auch schon näher am Tod“, meinte der Amerikaner. „Ich war wirklich tot ... Hier in Zaguig ...“

„Ah – ein unangenehmer Ort, Zaguig“, sagte der Franzose, „ich kenne ihn gut“, und fügte hinzu: „Auch ich war gelegentlich in Gefahr ... Aber hier bin ich fertig ...“

„Gib niemals auf“, drängte der Amerikaner. „Ich persönlich weigere mich zu sterben ... Ich habe eine Aufgabe zu erfüllen, und ich habe vor, zu leben, bis sie erledigt ist ...“

„Ich auch“, stimmte der Engländer zu. „Ich muss bald nach Hause zum Tee ... Meine Frau ...“ Er hustete.

„Ah, *mes amis*, ihr wollt leben ... Ich hingegen möchte sterben“, flüsterte der Franzose und verfiel kurz darauf in Delirium und fantasierte – von „Véronique“, von einem schrecklichen Maler und seinem teuflischen Gemälde, von einem Oberst der Chasseurs d'Afrique, von einem Mauren aus Zarhoun, den der Sprecher offenbar mit bloßen Händen getötet hatte, und von seiner Mutter ... Aber vor allem von „Véronique“ – bis er in einen komatösen Zustand fiel.

* * *

Am Morgen fiel der Lichtfleck auf sein Gesicht, und er erwachte und sprach von Zeit zu Zeit vernünftig, obwohl er offenbar nicht zu begreifen schien, wo er war.

Er wünschte einen Priester, damit er „seine Seele befreien“ könne. Zu beiden Seiten taten der Engländer und der Amerikaner alles, um ihm das Sterben zu erleichtern, und Jacob, der Jude, holte sein letztes Stückchen Biskuit hervor, um den Kranken zu stärken ... Er bot ihm an, es für ihn zu kauen, falls er nicht kauen könne ...

„Es ist ein Privileg, in eurer Gesellschaft zu sterben, *mes amis*“, sagte der Franzose plötzlich mit festerer Stimme. „Mit Menschen zu sterben, die zu euch gehören ... Einst Offiziere, zweifellos, und immer noch Gentlemen ... Ich werde meine Schulden bei euch noch erhöhen ... Aber ich werde euch etwas dafür geben ... Meine sterbende Gewissheit, dass ihr leben werdet ... Ich sehe euch ganz deutlich vor mir, wie ihr frei und glücklich in der Sonne spaziert ... Auf eine Frau zugeht – eine wirklich schöne Frau ... Sie liebt euch beide – aber einen von euch viel mehr als den anderen ... Ihr kämpft um sie ... Eure Waffen sind Großzügigkeit, Selbstlosigkeit, Opferbereitschaft, Selbstverleugnung, die Liebe eines Mannes zu seinem Freund ...“

* * *

Stille.

* * *

„Armer Kerl“, murmelte der Engländer und starrte auf die fast unkenntliche Gestalt des Amerikaners. „Wieder unterwegs ... Er schien sich besser zu fühlen ...“

Aus der Dunkelheit, in der der andere neben dem Sterbenden kauerte, kam keine Antwort.

"Und ich habe noch eine weitere Bitte an euch ... Würde einer von euch zum kleinen Friedhof gehen, sich an ihr Grab stellen und sagen:

'Als er starb, hat er von dir gesprochen ... Er hat nur Worte der Güte und Liebe gesprochen ... Er hat kein einziges Wort des Vorwurfs gesagt ... Nur Güte, Liebe und Dankbarkeit.'

Sie wird es jetzt verstehen können ...

"Und würdest du ihr ein paar Veilchen mitbringen ... ein paar Veilchen von mir ... Das waren immer ihre Blumen ... Ein paar von den schönen großen Veilchen, die einen aus Afrika willkommen heißen ... Einmal habe ich eine alte Großmutter geküsst, die sie am *Kai* in Marseille verkaufte, und ihr ein Goldstück gegeben ... Es waren keine Veilchen, die sie mir verkaufte ... Sie waren *Frankreich* ... sie waren *Heimat* ... sie waren *Véronique* ... Ihr Duft war die destillierte Seele der Süße all dessen, was in diesen drei wunderbaren Worten steckt ... Frankreich, Heimat und Schönheit ...

"Oh Gott ... ich rieche Veilchen ...

"Véronique, hast du jemals wieder Veilchen gesehen, ohne an mich zu denken? Habe ich sie jemals wieder gesehen, ohne von Kopf bis Fuß zu zittern, ohne mich zu fragen, wie mein erstarrtes Gehirn funktionieren konnte ... wie mein brennendes Herz schlagen konnte ...

“Verzeiht mir, meine Herren ... Aber ihr habt sie nie gesehen ... Sie war Gottes Triumph ... Ja, oft habe ich sie "Beweis Gottes" genannt – denn solche Schönheit und solch ein Wunder und solch eine unbeschreibliche Herrlichkeit der Weiblichkeit waren für mich der endgültige Beweis für die Existenz eines großen, guten Gottes der Schönheit.

„Und Schönheit *ist* Wahrheit – und Güte.“

* * *

Stille.

* * *

Jacob, der Jude, kroch mühsam auf die Lichtstelle zu.

„Du kannst ihm meine Wasserration geben“, krächzte er.

„ *Starker Kerl!*“ , sagte der Engländer in seiner Muttersprache.

Der Amerikaner zuckte zusammen, als ein leises Klirren von Eisen zu hören war.

„ *Sag das noch mal, bitte*“, sagte er auf Englisch.

„Ich sagte: *'Starker Kerl'*“, antwortete der Engländer.

„ *Gnädiger Gott!*“ , flüsterte der Amerikaner, und der sterbende Franzose richtete sich auf seinem rechten Ellbogen auf und versuchte, mit der linken Hand zu zeigen.

„ *Véronique!*“ , schrie er. „Ich habe mein Bestes getan ... Ich *habe* dich vor Dummarcq gerettet – dem großen César Dummarcq – dem weltberühmten Maler, dem Idol von Paris, dem riesigen, abscheulichen Schwein, dem halbverrückten, grausamen Teufel ... Nein – *er ist da!* ... Beweg dich nicht! ... Rühr dich nicht, weder Hand noch Fuß ... keinen Millimeter – sonst schießt er ... Er wird *dich* erschießen, nicht mich, dieser Teufel!“

Er sank wieder zu Boden.

"Liebste Mutter! Ich hätte dir fast das Herz gebrochen, als ich dir sagte, dass ich sie heiraten würde ... Und du hättest mir fast das Herz gebrochen, als du sagtest, ich solle es nicht tun ... Ein Künstlermodell ... Stimmt ... César Dummarcqs Modell ... Aber ein Modell von Schönheit und Anmut ... Reizend in all ihren Manieren, Gedanken und Bewegungen ... César Dummarcqs

Modell ... Aber ein Vorbild für alle Frauen ... Mit all ihrer Faszination und ihrem Charme – witzig und klug und von liebenswertem Wesen ... Mit ihr lachte man ... Man lachte den ganzen Tag lang ...

"Oh, aber sie war *so lieb – lieb* und süß und ein lebender Zauber ... War es ihre Schuld, dass sie kein Herz hatte? Keine Fee, keine Meerjungfrau, keine Elfe, kein Kobold, keine Zauberprinzessin aus dem goldenen Schloss auf dem Kristallberg *hat* jemals ein Herz! ... Also gab ich ihr meines – damit sie es brechen konnte ...

"Oh, dieses schreckliche Bild! ... Véronique, wie hätte ich wissen sollen, dass er uns gemalt hatte, bis auf die letzten Pinselstriche? ... Dieser eifersüchtige Teufel! ... Er hat dich nicht einmal geliebt ... Du warst nur sein Modell, sein Eigentum, sein Besitz ... Niemand durfte dich ihm wegnehmen – nicht einmal, um dich zu heiraten ...

„Hinter diesem unheimlichen schwarzen Vorhang ... Eine Pistole in seiner Hand ... Meine Arme um dich, als ich dich anflehte, meine Frau zu werden ... Dein schreckliches Kreischen, als du ihn erscheinen sahst ... lächelnd ... lächelnd ..."

* * *

Stille.

* * *

Die Stimme des Franzosen veränderte sich völlig. Es war, als hätte eine ganz andere Persönlichkeit von seinem Körper Besitz ergriffen.

"Nein – beweg dich nicht, mein junges Junges! ... Beweg nur Hand oder Fuß, und unsere schöne und zarte junge Freundin wird ihrer Schönheit beraubt sein! ... Oh, ein *großartiges* Bild! ... *"ANGST!" von César Dummarcq* ... dem größten Darsteller menschlicher Emotionen aller Zeiten ... Ja ... *"ANGST!"* ... Hast du *Angst*, kleiner Hahn? ... Hast du Angst, dass du deine Herrin in den Tod getrieben hast? ... Ich *bin* der Tod! ... Der Tod, der große Künstler! ... Oh, ho! Seine makabren Kompositionen! ... Seine schönen Farben der Verwesung und des Verfalls! ... Das größte Bild des großen César Dummarcq – *"ANGST!"* ... Jetzt bleib still ... Sieh, ich lege die Pistole auf den Tisch neben die Staffelei ... Ah! *Würden* Sie *das tun*? Würden Sie sich von diesem Teppich erheben? *Runter*, Hund! Würden Sie diese Frau ermorden, die Sie so sehr lieben? Das ist besser...

Nein, meine liebe Véronique, fall nicht in Ohnmacht ... Nur eine Minute ... Deine glasigen Augen starren aus der weißen Maske deines Gesichts ... *„ANGST!" Aha* ! Wunderbare Modelle! Man muss sich natürlich etwas Mühe geben, um sie zu finden ... Das ist richtig, du Popinjay – ausgezeichnet! Befeuchte deine Lippen wieder mit deiner Zunge ... Siehst du, kleiner Zuhälter, ich glaube, ich werde sie doch erschießen – jetzt, wo ich ihr Gesicht fertig habe... Ja – du ein bisschen später... Noch ein wunderbares Bild! Sie liegt auf dem Diwan – gleiche Haltung – Blut auf ihrer Brust, ein dünner Strom rinnt an ihrem weißen Arm herunter, ein Fleck auf dem weißen Bärenfell – schöne Farben! Und du? Ein Arm und dein Kopf und deine Schultern über ihrem Körper... Der Rest von dir auf dem Teppich – in etwa derselben Position wie jetzt... Ein Einschussloch unter deinem Ohr... Ich bin hier nicht zu nah, glaube ich... Nein... Wie sollen wir das zweite Bild nennen? *„Rache!"* ... Nein , ein bisschen banal... Wie wäre es mit *„Finis!"* ... Nein... Gar kein Name, denke ich – *ein „Problem"-Bild* ...

"Oh?... Du denkst, *ich würde* ein gutes Bild auf der Guillotine abgeben, was?... Da irrst du dich, Welpchen.... Das wird ein *Verbrechen aus Leidenschaft*.... Eine glorreiche Werbung für den großen César Dummarcq.... Wie auch immer, das aktuelle Bild wird wunderbar....

"ANGST!" ... Noch nie wurde *ANGST* so dargestellt ... Hey! *Runter*, Hund! Da ... Die Kugel hat ihr Haar gestreift ... Und dein Herz auch, wie du so guckst, du kleiner Köter..."

* * *

Stille.

* * *

„ *Dieser gute Monsieur César Dummarcq* scheint ein Gentleman mit Sinn für Humor gewesen zu sein", murmelte Jacob. „Ich wünschte, wir hätten ihn hier."

„Um mit uns zu scherzen?", fragte der Engländer.

„Nein, damit wir mit *ihm* scherzen können, denke ich", antwortete Jacob.

* * *

Stille.

* * *

„Wasser!", keuchte der Franzose.

„Meins", sagte Jacob.

„Wir legen alle zusammen", sagte der Amerikaner.

Der Engländer nahm den Krug zum Lichtstrahl und schenkte vorsichtig Wasser in einen eisernen Becher.

„Jeweils einen guten Löffel, links", sagte er und trat vorsichtig zwischen zwei Leichen hindurch.

Der Franzose trank gierig. Durch diesen kleinen Strom lebensspendenden Wassers schien sein Bewusstsein wieder an die Oberfläche zu kommen.

„Danke! ... Danke, meine Herren!", sagte er. „Ich hoffe, ich habe nicht mehr getrunken als mir zusteht ... Ich habe nicht darauf geachtet ... Einer von Ihnen wird das für mich erledigen, nicht wahr? ... Bringen Sie sie zum *Kai* in Marseille und legen Sie sie auf ihr Grab auf dem kleinen Friedhof..."

„Aber natürlich", sagte der Amerikaner. „Wo ist es?"

„... Und sag ihr, dass meine letzten Gedanken ihr galten ... Sie wird es jetzt verstehen ... Sie hat nichts verstanden, als sie starb ... Sie war so, als ich sie vor den Beni Zarkesh gerettet habe ... Gott ist sehr gütig und hat ihr das Verständnis genommen..."

* * *

Stille.

* * *

"... Dieses Dach ... Im Sternenlicht ... Er war doppelt so groß und stark wie ich, dieser Mohr ... Aber ich habe ihn mit bloßen Händen getötet, so wie ich den Wachmann getötet habe, der am Fuß der Treppe eingeschlafen war ... Oh, dieser schöne, stille Kampf, meine Hände an seiner Kehle ...

„Und sie dachte, ich sei de Chaumont, ihr Oberst der Chasseurs d'Afrique ... Sein Name war Charles ... Sie nannte mich *"Charles„* als ich sie zu den Pferden trug ... Sie nannte mich " *Charles„* während der kurzen Zeit, die ihr noch blieb ... Sie starb und nannte mich " *Charles„* ... Das war ein wenig schwer für mich ... Ja, ich habe ein wenig gelitten ... Ich hatte bitterlich an Charles de Chaumont gedacht und ihm einen ziemlich schrecklichen Brief geschrieben, als er aufgrund seines Ranges und seines Dienstalters meine Herausforderung zu einem Duell abgelehnt hatte ... Aber ich bin ihm dankbar für seine Güte ihr gegenüber und dafür, dass er sie all die Jahre so glücklich gemacht hat ... Er muss sie wirklich geliebt haben ... Wer hätte das verhindern können? Und wie sie ihn geliebt hat! Sie muss jeden Tag ihres Lebens glücklich gewesen sein, denn sie hatte sich kaum verändert. Als ich sie verlor, war sie noch ein Mädchen, als ich sie wiederfand, war sie eine Frau. Wenn das überhaupt möglich ist, war sie sogar noch schöner geworden. Verrückte Menschen sind oft sehr liebenswert. Eine überirdische Schönheit. Sehr schrecklich ... Aber ich glaube fest daran, dass ihre letzten Tage glücklich waren ... Sie hatte diesen *Harem* vergessen ... Und ich war ihr verehrter *Charles de Chaumont*! Ja ... Unbewusste

Finger können eine schreckliche Totenklage auf unseren Herzenssaiten spielen ... Sie können sie eine nach der anderen zerreißen ... *Véronique* ... *Véronique*..."

* * *

Stille.

* * *

„Ist er tot?", fragte Jacob später.

„Ja", sagte der Engländer und hustete leicht.

„Nun, weißt du", sagte Jacob, „ich glaube, ich werde mich ihm anschließen. Ich habe mich schon immer sehr für das Jenseits interessiert, und ich muss zugeben, dass ich dieses Leben ein wenig leid bin ... Ja, ich glaube, es ist Zeit zu gehen."

„Redest du von Selbstmord?", fragte der Amerikaner.

„Überhaupt nicht", antwortete Jacob. „Ich rede davon, ermordet zu werden und den Prozess zu verkürzen. Ich habe keine starke Meinung dazu, wenn Menschen ihre Mitmenschen auf dem Schafott oder im Morgengrauen an der Wand ermorden. Aber dieser langsame Mord ist völlig unvertretbar, und ich halte es für gerechtfertigt, mein Ende zu beschleunigen."

„Du wirst dich ziemlich blöd anstellen, wenn sie sich an uns erinnern und es doch noch eine Freilassungsfeier gibt", sagte der Engländer.

„Ich werde jedenfalls ziemlich übel aussehen, wenn es einmal zu einer Entlassungsfeier kommt", lautete die Antwort. „Und ihr auch, meine Freunde. Und ihr werdet ein paar Stunden oder ein paar Tage länger gelitten haben als ich ... Entweder ist die Kompanie weitergezogen, und ein paar weitere Meilen der Straße von Zaguig zur Großen Oase sind markiert – oder es gab einen plötzlichen Überfall, und die Kompanie ist ausgelöscht worden ... Wie dem auch sei – ich habe genug."

„Gib nicht auf, Jacob. Sei kein Feigling", sagte der Engländer.

„Nein, ich werde nicht aufgeben – mein Recht, über mich selbst zu bestimmen; das einzige Recht, das mir noch bleibt", war die Antwort. „Nein, ich werde kein Feigling sein, der sich nicht traut, ungebeten in die nächste Welt zu treten ... Was machst du, mein Freund, wenn du auf einer Reißzwecke sitzt? Du entfernst dich sofort. Ich werde mich entfernen. Ich habe schon zu lange auf dieser speziellen – äh – Reißzwecke gesessen."

„Quatsch", sagte der Engländer.

„Du bist geschlagen", sagte der Amerikaner.

„Du kannst keinen Selbstmord begehen", sagte der Engländer.

„Es ist wohl nicht 'anständig'", lächelte Jacob.

„Genau", sagte der Engländer. „Das ist eine miese Sache. Man begeht keinen Selbstmord! Das tut man nicht. Es ist nicht – äh – anständig."

„Das ist Ansichtssache", sagte der Jude. „Ist es besser und klüger, tagelang, stundenlang oder sekundenlang unbeschreibliche seelische Qualen und grausame körperliche Folter zu erleiden? Mir erscheint es logischer, es in wenigen Sekunden zu beenden."

„Nun, Logik ist nicht alles", sagte der Engländer. „Die meisten unserer besten Impulse und Ideen sind unlogisch ... Verdammte Logik ... Liebe ist unlogisch."

„Sicher", sagte der Amerikaner.

„Ja. Das Leben ist unlogisch und der Tod ist unlogisch, und Gott ist unlogisch", sagte Jacob. „Und es ist auch vollkommen unlogisch, hier zu liegen und weitere vierundzwanzig Stunden lang zu verdursten, zu verhungern, zu verbrennen, zu ersticken und von Insekten zerfressen zu werden, wenn man das in vierundzwanzig Sekunden erledigen kann ... Auf Wiedersehen, meine Freunde! Mögen wir uns wieder treffen und über unsere Entdeckungen über Gott, Jehova, Allah, Christus, Mohammed, Buddha und die anderen Manifestationen des unheilbaren Anthropomorphismus des Menschen diskutieren... *Adieu! Oder au revoir – was* auch immer es sein mag."

„Hey! Hier! Wartet!" rief der Engländer.

„Du! Jacob!“, rief der Amerikaner.

„Na?“, kicherte der Jude.

„Hör mal“, sagte der Engländer, „sei anständig, Jacob. Du hattest doch etwas dagegen, dass Ramon stirbt.“

“Ah – er war der Erste”, antwortete Jacob, ”und damals gab es noch Hoffnung ... Jetzt sind nur noch wir drei, und eine Leiche mehr wird euch nicht weiter stören. Ich bitte euch, mir zu glauben, dass ich das nicht getan hätte, wenn alle anderen noch am Leben wären – nicht einmal, wenn ich gewusst hätte, dass es keine Erlösung geben würde ...

„Das zu tun, wäre nicht anständig gewesen“, fügte er mit einem Lachen hinzu.

„Hör mal, Jacob, tust du mir einen Gefallen?“, fragte der Engländer.

„Das mache ich sehr gerne“, war die Antwort. „Es ist meine letzte Chance. Und es muss bald sein“, fügte er hinzu, wobei seine schwache Stimme merklich schwächer wurde.

„Nun, ich möchte, dass du mir versprichst, noch einen Tag zu warten“, sagte der Engländer. „Nur noch vierundzwanzig Stunden. Nur bis das Licht wieder auf den Körper des Franzosen fällt ...“

„Komm schon, Jacob“, drängte der Amerikaner. „Halte bis dahin durch. Danach kannst du tun, was du willst. Aber ich glaube, morgen sind wir gerettet.“

„Zu spät“, flüsterte er zurück. „Ich habe mir eine Ader aufgeschnitten ... Wenn du es willst, findest du das Stück Stahl in meiner rechten Hand ... auf der einen Seite scharf wie eine Rasierklinge, auf der anderen wie eine Säge ... Nimm deinen ganzen Mut zusammen und komm mit mir, ihr beiden ...“

* * *

Stille.

* * *

Ein tiefer Seufzer.

Der Engländer und der Amerikaner stellten fest, dass es tatsächlich zu spät war.

§ 7

„ *Nun*, mein Freund“, sagte der Amerikaner, „wir können uns um unsere eigenen kleinen Angelegenheiten kümmern! ... Weißt du, dass unser Treffen hier eines der erstaunlichsten Ereignisse ist, die je passiert sind? ... Weißt du, dass du *der einzige Mensch auf der ganzen Welt* bist, *den ich gesucht habe*? ... Und *hier* finde ich dich! ... Ich habe alles versucht – und dann hat die Vorsehung eingegriffen ... Der Himmel hilft denen, usw. ...“

„Ich fürchte, ich verstehe nicht ganz“, begann der Engländer.

„Das tust du ganz sicher nicht ... Ich selbst auch nicht ... Wir träumen natürlich. Es ist ein Delirium. Wir sind nicht in einem *Silo ... Du bist nicht John Geste.“*

„Aber ich *bin* John Geste!“, keuchte der Engländer.

„Du bist nicht John Geste, und ich habe dich nicht gleich erkannt, als du auf Englisch ‚*Tapferer Bursche*‘ gesagt hast. Und ich habe dich auch nicht gehört, wie du deine Frau ‚Tapferer Bursche‘ genannt hast in Brandon Abbas, als ihr noch Kinder wart und ... Oh, mein Gott!“

„Wo ist deine Hand, Mann ... Oh, *John Geste! John Geste!* ... Morgen sind wir hier raus, Junge ... Wir *können* hier *nicht* sterben. Gott will nicht, dass wir in diesem Loch sterben und verrotten, das als unser Treffpunkt bestimmt war ... Seit Anbeginn der Zeit als der Ort bestimmt, an dem ich dich schließlich finden sollte ... Und Isobel geht es gut und sie wartet nur darauf, glücklich zu sein, sobald sie hört, dass du nach Hause kommst, um – äh – Tee zu trinken, John Geste! ... Und ich sollte dir sagen, dass Michael das “Blue Water„ nicht unter der Abdeckung weggenommen hat. Er war es nicht, der es gestohlen hat ... Und ich werde verrückt, John Geste – verrückt vor Freude – und Hunger und Schwäche und Glück ...“

„Von Glück habe ich nicht viel gemerkt“, sagte der Engländer. „Was redest du da, mein Lieber? Wer *bist* du? Woher kennst du meinen Namen – und Isobel?“

Er hustete leicht. „Ich bin wohl im Delirium ... Wir sind beide im Delirium ... Wir träumen beide ...“

„Dann träumen wir beide denselben Traum, John Geste ... Ich möchte dir etwas sagen ...“

Ein unheilvolles Klirren von Metall und ein Seufzer waren über das schwache Krächzen seiner Stimme zu hören.

„Hey, was ist los? Hörst du mich? Hey, *wach auf.*“

Der Engländer war zusammengebrochen und lag regungslos da, entweder ohnmächtig oder im letzten Schlaf.

§ 8

Als die Sonne wieder auftauchte, sah man, wie der Amerikaner die Lippen des sterbenden Engländers mit den letzten Tropfen Wasser befeuchtete.

„Erschöpft“, murmelte er später. „Gott! Ich fühle mich jetzt stark wie ein Pferd! ... Er hatte die Hoffnung aufgegeben, bevor ich ihn erkannt habe ... Oh, Isobel ... Ich habe ihn gefunden, und er stirbt ... Nein, Gott kann das nicht wollen ... Ich rede laut. Ich muss mich zusammenreißen ... Hilf mir, Gott, denn ich werde mir selbst helfen – ihnen helfen.“

Der Amerikaner kroch zu der Stelle, wo die Leiche des fremden Mannes lag, den seine Kameraden als Jacob, den Juden, kannten.

Er tastete an der Leiche herum und fand die rechte Hand, in der sich ein Stück wunderbar gehärteter Stahl befand, das der Mann zusammen mit ein paar Streichhölzern irgendwie vor denen versteckt hatte, deren Aufgabe es gewesen war, ihn zu durchsuchen. Er nahm es an sich, kehrte zum Engländer zurück und versuchte wieder, ihn wiederzubeleben.

Panik ergriff ihn, als er merkte, dass seine Bemühungen vergeblich waren. Er legte seine Lippen an das Ohr des Bewusstlosen und flüsterte eindringlich, und sein Flüstern schwoll schnell zu einem heiseren Schrei an.

„*John Geste! John Geste! Komm zurück, John Geste! Komm zurück*, Mann! Du *darfst nicht* sterben! Du darfst *jetzt* nicht sterben, John Geste! Ich habe dich *gefunden ... Hallo! John Geste! Denk* an Isobel ... Isobel! ... Isobel! ... *Isobel! Hörst* du mich? ... Hörst du mich, John? Kämpfe, Mann! Kämpfe um dein Leben! ... Denk daran, wie Beau gekämpft hätte! ... Beau Geste ... Denk daran, wie Digby gekämpft hätte ... Digby Geste ... Kämpfe, John! ... Kämpfe für Isobel ... Komm zurück ... Isobel! ... Isobel!! ... *Isobel!!!*“

Als hätte der Name sein halbbewusstes Bewusstsein erreicht, regte sich der Sterbende. Die anderen krächzten unverständlich und verstummten plötzlich.

„Ich wünschte, ich wüsste mehr über diese Bluttransfusion“, murmelte er mit normaler Stimme, während er sich tief in die Seite seines Handgelenks schnitt, den Mund seines Begleiters öffnete und das blutende Handgelenk fest darauf drückte.

„Entschuldige, mein Junge“, sagte er und lachte hysterisch.

Die Geschichte von Otis Vanbrugh

Der Platz eines Mannes in der Zivilisation zeigt sich in seiner Einstellung zu Frauen. Es gibt Männer, die eine Frau als jemanden betrachten, mit dem man zusammenlebt. Andere sehen in ihr jemanden, für den man lebt.

Kapitel I

Ich werde nie vergessen, wie ich Isobel Rivers zum ersten Mal gesehen habe – eine etwas dumme Bemerkung, wenn man bedenkt, dass ich keinen einzigen Blick auf sie vergessen habe. Ich glaube, ich habe nicht einmal ein einziges Wort vergessen, das sie jemals zu mir gesagt hat. Mehr noch, ich glaube, ich habe kein einziges Wort vergessen, das ich jemals zu ihr gesagt habe.

Es war, wie es sich gehörte, einer dieser wirklich herrlichen englischen Frühlingsmorgen, an denen man sich bewusst freut, am Leben zu sein, und unbewusst spürt, dass Gott im Himmel ist und alles in der Welt in Ordnung ist.

Ich war zu Besuch bei meiner Großmutter mütterlicherseits in Brandon Regis und war an diesem Morgen aus dem großen alten Haus getreten, das halb Bauernhof, halb Herrenhaus war und in dem meine Vorfahren seit dem Domesday Book oder sogar noch früher gelebt hatten.

Ich glaube, es war die pure Herrlichkeit dieses schönen Morgens und nicht die Vorahnung, dass dies ein epochaler Tag in meinem Leben werden würde, die mich so freudig und beschwingt stimmte.

Ich war etwa eine Meile in Richtung Brandon Abbas gelaufen und saß auf einem Tor, das zu einem dieser gepflegten englischen Felder führte, die für mich immer so aussahen, als würden sie eher von Dienstmädchen als von Landarbeitern bewirtschaftet. Ich pfiff fröhlich, wahrscheinlich ziemlich falsch, als ein Hundewagen, dessen kleiner Kutschbock hoch auf großen, spinnenartigen Rädern thronte, geschickt um eine Kurve in der von hohen Hecken gesäumten schmalen Gasse bog, zu der ich mich gewandt hatte.

Auf dem Vordersitz saßen zwei Jungen, die sich außerordentlich ähnlich sahen, wie ich feststellte, als das Pferd plötzlich vor meinem Tor zum Stehen kam. Rücken an Rücken saßen ein Junge und ein Mädchen, der Junge war eindeutig der jüngere Bruder der Zwillinge, und das Mädchen war noch jünger.

Sie waren ein erstaunlich hübsches Quartett, und das Gesicht des Mädchens war das schönste, das ich je gesehen hatte.

Es ist immer noch das schönste, das ich je gesehen habe.

Ich werde nicht versuchen, sie zu beschreiben, da es sinnlos ist, das Unmögliche zu versuchen. Ich kann nur sagen, dass das Gesicht mit seinem hellen, goldenen Haar, den großen, lang gewimperten, kornblumenblauen Augen, der makellosen Haut und dem zarten Mund typisch angelsächsisch war, makellos und süß.

Der Junge, der das unruhige und temperamentvolle Pferd lenkte, sprach mich in einer altertümlichen und ungewöhnlichen Sprache an.

„Bitte, edler Fremder, der du so nachdenklich auf deinem Tor sitzt und den Tag mit schrillem Lärm verstimmst…"

„Sieht für mich nicht nach Sarg aus", unterbrach ihn sein Zwilling.

„Auch nicht besonders freundlich", sagte der Junge hinter ihm.

„Und ich bin *mir sicher*, dass er den Tag verschönert hat und überhaupt nicht schrill war, und jetzt, wo wir mit ihm gesprochen haben, ist er kein Fremder mehr", sagte das Mädchen.

„Guten Morgen, gnädige Frau, und meine Herren", sagte ich, stieg herunter und hob meine Mütze vor der hübschen kleinen Dame, die sich für mich eingesetzt hatte.

„Macht, was ihr wollt, Kinder", rief der erste Sprecher, als die drei Jungen meinen Gruß ernst und anmutig erwiderten. „Er ist kein Fremder mehr in unserem Tor, noch davor; er verschönert den Tag mit unbegleiteter, überirdischer Musik…"

„Meinst du etwa einen überirdischen Krach?", fragte sein Zwilling.

„Nein, du Prolet, ich meinte himmlische Musik. Musik, wie sie noch nie zuvor auf Erden zu hören war – hoffen wir es! Aber was hat das alles mit dem Hund zu tun? Der Hund könnte sterben, während wir hier herumalbern – sterben an gebrochenem Herzen."

„Oh, sag doch nicht so etwas Schreckliches, Beau", bat das kleine Mädchen.

„Das ist doch nicht schlimm“, antwortete der Junge namens Beau und erledigte männlich das offensichtliche Verlangen des Pferdes, loszureißen. „Ein Kompliment an den Hund. Willst du etwa behaupten, dass das gefühllose Tier *nicht* gerade an gebrochenem Herzen stirbt?“

„Verschone die Gefühle eines Vaters“, bat seine Zwillingsschwester und wischte sich eine Träne weg. „Es ist *mein* Hund ... Und was wir wissen möchten, Herr, wenn Sie bitte einen Moment still sein könnten, ist – äh – haben Sie einen Hund gesehen?“

„Oft“, antwortete ich und versuchte, mich auf die unbeschwerte Stimmung dieser fröhlichen, charmanten Gruppe einzulassen.

„Wo?“, fragten sie gleichzeitig.

„Oh, Wyoming, Texas, Oregon, Nevada...“

„Nirvana?“, fragte der Besitzer des Hundes. „Dann kommen Hunde also doch dorthin. Gut.“

„Kalifornien“, fuhr ich fort. „Boston, New York, Paris, London, Brandon Regis...“

„Er kommt langsam in Fahrt“, sagte Beau.

„Brandon Abbas?“, fragte sein Zwilling.

„Ich bin mir nicht sicher“, antwortete ich. „Ich glaube aber, ich habe es schon mal gehört...“ Da mischte sich das kleine Mädchen ein.

„Oh, hört auf mit dem Unsinn, Beau und Digby und John...“

„Wir reden gar nicht“, sagte John, in dessen Arm die Hand des Mädchens steckte.

„ *Na gut*, dann sag doch etwas Vernünftiges“, war die weibliche Antwort, und sie wandte sich an mich.

„Wir haben unseren Hund verloren, und er kann nicht an *all* den komischen Orten sein, die du genannt hast. Hast du ihn hier gesehen? Hilfst du mir, ihn zu finden – denn ich liebe ihn so sehr?“

„Aber *natürlich* werde ich *das* “, sagte ich und fügte impulsiv hinzu: „Ich würde alles tun, was du von mir verlangst. *Ich werde* ihn finden, wenn er oder sie noch lebt.“

Und die Zwillinge auf dem Vordersitz, prompt unterstützt von John, sangen daraufhin gleichzeitig etwas, das wie ein *Familienklischee* klang.

„ *Oh – ist er nicht ein netter Junge ... Er muss mit uns spielen kommen ... Wird Tante sich freuen...* “

„Wie sieht der Hund aus?“, fragte ich denjenigen, den sie Digby nannten. „Was für eine Rasse hat er, wenn überhaupt? Und welches Geschlecht hat er?“, da es zu diesem Punkt offenbar unterschiedliche Meinungen gab.

„Geschlecht? Oh – äh – sie ist eine Hündin – weiblich, weißt du“, antwortete Digby ... „Wie sie *aussieht*“, fuhr er fort, „ist schwer zu sagen. Sie sieht ein bisschen aus wie ... Nein, das tut sie nicht ... Sie sieht wirklich nicht wie eine Giraffe aus ... Nein ... Sie sieht eher aus wie – ein Hund. Ja ... Das tut sie ... Und sie ist eine dieser neuen andorranischen Austern-Hunde...“

„Oh, gut! Das ist hilfreich“, sagte ich anerkennend, während mich vier Paar strahlende junge Augen musterten. Ich wurde gewichtet, und ich hoffte inständig, dass ich nicht zu leicht sein würde.

„Eine Idee“, rief ich aus. „Wie heißt sie?“

„Sie hat *mir* nie geantwortet“, antwortete Digby und wandte sich an seinen Zwilling: „Hat sie dir jemals widersprochen, Beau?“

„Sie hat keinen Mucks von sich gegeben“, war die Antwort. „Kein Wort. Mürrische Göre.“

„Überhaupt nicht“, widersprach John, „nur respektvoll ... Zurückhaltend, schweigsamer Kerl ... Starker, stiller Hund.“

„Na ja, *mir* antwortet sie jedenfalls immer“, behauptete das kleine Mädchen mit Nachdruck. „Sie *lächelt* immer ... Er hat ein ganz bezauberndes Lächeln“, fügte sie hinzu und wandte sich mir zu.

„Jetzt kommen wir voran“, erklärte ich. „Ich soll einen Hund suchen, der sehr wie ein Hund ist und mit einem Lächeln antwortet ... Wie kann ich ihr Lächeln am ehesten gewinnen? Wie soll ich sie nennen, wenn ich sie sehe?“

„Ruf sie nach Hause“, sagte Digby.

„Ich weiß nicht, *wie* du sie nennen wirst, wenn du sie siehst“, sagte Beau. „Hast du ein freundliches Wesen und eine sanfte Zunge? ... Du musst uns später erzählen, wie du sie *genannt hast*, als du sie gesehen hast ... Vor allem, wenn du sie auf Amerikanisch genannt hast.“

„Verdammter, verdammter, verdammter, verdammter Stinker?“, schlug Digby vor.

„Ich habe diese Ausdrücke noch nie gehört“, antwortete ich, „aber ich werde versuchen, sie mir zu merken, wenn ihr sie für angemessen haltet ... Aber zurück zum Hund.“

„Das ist genau das, was wir wollen“, antwortete Digby, „oder sie zurückholen. Du weißt ja nicht, in welcher Verfassung ich bin ... Bin ich in einer Zwickmühle?“

„Nein. In einem Hundewagen“, sagte Beau, „und du wirst nicht lange darin sitzen, wenn wir anfangen, Wagenrennen zu spielen ... Also, auf Wiedersehen, alter Junge. Vielen Dank. Ich hoffe, wir haben dich nicht gelangweilt – ich meine, wir haben dich nicht...“

„Halt, halt, Beau“, rief das kleine Mädchen, drehte sich um und klopfte dem Jungen auf den breiten Rücken. „Er wird eine Suchmannschaft organisieren, und wir haben ihm noch nicht gesagt, was er wissen will ... Ich finde ihn furchtbar nett und lieb ... Und wir sollten ihm helfen, ...“

„Oh *ja*, Beau“, sagte Digby in einem vorwurfsvollen Ton, „wenn er sich so große Sorgen um einen Hund macht ... Natürlich müssen wir ihm helfen. Mal sehen“, fuhr er fort. „Er hat vier Eckzähne.“

„Ich würde sagen, alle Zähne eines Hundes sind Eckzähne“, meinte John sachkundig.

„Und fünf Zehen an den Vorderpfoten.“

„Das macht zwanzig“, bemerkte Beau.

„Und vier an jeder Hinterpfote ... Er wedelt mit dem Schwanz von links nach rechts, nicht von rechts nach links ... Verstehst du, wie ein Pendel? Oder wie ein Aberdonianer, wenn er um eine Unterschrift gebeten wird.“

„Aber hat sie keinen *Namen*?“, unterbrach ich ihn.

„Einen *Namen*?“, fragte Digby. „Das ist ja eine Idee. Das ist wirklich hilfreich. Oh ja, ich weiß, dass sie einen Namen hat, weil ich bei der Taufe dabei war – aber ich habe den größten Teil davon vergessen ... Wie heißt sie, Beau?“

„Nun – ich nenne ihn immer Jasper Jocelyn Jelkes, aber sie denke ich mir als Frau Denbigh-Hobbes von den Akazien, Unter-Puffleworth.“

„Ach, hör doch auf mit dem Unsinn“, bat John und versicherte mir, dass der Hund Simply-Jones hieß, obwohl er normalerweise mit „Herr Featherstonehaugh“ angesprochen wurde – woraufhin das kleine Mädchen sich entschloss, auf die Stufe hinten am Wagen zu klettern und auf den Boden zu springen. Sie kam zu mir, packte meinen Arm und führte mich die Gasse hinunter.

„Komm weg von diesen Dummköpfen, amerikanischer Junge“, sagte sie, „ich erzähle dir alles, und du *findest* sie für mich, nicht wahr? Sie gehört Digby, aber mich liebt sie, und ich weiß, dass sie unendlich traurig und verzweifelt ist, denn sie ist so lieb und gutherzig. Sie heißt Joss und ist mittelgroß und mittelalt und insgesamt irgendwie mittelmäßig – nicht wirklich ein Spaniel oder ein Terrier oder ein Jagdhund, sondern einfach ein Hund, und wenn du “ *Joss, Joss, Joss, Joss, Jossie!„* mit einer freundlichen, etwas hohen Stimme rufst, kommt sie zu dir gerannt und lächelt dich an. Du erkennst sie an ihrem Lächeln. Du *wirst* sie finden, oder? Unser Zuhause ist in Brandon Abbas – meine Tante ist Lady Brandon.“

„Wenn sie noch auf dieser Welt ist, werde ich sie finden“, sagte ich.

„Isobel! *Hallo! Isobel* !! *Isobel!!! Komm* schon, wenn du Boadicea sein willst“, trug der Wind herüber, und mit einem „ *Danke,* netter amerikanischer Junge“ und einem Lächeln, das direkt in mein Herz ging – und auch in meinen Kopf –, drehte sich Isobel um und huschte davon.

* * *

Später, während ich die Welt nach Joss absuchte, sah ich diese Gruppe noch einmal.

Der Hundewagen, der in einem wilden Galopp über eine große, rasenähnliche Wiese fuhr, beförderte einen Jungen und ein Mädchen, beide mit Fechtmasken, wobei das Mädchen mit

Pfeil und Bogen bewaffnet war und das Feuer zweier vermeintlicher römischer Soldaten erwiderte, die mit Speeren und Pfeilen den Wagen angriffen, der von einem Wagenlenker geschickt gelenkt und kontrolliert wurde.

Ich war erleichtert, als ich sah, dass das Pferd offenbar an diese kriegerischen Übungen gewöhnt war und der Wagen in einer anmutigen Kurve um die Wiese herumfuhr, bevor er den Graben und die Hecke am Ende des Feldes erreichte.

§ 2

Da ich ein absolut ehrlicher Mensch bin, kann ich nicht behaupten, dass ich Jasper Jocelyn Jelkes *alias* Joss gefunden habe, denn in Wirklichkeit war sie es, die mich gefunden hat. Was sie dort wollte, weiß ich nicht, aber sie war zu Besuch in High Gables, dem Haus meiner Großmutter, als ich zum Mittagessen zurückkam.

Als ich aus dem Schatten der Allee trat, sah ich einen sehr unscheinbaren Hund, der sich auf der untersten Stufe der weißen Veranda sonnte und lächelte, ganz eindeutig lächelte, mit äußerster Albernheit und Dummheit, meinen Großmutter kleinen Pekinesen an, ein winziges Nebenprodukt der Hundezucht, der mir nicht gefiel. Ich hob meine Stimme auf die Höhe der Hoffnung, die in meinem Herzen aufstieg, und rief den lächelnden Besucher mit genau dem Tonfall und Akzent, den man mir beigebracht hatte, und auf die melodiöseste und schmeichelhafteste Weise, die ich aufbringen konnte. Die ausgezeichnete Joss, denn das war sie zweifellos, wie ihr Verhalten bewies, hüpfte sofort zu meinen Füßen, setzte sich aufrecht hin, lächelte und lächelte und war ganz sicher keine Böse, da war ich mir sicher.

„Joss!", rief ich und tätschelte den lächelnden Kopf. „ *Dulce ridentem Lalagem amabo*; grinsender Idiot; Minnehaha, Lachendes Wasser; ich freue mich *sehr*, dich kennenzulernen ... Du sollst mich führen, sanfte Jossie, wie ein Hund einen Blinden, direkt nach Brandon Abbas, zum Haus der Tante, zu diesen entzückenden Jungen und zu – Isobel. Bist du ein kleiner Scherzkeks, Jossie? Du sollst meine Visitenkarte sein ..."

Oh, wieder siebzehn sein! Siebzehn, an einem herrlichen englischen Frühlingstag, dem Tag, an dem man zum ersten Mal das Schönste auf der Welt entdeckt hat – das für immer das Schönste in der ganzen Welt bleiben wird.

Kapitel II

Nach dem Mittagessen, an jenem denkwürdigen Tag, begab ich mich – mit der heiteren Joss als meiner Patin, Ausrede und lautstarker Empfehlung – „an Bord", wie man in der britischen Marine zu sagen pflegt, des großen Hauses von Brandon Abbas, nachdem ich die vortreffliche Hündin derart verwöhnt hatte, dass es höchst wahrscheinlich schien, sie würde sich erneut in Richtung High Gables verirren.

Ich stapfte ein paar Meilen eine Allee aus normannischen Eichen entlang, von der Lodge am Tor, das von heraldischen Tieren bewacht wurde, die Studenten der unnatürlichen Geschichte wohlbekannt sind – die zurückkehrende Wanderin, die an der Leine zerrte und offensichtlich bemüht war, ihre Gesichtszüge zu einer Maske von angemessener Ernsthaftigkeit zu formen, gemildert durch Freude und gezügelt durch Scham.

Als ich an einem großen, mit Moos bewachsenen Kiesplatz ankam, der von dichtem Gebüsch umgeben war, sah ich eine große Veranda und eine offene Tür, durch die ich im Vorbeigehen einen Blick auf einen getäfelten Saal, einen glänzenden Boden und Rüstungen erhaschen konnte. Nur einen flüchtigen Blick, denn es war offensichtlich, dass Joss wollte, dass ich weiterging, und mein Wille stand nicht im Widerspruch zu ihrem, denn ich hörte Rufe und Gelächter von der Gruppe, die ich suchte.

Von dem nun aufgeregten Hund geführt, durchquerte ich einen Rosengarten und gelangte über einen Pfad durch einige große alte Ulmen und Buchen zu einer offenen Rasenfläche, von der aus man die Hälfte der Grafschaft überblicken konnte.

Als wir aus dem Schatten des Waldes ins Sonnenlicht traten, erhob sich ein Tumult; die vier, nun durch mehrere andere verstärkt, kamen auf mich zu, und mit einem Freudenschrei stürzte das kleine Mädchen vor den anderen her, warf sich buchstäblich auf mich, schlang ihre Arme um meinen Hals und küsste mich innig. Die Wahrheit zwingt mich hinzuzufügen, dass sie genau dasselbe mit dem fehlgeleiteten Joss tat, der sofort seinen Ausdruck, seine Haltung und sein Auftreten eines missverstandenen, aber hoffnungsvollen Hundes aufgab, sich auf seine Hinterbeine stellte, seine Pfoten gegen seine Herrin legte, mit dem Schwanz wedelte, mit der Zunge wedelte und lächelte und lächelte, bis er lachte.

„Oh, du tapferer Kerl!", rief Beau. „Großartig! Guter Pfadfinder!"

„Genau so, Herr Daniel Boone – oder sind Sie Kit Carson? Oder Buffalo Bill? Oder der Pathfinder? ... Wie auch immer, Sie sind der Dogfinder", sagte Digby, streckte mir seine Hand entgegen und drückte meine kräftig ... „Der Dank eines Vaters ... Der verlorene Hund ... Ich hätte fast das dumme Kalb *umgebracht*!" Und er packte den Hund, warf ihn zu Boden und rollte sich in einem scheinbar heftigen Kampf mit dem wilden Tier, das mit schrecklichem Knurren und wütendem Bellen die Kehle seines heftig zustechenden Gegners attackierte und ihn blutig mit all seinen Reißzähnen biss.

„Am Ende sterbe ich, nachdem ich euch alle vor einem tollwütigen Hund gerettet habe, und finde so ein Heldengrab", verkündete Digby ... „Der Hund war von Geburt an tollwütig", fügte er hinzu und lag regungslos da, während die andorranische Austernjägerin ihr Gebiss begutachtete, freudig mit dem Schwanz wedelte und sich auf die Brust ihres Opfers setzte.

Der jüngste Bruder, der sich während des Kampfes kritisch an meine Seite geschlichen hatte, stand nun neben mir, hielt die schmutzige kleine Pfote, die Isobel mir in die Hand gedrückt hatte, und fühlte sich unbegründet und unvernünftig glücklich.

„Sag mal", sagte der Junge, „du solltest der Bande beitreten. Willst du? Würde dir das gefallen?"

„Oh *ja*", stimmte Isobel ein. „ *Mach mit*, amerikanischer Junge ... Wurdest du schon mal von Indianern gefoltert oder warst du das Opfer eines grausamen Schicksals wie Mazeppa? Meinst du, wir könnten dich auf dem Scheiterhaufen rösten? ... Wir haben alle Mustangs, und Joss ist ein ziemlich guter Wolf oder Kojote. Sie ist gerade ein Wolf, und sie ist überhaupt nicht böse – nicht einmal halb so schlimm."

„Nicht einmal zur Hälfte“, stimmte Digby zu und erhob sich. „Äh – das ist – äh – der Hauptmann – Michael Geste, Hauptmann der Bande. Ich bin Digby Geste, Leutnant der Bande. Das Objekt zu Ihrer Rechten ist John Geste, auch bekannt als Sehr Kleiner Geste oder Kaum-etwas von der Bande. Die weibliche Gefangene ist Isobel Rivers, die Musik der Bande. Die schöne Frau dort auf dem Thron ist Claudia, Königin der Bande; und der Herr, der momentan stumm ist, weil ihm ein Toffee im Kiefer steckt, ist Augustus Brandon – und da ist nichts zu machen. Ich darf hinzufügen, dass er, wie Sie sich sicher denken können, nicht so dumm ist, wie er aussieht. Wie könnte er das auch sein?... Der kleine dicke Junge und das Mädchen auf dem Pony sind Zwillinge, Marmaduke und – äh – Marmaduchess. Marmadukes Stiefmutter, die dreimal täglich Essig mit einer Fischangel isst, sagt, er sei durch und durch schlecht. Wir nennen ihn den Durch-und-durchsten. Marmaduchess ist natürlich die Rundeste der Runden... Diese Trossanhänger – Trotzanführer – äh – nein, das geht nicht, da sie dem Hauptmann folgen, sind Ehrenmitglieder der Bande. In Anbetracht Ihrer großen Verdienste habe ich die Ehre...“

„Du wirst das Vergnügen haben, Brot und Wasser und sechs der besten Schläge zu bekommen, wenn du keinen Urlaub nimmst“, unterbrach mich der Bandleader und lud mich herzlich ein, Ehrenmitglied der „Beau Geste's Band“ zu werden und an allen Aktivitäten teilzunehmen, solange das Land durch meine Anwesenheit bereichert werde und wann immer mir danach sei.

Ich nahm die Gastfreundschaft der Bande dankbar an, wurde aufgenommen und schnell zum Bühnenmanager ihrer Aktivitäten in ihren westamerikanischen Auftritten ernannt und wurde zu ihrer Autorität in Bezug auf die dunklen Wege der Indianer, der bösen Männer, der Buffalo Bills, der Cowboys, der Deadwood Dicks und anderer Desperados.

Ich verdiente mir meine Sporen (trug sie aber nicht), indem ich ein Pferd einfing, bestieg und ritt, das frei auf der Koppel stand. Ein Pferd, das noch nie geritten worden war und offenbar nie wieder geritten werden wollte...

Nach einem äußerst angenehmen Tee mit diesen außerordentlich charmanten jungen Leuten ging ich zurück nach High Gables und fühlte mich, glaube ich, glücklicher als je zuvor in meinem Leben. Es war etwas ganz Wunderbares für mich, einen einsamen Fremden in einem fremden Land – denn außer meiner Großmutter und ihren Bediensteten war niemand in High Gables –, plötzlich Mitglied einer so attraktiven Gesellschaft zu sein, einer Familie, die so freundlich, so einladend und so vorbehaltlos gastfreundlich war, dass sie mich fast auf den ersten Blick in ihre Gruppe aufgenommen hatte, mit allen damit verbundenen Privilegien...

Aber als ich in dieser Nacht wach im Bett lag, war das Bild, das mir am lebhaftesten vor Augen stand, das schöne Gesicht des lieben Kindes, das mir diesen süßen, spontanen Kuss der Dankbarkeit und Unschuld gegeben hatte.

Das war sicherlich das Schönste, was mir je passiert war.

§ 2

Man wird mir glauben, wenn ich sage, dass ich kaum eine Gelegenheit ausgelassen habe, die herzliche Einladung „Komm bald wieder!“ anzunehmen, die mich am Ende jedes meiner Besuche in Brandon Abbas stets begleitet hat. Je besser ich die drei Gestes kennenlernte, desto besser gefielen sie mir, und ich wusste, dass ich Isobel Rivers – diese reizende kleine Fee, dieses charmante und entzückende Kind, diese unbeschreiblich süße und faszinierende kleine Freundin – nie genug sehen konnte.

Von den Jungs mochte ich John am liebsten, denn zusätzlich zu all den Eigenschaften, die er mit seinen brillanten Brüdern gemeinsam hatte, fand ich ihn in seiner hundeähnlichen Hingabe an die Zwillinge, die ihn mit eiserner Hand regierten, ihn zum Wohle seiner Seele züchtigten und bestraften, ihn unterwarfen und ihn von ganzem Herzen liebten, ein wenig rührend. Als Gegenleistung für ihre unerschütterliche und unausgesprochene Liebe verehrte er sie. Sie wären für ihn gestorben, und er wäre für sie unter Folter gestorben.

Trotzdem mag ich Beau sehr, wegen seiner Pracht – und das war es wirklich – seines Geistes, seines Körpers und seiner Seele, seiner selbstlosen Liebenswürdigkeit und Sanftmut und seiner außergewöhnlichen „Nettigkeit" gegenüber allen, auch mir gegenüber. Selbst wenn er einen seiner Leute bestrafen musste, schien es mir, als würde das Opfer seiner willkürlichen Gerechtigkeit die Ehre, ausgewählt worden zu sein, sogar genießen, selbst wenn es nur eine Ermahnung und eine Hand aufgelegt bekam...

Andererseits mochte ich Digby genauso gern, wegen seiner unerschöpflichen Fröhlichkeit und Zufriedenheit. Er war ein wandelndes Lachen, und wer mit ihm durchs Leben ging, lachte mit. Er war die personifizierte Fröhlichkeit; sein Tag war ein Lächeln; und wenn er von einem Baum auf den Kopf fiel, nutzte er seinen ersten Atemzug, um über die außerordentlich amüsante Komik von Digby Gestes Sturz aus zehn Metern Höhe, bei dem er sich fast das Genick gebrochen hätte, zu lachen ... Er war der aufrichtigste und spontanste Mensch, den ich je getroffen habe, und irgendwie musste man immer lachen, wenn Digby zu lachen begann, ohne auf den Witz zu warten.

Isobel war ihr Liebling, ihre Fee, ihr Maskottchen, ihre liebevolle, perfekte Spielgefährtin; und Claudia war ihre Königin – „Königin Claudia von Beau Geste's Band" – die sie hoch verehrten und schätzten. Sie liebten und gehorchten Claudia, aber Isobel verwöhnten und verehrten sie.

Ich nehme an, Claudia war schon als junges Mädchen von makelloser Schönheit, Charme und Anmut in Gestalt und Gesicht – aber ich persönlich mochte sie nie. Es gab eine leichte Härte, eine Selbstbewusstheit und eine Spur von Egoismus in ihrem Charakter, die mir jedenfalls auffielen, wenn auch, glaube ich, nicht den anderen. Sicherlich nicht für Michael Geste, denn sie war offensichtlich sein *ideales Mädchenbild*, und er war ihr selbsternannter Paladin und fahrender Ritter. Wenn sie „Turniere" spielten, war sie immer die Königin der Schönheit, und er war ihr Champion, bereit, willig und fähig, alle zu besiegen, die seinen (oder ihren) Anspruch bestritten, dass sie die schönste Jungfrau der Welt sei...

Auch Lady Brandon konnte ich nicht leiden, so faszinierend sie für die meisten auch war. Sie war freundlich, liebenswürdig und gastfreundlich zu mir, und ich war *ihr dankbar* – aber ich konnte *sie* nicht *mögen*. Sie war die absolute Reinkarnation der „guten" Königin Bess, und ich glaube nicht, dass irgendeine lebende Frau Königin Elizabeth besser hätte verkörpern können als sie, weder auf der Bühne noch im wirklichen Leben. Obwohl sie auf ihre Weise schön war, ähnelte sie erstaunlich den Porträts dieser großen, skrupellosen Königin, und meiner Meinung nach ähnelte sie ihr auch im Charakter. Sie war herrisch, klug, hart, „geschäftstüchtig" und fähig. Sie hatte eine sehr königliche Ausstrahlung und einen königlichen Stil, sie liebte ihre Lieblinge – vor allem Michael und Claudia – und war extrem eifersüchtig. Sie war eine Frau mit starkem Charakter, die sowohl rücksichtslos als auch skrupellos sein konnte. Zumindest war das der Eindruck, den ich von Lady Brandon hatte – und ich bin sehr intuitiv, studiere Physiognomie und habe eine ausgeprägte Begabung, Charaktere zu lesen.

Nein, ich mochte Lady Brandon nicht und misstraute ihr – und ich fand, dass sie und Claudia sich im Charakter nicht unähnlich waren ... Ich war sehr fasziniert, als meine Großmutter trocken bemerkte: „Heinrich VIII. ist, glaube ich, der *'Rex'* von Brandon *'Regis'*", als ich auf eine Frage von ihr zu Lady Brandon geantwortet hatte: „Sie erinnert mich an Königin Elisabeth..."

Sie ähnelte der Königin auch in ihrer Fähigkeit, in Männern große Liebe zu wecken, eine edle Liebe, die eines edleren Objekts würdig war...

Bei einem meiner Besuche bei der Band wurde ich wegen meiner mehrtägigen Abwesenheit gescholten – ich war in London gewesen, um etwas für meinen Vater zu erledigen – und mir wurde gesagt, ich hätte die Chance meines Lebens verpasst, einen wahren Helden der Romantik zu sehen und zu hören, einen französischen Offizier der Spahis, Sohn eines alten Schulfreundes von Lady Brandon, der das Wochenende in Brandon Abbas verbracht hatte und der sich mit seinen realistischen und wahren Geschichten über Wüstenkriege und Abenteuer im geheimnisvollen und romantischen Marokko für immer in die Herzen der Kinder gespielt hatte.

Sofort hörten wir auf, Indianer, Ritter der Tafelrunde, Kreuzritter, alte Briten, Großwildjäger oder irgendetwas anderes zu sein, außer Spahis und Arabern, und die drei Gestes und ich verbrachten einen Teil unseres Lebens damit, auf zwei Ponys, einem Esel und einem Kutschpferd *einen Douar* aus Ginsterbüschen zu stürmen, der von einer Garnison Araber verteidigt wurde, die mit Handtüchern bekleidet waren, Laken und Nachthemden und bewaffnet mit Erbsenschleudern, Pfeil und Bogen, Lanzen, Schwertern und Speeren, Spielzeuggewehren und Pistolen, die mehr Lärm machten als Schaden...

Die Truppe lebte sicherlich „gefährlich", aber es gab nur wenige und leichte Unfälle, und die absolute Freiheit, die den Kindern gewährt wurde, sobald der morgendliche Unterricht beim Kaplan beendet war, wurde wirklich nicht missbraucht. Da man ihnen vertraute, waren sie vertrauenswürdig, und der Hauptmann führte die Truppe weder in unwiderstehliche Versuchungen noch in mehr als rechtmäßige und vernünftige Gefahren.

Dieser Kaplan war mir ein Rätsel. Ich war mir sicher, dass er im Grunde gut, ehrenhaft und wohlmeinend war, aber in meiner jugendlichen Intoleranz kam er mir zu schwach und zu charakterlos vor, um den Namen „Mann" zu verdienen. Sicherlich stand ihm die mit einem Rock versehene Soutane gut, und zusammen mit seinem liebenswürdigen, sanften Gesicht und seinen Manieren schien er ihn in eine eigene Klasse zu versetzen – weder Mann noch Frau, sondern einfach ein geschlechtsloser Priester. Er liebte die Kinder von ganzem Herzen und war ihnen eher eine Mutter als ein Vater. Lady Brandon verehrte er offensichtlich. Auch er gehörte zu den Lieblingen dieser königlichen und herrischen Frau, und ihr hübsches Gesicht wurde ganz sanft, wenn sie mit ihm auf der Terrasse spazieren ging und mit ihm redete.

Es war ein außergewöhnlich interessanter Haushalt, und als die Zeit kam, nach Hause zurückzukehren und mich auf Harvard vorzubereiten, tat es mir sehr leid.

Mit einem leichten Kloß im Hals verbrachte ich meinen letzten Nachmittag mit den Band-Jungs, und mit einem elenden Aufruhr in meinem Herzen verabschiedete ich mich von ihnen. Auch sie schienen aufrichtig traurig zu sein, dass ich ging, und erwogen ernsthaft Johns Vorschlag, mich *alle zusammen* zumindest bis nach Wyoming zu begleiten, wo sie bleiben und den Beruf des Kuhhirten ergreifen könnten.

Ich glaube, ich bin an diesem Nachmittag so schnell zu High Gables zurückgelaufen wie noch nie in meinem Leben, denn ich versuchte, vor mir selbst, vor meinem Elend, vor dem Gefühl des völligen Verlusts und der Trostlosigkeit davonzulaufen.

Ich war erstaunt über mich selbst ... Warum fühlte ich mich so? Was war mit mir passiert? Seit dem Tod meiner Mutter hatte ich mich nicht mehr so elend, so verlassen, so voller Verlust und Einsamkeit gefühlt ... Ich war wie ein Mann, der von einem plötzlichen tödlichen Schmerz getroffen wird, der versucht, ihn zu erklären, und es nicht kann...

Isobel hatte ihre Arme um meinen Hals gelegt und mir einen Abschiedskuss gegeben.

„Du *kommst* doch bald wieder, netter amerikanischer Junge?", hatte sie gesagt. Und ich war absolut unfähig, irgendetwas zu antworten. Ich konnte nur lachen und zustimmend mit dem Kopf nicken.

In dieser Nacht konnte ich absolut nicht schlafen, stand auf, zog mich an, schlich mich leise aus dem Haus und ging nach Brandon Abbas, um zu sehen, wie diese alte Ruine im Licht des Vollmonds aussah, wie ich mir sagte...

* * *

Am nächsten Tag trat ich meine Reise an, schrecklich heimwehkrank – krank nach dem Zuhause meines Herzens – Brandon Abbas. Jede Meile, die ich mit Zug und Schiff und wieder mit Zug von diesem schönen Ort entfernt wurde, verstärkte mein Elend, und als ich endlich die Ranch meines Vaters erreichte, fiel es mir schwer, es vor meiner Schwester Mary zu verbergen, dieser lieben, entschlossenen und energischen jungen Frau. Mein Vater – mein harter, herrischer, autokratischer Vater – nahm keine Rücksicht darauf, ob andere unglücklich waren oder nicht, und meine kleine Schwester Janey war noch zu jung. Noel, der Älteste unserer Familie, wurde immer noch „vermisst", und mein Vater gab vor, weder zu wissen noch sich darum zu kümmern, wo er war...

Allerdings begann ich bald, mein süßes Unglück zu genießen, und ich lebte auf dem Pferderücken, bis der Tag kam, an dem ich nach Osten zum College gehen und dieses freie und herrliche Leben unter freiem Himmel hinter mir lassen musste.

Eigentlich ging ich bereitwillig, denn ich liebte Bücher und wollte vor allem ein guter Gelehrter werden ... Ich hielt „Mein Geist ist mein Reich" für einen großartigen Spruch, wenn man ihn (natürlich nur zu sich selbst) mit echter Überzeugung sagen konnte ... Ich konnte Noels kategorische Weigerung, etwas anderes als Pferde, die Natur und das Wissen der Indianer und Präriebewohner zu studieren, nie verstehen, ebenso wenig wie seine oft geäußerte Ansicht, dass Bildung nicht aus Büchern, sondern aus dem Leben kommt. Nichts, so Noel, könne einen für das Leben schulen außer dem Leben selbst; Bücher und Schulbildung könnten einen nur für mehr Schulbildung und Bücher, für die Prüfungsräume und die Welt der falschen Werte schulen. Und doch las er die Bücher, die er mochte, mein wunderbarer Bruder Noel – aber zur Schule und zum College wollte er nicht gehen, und selbst mein dynamischer und gewalttätiger Vater konnte ihn nicht dorthin treiben.

„Ehre deinen Vater und deine Mutter" ... Wir konnten nicht anders, als unsere Mutter zu ehren und sie fast bis zur Verehrung zu lieben.

Was soll ich über meinen schrecklichen Vater sagen? Wir haben ihn geehrt. Wir haben ihn respektiert und ihm ganz sicher gehorcht – alle außer Noel. Noel hörte auf, ihm zu gehorchen, sobald er groß und alt genug war, um sich für Mutter einzusetzen.

Seine Weigerung, zur Schule und aufs College zu gehen, war, glaube ich, seinem Wunsch geschuldet, ihr nahe zu sein und sich für sie einsetzen zu können. Er verließ das Haus auch nicht, bis er eines Tages in seiner Wut die Waffe auf Dad richtete und erkannte, dass er sich zwischen dieser Art von Leben und dem Weggehen entscheiden musste.

Er ging fort und kam nach einem Vierteljahrhundert auf eine Weise zurück, wie ich sie erzählen werde.

Mein Vater war kein schlechter Mensch. Er war ein sehr „guter" Mensch. Er war nicht grausam, bösartig oder rachsüchtig, aber er war ein Schreckgespenst und ein Tyrann. Er hat seine Frau unterdrückt und ihren Lebensmut gebrochen, und er hat seine Kinder zu Rebellen oder verängstigten „beeinflussbaren" Menschen gemacht.

Noel und Mary waren Rebellen. Janey und ich waren eingeschüchtert und verängstigt.

Von all den tollen Sachen, für die ich Noel als Kind bewunderte, war seine Trotzhaltung gegenüber meinem Vater für mich mit Abstand das Tollste.

Zu verschiedenen Zeiten erinnerte mich mein Vater in seiner Strenge und Hartnäckigkeit an Abraham Lincoln, in seiner rauen und wilden „Frömmigkeit" an den Propheten Elia, John Wesley, Brigham Young und John Knox. Es gab auch etwas in ihm von Herrn Gladstone, von Theodore Roosevelt und eine ganze Menge von William Jennings Bryan in seiner rhetorischsten, engstirnigsten und dogmatischsten Phase.

Und zweifellos hatte er auch etwas von König David von Jerusalem. Ja, es gab zweifellos viele starke Ähnlichkeiten zwischen meinem Vater und diesem tapferen, starken, listigen Mann, diesem frommen und leidenschaftlichen König.

Und ein König in seinem eigenen weiten Reich war mein Vater, der kaum einen Vorschlag, geschweige denn einen Widerspruch von irgendjemandem duldete – ein König, der sich auf schreckliche und unglückliche Weise der Sündhaftigkeit all seiner Untertanen bewusst war, insbesondere derjenigen in seinem eigenen Haushalt.

Er glaubte, dass die Bibel – natürlich auf Englisch – von Gott diktiert worden war und dass es Verdammnis und Tod bedeutete, sie nicht wörtlich zu nehmen. Er hätte Noel fast *zu* Tode geprügelt, als dieser im Alter von etwa sechzehn Jahren frech genug war, sich zu fragen, wie Noah die Eisbären *und* Kängurus für seine Menagerie zusammengebracht hatte und wie er das fünfzigtausend Tonnen schwere Schiff gebaut hatte, das für die Unterbringung aller Tiere und ihrer Nahrung notwendig war.

Das war nach der Rückkehr meines Vaters von einer Reise nach Europa, wo er einen zwanzigtausend Dollar teuren Hereford-Bullen mit Stammbaum und den besten reinrassigen arabischen Hengst gekauft hatte, den man für Geld kaufen konnte.

Während seiner Abwesenheit hatte Noel den Vorarbeiter erwischt, einen scheinheiligen Schurken, dem Vater fest vertraut hatte; er hatte ihn verprügelt und von der Ranch gejagt.

Zweifellos hatte Noel meinem Vater eine Menge Geld gespart und einen unverfrorenen Schurken entlarvt, und dafür hasste ihn mein Vater, das glaube ich fest, umso mehr und vergab ihm nie.

Ja, mein Vater hat Noel definitiv das Leben verdorben und ihn zu dem Wanderer gemacht, der er geworden ist.

Bis heute, wenn ich Albträume habe, und davon habe ich viele, träume ich meistens von einem schrecklichen Streit mit meinem Vater, und ich wache schweißgebadet und zitternd vor Empörung, Wut und Entsetzen auf.

Denn in meinen Träumen stürmt er immer auf mich zu, schreit mich mit Schimpfwörtern an, sein Gesicht vor Wut gerötet, packt mich an der Kehle und hebt seine Peitsche, um mir die Bosheit aus dem Leib zu prügeln, wie er es in Wirklichkeit so oft getan hat. Und zu meinem Entsetzen merke ich, dass ich meine Faust balle, um diese Maske wahnsinniger Grausamkeit zu zerschlagen, und dann wird mir klar, dass ich im Begriff bin, meinen eigenen Vater zu schlagen, in meiner Empörung darüber, dass ich, ein erwachsener Mann, so behandelt werde.

Es klingt harmlos, aber es ist ein *schrecklicher* Traum.

„Ehre deinen Vater" ... Ich glaube, dass meine Mutter ihn verehrte und fürchtete, und ich glaube, dass ich ihn unbewusst zutiefst hasste, während ich ihn bewusst respektierte und fürchtete.

Für die Welt, unsere kleine westliche Welt, war er ein großer Mann – ein Mann, der zu seinem Wort stand, ein starker Mann, ein gefährlicher Mann, dem man besser nicht in die Quere kam, ein guter Freund und ein schlechter Feind.

Eine *Bemerkung* von Mary über ihren Vater gibt einen guten Einblick in seinen starken und komplexen Charakter.

„Vater hat in seinem Leben nie etwas Falsches getan", sagte sie, „denn alles, was Vater tut, ist richtig – in den Augen von Vater."

Mary hatte viel von der Stärke und Willenskraft ihres Vaters geerbt, aber auch viel von der Attraktivität ihrer Mutter.

Sie war ein Mädchen mit Charakter, und was sie sich in den Kopf gesetzt hatte, bekam sie auch. Wenn die Stärke ihres Vaters die von Granit, Eisen und Diamant war, dann war ihre die Stärke von gehärtetem Stahl, denn sie war biegsam und wusste, wann sie sich beugen musste, um nicht zu zerbrechen. Sie schaffte es, ihren Vater zu lenken, und ließ sich nicht unterkriegen. Während Noel ihm offen trotzte und ihn bekämpfte, trotzte sie ihm heimlich und überlistete ihn.

Vater liebte sie zweifellos – wie Männer ihre Töchter lieben – und ich glaube, Mary liebte ihn bis zu einem gewissen Grad.

§ 3

So sehr ich auch alles an der großartigen Harvard genoss, von den Büchern bis zum Baseball, so sehr war ich doch von dem Wunsch besessen, wieder nach England zu reisen. Das lag nicht nur daran, dass ich mich danach sehnte, das schöne Gesicht meiner liebenswürdig-scharfen Großmutter Hankinson wiederzusehen. Ich sehnte mich sehr danach, Brandon Regis bei der ersten Gelegenheit wieder zu besuchen – denn Brandon Regis ist nur einen angenehmen Spaziergang von Brandon Abbas entfernt.

Ich wollte die Geste-Jungs wieder sehen – und ich wollte Isobel sehen ... Das ist die reine Wahrheit – ich wollte Isobel sehen. Jeden einzelnen Tag meines Lebens wollte ich sie sehen.

Ich behaupte nicht, dass ich während meiner Zeit in Harvard in hoffnungsloser Verliebtheit herumgeträumt habe, wie ein lächerlicher sentimentaler Jungspund, oder dass ihr hübsches kleines Gesicht immer zwischen mir und den gedruckten Seiten stand und mich ständig beschäftigte, beim Schlafen und Wachen, beim Spielen und Arbeiten – aber ich gebe durchaus zu, dass ich regelmäßig an sie gedacht habe...

Jeden Abend, wenn ich meinen Kopf auf das Kissen legte, versetzte ich mich in Gedanken in den Park von Brandon Abbas, betrat mein eigenes schönes geheimes Königreich und lebte dort glücklich, abgeschieden und in herrlicher Ruhe, bis ich einschlief.

Dieses Königreich teilte ich mit Isobel, und wir beide – treue Freunde – machten zusammen tolle Sachen, führten wunderbare Gespräche, erkundeten eine Welt von absoluter Schönheit und spazierten Hand in Hand durch ein Märchenland voller Freude, Spaß und Lachen...

Ich bin mir nicht sicher, ob das damals mein echtes Leben war; das und die Träume, die fast immer folgten, wenn ich einschlief. Auf jeden Fall war es so echt, dass ich mich jeden Tag darauf freute, und wenn ich es nicht bewusst tat, war ich mir immer halb bewusst, dass etwas Schönes auf mich wartete, etwas Gutes und Süßes und Kostbares, etwas „Nettes“, das zu mir kommen würde. Und als ich dieses Gefühl der freudigen Erwartung analysierte, stellte ich fest, dass es die Vorfreude meiner Seele auf ihren Besuch im Zauberreich war, wo Isobel mich treffen würde und wir zusammen spazieren gehen, reden und lachen würden in unserem verlorenen Paradies.

Wenn auf den bewusst herbeigeführten Tagtraum ein Schlaf-Traum folgte, erwachte ich immer zu Minuten unbeschreiblichen Glücks, einem Glück, das ich zu keiner anderen Zeit und auf keine andere Weise erlebte.... Ich fühlte mich *gut*.... Und mir wurde klar, wie einzigartig gesegnet Otis H. Vanbrugh gegenüber anderen Männern war. Auch die logische Folge entging mir nicht – wie sehr es mir oblag, mich fit zu halten, um in unser schönes geheimes Königreich eintreten zu können, und würdig zu sein, Isobel dort zu treffen.

Ich glaube nicht, dass es für mich die vermeintlich unvermeidlichen und schrecklichen Versuchungen gab, denen wohlhabende junge Männer im College ausgesetzt sind. Späte Stunden hätten mich zu spät in den geheimen Garten kommen lassen; der Geruch von Wein hätte sich nicht gut mit dem Duft der taufrischen Rosen dort vermischt; und jemand, der täglich das Privileg hatte, mit Isobel zu kommunizieren, konnte in den Hallen der Paphian Damen nicht den geringsten Reiz oder Charme finden.... Also füllte ich meine Tage mit Arbeit, las fleißig und kämpfte in meiner Freizeit mit harten Bandagen, lebte gefährlich, als ich im Westen lebte, widmete mich dort mit Eifer dem Studium des Völkerrechts und der Lebensweise des Berglöwen und des Grizzlybären und verdiente mir die herzliche Anerkennung meiner tapferen und zähen Schwester Mary....

Und stell dir vor, in welcher Gemütsverfassung ich am Ende meiner College-Zeit nach Europa segelte – zu Besuch bei einem lebenslangen Freund meines Vaters, der damals unser Botschafter in Frankreich war – und nebenbei auch meine Großmutter in Brandon Regia besuchen wollte...

* * *

Als ich vom Southampton-London-Schnellzug am Bahnhof Waterloo ausstieg, setzte sich auf der gegenüberliegenden Seite desselben Bahnsteigs gerade ein anderer Zug in Bewegung und glitt mit langsam zunehmender Geschwindigkeit davon. An einem Fenster, ein Taschentuch schwenkend und drei jungen Männern zuwinkend, stand ein Mädchen – und mit einem seltsamen Zusammenziehen des Herzens, einem plötzlichen Blutandrang zum Kopf und einem leichten Zittern des ganzen Körpers erkannte ich, dass es Isobel Rivers war – das Kind Isobel, herangewachsen zu einer überaus schönen jungen Frau ... auf wunderbare Weise dieselbe und doch verändert.... Sie hatte ihr Haar hochgesteckt....

Im Gepäckwagen meines Zuges standen meine Koffer und Reisetaschen. Ein Gepäckträger hielt bereits meinen Koffer und meine Handtasche in den Händen. Ohne mich umzusehen, eilte ich über den breiten Bahnsteig und bahnte mir wie ein Fußballstürmer in Eile einen Weg durch die Menge. Als ich den nun schnell fahrenden Zug erreichte, nach einer Tür griff und schnell hineinstürmte, während ich die Tür aufdrehte, packte mich ein Beamter und schrie: „Zurück! Sie können da nicht einsteigen, Herr!", in heftiger Empörung, weniger über meine Waghalsigkeit, mir das Genick zu brechen, als über meine Waghalsigkeit, gegen eine Eisenbahnvorschrift zu verstoßen.

„Hey! Sie können da nicht rein", brüllte er wieder.

„Pass auf mich auf", antwortete ich, wich ihm aus und schwang mich auf die Trittstufe, als sich die Tür öffnete ... „Ich werde Ihrem Zug nichts tun", rief ich zurück, während er traurig und wütend am Ende des Bahnsteigs zurückblieb.

In dem Abteil, in das ich dann stieg, saßen drei Engländer und eine Engländerin. Keiner von ihnen sah auf, als ich mich hinsetzte, und keiner sprach mich oder einander während der langen Stunden der nonstop Fahrt an, die nun folgten...

Wunderbare Leute, diese Engländer!...

Und so saß ich dort in jenem vorsintflutlichen Waggon ohne Gang während all dieser langen Stunden, mein Gepäck aufgegeben, meine Hotelreservierung verfallen, mein Ziel unbekannt; doch mit dem Wissen, dass Isobel Rivers und ich im selben Zug waren und dass ich mit ihr sprechen würde, sobald dieser urzeitliche Fliegende Holländer oder Tosende Blitz seine Endstation oder den ersten Halt erreichte.

Trotz der Kälte, des Hungers, der Orientierungslosigkeit und einer gewissen leichten Angst um das Schicksal meines Gepäcks gehörten diese Stunden, daran glaube ich fest, zu den glücklichsten meines Lebens; und als der Zug langsamer wurde – er muss langsamer geworden sein, nehme ich an, obwohl ich keine Geschwindigkeitsänderung bemerkt habe –, um seine phlegmatischen Insassen in Exeter aussteigen zu lassen, war ich, der letzte Mann, der in diesen Zug gestiegen war, mit Sicherheit der erste, der ausstieg.

§ 4

Ich bin mir ganz sicher, dass Isobel sich wirklich aufrichtig freute, mich zu sehen, und Lady Brandon gab sich sehr freundlich. Ich wusste, dass Isobel sich freute, denn als sie mich erkannte, kam dieser wunderbare Glanz in ihre Augen – eine Art tanzendes Licht, dieses unbeschreibliche Leuchten, als würde sie von innen heraus strahlen, das immer ihre Freude signalisierte und verschönert hat. Man liest von Menschen, die vor Freude tanzen und springen. Isobel tat das nicht, aber ihre Augen taten es, und man konnte immer an ihren Augen erkennen, wenn ihr ein Geschenk, ein Scherz oder ein Ereignis echte Freude bereitet hatte.

Ich hatte John Geste oft sagen hören: „*Das wird* Isobels Augen zum Leuchten bringen", wenn er ihr etwas Lustiges zu erzählen hatte oder eine gute Nachricht, und ich dachte mir, dass sicherlich niemand sich eine herrlichere und wunderbarere Art vorstellen konnte, sein Leben zu verbringen, als dieses schöne Leuchten in Isobels Augen zu bringen.

Stell dir vor, wie glücklich ich war, als mir klar wurde, dass ich das jetzt auch konnte.

„Aber", sagte sie, als ich näher kam und meinen Hut hob, „der nette amerikanische Junge! ... Oh, wie schön! ... Die Jungs *werden* traurig sein", und sie reichte mir auf die entzückendste und freundlichste Weise beide Hände.

Lady Brandon reichte mir weniger spontan und freundlich, aber dennoch sehr angenehm beide Finger und lud mich – Gott segne sie – ein, mit ihnen im Zug nach Brandon Abbas und in ihrer Kutsche, die sie dort abholen würde, mitzufahren. Sie zeigte keine Überraschung darüber, dass es kein Gepäckproblem gab, da ich kein Gepäck hatte. Unter ihrem halb freundlichen, halb spöttischen Blick versuchte ich mein Bestes, um zu verbergen, dass ich, als ich Isobel erblickt hatte, alles außer meiner Hoffnung aufgegeben und von einem Zug in den anderen gesprungen war.

Ich weiß nicht, ob auserwählte Propheten wie Elia jemals ekstatische Freude an ihren Fahrten in feurigen Streitwagen und ähnlichen himmlischen Fahrzeugen empfanden, aber ich weiß, dass meine kurze Fahrt mit Isobel im Zug und in der Kutsche für mich der Gipfel ekstatischer Freude war – ein reines Glück, das völlig unbeschreiblich und unbeschreiblich war – umso höher, größer und schöner, je reiner es war. Und erst als ich in High Gables ausstieg, nachdem ich Isobel und Lady Brandon in Brandon Abbas zurückgelassen hatte, kam mein hochfliegender Geist wieder auf die Erde zurück, und als er auf der Erde angekommen war, stand ich vor dem Problem, meine unangekündigte Ankunft und das Fehlen weiterer Proviant als einen Spazierstock und einen Handschuh zu erklären. Außerdem wurde mir leider klar, dass ich Isobel nicht wieder sehen würde, da sie und Lady Brandon am nächsten Tag nach Wales und später zu einer Rundreise nach Schottland aufbrechen würden. Sie hatten mit den Jungen in London gewohnt, die nun zu einer Wanderung in die Normandie aufbrachen.

Allerdings *hatte ich Isobel gesehen* und die Bestätigung erhalten – falls es einer Bestätigung bedurfte –, dass sie nicht nur das Wunderbarste auf der ganzen Welt war, sondern dass alles andere auf der Welt im Vergleich zu ihr nichts bedeutete.

* * *

Ich habe diese belanglose und dumme kleine Begebenheit erwähnt – die am nächsten Tag mit meiner Rückkehr nach London und der Suche nach meinem Gepäck endete –, weil mir in dieser Nacht, als ich wach lag, die großartige, die allergrößte Idee meines Lebens kam – die Idee, dass ich es mit Gottes Hilfe und mit jeder Faser meines Wesens eines Tages, irgendwie, könnte, es schaffen könnte, mich der Liebe von Isobel würdig zu machen und dann – unglaublich – von Isobel geliebt zu werden und mein Leben tatsächlich dem zu widmen, was ich mir vorgestellt hatte, als ihre Augen funkelten und leuchteten, als sie mich sah.

Es ist merkwürdig und wahr, dass mir dieser Gedanke noch nie zuvor gekommen war und ich mir nie die Möglichkeit vorgestellt hatte, dass ich sie nicht nur lieben, sondern auch von ihr geliebt werden könnte und dass wir tatsächlich Hand in Hand auf dem Weg des Lebens gehen könnten, in einer süßen und lieblichen Gemeinschaft, wie wir es jeden Abend in unserem Traumgarten getan hatten ... Und da, ich erinnere mich, überkam mich ein kleiner Schauer, der meine zärtlichen Träumereien erledigte, als mir zum ersten Mal klar wurde, dass der Traumgarten nur eine Schöpfung meiner Träume war und nicht auch die von Isobel. Dort trafen wir uns, unterhielten uns, spazierten und waren enge Freunde, mit einer Realität, die so groß war wie alles in meinem realen Leben – aber natürlich war es nur *mein* Traum, und die echte Isobel wusste nichts vom Traumgarten.

Aber wusste sie wirklich nichts davon? Warum sollte ich das annehmen?

Angenommen – nur angenommen –, dass sie auch davon geträumt hat! Angenommen, Isobel hätte dieses seltsame und wunderbare Doppelleben geführt wie ich und hätte mich in ihren Träumen genau so getroffen, wie ich sie getroffen habe, Nacht für Nacht! Absurd, natürlich, aber eine viel zu schöne Vorstellung, um sie mit vorgetäuschter Verachtung abzutun. Ich würde sie das fragen, sobald ich sie wiedersah. Wie unbeschreiblich wunderbar *wäre es*, wenn sie mir sagen könnte, dass es so *war*! ... Außerdem würde es bedeuten, *dass sie mich liebte – und* darüber lachte ich sogar über meine eigene Torheit. Trotzdem würde ich sie fragen, sobald wir uns wiedersahen ...

Aber als wir uns das nächste Mal trafen, fragte ich sie etwas anderes.

Kapitel III

Ich glaube, dass die Tage, die ich auf meiner nächsten Reise von New York nach Southampton und Brandon Regis verbrachte, zu den glücklichsten meines ganzen Lebens gehörten. Ich muss unerträglich fröhlich und zufrieden mit mir selbst gewirkt haben. Wenn ich nicht gerade mit dem Mund pfiff oder sang, tat ich es in meinem Herzen. Ich liebte alle Menschen. Weniger sicher ist, ob alle mich liebten. Ich liebte den strahlenden Sonnenschein, das perfekte Meer, das prächtige Schiff, das köstliche Essen, die Passagiere, jeden einzelnen von ihnen, die Jungen, die Alten, die Fröhlichen, die Mürrischen, die Aktiven, die Faulen, die Egoistischen, die Selbstlosen ... Wenn die ganze Welt einen Liebenden liebt, dann liebt ein Liebender sicherlich die ganze Welt ... die großartige, herrliche Welt, die zu seinen Füßen liegt ... Die Welt, die die einzige Frau auf der Welt enthält und existiert, um sie zu enthalten...

Ich liebte die Sterne, den Mond, den wunderbaren Nachthimmel, den Boden des Himmels, durchbrochen von Millionen kleiner Löcher, durch die die Strahlen des himmlischen Lichts schienen – und ich saß lange allein da, starrte in die Ferne, dachte nach, träumte, sehnte mich.

Ich liebte die Morgendämmerung, und so spät ich auch nachts auf dem Bootsdeck gesessen habe, war ich wieder da, um zu sehen, wie der Osten grau und rosa und golden wurde, um die Sonne zu begrüßen, die einen weiteren Meilenstein auf dem kurzen und schönen Weg zu Brandon Abbas und Isobel einläutete.

Brandon Abbas und Isobel! ... Eines Tages, als ein armer reicher Junge, den ich in meiner universellen Liebe verstand – trotz seiner Pickel, seiner schlechten Witze, seiner unangenehmen Art und seiner inakzeptablen Ansichten –, mich fragte, ob ich nach Paris fahren würde, antwortete ich: „Nein, nach Brandon Abbas", und er fragte erstaunt, wo das sein könnte, und ich antwortete:

„Nebenan im Paradies", schloss er zu Recht, dass ich verrückt oder betrunken sei. Er hatte doppelt Recht, denn ich war außer mir vor Freude und betrunken vor Glück.

Ja, ich liebte alles, ich liebte alle Menschen, und ich liebte Gott von ganzem Herzen.

* * *

In Southampton ließ ich den Zug nach London weiterfahren und wartete am Endbahnhof der South Western Railway auf einen viel besseren Zug, der sich durch das grüne und angenehme Land Englands bis zu einem kleinen Bahnhof schlängelt, wo man einen noch besseren Zug nehmen kann, der nach Exeter fährt, wo der beste Zug der Welt wartet – der letzte und schönste Zug der Welt –, der seine glücklichen Passagiere nach Brandon Abbas bringt.

Ich saß nicht in einem von Menschenhand gebauten Zug, sondern in einem Feuerwagen, der mich ekstatisch und beschwingt in den Himmel meiner Träume trug, meiner Tag- und Nachtträume von vielen Jahren.

Vom Bahnhof fuhr ich in einer Kutsche, die für das trübe Auge eines gewöhnlichen Betrachters muffig und schimmlig aussah und von einem mottenzerfressenen und heruntergekommenen Pferdeersatz gezogen wurde, nach High Gables, wo ich mit der scheinbar schroffen Freundlichkeit und grimmigen Herzlichkeit empfangen wurde, mit der meine wunderbare alte Großmutter Hankinson ihre wirklich zärtliche und liebevolle Natur verbarg.

Am nächsten Tag ging ich nach Brandon Abbas.

Ich erinnere mich, dass ich unterwegs versuchte, mich an einige Zeilen zu erinnern, die ich, wie ich glaubte, gelesen hatte. Waren sie vom Marquis von Montrose geschrieben worden, oder hatte Königin Elisabeth sie mit einem Diamanten in eine Fensterscheibe geritzt, um einen jungen Verehrer zu ermutigen? War es: *„ Er fürchtet entweder sein Schicksal zu sehr, oder seine Verdienste sind gering, der es nicht wagt, es auf die Probe zu stellen, um alles zu gewinnen oder zu verlieren."* ...? Jedenfalls so etwas in der Art, wahrscheinlich von Montrose geschrieben.

Nun, meine Verdienste waren gering genug, und manchmal fürchtete ich mein Schicksal, aber ich würde es auf jeden Fall auf die Probe stellen, bevor ich ging, ob ich nun ein Jahr oder ein Leben lang blieb.

Ich wollte Isobel sagen, dass ich sie liebte – dass ich sie ununterbrochen und immer mehr geliebt hatte, seit ich sie zum ersten Mal gesehen hatte, ein hübsches Kind, das in einer Hundekutsche saß und sich große Sorgen um einen Hund machte.

Es stimmt, ich war ihrer völlig und gänzlich unwürdig, aber das waren alle anderen auch. Ich hatte nichts zu bieten außer einer absolut vollkommenen und unstillbaren Liebe – aber aus der Sicht einer Person wie Lady Brandon zum Beispiel war ich nicht unpassend. Ich war ein Ausländer, ein Amerikaner, aber durch meine Mutter hatte ich Wurzeln in diesem Land. Ich war unbekannt und unbedeutend, aber das konnte sich sehr schnell ändern, wenn ich Isobels Ehemann wurde. Das allein wäre schon eine große Auszeichnung gewesen, aber ich würde noch mehr hinzufügen und versprechen, dass Isobels Ehemann eines Tages amerikanischer Botschafter in St. James, in Paris, in St. Petersburg werden würde – wo immer sie wollte ... Präsident der Vereinigten Staaten von Amerika, wenn sie sich das so sehr wünschte ... Ich war alles andere als arm und würde eines Tages wohl auch nicht mehr weit davon entfernt sein, sehr reich zu sein.

Solche Kleinigkeiten wären in den Augen der elisabethanischen Lady Brandon durchaus relevant und von Bedeutung gewesen. Meiner Meinung nach war das Einzige, was wirklich zählte, dass ich Isobel bis zur Verehrung und Anbetung liebte und dass diese Liebe nicht nur die Zeit überdauert hatte, sondern durch die Zeit selbst gewonnen hatte – denn der Wein der Liebe war gereift und besser geworden, reicher, süßer, edler, Jahr für Jahr...

Armer Junge!

* * *

Ich bog in die Einfahrt der Lodge ein und ging die lange Allee entlang, in der ich jeden normannischen Baum kannte.

Der gute alte Burdon, der perfekte Butler, eine Perle unter den englischen Dienern, stand in der Halle, als ich auf der Veranda erschien, und begrüßte mich auf die perfekte Art eines perfekten Dieners: freundlich, einladend, respektvoll.

Aber Ihre Ladyschaft war nicht zu Hause...

Fräulein Claudia war nicht zu Hause...

Fräulein Isobel war nicht zu Hause...

Herr Michael, Herr Digby und Herr John waren nicht zu Hause...

Mir blieb nichts anderes übrig, als meine Visitenkarte zu hinterlassen und zu gehen, mehr als ein wenig enttäuscht und niedergeschlagen.

Ich ging die Auffahrt hinunter, weniger beschwingt als ich sie hinaufgegangen war. Mir war tatsächlich nicht in den Sinn gekommen, dass man nach Brandon Abbas fahren könnte, ohne Isobel dort anzutreffen.... Die Sonne schien nicht mehr so hell und der Himmel war nicht mehr so blau, und was zuvor der liebliche Gesang der Vögel gewesen war, war jetzt nur noch Lärm....

Und als ich um eine Kurve in der Auffahrt bog, machte mein Herz eine Kurve und schlug schneller, denn ein Mädchen ritt auf mich zu, ein kleines Mädchen auf einem großen Pferd. Das schönste, liebste, gütigste Mädchen auf der ganzen Welt...

Mein Herz schlug wieder normal, beruhigte sich und ließ mich wieder zu Atem kommen ... *Isobel...*

Die Sonne schien strahlend hell und warm, der Himmel war tief italienischblau, die englischen Singvögel waren Vögel aus dem Paradies – und Isobel streckte mir ihre behandschuhte Hand entgegen, die ich nahm und an meine Lippen drückte, während sie süß und freundlich lächelte und sagte:

„Aber hallo! Unser netter amerikanischer Junge ist zurück! Ich *bin* so froh ... Otis..." Und dann wusste ich, dass etwas nicht stimmte. Ihre Stimme klang anders, älter. Ihr Gesicht war anders, älter. Sie war unglücklich...

„Was ist los, Isobel?", fragte ich und hielt immer noch ihre kleine Hand, während sie sich von ihrem großen Pferd zu mir herunterbeugte.

„Oh ... Otis ... Wie hast du das erfahren? ... *John ist weg...* Die Jungs sind weg..."

Ihre Lippe zitterte und ihre Augen waren feucht.

„Kann ich dir helfen? ... *Lass* mich dir helfen, Isobel", bat ich.

„Du kannst nichts tun – vielen Dank", sagte sie. „Das ist nett von dir ... Ich bin so froh, dich wiederzusehen, Otis ... Ich war so unglücklich. Ich habe niemanden, mit dem ich darüber reden kann ..."

„Doch, das gibt es", sagte ich. „Es gibt mich", und ich glaube, dieser Moment war der absolut glücklichste Moment meines Lebens, denn Isobel drückte meine Hand fest.

„Ich verrate dir ein großes Geheimnis", sagte sie und lächelte so süß durch ihre Tränen, dass ich mich kaum zurückhalten konnte, sie von ihrem Pferd zu heben, sie in meine Arme, mein Herz und mein Leben zu nehmen.

„Ich werde *es dir* sagen, Otis ... Aber behalte es für dich", fügte sie hinzu. Und dann sagte Isobel die Worte, die in diesem Moment mein Leben in zwei Hälften teilten ...

„*John und ich sind verlobt ...*"

* * *

Nein – das konnte sie nicht gesagt haben. Ich redete mir ein, dass sie *das* nicht gesagt hatte. Diese seltsamen Halluzinationen und merkwürdigen Tagträumen! Sie hatte das nicht gesagt ... Ich stand nicht mit offenem Mund da und starrte sie an, beobachtete sie, beobachtete sie, beobachtete sie jahrelang, ein Leben lang, eine Ewigkeit lang, während sich zwei große Tränen langsam bildeten, sich sammelten, wuchsen und aus ihren Augen rollten ... Eine spritzte nicht auf meine Hand, als sie sagte:

„Und er musste weggehen ... Und ich bin so unglücklich, Otis ... Wir haben uns eines Abends verlobt, und am nächsten Morgen war er weg! ... Und ich habe niemanden, mit dem ich über ihn reden kann ... Ich bin so *froh*, dass du gekommen bist ..."

Aber eine Träne *spritzte* auf meine Hand. Sie *hatte* es gesagt.

* * *

„Du und John Geste seid verlobt, Isobel?", fragte ich sanft und vorsichtig, ganz, ganz sanft und ganz, ganz vorsichtig, um meine Stimme ruhig und gleichmäßig zu halten, um mich gut unter Kontrolle zu halten ...

Ich hörte mich selbst die Worte sagen und beobachtete ihr Gesicht, um zu sehen, ob ich sie normal ausgesprochen hatte ... Oder hatte ich sie gar nicht gesagt? ... Ich hatte auf jeden Fall einige Worte ausgesprochen ...

Ihr Gesicht veränderte sich nicht ...

„Ja, Otis", sagte sie. „Und ich musste es jemandem sagen! ... Ich bin froh, dass *du es* bist. Du bist jetzt der Einzige, der es weiß. Du wirst der Erste sein, der mir gratuliert ..."

Ja. *Ich* sollte *der* Erste sein, der ihr gratuliert!

„Ich gratuliere John – und dir – Isobel", sagte ich, „und ich wünsche dir von ganzem Herzen, dass jede Stunde deines Lebens glücklich sein wird."

"Danke, Otis", sagte sie. "Das ist lieb von dir ... Oh, ich werde fast vor Glück platzen, wenn John zurückkommt ...

„Du kommst uns doch wieder besuchen, oder? Tante Patricia würde sich riesig freuen, dich zu sehen ... Und wir machen dann Ausflüge, du und ich ... Ich möchte so gerne mit dir reden – *über John*."

Entschuldigungen kamen mir über die Lippen. Ich muss morgen nach London. Ich muss schnell nach Paris. Eine Angelegenheit für meinen Vater. Danach muss ich schnell zurück nach Amerika und so weiter ... Aber bevor ich etwas sagen konnte, sah ich kurz ein Gesicht, das ich gut kannte, obwohl ich es nur in Träumen gesehen hatte. Ein hartes, klar geschnittenes, grausames Gesicht, grimmig, streng und stoisch, das Gesicht des Indianerhäuptlings, der der Vater der Großmutter meines Vaters war – das Gesicht eines Mannes, dem niemals ein Zeichen von Angst abzugewinnen war, eines Mannes, für den Schmerz ein Freund war, bewährt und bewährend.

„Vielen Dank, Isobel“, sagte ich. „Ich werde gerne mit dir reiten – und – über John sprechen.“…

(Danke auch *dir*, Ururgroßvater.)

Ja, das würde ihr Freude machen. Ich würde mit ihr reiten – und *über John sprechen*!

* * *

Im Laufe des nächsten Monats sah ich Isobel fast täglich, Lady Brandon gelegentlich, den Kaplan ein- oder zweimal und das Mädchen Claudia von Zeit zu Zeit.

Isobel und ich redeten ununterbrochen über John. Ich dachte an Dinge, die ihr gefallen würden – kramte duftende, freudige Erinnerungen hervor.

Sie sagte mir nicht, wo er war, vermutlich weil sie zur Verschwiegenheit verpflichtet war, und ich stellte ihr keine Fragen, da mir klar war, dass sie ein Geheimnis hatte. Mir kam jedoch der Gedanke, dass es ein sehr starker Antrieb, ein unwiderstehlicher Zwang gewesen sein musste, der John Geste am Tag nach seiner Liebeserklärung an Isobel aus Brandon Abbas fortgetrieben hatte!

Und dann, Gott sei Dank, ging sie weg, um bei Freunden zu wohnen, und ich floh nach Paris, stürzte mich in die wildesten und trostlosesten Ausschweifungen (guter Gott, gibt es *etwas* so verheerend Trostloses wie das Streben nach Vergnügen?) und brach schnell zusammen, als die Reaktion einsetzte, die Reaktion auf die schreckliche Anspannung jener Tage mit Isobel – Isobel und dem allgegenwärtig abwesenden John.

Ich war einige Wochen lang sehr krank und kroch, als ich dazu in der Lage war, nach Hause – zurückgefallen, der verbrannte, verkohlte Stab jener fröhlichen Rakete, die mit solch strahlender, schwebender Fröhlichkeit in den hellen Himmel des Glücks geschossen war…

Am Ende und am Boden – wie eine tote Rakete…

§ 2

Zu Hause war es insgesamt ziemlich schlimmer als sonst. Mein Vater wurde immer tyrannischer und unvernünftiger, und meine Schwestern reagierten entsprechend. Die starke Mary, die Rebellin, die aus dem College nach Hause gekommen war, näherte sich schnell dem Punkt, an dem sie ausrastete, und dem Gemütszustand, in dem Noel den Staub der Ranch von seinen Füßen und die Fesseln seines Vaters von seiner Seele, seinem Geist und seinem Körper abgeschüttelt hatte.

Die schwache Janey, die „Beeinflussbare“, näherte sich rasch dem Ende ihrer Existenz als Individuum, als eigenständige Persönlichkeit, und wurde schnell zu einem Schilfrohr, das sich im Sturm jeder Meinung, jeder Idee und jedem Wunsch ihres Vaters bog; zu einem Strohhalm auf den mächtigen Strömungen seines Lebens; zu einer Distel, die auf dem windigen Strom seiner geistigen und körperlichen Unruhen schwebte.

Obwohl sie fest davon überzeugt war, ihn zu lieben, fürchtete sie sich vor dem Klang seiner Schritte und führte den Haushalt in der Angst und dem Zittern einer römischen Sklavin, deren einzige Belohnung das Lächeln ihres Herrn war und deren Stirnrunzeln den Tod bedeutete.

Kindliche Liebe ist etwas Schönes, aber die langsame Zerstörung eines Charakters, einer Seele, einer Persönlichkeit, einer Individualität ist es nicht.

Die arme Janey dachte nicht nach. Sie zitierte die Gedanken ihres Vaters. Sie brauchte und wollte nichts; sie lebte, um die Bedürfnisse und Wünsche ihres Vaters zu antizipieren und zu befriedigen. Sie lebte kein eigenes Leben, sie lebte das Leben ihres Vaters und existierte nur zu diesem Zweck.

Janey war ihrem Vater gegenüber unterwürfig und Mary gegenüber versöhnlich. Mary war ihrem Vater gegenüber trotzig und rebellisch und Janey gegenüber mitfühlend, aber leicht verächtlich.

Der Vater war beschützend, überheblich, liebevoll, gewalttätig autokratisch und unerträglich nervig gegenüber beiden. Anscheinend konnte er einfach *nicht* anders, als sich einzumischen, selbst in Dinge, in die er nicht das geringste Recht hatte, sich einzumischen, und in denen sich ein anderer Mann geschämt hätte, dies zu tun.

Mir gegenüber war er offen verächtlich, und was mich vor Wut kochte, war nicht das oder die Art, wie er mich behandelte, sondern die Tatsache, dass *ich Angst vor ihm hatte.* Immer wieder nahm ich meinen ganzen Mut zusammen, um ihm entgegenzutreten und ihm die Stirn zu bieten, und immer wieder scheiterte ich. Ich konnte es nicht. Sein grimmiger Blick, seine jupiterhafte Stirn, schüchterten mich ein, und da ich eingeschüchtert war, duckte ich mich.

Es war meinem Vater vorbehalten, mich zu einem Feigling zu machen, zu einem so armseligen Wesen, dass ich mich nicht einmal für meine Schwestern gegen ihn einsetzen konnte.

Aber der Feind war natürlich wie immer in mir selbst. Tief in meinem Unterbewusstsein lagen die Samen, die in meiner Kindheit, in meiner Jugend gesät worden waren – die Samen der Angst –, und sie hatten solche Wurzeln geschlagen und waren so stark gewachsen, dass ich sie nicht mehr ausreißen konnte. Als ich den Gedanken fasste, mich einer unvernünftigen Anweisung zu widersetzen, mein Recht auf eine Meinung geltend zu machen, mich für eines der Mädchen einzusetzen, war ich sowohl körperlich als auch geistig beeinträchtigt.

Ich stotterte und stammelte – etwas, das ich sonst nie tat. Ich errötete und erblasste, ich zitterte und bebte merklich, und mir brach kalter Schweiß aus. Mein Verstand war wie leergefegt; ich sah aus wie ein Idiot, fühlte mich wie einer und war einer. Ich war nicht einmal in der Lage, meinen Vater zu verärgern, und mit einem einzigen finsteren, durchdringenden Blick aus seinen harten Augen und einer verächtlichen Krümmung seiner ausdrucksstarken Lippen war ich besiegt, zum Schweigen gebracht, unterworfen, gefügig gemacht.

Glaubt nicht, dass unser Vater absichtlich und mit Absicht grausam zu einem seiner Kinder war. Grausamkeit ist ein Laster, und Laster war das Abscheuliche, das Kennzeichen des Teufels – der Abdruck seines gespaltenen Hufs. Hat er nicht sein Leben damit verbracht, Laster in jeder Form und Ausprägung anzuprangern – wenn auch mit besonderer Abscheu und Verachtung, mit besonderer Wut und Schmähungen gegenüber *dem Sex, der* für ihn die besonders schockierende und abscheuliche Form *darstellte*?

Er war nicht grausam, aber seine Wirkung auf uns war es, und sie trieb Mary und mich zu der Entscheidung, dass unser Zuhause kein Ort für uns war ... Wir hatten unabhängig voneinander beschlossen – ich, dass ich nicht für meinen Vater auf der Ranch arbeiten oder mit ihm zusammenleben konnte, und sie, dass jeder Ort auf der Welt besser wäre als das Haus, in dem ihr Vater sie leben und sich bewegen lassen wollte, ganz und gar und genau so, wie er es in seiner Weisheit für richtig hielt.

Wir erzählten uns gegenseitig von unseren Entscheidungen und vereinbarten, gemeinsam zu handeln, wenn die Zeit gekommen war, und Janey so schnell wie möglich aus der liebevollen Knechtschaft und Unterdrückung zu befreien, die sie zu einer schwachen, willenslosen und geistlosen alten Jungfer machen würde, einer alternden Dienerin im Haus ihres Vaters, bevor sie überhaupt ein Mädchen gewesen war.

Es war vor allem der Aspekt der „alten Jungfer", der Mary sowohl für Janey als auch für sich selbst so wütend machte. Denn wenn es um „junge Halunken ging, die herumlungerten", wurde unser Vater immer unvernünftiger und absurder. Ein vorzeigbarer Mann war verdächtig, ein potenzieller „Schurke", ein Böses Denker, der bei der geringsten Gelegenheit zum Bösen greifen würde. Wir bezeichneten solche Leute immer als „Means" – weil unser Vater ständig Shakespeares Plattitüde zitierte:

> "Der Anblick von *Mitteln*, um Böses zu tun, lässt Böses geschehen."

Jede Art von nicht geschäftlicher Kommunikation zwischen einem Mann und einer Frau war, sofern sie nicht nach der (protestantischen) christlichen Lehre verheiratet waren, unerwünscht, falsch, unangebracht; und eine offen bekundete Freundschaft zwischen ihnen war kaum besser als Sünde, Laster – nein, sie war mit ziemlicher Sicherheit nur ein Deckmantel für Sünde.

Die starke Mary, die Rebellin, litt vielleicht am meisten; die schwache Janey und ich litten sicherlich sehr. Aber wir hielten irgendwie durch, aus irgendeinem Grund – „die Trägheit der Materie", Apathie, Gewohnheit, Loyalität gegenüber unserem Vater und das Gefühl, dass unser Abfall ihn noch mehr verletzen würde als seine einmischende, regulierende Tyrannei uns verletzte. Vor allem vielleicht, weil wir wussten, dass Janey niemals den Mut oder die „Unfreundlichkeit" haben würde, ihn zu verlassen.

Es war wirklich eine sehr elende Zeit für mich, abgesehen davon, dass ich seelisch so verletzt und zerbrochen war. Meine Träume von Isobel kamen nicht mehr, und meine Tagträume von ihr waren quälendes Leiden. Ich versuchte, gegen die Lethargie, die Hoffnungslosigkeit und die egoistische Trauer meiner Seele anzukämpfen, mich in die Arbeit auf der Ranch zu stürzen, ein Leben voller Aktivitäten auf dem Pferderücken zu führen und in der Arbeit einen Trost zu finden.

Aber ich war egoistisch ... Ich pflegte meine Trauer ... Ich dachte, junger Narr, dass mein Leben für immer verdunkelt sei und dass niemand so tiefe Abgründe des Leidens durchschritten habe wie ich.

Und ich arbeitete weiter, hoffnungslos, versunken in einer tiefen und dunklen byronischen Finsternis ...

§ 3

Es war eine tote Hand, die Mary und mich aus der lästigen Abhängigkeit unserer Gefangenschaft befreite. Ich weiß nicht, ob diese Hand uns „die Mittel zu bösen Taten" gab, indem sie uns die Möglichkeit verschaffte, unseren Vater und unser Zuhause zu verlassen, aber sie gab uns auf jeden Fall die Kraft, unseren Lebensweg zu wählen, und wir wählten sofort den Weg, der uns am geradesten in die Welt der Menschen führte.

Die besagte Hand gehörte einem bösen alten Mann, einem prunkvollen Schmuckstück der Stadt San Francisco, einem schwulen Hund, einem Frauenheld, einem Liebhaber des Lebens, der leider der Cousin meines Vaters war, einst sein Partner und uns seit unserer frühesten Kindheit als Onkel Joe bekannt. Er hatte die ganze Willensstärke und den Charakter unseres Vaters, seine Fähigkeiten, seine Entschlossenheit und seine Durchsetzungskraft, sein unheimliches Geschäftstalent und seine ausgeprägte Individualität. Aber er hatte nichts von seiner glühenden Frömmigkeit, nichts von seiner altestamentarischen patriarchalischen Selbstherrlichkeit, nichts von seiner selbstgerechten, herrschsüchtigen Gewalt und, wie ich fürchte, nur wenig von seiner moralischen Integrität, Tugendhaftigkeit und hochbewussten Rechtschaffenheit.

Trotz dieser bedauerlichen Wahrheit liebten wir Kinder ihn, so wie unsere Mutter ihn geliebt hatte – und so wie unser Vater ihn gehasst hatte. Er verwöhnte uns mit Geschenken, Geschenken, Sympathie und Unterstützung; er nahm unsere Partei, wenn wir, wie so oft, in Ungnade gefallen waren; und er bemühte sich, in unseren jungen Herzen die Samen der Revolte und des Aufstands gegen das zu säen, was er als Härte und Unterdrückung betrachtete.

Aus irgendeinem Grund war ich sein Liebling. Ich amüsierte ihn sehr, und er sah offenbar in mir Vorzüge und Tugenden, die anderen verborgen blieben. Und der Rechtschreibfehler in einem Brief, den ich ihm schrieb, veränderte mein Leben und das Leben von Mary, das Leben meines Vaters und von Janey und in der Tat das Leben vieler anderer Menschen – denn er war der Grund dafür, dass er mir eine sehr große Summe Geld hinterließ, das Geld, das mich aus der Knechtschaft befreite – und Mary ebenfalls.

Es war meine unschuldige und uneigennützige Gewohnheit, Onkel Joe zu seinem Geburtstag einen Brief zu schreiben. An einem dieser Jahrestage, als ich etwa sieben oder acht Jahre alt war und gerade den Ausdruck „hoary old age" (hohe Jahre) entdeckt hatte, schrieb ich meinen jährlichen Brief und schloss mit dem Wunsch, dass er irgendwann sicher in diesen vorletzten Jahren ankommen möge. Da ich den Ausdruck jedoch nur vom Gehör und nicht vom Sehen kannte, schrieb ich ein Wort falsch.

Der greise Sünder war außer sich vor Freude, brüllte vor Lachen, jauchzte vor Vergnügen und schwor an Ort und Stelle, er werde mich zu seinem Erben machen und mir jeden letzten roten Heller vermachen, den er beim Tod besäße! Dann stürmte er hinaus, den Brief schwenkend, auf der Suche nach jedermann, dem er diesen Scherz mitteilen konnte, und tagelang, ja wochenlang hallten die Tresen der Klubs, Restaurants, Schankstuben und Herbergen San Franciscos wider von Gelächter und der Schande meines Onkels.

Ein solches Verhalten zeigt, wie böse dieser Mann war, der meinem Vater ein Dorn im Auge gewesen war – bis zu dem Tag, an dem dieser spürte, dass er ohne ihn, diesen Mammon der Ungerechtigkeit, vorankommen konnte, und ihn hinauswarf; dieser Mann, der unser lieber, lieber Freund gewesen war; dieser Mann, dem Mary und ich unsere Rettung verdankten.

Und in diesem kritischen Moment starb er – und hinterließ mir sein ganzes Geld.

Natürlich gehörte alles, was mir gehörte, auch Mary, und so machten wir uns so schnell wie möglich gemeinsam auf den Weg, um „unser Glück zu suchen“ – allerdings nicht im materiellen Sinne, sondern um die Welt zu sehen.

Ein kleiner Wermutstropfen in unserem Glück war, dass wir Janey nicht überreden konnten, mit uns zu kommen. Sie wollte „ihren Vater nicht verlassen“ – in Wahrheit fehlte ihr einfach der Mut, ihm zu sagen, dass sie mit uns gehen würde, der Mut, uns zu erlauben, es ihm zu sagen, der Mut, sich heimlich mit uns davonzuschleichen oder nach unserer Abreise wegzulaufen und sich uns anzuschließen.

Es blieb uns nichts anderes übrig, als sie zu Hause zu lassen, allerdings mit der dringenden Bitte, sich uns anzuschließen, sobald sie ihren Vater dazu überreden könnte, ihr die Erlaubnis zu geben, oder genügend Mut aufzubringen, um ohne Erlaubnis mitzukommen ...

* * *

Unser Plan war natürlich, direkt nach Paris zu fahren – dessen Name, wie Mary erklärte, nur eine Abkürzung für „Paradies“ sei – und, nachdem wir uns an seinen Wundern sattgesehen hatten, eine große Europareise zu machen. Danach wollten wir uns in Paris niederlassen, und ich wollte mir eine Anstellung in unserer Botschaft suchen, denn ich hatte keine Lust, ein reicher Sohn und Müßiggänger zu sein. Mary sollte den Haushalt für mich führen – aber ich bezweifelte, dass es lange mein Haus sein würde, den sie führen würde, und ich glaube, sie auch ... Jedenfalls war das in etwa unser Plan, und nach einer scheinbar endlosen Verzögerung machten wir uns ohne den Segen meines Vaters auf den Weg, um zu sehen, wie weit wir unseren Plan umsetzen konnten.

Kapitel IV

Das Leben in Paris war für Mary total toll, und für mich war es mindestens so gut und so schlecht wie das Leben in Wyoming. Eigentlich fehlte es mir überall, wo ich es ertragen konnte, an Würze – aber in Paris war die schwere Wolke, die unser Vater war, am westlichen Horizont und verdeckte nicht mehr die Sonne – ein weiteres Beispiel für die alte Wahrheit, dass diejenigen, die über das Meer fliehen, nichts außer ihrem Himmel ändern.

Unsere Freunde in der Botschaft waren mehr als freundlich zu uns, und bevor wir nach London, Rom, Venedig, Neapel, Athen und schließlich nach Algier aufbrachen, hatten wir einen großen und reizenden Bekanntenkreis, bestehend aus Franzosen, Amerikanern und Engländern.

Mary ist eine dieser Frauen, die „sehr angenehm anzusehen" sind, und die jungen Männer in unserem Kreis sahen sie an. Sie tanzten, speisten, fuhren mit ihr und flirteten mit ihr, bis sie zufrieden war, wenn auch nicht sie selbst.

Da ich mein Geld sehr freizügig ausgab, hatte sie bald den Ruf, die übliche sagenhaft reiche amerikanische Erbin zu sein, und dieser Ruf schmälerte ihre Beliebtheit nicht im Geringsten.

Hervorstechend unter ihren Bewunderern war ein vielfach ausgezeichneter und mit Orden behängter Oberst der Zuaven, ein Mann, der gut als Modell für das Porträt eines typischen Sergeanten der Alten Garde Napoleons Bonaparte hätte dienen können. Er war ein selbstgemachter Kriegsmann mittleren Alters – einer jener Männer, die man eher für ihre Charakterstärke bewundert als für geistige oder körperliche Anmut – und ich fürchte, Mary amüsierte sich fast ebenso sehr über ihn, wie er sie liebte. Denn er war offenkundig und hoffnungslos verliebt, und ich glaube nicht, dass die Dollars in seinen Augen das feine Gold der *La belle Américaine* in irgendeiner Weise vergoldeten. Der raue, grauhaarige Oberst Levasseur sah in ihr nur die edle Schönheit selbst... Armer Kerl!... Tapfer spielte er seine Rolle im Ballsaal oder beim Gartenfest, und wenn er meiner Schwester den Hof machte, erinnerte er mich an einen großen Bären, der schwerfällig um ein junges Reh herumtänzelt – obwohl mir klar war, dass der Oberst mich noch weit mehr an einen Bären erinnern würde, sähe ich ihn bei seiner eigentlichen Tätigkeit: dem Kämpfen.

Wieder einmal war es Zufall – oder die Hand des Schicksals –, oder, wie manche, mich eingeschlossen, es lieber nennen würden: die Hand Gottes. Denn als wir nach unseren Reisen durch Europa in Algerien eintrafen, um uns im winterlichen Sonnenschein zu wärmen, stand Oberst Levasseur im Begriff aufzubrechen, als Speerspitze einer „friedlichen Durchdringung", in die fanatische Stadt Zaguig – ein entlegenes Zentrum des Aufruhrs und der Unzufriedenheit, eine Höhle Adullams inmitten der Wüste, in der sich die Anführer sämtlicher anti-französischer Fraktionen, von den östlichen Senussi bis zu den westlichen Rifkabylen, versammelten, um gemeinsam zu konspirieren und dem Vormarsch der Zivilisation Einhalt zu gebieten.

Sie standen für Wildheit, für blinden Gehorsam gegenüber einem überholten Glaubensbekenntnis, für heftigen Hass auf alles, was nicht dem Islam angehörte, und für die Ausübung von Raub, Brandstiftung und Mord gegenüber allen, die die Zivilisation des Nordens mit ihren Straßen, Eisenbahnen, Telegrafen, ihrem Frieden, ihrer Ordnung und ihrer Bodenbewirtschaftung brachten und annahmen.

Solange Zaguig geheim, verschleiert, unantastbar und unnahbar blieb, konnte es keine Sicherheit geben, und wie Oberst Levasseur es ausdrückte, war Zaguig ein Geschwür, das die Franzosen aufschneiden mussten – damit die politische Gesundheit einer großen und wachsenden Kolonie, einer zukünftigen Kornkammer, einem Garten und einer Farm für die Söhne der Zivilisation, wiederhergestellt werden konnte.

* * *

Oberst Levasseur zeigte sich in Algier besser als in Paris, und am besten zeigte er sich in Zaguig an der Spitze seiner Männer, in seinem Element und in seiner Heimat – oder seiner Wahlheimat.

Denn später, wie ich noch erzählen werde, gab ich Marys impulsivem Wunsch nach, eine „wirklich unberührte“ Wüstenstadt zu sehen, und nahm Colonel Levasseurs Einladung an, ihn dort zu besuchen. Diese Einladung fiel zusammen mit Marys Enttäuschung in Bouzen, einem verwöhnten und vulgären Ort am Ende der Eisenbahnlinie, einem Seuchenherd, wo angebliche „Wüstenaraber“ Araber gebrochenes Französisch und Englisch mit den Ausflüglern sprachen und sich jeden Tag ihres erbärmlichen Lebens als Schlepper ihren wohlverdienten gebrochenen Hals verdienten.

* * *

Und nach Bouzen bei Zaguig kam Oberst Levasseur – dem Anschein nach, um sich mit dem Kommandanten der dort stationierten großen Garnison zu beraten – ziemlich rasch, nachdem er erfahren hatte, dass Mary das Licht ihres Antlitzes über jenem ohnehin schon hell erleuchteten Ort erstrahlen ließ.

Er nahm Mary auf ein Pferd und einen Kamel mit und warf den fröhlichen und prächtigen Untergebenen, die ihr bisher zu Diensten gestanden hatten, vernichtende Blicke zu. Er unterhielt sie und hatte die unvermeidliche Anziehungskraft eines starken Mannes, der etwas geleistet hat, der einen guten und wichtigen Job hat und ihn behält.

Und er spielte mit ihrer wachsenden Liebe zur Wüste, denn sie war ihrem Reiz und ihrer Schönheit bei Sonnenaufgang und Sonnenuntergang, ihrer Weite, ihren Farben, ihrer Reinheit und ihrem ewigen Geheimnis erlegen. Außerdem erzählte er ihr, dass *dies* nicht die Wüste sei – dass sie noch nicht die echte Wüste gesehen habe, noch keinen echten Bewohner derselben, keinen Beduinen, Senussi, Tuareg oder sonst jemanden... Außerdem, dass jetzt ihre Chance gekommen sei, eine echte Wüste, die Sahara, zu durchqueren und eine echte Wüstenstadt zu sehen, eine Löwengrube, deren Löwen er erfolgreich eingeschüchtert und gezähmt habe...

Ich fragte Mary, ob die Annahme seiner überaus freundlichen und verlockenden Einladung nicht als ein Zeichen dafür gedeutet werden könnte, dass sie auch dem unvermeidlichen Heiratsantrag zustimmen würde, der mit Sicherheit folgen würde, wenn wir uns in die besagte Löwengrube begäben – deren Dompteur nunmehr Oberst Levasseur war –, doch erhielt ich lediglich die rätselhafte Antwort, dass jeder Tag seine eigene Entscheidung mit sich bringe und dass, wenn ich sie nicht nach Zaguig brächte, Oberst Levasseur es tun würde.

Dem konnte man nichts entgegnen – und Mary ist eine Hexe, der man nichts entgegnen kann.

Der entzückte Colonel Levasseur schloss aus irgendeinem Grund, dass ich Mary bei ihrer Entscheidung, seine Einladung anzunehmen, geholfen hatte. Und er drückte mir seine Dankbarkeit auf verschiedene Weise aus, obwohl ich jede Verdienste zurückwies.

Eine davon nahm die seltsame Form an, dass er darauf bestand, mir nachts das „Leben“ in Bouzen zu zeigen – *ein exklusives* „Leben“, das nur Auserwählte zu sehen bekommen, wie zum Beispiel hochrangige Beamte, dank deren Gnade und Gunst oder Unwissenheit und Blindheit ein solches „Leben“ überhaupt existieren kann.

Die meisten Menschen nehmen eine solche Einladung an und geben dafür die unterschiedlichsten Gründe an. Einige behaupten, dass „das Leben“ für jeden intelligenten Menschen interessant ist und sein muss, und murmeln „ *nihil humanum … a me alienum puto*“, und fügen hinzu, dass nur ein Narr seltene, echte „lokale Farben“ vermissen würde, die man sehen könnte, und dass man auf keinen Fall die Gefühle des guten Kerls verletzen wolle, der sich die Mühe gemacht habe, diese Gelegenheit zu bieten.

Da dies genau meine Gründe waren, die Einladung anzunehmen, begab ich mich mit dem würdigen Oberst auf den Weg – und meine Augen sahen seltsame Dinge.

Wir machten uns auf den Weg, nachdem Mary uns gute Nacht gesagt hatte, in der Annahme, dass auch wir uns auf den Weg zu unseren keuschen Schlafstätten machen würden.

Wir sagten ihr nichts von unserem Ausflug, damit sie nicht darauf bestehen würde, mitzukommen, und wir in die peinliche Lage kämen, die Wahrheit zu sagen oder auf die Tour der ausgewählten Unanständigkeiten zu verzichten. Übrigens vermerkte ich in meiner mentalen *Akte* über den Oberst, dass er selbstlos genug war, mir Zeit zu widmen, die er mit Mary hätte verbringen können, hätte er sich für eine andere Form der nächtlichen Unterhaltung entschieden, und dass er zu den Menschen gehörte, die, nachdem sie das Gesicht der geliebten Dame gesehen hatten, direkt dorthin gehen konnten, wo nur ein niederträchtiger Mann Freude finden kann...

Aber lassen wir das, denn es braucht alle Arten, um ein Universum zu erschaffen, und danken wir Allah dem Allmächtigen für die Vielfalt seiner Geschöpfe.

Wie ich erwartet hatte, stellte ich einmal mehr fest, dass das tödlichste, trostloseste und langweiligste Streben, dem sich der Geist und Körper des Menschen hingeben kann, das bewusste Streben nach Vergnügen ist – dieser Schmetterling, der zwar fliegt, wenn man ihn jagt, sich aber oft niederlässt, wenn man ihn ignoriert – sich niederlässt und die Seele des Betrachters erfreut.

Ich unterdrückte jedes Gähnen, bemühte mich, höfliches, wenn auch nicht großes Interesse vorzutäuschen, und schaffte es nicht, dem würdigen Colonel den Eindruck zu vermitteln, dass ich mich amüsierte.

Als er mich fragte, ob mir die Reise gefalle, antwortete ich:

„Ja, in der Tat, Colonel" ... und fügte hinzu: „Es ist das Einzige, *was mir Spaß macht* " ... woraufhin er lachte, meine Offenheit lobte, die seiner eigenen entsprach, und mir versprach, dass ich den nächsten Ort spannend finden würde, denn dort würde ich dem Engel des Todes begegnen.

Ich versicherte ihm, dass ich nicht bereit, nicht geeignet und nicht würdig sei, dass ich nicht mit all meinen Unvollkommenheiten, ohne Beichte, ohne Sühne und ohne Läuterung dem Todesengel begegnen wolle ... So jung ... So vielversprechend...

„Warte, bis du sie gesehen hast", antwortete der Oberst, und ich zog meine Einwände zurück und hörte, während wir durch die stillen Straßen fuhren, seiner Erzählung über die Dame zu, die den beunruhigenden und abschreckenden Titel „Engel des Todes" trug, einen Titel, der, wie ich entnahm, wohlverdient und als Gegenleistung für geleistete Undienste vergeben worden war...

Nun, es wäre schon etwas Besonderes, einen leibhaftigen Todesengel kennenzulernen, vor allem, wenn man dann die Angst vor einer Enttäuschung als Ausrede dafür vorbringen könnte, das Vergnügen aufzugeben, direkt nach Hause zu gehen und prosaisch ins Bett zu fallen.

Als das Auto an einem Tor in der hohen Mauer hielt, die ein einheimisches Haus und einen Garten am Rande der Stadt umgab, murmelte ich in hunnischer Zerstörungslaune einige Zeilen, die ich in meiner Kindheit von Onkel Joe gelernt hatte:

"Der Todesengel schlug Alexander McCloo
Und gab ihm langwierige Ruhe;
Er hatte ein kariertes Hemd und Schuhe mit der Nummer neun
Und eine sehr rosa Warze auf der Nase."

Nun, der Todesengel schlug auch mich in dieser Nacht, aber er schenkte mir keine lange Ruhe (und auch keine lange Unruhe – zumindest zu diesem Zeitpunkt).

* * *

Der hell erleuchtete Schauplatz unserer Unterhaltung war der typische Hof eines typischen Hauses der wohlhabenden Stadtaraber, der weichlebenden, degenerierten *Hadri*, für die der Sohn der Wüste so große Verachtung empfindet.

Unser Gastgeber, ein gewisser Abu Scheich Ahmed, ein rundlicher, wohlgenährter Mann mit starkem Schielen, einem von Pockennarben entstellten Gesicht und einer schmierigen, unterwürfigen Art, empfing uns mit allen Anzeichen von Freude, Stolz und ehrerbietiger Zuneigung. Er schien uns allein schon für unsere bloße Existenz dankbar zu sein; erklärte, dass alles in seinem Hause uns gehöre; dass jeder von uns zugleich sein Vater und seine Mutter sei; und dass Allah in dieser Nacht barmherzig und gnädig zu ihm gewesen sei, indem Er das Licht unserer Angesichter über ihn habe scheinen lassen, um seine bescheidene Gästeschar zu erleuchten und zu verherrlichen.

Oberst Levasseur nahm diese Gefühlsausbrüche mit Würde und Zurückhaltung entgegen – insbesondere mit Zurückhaltung – und teilte mir auf Englisch mit, dass Abu Scheich Ahmed ein Teppichhändler sei und sich der zweifelhaften Ehre rühmen könne, der bösartigste, unzuverlässigste und zugleich überzeugendste alte Halunke zu sein, dem er je begegnet sei.

„Er wäre der Erste, der mit den vollständigsten Enthüllungen über jede Verschwörung, die nicht gelingen könnte, zum Kommandanten laufen würde; und der Erste, der ihm in den Rücken schießen oder ihm die Kehle durchschneiden würde, falls eine Verschwörung doch gelänge", sagte er. „Also nehmen wir ihn, wie er ist, und nutzen ihn für das, was er wert ist ... Er wird uns jedenfalls eine amüsante Show bieten ..."

Das tat er auch; eine Show, von der es zwei Teile gab, die mir, soweit es mich betrifft, ziemlich unvergesslich blieben; der eine wegen seiner Abscheulichkeit, der andere wegen seiner Schönheit – und wegen seiner Fortsetzung.

Der erste Teil war eine „Darbietung" einer Truppe von Aissa-Derwischen und bestand aus wahnsinnig monotoner Musik und Tanz – die wirbelnden und drehenden Tänzer fielen schnell und offensichtlich in einen Zustand der Hypnose –, einer ekelerregenden Zurschaustellung von Selbstverstümmelung mit Messern und Spießen, die in Arme, Brust und Beine und in einigen Fällen sogar durch die Wangen und die Zunge gestoßen wurden, dem Essen von brennendem Werg sowie dem echten Kauen und Verschlucken großer Mengen Glasscherben.

Den Söhnen des Propheten ist es nicht vergönnt, die Freuden eines „Katermorgens" zu kennen, da Abstinenz ein grundlegendes Gebot des Mohammedanismus ist, aber ich war bewegt, über die Empfindungen eines „Katermagens" nach einem unbesonnenen, üppigen Festmahl aus Glasscherben nachzudenken.

Oberst Levasseur hatte so etwas schon einmal gesehen und betrachtete es mit dem kalten Blick der Vertrautheit, wenn nicht gar der Langeweile.

„Amüsierst du dich?", fragte er mich, als der Lärm und die Unfug auf ihrem Höhepunkt waren.

„Diesmal nicht einmal ich selbst", antwortete ich und war sehr froh, als diese heiligen Männer ihre Frömmigkeitsbekundungen beendet hatten und gingen. Der Geruch der Heiligkeit war ebenso unangenehm wie die Heiligen, von denen er ausging.

Ich weiß nicht, ob Herr Abu Sheikh Ahmed ein Amateurunterhalter war, der geschickt genug war, den Wert des Kontrasts zu schätzen und die Schönheit des nächsten Programmpunkts bewusst durch die bestialische Hässlichkeit dieses Programmpunkts einzuleiten. Wahrscheinlich nicht – aber sicherlich verlor der Anblick der Schönheit, der nun die Versammlung in seinen Bann zog, durch diese Gegenüberstellung nichts.

In der Mitte einer Seite eines Platzes, an deren drei Seiten Reihen arabischer Würdenträger standen und an der vierten Seite das hohe weiße Haus, saßen der Oberst und ich in plüschbezogenen europäischen Sesseln von erstaunlicher Hässlichkeit, während unser Gastgeber und sein kleiner Sohn mit gekreuzten Beinen auf dem Sofa derselben leidenden und leidvoll wirkenden Familie saßen und die sechs dazugehörigen kleinen Stühle seinen besten Freunden oder Feinden zugewiesen waren, die unbeholfen, würdevoll und unbequem darauf saßen.

In dem von Gästen umgebenen Viereck breiteten Diener einen großen, dicken Teppich aus, dessen schiere Schönheit mich erröten ließ – wegen der europäischen Möbel, die ihn beleidigten, und wegen der perfekten Nacht und der strengen Anmut der schneeweißen Vorhänge der Versammlung ...

Eine Welle von gewecktem Interesse durchlief nun die Versammelten, eine Bewegung, die die Ankunft eines lang erwarteten Moments ankündigte. Es herrschte eine Atmosphäre freudiger Erwartung, die sowohl auf das *Pièce de Résistance* als auch auf die Gewissheit einer hohen Unterhaltung hindeutete.

Strahlend weiße Zähne blitzten, als sich bärtige Lippen zu einem freudigen Lächeln öffneten. Fast glaubte ich, rosa Zungen zu sehen, die wie Tiere erwartungsvoll und anerkennend leckten.

Unser Gastgeber strahlte uns an, mit einem zufriedenen und gefälligen Lächeln voller Versprechen und Stolz.

„Seht den Engel des Todes“, flüsterte Colonel Levasseur, und eine Frau erschien am Eingang des Hauses, ging verächtlich zum Teppich, warf einen Schleier zurück und blickte ruhig umher.

Es gab ein Murmeln der Bewunderung, des Staunens, des Lobes – und der Wertschätzung; und ich hörte Colonel Levasseur seufzen und mit leicht stockendem Atem nach Luft schnappen. Der arme Levasseur hatte etwas sehr Einfaches und Ursprüngliches an sich.

Und die echte und bemerkenswerte Schönheit des Mädchens hatte etwas unbeschreiblich Fesselndes, Faszinierendes, Wunderbares ... Sie war auf einmal hübsch, lieblich, schön und attraktiv ... ganz unbeschreiblich ... Ja ... Sie war umwerfend...

Zunächst einmal war sie so hellhäutig, dass man sie für eine Europäerin hielt, bis man ihr blauschwarzes Haar, ihre unglaublich schwarzen Wimpern und Augenbrauen und die orientalisch geformten Wangenknochen und Lippen bemerkte – so brünett und orientalisch, dass man sie für eine echte arabische Prinzessin aus einem Traum aus Tausendundeiner Nacht hielt, bis man ihre weiße Haut, ihre rosigen Wangen, ihre offensichtlich nordische Hautfarbe und ihr europäisches Blut bemerkte.

Von ihrer Figur kann ich nur sagen, dass sie ihrem Gesicht würdig war. Sie war perfekt, und was man von ihrem Hals und ihren Gliedern sehen konnte, war so weiß, wie Haut nur sein kann...

Sie war eine menschliche Blume ... Eine Orchidee – eine weiße Orchidee mit scharlachroten und schwarzen Flecken. Und wie diese Blumen immer, sah sie böse aus – eine verkörperte, wenn auch sehr schöne, potenzielle Bosheit.

Als sie wohl die bunte Uniform von Oberst Levasseur erblickte, kam sie geradewegs auf uns zu – oder vielmehr: Sie schwebte auf Zehenspitzen heran, ihre anmutigen Arme und Hände schienen gleichfalls durch die Luft zu gleiten, leise um Haupt und Leib kreisend wie Distelflaum, wie die Verkörperung der Grazie selbst. Man vergaß die Plumpheit der Musik, denn sie unterwarf sie ihrem Willen, machte sie sich zu eigen, und indem sie eins wurde mit ihr und ihrer Bewegung, wurde sie schön.

Sie kam direkt auf uns zu und sah mich an, ohne einen Blick der Anerkennung für den gekränkten Levasseur zu verschwenden. Mit einer tiefen, tiefen Verbeugung, die spöttische Ehrerbietung und echte Herausforderung zugleich war und ihren langsamen, drehenden Tanz zu meinen Füßen unterbrach, sank sie zu Boden und erhob sich wie eine schnell wachsende Blume aus der Erde – wie Aphrodite selbst aus dem weinroten Meer –, sah mir direkt in die Augen, lächelte mit der Verführungskraft aller Sirenen, Delilahs, Sapphos, Aspasias, Isebails und Kleopatras, die je gelebt haben, und flüsterte – zu mir –, als wären sie und ich allein in ganz Afrika ... allein in der gnädigen Nacht, unter dem klaren Mond und den pulsierenden Sternen ... allein zusammen, sie und ich, an der Tür unseres seidenen Zeltes unter den anmutigen Palmen unserer geheimen Oase ... sie und ich, allein zusammen auf den seidenen Kissen und dem seidenen Teppich, der auf dem warmen honigfarbenen Sand ausgebreitet war...

Guter Gott im Himmel – was war das? Ich kämpfte wie ein Ertrinkender ... Ich *war* ein Ertrinkender, der versank ... versank ... hypnotisiert...

„ *Nein! Nein!*“ , schrie ich. „*Nein!*“ Die einzige Blume für mich war eine englische Rose ... Was hatte ich mit Orchideen aus Afrika zu tun? Hatte ich wirklich geschrien? Was flüsterte sie? Französisch?

„ *Beaux yeux bleus!... J'aime les yeux bleus!... Baisez-moi!... Aimez-moi!... Venez avec moi ... après!... Ich* liebe dich so sehr.... *Je t'aime!... Je t'adore!... Küss* mich, Liebling.... Drück mich in deinen Armen, Schatz.... *Ich habe gewartet ... Und du bist gekommen ... Ich habe gewartet ... seit langer Zeit ... vor langer Zeit ... Ich habe gewartet ... Und du bist gekommen ... Jetzt ... Fick mich! ... Küss mich, mein englischer Liebhaber...* ah ...“

* * *

Sie sprach Französisch... Sprach sie überhaupt? Sprach sie fehlerhaftes Französisch und gebrochenes Englisch mit dem Akzent einer gebildeten Französin und Englisch sprechenden Araberin? Nein. Ihre Lippen bewegten sich nicht – aber ihre Augen hielten meine fest, brannten sich in meine...Ihre Augen waren wie große, unwiderstehliche Magnete, die meine Seele durch meine Augen in ihre zogen und durch sie hindurch hinab in ihre Seele, wo sie für immer verloren sein würde, verschlungen, gefangen, ertränkt, zerstört.

„*Nein!*“ , schrie ich und brach in heftigen Schweiß aus, während ich mich mit der Kraft der Verzweiflung an – an – meine Vernunft, meine Selbstachtung, meine Ehre ... an Isobel klammerte...

Und dann schüttelte ich die Fesseln dieser absurden Torheit – oder dieser teuflischen, höllischen Gefahr – ab und war wieder ein gewöhnlicher Tourist aus dem Norden, der dieses gewöhnliche Tanzmädchen aus dem Süden anlächelte...

Aber ... und ich zitterte leicht ... sie war nicht gewöhnlich ... Weder in ihrer bösen Schönheit noch in ihrer bösen, bewussten oder unbewussten hypnotischen Kraft war sie gewöhnlich.

Hatte sie wirklich gesprochen?

Hatte ich wirklich laut geweint?

Mit einer echten Anstrengung riss ich meine Augen von ihr los und schaute mich um. Die Araber beobachteten sie wie ein Kreis von Hunden ein saftiges Stück Fleisch – was sie für sie auch war.

Levasseur lächelte zynisch und ohne jede Belustigung.

„Du bist begünstigt, mein Freund“, knurrte er, als sie auf Zehenspitzen davonschwebte – ihre Hände und Arme dabei um sich herum schwebend.

„Hat sie mit mir gesprochen?“, fragte ich.

„Nicht, dass ich gehört hätte“, antwortete er überrascht. „Aber sie hat es ganz sicher vor ... Sei vorsichtig, St. Antonius ... Man nennt sie nicht umsonst den Engel des Todes...“

Ich kam zu dem Schluss, dass weder sie noch ich einen Ton von uns gegeben hatten, dass sie nur einen Moment vor mir innegehalten hatte – und doch *wusste* ich, dass sie, wenn sie jemals zu mir sprechen würde, es in gebrochenem Französisch und gebrochenem Englisch tun würde, mit dem Akzent jener Araber, die ein wenig Französisch und Englisch gelernt haben – wie viele der in der Stadt lebenden Araber, um Geschäfte zu machen.

Das war interessant, vielleicht ein bisschen zu interessant. Es war auch absurd, total lächerlich, völlig unmöglich. Ich hätte schwören können, dass ich „ *Nein!*“ so laut ich konnte geschrien und mich heftig zurückgezogen hatte.

Offensichtlich hatte ich keinen Ton von mir gegeben und mich in meinem Sessel nicht bewegt ... Aber warum zitterte ich am ganzen Leib und war nass von kaltem Schweiß, der nichts mit der angenehmen Temperatur der Nacht zu tun hatte? Warum gewann ich meine normale Gelassenheit und Selbstbeherrschung in umgekehrtem Verhältnis zu ihrer Nähe zurück?

Während sie sich spöttisch vor einem Araber wiegte, der in der entferntesten Ecke des Platzes saß und mir den Rücken zuwandte, wandte ich meinen Blick von ihr ab und wandte mich wieder Levasseur zu, als der Araber, mit verzerrtem Gesicht, seinen brennenden Blick auf ihr Gesicht geheftet und seine Hände ausgestreckt, langsam aufstand.

„Wer *ist* sie?“, fragte ich und versuchte, meine Stimme so gut es konnte zu beherrschen.

„Wer *ist* sie, Monsieur St. Anthony?“, spottete der Oberst, offensichtlich immer noch ein wenig gekränkt. „Sie ist der Engel des Todes, wie ich Ihnen, glaube ich, bereits gesagt habe.“

„Nun, erzähl mir ein bisschen mehr über sie“, sagte ich knapp.

„Nun, sie ist, was du siehst – und noch viel mehr ... Unter anderem ist sie die Tochter einer sehr berühmten Ouled-Naïl-Tänzerin ... Eh, *mon ami*, aber eine Tänzerin von solcher Schönheit ... Von solcher Schönheit ... Von solcher Faszination ... Von solcher Anziehungskraft ... *Ravissante*!“ Und der Oberst küsste seine stumpfen Finger und winkte damit zu den Sternen, sein etwas schwerer, rinderartiger Blick für einen Moment feurig entflammt.

„Ah! Die wunderbare ... die unglaubliche ... die unbeschreibliche ‘Zaza Blanchfleur’, wie wir sie nannten ... Aber *das* war eine Frau ... eine Huris aus dem Paradies...“

„Und der Vater?“, unterbrach ich die Schwärmerei. „Ein Franzose, nehme ich an?“

„Man sagt, er sei Engländer gewesen“, antwortete der Oberst.

„Sicherlich Europäer“, bemerkte ich.

„Oh, aber ja, das springt doch ins Auge, nicht wahr, *mon ami*? Diese weiße Haut, diese ungeschminkten Wangen ... Ja, man sagt, er sei Engländer gewesen ... Der Todesengel glaubt es jedenfalls ... und ihr größter Wunsch im Leben ist es, ihn zu treffen."

„Kindliche Zuneigung ist etwas Wunderbares", sagte ich.

„Das wird sich in diesem Fall noch zeigen", sagte der Oberst. „Denn wenn der kleine Engel nah genug an ihn herankommt, wird sie ihm die Kehle durchschneiden, bis sein Kopf nach hinten fällt – *bumm! – so* ... Ja, sie liebt alle Europäer – besonders die Engländer – um ihres Vaters willen!"

„Was! Hat er sie schlecht behandelt, nehme ich an?", sagte ich und wandte meine Augen wieder dem Mädchen zu, das den Araber betörte und sich nun nach hinten beugte, damit er ihr eine Goldmünze auf die Stirn legen konnte, zwischen die Goldmünzen der *Sokhab-Tiara*, die sie schmückte.

„Nein, nein", murmelte der Oberst träge, während er den Rauch betrachtete, der aus seiner Zigarette aufstieg. „Ich glaube, sie hat ihn nie gekannt. Es ist ihre Mutter, die sie rächen will."

„Die Mutter schlecht behandelt?", fragte ich.

"Nun, *das* würde ich nicht sagen ... Er hat nur – äh – das getan, was man so tut ... Man wird natürlich müde ... selbst der Liebenswertesten ... Man nimmt an, dass *dieser ce bon Monsieur Anglais* sie aus der Straße der tausend Freuden in die ... äh ... Wüste der einen Freude entführt hat ... Ein Individualist, wie man sieht ... Er hat seine *chère amie* in einer Wüstenversion einer Wohnung oder einer *Maisonette* untergebracht – *wahrscheinlich* in einem grünen Zelt aus London ... Eine Wüstenidylle ...

"Ein großer Liebhaber, würde man sagen, dieser Engländer...", sinnierte der Oberst. "Mit Sicherheit hat er das Herz unserer Zaza erobert – und gebrochen... Nein... nichts Grausames... Er hat es einfach fallen lassen – und es ist zerbrochen... wie jedes andere zerbrechliche Ding, das man fallen lässt... Er hat sie verlassen...

"Sie war nie wieder dieselbe, unsere Kleine ... Sie wurde regelrecht nonnenhaft ... Und dann ein wenig seltsam ... *zerstreut*... Man könnte sagen, sie war in einer anderen Welt, an einem anderen Ort ... selbst in Momenten der Liebe ... Und mit der Zeit ein wenig verrückt ... Und dann mehr als ein wenig verrückt ... Und schließlich völlig verrückt ... Oh, verrückt wie Ophelia ... Und während all dieser Jahre, den Jahren der Hoffnung ... den herzzerreißenden Jahren der enttäuschten Hoffnung ... den Jahren der Erkenntnis, die ihr das Herz brachen ... den Jahren des zunehmenden Wahnsinns ... den Jahren der Verrücktheit sprach sie von ihm ... Immer sprach sie von ihm und seiner Rückkehr ...

„Ja, in Wahrheit hat er ihr das Herz gebrochen."

„Man stellt sich das Herz einer Zaza Blanchfleur irgendwie nicht als sehr zerbrechlich vor", bemerkte ich.

"Deshalb sage ich, dass dieser Engländer ein großer Liebhaber war", sagte Levasseur. "Denn sicherlich war das Herz der Kleinen schon zuvor erobert – und wieder verloren – worden ... Von Generälen und Unteroffizieren ... von Zivilisten und Scheichs ... von Aristokraten und Plutokraten ... von den Reichsten und den Schönsten ... Es war verloren gegangen – und war anmutig zurückgeprallt, um vom Nächsten aufgefangen zu werden ...

Aber als der Engländer es fallen ließ, zerbrach es – und Zaza Blanchfleur lebte mit gebrochenem Herzen, bis sie an gebrochenem Herzen starb ...

„Und der Engel des Todes wünscht sich sehnlichst ... oh, so *sehnlichst*... ihr Papa *zu treffen*... Und in der Zwischenzeit steht jeder weiße Mann zu ihrer Seite – zu ihrem Ziel der Rache ... dient dazu, ihren Hass zu stillen, ihre Kassen zu füllen und ihre Leidenschaft zu stillen, ihre Mutter zu rächen."

„Sie muss ihre Mutter sehr geliebt haben", bemerkte ich.

„Jeder hat seine Mutter verehrt", sagte der Oberst sentenziös und seufzte tief, ein Seufzer, der einem das Gefühl gab, dass er Mitgefühl und eine Träne forderte ...

Der Engel des Todes – und sie bewegte sich wirklich mit der Leichtigkeit und Anmut eines geflügelten Wesens – kam wieder auf mich zu, schwebend, gleitend.

Reihe um Reihe rätselhafter dunkler Gesichter ... Hunderte von starren Augen ...

Der grimmig dreinblickende junge Araber mit dem Falken Gesicht, mit dem sie geflirtet hatte, erhob sich von seinem Platz und umrundete den Kreis der angestrengt starrenden Zuschauer, bis er hinter den Stühlen stand, auf denen der Oberst und ich saßen.

„Hast du eine Goldmünze?", fragte Levasseur. „Sie wird dir wieder eine Gunst erweisen. Das Richtige ist, ihr eine Zwanzig-Franc-Münze oder einen Sovereign auf die Stirn zu legen, wenn sie sich mit dem Gesicht nach oben zu dir beugt."

Sollte ich diesmal ihrem Blick ausweichen – ihr nicht ins Gesicht schauen? Absurd – eine halbblütige Tänzerin aus den Basaren von Bouzen...

Sie stand wieder vor mir, und ich war eine gefangene Fliege, um die eine schöne, mit Juwelen geschmückte Spinne ein Netz webte, aus dem es keinen Ausweg gab außer dem Tod ... Ihre Arme webten ... webten ... webten ... hypnotisch ... hypnotisierend ... unwiderstehlich ...

Sie kam noch näher.

Mit großer geistiger und moralischer Anstrengung riss ich meine Gedanken oder meine Seele gewaltsam von ihr los und griff in meine Tasche nach einer Münze. Ich würde einfach dem „Brauch des Landes" folgen – meine Anerkennung für ihre Kunstfertigkeit auf die übliche Weise bekunden, dieser ganz gewöhnlichen Tänzerin ein Trinkgeld geben – und dann Levasseur sagen, dass ich mehr als bereit sei, zum Hotel zurückzukehren ...

Der Engel des Todes sah meine Bewegung auf der Suche nach Geld, aber anstatt mir den Rücken zuzukehren und sich zu mir hinunterzubeugen, bis ihr Gesicht zu meinem aufblickte, warf sie sich mir zu Füßen, kniete mit ausgestreckten Armen nieder und brachte ihr wunderschönes Gesicht immer näher an meines und flüsterte:

„ *Chéri!... Beaux yeux bleus!... Liebe* mich!... Ich liebe dich!... Küss mich, schöner Blauäugiger.... Küss mich!... Schnell!..."

Nun, der Himmel weiß, dass ich kein Heiliger bin, und ich weiß, dass ich kein selbstgefälliger, pompöser Narr bin... Es hätte nichts Schlimmes sein können, dieses Mädchen zu küssen. Nicht schlimmer als ein Kuss unter dem Mistelzweig. Aber der letzte Kuss, den ich jemals gegeben hatte, war mit einem lieben kleinen Kind in Brandon Abbas gewesen – ach, wie lieb! – einem süßen und reizenden kleinen Engel; ein Engel des Lebens, wenn dies der Engel des Todes war ...

Ich wollte die Gefühle dieser Tänzerin nicht verletzen, aber ich wollte sie auch nicht küssen. Tatsächlich hatte ich nicht vor, sie zu küssen, egal was passierte.

„ *Küss* sie, Mann", schnauzte Colonel Levasseur, vermutlich angewidert von dem dummen, ungeschickten und kaltblütigen Angelsachsen.

„Danke – aber ich küsse nie", sagte ich sowohl zu dem Mädchen als auch zu ihm.

Der Colonel schnaubte, die Augen des Mädchens blitzten, und ich fühlte mich wie ein unangenehmer Trottel.

Gleichzeitig machte der junge Araber eine Bewegung hinter meinem Stuhl, Oberst Levasseur rief ihm etwas auf Arabisch zu, und das Mädchen stieß ihr zorniges Gesicht beinahe an meines.

„ *Küss mich!*" , flüsterte sie angespannt, und ihre Augen, die zuvor gebrannt zu haben schienen, verengten sich und sahen so tödlich kalt aus wie die einer Schlange.

Ich schüttelte den Kopf.

„Ich küsse niemals Menschen", sagte ich, und noch bevor meine Lippen sich ganz geschlossen hatten, griff ihre rechte Hand nach ihrem Gürtel, schoss nach oben und schlug mit einem scharfen, schweren Schlag auf meine Hemdbrust, genau über mein Herz ...

Ich spürte keinen Schmerz ... Der würde noch kommen ... Betäubt ...

Levasseur sprang auf, stieß den jungen Araber zurück und packte das Mädchen am Handgelenk, als wolle er ihr den Arm brechen.

„Du Teufelsweib!", knurrte er und blickte, während sie spöttisch lachte, von dem Messer, das in ihrer Hand glänzte, zu meiner Brust.

Ich lachte auch – ein etwas nervöses Lachen der Erleichterung, denn sie hatte mich nicht erstochen, wie ich angenommen hatte. Sie hatte mit aller Kraft zugeschlagen, aber im Moment des Aufpralls hatte sie die Spitze des Messers nach innen gedreht und mich lediglich mit der geballten Faust getroffen, die das Messer hielt.

Es war in einer Sekunde vorbei, und sie wirbelte wieder auf den Zehenspitzen davon. Aber nur wenige hatten gesehen, was wirklich passiert war – sie hatten lediglich gesehen, wie ein Mädchen einen Kuss angeboten, eine Ablehnung erhalten und einen Schlag versetzt hatte.

Als er sich rasch von dem Mädchen dem eifersüchtigen Araber zuwandte, zeigte Oberst Levasseur etwas von dem Tiger, der zweifellos unter dem schweren und etwas stumpfen Äußeren des Mannes lauerte.

Was er sagte, habe ich nicht verstanden, aber der Araber wich vor dem grimmigen Blick des französischen Offiziers und dem Aufblitzen seiner entblößten Zähne zurück. Ich dachte, die große, geballte Faust würde dem Araber ins Gesicht schlagen, aber sie schoss mit ausgestrecktem Finger hervor, als der Oberst mit einem Befehl endete, den er wie einen Hund anbrüllte.

„ *Imshi!*“ , brüllte er. „Verschwinden Sie, Sie schwarzer Hund!“ Und der Araber schlich sich zum Tor des Geländes davon.

Die teilnahmslosen Gesichter schienen sich zu verhärten ... Hunderte von Augen verengten sich ...

Unser Gastgeber, offenbar vor Schreck und Erstaunen wie versteinert, raffte sich nun zusammen, rollte sich vom Sofa und warf sich vor seinem Gast nieder.

Als er seine Beteuerungen der Trauer, des Entsetzens, der Empörung und der Besorgnis beendet hatte – leidenschaftliche Erklärungen, dass er für sein Leben beschämt sei, sein Gesicht für immer geschwärzt, sein Salz verraten, sein Dach entehrt, sein Ruf befleckt, seine Selbstachtung zerstört, sein Leben ruiniert – durch die Tat des abscheulichen Verbrechers, den der Oberst zu Recht in die äußere Finsternis getrieben hatte –, bemerkte Levasseur ruhig:

„ *Gut! Ich* mache dich dafür verantwortlich, dass jede Bewegung dieses aufrührerischen, unverschämten Hundes Selim ben Yussuf dem *Büro* gemeldet wird ... Und hör mir gut zu, Abu Sheikh Ahmed, wenn er ohne mein Wissen einen Fuß nach Zaguig setzt, bist du dafür verantwortlich ...“

„Auf mein Leben, Exzellenz“, antwortete Abu Sheikh Ahmed, indem er sich an Stirn und Brust berührte und sich dem wütenden Oberst demütig verbeugte.

Levasseur dankte ihm dann für die Bewirtung, bat ihn, die Musik und den Tanz fortzusetzen, bis wir weit weg waren; und dann marschierte er mit einem kurzen „Kommen Sie, Monsieur Vanbrugh“ zur Tür, unser Gastgeber trottete neben uns her und redete bis zuletzt ununterbrochen.

* * *

„Was war denn mit dem guten Wie-heißt-er-noch – Selim?“, fragte ich, als wir uns in den wartenden Wagen setzten.

„Ein verdammtes großes Messer, mein Freund“, antwortete der Colonel, „breit und scharf und gekrümmt ... Das war los ... Seine Hand lag darauf, als ich zufällig über meine Schulter blickte ... Ich glaube, sowohl er als auch das Mädchen dachten jeweils, der andere würde dich erstechen, und so tat es keiner von beiden ...“

„Ach, Unsinn, Colonel“, lachte ich, „sie wollte mir nur einen kleinen Schreck einjagen, weil ich ihren Kuss abgelehnt habe, und er hat nur Theater gespielt, um ihr zu gefallen ...“

„Ach, mein Freund“, antwortete Levasseur, „ *du* kennst die Araber zweifellos am besten – insbesondere Mademoiselle, den Engel des Todes, und Monsieur Selim ben Yussuf, der buchstäblich verrückt nach ihr ist.“

„Wer ist das?“, fragte ich.

„Der Sohn des Scheichs eines äußerst mächtigen und wichtigen Stammes“, lautete die Antwort. „Ein alter Mann, dessen Freundschaft uns sehr viel bedeutet ... Macht in Zaguig den Unterschied ... Ist eine ganze Brigade wert ... Er ist sehr loyal, freundlich und friedlich, aber das wird sich ändern, wenn sein Mantel auf Meister Selim übergeht – wenn unsere dummen

Politiker das zulassen ... Ich würde den Hund erschießen, wenn *ich könnte*... Lass uns das Auto anhalten und ein Stück laufen, okay? Ich habe den ganzen Tag gesessen."

Ich war ganz einverstanden. Wir stiegen aus, und der Oberst wies den Soldatenchauffeur an, zu seiner Unterkunft zurückzukehren.

„Sind diese Straßen nachts gefährlich?", fragte ich meinen Begleiter, als wir durch die stille, mondbeschienene Traumstadt aus weißem Licht und schwarzen Schatten schlenderten.

„*Ja, sehr* – in mehr als einer Hinsicht", antwortete er und zeigte auf eine etwas engere Gasse, an deren Eingang wir gerade vorbeikamen. „Dort oben gibt es im Laufe des Jahres einige Morde ... Wir können dort entlanggehen ... Es ist ziemlich interessant."

„Morde?", fragte ich, als wir in die Straße einbogen. „Raubüberfälle?"

„Ja. Raub ... Eifersucht ... Hass ... Manchmal tötet die Spinne die Fliege. Manchmal ist die Fliege eine Wespe und tötet die Spinne."

Es war eine seltsame Straße. Still wie der Tod; hellwach und wachsam wie das Leben: heimlich und geheimnisvoll wie die Nacht: offen und offensichtlich wie der Tag.

Es gab keine Bewegung, keinen Laut, keine Einladung; aber es gab Augen, es gab offene Türen, die wie die Münder von Gräbern aussahen, es gab Geheimnisvolles und Böses und Gefahr in den schwarzen Schatten, im Mondlicht selbst, in der Luft...

Als wir an der ersten offenen Tür vorbeikamen, sah ich, dass sie ein seltsames Bild umrahmte. Zurück in der Dunkelheit, mit der eine kleine einheimische Lampe schwach zu kämpfen hatte, saß eine vollkommen regungslose Gestalt, geschmückt, mit Juwelen behängt, in einer Pose, die an eine für eine barbarische religiöse Zeremonie gekleidete Götzenfigur oder den Priester einer solchen Götzenfigur erinnerte, der die Nacht vor seinem Schrein bewachte. Keine Bewegung des Körpers dieses Priesters oder Götzenbildes verursachte die geringste Veränderung in den Reflexionen der leuchtenden Juwelen, des glänzenden Goldes oder des schimmernden Silberstoffes, nicht das geringste Geräusch von schweren Armreifen, Ketten, Fußkettchen, Gürteln oder Armbändern – aber als wir vorbeigingen, folgten uns die Augen, glänzend...

Und so ging es weiter im nächsten Haus ... und im nächsten ... und im nächsten; so in jedem Haus in der stillen, lauschenden Straße, der wartenden, wachsamen, regungslosen Straße, die der kühne und abgehärtete Mann neben mir in mehrfacher Hinsicht für sehr gefährlich erklärt hatte.

„Interessante Leute, diese Ouled-Naïl-Tänzerinnen", bemerkte Levasseur. „Sie tanzen und sitzen seit etwa zweitausend Jahren in dieser Straße. Sie tanzten für Julius Cäsar und Scipio Africanus – und auch für Jugurtha –, so wie sie für dich und mich und für den alten Abu Sheikh Ahmed tanzen ... Römische Generäle haben sie nach Rom gebracht, und französische Generäle bringen sie nach Paris ... Es gibt nicht viel, was sie über die Kunst der Verführung nicht wissen ... Hundert Generationen überliefertes Wissen ... Sehr faszinierend und attraktiv..."

„Geschmackssache", meinte ich. „Ich persönlich würde viel bezahlen, um davon verschont zu bleiben. Ich verstehe nicht, wie eine aufgetakelte, bemalte, wahrscheinlich ungewaschene, halbwilde Jezebel jemanden mit Geschmack und Raffinesse 'interessieren, faszinieren und anziehen' kann."

Ich sprach etwas hitzig und fragte mich, ob ich nicht zu sehr protestierte, als ich an den Engel des Todes dachte.

Der Colonel schien leicht verärgert zu sein. Vielleicht war er, ein Mensch mit Geschmack und Raffinesse, interessiert, fasziniert und angezogen gewesen.

„Eine von ihnen hat den Engländer aus irgendeinem Grund angezogen", knurrte er. „Er hat sie aus dieser Straße mitgenommen ... Ich könnte dir das Haus zeigen ... Zaza Blanchfleur ... Er hat sie wie eine Braut behandelt ... Regelmäßige Flitterwochen ... Er rüstete eine prächtige Karawane aus und fuhr weit in die Wüste ... Oh ja, sie interessierte *ihn* sehr, und das auch für eine ganze Weile ... Und was ist mit ihrer Tochter, dem Engel des Todes? Sie hat einige Leute mit Geschmack und Raffinesse interessiert, das kann ich Ihnen sagen! ... Einige Namen würden Sie überraschen..."

„Und saß sie auch in dieser Straße?", fragte ich.

„Natürlich, anfangs ... Aber seitdem ist sie in ein paar anderen Straßen unterwegs ... Bond Street, Rue de la Paix, Unter den Linden, Newski-Prospekt, Ringstraße, Corso, Prado, Avenida, sie hat fast alle Hauptstädte Europas besucht, sagt sie."

„Was wird aus einem Mädchen wie ihr?", fragte ich.

„Oh – sie heiratet einen reichen Scheich und zieht für immer in die Wüste – oder einen reichen Mauren und kommt in einen *Harem* in Fès – bleibt hier und häuft Reichtümer an – geht nach Paris, Marseille oder Algier – sie stirbt vielleicht als Prinzessin auf einem Seidenbett im Palast eines Sultans oder auf dem Boden einer schmutzigen Hütte in Port Said ..."

Der Oberst seufzte, und das Thema war erledigt.

Kapitel V

In Zaguig war Oberst Levasseur in seinem Element, Herrscher über alles, was er überblickte, und er liebte es sehr, vor den amüsierten Augen Marys den Monarchen zu spielen, die die Gelegenheit, „dem Leben näher zu kommen", wie sie es nannte, und „die Orientalen in ihrer Heimat zu sehen", unwestlich und unbefleckt – oder unrein und unverbessert – sehr genoss.

In Zaguig gab es nichts Europäisches, und es sollte auch nichts Europäisches geben, wenn man es irgendwie verhindern konnte. Leider hatten die Leute dort nicht mal das bisschen Ehrlichkeit und Fairness, das in der europäischen Diplomatie üblich ist, und versteckten den bittersten Hass und die bösesten Absichten hinter den liebevollsten Beteuerungen, honigsüßen Worten und äußeren Zeichen der Freundschaft.

Ich bin weder Politiker noch Weltverbesserer, weder Publizist noch Soziologe, und ich habe keine Meinung zum Thema der Ethik der „friedlichen Durchdringung" eines unzivilisierten Landes durch ein zivilisiertes. Aber niemand konnte von Bouzen aus nach Süden reisen, die Wüste mit dem Ackerland vergleichen und nicht erkennen, dass die Durchdringung zum größten Wohl der meisten und letztlich zum Wohl der ganzen Welt war, da Ackerbau und Produktion die Brachliege ablösten, Ordnung und Frieden Gesetzlosigkeit und Krieg ablösten und die Segnungen der Zivilisation die Flüche der Wildheit ablösten.

Nicht immer werden die „Segnungen" von denjenigen, die sie erhalten, sofort als solche erkannt.

In diesem Fall gab es sicherlich keine unterschiedlichen Meinungen darüber, ob die Besiedelten den Prozess gut fanden. Sie waren keine Altruisten, sondern fanatische Muslime mit einer unermesslichen Verachtung für alle Christen und alle anderen von Gott vergessenen Ungläubigen ... Das galt besonders für die Derwische, Marabuts, Mullahs, Priester, Prediger und Lehrer von Zaguig, denn Zaguig war eine sogenannte „heilige" Stadt, die dazu neigte, jeden unbefugten Eindringling auf höchst unheilige Weise zu vernichten....

Wahrscheinlich waren selbst Mekka und Medina nicht hoffnungsloser reaktionär und mörderisch fanatisch als Zaguig, und sicherlich konnten sie dem Zustand von Sodom und Gomorra nicht näher kommen als dieser heilige Ort....

Doch die Flut der Zivilisation begann, den bislang unberührten Sand zu überrollen, der es umgab; Wellen des Fortschritts leckten bereits an seinen Mauern; und die ersten kleinen Wellen jenes unaufhaltsamen Ozeans waren die Männer von Oberst Levasseurs Militärmission.

* * *

In dieser seltsam unheiligen Heiligen Stadt traf Mary den Mann, der sofort ihr größtes Interesse, ihre Bewunderung und Anerkennung weckte, der später ihre hingebungsvolle Liebe gewann und schließlich ihr Ehemann wurde.

Mary begann – meiner Meinung nach ganz unbewusst – sich sehr für das Thema Liebe und Ehe zu interessieren, und ich bin mir sicher, dass sie sich gefragt hatte, ob ihr Seelenverwandter nicht vielleicht genau dort zu finden war, als sie in New York, London, Paris, Monte Carlo, Algier, Biskra und Bouzen weilte, wo es von charmanten heiratsfähigen Männern nur so wimmelte.

Und nun sollte er ausgerechnet in Zaguig sein, wo es nichts gab außer ungewaschenen Zaguigern, Hitze, Schmutz, Gestank und einem fast unverfälschten Orientalismus...!

Der gutaussehende, harte, klar geschnittene Major Henri de Beaujolais gefiel mir auf Anhieb, und er zog mich enorm an. Zur Einfachheit und Direktheit des Soldaten kamen die Klugheit und das Wissen des ausgebildeten Spezialisten, der Charme, die Weltgewandtheit und die Anmut des erfahrenen Mannes von Welt und die unvermeidliche Anziehungskraft eines liebenswerten und bescheidenen Charakters hinzu.

Er vereinte das Beste zweier Nationen in sich: seine Erziehung an einer englischen Privatschule und sein englisches Familienleben mit vornehmer Bildung einerseits und seine aristokratische französische Herkunft, Erziehung und Traditionen andererseits... Ich hörte, dass er mutig wie ein Löwe, äußerst fähig und in seinem Beruf sehr weit kommen würde – ganz abgesehen davon, dass er der Neffe eines hoch angesehenen Generals und (über die Frau seines Onkels) mit einem äußerst mächtigen und prominenten Politiker verwandt war.

Wir begegneten ihm zum ersten Mal beim Abendessen an Oberst Levasseurs Tafel, und ich war überrascht festzustellen, dass Marys Haltung ihm gegenüber alles andere als ermutigend oder freundlich war. Tatsächlich ärgerte sie mich ein wenig, da sie offenbar bemüht war, ihn zu verärgern. Nachdem er gegangen war, stellte ich sie deswegen zur Rede und fragte, ob sie ihn nicht leiden könne.

„ *Der liebe* alte Otis!“, lächelte sie und fügte später hinzu: „Aber nein, warum sollte ich? Ich mag ihn doch ... und *sogar* sehr ...“

„Das hast du aber gut versteckt“, sagte ich, und sie fragte:

„Habe ich das? ... Habe ich das?“, fragte sie.

Daraufhin wurde ich auch schlau und sagte:

„Er hat mich an d’Artagnan erinnert ... Genau diese prahlerische Selbstsicherheit und Selbstbewusstsein ... ein Hauch von etwas großspurigem Haudegen ...“ und kam nicht weiter.

„Was!“, unterbrach Mary mich, „ *bist* du so blind wie ein Maulwurf mit einem Monokel *und* so dumm wie ein Fisch mit Kopfschmerzen? Ich habe noch nie einen bescheideneren Mann in meinem Leben getroffen! Du konntest ihm kein Wort entlocken – über das, was er getan hat ... Nicht mit einer Brechstange ...“

„Ah!“, sagte ich tiefsinnig und kicherte, woraufhin Mary ins Bett marschierte.

Ich liebe Mary, und ich liebe es, ihr bei der Arbeit zuzusehen. Was sie will, das bekommt sie auch, und was sie will, das bekommt sie auch. Unsere Indianer-Ader ist manchmal ziemlich stark in ihr und zeigt sich besonders, wenn sie in Gefahr ist ... Dann ist sie die coolste Person, die man sich vorstellen kann, und anscheinend am glücklichsten ... Das zeigt sich auch in einer gewissen unerbittlichen Hartnäckigkeit, einer Entschlossenheit, ihr Ziel zu erreichen – und, ich möchte hinzufügen, einer gewissen Rücksichtslosigkeit, um nicht zu sagen Skrupellosigkeit –, mit der sie Hindernisse und Widerstände aus dem Weg räumt.

Der Gedanke, der mir an diesem denkwürdigen Abend gekommen war, blieb und wurde zu einer Gewissheit. Mit jedem Tag, der verging und Mary Henri de Beaujolais besser kennenlernte, interessierte sie sich mehr für ihn, und er für sie ... Er verbrachte seine ganze Freizeit damit, „ihren Aufenthalt angenehm zu gestalten“ und ihren unstillbaren Wissensdurst über Nordafrika und die Afrikaner zu stillen.

Der arme Colonel Levasseur konnte nur zustimmen und eine Freude vortäuschen, die er nicht empfand, als sie ihm versicherte, wie sehr sie ihren Aufenthalt in Zaguig genoss – dank Major de Beaujolais’ wunderbarer Kenntnis des Ortes und der Menschen und seiner außerordentlich interessanten Art, diese weiterzugeben.

„Ja“, dachte ich mir, „Mary hat sich in Major Henri de Beaujolais verliebt, und Major Henri de Beaujolais hat sich in Mary verliebt – auch wenn er es vielleicht noch nicht weiß ... Aber er wird es ganz sicher erfahren – wenn der erste Teil meiner Vermutung stimmt.“

Ich war voller Hoffnung und Freude, denn er war genau der Mann, den ich mir für meine Schwester als Ehemann gewünscht hätte, und ich sehnte mich danach, sie verheiratet und mit einem eigenen Zuhause zu sehen ... Eine Frau braucht ein Zuhause mehr als ein Mann – fast mehr als alles andere – und unser eigenes Zuhause in Wyoming war überhaupt kein „Zuhause“ ...

* * *

Ich war nicht sonderlich überrascht, als ich eines Morgens den geräumigen, gefliesten Frühstücksraum mit seiner großen Säulenveranda betrat und de Beaujolais beim Gehen sagte:

„Nun, ich habe Sie gewarnt, Herr, und alles getan, was ich konnte ... Wir sitzen auf einem Pulverfass, und darin sind eine ganze Menge Jungs, *die Streichhölzer anzünden* ... Und einer von ihnen ist unser Freund Selim ben Yussuf! ... Es wird eine große Explosion geben – und auch einen Großbrand – und das schon sehr bald ...“

„Wollen Sie nicht noch auf einen Kaffee bleiben, bevor es passiert?“, lächelte Oberst Levasseur auf besonders irritierende Weise; und mit einem hochmütigen Gruß schritt de Beaujolais mit grimmiger Miene aus dem Zimmer.

“Diese Geheimdienstleute haben wirklich eine gute Nase für Mist”, lächelte der Oberst. ”Hast du Mademoiselle heute Morgen gesehen? War sie reiten? Ich wünschte, ich hätte so viel Freizeit wie diese Geheimdienstleute ... *Ich* kann nicht jeden Morgen mit ihr reiten gehen ... Ja, nichts als Mist, voller fauler Eier – genau wie die Gehirne dieser Geheimdienstleute ... Ja, verdorben ... Und jetzt wieder ein Hufabdruck – Aufstand, Rebellion, Meuterei, Mord, Massaker und was weiß ich noch alles! ... Ich nehme an, der Geheimdienst muss seine Existenz rechtfertigen und sein Geld irgendwie verdienen ... *Geheimdienst,* was? ... Schade, dass einige von ihnen nicht ein bisschen ... Ah! Da ist Mademoiselle... Bring sofort den Kaffee, Alphonse... *Bonjour, ma chère Mademoiselle Vanbrugh, du* siehst aus wie der Morgen selbst – nur kühl... kühl... immer kühl...

* * *

Einen Nachmittag, etwa eine Woche nach diesen *beiläufigen Bemerkungen* des weisen Oberst Levasseur, erhielt ich in der Residenz eine Nachricht von de Beaujolais, in der er mich bat, mich schnell in sein Quartier zu begeben. Der Bote, ein stattlicher Spahi namens Achmet, der Ordonnanz von de Beaujolais, teilte mir ruhig mit, dass meine Schwester, Sitt Miriam Vanbrugh, in großer Gefahr sei und ich sofort auf dem Pferd, das er geritten hatte, dorthin reiten solle. Es schien, dass de Beaujolais selbst in die Residenz gekommen war, um mich zu suchen, und die Zofe meiner Schwester mitgenommen hatte....

... Zumindest war es das, was ich aus Achmets seltsamer Mischung aus Französisch, *Sabir* und Arabisch heraushörte.

Ich eilte auf die Straße, geführt von Achmet, der schnell vor mir herlief, und ritt zu dem Haus in der Nähe des Bab-el-Sûq, wo de Beaujolais wohnte, ohne zu wissen, was mich erwartete, und bemerkte die seltsame Leere in den Basaren, Gassen, Plätzen und Straßen, die vermutlich darauf zurückzuführen war, dass auf dem großen Minarettplatz eine große Parade und Paradeaufstellung stattfand...

Als ich bei de Beaujolais’ Quartier ankam, stieg ich im Hinterhof ab, gab dem Pferd einen Klaps, der ihn in den Stall traben ließ, und stürmte die Holztreppe hinauf. Ich trat die erste Tür ein, auf die ich kam, oder öffnete sie, und fand zwei Araber im Zimmer. Einer von ihnen stellte sich als Major de Beaujolais vor – ich erkannte die Stimme, nachdem ich den Namen gehört hatte – und sagte, dass Mary mit ihrer Zofe in seinem Schlafzimmer sei und sich als arabische Frau verkleide.... Das Massaker sollte noch am selben Abend stattfinden, und kein Ausländer würde es überleben, außer denen, die sich erfolgreich verstecken konnten.... Er hatte mich hergeschickt, um mich um die Mädchen zu kümmern und ihnen zu helfen, zu fliehen, indem ich mich verkleidet versteckte, bis eine Strafexpedition eintraf....

So war es also gekommen! De Beaujolais hatte Recht gehabt und Levasseur Unrecht, sträfliches Unrecht ... Und Mary befand sich mitten in einer der gefährlichsten fanatischen Städte der Welt, im Moment eines *Dschihad*, eines Heiligen Krieges gegen Ungläubige, ihrer Abschlachtung und vollständigen Ausrottung ... Mary und ihre ausgezeichnete englische Zofe, Maud Atkinson ... Und ich sollte mich als Araber verkleiden und mich mit ihnen in einem Schlafzimmer verstecken – mich verkrochen, zitternd, übel, hungrig, bis die Rettung aus Ain-Zuggout oder sonst woher kam!

Eines war ziemlich sicher: Mary würde so etwas niemals tun – und das sagte ich auch...

„Was ist mit den Truppen?“, fragte ich.

„Keine Chance“, antwortete de Beaujolais. „Sie sind hoffnungslos unterlegen und könnten nicht schlechter positioniert sein als sie es sind ... Über die ganze Stadt verstreut ... Wenn du dich hier versteckst, wirst du um Mitternacht der einzige lebende Weiße sein ... Das ist deine einzige Chance...“

„Mary wird sich nicht tagelang hier verstecken“, sagte ich. „Und mir gefällt die Idee auch nicht besonders ... Lass uns hören, was sie dazu sagt“, und wir gingen in den nächsten Raum, gefolgt von dem anderen „Araber“ – einem Hauptmann des französischen Geheimdienstes namens Redon.

Mary, ruhig und gelassen wie immer, schien sich mehr für die arabische Kleidung zu interessieren als für die Aussicht auf Tod und Zerstörung.

„Hör mal, Mary“, sagte ich. „Was soll man machen? Willst du dich hier verstecken, still sein und den Mund halten, diese Kleider tragen, falls dich jemand sieht, und warten, bis die Hilfe kommt?“

„Die Antwort ist nein“, antwortete sie und betrachtete die Wirkung ihrer Kopfbedeckung in einem Rasierspiegel. „Diese Dinger über dem Gesicht bieten einem Mädchen nicht gerade viele Chancen, oder? ... Die Gerechten und die Ungerechten ... die Fairen und die Unfairen ... alle fangen sozusagen bei Null an ... Äh – nein – Otis, ich bleibe nicht lange ... Was wird Major de Beaujolais in dem Gemetzel tun? Große Intelligenz beweisen und uns sichere, aber geheime Dienste anbieten – oder was?“

Und dann machte de Beaujolais die niederschmetternde Ankündigung, dass er sich aus dem Staub machen würde, bevor die Show begann, wenn er könnte ... Er hatte in diesem Moment seine Befehle von dem schmutzigen, rüpelhaft aussehenden „Araber“ erhalten, der Captain de Redon war ...

Und ich hatte in diesem Moment auch eine Idee – die Idee meines Lebens! *Er sollte Mary mitnehmen*, wohin auch immer er ging! Das würde sie vor dem Massaker retten und sie und de Beaujolais in der langwierigen Intimität einer Wüstenreise zusammenbringen.

Und das würde sicherlich zum dauerhaften Glück der beiden führen! In der Vorahnung von Schlacht, Mord und plötzlichem Tod dachte ich an Orangenblüten, Brautschleier und die Stimme, die über Eden wehte ... Ich glaube, weil ich wusste, dass es hoffnungslos und sinnlos war, solche Gedanken in Bezug auf mich selbst zu hegen, dachte ich so oft an andere Menschen ...

Und es stellte sich schnell heraus, dass ich nicht die Einzige war, die auf diese geniale Idee gekommen war, denn Mary meinte, da Major de Beaujolais flüchtete, könnten sie und ihre Zofe genauso gut mit ihm fliehen. Sie sagte es so, wie man sagen könnte: „Wenn du auch in die Stadt fährst, könnten wir genauso gut denselben Zug nehmen.“

Aber de Beaujolais hatte offenbar andere Pläne.

Er erklärte, dass das absolut unmöglich sei. Er sei auf einer geheimen Mission von höchster Brisanz, Gefahr und Wichtigkeit ... Er könne einfach keine Frauen mitnehmen. Er wiederholte seinen Vorschlag, dass ich und die beiden Mädchen uns in diesem Haus verstecken und unsere Chance nutzen sollten, bis eine französische Kolonne eintreffen würde.

Ich war froh, dass Mary nicht einen Moment lang daran dachte, dass ich so etwas tun würde – dass ich etwas anderes tun würde, als mich meinem Gastgeber und seinen Männern anzuschließen und mein Schicksal in ihre Hände zu legen.

Sie selbst wischte die Ablehnungen und Erklärungen von de Beaujolais beiseitesprechen und machte deutlich, dass männliche Belanglosigkeiten und Kindereien wie Politik, Geheimdienst oder Spezialmissionen nicht wichtig genug waren, um darüber zu reden – geschweige denn als Hindernisse für Fräulein Mary Vanbrugh angesehen zu werden.

Als er ihr eindringlich Erklärungen gab und sie nachdrücklich davon abriet, und schließlich mit einer absoluten und kompromisslosen Ablehnung schloss, hörte sie ihm einfach nicht zu, sondern bat den scheidenden Achmet, den Koffer, den Maudie mitgebracht hatte, mitzunehmen – wohin auch immer er gehen würde ...

Die Ablehnung von de Beaujolais war so heftig und endgültig, seine Gründe, sie nicht mitzunehmen, so absolut überzeugend, dass ich mir sicher war, dass er es eigentlich tun wollte und nur gegen das ankämpfte, was er für seine eigene Schwäche hielt. Ich stellte mir vor, wie schrecklich es für ihn sein musste, ein Mädchen, in das er sich verliebt hatte, der Gnade der Männer von Zaguig zu überlassen – oder sie mitzunehmen, was für sie eine größere Gefahr und für den Erfolg seiner Mission eine noch größere Gefahr bedeutete ...

Meiner Meinung nach war die zweite Alternative eindeutig vorzuziehen, und ich machte mich daran, alles zu tun, um sie zu verwirklichen – denn sie gab Mary nicht nur eine Chance auf Leben, sondern auch eine Chance auf Glück ... Außerdem muss ich gestehen, dass sie damit die schreckliche Verantwortung für ihre Rettung auf die breiteren Schultern von de Beaujolais übertrug ...

„Nimm sie mit, um Gottes willen", sagte ich, „es ist ihre einzige Chance ... Sie wird sich hier niemals verstecken können ... Sie wird mit mir zur Residenz zurückkehren und ein Gewehr benutzen ... Sie ist so gut wie ein Mann ... Du sagst, es gibt keinen Schatten einer Hoffnung ... Denk an das Ende ... Ich kann sie nicht erschießen ... Mit dir hat sie wenigstens eine Chance ..."

„Gegen meine Anweisungen und Befehle", sagte er, sein Gesicht ein Spiegelbild widersprüchlicher Gefühle ... „Ich muss so leicht wie möglich reisen, so schnell wie möglich – und mit einem absoluten Minimum an Begleitern ... Mehr Leute bedeuten mehr Ausrüstung und Kamele ... mehr Verzögerung ... weniger Geschwindigkeit ... Und sie würde die Reise niemals überstehen ... Das widerspricht völlig meinen Anweisungen und bedeutet für sie den sicheren Tod ..."

„Und das ist der sichere Tod für sie", sagte ich.

Ich wünschte, ich könnte Marys Gesicht sehen, aber es war unter dem Obergewand verborgen, das die *purdah-bedeckten* muslimischen Frauen vom Scheitel bis zu den Fußspitzen verhüllt. Nicht einmal ihre Augen waren durch den Streifen Musselin zu sehen, der die Öffnung in dem dicken Stoff bedeckte, durch die die Trägerin sehen konnte.

Kapitän de Redon schloss sich mir an – offensichtlich mit seinem ganzen galanten französischen Herzen mit seinem unglücklichen Freund, mit dem Mädchen in großer Gefahr und mit dem Bruder des Mädchens, der um ihr Leben flehte. Wahrscheinlich sah er genauso klar wie ich, dass de Beaujolais nichts sehnlicher wollte, als nachzugeben ...

Und er gab nach, mit aller Miene von Widerwillen und Unwillen.

„Na gut", sagte er. „Auf Fräulein Vanbrughs Verantwortung. Sie und ihre Zofe können mit mir gehen – vorausgesetzt, sie versteht, dass es nicht meine Aufgabe ist, sie zu retten, sondern meinem Land zur Seite zu stehen ... Ich werde ihre Sicherheit oder ihr Leben nicht eine Sekunde lang meiner Pflicht in den Weg stellen ..."

Ich drückte seine Hand und wusste, dass Mary in Sicherheit war ... Er würde seine Pflicht tun, aber er würde dafür sorgen, dass die Frau, die er liebte, in Sicherheit war ... Ja, er liebte sie, ob er es wusste oder nicht – und eine riesige Last fiel von mir ab.

* * *

Ein paar Minuten später waren sie alle auf der Straße – die noch leer und still war, wie ich erfreut feststellte – und auf dem Weg zum Haus des wohlhabenden und freundlichen Arabers Sidi Ibrahim Maghruf – eine Gruppe ganz gewöhnlicher und überzeugender Einheimischer: de Beaujolais, ein Sergeant-Major Dufour, Captain de Redon, Mary und Maud Atkinson – die Letztgenannte genoss in ihrer unbesiegbaren Unwissenheit und ihrem fröhlichen Cockney-Mut die ganze Angelegenheit in vollen Zügen.

De Beaujolais weigerte sich, mich mit zum Haus seines Freundes Ibrahim Maghruf zu nehmen, wo die Karawane wartete, da ich keine arabische Kleidung trug, und bat mich (da ich mich weigerte, mit ihm die Stadt zu verlassen und dann mein Glück in der Wüste zu versuchen), schnell zur Residenz zurückzukehren. Ich sollte Colonel Levasseur von der Ankunft von Captain de Redon mit dem Befehl zur sofortigen Abreise von de Beaujolais berichten und versuchen, dem guten Colonel klarzumachen, dass die Revolte noch in derselben Nacht ausbrechen würde ...

Ich umarmte Mary herzlich und liebevoll, küsste die Stelle, an der ich mir ihren Mund vorstellte, und flüsterte ihr ins Ohr:

„Gott segne dich, mein liebes Mädchen ..." und fügte einen *Spruch* aus unserer Kindheit hinzu, der von einer Kutschfahrt mit einem netten jungen Mann handelte.

Dass Mary meine Anspielung gehört und verstanden hatte, zeigte sich daran, dass ich einen deutlich spürbaren Stoß in die Mitte meiner Weste bekam, als ich meine Arme von ihrem Hals nahm.

* * *

Ich unterdrückte meine Gefühle der Einsamkeit, Besorgnis und Angst und sagte mir, dass Mary in guten Händen sei. Ich eilte aus diesem unheilvollen und bedrückenden Haus hinaus und verlor mich schnell, völlig und hoffnungslos in dem labyrinthartigen Gewirr aus Gassen, Basaren, verwinkelten Gassen und krummen Straßen, das zwischen diesem Haus und der Residenz lag.

Die Atmosphäre des Ortes war unbeschreiblich unheimlich – hinterhältig, bedrohlich und rätselhaft. Es war niemand zu sehen, aber ich hatte das Gefühl, von tausend Augen beobachtet zu werden ... Was lauerte hinter diesen mit Eisen vergitterten Fenstern, diesen Gittern, Gitterstäben, leicht geöffneten Türen, hinter diesen hohen blinden Mauern und auf diesen abgeschirmten Balkonen? Häufig war die Gasse, durch die ich eilte, vollständig überdacht und bildete einen Tunnel unter den oberen Räumen der Häuser, die sie säumten.

Als ich aus einer davon herauskam und um eine Ecke in einen schmalen Basar mit winzigen Läden bog, die jeweils nur aus einem mit Fensterläden verschlossenen Loch in der Wand bestanden, hörte ich ein schweres Murmeln, wie man es plötzlich hört, wenn man sich der Küste nähert und ins Freie tritt ...

Es war unbeschreiblich bedrohlich und beunruhigend, dieses anschwellende Geräusch wie von einem Schwarm wütender Bienen, und es wuchs schnell zu dem schrecklichsten Lärm, den es gibt – dem vermischten Brüllen und Heulen und Schreien und Kreischen einer riesigen wütenden Menge von rasenden Männern, die nach Raub, Feuer und Mord schrien und blutrünstig waren ... Der Mann, der das ungerührt hören kann, ist ein Mann mit Nerven aus Stahl, ein Übermensch – denn ein Mob ist unendlich schlimmer und bösartiger, zerstörerischer und gefährlicher als jedes einzelne seiner Mitglieder. Er ist das wildeste und grausamste aller wilden und grausamen Tiere und unendlich mächtig mit seinen unzähligen Händen, die zerreißen, töten und verbrennen, und seinen unzähligen Köpfen, die Böses für diese Hände aushecken.

Ich hatte auf jeden Fall Angst.

Der schreckliche Lärm wurde lauter und kam näher.

Ich war verloren – und wusste nicht, wohin ich mich wenden sollte, um dem Mob zu entkommen oder zu meinen Freunden zurückzukehren, diesen großartigen Soldaten – viele von ihnen Afrikaner –, die ohne zu zögern sterben würden, ohne an Verhandlungen oder Kapitulation zu denken.

Mit ihnen zu kämpfen und zu sterben wäre nichts gewesen – eine Erregung, eine wilde Freude –, aber in diesen stinkenden Gossen in Stücke gerissen zu werden, von diesen widerlichen, bestialischen Rohlingen geschlagen und getreten, zu einem Brei aus Blut, Schlamm und Dreck zertrampelt ... es konnte keinen schrecklicheren Tod geben ... Die abscheuliche Demütigung – ein weißer Mann, der sich hilflos in den Händen von Schwarzen wehrt, seine Kleider vom Leib gerissen ...!

Das war es, was mir Angst machte, nicht der Tod – denn ihm war ich bereit, zu begegnen, wann immer er kommen mochte ...

§ 2

Während der Lärm der Menge – der Lärm schwankte zwischen dem Brüllen von zehntausend Löwen und dem einer mächtigen See, die in einem furchtbaren Sturm an eine eisenverzierte Küste brandet – anschwoll und abebbte, vorrückte und sich zurückzog, wenn ich um Ecken bog, in enge Gassen einbog oder offene Plätze überquerte, betete ich, dass Mary aus der Stadt heraus und auf sicherem Weg war.

Ich segnete de Beaujolais und seine Fürsorge für sie von ganzem Herzen; dass er ihre Zofe und mich geholt hatte; seine endgültige Entscheidung, sie mitzunehmen. Ich konnte nicht umhin, ihn mit Levasseur zu vergleichen – der sie nach Zaguig eingeladen hatte, um sie zu beeindrucken und damit sie ihn unter den günstigsten Umständen sehen konnte.

Nun ja – er hatte sie aus eigenem Antrieb nach Zaguig eingeladen und damit maßgeblich dazu beigetragen, dass de Beaujolais in ihr Leben getreten war. Möge de Beaujolais noch lange dort bleiben!

Und plötzlich bog ich um eine weitere Ecke und stellte mit Entsetzen fest, dass ich im Kreis gelaufen war; denn auf dem offenen Platz, wo mehrere Gassen zusammenliefen, lag ein totes Pferd, das ich ein oder zwei Stunden zuvor gesehen hatte, und nicht weit davon entfernt lag die Leiche eines Arabers.

Der Anblick – ein unangenehmer Anblick – der Leiche des Mannes brachte mich auf eine Idee. Mein Ziel war es, Levasseur wiederzufinden und ihm zu helfen, aber es war absolut sicher, dass ich ihn in meiner europäischen Kleidung niemals erreichen würde. Ich würde von der Menge in Stücke gerissen und von der ersten Bande, der ich begegnete, getötet werden. So wie ich gekleidet war, bestand meine einzige Überlebenschance darin, mich in irgendein Loch zu verkriechen und zu verstecken. Als Araber verkleidet könnte ich es vielleicht bis zur Residenz schaffen und mich dort hineinbegeben – wenn ich nicht von den Verteidigern erschossen würde.

Als Araber verkleidet könnte ich mich vielleicht nähern und auf Französisch rufen, dass ich einer von ihnen sei. In europäischer Kleidung konnte ich dem Mob nicht zurufen, dass ich in Wirklichkeit ein verkleideter Araber war – und damit davonkommen. Zum einen wäre keine Zeit zum Rufen gewesen.

Die Kleidung des Toten war schmutzig und blutgetränkt. Er musste in große Schwierigkeiten geraten sein ... Könnte er ein weiterer Geheimdienstmitarbeiter wie de Redon sein? Einer, der auf der Strecke geblieben war? Ich hätte irgendwie weniger Gewissensbisse, seinen schmutzigen *Burnus* anzuziehen, wenn er es wäre ... Sollte ich seine Sachen über meine eigenen ziehen oder meine europäische Kleidung ganz ablegen? ... Auf jeden Fall musste ich an Kopf und Füßen „richtig" aussehen. Es hätte wenig Sinn gemacht, mit europäischen Stiefeln und Hosen, die unter einem *Burnus* hervorschauten, und einem europäischen Sonnenhelm herumzulaufen.

Aber wie würde ich aussehen, wenn eine Bande um die Ecke käme und mich in der Gosse sitzen sähe, wie ich mit einer Leiche die Kleider tauschte?

Diese Gedanken schossen mir durch den Kopf, als ich die Leiche erreichte. Anscheinend war der Mann erstochen oder mit einem Schwert durchbohrt worden.

Er hatte sehr stark geblutet, und ich sah die Blutspur, die ihn mit dem Tor einer Hofanlage verband ... Nein, ich konnte mich nicht mitten auf der Straße hinknien, meine Stiefel und Hosen ausziehen – sich ohne Stiefel und Hosen erwischen lassen – und mich mit einer Leiche umziehen! ... Oder doch? ...

Und genau in diesem Moment stieß die Leiche einen tiefen Stöhnen aus und entschied die Frage. Ich konnte einem sterbenden Mann nicht die Kleider ausziehen ... Wenn ich ihm schon nicht helfen konnte, so konnte ich ihn wenigstens in Frieden sterben lassen.

Ich drehte mich um und eilte davon, wobei ich mich fragte, welche der fünf Straßen, die auf den Platz führten, diejenige war, auf der ich Achmet von der Residenz zum Viertel von de Beaujolais gefolgt war. Sie sahen für mich alle gleich aus, und ich war zu besorgt um Mary gewesen, um mir die gewundene Route zu merken, auf der wir gekommen waren... Ich stellte fest, dass ich den Spuren des verwundeten Arabers folgte, und sah, dass sie in den Innenhof eines offenbar unbewohnten Gebäudes führten, zu einer Außentreppe, die auf das Flachdach hinaufführte.

Als ich stehen blieb, hörte ich plötzlich laute Geräusche, die näher kamen, das Geräusch von rennenden und schreienden Männern; und als ich über meine Schulter blickte, sah ich, dass zwei- oder dreihundert Meter von der Stelle, an der ich stand, eine Menschenmenge über das

Ende der Gasse strömte, in die ich blickte. Jeder der rennenden Männer könnte jeden Moment in meine Richtung schauen – und in wenigen Minuten würde es für mich „Guten Abend, Heiliger Petrus“ heißen.

Ich stürmte in den Hof, die Treppe zum Dach hinauf und fand mich inmitten von etwa einem halben Dutzend Arabern wieder – alle tot…

„Dreckige Arbeit an der Kreuzung!“

Der Ort glich einem Schlachthof, einem Gemetzel – und gleichzeitig einem perfekt ausgestatteten Umkleideraum mit einer Auswahl an Kostümen, die ich so dringend brauchte. Die Kleidungsstücke waren alle schmutzig, mehr oder weniger zerrissen und reichlich blutbefleckt, aber mir wurde klar, dass das alles nur zum Besten war, da es mein Ziel war, mich durch die Straßen zu kämpfen, in denen es von ähnlich gekleideten und oft ebenso blutbespritzten Abschaum der Stadt wimmelte. Tatsächlich war es ein unglaubliches Glück, dass ich auf dieses unheimliche und widerwärtige Schlachtfeld gestoßen war.

Sofort zog ich meine Oberbekleidung und meine Stiefel aus und machte mich an die Arbeit.

Es war die ekligste Arbeit, die ich je gemacht habe, und es gab Momente, in denen ich versucht war, meine eigenen Kleider wieder anzuziehen, mir eines der herumliegenden arabischen Schwerter zu schnappen und Amok zu laufen. Noch mehr war ich versucht, zurück zu de Beaujolais' Quartier zu huschen und mich zu verstecken … Ich konnte den Ort finden, indem ich zu der Stelle zurückkehrte, wo das tote Pferd lag…

Ich nehme an, wenn ich ein starker, schweigsamer Mann mit einem großen Kinn (und ein oder zwei dicken Ohren) gewesen wäre, hätte ich meine Aufgabe kühl und schnell erledigt und wäre aus diesem Haus „durch und durch Araber“ herausgestolziert, bis ins letzte Detail korrekt.

Tatsächlich fühlte ich mich krank und erschüttert; ich hatte große Angst und war nervös; und ich konnte meine zitternden, schwitzigen Finger kaum kontrollieren.

Wahrscheinlich hätten sich die meisten anderen normalen Menschen fast genauso schlecht gefühlt wie ich?

Es wurde dunkel … Der Himmel war von den Flammen großer Brände erhellt … Es gab ein unaufhörliches, nervenzerreißendes Geschrei der Menge, unterbrochen von schrecklichen Schreien, Gewehrschüssen und dem Krachen von Salven … Ich befand mich inmitten einer ausgewählten Versammlung von Leichen, und ihre grauenhaften Gesichter schienen sich im schwindenden und flackernden Licht zu verzerren … Ich musste sie herumzerren, um ihnen ihre Kleidung abzuziehen – ihre widerwärtigen, blutgetränkten Kleider … und sie wehrten sich dagegen und klammerten sich mit teuflischer Genialität an ihre Lumpen … Und an meinen Händen klebte zähflüssiges, schleimiges Blut … Da waren verknotete Schnüre – und die Knoten ließen sich nicht lösen –, und das brachte den Besitzer des Kleidungsstücks dazu, mich anzulächeln und zu grinsen und zu grinsen und zu grinsen und seinen schrecklichen Kopf zu schütteln, während ich zerrte und zerrte und der Schweiß von mir tropfte … Als ich einmal zurücktrat, rutschte ich aus und stolperte, und um mich vor dem Sturz zu retten, trat ich auf die Brust eines Mannes, der hinter mir lag, und mein Gewicht drückte die Luft aus seinen Lungen durch seine Kehle, und der Tote stieß einen lauten Schrei aus – den schrecklichsten, abscheulichsten, furchterregendsten Laut, den ich je gehört habe: die tote Stimme eines toten Mannes, die sich laut gegen die Schmach, die Schändung durch meinen Tritt erhob…

Ich höre diesen Laut bis heute in meinen Albträumen…

Ich nahm diesem Mann nichts weg, obwohl ich seinen *Burnus* und seinen großen gekrümmten Dolch begehrte … Ich wagte es nicht, ihn zu berühren, aus Angst, seine schrecklichen glasigen Augen könnten sich meinen zuwenden, sein schrecklich knurrender Mund mich wieder anschreien, seine toten Hände mich an der Kehle packen…

Ja, ich hatte wirklich Angst, als ich den widerstrebenden Leichen ihre komplette arabische Kleidung abgerissen hatte, und mir war wirklich übel, als ich den Schlamm aus Blut, Staub und Schmutz von meinen Händen und Armen, meinen Füßen und Beinen und – ich schaudere noch heute bei dem Gedanken daran – von meinem Gesicht gewischt hatte…

Nachdem ich mich angezogen hatte, wickelte ich mir ein schmutziges Baumwolltuch um Hals, Kinn, Mund, Nase und Ohren, fast bis zu den Augen, unter das Kopftuch, das ich vollständig vom Kopf und den Schultern seines verstorbenen Besitzers auf meinen eigenen Kopf gezogen hatte; ich nahm ein Messer und ein Schwert und floh von dem schrecklichen Ort meiner unaussprechlichen Taten.

Als ich aus dem Hof trat, stürzte ein Mann aus einer Seitenstraße in die Gasse vor mir und rannte schnell auf mich zu.

Ich hob mein Schwert und wartete, wohl wissend, dass meine grauenhafte Arbeit oben mich in jedem Fall zu einer schrecklichen Erscheinung gemacht haben musste und dass ich, blutig, grimmig, schweigsam und gut bewaffnet, kaum von einem einzigen Mann angegriffen werden würde – noch von einer ganzen Schar, solange ich nicht sprach oder meine Verkleidung aufflog...

Der rennende Mann kam näher, und ich sah, dass es eine schmutzige, zerlumpte Gestalt war, hager und wild, die in der einen Hand einen großen Stab und in der anderen einen Rosenkranz trug. Schaumflecken lagen als weiße Flecken auf seinem struppigen Bart ... Einer dieser bestialischen „heiligen" Bettler, so voller Göttlichkeit, dass kein Platz für Menschlichkeit ist...

Als er nur wenige Meter an mir vorbeirannte, schaute er in meine Richtung, hielt mich für einen seiner Leute und brüllte irgendetwas auf Arabisch – ein Glaubensbekenntnis oder eine Aufforderung zum Töten und keine Gnade zu zeigen – und ich konnte einen kurzen Blick auf sein Gesicht erhaschen.

Es war Kapitän de Redon.

Ich stürzte mich auf ihn, legte meine Hand auf seinen Arm, hob mein Schwert und stieß einen bedeutungslosen Schrei aus. Er drehte sich um, verfluchte mich heftig und hob seinen langen Stab. Er sah so freundlich und leicht zu überwältigen aus wie ein hungriger Grizzlybär ... Und er kannte mich nicht – er ahnte nicht, dass ich etwas anderes war als der Araber, als der ich mich ausgab.

„Der geht auf deine Kappe, Kapitän", sagte ich.

Sein Stab und sein Kiefer fielen herunter, als er mich anstarrte.

„ *Mon Dieu!*" , sagte er. „Wer bist du? ... Ich dachte, ich wäre der Einzige..."

„Otis H. Vanbrugh", sagte ich ihm. „Major de Beaujolais hat uns vor einer Stunde vorgestellt."

„ *Mon Dieu!*" , sagte er wieder... „Aber du hast deine Zeit gut genutzt, Monsieur! Du hast mich komplett reingelegt... Was ist passiert?... Ich gehe zurück zu de Beaujolais' Quartier, um nachzusehen, ob alles in Ordnung ist... Keine Papiere unzerstört... Er musste ziemlich eilig gehen... Und ich will noch einen Bissen christliche Kost, denn ich bin am Verhungern ... Auch ein Stück Seife, wenn ich welches finden kann ... Sehr nützlich für frommes Schaum vor dem Mund..."

Während wir eilten, erzählte ich ihm, wie ich mich auf dem Weg von der Unterkunft von de Beaujolais zur Residenz verlaufen hatte und wie ich die toten Männer auf dem Dach gefunden hatte.

„Eine seltsame Angelegenheit", sagte er. „Aber Leichen werden bis morgen reichlich genug vorhanden sein ... Und du willst dich wieder Levasseur anschließen und mitmachen? ... Du musst vorsichtig sein. Es wäre Pech, wenn du sicher durch die Menge kommst und dann von den Zuaven erschossen wirst..."

„Deine Schwester ist in Sicherheit", fuhr er fort und erzählte mir, wie er die Gruppe von de Beaujolais zu einem der Tore begleitet hatte und es geschafft hatte, einen Teil der Menge von diesem Viertel wegzulocken, sie zu einer imaginären Beute zu führen und ihnen dann, indem er um eine Ecke bog, über eine Mauer kletterte und durch ein ihm bekanntes Haus und einen Garten lief, in einen der tunnelartigen Basare zu gelangen und sie abzuschütteln.

„Vielleicht solltest du besser eine Weile bei mir bleiben", schloss er, als wir das Haus von de Beaujolais betraten. „Wenn dich jemand anspricht, brüll und schlag ihn ... Das ist ein sicheres Zeichen dafür, dass dein Herz am rechten Fleck ist und dass du dich heute gut fühlst – schön fanatisch und anti-französisch ... Wir kommen so nah wie möglich an die Residenz heran, ohne erschossen zu werden, und vielleicht kann ich dich reinbringen ... Wenn nicht, musst du es heute Nacht irgendwie schaffen ... Ruf auf Französisch, dass du mit Levasseur sprechen willst ... Das wird allerdings riskant für dich, zwischen den Arabern und den Zuaven ...“

„Aber gehst du nicht auch zu deinen Kameraden?“, fragte ich. „Derjenige von uns, der zuerst reinkommt, könnte den anderen warnen, wenn wir es nicht zusammen schaffen.“

„Nein“, antwortete de Redon. „Meine Aufgabe ist draußen. Ich werde mit den Jungs aus dem Dorf herumalbern und Unwahrheiten erzählen ... Gerade wenn sie etwas anstellen wollen, werde ich schreien, dass die französische Armee um die Ecke kommt ... Oder ich lasse diesen Knüppel versehentlich auf den Kopf des prominentesten Bürgers fallen, gerade in dem Moment, in dem er für die Gemeinde, die er ziert, am nützlichsten ist ... Ich werde die armen Kerle so effektiv täuschen und irreführen, als wäre ich ein professioneller Arbeiteragitator, wirklich ...“

Ich mochte diesen Captain de Redon, einen coolen, kompetenten und äußerst mutigen Menschen. Während er die Keule eines Huhns aß und die beiden Zimmer, die de Beaujolais bewohnt hatte, schnell durchsuchte – vermutlich nach Papieren oder anderen Spuren seines verstorbenen Bewohners –, plauderte er, als ob wir nicht beide in unmittelbarer Gefahr eines grausamen Todes schwebten und gleich hinausgehen würden, um ihn zu suchen.

Es war äußerst interessant und amüsant, eine kultivierte und sehr angenehme Stimme, die ausgezeichnetes Englisch sprach, aus diesem schmutzigen, zerlumpten, mageren, gemeinen und abstoßend aussehenden Vogelscheuchenmann zu hören.

Ich starrte ihn etwas erstaunt an, hatte eine Idee und ging zu einem kleinen gerahmten Spiegel, einem billigen Basarartikel, der an der Wand des Hinterzimmers hing.

Ich war regelrecht erschrocken. So krank und elend ich zu diesem Zeitpunkt auch gewesen war, ich hatte meine Arbeit gut gemacht – und die Handvoll Blut, Schlamm, Staub und Schmutz so gut in meinem Gesicht und meinen Augen verschmiert, dass von meiner weißen (oder roten) Haut keine Spur mehr zu sehen war. Das besagte Gesicht bot einen höchst abstoßenden, tierischen und ekelerregenden Anblick – in seiner widerlichen Schmutzigkeit kaum noch menschlich ... Kein Wunder, dass de Redon mich nicht erkannt hatte und nicht im Traum gedacht hätte, dass ich ein Christ war ... Als ich mich selbst anstarrte, war ich froh, dass Isobel mich nicht sehen konnte.

„Bereit?“, fragte de Redon in der Tür. „Entschuldige, dass ich dich so dränge. Wir werden so nah wie möglich an die Residenz herankommen. Wenn wir unter den einfachen Dorfbewohnern sind, folgst du mir einfach und machst mehr oder weniger das, was ich mache. Wenn dir jemand feindselig erscheint oder neugierig wird, schlag ihn – oder dreh dich im Kreis und heul. Und hör zu – wenn wir vor die Truppen kommen, wirf dich auf den Boden und stell dich tot ... Wenn du in dieser Verkleidung auf sie zuläufst, wirst du erschossen oder mit dem Bajonett aufgespießt ... Warte auf eine Gelegenheit, dich nah genug heranzuschleppen, um Levasseur oder einem Offizier auf Französisch zuzurufen, wie ich es dir gesagt habe ...“

Ich dankte ihm und verzichtete darauf, zu erwähnen, dass ich schon einmal Indianer gespielt hatte – und zwar mit zahmen Indianern, die selbst in ihrer Zeit auf dem Kriegspfad gewesen waren.

Wir gingen auf die Straße hinunter und eilten in Richtung des großen Platzes, unweit von dem sich die Residenz befand.

De Redon kannte offenbar jeden Zentimeter der Strecke, jede Kurve und jede Abzweigung, und er ging so schnell, dass ich ihn nur mit Mühe im Blick behalten konnte, während er um Ecken bog und in dunkle Tunnel verschwand.

Mit jedem Moment wurde der schreckliche Lärm lauter, je näher wir dem Ort der Kämpfe kamen.

Als wir aus einer schmutzigen Gasse in eine breitere Straße bogen, kam eine Bande Plünderer um eine Ecke gerannt, nur wenige Meter von uns entfernt.

De Redon schwang seinen Stab und seinen Rosenkranz aus schwarzen Holzperlen, brüllte wie ein wildes Tier, drehte sich im Kreis, schrie etwas Unverständliches und rannte weiter – ich dicht hinter ihm, inmitten der schreienden und aufgeregten Araber. Sie waren offensichtlich von außerhalb in die Stadt gekommen, denn sie waren anders gekleidet als die Stadtbewohner, dunkler und robuster.

Einige hatten lange Gewehre, andere trugen einwandfreie Karabiner.

Die Straße, durch die wir rannten, mündete in den großen Marktplatz, den Platz des Minaretts, und dieser riesige Platz war fast menschenfest mit Menschen gefüllt, die alle in Richtung Residenz liefen. Sicherlich „ tobten die Heiden wütend miteinander", und als wir ziemlich in ihre Mitte gelangten, begann ich zu spüren, dass dies ein ebenso sicherer Ort war wie jeder andere, was die Gefahr der Entdeckung anging, und ich schrie und schwang mein Schwert mit aller Kraft.

De Redon schlängelte sich, stieß und kämpfte sich aggressiv durch die Menge, mit der Miene eines wichtigen Mannes, der etwas sehr Dringendes zu erledigen hat. In einer äußerst gewalttätigen und aggressiven Versammlung fanatischer Raufbolde schien er der Gewalttätigste, Aggressivste und Fanatischste von allen zu sein. Ich folgte ihm so gut ich konnte und bemühte mich, mich so zu verhalten wie er.

Plötzlich wich die schreiende Menge zurück, wie es Menschenmengen tun, wenn sie von berittener Polizei getrieben werden, und innerhalb weniger Augenblicke befanden sich de Redon und ich in den vorderen Reihen, dann vorne und vor der Menge. De Redon drehte sich zu der schwankenden Menge um, wirbelte sein Schwert über seinem Kopf und brüllte mit lauter Stimme auf Arabisch:

„Zurück! Zurück! ... Lauft! Lauft! ... Die Roumi-Hunde ... die *Franzawi* kommen ..." Er zeigte auf eine Seitenstraße, aus der eine Abteilung Zuaven im Laufschritt heranstürmte – mit Steinen beworfen und von den Dächern beschossen, gefolgt von einer brüllenden Menge, die nur durch die Nachhut eines Sergeanten in Schach gehalten wurde, der immer wieder den letzten Mann der kleinen Kolonne anhielt, ihn umdrehen ließ, eine Salve abfeuerte und dann zum Hauptteil der Truppe zurückeilte, der währenddessen langsamer geworden war.

Gelegentlich fiel ein Soldat und wurde sofort zum Mittelpunkt einer wogenden Menge, die ihn schlug, zerfleischte und mit Knüppeln schlug, bis er kaum noch wie ein Mensch aussah.

Als die kleine Kolonne, die sich offensichtlich den Weg zur Residenz freikämpfte, auf den Platz stürmte, hob der befehlshabende Offizier, ein junger Leutnant, der an ihrer Spitze stand, sein Schwert und rief:

„ *Halt! ... Cessez le feu! ... Formez le carré!*"

Und im Nu bildete die Kompanie ein Karree, gespickt mit Bajonetten, fest wie ein Fels, die vorderen Reihen kniend, die hinteren dicht dahinter stehend, und warteten auf den nächsten Befehl, als wären sie bei einer Exerzierübung.

„Lauft! Lauft! Meine Brüder!", schrie de Redon in der relativen Ruhe, die auf dieses Manöver folgte, einer kurzen Pause vor dem Sturm.

„Lauft! Lauft! ... Die *Franzosen*! ... Wir werden getötet!" Und er stürzte sich auf die schwankende Menge, die unentschlossen war, ob sie in heiliger Triumphstimmung angreifen oder in heiliger Angst fliehen sollte.

Seiner Stimme folgte die des französischen Offiziers, voll, klar und stark.

„ *Achtung! Pour les feux de salve!... En joue!...* "

„Schnell! Schnell!... Lauft! Lauft ...", schrie de Redon.

Ein riesiger Mann mit dem grünen Turban eines *Haji* und einer grünen Fahne in der Hand drängte sich durch die Menge, sprang nach vorne, warf de Redon zu Boden und schrie:

„ *Allah! Allah! Allah Akbar!... Fissa! Fissa!...* Folgt mir und sterbt für den Glauben...."

Die Menge brüllte als Antwort und rückte vor.

De Redon, der offenbar einer anderen Glaubensrichtung angehörte und voller *odium theologicum* war, erwiderte den heftigen Angriff des *Hajis*. Er erwiderte ihn mit seinem Knüppel. Der *Haji* ging zu Boden, und das weitere Geschehen interessierte ihn nicht mehr.

Die Menge stürmte vorwärts.

„ *Feu!*" , rief der Zuavenoffizier, und entweder instinktiv oder weil de Redon es tat, warf ich mich zu Boden.

Krach!... hallte die Salve der Zuaven.

„ *En joue! Feu!*“ , rief der Offizier.

Knall! ertönte die zweite Salve von allen Seiten des nun umzingelten Truppenquadrats.

Die Menge um mich herum zerstreute sich wie Blätter im Wind, und de Redon und ich waren zwei von Dutzenden regungslosen Gestalten auf dem Boden.

„ *Garde à vous!*“ , rief der Offizier ... „ *Par files de quatre!... Pas gymnastique!... En avant!...* “

Bevor er den Befehl „ *Marche!*“ geben konnte, ertönte eine laute Stimme über unseren Köpfen, als käme sie vom Himmel.

Auf einem kleinen Balkon oben auf einem nadelartigen Minarett erschien der *Muezzin* und verkündete mit klarer Stimme:

„ *Tötet! Tötet!... Im Namen Allahs!... Gazi! Gazi!... Es gibt keinen Gott außer Gott, und Mohammed ist sein Prophet!... Tötet! Tötet!... Stürmt gemeinsam im Namen Allahs!... Verbrennt!... Zerstört!... Tötet! Tötet!...* “

Die Menge versammelte sich und strömte wieder zu Hunderten aus allen Straßen, Gassen, Höfen und Türen.

„ *Angriff!*“ , dröhnte wieder die laute Stimme des Mullahs.

Bang! hallte ein Gewehrschuss, und als ich von der Gestalt des Imams zum Schuss hinüberblickte, sah ich, wie der Sergeant sein Gewehr senkte.

„ *Marsch!*“ , rief der Offizier weiter, gerade als der Körper des *Muezzins* auf die Brüstung seines Horsts prallte, darüber schwankte und in den Hof hinunterstürzte.

Ein schrecklicher Schrei ging durch die riesige Menge, und viele rannten zu der Stelle, während andere sich umdrehten, um die Zuaven zu verfolgen, die sich nun im Laufschritt zurückzogen.

Vor der nachrückenden Menge sprang eine liegende Gestalt auf, streckte die Hand aus und zeigte mit aller Aufregung in die entgegengesetzte Ecke des Platzes.

„Vorsicht! Vorsicht!“, rief er. „Eine Falle! Eine Falle! ... Gefahr! ... Große Geschütze! Kanonen! *Bumm! Bumm!...* Lauft! Lauft! ...“

Verwirrte und aufgeregte Blicke richteten sich in die Richtung, in die de Redon zeigte.

„Folgt mir!“, rief er und rannte zur nächsten Straße.

Ich sprang auf und rannte ihm hinterher, schwang mein Schwert und schrie: „ *La illah ill allah ill Allah!* “

Das schien mir ein ebenso guter Ruf wie jeder andere und in diesem Moment ziemlich angesagt – tatsächlich buchstäblich „ *le dernier cri*“.

Wie immer, wenn eine Meute einen Anführer hat, folgten viele, und obwohl de Redons heldenhafte Anstrengungen die Verfolgung durch die Soldaten nicht verhindern konnten, verzögerten sie sie doch, da unser Teil der Menge vor denen herstürmte, die sich auf den Heiligen stürzen wollten, um ihn zu rächen, der mit seinem letzten Atemzug sie zu Plünderung und Mord aufgestachelt hatte.

Ich blieb so nah wie möglich bei de Redon, galoppierte hinter ihm her, schwang mein Schwert und stieß passende Laute aus.

De Redon stürzte in eine Seitengasse und schrie immer noch:

„Große Geschütze! Kanonen! Maschinengewehre! ... Die französische Armee! Die französische Armee! ... Flieht! Flieht!“ Und innerhalb einer Minute war sie von einem wogenden Strom unserer Verfolger gefüllt, von denen jeder rannte, weil alle anderen es taten.

Wir bogen in eine andere Straße ein, dann in eine weitere und noch eine, und so setzten wir unseren unregelmäßigen Weg fort, bis vor uns ein Stadttor erschien, das in die Wüste führte.

Wir strömten darauf zu, einige von uns schrien: *„Tötet!“, andere* : „ *Lauft!“, wieder* andere: „ *Franzawi! Franzawi!“*, einige auf der Suche nach weltlicher Erlösung, andere nach der Erlösung ihrer Seelen und dem ewigen Leben durch die Schlachtung der Ungläubigen.

Durch das Tor donnerte die schreiende Menge, und als der unvermeidliche Moment näher rückte, in dem diejenigen, die rennen, anfangen zu fragen: „Wofür *rennen* wir eigentlich?“, begann de Redon, sein Tempo zu verlangsamen, fiel zurück in die Menge und schob sich zur Seite.

Dabei packte er mein Handgelenk, drehte sich um, ging langsam weiter und humpelte einen Moment später blindlings in eine meterbreite Öffnung zwischen zwei hohen Häusern der Einheimischen.

Aufgeregt und aus meiner normalen Haltung und würdevollen Haltung eines perfekten kleinen Gentleman gebracht, war ich ohne besonderen Grund dazu bewegt, ihn mit der flachen Seite meines Schwertes dort zu schlagen, wo seine Hose hätte sitzen sollen, und ihn mit allen Schimpfwörtern zu verfolgen, die ich gelernt hatte.

„Schneller! Schneller! Du missratener Sohn eines Hundes!", brüllte ich und verprügelte das arme, halbblinde, wankende Wesen auf die beste orientalische Art und Weise.

Wir bogen um eine Ecke, und de Redon richtete sich lachend auf.

„Großartig!", sagte er. „Aber nächstes Mal leihe ich mir das Schwert und jage *dich*... Großartig!", keuchte er...

„Jetzt schneiden wir Bouchard und seinen Zuaven den Weg ab und versuchen, dich mit ihnen in die Residenz zu bringen ... Los..." Und er rannte wieder los.

Wir bogen um eine Ecke und stießen auf eine Bande von Plünderern.

Einige schrien, stritten und zankten sich vor einem Haus, während andere das Haus buchstäblich ausräumten.

Als ein Bett samt Einrichtungsgegenständen und Bewohner über einen Balkon flog, führte de Redon einige jener Tanzschritte aus, die bereits meine Bewunderung gewonnen hatten und für mich unnachahmlich waren.

Ohne sein Tempo zu verlangsamen, drehte er sich wie ein Kreisel und schrie teuflisch. Das interessierte die Plünderer überhaupt nicht, und wir kamen ungehindert vorbei – ich fragte mich sofort, ob der Bewohner des zerfallenen Bettes ein Invalide war, und kam zu dem Schluss, dass er es auf jeden Fall bald sein würde...

Wir bogen wieder ab und stürmten durch eine enge, stinkende Gasse, wo wir einen schrecklichen Schrei hörten, der den ferneren Lärm der Rufe und Kämpfe übertönte.

In einem dunklen, tiefen Vorbau, dessen Rückwand eine offene Tür war, stand ein Mann mit einem Fuß auf der Brust eines Kindes – eines kleinen Mädchens, dessen dürren Arm er von ihrem Körper wegzudrehen und zu verdrehen schien, um ihr das breite, dicke Silberarmband abzunehmen, das offenbar zu klein war, um über den Ellbogen zu passen.

Ich muss bezeugen, dass de Redon vor mir in dieser Tür stand.

Mit einem wilden Knurren drehte sich der Rohling um, zog ein großes Messer aus seinem Gürtel, während de Redon, der seinen Stab nicht hochreißen konnte, ihn wie einen Speer benutzte. Die Spitze des Stabs traf mit einem angenehmen dumpfen Geräusch ihr Ziel und schleuderte den Mann gegen die Wand.

Er hob das Messer, sprang auf de Redon zu und packte dabei den Stab mit der linken Hand; gleichzeitig schlug ich mit meinem schweren Schwert auf den Kerl ein.

Es war das erste Mal in meinem Leben, dass ich einen Mann aus Wut geschlagen hatte, und ich tat es ungeschickt ... so ungeschickt, dass er, obwohl er allen Grund zur Klage hatte, keine Gelegenheit dazu hatte. Das Schwert war so scharf und schwer, und Zorn und Empörung hatten meinen Arm so gestärkt, dass ich ihm den Schädel gespalten und ihn auf der Stelle tot umfallen ließ.

„ *Mon Dieu!*" , rief de Redon, als der Mann zu Boden sank und das Schwert mit sich nahm. „Schlagen Sie mich nicht mehr mit diesem Schwert."

Ich hob das weinende Kind auf, hob es über die schwere Tür und schloss es im Haus ein.

„Papa und die Diener sind wohl alle auf dem Jahrmarkt", meinte de Redon, als wir die Gasse hinunterrannten...

Diese Gasse wurde zu einem Tunnel, der zu einem kleinen Platz führte. Als wir dort ankamen, wurde der Lärm ohrenbetäubend, und als wir einen schmalen Basar hinunterblickten, der ihn mit einer Hauptstraße verband, sahen wir, dass diese mit einer dichten Menge bewaffneter Männer gefüllt war, die alle am Ende der Straße vorbeiströmten.

„Bouchard wird es niemals schaffen", sagte de Redon und wurde langsamer. „Er hätte dort bleiben sollen, wo ihm die Postzustellung zugestellt wurde ... Vielleicht haben sie ihn aber auch verbrannt ..."

„Schau mal", fuhr er fort, „wenn du am Ende dieses Basars nach rechts abbiegst, weißt du wahrscheinlich, wo du bist. Der führt direkt zur Residenz ... Versuch doch, dort hineinzukommen und Levasseur zu informieren ... Sag ihm, dass Bouchard sich vom Marktplatz zur Residenz durchkämpft und dass ich sage, er braucht Hilfe. Dann kann Levasseur nach eigenem Ermessen entscheiden, ob er einen Ausfall wagt.... Ich werde mich unter die Menge mischen und wieder das Spiel "Französische Armee mit Kanonen im Rücken„ spielen.... Viel Glück, *mon ami*.... Wenn dir jemand in die Quere kommt, gib ihm eine wie unserem verstorbenen Freund in der Tür.... Auf Wiedersehen...."

Das waren die letzten Worte, die mir Hauptmann Raoul d'Auray de Redon vom französischen Geheimdienst sagte.

„Auf Wiedersehen, alter Junge, und viel Glück", sagte ich, und eine Minute später waren wir in der Menge, wobei de Redon alle Aufmerksamkeit auf sich zog, indem er johlte, seinen Stab herumwirbelte, sich im Kreis drehte und wie der verrückte Derwisch heulte, den er darstellte.

Ich hingegen drückte mich an die Wand, schlängelte mich so unauffällig wie möglich in die entgegengesetzte Richtung und zog keinerlei Aufmerksamkeit auf mich. Während ich dem unberechenbaren Fußgängerstrom auswich, mich mit den Ellbogen den Weg bahnte und mich drängelte, fiel mir auf, dass ein Flüchtling in Zeiten großer öffentlicher Unruhen und Aufstände in gewisser Weise viel sicherer ist als in Zeiten tiefster Ruhe, da alle viel zu aufgeregt sind, um aufmerksam zu sein.

Jedenfalls belästigte mich niemand, während ich vor mich hin murmelte, gestikulierte und Schaum vor dem Mund hatte. Es ist eine merkwürdige Tatsache, dass ich das Stück Seife, das ich mir unter die Zunge gelegt hatte, nicht schmeckte.

§ 3

Nach ein paar Minuten lichtete sich die Menge und wurde lockerer, und ich merkte, dass sich diese Gruppe von der größeren Menge am Rande der Residenz gelöst hatte.

Hier kam ich schneller voran und stieß schließlich in einen dichten Menschenstrom, der die Straße füllte und in meine Richtung blickte.

Sie bewegten sich vor und zurück, während die vorderen Reihen vorrückten und sich zurückzogen, und ich konnte mich nur zwischen ihnen hindurchdrängen, indem ich mich an Postzustellungen festklammerte, mich gegen Wände warf oder in Hauseingänge tauchte, wenn die Menge zurückgedrängt wurde.

Endlich war ich da, wo ich hinwollte, und sah eine aufregende Szene voller Kampf, Mord und plötzlichem Tod.

Die Residenz wurde regelrecht belagert, und der Belagerungszustand wurde durch ständige Angriffe noch verschärft.

Aus jedem Fenster, von jedem Balkon, Dach, jeder Mauer, jedem Minarett, jedem Turm, jeder Tür und jeder Straßenecke konzentrierte sich ein stetiges Gewehrfeuer auf das Gebäude, während hin und wieder eine große Schar wilder, todesmutiger Fanatiker auf die niedrige Mauer stürmte, die das Gelände umgab, nur um unter dem stetigen Gewehrfeuer der Verteidiger zusammenzubrechen und den Tod zu finden, den sie suchten.

Knackig und pünktlich, Krachen auf Krachen, kamen die Salven aus der dritten Feuerlinie der Soldaten an der Mauer, den Fenstern und dem Dach. Welle um Welle schwappte vorwärts und brach sich an diesem festen Felsen, wobei sie eine weiße Gischt aufwirbelte, während die Überlebenden der Feuerprobe auf die niedrige Mauer und die Bajonette der französischen Soldaten sprangen.

Und die ganze Zeit prasselte ein unaufhörlicher Kugelhagel auf das Haus, sodass es in einer Wolke aus seinem eigenen Staub stand – eine Art Aureole aus Ruhm und Leid, während jede Kugel mit einer Wolke aus Tünche, Staub und pulverisierten Ziegeln einschlug...

Wie sollte man da hineinkommen?...

Von der umgebenden Mauer, aus jedem Fenster und Balkon und von der Brüstung des Flachdachs knallten unaufhörlich die Gewehre der Verteidiger. Es wäre schlicht und einfach Selbstmord gewesen, in meiner Kleidung offen vorzustoßen, und es wäre Selbstmord einer noch unangenehmeren Art gewesen, meine arabische Kopfbedeckung und *meinen Burnus* abzulegen und mich damit als Christ zu outen.

Ich schlich mich an den Hauswänden entlang, kroch auf allen vieren, huschte von Tür zu Tür und von Unterschlupf zu Unterschlupf und arbeitete mich allmählich aus der Gruppe derer heraus, die eine vergleichsweise sichere Rolle spielten und nur abwarteten – Zuschauer, die sich in Plünderer und Mörder verwandeln würden, sobald die Mauer geräumt und die Türen eingeschlagen waren –, bis ich mich unter den fanatischen Kämpfern befand, die immer wieder Nahkampfangriffe auf die niedrige Mauer unternahmen, die erobert werden musste, bevor das Haus in Brand gesteckt oder gestürmt werden konnte.

Es war ein höllischer Lärm von Hunderten von Gewehren und Flinten, die in alle Richtungen knallten, und dem ununterbrochenen tierischen Geheul der Menge.

In diesem Inferno war es unmöglich, etwas zu verstehen, und die wilden Anstürme auf die Mauer waren eher das Ergebnis von Herdentrieb und Mob-Intuition als von einer klaren Organisation, Befehlen und Führung.

Plötzlich stürmten alle vorwärts, aus jeder Straße spuckten Hunderte und Aberhunderte von Männern, und eine große, mit Schwertern schwingende Menge drängte über die offene Fläche, hackte und schlug und schlitzte, als sie die Mauer erreichte, schwankte und fiel zurück – und dann drehten sie sich um und rannten um ihr Leben in die Gassen, Gässchen, Gebäude und Höfe, aus denen sie gekommen waren.

Und jedes Mal wuchs der Haufen der Toten und Verwundeten und lag immer dichter entlang der Mauer. Bald würden die Belagerer auf einer Rampe aus Leichen direkt über die Mauer stürmen können...

Von meinem Versteck in einer tiefen Rinne, wo ich mit Kopf und Schultern hinter einem Steinpfosten oder einem Absatz Schutz suchte, konnte ich zwei Seiten der Residenz sehen und hatte keinen Zweifel, dass sie auf beiden Gartenseiten unter schwerem Beschuss stand.

Während ich zusah und in meinem Kopf nach einem Plan suchte, beschloss die seltsame Psychologie der Menge einen weiteren plötzlichen, gleichzeitigen Angriff, und ich fand mich wieder, wie ich mit den Besten – oder den Schlechtesten – in einem verzweifelten Sturm auf die verzweifelt verteidigte Mauer rannte und schrie.

Man soll nicht denken, ich hätte Heldentaten vollbracht oder nach einem Heldengrab gestrebt. Ganz im Gegenteil. Ich war so vorsichtig wie möglich, um nicht in die erste Reihe des Ansturms zu geraten, und bemühte mich vielmehr, einen Helden zwischen mich und die Gewehre zu stellen, während wir rannten. Und als ich schließlich widerwillig über die am Boden liegenden Körper derer sprang, hinter denen ich mich bisher geschützt hatte, schloss ich mich ihnen sofort an und biss in den Staub, bis wieder eine lebende Mauer aus Menschen zwischen mir und der Steinmauer stand.

Ich sprang wieder auf, stürmte erneut auf die Stelle zu, wo die Kampflinie am dichtesten war, und warf mich den Tapferen zu Füßen.

Von den Füßen der Tapferen hatte ich bald mehr als genug, denn sie waren schwer auf jedem Teil meines Körpers aufgesetzt, als die unorganisierte Horde wieder zurückwich.

Von dieser zurückweichenden Flut von Menschen mit harten Hufen zurückgelassen, befand ich mich nur wenige Meter von der Mauer entfernt und war einer von Hunderten bewegungsloser oder sich windender und zuckender Körper.

Von den Verteidigern der Mauer konnte ich nichts sehen außer ihren glänzenden Bajonettspitzen, gelegentlich einer *Képi* von jemandem, der geduckt vorbeirannte, und den Köpfen der wachsamen Wachposten, die in regelmäßigen Abständen aufgestellt waren.

Eine sich bewegende Mütze blieb stehen, hob sich langsam und ein Mann schaute über die Mauer.

Jetzt war meine Chance.

Ich stützte mich auf meine Hände, richtete mich auf und rief:

„He! Monsieur! Ich bin Amerikaner!... Ich bin ein Freund!... Helfen Sie mir!... Ich komme...“

Und ich ließ mich mit größter Schnelligkeit fallen, als der würdige Mann mit einer schnellen, sauberen Bewegung, die theoretisch durchaus bewundernswert war, eine automatische Pistole zog und abfeuerte.

Obwohl er praktisch in einer Bewegung gezogen und geschossen hatte, war seine Zielgenauigkeit außergewöhnlich gut, denn die Kugel schlug nur wenige Zentimeter von meinem Kopf entfernt in den Boden ein.

Ich glaube, ich habe die Rolle eines toten Arabers hervorragend gespielt.

Und ich beschloss, diese einfache Rolle zu spielen, bis wieder mutigere Männer als ich zwischen mir und dieser Mauer standen. Ich musste nicht lange warten.

Mit einem Schrei, der alle anderen Geräusche zu übertönen schien, stürmte die Menge wieder heran, tauchte mit erstaunlicher Schnelligkeit und in erstaunlicher Zahl auf.

Ein Schrei, ein Pfiff, ein scharfer Befehl ... die Mauer war gesäumt von Köpfen und Gewehren ... und ich grub mich mit meiner Nase regelrecht in den schmutzigen Staub, als eine Salve losbrach ... wieder ... wieder ... und ich fühlte mich, als würde ich von der Explosion weggeblasen werden...

Mit den Händen schützte ich meinen Kopf und ertrug einige Sekunden lang den Ansturm und das Getrampel; dann sprang ich mit einem Satz und dem schnellsten Sprint meines Lebens an die Wand, als ein Gewehr mir den Kopf wegblasen wollte und eine Bajonette meine schmutzige *Kafieh* knapp neben meinem Hals zerfetzte.

Als ich fiel und mich an die freundliche Basis dieser schönen Mauer schmiegte, dachte ich, ich sei blind und taub und wahrscheinlich stumm oder, wie die Anwälte sagen, „alternativ“ völlig tot.

Schnell beschloss ich jedoch, dass nichts davon der Fall war, da ich schmutzige Füße und muskulöse braune Beine um mich herum herumwirbeln sah, Kampfgeräusche hörte und einen Fluch ausstieß, als ein angreifender, springender *Ghazi* ziemlich genau auf meinem Bauch landete, und für ein paar Minuten, die mir wie Stunden vorkamen, wurde ich getreten, trampelt, zertreten und geschlagen, bis ich fast dazu getrieben war, hochzuspringen und mein Glück an der Mauer zu versuchen...

Und plötzlich war ich frei, und die Füße, die mich getrampelt hatten, waren entweder wieder in wilder Flucht oder lagen regungslos da, tot.

Ich war auch frei, so viel Lärm zu machen, wie ich wollte, auf Französisch, und meine arabische Kopfbedeckung abzureißen und mich jedem zu zeigen, der mir zuhören wollte...

Aber ich erinnerte mich an den Herrn mit der Automatik, der erst schoss und dann fragte, und hielt mich davon ab, meinen Kopf über die Mauer zu strecken.

Irgendetwas musste jedoch über die Mauer gelangen, also erhob ich meine Stimme und begann mehr oder weniger melodiös auf Französisch zu brüllen, eine Version eines Liedes, das ich sehr oft aus dem Mund von Oberst Levasseur gehört hatte und dessen Melodie ich oft von Soldaten beim Marschieren singen und pfeifen gehört hatte. Tatsächlich hatte Major de Beaujolais sie gestern Abend auf Marys Wunsch nach dem Abendessen auf dem Klavier ausgesucht und gesungen – das Marschlied der Legion...

"Tiens voilà du boudin! voilà du boudin! voilà du boudin!
Pour les Alsaciens, les Suisses et les Lorraines;
Pour les Belges il n'y en a point,
Pour les Belges il n'y en a point,

Car ce sont des tireurs au flanc.
Pour les Belges il n'y en a point,
Pour les Belges il n'y en a point,
Car ce sont des tireurs au flanc."

Ich sang, oder besser gesagt, ich schrie, und ich wurde gehört.

Plötzlich tauchte ein Kopf über der Mauer auf... Verdammt! Es war mein Freund mit der Automatik, und ich bewegte mich ganz auffällig nicht.

„*Tiens!*", rief ich. „*Voyez!* und auch *Regardez!* und *Écoutez!* und all das, *et ne tirez pas.* Schießen Sie nicht auf den Sänger, er gibt sein Bestes, und haben Sie den Füllfederhalter meiner Tante gesehen, *parce que je suis Américain et Anglais, et Français, et bon garçon et votre ami. Oui! Oui! Je vous aime, Monsieur le Sergent. Comment allez-vous ce matin, et Madame votre femme et tous les petits sergents?* ... ‚Küss mich, Hardy', sagte Nelson, und ‚Der Krieg ist die Hölle', entgegnete Sherman."

Der Kopf und die Schultern des Mannes tauchten über der Mauer auf, er legte beide Hände darauf, beugte sich weit vor und starrte mich mit offenem Mund und großen Augen an.

„ *Que le diable emportez-vous?*" , knurrte der Zuave. „Wer zum Teufel bist du und was zum Teufel machst du da?"

Und mit wachsamem Blick auf seine leere rechte Hand erhob ich mich vom Boden und stammelte hastig, ich sei ein Freund und Gast von Oberst Levasseur, ich brächte äußerst dringende und wichtige Nachrichten, und er müsse entweder sofort den Oberst rufen oder mich über die Mauer kommen lassen.

Die rechte Hand des misstrauischen Mannes verschwand aus meinem Blickfeld, und ich fiel zurück in den Staub, als sie mit der teuflischen Automatik zurückkam.

Verdammter Dummkopf! Ich hatte meine Kopfbedeckung abgerissen und meinen blanken Hals, meine Ohren und Haare entblößt, und die Meute würde jeden Moment wieder angreifen.

„Wenn ich *'Komm!'* rufe, spring über die Mauer und wirf dich auf den Boden", brüllte der schlagfertige, clevere Mann, den ich so falsch eingeschätzt hatte. „Und leg dich schnell auf diese Seite, sonst schieße ich dir den Kopf weg", schloss er und verschwand.

„ *Komm!*" , rief er eine Sekunde später, und ich warf mich über die Mauer und zu Füßen des Sergeanten, während er und mehrere seiner übereifrigen Krieger mich mit ihren Gewehren bedeckten.

„Oberst Levasseur wird gleich hier sein. Bleib so liegen, bis er kommt", sagte der Zuaven-Sergeant und befahl zwei seiner Männer, mich zu erschießen, wenn ich mich bewegte oder wenn ihnen danach war.

Ich spielte die lebende Statue und versuchte, mich nicht zu bewegen, selbst als Fliegen versuchten, über meine Augen, Ohren und Nase in mein Gehirn einzudringen.

Unter den Männern, die an der Wand kauerten, lagen viele andere ausgestreckt auf dem Boden, tot oder zu schwer verwundet, um sich noch zu bewegen. Die Garnison hatte schwere Verluste erlitten, sowohl durch Gewehrfeuer als auch durch die ständigen *Nahkämpfe*, in denen die Schwerter der Araber auf die Bajonette der Soldaten trafen.

Während ich zusah, kam ein Militärarzt, gefolgt von vier Krankenpflegern oder Sanitätern, um die Ecke des Hauses und ließ trotz des anhaltenden schweren Feuers die Schwerverletzten wegbringen und die Toten in einer Reihe aufstellen, wo sie den kämpfenden Männern nicht im Weg lagen. Die weniger Schwerverletzten wurden dort verbunden, wo sie mit dem Rücken zur Wand saßen.

„Was ist das?", fragte der Stabsarzt, den ich gut kannte, als er an mir vorbeiging. „Ein arabischer Gefangener? Wozu brauchst du *Gefangene*?"

„Stimmt", antwortete ich zu seiner großen Verwunderung, „vor allem, wenn es sich nicht nur um Zivilisten, sondern um Neutralen handelt."

„ *Mon Dieu!*" , rief der Major. „Aber du siehst selbst ziemlich neutral und wie ein kriegerischer Zivilist aus..." Und er beugte sich über den regungslosen Körper eines Zuaven...

Oberst Levasseur kam um dieselbe Ecke, cool wie bei einer Parade, gefolgt von seinem *Ordonnanzoffizier.*

„Guten Abend, Colonel", rief ich und stand auf. „Entschuldigen Sie bitte meine etwas ungepflegte Kleidung ..."

„Guter Gott! Du *bist* es, Vanbrugh!", sagte er, ergriff meine Hand und führte mich ins Haus. „ *Wo ist deine Schwester?"*

„De Beaujolais hat sie mitgenommen", antwortete ich, „und Captain de Redon sagt, sie hätten die Stadt verlassen ... Und ich soll Ihnen sagen, dass eine Abteilung Zuaven unter Bouchard sich hier den Weg freikämpft und in der Straße der Silberschmiede aufgehalten wird ... Eine riesige Menschenmenge steht zwischen ihnen und Ihnen ..."

„Und du hast dich hierher gekämpft, um ihnen Hilfe zu bringen?", rief der gute Oberst, und für einen schrecklichen Moment dachte ich, er würde mich umarmen und küssen. „Dafür bekommst du das Kreuz der Ehrenlegion, mein tapferer Freund ... Du hast dein Leben für die Franzosen und für Frankreich geopfert ..."

„Ich habe nicht gekämpft, Colonel", versicherte ich ihm ... „Ich habe nichts angeboten ... Ich habe mich voller Angst herumgeschlichen, diese Lumpen von den Rücken toter Männer gezogen und mich auf dem Bauch hierher gekrochen ... Aber wenn Sie mir ein Gewehr und eine ruhige Ecke geben, kann ich einen rennenden Araber auf zwanzig Meter treffen, besonders wenn er auf *mich* zuläuft."

Levasseur lächelte.

„Dann rauf aufs Dach", sagte er, „und schieß ihre Scharfschützen ab. Auf den benachbarten hohen Gebäuden sitzen ein paar Schweine mit Lebel-Gewehren, die viel Schaden anrichten ... Pass auf dich auf ... Zieh dir lieber eine *Mütze* und eine Uniformjacke an, bevor du hochgehst – du siehst aus wie der Präsident aller Derwische und könntest eine Bajonette abbekommen, bevor du erklären kannst, wer du bist ... Entschuldige mich, ich muss Bouchards Leute reinholen ... Die Straße der Silberschmiede, sagtest du?" ...

* * *

Außerhalb des Raumes, den der Stabsarzt in einen Operationssaal umfunktioniert hatte, lag ein Haufen blutbefleckter Kleidungsstücke und Ausrüstungsgegenstände. Daraus nahm ich eine *Képi*, eine Regimentsjacke, einen Beutelgürtel und ein Gewehr und machte mich auf den Weg durch das mir so vertraute und doch so völlig veränderte Innere des Gebäudes zum Dach, dessen Brüstung mit Scharfschützen besetzt war, die ununterbrochen auf die umliegenden Minarette, Wachtürme und Dächer höherer Häuser feuerten, die dieses Gebäude überragten und beherrschten.

„Hallo! Wer bist du?", rief ein bärtiger Offizier, der sich an die Wand gegenüber dem kleinen steinernen Vorbau kauerte, der über die Stufen zum Dach gebaut war.

Ich kannte ihn vom Sehen, konnte mich aber nicht an seinen Namen erinnern.

„Oberst Levasseurs Gast, Vanbrugh", rief ich. „Er sagte mir, ich solle heraufkommen."

„Lauf rüber und leg dich hier hin", rief er zurück, und ich bemerkte, dass er dabei seinen Revolver zog.

„Entschuldige", sagte er, „ich habe dich nicht erkannt – ich glaube, *Madame votre mère* würde das auch nicht tun ... Wenn du jetzt den Jäger, der sich *dort* in der Ecke des Daches verschanzt hat, fassen kannst, hast du dir dein Tagesgeld verdient ... Er hat trotz der schlechten Sicht bereits vier meiner Männer erschossen ..."

So war ich für kurze Zeit ein Soldat ohne Dienstgrad, der für Frankreich und sein Leben kämpfte. Es war extrem aufregend und spannend, und man war zu beschäftigt, um nervös zu sein. Das Schießen im flackernden Schein des Feuers, gemischt mit hellem Mondlicht, ist sehr interessant.

Der Scharfschütze und ich lieferten uns ein kleines Duell ... Ich fand ihn irgendwie sympathisch ... Ruhe in Frieden ... Vielleicht war mein Gewehr besser als seines, obwohl ich an letzterem nichts auszusetzen hatte, als es mir *die Mütze* vom Kopf schoss und den Kragen meiner aufgeknöpften Jacke ruinierte ... Das Licht war jedenfalls gut genug für ihn ...

Ich bemerkte, dass das Geräusch von Salven immer lauter wurde. Offensichtlich überwältigte Bouchards Abteilung den Widerstand und kämpfte sich vor.

Der Offizier, der das Dach befehligte, schickte immer mehr Männer auf die Seite, die den Platz beherrschte, also ging ich auch auf diese Seite, hauptsächlich um einen guten Blick auf das Spektakel zu haben, wenn die Zuaven ins Freie stürmten und durchbrachen.

Vorsichtig spähte ich über die Brüstung.

Ein weiterer Angriff stand bevor, und die Schnellsten derjenigen, die vor den Zuaven flohen, kamen die Straße der Silberschmiede heruntergerannt.

An ihrer Spitze war eine Gestalt, die ich erkannte – eine fast nackte Vogelscheuche, die sich beim Laufen gelegentlich um sich selbst drehte und einen großen Stab über ihrem Kopf wirbelte.

Ich eilte zu meinem Offizier, zeigte ihm de Redon und stürzte dann mit einem kurzen „Entschuldigen Sie mich" unter Missachtung aller militärischen Vorschriften zur Treppe hinunter, um Levasseur zu suchen ... Ich konnte nicht zu jedem Offizier, Unteroffizier und Soldaten im Gebäude laufen und ihm de Redon einzeln zeigen – aber ich hatte irgendwie die Idee, dass Levasseur „Feuer einstellen!" rufen könnte, während de Redon seine Arbeit erledigte und dann woanders hin rannte ...

Ich machte einen schnellen Rundgang durch das Obergeschoss, wo jedes Fenster und jeder Balkon mit Soldaten überfüllt war, hinter denen die Leichen derer lagen, die nicht mehr kämpfen konnten.

Ich hatte erwartet, den Oberst auf der großen, breiten Veranda zu finden, die sich entlang der Vorderseite des Hauses erstreckte, zu beiden Seiten des riesigen Daches der Säulenhalle. Diese Veranda hatte eine niedrige Mauer oder Brüstung und war, wie die umgebende Mauer darunter, mit Soldaten gesäumt.

Levasseur war nicht da, und als ich nach unten schaute, sah ich große Menschenmassen, die sich versammelten, um erneut in einer mächtigen, überwältigenden Welle über den Platz zu strömen. Ich sah einen Mob die Straße der Silberschmiede hinunterstürmen, und de Redon – weit vor ihnen – sprang, hüpfte, wirbelte und schrie vor dem Hauptangriff gegenüber der Residenz.

„ *Zurück! Zurück!*" , brüllte er. „ *Vorsicht! Vorsicht! ... Die großen Geschütze kommen ... Lauft! ... Lauft! ...* "

Auch ich rannte die Treppe hinunter, die zur Eingangshalle führte, und hinaus in den Hof, wo die Soldaten – deren Feuerkontrolle bewundernswert war – wie Statuen mit gezückten Gewehren an der Wand kauerten und auf das Signal zum Salutschuss warteten.

Als ich an den Trägern eines erbärmlichen, blinden Zuaven vorbeirannte und die Stufen unter dem Vorbau hinunterstürzte, sah ich Oberst Levasseur zwischen seinem Stellvertreter und seinem Adjutanten stehen, mit erhobenem Arm zeigen, und als ich ihn sah, erhielt ich einen heftigen Schlag, der mich zu Boden warf. Ich dachte, jemand hätte mich geschlagen, sah mich um und stand auf, wobei ich mich sehr seltsam fühlte ...

Was hatte ich gerade tun wollen? Etwas sehr Dringendes und Wichtiges ... De Redon!

Als ich nach vorne taumelte und versuchte zu schreien, ertönte Levasseurs Stimme mit gewaltiger Lautstärke und Autorität ... Er zeigte immer noch auf mich ... Er selbst befahl eine Salve! ... Ich taumelte auf ihn zu und formte lautlos Worte mit den Lippen ...

Mit einem lauten Knall wurden alle Gewehre auf dieser Seite des Geländes abgefeuert ... Die Erde hob sich und traf mich, oder ich fiel zu Boden ...

Ein weiterer lauter Schrei von Levasseur ... Eine weitere Salve ...

Ich riss mich aus dem scheinbar festen Griff von Mutter Erde los, stellte mich aufrecht hin und sah, dass de Redon genau das Gleiche tat wie ich: Er stand da, schwankte, taumelte und presste die Hände auf die Brust ... Warum ahmte er mich nach? Warum konnte ich Levasseur nicht zurufen? ...

De Redon fiel schwer, mit dem Kopf voran ... Ich auch ... Warum ahmte ich ihn nach? ... Eine große Schwäche ... Ein grimmiges, wildes Gesicht vor meinen sich schließenden Augen ... Ein Araber, der mich töten wollte? ... Nein, ein gefiederter Kopfschmuck – ein Gesicht, mächtiger als das jedes Arabers ... Danke, Häuptling ... Hartnäckigkeit ... Mut ... und eiserner Wille ...

Ich war wieder auf den Beinen; atmete auch leichter; raffte mich wieder auf; kam zu mir; Blut lief mir über Brust und Arm ...

Irgendwie schaffte ich es, zu Levasseur zu gelangen – und stellte fest, dass ich nicht sprechen konnte!

„*Sie sind schwer getroffen, mein armer Freund!*", sagte er mit seiner rauen, gutmütigen Stimme.

Ich konnte keinen Ton herausbringen, und er wandte sich von mir ab und brüllte einen weiteren Befehl. Der Adjutant rief etwas davon, dass man ins Haus gehen und den Arzt holen solle.

Ich versuchte, meine Jacke auszuziehen, und er half mir dabei, weil er dachte, ich wolle an meine Wunde.

Ich ließ meine *Mütze* neben der Jacke auf den Boden fallen und machte mich auf den Weg zur Mauer, nur mit einem arabischen Gewand bekleidet, das wie ein langes Hemd aussah, und einer sehr weiten arabischen Hose – beide Kleidungsstücke waren schmutzig und mit Blut bedeckt, meinem und dem ihres verstorbenen Besitzers.

Es gelang mir, über die niedrige Mauer zu klettern, ohne von einem der Verteidiger gepackt zu werden, und ein stolpernder, wankender Lauf brachte mich zu der Stelle, wo de Redon in seinem Blut lag.

Ich bückte mich, um ihm eine Hand zu reichen, stellte jedoch fest, dass es nur eine Hand sein würde, denn mein rechter Arm funktionierte nicht mehr. Er baumelte nur noch taub und nutzlos, als ich mich bückte.

De Redon rührte sich nicht. Ich packte ihn und begann, ihn in Richtung Mauer zu ziehen ... Seine verfaulten Lumpen rissen weg, und ich fiel ... Der Schmerz, auf den ich unbewusst gewartet hatte, setzte ein, und ich glaube, er spornte mich an.

Ich stand wieder auf und drehte de Redon um. Ich wollte mich an etwas festhalten, das er trug. Mit nur einem Arm und kaum genug Kraft, mich aufrecht zu halten, konnte ich ihn nicht hochziehen. Es kam mir grausam vor, ihn am Arm, am Bein oder an den Haaren zu ziehen ... Er war ganz offensichtlich tot ... Schrecklich zerfetzt ...

Trotzdem musste ich ihn holen ... Ich wollte *nicht* ohne ihn zurückgehen, und mit einem Wort der Entschuldigung packte ich sein Handgelenk und begann zu ziehen ...

Ich war erstaunt, dass ich noch am Leben war.

Warum wurde ich nicht von einer Seite – oder von beiden Seiten – erschossen?

Ich kam zu dem Schluss, dass die wenigen auf beiden Seiten, die Zeit hatten, mich zu bemerken, mich für einen Freund hielten. Die französischen Soldaten schossen nicht unabhängig voneinander, sondern warteten auf den Befehl für die nächste Salve, und sie hatten mich aus dem Gelände rennen sehen. Die Araber sahen einen blutüberströmten Araber, der vermutlich vor den Franzosen floh; aber sie hätten sofort auf mich geschossen, sobald sie gesehen hätten, dass ich eine Leiche ins Gelände schleppte ... Oder würden sie mich für verrückt halten? Jedenfalls machte ich mich auf den Rückweg, kam gut voran und hätte in einer weiteren Minute die Mauer erreichen können ...

War es *möglich*, dass ich noch vor drei Minuten auf dem Dach gestanden hatte und in freundschaftlicher und sportlicher Stimmung mit einem sehr kompetenten Scharfschützen Schüsse gewechselt hatte? ...

Noch ein paar Meter und ...

Plötzlich gab es ein ohrenbetäubendes Crescendo des infernalischen Lärms, ein höllisches Gebrüll aus zehntausend Kehlen ... eine krachende Salve ... noch eine ... und ich wurde kopfüber geschleudert, plattgetrampelt, zerschmettert und zermalmt, eine lebende Qual – bis ein vernichtender Schlag auf den Kopf mir die Gnade der Bewusstlosigkeit schenkte.

§ 4

Ich muss sehr lange bewusstlos gewesen sein – oder, was wahrscheinlicher ist, ich muss stundenlang bewusstlos und halb bewusstlos gewesen sein, da ich mich an schreckliche Kampfträume erinnere, an weitere Verletzungen und daran, teilweise unter einem schweren Gewicht begraben gewesen zu sein.

Als ich aufwachte oder wieder zu Bewusstsein kam, ging die Sonne unter und die Schlacht war vorbei ... Allmählich wurde mir klar, dass ich fast einen Tag lang dort gelegen haben musste ... Es herrschte absolute Stille, wo noch vor kurzem der Teufel selbst getobt hatte ... Ich lag dort, wo ich hingefallen war ... Der Körper eines großen Arabers lag über meinen Beinen ... Der Kopf eines anderen lag mit dem Gesicht nach unten auf meinem Bauch ... Weitere lagen verstreut und dicht an mich gedrängt. Alle lagen sehr eng und gemütlich beieinander.

Mit großer Anstrengung und noch größeren Schmerzen drehte ich langsam meinen Kopf in Richtung Residenz und sah ihre verkohlten und geschwärzten Ruinen, die der aufgehenden Sonne trotzten. Die Umfassungsmauer schien von den Leichenbergen verdeckt zu sein.

Ich hoffte, dass die Garnison im Gelände gestorben war und nicht in dem brennenden Gebäude. Ich dachte an die Verwundeten, die in Reihen im Flur vor dem Operationssaal lagen.

Mein nächster Versuch, mir selbst zu helfen, war erfolglos. Ich wollte unbedingt den Kopf des toten Arabers aus meinem Magen entfernen, wo er sich anfühlte, als hätte er das Gewicht und die Größe eines Meilensteins.

Ich stellte schnell fest, dass ich gerade mal eine Fliege von meiner Nasenspitze verscheuchen konnte, und bis ich das geschafft hätte, wäre die Fliege schon weg gewesen. Ich glaube nicht, dass ich mich hätte bewegen können, wenn diese beiden Leichen nicht auf mir gelegen hätten. Ich hatte viel Blut verloren, durch zwei Schusswunden im Nacken und in der Schulter und einen schweren Schwertschnitt am Kopf...

Es ist eine Wahrheit und eine Binsenweisheit, dass wir das Glück nicht schätzen, wenn wir es haben. Tatsächlich ist es unmöglich, ein Glück von einem Unglück zu unterscheiden. Ohne diese Wunden wäre ich in die Residenz zurückgekehrt und mit den anderen gestorben. Als dieser Enthusiast mit dem Schwert seine gute Tat des Tages vollbrachte, rettete er mir das Leben (und ein Leben, das tausend meiner Leben wert war), und ich sah nicht einmal sein strahlendes Gesicht.

Die Nacht war gerade noch erträglich, aber bis heute möchte ich nicht groß über den folgenden Tag nachdenken. Wie viel davon war Wahn, Alptraum, subjektiver Horror und wie viel war Realität, weiß ich nicht. Aber es gab unaussprechliche Qualen des Durstes und schreckliche Schmerzen und das unerträgliche Brennen der Sonne auf der bloßen, unbeweglichen Haut; es gab Geier, Milane und streunende Hunde; herumstreifende Ghule, die die erbärmlichen Toten beraubten; Momente, in denen ich die volle Kontrolle über meine Sinne erlangte und sie wieder in Anfällen von schreiender Angst, Schmerz und Furcht verlor – stumme Schreie, die nicht aus meinen rissigen, schwarzen Lippen kamen.

Und immer waren da Fliegen, zu Millionen und Abermillionen.

Manchmal war ich wahnsinnig und im Delirium, manchmal muss ich gnädigerweise bewusstlos gewesen sein, und manchmal war ich ganz klar im Kopf, und vielleicht waren das die schlimmsten Momente.

Ich erinnere mich noch genau, wie ich zu dem Schluss kam, dass mein Vater Recht hatte und ich Unrecht. Es gab einen großen, gütigen Gott der Liebe und Barmherzigkeit, der uns mit der Erbsünde geboren hatte und der eine ewige Hölle für alle Sünder geschaffen hatte. Ich hatte gesündigt – und nun lag ich hier, festgenagelt und wurde langsam geröstet, unter unaussprechlichen Schmerzen, für immer und ewig. Ja, Vater hatte Recht gehabt, und Noel und ich hatten uns geirrt, als wir behauptet hatten, dass dies nicht die Natur eines Gottes der Liebe sein könne, sondern vielmehr die eines Teufels des Hasses.

Ich glaube, ich schlief ein, als die gütige, wohltätige Nacht den höllischen, quälenden Tag ablöste. Jedenfalls war ich die meiste Zeit bewusstlos und erinnere mich nur an gelegentliche Blicke auf die Sterne und dann, mit schrumpfender, erbärmlicher Angst, an den Sonnenaufgang.

Das war das letzte bewusste Leiden, denn ich erinnere mich an nichts mehr, und später erfuhr ich, dass ich nur knapp dem Lebendigbegrabenwerden entkommen war, als die französischen Hilfstruppen eintrafen und mit der Aufräumung begannen.

Meine weiße Haut hat mich gerettet. Die Männer der Begräbnisgruppe, die meine Leiche zusammen mit Hunderten anderen wegschleppten, bemerkten, dass ich irgendwie europäisch aussah, und machten ihren Sergeant darauf aufmerksam. Dieser informierte einen Offizier, und der Offizier stellte fest, dass ich nicht nur weiß, sondern auch noch am Leben war – zumindest teilweise.

Im Militärkrankenhaus wurde ich sehr freundlich und kompetent gepflegt, und als ich transportfähig war, wurde ich nach Algier verlegt, damit ich die Meeresbrise, Eis, frisches Obst, besseres Essen und den Komfort genießen konnte, den man in der Wüstenstadt Zaguig nicht bekommen konnte.

Und hier erzählte ich den Behörden meine Geschichte, oder besser gesagt, dem sehr netten Vertreter der Behörden, der mich im Krankenhaus besuchte.

Nachdem ich alle Informationen gegeben hatte, die ich über das Schicksal der Garnison von Zaguig hatte, suchte ich nach Nachrichten von de Beaujolais, aber ich verzichtete darauf, zu erwähnen, dass meine Schwester bei ihm war ... Er schien so sehr dagegen zu sein, sie mitzunehmen, und hatte die militärische Unangemessenheit einer solchen Sache so deutlich gemacht, dass ich es für das Beste hielt, nichts zu diesem Thema zu sagen – insbesondere, als ich feststellte, dass sie absolut nichts über sein Schicksal wussten und auch nicht damit rechneten, in den nächsten Wochen oder Monaten etwas zu erfahren. Mein Informant gab vor, nicht einmal das Ziel von de Beaujolais zu kennen.

Ich beschloss, dass ich, egal ob die Ärzte mich aus dem Krankenhaus entlassen würden oder nicht, in Algier bleiben würde, bis es definitive Nachrichten über de Beaujolais gäbe. Dann würde ich eine Karawane ausrüsten und mich auf die Suche nach ihm und meiner Schwester machen...

Ab einem bestimmten Punkt ging es nicht mehr so gut voran. Meine Wunden heilten gut, aber ich hatte schreckliche Kopfschmerzen – ob von dem Schwerthieb oder von einem Sonnenstich, war nicht klar. Manchmal dachte ich, ein Knochensplitter würde auf mein Gehirn drücken, aber der super Chirurg versicherte mir, dass der Knochen nicht gesplittert sei und die Kopfschmerzen weniger werden und weniger wehtun würden.

Das taten sie aber nicht, und ich beschloss, nach London zu gehen und Herrn Herbert Menken aufzusuchen, der damals als der beste Chirurg der Welt galt.

Während ich langsam wieder zu Kräften kam und den schrecklichen Tag der Reise immer wieder aufschob, kam Mary, wohlauf, lächelnd, strahlend glücklich und verlobt mit Major de Beaujolais.

Sie hatte ihn zu seinem Zielort begleitet und war mit ihm nach Zaguig zurückgekehrt, weil sie das Schlimmste für mich befürchtete. Hier hatten sie von meiner Flucht erfahren, und eine dunkle Wolke hatte sich aus Marys Gedanken verzogen – denn die Freude und das Glück über ihre Verlobung mit dem Mann, den sie „auf den ersten Blick geliebt" hatte, waren durch ihre Angst – eine Angst, die fast einer Gewissheit gleichkam – um meinen Tod getrübt und zerstört worden.

Sie hatte jedoch gegen alle Hoffnung gehofft und war sich darüber hinaus einer unlogischen, aber hartnäckigen Überzeugung bewusst gewesen, dass ich nicht tot war.

Sie versicherte mir, dass ein Teil von ihr nicht im Geringsten überrascht gewesen sei, als sie die erstaunliche Nachricht erhalten hatte, dass ich überlebt hatte und tatsächlich der einzige Überlebende des Massakers war...

Mary und ich bezogen vorübergehend im Hotel Splendide in Mustapha Supérieur, und sie pflegte mich, während de Beaujolais sich bei den Militärbehörden meldete und sich für seine Hochzeit und Flitterwochen beurlauben ließ.

Nach der Hochzeit begleitete ich sie nach Paris, wo de Beaujolais eifrig mit Mary einkaufen ging und sich nicht nur mutig, sondern auch *foulard-y* zeigte, und von dort aus reiste ich allein und sehr einsam, krank und elend nach London, in der verzweifelten Hoffnung, dass Herr Herbert Menken etwas gegen meine fast unerträglichen Kopfschmerzen, meine Schlaflosigkeit, meine Neurasthenie und mein allgemeines Gefühl hoffnungsloser Krankheit tun könnte.

Ich kam schnell an einen Punkt, an dem entweder etwas mit mir geschehen musste oder ich etwas mit mir selbst tun musste – etwas ganz Endgültiges, mit einer Pistole.

Kapitel VI

Wie soll der eilige und ungeduldige Mensch seine Segnungen von seinen Flüchen, sein Gut von seinem Bösen unterscheiden?

Das Gute kam zu dieser Zeit in schrecklicher Form über mich, und in meiner Unwissenheit betete ich darum, von meinem Guten befreit zu werden, von dem Segen, der mir den Sinn und die Freude meines Lebens gab…

An diesem bestimmten Morgen wachte ich in London auf und fühlte mich unwohl und ängstlich, ohne zu wissen, wovor ich Angst hatte, aber dennoch ängstlich. Ich war im Griff des obersten Teufels der Hölle – der Angst – der Angst vor etwas völlig Unbestimmtem.

Nachdem ich mich mit zitternden Fingern angezogen hatte, mied ich den Speisesaal des Hotels und machte mich so früh wie möglich, schweißgebadet, auf den Weg zu meinem Termin mit Herrn Herbert Menken.

„Taxi, Sir?“, fragte der joviale Portier, als ich an dem Tresen vorbeiging, hinter dem er lauerte, allwissend und allsehend – und mir wurde klar, dass seine Frage absurd war. *Natürlich* konnte ich nicht in ein Taxi steigen! Was für eine schreckliche Idee! Ich hätte mir eher die Kehle durchgeschnitten, als in ein Taxi zu steigen – oder in irgendein anderes Fahrzeug.

„Um Himmels willen, nein!“, antwortete ich zitternd und ging auf die Straße hinaus, sehr verstört von dem schrecklichen Vorschlag des Mannes.

Ich fürchtete und hasste die Menschenmenge, den Lärm, den Verkehr und ging die Straße entlang, wie ich mich noch nie zuvor gefühlt hatte und wie ich Gott anflehte, mich nie wieder fühlen zu lassen.

Ich hätte alles dafür gegeben, wieder in Zaguig zu sein, mit all seinen mörderischen Gefahren, wenn ich mich nur so hätte fühlen können wie dort.

Ich hatte keine Schmerzen … Ich fühlte mich an keiner bestimmten Stelle meines Körpers krank … Ich hatte keine Angst vor etwas, das ich benennen konnte … Und doch fühlte ich mich schrecklich. Jeder Nerv meines Körpers schrie zu Gott um Gnade, und ich wusste, dass ich, wenn ich nicht *etwas* tun würde (aber was, um Himmels willen?) und zwar schnell, verrückt werden oder mich vor eine Straßenbahn oder einen Lastwagen werfen würde…

Ich kämpfte mich weiter…

Barmherziger Christus, hab Erbarmen! Das war ein Leiden, wie es mir die Zaguigans mit Messern oder glühenden Eisen niemals hätten zufügen können … Wo war ich? … *Was* war ich?…

Plötzlich wusste ich, was ich war…

Natürlich! Ich war ein Schalentier, seiner Schale beraubt und völlig der Gnade seiner Umgebung ausgeliefert. Ja, ich war ein Tier aus der Gattung der Krebstiere, eine Art Krabbe oder Hummer, ohne Panzer. Jede Welle des Äthers konnte mir einen grausamen Schlag versetzen; die kleinste Berührung verursachte mir unaussprechliche Qualen – selbst Lichtstrahlen, die auf meine bloßen Nervenenden trafen, waren – nein, *waren* – *wie* Stachelpfeile, Speere und Wurfspieße…

Wenn mich ein Passant streifte, musste ich kreischen – wie ein gehäuteter Mann, der mit Sandpapier gerieben wird … Ja – ich war ein nacktes Krustentier, und ich musste ein Loch finden, in das ich kriechen konnte … Ein schönes Loch unter einem großen Felsen; ein Loch, gerade groß genug, um mich aufzunehmen, ohne dass ich etwas berührte … Dort wäre ich vor den Augen und Händen, den Mündern und Antennen der millionenköpfigen…

Aber ich konnte kein Loch finden, in das ich kriechen konnte…

Ich nahm all meinen Mut zusammen und ging weiter, auf der Suche nach einem – einer schönen dunklen Höhle, gerade groß genug…

Ich erreichte das Ende des Blocks und wollte gerade den Bürgersteig verlassen, als ich meine neue Gefahr erkannte. Wenn ich auf die Straße trat, würde mich der Strom der Fahrzeuge unaufhaltsam mitreißen; weg, immer weiter, in einen wilden, wirbelnden Strudel, in dem ich für alle Ewigkeit mit zunehmender Geschwindigkeit kreisen würde, ohne jemals die schöne dunkle Höhle zu finden, die ich so dringend brauchte…

Ich war knapp einer schrecklichen Gefahr entkommen, zog mich von der Gosse zurück und kauerte mich an ein Geländer. Das schien mir freundlich. Jedenfalls eilte es nicht davon und wirbelte nicht herum. Ich klammerte mich daran, bewusst der Blicke der Neugierigen, die an mir vorbeieilten, vertieft in ihre eigenen Angelegenheiten, aber mit einem Blick für mich.

Zwei Botenjungen kamen vorbei, einer in einer Uniform mit vielen Knöpfen.

„Verdammt! *Der* hatte wohl irgendwo einen lustigen Abend", meinte einer von ihnen. „Er hat gesungen: *'Ich komme erst morgen früh nach Hause' – und* jetzt ist er nicht da."

„Ja", stimmte der andere zu und sah mich mit großer Nachsicht an, „manche Leute haben eben alles Glück."

Ich versuchte, ihnen Geld zu geben, damit sie weggehen und mich nicht mehr anstarren würden, aber meine Hand zitterte so sehr, dass ich meine Tasche nicht erreichen konnte.

Ich drehte mein Gesicht zur Brüstung und sah, dass sie einen „Bereich" oder kleinen gepflasterten Hof umgab, auf den die Kellerfenster des Hauses blickten. Und in diesen Hof, etwa zwanzig Fuß unter mir, öffnete sich die Tür eines Kohlenkellers oder eines ähnlichen Ortes – eine dunkle, ruhige, schöne Höhle, in die man kriechen und sich vor spöttischen Blicken und höhnischen Stimmen, vor berührenden Händen und tastenden Antennen, vor *allem*, was durch den geringsten Kontakt die völlig entblößte und ungeschützte Haut quälen konnte, in Sicherheit bringen konnte.

Wenn ich nur in diese dunkle, schöne Höhle gelangen könnte! Aber wenn ich meinen Griff um das Geländer lockerte, könnte ich fallen oder mitgerissen werden, bis ich in den dunklen Fluss der Straße stürzte und in den Tod gerissen würde.

Ich bewegte mich entlang des Geländers, ohne eine Hand loszulassen, bis ich die nächste sicher hatte, und der Schweiß lief mir herunter, während ich mich mit aller Kraft auf diesen schwierigen Weg zum Tor konzentrierte, das ich am Ende einer Steintreppe sehen konnte, die hinunter zu meiner sicheren Höhle führte...

Und dann traf mich eine Stimme, und ich schaute über meine Schulter, mein Herz schlug mir bis zum Hals.

„Was soll das Spiel, Herr?", sagte die Stimme.

Es war ein großer und prächtiger Londoner Polizist, einer dieser starken, ruhigen Männer, weise, gelassen, unbewaffnet, gekleidet in eine lange Uniform, die Verkörperung von Recht, Ordnung und Sicherheit, das Staunen und die Bewunderung Europas.

So schrecklich es auch war, angesprochen und musternd betrachtet zu werden, ich hatte das Gefühl, dass ich die Qual ertragen konnte, denn diese Männer sind universelle Freunde und Helfer für alle, außer für Übeltäter.

„Ich bin ein ungeschältes Krustentier ... Ich möchte zu dieser Höhle hinunter", sagte ich und zeigte darauf.

„Zerquetscht *was*? ... Sie wollen nach Hause, meinen Sie wohl, Herr", war die Antwort. „Wo ist das?"

„In Amerika", sagte ich.

„Das ist weit", meinte der Polizist. „Wo haben Sie letzte Nacht geschlafen, wenn ich fragen darf?"

„In meinem Hotel", antwortete ich.

„Ah – das ist besser, Sir", sagte der gute Kerl. „In welchem? ... Wir könnten vielleicht dorthin zurückfahren, was?"

„Nein, nein – das könnte ich nicht ... Das könnte ich einfach *nicht*", versicherte ich ihm. „Lieber würde ich sterben ... Ich *würde sterben* – einen schrecklichen Tod..."

„ *Weitergehen, bitte!*" , sagte der Polizist plötzlich und scharf zu der kleinen Menschenmenge, die sich versammelt hatte. „Hey, du – *hau ab* – schnell", fügte er einem blauäugigen Faulenzer hinzu, der stumm und ungehorsam dastand...

Ich kann mich an jedes Wort und jedes Detail dieser wirklich schrecklichen Zeit erinnern, denn ich stand abseits und sah den leidenden Unglücklichen, der ich war, und konnte keine Hilfe leisten, konnte nichts tun, als zuzusehen – und unbeschreiblich zu leiden.

„Also dann, Herr“, sagte der Polizist, „wenn Sie nicht nach Hause können und nicht in Ihr Hotel wollen, wo *können* Sie dann hingehen? Wir müssen alle irgendwohin, wissen Sie…“

„Du willst doch nicht mit mir mitkommen, oder?“, fügte er hinzu, als ich über seine düstere Bemerkung nachdachte, dass wir alle irgendwohin müssten, verzweifelt den Kopf schüttelte und mich an der Brüstung festhielt.

„Mit *dir*? Wohin?“, fragte ich mit neuer Hoffnung.

„Zum Bahnhof“, antwortete er. „Setz dich in einen schönen, ruhigen kleinen – äh – Raum, während wir etwas über dich herausfinden.“

„Das wäre toll“, sagte ich zu ihm. „Können Sie mich in eine Zelle stecken und die Tür abschließen?“

„Du musst zuerst etwas *tun* “, versicherte mir der freundliche Mann.

Das schien mir eine großartige Chance! In einer schönen dunklen Zelle versteckt zu sein, bis meine Schale wieder wuchs und etwas zwischen meinen bloßen Nerven, meinem nackten rohen Fleisch, meinem innersten Selbst und der rauen, kratzigen Welt stand!

„Wenn ich dir einen Sovereign geben und dir auf die Brust schlagen würde, würdest du mich dann wegen Körperverletzung verhaften und einsperren?“, fragte ich. „Tu es – um Gottes willen … Ich gebe dir alles, was du willst – alles, was ich habe.“

„ *Kommen Sie*, kommen Sie, Herr“, ermahnte ihn der Beamte, „ich bringe Sie in ein Taxi, Sie fahren zurück in Ihr Hotel, legen sich ins Bett und schlafen sich aus … Wenn Sie sich dann nicht besser fühlen, sagen Sie ihnen, sie sollen einen Arzt rufen…“

„Bist du Abstinenzler?“, fragte er, als ich hoffnungslos in sein teilnahmsloses Gesicht starrte.

„Praktisch“, sagte ich. „Nicht theoretisch, wissen Sie, aber…“

„Jedenfalls bist du *jetzt* nicht betrunken“, gab er zu, schnüffelte und fügte energisch hinzu: „Kommen Sie, mein Herr! So benimmt sich ein Gentleman um zehn Uhr morgens an einem Montag nicht.“ Dann wandte er sich an die zögernden Passanten und rief plötzlich mit lauter Stimme: „ *Würden* Sie bitte*weitergehen*?“, was mich schnell von den schmerzhaften Blicken vieler neugieriger Augen befreite.

Ein Mann ging jedoch nicht weiter und auch nicht auf der anderen Seite vorbei … Er war kein Levit…

Er war ein kleiner, gepflegter Mann, sehr schlicht, aber gut gekleidet.

„Du bist wie eine Motte“, sagte ich. „Um Gottes willen, breite deine Flügel über mich aus … Meine Hülle ist abgefallen…“

Natürlich war er wie eine Motte. Er hatte große schwarze Augenbrauen und tief leuchtende Augen … er war wie eine Sphinx … die Sphinx-Motte…

Ich hatte Motten mit genau solchen Augenbrauen gesehen, deren Augen im Lampenlicht leuchteten…

„Bist du krank?“, fragte er und nahm mein Handgelenk zwischen Daumen und Zeigefinger. „Wie heißt du und wo wohnst du?“

„Ich weiß es nicht“, antwortete ich. „Hilf mir doch … Ich bin in der Hölle – mit Leib und Seele … und gleich werde ich kreischen … Um Gottes willen, hilf mir, eine Höhle oder ein Loch zu finden…“

„Komm mit mir“, sagte er sofort, „ich habe eine schöne…“

Er sah mir fest in die Augen, und in seinen Augen sah ich Güte und Freundschaft, und ich glaubte ihm und vertraute ihm bedingungslos….

* * *

Ich war in die Hände des besten Psychiater und Nervenspezialisten Englands gefallen … Zufall?…

Er hakte seinen Arm in meinen, löste mich von der Brüstung, führte mich zu dem nahe gelegenen Haus in der Harley Street, wo er seine Praxis hatte, gab mir einen Schluck des wahren Wassers von Lethe zu trinken und legte mich auf ein Sofa in einem Hinterzimmer.

Ohne sich darum zu kümmern, ob ich ein Bettler, ein Verbrecher, ein entflohener Irrer oder ein verkleideter Prinz war, brachte er mich in dieser Nacht in seine berühmte Pflegeanstalt in Kent.

Und hier erwartete mich meine Rettung auf unglaubliche und wunderbare Weise.

§ 2

Im Shillingford House, einem großen alten Herrenhaus aus warmem rotem Tudor-Backstein, hielt Dr. Hanley-Blythe mich etwa eine Woche lang im Bett, besuchte mich jeden zweiten Tag und unterzog mich einer außerordentlich gründlichen Befragung, wobei ich viele der Fragen zunächst ablehnend empfand. Ich erkannte jedoch bald, dass der Spezialist nichts anderes im Sinn hatte, als mein Wohl zu fördern, und ich beantwortete jede Frage wahrheitsgemäß und nach bestem Wissen und Gewissen.

Eines Tages, nachdem er mir sorgfältig und geduldig jedes Detail eines schrecklichen Traums entlockt hatte, den ich in der vergangenen Nacht gehabt hatte – einen Traum, in dem ich meinen Vater ermordet hatte –, fragte er mich:

„Hast du deinen Vater geliebt, als du ein Junge warst?"

„Ja", antwortete ich.

„Sicher?", fragte er.

„Äh – ja – ich glaube schon ...", sagte ich.

„ *Ich* glaube nicht. Ich weiß sogar, dass du ihn nicht geliebt hast", entgegnete er. Ich dachte eine Weile nach und erkannte, dass der Arzt Recht hatte. Natürlich hatte ich meinen Vater nie geliebt. Ich hatte ihn respektiert, gefürchtet, gehorcht und *gehasst*... Er war der Schrecken gewesen, der mich tagsüber verfolgte, und die Angst, die mich nachts heimsuchte...

„Sieh den Tatsachen ins Auge, mein Lieber", sagte der Arzt. „Was ist, *ist – und* deine Erlösung hängt davon ab, dass du deinen Geist von Unterdrückung befreist und dich neu auf das Leben einstellst ... Die Wahrheit wird dich befreien – und heil machen ... Bring es zu Papier und lass es raus..."

Ich dachte tief nach und tauchte in die Vergangenheit ein.

„Es tut mir leid, das zu sagen, aber ich habe meinen Vater immer gehasst", gestand ich. „Ich habe ihn furchtbar gefürchtet und gehasst..."

„Ja – und du hast dir deinen Gott nach dem Bild deines Vaters geschaffen", sagte der Arzt...

„Ich habe Gott gefürchtet, aber nicht gehasst", antwortete ich.

"Unsinn!", rief Dr. Hanley-Blythe. "Hassen wir nicht *alles* und jeden, den wir fürchten? ... Angst ist ein Fluch, eine Krankheit, ein tödlicher Keim, der Same des Todes und der Verdammnis ... Da wir gerade von Gott sprechen – befreien Sie sich von dieser widerwärtigen Vorstellung, Gott fürchten zu müssen...

Liebe Gott ... Welcher anständige Gott möchte lieber gefürchtet als geliebt werden? ... Lasst uns einen Gott haben, der *ein bisschen* göttlicher ist als ein verdammter wilder Ju-Ju! ... Diese verfluchte Aufforderung, Gott *zu fürchten*! ... Hat mehr Seelen und Körper getötet als alles andere ... Liebe Gott und fürchte *nichts*! ... Das hat Sinn...

"Jetzt hör mir mal zu – sieh deinen Vater in der richtigen Perspektive. Er ist ein armer sündiger Mensch wie du und ich. Ein Mensch mit denselben Leidenschaften wie wir ... Wahrscheinlich hat er immer das Beste gewollt – und sein Bestes gegeben – für dich ... Nichts zu *fürchten – ein* schwacher Sünder wie wir alle ... Er hat jetzt sowieso keine Macht mehr über dich...

Wenn du heute Abend schlafen gehst, sag laut:

"Armer alter Vater! Ich habe dich gefürchtet und gehasst – aber jetzt tue ich beides nicht mehr... Ich habe dich nie verstanden – aber jetzt verstehe ich dich." Dann sag auch laut: "Gott meint es gut, und gut bedeutet Gott... Gott ist Liebe, und Liebe ist Gott."... Verstehst du?"

* * *

Und ein anderes Mal.

“Du bist Junggeselle? Das solltest du nicht sein. Kein gesunder Mann in deinem Alter hat das Recht, Junggeselle zu sein. Und du hast immer in absoluter Keuschheit gelebt? Hm! Wir müssen dir eine Frau suchen, mein Junge!... Ich verschreibe dir Sonnenschein und frische Luft, Beschäftigung und zwar reichlich, eine Reise zu deinem Vater – den du auf den Rücken klopfen und mit ”Lieber alter Vater – du schwerer Vater, alter Betrüger” anreden sollst – *und eine Frau....* Ja, eine Frau *und* zu gegebener Zeit etwa drei Söhne und zwei Töchter....

„Was ich für die Ursache deines Zusammenbruchs halte? Ich “ *halte„* nichts – ich *weiß es.* Dein Vater, von dem du zu viel hattest, und deine Frau, die du nie hattest. Das hat eine Neurose verursacht, und als du in Zaguig körperlich zusammengebrochen bist, ist sie ausgebrochen und hat dich erstickt. Und jetzt steh auf, zieh dich an, geh raus in den Garten, setz dich in die Sonne und begreife, was für ein harmloser alter Kerl dein Vater ist und was für ein gütiger, freundlicher, väterlicher, fröhlicher alter Gott diese schöne, fröhliche alte Welt geschaffen hat, die wir so sehr vermasseln ... Und denk an all die Mädchen, die du kennst, und entscheide dich, welche du heiraten willst ... *Die Ehe wird deine sichere Rettung sein ... Ich* verschreibe sie dir ...“

Ein paar Krankenschwestern – nette, hingebungsvolle Seelen – halfen mir in einen Rollstuhl und schoben mich hinaus in den Garten. Sie fanden einen schönen versteckten Platz zwischen großen Rhododendronbüschen, wo ich sicher versteckt war, von hinten und von beiden Seiten geschützt und mit einem herrlichen Blick auf die hügelige Parklandschaft von Kent vor mir. Sie versicherten mir, dass der Weg, auf dem wir gekommen waren, sehr selten benutzt wurde, und ließen mich in meinem Rollstuhl zurück, wo ich mich fragte, ob ich jemals wieder ein Mann sein würde ...

* * *

... „Denk an all die netten Mädchen, die du kennst, und entscheide dich, welches du heiraten willst ... *Die Ehe wird deine sichere Rettung sein.“*

Es gab nur eine Frau auf der ganzen Welt, und die war bereits verheiratet ...

* * *

Ich hoffe, dass niemand auf dieser Welt so leidet, wie ich damals körperlich und seelisch gelitten habe.

§ 3

Ich glaube, dass es wirklich Menschen gibt, denen „Erfahrungen“ psychischer und übernatürlicher Art zuteilwerden.

Ich habe sowohl von gut belegten Fällen von Träumen und Erscheinungen, unerklärlichen Stimmen und Wachträumen gelesen als auch davon gehört, in denen Informationen vermittelt oder Hilfe gesucht wurde.

Mir ist so etwas noch nie passiert.

Ich habe nachts in den Spiegel geschaut und nicht das gequälte und flehende Gesicht der Frau gesehen, die meine Hilfe mehr als alles andere brauchte, die Frau, die ich lieben und heiraten sollte.

Ich habe keine Träume gehabt und keine Visionen gesehen, in denen eine solche Frau mich um sofortige Hilfe angefleht und mir genau gesagt hat, was ich tun soll, wie, wann und wo.

Ich habe keine geheimnisvolle Stimme gehört, klar und feierlich wie eine Glocke, die zu meinem erstaunten Ohr sprach und sagte: „Komm. Ich brauche dich. Eile schnell zu diesem und jenem Ort, und du wirst finden ...“

Ich habe keinen Geist oder keine Erscheinung gesehen, die mir eine Botschaft überbracht hat.

Nichts dergleichen.

Aber die folgende Tatsache ist interessant.

Eines Tages saß ich in meiner Zelle und dachte an Isobel, fragte mich, wo sie wohl war und was sie tat, ob sie jeden Augenblick des Tages glücklich war und ob es mein Schicksal sein würde, sie jemals wiederzusehen ... Lange, lange Gedanken zwischen Wachsein und Einschlafen ... Und dann öffnete ich mit zitternder Hand und zitternden Fingern ein Buch, das eine der Krankenschwestern mir dagelassen hatte, „für den Fall, dass ich Lust hätte, ein wenig zu lesen“...

Und als ich das Buch irgendwo in der Mitte aufschlug, las ich:

> *" ... seine Vision von ihr sollte sein Glaube und seine Hoffnung sein und seine ganze Zukunft. Sie sollte sein Leben sein und sein Leben sollte ihr Leben sein ... Denn er war ein Verehrer, ein Verehrer der Schönheit, wie diejenigen, die gelebt hatten, "bevor die ritterlichen Jahre mit der alten Welt ins Grab gesunken waren" – diejenigen, für die das Gesicht nicht das Gesicht auf einer Münze war, das blasse und gewöhnliche Gesicht eines Arbeiters unter Menschen, sondern das Gesicht einer schönen Frau, die höchste Wirklichkeit, der Mittelpunkt der Sehnsucht – jener Sehnsucht, die nicht vom Körper kommt, nicht von der Erde, nicht vom Selbst, sondern reine und edle Liebe – Gottes Manifestation gegenüber der Welt, dass etwas von Gott im Menschen ist und etwas vom Menschen in Gott ist... Dieser Ritter verehrte Gott also durch die Frau, mit einer Liebe, die spirituell war, ohne einen Hauch von Ego... Und sein Motto und sein Wunsch war Dienst... Ihr Dienst ohne Belohnung; der Dienst, der seine eigene Belohnung ist... Denn er spürte, dass es für die Erlösung der Welt vom Materialismus und vom Tod der Seele eine Renaissance, eine Reformation geben musste – eine Reformation der Liebe....*
>
> *" Die Liebe, die einst der Weg zu aller Vollkommenheit war; der Ruf des Menschen zu Gott, zur Schönheit, zur Schönheit Gottes und zum Gott der Schönheit.... Liebe, die einst sich vom Fleisch befreite und laut rief, nicht: "Liebe mich, damit ich gesegnet und getröstet und glücklich werde", sondern: "Lass mich dir mit meiner Liebe zur Seite stehen, damit ich dir helfen und dich segnen und trösten und glücklich machen kann..." Liebe, die Dienst war, der höchste Dienst Gottes durch den edelsten Ausdruck seiner selbst – die Frau... Liebe, dieses göttliche, selbstlose Ding, die große und wahre Erlösung des Menschen, das einzige Bedürfnis der Welt, die letzte Hoffnung der Welt...*
>
> *" Er würde sein Leben dem Dienst an dieser Frau widmen und von ihr nichts weiter verlangen, als dass er sein Leben ihr im Namen der selbstlosen Liebe widmen könne, der Liebe, die ihr eigener Lohn ist, ihr überaus reicher Lohn..."*

Und als ich Schritte hörte, schaute ich auf – und sah Isobel.

§ 4

Isobel, real und lebendig ... sie sah älter aus, krank und blass und zu ätherisch, und wenn möglich noch schöner.

Unsere Blicke trafen sich ... Einen Moment lang starrten wir uns ungläubig an.

„ *Isobel!*“ , rief ich, immer noch wie im Traum.

„Der liebe, nette amerikanische Junge!“, flüsterte sie.

Tränen traten in ihre schönen Augen, ihr süßes, liebliches Gesicht wurde noch blasser, und sie schwankte, als würde sie gleich ohnmächtig werden.

Mit einer Kraft, die ich eine Minute zuvor sicherlich nicht besessen hatte, sprang ich auf, fing sie in meinen Armen auf und hob sie auf den Stuhl. Ihre Not und Schwäche gaben mir Kraft, und ich schämte mich – schämte mich, dass ich dort zitternd und bebend gesessen hatte – beneidete jeden gesunden Landstreicher, der die Straße entlangtrampelte – sehnte mich nach dem Tod und überlegte, wie ich ihn finden könnte...

Isobel! Hier!

Sie muss eine Patientin von Dr. Hanley-Blythe sein ... krank ... in großer Trauer, nach dem Ausdruck auf ihrem schönen Gesicht zu urteilen...

Ich schämte mich, dass ich an ihrer Kleidung erkannte, dass sie keine Witwe war ... Und dann überwand ich mich und bemühte mich, mich völlig beiseite zu sprechen ... *Isobel* war hier – und krank ... Sicherlich konnte ich ihr irgendwie zur Seite stehen, wenn auch nur, indem ich sie in einem Badestuhl herumschob ... ihr vorlas...

„Ich kann es nicht glauben ... Ich muss träumen...“, sagte sie, als mir diese Gedanken durch den Kopf schossen.

„Oh, lieber amerikanischer Junge – würdest du mir helfen ... Ich bin in einer so schlimmen Lage...“

Ihr *helfen*! Ob ich ihr *helfen* würde!

Meine Krankheit fiel von mir ab, und ich stand aufrecht und stark da – ich, der ich kurz zuvor noch in diesem Rollstuhl zu Hilfe gekommen war, ein elender, zitternder Neurotiker...

„John ... mein Mann ... Sie haben ihn mitgenommen ... Oh!“ Ihre Augen füllten sich mit Tränen und ihre zitternden Lippen versagten ihren Dienst ... Sie bedeckte ihr Gesicht und brach in Tränen aus...

Ihr Mann!...

Ich kniete mich neben den Stuhl ... Als mein Knie das Gras berührte, hatte ich die Gedanken zurückgedrängt: „Ihr Mann ... 'Sie' haben ihn mitgenommen ... Wahrscheinlich ist er schon tot ... *Denk an all die Mädchen, die du kennst ... Die Ehe wird deine sichere Rettung sein...*“ – und ich war selbstlos und rein im Herzen – gereinigt durch die klare Flamme, die in mir brannte, vor dem Altar dieser Frau, der mein Herz war.

„Sag es mir“, sagte ich.... „Und dann glaub! Glaub mit deiner ganzen Seele, dass ich dir irgendwie helfen kann.... Sei dir dessen sicher.... *Wisse* es.... Warum – ich bin doch sicher zu diesem Zweck geschaffen worden....“

Ich war ein wenig aus dem Gleichgewicht geraten, ein wenig außer mir und mehr als nur ein wenig inspiriert...

Und ich inspirierte Isobel – mit Hoffnung ... Und mit Vertrauen und Glauben – Glauben an mich, ihren Diener.

Unter dem Einfluss meiner Zuversicht und meiner Zusicherung erzählte sie mir ihre erbärmliche Geschichte von Anfang bis Ende...

Ich saß auf dem Boden neben ihrem Stuhl, und sie vergaß sich selbst und mich, während sie ihr Leid und ihre Sorgen ausschüttete – sie ausschüttete, bis sie leer war und an ihre Stelle die Hoffnung trat, die ich ihr gab, der Glaube, den ich hatte – für diesen Moment sogar die *Gewissheit*, die ich empfand.

Als sie fertig war, nahm ich ihre kleine Hand in meine beiden Hände und sah ihr in die Augen.

„Ich *weiß*, dass er lebt“, sagte ich. „Ich bin mir dessen so sicher, wie ich mir sicher bin, dass wir hier zusammen sind. Er lebt, und ich werde ihn finden. Ich werde ihn nicht nur finden, sondern ich werde ihn retten und zurückbringen. *Lebendig und wohlauf werde ich ihn zu dir zurückbringen...*“

Und in diesem Moment glaubte ich, was ich sagte. Es gibt keinen „Zufall“, und Gott hatte mich nicht umsonst an diesen Ort geführt – und schon gar nicht, um sich über uns lustig zu machen...

Was Isobel mir an diesem goldenen englischen Sommernachmittag erzählte – als ich neben ihrem Stuhl saß, in einem kurzlebigen siebten Himmel aus bitterem Glück und trauriger Freude, und ihrer Stimme lauschte, die von dem Summen unzähliger Bienen in uralten Ulmen begleitet wurde –, ist unauslöschlich in mein Gedächtnis eingebrannt, und ich kann es genau so wiedergeben, wie sie es mir erzählt hat.

„Ich werde dir alles erzählen – von Anfang an“, flüsterte Isobel. „Das ist das Mindeste, was ich tun kann – nach dem, was du mir gerade angeboten ... und versprochen hast ... Alles, von Anfang an ... Was sie dazu gebracht hat, zu verschwinden ... und was ihren Tod verursacht hat ... Oh, diese wunderbaren Jungen ... Und John, mein eigener Liebling, John ...“ Und sie weinte erneut.

„John lebt“, sagte ich. „Und er kommt zu dir zurück ... Glaub mir ... Vertrau mir ...“

„Das tue ich“, antwortete sie. „Oh, das tue ich ... Du hast mir ein neues Leben geschenkt ... Ich habe immer geglaubt, dass du alles tun kannst und wirst, was du versprochen hast ... Ich habe dich immer so sehr gemocht ... Otis ...“

„Ich werde dir *alles* erzählen ... Du wirst es kaum glauben ... Du erinnerst dich doch an Claudia, oder? Das schönste Mädchen ...“

„Ja“, sagte ich. „’Königin Claudia von der Band’... Michael hat sie sehr geliebt, glaube ich...“

„Michael hat sie angebetet“, stimmte Isobel zu. „Er wäre für sie gestorben ... Er ist für sie gestorben – in gewisser Weise ... Der arme, wunderbare, edle Beau ... Es hat John fast das Herz gebrochen. Er kam so verändert zurück ... der arme John. Michael und Digby beide ... Ja, John kam in jeder Hinsicht verändert zurück, außer in seiner Liebe zu mir ... Oh, John! ...“

„Michael und Digby *sind tot?*“, rief ich aus. „ *Beau Geste* ist tot?“ Das war schrecklich. Was war passiert?

“Ja, und Claudia ist auch tot”, antwortete Isobel. ”Sie war Lady Frunkse. Du hast sicher gelesen, dass sie Herrn Otto Frunkse, den reichsten Mann Englands, geheiratet hat ... Ein Autounfall ... Du hast es bestimmt in der Zeitung gelesen ... Sie hat noch drei Tage gelebt – oder besser gesagt, gestorben ... Arme Claudia – sie war durch Glasscherben blind und schrecklich entstellt, und ihr Rücken war gebrochen ... Ihr Mann war eine Zeit lang völlig außer sich. Er liebte sie leidenschaftlich – und er hatte sie gekauft ... und er saß am Steuer ... und war nicht ganz nüchtern ...

”Am letzten Tag hat sie nach mir gefragt. Ich war gerade im Zimmer ... Sie wusste, dass sie sterben würde ... Ihr Verstand war völlig klar, und sie wollte nicht sterben, bevor sie ein Geständnis gemacht hatte ... Sie bat mich, es allen zu erzählen – nach ihrem Tod. Du bist der einzige Mensch, dem ich davon erzählt habe ... Ich möchte, dass du alles weißt, was John betrifft ... Es war furchtbar ... Nur ihr Mund war zu sehen ... In diesem riesigen goldenen Zimmer und diesem kolossalen chinesischen Bett war die arme, liebe Claudia nur noch ein Mund. Ich kniete neben ihr, hielt ihre arme, tastende Hand und sie flüsterte und flüsterte ... und flüsterte ...

”Ich werde versuchen, es dir zu erzählen.

” *Bist du das, Isobel?”* , sagte sie. ” *Es ist niemand sonst hier, oder? ... Hör zu ... Sag das meiner Mutter – Tante Patricia ist meine Mutter – und John und Otto und George Lawrence, allen – nachdem ich tot bin ... Ich kann es meiner Mutter nicht selbst sagen ... Digby weiß es jetzt ... Und der arme kleine Augustus ... Mein Vater weiß es auch. Ich glaube, er wusste es schon damals. Die Verrückten wissen Dinge, die die Vernünftigen nicht wissen ... Armer lieber “Chaplain” – wir haben ihn alle geliebt, nicht wahr, Isobel?*

” *Hast du Beau nicht auch geliebt, Isobel? Ich meine, wirklich geliebt ... Ich habe den Boden verehrt, auf dem er ging ... Aber ich war nur ein Mädchen – und böse ... Ich war* böse ... *Verdorben ... Ich habe Geld geliebt und mich selbst. Ja, mich selbst und Geld, mehr als ich Beau oder irgendetwas anderes geliebt habe ... irgendjemanden anderen ...*

”Und Otto hatte mich erwischt ... Mich schön in die Falle gelockt ... Das geschah mir recht ... Wie ich ihn hasste und fürchtete – und ich glaubte tatsächlich, er würde mich in Schande bringen, mich ins Gefängnis stecken, wenn ich ihn nicht bezahlte oder heiratete! ... Es waren mehr als zweitausend Pfund ... Für mich, ein achtzehnjähriges Mädchen, schien das alles Geld der Welt zu sein ...

”Und wenn ich ihn heirate, wäre ich gerettet – und ich wäre die reichste Frau Englands ... Ich dachte, ich hätte die Wahl zwischen dem und dem Gefängnis ... Otto hat mich dazu gebracht, das zu glauben. Ich konnte nicht daran zweifeln, nachdem er seinen zahmen Anwalt zu mir geschickt hatte ... Die schreckliche Öffentlichkeit und Schande und Schmach ...

"Aber Michael hat mich gerettet – für eine Weile ... Er hat mich vor allem und jedem gerettet – außer vor mir selbst ... Er konnte mich nicht vor mir selbst retten ... Und als er weg war und Otto mich wieder verführte und bedrängte, gab ich nach und heiratete ihn – oder sein Geld...

"Isobel, ich war es, die die "Blue Water" gestohlen hat – die verrückte Närrin und niederträchtige Diebin, die ich war ... Ich dachte, ich könnte sie verkaufen und meine Schulden bei Otto begleichen – und bei einem Dutzend anderen – Schneiderinnen und Leuten; Geschäften in London. Ich muss verrückt gewesen sein – verrückt – vor Angst und Sorge...

„Michael wusste es – bevor das Licht wieder anging..."

* * *

Isobel brach ab und wischte sich die Tränen von den Wangen.

"Ich muss dir davon erzählen, Otis", sagte sie. "Du hast doch von dem großen Saphir 'Blue Water' gehört, als du in Brandon Regis warst, nehme ich an? Er wurde in einem Kästchen in einem Safe aufbewahrt, der in der Priests' Hole stand – und die Priests' Hole ist wirklich unauffindbar. Ihr Geheimnis kennen nie mehr als drei Personen, obwohl Dutzende von Menschen in die Kammer geführt werden, um sie zu sehen. Es heißt, dass in vierhundert Jahren noch niemand den Trick entdeckt hat.

Tante Patricia zeigte den 'Blue Water' immer ihren Lieblingsgästen, und manchmal holte sie ihn heraus und ließ uns ihn anfassen und bewundern. Er lag auf einem weißen Samtkissen unter einer dicken Glaskuppel in einem Stahlkästchen.

Eines Abends – es war nicht lange, bevor ich dich das letzte Mal gesehen habe – saßen wir nach dem Abendessen im Wohnzimmer, und Claudia fragte Tante Patricia, ob wir es wieder herausholen und anschauen könnten. Wir hatten es schon ewig nicht mehr gesehen. Der Kaplan – einer der drei, die das Geheimnis des Priesterverstecks kannten – holte es, und wir alle nahmen es in die Hand und bewunderten es. Dann legte der Kaplan es zurück auf sein Kissen und deckte es mit der Glasabdeckung ab – und plötzlich fiel das Licht aus, wie es damals oft vorkam.

Als das Licht wieder an ging, war die „Blue Water" verschwunden ... Alle leugneten, sie angefasst zu haben – und am nächsten Tag lief Beau von zu Hause weg ... Dann verschwand Digby ... Dann John – und ich war das unglücklichste Mädchen in ganz England. Er sagte mir, ganz unnötigerweise, dass er das elende Ding nicht gestohlen hatte, und natürlich wussten wir auch, dass weder Beau noch Digby zu einem Diebstahl fähig waren.

Sie traten der französischen Fremdenlegion bei ... und ... und ... Michael wurde getötet ... und Digby wurde getötet ... aber John kam wohlbehalten zurück – aber *oh*, so verändert ... und jetzt ... *haben sie ihn wieder*", und das arme Mädchen brach zusammen und weinte hemmungslos.

„Ich werde ihn zurückholen", sagte ich und hielt mich mit aller Kraft zurück, um sie nicht in meiner Sehnsucht, sie zu trösten, in meine Arme zu schließen. „Ich *weiß*, dass ich ihn finden und zurückbringen werde..."

„Warum – ich auch", lächelte sie. „Ich glaube daran ... Ich spüre, dass es *wahr ist*... Gott segne dich ... Ich ... ich kann nicht ... ich..."

Meine Augen brannten.

"Ich erzähle dir noch den Rest von Claudia", sagte sie ... "Die arme Claudia fuhr fort:

"Ja, Michael wusste es... Er kam in dieser Nacht in mein Schlafzimmer... Ich lag im Bett, hellwach und in einer schrecklichen Verfassung ... Ich fühlte mich furchtbar ... Von Kopf bis Fuß schmutzig ... Ich war eine Diebin und hatte meine Tante, meine größte Wohltäterin, bestohlen ... Damals wusste ich noch nicht, dass sie meine Mutter war – das erzählte sie mir erst, als der Kaplan starb und sie untröstlich und verzweifelt war...

" Michael schlich sich herein wie ein Geist.

„Claudia", *flüsterte er*, „ gib mir dasblaueWasser. Ich werde es zurückbringen. Der Schlüssel ist in der golden glänzenden Schachtel über dem Kamin im Flur, wieTante gesagt hat."

" Ich tat so, als wäre ich empört – und redete wie die Heuchlerin und Lügnerin, die ich bin. Ich befahl ihm, das Zimmer zu verlassen, und sagte, ich würde klingeln und schreien, wenn er nicht sofort ginge.

„Claudia“, *sagte er*, „ gib es mir, Liebes … Es war natürlich nur ein Scherz … Lass es mich zurücklegen, Claudia … Niemand wird ahnen, dass du es genommen hast…“

„ Niemand außer dir, du schrecklicher Kerl“, sagte ich. *„ Wie kannst du es wagen … Wie konntest du…“*

„NEIN, LIEBE“, *flehte er …*„ NEIN … ICH *WEISS*… DU HAST MICH BEIM GEHEN ZUM TISCH UND BEIM ZURÜCKKEHREN ZU DEINEM PLATZ BERÜHRT … DEIN HAAR HAT MEIN GESICHT FAST BERÜHRT… KENNE ICH DEN DUFT DEINES HAARS NICHT , CLAUDIA?… *KÖNNTE ICH* MICH IRREN… Müsste ich dichnicht kennen, selbst wenn ich blind und taub wäre und du nur einen Meter von mir entfernt wärst? Habe ich dich all die Jahre angebetet, Claudia, ohne deine Gedanken lesen zu können? Ich wusste, dass du es warst, und ich ging hin und stellte mich mit meiner Hand an die Scheibe, damit es so aussah , als wäre ich auch mit dabei, fallsIsobel das Licht anmachen würde, während du es zurücklegst… Gib es mir schnell, Liebes – dann ist der Scherz vorbei… Oh, Claudia, meine Liebste, ich liebe dich so sehr – und ich wollte es dir erst sagen, wenn du älter bist… Gib es mir, liebsteClaudia…“

” *Seine Stimme kam aus der Dunkelheit zu mir, genau so – und ich war* hin- und weggerissen, *Isobel … Ich habe ihn geliebt, weißt du … Und ich habe Otto gehasst, und ich musste zweitausend Pfund haben oder ihn heiraten – oder ins Gefängnis gehen – das habe ich wirklich geglaubt.*

” *Und ich hab mich gegen Michael gestellt und gelogen und gelogen und gelogen und so getan, als wär ich empört – verletzt – wütend – verletzt … und ich hab ihn mit schrecklichen Namen beschimpft, und alles, was wir gesagt haben, war in furchtbar angespanntem Flüsterton. ’*

„CLAUDIA! CLAUDIA!“, *sagte er*. „Das kannst du unmöglich tun … Ich weiß, dass es nur ein Scherz ist – aber hör auf damit … WENN ES DIR KEINE SCHRECKLICHE SCHANDE UND VERLETZUNG BRINGT, DANN BRINGT ES JEMANDEM ANDEREM SCHANDE UND VERLETZUNG – ISOBEL, DIGBY, JOHN, GUSSIE … UND SELBST WENN DU VERRÜCKT WÄRST UND SO ETWAS TÄTIGST, KÖNNTEST DU NICHT UNSTRAFLICH DAVONKOMMEN…. NIEMAND WÜRDE ES DIR ABNEHMEN…. GIB ES MIR, LIEBER. ES IST SO EIN *GEFÄHRLICHER* SCHERZ *, DEN MAN* EINER PERSON WIETANTEPATRICIA SPIELEN *KANN*….“

”Und er bettelte mich an, ich solle es ihm geben – und je sicherer er war, dass ich es hatte, desto wütender wurde ich… Ist das nicht unglaublich – und ist das nicht genau das, was ein Schuldiger tut?…

” *Schließlich sagte er:*

„’DAS WÄR’ NACH DEM VERGESSEN, CLAUDIA. ICH GEH FÜR EINE STUNDE IN MEIN ZIMMER… IN DIESER ZEIT WIRD DAS“BLAUEWASSER„ SEINEN WEG ZURÜCK FINDEN. *JEMAND WIRD* ES VORHER – SAGEN WIR UM EIN UHR – IN DAS SALONZIMMER STELLEN, UNDTANTE WIRD ES MORGEN FINDEN … UND NIEMAND WIRD JE ERFAHREN, WER DIESEN DUMMEN STREICH GESPIELT HAT … ICH WERDE SPÄTER SELBST HINUNTERGEHEN UND NACHSEHEN, OB ES DA IST … GROSSARTIG! … GUTE NACHT, LIEBECLAUDIA …“ *Und er verschwand wie ein Geist.*

” *Ich lag wach und erlebte die schlimmste Nacht meines Lebens … Ich* konnte *nicht hinuntergehen und es zurücklegen – und damit Michael stillschweigend gestehen, dass ich ein Dieb war … Ich liebte ihn so sehr und schätzte seine gute Meinung von mir mehr als alles andere – außer meinem eigenen widerlichen Selbst … Wäre er damals zurückgekommen, hätte ich ihm den schrecklichen Stein gegeben … Ich hätte es tun sollen … Und später wurde ich immer wütender auf ihn, weil er mich verdächtigt hatte – und ich stand auf, schloss meine Tür ab und verriegelte sie. Gegen vier Uhr morgens wurde ich schwach und bekam Angst vor dem, was ich getan hatte … Ich sah mich von Polizisten verhaftet werden … ins Gefängnis gebracht … auf die Anklagebank … vor Gericht gestellt und zu einer Freiheitsstrafe verurteilt.*

“Ich fügte meiner Bosheit noch Feigheit hinzu und sprang schließlich, von Angst überwältigt, aus dem Bett, nahm das ”Blue Water” aus der Spitze eines Reitstiefers, wo ich es versteckt hatte, schlüpfte in einen Morgenmantel und Pantoffeln und schlich mich die Treppe hinunter. Jede Diele schien zu knarren,

und mein Herz schlug mir bis zum Hals. Ich wagte es nicht, eine Kerze mitzunehmen oder das Licht anzuschalten.

"Jede Treppe und jede Diele, auf die ich trat, knarrte und ächzte, und ich hatte das Gefühl, dass jeder im Haus wissen musste, was ich tat … Und plötzlich wusste ich, dass ich verfolgt wurde, und ich glaube, das war der schrecklichste Moment meines Lebens.

„TANTEPATRICIA", *dachte ich und hätte fast gekreischt. Ich hatte das Gefühl, wenn sie das Licht anmachen und mich dort mit dem „Blue Water" in der Hand erwischen würde, würde ich mich wahnsinnig schreien … Und dann berührte mich eine kalte Hand, und ich schrie – oder dachte zumindest, ich schrie –, bevor ich merkte, dass es die Hand eines Mannes in Rüstung war…*

" Und dann musste ich unbedingt dieses schreckliche Schmuckstück loswerden. Ich stürzte zum Kamin und tastete auf dem hohen Kaminsims nach der golden glänzenden Schatulle, in die Tante Patricia den Schlüssel gelegt hatte. Ich fand sie und eilte zur Tür des Salons. Das Geräusch, das ich beim Öffnen machte, klang wie ein Donnerschlag, aber in diesem Moment war mir nichts wichtiger, als den Saphir loszuwerden und in mein Zimmer zurückzukehren, bevor ich erwischt wurde. Es war mir egal, wer verdächtigt wurde, ihn genommen zu haben…

" Und als ich den Tisch erreichte, auf dem die Glasvitrine stand, kam jemand ins Zimmer.

"Weißt du, ich glaube, mein Herz hat wirklich aufgehört zu schlagen, als ich darauf wartete, dass Tante Patricia den Switch umlegte…

Und dann sagte eine Stimme: „Oh,Gott sei Dank, Liebling … Ich wusste, dass du es tun würdest…"

" Es war Michael.

"Und in meiner plötzlichen und totalen Abneigung hätte ich ihn fast verflucht… Ich war mir so sicher gewesen, dass es Tante Patricia war, dass ich total sauer war, weil er mich so erschreckt hatte…

" Und kannst du dir vorstellen, dass ich mich umdrehte und wortlos aus dem Zimmer ging, um ins Bett zu gehen, immer noch mit dem "Blue Water" in der Hand? … Später kam er, klopfte leise und drehte den Türgriff. Er blieb über eine Stunde lang dort stehen, klopfte sanft mit den Fingernägeln und drehte den Türgriff … Und ich lag da und versuchte, nicht zu schreien … versuchte aufzustehen und ihm den Saphir zu geben … versuchte, nicht aufzustehen und ihm den Saphir zu geben … Und je mehr Zeit verging, desto mehr Angst bekam ich vor dem, was ich getan hatte … Am Morgen stand ich auf und ging in den Rosengarten, und dort kam er zu mir.

„Letzte Chance, Claudia, meine Liebe", *sagte er*.„ Gib mir jetzt den'BlauenWasser' , und es wird kein Verdacht auf dich fallen … WENN DU DAS NICHT TUST, WIRST *DU MIT SICHERHEIT* IN GRÖSSTE SCHWIERIGKEITEN GERATEN. TANTE WIRD DAS UNBEDINGT AUFKLÄREN… WIE KÖNNTE SIE SO ETWAS IGNORIEREN – WIR SIND DOCH ACHT… Und der Verdacht wirdzuerst aufden armen kleinenGus fallen… Du kannst es *unmöglich verkaufen…* Gib es mir, und ich verspreche dir, dass niemand jemals *auf die Idee kommen* wird, *dass* du…"

„ Ich brach in Tränen aus… Ich hatte eine so schreckliche Nacht hinter mir und war so voller Wut, Angst und Hass – Hass auf Michael und Otto und alle Männer auf der Welt –, dass ich zusammenbrach… Ich hätte es ihm fast gegeben… Und nach dem Frühstück gab ich es ihm doch, zu spät, und sagte ihm, dass ich ihn zutiefst verabscheute und hoffte, ihn nie wieder zu sehen! Das habe ich nie wieder getan, Isobel, wie du weißt… Und seitdem habe ich keine einzige glückliche Stunde mehr erlebt…"

Isobel hielt inne und wischte sich die Tränen aus den Augen. Ich hätte sie allein gelassen, aber ich dachte, es würde ihr gut tun, zu reden und alles rauszulassen.

* * *

„Arme, arme Claudia", fuhr sie fort. „Sie starb in dieser Nacht. Herr Otto Frunkse wurde für eine Weile wahnsinnig. Ich dachte, Tante Patricia würde auch sterben. Claudia war alles, was sie hatte, nachdem der Kaplan gestorben und Michael getötet worden war … Sie gab sich selbst die Schuld am Tod der Jungen … Und jetzt John! Oh, John! John!"

„Warum gab sie sich selbst die Schuld?", fragte ich. „Es war doch Claudias … äh … Tat, die dazu geführt hat, dass Michael und Digby weggegangen sind…?"

“Ich werde dir alles erzählen, wie ich es versprochen habe”, antwortete Isobel. ”Es ist wunderbar, einen Beichtvater und Freund zu haben ... und du wirst John für mich finden ... Ich *weiß*, dass du das wirst ... Ich fühle mich, als würde ich aus einem Grab auferstehen ... Du hast bereits ein wenig den Deckel angehoben ... Ich werde dir alles erzählen...

Michael wusste, dass Tante Patricia das echte “Blue Water” verkauft hatte – an den Nachfahren des Rajah, von dem es ihr Mannes Vorfahren in Indien erworben hatten. Ich glaube, sie hatte das Recht, es zu verkaufen, da ihr Mann es ihr als Hochzeitsgeschenk gegeben hatte. Dieser Mann, Sir Hector Brandon, hat sie jahrelang verlassen. Er war ein sehr schlechter Mensch – ein schlechter Ehemann und ein schlechter Grundbesitzer ... Ich weiß, dass sie fast jeden Penny des Geldes in das Anwesen gesteckt hat ... Sie hatte ein Modell der “Blue Water” anfertigen lassen, bevor sie sich von der Originalyacht trennte ... Michael ist mit diesem Modell weggerannt. Er dachte, das wäre eine großartige Möglichkeit, Claudias Tat und auch die Tat von Tante Patricia zu vertuschen – und Sir Hector war gerade dabei, nach England zurückzukehren ... Armer lieber Michael – das war genau das, was er *tun würde*! ... Für ihn muss es wie eine einfache Lösung erschienen sein, das Ende schrecklicher und gefährlicher Schwierigkeiten für die beiden Frauen, die er liebte ... Es bewahrte Claudia vor Schande und Schmach und vor Tante Patricias Zorn, und es bewahrte Tante Patricia vor dem Zorn ihres Mannes ... Herr Hector Brandon würde einfach denken, dass Michael die “Blue Water” gestohlen hatte, und Tante Patricia würde denken, dass er die Attrappe gestohlen hatte – in Unkenntnis ihres Wertes.”

§ 2

Dieser Beau Geste!... Es war eine Ehre und ein Stolz, ihn gekannt zu haben!... Und diese beiden Frauen – diese Mutter und ihre Tochter!... Mein Gott!...

§ 3

„Onkel Hector kam schließlich doch nicht nach Hause“, fuhr Isobel fort. „Beau auch nicht ... Digby auch nicht ... Und jetzt *John – mein* John! Oh, Claudia, was für Ärger und Elend und Tragödien du in dieser Nacht verursacht hast!“

„Erzähl mir von John“, sagte ich.

Das würde ihr mehr helfen als alles andere ... Ich hatte von Dr. Hanley-Blythe und aus eigener Erfahrung gelernt, was Unterdrückung mit einem Menschen machen kann!

”Als Michael weglief und den Verdacht und die Schuld auf sich nahm und Digby ihm folgte, um sie zu teilen, hatte John das Gefühl, dass er auch gehen musste. Weißt du, die drei Jungs hatten ihr ganzes Leben lang immer *alles* zusammen gemacht. Und John hatte das Gefühl, dass sie ihn beschützten, weil niemand auf die Idee gekommen wäre, Claudia oder mich zu verdächtigen – und es gab einen Grund, warum Gussie nicht verdächtigt werden durfte. Tatsächlich war ich in der Lage, seine Unschuld zu beweisen – ebenso wie meine eigene –, denn ich hatte ihn die ganze Zeit, während der Raum dunkel war, am Arm festgehalten ... Also war es *entweder John oder Claudia – und* John ging ... Dann *musste* es einer der Geste-Jungs gewesen sein...

„John war sich sicher, dass Michael zur Fremdenlegion gegangen war, weil ihn der Name faszinierte, seit ein französischer Offizier in Brandon Abbas zu Gast gewesen war und uns vom Militärleben in Afrika erzählt hatte ... Vielleicht haben Sie ihn dort getroffen! Er hieß De Beaujolais. Er war der Sohn eines alten Schulfreundes von Tante Patricia und in Eton der Diener von George Lawrence, ihrem zweiten Ehemann ...“

„Nein, ich habe ihn in Brandon Abbas nicht gesehen“, sagte ich. „Aber ich habe ihn in Afrika gesehen, an einem Ort namens Zaguig ... Er hat meine Schwester gerettet ... Es ist eine seltsame kleine Welt ...!“

„Es *ist* eine seltsame Welt...", sinnierte Isobel. „Stell dir das vor! Du kennst Major de Beaujolais!"

„Ich bin mit ihm verwandt", lächelte ich. „Meine Schwester hat ihn geheiratet ... Ich meine, er hat meine Schwester geheiratet..."

„ *Was für* ein Zufall!", sagte Isobel.

„Das stimmt nicht!", wagte ich zu widersprechen. „So etwas wie Zufall gibt es nicht!... Es war kein Zufall, dass Jasper Jocelyn Jelkes aus Brandon Abbas floh und bei meiner Großmutter Unterschlupf suchte ... ebenso wenig, dass ein Oberst Levasseur sich in meine Schwester verliebte und uns nach Zaguig einlud, was schließlich dazu führte, dass ich völlig zugrunde ging ... oder dass Dr. Hanley-Blythe mir gerade in dem Moment begegnete, als ich mich von all dem nervlichen Zusammenbruch zu erholen begann!... Erzähl weiter von John...."

"Er ging zur französischen Fremdenlegion und fand dort Beau und Digby, wie er es sich sicher gewesen war ... Bei der Belagerung einer Festung namens Zinderneuf durch Araber wurde Beau getötet, und John erstach den Kommandanten der Festung in Notwehr ... Der Mann hatte gehört, dass Beau, Digby und John Juwelendiebe waren und einen riesigen Diamanten hatten! Digby war nicht in Zinderneuf. Er kam mit der Entsatzmannschaft und wurde in die leere Festung geschickt. Er sah Beaus Leiche ehrfürchtig neben der des Kommandanten aufgebahrt – der Johns Bajonett im Herzen steckte. Er ist fast durchgedreht, hat den Ort in Brand gesteckt und ist geflohen, um John zu suchen, weil John nicht unter den Toten war ... Er hat ihn schnell gefunden, weil John genau dasselbe gemacht hatte – er war von der Mauer gesprungen, die am weitesten vom Eingang entfernt war, und zu den nächsten Sanddünen gerannt ... Dann haben zwei Freunde von ihnen, die auf Kamelen auf Erkundung oder Patrouille waren, sie gefunden, und die vier sind zusammen geflohen...

„Dann wurde Digby bei einem Überfall getötet..."

Ihre Stimme brach wieder und es herrschte Stille.

"Armer lieber Digby ... Er war so ein netter, fröhlicher, *lieber* Junge ... Und nach schrecklichen Strapazen und Gefahren, gerade als die Flucht sicher schien, strandeten die anderen drei ohne Kamele in der Wüste ... Und sie hatten nur etwa einen Liter Wasser ... Und einer der beiden Freunde, den sie "Hank" nannten, machte sich in der Nacht auf den Weg ... um John und dem anderen Mann eine Chance zu geben ... das Wasser...

Dann kamen John und der andere – John nannte ihn „Buddy" – in ein Wüstendorf und blieben dort lange Zeit, in der Hoffnung, den dritten Mann zu finden oder etwas von ihm zu hören ... Er hatte sein Leben für sie gegeben ... Schließlich gaben sie die Hoffnung auf und fanden eine Karawane, die nach Süden nach Kano fuhr ... Dort nahmen sie Kontakt zu George Lawrence auf, der in Nigeria Kommissar oder so etwas war...

"Und sobald sie dort waren, drehte sich Johns Begleiter um und ging zurück, um nach dem Vermissten zu suchen – Hank ... Sie waren wie David und Jonathan, und der Mann sagte, er würde suchen, bis er seinen Freund gefunden hätte oder gestorben wäre...

John war zu krank, um mit diesem Mann zurückzugehen, Buddy.... Ich habe keinen Zweifel, dass er es sonst getan hätte, sobald sie Kamele und Vorräte hatten.... Männer machen solche dummen Sachen.... Aber John erkrankte an Typhus und wäre fast gestorben. Sobald es sicher war, ihn zu transportieren, brachte George Lawrence ihn nach Hause.... Oh, ich wäre vor Freude fast gestorben, obwohl ich weinte und weinte, als ich von Michael und Digby hörte....

„Und wir haben geheiratet ... Und ich war die glücklichste Frau der Welt ... für eine Weile. Ich war natürlich *zu* glücklich ... Wir sind nicht dazu bestimmt, so glücklich zu sein, wie ich es war, sonst würden wir nicht in den Himmel wollen..."

„Oh doch, das sind wir", unterbrach ich sie, „und du wirst wieder genauso glücklich sein. Und diesmal *wird* es *bleiben...*"

Isobel seufzte und drückte meine Hand, während sie mich dankbar anlächelte.

"Ja – ich war zu glücklich", fuhr sie fort, "aber es hielt nicht lange an ... John erholte sich nicht richtig. Er wurde einfach nicht wieder gesund ... Er hatte eine schreckliche Zeit hinter sich ... Der Tod von Beau und Digby vor seinen Augen und die schrecklichen Entbehrungen, die er erlitten hatte, und dann diese Ruhr oder dieser Typhus, als er schon so schwach war ... George Lawrence sagte, er habe wie ein sterbendes Skelett ausgesehen, als er ihn zum ersten Mal in Nigeria sah ... Und selbst dann bekam er natürlich keine richtige Pflege oder Krankenkost ... Es war ein Wunder, dass er überlebte.

"Nun – wir waren noch nicht lange verheiratet, als ich merkte, dass mit John etwas nicht stimmte ... Er aß fast nichts und schlief kaum ... Ich glaube, er hat nachts überhaupt nicht geschlafen. Ich hörte ihn immer im Flur auf und ab gehen. Er ging hinaus, um mich nicht zu wecken, und saß dann in seinem Arbeitszimmer, rauchte eine Weile und las. Nachmittags konnte er ein wenig dösen, und ich setzte ihn in einen Liegestuhl unter die Bäume in der Laube – weißt du, wo wir immer gespielt haben ... Ich konnte ihn tagsüber nicht dazu bringen, ins Bett zu gehen, wie er es eigentlich hätte tun sollen.

Und wenn er im Sessel einschlief, hatte er schreckliche Träume und wachte mit einem furchtbaren Ruck auf, oder er redete die ganze Zeit ... So fand ich heraus, was wirklich die Ursache des Problems war. Er hatte das Gefühl, seinen Freund im Stich gelassen zu haben – den Mann, der ihn niemals im Stich gelassen hätte, den David, der in die Wüste zurückgekehrt war, um seinen Jonathan zu suchen, anstatt zu fliehen, als er die Gelegenheit dazu hatte...

Ich war so besorgt und verängstigt, dass ich Dr. Hanley-Blythe nach Brandon Abbas kommen ließ. Er wollte, dass John hierherkommt und beobachtet wird, aber John wollte davon nichts wissen...

"Dann, eines Nachts, ging John in seinem Ankleidezimmer auf und ab, und als ich zu ihm ging, hörte ich ihn stöhnen: *'Ich werde verrückt, wenn ich nicht zurückkehre!'* ... Ich fasste sofort einen Entschluss, öffnete die Tür weiter und sagte:

„*John, Schatz, ich weiß, was mit dir los ist*", als hätte ich plötzlich eine Eingebung gehabt. Er starrte mich an. Mein Herz schlug wie wild – er sah so krank aus und war so anders als sonst – und ich fühlte mich absolut schrecklich bei dem Gedanken an das, was ich tun würde...

„*Du musst zurück, Liebling*", sagte ich ... „*und sie finden ... Ich komme mit dir – zumindest bis Kano.*" ... Ich wollte bei ihm bleiben und ihn natürlich nie aus den Augen lassen ... Er starrte mich an, als könne er seinen Ohren nicht trauen – und dann hellte sich sein trauriges Gesicht vor Freude auf, und ich dachte, mein Herz würde zerbrechen.

"Isobel!", sagte er und nahm mich in seine Arme, als würde er mich für das, was ich getan hatte, mehr lieben denn je. " *Siehst du, vielleicht leben sie noch ... vielleicht sind sie Sklaven ... vielleicht sind sie in einem schrecklichen Gefängnis der Einheimischen ... vielleicht sind sie an einem Ort, an dem sie den Rest ihres Lebens verbringen müssen, weil sie keine Kamele haben ... Isobel – sie haben ihr Leben für Digby und mich riskiert, als sie uns aus Zinderneuf geholfen haben ... Hank hat sein Leben für Buddy und mich gegeben, als er in der Nacht weggegangen ist und uns den Tropfen Wasser dagelassen hat ... Buddy hat mich sicher nach Kano gebracht, bevor er zurückgegangen ist, um nach Hank zu suchen ... Und ich habe sie dort zurückgelassen und lebe in Sicherheit und Luxus! ... Sie könnten noch am Leben sein ... Vielleicht ist noch Zeit, sie zu retten ... Ich kann nicht schlafen, weil ich an sie denke ... in arabischer Gefangenschaft...*

" *Wir fahren los, sobald du willst, John*", sagte ich – und ich fühlte mich, als würde ich sterben, tot und kalt bis ins Innerste meines Herzens..."

* * *

Es herrschte eine Weile Stille, die nur von einem leisen Schluchzen unterbrochen wurde, und ich schaute weg, hinaus auf die wunderschöne Landschaft von Kent. Sollte ich sie weiterreden lassen? War es zu schmerzhaft, um ihr zu helfen, oder war es ihre Rettung?...

* * *

„Du machst dich nur unglücklich", sagte ich, fast unerträglich bewegt von ihren Tränen. „Erzähl mir den Rest morgen."

„Oh nein, nein! Lass es mich dir jetzt erzählen ... Wenn du nicht müde bist ... Oh, wenn du wüsstest, welche Erleichterung das ist ... und welche Hoffnung du mir gegeben hast ... mein Freund in der Not ...", antwortete sie sofort.

* * *

"George Lawrence war wunderbar", fuhr sie fort, "und Tante Patricia hat kein Wort des Protests gesagt, als er sagte, er würde mit uns kommen ... Natürlich würde seine Hilfe absolut unbezahlbar sein. Er war selbst etwa zwanzig Jahre lang in Nigeria und konnte alle möglichen Beziehungen spielen lassen, uns die besten Ratschläge geben und uns auf unzählige Weise helfen ... Ich glaube, Tante Patricia war klar, dass es für John um Leben und Tod ging, besonders nach dem, was Dr. Hanley-Blythe ihr gesagt hatte ... Was ich damals nicht wusste, war, dass George Lawrence eigentlich vorhatte, sich um *mich* zu kümmern, falls John etwas zustoßen sollte, wenn er sich in die echte Wüste begab, weit weg von der Zivilisation und jeder Hilfe.... Er rechnete nicht damit, dass John lebend zurückkehren würde, und er rechnete auch nicht damit, dass es John jemals besser gehen würde, wenn er nicht ging....

"Weißt du, John ging es von dieser Nacht an besser – von dem Moment an, als ich ihm vorgeschlagen hatte, zurückzugehen ... Er ging ins Bett und schlief, und am nächsten Morgen hörte ich ihn in der Badewanne singen! Mehrmals an diesem Tag pfiff er sogar, während er sich auf die Reise vorbereitete. Er war ein veränderter Mensch, und ich bekam eine Vorstellung davon, was er durchgemacht hatte, als er untätig herumsaß, während seine Freunde, die er "im Stich gelassen" hatte, in der Wüste sterben könnten oder in einer Gefangenschaft lebten, die schlimmer als der Tod war ...

Auf der Reise von Liverpool nach Lagos nahm er täglich an Gewicht zu und war fast wieder der Alte, als wir dort ankamen ... Und dann verriet er mir die Verschwörung, die George Lawrence ausgeheckt hatte!

Wir sollten zu Freunden von ihm fahren, und ich sollte bei ihnen bleiben, während John und er weiter nach Kano fuhren. Nachdem er John mit einer ordentlichen Karawane verabschiedet hatte – um in das Dorf zu fahren, in dem er und sein Freund gelebt hatten, während sie nach dem dritten Mann gesucht hatten –, sollte George zu mir zurückkehren und mich wieder nach Hause bringen! Diese beiden kostbaren Verrückten dachten, ich würde *dem* zustimmen – *und* mich wochenlang ruhig zu Georges Freunden setzen und dann ohne John still nach Hause gehen.

„Oh ja", sagten sie, „Georges Freunde sind ganz reizende Leute; sie haben ein hübsches Haus in der besten Gegend von Nigeria; um diese Jahreszeit ist das Klima wirklich sehr angenehm; im Club ist viel los: Tennis, Pferderennen, Polo, Bridge und Tanz; ich würde eine schöne Zeit haben ..."

Ich habe nicht diskutiert. Ich habe nur gelächelt und den Kopf geschüttelt.

Als sie schließlich begriffen, dass ich mit John mitgehen würde und dass mich nichts auf der Welt davon abhalten könnte, mit John mitzugehen, brach entsetzliche Bestürzung und Alarm aus! Sie sprachen sogar davon, den ganzen Plan aufzugeben und mit dem nächsten Schiff zurückzufahren ... Davon wollte ich nichts hören, und sie wollten nicht davon hören, dass ich die Karawanreise in diesen Teil der Sahara, eine der wasserlosesten, heißesten und gefährlichsten Wüsten der Welt, unternehmen wollte ... Schließlich einigten wir uns auf einen Kompromiss ... Ich sollte mit ihnen nach Kano kommen, und John sollte mit den besten Führern, Kamelen, Kameltreibern, Ausrüstung und Proviant, die man für Geld kaufen konnte, weiterreisen. Er sollte auch spezielle Männer als Boten mitnehmen. Sobald er das Dorf erreicht hatte, sollte er einen Mann mit einer Nachricht zurückschicken und danach in regelmäßigen Abständen weitere Nachrichten senden ... Die Männer sollten sich bei einem englischen Beamten in Kano melden, einem Herrn Mordaunt – einem alten Freund von George Lawrence, und er würde uns die Nachrichten telegrafieren ... John versprach, dass er selbst nicht weiter nach Norden als bis Zanout gehen würde ... Er wollte jedem, der ihm echte Nachrichten brachte, eine große

Belohnung versprechen, und er hoffte, mit ein oder zwei einflussreichen arabischen oder tuaregischen Häuptlingen in Kontakt zu kommen, die in diesem Teil der Sahara berühmt und einflussreich waren ... Und die große Bilma-Salzkarawane – Tausende von Menschen – darüber zu informieren ...

John dachte, dass der „Wüstentelegraf" – diese mysteriöse Verbreitung von Nachrichten, die sogar die Wüste in eine Flüstergalerie verwandelt – bald weit und breit bekannt machen würde, dass ein reicher Europäer eine große Summe für Nachrichten über zwei seiner Freunde ausgesetzt hatte ... Bald würden alle möglichen *Gerüchte* die Runde machen, und Hunderte von falschen Hinweisen würden entdeckt werden ... Und unter Tonnen und Tonnen von Spreu könnte, könnte eines Tages ein Körnchen Wahrheit zu finden sein ...

„Armer John! ... Oh, mein lieber John! ... Er war so hoffnungsvoll ... Er war wieder so glücklich, jetzt, wo er wenigstens *versuchte*, etwas für seine Freunde zu tun – wenn sie nur noch am Leben waren ... Es gab Hoffnung, dass der zweite noch lebte, und eine winzige Chance, dass der erste gefunden und gerettet worden war."

* * *

„Du machst dich müde", sagte ich wieder, als Isobel verstummte.

„Nein, nein! Lass mich ausreden – es sei denn, du bist selbst müde", antwortete sie. „Es tut mir gut, dir alles zu erzählen ... und je früher du alles weißt, desto eher kannst du vielleicht etwas tun ..."

* * *

"John erreichte den Ort, an dem er mit seinem Begleiter gelebt hatte, nach etwa drei Wochen und schickte den ersten Boten zurück. Dort wusste man offenbar nichts, aber er hatte auch nicht erwartet, so schnell Nachrichten zu erhalten, und war noch voller Hoffnung. Zwei weitere Nachrichten kamen, die zweite aus Zanout, wo er glaubte, eine Spur von dem Mann gefunden zu haben, den er "Buddy" nannte ... Anscheinend kennen die Tuareg in dieser Gegend jedes Kamel und alle Raubzüge, bei denen Kamele geklaut wurden. John dachte, dass Buddy und seine Karawane von Tuareg- oder Tebu-Räubern gefangen genommen worden waren. Als Nächstes musste er jemanden finden, der ihm Genaueres über die Bande und ihre Herkunft sagen konnte und ob es Überlebende der Karawane gab ...

„Und dann ... Und dann ... erhielten wir ein Telegramm von George Lawrences Freund in Kano, *in dem stand, dass John selbst gefangen genommen worden war*! Nicht von Räubern ... Er war von einer französischen Patrouille erkannt und verhaftet worden ... Oh John, John, mein Lieber! Ich habe dich zurückgeschickt – aber du wärst gestorben, wenn du hier geblieben wärst ..."

* * *

Ich konnte nichts tun, um sie zu trösten – außer ihr erneut zu versprechen, ihn zu finden und zurückzubringen.

"George Lawrence war wieder großartig", fuhr sie fort. "Er nahm mich mit zurück nach Afrika ... Ich wäre notfalls auch allein gegangen ... Bevor wir aufbrachen, setzte er Himmel und Erde in Bewegung ... Er ging zum Außenministerium und zum Kolonialministerium, suchte mehrere Abgeordnete auf und besuchte die Büros der Londoner Zeitungen. Dann nahm er Kontakt zu seinem Freund Major de Beaujolais auf, der bei unserer Hochzeit dabei gewesen war und alles über John wusste ... Wir sind nach Paris gefahren, wo er verschiedene einflussreiche Leute getroffen hat, und von dort nach Algier, um den Oberbefehlshaber zu sprechen ... Alle waren sehr freundlich und mitfühlend, aber hilflos – besonders in Frankreich und Afrika ... *'Es kann nichts getan werden ... Das Gesetz muss seinen Lauf nehmen ... Wir zivilen Beamten können uns nicht in die Angelegenheiten des Militärs einmischen ... Wir Militärs können uns nicht in die Angelegenheiten der Zivilbehörden einmischen ... Ein faires Verfahren, natürlich ... Kriegsgericht ... Die Todesstrafe wird in Fällen von Desertion vor dem Feind normalerweise verhängt – und das ist auch richtig so ... Außerdem gibt es einige sehr merkwürdige Umstände in diesem Fall ...* und so weiter.

"Es war unbeschreiblich schrecklich, sich so machtlos, ratlos und hilflos zu fühlen.... Ich hatte das Gefühl, ich musste so nah wie möglich an den Ort herankommen – nach Afrika.... Ich musste jede noch so kleine Nachricht haben.... Ich hielt durch – bis nach Kano.

Herr Mordaunt war so nett und hilfsbereit. Er hatte den Mann festgehalten, der die letzten Informationen gebracht hatte – einen Tuareg-Kameltreiber, der in Kano angeheuert worden war.... Dieser Mann hatte George Lawrence die ganze Geschichte immer und immer wieder erzählt.... Sie hatten einen Soldaten des französischen Kamelkorps gefunden, der sich von einer Patrouille entfernt hatte oder desertiert war – anscheinend handelte es sich um einen sogenannten *Peloton Méhariste*, der auf einer *Tournée d'apprivoisement* durch das Land der Tuareg unterwegs war.... John hatte sich natürlich mit dem Mann angefreundet, ihm Essen, Wasser und ein Kamel gegeben, und der Mann war sofort losgeritten und hatte die Patrouille zu seinem Wohltäter geführt....

Aus den Worten des Kameltreibers schlossen George Lawrence und Herr Mordaunt, dass der Soldat John erkannt und ihn verraten hatte, um eine Belohnung und Beförderung zu erhalten oder aber – weil er genug von der Desertion in der Wüste hatte – um sich bei den Mächtigen dieser Welt einzuschmeicheln und sein Vergehen zu entschuldigen....

Jedenfalls war völlig klar, dass John auf französischem Gebiet von der „zuständigen Militärbehörde" als Deserteur der Legion gefangen genommen und verhaftet worden war...

" *Oh John, John, mein Liebling!... Werde ich dich jemals wieder sehen?...*

"Und als ich in Kano alles erfahren hatte, was es zu erfahren gab, brach ich völlig zusammen und starb nur knapp nicht ... Ich glaube, es war der Glaube, dass ich John irgendwie helfen könnte, der mich am Leben hielt ... Es muss eine schreckliche Zeit für den armen George Lawrence gewesen sein ... Ich erinnere mich nur noch wenig daran, aber ab und zu kommen flüchtige Erinnerungen zurück...

Und hier bin ich, Otis ... und kann *nichts* tun. Alles Mögliche wurde versucht – und dank der Güte von Major de Beaujolais wissen wir nur, dass er lebt – oder gelebt hat – und als Sträfling in den Strafbatallionen in Afrika dient! Acht Jahre! Und dann muss er zur Legion zurückkehren, um seine fünf Jahre dort zu beenden! *Acht Jahre! Er* würde acht Monate dieses Lebens nicht überleben ... Und hier bin ich – und ich kann *nichts* tun ... *nichts...*"

„ *Ich* kann etwas tun", sagte ich und stand auf, um mich daran zu machen.

§ 4

Eine Woche später war ich in Sidi bel Abbès – ein eifriger und unermüdlicher Schüler des Arabischen und aller Dinge, die mit der französischen Fremdenlegion und den französischen Strafbatallionen für Sträflinge, den „Zephyrs" oder „Joyeux", zu tun hatten.

Zwei Wochen später war ich ein eingetragener *Legionär* der französischen Fremdenlegion und heimlich Anwärter auf die Mitgliedschaft bei den Zephyrs.

Ich wollte unbedingt Biribi sehen, das berühmte oder berüchtigte Straflager der Strafbatallionen, und nur über die Fremdenlegion konnte ich das schaffen. Nur dort konnte ich John Geste finden, und bis ich ihn gefunden hatte, konnte weder ich noch sonst jemand ihn retten.

Kapitel VIII

Ich habe sehr selten etwas gefunden, das so gut war, wie ich es erwartet hatte, und fast nie etwas, das so schlecht war. Wenn die Freuden der Vorfreude im Allgemeinen größer sind als die der Erfahrung, dann gilt das fast immer auch für die Ängste, und der Mann, der sagte: „Wir leiden viel mehr unter den Unglücksfällen, die uns nie widerfahren, als unter denen, die uns widerfahren", hat Recht.

Ich hatte erwartet, dass das Leben in der französischen Fremdenlegion so hart, so schwer und in jeder Hinsicht so widerwärtig sein würde, dass ich mir etwas viel Schlimmeres vorgestellt hatte als die Realität.

Es war hart, sehr hart; es war rau, ermüdend, eintönig und völlig unangenehm; aber es war erträglich.

Ich glaube nicht, dass ich fünf Jahre davon hätte ertragen können – es sei denn natürlich, es wäre für Isobel gewesen –, aber so wie die Dinge lagen, schaffte ich es, mich von Tag zu Tag durchzuschlagen.

Was es für mich schlimmer machte als für manche andere, war die Tatsache, dass ich keinerlei militärische Neigung hatte und dass der Soldatenberuf das Letzte ist, was ich freiwillig ergreifen würde.

Wenn das eigene Land im Krieg ist und mehr Männer gebraucht werden, als die stehende Armee stellen kann, ist man natürlich bereit, das Soldatenhandwerk zu erlernen, um so schnell wie möglich so nützlich wie möglich zu sein. Aber das war etwas anderes, und mir jedenfalls erschien das Ganze kindisch, dumm und für einen intelligenten Mann völlig ungeeignet.

Es gab keinen einzigen Aspekt des Lebens, der mir Spaß machte, und ich glaube nicht, dass ich mich jemals auch nur im Geringsten für etwas anderes interessiert habe als für die *Salle d'honneur*.

Dieses wunderbare Museum mit seinen militärischen Trophäen und konkreten Zeugnissen übermenschlichen Mutes, seiner Hingabe und Ausdauer hat mich mehr als nur interessiert. Es hat mich bis ins Mark erschüttert, und ich nutzte jede Gelegenheit, um die Schlachtbilder, Porträts berühmter Helden und Szenen aus der bewegten Geschichte der Legion zu betrachten – alle ohne Ausnahme gemalt von Legionären, die die dargestellten Szenen selbst überlebt hatten, oder von Kameraden der Männer, deren Porträts die Wände schmückten.

Jede erbeutete Fahne, jede Waffe und jede andere Trophäe erzählte eine erstaunliche Geschichte, eine Geschichte so wahr wie das Leben und der Tod und weitaus seltsamer als jede Fiktion, die jemals erdacht wurde.

Das Ausstellungsstück, das mich am meisten beeindruckte, war, glaube ich, die Hand von Hauptmann Danjou in ihrer Glasvitrine unter dem Bild, das die Geschichte des historischen Kampfes von 65 gegen 2200 besser ausgerüstete Soldaten erzählte; ein Kampf, der einen ganzen Tag dauerte und mit der Gefangennahme von fünf verwundeten Überlebenden endete – verwundet bis zum Tod, aber kämpfend, solange sie noch die Kraft hatten, ein Gewehr zu laden und den Abzug zu betätigen.

* * *

Was mir am meisten zu schaffen machte, war die fehlende Gesellschaft. Ich hatte keinen Kameraden, mit dem ich Englisch sprechen konnte, und keinen, mit dem ich Französisch sprechen wollte, oder was in der Legion als Französisch durchging.

Zweifellos waren sie alle kräftige Kerle und gute Soldaten, aber es gab keinen einzigen, mit dem ich auch nur eine gemeinsame Idee teilte oder der über Wein, Frauen und Gesang hinauszudenken schien, es sei denn, es ging um Essen, Geld und die Boshaftigkeit der Unteroffiziere.

Einer meiner Zimmergenossen, ein armer Kerl namens Schnell, der mir nicht nur als der Trottel und Spinner der *Escouade* erschien, sondern auch als der des Schicksals, schloss sich mir an und machte sich äußerst nützlich.

Aus irgendeinem unerklärlichen Grund entwickelte er eine große Bewunderung für mich. Er stellte sich unter meinen Schutz und bat mich im Gegenzug dafür und für ein paar mickrige Münzen, mein gehorsamer Diener bleiben zu dürfen, was ich ihm auch gestattete.

Ich sollte den guten Schnell unter anderen Umständen wieder treffen.

Die Dinge besserten sich ein wenig, als ich nach einigen Wochen meinen Rekrutenkurs abschloss, meinen Platz in der Kompanie einnahm und unter die unmittelbarere Aufsicht von Feldwebel Frederic geriet.

§ 2

Ich sah es nicht als großes Glück an, dass mein Sergeant ein Engländer und einer der besten Kerle war. Ich betrachtete es eher als ein Zeichen.

Ich habe nie seinen richtigen Namen erfahren, aber er war ein Public School-Mann, hatte Sandhurst durchlaufen und in einem Dragonerregiment gedient. Wie er aus der Offiziersmesse eines britischen Kavallerieregiments in die Reihen der Legion geraten war, war mir ein Rätsel, denn er gehörte zu den Menschen, an denen man keine Schwäche entdecken konnte und denen man keinerlei Laster oder Verbrechen unterstellen konnte.

Ich habe mich oft gefragt, warum.

Vielleicht waren es Schulden, eine Liebesaffäre oder schlicht und einfach die Langeweile des Soldatenlebens in Friedenszeiten, und ich hoffte oft, dass er mir eines Tages seine Geschichte erzählen würde. Natürlich habe ich ihn nie nach seiner Vergangenheit gefragt. Das geht in der Legion nicht ... Jedenfalls nicht zweimal.

Natürlich kann ein Sergent nicht mit einem *Légionnaire* auf vertrautem Fuß stehen, mit ihm ausgehen oder mit ihm trinken, doch Sergent Frederic, wie er sich nannte, schenkte mir manches freundliche Wort und wohlmeinende Ermutigung, wenn wir unter uns waren; und später, als wir weit draußen in der Wüste waren, marschierte er oft an meiner Seite und sprach mit mir oder kam in der Dunkelheit der Biwaks zu einem Plausch vorbei. Einmal, als er und ich demselben Maultier-*Peloton* zugeteilt waren, wurden wir gemeinsam auf eine Patrouille oder *Reconnaissance* geschickt, den ganzen Tag über, nur wir zwei, und er legte seinen Rang beiseite, sodass wir frei miteinander reden konnten, als Gleichgestellte, von Mann zu Mann. Es tat uns beiden gut, wieder einmal Englisch zu sprechen und uns mit einem Menschen auszutauschen, der denselben Bildungsstand, dieselbe gesellschaftliche Erfahrung und Erziehung genossen hatte wie man selbst.

Für mich machte es einen riesigen Unterschied, dass mein Sergeant so ein Typ war und mich mit Freundschaft und Wohlwollen ansah. Außerdem blieb es den Corporals nicht verborgen, dass ich ein Landsmann (wie sie annahmen) und so etwas wie ein Schützling des Sergeants war.

Hätte ich mich damals als fauler und ineffizienter Soldat erwiesen, hätte die Gunst von Sergeant Frederic und seinen Handlangern ziemlich sicher ein jähes Ende gefunden.

Dank dieser Situation hatte ich es in der Anfangszeit in der Legion nicht allzu schwer. Es war hart, furchtbar hart, und ich war körperlich gerade so fit, als es mit dem richtigen Marschieren losging und ich an einigen dieser Aktionen teilnahm, die der Legion den ehrenvollen Titel „Fußkavallerie“ im XIX. (afrikanischen) Armeekorps eingebracht haben.

Anfangs war ich von der schrecklichen Angst besessen, dass ich versagen und ausfallen und das schreckliche Schicksal so vieler teilen würde, die in Algerien und Marokko auf der Strecke geblieben sind. Aber es ist erstaunlich, wie der Geist den Körper beherrscht und wie lange dieser nicht aufgibt, wenn der Geist nicht aufgibt...

In der Anfangszeit geriet ich immer wieder in einen seltsamen Zustand, in dem ich tot war, nicht „vom Hals aufwärts“, wie man so sagt, sondern vom Hals abwärts. Mein Kopf war lebendig, meine Augen konnten sehen, meine Ohren hören, aber ich hatte keinen Körper. Mein Kopf schwebte auf einem Schmerz. Nein, ich hatte keinen Körper und war mir der einzelnen Körperteile, die mir seit Stunden Qualen bereiteten – blasenbedeckte Füße, schmerzende Waden, brennende Oberschenkel, grausam lahmer Rücken, aufgescheuerte Schultern –, nicht bewusst. Sie verschmolzen zu einem einzigen großen, formlosen und ungreifbaren Schmerz, der in der weißglühenden Staubwolke schwebte und meinen pochenden Kopf trug.

Ich dachte immer, dass man mich in diesem Zustand erschießen könnte, ohne dass ich es merken würde und ohne dass ich fallen würde, vorausgesetzt, dass keine lebenswichtigen Teile getroffen würden, und dass ich weitermarschieren würde, marschieren, marschieren...

Denn sobald ich diesen Zustand erreicht hatte, war ich fast immun und unsterblich, unzerstörbar und unaufhaltsam – solange der Geist hoch und unerschütterlich war. Aber als das letzte „ *Halte!*“ gerufen wurde und die Stimme eines Offiziers ertönte:

„ *Campez*“, und die Kompaniechefs brüllten:

„ *Formez les faisceaux*“ und „ *Sac à terre*“, und der unerschütterliche Geist trat ab, seine Aufgabe erfüllt, dann tat der arme Körper, was er wollte ... Er zitterte ... er sackte zusammen ... er brach zusammen ... und er blieb liegen, wo er war, bis freundliche und erfahrenere Kameraden ihn beiseitesprachen und seinen bewusstlosen Kopf in Sicherheit, wenn auch nicht in Komfort, brachten.

Ich gebe offen und ehrlich zu, dass dieser Marsch das Schlimmste war, was ich in der Legion erlebt habe, dank meines Glücks, in Sergeant Frederics *Peloton* zu sein. Das Nächstschlimmste war der Mangel an akzeptabler Gesellschaft und Gemeinschaft, die tödliche Monotonie und die Unmöglichkeit, sich selbst natürlich auszudrücken. Ich bin kein Militarist, kein „geborener Soldat“, und manchmal wünschte ich mir, ich wäre nie geboren worden.

* * *

Es war bei der Gelegenheit, von der ich bereits berichtet habe, an dem Tag, als Sergeant Frederic und ich von vor Tagesanbruch bis nach Mitternacht allein waren, dass ich ihm die Frage stellte, die ihn wahrscheinlich mehr überraschte als jede andere, die ihm jemals gestellt worden war... Wir ritten gemächlich dahin – so gemächlich, wie man auf einem Maultier gemächlich reiten kann...

„Wie kann ein Mann, der das möchte, sicher sein, dass er zu den Zephyrs geschickt wird?“, fragte ich plötzlich. „Nur das und nichts Schlimmeres – aber auch nichts Besseres ... der goldene Mittelweg zwischen einer Todesstrafe durch ein Kriegsgericht und dreißig Tagen Einzelhaft durch den Oberst.“...

Sergeant Frederic lachte.

„Der *goldene* Mittelweg!“, sagte er ... „Nun – sie werden die *'Joyeux'* genannt! Du bist ein seltsamer Kerl, Hankinson ... *Willst* du etwa den ehrenwerten *Compagnies de discipline* beitreten? Hast du hier nicht genug Disziplin?“ Und er lachte wieder. „Nun ja, ich weiß nicht – ich schätze, du würdest dich in den Zephyrs wiederfinden, wenn du mir eines Morgens bei der Parade eine Ohrfeige geben würdest...“

Das war etwas, was ich auf keinen Fall tun würde – und ich hätte damals nie gedacht, dass ich gerade durch diesen großartigen Kerl dazu kommen würde, die Militäruniform der afrikanischen Strafbataillone zu tragen...

“Aber geh lieber kein Risiko ein”, fuhr er lächelnd fort. ”Es ist viel wahrscheinlicher, dass du sofort erschossen wirst ... Selbst in Friedenszeiten gilt das Gesetz, dass die Todesstrafe für das Schlagen eines *Vorgesetzten* verhängt wird, unabhängig von der Provokation und unabhängig vom Rang des Schlagenden oder des Geschlagenen ... Und du kennst ja die seltsame Regel der französischen Armee: ” *Niemand kann gegen eine Strafe Berufung einlegen, bevor er sie vollständig verbüßt hat.”*

„Ja ... Aber viele werden doch von der Legion zu den Zephyrs geschickt“, sagte ich. „Was ist denn normalerweise das Problem?“...

„Du hast die Zephyrs im Kopf“, war die Antwort. „Hast du Angst, dorthin geschickt zu werden? ... Keine geringste Angst davor, es sei denn, du gerätst absichtlich in ernsthafte Schwierigkeiten ... Wofür werden Männer dorthin geschickt? Oh, Ungehorsam, Desertion, Beschädigung von Staatseigentum, Aufruhr – oder einfach nur fortgesetzte Nachlässigkeit und Disziplinlosigkeit ... Der Oberst kann dafür sechs Monate geben, und das Kriegsgericht kann dich für ein schweres "Verbrechen„ oder wiederholte Verfehlungen zu einer beliebigen Strafe verurteilen ... Diejenigen, die sich einen Aufenthalt bei den Zephyrs einhandeln, haben es in der Regel verdient ... Fast immer ... Soweit ich mich an den Wortlaut der Armeevorschriften erinnern kann, lautet er: " *Der Kriegsminister hat die uneingeschränkte Befugnis, jeden Soldaten, der eine von mehreren Verfehlungen begangen hat, deren Schwere jede andere Form der Bestrafung unangemessen macht, in die Compagnies de Discipline zu schicken...* ' Ich mag das Wort 'Repression'!... In den Strafbataillonen *werden sie* ordentlich *'reprimiert'*!... Natürlich bedeutet 'Kriegsminister' in diesem Fall das Generalgericht in Oran, und das Generalgericht weiß, dass etwas mit dem Sünder geschehen muss, wenn der Oberst ihn vor das Gericht schickt.

Also erschießen sie ihn entweder oder stecken ihn für ein paar Jahre in die Zephyrs, und der Oberst ist ihn los...

Natürlich will der Oberst keinen Mann verlieren, der auch nur einen Hauch von Wert hat – du kannst also davon ausgehen, dass *ein Legionär* ein ziemlich harter Fall und ein hartes Stück Arbeit für die Republik ist, bevor er vor das Allgemeine Kriegsgericht kommt."

„Ja", stimmte ich zu... „Aber man hört Geschichten von unschuldigen, harmlosen und wohlmeinenden Kerlen, die mit einem Unteroffizier oder einem Feldwebel in Konflikt geraten und so ständig von den Unteroffizieren gemobbt werden, dass der Kompanieoffizier darauf aufmerksam wird und beginnt, die Strafen, die er im *Strafbuch* neben dem Namen des Mannes findet, zu verdoppeln... Bis der Hauptmann anfängt, das Maximum zu geben, das er kann, hat der Oberst den armen Kerl schon im Blick und verdoppelt die Strafe des Hauptmanns, und schon bald hat der Mann das Maximum des Obersts, nämlich Einzelhaft und ein Ultimatum – entweder Besserung oder sechs Monate Deportation zu den Zephyrs ... Und er kann sich nicht "bessern„, weil der Sergeant ihn nicht lässt – und es steht das Wort des Sergeants gegen das seine..."

„Solche Geschichten hört man *ja*...", sagte Sergeant Frederic und wechselte das Thema.

§ 3

Die Tage vergingen schnell – so schnell, wie es nur Tage voller harter Arbeit können, und ich merkte, wie ich zu einem routinierten, abgestumpften *Legionär* wurde, der in der Gegenwart so viel zu tun hatte, dass er kaum an die Zukunft denken konnte.

Das ging so nicht, ich musste etwas unternehmen. Ich war nicht zur Legion gekommen, um mich niederzulassen, meine Zeit abzusitzen und mich dann entlassen zu lassen! Es schien unwahrscheinlich, dass ich noch etwas über John Geste erfahren würde, und es war höchste Zeit, dass ich mich entschied, wie ich vorgehen würde, um meinen sicheren Transfer aus den ehrenhaften Reihen der Fremdenlegion in die unehrenhaften Reihen der Arbeitsbrigaden der Zephyrs zu erreichen.

Die große Frage war: Sollte ich einen Weg der Nachlässigkeit, Ungehorsamkeit, kleiner „Verbrechen" und allgemeiner Unzufriedenheit einschlagen, um auf dem dornigen Pfad immer härterer Strafen und immer längerer und schwererer Gefängnisstrafen die Macht des Obersts zur „Unterdrückung" bis auf den Grund auszutesten, bis ich den absoluten Tiefpunkt erreicht hatte und für sechs Monate aus dem Regiment ausgeschlossen worden wäre – oder sollte ich ein Verbrechen planen und dann begehen, für das es keine angemessene Strafe gab, außer einer, die nur von einem Generalgericht verhängt werden konnte – nämlich Zuchthaus oder Tod.

Einerseits wäre es eine lange und schmerzhafte – eine äußerst unangenehme und erniedrigende – Angelegenheit, so eifrig den schlechten Soldaten zu spielen, dass ich die ganze Bandbreite der Regimentsstrafen durchlaufen würde, bis der Oberst mich für sechs Monate zu den Zephyrs schicken würde – eine Schande für mein Korps, mein Land und mich selbst.

Andererseits wäre es unaussprechlich tragisch, wenn ich bei dem Versuch, mich für die Strafarbeit in den Zephyrs zu qualifizieren, übertreiben würde und die Todesstrafe bekäme – und damit meine Aufgabe, John Geste zu finden, nicht erfüllen könnte; Isobel ihrer letzten Chance auf Glück berauben würde; all die hohen Hoffnungen, die ich ihr gemacht hatte, in einem Verbrechergrab begraben würde; und die schönen Versprechen, die ich ihr gegeben hatte, brechen würde.

Für den ersten Weg sprach seine relative Sicherheit.

Dagegen sprach das langwierige Elend und die moralische Erniedrigung sowie die Tatsache, dass die sechs Monate, die der Colonel mir geben konnte und würde, sich für meinen Zweck als viel zu kurz erweisen könnten – ja, sich mit ziemlicher Sicherheit als zu kurz erweisen würden. Zwanzig Jahre wären wahrscheinlich nicht lang genug.

Für die zweite Option sprach, dass sie relativ anständig und kurz war. Ein schweres militärisches „Verbrechen", ein Kriegsgericht, eine Strafe.

Dagegen sprach die Möglichkeit, dass die Strafe die Todesstrafe sein könnte.

Was sollte ich wählen? Ich fragte mich, ob jemals zuvor in der langen und erstaunlichen Geschichte der französischen Fremdenlegion ein Mann bewusst versucht hatte, sich eine Strafe in den Strafbatallionen zu verdienen, und dabei die jeweiligen Vor- und Nachteile einer kurzen Haftstrafe durch einen Oberst und einer Verurteilung zu Strafarbeit durch ein Kriegsgericht sorgfältig abgewogen hatte.

§ 4

Ich hasse es, auf die Zeit meines Lebens zurückzublicken, die nun begann. In gewisser Weise war es fast schlimmer als die Zeit, die ich im Strafbataillon verbrachte – so viel schlimmer, wie seelisches Leiden schlimmer ist als körperliches Leiden –, denn das Elend der ständigen Bestrafung und Gefangenschaft, die ich mir bewusst selbst auferlegt hatte, war nichts im Vergleich zu dem, was ich erlitten hatte, um diese Strafe *zu verdienen*.

Ich hasste mich selbst; ich hasste das, was ich zu sein vorgab – ungehorsam, schmutzig, unzuverlässig, faul, inkompetent und für normale Militärs völlig verabscheuungswürdig. Am meisten schmerzte mich die Enttäuschung von Sergeant Frederic, eine verletzende und verwirrende Enttäuschung, die schnell in Verachtung und bittersten Spott umschlug.

Als ich anfing, in Ungnade zu fallen – was geschah, sobald ich beschlossen hatte, dass ich lieber langsam und allmählich in den Abgrund gleiten würde, als mich eines Verbrechens schuldig zu machen, das vor ein Kriegsgericht gebracht werden würde –, tat der gute Kerl sein Bestes, um mich mit leichten Strafen, Appellen an meine bessere Natur und dann mit strengen Strafen von meinem Weg abzubringen. Er ließ mich zu sich kommen, wenn ich acht Tage „ *salle de police* " oder eine andere Strafe hinter mir hatte, und redete mir gut zu.

"Hör mal, Hankinson", sagte er, "was soll das Spielchen? Du bist in der Legion und musst fünf Jahre in der Legion bleiben, warum machst du dann nicht das Beste daraus und aus dir selbst? Warum strebst du keine Beförderung an? Du könntest bis zum Sergeant-Major aufsteigen und dich für eine Offizierslaufbahn wiederverpflichten ... Und – abgesehen von anderen Dingen – du könntest das Spiel mitspielen, da du *schon einmal* hier *bist*! ... Und ich dachte, du wärst so ein anständiger Kerl ...

Es ist schon schlimm genug, wenn einige dieser ignoranten, unintelligenten Trottel schlechte, schmutzige und betrunkene Soldaten sind. Für einen Mann wie dich ist das nicht anständig ... Ich verstehe dich nicht, Hankinson ... Einer der Schwächlinge, die irgendwo eine Schraube locker haben, nehme ich an ... Komm schon, reiß dich zusammen ... um der Ehre des angelsächsischen Namens willen, wenn schon um nichts anderes ... Wegtreten!" ...

Und ich salutierte und ging, ohne ein Wort zu sagen, aber mit einem Herzen, das mir fast zersprang.

Ja, was ich jetzt tat, *war* zweifellos das Schwierigste, was ich je für Isobel tun durfte.

§ 5

Aber eines Tages fiel ein Strahl Licht und Wärme in die dunkle Trostlosigkeit meines damaligen Lebens.

Sergeant Frederic hatte eine Idee.

Er war kein brillanter Mann, aber er gehörte zu den soliden, vernünftigen Briten, die reichlich mit dieser seltenen Eigenschaft ausgestattet sind: gesundem Menschenverstand.

Er ließ mich rufen und sagte, sobald wir allein waren: "Ich bin zu dem Schluss gekommen, Hankinson, dass du aus irgendeinem Grund, den du selbst am besten kennst, absichtlich versuchst, in die Zephyrs zu kommen! ... Wenn das so ist, bist du ein verdammter Idiot – ein verrückter Idiot ... Aber ich kann einen verrückten Idioten verstehen, wenn eine Frau im Spiel ist...

Was ich sagen will, ist, dass ich dich genau so bestrafen werde, wie du es verdienst – ohne Gnade ... Aber wenn du versuchst, auf die Zephyrs zu kommen, solltest du mir vielleicht lieber bei der Parade eine Ohrfeige geben und es hinter dich bringen..."

„Und jetzt verschwinden Sie aus meiner Sicht", schloss er mit einem eloquenten Händedruck.

. . . .

Das Schicksal war ein wenig ironisch gestimmt, als all meine schmerzhaften Bemühungen, ein Kriegsgericht zu verdienen und zu erreichen, überflüssig wurden.

Ein Sandsturm – unterstützt durch einen kurzen Ausfall der Verpflegung, Übermüdung und angespannte Nerven – verschaffte mir ohne jede Anstrengung meinerseits das, wofür ich monatelang intrigiert und gelitten hatte.

Das Bataillon war Teil einer sehr großen Truppe, die an umfangreichen Manövern beteiligt war, die, wie ich glaube, teils eine Übung für Feldoffiziere, teils eine Demonstration für bestimmte Stämme und teils eine Aufklärungsaktion waren.

Meine Kompanie wurde in eine Kette kleiner Vorposten aufgeteilt, die weit verstreut in einer Linie parallel zu einem ausgetrockneten Flussbett lagen, von dem die unwissenderen Legionäre glaubten, dass es eine grobe Grenze zwischen Algerien und Marokko bildete.

Kleine Patrouillen hielten die Verbindung zwischen der Flussbett-Grenze und diesen Gruppen aufrecht, und eines Tages war ich Mitglied einer solchen Patrouille.

Zufällig bestand der Rest der *Escouade* ausschließlich aus Russen, mit Ausnahme meines Freundes Rien, einem Franzosen, sowie ein paar Spaniern und einem Juden. Alle Russen bildeten eine Clique, mit Ausnahme von Badineff, der die anderen hasste.

Dieser Mann, Badineff, ein riesiger, kräftiger Kerl, war ein Gentleman und man nahm allgemein an, dass er ein Kosakenregiment befehligt hatte. Nach seiner dritten Flasche Wein erzählte er von seinen „Kindern" und sagte, es gäbe keine Kavallerie auf der Welt, die sich mit ihnen messen könne ... „Mein Regiment würde eine ganze Brigade von Spahis im Galopp umkreisen und dann durch sie hindurch und wieder zurück reiten." ... Nach seiner vierten Flasche verfiel er ins Russische, und weitere Enthüllungen gingen seinem interessierten Publikum verloren.

Badineff hatte sich zweimal wieder bei der Legion gemeldet, stand nun seit fünfzehn Jahren in den Reihen und musste etwa sechzig Jahre alt sein.

Er sprach perfekt Englisch, Französisch und Deutsch und hatte zweifellos viel vom Leben gesehen – und auch vom Tod.

Die anderen Russen waren „Intellektuelle", politische Verschwörer und Flüchtlinge – eine widerwärtige Bande, so widerlich wie Hyänen und feige wie Dorf-Paria-Hunde.

Unsere Patrouille brach nach einer schlaflosen Nacht aus dem Biwak auf, lange vor der roten Morgendämmerung eines schrecklichen Tages – eines dieser Tage, an denen ein furchtbares Gewitter immer kurz bevorsteht, aber nie ausbricht.

Durch eine dieser unglücklichen Verkettungen unglücklicher Umstände, die Kriegshandlungen zu einem ungewissen und viel zu hoch geschätzten Zeitvertreib machen, mussten wir mit fast leeren Wasserflaschen, noch weniger in unseren Tornister und noch weniger in unseren Mägen aufbrechen.

Sergeant Frederic tröstete uns jedoch mit der Information, dass unser Marsch nur kurz sein würde – etwa zehn *Kilometer – und* dass der Außenposten, zu dem wir unterwegs waren, tatsächlich über einen Brunnen, eine Wasserstelle oder eine Oase verfügte und gut versorgt war.

Wir mussten nur flott losmarschieren, pünktlich ankommen, essen, trinken und fröhlich sein und uns dann wie Krieger ausruhen, eingehüllt in unsere Militärmäntel.

Es war Sergeant Frederic, der gelogen hatte.

Die Postzustellung war gut dreißig Kilometer entfernt, und wir waren etwa zwanzig davon marschiert, durch die schlimmste Hitze, die ich je erlebt habe, als der Sandsturm aufkam und wir uns verirrten.

Es begann mit einem Wind, der direkt aus dem offenen Mund der Hölle zu kommen schien. Es war so heiß, dass es wehtat, und man legte die Hand über das Gesicht, als wolle man es davor bewahren, von den Knochen dahinter verbrannt zu werden. Staubwolken stiegen so dicht auf, dass sie die Mittagssonne verdeckten. Als der Wind zu Orkanstärke zunahm, vermischte sich der Staub mit Sand und kleinen Steinen, die in die Haut schnitten, und bald wurde die Dunkelheit zur Finsternis.

Wir taumelten weiter, Sergeant Frederic an der Spitze, und alle dachten: „Woher weiß er, wo er hingeht? ... Wir werden uns in der Wüste verirren und verdursten."

Die Dunkelheit am Tag ist ganz anders als die Dunkelheit der Nacht, denn nachts kann man sich anhand der Sterne orientieren und die Richtung halten.

Es ist schwer, sich ein Bild von den Bedingungen zu machen, die herrschten. Wir waren taub, blind und erstickten fast.

Den Mund zu öffnen und nach Luft zu schnappen, um das schreckliche Gefühl des Erstickens loszuwerden, bedeutete, die Lungen mit Sand zu füllen; die Augen zu öffnen, um zu sehen, wohin man ging, bedeutete, von Sand geblendet zu werden; weiterzuwanken, durch diese schwarze Nacht geschleudert und gequält, erstickend und ertrinkend in einem tosenden Ozean, dessen große Brecher Sandwellen waren, bedeutete, überwältigt und völlig verloren zu sein; die Hoffnung und alle Anstrengungen aufzugeben und mit dem Gesicht zur Erde liegend zu bleiben, in der Hoffnung, dem Schlimmsten der Qualen zu entkommen, bedeutete, lebendig begraben zu werden.

Vielleicht war es das, was Sergeant Frederic befürchtete, denn er trieb uns weiter voran – in einer einzigen Reihe, wobei jeder Mann sich am Ende der Bajonettscheide des Mannes vor ihm festhielt und strikte Anweisung hatte, Alarm zu schlagen, wenn der Mann hinter ihm den Kontakt verlor.

Frederic stellte Badineff, Rien und mich ans Ende der Reihe.

Wie lange wir uns so vor dem Wind gekrümmt weiterkämpften, weiß ich nicht, aber ich war am Ende meiner Kräfte und fühlte mich, als würde ich in einem kochenden Meer ertrinken, als ich durch das Anhalten des Mannes vor mir abrupt zum Stehen gerissen wurde.

Ein russischer *Legionär*, ein gewisser Smolensky, schien verrückt geworden zu sein und schrie mit den Fäusten vor den Augen und dem Gesicht nach oben gereckt, als wolle er seinen Mund über den fliegenden Sand heben, dass er nicht weitergehen würde, dass Frederic ein Mörder sei, der uns böswillig in den Tod führe, ein unfähiger Narr, der nicht die geringste Ahnung habe, wohin er gehe und was er tue, und ein Schurke, der den sofortigen Tod verdiene ...

Ein Mann warf sich zu Boden ... Ein anderer ... Noch einer ...

Als Rien, Badineff und ich vorwärts drängten, tauchte Sergeant Frederic wie ein Webstuhl aus dieser fantastischen Hölle auf.

„Was soll das?", brüllte er und lehnte sich gegen den Wind.

Ein weiterer Mann warf sich zu Boden, und der verrückte Russe begann, sein Gewehr zu laden, während er Frederic mit Flüchen bedachte.

„Lasst uns wenigstens wie Gentlemen *sterben* ", rief Rien, als Badineff sich auf den Verrückten stürzte, ihm das Gewehr entriss und ihn zu Boden schlug.

Ein anderer Mann, ein Freund des Verrückten, schwang sein Gewehr, um Badineff zu schlagen, und ich packte es, als es über die Schulter des Mannes zurückkam.

Rien schrie etwas, das der Wind davontrug, und ich bekam einen schweren Schlag auf den Kopf.

Ich sah, wie Sergeant Frederic seine Pistole zog, als ich stolperte und fiel.

Wie ein Präriefeuer, das von Grasbüschel zu Grasbüschel springt, breitete sich der Wahnsinn von Mann zu Mann aus, und der unerlaubte Halt wurde zu einer freien Schlägerei. Die einreihige Kolonne war zu einer Menschenmenge geworden – einer wahnsinnigen Menge, reif für Aufruhr und Mord.

Sergeant Frederic handelte mit Weisheit und seiner üblichen Gelassenheit. Als ich taumelnd auf die Beine kam, brüllte er die gesegneten Worte:

„ *Halte! Campez!* “

Er wurde sofort gehorcht, und alle sanken zu Boden. Er ging von Mann zu Mann, schubste, zog, schrie und ermahnte, bis er alle außer den erschöpftesten und verzweifeltsten auf die Knie und Ellbogen gebracht hatte, die Fußsohlen zum Wind, den Kopf eingezogen, das Kinn auf die Brust, das Gesicht in dem kleinen Raum, der vom Körper geschützt war.

In dieser Haltung, wie sie die Araber im Windschatten ihrer knienden Kamele einnehmen, wenn sie von einem Sandsturm überrascht werden, konnte man hoffen, atmen zu können und durch häufige Bewegungen ein Verschüttetwerden zu vermeiden.

In wenigen Minuten war die Patrouille fast ausgelöscht, und jedem, der sie in der Höhe dieses schrecklichen Sturms hätte sehen können, muss sie eher wie eine ordentliche Anordnung von sandbedeckten Felsbrocken als wie eine Gruppe von Männern erschienen sein.

Wie lange der Sandsturm dauerte, weiß ich nicht, aber nur durch häufiges Wechseln der Position wurden wir nicht lebendig begraben. Ich weiß auch nicht, wie lange es schon Tag war, als die Sonnenstrahlen wieder durch die staubige Dunkelheit drangen. Ob Sergeant Frederic wirklich die geringste Ahnung hatte, wo er war oder wohin er ging, weiß ich nicht, aber er bemühte sich tapfer, den Eindruck zu erwecken, dass alles in Ordnung sei – dass wir nicht verloren seien und dass ein kurzer Marsch uns zu Wasser und Nahrung bringen würde. Mit Ermutigungen, Lob, Beschämungen, Ermahnungen und Versprechungen brachte er die *Escuade* auf die Beine und zusammen, und nach einer kurzen, mutigen Ansprache gab er den Befehl zum Marsch, und als einige von uns sich umdrehten, um loszugehen, brüllte ein Russe, Smernoff – ein typisches Beispiel für „die brüchigen Intellektuellen, die unter der Belastung zerbrechen“, ein widerwärtiges Wesen, gemein wie ein Schakal und blutrünstig wie ein Wolf, plötzlich:

„ *Marschieren? Mein* Gott, ja, und wohin? ... Ihr habt uns verloren, ihr habt uns umgebracht, ihr Schweine! ...“

Und als Sergeant Frederic auf ihn zuging, hob das Biest sein Gewehr und schoss ihm in die Brust. Offensichtlich hatte er während des Tumults eine Patrone eingelegt.

Frederic fiel, rollte sich keuchend und blutspuckend auf den Boden, zog seine Pistole und schoss mit einer unglaublichen Willenskraft auf Smernoff, gerade als Badineff sein Gewehr schwang, um ihn zu erschlagen.

„Hankinson“, keuchte Frederic, als ich ihm zu Hilfe eilte. „Übernimm das Kommando ... Erschieß jeden, der dir nicht gehorcht ... Marschiert direkt in den Wind – nach Süden ...“

Hinter mir entstand ein Tumult. Ein Schuss fiel, und als ich mich umdrehte, sah ich, dass Dalgaroff auf Badineff geschossen hatte, ihn aber offenbar verfehlt hatte, denn Badineff sprang auf ihn und rammte ihn zu Boden, die Hände an seiner Kehle.

In einem Augenblick war die *Escouade* in zwei kämpfende Gruppen gespalten, Smernoffs russische Bande gegen Badineff, Rien, mich, den Rumänen und die Spanier. Ich sprang auf, öffnete den Verschluss meines Gewehrs und rief Befehle, von denen ich hoffte, dass sie automatisch befolgt würden. Das Ergebnis war ein Klicken von Verschlüssen, als die Gewehre geladen wurden.

„Versammelt euch hier, ihr Loyalen“, rief ich. „Komm, Badineff“, und an meine Seite sprangen Rien, Jacob, der Rumäne, Badineff und die beiden Spanier und standen Schulter an Schulter mit mir zwischen Frederic und der Smernoff-Fraktion.

„Jetzt, ihr Narren“, brüllte ich. „Sind wir nicht schon in genug Gefahr? Folgt mir, ich bringe euch hier raus ... Ich kenne den Weg.“

Hinter uns war ein Stöhnen und eine Bewegung zu hören.

„Tretet beiseite“, sagte der tapfere Friedrich, der sich auf die Knie hochgekämpft hatte, eine Hand auf die Brust gepresst, die andere fest an seine Pistole gedrückt.

„Mirsky“, krächzte er, „kehr zu deiner Pflicht zurück. Fall sofort hier ein.“

Mirsky lachte, und Frederic erschoss ihn.

„Andrieff, zurück auf deinen Posten“, fuhr Friedrich fort. „Falls sofort ein!“

Andrieff warf sein Gewehr nach vorne und beide schossen. Frederic fiel zurück. Es gab einen Hufgetöse und eine Truppe Spahis stürmte auf uns zu – ihr Offizier ritt etwa fünfzig Meter vor ihnen.

„ *Ergebt euch!*“ , brüllte er, als er sein Pferd zum Stehen brachte. „ *Waffen nieder!*“ ... Und als seine Truppe auf sein Handzeichen hin zum Stehen kam, befahl er seinem Truppensergeant, uns alle zu verhaften. Er sprang von seinem Pferd, eilte zu Frederic, der im Sterben lag, und kniete sich neben ihn.

„Sag mir, *mon enfant*“, sagte er und legte sein Ohr an Frederics schwach bewegliche Lippen.

„Meuterei“, flüsterte er. „Nicht ihre Schuld ... *Cafard*... Kein Wasser ... Verloren ...“

Mit letzter Kraft hob er die Hand, zeigte auf mich und sagte:

„Dieser Mann ist ...“ Und er starb.

„Ho, dieser Mann ist wohl der Anführer“, schnauzte der Offizier, stand auf und starrte mich an. „Fesselt ihm die Hände. Fesselt ihnen allen die Hände“, und er zog ein Offiziersfeldbuch unter seinem Spahi-Umhang hervor und schrieb seine Beobachtungen auf – die sich, wie sich vor dem Kriegsgericht herausstellte, als völlig falsch erwiesen. Nachdem er notiert hatte, dass der tote Feldwebel drei der Meuterer in Notwehr erschossen hatte, nachdem er zweimal von ihnen verwundet worden war, und dass ich offenbar der Anführer war, schrieb er die Namen und *Matrikelnummern* der Gefangenen auf, schnappte das Gummiband über sein Notizbuch und steckte es mit einer gewissen grimmigen Befriedigung in seine Brusttasche. Dann ließ er die Gefangenen freilassen und sie dazu verdonnern, zwei Gräber zu schaufeln, eins für den Sergeant und eins für seine Mörder, während seine Truppe absattelte und eine Mittagspause machte...

An diesem Abend befanden wir uns unter strenger Bewachung und als isolierte Gefangene im Lager, und nach einem kurzen Feldgericht am nächsten Tag, bei dem unser Spahi-Offizier aussagte, er habe uns alle beim Mord an unserem Sergeant erwischt, wurden wir nach Oran zum Generalfeldgericht geschickt, das über unser Schicksal entscheiden sollte. Aus der Flut von Meineid, falschen Zeugenaussagen, widersprüchlichen Aussagen und der einfachen Wahrheit – letztere von Bien, Badineff, Jacob dem Zigeuner und mir selbst erzählt – ging hervor, dass die *Escouade* ihren Sergeant ermordet und dabei drei ihrer Leute verloren hatte ... Außerdem wurde entschieden, dass, wenn diese drei, wie man annehmen konnte, die tatsächlichen Mörder waren, die übrigen sicherlich Mittäter waren, auch wenn sie nicht zu den eigentlichen Mördern gehörten.

Es war knapp, und ich glaube, dass nur eine Stimme zwischen der Todesstrafe und acht Jahren Zwangs *arbeit* in den Disziplinarbataillonen Frankreichs stand.

Der Präsident des Generalgerichts von Oran war ein Major de Beaujolais....

Kapitel IX

Es ist vielleicht verständlich, dass ich nicht allzu sehr auf die Zeit eingehen möchte, die ich in den Strafbatallionen von Madame la République verbracht habe.

Ich werde mich sicher nicht über die Behandlung beschweren, die ich dort erfahren habe, da ich aus eigenem Willen dort war und mir erhebliche Mühen aufgebürdet hatte, um dorthin zu gelangen.

Jedes Land hat sein eigenes Strafsystem, und jedes Land kann das andere kritisieren, wenn es nichts Besseres zu tun hat. Unser eigenes System ist nicht ohne Makel, und man hört unangenehme Dinge über die Behandlung von Strafgefangenen in unseren Kohlebergwerken.

Charles Reade hatte erhebliche Kritik am englischen Strafvollzugssystem, und diejenigen, die zu Zwangsarbeit nach Sibirien verbannt wurden, haben eine schlechte Meinung von den russischen Strafmethoden.

Und ich bin umso weniger geneigt, das französische Strafvollzugssystem anzugreifen, da Biribi inzwischen abgeschafft ist (und vielleicht auch die Teufelsinsel, auf der Kapitän Dreyfus litt, und die Strafkolonie in Guayana), und die schlimmsten Strafen, die wir erdulden mussten, wurden uns illegal und unter Missachtung des Gesetzes auferlegt. Letztere, die in der Regel das Ergebnis der boshaften Boshaftigkeit einiger lokaler Kleindiktatoren waren, erschienen mir eher unnötig, da die vorgeschriebenen und rechtmäßigen Strafen völlig ausreichend waren – abgesehen davon, dass das Leben selbst eine einzige lange Strafe war.

Ich persönlich brauchte zum Beispiel nicht mehr als vierundzwanzig Stunden auf *der Planche*, um mich zu bessern. Diese geniale Vorrichtung war, wie der Name schon sagt, lediglich ein Brett. Für den Betrachter ein einfaches Brett, für den Verurteilten jedoch etwas viel Schlimmeres.

Erstens befand sich die Planche etwa zwölf Fuß über dem Boden. Zweitens war sie weder lang noch breit genug, dass sich ein Mann darauf hinlegen konnte, ohne starke Schmerzen zu erleiden und Gefahr zu laufen, herunterzufallen. Er konnte lediglich darauf sitzen – und das auch nicht lange, ohne seine Position zu verändern, in der Hoffnung, eine weniger qualvolle und peinliche zu finden. Drittens waren die Hitze und die Blendung dieses weiß getünchten, glühend heißen Gefängnishofs eine grausame und gefährliche Folter an sich.

Die Strafe der „ *la planche*“ klingt mild und moderat. Das taten auch einige der Strafen der Heiligen Inquisition in früheren Zeiten – insbesondere die schlimmste von allen, bei der Wasser auf den Kopf tropfte.

Wer sie für mild und moderat hält, soll sie eine Stunde lang ausprobieren. Er soll sie jedoch nicht vierundzwanzig Stunden lang ausprobieren, damit er nicht seinen Verstand verliert.

Aber konnte man sich nicht von diesem höllischen Sitz des Teufels stürzen? Man konnte. Einer tat es. Aber nicht zweimal. Er war bereit, willig, ja geradezu begierig, auf diese nun attraktive Planke zurückzukehren, als er erfuhr, was mit denen geschah, die freiwillig oder unfreiwillig den Posten der Schande verlassen hatten.

Es gab auch keine wirkliche Notwendigkeit, über die einfache und rechtmäßige Strafe des Wasserentzugs hinauszugehen, in einer weiß getünchten Ecke von Sonnenaufgang bis Sonnenuntergang ohne Essen und Trinken in der Sonne zu stehen oder mit den Händen über dem Kopf an eine Wand gekettet zu sein.

Man hätte sogar denken können, dass „harte Arbeit“ – härter vielleicht als alles, was andere Sträflinge auf der Welt kannten – tagsüber und nachts an eine Eisenstange und an den Nachbarn auf dem Steinboden einer Hütte gekettet, ohne alles, was das Leben erträglich macht, und mit allem, was das Leben unerträglich macht, selbst eine „gesetzliche“ Strafe überflüssig gemacht hätte.

Aber nein. Es musste eine Strafe über die Strafe hinaus verhängt werden, und dann kam noch illegale und unvertretbare Folter hinzu.

An erster Stelle standen dabei der *Silo* und die *Crapaudine*, beides einst gesetzlich erlaubt, dann aber von General de Negrier absolut verboten und „abgeschafft". Ich habe beide Folterungen miterlebt und eine davon selbst erlitten. Aber ich möchte wiederholen und klarstellen, dass diese schändliche Brutalität völlig gegen das Gesetz verstieß und in krassem Widerspruch zu den eindeutigsten militärischen Vorschriften stand.

Außerdem möchte ich wiederholen, dass ich mich in keinem Fall beschwere. Was ich bekommen habe, habe ich verlangt.

Außerdem muss man bedenken, dass die meisten Sträflinge verzweifelte und gefährliche Verbrecher waren, von denen viele in ihrer schrecklichen Verdorbenheit kaum noch menschlich waren und für ihre Vorgesetzten weitaus gefährlicher waren als ein Käfig voller Löwen, Tiger und Panther für einen wilden Tierbändiger, der sich unter sie wagt.

Zwar gab es eine Handvoll Soldaten, deren schreckliche „Verbrechen" darin bestanden, dass sie schmutzige Knöpfe hatten, nachlässig waren, tranken, sich die Feindschaft eines Unteroffiziers zugezogen hatten und allgemein und von Natur aus unmilitärisch waren, aber es gab auch eine gewisse Anzahl gewöhnlicher Krimineller, die vielleicht eher unglücklich als bösartig waren. Aber es gab, wie ich schon sagte, zweifellos einen sehr großen Anteil der schlimmsten und bestialischsten Verbrecher der Welt, unter denen der typische Pariser *Apache* hervorstach, der nicht den geringsten Schatten einer einzigen Tugend besaß, außer gelegentlich dem wilden Mut einer in die Enge getriebenen Ratte.

* * *

Es ist ganz natürlich und richtig, dass die Offiziere und Unteroffiziere – insbesondere Letztere – nach ihrer Eignung für die ihnen zugewiesene Aufgabe ausgewählt werden.

Es werden strenge Disziplinarer verlangt, und strenge Disziplinarer werden ausgewählt. Der Erfolg des Systems hing nicht nur von der eisernen Disziplin dieser Männer ab, die wild, unnachgiebig und unerbittlich waren, sondern auch von ihrem eigenen Leben. Viele sind in Ausübung ihrer Pflicht getötet worden, entweder durch die plötzliche Tat eines wahnsinnigen und verzweifelten Einzelnen oder als Ergebnis einer listigen Verschwörung, die mit teuflischer Genialität und Grausamkeit geplant und ausgeführt wurde.

Sie tragen geladene Revolver in offenen Halfter, und ihre Hände sind nie weit davon entfernt. Mit der Zeit betrachten sie die Sträflinge unweigerlich nicht nur als Feinde des Staates und der Gesellschaft, sondern auch als persönliche Feinde und verhalten sich ihnen gegenüber entsprechend. Dies gilt insbesondere für die Unteroffiziere und unter den Bedingungen, die in weit entfernten Wüstengebieten herrschen, wo die großen französischen Militärstraßen mit Hilfe von Sträflingsarbeitern gebaut werden.

Und zu einer dieser Straßenbau-Brigaden wurde ich eingezogen – das Schicksal, das „auf meiner Stirn geschrieben stand", wie die Araber sagen –, zu dem ich, wie ich glaubte, seit Anbeginn der Zeit bestimmt war, damit ich mich selbst verwirklichen könnte.

Die neueste Straße – für mich wahrlich eine Straße des Schicksals – sollte von der Stadt Zaguig, die mir schreckliche Erinnerungen bescherte, zu einem Ort namens Große Oase führen, der heute für Frankreich von größter strategischer Bedeutung ist. Auf dieser Straße arbeitete ein großer Teil der Militärsträflinge.

So kam ich wieder nach Zaguig und marschierte von dort aus auf der unvollendeten Autobahn los, die mich auf wundersame Weise zu meinem Ziel führen sollte.

§ 2

Von dieser Zeit der Straßenarbeit erinnere ich mich nur noch wenig.

Jeder Tag war genau wie der schreckliche Tag davor. Jede Nacht war eine gesegnete Flucht aus der Hölle, wenn nicht in den Himmel, so doch zumindest in ein Nirwana der Nichtigkeit.

Oft fragte ich mich, wie gebildete und kultivierte Männer wie Badineff und Rien, die eine feine Erziehung genossen hatten, das Grauen ertragen konnten, das das Leben war, wo ich doch mit meiner großen Inspiration und meinem Lebenswillen alles tun musste, um meinen Körper zu zwingen, meinem Willen zu gehorchen und meinen Willen davon abzuhalten, den Tod zu wollen.

Tatsächlich war für mich offensichtlich, dass Rien schwächelte und dass sowohl das Temperament als auch der Körper des Riesen Badineff nachließen.

Und dann kam eine Schlechtwetterperiode mit furchtbarer Hitze und sandigen Winden, die wie aus riesigen Öfen zu kommen schienen, und löste, wie so oft, eine dieser Katastrophen aus, die von Wahnsinn, Meuterei, Mord und schweren Vergeltungs- und Unterdrückungsmaßnahmen geprägt waren.

Ich muss leider sagen, dass ich der unschuldige Auslöser dieses besonderen Beispiels für solche Tragödien war, die unter solchen Umständen nur allzu häufig vorkommen und in der Tat unvermeidlich sind.

Kleine Anfänge!

Wie so oft waren die Anfänge dieser Angelegenheit, die so vielen Menschen das Leben kosten sollte, klein genug, Gott weiß es.

Ein Sergeant, einer dieser „harten Fälle", die aufgrund ihrer aggressiven Härte, ihrer gnadenlosen Strenge und all der Eigenschaften, die einen grausamen Disziplinarianer und Drillmeister ausmachen, von Natur aus ausgewählt werden, stand da und beobachtete mich, wie ich meine Spitzhacke schwang; mit blasenbedeckten Händen, schmerzenden Armen, von Schweiß geblendeten Augen, einem schrecklichen Schmerz im Nacken und dem Gefühl, dass mein Rücken sicher brechen würde, wenn ich mich noch einmal bücken würde...

Als ich mich mühsam aufrichtete, trat er auf mich zu und schlug mir mit seinem Stock die Mütze vom Kopf. Um ganz fair zu sein, glaube ich, dass er nur einen Überraschungsangriff auf diesen Versteck unternahm, auf der Suche nach Tabak, Essen, Papier, Bleistift, einem Stück Stahl oder einem scharfen Stein.

Allerdings traf der Stock nicht nur meine Mütze, sondern auch meinen Kopf, und ich war noch nah genug an der Zivilisation, um sein Verhalten als unhöflich zu empfinden. Ich muss diese falsche Einstellung wohl gezeigt haben, denn ich sah ihn mit leicht vorwurfsvollem Blick an.

Nun kann in den Reihen der *Joyeux* ein Blick eine Beleidigung sein. Eine Katze darf einen König anschauen, aber ein Sträfling darf einen Unteroffizier nicht anschauen – es sei denn mit einem Blick voller Respekt, Demut und Gehorsam. Jeder andere Blick kann als Aufruhr angesehen werden; ein aufrührerischer Blick kann einer aufrührerischen Handlung vorausgehen; und eine aufrührerische Handlung führt zum Tod. Die roten Blüten des Zorns müssen im Keim erstickt werden, und der Sergeant erstickte meinen.

In einer Sekunde wurde ich mit einem Schlag zu Boden geschleudert, der mich teilweise betäubte und völlig verwirrte – und mit einem Gefühl der Verwirrung, das noch schlimmer war, sah ich, wie Badineff seine Schaufel hob und den Sergeant von hinten niederschlug, während Rien die Pistole schnappte, die der Mann gerade ziehen wollte.

Lächerlicherweise schrie Rien den betäubten Sergeant an: „Du unverschämter Hund! Wie kannst du es wagen, einen Gentleman zu schlagen!" Und wurde selbst von einem Sträfling zu Boden geschlagen, einem Spanier namens Ramon Gonzales, einem armen, gemeinen Kerl, der hoffte, sich durch seine Tugend zu profilieren und eine Strafmilderung für seine Sünden zu erlangen.

Im selben Moment stürzte ein Unteroffizier in das Handgemenge, trat mir ins Gesicht, schoss mit seiner Pistole auf Badineff und wurde sofort von einem Mann aus *einer* anderen *Escuade* niedergestreckt – *und* selbst in diesem Moment bemerkte ich die prächtige gerade Linke, mit der er den Unteroffizier am Kinn traf, und die Tatsache (die mich hätte verblüffen müssen), dass er in ausgezeichnetem Englisch „Verdammte Schweine!" rief, während er dies tat. während er das tat.

Was dann genau geschah, weiß ich nicht mehr genau, außer dass eine Welle von Wachen und Sträflingen heranstürmte, als Badineff die von Rien fallengelassene Automatikwaffe aufhob, den Spanier erschoss, der diesen niedergeschlagen hatte, den Sergeant erschoss, der sich aufgerichtet hatte und ihn mutig mit seinem Stock angriff, und dann einen Wachmann erschoss, der ihn mit gezücktem Bajonett angriff.

Es gab einen furchtbaren Tumult, weitere wahllose Schüsse, und innerhalb weniger Minuten nach meinem ersten respektlosen Blick auf den Sergeant lagen mehrere Leichen auf dem Sand, Pfeifen ertönten, Stimmen bellten Befehle, Sträflinge schrien wie verrückt, und in der Hochburg der strengsten Disziplin der Welt herrschte Chaos.

Aber nicht lange.

Wie immer siegte die Disziplin, und innerhalb von ein oder zwei Minuten war die Ordnung wiederhergestellt. Alle Leichen bis auf zwei oder drei kamen prompt wieder zum Leben und entpuppten sich als weise Männer, die sich hingeworfen hatten, bis die Schüsse verstummten, um sich einerseits von den bösen Taten der Übeltäter zu distanzieren und andererseits ein kleines Nickerchen zu machen.

Abseits, streng unter Arrest, standen die Übeltäter: ich, Badineff, Rien, der rumänische Zigeuner, bekannt als Jacob der Jude, der Spanier Ramon Gonzales, der Mann mit der nützlichen Linken, der den Unteroffizier niedergeschlagen hatte, und drei oder vier weitere.

Nun gut! Jetzt hatten wir es geschafft! An diesem Abend stand uns ein Schnellverfahren vor dem Kriegsgericht bevor, und am nächsten Morgen würden wir mit dem Rücken zur Wand stehen und einem Exekutionskommando gegenüber. Nur dass es keine Wand geben würde.

Es würde allerdings ein Grab geben, und wir sollten es ausheben. Wir sollten auch daneben stehen und uns ordentlich hineinwerfen, wenn die Salve abgefeuert wurde. Ich hoffte, dass ich tot sein würde, bevor sie den Sand aufschütteten.

Ich dachte auch an einen schlauen Sträfling, von dem man sagte, er sei vor dem Schuss hingefallen und vor dem Begraben wieder herausgekrochen, und ich überlegte mir, ob ich so etwas auch hinbekommen würde.

Dazu kam es aber nicht, und ich bin mir in dieser Frage immer noch unsicher.

Aneinander gekettet und umringt von Wachen mit geladenen Gewehren und aufgepflanzten Bajonetten wurden wir vom Ort unserer Sünden weggeführt – ein langer und elender Marsch zum provisorischen Depot der langsam vorankommenden, ständig in Bewegung befindlichen Kompanie.

Dieser Depot stellte sich als verlassenes arabisches Dorf heraus, und mangels besserer oder schlechterer Unterkünfte wurden wir hastig in seine große unterirdische Getreidegrube oder *Silo* gesteckt.

Die Unterbringung in diesen *Silos* war ausdrücklich verboten worden, weil Männer darin wahnsinnig geworden waren, gestorben waren, vergessen worden waren, sich gegenseitig um die letzten Tropfen Wasser ermordet hatten. Aber viele verbotene Dinge werden an diesen abgelegenen Orten getan, wo Untergebene herrschen, wo es keine öffentliche Meinung gibt, wo die Geheimnisse des Gefängnisses Geheimnisse bleiben, wo das Grab sehr still ist und wo die Not nicht nur kein Gesetz kennt, sondern auch die Mutter teuflischer Erfindungen sein kann.

* * *

In diese Korngrube wurden wir einer nach dem anderen geworfen; diejenigen, die es vorzogen, durften an einem Seil hinunterklettern, an dem ein großer Eimer Wasser und ein Sack Brot für unseren Unterhalt herabgelassen wurden, bis ein Feldgericht einberufen werden konnte.

Das könnte am nächsten Tag sein, oder auch wieder nicht.

Ich glaube nicht, dass die Absicht bestand, uns tatsächlich als Strafe in diesem *Silo* einzusperren – dafür war unser Vergehen zu schwerwiegend.

Ich glaube, dass der befehlshabende Offizier – wenn er überhaupt etwas davon wusste – lediglich den Befehl gab, uns dort unterzubringen, weil das die einfachste und leichteste Möglichkeit war, uns für die kurze Zeit, die uns noch blieb – wahrscheinlich nur einen Tag oder höchstens ein paar Tage –, bis wir wegen mörderischer Revolte gegen die Obrigkeit vor Gericht gestellt und erschossen werden sollten, in Sicherheit zu bringen.

Was dann über der Erde geschah, wussten wir nicht – und nur zwei von uns erfuhren es jemals –, aber indem ich Informationen zusammenfügte, die ich, wie ich später erzählen werde, später erhielt, kam ich zu dem Schluss, dass ein Blitzangriff von Tuareg- oder Beduinenstämmen auf die Kompanie alle Männer aus dem Depot zum Ort des Kampfes lockte, wo sie das Schicksal der Eskorte und der Verurteilten teilten und es keinen einzigen Überlebenden gab.

Was unter der Erde geschah, lässt sich schnell erzählen, denn die schlimmsten Stunden meines Lebens, Stunden, die mir wie meine letzten erschienen, Stunden, in denen ich die Hoffnung aufgeben musste, Isobel zu helfen, endeten mit dem größten Moment meines Lebens, *dem Moment, in dem ich John Geste fand*, dem Moment, in dem ich wusste, dass ich allen Widrigkeiten zum Trotz Erfolg gehabt hatte.

Während dieser schrecklichen Tage starben wir einer nach dem anderen, jeder auf seine Weise; einige in Angst, einige in Wut, einige in Verzweiflung, einige in Glauben und Hoffnung, und einer durch seine eigene Hand.

Die beiden Angelsachsen überlebten, sei es durch Hartnäckigkeit, Kraft, Lebenswillen oder durch Gottes Willen; und am fünften Tag waren nur noch ich und der bärtige Mann am Leben, der den Korporal geschlagen und verflucht hatte – *und der John Geste war*.

Und dann hätte ich ihn nie erkannt, hätte er nicht einen Ausdruck benutzt, den ich nirgendwo anders als in Brandon Abbas gehört hatte.

Starker Kerl!

Ich kann auch jetzt noch nicht im Geringsten beschreiben, was ich in dieser Stunde empfand. Da mir keine Worte einfallen, die das angemessen wiedergeben könnten, werde ich schweigen.

Ich hatte John Geste gefunden!

Denk nur daran …

Kapitel X

Wir waren am Leben, aber nur knapp. Durst, Hunger, Erstickung, Leichen, Fliegen und andere damit einhergehende Schrecken hatten ihre Arbeit an Männern, die von Anfang an nicht überernährt und auch nicht in allzu guter Verfassung waren, fast vollendet – und als wir entdeckt wurden, war es höchste Zeit.

Ich glaube, wir verdanken unsere Rettung tatsächlich dem räuberischen oder zumindest habgierigen Instinkt einer Gruppe alter Männer, die von der Existenz des *Silos* wussten und nachsehen wollten, ob es etwas Wertvolles enthielt.

Das tat es. Und er erwarb uns.

* * *

Ich lag neben dem leblosen Körper von John Geste und versuchte mit aller Kraft, ihn vom Sterben abzuhalten, als das Licht aus der kleinen Luke im Dach plötzlich verdeckt wurde und ich wusste, dass man sich entweder an uns erinnert hatte oder uns entdeckt hatte.

Ich rief auf Französisch und dann auf Arabisch, als ich etwas sah, das ich für den Umriss eines einheimischen Kopfes hielt.

Und in derselben Sprache rief eine dünne, piepsige Stimme voller Staunen Allah an und dann fragend nach uns. Ich versicherte dem Besitzer der Silhouette und der Stimme hastig, dass er in der Tat von Allah begünstigt sei, da er uns entdeckt hatte, mächtige und wohlhabende *Roumis*, die ihn für seine Hilfe mit Reichtümern belohnen würden, die seine kühnsten Träume übertreffen würden.

Anscheinend erreichten meine schwachen Rufe nicht nur den Mann, sondern auch seinen Verstand, denn der Kopf verschwand aus dem kurzen Laufpass, der den *Silo* mit dem Boden verband, und wenige Minuten später baumelte ein Seil in unserem schrecklichen Gefängnis.

Ich entschied mich sofort, dass es besser wäre, wenn ich zuerst den Aufstieg wagte, denn wenn ich hochkommen würde, könnte ich sicherlich auch wieder herunterkommen, und ich wollte sehen, wer und was sich oben befand, bevor ich das Seil an John Geste befestigte.

Mir gefiel zum Beispiel der Gedanke nicht, dass er auf das Dach gezogen und dann fallen gelassen werden könnte. Also legte ich das Seil unter meinen Armen um meinen Körper, band es an meiner Brust fest und rief demjenigen, der oben war, er solle ziehen.

Einige Minuten lang passierte nichts – Minuten, die mir wie Stunden vorkamen, und dann plötzlich, mit einem schnellen, aber gleichmäßigen Ruck, stieg ich die fünfzehn oder zwanzig Fuß bis zur Öffnung hinauf.

Ich stemmte mich mit Händen und Knien ab und wurde schmählich ins heilige Licht und die süße Luft des Tages gezogen, hinter einem Kamel her, an dessen Sattelbaum das Ende des Seils befestigt war – dasselbe Seil, mit dem wir heruntergelassen worden waren.

Der Mann, der das Kamel führte, hielt an. Ich löste das Seil und sah, dass ich in der Gesellschaft von drei extrem altersschwachen alten Männern und drei bemerkenswert schönen Reitkamelen war.

Mir wurde schnell klar, dass zumindest der Anführer dieses greisenhaften Trios geistig alles andere als altersschwach war, und er begriff sofort, dass ich wieder in die Grube hinabgelassen werden sollte, um einen weiteren Mann zu holen, der noch lebte, aber zu schwach war, um sich selbst zu helfen.

Er verstand nicht nur meine Idee, sondern hatte auch eine bessere – und ich hatte sie gerade verstanden und rief: „Gott segne dich, Großvater", als meine Knie nachgaben, sich mein Kopf drehte und ich mit unendlicher Trauer und Verärgerung völlig zusammenbrach.

Als ich meine Augen wieder öffnete und die herrliche und wunderbare Welt sah, von der ich fünf Tage lang in der Hölle abwesend gewesen war, lag ich im Schatten einer Lehmwand, und John Geste lag neben mir.

Opa begrüßte mich herzlich, als ich wieder zu mir kam, und erklärte mir, dass er und sein jüngerer Bruder schnell in die Grube hinabgestiegen waren, während sein jüngster Bruder – ein

Junge, der mir etwa achtzig Jahre alt erschien – das Kamel geführt hatte. Außerdem sagte er mir, dass er nur diesen einen mitgebracht hatte, wenn auch in einem zweifelhaften Zustand, da alle anderen tot waren, wirklich tot.

Ich lobte Großvater wärmstens und versprach ihm, ihn für den Rest seines Lebens zu versorgen, sei es in einem Laden, einer Kneipe oder einem Garten Eden voller Huris, und dafür zu sorgen, dass seine beiden jüngeren Brüder gut im Leben zurechtkommen würden.

Der brave alte Mann hatte nicht nur daran gedacht, unseren Eimer mitzubringen und mit Wasser zu füllen, sondern auch einen widerlichen Hirsebrei gekocht, der zusammen mit etwas schmutziger, mit den Händen gerührter Milch den edelsten und willkommensten Mahlzeit bildete, die mir je serviert worden war.

Mehr noch, und was mich wegen John Geste unendlich freute, er hatte einen der Jungen nach Milch geschickt.

Während ich mich fragte, wo die Molkerei sein könnte, erwähnte Großvater, dass „gleich dort drüben" ein Beduinenlager sei und man dort frische Kamelmilch in beliebiger Menge bekommen könne, wenn man darum bitte, und sogar noch mehr, wenn man ein oder zwei Patronen dafür gebe.

Als ich den alten Mann fragte, wer er sei und woher er komme, verschwand das Licht der Intelligenz aus seinen Augen, sein maskenhaftes, faltiges Gesicht wurde ausdruckslos, und er verkündete, er sei ein sehr armer Mann – *ein Miskeen* der niedrigsten Art, und ich sei sein Vater und seine Mutter.

Was er uns erzählte und was von größtem Interesse war, war, dass es vor fünf Tagen einen plötzlichen Überfall der Tuareg auf die Straßenarbeiter gegeben hatte, einen kurzen Kampf und ein gnadenloses Gemetzel. Anscheinend hatte sich dies nur wenige Meilen von dem verlassenen Dorf entfernt ereignet, in dem wir lagen, und die *Tuareg-Harka* war dort durchgefegt und hatte jeden Menschen getötet, der ihnen begegnete.

Wie Großvater betonte, hatten wir Glück gehabt, dass sie nicht auf das *Silo* gestoßen waren. Bescheiden stellte er unsere derzeitige glückliche Lage dem Schicksal gegenüber, das uns hätte ereilen können.

So gut die Pflege dieser drei weisen Männer aus Gotham oder wo auch immer auch gewesen sein mag, ich bezweifle, dass John Geste oder ich in ihren Händen genesen wären. Wir hätten es vielleicht geschafft, denn wir waren beide ziemlich zäh und von dem intensiven Wunsch zu leben erfüllt; aber John, wie ich erfuhr, war kürzlich schwer krank gewesen und brauchte mehr als Quark und eingeweichte Hirsekörner. Dass er überhaupt noch lebte, verdankte er erstens der Tatsache, dass wir reichlich frische Kamelmilch hatten, und zweitens, dass wir schnell von halbnomadischen Beduinen gefangen genommen und gewissermaßen für die Schlachtung gemästet wurden.

§ 2

Am zweiten Tag nach unserer Rettung aus dem *Silo*, als John Geste und ich in einer verlassenen Lehmhütte lagen, beugte sich ein großer Araber, gefolgt von unserem Retter, der lautstark erklärte, er habe uns gerade gefunden, in die Hütte und musterte uns mit einem langen, harten, forschenden Blick, leicht amüsiert, leicht sarkastisch und völlig unfreundlich.

Und dieser Araber war Selim ben Yussuf, dieser gutaussehende menschliche Falke.

Die hochgewölbte aristokratische Nase, die scharfen, blitzenden Augen unter den perfekt geschwungenen Augenbrauen, die dünnen, grausamen Lippen zwischen dem kanonisch gestutzten Schnurrbart und dem kleinen doppelten Bartbüschel waren unverkennbar.

In dem extrem schmutzigen, zerzausten, unrasierten und ausgemergelten Wesen vor ihm erkannte Selim den „wohlhabenden Touristen" nicht wieder, den er aus Eifersucht im Garten von Abu Sheikh Ahmed in Bouzen fast erstochen hätte.

Was er in mir und John Geste sah, waren zwei französische Sträflinge, die ihm ausgeliefert worden waren – eine äußerst willkommene Beute, wertvoll sei es für Lösegeld, als Geiseln, zur Folter oder einfach nur zur demütigenden Sklaverei.

„*Salaam aleikoum, Scheich*", krächzte ich. „Ich bitte dich um Gastfreundschaft für mich und meinen Kameraden ... Und hör zu ... Er ist ein großer Mann in seinem Land, und sein Vater würde ein Lösegeld von tausend Kamelen zahlen, denn er ist ein sehr reicher Mann und liebt seinen Sohn ..."

Aber bevor ich weiter ausholen konnte, lachte Selim ben Yussuf unangenehm und sagte verächtlich:

„Dreckige Hunde!", wandte er sich an unseren alten Retter und befahl ihm, uns lebendig zum *Douar* zu bringen, wo er die Milch für uns besorgt hatte.

Mit tiefer Verbeugung und dem Versprechen, sofort und bereitwillig zu gehorchen, trat der alte Mann aus der Hütte zurück, verschwand in Luft und war nicht mehr zu sehen.

* * *

Als wenig später eine Bande von Raufbolden kam, um uns zu holen, wurden meine Kraft und meine Nerven auf eine harte Probe gestellt. Denn als ich versuchte, John Geste zu dem armseligen Lastkamel zu tragen, das für unseren Transport bereitgestellt worden war, wurde ich von diesen gut bewaffneten Tapferen, die alle erbitterte Feinde der Ungläubigen, der *Roumi*, der Eindringlinge in den heiligen Boden des Islam waren, zu Fall gebracht, getreten, geschlagen, beschimpft und bespuckt.

Zum Glück waren wir nicht gefesselt, und ich konnte John mehr oder weniger bequem auf dem Kamel festhalten. Ich befürchtete, dass er an Typhus litt und dass die heftigen Bewegungen zu einer Perforation und zum Tod führen könnten. Zum Glück war es nur ein kurzer Ritt bis zum Lager des halbnomadischen Stammes, dessen Scheich Selim ben Yussufs Vater war.

Von dem, was ich von dem alten Mann sah und hörte, gewann ich den Eindruck, dass er ein Gentleman war – ein echter höflicher, ritterlicher arabischer Gentleman der alten Schule, ein Wüstenritter, wie man sie oft in Büchern liest, aber selten trifft.

Leider war er, wie so viele orientalische Väter, so blind vor Liebe zu seinem Sohn, dass er nichts Schlechtes an ihm sehen konnte und ihm nichts abschlagen wollte. Außerdem hatte der alte Scheich zwar noch nicht abgedankt, aber die Zügel entglitten ihm zusehends und wurden täglich fester in den starken Händen seines Sohnes gebündelt.

Selim war zwar noch nicht Herrscher, aber er war die Macht hinter dem Thron – doch hinter ihm stand noch eine andere, stärkere Macht.

Vor diesen dreien, die an der Tür eines großen weiß-braun gestreiften Zeltes saßen, wurden wir bei unserer Ankunft im *Douar* getrieben, ich taumelte neben dem bewusstlosen John, der sonst an einem Fuß über den Boden geschleift worden wäre. Und in einem Augenblick wurde klar, dass der alte Scheich das letzte Wort hatte, dass die Gedanken des jungen Scheichs durch dieses Wort zum Ausdruck kamen, während der dritte Mann die Gedanken inspirierte.

Und die dritte Person war der Engel des Todes.

Dort, zwischen Vater und Sohn, die offensichtlich beide geliebt wurden, saß die unbeschreiblich schöne Mischling aus Bouzen, die Tochter der Tänzerin Ouled-Naïl und des Engländers, der sie geliebt und verlassen hatte.

Sie erkannte mich sofort, als sich unsere Blicke trafen, und ich wurde durch ihren langen, kühlen Blick und ihr spöttisches Lächeln darauf aufmerksam, obwohl sie kein Wort sprach und kein Zeichen der Wiedererkennung gab.

Ich erinnerte mich an den Eindruck, den ihre frühere Anerkennung meiner persönlichen Reize auf Selim gemacht hatte, und begrüßte ihre jetzige Zurückhaltung.

* * *

Und nun? Hier hatte sich eine verwirrende und erstaunliche Wendung der Ereignisse ergeben!

* * *

Ich war in die Hände einer erbitterten Feindin Frankreichs gefallen, die auch eine erbitterte und eifersüchtige Feindin von mir war. Hinter ihm stand eine Frau, die für ihre zerstörerischen Taten berüchtigt war und ihn wie ein Schilfrohr im Wind hin und her schwankte – eine Frau, die Christen im Allgemeinen verabscheute, wegen ihres verhassten Vaters, und mich im Besonderen, weil ich ihre Avancen im Haus von Abu Sheikh Ahmed zurückgewiesen hatte.

Wenn sie schon damals bereit gewesen war, mich zu töten, als ich noch eine Person von einiger Bedeutung war und mich sogar in Begleitung des allmächtigen Oberst Levasseur befand, was würde sie mir dann jetzt antun, da ich völlig in ihrer Gewalt war – hilflos und harmlos – ein elendes Stück Wüstenstrudel, ein entflohener Sträfling, dessen Ermordung die Behörden eher billigen als bestrafen würden!

* * *

Ich wandte mich an den alten Scheich, warf mich auf seine Gnade und appellierte an seine Ritterlichkeit und Ehre – im Namen Allahs und des Koran und seiner eigenen Wüstenbräuche –, mir wenigstens die drei Tage Gastfreundschaft zu gewähren, die einem „Gast Allahs", einem Reisenden in Not, zustehen.

„Reisender!", spottete Selim. „Sträfling, meinst du ... Ein ausgestoßener Hund, der sogar von seinen Artgenossen verachtet wird ..."

Offensichtlich wusste der sanftmütige Selim, was unsere braune Segeltuchuniform war.

Aber der alte Herr wies ihn zurecht.

„Friede, mein Sohn", tadelte er ihn sanft, „die Gebete der Unglücklichen sind Allah, dem Barmherzigen, dem Mitfühlenden, willkommen, denn sie sind seine Kinder ... Und wer barmherzig ist zu den Kindern Allahs, der ist in den Augen Allahs wohlgefällig, vor dem alle wahren Gläubigen eines Tages stehen müssen ... Lasst diese beiden Männer drei Tage lang Gäste des Stammes sein, und lasst es ihnen an nichts mangeln ... Danach lasst sie in Frieden ziehen und Gott preisen ..."

„So sei es, mein Vater", lächelte Selim. Und so sollte es auch sein, beschloss ich – aber ich bezweifelte, dass wir „in Frieden" weit kommen würden.

„Und wenn sie die verurteilten Gefangenen der *Roumis* sind", fuhr er fort, „sind sie dann nicht die Feinde der *Roumis*? Und sind die Feinde der *Roumis* nicht deine Freunde?"

„Kein Hund eines Ungläubigen ist mein Freund", knurrte Selim und sah uns wild an, und ich war wirklich froh, dass der alte Scheich noch Herr in seinem eigenen Haus war.

* * *

Die nächsten drei Tage wurden wir wie Ehrengäste behandelt, und selbst wenn wir die Söhne des Scheichs gewesen wären, hätten wir keine freundlichere und großzügigere Behandlung erfahren können.

Wir bekamen das beste Essen, komplette und saubere arabische Kleidung und teilten uns ein Zelt, das reichlich mit Teppichen und Kissen ausgestattet war. Wir wurden mit den Diensten des Scheichs eigenen *Hakim* beehrt, einem gelehrten Arzt, der uns nichts tat – da ich ihm keine Gelegenheit dazu gab – und der uns viel Gutes tat, indem er anordnete, dass wir in heißes Wasser getaucht und dann vom Scheichs eigenen Barbier geschoren und gekämmt werden sollten. Es war ziemlich einfach, den guten Arzt dazu zu bringen, dies und alles andere, was ich wollte, zu verschreiben, indem ich so tat, als würde ich davon ausgehen, dass er es verschreiben *würde*. Und ich musste nur sagen:

„Ich bin sicher, dass meinem kranken Freund heiße Ziegenbrühe *enorm* helfen wird, vorausgesetzt, du fügst ihr deine gelehrten und frommen Beschwörungsformeln hinzu ...", um beides in Hülle und Fülle zu bekommen.

Diese drei Tage vollkommener Ruhe mit unbegrenzt frischer Milch, Brühe, Käse, Quark, *Couscous*, Brot, Süßigkeiten, Butter, Eiern, Zitronen und gelegentlichem Gemüse wirkten Wunder für uns beide und führten mich zu der glücklichen Schlussfolgerung, dass John Geste letztlich nicht so sehr an einer bösartigen Krankheit litt, sondern vielmehr an allgemeiner Schwäche und Erschöpfung.

Ich war gerade noch rechtzeitig gekommen.

Aber – gnädiger, barmherziger, gütiger Gott – ich *hatte* ihn gefunden ... Ich *hatte* ihn gefunden ... *Ich hatte John Geste gefunden und Isobel gerettet.*

Und ich war seltsam zufrieden und ohne Angst – seltsam glücklich und ohne Sorge, trotz unserer Lage, unserer fast hoffnungslosen Lage zwischen den oberen französischen und den unteren arabischen Mühlsteinen –, denn ich wusste, ich *wusste*, dass ich nicht so weit hätte gehen dürfen, dass ich nicht mehr weitergehen könnte ... Ich hatte John Geste nicht gefunden, um ihn wieder zu verlieren – durch die Hand eines Menschen oder durch die Hand des Todes.

* * *

Seltsamerweise redeten John Geste und ich in dieser Zeit nur wenig miteinander.

In den ersten Tagen war er so schwach, dass ich ihn nicht zum Reden aufforderte; und als er am dritten Tag die Wende geschafft hatte und dank seiner hervorragenden Konstitution und seiner großen natürlichen Kraft an Geist und Körper schnell wieder zu Kräften kam, war ein Gespräch schwierig.

Es gab so viel zu sagen, dass wir es nicht sagen konnten, und unsere Gespräche bestanden größtenteils aus diesen dummen, aber unvermeidlichen Wiederholungen von Ungläubigkeit und Staunen.

Ich glaube, es dauerte eine Weile, bis er wirklich begriff, was passiert war, und erkannte, wer ich war; und als er es tat, konnte er nur daliegen und mich mit verwirrtem Staunen anstarren.

Und als ich ihm langsam und sorgfältig meine Geschichte erzählte, von dem Moment an, als ich Isobel in Dr. Hanley-Blythes Pflegeheim getroffen hatte, bis zu dem Moment, als er den Corporal niederschlug, der mir ins Gesicht getreten hatte, konnte er nur meine Hand nehmen und versuchen, sie zu drücken.

Wie es sich für gute Angelsachsen gehörte, schämten wir uns, unsere Gefühle zu zeigen, und waren in dieser Hinsicht größtenteils ungeschickt und ungeschickt.

Offensichtlich war John besorgt, weil er mir nicht danken konnte, und hin und wieder brach er unser verständnisvolles Schweigen mit einem langsamen:

„Meinst du das wirklich ernst, dass du dich bei der Legion gemeldet hast, um zu den Zephyrs geschickt zu werden, in der Hoffnung, *mich* zu finden? ... Was soll man dazu sagen? ... Wie soll ich das in Worte fassen? Isobel hätte dich das nicht tun lassen dürfen ...“

„Isobel hatte in dieser Angelegenheit nichts zu sagen“, antwortete ich. „Das war ganz allein meine Entscheidung. Es gab mir einen Sinn im Leben ...“

„Das ist unglaublich ...“, sagte John.

„Ja ... Ein wunderbarer Glücksfall ... Nein, kein Glücksfall ...“

„Ich meine, es ist unglaublich, dass es einen Mann wie dich gibt, der ...“

„Nun, du bist selbst nach Afrika zurückgekommen, um einen Freund zu suchen“, erinnerte ich ihn.

„Ja ... aber er hatte einen Anspruch auf mich ... Ich schuldete ihm mein Leben ...“

„Nun ...“, stammelte ich, „eine Verpflichtung ... Wenn du schon von *Verpflichtungen* sprichst ...“ Und ich hielt inne.

„Gott! Wie sehr Isobel *dich geliebt* haben muss, dass sie dich gehen ließ“, sagte ich.

Und:

„Gott! Wie du *Isobel geliebt haben* musst, dass du gekommen bist“, sagte John Geste, und aus den großen, hohlen Augen blickte mich die Seele dieses wahren Bruders von Beau Geste an.

Ich wandte meinen Blick voller Schmerz und Verwirrung ab.

Seine heiße, zitternde Hand ergriff mein Handgelenk.

„Vanbrugh", sagte er, „du hast für Isobel getan, was nur wenige Männer jemals für eine Frau in dieser Welt getan haben – wirst du jetzt etwas für mich tun?"

„Ich werde es tun, John Geste", sagte ich und sah ihm ins Gesicht. „Was ist es?"

„Es ist Folgendes ... Wirst du mir eine Frage mit der absolutesten, vollkommensten und vollständigsten Wahrheit beantworten – die Wahrheit, die ganze Wahrheit und nichts als die Wahrheit – ohne den geringsten Schatten einer Ausflucht oder Einschränkung?"

„Das werde ich, John Geste", sagte ich.

„Sag mir also", bat er, „liebt Isobel dich?"

Wer es kann, sei er Psychologe, Physiologe, Psychotherapeut, Arzt, Liebhaber oder einfach nur ein Mann oder eine Frau, deren Seele die Tiefen der Gefühle ergründet hat – wer es kann, der erkläre mir, warum ich in diesem Moment sprachlos war.

Ich konnte nicht sprechen.

Ich sah das schöne Gesicht eines Mädchens, das sich von einem Pferd zu mir herabbeugte ... Ich sah den Jungen, der noch vor wenigen Jahren ich selbst gewesen war ... Ich sah ihr Lächeln ... Ich hörte ihre Stimme ... Ich spürte wieder das wunderbare und mächtige Aufwallen meiner Seele zum Höhepunkt einer Freude, wie sie die Menschheit kennt, als die Liebeserklärung auf meinen Lippen gezittert hatte – und nun *konnte ich nicht sprechen*. Ich war sprachlos – sprachlos wie an jenem Morgen meiner größten Hoffnung und meines größten Glücks, jenem Morgen meiner tiefsten Verzweiflung und meines größten Schmerzes.

John hustete leicht.

Ich rang um Worte ... um ein Wort ... Ich rang mit dem Tod selbst um die Kraft, zu schreien : „ *Nein! Nein! Nein! Tausendmal nein!*" Und ich war stumm – saß da wie gelähmt, entsetzt, entsetzt, starrte in die gequälten Augen des armen John Geste.

Sein blasses, eingefallenes Gesicht wurde noch blasser und noch eingefallener, und aus den weißen Lippen in dieser erstarrten Maske kamen hohl die Worte, die mich so sehr vernichteten.

„Dann bitte ich dich, Vanbrugh, um Folgendes: Kehre wohlbehalten nach England zurück. Um Gottes willen, pass auf dich auf und komm schnell zurück ... Und richte ihr diese Botschaft aus ... Dass ich in Afrika gestorben bin – denn sterben werde ich – und dass meine letzten Worte waren ... dass mein einziger Wunsch war, dass du und sie glücklicher zusammen sein möget, als es je ein Mann und eine Frau zuvor gewesen sind."

Und dann fand ich meine Stimme wieder, eine armselige und kraftlose Stimme, die von einem großen Kloß in meiner Kehle behindert wurde, und nach einem heiseren und elenden Lachen brachte ich hervor:

„Aber warum ... das ist doch das Lustigste, was du in deinem ganzen Leben hören wirst ... Isobel liebt *mich*! ... Warum liebt sie ein Paar deiner alten Stiefel, die du zu Hause gelassen hast, mehr als die ganze Menschheit, mich eingeschlossen ..." Und ich brachte noch ein Lachen zustande. „Aber mein lieber Freund, Isobel wäre lieber mit dir in der Hölle, als mit dem großartigsten und besten Mann, der je gelebt hat, auf dem Dachgarten des siebten Himmels, geschweige denn mit *mir*..."

Seine Augen brannten immer noch in meinen.

„Sagst du die Wahrheit, Vanbrugh? Ja ... du *sagst* die Wahrheit ... Isobel konnte nur einmal lieben ... Wie konnte ich an ihr zweifeln ..."

„Du bist ein sehr kranker Mann", sagte ich.

„Das muss ich wohl", sagte er und hustete wieder leicht. „Aber oh, Vanbrugh, du ... du ... du ... *tapferer Kerl!*... Held ... Was kann ich dir sagen, außer dass ich dich verstehe, Vanbrugh ... Ich verstehe ..." Und als er emotional am Höhepunkt angelangt war, kam ihm sein englischer Hass, seine Gefühle zu zeigen, zu Hilfe, und mit einem verlegenen Grinsen auf seinem verwüsteten Gesicht drückte er meinen Arm.

„Starker Kerl! Du bist ein stärkerer Mann als ich, Gunga Din", sagte er und ließ sich auf seine Matratze fallen.

Ja, die Gestes konnten großzügig *annehmen*, genauso wie sie großzügig geben konnten – was nicht alle großzügigen Menschen können.

§ 3

Während der drei Tage der Gastfreundschaft und Gnade hatten wir keinen Besuch erhalten, außer dem des Arztes, des Friseurs und der Diener, die uns mit Essen, Kleidung und heißem Wasser versorgten; und obwohl ich keinen Zweifel hatte, dass unser Zelt ziemlich streng bewacht wurde, wurden wir gemäß dem Befehl des alten Scheichs eher wie Gäste als wie Gefangene behandelt.

Am vierten Abend kam es zu einer Veränderung.

* * *

Anstelle von Dienern, die ein golden glänzendes Tablett mit köstlichen Speisen trugen, kam Selim selbst, gefolgt von einem halben Dutzend seiner Vertrauten – junge, hochmütige, grimmige Söhne des Propheten – in unser Gastzelt.

Die Veränderung, die sich dabei auf seinem Gesicht abzeichnete, wäre lächerlich gewesen, wenn sie nicht so bedrohlich gewesen wäre.

Er hatte zwei widerwärtige und schmutzige Raufbolde erwartet, zottelig, unrasiert und in zerfetzten Überresten brauner Segeltuchuniformen gekleidet, doch stattdessen sah er zwei gepflegte, rasierte Herren von Welt, die ähnlich gekleidet waren wie er selbst.

Und dann erkannte er mich.

„*Allah Kerim!*“ , rief er aus. „Unser blauäugiger Tourist aus Bouzen! Der verächtliche, hochmütige *Nazarani-Hund*, der nicht die gute Erziehung hatte, den Kuss anzunehmen, mit dem der Engel des Todes ihn geehrt hätte! ... Sie wird diesmal tatsächlich der Engel des Todes für dich sein ... Einen Kuss? Du sollst eine glühende Kohle küssen. Eine Umarmung? Du sollst einen brennenden Kohlenbecken umarmen. Vielleicht bringt das etwas Wärme in dein kaltes Herz, du Hund. Und wer ist dieser andere entflohene Sträfling, der sich in diesem Kleid wie ein Schakal in einem Löwenfell verkleidet? Hast du warm geschlafen, du *Roumi-Hund*? Du sollst heute Nacht warm schlafen – auf einem Bett aus glühenden Steinen ...“

Und er gab einem seiner Gefolgsleute einen Befehl, den ich nicht hören konnte. John Geste gähnte.

„Plauderhase“, sagte er. „Was hat ihn gebissen?“

„Er mag dich nicht besonders und mich mag er überhaupt nicht“, antwortete ich, „und ich bin ein bisschen besorgt. Ich weiß nicht genau, wie weit er in dieser Aufmachung geht ... Er ist der Kerl, von dem ich dir erzählt habe – der Liebhaber der Dame, die in Papas Tasche saß.“

„Und die Dame?“, fragte John Geste. „Ich erinnere mich vage, dass da eine war.“

Ich warf einen Blick auf Selim. Er stand mit dem Rücken zu mir – er war zur Zeltöffnung gegangen und schaute nach draußen, scheinbar in Gedanken versunken.

„Ich bin mir nicht sicher, ob sie nicht die *Deus ex machina ist – oder* sollen wir sagen, die kleine ‘liebe’ *ex machina*“, antwortete ich.

„Oder *cherchez la femme*, da wir gerade so gelehrt reden“, lächelte John. „Du glaubst, sie könnte unser Schicksal sein, was? Hüte dich vor einer dunklen Frau, was? ... Kennst du sie?“

„Ich habe sie zweimal getroffen und freue mich nicht auf das dritte Mal“, antwortete ich.

„Was für eine Person ist sie?“

„Nun, der Herr an der Haustür hat uns ganz offen Hunde genannt – sagen wir mal, eine Art Hündin?“

„Was der arme alte Digby immer eine ‘Bitchlor’ genannt hat“, grinste John. „Armer lieber alter Dig ... Gott! Ich wünschte, er und Beau wären jetzt bei uns ...“

„Amen“, sagte ich und fügte bewegt hinzu: „Ich wette, sie schauen zu und sind sehr interessiert.“ In diesem Moment trug Selims Befehl Früchte in Form einiger heiserer Neger.

„Aufstehen, ihr Hunde“, knurrte er.

„Aber natürlich, edler und höflicher Araber“, sagte John Geste, während er sich mühsam aufrappelte. „Ich habe von deinem Salz gegessen und danke dir.“

„Du hast das Salz meines Vaters gegessen, und du kannst ihm danken, dass deinem elenden Leben drei Tage hinzugefügt wurden", war die unnachgiebige Antwort.

„Der Arm der Franzosen ist sehr lang, Selim ben Yussuf", sagte ich.

„Ja, Sträfling", antwortete er, „er wird dich erreichen, denke ich, oder besser gesagt, deinen Körper ... Die Belohnung lautet 'tot oder lebendig', glaube ich."

„Selim ben Yussuf!", sinnierte John laut. „Sohn eines berühmten und edlen Scheichs und Verkäufer von totem Menschenfleisch! ... Isst er es auch?", fügte er hinzu und wandte sich mir zu.

„Aber nein", sagte ich. „Dafür ist er viel zu guter Kaufmann ... er kann dafür Geld bekommen ... Er verkauft auch diejenigen, die sein Salz essen ..."

Es war eine gefährliche Antwort, aber es *war* eine Antwort – auf Selims Stolz und Selbstachtung. Er könnte mich foltern, aber ich glaubte nicht, dass er mich lebendig oder tot verkaufen würde, geschweige denn John Geste, gegen den er außer seiner Nationalität und Religion nichts hatte.

Meine letzte Bemerkung hatte ihn sicherlich getroffen, denn er kam mit seiner Hand auf dem großen, gebogenen Messer, das vorne in seinem Gürtel steckte, auf mich zu.

„Du lügender christlicher Hund, du hast *nicht* von meinem Salz gegessen", schrie er. „Es war das meines Vaters ... 'Drei Tage', sagte er ... und er ist nicht mehr im Lager."

„Ein großer Herr", sagte ich. „Die alte Ordnung ändert sich ..." und ich zuckte mit den Schultern.

Ich hatte das Gefühl, dass der alte Scheich nicht weit weg war und auch nicht lange weg sein würde – sonst wäre unsere Beichte kürzer ausgefallen.

„Werft die Hunde raus", knurrte er und wandte sich an seine Sklaven, und wir wurden kurzerhand aus dem Zelt geschubst und mit diversen Tritten, Schlägen und Stößen mit Speerspitzen und *Matrackstöcken* persönlich zu einigen niedrigen, armseligen Ziegenfellzelten gebracht, die in einiger Entfernung vom Hauptlager und viel zu nahe an einer offensichtlich von Ziegen bewohnten Einfriedung standen.

Wir wurden in eines der Zelte geworfen und vorerst allein gelassen – aber um ein Lagerfeuer, das davor brannte, machten einige unmusikalische, laute Kerle der niedrigsten Sorte die Nacht schrecklich und eine Flucht unmöglich.

Ein Blick in das schmutzige und baufällige Zelt zeigte, dass es völlig unmöbliert war, und außer einem riesigen und ekelhaften Neger, der hereinkam und sich zu uns gesellte, der offensichtlich seine heilige Aufgabe war, wurde uns nichts hinzugefügt.

John Geste, immer höflich, hieß ihn willkommen.

„Nimm einen Stuhl, Archibald, und fühl dich wie zu Hause", sagte er. „Nimm drei, wenn du kannst ..."

Archibald, oder besser gesagt Koko, wie wir später seinen Namen erfuhren, antwortete nicht.

Er setzte sich einfach hin und starrte uns ununterbrochen und ohne zu blinzeln an.

Wenn man ihm gesagt hatte, er solle uns beobachten, dann tat er das ganz sicher. Und nachdem seine Augen uns einige Stunden lang wie Bohrer durchbohrt hatten, sahen wir uns gezwungen, ihm mit vielen Entschuldigungen den Rücken zuzukehren.

Wir saßen noch stundenlang da und besprachen Fluchtpläne, kamen aber zu dem Schluss, dass in unserem schwachen Zustand unsere einzige Hoffnung die Güte des alten Scheichs war.

Diese Hoffnung war allerdings nicht sehr groß, denn so freundlich der alte Mann uns auch behandeln mochte, solange wir in seiner Gewalt waren, es war zu viel zu hoffen, dass er etwas anderes tun würde, als uns wohlbehalten an die französischen Behörden auszuliefern.

Jeder Beduinenstamm, der seine Herden in der Nähe der Straße von Zaguig zur Großen Oase weidete, würde klug handeln, wenn er angesichts des jüngsten Überfalls auf die Straßenarbeiter jeden möglichen Beweis seiner Unschuld, Tugendhaftigkeit und korrekten Haltung gegenüber den Franzosen erbringen würde.

Kapitel XI

In dieser Nacht wurde ich furchtbar krank; so krank, dass ich, nachdem ich dachte, es müsse Cholera sein, jeglichen Verstand verlor und mehrere Tage lang nichts mehr wahrnahm.

Als ich wieder zu mir kam, merkte ich, dass ich wieder im Gästezelt lag und ganz allein war.

Wo war John Geste?

Meine letzte Erinnerung war, wie er mir in diesem ekelhaften Ziegenfellloch half, während dieser widerliche Neger, gefühllos wie ein Tier, dasaß und mich anstarrte.

Eine schreckliche Panik ergriff mein Herz, und ich rief schwach Johns Namen. Und selbst als mein Herz fast stehen blieb, beruhigte mich der Gedanke, die Überzeugung, die Gewissheit, dass dieses Wunder, diese Begegnung mit John Geste, entgegen aller Wahrscheinlichkeit, kein Zufall, kein Glücksfall und schon gar kein kolossaler Spott war. Wir sind *nicht* das Spielzeug eines spöttischen Schicksals.

Aber ich rief seinen Namen wieder, mit der letzten Kraft, die ich hatte.

Möglicherweise war der alte Scheich zurückgekommen und hatte, als er sah, dass wir schlecht behandelt worden waren, uns nicht nur in das Gästezelt zurückbringen lassen, sondern uns auch jeweils ein eigenes Zelt gegeben. Die besseren Araber sind in Sachen Gastfreundschaft zu großer Feinheit fähig – einer Gastfreundschaft, die ihnen durch ihre Religion und durch unzählige Jahrhunderte Wüstenbrauch, das Ergebnis der Wüstennot, auferlegt ist.

Auf meinen zweiten schwachen Ruf trat ein Mann in das Zelt, in dessen Schatten er wahrscheinlich geschlafen hatte. Er war einer der Diener, die uns zuvor in diesem Zelt bedient hatten.

„Wo ist mein Bruder?", fragte ich.

„Weg, *Sidi*", antwortete der Mann und ging sofort weg, um nach ein paar Minuten mit dem *Hakim* zurückzukommen.

Aus der Freude dieses Herrn, mich bei Bewusstsein vorzufinden, schloss ich, dass er streng beauftragt worden war, mich wieder zu Kräften zu bringen, wofür er sich sofort selbst lobte. Das tat ihm sehr weh, ebenso wie mir die Brühe, die er mir verschrieb – zusammen mit Pillen, Tränken und Koranauszügen. Letztere schrieb er mühsam auf Fetzen, mit denen er die Hammelbrühe bereicherte.

Die Pillen schob ich unter meine Decke in den Sand. Die Tränke goss ich über ihre Grabstätte. Die Lumpen schenkte ich aus Dankbarkeit und Großzügigkeit dem verdienten Kellner als Trinkgeld. Für die Brühe fand ich ein gutes Zuhause und fühlte mich danach besser.

Aber als ich mich bei dem angesehenen Arzt bedankte und ihm gratulierte und fragte: „Und wo ist mein Bruder *Sidi Hakim*?", bekam ich dieselbe unbefriedigende Antwort.

„ *Weg!*" , und er machte mit seinen dünnen Händen und zarten Fingern eine Geste, die bedeutete, dass er sich wie Rauch in Luft aufgelöst hatte.

Trotz meiner ständigen Beruhigungsversuche war ich besorgt, beunruhigt, verängstigt und von einem schrecklichen Gefühl der Ohnmacht erfüllt.

Es gab jedoch nichts zu tun, außer so schnell wie möglich wieder zu Kräften zu kommen.

„Jetzt lass mich klar und ruhig nachdenken", sagte ich und schlief sofort ein.

* * *

Als ich aufwachte, saß der Engel des Todes neben mir, das Kinn auf die Hand gestützt, und sah mich mit einem Blick an, der alles andere als feindselig war.

Ich starrte ihn erschrocken aus meinem Schlaf an und las ihre Gedanken.

Ich bin mir ganz sicher, dass in diesem Moment alles Europäische in ihr zum Vorschein kam. Sie war die Tochter ihres Vaters, zivilisiert, weiß, freundlich.

Sie lächelte, und während dieses Lächelns war sie wunderschön, schöner als jede Frau, die ich je gesehen hatte, bis auf eine.

Sie streckte mir sanft ihre wunderschön manikürte Hand entgegen und wischte mir mit einem kleinen, duftenden Taschentuch aus Paris die Stirn ab.

„Armer Junge", sagte sie leise. „Aber er war so sehr, sehr krank", und küsste mich so, wie eine Mutter ihr krankes Kind küsst.

„Danke – äh – Mademoiselle", sagte ich. „Wo ist mein Freund?"

„ *Weg*", antwortete sie.

Zum dritten Mal hatte ich diese unheimliche Antwort auf meine Frage erhalten.

„Weg – *puff*! So", fuhr sie fort, und diesmal machte sie eine Geste, als würde sie eine Feder wegpusten.

„Ich spiele Selim einen Streich, mit ihm ... Dieser Selim hält sich für zu schlau ... *Oui... Sacré Dieu...* "

„Was für einen Streich? Sag es mir schnell ... Wo ist er?", bat ich.

„Dieser Selim?", fragte sie.

„Nein, nein, nein! Mein Freund, mein Bruder! Schnell! Wo ist er?"

Sie lachte verschmitzt, sichtlich zufrieden mit sich selbst.

„ *Oh, la, la! Er* ist nicht wichtig ... Er hat seinen Zweck erfüllt ... Er hat auch mir geholfen ... Oh! Dieser große Dummkopf, Selim! ... Aber jetzt geh wieder schlafen ..."

„Ja, ja, aber sag mir zuerst, wo ist mein Freund? Was hast du mit ihm gemacht?", flehte ich.

„Was bedeutet er dir?", fragte sie, und ihr zufriedenes Lächeln verschwand ein wenig.

„Mein Freund! Mein Bruder!", antwortete ich.

Ihr Gesichtsausdruck veränderte sich. Ein zweifelnder Blick löste das Lächeln ab.

„Ach, na ja!", zuckte sie mit den Schultern, als sie aufstand, „er ist nur ein Mann! Aber *ich* bin eine *Frau*!"

Und ihr Lächeln, als sie das Zelt verließ, war nicht im Geringsten mütterlich.

§ 2

Man kann sich meine Gemütsverfassung vorstellen.

Gegen alle Wahrscheinlichkeit, fast gegen jede Möglichkeit hatte ich John Geste gefunden, hatte Gott für dieses Wunder gedankt – und John Geste war verschwunden... Der Becher schlug mir aus den Lippen. Die Frucht meiner Leiden und Mühen – Staub und Asche.

Ich stöhnte in meinem Inneren und war nahe der Verzweiflung. Aber, wenn man mich verstehen kann, verlor ich die Hoffnung, ohne den Glauben zu verlieren – und tat das Einzige, was ich tun konnte. Ich bemühte mich, meine körperliche Kraft wiederzugewinnen, während ich vorsichtig den Weg der Freundschaft mit dem Engel beschritt.

An diesem Abend besuchte sie mich wieder, ganz lächelnd und honigsüß, Honig, der ein wenig zu süß und klebrig wurde.

Ich erfuhr, dass Selim ben Yussuf mit den meisten Kriegern des Stammes fort war und dass der alte Scheich in Zaguig war, vermutlich auf dringende Bitte der Behörden, die wahrscheinlich jedem Stammesführer im Umkreis von hundert Meilen das Leben ein wenig schwer machten.

Über dieses und andere Themen von lokalem Interesse plauderte sie frei und schien mir bereit, mir alles ehrlich zu erzählen, außer der einen Tatsache, die ich wissen wollte.

Sobald ich John Geste erwähnte, wurde sie ausweichend, lachte verschmitzt, und als ich auf eine Antwort drängte, wirkte sie zunächst verlegen, dann ungeduldig und verärgert.

* * *

Nachdem sie das Zelt verlassen hatte, wollte ich sehen, was passieren würde, wenn ich ebenfalls versuchte, es zu verlassen.

Da kam Koko.

Er machte mir ganz klar, ohne Gewalt oder auch nur eine Spur von Aggression, dass das Gästezelt mein Zuhause sei und ich mich nicht davon entfernen solle. Als ich zurückkam und mich niedergeschlagen auf meine Matratze fallen ließ, kam der *Hakim* herein, und ich hatte eine gute Idee.

Ich fragte ihn, ob er ein persönliches Interesse an meiner Genesung habe.

Er antwortete, dass mir mein Leben nicht so viel wert sei wie das seines ältesten Sohnes. Ich sagte, das sei sehr nett, wagte aber zu bemerken, dass man das kaum glauben könne, als ich praktisch sterbend unten bei der Ziegenfarm gelegen habe.

Ah, das sei etwas ganz anderes. Selim ben Yussuf habe keinen Zweifel daran gelassen, dass die Nachricht von meinem baldigen Ableben mit Gleichmut aufgenommen werden würde. Daher sei etwas in meinem *Couscous* gewesen, das fast seinen Zweck erfüllt hätte.

Aber die Nachricht von meinem bevorstehenden Ableben war vom Sitt Jebrail, dem Engel des Todes, keineswegs mit Gleichmut aufgenommen worden.

Ganz im Gegenteil.

Sie hatte keinen vernünftigen Menschen daran zweifeln lassen, dass mein Tod nur wenige Minuten vor dem des guten *Hakim* eintreten würde – und daher war ihm mein Leben lieber als das seines ältesten Sohnes, und ich, der ich die Gefühle eines Gentleman besaß, würde zweifellos die Gefühle eines anderen Gentleman berücksichtigen und um mein Leben kämpfen.

Das war sehr gut, und ich kam auf meinen ursprünglichen Punkt zurück.

„Du willst also, *dass* ich lebe, *Sidi Hakim*?"

„Ich wünsche mir nichts sehnlicher, *Sidi Roumi*."

„Nun, ich kann und werde leben, unter einer Bedingung, und zwar nur unter einer einzigen ... Dass mir sofort gesagt wird, was aus meinem Bruder geworden ist, und dass ich danach sofort wieder in seine Gesellschaft zurückkehren darf ... Verankere das tief in deinem intelligenten und edlen Geist, *Sidi Hakim*."

Das Gesicht des guten Arztes verfinsterte sich.

„*Allahu Akbar!*", murmelte er erstaunt. „Ich habe von solchen Dingen gehört ... Menschen, die sich nach einander sehnen ... Männer nach Frauen ... Frauen nach Männern ... Sogar die niederen Tiere ... Aber ein Mann nach einem Mann! ... Ist das möglich?" ...

„Es ist hier, direkt vor deiner Nase, *Sidi Hakim*", sagte ich ernst. „Ich werde hier sterben, zu deinem großen Unglück, fürchte ich ... Wo ist mein Bruder?"

„Er ist fort, *Sidi* ... aber trauere nicht ... Er lebt und es geht ihm gut – er ist bei bester Gesundheit und voller Glück ... Und man kümmert sich *gut* um ihn ... Oh ja ... Ich schwöre es bei meinem Kopf und meinem Leben ... Und bei dem meines Sohnes ... Ich schwöre, dass man sich sorgfältig um ihn kümmert ... Ja ... Bei den neunundneunzig Namen Allahs ... Bei dem Bart des Propheten ..."

Ich schloss die Augen und stieß einen angstvollen Seufzer aus.

„Sag mir schnell alles, denn ich stehe kurz vor dem Tod", flüsterte ich so todesähnlich, wie ich es nur konnte.

„*Sidi! Sidi!*", jammerte er, „ich wage kein Wort zu sagen ... Sie würde meine Füße ins Feuer stellen ..."

„In Ordnung ... Lebewohl", antwortete ich und wandte wie König Hiskia mein Gesicht zur Wand, um diese Komödie eines Sterbenden fortzusetzen, in der Hoffnung, diesem sabbernden Greis noch einen Informationskrümel zu entlocken.

„*Halt! Halt! Sidi*", quietschte mein medizinischer Begleiter. „Schwörst du, mich nicht zu verraten, wenn ich dir sage, was ich weiß ... Ich weiß wirklich nichts."

„Ich werde dich nicht verraten, *Sidi Hakim*", sagte ich. „Und ich werde nicht sterben, wenn du mir die Wahrheit sagst."

„Dein Bruder ist zurück zu seinen ... äh ... Freunden", verkündete der *Hakim* schüchtern.

Seine Information brachte mich auf jeden Fall wieder zum Leben. Ich sprang im Bett auf und packte ihn fast am Bart.

„Willst du damit sagen, dass die *Franzosen* ihn wieder haben?", schrie ich.

„Ja ... ja ...", gab der *Hakim* zu. „Er ist jetzt in völliger Sicherheit ..."

* * *

Ich sank zurück auf meine Kissen und fühlte mich, als würde ich wirklich sterben. „Er ist jetzt in völliger Sicherheit!"

John Geste war wieder in den Händen der Franzosen, und meine ganze Arbeit war wieder zu tun…

Kapitel XII

Ich glaube nicht, dass ich der Verzweiflung nachgab. Obwohl mein Herz in die tiefsten Tiefen sank, gab es sozusagen eine Rettungsleine zur Oberfläche – eine Leine des Glaubens und der Hoffnung. Ich hatte John Geste einmal gefunden ... Was ein Mensch einmal getan hat, kann er wieder tun. Offensichtlich wusste dieses Mädchen etwas und hatte offenbar etwas mit dem zu tun, was geschehen war; und mit ziemlicher Sicherheit hatte Selim ben Yussuf eine Rolle dabei gespielt. Ich stellte mir vor, wie ich meine Hände um Selims Kehle legte und zudrückte, bis entweder seine Augen aus seinem Kopf traten oder die Wahrheit aus seinem Mund.

Was hatte das Mädchen gesagt?

„Ich habe Selim mit ihm einen Streich gespielt" – und ich wünschte mir fast, es wäre als gute Form anerkannt und durchaus zulässig, wenn nicht sogar lobenswert, ihr so zur Seite zu stehen, wie ich es in meiner Fantasie gerade Selim angetan hatte.

Ich musste herausfinden, ob der *Hakim* die Wahrheit gesagt hatte – was ziemlich fraglich war – und wenn ja, ob John nach Bouzen, Zaguig oder in eines der Baucamps an der Straße gebracht worden war. Natürlich war es gut möglich, dass er sich gerade jetzt nur wenige Meter von mir entfernt befand – entweder über oder unter der Erde.

Was um alles in der Welt für einen Trick hatte sie Selim ben Yussuf *mit John* gespielt?

* * *

Gefolgt von einem gut aussehenden Araber, den ich später als Abd'allah ibn Moussa kennenlernte, betrat sie wieder das Zelt.

„Fesselt ihm die Füße fest, aber ohne ihm wehzutun, und seine Hände so, dass er keine Schmerzen hat", befahl sie. „Er wird jetzt sehr schnell wieder zu Kräften kommen, und ich will nicht, dass er wegläuft."

„Würdest du mir bitte sagen, was aus meinem Bruder geworden ist, Mademoiselle?", fragte ich höflich. „Es kann doch nicht schaden, wenn ich es weiß, oder, besonders jetzt, wo du mich so fest gefesselt hast?"

„ *Eh bien*, wie er von seinem Freund schwärmt! Ich sage dir, er ist *weg* – *weg*, wo du ihn nie wieder sehen wirst ... Aber du siehst *mich* doch, oder? Sehe ich nicht besser aus als dein Freund, *hein*?"

„Sie würden viel netter aussehen, wenn Sie mir alles erzählen würden, Mademoiselle", antwortete ich. „Sie sind Europäerin – Sie sind eine Frau – wir sind Europäer – wir haben Ihnen nichts getan. Warum benehmen Sie sich wie einer dieser unzivilisierten Araber?"

„ *Ah, oui*, das ist wahr", stimmte der Todesengel zu. „Ihr seid beide Europäer. Ich wünschte, alle Europäer hätten nur ein Herz, dann könnte ich es durchbohren. Ich wünschte, alle Europäer hätten nur eine Kehle, dann könnte ich sie durchschneiden."

Sie sah aus wie eine Tigerkatze, und während ich sie beobachtete, veränderte sich ihr Gesicht völlig, und mit einem süßen und sanften Lächeln sank sie auf die Knie und beugte sich über mich.

„Alle Europäer außer dir, meine ich, Blauauge. Du bist nett und gut und *gentil. Du* würdest niemals *jemanden im Stich lassen*, nicht wahr? *Niemals würdest du das tun*, das weiß ich in meinem Herzen." Und sie küsste mich auf die Lippen.

„Du küsst mich", sagte sie. „Du küsst mich schnell und sagst, dass du niemals weglaufen wirst, und ich werde deine Hände und Füße losbinden und dein *Wort* nehmen, nicht wahr? Küss mich, *küss mich*, ich sage es dir."

Ich schloss die Augen, presste meine Lippen fest aufeinander – und bekam einen schmerzhaften Schlag ins Gesicht.

§ 2

Was soll ich über diese erstaunliche Frau sagen, die unter den Arabern als „der Engel" und unter den Europäern, die das Privileg hatten, sie kennenzulernen, als „der Engel des Todes" bekannt war?

Sie war der außergewöhnlichste und bemerkenswerteste Mensch, dem ich je begegnet bin, und doch gab es eigentlich keinen Grund, warum sie mich so erstaunen und verblüffen sollte, denn sie war das vollkommen logische Ergebnis ihrer Erziehung und ihrer Umgebung.

Was sollte die Tochter von hundert Generationen wilder Kurtisanen – skrupellos, gierig und zügellos – schon sein, wenn nicht eine böse, skrupellose Wilde? Was sollte die Tochter eines blauäugigen Nordländers schon sein, wenn nicht ausgeglichen, selbstbewusst und offen für die Ideen der Zivilisation?

Wir sind davon überzeugt, dass in jedem Jekyll ein Hyde steckt und in jedem Hyde ein Jekyll, und die Besten und Schlechtesten unter uns wissen sehr wohl, dass das Material, aus dem unser Charakter gewebt ist, nicht von gleicher Qualität ist. Aber bei diesem „Engel" handelte es sich nicht nur um eine gemischte Natur, die eine gemischte Abstammung vor Augen hielt, sondern um eine vollständige und unbestrittene Besetzung ihres Körpers zu verschiedenen Zeiten durch zwei völlig unterschiedliche und verschiedene Persönlichkeiten.

Die meiste Zeit war sie einfach sie selbst, die Anglo-Afrikanerin, die Halbblutige mit allen erwarteten Merkmalen einer Mulattin. Aber den Rest der Zeit war sie entweder „der Todesengel", die Wilde, die Afrikanerin, die gesetzlose und böse einheimische Kurtisane, oder aber Mlle. Blanchfleur, die Europäerin, die normale weiße Frau, berechenbar und in ihrem Umfeld konventionell...

Wie dem auch sei, sie hat mich auf jeden Fall verblüfft und erstaunt – diese äußerst erbärmliche, schreckliche Frau aus einem Albtraum ... Ein Albtraum in der Tat – denn wenn ich oft an sie denke, träume ich oft von ihr, und obwohl diese Träume keine Albträume im Sinne meiner Träume von meinem Vater sind, sind sie doch von Entsetzen durchzogen und von Mitleid geprägt; und der Traum ist traurig, melancholisch und unglaublich deprimierend.

Wenn ich nur den Engel aus meinem Kopf verbannen könnte!...

Ich kann es nicht und werde es nie können ... Ich denke bis heute genauso oft an sie wie an Isobel selbst, und das unendlich viel unglücklicher. (Das ist dumm gesagt, denn meine Gedanken an Isobel sind überhaupt nicht unglücklich. Was hat Isobel jemals einem Menschen außer Glück gebracht?)

Ein Teil der Wahrheit dessen, was ich über den Engel des Todes gesagt habe, lässt sich verstehen, wenn man bedenkt, dass ihre Handlungen von der Anordnung und Überwachung von Folter bis zur Ausführung von vertrauensvollen und edlen Großzügigkeitsakten reichten; von käuflicher Bestialität bis zu hohem Idealismus; von bitterer, wilder Rachsucht bis zu edler und großzügiger Vergebung.

Kurz gesagt, vom Schlimmsten ihrer arabischen Mutter bis zum Besten ihres christlichen Vaters.

§ 3

Immer wenn Koko, der negroide Sklave, dessen kostbare Obhut mir anvertraut war, seine gelbweißen Augen von mir abwandte, gähnte, sich kratzte und ausdruckslos in die wundervolle Wüstennacht starrte, nagte ich an den Palmfaserschnüren, die meine Handgelenke fesselten. Sollte es mir gelingen, meine Hände zu befreien, war es meine unfreundliche Absicht, auch meine Füße zu befreien und dann alles zu tun, um diesen Herrn außer Gefecht zu setzen.

Er hatte ein langes, scharfes Messer und einen schweren, kurzen und dicken Stock. Ich hatte eine harte und nützliche Faust. Mit einer dieser drei Waffen könnte man etwas erreichen. Die Idee mit dem Messer gefiel mir überhaupt nicht. Meine eigene Fantasie tendierte zu einem schnellen und k.o.-schlagenden Einsatz der Faust, gefolgt von einer gemächlicheren, bestätigenden Anwendung des schweren Stocks. Das schien mir ein vernünftiger Kompromiss zwischen der Tötung eines Bürgers, der schließlich nur seine Pflicht tat, und meiner Fortsetzung in einer extrem gefährlichen Lage.

* * *

„*Eh bien! On dîne donc, n'est-ce pas?*" flüsterte eine sanfte Stimme, als ich mit gesenktem Kopf dasaß und meine Zähne in das unangenehm schmeckende, haarige Seil presste.

„Wie schmeckt es Ihnen, *hein*? ... Essen Sie noch ein bisschen mehr, Monsieur Blauauge. Vielleicht ist es das letzte Essen, das Sie bekommen, was?"

„*Guten Abend, Mademoiselle*", antwortete ich mit einem Versuch eines charmanten Lächelns und einer fröhlichen Gutmütigkeit, die ich ganz und gar nicht empfand. „Wollen Sie sich zu mir setzen? Nehmen Sie doch etwas..." Und ich streckte ihr meine gefesselten Handgelenke entgegen.

„Ach, sagst du, Blauäugiger ... Gelbhaariger ... Lachgesicht...", antwortete der Engel, kniete sich neben mich, packte meine Handgelenke und biss mir mit der Wildheit und Kraft eines wilden Tieres absichtlich in die Hand.

„Wie ein wilder Hund, *was?*", sagte sie und drückte ihr Gesicht gegen meins.

„Oder wie einen Hund eines Wilden", bemerkte ich.

„*Sacré Dieu! Wie* ich dich *hasse... hasse... hasse*!", fluchte sie, und noch während ich dachte: „Besser als mich zu lieben, jedenfalls", packte sie meinen Kopf und presste ihre Lippen gewaltsam auf meine...

„*Baisez-moi!... Baisez-moi!... Baisez-moi!...*" , schrie sie.

„Soh! Du willst mich nicht küssen, nein?... Na, kleine Blauäugige, du küsst mich, oder du wirst sehen, was passiert", und sie packte mich an der Kehle.

Ich erwachte aus meiner Ohnmacht durch den Schmerz, als sie ihre scharfen Zähne in meine Lippe bohrte.

... Dunkelheit und ein Rauschen in meinen Ohren...

... Eine Stimme, die aus großer Entfernung sprach... War ich auf den Kopf geschlagen worden... Was war das... Oh ja, der sanfte Engel.

„Oah, du *willst* mich *nicht* küssen, *oder*? Du willst mich nicht lieben, *oder*? Du willst mich um keinen Preis haben, oder? Was, wenn ich sage, dass du nie ein anderes Mädchen küssen wirst, *oder?*" keuchte sie. „Was, wenn ich dir die Lippen abschneide, ja?" Und sie packte meine Ohren und schüttelte meinen Kopf heftig hin und her...

Es war äußerst schmerzhaft, unwürdig und demütigend.

„Uh! Du sagst nichts dazu, oder? Du grinst nicht noch mehr, *oder*? ... Was soll ich sagen, wenn ich sage, dass du nie ein anderes Mädchen *anschaust*? ... Was soll ich mit diesen blauen Augen für mich allein? ... Nimm sie aus deinem dummen Kopf, ja?..." Und während sie sprach, drückte sie mir heftig und äußerst schmerzhaft ihre Daumen unter die Augen. In den nächsten Minuten litt ich schrecklich, aber ich kann ehrlich sagen, dass mir der Gedanke, mich dieser stürmischen Frau zu ergeben, absolut nicht in den Sinn kam. Ich weiß nicht warum, aber der Gedanke kam mir einfach nicht. Ich glaube auch nicht, dass der Grund dafür in einer Joseph-ähnlichen Tugend lag, die meinem Charakter innewohnt, oder in dem festen Gefühl, dass ich, wenn ich einmal in Ungnade gefallen wäre, nicht mit dem Engel des Todes als Begleiter enden würde.

Ich glaube, mein Widerstand war einfach und allein darauf zurückzuführen, dass ich zu den hartnäckigen Wesen gehöre, die man an einem Haar führen, aber nicht mit einem Seil ziehen kann. Außerdem habe ich Indianerblut, und mein „Nein" bedeutet „*Nein*".

Jede Faser meines Wesens rebellierte gegen diesen Zwang, und der Engel schlug seinen Kopf nicht nur gegen meinen, sondern auch gegen eine Steinmauer – aus dem hartnäckigen, unnachgiebigen Fels der angelsächsischen Sturheit und dem Zement des Indianer-Stoizismus, hartnäckig und stolz.

Nicht mir, sondern meinen Vorfahren gebührt die Ehre, wenn ich die Leiden und die Versuchung – die Versuchung, der Folter zu entkommen –, die mir auferlegt wurden, gut ertrage...

Aber ich musste immer daran denken, dass ein toter, verstümmelter oder blinder Otis Vanbrugh John Geste ... Isobel ... nur wenig nützen würde...

* * *

Der Engel des Todes sprang auf, versetzte seinem Hinterteil einen heftigen Tritt, der taktvoll in unsere Richtung ging, und zog damit die Aufmerksamkeit unseres Aufpassers auf sich, der in der Tür des Zeltes hockte und vielleicht über die Unendlichkeit, das Leben und die unendliche Weite nachdachte – oder tatsächlich über sein Hinterteil.

Mit einem bösen Fluch und einer Reihe von kehligen Befehlen auf Arabisch trieb sie ihn aus dem Zelt.

Während seiner Abwesenheit gab mir der Engel, was sie meine letzte Chance nannte, und machte mir ohne jeden Zweifel klar, unter welchen Bedingungen ich mein Recht auf Leben, Freiheit und das Streben nach Glück behalten könnte, könnte, könnte.

Als ich dem Engel ebenso klar gemacht hatte, dass ich nicht jemand war, den man auf den Rosenstraßen des angenehmen Zeitvertreibs führen konnte, geschweige denn auf ihren verführerischen Wegen geißeln, war der gute Koko zurückgekommen und mit sieben Teufeln hereingekommen, die schlimmer waren als er selbst.

Auf die klare und ausdrückliche Anweisung des Engels hin wurde ich grob auf die Beine gezogen, aus dem Zelt gezerrt und an den Fuß des nächsten Baumes geworfen.

Mit schneller und entschlossener Hand wurde eine junge Palme etwa zwei Meter über dem Boden durchgeschnitten.

Aufspießen! Das konnte doch nicht sein! Es konnte doch nicht möglich sein, dass dieses Mädchen, das europäisches Blut in ihren Adern hatte, das mit Europäern verkehrt hatte, das etwas von der christlichen Lehre wusste und das schließlich eine Frau war, mich ausziehen und auf das scharfe Ende dieses Wachsstocks spießen lassen würde, um einen elenden Tod zu sterben ... einen qualvollen Tod unter unaussprechlichen Schmerzen, während eine Menge zusah, johlte und sich daran ergötzte.

Eine Frau! ... Aber die Hölle kennt keine Wut wie die einer verschmähten Frau ... Wenn die Hölle eine Wut wie die dieses Engels in diesem Moment kannte, musste sich selbst der Teufel unsicher fühlen...

Nein, sie schärften nicht die Spitze des Baumstumpfs.

Ich wurde wieder auf die Beine gerissen, festgehalten und fest daran gebunden.

Es sollte ein Pfahl werden und kein Speer.

Sicherlich würde sie mich nicht lebendig verbrennen lassen ... Vor ihren Augen verbrennen...

Eine Frau! Aber eine verschmähte Frau...

Was sollte ich tun, als die Flammen höher schlugen und der Tod bevorstand ... Die Frau anflehen? Zustimmen?

Tot könnte ich Isobel nicht zur Seite stehen ... Eine schwere Entscheidung...

* * *

Nein. Ich sah keine Vorbereitungen für ein Feuer.

Nachdem ihre unmittelbare Aufgabe erledigt war, standen die schwarzen Soldaten herum – uninteressiert, dumm, tierisch. Der Engel gab ihnen einen knappen Befehl, und sie gingen, ohne mich noch eines Blickes zu würdigen – und ich und diese Teufelin waren allein.

§ 4

„Nun, mein Freund“, sagte sie, als wir allein waren, „wir werden sehen, wie lange du dich dem Engel des Todes widersetzt! *Sans doute* hältst du dich für einen sehr tapferen Mann und erträgst

Schmerzen wie ein Aissa-Derwisch, *hein*? Aber ich sage dir etwas ... Warte nicht zu lange, damit du, wenn du sagst: " *In Ordnung, Mademoiselle, ich gebe auf, ich tue, was du willst*„ nicht schon zu sehr verdorben bist, verstehst du? Es nützt nichts, das zu sagen, wenn du schon für immer blind bist oder dir die Zunge herausgeschnitten wurde oder du so verbrannt bist, dass du nie wieder laufen kannst, verstehst du?"

Ich habe es gesehen.

„Sag mir, Blauäugiger", fuhr die jung Frau mit dem passenden Namen fort, „wäre du lieber taub und stumm oder nur blind – wenn ich so gütig bin und dir die Wahl lasse? Vielleicht ärgerst du mich, dann bekommst du alles drei! Vielleicht werde ich sehr wütend, dann hast du keine Hände und keine Füße ... *Oh, la, la*, dieser arme kleine Blauäugige! Er war ein sehr stolzer Mann, bis er eines Tages keine Augen, keine Zunge, keine Ohren, keine Hände und keine Füße mehr hatte ... Oh, ein sehr stolzer Mann – ein sehr hübscher Mann – bis jemand ihm die Lippen, die Nase und die Augenlider abschneidete – dann war er nicht mehr so hübsch ... Was denkst du?"

Ich erinnerte mich an John Gestes eisernen Mut und gähnte. Der Todesengel war sichtlich überrascht.

Dann kam mir der Gedanke, meine Lippen zu benutzen, solange ich sie noch hatte, um eine kleine Melodie zu pfeifen. Und das erste, was mir in den Sinn kam, war das Lied, das ich dem Zuaven-Sergeant vorgesungen oder besser gesagt vorgeheult hatte, als ich in Zaguig unter der Mauer lag.

* * *

„ *Mon Dieu*", flüsterte das Mädchen. „Bist du der mutigste Mann, den ich je getroffen habe – *oder denkst du vielleicht, ich bluffe und werde dich nicht foltern?*"

Ein bisschen von beidem, dachte ich. Ich spiele den Tapferen – und sicherlich könnte kein menschliches Mädchen einem Mann die Augen ausstechen, ihm die Trommelfelle durchstechen, ihm einen Keil in den Mund schlagen und ihm die Zunge herausschneiden ... Nicht einmal ein „Engel des Todes" ...

„Denn wenn es *so* ist, werde ich es dir bald zeigen", fuhr diese Teufelin fort. Und sie zog ihr Messer und riss mir *die Jubba* und *den Kaftan* vom Hals nach unten und entblößte meine Brust.

„Küss mich", sagte sie leise, stellte sich auf die Zehenspitzen und legte ihre Lippen auf meine.

„ *Nein?*" ...

Und auf der rechten Seite meiner Brust machte sie einen horizontalen Schnitt.

Ich zuckte zusammen und zitterte vor Schmerz und war dankbar, dass sie mir nicht, wie ich erwartet hatte, das Messer in die Kehle oder ins Herz gestoßen hatte.

Sie trat einen Schritt zurück.

„Wie gefällt dir *das* – *für* den Anfang?", fragte sie, legte wieder ihre Lippen auf meine und flüsterte: „Küss mich."

„ *Nein?* "

Und wieder schlug sie mir eine horizontale Wunde in die Brust, einen Zentimeter unterhalb der anderen.

„ *Jetzt* küss mich", sagte sie und legte ihre Lippen auf meine.

„ *Nein?* "

Mit einem schrägen Schnitt verband sie die Enden der beiden Schnitte mit einem dritten.

„Siehst du?", fragte sie. „Der Buchstabe Z! Ich schreibe meinen Namen auf dich – ZAZA. Dann wirst du dich immer an Zaza erinnern. Für die kurze Zeit, die du lebst, meine ich. Zwölf Schnitte sind es. Ich mache das jetzt ganz sauber."

Offensichtlich ein Fall von Übung macht den Meister, dachte ich.

„Jetzt behältst du mich, *oder*?"

Ich versuchte, einen kühlen Kopf zu bewahren. Wenn ich diese Teufelin mich töten oder völlig außer Gefecht setzen ließ, wäre meine Suche nach John Geste beendet – und damit auch mein Dienst für Isobel. Ich musste nachgeben, um ihretwillen. Aber, sagte ich mir, wenn John Geste in England in Sicherheit war, sollte diese junge Frau mich nicht besiegen. Stolz ist nichts, worauf man stolz sein kann, ebenso wenig wie Sturheit, aber ich gebe offen zu, dass ich auf beides stolz bin.

Nun, ein Dutzend Schnitte würden mich nicht außer Gefecht setzen, also konnte sie weitermachen ... Aber wenn es wirklich dazu käme, mich zu blenden, würde sie gewinnen – und als sie meine unempfindlichen Lippen spürte, verwandelte sich ihre kalte Wut in glühende Raserei – was wahrscheinlich meine Rettung war.

„*Stech mich! Stech mich! Stech mich!*“ , schrie sie und hämmerte mit ihren geballten Fäusten auf mein Gesicht und meinen Körper ein.

„Du *wagst es nicht, was*? Dann verschwende ich keine Zeit mehr! Jetzt küsst du mich und sagst, dass du mich liebst – oder du stirbst ... und du stirbst *langsam* ... *und* blind“, und sie drückte mir die Messerspitze scharf unter mein rechtes Auge.

Ich sah das grimmige Gesicht des Sioux-Häuptlings, meines Vorfahren, aber selbst um ihm würdig zu sein, durfte ich nicht länger durchhalten. Sie würde mich blind machen – und kein Blinder konnte John und Isobel helfen.

Ich gab nach.

„*Zaza*“, begann ich – doch das Wort ging in einem Schrei unter, als das Mädchen das Messer wegwarf, ihre Arme um meinen Hals schlang und mich leidenschaftlich und wiederholt küsste.

„Oh, vergib mir, vergib mir!“, schrie sie. „Ich war verrückt ... Ein Teufel ist in mich gefahren und ich muss grausam sein – grausam zu dem, was ich am meisten liebe. Vergib mir, mein lieber Blauäugiger, und versprich mir, dass du zu mir zurückkommst, dann lasse ich dich zu deinem Freund gehen – ich werde alles für dich tun, wenn du mir versprichst, zu mir zurückzukommen ... Ohne dich kann ich nicht mehr leben ... Sieh doch – ich werde *alles*tun , *alles*, wenn du versprichst, zurückzukommen“, und mit einer leichten Rückkehr zu ihrem früheren Verhalten: „Und ich schwöre bei Gott, auf dieses Stück des wahren Kreuzes“ – und sie berührte ihr buchförmiges Medaillon – „und bei Allah, bei diesem Haar aus dem Bart des Propheten und bei der Seele meiner Mutter, dass ich dir, wenn du es nicht versprichst, ins Herz stechen werde und mich dann ebenfalls ins Herz stechen werde, und wir werden hier zusammen sterben.“

„Ich verspreche es“, sagte ich nur allzu dankbar, „dass ich zu dir zurückkommen werde, sobald ich gesehen habe, dass mein Freund Afrika sicher verlassen hat – wenn du mir die Wahrheit sagst und mir jede Hilfe gibst, die du kannst.“

"Ja, und wenn das erst in vielen Jahren ist – in zehn oder zwanzig Jahren, wenn ich eine hässliche alte Frau bin?

„Ich gebe dir ein Jahr“, fügte sie hinzu. „Komm in einem Jahr zu mir zurück, oder sobald du deinen Freund gerettet hast“, und sie nahm ihr Messer, setzte die Spitze auf mein Herz, und ich wusste mit absoluter Gewissheit, dass ich sterben würde, wenn ich mich weigerte.

„Ich werde in einem Jahr zu dir zurückkehren“, sagte ich, „oder früher, wenn ich meinen Freund in dieser Zeit gefunden habe, vorausgesetzt, du sagst mir die Wahrheit und hilfst mir in jeder Hinsicht.“

„Und du wirst mich heiraten?“, fragte sie.

„Natürlich“, antwortete ich.

„Und du wirst mich aus diesem schrecklichen Land holen, wo ich eine böse Frau bin, weder Araberin noch Europäerin?“

„Das werde ich“, sagte ich, „aber verstehe eines: Je schneller mein Freund gefunden und gerettet und aus Afrika gebracht wird, desto schneller bekommst du, was du willst ... Jetzt erzähl mir ... Was war das für ein Trick, den du Selim ben Yussuf gespielt hast?“

Während sie die Seile durchschnitt, mit denen ich gefesselt war, erzählte sie mir, wie Selim ben Yussuf in eifersüchtiger Wut beschlossen hatte, mich zu Tode zu foltern, sobald sein Vater sicher nach Zaguig zurückgekehrt war.

In diesem Moment ritt eine französische Patrouille, ein *Peloton Méhariste*, ins Lager, und Zaza hatte Selim ben Yussuf darauf hingewiesen, dass es eine weitaus bessere Rache wäre, mich in die schreckliche Sklaverei zurückzuschicken, aus der ich entkommen war, als mich einfach zu foltern und zu töten! Außerdem würde er zwei Fliegen mit einer Klappe schlagen, denn indem er einen entflohenen Sträfling auslieferte, würde er viel dazu beitragen, seinen etwas zweifelhaften Ruf bei den Franzosen zu verbessern.

Selim ben Yussuf fand die Idee super und befahl, den *roumischen* Gefangenen im weißen Burnus zu holen und den *Goumiers* der Patrouille zu übergeben.

In Erwartung dessen hatte sie Abd'allah ibn Moussa angewiesen, John seinen blauen Burnus wegzunehmen und ihm meinen weißen zu geben...

Der *Hakim* hatte also die Wahrheit gesagt!...

Nachdem sie meine Glieder gerieben und mich mit der liebevollen Zärtlichkeit und Güte einer Mutter oder Ehefrau umsorgt hatte, half Zaza mir zurück in mein Zelt – sie tat alles, um es mir bequem zu machen, und schlug vor, dass ich, da unsere Abmachung nun getroffen war, mein törichtes und beleidigendes Verhalten aufgeben und ihr gegenüber so liebevoll und zärtlich sein sollte, wie sie es mir gegenüber mehr als bereit war.

Die Lage war heikel.

Das Letzte, was ich wollte, war, sie zu beleidigen, ihren wilden Geist wieder zu wecken und sie zu etwas anderem als meiner aufrichtigsten Helferin zu machen. Und das Vorletzte, was ich wollte, war, ihr den Hof zu machen.

„Zaza", sagte ich. „Hör zu. Wir haben eine Abmachung getroffen. Wirst du dich daran halten?"

„Ganz genau", antwortete sie, „aber, oh, ganz ehrlich."

„Ich auch", sagte ich. „Wenn ich zurückkomme, werde ich dein Ehemann sein. Ich werde freundlich und sanft sein und alles, was du dir von mir wünschst, aber jetzt geht es um Geschäfte, Arbeit, Planung und Nachdenken – nicht um Liebe. Verstehst du?"

„Ich verstehe", sagte Zaza. „Du *wirst* zu mir zurückkommen. Ja, ja, ich vertraue dir ... Ich *weiß*, dass du zurückkommen wirst – mein Lieber ... *Du* würdest niemals eine Frau verlassen..."

Kapitel XIII

Ich nehme an, es ist reine Einbildung, wenn ich mich frage, ob der letzte teuflische Ausbruch des Engels – der mich fast mein Augenlicht, wenn nicht sogar mein Leben gekostet hätte – ihr letzter *war*. Es würde mir sehr viel Seelenfrieden geben, zu glauben, dass die Stimmung, die darauf folgte, die Stimmung der Reue und der völligen Buße, von nun an ihr normaler Zustand sein würde und dass ihr vehement zum Ausdruck gebrachter Hass auf Grausamkeit, Gewalt und Lasterhaftigkeit von Dauer sein würde.

Vergebliche Vorstellungen und dumme Hoffnungen, fürchte ich. Denn ein Temperament ist ein Temperament, und sie war ebenso sehr die Tochter ihrer arabischen Mutter wie ihres christlichen Vaters.

Aber das Mädchen, das die ganze Nacht neben meinem Sofa saß, war liebenswert, sanft, eine zivilisierte weiße Frau und eher der barmherzige Engel, „wenn Schmerz und Qual die Stirn zerreißen", als der finstere Todesengel von vor so kurzer Zeit. Außerdem war sie rührend und bemitleidenswert, und es berührte mein Herz, ihre Sehnsucht nach einer Lebensweise, einer Denkweise und einem Verhalten zu hören, die der Tochter ihres Vaters angemessen waren.

"Wir werden nie wieder in dieses verfluchte Land zurückkehren, mein Lieber, wenn du mein 'Husband' bist ... Wir werden nach Paris, Wien und London gehen, und ich werde so brav und r-r-respektabel sein ... Und alle werden mich Madame und Missis nennen und nicht mit dummen, bösen Namen wie Todesengel ... Und wir werden ein schönes Haus haben und alles *, was dazu gehört*... Und alle meine Kleider werden in Paris genäht ... Und wir werden in die Oper gehen ... Und wir werden im Bois spazieren fahren ... Und ich werde überhaupt keine Muslimin mehr sein, sondern ganz und gar Christin ... Und all diese *Halbwelt-Frauen* verachten...

"Du *wirst* zu mir zurückkommen ... Du wirst an dem Tag, an dem dein Freund an Bord seines Schiffes geht, zu mir zurückkommen ... Oder du gibst die Suche nach ihm auf und kommst in einem Jahr von heute an zu mir zurück, *ja*? ... *Versprichst* du *es*?...

"Ja ... Ja ... Ich weiß, dass du die Wahrheit sagst ... Ich kenne die Menschen ... Ich kenne die wahre Stimme und die falsche Stimme ... Die wahren Augen und die falschen Augen ... Vor uns Ouled-Naïl kann sich niemand hinter seinem Gesicht verstecken ... Nein, nein ... Ich bin *nicht* von den Ouled-Naïl ... *À bas les Ouled-Naïls* ... *Ich* bin Engländerin ... Ich bin die Tochter von Omar, dem Engländer ... Ja ... Ja ... Ich weiß, dass du die Wahrheit sagst ... Deine blauen Augen sind ehrliche Augen ... Deine freundliche Stimme ist eine ehrliche Stimme ... Ich *weiß*, dass du zu mir zurückkommen wirst...

"Sieh mich an, mein Lieber, willst du es mir nicht auf die Bibel und den Koran schwören? Schwöre es vor deinem Gott und meinem Allah ... Willst du es nicht auf dieses kleine goldene Buch schwören, das ich um meinen Hals trage ... Ich nehme es niemals ab ... es ist ein großer Talisman und ein großes Amulett ... Auf der einen Seite ist mein Vater und ein Stück vom wahren Kreuz ... Das ist die Seite Gottes ... Auf der anderen Seite ist meine Mutter und ein Haar aus dem Bart des Propheten... Das ist Allahs Seite... Der Sultan selbst hat es ihrer Mutter gegeben... Solange ich so etwas habe, kann mir nichts passieren, oder? Ich würde es dir um den Hals legen, mein Schatz, und es dir geben, aber ich wage es nicht, es aus der Hand zu geben... Alles würde gut für dich sein, und das würde ich mir wünschen... Aber es könnte dich nicht zu mir zurückbringen... Wenn ich es behalte, wird alles gut für *mich*, und dann wird es *dich* zu mir zurückbringen... Aber wenn du zu mir zurückkommst, sollst du es haben und es immer tragen, Tag und Nacht, und dann kann dir nichts Böses widerfahren... Ich werde dir morgen die Bilder von meinem Vater und meiner Mutter zeigen...

"Ich habe immer Angst, es nachts zu öffnen, damit ich nicht das Stück vom wahren Kreuz verliere, das nur ein winziger Splitter ist, oder das Haar aus dem Bart des Propheten ... Das wäre zu schrecklich ... Ich würde sterben...

"Oh, es wird *dich* sicher zu mir zurückbringen ... Ja ... Auch wenn ich es trage, wirst du in Sicherheit sein, denn wenn es dich nicht beschützen und zu mir zurückbringen würde, würde es mir nichts Gutes bringen und mich nicht glücklich machen, oder? ... Ja ... es wird dich für mich beschützen ... Und deine Ehrlichkeit, Ehre und Güte werden dich zurückbringen...

„Oh! Und ich weiß ... Das wird so lustig ... Der alte Haroun el Rafiq wird *aus dem Sand lesen* und es uns sagen ... Ich habe deinen Namen noch nie ausgesprochen und du hast ihn noch nie gesehen, also kann er es nicht wissen ... Wir werden sehen..."

Sie rief Koko herbei und bat ihn, Haroun el Rafiq zu holen, und etwa eine halbe Stunde später folgte eine seltsame, haarlose Kreatur von unbestimmbarem Alter mit den leblosesten Gesichtszügen und den lebhaftesten Augen, die ich je gesehen habe, Koko in das Zelt, verbeugte sich dem Engel demütig, fixierte mich mit seinen brennenden Augen und hockte sich mit gekreuzten Beinen auf den Boden. Aus einem kleinen Sack schüttete er einen Haufen Sand vor sich aus, glättete ihn mit der Handfläche, zeichnete mit weißen Kieselsteinen ein geometrisches Muster auf die Oberfläche und betrachtete sein Werk mit gespannter Aufmerksamkeit.

Nach etwa einer Minute dieser Betrachtung wischte er das Muster weg, lächelte vor sich hin und über seine eigenen Gedanken, schüttelte den Kopf, stand auf und wollte das Zelt verlassen.

„Halt! Halt!", rief der Engel. „Du hast uns nichts gesagt..."

„Was möchte der Sitt wissen?", fragte der Wahrsager.

„Zuerst einmal, ob dieser Sidi zurückkehren wird."

„Wohin zurückkehren?", fragte der Mann. „An diesen Ort?"

„Zu mir zurückkehren, meine ich", sagte das Mädchen offen.

„Das wird er", antwortete der Mann prompt, und das rätselhafte Lächeln störte wieder die gefrorene Ruhe seiner toten Gesichtszüge. „Ich sah ihn an der Spitze einer stattlichen Gesellschaft reiten ... Er kam aus dem Norden geritten, direkt auf dich zu ... Ich sah die *Karawane* inmitten einer fröhlichen und willkommenen Szene ankommen ... Ich sah ihn zu deinem Zelt schreiten, und ich sah dich herbeieilen und ihn wie einen Geliebten umarmen ... Ich sah dich mit ihm allein in einem Hochzeitszelt schlemmen..."

Der Engel saß mit geöffneten Lippen und leuchtenden Augen da.

„Hast du noch mehr gesehen? Mehr...", drängte sie.

„Nein", antwortete der Mann, und ich wusste, dass er log. „Es ist genug..."

„Ja, es reicht", murmelte der Engel.

„Mehr als genug", dachte ich.

* * *

Die Prophezeiung des Sandwahrsagers begeisterte meine Begleiterin ebenso unvernünftig, wie sie mich deprimierte.

„Ja ... Du wirst zurückkommen ... *C'est vrai*.... Ich spüre es *hier*...", sagte sie und legte ihre Hand auf ihr Herz.

„Ja, ich werde zurückkommen, wie ich es versprochen habe", sagte ich, „wenn ich lebe ... Aber die dringendere Frage ist, wann ich *aufbrechen* soll."

„Oh, mein Lieber ... mein Liebster ... meine Liebe ... *Musst* du mich wirklich verlassen? Warum musst du gehen? Er ist nur ein Sträfling ... ein *Schurke*... ein verdammter Halunke..."

„Er ist unschuldig und der beste Mann, der je gelebt hat", erwiderte ich, „und er ist mein Freund. Ich bin nur in dieses Land gekommen, um ihn zu finden ... Und durch dich habe ich ihn verloren ... Je früher ich mich auf die Suche nach ihm mache, desto eher kann ich zu dir zurückkehren."

„Oh, mein Lieber, mein Lieber, hätte ich das nur gewusst! ... Was für ein *Dummkopf*... Was für ein *Teufel* ich war ... Oh, kann ich nicht mit dir kommen? ... Ja, *warum* kann ich nicht mit dir kommen? ... Es ist nicht so, dass ich dir nicht vertraue, aber ich kann es nicht ertragen, dass du mich verlässt..."

„Du kannst nicht mit mir kommen", sagte ich. „Erstens würde Selim ben Yussuf mit dem halben Stamm hinter uns her sein, sobald er zurückkäme und dich wegfände... Zweitens kannst du nicht wie ein gejagtes wildes Tier leben, wie ich es vielleicht tun muss. Außerdem könnte ich mich wieder den Franzosen ausliefern, wenn ich auf keine andere Weise Nachrichten von ihm erlangen kann."

Und ich dachte darüber nach, dass es keine Aufzeichnungen und keine Zeugen für die Meuterei geben würde, die zu unserer Inhaftierung im *Silo* geführt hatte, wenn, wie unser Befreier uns gesagt hatte, die gesamte Einheit umzingelt und bis auf den letzten Mann ausgelöscht worden war. John Geste und ich wären, wenn ich zurückkehrte, nur zwei der Sträflinge, die irgendwie dem Massaker entkommen waren.

„Nein, ich kann nicht mit dir kommen", seufzte der Engel. „Ich wäre eher eine Last als eine Hilfe, und wie du sagst, Selim ben Yussuf würde uns gefangen nehmen und dich töten ... Aber ich kann dir helfen ... Ja, ich kann dich mit dem Besten von allem versorgen ... Du sollst meine eigenen Kamele und Männer bekommen – wenn du gehen musst ..."

„Du kannst nicht gehen, bevor du nicht wieder zu Kräften gekommen bist", fügte sie hinzu.

„Ich muss gehen, bevor Selim ben Yussuf zurückkommt", erinnerte ich sie.

„Ja ...", stimmte sie zu. „Aber du musst nicht weit gehen, bis du wieder bei Kräften bist. Du könntest einen Tagesritt weit gehen und dort lagern ... Und ich werde Selim sagen, dass du, also *dein Freund,* wie er glaubt, gestorben bist ... Der *Hakim* wird es schwören ... Er fürchtet mich sehr ..."

„Das tut er ganz sicher", stimmte ich ihr zu.

"Ja ... ich habe ein oder zwei Zaubersprüche ...", lächelte sie. "Zaubersprüche und Magie, die man in der Apotheke in Algier kaufen kann ... Und Tränke ... Ah, *oui*! ... Tränke ... Ein Tropfen davon lässt den harten Stein oder Stahl sprudeln und rauchen ... Und ich werde Abd'allah ibn Moussa mit dir schicken ... Meinen treuen Diener ... Er ist so treu wie das Pferd eines Arabers und der Hund eines Engländers ... Er ist so mutig wie ein Löwe und so wahrhaftig wie das Leben und der Tod ...

Er war der treue Diener und Freund meiner Mutter und hat mich als Baby gepflegt ... Und jetzt liebt er mich wie meine Mutter ... Wenn ich zu ihm sage: " *Geh, Abd'allah ibn Moussa, geh mit diesem Mann. Er ist mein Geliebter ... stirb für ihn oder stirb mit ihm*" , wird er nicht ohne dich zurückkommen, und ich werde mich in meinem Herzen wohlfühlen ... Niemals, niemals wird er dich verlassen ..."

Ich hatte das Gefühl, dass eine solche Treue peinlich sein könnte.

„Er wird dir auf jeden Fall ein nützlicher Führer sein", stimmte ich zu. „Aber ich werde ihn zurückschicken, sobald ich gut unterwegs bin und mich wieder einigermaßen stark fühle."

„Ich werde ihm sagen, dass er dich nicht verlassen soll", sagte das Mädchen.

„Nun, vielleicht muss ich *ihn* verlassen", antwortete ich... „Aber je früher du ihm Anweisungen gibst, deine Kamele und Leute zusammenzutrommeln, desto besser."

Ich wusste etwas über die Langsamkeit der Araber und die völlige Bedeutungslosigkeit von Zeit in der Wüste.

Ohne ein weiteres Wort stand sie auf, zog ihren Schleier über ihr Gesicht und verließ das Zelt.

Ich folgte ihr zum Eingang, mit einer vagen Idee, wie ich aus dem schrecklichen seidenen Netz entkommen könnte, das diese juwelenbesetzte Spinne um mich herum spann.

„Salaam, *Sidi*", grinste der unbeschreibliche Koko.

„Zur Hölle!", antwortete ich und warf mich wieder auf meine Kissen.

§ 2

Ein paar Minuten später kam der Engel zurück, gefolgt von einem Araber, dessen feines und edles Gesicht das eines Mannes mittleren Alters war, der von großer Intelligenz, philosophischer Gelassenheit, hohem Mut und großer Entschlossenheit und Hartnäckigkeit geprägt war.

Ich übertreibe nicht. Das Gesicht des Mannes war edel, und er erwies sich als edler Mann, wenn man Treue, Ausdauer, unerschütterliche Loyalität und Mut als Zeichen von Edelmut betrachtet.

„Das ist Abd'allah ibn Moussa", sagte der Engel, und der Mann verbeugte sich respektvoll. „Das ist ein *Roumi-Herr* ", fuhr sie fort und wandte sich an Abd'allah.

„Er ist auch mein Herr und Meister und dein Herr und Meister ... Er ist mein Geliebter und wird mich zu seiner Frau machen ... Geh mit ihm, Abd'allah ... Folge ihm, wohin er dich führt ... Schlaf, wo er schläft ... Lebe, wo er lebt ... Und stirb, wo er stirbt ... Aber er wird nicht sterben, Abd'allah ... denn du wirst sein Leben mit deinem Leben schützen und ihn zu mir zurückbringen ..."

„Auf mein Leben, das soll so sein", antwortete der Mann.

„Geh und bereite alles vor", sagte seine Herrin, und er ging fort.

Es gab einen Tumult von Rufen, Geschrei und rennenden Männern – Alarm und Aufruhr draußen, um genau zu sein.

Abd'allah ibn Moussa kehrte ins Zelt zurück.

„Eine *Karawane* kommt", sagte er und ging seiner Arbeit nach.

Die Augen des Engels trafen meine, und ihr Gesicht erblasste.

„Zat Selim!", sagte sie, und ich stieß mit einem bitteren Lachen hervor:

„Selim ben Yussuf!"

„Ich werde ihn töten, diesen so schlauen Selim", flüsterte die Engelin, und ihre europäische Seite schien etwas zu verblassen.

„Ich muss dich verstecken ... Ich muss dich verstecken ... Er darf dein Gesicht nicht sehen ... Sieh! Du musst zurück zu den Ziegenhirtenzelten, sobald es sicher ist ... Ich werde Selim in seinen Zelten festhalten ... Ich werde Abd'allah schicken, um dich zurückzubringen ... Ich werde diesem Selim sagen, dass der Freund des blauäugigen Nazarani tot ist, und Abd'allah wird dich verkleiden ... Ja, wie eine arme blinde *Miskeen...*"

Nun, es schien tatsächlich alles schief zu laufen.

Was hätte ich für ein paar Stunden normale Gesundheit und Kraft gegeben.

Ich musste es dem Verstand und der List des Engels überlassen, mich versteckt zu halten, bis ich fliehen konnte.

Der geschätzte Koko trat sehr selbstbewusst in das Zelt.

„Seine Hoheit, der Sidi Emir, der Sidi Scheich el Hamel el Kebir, Schatten des Propheten und Befehlshaber der Gläubigen, ist mit seinem großen Wesir, edlen Scheichs, Hauptleuten und vielen Soldaten eingetroffen", verkündete er pompös.

„Er ruft nach dem hohen Scheich Yussuf ben Amir und nach Selim ben Yussuf, seinem Sohn, sowie nach den Hauptleuten des Scheichs und *den Ekhwan* des Stammes."

Das Gesicht des Engels entspannte sich und sie atmete erleichtert auf.

„Gott sei Dank! Es ist nicht dieser Selim!"

„Aber wer ist es dann?", fragte ich.

„ *Oh, la, la! Er* ist der ganz große Mann! Er ist der Häuptling der Häuptlinge ... Er hat einen Vertrag mit den Franzosen geschlossen ... Er ist sehr zivilisiert und wichtig! Er hat eine englische Frau geheiratet – so wie ich ... Er ist mit den Franzosen befreundet und behandelt alle *Roumis* gut ... Oh, er ist *ein sehr großer* Mann ... Und früher wollte ich ihn oft sehen ... Aber jetzt habe ich dich, mein Lieber, da ist mir alles andere egal..."

Schade!

* * *

Und jetzt? Wie würde sich das auf mich und mein Schicksal auswirken?

Wenn dieser Emir ein treuer Verbündeter der Franzosen und „freundlich zu allen *Roumis*" war, würde er vermutlich auch freundlich zu mir sein – bis er mich an seine Verbündeten zurückgab.

Wie lange würde er hierbleiben? Wie groß war seine Macht über diesen Stamm?

Würde der *Hakim* oder einer der Diener versuchen, sich bei ihm einzuschmeicheln, indem er ihm mitteilte, dass sich ein gefangener *Roumi* im Lager befand – oder würden sie den Engel mehr fürchten als ihn?

Mir kam eine Idee.

Wenn dieser Emir wirklich so groß war, wie der Engel andeutete, könnte, könnte er dann nicht von einer wahrheitsgemäßen „David und Jonathan"-Geschichte gerührt sein?

Angenommen, ich würde ihm alles erzählen, mich seiner Gnade ausliefern und ihn um Hilfe bitten ... Könnte er nicht einwilligen und darüber hinaus eine große Stütze sein, wenn sein Herz berührt und seine Fantasie beflügelt würde? Ich würde John Geste bildlich als meinen Bruder bezeichnen und das arabische Sprichwort zitieren:

"Die Liebe eines Mannes zu einer Frau wächst und schwindet wie der Mond:
Aber die Liebe eines Bruders zu seinem Bruder ist beständig wie die Sterne,
Und währt wie das Wort des Propheten."

Und wenn ich versagt hätte und er mir feindlich gesinnt oder lediglich geneigt gewesen wäre, seine Pflicht gegenüber seinen Verbündeten, den Franzosen, zu erfüllen, wäre ich dann in einer schlechteren Lage?

Wenn er mich der nächsten „zuständigen Militärbehörde" übergeben würde, würde ich sofort nach Zaguig geschickt werden und von dort zur nächsten Straßenbautruppe, wo aller Wahrscheinlichkeit nach John Geste bereits hingeschickt worden war.

Das wäre schon etwas, aber jetzt, da ich seinen Aufenthaltsort kannte, konnte ich ihm wahrscheinlich von außen besser helfen als von innen.

Es war fast unmöglich – es war sicherlich zu viel zu hoffen –, dass sich eine solche Reihe von Ereignissen, wie sie uns gemeinsam befreit hatte, jemals wiederholen würde, selbst wenn er und ich in derselben *Escouade* wären.

Was sollte ich tun?

Während mir diese Gedanken durch den Kopf gingen, beobachtete ich das Gesicht des Engels, der ebenfalls tief in Gedanken versunken war und sich dabei auf die Unterlippe biss...

„Ich glaube, ich werde zu diesem Emir gehen", sagte sie schließlich. „Vielleicht kann ich ihn dazu bringen, etwas zu tun, *hein*?"

Zweifellos hatte sie gute Gründe, auf ihre Überzeugungskraft gegenüber Arabern zu vertrauen. Es war mir zutiefst zuwider, aber ich brachte mich dazu zu sagen:

„Du weißt es am besten ... Wenn dieser Emir uns helfen kann und will..."

" *Enfin*: Wenn er dir deinen Bruder zurückholt, *bekommst du ihn für mich*, nicht wahr? ... *Oui!*... Ich muss schnell zu diesem Emir ... Er wird in der Nähe lagern ... Ich werde Abd'allah schicken, um ihm zu sagen, dass ich ihm einen kleinen Besuch abstatten werde ... Ich glaube, er hat von mir gehört ... Oh ja ... Dann wird er ein Festmahl geben, und ich werde sehen, wie die Katze springt ... Wenn er *ganz freundlich* ist, werde ich ihm sagen, dass er dir und deinem Bruder helfen muss... Der liebe Gott gebe, dass Selim nicht zurückkommt, bevor ich dich weggebracht habe... Ah, aber wenn ich mich mit dem Emir *gut* anfreunde, könnte ich ihn dazu bringen, Selim als Geisel für das gute Benehmen dieses Stammes in seinem Lager zu behalten... Ich werde ihm etwas über Selim *erzählen*...

„Jetzt lass niemanden dein Gesicht sehen, bis ich zurückkomme, mein Schatz ... Und geh schlafen und stärke dich, während ich weg bin ... Ich werde dir noch etwas von dem Rindfleisch-Tee aus Hammelfleisch schicken..."

§ 3

Und ich schlief, lange und tief, vielleicht wegen einer ungewöhnlichen Zutat in dem Rindfleisch-Tee mit Hammelfleisch.

Als ich aufwachte, fühlte ich mich wie neu geboren und war von einem ungewohnten Gefühl der Hoffnung und Zuversicht erfüllt.

Mein erster Besucher war der *Hakim*, gefolgt von einem Diener, der einen heißen Eintopf in einem Krug und willkommenen Kaffee in einer golden glänzenden Bowl brachte.

Ich fühlte mich so viel besser, dass ich mich fragte, ob mein hervorragender medizinischer Betreuer, der mich auf Selims Geheiß vergiftet hatte, mir auf Befehl des Engels ein Gegenmittel verabreicht hatte, um mein Leben zu retten, wenn er sein eigenes retten wollte.

Tatsächlich schien mir das Wesen nicht intelligent und medizinisch versiert genug, um einen Schnittfinger oder eine Blase an der Ferse zu versorgen, aber zweifellos sind einige dieser schurkischen Quacksalber mit Giften vertraut, die in der europäischen Pharmakopöe unbekannt sind.

Jedenfalls fühlte ich mich unerwartet stärker und fitter, und nachdem ich den Eintopf aufgegessen und den Kaffee genossen hatte, verlangte ich nach mehr.

Nachdem ich gegessen, mich gewaschen und rasiert hatte, spähte ich aus der Zeltöffnung, um zu sehen, was in der großen Welt vor sich ging.

Das erste, was mir auffiel, war der unermüdliche Koko, der direkt vor dem Eingang meines Zeltes an einem Baumstumpf lehnte und ihn anstarrte – starrte und starrte.

Ich fragte mich, ob dieses Wesen jemals seine Augen schloss. Sicherlich kannte der Engel das Geheimnis, wie man seinen Dienern Gehorsam und Treue einflößt.

Etwa eine Viertelmeile entfernt markierten ein paar bemerkenswert schöne Zelte, fast schon Festzelte, vor denen Fahnen und Wimpel an in den Boden gesteckten Speerspitzen flatterten, die provisorische Unterkunft des Emirs.

In der Nähe dieser großen Zelte befand sich das äußerst ordentliche und gut ausgerichtete Lager seiner Gefolgsleute oder Leibwächter, ein Lager, das viel eher dem einer europäischen Truppe als dem einer Gruppe arabischer Freischärler ähnelte …

Wieder fragte ich mich, was wohl in diesen Pavillons vor sich gegangen war – ob der Engel den Emir besucht hatte und wenn ja, mit welchem Erfolg ihre Macht der Intrige, Verführung und Diplomatie auf die unberechenbare Mentalität und den Charakter dieses mächtigen Wüstenfürsten gewirkt hatte.

Das sollte ich bald erfahren.

Wenig später betrat sie mein Zelt, warf ihren *Haik* zurück und setzte sich auf die Kissen.

Offensichtlich hatte sie mehr erreicht, als sie sich in ihren kühnsten Träumen erhofft hatte. Sie ergriff meine Hände und lachte fröhlich.

„Oh, mein Liebster … Es läuft gut … Ich bin so glücklich … Der Emir ist *ein Gentleman* … Oh, er ist ein großartiger Mann … zivilisiert und gut und freundlich … Und oh, sein Wesir … *Oh, la, la! Oh* , er ist ein kleiner frecher Mann … Oh, *mais c'est un grand amoureux*, dieser hier … Er macht mir Avancen … oh, wie wild. Aber hör mal … Was denkst du? Dieser Emir weiß alles … Er weiß, dass es eine *Razzia* gegen die Franzosen gibt … Er weiß, dass einige von euch in einer Grube versteckt sind und alle außer zwei sterben werden …"

„Aber woher weiß er das bloß?", rief ich aus.

„Oh, ich weiß nicht … Er weiß alles, was in der Wüste passiert … Alles … Man sagt, die Geier erzählen es ihm … Er weiß, dass zwei von euch in diesem Lager sind … Als ich gemerkt habe, dass er alles weiß, habe ich ihm die Wahrheit gesagt … Oh, er war sehr wütend auf Selim … Ich habe ihm gesagt, dass der alte Papa Yussuf ben Amir nach Zaguig gehen soll, bevor die Franzosen zu *ihm* kommen … Und ich habe ihm gesagt, Selim soll einen Gefangenen an die französische Patrouille zurückgeben … Und jetzt will er dich sehen … Hab keine Angst … Es ist gut, dass du in sein Lager gehst, dann kann Selim nichts machen … Und der Emir hat mir versprochen, dass er dich nicht an die Franzosen ausliefern wird … Jetzt werde ich Papa Yussuf ben Amir und Selim und allen anderen sagen, dass du *gestorben* bist …"

Kapitel XIV

Begleitet von Abd'allah ibn Moussa, Koko, dem *Hakim*, und den Dienern des Engels, die auf mich gewartet hatten und wussten, dass ich ein *Roumi* war, machte ich mich mit meinem *Haik* gut über dem Gesicht auf den Weg, um Emir el Hamel el Kebir zu besuchen, den Anführer der Konföderation der Beduinenstämme, die das Wüstenland bewohnten, das sich von Zaguig bis zum Einflussgebiet der Senussi erstreckte und dessen Hauptstadt oder Zentrum in der Großen Oase lag.

Seinen Namen, seine Titel und seine Stellung hatte ich, soweit möglich, vom Engel erfahren, von Abd'allah ibn Moussa, der ihn fast wie einen Heiligen verehrte, und vom *Hakim*, dem Stammesklatschbasen, Skandalverbreiter und Nachrichtenvermittler.

* * *

Auf einem mit Teppichen bedeckten Boden vor dem größten Zelt saßen zwei reich gekleidete Araber. Sie waren allein, aber in Rufweite stand eine kleine Gruppe von Scheichs, *Ekhwan* und Anführern der Soldaten.

Wachen, stattliche sudanesische Männer, standen auf ihren Posten oder gingen in soldatischer Haltung ihre Runden.

Ich hatte den Eindruck von Disziplin und Effizienz, wie man es in einem arabischen Lager normalerweise nicht findet.

Aus der kleinen Gruppe von Offizieren und Beamten löste sich eine breite, gedrungene Gestalt und kam uns entgegen – ein deformierter, aber sehr kräftiger Zwerg, den ich später als Marbruk ben Hassan, den Lahmen, kennenlernte. Er grüßte mich höflich, während meine Begleiter sich tief verneigten.

„Seine Exzellenz, der Sidi Emir, heißt euch willkommen und gibt euch die Erlaubnis, näherzutreten", sagte er, und nachdem er den anderen befohlen hatte, stehen zu bleiben, führte er mich zu dem Teppich, auf dem der Mann saß, der auf so geheimnisvolle Weise „alles wusste", was in der Wüste geschah.

Mit einer Handbewegung entließ der große Mann den Zwerg und winkte mich näher heran.

Der riesige Emir und sein kleiner Begleiter, vermutlich der „freche Wazir", musterten mich mit einem langen, forschenden Blick.

Ich beschloss, meine Würde zu bewahren, zu schweigen und den Emir zuerst sprechen zu lassen.

Das tat er auch.

„Guten Morgen, Oats", sagte er lässig. „Wie läuft's? ... Darf ich dir meinen Freund El Wazir el Habibka vorstellen, den die Polizei und andere Freunde Buddy nennen ..."

Was war das? Sonne, Fieber, Wahnsinn, Halluzinationen? Auf jeden Fall äußerst ärgerlich. Wie sollte man weitermachen, wenn die Sinne einem solche Streiche spielten? Man erwartet doch, dass man seinen Augen und Ohren trauen kann. Und doch sahen meine Augen offenbar das Gesicht meines Bruders Noel – gebräunt, faltig, zerfurcht und bärtig – und meine Ohren hörten offenbar seine Stimme. Seine unverfälschte Stimme. Was das Gesicht anging, hätte ich mich täuschen können; was die Stimme anging, niemals – und schon gar nicht beides zusammen. Außerdem hatte der Mann mich „Oats" genannt, Noels ganz besonderer Spitzname für mich seit frühester Kindheit.

„Freut mich, einen Freund von Hank kennenzulernen", sagte der kleinere Mann, dessen graue Augen aus einem ernsten Gesicht lächelten.

„Er ist mein jüngerer Bruder", sagte der Emir.

„Ach ja?", sagte der andere langsam. „Aber das ist doch nicht seine Schuld, oder, Hank Sheikh? Warum hast du nichts gesagt und dem Mann keine faire Chance gegeben?"

„Mach dir keine Gedanken darüber, mein Freund", fügte er mit einer Handbewegung hinzu, „und außerdem glaube ich das nicht."

Fieber, Sonne, Halluzinationen? Nur in Träumen und im Fieberwahn sprechen typische arabische Potentaten umgangssprachliches Englisch. Diese Männer *waren* ganz offensichtlich Araber; Araber bis in die letzte Faser ihrer Kleidung und Ausrüstung; Araber durch und durch, in jedem Detail ihres Aussehens und ihrer Haltung.

Aber konnten meine Augen normal sein, während meine Ohren mich täuschten?

Nein. Das *war* real genug. Das *war* mein Bruder. Der Mann, der bei ihm stand, *sprach* Englisch.

„ *Noel!*" , sagte ich, begann mich zu erholen, zu akzeptieren und zu glauben.

Noel zwinkerte mir zu und lachte höhnisch auf eine Art, die mir sehr vertraut war. Das war jedenfalls real genug.

„ *Noel!*" , sagte ich wieder – hilflos, aber langsam hoffnungsvoll.

„ *Besserwisser!*" , rief der kleine Mann. „Das glaubt er jedenfalls von sich ... Aber so heißt er nicht ... Aber verdammt, doch, das ist sein Name." ...

Und zu Noel gewandt sagte er:

„Du *hast gesagt*, du heißt Know-all Hankinson Vanbrugh ... nachdem Fräulein Mary ins Oasis gekommen ist ... Mann! Ich glaube, du hattest einen Unfall und hast die Wahrheit gesagt, Hank Sheikh ... Was für eine Welt, in der wir leben!"

„ *Noel!*" , sagte ich wieder zum dritten Mal. „ *Verdammt! Bin* ich verrückt, betrunken, träume ich oder was?"

„Sag mal, Kumpel, wenn du betrunken bist, sag uns schnell, wo du den herhast", unterbrach der kleine Mann ihn eindringlich.

„ *Hafer!*" spottete mein Bruder, mein offensichtlicher, unbestreitbarer, zweifellos mein Bruder Noel.

„Sag mal, hat Mary dich geschickt? ... Ich habe Trauer um dich getragen, mein Sohn ... Mary sagte, du wärst in Zaguig erschossen worden ... Sie war sehr besorgt um dich – nur um ihren Beau war sie noch besorgter ..."

„Klar – Beau Jolly", warf der unglaubliche Albtraum Wazir ein. „Ein alter Freund von mir, nur weiß er das nicht ..."

„War Mary *hier*? Entschuldige, wenn ich mich setze ... Ist das in Ordnung?"

„Nein, ganz sicher nicht", sagte mein Bruder. „Einfaches Volk wie du setzt sich nicht in Gegenwart von Königshäusern ... weißt du *das* nicht ...? Wir gehen ins Wohnzimmer ..."

Und die beiden standen auf und gingen voraus in das Zelt, wobei der Wesir den Filzvorhang hinter uns zufiel, als wir eintraten.

Und dann stürzte sich mein Bruder auf mich, und es gab keine Illusionen über den Schlag und den Händedruck, mit denen das Geschehen begann.

Und Buddy war echt. So echt wie jeder andere, den ich je getroffen habe, als er mich als den anerkannten und unbestreitbaren Bruder von „Hank Sheikh" willkommen geheißen hatte.

Und beim zehnten oder vielleicht zwanzigsten Versuch ersetzte eine vernünftige und zusammenhängende Unterhaltung die Ausrufe, das Staunen und die Anrufung verschiedener Gottheiten, die bezeugen sollten, dass dies in der Tat ein Ungläubiger war.

* * *

„Ich träume noch immer oder wandere in Gedanken umher, Noel", hörte ich mich sagen. „Aber *hast* du gesagt, dass Mary hier gewesen ist?"

„Nicht genau hier, aber weiter unten ... In unserer Heimatstadt ..."

Jetzt war er an der Reihe, sich zu wundern.

„Und sie hat kein Wort gesagt! Mann! Und die sagen, Frauen können keine Geheimnisse bewahren ..."

„Dann warst *du* es also, zu dem de Beaujolais auf seiner geheimen Mission aus Zaguig kam ... Und natürlich brachte er Mary mit ...", sagte ich.

„Das war es ganz sicher, Junge ... Aber das wusste er damals nicht ... Und er weiß es auch heute nicht ... Und was dich betrifft, so solltest du es auch nicht erfahren, wie es scheint ... Mann! Was weißt du schon darüber, mein Sohn? ... Gut gemacht, kleine Mary! ...“

„Sie hat dich immer sehr geliebt, Noel“, sagte ich.

Mein Bruder lächelte.

„Ja, klar“, sinnierte er. „Und jetzt liebt sie den Beaujolais noch viel mehr ... Für ihn und von ihm bewahrt sie das Staatsgeheimnis.“

„Was? Weiß der Beaujolais nicht, wer du bist?“

„Er kennt ihn nicht“, antwortete mein Bruder. „Er denkt, ich bin Emir el Hamel el Kebir, Schatten des Propheten, Befehlshaber der Gläubigen, Beschützer der Armen ... Mahdi, Shereef und Khalifa ... Oberhaupt, Herrscher, geistiges Oberhaupt und Kriegsherr der großen Beduinenkonföderation der nord-südwestlichen Sahara ... Freund und Verbündeter Frankreichs ... Das bin ich auch ... Dreimal hoch.“

„Schäum nicht vor Wut, mein Sohn“, sagte der Wesir ernst. „Die Indianer dürfen keine lauten Hurra-Rufe hören.“

Und dann sprang ich von meinen Kissen auf, und dieser Aufstand ließ sicherlich keine Schwäche erkennen ... und wahrscheinlich standen mir die Haare genauso zu Berge wie ich selbst.

„ *Hank!*“ , rief ich und zeigte auf Noels Gesicht.

„ *Kumpel!*“ , schrie ich und zeigte auf das Gesicht des kleinen Mannes. Sie sahen mich nachsichtig an.

„ *Hank und Buddy!*“ , rief ich. „ *Die Männer, nach denen John Geste zurückgekommen ist!...* Hank ist weggegangen und hat ihnen das Wasser dagelassen ... Buddy ist bei dem kranken John Geste geblieben und hat ihn zu Kano gebracht ... Buddy ist zurückgegangen, um Hank zu suchen ... John Geste ist zurückgekommen, um Buddy zu suchen ...“

„ *Was?*“ , riefen die beiden wie aus einem Mund.

„ *Ja!*“ , rief ich zurück. „Und *ich* bin losgegangen, um John Geste zu suchen, und *ich habe ihn gefunden*! ... Und Selim ben Yussuf hat ihn gerade an die Franzosen zurückverkauft, weil er dachte, ich wäre es ...“

Beide starrten mich an.

„ *Verdammt!*“ , knurrte mein Bruder. „Ich werde diesen Selim ben Yussuf an meiner Daumenballen nehmen und ihn an einer Wand zerquetschen ... dieser verdammte Hund!“

Und:

„Ich werde ihn so in Stücke reißen, dass ihn niemand mehr zusammenfügen kann“, versprach der kleine Mann. „Ich werde ihn sicher abschaffen.“

„Gott!“, flüsterte mein Bruder, „ *John Geste?*“

“Sag mal!”, flüsterte Buddy. ”John Geste ist zurückgekommen, um *mich* zu suchen? ...

„Was! Hat seine Freundin ihn dann nicht geheiratet?“, fügte er hinzu.

„Doch, hat sie“, antwortete ich. „Er ist fast tot nach Hause gekommen, und sie haben geheiratet – und er konnte kaum essen, schlafen oder atmen, weil er an euch beide in den Händen der Araber gedacht hat ... Wenn er doch einschlief, fing er an zu schreien: *'Hank hat sein Leben für mich gegeben'* oder *'Buddy ist zurückgegangen und ich bin nach Hause gekrochen'*, bis seine Frau ihm sagte, was er sie gebeten hatte, zu sagen, und ihm sagte, er solle zurückkommen und dich suchen ...“

„Sie muss eine tolle Frau sein“, sagte Noel.

„Sie ist die beste und edelste Frau der Welt – die ehrlichste, die liebste und die schönste ...“, sagte ich.

Noel sah mich lange und eindringlich an.

„Mann! Ich wünschte, ich wäre ein Schriftsteller!“, sagte Buddy. „Ist das nicht die tollste Geschichte, die du je gehört hast? ... Und ist er nicht der Weiße? ... Mein Gott, er ist wie seine Brüder! ... Komm zurück und such *mich*!“ ...

Und wir drei saßen da und starrten uns schweigend an, jeder in seine eigenen Gedanken versunken, neue Aspekte dieser erstaunlichen Angelegenheit erkennend und versuchend, die verblüffende Tatsache zu begreifen, dass wir uns aus entgegengesetzten Richtungen nähernd und ohne voneinander zu wissen, im Herzen und Zentrum dieses wunderbaren Labyrinths der Umstände begegnet waren.

„Und wie um alles in der Welt hast *du* John Geste kennengelernt?", fragte Noel plötzlich.

„Ich kannte alle drei", sagte ich, „... als sie noch Kinder waren ... Sie kommen aus einem Ort namens Brandon Abbas, einem richtigen Schloss ... nur ein oder zwei Meilen von Omas Haus in Brandon Regis entfernt ..."

„Wenn jemand jetzt sagt, dass die Welt doch klein ist, schlag ich ihn", meinte Buddy. „Mann, ist das nicht eine Welt!"

Wir dachten über die Kleinheit der Welt und die Wunder nach, die in ihrem begrenzten Raum stecken.

Es gab buchstäblich so viel zu sagen, dass es nichts zu sagen gab.

„Und warum um alles in der Welt sind diese drei Jungs aus den herrschaftlichen Anwesen Englands zur Legion gekommen?", fragte Noel. „Die drei zusammen könnten nicht einmal einen halben schmutzigen Streich aushecken, selbst wenn sie ihre ganze Zeit dafür opfern würden."

„Beau Geste ist weggelaufen und hat sich gemeldet, um ein Mädchen zu beschützen – sie ist jetzt tot – und die anderen beiden sind ihm gefolgt, um die Schuld mit ihm zu teilen."

„Es ging um einen verdammt großen Diamanten, oder?", sagte Buddy.

„So was in der Art", stimmte ich zu.

„Und woher weißt du das?", fragte Noel weiter.

„Ich habe seine Frau in einem Pflegeheim getroffen, nachdem ich in Zaguig angeschossen worden war", sagte ich. „Sie war auch ein Kind in Brandon Abbas."

„Und sie hat dir erzählt, dass John Geste zurückgekommen ist, um *uns* zu suchen, ohne zu wissen, dass wir *dein* Bruder und Co. sind?", fragte Noel.

„Er ist zurückgekommen, um *mich* zu suchen", warf Buddy ein. „Er hat sich einen Dreck um dich geschert, Hank Sheikh."

„Und du hast angeboten, ihn zu suchen?", fuhr Noel fort und sah mich nachdenklich an. „Und du bist zur Legion gegangen, um nach Zephyrs geschickt zu werden, in der Hoffnung, mit ihm in Kontakt zu kommen ...?"

„Guter Scout ...", murmelte er und saß nachdenklich da, während er sich wie ein echter Araber den Bart strich und mit den Fingern durchfuhr.

„Nun, mein Sohn, der allmächtige Gott wollte, dass du John Geste findest", sagte er schließlich. „Stell dir vor, du wirst zum selben Bataillon geschickt, dann sitzt ihr zusammen in diesem *Silo* fest, und dann schnappt sich der Touareg jeden Franzosen zwischen dort und Zaguig."

„Ja", stimmte ich zu. „... Und das ist es, was ich wissen will ... Wie in aller Welt hast *du* wieder einmal *das* alles erfahren? Wer hat *dir* erzählt, dass zwei französische Sträflinge in den Händen von Scheich Yussuf ben Amir waren und dass sie nach einem Massaker aus einem *Silo* gerettet wurden?"

„Wer hat dich gerettet, mein Sohn?", lächelte Noel.

„Drei alte Vogelscheuchen – Dorfbettler, Faulenzer ... Zusammen waren sie etwa drei Jahrhunderte alt ...", sagte ich.

„Das sind Yacoub, der ohne Wasser lebt, und seine beiden jungen Brüder ..."

„Alf und Ed", flüsterte Buddy.

„... die Chefs meines Wüstengeheimdienstes. Du warst kaum aus dem Boden, da wusste ich schon, dass es einen Überfall auf die Straßenbanden gegeben hatte, und du warst kaum in der Gewalt von Selim ben Yussuf, da wusste ich schon, dass ein paar französische Gefangene in einem *Silo* gefunden worden waren. Das habe ich alles auf dem Weg hierher erfahren ... Ich bin der Friedenswächter in dieser Gegend ..."

„Und die Teile ...", murmelte der Wesir.

„... Und ich habe mein Kamelkorps direkt hierher geschickt, als Yacoub mir Nachricht schickte, dass die Tuareg in meinem Land aktiv geworden waren ... Ich werde Herrn Selim ben Yussuf eine Lektion erteilen, die er nicht vergessen wird, und ihn wissen lassen, wer der Emir dieser Konföderation ist – wenn es Geschäfte mit den Franzosen zu machen gibt ... Es war seine Aufgabe, dich ordentlich zu behandeln und mich zu benachrichtigen, dass er dich gefangen genommen hatte ...“

Ja, verdammt sei er“, fuhr er fort. ”Er hätte dich ausgeliefert, wenn nicht diese Todesengel-Frau gewesen wäre ... Und so ist es nun *John Geste...*”

“Und jetzt müssen wir John Geste holen ...”, warf Buddy ein. ”Und das wird ein Spiel, das gespielt werden will ... Verdammter Selim ben Yussuf ... Ich werde ihn an seinen eigenen Eingeweiden aufhängen ...

„Eines noch“, fügte er hinzu, „ich habe seine Tochter für ihn geküsst, und das macht die arabischen Ziegen sicher *ganz überrascht...*“

* * *

Stille.

* * *

„Bud“, sagte mein Bruder zum Wesir, „wir haben hier ein großes Geschäft aufgebaut ... Wir haben den Indianern eine Menge beigebracht ... Wir haben dem Jungen den Platz des alten Mannes gesichert ... Wir haben ihnen beigebracht, wie man mit den Tuareg umgeht, und wir haben sie mit den Franzosen versöhnt ... Es ist ein gutes, solides, florierendes Unternehmen, mit mir als Präsident, dir als Vizepräsident und einem handverlesenen Vorstand, und einer Million Francs, die unter dem alten Apfelbaum investiert sind ... Wir sind für das Leben gerüstet ... Wir zahlen unsere eigenen Gehälter und legen unsere eigenen Renten fest ... auch das Rentenalter ...“

„Klar, Hank Sheikh“, sagte sein Wazir. „Wir sind wirklich die verdienten Reichen ...“

„... Auf Samt und Seide“, fuhr mein Bruder fort. „Wir haben es geschafft und all die schönen Dinge bekommen, die uns zustehen ... Wir sind fast Kaiser ... Auf jeden Fall Präsidenten einer Republik ... Und jetzt kommt dieser John Geste daher, steigt in die Zephyrs, unser eigener Vertreter holt ihn raus, und er steigt wieder ein.... Sollen wir wieder alles verlieren, um ihn zu retten?... *Lass ihn doch, wo er ist....*“

„Lass das, Hank Sheikh“, antwortete der Wazir.

„Sollen wir unser Lebenswerk zunichte machen?“

„Sicher“, sagte der Wesir prompt.

„Sollen wir alles verlieren, wofür wir gearbeitet und geschuftet und gelitten und unser Leben riskiert haben?“

„Alles bis auf den letzten Cent“, stimmte der Wesir zu.

„Sollen wir unseren Vertrag mit den Franzosen brechen? Unser Wort gegenüber den Stämmen brechen? Die Herzen der Männer brechen, die uns lieben und vertrauen?“

„Alles brechen“, stimmte der Wesir zu.

„Sollen wir in unserem Alter noch mal von vorne anfangen? Wieder aufbrechen?“

„Sicher ... Wir nehmen den Weg und alles, was wir bekommen können ... Was ist los mit dir, du alter Narr?“

„Du meinst, du willst alles wegwerfen – den größten goldenen Erfolg, den zwei hungrige Landstreicher je hatten, einfach so *wegwerfen...* Von einem reichen Prinzen wieder zu einem bettelnden Landstreicher werden?“ ...

„Ist unser Freund in Schwierigkeiten, Hank?“, fragte Buddy. „Wovon redest du?“

„Gib mir die Hand, Junge“, sagte mein Bruder. Und die beiden Männer schüttelten sich die Hände.

„Manche würden sagen, unsere Pflicht gegenüber den Franzosen und diesen Arabern kommt zuerst“, sagte Noel.

„Sollen sie doch sagen“, antwortete Buddy.

„Manche Leute sagen, ein Mann sollte sein Wort nicht brechen“, fuhr Noel fort.

„ *Wort!*“ , spuckte Buddy. „Ist unser Freund nicht in Schwierigkeiten? Was ist das für ein Wort, das du gegeben hast, gegen das Wort, das du *nicht* gegeben *hast*? ... Dass du zu deinem Kumpel hältst, durch dick und dünn ... Erinnerst du dich, was du zu mir gesagt hast, Hank Sheikh? ... *'Es ist alles gemäß dem, was ihr "Bo Ideel„ nennt.'*“

„Guter Junge“, sagte mein Bruder, packte den kleinen Mann am Kragen und schüttelte ihn liebevoll. „Wenn dein Freund in der Not ist, ist er wirklich dein Freund.“

„Klar, Hank Sheikh ... Für einen Moment habe ich mich gefragt, ob du den Verstand verloren hast oder dir die Arbeit zu Kopf gestiegen ist.“

„Ich wollte dich nur auf die Probe stellen, mein Junge ... Entschuldige ...“

„Das solltest du auch, Hank Sheikh“, schnaufte Buddy.

„Glaub nicht, dass ich an dir gezweifelt habe, Junge, aber ich wollte dich daran erinnern, dass es ein hartes Leben ist und am Ende der Ruin wartet.“

„Für dich ist es schwerer, alter Hoss“, grinste Buddy. „Du hast eine Frau, ich nicht... Ich! Ich habe mehr Verstand...“

„Verheiratet, Noel? Herzlichen Glückwunsch ... Eine Araberin?“ sagte ich. „Nein, natürlich, ich erinnere mich ... Der Todesengel sagte, du hättest eine Engländerin geheiratet, die ihr ähnlich sieht...“

„Eine Engländerin – ganz anders als sie selbst“, antwortete Noel und sah mich seltsam an.

„Ich freue mich darauf, sie kennenzulernen und ihr als Schwager meine Aufwartung zu machen“, sagte ich und fragte mich, was für eine außergewöhnliche Person mein Bruder wohl in diesem Teil der Welt aufgegabelt hatte.

„Du hast sie schon getroffen, Oats“, antwortete Noel, und ich starrte ihn verblüfft an und begann wieder zu zweifeln, ob das alles nicht doch nur ein seltsamer Traum war.

Nein, es war kein Traum. Es war eher wie ein schöner Traum, der verschwendet war.

„Du hast sie getroffen?“, fragte ich. „Wo?“

„Sie war eine Fräulein Maud Atkinson“, sagte mein Bruder mit vorbildlicher Gelassenheit, und sowohl er als auch Buddy beobachteten mich erwartungsvoll und, wie mir schien, ein wenig defensiv.

Ich glaube nicht, dass mir die Kinnlade herunterfiel, noch dass mein Gesicht etwas anderes ausdrückte als das, was ich ihnen zeigen wollte.

„Noch mal herzlichen Glückwunsch, Noel“, rief ich. „Als ich dir vorhin gratuliert habe, waren das nur die üblichen Worte ... Jetzt kann ich dir gratulieren, dass du eine der mutigsten und besten kleinen Frauen geheiratet hast, die je gelebt haben. Sie ist *buchstäblich* durchs Feuer gegangen, um einer Freundin zu helfen – in einem brennenden Haus in England ... Sie ist aus purem Gold.“

„Danke, Oats“, sagte mein Bruder und streckte seine Hand aus.

„Ich hätte sie fast selbst geheiratet“, bemerkte Buddy düster. „Er hat sich am Tag zuvor eingemischt ... Hat sich mit seinen großen Hufen in unsere Liebesgeschichte eingemischt, bevor ich ...“

Der Emir legte eine hilfreiche Hand auf das Gesicht seines Wesirs und schaltete seinen Minister aus dem Gespräch aus.

„Und Mary hat dir *das* nie erzählt ...“, fuhr Noel fort.

„Nein ... Sie hat nur erwähnt, dass Maudie verheiratet ist“, sagte ich. „Macht das die Situation nicht ziemlich kompliziert?“

„Und ob sie das tut“, überlegte Noel. „Sie wäre die Erste, die mich wegjagen würde, um John Geste zu holen ... Sie würde uns nie verzeihen, wenn sie wüsste, dass wir einen Freund in Schwierigkeiten zurückgelassen haben ...“

„Wo ist sie jetzt?“, fragte ich.

„In meinem Hauptquartier in der Großen Oase“, antwortete mein Bruder. „Unter der Obhut meines Rates und eines alten Mannes, der Regent meines Stammes ist ... Zumindest glauben sie, dass sie in ihrer Obhut ist ... Tatsächlich ist sie der beste Mann von allen.“

„Hat sie dich als Araber geheiratet?“, fragte ich.

„Sie hat mich als einen schönen Scheich aus einem Buch geheiratet“, war die Antwort. „Sie wird mich wieder heiraten, als einen gewöhnlichen Mann ohne Arbeit, wenn wir nach Hause gehen ... Ich bin immer noch ein kleines Rätsel für sie ... Mädchen mögen Rätsel ... Sie wollte immer einen Scheich und jetzt hat sie einen ... Und sie ist eine *Huris*...“

„Eine Schande“, murmelte der Wesir. „Er hat sie unter falschen Vorwänden geheiratet ... Hat ihr erzählt, er hätte ein Buch gekauft und Englisch gelernt, um mit ihr reden zu können – dieser wilde alte Bock ... Hat die einzige Liebe meines Lebens ruiniert...“

„Macht nichts, mein Sohn“, tröstete der Emir. „Du hast gestern Abend eine neue angefangen.“

„Allerdings habe ich das“, stimmte Buddy mit stolzem Gesichtsausdruck zu. „Ich sage dir, sie hat sich direkt dort in mich verguckt... Und sie ist wahrlich ein zähes Mädchen... Ich werde später bei ihr vorbeischauen.“

„Du hast sicherlich Eindruck auf sie gemacht“, sagte ich. „Sie hat von dir gesprochen, als sie von ihrem Besuch zurückkam.“

„Und damit sind wir beim Punkt“, sagte Noel. „Sie hat mir erzählt, dass Selim ben Yussuf vor ein paar Tagen einen Verurteilten an eine *Peloton Méhariste* übergeben hat; und das bedeutet, dass er direkt nach Zaguig gebracht, wegen des arabischen Überfalls verhört und zurück zu einer Straßenbande geschickt wurde ... Nun, durch Gottes Gnade kennt der alte Yacoub-der-ohne-Wasser-geht sein Gesicht – und ich vertraue darauf, dass er ihn unter zehntausend herausfinden wird ... Ich werde ihn und seine Bande innerhalb einer Stunde befreien, und sobald John Geste wieder an der Straße arbeitet, werde ich es erfahren...“

„Was wird Yacoub tun?“, fragte ich.

„Alle“, brummte der Wesir.

„Meistens betteln“, antwortete mein Bruder. „Herumlungern ... schnorren ... rostige Dosen klauen und um ihr Leben rennen ... albern aussehen ... ein bisschen Wasser tragen ... einen Job annehmen ... ein Pferd halten ... ein Kamel führen ... Das sind die drei besten alten Schauspieler, die nie auf der Bühne standen ... Glaub mir, Henry Irving war nichts gegen Yacoub, der ohne Wasser geht...“

„Und wenn er ihn findet?“, fragte ich.

„Wieder diese *unverbesserlichen*Tuaregs...“, meinte der Wesir. „Es wird einen weiteren Überfall geben, und John Geste wird von ihnen gefangen genommen werden ... Selbst die Zephyrwinde werden den armen Kerl bemitleiden...“

„Das ist der Plan“, sagte Noel. „Das muss gut geplant werden ... Ich will niemandem wehtun und auch nicht, dass meine Leute erschossen werden, aber John Geste kommt direkt aus dieser Straßenbande...“

„Ich verstehe“, sagte ich nachdenklich. „Was wird in der Zwischenzeit aus mir?“

„Du bist tot und begraben, mein Sohn ... Dein Geist wird zum Indianer und bleibt bei uns, ohne sein Gesicht zu zeigen ... Wir werden ihn ein bisschen bräunen...“

„Aber es gibt ein halbes Dutzend Leute, die wissen, dass ich noch lebe“, sagte ich. „Die Leute da draußen, die mich hergebracht haben...“

„Das ist das Problem von Fräulein Todesengel“, antwortete mein Bruder. „Das sind ihre Leute ... Sie muss dafür sorgen, dass sie Selim ben Yussuf oder sonst jemandem nichts von ihren kleinen Spielchen erzählen...“

„Ich glaube nicht, dass sie viel reden werden, wenn ich mit ihnen gesprochen habe“, fügte er hinzu, und der Wesir lachte grimmig.

„Für die Franzosen bin ich natürlich tot“, bemerkte ich.

„Du bist bei dem Massaker ums Leben gekommen, mein Sohn ... Der arme alte John wird es schwer haben“, fuhr er fort. „Er kann den Franzosen schlecht sagen, dass du noch lebst und aus den Händen der wilden Beduinen befreit werden musst, und er kann dich auch nicht einfach Selim ben Yussuf überlassen, damit er dich foltern lässt, wie er glaubt...“

„Ich nehme an, Selim ben Yussuf könnte nichts ausrichten, wenn du ihn unter Druck setzen würdest?“, fragte ich.

“Nein”, antwortete mein Bruder. ” *Er* kann nichts tun ... Sobald er einen entflohenen Gefangenen zurückgibt, ist die Sache erledigt ... Ich selbst könnte nichts tun, obwohl ich Emir der verbündeten Stämme der Großen Oase und Verbündeter Frankreichs bin.

„... Nein, Selim kann mir nur alles über die Patrouille erzählen und dann nehmen, was ihm zusteht... Der Dummkopf!... Der verdammte unverschämte, anmaßende *Dummkopf*!... Ich könnte verhindern, dass er die Nachfolge seines Vaters als Scheich seines Stammes antritt... Wenn ich denn bleiben würde...“, und er lächelte bitter. „Ich werde ihn schon kriegen... wenn er rechtzeitig zurückkommt...“

„Er wird bestimmt bald zurückkommen“, sagte ich. „Das Mädchen hat ihn jeden Moment erwartet. Als wir den Lärm bei deiner Ankunft hörten, dachten wir sogar, er wäre gekommen...“

„Wie ist die Lage dort genau ... weißt du das?“, fragte Noel.

“Ja”, antwortete ich. ”Ich weiß ... Es ist eine verdammt schwierige Situation ... Selim ist wahnsinnig in das Mädchen verliebt, was du sicher verstehen kannst ... Und das Mädchen ist offenbar wahnsinnig in mich verliebt ... was du wahrscheinlich nicht verstehen kannst...

Ich habe die beiden vor langer Zeit in Bouzen kennengelernt, und da hat der Ärger schon angefangen ... Selim war damals hinter ihr her und wollte mich erstechen, weil sie mich bei einer Tanzvorführung ausgewählt hatte...

Ich nehme an, dass sie die Stadt satt hatte und einen Tag auf dem Land verbringen wollte ... Vielleicht wollte sie Selim vor der Heirat erst einmal testen ... Sie wird wahrscheinlich seine Stiefmutter werden, würde ich sagen...”

„Und dann bist du aufgetaucht und hast die Lage verändert...“, meinte mein Bruder. „Freund Selim hat sich selbst einen Gefallen getan, als er dich mit nach Hause gebracht hat, oder?“

„Ja ... und mir auch...“, seufzte ich. „Ich habe ihr einen ziemlich hohen Preis für meine Freiheit gezahlt, um wieder auf die Suche nach John Geste gehen zu können ... Noel, alter Junge, *hättest* du *nicht* einen Tag früher kommen *können*?“

„Nein, mein Sohn ... nicht einmal eine Stunde ... Warum?“

„Weil ich mit dem Todesengel einen fairen Deal gemacht habe, dass ich zu ihr zurückkomme, sobald ich John Geste aus dem Land gebracht habe, oder spätestens nach einem Jahr...“

„Zu ihr zurückkommen? Wozu?“, fragte mein Bruder.

„Um sie zu heiraten“, sagte ich.

Mein Bruder starrte mich ungläubig an und lachte dann bitter.

„Sie heiraten? ... Nun, das ist eine Verlobung, die gebrochen werden wird“, lächelte er.

„Nicht von mir, Noel“, sagte ich ihm. „Es ist eine ‘Gentleman-Vereinbarung’ ... Ich habe ihr mein Wort und meine Hand gegeben ... Sie hat ihren Teil getan, und ich muss meinen tun. Sobald wir John Geste aus dem Land gebracht haben...“

„Du kommst auch mit, mein Sohn – und wenn du in einem Sack hierher gebracht werden musst“, versicherte mein Bruder.

„Noel“, sagte ich, „hör zu ... Bevor du gekommen bist, hat dieses Mädchen einen Handel mit mir geschlossen. Sie würde mir helfen, John Geste aus dem Land zu bringen ... Als Gegenleistung habe ich ihr feierlich versprochen, dass ich zurückkommen würde. Und das werde ich auch tun...“

„Ich verstehe dich, mein Sohn“, antwortete er nachdenklich.

* * *

Es wurde still, und wir saßen da, jeder in seine eigenen Gedanken versunken – wenn man das Staunen über unglaubliche, aber unbestreitbare Tatsachen als Nachdenken bezeichnen kann.

Der Wesir brach als Erster das Schweigen, und der Verlauf seiner Überlegungen war offensichtlich.

„Verstehe ich das richtig, dass du mit dieser jungen Frau verlobt bist?“, fragte er zielstrebig.

„Ja“, sagte ich.

„Du *würdest*...“, bemerkte er düster und fügte auf meine fragende Blick hin hinzu:
„Ich wollte ihr heute selbst einen Heiratsantrag machen...“
„Dann hoffe ich aufrichtig, dass du es tust und dass du Erfolg hast“, antwortete ich.
„Nun, du bist mir zuvorgekommen, Bo ... Belassen wir es dabei ... Ich bin im Grunde kein schlechter Mensch...“
„Nein. Es ist dein Kopf, der schlecht ist“, bemerkte mein Bruder. „Dein Verstand ist schon lange verdorben ... Jetzt hör auf zu quatschen und kläre Marbruk ben Hassan auf ... Ich will Yacoub hier haben, bevor Marbruk ihn holen kann...“
Der Wesir verließ das Zelt.
„Wer *ist* das, Noel?“, fragte ich.
„Der größte kleine Mann, der je gelebt hat ... Und mein Freund“, antwortete mein Bruder. „Ich habe mich ihm angeschlossen, als ich von zu Hause weggelaufen bin, und seitdem sind wir zusammen ... Er ist der mutigste Mann, den ich je gesehen habe, und es hat nie einen standhafteren Menschen gegeben ... Er ist ehrlich, mein Sohn ... Und wenn du ihn brauchst, ist er *da*...“
„Was ist das für eine Sprache, die er spricht?“, fragte ich.
„Nun, er wurde in der Bowery in New York geboren, und das ist seine Muttersprache ... Und er ging in der South State Street und der Cottage Grove Avenue in Chicago zur Schule, in den Slums dort, und er spricht den Dialekt ... Er hat seinen Abschluss am Hafen von San Francisco gemacht und dort gute Sprache gelernt ... Er war Barkeeper in Seattle und ging dann zum Goldschürfen ... Er war Cowboy in Texas und Arizona und hat die Straßen der USA viel bereist – und die Eisenbahn noch mehr, aber ich glaube nicht, dass er jemals eine Fahrkarte gekauft hat...“
„Und warum redest du wie er, wenn du mit ihm sprichst?“, fragte ich.
“Weil ich gute Manieren habe”, antwortete Noel. ”Und was für Bud gut genug ist, ist auch für mich gut genug...
„Jetzt bleibst du mal hier, mein Sohn“, fuhr er fort. „Ich werde eine *Mejliss* abhalten und mich an die Arbeit machen...“

* * *

Ein paar Minuten später saßen der Emir und sein Wesir auf dem Teppich und den Kissen vor dem großen Zelt, in dem ich mich versteckt hatte.
Der orientalische Potentat saß zu Gericht, wenn auch nicht wie früher „am Stadttor“, so doch in der Tür seines Zeltes und im Schatten einer Palme, wie in längst vergangenen Tagen.
Der Zwerg Marbruk ben Hassan brachte die Gruppe, die mich begleitet hatte, zum Richterstuhl.
„Es gab also zwei *rumänische* Gefangene...“, sagte der Emir mit tiefer Stimme, „... und einer von ihnen wurde den Franzosen übergeben, und der andere starb ... Ist es nicht so?“
„So ist es, oh Emir“, sagte die Stimme des guten *Hakim*.
„So ist es in der Tat, oh Emir“, sagte Abd’allah ibn Moussa.
Und die Stimmen der Diener sangen den Refrain im Chor.
„Und sein Körper wurde im Sand begraben“, fuhr der Emir fort. „Ihr wart alle dabei, denke ich?“
„Alle, oh Emir...“, war die einstimmige Antwort.
„Es kann kein Irrtum vorliegen?“, fragte der Emir. „Ich würde es bedauern, wenn jemand einen Fehler gemacht hätte ... Ich würde ihn bedauern, und seinen Sohn, den Sohn seines Sohnes, seine Frauen und seine Kinder, seine Kamele, seine Ziegen und alles, was er besaß.“
Alle schienen vollkommen sicher zu sein, dass es keinen Irrtum geben konnte.
„War es ein tiefes oder ein flaches Grab, in dem ihr diesen unglücklichen Gefangenen begraben habt?“, fragte der Emir weiter.
Und es war die Stimme von Abd’allah, die prompt antwortete:

„Oh, ein sehr flaches Grab, oh Emir ... Es könnte sein, dass Schakale die Leiche weggetragen haben ... sollte jetzt jemand danach suchen ...“

Und die Stimme des *Hakim* stimmte ein:

„Und es war eine viel betretene Stelle, oh Emir, in der Nähe der Kamelweide ... Eine sehr schwer zu findende Stelle ... selbst wenn die Schakale das Grab nicht geplündert hätten ...“

„Es ist gut“, schloss der Emir. „Geht in Frieden und macht keinen Fehler ... denn mein Arm ist lang – lang wie der Schwanz des Pferdes des Propheten.“

Kapitel XV

Die folgenden Tage verbrachte ich in einer seltsamen Gemütsverfassung, aber körperlich ging es mir sehr gut. Ich hatte mich vollständig und dringend nötig erholt und war frei von allen persönlichen Ängsten und Sorgen; und meine Hoffnung in Bezug auf John Geste stieg. Ich hatte ihn in meinen Händen gehabt und würde ihn wiederbekommen.

Dieser Bruder von mir war ein starker Mann – ein starker, bewaffneter Mann –, einflussreich und mächtig, es sei denn, er geriet in einen bewussten Konflikt mit den Franzosen, deren Freund und Verbündeter er war.

Mit ihm war ich absolut sicher, und obwohl ich selbst untätig war, hatte ich das Gefühl, dass alles getan wurde, um meine Angelegenheiten voranzubringen – die nun ebenso die meines Bruders und seines Freundes waren.

Ich konnte auf meinen Kissen liegen, mich ausruhen und entspannen, und war dennoch glücklich in dem Wissen, dass mehr für die Rettung von John Geste getan wurde als jemals zuvor, seit Isobel mir von seiner Gefangennahme erzählt hatte.

Ich konnte nicht mit diesen beiden reden, ohne von einem Gefühl völliger Zuversicht erfüllt zu sein. Sie waren so sicher, dass ihr Geheimdienst in der Wüste – der sie noch nie im Stich gelassen hatte – Johns Aufenthaltsort schnell herausfinden würde und dass ihre tapferen und treuen Kämpfer seine Rettung schaffen würden.

Natürlich hatte ich Momente der Angst, der Niedergeschlagenheit, der Sorge und des Zweifels, aber ich hatte auch Stunden der Hoffnung und der Freude und der Gewissheit, dass alles gut werden würde und dass ich noch erleben würde, wie John Geste an Bord eines britischen oder amerikanischen Schiffes treten würde.

Und an diesem Punkt weckte ich mich immer aus meinem Tagtraum und weigerte mich, an die Zukunft zu denken.

Das Leben – mit dem Engel des Todes als meiner Frau!

Nun, ich musste das Beste daraus machen, und das Beste aus ihr. In jedem Menschen steckt etwas Gutes, und wahrscheinlich war sie auf ihre Weise – und hätte man ihr eine faire Chance gegeben – genauso „gut“ wie ich ... Und auf jeden Fall würde ich ein glücklicher Mann sein, wenn es mir nur gelänge, John zu retten ...

* * *

Während dieser kurzen Wartezeit, dieser winzigen Oase in der Wüste des anstrengenden Lebens, kam ich meinem Bruder wieder sehr nahe und lernte ihn sehr gut kennen.

Je mehr ich erfuhr, desto mehr bewunderte ich seine erstaunliche Leistung – seinen Aufstieg aus eigener Kraft, von einem praktisch toten Mann, der nur noch ein zerlumptes Kleidungsstück besaß, zu seiner heutigen Position als Mann von Reichtum, Macht und Bedeutung.

Seine Geschichte war wirklich unglaublich, und in meinem Kopf stellte ich ihn auf eine Stufe mit Leuten wie Burton, der Araber wurde, nach Mekka pilgerte und den Titel „*Haji*“, „Muslim der Muslime“, bekam.

Kein Wunder, dass Major de Beaujolais trotz seiner ganzen Geheimdienstausbildung keinen Grund zur Misstrauen hatte, da die Araber selbst ihn für einen Araber hielten.

Seine Jahre der Wanderschaft in der Wüste mit John und Digby Geste müssen eine harte Lehre gewesen sein, aber die einzig mögliche, um einen solchen Erfolg zu erzielen.

Das Gleiche galt für *den treuen Gefährten* meines Bruders, Buddy.

Keiner von beiden war ein Mann der Bücher, aber beide waren Männer mit Verstand, Fähigkeiten, Entschlossenheit und Charakter.

Noel war in dieser Hinsicht ganz der Sohn seines Vaters, aber oh, was für ein anderer Mensch – mit seiner weisen, großzügigen Toleranz.

Als ich versuchte, Noels geistige Haltung gegenüber unserem Vater zu ergründen, war ich etwas verwirrt, kam aber zu dem Schluss, dass er ihn, wenn er ihn nicht sogar noch hasste, doch mit einer gewissen Bitterkeit betrachtete und sich das Vergnügen versprach, eines Tages nach Hause zurückzukehren und „mit ihm abzurechnen", ihn „zu bezwingen", wie er es ausdrückte...

Nicht aus Bitterkeit und Rache oder mit der geringsten Absicht, ihn zu demütigen, sondern eher, um sein Selbstwertgefühl zu stärken und ihm auf Augenhöhe, auf seiner eigenen Ebene, als Mann unter Männern zu begegnen; und insbesondere, glaube ich, wollte Noel ihm beweisen, dass ein Sohn von Homer H. Vanbrugh aus eigener Kraft etwas erreichen konnte, ohne für immer in Homer H. Vanbrughs Tasche oder im Schatten seiner erdrückenden und überwältigenden Gestalt zu leben.

Während wir miteinander redeten, wuchs nicht nur meine Zuneigung zu meinem Bruder, sondern auch mein Respekt. Und ich beneidete ihn ... Er war der glückliche Krieger. Er hatte bewusst den Lebensweg gewählt, der zu ihm passte und für den er geeignet war, hatte den Beruf des reichen Sohnes abgelehnt, der ihm durch die Umstände angeboten worden war, und war hinausgegangen auf die Hauptstraßen und Nebenwege der Welt, auf die offenen Straßen, die ihn riefen.

Er hatte einen steilen und steinigen Weg erklommen und hatte die Anstrengung und die Gefahr genossen. Er hatte Kontakt mit der Realität aufgenommen, dem Leben ins Gesicht geschaut und den großen Gott der Dinge, wie sie sind, anerkannt.

Und von all den interessanten Dingen an ihm interessierte mich am meisten die Tatsache, dass er, obwohl er buchstäblich und tatsächlich von Erfolg gekrönt war, ohne einen Moment zu zögern bereit war, diese Krone wegzuwerfen – wegen eines Wortes, wegen eines Wortes eines Freundes in Gefahr.

Eine Krone war nicht sein *Ideal.*

Ein Mann, der dachte wie Don Quijote, obwohl er sich entschied, zu sprechen wie Sancho Pansa.

Und je besser ich seinen Freund kennenlernte, desto mehr mochte und respektierte ich ihn, denn er teilte die Werte und Maßstäbe meines Bruders.

Inwieweit das an seinem unbeeinflussten Charakter lag und wie viel daran, dass mein Bruder sein unerschütterlicher Held und sein makelloses Vorbild war, weiß ich nicht – und wenn Letzteres der Fall war, umso mehr Ehre gebührt ihm dafür, dass ein solcher Mann sein Ideal sein konnte.

Ja – ich mochte Buddy. Und ich schrieb ihm einen mutigen, unbesiegbaren Geist zu, aufrichtig, treu und gut.

§ 2

„Versteck dich, Junge", flüsterte mein Bruder, als er mein gemütliches Zelt betrat, in dem ich friedlich lag – in der Ruhe der großen Wüste.

„Französische Patrouille kommt ... Hinter dieser Gesichtsbemalung bist du sicher – nicht mal dein eigener Vater würde dich erkennen ... Aber gib nicht so an ... Wenn du ein Auge in die eine und ein Ohr in die andere Ritze steckst, kannst du vielleicht etwas Spaß haben..."

Es war nicht gerade lustig, aber sehr interessant, den Offizieren der Patrouille zuzuhören, wie sie sich mit dem Emir el Hamel el Kebir und dem Scheich el Habibka el Wazir bei drei Runden zeremoniellen und höflichen Minztees unterhielten.

Wunderbar war die unerschütterliche arabische Würde, mit der der Emir, sein Wazir, die Scheichs und die Oberhäupter den französischen *Unteroffizier* und seine europäischen Untergebenen empfingen und begrüßten und sie zu dem mit Teppichen und Kissen bedeckten Teppich vor dem Zelt des Emirs führten.

Nachdem alle üblichen und angemessenen Formalitäten erledigt waren, kam der französische *Unteroffizier* zur Sache.

Es schien, dass die französischen Behörden in Zaguig die schnelle Reaktion des Emirs, der sich sofort zum Ort des Massakers begeben hatte, zu schätzen wussten und hofften, dass er inzwischen einige Informationen über die Angreifer hatte...

Natürlich gerieten die Tuareg sofort in Verdacht ... aber es war leicht, „ *Tuareg*" zu schreien – und es gab bestimmte Merkmale des Überfalls, die auf Tuareg hindeuten könnten oder auch nicht ... Diese Merkmale könnten sozusagen durch den Gesichtsschleier der Tuareg verdeckt gewesen sein...

Aber, und hier gab es einen Punkt, den man bedenken musste, könnten diese Schleier nicht ausgeliehen gewesen sein und könnten sie nicht Gesichtszüge verhüllt haben, die überhaupt nicht denen der Tuareg entsprachen?

Es gab Gründe, das zu glauben, und wenn das Massaker das Werk der Touareg gewesen war, warum wurde dann wenigstens einem der Straßenräuber das Leben geschenkt? Und wie war dieser Mann in die Hände von Selim ben Yussuf geraten?

Der Verurteilte selbst sagte nichts ... absolut nichts ... obwohl er zweifellos jede Ermutigung zum Sprechen erhalten hatte. (Ich ballte die Fäuste, während ich zuhörte und an den armen John dachte ... Ich verfluchte den Engel des Todes.) ... Natürlich könnte er auf den Kopf geschlagen worden sein und sich wirklich an nichts erinnern, wie er sagte ... Aber *wie* hatte Selim ben Yussuf ihn in seine Gewalt gebracht?...

Und was genau machte Selim ben Yussuf nur wenige Kilometer von dem Ort des Massakers entfernt?

Der alte Scheich Yussuf ben Amir, sein Vater, war zweifellos in Ordnung, aber Selim ben Yussuf war ein ganz anderes Kaliber...

Er hatte einen schlechten Ruf, oder besser gesagt, er stand ständig unter starkem Verdacht.... Man war fest davon überzeugt, dass er eine wichtige Rolle beim Massaker von Zaguig gespielt hatte, obwohl es außer einem amerikanischen Touristen keine Überlebenden gab und man keine Beweise gegen ihn finden konnte. (Das fand ich wirklich interessant.) ... Dennoch hatte Major de Beaujolais berichtet, dass er Selim kurz vor dem Massaker in Zaguig gesehen hatte – und wo war dieser Herr in diesem Moment?...

Der Emir strich sich über den Bart und nickte ernst, während der Franzose sprach ... Und der Wesir des Emirs strich sich ebenfalls über den Bart und nickte ernst und weise, wie sein Herr es tat.

Es schien, als hege der Emir selbst einen Verdacht gegen Selim ben Yussuf und habe ein Auge auf ihn geworfen ... und tatsächlich war der einzige Grund, warum er mit seinem Kamelkorps an diesem Ort lagerte, der, zu sehen, ob Selim zum Stamm zurückkehrte, und in der Zwischenzeit umfassende Nachforschungen über seinen Aufenthaltsort und seine Bewegungen anzustellen.

Und hatte der Emir das Gerücht gehört, das *Adjutant* Lebaudy irgendwo aufgeschnappt hatte ... dass Selim ben Yussuf *zwei* französische Gefangene hatte?

Hier strich sich der Emir nachdenklich über den Bart.

„Wenn er noch einen Gefangenen hat, hat er ihn mitgenommen", sagte er. „Es steht absolut außer Frage, dass sich noch ein weiterer französischer Gefangener in ihrem Lager dort drüben befindet..."

„Das ist sicher?", fragte der Offizier.

„So sicher, wie Mohammed der Prophet Allahs ist ... Wenn du willst, kannst du von Zelt zu Zelt gehen, aber das wäre reine Zeitverschwendung...", sagte der Emir.

„Es wäre wie bei einem jungen Fuchs", fügte er nachdenklich und mit gerunzelter Stirn hinzu, „wenn er zwei *hätte*, einen als Zeichen des guten Willens aufzugeben und den anderen als Geisel zu behalten – oder zu foltern, wenn er die *Roumi* hasst, wie manche sagen..."

„Hm ... Einen aufgeben, um seine Liebe zu zeigen, und einen behalten, um seinen Hass zu zeigen, was?", sagte der Franzose.

Der Emir erkundigte sich daraufhin nach diesem merkwürdigen Gerücht und erfuhr, dass ein arabischer *Méhariste* aus der Patrouille *von Adjudant Lebaudy* von einem Ziegenhirtenjungen, von dem er einige Datteln gekauft hatte, erfahren hatte, dass es zwei *Roumi-Gefangene* gegeben habe, von denen jedoch einer gestorben sei....

Wahrscheinlich nichts weiter – außer dass einer der Geheimdienstspione auch eine zugegebenermaßen etwas fantastische Geschichte über einen *Roumi-Gefangenen* erzählt hatte, der von einer Frau zu Tode gefoltert worden sei...

Der Emir schien nicht beeindruckt zu sein.

„Bei Neumond werden es zehn sein...", lächelte er. „Aber unser junger Freund Selim wird uns aufklären ... Oh ja ... Selim wird reden..."

„Selim wird quieken, was?", grinste der französische Offizier grimmig.

Der Emir sah auf.

„Was sagt der alte Scheich Yussuf ben Amir?", fragte er.

„Er sagt, er weiß absolut nichts über Selims Bewegungen oder über Selims Gefangenen oder Gefangene, und ich glaube, er sagt die Wahrheit..."

Und der Emir versicherte dem Offizier, dass er, El Hamel el Kebir, die Wahrheit erfahren werde, die ganze Wahrheit und nichts als die Wahrheit darüber, ob sich ein oder zwei französische Gefangene in den Händen von Selim ben Yussuf befanden und auf welche Weise genau dieser Verdächtige sie in seine Gewalt gebracht hatte.

Noch eine Sache – und der Offizier nahm seinen Reitstock und *seine Mütze* – es kamen *Befehle* für den Stamm von Scheich Yussuf ben Amir, sofort in die Oase von Sidi Usman in der Nähe von Bouzen zu ziehen, sich dort zu versammeln und bis auf Weiteres zu bleiben.

Würde der Emir ihre Abreise erleichtern und eine Patrouille in der Nachbarschaft aufstellen, solange es wahrscheinlich schien, dass Selim ben Yussuf und die mit ihm kämpfenden Männer dorthin zurückkehren könnten, wo er den Stamm gelagert hatte...

§ 3

Und am nächsten Tag, als wir drei in würdevoller Abgeschiedenheit von allen anderen Männern saßen, kam ein Diener herbeigelaufen, sprach mit dem sudanesischen Wachposten, dessen Aufgabe es war, dafür zu sorgen, dass sich niemand Unbefugtes in Hörweite näherte, und näherte sich uns.

„Yacoub, der ohne Wasser geht, schickt einen Boten, oh Emir", sagte der Mann und verbeugte sich.

„Bring ihn sofort her, el R'Orab", befahl der Emir, und ein oder zwei Minuten später näherte sich ein alter und schmutziger Bettler, ein Mann, der so alt und gebrechlich war, dass das Fleisch seiner gebeugten und zitternden Beine eher mit trockenen grauen Schuppen als mit brauner menschlicher Haut bedeckt schien. Sein Gesicht drückte nichts als senile Schwachsinnigkeit aus, und als sich seine verschrumpelten Lippen öffneten und das zahnlose Zahnfleisch und eine Zunge wie die eines Papageis zum Vorschein kamen, erwartete man nichts als die schrille, piepsige Stimme eines bemitleidenswerten Greises, der schon weit in der zweiten Kindheit war.

Er stützte seinen ausgemergelten Körper mit Hilfe eines Stockes, verbeugte sich tief, warf mir einen fragenden Blick zu und verwandelte sich, nachdem er vom Emir die freundliche Erlaubnis erhalten hatte, frei zu sprechen, auf erstaunliche Weise.

Sicherlich war er immer noch ein schmutziger alter Mann, aber einer, dessen Gesicht nun Klugheit, Wachsamkeit und reife Weisheit ausdrückte. Ein hoffnungsloser, hilfloser, tatteriger alter Mann verwandelte sich vor meinen Augen in einen äußerst klugen, rüstigen und kompetenten alten Herrn.

"Möge der Sidi Emir ewig leben!", sagte er, "und unter dem Schutz Allahs und der Fürsorge seines Propheten wohnen ... Demütigste Grüße von seinem niedrigsten Sklaven, Yacoub, der ohne Wasser geht, und diese Botschaft...

„Wisse, oh Emir, dass der *rumänische* Gefangene, den Scheich Selim ben Yussuf an die *Franzawi* verkauft hat, in die Stadt Zaguig gebracht und dort ins Gefängnis geworfen wurde ... Am

Tor des Gefängnisses saß ich, ein blinder und nackter Bettler, und bat um Almosen für die Liebe Allahs! Almosen um Allahs willen, des Barmherzigen, des Gnädigen..." Ich habe diesen Ort weder bei Tag noch bei Nacht verlassen, und alle, die hineingegangen sind, und alle, die herausgekommen sind, habe ich gesehen ... Ja, jeden einzelnen ... Und siehe, dreimal wurde der *Roumi-Gefangene* von Soldaten aus diesem alten Gefängnis in die neue Kaserne gebracht ... Und dreimal wurde er zurückgebracht ... Jedes Mal folgte ich ihm aus der Ferne, und was geschah, als er in die Kaserne der *franzawi-Soldaten* gebracht wurde, weiß ich nicht, außer dass sich hohe Offiziere versammelten und ihn befragten ... denn ich kletterte auf den Rücken eines vorbeiziehenden Kamels und sah durch die Eisenstangen des „Lochs, durch das man hinausschauen kann" ...

„... Und als er zum vierten Mal aus dem Gefängnis geholt wurde, marschierte er mit anderen wie ihm, umgeben von Soldaten, die Straße entlang, die die *Franzawi* von Zaguig zur Großen Oase bauen ... Und jeweils eine Nacht machten sie in einem bewaffneten Lager Halt ... Und nun sind er und die anderen mit ihm an den Ort des verlassenen Dorfes gekommen und setzen die Arbeit der Toten fort ... Mit meinen eigenen Augen sehe ich diesen Mann und mit der Stimme meines Bruders spreche ich diese Worte ... Und möge der Friede Allahs mit dem Sidi Emir sein und ihn umgeben..."

„Und das ist die Botschaft meines Bruders, Yacoub, der ohne Wasser geht, oh Herr..."

Und:

„Es ist gut", antwortete der Emir. „Geht und esst."

Und als der kluge alte Herr wieder zum idiotischen Hundertjährigen wurde und aus Hörweite wankte, sagte Noel:

„Guter Gott über uns!", sagte Noel. „*John Geste! John* Geste selbst ist keine zehn Meilen von hier entfernt, Otis!"

Und ich konnte nichts erwidern.

§ 4

Wir hielten sofort eine Kriegsratssitzung ab.

Mein Bruder ist ein Mann der schnellen Tat, aber er gehört nicht zu denen, die erst handeln und dann denken. Ich denke, sein erstaunlicher Erfolg unter den Arabern war ebenso sehr seiner Weisheit im Ratzelt zu verdanken wie seinem Geschick und Mut auf dem Schlachtfeld.

In der seltsamen Rolle, die mein Bruder in dieser Phase seines Lebens spielte, zählten Taktik und Strategie mehr als Draufgängertum. Es interessierte mich sehr, zu sehen, wie er die Ansichten und Meinungen von Buddy und mir und dann die seiner vertrauenswürdigsten arabischen Leutnants abwog, sie sorgfältig diskutierte und dann seine eigene Meinung und die Gründe dafür vorbrachte.

Da ich in der Straßenbaukolonne gearbeitet hatte und die Methoden und Abläufe der täglichen und nächtlichen Arbeit bis ins kleinste Detail kannte, wurde ich um Rat gefragt, um Vorschläge gebeten und schmeichelhaft aufgefordert, genau zu sagen, was ich tun würde, wenn ich für die Rettungsaktion verantwortlich wäre.

Mir war sofort klar, dass wir zwei Möglichkeiten hatten – Gewalt oder List –, und ich brachte diese Binsenweisheit auch gleich auf den Tisch.

„Nimm zuerst die Gewaltidee, mein Sohn", sagte Noel, „aber denk daran, dass es kein Überfall wie der letzte sein soll. Ich werde John Geste haben, selbst wenn ich jeden Araber und Franzosen in Afrika töten muss, aber ich habe vor, ihn zu fassen, ohne jemanden zu töten."

„Das schränkt die Gewaltanwendung doch ziemlich ein, oder?", sagte ich. „Das schränkt den Handlungsspielraum ein wenig ein ... Was würde passieren, wenn wir mit überwältigender Kraft, aber unbewaffnet über die Arbeitsgruppe herfallen würden ... John einfach mit Gewalt entführen würden ... Wir drei würden ihn packen, während hundert gute und treue Männer alle anderen in die Flucht schlagen, und dann würden wir davonreiten?"

„Was würde passieren, mein Sohn? ... Wir würden etwa dreißig Tote hinterlassen ... wahrscheinlich einschließlich John Geste und sicherlich uns selbst ... Wie ich schon sagte, ich will nicht, dass jemand getötet wird, vor allem nicht meine eigenen Leute ...“

„Wie wäre es mit einer handverlesenen Gruppe, die den Ort im Dunkeln umstellt und zielgenau und schnell schießt – aber hoch... Während sie darauf achten, niemanden zu treffen, stürmen wir drei, bewaffnet mit jeweils einem halben Meter Bleirohr, hinein und schnappen uns John...“

„Reinstürmen und John nicht erwischen“, sagte mein Bruder. „Stattdessen kriegen wir jeweils etwa sieben Kugeln...“

„Na ja ... wie wäre es mit folgender Idee? ... Lass deinen Mann Yacoub John warnen, dass er morgen bei Sonnenuntergang *bereit* sein soll ... und dass etwas passieren wird ... Dann lässt du den Stamm von Selim ben Yussuf am Nachmittag aufbrechen und kurz bevor die Bande ihre Arbeit einstellt, die Straße passieren ... Alle deine Männer könnten sich dem Zug anschließen, mit Kamelen und allem, und je mehr Staub sie aufwirbeln, desto besser ... Wir drei und ein paar ausgewählte Jungs, denen man vertrauen kann, könnten uns in einer Gruppe zusammenfinden, und einer von uns könnte einen *Ersatz-Haik* und *einen Burnus* mitnehmen ... Wenn wir vorbeikommen und uns auf der Straße drängeln, geht Yacoub neben John und sagt “Jetzt!„ zu ihm, und ich rufe “Komm, John!„ ... Er tritt einfach in die Menge, und wir werfen ihm den *Ersatzburnus* um, um seine Uniform zu verstecken, und er zieht ihn sich über das Gesicht.... Buddy soll ein Ersatzkamel führen, und wir drei drängen so schnell wir können nach vorne, an die Spitze der Kolonne, und reiten dann los....“ Mein Bruder lächelte.

„Tolle Idee, Oats“, sagte er freundlich. „Aber es würde heißen ‘Raus vom Rasen’, sobald die Menge versucht, die Straße zu benutzen ...*Auf die Leichen vor uns, in fünfhundert Metern Entfernung, sieben Schüsse im Schnellfeuer*... Nein, mein Sohn ... vor allem nach dem letzten Überfall kommen keine Staubwolken in die Nähe einer Zephyr-Gruppe. Weder entlang der Straße noch quer darüber...“

„Na, dann versuchen wir es mit List“, sagte ich. „Wie wäre es, wenn der alte Yacoub John eine Feile zusteckt und in der Nähe bleibt, bis John sich heimlich davonmacht ... Wir warten in der Nähe mit schnellen Kamelen, und der alte Yacoub bringt ihn zu uns...“

„Wie lange warten, mein Sohn? Wir könnten grau werden oder Wurzeln schlagen, bevor John seine Chance bekommt ... Es wird für lange Zeit nicht viel Spielraum geben ... Angenommen, er wird mit der Feile erwischt? Angenommen, er wird erschossen, während er flieht? Du weißt, wie viele Fluchtversuche aus eigener Kraft erfolgreich sind...“

„Was ist damit?...“ Ich versuchte es wieder.

„Angenommen, du würdest persönlich als Emir el Hamel el Kebir in deinen weißesten Gewändern, mit schwerer, gekordeltem Seidenkopfbedeckung und scharlachroten und goldenen Kamelhaargurten um den Kopf, diesen bestimmten Abschnitt der Straße besuchen – mit deinem Wesir, den hohen Scheichs, dem Henkersmeister, dem Mundschenk, dem Bäcker, dem Butler, dem Wahrsager, und heiligen Würdenträgern und allen anderen – und eine Nachmittagsteeparty mit den netten, freundlichen Weißen veranstalten würdest ... Und während alles fröhlicher ist als eine Hochzeitsfeier, kommt es plötzlich zu einem Überfall durch ein paar Dutzend deiner besten, unbewaffneten Männer ... und als sie auftauchen, greifen einige von uns nach den Gewehren unserer Freunde, und der Rest von uns packt die Freunde selbst ... Während wir uns an ihnen festhalten – sie sozusagen mit Stahlringen an unser Herz pressen –, schneiden die Neuankömmlinge, angeführt von Yacoub, John einfach aus der Herde heraus und machen sich aus dem Staub...“

„Und lassen uns in der Patsche, wie...“, murmelte Buddy. „Na ja ... wir hätten die Gewehre, und sie müssten einfach die Hände hochnehmen, während wir uns zu unseren Kamelen zurückziehen und uns aus dem Staub machen...“

„Mensch! Hat der Hank Sheikh keinen Verstand“, bewunderte Buddy. „Er ist wirklich dein Bruder ... Die gleiche Art von Zugüberfall-Charakter...“

„Das ist ein Plan“, überlegte Noel. „Das ist eine Idee, Bud...“

„Oder da ist noch *das Silo*", schlug ich vor. „Angenommen, Yacoub hat es mit Vorräten gefüllt, und wir drei machen einen schnellen und leisen Überfall wie die Indianer, mit brauner Farbe und Kokosnussöl bemalt ... Wir könnten ihn schnappen, zum *Silo* rennen und uns dort verstecken ..."

„'Unten unter den toten Männern'", murmelte Buddy.

„... bis der erste wilde Tumult vorbei ist ... Das würde auch keine Verfolger zu deinem Lager führen ... In der nächsten Nacht schleichen wir uns aus dem *Silo* und gehen zu Yacoub, wo er die Kamele hat ..."

Noel schüttelte den Kopf.

„Zu riskant, Junge", überlegte er. „Das *Silo* könnte entdeckt worden sein und wieder benutzt werden ... Und wenn nicht, ist es sicher ein ungesunder Ort ... Was schlägst du vor, Kumpel?", fragte er seinen Freund.

"Nun, Hank Sheikh, ich hätte gerne einen ordentlichen Kampf – einen Kampf, bei dem alles erlaubt ist, bei dem man sich gegenseitig niederschlägt und zerrt, bei dem jeder macht, was er will, bei dem man beißt, tritt oder augensticht – und dann jagen wir diesen Jungen, John Geste, aus dem Gefängnis ... Das Leben wird verdammt noch mal zu friedlich ... Und du wirst fett ...

Aber da du so wählerisch bist und kein armer Kämpfer verletzt werden soll, wie wäre es, wenn wir die Wachen betäuben? Mach eine Party ... Eine Dinnerparty, mit großzügigen und herzhaften Gratisgetränken *, die mit Drogen versetzt sind* ... Du schmeckst doch kein *Haschisch* im Kaffee, und wenn wir sonst nichts tun können, könnten wir ihnen drei Runden süßen Kaffee und drei Runden Minztee servieren ... ganz zu schweigen von etwas Lustigem im *Couscous*... Nichts Ernstes ... Am Morgen *kommen* fünfundzwanzig Kopfschmerzen und ein Gefangener *ist verschwunden*... Kaum der Rede wert ..."

„Mensch! Hat der keinen Verstand, Oats?", bewunderte der Emir. „Voller süßlicher Hinterhältigkeit, fauligem Gift und schimmeliger Melodramatik ... Aber es ist auf jeden Fall eine Idee ..."

Er wandte sich an Buddy.

„Haben wir nicht schon einmal eine unglückliche Erfahrung mit Gift gemacht, mein Sohn?"

„Unglückliches Miststück!", schnaubte Buddy. „Das hat die Sache doch nur besiegelt... Das ist der ganze Dank, *den ich* bekomme... Das und ein gebrochenes Herz...", fügte er hinzu.

„Es ist eine Idee, mein Sohn ... Es ist auf jeden Fall eine Idee ...", gab Noel zu. „Der wilde und verräterische Scheich, was? Wir laden sie zu einer Hash-Party ein und vergiften sie ..."

„Hör mal, Noel", unterbrach ich ihn, „entschuldige die Frage ... Aber wo ziehst du die Grenze? Du willst kein Blutvergießen, das verstehe ich gut und stimme dir voll und ganz zu. Aber was den Verrat angeht, da das Wort nun mal gefallen ist ... Wenn ich dich kenne, alter Knabe, und ich glaube, das tue ich, dann hasst du das mehr als einen fairen Kampf – offen zu zeigen, dass du plötzlich ein Feind der Franzosen geworden bist ..."

„Ich muss mich nicht in einem fairen Kampf zeigen, mein Sohn", antwortete mein Bruder.

"Ich könnte ganz leicht eine ausgewählte Gruppe meiner tapfersten Männer in Tuareg verwandeln und einen weiteren Überfall inszenieren ... Wenn die Garde ausgeschaltet wäre, könnte Yacoub John Geste identifizieren, und sie könnten ihn mitbringen ... die ganze Bande mitbringen, wenn Yacoub ausgeschaltet wäre ... Ich würde niemals verdächtigt werden ... Das ist es nicht ... Ich will einfach kein Blutvergießen, und ich werde zuerst alles andere versuchen.

„... Was den Verrat angeht, so ist das die einzige Alternative zum Kampf, und deshalb ziehe ich ihn in Betracht ..."

„Was, wenn die Franzosen dich jemals finden?", fragte ich.

“Sie werden mich finden, mein Junge ... Aus dem Land ...", war die Antwort. "Es ist so, Junge ... John Geste ist zurückgekommen, um uns zu retten ... Ich werde John Geste retten ... Ich werde es tun, ohne einen Menschen zu verletzen, wenn ich kann, und das bedeutet, dass ich falsch spielen muss, da ich nicht mit harten Bandagen kämpfen werde ... Nun ... Ich habe ihr Geld genommen und ihnen einen guten Gegenwert und einen fairen Deal gegeben ...

Jetzt ist Schluss mit dem guten Preis und dem fairen Geschäft – ich nehme kein Geld mehr ... Ich gebe auf ... Ich bin zwar ein schlechter Mensch, Oats, aber ich habe noch nie jemanden hintergangen und werde jetzt auch nicht damit anfangen ... An dem Tag, an dem ich meinen Teil des Vertrags breche, ist der Vertrag gebrochen, und ich werde keinen Vorteil mehr daraus ziehen ... Ich habe den Vertrag, den ich mit meinem jungen Schwager geschlossen habe, gut und ordentlich eingehalten, aber er wird sofort hinfällig, sobald ich anfange, mit französischen Truppen herumzuspielen und gegen französische Interessen zu handeln ... Es tut mir leid, dass ich das tun muss ... *und ich würde es für niemanden tun*, außer für John Geste und euch beide..."

„Danke, Noel", sagte ich. „Ich verstehe ... Gibt es einen Trick, um John wegzulocken ... und das ist dein erster und letzter 'Verrat'..."

„Genau so ist es, mein Sohn ... Wir beißen nicht die Hand, die uns füttert, oder besser gesagt, wir beißen nur einmal – und das auch nur gegen unseren Willen..."

„Und ihr beide würdet alles aufgeben, um John Geste zu retten?"

Noel sah Buddy an.

„Na klar", sagte der kleine Mann und nickte meinem Bruder zu.

Und zu mir gewandt fügte er hinzu:

„Es geht nur um das, was er sein Bo Ideel nennt..."

* * *

Wir redeten „darüber und darüber", bis mein Bruder sagte:

„Jetzt hören wir uns Marbruk ben Hassan und Yussuf Latif ibn Dawad Fetata zu diesem Thema an."

Das laute Klatschen der großen Hände des Emirs ließ einen Sklaven herbeieilen, der losgeschickt wurde, um die beiden Araber zu holen.

Marbruk ben Hassan, der deformierte, aber sehr mächtig aussehende Zwerg, hörte offenbar ohne den geringsten Schatten einer Überraschung, dass der Emir vorhatte, einen Sträfling einer der französischen Straßenbau-Einheiten zu entführen. Und auf die Frage seines Herrn, wie er das anstellen würde, wenn er dafür zuständig wäre, antwortete er:

„Ein schneller Angriff, kurz vor Tagesanbruch, wenn die Wachen schlafen und alle Männer am schwächsten sind ... Kriecht ganz nah heran ... Drei Salven ... und ein schneller Angriff, der bis ins Mark geht..."

„Und angenommen, niemand auf beiden Seiten darf getötet werden, auf die Gefahr hin, dass du dein Leben verlierst, Marbruk ben Hassan?", fragte der Emir.

„Ich bin nur ein Soldat, Herr", lächelte Marbruk ben Hassan und strich sich über den Bart.

„Ein Soldat, der Soldaten anführt, sollte einen Verstand haben und ihn benutzen, Marbruk ben Hassan", antwortete der Emir.

Marbruk kratzte sich mit dem linken Fuß am rechten Unterschenkel und erinnerte mich an einen unbehaglichen Schuljungen.

Der andere Araber sah ihn mit einem Blick liebevoller Toleranz an.

„Mit hundert Männern würde ich drei Gruppen bilden", sagte der Zwerg schließlich. „Zwei starke und eine schwache ... Die beiden starken Gruppen, die jeweils einen Umweg machen, sollten bei Sonnenuntergang, wenn die Männer ihre Arbeit einstellen und ins Lager gehen, plötzlich aufeinander losgehen und sich an einem Ort ganz in der Nähe treffen ... Es sollte viel geschossen und geschrien werden, es sollten Leute von den Kamelen fallen, ein *Lab el Baroda*, ein Pulverwerk ... aber es sollte wie ein großer Kampf aussehen und klingen ... Es würde Alarm geschlagen werden ... Die Wachen würden herbeieilen und sich in dieser Richtung aufstellen, und während alles in Unordnung und Verwirrung wäre, würde die kleine dritte Gruppe sich auf die Gefangenen stürzen und mit dem Mann davonreiten, dessen Leben der *Sidi* begehrt ... Man könnte ihm Bescheid geben, was vor sich geht..."

„Du bist nicht *ganz* dumm, Marbruk ben Hassan", lächelte der Emir. Und der Araber erwiderte das Kompliment mit einem leisen Salaam.

„Yussuf Latif?“, fragte der Emir und wandte sich an den anderen, einen hageren, großäugigen Mann mit tragischem Aussehen.

“Wenn List statt des Schwertes eingesetzt werden soll, würde ich Frankreichs eigene friedliche Durchdringung versuchen”, sagte er. ”Einen kleinen Markt eröffnen ... Datteln ... *Scharbat*... Obst ... gekochtes Fleisch ... Auch eine Gruppe heiliger Derwische würde ankommen und sich ausruhen ... Es könnte ein oder zwei Sklavinnen aus dem Stamm dort drüben geben...

„Eines Tages, auf ein gegebenes Signal hin, springt ein starker Mann auf jeden Soldaten, während ein anderer ihm sein Gewehr entreißt ... Eine kleine Gruppe befreit sofort den Gefangenen und bringt ihn zu zwei oder drei der schnellsten Kamele, die dort warten, und schnell reiten sie hierher...“

„Und – danach – was wird aus denen, die die Wachen überwältigt haben?“, fragte der Emir.

„Sie werden das Privileg haben, zu sterben, Emir ... Alle werden sich freiwillig melden ... nein, sie werden sich um diese Ehre streiten...“

„Niemand soll sterben, Yussuf Latif ... weder im Kampf noch durch freiwillige Aufgabe ihres Lebens...“, sagte der Emir.

„Sprich wieder, oh Yussuf Latif...“

”Was soll das dann bedeuten, Herr? Wenn unsere friedliche und demütige Haltung den Verdacht zerstreut hat und wir uns allmählich unter die Soldaten der Eskorte mischen dürfen, wird jeder von ihnen zwei unserer starken Männer zugeteilt ... Von jeweils zwei Männern hat einer zwei starke, dünne Schnüre um die Taille gebunden oder anderweitig versteckt...

Auf ein gegebenes Zeichen werden alle Soldaten von den beiden ihnen zugewiesenen Männern gepackt, und sobald einer sein Gewehr ergriffen hat, packt der andere ihn an Armen und Körper ... Der Gewehrschnapper bindet dann die Füße des Mannes zusammen und seine Arme an seinen Seiten ... Die beiden tragen den Mann dann an einen bestimmten Ort, wo alle Soldaten unverletzt zusammenliegen ... Bis auf einen...

Dieser wird eine Meile entfernt hingelegt – seine Füße werden fest zusammengebunden und ein Arm wird fest an seinen Körper gebunden.... Ihm wird gezeigt, dass in einiger Entfernung ein Messer im Sand steckt....

„Wenn wir weg sind – mit dem Mann, den du haben willst – wird dieser gefesselte Soldat sich zum Messer rollen und winden, und bis er es erreicht und sich und seine Kameraden befreien kann, werden wir schon weit weg sein und einen Umweg machen, um hierher zurückzukehren...“

„Und eine Spur hinterlassen, die jeder sehen kann?“, fragte der Emir.

Der Araber lächelte über den Witz.

„Nein, Herr“, sagte er, „der Umweg würde uns durch das steinige Wadi el Tarish führen, wo eine Million Kamele keine Spuren hinterlassen würden...“

„Gefällt dir dieser Plan, oh Yussuf?“, fragte der Emir.

„Jeder Mann hält seine eigenen Flöhe für Gazellen“, zitierte Yussuf Latif ibn Fetata.

„Und was glaubst du, werden die Gefangenen tun, wenn die Wachen gefesselt sind und du weg bist?“, fragte der Emir.

Der Araber lächelte und legte seine Hand an seine Kehle.

„Sie müssen auch gefesselt werden“, sagte er.

Der Emir strich sich nachdenklich über den Bart und überlegte eine Weile.

„Ihr habt gut gesprochen, Marbruk ben Hassan und Yussuf ibn Fetata ... Ich werde euch später meine Entscheidung mitteilen ... In der Zwischenzeit wählt jeder von euch vierzig der Besten aus ... Ja, ja, ich weiß, dass alle die Besten sind – aber wählt die Ruhigsten und Besonnensten aus ... Männer, die nicht auf den Schatten eines Gegenstandes oder Lebewesens schießen und im Kampf nicht vor Wut schäumen...“

Die beiden zogen sich zurück und verneigten sich tief.

„Eine gute Grossfarm, diese beiden“, sagte Noel. „Das vorsichtige Alter und die waghalsige Jugend ... Und beide sind standhafter als Stahl und mutiger als Löwen...“

„Der Junge Yussuf Latif tut mir wirklich leid“, meinte Buddy. „Was ihm fehlt, ist ein gebrochenes Herz ... Ich kenne die Symptome – niemand besser als ich ...“

„Das stimmt, Bud“, stimmte Noel zu und fügte hinzu:

„Ich wundere mich nur, dass du noch nie die Symptome eines gebrochenen Genicks erlebt hast – oder zumindest eines verstauchten ...“

Das Lächeln des Wazirs war eine Mischung aus Mitleid, Überlegenheit und Verachtung in genau gleichen Teilen.

„Die Frage ist, hast du einen Plan ... Quasselstrippe?“, sagte er.

„Den hab ich“, sagte der Emir und erklärte ihn uns ausführlich.

“Er ist nicht perfekt”, meinte er nachdenklich, ”aber es ist das Beste, was wir tun können ... Es ist lustig, ohne vulgär zu sein ... Es sollte klappen ... Und es wird niemand sterben ...

„Die junge Frau würde uns helfen, oder, Otis?“, fragte er mich.

„Das würde sie auf jeden Fall“, versicherte ich ihm. „Sie wäre nur zu froh, mich einen Tagesmarsch näher nach Hause zu bringen ... oder in einem Tagesmarsch direkt nach Hause ...“

„Dann ist der Plan beschlossen“, schloss Noel. „... Und wir setzen ihn morgen Abend in die Tat um ... Ich werde es hassen, das zu tun – aber jeden anderen Plan würde ich noch mehr hassen ... Und die Arbeit muss erledigt werden ...“

Kapitel XVI

Unter all den vielen Szenen, die sich im Laufe meines Lebens abgespielt haben, gibt es einige, die sich mir unauslöschlich eingeprägt haben und die ich nie vergessen werde. Eine davon ist das Fest und die Unterhaltung, die Emir el Hamel el Kebir für die Männer der Vorhut der Pioniere veranstaltet hat, die den Weg bereitet haben, der schließlich die Große Oase mit Zaguig, dem äußersten Vorposten des afrikanischen Reiches Frankreichs, verbinden sollte.

Da Emir el Hamel el Kebir ein großes persönliches Interesse an dieser Straße hatte, war er mit einer beachtlichen Leibwache von seinem Lager aus angereist, um sich mit eigenen Augen vom raschen Fortschritt der großen Straße zu überzeugen und die Vorreiter ihrer Erbauer zu begrüßen.

* * *

Das Festmahl war natürlich arabisch.

Umgeben von mit Kissen bedeckten Teppichen stellten Sklaven auf einer großen Palmblattmatte eine flache Metallschale auf, die so groß war, dass sie an eine Badewanne erinnerte. Darin lag auf einem dicken Reisbett eine Masse von Fleischklumpen, das Fleisch von Zicklein, Lämmern und, wie ich befürchtete, von einem säugenden Kamelkalb. Ein Meer aus reichhaltiger, dicker Soße umspülte den Reis, mit kleinen Wellen aus geschmolzener Butter und öligem, gelbem Fett.

In der Mitte des Bades befand sich ein edler Hügel aus Köpfen, gekrönt von intakten Lebern. Unter der Masse aus Koteletts, Schnitzeln, Gelenken, Halsstücken, Keulen, Schultern, Sätteln und namenlosen Fleischklumpen befanden sich Teile der Tiere, die man in westlichen Gerichten normalerweise nicht sieht. Diese konnten jedoch von Vorurteilen geplagten Menschen gemieden werden.

Ich bemerkte, dass die anwesenden echten Araber keine Vorurteile hatten. Wir knieten uns um dieses Gericht herum, jeder auf einem Knie, den rechten Arm bis zum Ellbogen entblößt, und mit Hilfe unserer guten rechten Hände füllten wir unsere fleißigen Münder und aßen ... und aßen ... und aßen ...

Und aßen.

Anwesend waren der Emir el Hamel el Kebir, sein Minister el Habibka el Wazir, ein düsterer, schweigsamer Scheich mit dunklem Gesicht, blauschwarzem Haar und einem gut gestutzten Bart, ein Mann, der angeblich unter einem Fluch stand und unter den Folgen eines höchst ungesunden Liebestranks litt, den ihm eine eifersüchtige Frau verabreicht hatte – ein Trank, von dem er sich wahrscheinlich nie wieder erholen würde, wie der Emir er dem französischen *Adjutanten* erklärte, indem er auf mich, meinen mürrischen und mürrischen Selbst, deutete; außerdem Marbruk ben Hassan; Yussuf Latif ibn Fetata; und etwa ein halbes Dutzend führende Scheichs des Stammes, dem der Emir angehörte; und vier oder fünf Franzosen.

Von Zeit zu Zeit fischte der Emir ein saftiges Stück heraus und schob es dem Ehrengast zu seiner Rechten in den Mund, *dem Adjudanten* Lebaudy, einem Mann, der mich sehr interessierte. Ich hatte ihn als sehr typisch eingeschätzt, ein Soldat und nichts weiter, aber ein guter Soldat, robust wie ein Fels, hart wie Eisen und treu wie Stahl – ein Mann mit einfachen Gedanken und einem einzigen Ziel, unbeeindruckt von Fragen nach dem Warum und Wozu, nach Recht und Unrecht, für den die Pflicht ausreichend und der Befehl eines Vorgesetzten wichtiger war als die Ordnung des Universums ...

Und keineswegs dumm – im Gegenteil, aufmerksam, vorsichtig und weitsichtig, wie wir feststellen sollten.

Wir aßen in strengem Schweigen – zumindest was Worte anging –, damit kein Smalltalk unseren Gastgeber beleidigen könnte, indem wir andeuteten, dass wir das Essen und die Unterhaltung nur mäßig fanden ... Als wir fertig waren und kein Magen mehr ein Reiskorn aufnehmen konnte, standen wir auf, zeigten unsere tiefe Zufriedenheit durch tiefes Schluckauf, gingen zur

Tür des Zeltes, wischten uns die fettigen Hände an der Zeltklappe ab und hielten sie dann hin, während Diener sie aus langhalsigen Gefäßen mit Wasser übergossen.

In der Zwischenzeit entfernten andere Diener das leere Becken und ordneten die Teppiche und Kissen so um, dass, als zwei der Wandvorhänge zur Zeltdecke hochgerollt wurden, jeder von uns mit dem Rücken an eine Zeltwand und dem Gesicht zur sternenbeleuchteten Nacht draußen lag.

Das große Gastzelt, in dem wir saßen, wurde von einer hängenden Lampe beleuchtet, und die Flammen eines großen Feuers wurden in ausreichender Entfernung gehalten, um keine Unannehmlichkeiten zu verursachen. Ein paar Meter von uns entfernt, zwischen dem Zelt und dem Feuer, legten Diener Palmblattmatten aus, auf die sie einen Teppich legten.

Kaffee wurde gebracht, Gläser und Tassen aus Ton auf einem riesigen golden glänzenden Tablett, und um ihnen besondere Ehre zu erweisen, reichte der Emir seinen europäischen Gästen persönlich mit eigener Hand eine Tasse Kaffee.

Aber *Adjutant* Lebaudy entschuldigte sich, und ich sah Buddy an, als *der Adjutant mit* tiefer Stimme in sehr gutem Arabisch sagte, dass ein so aufgeklärter und verständnisvoller Mann wie der Emir nicht wolle, dass er nur aus Höflichkeit Kaffee trinke, der ihm nicht gut tue.

Der Emir war sichtlich besorgt und etwas gekränkt ... In seinen vierzig Jahren in der Wüste hatte er noch nie einen Mann getroffen, der keinen Kaffee mochte oder dem Kaffee nicht bekam ... *Kaffee!...* Eines der kostbarsten Geschenke, die Allahs Gnade und Großzügigkeit den Menschen gemacht hatte...

Vielleicht konnte der *Sidi Adjudant* das schlechte Zeug, das der Emir anzubieten hatte, nicht gutheißen?...

Überhaupt nicht, überhaupt nicht, erklärte der Franzose. Zweifellos gab es in ganz Algerien, ja in der ganzen Sahara von Kufara bis Timbuktu, keinen besseren als den des Emirs... Nein, es handele sich lediglich um eine Frage der Verdauung und um eine strenge Anweisung des *Medécin-Majeur*, keinen Kaffee zu trinken...

Der Emir drückte sein tiefes Mitgefühl und sein großes Bedauern aus – letzteres zweifellos aufrichtig.

Aber ... das Versäumnis der Gastfreundschaft könne wieder gutgemacht werden, wenn der Tee gebracht werde ... Dieser solle ganz nach dem Geschmack des Ehrengastes zubereitet werden ... Mit oder ohne *Zatar*, der dem Tee einen so herrlichen Duft und Geschmack verleiht (für diejenigen, die ihn mögen); dick mit Zucker ... die erste Tasse reich mit Bernstein; die zweite mit Zitrone; und die dritte mit Minze...

Aber siehe da – einė erstaunliche Sache – eine schockierende Sache für jeden Gastgeber: Der Gast des Abends konnte auch keinen *Tee* trinken ... Tee hatte die gleiche unangenehme Wirkung auf sein inneres Gleichgewicht...

Diesmal war der Emir wirklich besorgt ... Er traute seinen Ohren kaum ... *Keinen Tee trinken? Zeremonien-Tee* ! *Tee*, ohne den kein Gastgeber einen Gast ehren kann, den kein Gast ohne größte Unhöflichkeit, ja sogar als absichtliche Beleidigung ablehnen darf!...

Der Emir lächelte nachsichtig. Sein Gast scherzte natürlich, wie sich zeigen würde, wenn der Tee gebracht würde...

In der Zwischenzeit konnten mindestens fünf Männer im Zelt kaum ihre Seufzer der Erleichterung unterdrücken, als sie sahen, wie die anderen Franzosen nippten und nippten, ihre leeren Tassen zurückgaben und zweimal neue annahmen... Hätten sie auch abgelehnt, wäre unsere Verschwörung, Geschichte gescheitert.

Die Ablehnung des ranghöchsten Offiziers hatte die fünf mit der Befürchtung erfüllt, dass seine Zurückhaltung vorher festgelegt und den anderen auferlegt worden war. Ich kam zu dem Schluss, dass der Vorfall lediglich das Ergebnis seines erworbenen oder angeborenen Misstrauens gegenüber einem arabischen Gastgeber war, der ihm Speisen oder Getränke anbot, die so stark gewürzt waren, dass der Geschmack eines schädlichen „Fremdkörpers" überdeckt würde. Außerdem hatte er keinen tatsächlichen Verdacht und hatte seinen Kollegen auch keinen nahegelegt...

Nach dem Kaffee gab es türkische Zigaretten. Wie wir erfuhren, waren türkische Zigaretten für die Verdauung von *Adjutant* Lebaudy ebenfalls ungenießbar!...

Mit leiser, sanfter Stimme fragte der Emir, ob eine von ihm angezündete und teilweise gerauchte Zigarette der Verdauung von *Adjutant* Lebaudy zuwider sein könnte.

„*Touche!*" , lächelte Lebaudy vor sich hin und beeilte sich, dem Emir zu versichern, dass, wenn es auf dieser Welt eine Zigarette gäbe, die er rauchen und genießen könnte, es eine solche wäre – aber leider sei Tabak nichts für ihn...

Nach den Zigaretten wurde Tee serviert, und schließlich wurde dem Emir klar, dass der Gast des Abends tatsächlich den zeremoniellen Tee able *hnte*!

Er schluckte die Beleidigung auf eine Weise, die zeigte, dass er sich nicht beleidigen ließ. Unhöfliches Verhalten verletzt nur denjenigen, der es begeht. Grobe Unhöflichkeit kennzeichnet einen Menschen lediglich als grob unhöflich...

Es war gut gespielt, und die anderen Franzosen beeilten sich, ihre vorzüglichen Manieren zu zeigen, und leerten ihre Tassen – spezielle weiße Tassen, die nur für die europäischen Gäste bestimmt waren – bei jedem der drei zeremoniellen Trinkrunden.

Als der dritte beendet war und die Tassen eingesammelt wurden, erklangen lebhafte Musikklänge aus dem benachbarten Zelt, und auf den Teppich schwebte eine verhüllte, geheimnisvolle Gestalt. Ihr Umhang wurde beiseitesprochen, und die schöne und bezaubernde Gestalt des Todesengels wurde enthüllt, und *l'Adjudant* Lebaudy hatte offenbar endlich eine Art von Gastfreundschaft entdeckt, die weder von seinem Arzt noch von seiner Verdauung verboten war.

Dieses Bild werde ich nie vergessen – den Todesengel, der unter dem Wüstenhimmel im Schein eines großen Feuers zu der eindringlichen, sinnlichen Musik, den beruhigenden, verrückten, monotonen Klängen der Tomtoms, der *Raita*, der *Derboukha* und der Flöte tanzte.

In respektvoller Entfernung saßen die Soldaten der Leibwache des Emirs, starr schweigend, verzückt, fasziniert, aufgewühlt, erregt.

Abseits davon saßen auch französische Soldaten, die nicht im Dienst waren – alle, die nicht gerade Wache standen oder auf Posten waren –, und starrten ebenfalls wie verzaubert und gebannt.

Nur wer jahrelang keine Frau seiner Art gesehen hat, kann die Bedeutung und Anziehungskraft ermessen, die nicht nur eine Frau, sondern eine einzigartig schöne und bezaubernde Frau, die in jeder Kunst der Verführung und Anmut geschult und erfahren ist, auf diese Männer ausübt.

Und zweifellos bewegte sich der Engel eher wie ein geflügeltes Wesen aus einer anderen Sphäre als wie ein Wesen aus Fleisch und Blut.

Als die Musik abrupt verstummte und ihr Tanz zu Ende war, herrschte völlige Stille, gefolgt von wildem und stürmischem Applaus, während der Engel sich in ihr Zelt zurückzog, wo ihre Negerinnen auf sie warteten.

Vor diesem Zelt saß Abd'allah ibn Moussa und bewachte seine Herrin während ihres Besuchs im Lager des Emirs, aber so, dass er mich die ganze Zeit beobachten konnte.

Ich fürchte, dass der nächste Programmpunkt, das Singen von freizügigen Liebesliedern durch einen arabischen Jugendlichen mit schöner Stimme und bemerkenswertem Repertoire, ein wenig flach fiel.

Am Ende ließ der Emir frischen Kaffee bringen und den Soldaten, die bereits mit *Couscous*, Hammeleintopf, Süßigkeiten und Kaffee bewirtet worden waren, weitere Erfrischungen zur Seite stellen.

Danach tanzte der Engel wieder, und ihr Wiedererscheinen brachte neues Leben und neues Interesse unter den nun etwas schläfrigen Europäern im Publikum.

Wieder wurde ihre Darbietung begeistert bejubelt und mit wildem Applaus bedacht.

Während der folgenden Darbietung – einigen äußerst geschickten Jonglier- und Zaubertricks – fiel einem aufmerksamen Beobachter auf, dass sich mehrere der französischen Soldaten an ihren Plätzen zurückgelehnt hatten, als hätte sie der Schlaf überwältigt...

Zum dritten Mal kam der Engel aus ihrem Zelt und tanzte, aber diesmal mit einer kleinen Änderung. Von ihrem Tanzteppich bewegte sie sich zu dem Teppich, auf dem wir mit gekreuzten Beinen auf unseren Kissen saßen.

In diesem engen Raum schwebte sie und wirbelte auf Zehenspitzen herum.

Lebaudys Augen leuchteten und seine Lippen öffneten sich. Der Franzose, der auf der anderen Seite des Emirs saß, starrte mit glasigem, betrunkenem Blick, obwohl er nicht betrunken war. Sein Kollege, der zweite von links, schlief offen. Ich beobachtete den anderen *Unteroffizier* und sah, dass er sich mühsam wach hielt – glücklich, schläfrig, aber mit dem Wunsch, noch etwas länger diese Vision der Schönheit zu sehen, bevor er einschlief.

Neben ihm bemühte sich der letzte *Unteroffizier*, wach zu bleiben, während sein Kopf in Abständen abrupt nickte, seine Augen sich schlossen und er sich für ein oder zwei Sekunden entspannte.

Ich bewunderte die Weitsicht des Emirs, der seine Gäste so angeordnet hatte, dass sie in einer geraden Linie rechts und links von ihm saßen, mit Lebaudy zwischen sich und dem Wesir. Nur indem er sich unhöflich nach vorne reckte, konnte Lebaudy sehen, was mit seinen Untergebenen geschah, die bisher weder dem Schnarchen noch dem Schlaf nachgegeben hatten. Außerdem konnte er, so sehr er sich auch reckte, nicht die Stelle sehen, an der seine Soldaten saßen und Augen, Ohren und Mägen schmausten.

Vor *dem Adjutanten* Lebaudy blieb der Engel stehen, lächelte verführerisch und schwebte, während sie mit ihren Armen und ihrem Körper göttlich tanzte, an der winzigen Stelle, die von den Spitzen ihrer nackten Zehen bedeckt war. Dann drehte sie sich um und beugte sich nach vorne, bis ihr Gesicht zu seinem aufblickte ... Französische *Unteroffiziere* tragen keine Goldmünzen bei sich, um sie den tanzenden Mädchen auf die Stirn zu legen – aber Küsse sind eine andere Sache, und so nahm er ihr Gesicht zwischen seine starken, kurzen, quadratischen Hände und küsste sie leidenschaftlich und wieder, mit großem Eifer.

Mit einem hellen Lachen schwang der Engel des Todes ihren geschmeidigen Körper aufrecht und begann, alles zu tun, um ihrem Namen gerecht zu werden.

Sie tanzte vor Lebaudy und hatte nur Augen für ihn – nicht einmal für den großen Emir; und wir saßen da und sahen einer wunderbaren Darbietung zielstrebiger Verführung bei – Verführung, Faszination und Bezauberung.

Und wie es ihre Art war, hatte der Engel Erfolg. Niemand, der das Gesicht von *l'Adjudant* Lebaudy sah, konnte sich an das Bild der Faszination eines Kaninchens durch eine tödliche Schlange erinnern, aber mindestens einer der Zuschauer dieses unheimlichen Dramas dachte an Samson und Delilah.

Vor meinen Augen wurde dieser tapfere, starke Mann schwächer und schwächer; er hörte auf, wachsam, vorsichtig und aufmerksam zu sein; er vergaß seine Pflicht und seine Umgebung – er vergaß alles außer der Frau vor ihm und erlag ihr.

Nur zwei der Musiker hatten sie zu unserem Zelt begleitet, einer mit einer kleinen Trommel mit zwei Enden, die er mit der Handfläche und den Fingerspitzen spielte, der andere mit der *Raita*, und zwischen ihnen und dem Mädchen herrschte völliges Einvernehmen.

Ich habe die größten Musiker der Welt die Musik der größten Meister der Welt interpretieren hören und war zutiefst bewegt. Aber nie in meinem Leben hat mich europäische Musik, gespielt auf europäischen Instrumenten, so *berührt* wie diese arabische Musik, gespielt auf der *Raita* und der Trommel.

Die Beduinen nennen die *Raita* zu Recht die Stimme des Teufels, und ich war nur ein Zuschauer, während Lebaudy der Darsteller in diesem Drama zu zweit war.

Ich weiß nicht, wie lange das Mädchen posierte, tanzte, verführte, flehentlich vor ihm kniete, davonsprang, bevor seine Hände sie ergriffen, neckte, verrückt machte, versprach – alles in Gesten und Pantomime; aber plötzlich, nach einem kurzen Blick auf die vier schlafenden Franzosen, sah sie den Emir an und funkelte ihm eine Botschaft zu: „Ich habe mein Bestes getan und kann nicht mehr", und schwebte von uns zurück, drehte sich um und verschwand in ihrem Zelt.

Als ihre Absicht zu gehen offensichtlich wurde, stand Lebaudy, der sich seiner Umgebung nur noch halb bewusst war, scheinbar unwillkürlich auf einem Knie auf, als wolle er ihr folgen, erinnerte sich jedoch daran, wo er war, sank zurück und „seufzte wie ein Ofen".

Aber nur für einen Moment.

So abgelenkt sein Geist auch von weltlichen Dingen war, schien er plötzlich zu begreifen, dass er etwas gesehen hatte – und nichts gehört.

Er hatte einen Kollegen gesehen, der unglaublich tief schlief, und er hatte keinen Applaus gehört.

Irgendetwas stimmte nicht...

Sein geschulter militärischer Instinkt für drohende Gefahr wurde geweckt, und er schüttelte die letzten Spuren des Zaubers ab, sprang flink auf die Beine und sagte mit bestimmter Stimme:

„Kommt schon! Zeit, sich zurückzuziehen!" – und stellte fest, dass seine vier Kollegen alle tief und fest schliefen.

„Was ist hier los?" , rief er halb alarmiert, halb ungläubig, und schritt über seinen linken Nachbarn hinweg, um den nächststehenden Schlafenden mit dem Fuß anzustoßen.

Genauer gesagt, versetzte er ihm einen bemerkenswert kräftigen Tritt.

„Steh auf, du Schwein", knurrte er auf Französisch.

Als er keine Antwort bekam, kniete er sich schnell hin, packte den Mann am Kragen, schüttelte ihn so heftig, dass sein Kopf hin und her flog – und erkannte, was los war.

In diesem Augenblick verließen ihn alle Angst und Verwirrung. Er wurde kalt und hart wie Eis und gewann meine uneingeschränkte Bewunderung.

Ohne Eile oder Aufregung hob er ruhig ein Augenlid des schlafenden Mannes und gab einen kurzen, harten Laut der Abscheu von sich.

„ *Betäubt!...* ", knurrte er auf Französisch und warf einen Blick auf die anderen Schlafenden, die einzigen Männer, die jetzt noch nicht auf den Beinen waren.

Die hochgezogenen Zeltwände wurden von außen heruntergelassen, und *Adjutant* Lebaudy stand in einem geschlossenen Zelt, umringt von bewaffneten Arabern.

Seine Hand griff schnell in eine Tasche, und bevor er sie mit einem weiteren kurzen, angewidertem Schnauben zurückzog, hörte ich neben mir eine flüsternde Stimme. Und die flüsterte:

„Es ist schon einmal passiert, Bo!"

Als Gast hatte der *Adjutant* keine Waffen getragen, aber er hatte zweifellos eine bei sich gehabt, und der Wesir, sein aufmerksamer Gastgeber, hatte ihm die Tasche geleert.

Er war ein mutiger Mann, dieser Lebaudy.

„Nun, edler und ehrenwerter Gastgeber", sagte er mit einem bitteren Lächeln und fügte, mit einem schnellen Wechsel von Sarkasmus, hinzu:

„Was soll das Spiel, du Hund? Du hinterhältiger, hinterhältiger Schakal ... Was nun? ... Hoffst du auf das Vergnügen, mich um Hilfe rufen zu hören – zu meinen vergifteten Männern? ... Was soll das Spiel, frage ich?..."

„Ein Spiel, das ich mit größtem Widerwillen, tiefstem Bedauern und aufrichtigster Entschuldigung spiele", antwortete der Emir ... „Ein Spiel, in dem du, aus meiner Sicht, den falschen Zug gemacht hast..."

„Hm! Ich sollte auch vergiftet werden, *was*? Aber ich bin ein zu alter Fuchs, um mich von einem räudigen Schakal austricksen zu lassen..."

„Nein, nein, *Sidi Adjudant*... Nicht vergiftet! Niemand wurde vergiftet ... Du solltest unser Ehrengast sein – für diese Nacht – wie diese anderen Herren, die dort schlafen, wo sie essen..."

„Und während ich schlief?", fuhr Lebaudy ihn an. „Uns allen die Kehlen durchgeschnitten? Gewehre und Eigentum gestohlen? Noch mehr *Touareg-Arbeit*, *was*?"

„Nein, nein, wieder nicht, *Sidi Adjudant*", erklärte der Emir. „Keine Kehle ... kein Gewehr ... kein Eigentum im Wert *einer Mitka*... Es war etwas völlig Wertloses, das ich mitnehmen wollte – einen Sträfling..."

„Wirklich! Das interessiert mich", spottete Lebaudy. „Und könnte man vielleicht fragen, welchen Sträfling du freundlicherweise zu befreien gedenkst und warum? Er muss sehr wohlhabende Freunde haben…"

„Und die Wachen … und die Garde…?", fuhr er fort. „Um hinterrücks erstochen zu werden … heimtückisch im Morgengrauen überfallen?…"

„Kein Stich … Kein Schuss…", versicherte ihm der Emir … „Ein oder zwei meiner Häuptlinge, die Französisch sprechen – ausreichend für diesen Zweck –, würden sich mit vielen Entschuldigungen Uniformen von einem schlafenden Sergeant und Corporal ausleihen … Ein halbes Dutzend andere würden sich, wieder mit vielen Entschuldigungen, Uniformen von deinen ausgezeichneten Soldaten ausleihen, die, wie du zu Recht annimmst, jetzt so tief schlafen … Alles wäre unversehrt zurückgegeben worden, und am Morgen, mein lieber *Adjutant*, wären wir alle gemeinsam fröhlich und munter an genau den Orten aufgewacht, an denen wir uns schlafen gelegt hatten … Und nach und nach hättest du entdeckt, dass ein Gefangener fehlte – und niemand wäre so überrascht gewesen wie deine einfachen arabischen Gastgeber, als sie davon erfahren hätten! *Voilà tout…*"

Während der Emir sprach, nickte der *Adjutant* von Zeit zu Zeit mit dem Kopf, und ein dünnes, gepresstes Lächeln verzog sein Gesicht.

„Und jetzt?", fragte er knapp.

„Ah …*jetzt*… mein lieber *Adjutant*…", antwortete der Emir mit sanfter Stimme, „… die Dinge stehen anders … Du warst so klug … so vorsichtig … so bedacht auf deine Verdauung … dass du meine Pläne geändert hast … Das 'Spiel', wie du es nennst, wird ein anderes sein, und du wirst die Hauptrolle darin spielen…"

„Wieder interessierst du mich", spottete Lebaudy. „Ich könnte fast sagen, du überraschst mich … *Ich* soll eine Hauptrolle spielen, *hm*? Und was könnte das bitte sein?"

"Hör mir gut zu, mein lieber *Adjutant*, und hör mir gut zu – damit Frankreich nicht deinen Verlust zu beklagen hat … Du wirst eine kleine Gruppe *meiner Leute* anführen – gekleidet in *deine* Uniformen … Du wirst – äh – 'die Runde machen', wie ihr das nennt – und jeden deiner Wachposten mit dem Passwort und dem Anblick deines Gesichts beruhigen, das du mit einer Handlampe beleuchten wirst.

Dann gehst du zu den Zelten der Sträflinge und befreist denjenigen, den dir der Mann in der Uniform eines Unteroffiziers, der dir mit einem Messer im Rücken folgt, zeigt. Diesen Sträfling bringst du hierher. Ich und meine Leute werden sofort mit ihm aufbrechen … und wir werden uns die Ehre nehmen, dich einzuladen, uns zu begleiten…"

„Und wenn ich mich weigere?"

„Du wirst uns trotzdem begleiten, mein lieber *Adjutant*…"

„Ich meine, wenn ich mich weigere, irgendetwas mit eurer teuflischen Schurkerei zu tun zu haben? … Zur Hölle mit euren heiligen 'Spielen' … Seid ihr nicht nur verräterisch, sondern auch noch tollwütig?"

„Zumindest bin ich nicht verrückt, *mon Adjudant*", antwortete der Emir.

„Aber *das* bist *du* doch, wenn du dich weigerst … Einerseits ist es nur ein Sträfling weniger – und *du* weißt, wie leicht *sie* sterben können, in den Sand geschaufelt und aus deiner Liste gestrichen werden … Andererseits verliert Frankreich einen tapferen, einfallsreichen und, da bin ich mir sicher, geschätzten Offizier…"

„Mord, *was*?", sagte Lebaudy.

„Und schlimmer noch, fürchte ich", gestand der Emir traurig.

„Folter?"

„Leider ja", gab der Emir zu.

„Und was wird aus *dir*, mein Freund?", spottete Lebaudy. „Vergisst du nicht Kleinigkeiten wie die französische Republik, die französische Armee … Wie lange wirst *du* noch leben, du verräterische Ratte, nach all dem?"

„Trauere nicht um mich, *Sidi Adjudant*", bat der Emir. „Eins nach dem anderen, und das Wichtigste zuerst ... Hör mir bitte noch einmal zu – es ist das letzte Mal ... Einer deiner Gefangenen wird *jetzt* von mir befreit werden ... Mit deiner Hilfe und Anwesenheit wird es schneller und einfacher gehen, aber es *wird geschehen*... Gib uns diese Hilfe, und ich gebe dir mein Wort, ein Wort, das ich noch nie gebrochen habe, dass du freigelassen wirst – unverletzt ... Und nicht nur unverletzt, mein Freund, sondern auch belohnt ... Wie du bemerkt hast, hat der Verurteilte wohlhabende Freunde – und ich bin einer von ihnen ... Was hältst du von fünfzigtausend Francs? Ein Vermögen ... Möchtest du die Wüste verlassen, um dich in deine Heimat Frankreich zurückzuziehen? Das schöne Frankreich ... Und im Schatten deines eigenen Weinstocks und Feigenbaums sitzen, als reicher Mann ... Und ohne Schaden, wohlgemerkt ... Kein Verrat ... Keine Hinterlist ... Kein Verkauf der Geheimnisse Frankreichs ... Nur eine Geste der Barmherzigkeit gegenüber einem unschuldigen Mann ... Was sagst du, *Sidi Adjudant*? Was sagst du zu fünfzigtausend Francs? ..."

Tiefste Stille im Zelt.

Keiner der wachsamen bewaffneten Männer gab einen Laut von sich oder bewegte sich. Alle schienen sogar den Atem anzuhalten, während sie auf die Antwort des Franzosen warteten.

„Ich sage ihnen *nichts* ", rief er. „Ich spucke auf sie ... Und auf dich ... Nun, du Hund – leg eine Hand auf mich, wenn ich dieses Zelt verlasse, und du hast einen Soldaten Frankreichs angegriffen – ihn bei der Ausübung seiner Pflicht behindert ... Ihr habt ihn bereits bestochen und bedroht ... *Ihr, die* ihr euch Verbündete der Republik nennt ... *Ihr*, die *ihr* einen Vertrag mit Frankreich geschlossen habt ... *Ihr*, die *ihr* französisches Gold genommen habt und es verwenden wollt, um einen Diener Frankreichs zu bestechen ... und wenn ich überlebe, werde ich das Exekutionskommando befehligen, das euch erschießen wird wie die Hunde, die ihr seid ..."

„Und wenn du stirbst?", fragte der Emir.

„Dann wirst du mit einem französischen Strick von einem anderen Diener Frankreichs gehängt werden ..."

Und bei meiner Seele, ich hätte fast „Hört, hört!" gerufen.

Der Mann war großartig, wie er da stand, umgeben von seinen Feinden, standhaft – auf der einen Seite Reichtum, auf der anderen Folter.

Noel tat mir leid, denn ich wusste, wie sehr er die Rolle, die er spielen musste, verabscheuen musste, und ich konnte nicht umhin, die Art und Weise zu bewundern, wie er sie spielte.

„Glaub mir, *Sidi Adjudant*, nur die allergrößte Not könnte mich dazu treiben, einem Soldaten Frankreichs Gold anzubieten oder ihm mit Folter und Tod zu drohen ..."

„Ganz zu schweigen von einem Gast, nehme ich an", bemerkte der *Adjutant*. „... Ein geladener Gast ... Die weltberühmte arabische Gastfreundschaft!"

„Ja, wenn irgendetwas mein Gesicht noch mehr beschmutzen und meine Tat noch böser und widerwärtiger machen könnte, dann wäre es diese Tatsache ...", gab der Emir aufrichtig zu. „Bei dem Bart des Propheten und den neunundneunzig heiligen Namen Allahs, ich verabscheue, was ich tun muss ... Komm, komm! ... Es ist nur eine Kleinigkeit, um die ich dich bitte ... Nur das Leben eines dieser elenden Gefangenen ... Und lass mich dir ins Ohr flüstern, einem Franzosen, einem Mann mit Gefühl ... *Es geht um eine Frau ... eine schöne Frau ... eine süße und liebenswerte Frau, deren Herz bricht ...* "

Einen Moment lang dachte ich, Lebaudy würde schwanken – aber er gähnte, klopfte ein- oder zweimal mit der flachen Hand auf seinen Mund und sagte förmlich:

„Es wird spät ... Ich danke dir für deine Gastfreundschaft, Emir ... Du musst mich entschuldigen ..." Er wandte sich zum Gehen.

Noel, Buddy und ich packten ihn – ich hasste diese Aufgabe, die anderen zogen ihre Messer.

„Ah! ...", sagte Lebaudy.

Und:

„Vergebt mir", sagte der Emir und umarmte ihn stürmisch, während Marbruk ben Hassan sich schnell bückte und die Füße des Franzosen zusammenband.

" *Sidi Adjudant*", sagte der Emir, "ich verabscheue es, dies zu tun ... mehr als ich sagen kann ... Gibt es irgendeine Hoffnung auf eine *Begnadigung*? ... Gib mir dein Wort, dass du keinen Fluchtversuch unternimmst, und ich werde dich nicht fesseln lassen ... Du wirst auch nicht geknebelt werden ... Und dir werden auch nicht die Augen verbunden werden, wenn wir dich erschießen ...

„Hilf uns, dich gut zu behandeln ... Dich zu foltern, dich zu zwingen, mir zu helfen, würde mich ein Jahr lang traurig machen ... Dich zu töten, dir den Mund zu verschließen, würde mich ein Leben lang traurig machen ..."

Noel ließ ihn los.

Der Franzose holte mit seiner geballten Faust zum Schlag aus, doch seine Arme wurden sofort von Buddy gepackt und hinter seinem Rücken festgehalten. „Bringt ihn in das kleine Zelt", sagte der Emir, und der Befehl wurde schnell befolgt.

Lebaudy leistete keinen Widerstand, aber sobald er sich außerhalb des großen Pavillons befand, stieß er den schrecklichsten Schrei aus, den ich je aus menschlichen Lungen gehört habe ...

„ *À moi!... À moi!...* " , brüllte er.

Und der Klang seiner Stimme hätte Tote aufwecken können.

Marbruk ben Hassan und Yussuf Latif zogen gleichzeitig ihre Messer und setzten sie dem Franzosen an die Kehle bzw. an die Brust.

„Noch ein Laut und du bist tot", knurrte der Wesir.

„ *Garde...*", brüllte Lebaudy sofort. Und die Hand des Emirs wurde ihm auf den Mund gedrückt.

„Schnell, bringt ihn ins Zelt", sagte er. „Die Wachen könnten ihn gehört haben ..."

Und im nächsten Moment wurde der tapfere Lebaudy ins Zelt geschubst.

„Die Uniformen! Marbruk, Yussuf und der Rest von euch ... Schnell ..." Und alle verließen das Zelt außer meinem Bruder, Buddy und mir.

„Also gut", fuhr er fort und wandte sich an den *Adjutanten*, wobei sich seine Stimme und sein Tonfall veränderten. „Du hast das Feuer da draußen gesehen ... Stell dir vor, du wärst an einen Pfahl gebunden und würde mit den Füßen voran hineingesteckt ..."

„Dann könnte ich wohl kaum mit dir meine Runde machen, selbst wenn ich wollte ... Selbst dein Verstand könnte das begreifen ...", war die Antwort.

„Natürlich ... Wie dumm von mir ... Danke ...", antwortete der Emir. „Wir brauchen deine Füße, wie du sagst ... Aber wir könnten natürlich auch einen *Blinden* führen ... Oder eine andere Idee ... Wir haben zehn Minuten Zeit, während meine Männer deine Uniformen anziehen ... Wie wäre es, wenn wir dir jede Minute einen Finger abschneiden, bis du deine Meinung änderst?"

„Eine brillante Idee! ... Wachen und Wachposten sind es gewohnt, ihren befehlshabenden Offizier mit blutüberströmten Händen näher kommen zu sehen! ...", spottete Lebaudy.

„Na gut, dann sind wir uns einig, dass du unbestechlich und unerschütterlich bist! Und da du darauf bestehst, unsere Pläne zu durchkreuzen und unseren bescheidenen Wunsch, nur einen Sträfling zu entführen, zu vereiteln, werden wir uns die Genugtuung und Entschädigung gönnen, dich so qualvoll zu foltern, wie wir es können ..."

„Wie du willst", antwortete Lebaudy, „aber ich werde nur für ein paar Minuten bekommen, was du für alle Ewigkeit bekommen wirst, du widerlicher Hund."

„Nein, nein, *Sidi Adjudant*! Die Beseitigung eines Ungläubigen ist eine verdienstvolle Tat für einen wahren Gläubigen ..."

Ich war froh, dass Lebaudy, den mein Bruder natürlich nicht verletzen, geschweige denn töten wollte, keinen Verdacht hatte, dass der Emir nicht der war, der er zu sein schien. Es wäre ein schrecklicher Schlag für Mary, wenn sich das große Drama ihres Mannes als Farce herausstellen würde.

„Darüber werden wir später mehr erfahren", knurrte der Franzose. „Was jedoch außer Frage steht, ist die Frage nach deinem Schicksal, wenn meine Landsleute dich fangen ..."

„Darüber werden wir später sprechen“, lächelte der Emir. „In der Zwischenzeit hat dein Schicksal Vorrang, *Sidi Adjudant – und* ich werde großzügig sein … Denn trotz deiner Widerspenstigkeit und der Schwierigkeiten und Ärgernisse, die du mir bereitet hast, werde ich dir die Wahl lassen … Soll es das Feuer sein, mit den Füßen voran … Aufspießen auf dem angespitzten Stamm einer jungen Palme … Oder für die Geier aufgehängt werden? …“

Der *Adjutant* zuckte mit den Schultern.

„Das ist mir völlig egal“, gähnte er.

Und bevor mein Bruder antworten konnte, zog Yussuf den Vorhang am Eingang des Zeltes beiseite.

„Da kam einer angerannt“, sagte er schnell, „ein Soldat … Er hat den Schrei dieses Offiziers gehört … Wir haben ihn gefesselt … Er ist unverletzt.“

„Er hat dir vielleicht das Leben gerettet“, sagte der Emir und wandte sich an den *Adjutanten*. „Vielleicht hilft er uns bei unserem kleinen Schauspiel und verrät uns das Losungswort, wenn wir ihm dafür sein Leben schenken.“

„Wenn er einer meiner *Legionäre* ist, wirst du nichts aus ihm herausbekommen“, war die Antwort.

„Nun, hoffen wir das Beste, *Sidi Adjutant* … Wenn der Mann gefügig ist, werde ich dich nicht foltern … Vielleicht werde ich dich sogar am Leben lassen …“

Der Emir befahl dann Yussuf, vier Männer zu holen und ihnen unter Androhung des Todes zu befehlen, den französischen Offizier zu bewachen und dafür zu sorgen, dass niemand mit ihm in Kontakt kam.

Dann führte er uns zu meinem Zelt, wo Marbruk ben Hassan mit einem Bündel französischer *Mützen*, Mäntel, Hosen, Gamaschen, Stiefeln, Seitenwaffen und Ausrüstung auf uns wartete.

In überraschend wenigen Minuten war ich ein französischer Sergeant, zwar dunkel und bärtig, aber die Nacht war dunkel und viele Soldaten waren bärtig, und ich inspizierte eine Wache, die aus einem Unteroffizier und acht Männern bestand.

„Also dann“, sagte Noel, „… der Gefangene. Er muss mich nicht sehen, aber er muss diese Wache sehen … Du sprichst natürlich Französisch mit ihm, Otis … Zeig ihm auch, aus nicht allzu großer Nähe, die Leichen seiner schlafenden Kameraden und der *Unteroffiziere* im Pavillon … Sagt ihm, sein Oberfeldwebel sei woanders, zu Tode gefoltert … Der Schrei, den er gehört hat, war sein Todesschrei … Wenn er nur allzu froh ist, sich am *Adjutanten* zu rächen, indem er uns hilft, ist alles gut … Wenn er standhaft ist, versucht es mit Einschüchterung, Bestechung und Korruption.“

„Angenommen, er verrät uns … gibt uns das falsche Losungswort und schreit, wenn wir im Sträflingslager ankommen …“, sagte Buddy.

„Nun, wir müssen das Risiko eingehen“, antwortete Noel. „Es liegt an dir, deinen Mann richtig einzuschätzen … Er könnte die Chance ergreifen, ein paar hundert Francs und seine Freiheit zu gewinnen, besonders wenn Lebaudy noch so beliebt ist wie früher …“

„*Früher?*“, fragte ich.

„Ja … früher … als Buddy und ich in seinem *Peloton* waren …“

„Er war sicher ein harter Kerl“, bestätigte Buddy.

„*Was?* … Wann? …“, fragte ich. „Wovon *redet* ihr?“

„Als wir in der Legion waren, Junge … Du hast doch die großartige Geschichte von der Befreiung von Zinderneuf gehört, wo Beau Geste getötet wurde, und wir mit John Geste und seinem anderen Bruder loszogen und zwei Jahre lang durch die Wüste zogen … Nun, der alte Lebaudy war Sergeant unseres *Pelotons* unter unserem klugscheißerischen Schwager … Ja, Lebaudy ist ein guter alter Freund von uns!“

„Nur, dass er das nicht weiß …“, sagte Buddy und fügte hinzu:

„Es war mir wirklich ein Vergnügen, ihm heute Nacht eins auszuwischen … Er hat uns viele unglückliche Nächte beschert, und ich finde, wir haben *ihm* jetzt eine zurückgegeben …“

Ich sagte nichts, dachte aber viel.

In bester Legion-Manier trat ich zurück, rief mit rauer Stimme „ *Garde à vous! Par files de quatre. En avant!... Marche!*“ und die gedrillten Männer der Leibwache, für die nichts davon neu war, außer ihren ungewohnten Uniformen, bewegten sich flink unter dem grimmigen Blick des Corporal-Wazir.

Wir waren noch keine paar Meter marschiert, da rief ich:

„ *Halte!* “

Ich hatte eine Idee und kehrte zum Zelt des Emirs zurück. Noel lag auf seinen Teppichen, sah nachdenklich und etwas niedergeschlagen aus.

„Mein Sohn“, sagte er, „das gefällt mir nicht ... Ich kann nicht hier in Sicherheit sitzen und dich in dieses Lager gehen lassen ... Wenn sie dich schnappen, wirst du nie wieder gesehen werden ... Bud auch nicht ... Die Legion will ihn – genauso wie die Zephyrs dich wollen ...“

„Ich gehe trotzdem, Noel“, sagte ich, „ob du mitkommst oder nicht ... Es ist mein Privileg und mein Recht ... Ich habe ihn gefunden, alter Junge, und ich werde ihn retten ... Eigentlich rettest du ihn, aber ich meine – ich muss dabei sein – und auch die Führung übernehmen ...“

„Das stimmt, mein Sohn ... aber mir gefällt das nicht ... Für zwei Cent würde ich mitkommen, als einer deiner Männer ... Aber ich darf nicht gefasst werden und als Amerikaner der Legion entlarvt werden – um Marys willen ... Und auch um meiner Araber willen ... Ich hasse es, Bud ohne mich gehen zu lassen ... Aber ich kann dich nicht allein mit den Männern gehen lassen, und Bud besteht darauf, weil John zurückgekommen ist, um *ihn* zu suchen!“

„Wieso bist du zurückgekommen?“, fragte er.

„Na ja, ich hatte eine Idee ...“

„ *Nein!*“ , sagte mein Bruder und tat überrascht.

„Doch, ich habe nachgedacht.“

„Du bist nicht hier, um nachzudenken, mein Sohn ... Du bist hier, um Befehle zu befolgen, weißt du ... Geh und sammle die Ideen dieses Mannes, den sie gefangen genommen haben ...“

„Was mir eingefallen ist“, fuhr ich unbeeindruckt fort, „... war Folgendes ... Ich bin durch und durch französischer Sergeant ... Stellen wir uns vor, wir setzen diese verkleidete Truppe auf ihre Kamele und machen einen kleinen Umweg ... Dann reite ich wieder hierher, an ihrer Spitze, und hinter uns kommen noch ein paar deiner Leibwächter als *Goumiers*. Wir reiten dahin, wo dieser Gefangene ist, und er würde sofort mit eigenen Augen sehen, dass wir ein vollkommener französischer *Peloton Méhariste* sind. Er wird um Hilfe rufen, und du wirst schuldbewusst und verwirrt aussehen ... Ich werde hochmütig und grimmig sein und mich außerdem weigern, mit dir zu lagern ... Ich werde den Mann freilassen lassen und ihm sagen, er soll uns zum Sträflingslager führen. Ich werde in der unerklärlichen Abwesenheit von Lebaudy und den *Unteroffizieren* das Kommando übernehmen, meine Vermutung äußern, dass etwas nicht stimmt, die Wachposten besuchen und ihnen sagen, sie sollen wachsam sein ... Zähle die Sträflinge – und bring einen mit mir hierher ins Lager ... Mit etwas Nervenstärke und ein bisschen Glück sollte das perfekt funktionieren ...“

Noel schlug sich auf den Oberschenkel.

„Oats“, sagte er, „du hast etwas gesagt ... Hol Buddy ...“

Ich befahl meiner Truppe – oder *„Truppe“* – „Rührt euch!“ und sagte dem Wesir auf Arabisch, dass der Emir ein Wort mit ihm rede wolle.

Im Zelt wiederholte ich meinen Plan und ging näher darauf ein. Buddy war sofort begeistert und zog ihn wegen des menschlichen Faktors dem anderen Plan vor.

Das war in beiden Fällen ungewiss, aber vielleicht weniger in meinem Plan. Ein bestochener und eingeschüchterter Mann könnte uns durchaus hintergehen – weil er die französische Autorität mehr fürchtete als uns und bezweifelte, dass er jemals seine dreißig Silberstücke bekommen würde. Er würde wahrscheinlich allem zustimmen, was wir vorschlugen, und uns dann – statt seines eigenen Volkes – verraten, sobald wir tief in ihrem Lager waren und er in Sicherheit.

In wenigen Minuten wurde mein Vorschlag einstimmig angenommen, umso eher, als keiner von uns darauf erpicht war, einen einfachen Soldaten von seiner Pflicht abzubringen, wenn es sich vermeiden ließ.

„Das klingt für mich wasserdicht“, entschied Noel. „Bisher hat der Gefangene nichts Verdächtiges in diesem Lager gehört oder gesehen. Er weiß nur, dass sie glaubten, Lebaudy rufen zu hören ... Der Wachkorporal oder jemand anderes schickte ihn hinunter, um zu sehen, ob etwas gebraucht wurde, und er wurde festgenommen und festgehalten, als er in dieses Lager gerannt kam ...“

„Ganz richtig“, bemerkte Korporal Buddy etwas empört. „Mitten in der Nacht in ein respektables Lager wie dieses stürmen ... sich wie ein Stier auf dem Rodeo benehmen ... *Natürlich* wurde er verhaftet ...“

„Schick jemanden nach Marbruk ben Hassan“, sagte Noel.

Buddy trat aus dem Zelt und wenige Minuten später kam Marbruk mit ihm herein.

Auf die Fragen des Emirs stellte sich heraus, dass der Gefangene, wie wir gehofft und vermutet hatten, von den Wachen direkt am Eingang des Lagers festgenommen und in das Wachzelt gebracht worden war und absolut nichts von dem wusste, was geschehen war.

Alles schien günstig für den Erfolg meines Plans, und Marbruk wurde mit bestimmten Anweisungen an die Wachen zurückgeschickt – eine davon lautete, den Gefangenen so zu platzieren, dass er jeden sehen konnte, der vorbeikam.

Marbruk sollte dann meine uniformierte Truppe hartgesottener, zuverlässiger Schläger zu Pferd bereitstellen und sie zusammen mit einem Dutzend anderer Männer in arabischer Kleidung auf der gegenüberliegenden Seite des Lagers auf mich warten lassen.

Die Männer und Kamele waren natürlich gedrillte und erfahrene Mitglieder der Leibwache des Emirs, ausgewählt aus seinem berühmten Kamelkorps.

* * *

„Auf Wiedersehen, mein Sohn, und möge Gott dir helfen“, sagte Noel, als ich das Zelt verließ. „Bleib cool, tu, was ich und Bud dir sagen, und wir werden John Geste in einer Stunde hier haben ... Jetzt vergiss nicht ... Du bist ein empörter und misstrauischer französischer Sergeant ... Und du magst Araber nicht besonders ... Du solltest mir gegenüber nicht *zu* freimütig sein, denn ich bin ein wichtiger Mann, und die französische Regierung schätzt mich sehr ... Trotzdem magst du es nicht, wenn französische Soldaten von Arabern verhaftet werden, und du willst alles darüber wissen ... Spiel mit, mein Sohn ... Wir werden schon durchkommen ...“

Sein Abschied von Buddy war weniger beeindruckend, denn als der Unteroffizier-Wazir sich wortlos umdrehte, schoss der sandalenbekleidete Fuß des Emirs nach oben und traf auf eine schlecht sitzende französische Hose.

* * *

Yussuf Latif ibn Fetata, in französischer Uniform, stand an der Spitze meines knienden Kamels, seinen Fuß auf dessen doppeltem Vorderbein, um es am Aufstehen zu hindern. Er salutierte, als ich näher kam, und reichte mir die Zügel.

Ich stieg auf, das Kamel erhob sich, und ich ritt aus dem Lager, gefolgt von meinem gemischten *Peloton Méhariste.*

Die Nacht war dunkel und sehr still, und zu dieser Stunde – es war etwa drei Uhr morgens – hätte *ich* mich gerne dunkel und sehr still auf den bequemen Teppichen und Kissen meines Zeltes befunden ...

* * *

Eine Viertelstunde später näherte ich mich den Zelten der Quartierwache, und als wir näher kamen, forderte der sudanesische Wachposten uns auf und legte sein Gewehr an. Ich antwortete mit einem lauten Ruf und der Ankündigung, dass wir Freunde seien und in Frieden kämen.

Der Wachposten drehte sich um und rief, und aus dem Wachzelt eilte ein kräftiger, missgestalteter Zwerg mit einer gut gepflegten Öllampe in der Hand herbei.

Der Wachposten trat elegant hervor.

„ *Franzawi!*" , rief der Zwerg überrascht. „Komm in Frieden ... Bei Allah, ist alles in Ordnung?"

„Ein *französischer Peloton Méhariste*!", rief ich. „Was ist das für ein Lager?"

„Das Lager Seiner Hoheit, des Emirs Sidi el Hamel el Kebir, Mächtiger dieser Welt, Anführer der Konföderation der Stämme der Großen Oase..."

„Herr!", rief eine empörte Stimme auf Französisch aus dem Wachzelt. „Ich wurde von diesen Arabern verhaftet ... Ich bin gefangen genommen worden!"

Und ein Mann in Uniform rang sich aus dem Zelt, dicht gefolgt von zwei Sudanesen.

„Hier! Was soll das?" rief ich mit vor Wut und Überraschung verhärteter Stimme. „Ein französischer Soldat in Uniform? Auf wessen Befehl wurde er verhaftet? Woher kommt er? ... Richte dem Emir meine Grüße aus..."

„Komm her, du", rief ich dem Mann zu. „Erzähl mir, was passiert ist ... Ich werde mich darum kümmern..."

Und mit sanften Schlägen meines Kamelstocks auf seinen Hals brachte ich mein Kamel auf die Knie.

Das Licht der Schlammlampe fiel auf mein Gesicht und auf das des französischen Gefangenen.

„ *Hankinson!*" , rief er und benutzte den Namen, den ich in der Legion hatte.

„*Herr* Wachtmeister Hankinson, bitte!" erwiderte ich augenblicklich, mit strengem Tadel in der Stimme. „Sind Sie etwa blind geworden, *Légionär* Schnell?..." Und ich rückte den goldenen Streifen an meinem Ärmel demonstrativ ins Blickfeld.

Ja ... ich war schnell gewesen! Ausnahmsweise hatte ich mich der Situation mit absoluter Schnelligkeit und *Gelassenheit* gestellt. Und damit hatte ich einen schrecklichen Zwischenfall in etwas verwandelt, das sich als unglaubliches Glück erweisen könnte.

Es war der erbärmliche Schnell, der Sündenbock und Clown meiner Kaserne in der Legion, und in einer Sekunde würde ich erfahren, ob er gehört hatte, dass ich vor das Kriegsgericht gestellt und zu den Zephyrs geschickt worden war. Das war äußerst unwahrscheinlich, da er von Sidi-bel-Abbès nach Senegal gegangen war, als ich an die marokkanische Grenze versetzt worden war.

„Ich – ich – ich bitte um Verzeihung, *Monsieur le Sergent*", keuchte Schnell und salutierte wiederholt. „Ich habe Ihre Stimme erkannt und Ihr Gesicht wiedererkannt, und ich habe Ihren Namen gerufen, ohne aufzublicken ... Es tut mir sehr leid, *mon Sergent*."

Alles war gut. Der arme Schnell hatte nichts gehört.

„Das reicht! Quatsch nicht wie ein verrückter Papagei ... Sag mir, wie du hierher gekommen bist ... Und wo das Ende der Straße ist ... Das ist es, was ich wissen will..."

"Oh, ganz in der Nähe, *mon Sergent*", antwortete Schnell und stand stramm in Habachtstellung. "Es ist so, Herr ... Das Sträflingslager ist gleich dort hinten, und dieser Araber – er ist ein großer Häuptling, ein 'freundlicher' – gab ein *Fest*, ein Festmahl, mit Tänzerinnen und allem, und lud den Kommandanten und *die Messieurs les Sous-Officiers* und alle Männer, die nicht Dienst hatten, ein ... Ich hatte Wache, und ich und Schantz und Slinsky und Poggi saßen vor dem Wachzelt, als plötzlich Korporal Blanchard sagte: 'Ruhe, ihr da! Hört!'

„Und wir hörten hin, aber wir hörten nichts, und der Corporal meinte, er hätte die Stimme von *Monsieur l'Adjudant* Lebaudy gehört. Man sagt, er habe die lauteste Stimme in der französischen Armee..."

„Oh, um Gottes willen", brummte ich, „halt dich kurz ... Und sag mir, was du hier machst ... Du meinst wohl, du hast einen harmlosen Araber angegriffen ... Oder war es eine ihrer Frauen?"

„Oh, Herr! Nein, nein, nein!", protestierte der arme Schnell. „Korporal Blanchard meinte, er müsse sich wohl irren, sagte aber, ich solle besser herüberkommen und nachsehen, ob alles in Ordnung sei... Und dann haben sie mich verhaftet..."

„Ich nehme an, du bist wie ein Tuareg ins Lager gestürmt ... wie ein ganzer Tuareg-Häufling, eine ganze Armee in einer Person...", spottete ich.

„Der Corporal sagte: 'Laufen Sie rüber', Sir, und ich kam *au pas gymnastique* und..."

„Still!“, brüllte ich. „Wage es nicht, mir zu widersprechen, du schwatzhafter Trottel ... Wie lange bist du schon hier?“

„Etwa eine halbe Stunde, Herr“, gab Schnell zu.

„Na gut, dann werde ich dich für etwa einen halben Monat woanders unterbringen“, schüchterte ich ihn ein. „Du tollpatschiger, halbgarer, halbblütiger, halbverwirrter Halbmensch ...“

Ich fürchte, ich begann, mich richtig zu amüsieren. Wahrscheinlich war ich von Aufregung, Hoffnung, Angst und angespannten Nerven beflügelt. Dann wandte ich mich an den Zwerg.

„Und du?“, stürmte ich auf Arabisch. „Wie kannst du es wagen, einen französischen Soldaten zu verhaften, der auf dem Weg zu seinem Kommandanten ist?“

Der Zwerg breitete entschuldigend die Hände aus und zuckte mit seinen mächtigen Schultern.

„Bei Allah! Ein Irrtum ... ein Unfall ... Diese Sudanesen sind solche Dummköpfe ... Aber der *Roumi-Soldat* kam angerannt und war gewalttätig ... Seine Hoheit, der Emir, wird unbeschreiblich betrübt sein ... Aber der Mann war *sehr* gewalttätig. Einige sagen, er habe zwei mit seinem Bajonett erschlagen ... andere sagen drei ...“

„Was!“, rief ich, „absurd! War der Mann betrunken?“

„Nun, *Sidi, dieser* war nicht sehr betrunken“, antwortete der Zwerg.

„Was meinst du damit?“, rief ich. „Sprich klarer ... 'Dieser war nicht sehr betrunken' ... Wer *war* dann sehr betrunken?“

Eine ruhige und geordnete Gruppe von Männern, von denen einige Lampen trugen, näherte sich.

Der Zwerg war nervös.

„Unser Herr, der Emir selbst“, flüsterte er.

Und an der Spitze einer Gruppe von Scheichs, Amtsträgern, Beamten, Soldaten und Sklaven erschien Emir el Hamel el Kebir.

„Bitte Allah! Nun? Komm in Frieden! Der Friede Allahs sei mit dir!“

Ich salutierte vor dem Emir nach militärischer Art.

„Heil und Allahs Frieden sei mit dir, o Emir! ... *Le Sergent Hankinson, peloton méhariste, numéro douze*, für Lager Nummer Eins der Bautrupps ... Ich sah euer Feuer und kam, um zu fragen ... In eurem Lager finde ich einen französischen Soldaten, der festgenommen und festgehalten wird ... Ich muss euch ersuchen, ihn mir unverzüglich zu übergeben – mit einer Erklärung ...“

„Was soll das, Marbruk ben Hassan?“, fragte der Emir den Zwerg. Seine Stimme klang hart.

Marbruk verbeugte sich tief und wiederholte hastig, was er mir gesagt hatte.

Es schien, dass der Mann sehr gewalttätig gewesen war ... einige sagten, fünf seien getötet worden ... oder schwer verletzt ... Der Zwerg befürchtete, dass der Mann unter dem Einfluss des starken *Sharabs* der *Roumis* gestanden hatte ... Er hatte betrunken gekämpft ...

Schnell leugnete empört, dass er seit Jahren auch nur einen Tropfen Alkohol gesehen habe.

„Aber wie *konnte* er betrunken sein?“, warf ich wütend ein. „Wo sollte er ihn herbekommen? Enthalten die Brunnen etwa *Sharab* in diesem Teil der Wüste?“

Der Emir lächelte und strich sich über den Bart.

„Nein, das hätte ich nie gedacht“, antwortete der Emir. „Bis heute hätte ich das nicht gedacht ... Seltsam sind die Wege der Roumis – *aber* danken wir Allah für die Vielfalt seiner Geschöpfe ... Wahrlich, Wein ist ein Spötter ... und gut ist es, dass er uns verboten ist ...“

„Was steckt hinter deinen Worten, oh Emir?“, fragte ich. „Gib mir keine verdrehten Worte aus einer krummen Zunge, ich bitte dich. Lass unsere Worte kurz und klar sein.“

„Würde der Kommandant einen Moment mit mir kommen?“, fragte der Emir mit ruhiger Würde. „Und wenn er vielleicht diesen Soldaten mitbringen könnte, der noch nie *Sharab* gesehen hat ...“

„Corporal!“, rief ich über meine Schulter. „Lasst die Männer absteigen und sich ausruhen. Jeder Mann soll mit gesenktem Gewehr an seinem Kamel stehen.“

Und der Gruß sowie die Antwort von Korporal Buddy waren vollkommen echt. Es hätte eines schärferen Verstandes bedurft als dem von Schnell, um an mir und meinem *Peloton* etwas auszusetzen.

Als ich mich mit dem Emir entfernte, gefolgt von Schnell, bemerkte ersterer vertraulich, aber so, dass Schnell ihn hören konnte:

„Ich wollte vor deinen Männern nicht zu viel sagen, Kommandant ... Und außerdem dachte ich, du würdest deinen Augen eher glauben als meinen Worten ..." Der Emir befahl seinen Leuten, anzuhalten und dort zu warten, wo sie standen, und führte mich und Schnell zu einem Zelt.

„Ich bedaure dies zutiefst", sagte er, „... und ich hätte es gerne verheimlicht ... Ich habe in meinem bescheidenen Lager ein armseliges Festmahl gegeben und alle eingeladen, die kommen wollten ... Es steht mir nicht zu, etwas dazu zu sagen ... Aber meine Männer werden beschuldigt, jemanden verhaftet zu haben, der nichts von Trunkenheit oder dem Genuss von *Sharab* weiß ..." Und er zog den Vorhang des Zeltes beiseite.

Im Schein der Lampe im Zelt bot sich uns der erschütternde Anblick von drei uniformierten Unteroffizieren, die tief und fest in betrunkenem Schlaf lagen.

Ich zuckte mit den Schultern und schnalzte angewidert mit der Zunge.

„Tsk! Tsk! Tsk! ... Und was ist mit ihren Männern?", fragte ich beschämt und wütend.

Jetzt zuckte der Emir mit den Schultern.

Ich stupste einen der Schlafenden mit dem Fuß an und schüttelte den anderen an der Schulter (aber nicht zu heftig).

„Und der *Adjutant* Lebaudy?", fragte ich.

„Frag mich nicht, *Monsieur le Sergent*", sagte der Emir mitleidig.

„Wo ist er? Ich will ihn sehen. Ich muss mich selbst davon überzeugen", sagte ich scharf.

„ *Légionnaire* Schnell", fügte ich hinzu. „Bleib hier, bis ich zurückkomme ... Verlass dieses Zelt auf eigene Gefahr."

Der Emir führte mich weg.

Kapitel XVII

Ich kehrte zurück und betrat das Zelt mit ernstem Gesicht, traurig, empört, aber mit dem Blick eines guten Sergeanten, der eine Beförderung in naher Zukunft sieht.

„Schnell", sagte ich, „hör zu und sei vorsichtig… Schweigen ist Gold, merk dir das… Geh sofort zurück ins Lager und melde Korporal Blanchard, dass hier alles in Ordnung ist… *alles in Ordnung*, verstehst du?… *Monsieur l'Adjudant* Lebaudy hat dich nicht gerufen… Er und die Sergeanten bleiben noch länger… *bleiben noch länger*, verstehst du?… Sei sehr vorsichtig mit dem, was du sagst… Es täte mir leid um dich, wenn sich herausstellen sollte, dass falsche Berichte – zum Schaden von *l'Adjudant* Lebaudy und deinen Vorgesetzten – auf dich zurückzuführen sind…"

Der gute Schnell hat offenbar alles verstanden.

„Sehr gut … Dann geh zurück und … oh … melde, dass ein *Peloton Méhariste – Sergeant*, Corporal, acht Soldaten und zehn *Goumiers* – sofort *eintrifft*. Sag Corporal Blanchard, er soll die Wachposten warnen … Ich möchte auch das Kontrazeichen haben … Wie lautet es noch, " *Maroc„?*" …

„Nein, Herr, *'Boulanger'*", antwortete der einfache Simon Schnell.

„Na dann los … und renne nicht wie ein wilder Stier in dein eigenes Lager … Sonst bekommst du noch eine Kugel in den Bauch…"

Schnell salutierte und eilte davon, voller guter Vorsätze.

* * *

„Jetzt geht's los!", sagte ich, als wir uns beeilten, zu meinem Zirkus mit Kamelen und auftretenden Arabern zurückzukehren.

„Großartig! Junge, du bist der Größte!", flüsterte Noel, als er meinen Arm packte…

Ich gab den Befehl zum Aufsteigen, und eine Minute später führte ich die *Gruppe* in einer Reihe im Trab in Richtung des Sträflingslagers.

* * *

So gespannt ich auch darauf gewartet hatte, der laute Ruf des Wachpostens:

„ *Halte!… Qui va là?*" ließ mein Herz in meiner Kehle hüpfen.

Ich schalt meine Gedanken an John und Isobel aus – und wurde wieder ein französischer Sergeant.

Ich antwortete und gab das Passwort in korrekter Form – in einer Form, die mir nur allzu vertraut war –, hielt meinen *Zug* an und ging vorwärts.

„Bist du es, Schantz?", fragte ich schroff.

„Nein, Sergeant", antwortete der Mann. „Ich bin Broselli…"

„Ist Schnell gerade ins Lager gekommen?", fragte ich.

„Vor ein paar Minuten, Sergeant", war die Antwort.

„Ah!", sagte ich geheimnisvoll, rief meinen *Zug* in Habachtstellung und führte ihn zum Lager.

„ *Halt!*" , rief ich mit lauter Stimme. „Absteigen! … Tribünen!"

Die Wache trat aus, der Unteroffizier eilte herbei, gefolgt von einem Mann mit einer Lampe. Er salutierte mir schneidig.

„Eilig und dringend", sagte ich. „Bringt mich sofort zu *Adjutant* Lebaudy."

„Der ist im Lager des großen Emirs, Sergeant", antwortete der Unteroffizier. „Ein *Fest*… eine große Show … Alle sind da…"

„Das habe ich mir gedacht", sagte ich grimmig. „Ein bisschen unangenehm, wenn es noch einen Überfall gibt, was? Aber das ist die Sache *des Adjutanten*… Hast du hier das Sagen?"

„Ja, Sergeant … Ich bin Oberkorporal", antwortete der Mann.

„Na gut, das reicht“, sagte ich. „Sie wollen diesen Mann zurück nach Zaguig ... Den Sträfling, der behauptet, er sei der Einzige gewesen, der nicht auf der letzten Schlachtliste der Tuareg stand ... Sie scheinen jetzt zu glauben, dass es gar keine Tuareg-Show war ...“

„Was! Die Sträflinge selbst?“

„Nein, du Dummkopf ... Die hätten sich doch nicht alle umgebracht, oder?“ ... und ich beugte mich vor und senkte vertraulich meine Stimme. „ *Selim ben Yussuf! ... Und* sein Stamm gehört zur Alliierten Konföderation und so! Ja, das ist die neueste Idee ... Er war es, der den Mann zurückgegeben hat, weißt du ... Und es fehlen noch etwa ein Dutzend ... Cleverer Bluff, was!“

„Der hat keine kalten Füße“, meinte der Corporal.

„Nein“, sagte ich. „Komm schon ... Ich kann hier nicht die ganze Nacht quatschen ... Du kennst den Mann doch, oder?“

„Nun ja ... ich würde nicht sagen, *dass ich* ihn *kenne*, Sergeant ... Ich würde sagen, ich könnte ihn ...“

„Schon gut“, antwortete ich. „Ich kenne seine hässliche Fresse gut genug ... Ich hatte ihn beim Kriegsgericht in Zaguig unter meiner Obhut ... Bis sie ihn zum Singen *bringen*, werden wir alte Freunde sein ...“

Ich wandte mich an Buddy.

“Corporal”, sagte ich schroff. ”Wir brechen in ein paar Minuten wieder auf ... Wo ist das Ersatzkamel? Du bist dafür verantwortlich ... Fesseln Sie dem Mann die Hände hinter dem Rücken und binden Sie das Ende der Schnur an Ihr Handgelenk ... Die Männer werden in fünf Minuten wieder aufsteigen ...

„Kommen Sie, Korporal Blanchard“, fügte ich hinzu. „Dieses verdammte Kriegsgericht tagt morgen.“

Und, angeführt von dem Mann mit der Handlampe, marschierten wir los, mein Herz schlug wie ein Wildschwein.

Anscheinend war dieser würdige Mann aufmerksamer als sein Corporal, denn wenn er den Desperado nicht vom Sehen oder von der Nummer her kannte, so wusste er doch, in welchem Zelt er sich befand.

Mit einem gemurmelten „ *Tente numero B7*“ führte er uns direkt zu einem der Zelte.

„Der Vogel ist hier drin, Corporal“, sagte er, als der Wachposten stramm stand.

„Dann hol ihn raus“, sagte Corporal Blanchard.

„Und beeilt euch“, fauchte ich.

Es raschelte und knurrte im Inneren, so wie man es hören könnte, wenn man nachts einen Käfig voller wilden Tiere aufwühlt, die auf Stroh liegen.

Zwei Minuten später tauchte der Mann mit der Lampe zusammen mit dem Wachposten wieder auf – und *John Geste ... John Geste! ...* krank, gebrochen und erschöpft, aber immer noch mit fester Miene und grimmigem Gesichtsausdruck.

Es war eine angespannte Sekunde ...

Würde er, gerade aus dem Schlaf gerissen und in die Nacht hinausgeworfen, mir gegenüberstehend, in seiner ungläubigen Überraschung laut meinen Namen rufen? Wenn ja, würde ich genauso reagieren wie bei Schnell, nur noch strenger.

Ich hätte es mir denken können! ... Ich hätte mich nicht zu fürchten brauchen .... *„Ein guter Kater jagt von edlem Schlag.“* ... Das Blut verrät sich ....

John warf mir einen kurzen Blick zu und stand dann mit der mürrischen Haltung eines verurteilten Sträflings da, den Blick auf den Boden gerichtet.

„Hier, du, halte ihm die Lampe vor seine hässliche Fresse ... Ich will nicht den Falschen mitnehmen“, knurrte ich, gab ihm so gut ich konnte ein Stichwort, legte meine Hand unter sein Kinn und riss ihm grob den Kopf hoch.

„Das ist der Schweinehund“, sagte ich. „Nehmt ihn mit und werft ihn auf das Ersatzkamel.“

Und wir marschierten los.

Buddys Empfang des Gefangenen war nicht dazu angetan, im trägen Geist von Korporal Blanchard Verdacht zu erregen.

Mit sachlicher, verächtlicher Grobheit fesselte er den Gefangenen. Und mit einem kurzen: „ *Voilà! Mach* das *mal wieder* , wenn du kannst!“, zeigte er mit einer ruckartigen Bewegung seines Daumens auf das Ersatzkamel, das nun an seinem eigenen befestigt war.

„Steig auf und genieß deine letzte Fahrt in dieser Welt“, knurrte er, „und wenn du auch nur schief *guckst*, zieh ich dich hinterher …“

„Na dann, gute Nacht, Corporal“, sagte ich zu dem hervorragenden Blanchard und stieg auf mein Kamel, wobei ich jede Sekunde damit rechnete, dass die abscheuliche Stimme des Mannes mit einem Anflug von respektvoller Überraschung die Worte aussprechen würde, auf die ich von Anfang an gewartet hatte.

„ *Was ist mit dem Haftbefehl, Sergeant? Du hast ihn mir nicht gegeben.*“ Hätte er danach gefragt, wie er es natürlich hätte tun müssen, hätte ich vorgehabt zu sagen:

„Ah, ja! Natürlich!“ – um dann in meiner Innentasche danach zu suchen und – langsam, widerwillig, mit wachsendem Entsetzen, Bestürzung und Alarm – zu dem Schluss zu kommen, dass ich ihn tatsächlich in Zaguig vergessen hatte! Ich stellte mir vor, wie Blanchard sich beeilte, seinen Vorgesetzten zu beruhigen und jegliche Absicht zurückzuweisen, ihn in Verlegenheit zu bringen … Der Haftbefehl könnte mit der nächsten Verpflegungslieferung geschickt werden …

In diesem Fall würde ich zustimmend nicken und ihm anbieten, ihm eine Quittung für die Ware zu schreiben, die ihm in der Zwischenzeit als Vollmacht dienen würde.

Als ich den Befehl zum Marsch gab, kam mir noch eine Idee, falls er sich doch noch daran erinnern und nach dem Haftbefehl rufen sollte. Ich würde dann steif sagen:

„Haftbefehl! *Du?* … *Seit wann* bist *du Adjudant* Lebaudy? Ich glaube, ich werde es ihm geben, danke …“ (sehr sarkastisch).

Aber der Dummkopf dachte überhaupt nicht daran, Gott segne ihn! „ *Marsch …*“, intonierte ich.

Die Kamele schlurften vorwärts, der Wachposten salutierte, und … *John Geste war frei.*

§ 2

Während der kurzen Fahrt zwischen den beiden Lagern schwieg ich und starrte geradeaus in die Nacht.

Ich hätte nicht sprechen können, ohne mich zu blamieren. Ein Kloß im Hals, ein Brennen in den Augen, ein stechender Schmerz im Herzen und ich zitterte am ganzen Leib.

Ich hörte auch kein Wort zwischen Buddy und John Geste, die dicht hinter mir ritten.

Ich glaube, dass beide, wie ich, zu viel auf dem Herzen hatten, um ein Wort zu sagen, und dass John vorsichtig war – da er, wie es ihm schien, unter französischen Soldaten ritt.

Bei unserem Wachzelt hielt ich an und entließ die *Peloton*, die bewundernswerten Nebendarsteller meiner Kaste, die sich beeilten, ihre „Requisiten“ ihren rechtmäßigen Besitzern zurückzugeben. Es wäre nicht schicklich gewesen, wenn ein guter französischer Soldat beim Aufwachen seine Hose vermisst hätte.

* * *

Mit jeweils einem Mann zu beiden Seiten marschierten wir zu Johns Zelt, traten ein, schlossen die Öffnung und standen zusammen da – ein Emir, ein französischer Sergeant, ein französischer Unteroffizier und ein Sträfling!

Drei Amerikaner und ein Engländer!

Soll ich versuchen, diese Begegnung zu beschreiben? Wie John sich mit einem leichten Husten räusperte und sagte:

„Vielen Dank, Leute … Diese Schnüre sind sehr fest … Hat jemand etwas zu trinken bei sich?“ – und dann brach er in Ohnmacht zusammen.

...Wie wir ihn wieder zu Bewusstsein brachten, Buddy hemmungslos weinte und heftig fluchte ... mein Bruder in grimmigem Schweigen, außer wenn er sich heftig die Nase putzte ... Ich schluckte und schluckte und schluckte, während mir feurige Worte durch den schmerzenden Kopf schossen.

„*John Geste ist frei ... John Geste ist gerettet ... Isobel ... Isobel ... Isobel ...*"

Wie John Geste schweigend seine linke Hand auf meine Schulter legte und mit seiner rechten meine Hand mit aller Kraft, die ihm noch blieb, umklammerte...

Wie er dasselbe mit Hank tat, ohne ein Wort zu sagen...

Wie er dasselbe mit Buddy tat, ohne ein Wort zu sagen...

Wie wir vier Männer, vielleicht so tief bewegt wie nie zuvor in unserem Leben, versuchten, uns wie zurückhaltende weiße Männer zu benehmen, mit angemessener Unterdrückung unserer Gefühle ... obwohl Buddy ein- oder zweimal von einem Krampf von Kopf bis Fuß geschüttelt wurde – gefolgt von einem Strom schockierender Obszönitäten ... obwohl Hank sich gezwungen sah, sich mit einer Heftigkeit die Nase zu putzen, die das Lager erschütterte und Buddy ihn bat, die sieben verdammten Schläfer nicht zu wecken ... obwohl John Geste von Zeit zu Zeit einen leichten Husten ausstieß, mit dem er das übertönte, was bei einer Frau ein Schluchzen gewesen wäre ... und ich, ich konnte nicht richtig sehen...

§ 3

Draußen ertönte ein Schrei.

Der Emir sprang zur Zeltöffnung, und wir hörten die Stimme von Marbruk ben Hassan.

„Herr, *ein Überfall auf das französische Lager im Morgengrauen*! ... Yacoub-der-ohne-Wasser-geht hat einen Reiter geschickt ... Yacoub hatte Nachrichten von einer großen *Harka*, die ihr Lager aufgeschlagen hatte, und ist dorthin gegangen ... Er hat die Gespräche am Lagerfeuer gehört ... Es sind keine Tuareg. Es sind Selim ben Yussuf und seine Bande – verkleidet als Tuareg ... Er weiß, dass sein Stamm wie befohlen nach Norden gezogen ist ... Mit überwältigender Wucht werden sie das Sträflingslager dem Erdboden gleichmachen und Touareg-Kriegsrufe ausstoßen, damit niemand der Schlacht entkommt und davon berichten kann ... Nachdem er die Wachen und Sträflinge getötet hat, wird er alles plündern, was er an Gewehren, Munition und Vorräten finden kann. Und nach einem weiteren großen Umweg wird er sich dem Stamm in der Nähe von Bouzen anschließen..."

„Der Mensch denkt, Allah lenkt", sagte der Emir. „Bringt mir den Boten..." Und er kehrte in das Zelt zurück, wo Buddy und ich uns schnell wieder unsere arabische Kleidung anzogen.

Noel suchte schnell *eine Jubba*, *einen Kaftan*, *eine Kaffiyeh*, *einen Burnus* und ein Kopftuch aus seinem eigenen Kleidervorrat aus, und John riss sich seine zerlumpte Sträflingskleidung vom Leib und zog sie mit Geschwindigkeit und Leichtigkeit an.

Ich erinnerte mich, dass er einige Jahre lang arabische Kleidung getragen hatte.

Wäre mir das jemals verheimlicht worden, wäre mir nun das Geheimnis des Aufstiegs meines Bruders offenbart worden. Er hatte an alles gedacht ... Er hatte alles angeordnet ... Er hatte alles vorausgesehen ... Er war cool, gelassen, äußerst effizient, und die Vorgehensweise, mit der er den *Adjutanten* Lebaudy behandelt hatte, war meisterhaft...

Yussuf Latif ibn Fetata kam ins Zelt.

„Die französischen Soldaten sind wieder in ihren Uniformen, bis auf zwei", und er warf einen Blick auf die Uniformen, die Buddy und ich abgelegt hatten.

„Geh wie der Wind, guter Yussuf", sagte der Emir, „und zieh auch die beiden an ... Pass auf, dass dieses Bündel dem Mann gehört, der mit drei anderen im großen Zelt liegt..."

* * *

Der Bote kam in Begleitung von Marbruk ben Hassan an und fügte dem zusammenfassenden Bericht des Letzteren nur wenig hinzu.

Wir schlossen jedoch daraus, dass Selim darauf vertraute, dass der Emir zehn Meilen entfernt lagerte oder auf dem Rückweg zur Großen Oase war und somit nicht nur den Franzosen nicht zu Hilfe kommen konnte, sondern auch nicht in der Lage war, ihre Bewunderung und Anerkennung für seinen guten Willen und seine Fähigkeiten bei der Sicherung des Friedens in der Wüste und der Überwachung der neuen Route zu erneuern, zu bekräftigen und zu festigen.

Die Schuld lag bei den Tuareg, der Ruf der Unfähigkeit beim Emir, die Beute bei Selim ben Yussuf und die Rache an den verhassten *Franzawi*...

Und als der Emir dem Boten mit wohlwollendem und anerkennendem Lächeln die Erlaubnis gab, sich zurückzuziehen, grinste dieser zerlumpte Mensch schief, zeigte seine Zähne und fügte mit tiefer Verbeugung hinzu:

„Auch Yacoub hat deinen Sklaven gebeten, dem Sidi Emir zu sagen, dass der Angriff von der Zaguig-Seite aus erfolgen wird, da dort die Gefahr am geringsten ist. Er wird doppelt scheitern, denn nicht nur werden die *Franzawi* jetzt damit rechnen, sondern Yacoub selbst wird hinter der *Harka* von Selim ben Yussuf reiten und, sobald sie zum Angriff ansetzen, mit seinem Gewehr in die Luft schießen."

„Und sich selbst durch die Salven der Franzosen vernichten lassen?", fragte der Emir.

„Nein, Herr, er wird flach auf dem Rücken hinter einer Sanddüne und seinem knienden Kamel liegen."

Der Emir lächelte, und der Bote ging.

* * *

Der Emir gab weitere Befehle.

„Marbruk ben Hassan", sagte er. „Ich brauche dir keine detaillierten Anweisungen zu geben. Eine Reihe von Männern hinter einem Hügelkamm quer zur Zaguig-Straße ... Kamele zwanzig Meter hinter ihnen ... Befehle an die Anführer der Abteilungen: Zehn Schüsse in schneller Folge, wenn Yacoubs Gewehr losgeht oder du pfeifst ... Wachposten weit draußen, rund um das Lager ... Schick Yussuf Latif mit einer schnellen Patrouille los, mit Yacoubs Boten als Führer ... Kein Schuss darf fallen, auch nicht unter Lebensgefahr ... Wir wollen "überrascht„ werden – aus fünfzig Metern Entfernung ..."

Marbruk ben Hassan, dessen soldatisches Gesicht vom Glanz der Schlacht strahlte, ging, und der Emir kehrte ins Zelt zurück.

„Das ist ja ein schöner Reibach!", sagte er. „Bud, sag R'Orab und allen Dienern, sie sollen Wasser auf das Feuer werfen und dann auf die Betrunkenen ... Sorgt dafür, dass im Lager kein Licht zu sehen ist ... Versuch, die Sergeants herbeizurufen ... Komm mit mir, Oats ... John, du bleibst hier ... Geh ins Bett, leg dich auf die Kissen ..."

John schüttelte den Kopf.

„Kannst du mir kein Gewehr besorgen?", fragte er.

„Auf das Bett mit dir, Junge ... Ich schwöre dir hoch und heilig, dass ich dir Hände und Füße fesseln werde, wenn du noch ein Wort sagst ..." Und er schritt aus dem Zelt.

Als wir zu dem kleinen Zelt eilten, in dem Lebaudy wohl eine der schlimmsten Stunden seines Lebens durchlebte, bemerkte Noel:

„Wenn ich Selim ben Yussuf heute Morgen durch mein Gewehrvisier sehe, wie er den Frühaufsteher spielt, wird er mehr Würmer als Frühaufsteher zu sehen bekommen ..."

Die vier Männer, die Lebaudy bewachten, wurden angewiesen, sich sofort bei Marbruk ben Hassan zu melden.

„ *Sidi Commandant*", sagte der Emir, „kein Mensch kann seinem Schicksal entrinnen ... Dem einen ist Glück beschieden, dem anderen Unglück ... Was geschrieben steht, steht geschrieben ... Euer Lager wird bei Tagesanbruch angegriffen werden ..."

„Auf *deinen* Befehl, du verräterischer Teufel, natürlich ... Ich habe es erwartet", war die Antwort. „Huh! Der Glaube der Araber! ... Der edle, ungezähmte, unbefleckte Sohn der Wüste, dessen Wort besser ist als sein Versprechen! ... Du pariah-Hund! ... Jetzt wissen wir, wer den *letzten* Überfall verübt hat!" ...

„Ich glaube, das wissen wir, *Sidi Kommandant – ein gewisser* Selim ben Yussuf ... Er ist es, der jetzt angreifen wird ..."

"Auf *deinen* Befehl", spottete der *Adjutant.* "Hältst du mich für einen Narren – einen von Allah Verfluchten? Auf deinen Befehl, natürlich... Ich, in deiner Gewalt, an Händen und Füßen gefesselt... Drei Viertel meiner Männer hierher gelockt und vergiftet... und mein Lager "wird bei Tagesanbruch angegriffen werden"... Ich zweifle nicht daran, du Teufel, du verräterischer Hund ... du lausiger, bettelnder, lügender Oasendieb ... Bei Tagesanbruch angegriffen, *was*? Mit anderen Worten, wenn du uns allen hier die Kehlen durchgeschnitten hast, wirst du mit deiner üblen Bande mörderischer Raufbolde mit Messern und Pistolen in den Ärmeln mein Lager besuchen und ein Massaker anrichten – um einen Kampf zu vermeiden! Das wird euer "Angriff" sein ... Meine Soldaten werden in den Rücken geschossen ... in den Rücken gestochen ... abgeschlachtet ... Mehr " *Tuareg*"-Arbeit, *was*? Tote erzählen nicht, was sie gesehen haben, *was*? Und das alles, damit ihr vielleicht etwas Gold für die Rettung eines reichen Verbrechers bekommt...

Aber du hörst meine letzten Worte und wirst dich daran erinnern ... Der Arm Frankreichs ist lang ... Du wirst hängen ... Du wirst hängen – am Ende eines Seils, im Gefängnis von Zaguig..."

„Sind das die letzten Worte *des Sidi-Kommandanten*? Denn wenn ja, würde ich gerne meine eigene schwache Stimme erheben und ein oder zwei Worte sagen...", antwortete der Emir.

"Hör zu ... Ich habe von meinen Spionen erfahren, dass Selim ben Yussuf bei Tagesanbruch euer Lager angreifen wird ... Ein plötzlicher, schneller Überfall von der Seite von Zaguig ... Sein Ziel ist Rache – er mag die Franzosen nicht besonders, wie du weißt – Beute, Gewehre und Vergnügen...

„Wie du mir gezeigt hast, würde das die Arbeit dieser Nacht für mich schön zunichte machen ... Ich muss nur meine Pferde satteln und mit all meinen Männern – und dem Sträfling, den ich haben wollte – davonreiten, und alle Spuren meines (soll ich sagen?) ungebührlichen Verhaltens werden verschwinden, ebenso wie der besagte Sträfling..."

„ *Lügen! Lügen!*", brüllte Lebaudy. „ *Lügen ... Du* Vater des Verrats und Sohn des Schmutzes ... *Worte...* "

„Worte *und* Taten, *Sidi Kommandant...*", unterbrach ihn der Emir. „Die Zeit drängt..." Und er zog ein großes Messer, dessen mit Gold verzierter Griff aufrecht in der Mitte seines Schärpen steckte und seinen Rang kennzeichnete.

„ *Taten!*" , spottete der unerschrockene Lebaudy. „Würdige Taten! ... Schneide mir die Kehle durch, du arabischer Held..." und er warf den Kopf zurück und schloss die Augen.

Mein Bruder schnitt die Schnur durch, die Lebaudys Füße fesselten, und befreite ihn. Lebaudy starrte ungläubig.

„ *Was* soll das Spielchen?", knurrte er.

"Das Spiel, *Sidi Kommandant*, ist folgendes ... Du springst auf ein schnelles Kamel und reitest mit uns – du zu deinem Lager, um die Vorkehrungen zu treffen, die dich als zweiten Napoleon auszeichnen werden – ich zu meinen Männern, die inzwischen in einem Hinterhalt entlang der Straße von Zaguig zu deinem Lager liegen und auf den Angriff warten, der innerhalb der nächsten Stunde kommen wird...

In der Zwischenzeit werden wir alles tun, um deine schlafenden Männer wiederzubeleben und sie auf Kamelen zu deinem Lager zu schicken..."

„Sagst du das ernst?", fragte der verblüffte Lebaudy ungläubig.

„Reite mit mir direkt zu meinen Männern, die dein Lager beschützen", sagte der Emir.

„Ich werde es tun", antwortete der Franzose grimmig. „Ich werde meine Vorkehrungen besser treffen können, wenn ich Ihre gesehen habe", fuhr er fort. „Nicht, dass ich Ihnen auch nur ein Wort davon glaube ... Aber ich bin im Moment in Ihrer Gewalt und muss wohl Ihr Spiel mitspielen..."

„Es wäre klüger, *Sidi Kommandant*", sagte mein Bruder und half dem *Adjutanten* auf die Beine.

„Ich werde meine wenigen Männer zur Verstärkung deiner Linie stellen ... falls es eine Linie *gibt* ", knurrte dieser.

„Sie werden nicht gestärkt werden müssen, *Sidi Adjutant*", lächelte der Emir. „Könnte ich respektvoll vorschlagen, dass sie als mobile Reserve unter Ihrem Kommando eingesetzt werden … zur Aufklärung … als Vorposten … Späher … oder sogar, um den Rückzug des Freundes Selim ben Yussuf abzuschneiden …"

„Sehen ist glauben …", knurrte der *Adjutant*. „Ich werde meine eigenen Vorkehrungen treffen, danke … Und mein Lager verteidigen …"

„Nicht mit drei Männern und einem Jungen", lächelte der Emir. „Ich werde gegen Selim ben Yussuf kämpfen, wenn er euer Lager angreift, und ihr könnt mir helfen, wie ihr wollt."

„Na dann los", sagte der *Adjutant* halb überzeugt. „Wenn du die Wahrheit sagst, können sie jeden Moment hier sein …"

„Für ihre Aufnahme ist gesorgt", sagte der Emir und ging voraus zu den Kamelen, die auf uns warteten.

* * *

Als wir vorbeikamen, steckte ich meinen Kopf in das Zelt des Emirs, wo John auf den Teppichen lag und sich ausruhte.

Er war wach.

„Hör mal, John – du hast den Befehl, dieses Zelt nicht zu verlassen, bis wir zurück sind … Das geht doch, oder? Dann kann ich mit Noel losziehen und helfen, das französische Lager zu retten … Er ist stinksauer, dass dieser junge Schweinehund Selim so einen Krieg angezettelt hat … Und das ausgerechnet in der einzigen Nacht, in der die Franzosen sich nicht selbst verteidigen können – dank Noel selbst!"

„Aber nein, Vanbrugh, ich werde nicht hier sitzen bleiben, wenn Hank und Buddy sich prügeln … Ich komme mit …"

„Bin ich nicht nach Afrika gekommen, *um die beiden zu retten*?", lachte er, „und jetzt, wo ich *sie gerettet habe*, soll ich sie aus den Augen lassen – damit sie im Dunkeln herumkämpfen?"

Ich grinste diesen John Geste an.

„Nun, bin *ich* nicht nach Afrika gekommen, um *dich* zu retten?", fragte ich. „Und jetzt, wo ich dich gerettet habe, soll ich dich aus den Augen lassen – damit du im Dunkeln herumkämpfst?"

„Dann gehen wir besser zusammen", war die Antwort.

„Auf keinen Fall … Ich muss meinen Bruder unterstützen, und du solltest so anständig sein, dich daran zu erinnern, dass es uns alle viel Zeit und Mühe gekostet hat, dich hierher zu bringen – und du musst hierbleiben."

„Oh, natürlich", antwortete John Geste, „wenn du das so sagst … Ich kann nur sagen, was ich schon gesagt habe …" und hier lachte er laut, „wir gehen zusammen …"

Und wir gingen zusammen – zwei brave Araber, die ihrem Emir folgten.

§ 4

Nach einem kurzen Ritt wurden wir von einem der Vorposten von Marbruk ben Hassan angehalten, und wenige Minuten später wurden wir von Marbruk selbst entlang seiner Verteidigungslinie geführt.

Wenn Yacoubs Informationen stimmten und Selim und seine Räuber in diese Richtung angreifen würden, wäre dies wahrscheinlich Selims letzter Heldentat und das Ende seiner Karriere als Verräter der Franzosen.

Der listige und erfahrene Marbruk hatte sich weit genug vom Lager entfernt, um an einer Stelle zu sein, an der die Angreifer noch in einer Gruppe ritten. Etwas näher am Lager hätten sie sich in einer Linie verteilt – einer Linie, die Marbruks Flanke überflügelt hätte und bald zu einem Kreis geworden wäre, der das Lager vollständig umschlossen hätte.

Ein Späher auf einem guten Araber war bereits mit Informationen zurückgeritten, die die von Yacoub bestätigten: Eine *Harka* von etwa zwei- bis dreihundert Mann war in Richtung der

Straße von Zaguig zur Großen Oase geritten, hatte halb nach rechts abgebogen und war auf diese Straße eingeschwenkt.

Als der Späher das sah, galoppierte er sofort zurück.

Adjutant Lebaudy grunzte und ritt mit einem Führer schnell zu seinem Lager.

* * *

Eine Viertelstunde später saß ich neben John hinter dem Bergrücken – wahrscheinlich der glücklichste Mensch auf Erden – und wünschte mir, der elende Selim würde sich beeilen, denn mir war sehr kalt –, da fiel ein Gewehrschuss.

Ich kraxelte auf den Kamm und schaute hinüber.

„Hallo!“, sagte John. „Wie weit schätzt du das – fünfhundert Meter?“

„Oder näher“, sagte ich. „Jetzt wird Noel ihnen zeigen, dass sie das Lager nicht überraschen können, egal was sie tun … Ein böser Schock um vier Uhr morgens für Selim …“

In der Nähe ertönte ein Pfiff. Ein paar Minuten später folgten ein paar kurze Pfiffe, und aus einem entfernten Teil des Bergrückens wurde eine krachende Salve abgefeuert.

Fast gleichzeitig folgten weitere Salven aus anderen Abschnitten, und dann das unaufhörliche Knallen von schnellem, unabhängigem Feuer aus hundert Gewehren.

Ein ohrenbetäubender Lärm brach aus dem zuvor stillen, geheimnisvollen Raum vor uns hervor … ein Lärm, zu dem verwundete Männer und Kamele beitrugen, ebenso wie alle untergeordneten Mächtigen dieser Welt, die etwas zu schreien hatten – ihre Schreie variierten in ihrer Bedeutung von Angriff bis Flucht. Einige taten das eine, andere das andere, denn ich sah deutlich weiße Flecken zurückweichen, während sich ganz in der Nähe undeutliche Gestalten auf dem Webstuhl abzeichneten.

Ein lauter Pfiff ertönte, ein langer, kräftiger Ton, und alle Schüsse verstummten. Der Pfiff ertönte wieder zweimal, und Salve um Salve krachte klar und deutlich. Die Feuerleitung war erstaunlich gut.

Der Pfiff ertönte wieder. Vor uns knallten unregelmäßig ein paar Gewehre, und andere Geräusche deuteten darauf hin, dass sich unsere Angreifer zurückzogen.

„Die haben ordentlich was abgekriegt und einen bösen Schock!“, sagte John, als er die leere Hülse aus seinem Gewehr zog.

„Hallo! Da ist noch eine Nebenschauplatz“, fügte er hinzu, als links hinter uns ein heftiges Feuer losging.

Offensichtlich hatte Noel Befehle erteilt, denn ein Teil der Männer rannte den Hang hinunter, stieg auf ihre Kamele und ritt davon, gefolgt von mir und John.

Von den entfernten Sanddünen links vor uns waren Blitze zu sehen. Die Kamelgruppe hielt in einer Reihe an, die Männer stiegen ab und beschossen wenige Minuten später die Kuppe der besetzten Sanddüne.

Ungeschult, undiszipliniert und nur mit Mob-Taktiken ausgestattet, zog sich diese Gruppe von Angreifern, die vielleicht eine unabhängige private Initiative oder ein Ablenkungsmanöver von Selim ben Yussuf waren, geschlossen auf eine andere Sanddüne zurück und bot dabei in dem zunehmenden Licht ein hervorragendes Ziel.

Unter dem Kommando von Lebaudy persönlich verfolgte eine kleine französische Gruppe sie in Gefechtsformation – immer stürmte ein Teil vor und ein Teil schoss – und trieb sie über unsere Front hinweg.

Als sie sich zum Hauptteil zurückzogen und schließlich in diese Richtung flohen, schwenkte unsere Linie halb nach rechts und verlängerte Lebaudys Linie, bis beide die des Emirs verlängerten, und die gesamte Truppe rückte in Gefechtsformation von beiden Flanken vor.

Das Ziel des Emirs war natürlich nicht, Selim ben Yussuf zu töten oder ihm eine schwere Niederlage zuzufügen. Er wollte diesen Angriff abwehren, und zwar so, dass keine Gefahr bestand, dass er wiederholt würde, bis die Franzosen in der Lage waren, sich selbst zu verteidigen. Selim ben Yussufs Plan war dank der Anwesenheit der Emir-Truppen kläglich gescheitert; die Angreifer waren auf der Flucht, und die Kameltruppe des Emirs würde sie in Schach halten.

Bis diese einen Halt einlegten und in ihr Lager zurückkehrten, würde Lebaudys Truppe in der Lage – und in der Verfassung – sein, mit allen weiteren Problemen fertig zu werden.

Als unsere Linie vorrückte, versperrte ein langer, niedriger Hügel, der rechtwinklig zur Kampflinie lag, Lebaudys Flanke vor unseren Blicken. Dieser lange, niedrige Hügel oder hohe Bergrücken war etwa eine Meile lang, und die Hälfte unserer Männer rückte auf seinem schmalen Kamm vor. Plötzlich rannte einer von ihnen zurück zu seinem knienden Kamel, während ein anderer „Feind in Sicht" signalisierte, obwohl wir alle in der einen oder anderen Richtung einen sich zurückziehenden Feind sehen konnten. Die Bedeutung des Signals wurde jedoch klar, als der Bote in einem schwerfälligen Galopp eintraf und seinen Bericht gab. Er ritt zu dem Ort, wo der Emir auf seinem riesigen weißen Kamel auf einer Sanddüne saß, und berichtete, dass es einen plötzlichen Blitzangriff, einen regelrechten Falkenangriff, auf die linke Flanke der Linie gegeben hatte. Eine Gruppe ausgewählter Kämpfer auf den besten Kamelen, angeführt von Selim ben Yussuf selbst, hatte einen Umweg gemacht und sich unbemerkt von ihnen genähert, indem sie durch ein tiefes Wadi und zwischen hohen Sanddünen hindurchgeritten waren. Sie waren so nah an die französische Flanke herangekommen, dass sie einen Angriff starten und mit gewaltiger Wucht zuschlagen konnten, bevor die Flankeneinheit zurück in die Linie geschwenkt werden konnte, um ihnen entgegenzutreten. Der Feind hatte mit Schocktaktiken Lebaudys Männer zerschlagen und zerstreut, und als Marbruk ben Hassan die Flankengruppe des Kamelkorps in Position gebracht hatte, um seine Flanke zu schützen und zu verhindern, dass die Linie eingerollt wurde, hatten die Angreifer kehrtgemacht und waren geflohen.

„Geflohen?", sagte der Emir. „Warum dann all dieses Geschrei?"

„Ja, geflohen", sagte der Bote und fügte entschuldigend hinzu, als wäre er schuld – denn jeder Orientaler hasst es, Überbringer schlechter Nachrichten zu sein: „Sie haben den französischen Offizier mitgenommen."

Selim ben Yussuf hatte Lebaudy gefangen genommen! Der Emir richtete sich im Sattel auf und schaute hinter sich.

„Pferd!", rief er mit einer Stimme, die Lebaudy alle Ehre gemacht hätte, und winkte mit einer einladenden Geste. Innerhalb einer Minute war sein Standartenträger bei ihm und sprang vom Rücken des prächtigen Hengstes, dem Lieblingspferd des Emirs.

„Hafer", sagte er zu mir, als er in den Sattel sprang, „findet schnell Buddy und sagt ihm, ich jage Selim, der Lebaudy hat. Sagt ihm, er soll mit Yussuf Latifs Truppe folgen. Die Männer auf dem Bergrücken werden ihm den Weg weisen", und er befahl dem Boten, zum Hügel zurückzureiten und Ausschau zu halten. Kaum hatte er ausgesprochen, preschte der Emir davon wie ein rasender Zentaur.

Während ich ihm nachschaute, kam mir der beunruhigende Gedanke, dass er bei diesem Tempo die Kamele sehr bald einholen würde. Ein Kamel ist auf lange Sicht immer schneller als ein Pferd, aber nicht auf kurze Distanz. Das Pferd ist schneller, aber das Kamel hat mehr Ausdauer. Für mich schien es unvermeidlich, dass mein Bruder Selim ben Yussuf und seine Halsabschneider einholen würde, lange bevor er die Unterstützung der Abteilung erhalten würde, die ihm folgte …

Ich fand Buddy schnell, der die rechte Flanke unserer Linie befehligte und mit kritischem Blick von seinem Kamel aus den geordneten und regelmäßigen Vormarsch seiner abgestiegenen Schützen verfolgte. Ich rief ihm die Nachrichten zu, und als er sein Kamel in Bewegung setzte und davonritt, rief er:

„Der alte Narr glaubt wohl, er kann sie mit einem Stock jagen! … Jagt ihm nach, mein Sohn … Ich komme in zwei Minuten nach … Ich wünschte, wir hätten mehr Pferde …"

Kapitel XVIII

Als ich mich umdrehte, um zu gehen, stellte ich fest, dass John verschwunden war, und vermutete, dass er Noel bereits auf den Fersen war. Ich trieb mein Kamel zu Höchstgeschwindigkeit – einem unbestreitbaren Galopp – und nahm den direktesten Weg zu dem Ort, an dem ich den bevorstehenden Kampf vermutete. Dieser führte mich über den Bergrücken, von dem der Bote gekommen war. Von dieser Anhöhe aus konnte ich in der klaren Morgenluft die fliehende Gruppe von Kamelreitern sehen, einen galoppierenden Reiter, der sie schnell einholte, und einen einsamen Reiter, der sein Kamel zur Verfolgung antrieb – Selim ben Yussuf und seine Räuber, mein Bruder und John Geste.

Ich raste halsbrecherisch den Abhang hinunter und sah vieles von dem, was dann geschah, den Rest erfuhr ich später von John und meinem Bruder.

§ 2

An der Spitze der fliehenden Räuber ritt Selim ben Yussuf auf seinem berühmten Pferd. Seine Geschwindigkeit war der der Kamele angepasst. Neben ihm ritt auf einem riesigen Kamel, das in diesem Teil der Wüste ebenfalls berühmt war, sein Cousin, ein gewisser Haroun el Ghulam Mahommed, hinter dem der unglückliche *Adjutant* Lebaudy wie ein Sack Kartoffeln über das Kamel hing, die Arme an den Seiten gefesselt und die Füße zusammengebunden – eine höchst unwürdige, schmerzhafte und gefährliche Lage. In einer engen Gruppe um dieses Kamel herum ritten die restlichen etwa zwölf von Selims ausgewählten Schlägern, von denen einige in ihrer Leichtfertigkeit und ihrem tiefen Hass Zeit fanden, dem unglücklichen *Adjutanten* einen kräftigen Schlag mit einem Kam *el* stock oder einen heftigen Stoß mit dem Ende einer Lanze zu versetzen. Plötzlich hörte einer der Räuber hinter sich das Trommeln von Pferdehufen, schaute über seine Schulter und rief seinem Anführer zu.

Selim ben Yussuf drehte sich um, sah und verstand.

Er schwenkte von seiner Position vor den Kamelen aus, rief „ *Reitet los*!“ und stürmte mit gesenkter Speerspitze auf den Emir zu.

Hätte dieser ebenfalls eine Lanze getragen, hätten die Zuschauer ein Turnier wie das der Ritter von einst gesehen – einen Kampf, der eher in die Zeit von Saladin und Richard Löwenherz gehörte, in die Zeit der Ritterlichkeit, als Feinde sich im Einzelkampf begegneten, Mann gegen Mann, Pferd gegen Pferd und Speerspitze gegen Speerspitze. Der Emir hatte aber nur das arabische Schwert, das er immer bei sich trug, und eine automatische Pistole in einem Holster am Schwertgürtel, den er unter seinem *Burnus* trug.

Fast im Moment des Aufpralls erledigte der Emir, ein perfekter und mächtiger Reiter, sein Pferd, zog es auf die Hinterbeine und lenkte es aus der Angriffslinie – so geschickt, so präzise und so absolut im richtigen Moment, dass die Lanzenspitze nicht nur seinen vom Wind aufgeblähten *Burnus* zerriss, sondern der wütende Angriff seines Angreifers ihn völlig verfehlte.

Er zog sein Schwert, aber nicht seine Pistole, und spornte sein Pferd auf Selim, als dieser sich umdrehte, um den Angriff fortzusetzen. Für den Araber war es zu spät, einen Angriff zu versuchen, denn Pferd und Reiter waren schon über ihm, und er konnte nur noch die Speerspitze senken, damit sein angreifender Gegner sich daran aufspießen könnte. Das Schwert des Emirs blitzte mit gewaltiger Kraft herab, und die abgelenkte Lanze – entweder durchschlagen oder zerbrochen – wurde Selim aus der Hand geschlagen. Wieder hielt der Emir sein Pferd an, wich aus und gab Selim ben Yussuf Zeit, sein Schwert zu ziehen. Hätte er das Gewehr von seinem Rücken genommen, hätte der Emir ihn erschossen.

Selim spornte sein Pferd an, erhob sich in den Steigbügeln und führte einen Hieb nach unten auf den Kopf des Emirs. Der Emir parierte, täuschte blitzschnell an und zielte seinerseits mit einem Hieb nach unten auf Selims Kopf. Selim parierte, aber ein Hieb mit dem mächtigen Arm des riesigen Emirs, der mit aller Kraft aus den Steigbügeln geschleudert wurde, war etwas ganz anderes als ein Hieb des schlanken, aber drahtigen Arabers.

Er parierte zwar richtig, aber Selims Schwert wurde ihm wie von einem Blitz aus der Hand geschlagen, und die Waffe des Emirs versetzte ihm einen schweren Streifschlag, der ihn im Sattel taumeln ließ. Sofort ließ der Emir sein Schwert fallen, packte den Araber mit seinen großen Händen, riss ihn aus dem Sattel, warf ihn zu Boden und stürzte sich schwer auf ihn. Für den Moment war Selim ben Yussuf außer Gefecht gesetzt und interessierte sich nicht mehr für die Geschehnisse dieser Welt.

Der Emir stand auf, nahm dem betäubten Mann sein Gewehr, hängte es sich über die Schulter und griff dann nach den Zügeln beider Pferde. Er stieg auf sein eigenes Pferd, sah John Geste und mich näher kommen und galoppierte wieder los, um die fliehenden Räuber zu verfolgen. Es dauerte nicht lange, bis sein Rennpferd ihn wieder in die Nähe der Kamelreiter brachte. Es gab nun keinen Reiter mehr, der ihm auf Augenhöhe begegnen und ihn mit der Lanze in der Hand angreifen konnte. Als er näher kam, drehten sich zwei oder drei von denen, deren langsamere Kamele sie zurückhielten, in ihren Sätteln um und eröffneten das Feuer. Aber es braucht schon einen etwas besseren Schützen als den durchschnittlichen arabischen Räuber, um einen Mann auf einem galoppierenden Pferd zu treffen, wenn man vom Rücken eines trabenden oder galoppierenden Kamels aus schießt; und der Plan, anzuhalten und abzusteigen, gefiel keinem dieser Nachzügler, da sie dabei fast unweigerlich niedergestreckt oder erschossen worden wären.

Mit einem wilden Schrei und erhobener Waffe stürmte der Emir in die fliehende Bande hinein und durch sie hindurch. Die Männer schrien, schwangen lange Lanzen, nahmen lange Gewehre aus den Halfter, zogen Schwerter, feuerten Gewehre ab, wichen vor der Verfolgung nach außen aus – taten alles, außer anzuhalten.

„*Weiterreiten*" war ihr letzter Befehl – und entsprach ganz ihrem augenblicklichen Drang. Auf jeden, der schoss, stach oder hieb, feuerte der Emir zurück, und in einem Bruchteil der Zeit, die es braucht, dies zu erzählen, war er bereits neben dem vordersten Kamel – dem von Haroun el Ghulam Mahommed. Mit einem Fluch riss der Räuber sein Gewehr seitlich nach unten und feuerte, ohne sich die Mühe zu machen, es an die Schulter zu legen. Obwohl die Mündung keine Elle vom Körper des Emirs entfernt war, verfehlte ihn die Kugel – dank der Bewegungen von Pferd und Kamel. Doch eine automatische Pistole ist eine andere Sache, und der Räuber Haroun el Ghulam Mahommed starb, wie er es sich gewünscht hätte: mit der Waffe in der Hand und dem Feind ins Gesicht blickend. Mit ihm starb sein Kamel, das der Emir augenblicklich, wenn auch widerwillig, mit einem Schuss in den Kopf tötete – und die Bande jagte weiter, zurücklassend ihren gefallenen Anführer, ihr bestes Kamel und ihren Gefangenen, *l'Adjudant* Lebaudy.

* * *

Der halbherzige Versuch, sich zu sammeln und zu verteidigen, wurde schnell aufgegeben, als die ordentliche Reihe des berühmten Kamelkorps des Emirs in voller Geschwindigkeit in Sicht kam.

§ 3

L'Adjudant Lebaudy interessierte mich an diesem Abend sehr, als er sich für die Gastfreundschaft des Emirs bedankte.

Er war kein Mann von Bildung, Kultur und Raffinesse, aber er war ein Mann von Mut und Hartnäckigkeit; er war kein Gentleman, aber er war ein starker Mann. Er mag ein kleiner Tyrann gewesen sein, aber er war nicht immer und ausschließlich kleinlich. Er versicherte dem Emir etwas pointiert, dass dieser seinen Kaffee ohne Angst trinken könne und dass es ihm freigestellt sei, ob er dort schlafen wolle, wo er gegessen habe. Er war grimmig scherzhaft, und seine Witze waren nicht immer geschmackvoll, aber als wir uns zum Abschied erhoben, reichte er dem Emir die Hand, stand stramm, salutierte militärisch und sagte:

„Ihr seid ein tapferer Mann, Sidi Emir. Für das, was Ihr heute Morgen getan habt, solltet Ihr die Médaille Militaire erhalten. Stattdessen bekommt Ihr mein völliges Vergessen all dessen, was vor Tagesanbruch geschah... Und sollte ein Gefangener fehlen, werde ich den Behörden mitteilen, es sei bemerkenswert, dass nur einer getötet wurde. Lebt wohl, Emir el Hamel el Kebir."

* * *

Ja, ein interessanter Mann, unser Freund *l'Adjudant* Lebaudy, und typisch für seinen Charakter, abgesehen davon, dass er vielleicht etwas größer war als die meisten seiner Art und zu einer gewissen Großzügigkeit und Großmut fähig war.

* * *

Meine Geschichte wird lang – und sie könnte sogar sehr, sehr lang werden.

Am nächsten Tag machten wir uns auf den Weg zur Großen Oase. Hier tat ich etwas, was ich nie erwartet hätte: Ich umarmte und küsste meine Schwester Maud Atkinson, die nun meine Schwägerin und so etwas wie eine Wüstenprinzessin war.

Ich hätte so gern Zeit und Platz, um unsere Gespräche im Detail wiederzugeben und unsere Maudie in ihrer neuen Rolle zu beschreiben. Sie verehrte Noel offensichtlich und vertraute mir an, dass sie, so sehr sie auch Scheichs liebte, insgesamt doch froh war, dass sich ihr scheichähnlicher Herr (nach und nach) als weißer Mann erwiesen hatte. Immer wieder versicherte sie mir, dass er „der Richtige" sei, und als die liebe Mädchen schließlich begriff, dass ich Noels eigener Bruder und ihr Schwager war, konnte sie nur noch hundertmal ausrufen:

„Stell dir das mal vor! Wer hätte das gedacht! Ich kann es kaum glauben!"

. . . .

Ich werde nicht die feierliche *Mejliss* beschreiben, in der Noel sich von den versammelten Scheichs seines eigenen und anderer Stämme verabschiedete, nachdem er ihnen mitgeteilt hatte, dass er sich auf eine lange Reise begeben würde, um seine Verbündeten, die *Franzawi*, zu besuchen, noch die wirklich herzzerreißenden und ergreifenden Abschiede zwischen ihm und den Männern, mit denen und für die er gekämpft, gearbeitet, intrigiert und gekämpft hatte.

Aber schließlich brach eine große, gut ausgerüstete und gut bewaffnete Karawane aus der Großen Oase auf, und mit ihr Marbruk ben Hassan und Yussuf Latif ibn Fetata, die das Kommando über die kämpfenden Männer der Eskorte hatten; und mit der Zeit, in langsamen Etappen und auf verschlungenen Wegen, kam die Karawane an und schlug ihr Lager nicht weit von einer Stadt auf, in deren schönen Hafen Schiffe vieler Nationen einliefen – so wie sie es seit den Tagen der phönizischen Strichgänger und der römischen Triremen getan hatten.

Meine Begleiter wagten es nicht, an Bord eines Schiffes unter französischer Flagge zu gehen, und beschlossen, unter amerikanischer oder britischer Flagge weiterzureisen, je nachdem, welches Schiff zuerst in den Hafen einlief, denn je früher sie weg waren, desto besser.

Zur Freude von Noel und Buddy kam ein amerikanisches Schiff – ein riesiges Schiff mit ein paar hundert Touristen an Bord, das von Japan nach New York zurückkehrte und auf seiner Hinreise die Häfen der südlichen Mittelmeerküste besucht hatte, so wie es zuvor die Häfen der Nordküste besucht hatte. Ein Telegramm an Isobel stellte sicher, dass sie John am Landungssteg in New York erwarten würde.

§ 4

Ich habe das Gefühl, dass ich noch nicht alles erzählt habe, was ich über John Geste hätte erzählen sollen...

Dieser liebe, wunderbare John Geste ... Dieser wahre Bruder von Beau Geste und Digby Geste ... Dieser Mann, der selbst mit Isobel, dieser wunderbaren und herrlichen Frau, die meinem Leben einen Sinn, meinem Geist einen lebenslangen Traum und meiner Seele *ein idéal beau* gegeben hatte, kein Glück finden konnte – *der* selbst in diesem Paradies, das ihre Anwesenheit für diejenigen schuf, die sie liebte, *nicht* leben *konnte*, während seine Freunde dort gestrandet waren, wo er sie „im Stich gelassen“ hatte ... Der Mann, der Isobel so tief und wahrhaftig und edel liebte, wie er es ganz sicher tat – sie zu *verlassen*, nachdem er sie auf unglaubliche Weise zurückgewonnen hatte – sie zu verlassen, mit geringer Wahrscheinlichkeit, ihr Gesicht jemals wiederzusehen! Das ist die größere Liebe.

* * *

Armer John Geste...

Ich war fast amüsiert – auf grimmige, traurige Weise amüsiert, als er in dieser letzten Nacht wieder versuchte, mir zu danken und sich zu verabschieden.

Seine unterdrückten Gefühle, seine unterdrückte britische Seele brachen fast hervor. Seine britische Zurückhaltung, die er in der Schule gelernt hatte, schmolz fast dahin...

Er, Noel, Buddy und ich hatten unser letztes Abendessen zusammen gegessen und schweigend die letzte Pfeife des Friedens geraucht. Als es Zeit wurde, unsere Schlafmatten zu suchen, stand John Geste auf, streckte sich und gähnte ganz unbekümmert und schritt aus dem Zelt.

Dabei warf er mir einen Blick zu und bedeutete mir mit einer Kopfbewegung, ihm zu folgen. Ich stand auf und folgte ihm, als er in Richtung Klippe ging. Plötzlich drehte er sich um.

„Vanbrugh“, sagte er und streckte mir seine Hand entgegen. „Ich möchte dir sagen...“ Und sein plötzlicher Wortschwall endete in einem kleinen nervösen Husten, der bei ihm auf starke Gefühle hindeutete.

„Was ich dir sagen will...“, begann er wieder, kam aber nicht weiter.

Ich wollte ihm nicht helfen. Er litt unter emotionalen Qualen und war völlig sprachlos. Aber auch ich litt unter Qualen, Elend und Trauer.

Er würde zu Isobel zurückkehren, und ich – zum Engel des Todes...

Ich hatte ihn, glaube ich, so sehr lieben gelernt, wie ein Mann einen anderen lieben kann. Ich hatte ihn gerettet. Durch Gottes Gnade und Barmherzigkeit und Hilfe hatte ich ihn gerettet und mein Versprechen gegenüber Isobel gehalten ... Ja, ich liebte ihn, aber ich würde ihm nicht helfen.

Und mehr als alles andere wollte ich sehen, ob er in der Lage sein würde, „sich gehen zu lassen“.

Ich hatte irgendwie das Gefühl, dass ich, wären unsere Rollen vertauscht gewesen und hätte er mich zu Isobel zurückschicken wollen, ihn umarmt hätte. Ich hätte mich nicht zurückhalten können, ihn zu umarmen...

Nicht so John Geste.

„Was ich meine, Vanbrugh“, versuchte er es wieder, „ist, dass...“

„Nun ... Du verstehst mich doch, oder? Du weißt, was ich meine...“

Und ich hörte meine Knöchel knacken, als er seinen Griff verstärkte und alles in vier Worten sagte.

„Mein Gott!“, stieß er hervor. „Äh ... Oh!“

„ *Starker Kerl!* “

§ 5

Um seiner Anhänger willen verfügte Noel, dass die drei bis zur Abfahrt des Schiffes Araber bleiben sollten. Die Passagiere, die die drei arabischen Scheichs und die stark verschleierte arabische Frau bei ihrer Ankunft gesehen hatten, müssen mehr als erstaunt gewesen sein, als sie sie am nächsten Tag in den gebrauchten Kleidern der „Zivilisation“ sahen, die zuvor in der Stadt gekauft worden waren.

* * *

Bis heute hasse ich es, an diesen Abschied zu denken.

In gewisser Weise war es wunderbar, als wäre es die Vollendung eines Lebenswerks oder vielmehr der Arbeit, für die ich geboren worden war; in anderer Hinsicht war es schrecklich, tragisch, unerträglich.

Ich gebe zu, dass ich in Versuchung war – schrecklich in Versuchung –, und ich fand es gut, dass die anderen drei nichts sagten, um meine Entschlossenheit nicht zu erschüttern. Sie wussten, dass ich mein Wort gegeben hatte, und sie wollten mich nicht bitten, es zu brechen, und als der Teufel mir ins Ohr flüsterte: „Eine Tänzerin – ein halb wildes Mischlingsmädchen aus den Basaren von Bouzen ... Sie erwartet das nicht von dir“, klammerte ich mich verbissen an meine armselige Ehrlichkeit und antwortete: „Es geht nicht darum, was sie ist, sondern darum, was *ich* bin – und ich *erwarte* das von mir.“ Aber es war ein harter Kampf. Und meine Qualen wurden auch nicht durch die Eindrücke und Geräusche um mich herum gemildert, als das Schiff aus dem Hafen dampfte.

Auf einer Klippe, ein oder zwei Meilen von der Stadt entfernt, gaben sich die Anhänger meines Bruders einer solchen Trauer hin, wie ich sie noch nie zuvor und seitdem nie wieder erlebt habe.

Mit orientalischer Hemmungslosigkeit weinten sie, zerrissen buchstäblich ihre Kleider und zeigten alle Symptome unstillbarer Verzweiflung und herzzerreißender Trauer. Kurz – vielleicht so kurz wie heftig –, aber absolut echt und sehr schrecklich.

Im Fall eines Mannes namens el R'Orab, dem Leibdiener meines Bruders, dauerte es lange genug, um seinen Tod zu verursachen. Von dem Moment an, als er sich von seinem Herrn verabschiedete, aß und trank er nichts mehr und sprach kein Wort. Er ging seinen Pflichten nach, bis er vor Schwäche zusammenbrach, und in seiner Schwäche starb er, ohne auch nur Wasser zu sich zu nehmen. So erbärmlich und absurd dieses Verhalten für Europäer auch erscheinen mag, wurde es von den Arabern sehr gutgeheißen, von denen keiner auch nur einen Moment daran dachte, den Mann zum Essen oder Trinken zu drängen.

Kurz bevor er starb, erhob er sich mühsam von seinem Gebetsteppich, ergriff die Hand von Yussuf Latif ibn Fetata, der ihn mit Hilfe von Marbruk ben Hassan und mir pflegte, und sagte:

„Wir werden sein Gesicht nie wieder sehen.“

Anscheinend war diese Aussage – die als inspiriert angesehen wurde, weil sie von einem Sterbenden kam – der letzte Strohhalm, der das Unglückslos des schicksalhaften Yussuf Latif zum Überlaufen brachte.

In dieser Nacht verließ er seinen Schlafplatz neben Marbruk und mir und wurde von einem Wachposten gesehen, wie er hinausging und unter dem Sternenhimmel stand, die Arme nach Osten ausgestreckt. Mit einem lauten, qualvollen Schrei „ *Leila Nakhla!* ... *Leila Nakhla!* ... “ stieß er sich das Messer in die Brust und beendete sein tragisches Leben, das nun unerträglich geworden war ...

Mein Abschied von Marbruk ben Hassan und den anderen in der Nähe von Bouzen trug nichts dazu bei, meine niedergeschlagene und elende Stimmung aufzuhellen, und so ritt ich in einer höchst missgünstigen Gemütsverfassung mit Abd'allah ibn Moussa zum Lager des alten Scheichs Yussuf ben Amir in der Oase von Sidi Usman.

Abd'allah ibn Moussa sollte hineinfahren und herausfinden, ob der Todesengel noch unter dem Schutz des alten Scheichs stand oder ob sie in die Straße in Bouzen zurückgekehrt war.

Wir lagerten in dieser Nacht unter einigen Palmen, weit entfernt von den großen Baumgruppen der Oase Sidi Usman, und nach einer Mahlzeit aus Datteln, ungesäuertem Brot und steinhartem Quark ritt Abd'allah ibn Moussa los, mit der Nachricht, dass ich meinen Freund in See hatte stechen sehen und dass ich hier war, um mein Versprechen zu erfüllen; Außerdem, dass Selim ben Yussuf in Zaguig in französischer Gefangenschaft war.

Am Ende eines der elendesten Tage, die ich je erlebt habe – irgendwie getrübelt selbst durch die Erkenntnis, dass ich John Geste gerettet und ihn zu Isobel zurückgeschickt hatte –, kehrte Abd'allah zurück. Der Todesengel war in den Zelten des alten Yussuf ben Amir. Anscheinend war sie vor Freude über die Nachricht von meiner Rückkehr und Selims Gefangennahme fast außer sich. Sie würde am nächsten Tag mit einer kleinen Karawane zu Abd'allah und mir kommen. Ihre Botschaft an mich lautete:

„Warte dort auf mich. Ich schenke dir mein Herz und meine Seele und mein Leben. Ich habe Scheich Yussuf ben Amir das gegeben, was ihn zum glücklichsten Mann der Sahara und für immer zu meinem Sklaven gemacht hat – das Haar aus dem Bart des Propheten, das der Sultan aus Mekka mitgebracht und meiner Mutter geschenkt hat. Ich habe das getan, um dir zu zeigen, dass ich Allah aufgegeben habe und nun ganz Gott gehöre und eine vollkommene Christin bin, weil du, mein Mann, einer bist."

Man kann sich vorstellen, dass ich in dieser Nacht kein Auge zugetan habe. Vielleicht hatte ich unbewusst Angst vor Somnambulismus und dass ich aufstehen und um mein Leben reiten würde, selbst während ich schlief.

§ 6

Am nächsten Tag kam sie an.

Ihre eigenen Mittel und die von Scheich Yussuf ben Amir waren wohl bis zum Äußersten strapaziert worden, wenn man die Pracht und den Prunk beurteilt, mit denen sie reiste. Ein kleines Zeltdorf entstand, wie ich sah, als ich auf Einladung ihres Boten zu der Stelle ritt, wo sie ihr Lager aufgeschlagen hatte. Damit sich die Worte des Sandwahrsagers in jedem Detail bewahrheiten könnten, war es ihr Wunsch gewesen, dass ich in ihr Lager reiten und sie aus ihrem Zelt laufen sollte, um mich zu begrüßen.

In ihrer gegenwärtigen Erscheinung war sie wunderbar – sanft, lieb, unterwürfig und ganz offensichtlich darauf bedacht, „gut" zu sein – die Rolle einer zivilisierten und christlichen Dame zu spielen und ganz und gar die weiße Tochter ihres weißen Vaters zu sein.

Es war erbärmlich und rührend.

Ihr Plan war, dass wir nach Bouzen fahren sollten, wo wir sofort von einem Missionar getraut werden sollten, entweder katholisch oder protestantisch, oder beides, wenn ich wollte. Dort würde sie ihren Schmuck holen und ihre Bank anweisen – denn sie war, wie ich erfahren hatte, ziemlich reich. Von Bouzen sollten wir nach Algier fahren und in jeder Hinsicht europäisch werden. Von Algier sollten wir mit dem Schiff nach Marseille fahren und noch modischere Europäer werden. Von Marseille aus sollten wir nach Paris weiterreisen und zum Inbegriff der europäischen Mode werden.

Dann sollten wir glücklich bis ans Ende unserer Tage leben, wo immer ich wollte, aber je weiter wir von Afrika entfernt waren, desto glücklicher würde sie sein.

Arme kleine Seele!

Am Abend gab es ein großes Festmahl, und als wir nicht mehr essen konnten, saßen wir zusammen auf den wunderbaren gepolsterten Teppichen, mit denen ihr Zelt wunderschön ausgestattet war. Und als ich ungewollt meine unüberwindliche Müdigkeit zeigte, bat sie mich, mich in das Zelt zurückzuziehen, das sie für mich vorbereitet hatte, und meinen letzten Schlaf als einsamer und ungeliebter Mann zu schlafen. Als ich aufstand, um zu gehen, streckte sie mir ihre kleinen Hände entgegen, und als ich sie nahm, zog sie mich neben sich herunter.

Sie nahm das seltsame, buchähnliche Amulett, das ihr liebster Besitz war, von ihrem Hals, legte mir die dünne Goldkette um den Hals und bat mich, es für immer nah an meinem Herzen zu tragen. Sie war fest davon überzeugt, dass es mich vor jeder Gefahr schützen würde.

„Mein geliebter Mann", flüsterte sie, „ich fühle in meiner Seele – ja, aus tiefstem Herzen –, dass dies dich retten wird..."

Und das tat es auch...

Mit ihren leidenschaftlichen Küssen auf meinen Lippen zog ich mich in mein Zelt zurück und warf mich auf das prächtige Kissenbett. In der Nacht zuvor hatte ich kein Auge zugetan, und seit ich mich vor zwei Wochen von John verabschiedet hatte – zwei Wochen, die mir wie Jahre vorkamen –, war das Leben eine Last und ein Elend.

Ich war zu müde, um zu schlafen. Die Stunden zogen sich bleiern dahin. Ich wälzte mich hin und her, stöhnte und fluchte und sehnte mich nach dem Tageslicht – und hoffte, dass es niemals kommen würde.

Ich setzte mich auf und fingerte an dem Medaillon herum, das nun seines größten und heiligsten arabischen Talismanes beraubt war, dem (zweifellos echten) Haar aus dem Bart des Propheten, aber immer noch bereichert durch seine (zweifellos ebenso echte) christliche Reliquie, den Splitter vom Holz des Heiligen Kreuzes.

Besser, ich öffnete es jetzt nicht bei Kerzenlicht – wie sie selbst einmal gesagt hatte, könnte der winzige Holzsplitter herausfallen und verloren gehen – ein Verlust, den ich zwar ertragen könnte, der sie aber wahrscheinlich unendlich beunruhigen würde...

Aber ich öffnete es doch. Warum, wo ich doch gerade fest beschlossen hatte, es nicht zu tun? Der Psychologe kann natürlich den Grund dafür nennen. Ich kann es nicht. Ich weiß, dass meine Finger das Medaillon öffneten, ohne dass mein Gehirn mir bewusst dazu aufgefordert hätte. Ich betrachtete das hübsche Gesicht, wunderschön auf Elfenbein gemalt – das Gesicht von „Zaza Blanchfleur", der Ouled-Naïl-Tänzerin, die mächtige Herrscher geliebt hatten und die einen gewöhnlichen Engländer geliebt hatte, der sie verlassen hatte.

Fast im selben Moment warf ich einen Blick auf das andere Gesicht, das Gesicht desselben Mannes, „Omar, der Engländer", der Vater des Todesengels.

Dann schloss ich das Medaillon und saß eine Weile nachdenklich da. Während dieser halben Stunde war mein Geist wie ein Blatt auf der schrägen Oberfläche eines Strudels, wie ein Strohhalm in einem Windwirbel, ja, wie in einer Höhle, in der alle Winde gleichzeitig aus allen Richtungen wehten.

Zweimal oder dreimal stand ich auf und sank dann wieder auf meine Kissen zurück.

Schließlich stand ich auf, schrieb dem Todesengel eine vier Worte lange Nachricht auf Französisch auf einen Zettel, zog mich vollständig an und schlich mich wie ein Dieb in der Nacht hinaus. Dies war nicht das Lager des Emir el Hamel el Kabir, sonst wäre es mir unmöglich gewesen, das zu tun, was ich dann tat. Keine wachen Wachen bewegten sich, wachsam und aufmerksam auf ihrem Posten; niemand lauschte, starrte oder forderte mich auf, mich zu melden. Anscheinend war außer mir keine Seele im Lager wach.

Ich schlich mich wie ein schlauer Schakal zu den knienden Kamelen und dankte Gott, dass meine und Abd'allah ibn Moussa's Kamele von unseren eigenen Kameltreibern getrennt von den anderen angebunden waren. Mit unsanfter Hand weckte ich den Mann, der für mein Kamel verantwortlich war, seit es mir gehörte, und befahl ihm, sowohl mein Kamel als auch das von Abd'allah ibn Moussa zu satteln. Wenn ich diesen Mann mitnahm, konnte er am nächsten Morgen nichts verraten.

Ein paar Minuten später waren der Kameltreiber und ich mit Höchstgeschwindigkeit in Richtung Bouzen unterwegs.

Kapitel XIX

In Bouzen angekommen, gab ich dem Kameltreiber Geld und einen Brief für den Todesengel und bat ihn, drei Tage auf dem Marktplatz auf mich zu warten und dann die Kamele zu Abd'allah ibn Moussa zurückzubringen und ihm zu sagen, ich sei auf Reisen gegangen.

Ich ging direkt zum Bahnhof und hockte mich hin, um wie viele andere Araber auf den Zug nach Algier zu warten. In Algier angekommen, ging ich vorsichtig umher, legte mir nach und nach eine europäische Garderobe zu und versteckte sie in einem zweitklassigen, vielleicht sogar zweitklassigsten Hotel, in dem ich im einheimischen Viertel der Stadt wohnte.

Es war ein ganz anderer Otis Vanbrugh, der jetzt in *einem Burnus* und barfuß durch Algier schlurfte, als der Otis Vanbrugh, der vor langer, langer Zeit aus seinem Hotel Mustapha Supérieur herabgestiegen war, um seine Schwester bei ihren Besuchen in den romantischen orientalischen Basaren zu begleiten.

In der Menge, mit Kapuze und Bart, war ich vollkommen sicher; und in ruhiger Sicherheit blieb ich dort, bis ich eines Tages, nachdem ich meine Rechnung bezahlt hatte, in mein Zimmer zurückkehrte, mich gründlich rasierte, meine europäischen Kleider anzog, meinen Koffer und meine Reisetasche schnappte und geradewegs aus dem Haus marschierte, holte eine klapprige Kutsche und fuhr zum Kai, wo das gute Schiff *Hoboken* auf mich und verschiedene andere Gegenstände wartete.

Über Oran, Marseille, Gibraltar und Tanger fuhr sie ohne Zwischenfälle nach New York, und wie in einem Traum, ziemlich benommen und mechanisch, betrat ich wieder meinen heimischen Boden.

Ich wollte so schnell wie möglich nach Hause, um endlich zu erfahren, dass John wohlbehalten, gesund und munter bei Isobel angekommen war und ihr Leben von einem Albtraum voller Leid in ein unbeschreibliches Glück verwandelt hatte.

Ich ertrug die lange, lange Zugfahrt, ich ertrug die scheinbar noch längere Reise mit der Postkutsche und die dritte und vorletzte Etappe mit einer gemieteten Kutsche, die mich an einen Ort brachte, wo ich willkommen war und eine Nacht Unterkunft und ein gutes Pferd geliehen bekam.

Am nächsten Morgen brach ich bei Tagesanbruch auf, und nach ein paar Stunden Ritt erreichte ich das Land meines Vaters. Am Nachmittag sah ich das Ranchhaus und hielt kurz darauf vor der großen Veranda, auf der die Familie den größten Teil ihrer wenigen Zeit im Haus verbrachte.

„Guten Morgen, Oats", sagte mein Bruder, ohne sich aus dem Schaukelstuhl zu erheben, in dem er saß.

„Hallo, Junge", sagte Buddy, und als meine sonnengeblendeten Augen den Schatten eines Gegenstandes oder Lebewesens durchdrangen, sah ich, dass ich gerade rechtzeitig angekommen war, um eine Familienkonferenz zu unterbrechen.

Da saß mein Vater, mächtig, massiv, herrisch und furchterregend wie eh und je, und starrte mich mit einem Blick an, der mir vorwarf, dass ich es gewagt hatte, mich unangemeldet vor ihn zu wagen. Er war offensichtlich in höchster Wut.

Vor ihm standen Buddy und meine Schwester Janey, elend und beschämt, sich fest aneinander geklammert – Buddy blass vor Aufregung, die Augen blitzend, den Mund zu einer lippenlosen Wunde verzogen, Janey natürlich erschöpft und niedergeschlagen, in Tränen aufgelöst.

„*Otis*", schrie Marys Stimme, und sie stürzte sich von der Seite eines großen, dunklen Mannes in schicker Reitkleidung – in dem weit geschnittenen, eng anliegenden Stil, den unsere Westernreiter angeblich verachten – nach vorne, und ohne meinen Augen trauen zu können, sah ich, dass es ihr Mann Major de Beaujolais war ... (Aber natürlich hatte Mary vor, ihn früher oder später mit nach Hause zu nehmen, um ihm etwas von dem Leben zu zeigen, das sie bis zu ihrer Begegnung mit ihm geführt hatte.) Ich stieg ab, ließ die Zügel über den Kopf des Pferdes fallen, nahm Mary in meine Arme und drückte sie kurz an mich, dann folgte ich ihr die Stufen zur Veranda hinauf.

„Was ist los?“, flüsterte ich, bevor ich um die Ecke bog, um mich der grimmigen Gegenwart meiner wütenden Mutter zu stellen.

„Janey will sich mit Noels Freund Buddy verloben“, flüsterte sie. „Sie sagt, sie stirbt, wenn sie es nicht tut. Dad sagt, sie stirbt, wenn sie es tut – und ohne seinen Segen –, stirbt an Armut, Elend, Scham, Hunger, Vaters Fluch, häuslicher Sklaverei in einer Blockhütte, Schande, Reue, Hausmädchenknien ... Puritanischer Vater ... Scharlachbuchstabe ...“

„Tatsächlich sagt Dad 'Nein' – *und* damit hat sich's, oder?“, fragte ich.

„Natürlich“, antwortete Mary. „Natürlich sagt er 'Nein', und damit ist die Sache natürlich erledigt! ... Wer ist Janey, *dass sie es* wagt, zu atmen, wenn Dad sagt, sie darf nicht.“

„Und Buddy?“, fragte ich.

„Er ist hin- und hergerissen zwischen dem Wunsch, seinen Vater mit der Waffe zu bedrohen, bevor er mit Janey wie Young Lochinvar *in den Westen* flieht, und der Angst, dass Janey nie wieder mit ihm sprechen wird, wenn er es wagt, so gotteslästerlich zu sein und unseren so frommen Vater zu missachten.“

„Also stirbt sie entweder, weil sie Buddy durch ihren Gehorsam gegenüber Dad vereitelt, oder weil sie Dad durch ihren Gehorsam gegenüber Buddy vereitelt, oder?“, stellte ich fest.

„Genau so ist es“, stimmte Mary zu, „und bevor Dad noch älter wird, wird er etwas zu hören bekommen.“

„Von wem?“, fragte ich.

„ *Von mir*“, sagte Mary mit vorgewölbtem Kinn, „und Noel ... Dieser heilige alte Mann! Obwohl er meinem Mann gegenüber grenzenlos gastfreundlich ist, ist er alles andere als herzlich, ja kaum höflich, und bezeichnet ihn – natürlich nicht in seiner Gegenwart – als “diesen gottlosen Franzosen„ oder “diesen ausländischen Götzendiener„. Er wird jeden Tag heiliger und gerechter! Aber komm schon, sonst denkt er noch, wir verschwören uns, wenn du nicht kommst und dich vor ihm verneigst.“

Ich begrüßte meinen Vater mit einer respektvollen Herzlichkeit und Freundlichkeit, die ich nicht empfand, und erhielt als Antwort ein Grunzen und einen verächtlichen Blick. Der alte Mann war zweifellos wütend und in einer seiner gewalttätigsten, autokratischsten und herrischsten Stimmungen.

Ich küsste Janey, umarmte Maudie herzlich, drückte Noel und Buddy die Hand, grüßte de Beaujolais schüchtern – und brachte dann sofort meine eigenen Angelegenheiten zur Sprache. Die andere Sache konnte warten, ich würde mich darum kümmern.

„Ist John in Sicherheit?“, fragte ich.

„Oh, klar“, war die Antwort.

„Und mit seiner Frau?“, fragte ich.

„Genau dort“, war die Antwort von Noel.

„In England, nehme ich an?“

„Vor einer Stunde waren sie das noch nicht“, sagte Noel mit schleppender Stimme.

„Wo sind sie?“, fragte ich und unterdrückte den Wunsch, ihn zu schlagen.

„Sei vernünftig, Junge. Wo soll ich denn wissen, wo sie sind?“, antwortete Noel. „Sie sind vor etwa einer Stunde zusammen ausgeritten, und im Moment könnten sie hier oder dort oder irgendwo anders sein ... Sie hat uns in New York getroffen“, fuhr er fort, „und da es eine Woche lang kein passendes Schiff gab und John krank war, haben wir sie natürlich mit hierher genommen.“

„Dann kann ich sie jeden Moment sehen?“, keuchte ich.

„Das kannst du ganz sicher, mein Sohn, jederzeit.“

Ich ließ mich schwer auf den nächsten Stuhl fallen, denn alle Kraft war mir plötzlich gewichen und meine Knie zitterten.

Ich könnte Isobel jeden Moment sehen! Und John Geste! Sollte ich wieder auf mein Pferd steigen und reiten ... und reiten ... und reiten ...?

Ich konnte nicht vor mir selbst davonreiten, wenn ich vor ihr davonritt.

Nein, ich würde Isobel sehen, noch *einmal*...

Was war das für ein Dröhnen in meinen Ohren? Natürlich, die Stimme meines Vaters.

„Und damit basta", brüllte er, „und ich will kein Wort mehr darüber hören, Janey ... Und was *dich* betrifft, mein Freund, du kannst so schnell von hier verschwinden, wie das schnellste Pferd dich tragen kann – und komm nicht wieder auf diese Ranch, bis du des Lebens überdrüssig bist. Verstanden? Guten Tag." Buddy leckte sich die Lippen und blieb standhaft.

„Nun, Dad", sagte Noel und legte seine Hand auf den Arm meines Vaters. „Denk daran, Janey ist eine erwachsene Frau, und Buddy ist mein bester Freund, und ich sage ..."

„Ich sage dir, wann ich deine Meinung hören will", schrie mein Vater, „und Janey kann mit ihm verschwinden, und zwar mit meinem Fluch, wenn sie will, und sie sollten besser gehen, solange es noch geht, und auch nicht zurückkommen."

Ein Schrei und eine neue Tränenflut von Janey und ein Fluch von Buddy.

„Kommst du, Janey?", fragte er, als er sich zum Gehen wandte.

Janey warf sich buchstäblich vor ihrem Vater auf die Knie. Noel stand von seinem Stuhl auf, und Mary legte ihren Arm um Janey.

„ *Geh*, mein Schatz", sagte sie. „ *Geh*, du kleine Närrin, und sei glücklich ... Ich würde mich schämen! ... Hast du keine eigene *Seele?*"

Aber Janey hatte keine Seele, die sie ihr Eigen nennen konnte. Sie gehörte ihrem Vater, mit Stempel und Siegel. Es war nicht kindliche Liebe, die hier wirkte, auch nicht gänzlich kindliche Angst, sondern vielmehr die unzerbrechliche Gewohnheit eines ganzen Lebens, die Hemmungen eines Vaterkomplexes.

Ich besiegte meine Selbstsucht und schob mich selbst für den Moment beiseitesprechen.

„Würdet ihr bitte alle weggehen – für genau zehn Minuten", sagte ich und wurde tatsächlich zum Mittelpunkt der Aufmerksamkeit aller Nachbarn.

„Komm schon", drängte ich Buddy. „Geh raus und nimm Janey mit – und komm in zehn Minuten wieder. Los, Mary! Los, Noel", und etwas in meiner Stimme und meiner Art setzte sich durch, und ich blieb allein mit meinem Vater zurück, um ihm zum ersten Mal in meinem Leben gegenüberzutreten und ihm standzuhalten. Er lachte bitter und hässlich.

„Bist du so gnädig, mir zu erlauben, zu bleiben?", spottete er, „oder soll ich auch mein Haus verlassen, um dir einen Gefallen zu tun?"

Von Sarkasmus sprang er zu heftiger Wut über.

„Du unverschämter, halbgebildeter junger Hund", brüllte er, sprang auf, und währenddessen hatte ich das Medaillon des Todesengels hervorgeholt und geöffnet.

Als er mit blitzenden Augen und geballter Faust auf mich zukam, hielt ich es ihm entgegen, und sein Blick fiel auf die beiden Porträts ... Es war schrecklich.

Einen schrecklichen Moment lang dachte ich, ich hätte meinen Vater umgebracht.

Er taumelte zurück, schlug sich mit der geballten Faust ins Gesicht und sank weiß, zitternd und erschüttert in einen Stuhl.

Ich fühlte mich schrecklich, schuldig, gotteslästerlich ...

„ *Oh Gott! ... Wo ist sie?*" , keuchte er, vermutlich aus Angst, dass sie in der Nähe war.

„Tot", antwortete ich.

Er holte tief Luft.

„ *Wie hast du das erfahren?*" , fragte er mit blassem Gesicht und voller Angst.

„Von deiner *Tochter*", antwortete ich, „... von meiner *Schwester*."...

„ *Mein Gott ... Wo ist sie?*" , fragte er wieder, und ich hatte noch mehr Mitleid mit ihm, als ich mich selbst hasste.

„In Bouzen", sagte ich. „Wo du den arabischen Hengst gekauft hast ... und – andere Sachen ..."

„ *Weiß sie davon?*" , stöhnte er.

„Nein", antwortete ich.

„ *Wem hast du das noch gezeigt?*" , fragte er, und es schien, als hinge sein ganzes Leben von meiner Antwort ab.

„Noch niemandem", antwortete ich und fügte hinzu, während ich das Medaillon einsteckte:

„Übrigens, Vater, dieser Buddy ist einer der Besten, ein echter Weißer ... Er wäre ein wunderbarer Vorarbeiter für diese Ranch und ein wunderbarer Ehemann für Janey ... Und ich könnte noch hinzufügen, dass Major de Beaujolais ein hoch angesehener Offizier ist, dessen Besuch uns sehr ehrt, und außerdem, dass Noels Frau Maudie eine der besten und mutigsten kleinen Frauen ist, die je gelebt haben ... Verstehst du, Vater? ...“

* * *

Lange Stille ...

* * *

„Ich verstehe, mein Sohn“, antwortete mein Vater schließlich, „und du kannst mir das Medaillon geben.“

„Aber nein, das kann ich nicht, lieber Vater“, antwortete ich ... „Wenn Janey verheiratet ist und Mary und de Beaujolais weg sind und Noel und Maudie sich hier glücklich niedergelassen haben und Buddy einen Job als Aufseher hat, muss ich es seinem Besitzer zurückgeben ...“

„ *Pass* in der Zwischenzeit *gut darauf auf*, Junge“, sagte mein Vater.

„Ich passe *gut* darauf auf, Vater“, antwortete ich und rief den anderen zu, sie sollten zurückkommen.

* * *

Sie fanden meinen Vater wunderbar verändert vor, und alle waren fröhlich wie bei einer Hochzeit.

§ 2

John und Isobel kamen im Mondlicht zurück.

John ergriff meine Hand, hielt sie fest, sah mir in die Augen – mit seinem feinen, ruhigen Blick –, hustete leise vor tiefer Bewegung und Verlegenheit und ging wortlos ins Haus. Unser Schweigen sprach Bände.

* * *

Ich setzte mich auf die Verandatreppe, und Isobel, die angehalten hatte, um ihrem Pferd Zucker zu geben, kam auf mich zu.

Sie erkannte mich erst, als ich meinen Hut abnahm und das Mondlicht mein Gesicht voll beleuchtete.

Wie John sagte sie nichts, sondern hob ihre kleinen Hände, zog meinen Kopf zu sich herunter und küsste mich auf die Lippen. Sie schlang ihre Arme fest um meinen Hals und küsste mich wieder. Die Umarmungen und Küsse waren genau wie die der kleinen Isobel, die mit mir in unserem Traumgarten spazieren gegangen war, mit mir geredet und gespielt hatte – genauso süß, lieb, schön und unschuldig wie damals. Dann streichelte sie mit ihren kleinen Händen mein Haar, und wir küssten uns wieder, und dann, immer noch ohne ein Wort, drehte sich Isobel um und rannte ins Haus.

Das war der Moment, in dem ich hätte sterben sollen.

Stattdessen nahm ich ein Pferd und ritt davon.

Ich ritt weiter und schneller als je zuvor in meinem Leben, aber ich war nicht grausam zu meinem Pferd. Wer, der von Isobel geküsst worden war, sollte grausam oder gemein oder niederträchtig oder böse sein?

* * *

Bin ich glücklich?

Lieber Gott! Wer, der von Isobel geküsst worden ist, ist nicht glücklich?

Nachwort

„Er wird eine Freude erfahren, die alle irdische Freude übersteigt, und still und gelassen neben dem Tor stehen … Es gibt nur einen Weg zu diesem Tor … Es ist nicht die Liebe, die vor Verlangen brennt, sondern die Liebe, die in Frieden ist …“

Fußnoten

1. Folter. Die Hände und Füße werden in der Mitte des Rückens zusammengebunden.

Printed in Poland
by Amazon Fulfillment
Poland Sp. z o.o., Wrocław

54904181R00350